COLLECTION TEL

RAYMOND ARON

Les étapes de la pensée sociologique

Montesquieu. Comte.
Marx. Tocqueville. Durkheim.
Pareto. Weber.

GALLIMARD

INTRODUCTION

Considérées dans le passé, les sciences ont affranchi l'esprit humain de la tutelle exercée sur lui par la théologie et la métaphysique et qui, indispensable à son enfance, tendait ensuite à la prolonger indéfiniment. Considérées dans le présent, elles doivent servir, soit par leurs méthodes, soit par leurs résultats généraux, à déterminer la réorganisation des théories sociales. Considérées dans l'avenir, elles seront, une fois systématisées, la base spirituelle permanente de l'ordre social, autant que durera sur le globe l'activité de notre espèce.

Auguste Comte,
« *Considérations philosophiques sur les sciences et les savants* » *(1825)*,
in Système de politique positive,
t. IV, Appendice, p. 161.

Ce livre — ou peut-être devrais-je dire les cours qui en ont été l'origine — m'a été suggéré par l'expérience des congrès mondiaux de l'Association internationale de sociologie. Depuis que nos collègues soviétiques y prennent part, ces congrès offrent une occasion unique d'entendre le dialogue entre des sociologues qui se réclament d'une doctrine du siècle dernier et qui en présentent les idées directrices comme définitivement acquises à la science, et, d'autre part, des sociologues formés aux techniques modernes d'observation et d'expérimentation, à la pratique de l'enquête par sondages, questionnaires ou interviews. Faut-il considérer les sociologues soviétiques, ceux qui connaissent les lois de l'histoire, comme appartenant à la même profession scientifique que les sociologues occidentaux? Ou comme les victimes d'un régime qui ne peut pas séparer science et idéologie parce qu'il a transformé une idéologie, résidu d'une science passée, en vérité d'État, baptisée science par les gardiens de la foi?

*

Ce dialogue de savants ou de professeurs me fascinait d'autant plus qu'il se confondait avec un dialogue historico-politique et que les interlocuteurs principaux, par des voies différentes, en venaient, à certains égards, à des résultats comparables. La sociologie d'inspiration marxiste tend à une interprétation d'ensemble des sociétés modernes, mises à leur place dans le cours de l'histoire universelle. Le capitalisme succède au régime féodal comme celui-ci a succédé à l'économie antique, comme le socialisme lui succédera. La plus-value a été prélevée par une minorité aux dépens de la masse des travailleurs, d'abord grâce à l'esclavage, puis grâce au servage, aujourd'hui grâce au salariat : demain, au-delà du salariat, la plus-value et, avec elle, les antagonismes de classes disparaîtront. Seul le mode de production asiatique, un des cinq modes de production énumérés par Marx dans la préface à la Contribution à la critique de l'économie politique, *a été oublié en chemin : peut-être les querelles entre Russes et Chinois inciteront elles les premiers à rendre au concept de mode de production asiatique et d'« économie hydraulique » l'importance que lui accordent, depuis quelques années, les sociologues occidentaux. La Chine populaire est plus vulnérable au critique qui userait de ce concept que l'Union soviétique ne l'a jamais été.*

Le marxisme contient une statique sociale en même temps qu'une dynamique sociale, pour reprendre les termes d'Auguste Comte. Les lois de l'évolution historique se fondent sur une théorie des structures sociales, sur l'analyse des forces et des rapports de production, théorie et analyse elles-mêmes fondées sur une philosophie, couramment baptisée matérialisme dialectique.

Une telle doctrine est à la fois synthétique (ou globale), historique et déterministe. Comparée aux sciences sociales particulières, elle se caractérise par une visée totalisante, elle embrasse l'ensemble ou le tout de chaque société, saisie dans son mouvement. Elle connaît donc, pour l'essentiel, ce qui sera aussi bien que ce qui est. Elle annonce l'inévitable avènement d'un certain mode de production, le socialisme. Progressiste en même temps que déterministe, elle ne doute pas que le régime à venir ne soit supérieur aux régimes du passé : le développement des forces de production n'est-il pas tout à la fois le ressort de l'évolution et la garantie du progrès?

La plupart des sociologues occidentaux et, parmi eux, avant tout, les sociologues américains, dans les congrès, écoutent avec indifférence ce rappel monotone des idées marxistes, simplifiées et vulgarisées. Ils ne les discutent guère davantage dans leurs écrits. Ils ignorent les lois de la société et de l'histoire, les lois de la macro-sociologie, au double sens que le mot ignorer *peut avoir dans cette phrase : ils ne les connaissent pas et ils y sont indifférents. Ils ne croient pas à la vérité de ces lois, ils ne croient pas que la sociologie scientifique soit capable de les formuler et de les démontrer et qu'elle ait intérêt à les chercher.*

La sociologie américaine qui, depuis 1945, a exercé une influence dominante sur l'expansion des études sociologiques, en Europe et dans tous les pays non communistes, est essentiellement analytique et empirique. Elle multiplie les enquêtes par questionnaires et interviews afin de déterminer de quelle manière vivent, pensent, sentent, jugent les hommes sociaux ou, si l'on préfère, les individus socialisés. Comment votent les citoyens dans les diverses élections, quelles sont les variables — âge, sexe, lieu de résidence, catégorie socio-professionnelle, niveau de revenus, religion, etc. — qui influent sur la conduite électorale? Jusqu'à quel point celle-ci est-elle déterminée ou modifiée par la propagande des candidats? En quelle proportion les électeurs sont-ils convertis au cours de la campagne électorale? Quels sont les agents de cette conversion éventuelle? Voilà quelques-unes des questions que posera un sociologue étudiant les élections présidentielles aux États-Unis ou en France et auxquelles seules les enquêtes permettent de donner réponse. Il serait aisé de prendre d'autres exemples — celui des ouvriers d'industrie, celui des paysans, celui des relations entre époux, celui de la radio et de la télévision — et d'établir une liste interminable de questions que le sociologue formule ou peut formuler à propos de ces diverses sortes d'individus socialisés, ou de catégories sociales ou de groupes institutionnalisés ou non institutionnalisés. Le but de la recherche est de préciser les corrélations entre variables, l'action qu'exerce chacune d'elles sur la conduite de telle ou telle catégorie sociale, de constituer, non à priori mais par la démarche scientifique elle-même, les groupes réels, les ensembles définis, soit par la communauté dans les manières d'agir, soit par l'adhésion à un même système de valeurs, soit par une tendance à l'homéostasie, un changement soudain tendant à provoquer des réactions compensatrices.

Il ne serait pas vrai de dire que cette sorte de sociologie, parce qu'elle est analytique et empirique, ne connaît que les individus, avec leurs intentions et leurs mobiles, leurs sentiments et leurs aspirations. Elle peut, au contraire, atteindre des ensembles ou des groupes réels, des classes latentes, ignorées de ceux qui en font partie et qui constituent des totalités concrètes. Ce qui est vrai, c'est que la réalité collective apparaît moins transcendante qu'immanente aux individus. Les individus ne s'offrent à l'observation sociologique que socialisés : il y a des sociétés non une société, et la société globale est faite d'une multiplicité de sociétés.

L'antithèse d'une sociologie synthétique et historique, qui n'est en fait qu'une idéologie et d'une sociologie, empirique et analytique qui ne serait, en dernière analyse, qu'une sociographie, est caricaturale. Elle l'était, il y a dix ans, lorsque j'ai songé à écrire ce livre, elle l'est plus encore aujourd'hui, mais les écoles scientifiques, dans les congrès, se caricaturent elles-mêmes, entraînées par la logique du dialogue et de la polémique.

L'antithèse entre idéologie et sociographie n'exclut nullement que la sociologie exerce une fonction analogue en Union soviétique et aux États-Unis. Ici et là, la sociologie a cessé d'être critique, au sens marxiste du terme, elle ne met pas en question l'ordre social dans ses traits fondamentaux, la sociologie marxiste parce qu'elle justifie le pouvoir de l'État et du parti (ou du prolétariat si l'on préfère), la sociologie analytique des États-Unis parce qu'elle admet implicitement les principes de la société américaine.

La sociologie marxiste du XIXe siècle était révolutionnaire : elle saluait à l'avance la révolution qui détruirait le régime capitaliste. Désormais, en Union soviétique, la révolution salvatrice n'appartient plus à l'avenir mais au passé. La rupture décisive que Marx prophétisait s'est produite. Dès lors, par un processus à la fois inévitable et dialectique, un renversement du pour au contre est intervenu. Une *sociologie, née d'une intention révolutionnaire, sert désormais à justifier l'ordre établi. Assurément, elle conserve ou croit conserver une fonction révolutionnaire par rapport aux sociétés que ne gouverne pas un parti marxiste-léniniste. Conservatrice en Union soviétique, la sociologie marxiste est révolutionnaire ou s'efforce de l'être en France ou aux États-Unis. Mais nos collègues des pays de l'Est connaissent mal (et, il y a dix ans, connaissaient encore plus mal) les pays qui n'ont pas encore fait leur révolution. Ils étaient donc contraints par les circonstances à réserver leur rigueur aux pays qu'ils étaient incapables d'étudier eux-mêmes, et à témoigner d'une indulgence sans limites à leur propre milieu social.*

La sociologie, empirique et analytique, des États-Unis ne constitue pas une idéologie d'État, moins encore une exaltation, consciente et volontaire, de la société américaine. Les sociologues américains sont, me semble-t-il, en majorité des libéraux *au sens que le mot revêt outre-Atlantique, plutôt démocrates que républicains, favorables à la mobilité sociale et à l'intégration des Noirs, hostiles aux discriminations raciales ou religieuses. Ils critiquent la réalité américaine au nom des idées ou des idéaux américains, ils n'hésitent pas à en reconnaître les défauts multiples qui, tel l'hydre de la légende, semblent surgir aussi nombreux, le lendemain du jour où des réformes ont éliminé ou atténué les défauts que l'on dénonçait la veille. Les Noirs vont être en mesure d'exercer le droit de vote, mais que signifie ce droit si les jeunes ne trouvent pas d'emploi? Quelques étudiants noirs entrent à l'université, mais que signifient ces événements symboliques si, en immense majorité, les écoles que fréquentent les Noirs sont de qualité inférieure?*

En bref, les sociologues soviétiques sont conservateurs pour eux-mêmes et révolutionnaires pour les autres. Les sociologues américains sont réformistes quand il s'agit de leur propre société et, implicitement au moins, pour toutes les sociétés. L'opposition, en 1966, n'est plus aussi marquée qu'elle l'était en 1959, date du congrès mondial auquel je fais allusion. Depuis lors, les études empiriques, de style américain, se sont multipliées en Europe orientale, plus nombreuses peut-être en Hongrie et surtout en Pologne qu'en Union soviétique. En Union soviétique aussi la recherche expérimentale et quantitative, sur des problèmes clairement délimités, s'est développée. Il n'est pas impossible d'imaginer, dans un avenir relativement proche, une sociologie soviétique, elle aussi réformiste au moins pour l'Union soviétique, combinant l'approbation globale et les contestations particulières.

La combinaison est moins aisée dans l'univers soviétique que dans l'univers américain ou occidental pour une double raison. L'idéologie marxiste est plus précise que l'idéologie implicite de l'école dominante de la sociologie américaine, elle exige des sociologues une approbation moins aisément compatible avec les idéaux démocratiques que ne l'est l'approbation par les sociologues américains du régime politique des États-Unis. De plus, la critique du détail ne peut être poussée loin sans compromettre la validité de l'idéologie elle-même. En effet, celle-ci affirme que la rupture décisive dans le cours de l'histoire humaine est intervenue en 1917, lorsque la prise du pouvoir par le prolétariat ou le parti a permis la nationalisation de tous les instruments de production. Si, après cette rupture, le train ordinaire des choses humaines se poursuit sans modification notable, comment sauvegarder le dogme de la Révolution salvatrice? A l'heure présente, il me paraît légitime de répéter une remarque ironique faite à Stresa après la lecture de deux rapports, l'un du professeur P. N. Fedoseev et l'autre du professeur B. Barber : les sociologues soviétiques sont plus satisfaits de leur société que de leur science; les sociologues américains, en revanche, plus satisfaits encore de leur science que de leur société.

Dans les pays européens comme dans ceux du tiers monde les deux influences, idéologique et révolutionnaire d'une part, empirique et réformiste d'autre part, s'exercent simultanément, l'une ou l'autre étant plus forte selon les circonstances.

Dans les pays développés, en particulier dans les pays d'Europe occidentale, la sociologie américaine ramène les sociologues « de la révolution aux réformes », bien loin de les entraîner « des réformes à la révolution ». En France, où le mythe révolutionnaire était particulièrement fort, beaucoup de jeunes universitaires ont été progressivement convertis à une attitude réformiste au fur et à mesure que le travail empirique les amenait à substituer l'enquête analytique et partielle aux visions globales.

Encore est-il difficile de faire la part, dans cette conversion, de ce qui revient aux changements sociaux et de ce qui revient à la pratique sociologique La situation, en Europe occidentale, est de moins en moins révolutionnaire. Une croissance économique rapide, des chances accrues de promotion sociale d'une génération à une autre n'incitent pas les hommes ordinaires à descendre dans la rue. Si l'on ajoute que le parti révolutionnaire est lié à une puissance étrangère et que celle-ci offre en exemple un régime de moins en moins édifiant, ce n'est pas le déclin de l'ardeur révolutionnaire qui est surprenant mais la fidélité, malgré tout, de millions d'électeurs au parti qui se prétend le seul héritier des espoirs révolutionnaires.

En Europe aussi bien qu'aux États-Unis, la tradition de la critique (au sens marxiste), la tradition de la sociologie synthétique et historique ne sont pas mortes. C. Wright Mills, Herbert Marcuse aux États-Unis, T. W. Adorno en Allemagne, L. Goldmann en France, que leur critique ait pour origine le populisme ou le marxisme, s'en prennent tout à la fois à la théorie formelle et ahistorique, telle qu'elle s'exprime dans l'œuvre de T. Parsons, et aux enquêtes, partielles et empiriques, caractéristiques de presque tous les sociologues, à travers le monde, qui veulent faire œuvre scientifique. Théorie formelle et enquêtes partielles ne sont pas logiquement ou historiquement inséparables. Beaucoup de ceux qui pratiquent effectivement des enquêtes partielles sont indifférents ou hostiles à la grande théorie de T. Parsons. Les parsoniens ne sont pas tous voués à des enquêtes parcellaires dont la multiplication et la diversité interdiraient le rassemblement et la synthèse. En fait, les sociologues d'inspiration marxiste, soucieux de ne pas abandonner la critique globale ou totale de l'ordre existant, ont pour ennemis à la fois la théorie formelle et les enquêtes parcellaires, sans pour autant que ces deux ennemis se confondent : s'ils ont paru plus ou moins liés dans la société et la sociologie américaine, à une certaine date, la conjonction n'est ni nécessaire ni durable.

La théorie économique dite formelle ou abstraite a été rejetée jadis et par l'école historiciste et par l'école désireuse de recourir à une méthode empirique. Ces deux écoles, en dépit d'une commune hostilité à la théorie abstraite et ahistorique étaient essentiellement différentes. L'une et l'autre ont retrouvé et la théorie et l'histoire. De même, les écoles sociologiques hostiles à la théorie formelle de Parsons ou à la sociographie sans théorie retrouvent, par des voies diverses, et l'histoire et la théorie, tout au moins la mise en forme conceptuelle et la quête de propositions générales, quel que soit le niveau où se situent ces généralités. Elles peuvent même, en certains cas, aboutir à des conclusions révolutionnaires plutôt que réformistes. La sociologie empirique, dès lors qu'elle s'attache aux pays que le langage courant baptise sous-développés, met en lumière les obstacles multiples que les rapports sociaux ou les traditions religieuses ou morales élèvent sur la voie du développement ou de la modernisation. Une sociologie empirique, formée aux méthodes américaines, peut, en certaines circonstances, conclure que seul un pouvoir révolutionnaire parviendrait à briser ces résistances. Par l'intermédiaire de la théorie du développement, la sociologie dite analytique retrouve l'histoire — ce qui s'explique aisément puisque cette théorie est une sorte de philosophie formalisée de l'histoire contemporaine. Elle retrouve aussi une théorie formelle puisque la comparaison entre les sociétés exige un système conceptuel, donc une des modalités de ce que les sociologues appellent aujourd'hui théorie.

*

Il y a sept ans, lorsque j'entrepris ce livre, je me demandais si la sociologie marxiste, telle que l'exposaient les sociologues venus de l'Europe orientale, et la sociologie empirique, telle que la prati-

quaient les sociologues occidentaux en général et les sociologues américains en particulier, avaient quelque chose de commun. Le retour aux sources, l'étude des « grandes doctrines de sociologie historique », pour reprendre le titre que je donnais aux deux cours publiés par le Centre de documentation universitaire, *avait pour fin de donner une réponse à cette question. Le lecteur ne trouvera pas dans ce livre la réponse que je cherchais, il trouvera autre chose. A supposer qu'une réponse soit possible, elle se dégagera à la fin du volume qui doit venir après celui-ci mais qui n'est pas encore écrit.*

Certes, dès le point de départ, j'étais enclin à donner une réponse à cette question et cette réponse, vague et implicite, est présente dans ce livre. Entre la sociologie marxiste de l'Est et la sociologie parsonienne de l'Ouest, entre les grandes doctrines du siècle passé et les enquêtes parcellaires et empiriques d'aujourd'hui, subsiste une certaine solidarité ou, si l'on préfère, une certaine continuité. Comment méconnaître la continuité entre Marx et Max Weber, entre Max Weber et Parsons, et, de même, entre Auguste Comte et Durkheim, entre ce dernier, Marcel Mauss et Claude Lévi-Strauss? Manifestement, les sociologues d'aujourd'hui sont, à certains égards, les héritiers et les continuateurs de ceux que d'aucuns appellent les présociologues. L'expression même de présociologue met en lumière la difficulté de l'enquête historique à laquelle je voulais procéder. Quel que soit l'objet de l'histoire — institution, nation ou discipline scientifique —, il faut définir ou délimiter cet objet pour en suivre le devenir. A la rigueur, l'historien de la France ou de l'Europe pourrait s'en tenir à un procédé simple : un morceau de la planète, l'hexagone, l'espace situé entre l'Atlantique et l'Oural serait appelé France ou Europe et l'historien raconterait ce qui s'est passé sur cet espace. *En fait, il n'use jamais d'une méthode aussi grossière. France et Europe ne sont pas des entités géographiques mais des entités historiques, elles sont définies, l'une comme l'autre, par la conjonction d'institutions et d'idées, reconnaissables bien que changeantes, et d'un morceau de terre. Cette définition résulte d'un va-et-vient entre le présent et le passé, d'une confrontation entre la France et l'Europe d'aujourd'hui et la France et l'Europe du siècle des Lumières ou de la chrétienté. Le bon historien est celui qui garde le sens de la spécificité de chaque époque, de la suite des époques, et enfin, des constantes qui, seules, autorisent à parler d'une seule et même histoire.*

Quand l'objet historique est une discipline scientifique ou pseudo-scientifique ou semi-scientifique, la difficulté est plus grande encore. A quelle date commence la sociologie? Quels auteurs méritent d'être tenus pour les ancêtres ou les fondateurs de la sociologie? Quelle définition adopter de cette dernière?

J'ai adopté une définition dont j'admets qu'elle est vague sans la croire arbitraire. La sociologie est l'étude qui se veut scientifique du social en tant que tel, soit au niveau élémentaire des relations interpersonnelles soit au niveau macroscopique des vastes ensembles, classes, nations, civilisations ou, pour reprendre l'expression courante, sociétés globales. Cette définition même permet de comprendre pourquoi il est malaisé d'écrire une histoire de la sociologie, de savoir où celle-ci commence et où elle finit. Il y a bien des manières d'entendre soit l'intention scientifique soit l'objet social. La sociologie exige-t-elle à la fois cette intention et cet objet ou commence-t-elle a exister avec l'un ou l'autre de ces deux caractères?

Toutes les sociétés ont eu une certaine conscience d'elles-mêmes. Maintes sociétés ont conçu des études, qui se voulaient objectives, de tel ou tel aspect de la vie collective. La Politique d'Aristote nous apparaît comme un traité de sociologie politique ou comme une analyse comparative des régimes politiques. Bien que la Politique comportât aussi une analyse des institutions familiales ou économiques, le centre en était le régime politique, l'organisation des rapports de commandement à tous les niveaux de la vie collective et, en particulier, au niveau où s'accomplit, par excellence, la sociabilité de l'homme, la cité. Dans la mesure où l'intention de saisir le social en tant que tel est constitutive de la pensée sociologique, Montesquieu mérite de figurer dans ce livre à titre de fondateur plutôt qu'Aristote. En revanche, si l'intention scientifique avait été tenue pour essentielle plutôt que la visée du social, Aristote aurait eu des titres probablement égaux à ceux de Montesquieu ou même d'Auguste Comte.

Il y a plus. La sociologie moderne n'a pas seulement pour origine les doctrines historico-sociales du siècle dernier, elle a une autre source, à savoir les statistiques administratives, les surveys, les enquêtes empiriques. Le professeur Paul Lazarsfeld poursuit, depuis plusieurs années, avec le concours de ses élèves, une recherche historique sur cette autre source de la sociologie moderne. On peut plaider, non sans de solides arguments, que la sociologie empirique et quantitative d'aujourd'hui doit davantage à Le Play et à Quételet qu'à Montesquieu et à Auguste Comte. Après tout, les professeurs d'Europe orientale se convertissent à la sociologie du jour où ils ne se bornent pas à rappeler les lois de l'évolution historique telles que les a formulées Marx mais où ils interrogent à leur tour la réalité soviétique à l'aide de statistiques, de questionnaires et d'interviews.

La sociologie du XIXe siècle marque incontestablement un moment de la réflexion des hommes sur eux-mêmes, celui où le social en tant que tel est thématisé, avec son caractère équivoque, tantôt relation élémentaire entre les individus, tantôt entité globale. Elle exprime aussi une intention non pas radicalement nouvelle mais originale par sa radicalité, celle d'une connaissance proprement scientifique, *sur le modèle des sciences de la nature, en vue du même objectif : la connaissance scientifique devrait donner aux hommes la maîtrise de leur société ou de leur histoire de même que la physique et la chimie leur ont donné la maîtrise des forces naturelles. Pour être scientifique, cette connaissance ne doit-elle pas abandonner les ambitions synthétiques et globales des grandes doctrines de sociologie historique?*

Parti à la recherche des origines de la sociologie moderne, j'ai abouti, en fait, à une galerie de portraits intellectuels. Le glissement s'est opéré sans même que j'en prenne clairement conscience. Je m'adressais à des étudiants et je parlais avec la liberté qu'autorise l'improvisation. Au lieu de m'interroger, à chaque instant, sur ce qui relève de ce que l'on est en droit de baptiser sociologie, je me suis efforcé de saisir l'essentiel de la pensée de ces sociologues, sans méconnaître ce que nous considérons comme l'intention spécifique de la sociologie, sans oublier non plus que cette intention était inséparable, au siècle dernier, des conceptions philosophiques et d'un idéal politique. Peut-être d'ailleurs n'en va-t-il pas autrement chez les sociologues de notre temps, dès qu'ils s'aventurent sur le terrain de la macrosociologie, dès qu'ils esquissent une interprétation globale de la société.

Ces portraits sont-ils ceux de sociologues ou ceux de philosophes? Je n'en discuterai pas. Disons qu'il s'agit d'une philosophie sociale d'un type relativement nouveau, d'un mode de penser sociologique, *caractérisé par l'intention de science et la visée du social, mode de penser qui s'épanouit en ce derniers tiers du* XXe *siècle. L'*homo sociologicus *est en voie de remplacer l'*homo œconomicus. *Les universités du monde entier, sans distinction entre les régimes et les continents, multiplient les chaires de sociologie et, de congrès en congrès, le taux de croissance des publications sociologiques semble augmenter. Les sociologues se réclament des méthodes empiriques, ils pratiquent les enquêtes par sondages, ils emploient un système conceptuel qui leur est propre, ils interrogent la réalité sociale sous un certain angle, ils ont une optique spécifique. Ce mode de penser est nourri d'une tradition dont cette galerie de portraits découvre les origines.*

Pourquoi ai-je choisi ces sept sociologues? Pourquoi Saint-Simon, Proudhon, Herbert Spencer ne figurent-ils pas dans ma galerie? Je pourrais, à coup sûr, invoquer quelques raisons raisonnables. Auguste Comte par l'intermédiaire de Durkheim, Marx par la grâce des révolutions du XXe *siècle, Montesquieu à travers Tocqueville et Tocqueville à travers l'idéologie américaine appartiennent au présent. Quant aux trois auteurs de la deuxième partie, ils furent déjà réunis par Talcott Parsons dans son premier grand livre,* The Structure of Social Action, *ils sont encore étudiés dans nos univer-*

sités comme des maîtres plutôt que comme des ancêtres. Mais je manquerais à l'honnêteté scientifique si je n'avouais pas les déterminants personnels du choix.

J'ai commencé par Montesquieu, auquel j'avais consacré auparavant un cours d'une année entière, parce que l'auteur de L'Esprit des lois *peut être tenu pour philosophe politique en même temps que sociologue. Il continue d'analyser et de comparer les régimes politiques à la manière des philosophes classiques; en même temps, il s'efforce de saisir tous les secteurs du tout social et de dégager les relations multiples entre les variables. Peut-être ce choix du premier auteur m'a-t-il été suggéré par le souvenir du chapitre que Léon Brunschvicg a consacré à Montesquieu dans* Les Progrès de la conscience dans la philosophie occidentale, *chapitre dans lequel il salue Montesquieu non en tant que précurseur de la sociologie mais en tant que sociologue par excellence, exemplaire dans l'usage de la méthode analytique par opposition à la méthode synthétique d'Auguste Comte et de ses disciples.*

J'ai retenu aussi Alexis de Tocqueville parce que les sociologues, surtout les sociologues français, l'ignorent le plus souvent. Durkheim avait reconnu en Montesquieu un précurseur : je ne pense pas qu'il ait jamais accordé le même crédit à l'auteur de La Démocratie en Amérique. *Du temps où j'étais élève de lycée ou étudiant de faculté, il était possible de collectionner les diplômes de lettres, de philosophie ou de sociologie sans jamais entendre le nom que ne peut ignorer aucun étudiant d'outre-Atlantique. A la fin de sa vie, sous le Second Empire, Alexis de Tocqueville se plaignait d'éprouver un sentiment de solitude pire que celui qu'il avait connu dans les déserts du Nouveau Monde. Son destin posthume, en France, prolongea l'expérience de ses dernières années. Après avoir connu avec son premier livre un succès triomphal, ce descendant d'une grande famille normande, converti à la démocratie par raison et avec tristesse, n'a pas joué dans une France livrée tour à tour à l'égoïsme sordide des possédants, aux fureurs des révolutionnaires et au despotisme d'un seul, le rôle auquel il aspirait. Trop libéral pour le parti dont il était issu, pas assez enthousiaste des idées nouvelles aux yeux des républicains, il n'a été adopté ni par la droite ni par la gauche, il est demeuré suspect à tous. Tel est le sort réservé en France à l'école anglaise ou anglo-américaine, je veux dire à ceux des Français qui comparent ou comparaient avec nostalgie les péripéties tumultueuses de l'histoire de la France depuis 1789 à la liberté dont jouissent les peuples de langue anglaise.*

Politiquement isolé par le style de son adhésion réticente à la démocratie, mouvement irrésistible plutôt qu'idéal, Tocqueville s'oppose à quelques-unes des idées directrices de l'école sociologique dont Auguste Comte passe pour l'initiateur et Durkheim le principal représentant, en France tout au moins. La sociologie implique la thématisation du social en tant que tel, elle n'implique pas que les institutions politiques, le mode de gouvernement soient réductibles *à l'infrastructure sociale ou déductibles à partir des traits structurels de l'ordre social. Or, le passage de la thématisation du social à la dévalorisation du politique ou à la négation de la spécificité politique s'opère aisément : sous des formes différentes, on retrouve ce même glissement aussi bien chez Auguste Comte que chez Karl Marx et Émile Durkheim. Le conflit historique, au lendemain de la guerre, entre régimes de démocratie libérale et régimes de parti unique, les uns et les autres liés à des sociétés que Tocqueville aurait appelées démocratiques et Auguste Comte industrielles, rend une actualité saisissante à l'alternative sur laquelle se termine* La Démocratie en Amérique. *« Les nations de nos jours ne sauraient faire que, dans leur sein, les conditions ne soient pas égales; mais il dépend d'elles que l'égalité les conduise à la servitude ou à la liberté, aux lumières ou à la barbarie, à la prospérité ou aux misères. »*

On me demandera pourquoi j'ai choisi Auguste Comte de préférence à Saint-Simon. La raison en est simple. Quelle que soit la part que l'on attribue à Saint-Simon lui-même dans la pensée saint-simonienne, celle-ci ne constitue pas un ensemble synthétique comparable à la pensée comtiste. A supposer que la plupart des thèmes du positivisme soient déjà présents dans l'œuvre du comte de Saint-Simon, écho sonore de l'esprit du temps, ces thèmes ne s'organisent avec une rigueur philosophique que grâce au génie étrange du polytechnicien qui eut d'abord l'ambition d'embrasser la totalité du savoir de son époque et qui, rapidement, s'enferma volontairement dans la construction intellectuelle qu'il avait lui-même édifiée.

Proudhon ne figure pas dans cette galerie de portraits, bien que son œuvre me soit familière, parce que je vois en lui plutôt un moraliste et un socialiste qu'un sociologue. Non qu'il n'ait eu, lui aussi, une vue sociologique du devenir historique (on pourrait en dire autant de tous les socialistes), pourtant on parviendrait difficilement à extraire de ses livres l'équivalent de ce qu'offrent à l'historien de la pensée sociologique le Cours de philosophie positive *ou* Le Capital. *Quant à Herbert Spencer, j'avoue volontiers qu'il avait sa place marquée. Mais le portrait exige une connaissance intime du modèle. J'ai lu plusieurs fois les principaux ouvrages des sept auteurs que j'appelle « fondateurs » de la sociologie. Je ne saurais en dire autant pour les ouvrages d Herbert Spencer.*

Les portraits et plus encore les esquisses (or, chacun de ces chapitres mérite plutôt d'être appelé esquisse que portrait) reflètent toujours, à un degré ou à un autre, la personnalité du peintre. En relisant la première partie après sept ans, la seconde au bout de cinq ans, j'ai cru discerner l'intention qui orientait chacun de ces exposés et dont je n'étais probablement pas conscient sur le moment. Pour Montesquieu et Tocqueville, je voulais manifestement plaider leur cause auprès des sociologues de stricte observance et obtenir que ce parlementaire de Gironde et ce député de la Manche fussent reconnus dignes d'une place parmi les fondateurs de la sociologie, bien que l'un et l'autre aient évité le sociologisme et maintenu l'autonomie (au sens causal) et même une certaine primauté (au sens humain) de l'ordre politique par rapport à la structure ou à l'infrastructure sociale.

Comme Auguste Comte a obtenu depuis longtemps une reconnaissance de légitimité, l'exposé de sa doctrine vise un autre objectif. Il tend à interpréter l'ensemble de l'œuvre à partir d'une intuition originelle. Peut-être ai-je été ainsi conduit à prêter à la philosophie sociologique d'Auguste Comte plus d'unité systématique encore qu'elle n'en a — ce qui ne serait pas peu dire.

L'exposé de la pensée marxiste est polémique moins contre Marx que contre les interprétations, à la mode il y a dix ans, qui subordonnaient Le Capital *au* Manuscrit économico-philosophique *et méconnaissaient la rupture entre les œuvres de jeunesse, antérieures à 1845, et les œuvres de la maturité. En même temps, je voulais dégager les idées de Marx qui ont été historiquement essentielles, que les marxistes de la IIe et de la IIIe Internationale ont retenues et utilisées. De ce fait, j'ai sacrifié une analyse en profondeur, à laquelle j'avais procédé en un autre cours et que j'espère reprendre quelque jour, de la différence entre la* critique *telle que l'entendait Marx de 1841 à 1844 et la* critique de l'économie politique, *contenue dans ses grands livres. Louis Althusser a mis l'accent sur ce point décisif : la continuité ou discontinuité entre le jeune Marx et le Marx du* Capital *dépend du sens que présente en fait le même mot de critique aux deux moments de sa carrière.*

Les trois exposés de la deuxième partie me semblent plus académiques, peut-être moins orientés vers un objectif défini. Cependant, je crains d'avoir été injuste à l'égard d'Émile Durkheim pour la pensée duquel j'ai toujours ressenti une immédiate antipathie. Probablement ai-je peine à supporter le sociologisme *sur lequel débouchent si souvent les analyses sociologiques et les intuitions profondes d'Émile Durkheim. J'ai insisté, plus qu'il n'aurait été équitable probablement, sur ce qu'il y a de plus contestable dans son œuvre, je veux dire sa philosophie.*

J'ai présenté l'auteur du Traité de sociologie générale *avec détachement, alors que je lui avais consacré, il y a trente ans, un article passionnément hostile. Pareto est un isolé et, en vieillissant, je me sens proche des « auteurs maudits », même s'ils ont partiellement mérité la malédiction qui les a frappés. De plus, le cynisme paretien est entré dans les mœurs. Un de mes amis philosophes traite Pareto d'imbécile (il devrait au moins préciser : philosophiquement imbécile), je ne connais plus guère de professeurs qui, tel Célestin Bouglé, il y a trente ans, ne peuvent entendre une référence à Vilfredo Pareto sans donner libre cours à la colère que soulève en eux le seul nom du grand économiste, auteur d'un monument sociologique auquel la postérité n'a pas encore su quelle place réserver dans l'histoire de la pensée.*

Obligé de me contraindre pour reconnaître les mérites de Durkheim, sans passion à l'égard de Pareto, je conserve à Max Weber l'admiration que je lui ai vouée dès ma jeunesse, bien que je me sente, sur bien des points, et même des points importants, très éloigné de lui. Il reste que Max Weber ne m'irrite jamais même quand je lui donne tort, alors qu'il m'arrive d'éprouver un sentiment de malaise même quand les arguments de Durkheim me convainquent. Je laisse aux psychanalystes et aux sociologues le soin d'interpréter ces réactions probablement indignes d'un homme de science. Malgré tout, j'ai pris quelques précautions contre moi-même en multipliant les citations, sans ignorer, bien entendu, que le choix des citations comme celui des statistiques laisse une large part à l'arbitraire.

*Un dernier mot enfin : je me réclame, dans la conclusion de la première partie, de l'école des sociologues libéraux, Montesquieu, Tocqueville, auxquels je joins Élie Halévy. Je le fais non sans une ironie (« descendant attardé ») qui a échappé aux critiques de ce livre, déjà paru aux États-Unis et en Grande-Bretagne. Il ne me paraît pas inutile d'ajouter que je ne dois rien à l'influence de Montesquieu ou de Tocqueville dont je n'ai sérieusement étudié les œuvres qu'au cours des dix dernières années. En revanche, j'ai lu et relu les livres de Marx depuis trente-cinq ans. J'ai plusieurs fois usé du procédé rhétorique du parallèle ou de l'opposition Tocqueville-Marx, en particulier dans le premier chapitre de l'*Essai sur les libertés. *Je suis arrivé à Tocqueville à partir du marxisme, de la philosophie allemande et de l'observation du monde présent. Je n'ai jamais hésité entre* La Démocratie en Amérique *et* Le Capital. *Comme la plupart des étudiants et des professeurs français, je n'avais pas lu* La Démocratie en Amérique *quand, pour la première fois, en 1930, je tentai, sans y parvenir, de me démontrer à moi-même que Marx avait dit vrai et que le capitalisme était une fois pour toutes condamné par* Le Capital. *Je continue, presque malgré moi, à prendre plus d'intérêt aux mystères du* Capital *qu'à la prose limpide et triste de* La Démocratie en Amérique. *Mes conclusions appartiennent à l'école anglaise, ma formation vient surtout de l'école allemande.*

*

Ce livre a été mis au point par M. Guy Berger, auditeur à la Cour des comptes. Sa contribution dépasse de beaucoup la correction de cours qui n'avaient pas été rédigés à l'avance et qui gardaient les défauts de la parole. Il a enrichi le texte par des citations, des notes, des précisions. Ce livre lui doit beaucoup : je lui en exprime ma vive et amicale gratitude.

Nous avons ajouté en annexes trois études écrites au cours de ces dernières années.

La première, Auguste Comte et Alexis de Tocqueville, juges de l'Angleterre, *est le texte d'une* Basil Zaharoff Lecture, *donnée à l'université d'Oxford en juin 1965. Je remercie Oxford University Press qui a publié cette conférence de m'avoir autorisé à la reproduire.*

La deuxième, Idées politiques et vision historique de Tocqueville, *est le texte d'une conférence, donnée en 1960 à l'Institut d'Études politiques de Paris et publiée par la* Revue française de science politique *en 1960.*

*La dernière est le texte français de la communication faite à Heidelberg, au XV*e *congrès de l'Association allemande de sociologie, tenu en 1964, à l'occasion du centième anniversaire de la naissance de Max Weber.*

Ces trois études ressortissent à l'histoire des idées plutôt qu'à l'histoire de la sociologie, au sens proprement scientifique de ce terme. Mais hier, et peut-être aujourd'hui encore, la frontière est mal tracée entre ces deux disciplines.

PREMIÈRE PARTIE

Les fondateurs

CHARLES-LOUIS DE SECONDAT
BARON DE MONTESQUIEU

Je me croirais le plus heureux des mortels si je pouvais faire que les hommes puissent se guérir de leurs préjugés. J'appelle ici préjugés, non pas ce qui fait qu'on ignore de certaines choses, mais ce qui fait qu'on s'ignore soi-même.

L'Esprit des lois, *préface.*

Il peut paraître surprenant de commencer une histoire de la pensée sociologique par l'étude de Montesquieu. En France, on le considère généralement comme un précurseur de la sociologie et on attribue à Auguste Comte le mérite de l'avoir fondée — à juste titre si le fondateur est celui qui a créé le terme. Mais si le sociologue se définit par une intention spécifique, connaître scientifiquement le social en tant que tel, Montesquieu est alors, selon moi, tout autant un sociologue qu'Auguste Comte. L'interprétation de la sociologie, implicite dans *L'Esprit des lois*, est, en effet, plus « moderne » à certains égards que celle d'Auguste Comte. Ce qui ne prouve pas que Montesquieu ait raison contre Auguste Comte, mais seulement que Montesquieu n'est pas à mes yeux un précurseur, mais un des doctrinaires de la sociologie.

Considérer Montesquieu comme un sociologue, c'est donner réponse à une question que tous les historiens ont posée : de quelle discipline relève Montesquieu? A quelle école appartient-il?

L'incertitude est visible dans l'organisation universitaire française. Montesquieu peut figurer au programme simultanément de l'agrégation des lettres, de l'agrégation de philosophie et même, dans certains cas, de l'agrégation d'histoire.

A un niveau plus élevé, les historiens des idées rangent Montesquieu tour à tour parmi les hommes de lettres, parmi les théoriciens de la politique, parmi les historiens du droit, parmi les idéologues qui, au dix-huitième siècle, ont discuté les fondements des institutions françaises et préparé la crise révolutionnaire, voire parmi les économistes [1]. Il est très vrai que Montesquieu est à la fois un écrivain, presque un romancier, un juriste, un philosophe de la politique.

Il n'est pas douteux pourtant que, dans son œuvre, *L'Esprit des lois* occupe une place centrale. Or, l'intention de *L'Esprit des lois*, me semble-t-il, est de toute évidence l'intention que j'appelle sociologique.

Montesquieu n'en fait d'ailleurs nullement mystère. Il a pour but de rendre l'histoire intelligible. Il veut comprendre le donné historique. Or le donné historique se présente à lui sous forme d'une diversité presque infinie de mœurs, de coutumes, d'idées, de lois, d'institutions. Le point de départ de la recherche, c'est précisément cette diversité apparemment incohérente. Le terme de la recherche devrait être la substitution à cette diversité incohérente d'un ordre pensé. Montesquieu, exactement comme Max Weber, veut passer du donné incohérent à un ordre intelligible. Or cette démarche est la démarche propre du sociologue.

Mais les deux termes que je viens d'employer, diversité incohérente, ordre intelligible, font évidemment problème. Comment arrivera-t-on à découvrir un ordre intelligible? Quelle sera la nature de cet ordre intelligible substitué à la diversité radicale des coutumes et des mœurs?

Il me semble qu'il y a, dans les ouvrages de Montesquieu, deux réponses qui ne sont pas contradictoires, ou plutôt deux étapes d'une démarche.

La première consiste à affirmer qu'au-delà du chaos des accidents, on découvre des causes profondes, qui rendent compte de l'apparente irrationalité des événements.

Montesquieu écrit ainsi dans les *Considérations sur les causes de la grandeur et de la décadence des Romains :*

« Ce n'est pas la fortune qui domine le monde. On peut le demander aux Romains, qui eurent une suite continuelle de prospérités, quand ils se gouvernèrent sur un certain plan, et une suite non interrompue de revers, lorsqu'ils se conduisirent sur un autre. Il y a des causes générales, soit morales, soit physiques, qui agissent dans chaque monarchie, l'élèvent, la maintiennent, ou la précipitent. Tous les accidents sont soumis à ces causes, et si le hasard d'une bataille, c'est-à-dire une cause particulière, a ruiné un État, il y avait une cause générale qui faisait que cet État devait périr par une seule bataille. En un mot, l'allure principale entraîne avec elle tous les accidents particuliers. » (Chap. 18; *O. C.*, t. II, p. 173.)

Et ailleurs, dans *L'Esprit des lois :*

« Ce ne fut point Poltava qui perdit Charles XII. S'il n'avait pas été détruit dans ce lieu, il l'aurait été dans un autre. Les accidents de la fortune se réparent aisément. On ne peut pas parer à des événements qui naissent continuellement de la nature des choses. » (Liv. X, chap. 13; *O. C.*, t. II, p. 387.)

L'idée que ces deux citations révèlent est, me semble-t-il, la première idée proprement sociologique de Montesquieu. Je la formulerai ainsi : il faut, derrière la suite apparemment accidentelle des événements, saisir les causes profondes qui en rendent compte.

Une proposition de cette sorte n'implique pas, cependant, que tout ce qui s'est passé était rendu nécessaire par les causes profondes. La sociologie ne se définit pas, au point de départ, par le postulat selon lequel les accidents sont sans efficacité dans le cours de l'histoire.

C'est une question de fait de savoir si une victoire, ou une défaite militaire, a été causée par la corruption de l'État ou par des erreurs de technique ou de tactique. Il n'y a pas évidence que n'importe quelle victoire militaire soit le signe de la grandeur d'un État, n'importe quelle défaite le signe de sa corruption.

La deuxième réponse que donne Montesquieu est plus intéressante et va plus loin. Elle consiste à dire, non pas que les accidents s'expliquent par des causes profondes, mais que l'on peut organiser la diversité des mœurs, des coutumes et des idées à l'intérieur d'un petit nombre de types. Entre la diversité infinie des coutumes et l'unité absolue d'une société idéale, il y a un terme intermédiaire.

La préface de *L'Esprit des lois* exprime clairement cette idée essentielle :

« J'ai d'abord examiné les hommes, et j'ai cru que, dans cette infinie diversité de lois et de mœurs, ils n'étaient pas uniquement conduits par leurs fantaisies. »

La formule implique que la variété des lois puisse s'expliquer, les lois propres à chaque société étant déterminées par certaines causes qui agissent parfois sans que les hommes en aient conscience.

Puis il continue :

« J'ai posé les principes, et j'ai vu les cas particuliers s'y plier comme d'eux-mêmes; les histoires de toutes les nations n'en être que les suites; et chaque loi particulière liée avec une autre loi, ou dépendre d'une autre plus générale. » (*O. C.*, t. II, p. 229.)

Ainsi, il est possible de rendre raison de la diversité observée des coutumes de deux façons : d'une part, en remontant aux causes responsables des lois particulières que l'on observe dans tel ou tel cas; d'autre part, en dégageant des principes ou des types qui constituent un niveau intermédiaire entre la diversité incohérente et un schéma universellement valable. On rend le *devenir* intelligible lorsque l'on saisit les *causes* profondes qui ont déterminé l'allure générale des événements. On rend la *diversité* intelligible lorsqu'on l'organise à l'intérieur d'un petit nombre de *types* ou de concepts.

Théorie politique.

Le problème de l'appareil conceptuel de Montesquieu, de cet appareil qui lui permet de substituer un ordre pensé à une diversité incohérente, revient à peu près à la question, classique chez les interprètes, du plan de *L'Esprit des lois.* Cet ouvrage nous offre-t-il un ordre intelligible ou une collection de remarques plus ou moins subtiles sur tels ou tels aspects de la réalité historique?

L'Esprit des lois se divise en plusieurs parties, dont l'apparente hétérogénéité a été souvent constatée. Du point de vue où je suis placé, il y a, me semble-t-il, essentiellement trois grandes parties.

D'abord, les treize premiers livres qui développent la théorie bien connue des trois types de gouvernement, c'est-à-dire ce que nous appellerions une sociologie politique, un effort pour réduire la diversité des formes de gouvernement à quelques types, chacun de ceux-ci étant défini, tout à la fois, par sa nature et son principe. La deuxième partie va du livre XIV au livre XIX. Elle est consacrée aux causes matérielles ou physiques, c'est-à-dire essentiellement à l'influence du climat et du terrain sur les hommes, leurs mœurs et leurs institutions. La troisième partie, qui va du livre XX au livre XXVI, étudie successivement l'influence des causes sociales, commerce, monnaie, nombre des hommes, religion, sur les mœurs, les coutumes et les lois.

Ces trois parties sont donc, apparemment, d'une part une sociologie de la politique; ensuite, une étude sociologique des causes, les unes physiques, les autres morales, qui agissent sur l'organisation des sociétés.

Il reste, en dehors de ces trois parties principales, les derniers livres de *L'Esprit des lois,* qui, consacrés à l'étude des législations romaine et féodale, représentent des illustrations historiques, et le livre XXIX, qu'il est difficile de rattacher à une des grandes divisions; il veut répondre à la question : comment faut-il composer les lois? Ce dernier livre peut être interprété comme une élaboration pragmatique des conséquences qui se déduisent de l'étude scientifique.

Il y a enfin un livre, difficile à classer dans ce plan d'ensemble, le livre XIX, qui traite de l'esprit général d'une nation. Il ne s'attache donc pas à une cause particulière ou à l'aspect politique des institutions, mais à ce qui constitue peut-être le principe d'unification du tout social. De toute manière, ce livre est des plus importants. Il représente la transition ou le lien entre la première partie de *L'Esprit des lois,* la sociologie politique, et les deux autres parties, qui étudient les causes physiques ou morales.

Ce rappel du plan de *L'Esprit des lois* permet de poser les problèmes essentiels de l'interprétation de Montesquieu. Tous les historiens ont été frappés des différences entre la première partie et les deux parties suivantes. Chaque fois que des historiens constatent l'hétérogénéité apparente des morceaux d'un même livre, ils sont tentés de recourir à une interprétation historique, cherchant à quelle date l'auteur a écrit les diverses parties.

Dans le cas de Montesquieu, cette interprétation historique peut se développer sans trop de difficultés. Les premiers livres de *L'Esprit des lois*, sinon le premier, du moins du livre II au livre VIII, c'est-à-dire les livres qui analysent les trois types de gouvernement, sont, si je puis dire, d'inspiration aristotélicienne. Montesquieu les a écrits avant son voyage en Angleterre, à une époque où il était sous l'influence dominante de la philosophie politique classique. Or, dans la tradition classique, la *Politique* d'Aristote était *le* livre essentiel. Que Montesquieu ait écrit les premiers livres avec la *Politique* d'Aristote à côté de lui n'est pas douteux. On peut, presque à chaque page, y trouver des références sous forme d'allusions ou de critiques.

Les livres suivants, en particulier le fameux livre XI, sur la constitution de l'Angleterre et la séparation des pouvoirs, ont été probablement écrits postérieurement, après le séjour en Angleterre, sous l'influence des observations faites lors de ce voyage. Quant aux livres de sociologie consacrés à l'étude des causes physiques ou morales, ils ont été écrits probablement plus tardivement que les premiers livres.

A partir de là, il serait facile mais peu satisfaisant de présenter *L'Esprit des lois* comme la juxtaposition de deux façons de penser, de deux façons d'étudier la réalité.

Montesquieu serait, d'une part, un disciple des philosophes classiques. En tant que tel, il a développé une théorie des types de gouvernement qui, même si elle diffère, sur quelques points, de la théorie classique d'Aristote, est encore dans le climat et dans la tradition de ces philosophes. En même temps, Montesquieu serait un sociologue qui cherche l'influence que le climat, la nature du terrain, le nombre des hommes et la religion peuvent exercer sur les différents aspects de la vie collective.

L'auteur étant double, théoricien de la politique d'un côté, sociologue de l'autre, *L'Esprit des lois* serait une œuvre incohérente, et non pas un livre ordonné par une intention dominante et un système conceptuel, quoique contenant des morceaux de dates et peut-être d'inspirations diverses.

Avant de se résigner à une interprétation qui suppose l'historien plus intelligent que l'auteur et capable de voir immédiatement la contradiction qui aurait échappé au génie, il faut chercher l'ordre interne que Montesquieu, à tort ou à raison, apercevait dans sa propre pensée. Le problème posé est celui de la compatibilité entre la théorie des *types* de gouvernement et la théorie des *causes*.

Montesquieu distingue trois types de gouvernement, la république, la monarchie et le despotisme. Chacun de ces types est défini par référence à deux concepts, que l'auteur de *L'Esprit des lois* appelle la *nature* et le *principe* du gouvernement.

La nature du gouvernement est ce qui le fait être ce qu'il est. Le principe du gouvernement est le sentiment qui doit animer les hommes à l'intérieur d'un type de gouvernement, pour que celui-ci fonctionne harmonieusement. Ainsi, la vertu est le principe de la république, ce qui ne signifie pas qu'en république les hommes soient vertueux, mais qu'ils devraient l'être, et que les républiques ne sont prospères que dans la mesure où les citoyens sont vertueux[2].

La nature de chaque gouvernement est déterminée par le nombre des détenteurs de la souveraineté. Montesquieu écrit : « Je suppose trois définitions ou plutôt trois faits : l'un que le gouvernement républicain est celui où le peuple en corps ou seulement une partie du peuple a la souveraine puissance; le monarchique celui où un seul gouverne, mais par des lois fixes et établies; au lieu que dans le despotisme, un seul sans loi et sans règle, entraîne tout par sa volonté et par ses caprices. » (*L'Esprit des lois*, liv. II, chap. 1; *O. C.*, t. II, p. 239.) La distinction, peuple en corps ou seulement une partie du peuple, appliquée à la république, a pour but de rappeler les deux espèces de gouvernement républicain : la démocratie et l'aristocratie.

Mais ces définitions montrent aussitôt que la nature d'un gouvernement ne dépend pas seulement du nombre de ceux qui détiennent la puissance souveraine, mais aussi du mode d'exercice de celle-ci. Monarchie et despotisme sont tous deux des régimes qui comportent un seul détenteur de la souveraine puissance, mais dans le cas du régime monarchique ce détenteur unique gouverne selon des lois fixes et établies, alors que dans le despotisme il gouverne sans lois et sans règles. Nous avons ainsi deux critères, ou, en jargon moderne, deux variables pour préciser la nature de chaque gouvernement : d'une part, qui détient la puissance souveraine, d'autre part, selon quelles modalités cette puissance souveraine est-elle exercée?

Il convient d'ajouter le troisième critère, celui du principe du gouvernement. Un type de gouvernement n'est pas défini suffisamment par la caractéristique presque juridique de la détention de la puissance souveraine. Chaque type de gouvernement est de plus caractérisé par le sentiment, faute duquel il ne peut durer et prospérer.

Or, d'après Montesquieu, il y a trois sentiments politiques fondamentaux, chacun d'eux assurant la stabilité d'un type de gouvernement. La république dépend de la vertu, la monarchie de l'honneur et le despotisme de la crainte.

La vertu de la république n'est pas une vertu morale, mais une vertu proprement politique. C'est le respect des lois et le dévouement de l'individu à la collectivité.

L'honneur, comme le dit Montesquieu, est « philosophiquement parlant un honneur faux ». C'est le respect par chacun de ce qu'il doit à son rang [3].

Quant à la peur, elle n'a pas besoin de définition. Elle est un sentiment élémentaire et pour ainsi dire infrapolitique. Mais c'est un sentiment dont tous les théoriciens de la politique ont traité, parce que beaucoup d'entre eux, depuis Hobbes, ont considéré qu'elle était le sentiment le plus humain, le plus radical, celui à partir duquel l'État lui-même s'explique. Mais Montesquieu n'est pas, à la manière de Hobbes, un pessimiste. A ses yeux, un régime fondé sur la peur est par essence corrompu, et presque au seuil du néant politique. Les sujets qui n'obéissent que par peur ne sont presque plus des hommes.

Cette classification des régimes est originale, par rapport à la tradition classique.

Montesquieu considère tout d'abord démocratie et aristocratie, qui, dans la classification d'Aristote, sont deux types distincts, comme deux modalités d'un même régime appelé républicain et distingue ce régime de la monarchie. D'après Montesquieu, Aristote n'a pas connu la vraie nature de la monarchie. Ce qui s'explique aisément puisque la monarchie, telle que la conçoit Montesquieu, n'a été authentiquement réalisée que dans les monarchies européennes [4].

Cette originalité s'explique par une raison profonde. La distinction des types de gouvernement, chez Montesquieu, est en même temps, une distinction des organisations et des structures sociales. Aristote avait fait une théorie des régimes, à laquelle il avait donné, en apparence, une valeur générale, mais il présupposait, comme base sociale, la cité grecque. Monarchie, aristocratie, démocratie constituaient les trois modalités d'organisation politique des cités grecques. Il était légitime de distinguer les types de gouvernement d'après le nombre de détenteurs du pouvoir souverain. Mais cette sorte d'analyse impliquait que ces trois régimes fussent, pour employer une expression moderne, la superstructure politique d'une certaine forme de société.

La philosophie politique classique s'était peu interrogée sur les relations entre les types de superstructure politique et les bases sociales. Elle n'avait pas formulé clairement la question de savoir dans quelle mesure on peut établir une classification des régimes politiques, abstraction faite de l'organisation des sociétés. La contribution décisive de Montesquieu va précisément être de reprendre le problème dans sa généralité et de combiner l'analyse des régimes avec celle des organisations sociales, de telle manière que chacun des gouvernements apparaisse en même temps comme une certaine société.

Le lien entre régime politique et société est établi en premier lieu et de façon explicite par la prise en considération de la dimension de la société. Selon Montesquieu, chacun de ces trois gouvernements répond à une certaine dimension de la société envisagée. Les formules abondent :

« Il est de la nature d'une république qu'elle n'ait qu'un petit territoire; sans cela elle ne peut guère subsister. » (Liv. VIII, chap. 16; *O. C.*, t. II, p. 362.)

« Un État monarchique doit être d'une grandeur médiocre. S'il était petit, il se formerait en république. S'il était fort étendu, les principaux de l'État, grands par eux-mêmes, n'étant point sous les yeux du prince, ayant leur cour hors de sa cour, assurés d'ailleurs contre les exécutions promptes par les lois et par les mœurs, pourraient cesser d'obéir. » (Liv. VIII, chap. 17; *O. C.*, t. II, p. 363.)

« Un grand empire suppose une autorité despotique dans celui qui gouverne. » (Liv. VIII, chap. 19; *O. C.*, t. II, p. 365.)

Si l'on voulait traduire ces formules en propositions d'une logique rigoureuse, probablement ne faudrait-il pas employer un langage de causalité, c'est-à-dire affirmer que, dès lors que le territoire d'un État dépasse une certaine dimension, le despotisme est inévitable, mais dire plutôt qu'il y a une concordance naturelle entre le volume de la société et le type de gouvernement. Ce qui ne va pas, d'ailleurs, sans poser à l'observateur un problème difficile : si, à partir d'une certaine dimension, un État ne peut être que despotique, le sociologue n'est-il pas acculé à admettre la nécessité d'un régime qu'il tient pour humainement et moralement mauvais? A moins qu'il n'évite cette conséquence déplaisante en affirmant que les États ne doivent pas dépasser une certaine dimension.

Quoi qu'il en soit, par l'intermédiaire de cette théorie des dimensions, Montesquieu rattache la classification des régimes à ce que l'on appelle aujourd'hui la morphologie sociale, ou le volume des sociétés, pour reprendre l'expression de Durkheim.

Montesquieu rattache également la classification des régimes à l'analyse des sociétés en se fondant sur la notion de principe de gouvernement, c'est-à-dire de sentiment indispensable au fonctionnement d'un certain régime. La théorie du principe conduit manifestement à une théorie de l'organisation sociale.

Si la vertu dans la république, c'est l'amour des lois, le dévouement à la collectivité, le patriotisme, pour employer une expression moderne, elle débouche en dernière analyse sur un certain sens de l'égalité. Une république est un régime dans lequel les hommes vivent par et pour la collectivité, dans lequel ils se sentent citoyens, ce qui implique qu'ils soient et se sentent égaux les uns aux autres.

En revanche, le principe de la monarchie est l'honneur. Montesquieu en fait la théorie sur un ton qui, par instants, semble polémique et ironique.

« Dans les monarchies la politique fait faire de grandes choses avec le moins de vertu qu'elle peut. Comme dans les plus belles machines l'art emploie aussi peu de mouvements, de forces et de roues qu'il est possible, l'État subsiste indépendamment de l'amour pour la patrie, du désir de la vraie gloire, du renoncement à soi-même, du sacrifice de ses plus chers intérêts et de toutes ces vertus héroïques que nous trouvons dans les anciens, et dont nous avons seulement entendu parler. » (Liv. III, chap. 5; *O. C.*, p. 255.)

« Le gouvernement monarchique suppose, comme nous l'avons dit, des prééminences, des rangs et même une noblesse d'origine. La nature de l'honneur est de demander des préférences et des distinctions. Il est donc, par la chose même, placé dans ce gouvernement. L'ambition est pernicieuse dans une république. Elle a de bons effets dans la monarchie; elle donne la vie à ce gouvernement, et on y a cet avantage qu'elle n'est pas dangereuse, parce qu'elle y peut être sans cesse réprimée. » (Liv. III, chap. 7; *O. C.*, t. II, p. 257.)

Cette analyse n'est pas entièrement neuve. Depuis que les hommes ont réfléchi sur la politique, ils ont toujours oscillé entre deux thèses extrêmes : ou bien un État n'est prospère que lorsque les hommes veulent directement le bien de la collectivité; ou bien, puisqu'il est impossible que les hommes veuillent directement le bien de la collectivité, un bon régime est celui où les vices des hommes conspirent au bien de tous. La théorie de l'honneur de Montesquieu est une modalité de cette deuxième thèse, sans illusion. Le bien de la collectivité est assuré, sinon par les vices des citoyens, du moins par des qualités mineures, voire par des attitudes qui, moralement, seraient répréhensibles.

Personnellement, je pense que, dans les chapitres de Montesquieu sur l'honneur, il y a deux attitudes ou deux intentions dominantes : il y a une relative dévalorisation de l'honneur par rapport à la vraie vertu politique, celle des anciens et celle des républiques; mais il y a aussi une valorisation de l'honneur en tant que principe de relations sociales et protection de l'État contre le mal suprême, le despotisme.

En effet, si les deux gouvernements, républicain et monarchique, diffèrent en essence, parce que l'un se fonde sur l'égalité et l'autre sur l'inégalité, parce que l'un se fonde sur la vertu politique des citoyens et l'autre sur un substitut de vertu, qui est l'honneur, ces deux régimes ont cependant un trait commun : ils sont modérés, nul n'y commande de manière arbitraire et en dehors des lois. En revanche, lorsque l'on arrive au troisième gouvernement, à savoir le gouvernement despotique, on sort des gouvernements modérés. Montesquieu combine avec la classification des trois gouvernements une classification dualiste des gouvernements modérés et des gouvernements non modérés. La république et la monarchie sont modérées, le despotisme ne l'est pas.

A quoi il faut ajouter une troisième sorte de classification, que j'appellerai, pour sacrifier à la mode, dialectique. La république est fondée sur une organisation égalitaire des relations entre les membres de la collectivité. La monarchie est fondée essentiellement sur la différenciation et l'inégalité. Quant au despotisme, il marque le retour à l'égalité. Mais, alors que l'égalité républicaine est l'égalité dans la vertu et dans la participation de tous au pouvoir souverain, l'égalité despotique est l'égalité dans la peur, dans l'impuissance et dans la non-participation au pouvoir souverain.

Montesquieu montre dans le despotisme pour ainsi dire le mal politique absolu. Il est vrai que le despotisme est peut-être inévitable lorsque les États deviennent trop grands, mais simultanément le despotisme est le régime où un seul gouverne sans règles et sans lois et où, par conséquent, la peur règne. On est tenté de dire que chacun a peur de tous les autres dès lors que le despotisme s'est établi.

En définitive, dans la pensée politique de Montesquieu, l'opposition décisive est entre le despotisme, où chacun a peur de chacun, et les régimes de liberté, où nul citoyen n'a peur d'aucun autre. Cette sûreté qui donne à chacun la liberté, Montesquieu l'a exprimée directement et clairement, dans les chapitres consacrés à la constitution anglaise, au livre XI. Dans un despotisme, il ne subsiste plus qu'une seule limite au pouvoir absolu de celui qui règne, c'est la religion; encore cette protection est-elle précaire.

Cette synthèse n'est pas sans provoquer discussion et critique. On peut tout d'abord se demander si le despotisme est un type politique concret, au même sens que la république ou la monarchie. Montesquieu précise que le modèle de la république nous est donné par les républiques antiques et, en particulier, la république romaine, avant les grandes conquêtes. Modèles de la monarchie sont les monarchies européennes, anglaise et française, de son temps. Quant aux modèles du despotisme, ce sont, une fois pour toutes, les empires qu'il appelle asiatiques, par un amalgame de l'empire perse et de l'empire chinois, de l'empire des Indes et de l'empire japonais. Certes les connaissances que possédait Montesquieu sur l'Asie étaient fragmentaires, malgré tout il disposait d'une documentation qui lui aurait permis de rendre plus nuancée sa conception du despotisme asiatique.

Montesquieu est à l'origine d'une interprétation de l'histoire de l'Asie qui n'a pas encore disparu complètement et qui est caractéristique de la pensée européenne : les régimes asiatiques seraient essentiellement des despotismes, supprimant toute structure politique, toute institution et toute modération. Le despotisme asiatique vu par Montesquieu, c'est le désert de la servitude. Le souverain absolu est seul, tout-puissant, il délègue éventuellement ses pouvoirs à un grand vizir; mais quelles que soient les modalités des rapports entre le despote et son entourage, il n'y a pas de classes sociales en équilibre, pas d'ordres ni de rangs; ni l'équivalent de la vertu antique ni l'équivalent de l'honneur européen; la peur règne sur des millions d'hommes, à travers ces étendues démesurées, où l'État ne peut se maintenir qu'à la condition qu'un seul puisse tout.

Cette théorie du despotisme asiatique n'est-elle donc pas aussi et surtout l'image idéale du mal politique dont l'évocation ne va pas sans une intention polémique à l'égard des monarchies européennes? N'oublions pas la phrase fameuse : « Toutes les monarchies vont se perdre dans le despotisme, comme les fleuves dans la mer. » L'idée du despotisme asiatique, c'est la hantise de l'aboutissement possible des monarchies lorsque celles-ci perdent le respect des rangs, de la noblesse, des corps intermédiaires, faute desquels le pouvoir absolu et arbitraire d'un seul perd toute modération.

La théorie des gouvernements de Montesquieu, dans la mesure où elle établit une correspondance entre les dimensions du territoire et la forme du gouvernement, risque aussi de conduire à une sorte de fatalisme.

Dans *L'Esprit des lois,* il y a une oscillation entre deux extrêmes. Il serait facile de relever nombre de textes, d'après lesquels il y aurait une sorte de hiérarchie : la république étant le régime le meilleur, ensuite viendrait la monarchie, enfin le despotisme. Mais, d'un autre côté, si chaque régime est irrésistiblement appelé par une certaine dimension du corps social, nous sommes en présence, non pas d'une hiérarchie de valeurs, mais d'un déterminisme inexorable.

Il existe enfin une dernière critique ou incertitude qui porte sur l'essentiel et concerne la relation entre les régimes politiques et les types sociaux.

Cette relation peut, en effet, être pensée de diverses manières. Le sociologue ou le philosophe peut considérer qu'un régime politique est suffisamment défini par un seul critère, par exemple le nombre de ceux qui détiennent la souveraineté, et fonder ainsi une classification des régimes politiques ayant une signification suprahistorique. Telle était la conception que l'on trouvait implicitement dans la philosophie politique classique, dans la mesure où celle-ci faisait une théorie des régimes, abstraction faite de l'organisation de la société, présupposant pour ainsi dire la validité intemporelle des types politiques.

Mais il est aussi possible, comme le fait plus ou moins clairement Montesquieu, de combiner étroitement régime politique et type social. Dans ce cas, on aboutit à ce que Max Weber aurait appelé trois types idéaux : celui de la cité antique, État de petites dimensions, gouverné selon la république, démocratie ou aristocratie; le type idéal de la monarchie européenne, dont l'essence est la différenciation des ordres, monarchie légale et modérée; et enfin le type idéal du despotisme asiatique, État de dimensions extrêmes, pouvoir absolu d'un seul, la religion étant la seule limite à l'arbitraire du souverain; l'égalité est restaurée, mais dans l'impuissance de tous.

Montesquieu choisit plutôt cette deuxième conception du rapport entre régime politique et type social. Mais du même coup, on se demande dans quelle mesure les régimes politiques sont séparables des entités historiques dans lesquelles ils sont réalisés.

Quoi qu'il en soit, il reste que l'idée essentielle, est ce lien établi entre le mode de gouvernement, le type de régime d'une part, le style des relations inter-personnelles de l'autre. En fait, ce qui est décisif aux yeux de Montesquieu, c'est moins que le pouvoir souverain appartienne à plusieurs ou à un seul, mais que l'autorité soit exercée selon les lois et la mesure, ou, au contraire, arbitrairement et dans la violence. La vie sociale est autre selon le mode d'exercice du gouvernement. Une telle idée garde toute sa portée dans une sociologie des régimes politiques.

De plus, quelle que soit l'interprétation des relations entre classification des régimes politiques et classification des types sociaux, le mérite que l'on ne peut pas refuser à Montesquieu est d'avoir posé clairement le problème. Je doute qu'il l'ait résolu de manière définitive, mais personne y est-il parvenu?

*

La distinction entre gouvernement modéré et gouvernement non modéré est probablement centrale dans la pensée de Montesquieu. Elle permet d'intégrer les considérations sur l'Angleterre qui se trouvent au livre XI dans la théorie des types de gouvernement des premiers livres.

Le texte essentiel, à cet égard, est le chapitre 6 du livre XI, dans lequel Montesquieu étudie la constitution de l'Angleterre. Ce chapitre a eu un tel retentissement que nombre de constitutionnalistes anglais ont interprété les institutions de leur pays d'après ce qu'en a dit Montesquieu. Le prestige du génie a été tel que les Anglais ont cru se comprendre eux-mêmes en lisant *L'Esprit des lois* * [5].

Montesquieu a découvert en Angleterre d'une part un État qui a pour objet propre la liberté politique, d'autre part le fait et l'idée de la représentation politique.

« Quoique tous les États aient en général un même objet qui est de se maintenir, chaque État en a pourtant un qui lui est particulier, écrit Montesquieu. L'agrandissement était l'objet de Rome; la guerre celui de Lacédémone; la religion celui des lois judaïques; le commerce celui de Marseille... Il y a aussi une nation dans le monde qui a pour objet direct de sa constitution la liberté politique. » (*L'Esprit des lois*, liv. XI, chap. 5; *O. C.*, t. II, p. 396.) Quant à la représentation, l'idée n'en figurait pas au premier rang dans la théorie de la république. Les républiques auxquelles songe Montesquieu sont les républiques anciennes où existait une assemblée du peuple, et non pas une assemblée élue par le peuple et composée de représentants du peuple. C'est seulement en Angleterre qu'il a pu observer, réalisée pleinement, l'institution représentative.

Ce gouvernement, qui a pour objet la liberté et où le peuple est représenté par les assemblées, a pour caractéristique majeure ce que l'on a appelé la séparation des pouvoirs, doctrine qui est restée d'actualité et sur laquelle on a indéfiniment spéculé.

Montesquieu constate qu'en Angleterre un monarque détient le pouvoir exécutif. Puisque celui-ci exige la rapidité de décision et d'action, il est bon qu'un seul le détienne. Le pouvoir législatif est incarné par deux assemblées : la Chambre des Lords, qui représente la noblesse, et la Chambre des Communes, qui représente le peuple.

Ces deux pouvoirs, exécutif et législatif, sont détenus par des personnes ou des corps distincts. Montesquieu décrit la coopération de ces organes autant qu'il analyse leur séparation. Il montre, en effet, ce que chacun de ces pouvoirs peut et doit faire par rapport à l'autre.

Il y a bien un troisième pouvoir, le pouvoir de juger. Mais

* Il va sans dire que je n'entrerai pas ici dans une étude détaillée ni de ce qu'était la constitution anglaise au XVIIIe siècle, ni de ce que Montesquieu a cru qu'elle était, ni enfin de ce qu'elle est devenue au XXe siècle. Je veux seulement montrer comment les idées essentielles de Montesquieu sur l'Angleterre s'intègrent dans sa conception générale de la politique.

Montesquieu précise que « la puissance de juger, si terrible parmi les hommes, n'étant attachée ni à un certain état, ni à une certaine profession, devient pour ainsi dire, invisible et nulle » (*E. L.*, liv. XI, chap. 6; *O. C.*, t. II, p. 398). Ce qui semble indiquer que le pouvoir judiciaire étant essentiellement l'interprète des lois doit avoir aussi peu d'initiative et de personnalité que possible. Ce n'est pas le pouvoir de personnes, c'est le pouvoir des lois, « l'on craint la magistrature et non pas les magistrats » *(Ibid.)*.

Le pouvoir législatif coopère avec le pouvoir exécutif; il doit examiner dans quelle mesure les lois ont été correctement appliquées par ce dernier. Quant à la puissance « exécutrice », elle ne saurait entrer dans le débat des affaires, mais elle doit être en rapport de coopération avec le pouvoir législatif, par ce qu'il appelle sa faculté d'empêcher. Montesquieu ajoute encore que le budget doit être voté chaque année. « Si la puissance législative statue, non pas d'année en année, mais pour toujours, sur la levée des deniers publics, elle court le risque de perdre sa liberté, parce que la puissance exécutrice ne dépendra plus d'elle. » (*Ibid.*, p. 405.) Le vote annuel du budget est comme une condition de la liberté.

Ces données générales étant posées, les interprètes ont mis l'accent les uns sur le fait que la puissance exécutrice et la puissance législative étaient distinctes, les autres sur le fait qu'il devait y avoir une coopération permanente entre elles.

Le texte de Montesquieu a été rapproché des textes de Locke sur le même sujet; certaines bizarreries de l'exposé de Montesquieu s'expliquent si l'on se réfère au texte de Locke[6]. En particulier, au début du chapitre 6, il y a deux définitions de la puissance exécutrice. Celle-ci est définie une première fois comme celle qui décide « des choses qui dépendent du droit des gens »(*Ibid.*, p. 396), ce qui semble la limiter à la politique étrangère. Un peu plus loin, elle est définie comme celle qui « exécute les résolutions publiques » (*Ibid.*, p. 397), ce qui lui donne une tout autre extension. Montesquieu suit dans un cas le texte de Locke. Mais, entre Locke et Montesquieu, il y a une différence fondamentale d'intention. Le but de Locke est de limiter le pouvoir royal, de montrer que si le monarque dépasse certaines bornes ou manque à certaines obligations, le peuple, origine véritable de la souveraineté, est en droit de réagir. En revanche, l'idée essentielle de Montesquieu n'est pas la séparation des pouvoirs au sens juridique du terme, mais ce qu'on pourrait appeler l'*équilibre des puissances sociales*, condition de la liberté politique.

Montesquieu, dans toute son analyse de la constitution anglaise, suppose une noblesse et deux chambres, dont l'une représente le peuple et l'autre l'aristocratie. Il insiste pour que les nobles ne soient jugés que par leurs pairs. En effet, « les grands sont toujours exposés à l'envie; et s'ils étaient jugés par le peuple, ils pourraient être en danger, et ne jouiraient pas du privilège qu'a le moindre des citoyens dans un État libre, d'être jugé par ses pairs. Il faut donc que les nobles soient appelés non pas devant les tribunaux ordinaires de la nation, mais devant cette partie du corps législatif qui est composé de nobles » (*Ibid.*, p. 404). En d'autres termes, Montesquieu, dans son analyse de la constitution anglaise, vise à retrouver la différenciation sociale, la distinction des classes et des rangs conforme à l'essence de la monarchie, telle qu'il l'a définie et indispensable à la modération du pouvoir.

Un État est libre, dirais-je volontiers, en commentant Montesquieu, quand le pouvoir y arrête le pouvoir. Ce qu'il y a de plus frappant, pour justifier cette interprétation, c'est que dans le livre XI, lorsqu'il a terminé l'examen de la constitution de l'Angleterre, il revient à Rome et analyse l'ensemble de l'histoire romaine en termes de relations entre la plèbe et le patriciat. Ce qui l'intéresse, c'est la rivalité entre les classes. Cette compétition sociale est la condition du régime modéré parce que les diverses classes sont capables de se faire équilibre.

En ce qui concerne la constitution elle-même, il est bien vrai que Montesquieu indique dans le détail comment chacun des pouvoirs a tel ou tel droit et comment les différents pouvoirs doivent coopérer. Mais cette mise en forme constitutionnelle n'est rien de plus que l'expression d'un État libre, ou, dirais-je volontiers, d'une société libre, dans laquelle aucun pouvoir ne peut s'étendre sans limites parce qu'il est arrêté par d'autres pouvoirs.

Un texte des *Considérations sur les causes de la grandeur et de la décadence des Romains* résume parfaitement ce thème central de Montesquieu :

« Pour règle générale toutes les fois qu'on verra tout le monde tranquille, dans un État qui se donne le nom de République, on peut être assuré que la liberté n'y est pas. Ce qu'on appelle union, dans un corps politique, est une chose très équivoque. La vraie est une union d'harmonie, qui fait que toutes les parties, quelque opposées qu'elles nous paraissent, concourent au bien général de la société comme des dissonances dans la musique concourent à l'accord total. Il peut y avoir de l'union dans un État où on ne croit voir que du trouble, c'est-à-dire une harmonie d'où résulte le bonheur, qui seul est la vraie paix. Il en est comme des parties de cet univers, éternellement liées par l'action des unes et la réaction des autres. » (Chap. 9; *O.C.*, t. II, p. 119.)

La conception du consensus social est celle d'un équilibre des forces ou de la paix établie par action et réaction entre les groupes sociaux [7].

Si cette analyse est exacte, la théorie de la constitution anglaise est au centre de la sociologie politique de Montesquieu, non pas parce qu'elle est un modèle pour tous les pays, mais parce qu'elle permet de retrouver, dans le mécanisme constitutionnel d'une monarchie, les fondements d'un État modéré et libre, grâce à l'équilibre entre les classes sociales, grâce à l'équilibre entre les pouvoirs politiques.

Mais cette constitution, modèle de liberté, est aristocratique, et, de ce fait, des interprétations diverses ont été proposées.

Une première interprétation, qui a été longtemps celle des juristes et qui a probablement encore été celle des Constituants français de 1958, est une théorie de la séparation, juridiquement conçue, des pouvoirs, à l'intérieur du régime républicain. Le président de la République et le Premier ministre d'un côté, le Parlement de l'autre ont des droits bien définis, l'équilibre étant obtenu dans le style ou la tradition de Montesquieu, précisément par un agencement précis des rapports entre les divers organes [8].

Une deuxième interprétation insiste sur l'équilibre des puissances sociales, comme je le fais, et met aussi l'accent sur le caractère aristocratique de la conception de Montesquieu. Cette idée de l'équilibre des puissances sociales suppose la noblesse, elle sert de justification aux corps intermédiaires du XVIIIe siècle, au moment où ceux-ci étaient sur le point de disparaître. Dans cette perspective, Montesquieu est un représentant de l'aristocratie qui réagit contre le pouvoir monarchique au nom de sa classe, qui est une classe condamnée. Victime de la ruse de l'histoire il se dresse contre le roi, voulant agir pour la noblesse, mais sa polémique ne sera efficace que pour la cause du peuple [9].

Je pense personnellement qu'il y a une troisième interprétation, qui reprend la deuxième, mais la dépasse, au sens du *aufheben* de Hegel, c'est-à-dire qu'elle va au-delà tout en conservant la part de vérité.

Il est vrai que Montesquieu ne concevait l'équilibre des puissances sociales, condition de la liberté, que sur le modèle d'une société aristocratique. Il pensait que les bons gouvernements étaient modérés, et que les gouvernements ne pouvaient être modérés que lorsque le pouvoir arrêtait le pouvoir, ou encore lorsqu'aucun citoyen n'en craignait aucun autre. Les nobles ne pouvaient avoir le sentiment de sûreté que si leurs droits étaient garantis par l'organisation politique elle-même. La conception sociale de l'équilibre qu'expose *L'Esprit des lois* est liée à une société aristocratique et dans le conflit de son temps sur la constitution de la monarchie française, Montesquieu appartient au parti de l'aristocratie, et non à celui du roi ou à celui du peuple.

Mais il reste à savoir si l'idée, que se faisait Montesquieu des conditions de la liberté et de la modération, ne reste pas vraie au-delà du modèle aristocratique qu'il avait à l'esprit. Ce qu'aurait probablement dit Montesquieu, c'est qu'on peut effectivement concevoir une évolution sociale par laquelle la différenciation des ordres et des rangs tend à s'effacer. Mais peut-on concevoir une société sans ordres ni rangs, un État sans pluralité des pouvoirs, qui soit dans le même temps modéré et où les citoyens soient libres?

Que Montesquieu, voulant travailler pour la noblesse et contre le roi, ait travaillé pour le mouvement populaire et démocratique, on peut le plaider. Mais, si l'on se réfère à l'histoire, les événements ont, dans une large mesure, justifié sa doctrine. Ils ont démontré qu'un régime démocratique, où la souveraine puissance appartient à tous, n'est pas pour autant un gouvernement modéré et libre. Montesquieu, me semble-t-il, a parfaitement raison de maintenir la distinction radicale entre le pouvoir du peuple et la liberté des citoyens. Il peut se faire que, le peuple étant souverain, la sûreté des citoyens et la modération dans l'exercice du pouvoir disparaissent.

Par-delà la formulation aristocratique de sa doctrine de l'équilibre des puissances sociales et de la coopération des pouvoirs politiques [10], Montesquieu a posé le principe selon lequel la condition du respect des lois et de la sécurité des citoyens, c'est qu'aucun pouvoir ne soit illimité. Tel est le thème essentiel de sa sociologie politique.

De la théorie politique à la sociologie.

Ces analyses de la sociologie politique de Montesquieu permettent de poser les principaux problèmes de sa sociologie générale.

Le premier a trait à l'insertion de la sociologie politique dans la sociologie de l'ensemble social. Comment passer de l'aspect privilégié, le type de gouvernement, à la compréhension de la société tout entière? Cette question est très comparable à celle qui se pose, à propos du marxisme, lorsqu'on veut passer de l'aspect privilégié, l'organisation économique, à l'intelligence du tout.

Le deuxième problème est celui de la relation entre le fait et la valeur, entre la compréhension des institutions et la détermination du régime souhaitable ou bon. En effet, comment peut-on à la fois présenter certaines institutions comme déterminées, c'est-à-dire s'imposant à la volonté des hommes, et porter des jugements politiques sur ces institutions? Est-il possible, pour un sociologue, d'affirmer contraire à la nature humaine un régime jugé en certains cas inévitable?

Le troisième problème est celui des rapports entre l'universalisme rationnel et les particularités historiques.

Le despotisme, dit Montesquieu, est contraire à la nature humaine. Mais qu'est-ce que la nature humaine? Est-ce la nature de tous les hommes, sous toutes les latitudes et à toutes les époques? Jusqu'où vont les caractères de l'homme en tant qu'homme, et comment peut-on combiner le recours à une nature de l'homme avec la reconnaissance de l'infinie diversité des mœurs, des manières et des institutions?

La réponse au premier problème comporte elle-même trois étapes ou trois moments de l'analyse. Quelles sont les causes extérieures au régime politique que retient Montesquieu? Quel est le caractère des relations qu'il établit entre les causes et les phénomènes à expliquer? Y a-t-il ou non, dans *L'Esprit des lois*, une interprétation synthétique de la société considérée comme un tout ou bien y a-t-il simplement une énumération de causes et une juxtaposition de relations diverses entre tel déterminant et tel déterminé, sans que l'on puisse dire qu'aucun de ces déterminants soit décisif?

L'énumération des causes ne présente, en apparence, aucun caractère systématique.

Montesquieu étudie d'abord ce que nous appelons l'influence du milieu géographique, celui-ci se subdivisant en deux, le climat et le terrain. Lorsqu'il considère le terrain, il cherche comment, selon la nature du terrain, les hommes ont cultivé le sol et réparti la propriété.

Après l'influence du milieu géographique, il passe, au livre XIX, à l'analyse de l'esprit général d'une nation, terme assez équivoque, car on sait mal, à première vue, s'il s'agit d'un déterminant, résultat de l'ensemble des autres, ou s'il s'agit d'un déterminant isolable.

Ensuite, Montesquieu considère non plus des causes physiques, mais des causes sociales, parmi lesquelles le commerce et la monnaie. On pourrait dire qu'il traite alors essentiellement de l'aspect économique de la vie collective, s'il ne négligeait à peu près complètement un élément qui, pour nous, est essentiel dans l'analyse de l'économie, à savoir les moyens de production, pour employer le terme marxiste, ou les outils et instruments techniques à la disposition des hommes. L'économie, pour Montesquieu, c'est essentiellement ou bien le régime de propriété, en particulier du sol, ou bien le commerce, les échanges, les communications entre les collectivités, ou enfin la monnaie, qui est à ses yeux un aspect essentiel des relations entre les hommes à l'intérieur des collectivités ou entre les collectivités. L'économie, telle qu'il la voit, est essentiellement agriculture et commerce. Non pas du tout qu'il ignore ce qu'il appelle les arts, le début de ce que nous appelons industrie, mais les cités que domine le souci économique sont, à ses yeux, les villes marchandes ou commerçantes, Athènes, Venise et Gênes. En d'autres termes, l'antithèse essentielle est entre des collectivités dont la préoccupation dominante est l'activité militaire et des collectivités dont la préoccupation dominante est le commerce. Cette notion était traditionnelle dans la philosophie politique pré-moderne. L'originalité des sociétés modernes, qui est liée à l'industrie, n'apparaissait pas à la philosophie politique classique, et, à cet égard, Montesquieu appartient à cette tradition. En ce sens, on peut même dire qu'il est antérieur aux encyclopédistes. Il est loin d'avoir compris pleinement les implications des découvertes techniques pour la transformation des modes de travail et de la société tout entière.

Après le commerce et la monnaie vient l'étude du nombre des habitants. Le problème démographique peut historiquement se poser de deux façons. Parfois il s'agit de lutter contre la dépopulation, ce qui, aux yeux de Montesquieu, est le cas le plus fréquent, car ce qui menace, d'après lui, la plupart des sociétés, c'est le manque d'hommes. Mais il connaît aussi le défi opposé, celui de la lutte contre un développement de la population au-delà des ressources disponibles.

Enfin, il examine le rôle de la religion, considérée comme une des influences les plus efficaces sur l'organisation de la vie collective.

En définitive, Montesquieu passe en revue un certain nombre de causes. La distinction qui semble être, chez lui, dominante est celle des causes physiques et des causes morales. Le climat et la nature des terrains appartiennent aux causes physiques, tandis que l'esprit général d'une nation ou la religion appartiennent aux causes morales. Quant au commerce et au nombre des habitants, il eût pu facilement en faire une catégorie distincte, celle des caractéristiques de la vie collective qui agissent sur les autres aspects de cette même vie collective. Mais Montesquieu n'a pas fait de théorie systématique des diverses causes.

Il suffirait pourtant de changer l'ordre pour avoir une énumération satisfaisante. Partant du milieu géographique, avec les deux notions, élaborées plus précisément, de climat et de nature du terrain, on passerait au nombre des habitants, car il est plus logique d'aller du milieu physique, qui limite le volume de la société, au nombre des habitants. De là on en viendrait aux causes proprement sociales, dont Montesquieu a reconnu tout de même deux des principales : d'une part, l'ensemble des croyances qu'il appelle religion (il serait facile d'élargir la notion) et, d'autre part, l'organisation du travail et des échanges. On aboutirait alors à ce qui est l'aboutissement véritable de la sociologie de Montesquieu : le concept de l'esprit général d'une nation.

Quant aux déterminés, c'est-à-dire ce que Montesquieu cherche à expliquer par les causes qu'il passe en revue, il me semble qu'il dispose essentiellement de trois notions, celles de lois, de mœurs et de manières, qu'il définit avec précision :

« Les mœurs et les manières sont des usages, que les lois n'ont point établis, ou n'ont pas pu ou n'ont pas voulu établir. Il y a cette différence entre les lois et les mœurs que les lois règlent plus les actions du citoyen et que les mœurs règlent plus les actions de l'homme. Il y a cette différence entre les mœurs et les manières que les premières regardent plus la conduite intérieure et les autres l'extérieure. » (*E. L.*, liv. XIX, chap. 16; *O. C.*, t. II, p. 566.)

La distinction première, entre lois et mœurs, correspond à la distinction des sociologues entre ce qui est décrété par l'État et ce qui est imposé par la société. Dans un cas, il y a des commandements, explicitement formulés, sanctionnés par l'État lui-même, dans l'autre cas, des commandements positifs ou négatifs, des ordres ou des interdictions, qui s'imposent aux membres d'une collectivité sans qu'une loi en rende le respect obligatoire et sans que des sanctions soient légalement prévues en cas de violation.

La distinction entre les mœurs et les manières recouvre la distinction des impératifs intériorisés et des manières d'agir, purement extérieures, ordonnées par la collectivité.

Montesquieu distingue de plus essentiellement trois types principaux de lois : les lois civiles, qui concernent l'organisation de la vie familiale; les lois pénales, auxquelles, comme tous les hommes de son époque, il s'intéresse passionnément [11]; les lois constitutives du régime politique.

Pour comprendre les liens établis par Montesquieu entre les causes et les institutions je prendrai l'exemple des livres traitant du milieu géographique. C'est dans ces livres célèbres qu'apparaît le plus clairement le caractère de l'analyse de Montesquieu.

Il considère essentiellement, dans le milieu géographique, le climat et le terrain, mais l'élaboration conceptuelle est en définitive assez pauvre. Pour le climat, la distinction se ramène presque à l'opposition froid-chaud, modéré-extrême. Je n'ai pas besoin de dire que les géographes modernes utilisent des notions autrement précises et multiplient les distinctions entre les diverses sortes de climat. Pour le terrain, Montesquieu considère surtout la fertilité ou la stérilité, subsidiairement le relief et sa distribution sur un continent donné. Sur tous ces points, il est d'ailleurs peu original. Il a emprunté beaucoup de ses idées à un médecin anglais, Arbuthnot [12]. Mais, ce qui m'intéresse, c'est la nature logique des relations causales formulées.

Dans nombre de cas, Montesquieu explique directement le tempérament des hommes, leur sensibilité, leur manière d'être, par le climat. Ainsi : « Dans les pays froids, on aura peu de sensibilité pour les plaisirs; elle sera plus grande dans les pays tempérés; dans les pays chauds, elle sera extrême. Comme on distingue les climats par les degrés de latitude, on pourrait les distinguer, pour ainsi dire, par les degrés de sensibilité. J'ai vu les opéras d'Angleterre et d'Italie : ce sont les mêmes pièces et les mêmes acteurs; mais la même musique produit des effets si différents sur les deux nations, l'une est si calme et l'autre si transportée, que cela paraît inconcevable. » (*E. L.*, liv. XIV, chap. 2; *O. C.*, t. II, p. 476.)

La sociologie serait facile si des propositions de cet ordre étaient vraies. Montesquieu semble penser qu'un certain milieu physique détermine directement une certaine manière d'être physiologique, nerveuse, psychologique, des hommes.

Mais d'autres explications sont plus complexes, telles celles, célèbres, relatives à l'esclavage. Au livre XV, qui a pour titre : « Comment les lois de l'esclavage civil ont du rapport avec la nature du climat », on lit :

« Il y a des pays où la chaleur énerve le corps et affaiblit si fort le courage que les hommes ne sont portés à un devoir pénible que par la crainte du châtiment. L'esclavage y choque donc moins la raison. Et le maître y étant aussi lâche à l'égard de son prince que son esclave l'est à son égard, l'esclavage civil y est encore accompagné de l'esclavage politique. » (Chap. 7; *O. C.*, t. II, p. 495.)

Un texte de cet ordre est révélateur des différentes facettes de l'esprit de Montesquieu. Il y a d'abord une explication simple, presque simpliste, de la relation entre le climat et l'esclavage. Mais dans le même passage se trouve la formule : « l'esclavage y choque donc moins la raison », ce qui implique que l'esclavage en tant que tel choque la raison et contient implicitement une référence à une conception universelle de la nature humaine. Dans un tel extrait sont juxtaposés les deux aspects de l'interprétation, d'une part l'interprétation déterministe des institutions en tant que faits, d'autre part le jugement porté sur ces institutions au nom de valeurs universellement valables. La compatibilité de ces deux modes de pensée est ici obtenue par la formule « y choque moins la raison ». Montesquieu, posant que l'esclavage est en tant que tel contraire à l'essence de la nature humaine, trouve des excuses à la réalité de l'esclavage dans l'influence du climat. Mais une telle proposition n'est logiquement admissible que dans la mesure où le climat influe sur une institution ou la favorise sans rendre celle-ci inévitable. Car s'il y avait rapport nécessaire de cause à effet, on aurait de toute évidence la contradiction entre une condamnation morale et un déterminisme scientifiquement démontré.

Cette interprétation est confirmée au chapitre suivant. Montesquieu y conclut par ces lignes, typiques de sa pensée :

« Je ne sais si c'est l'esprit ou le cœur qui me dicte cet article-ci. Il n'y a peut-être pas de climat sur la terre où l'on ne pût engager au travail des hommes libres. Parce que les lois étaient mal faites, on a trouvé des hommes paresseux. Parce que ces hommes étaient paresseux, on les a mis dans l'esclavage. » (Liv. XV, chap. 8, p. 497.) En apparence, ce dernier texte nie le texte précédent qui semblait faire sortir l'esclavage du climat, alors qu'ici il résulte des mauvaises lois, la phrase précédente impliquant que nulle part le climat n'est tel que l'esclavage ait été nécessaire. En fait, Montesquieu est embarrassé, comme le sont tous les sociologues quand ils rencontrent des phénomènes de cet ordre. S'ils vont jusqu'au bout de l'explication causale et découvrent que l'institution qui leur fait horreur a été inévitable, ils doivent tout accepter. Passe encore s'il s'agit d'institutions de siècles écoulés, le passé est définitivement acquis, et il n'est pas besoin de s'interroger sur ce qui aurait été possible; mais, si l'on applique ces considérations aux sociétés actuelles — et si on les applique aux sociétés passées, pourquoi ne pas le faire pour les sociétés actuelles! — on aboutit à une impasse : comment le sociologue pourrait-il donner des conseils de réforme si les institutions les plus inhumaines sont inévitables?

Aussi ces textes ne sont, me semble-t-il, compréhensibles qu'à la condition d'admettre que les explications des institutions par le milieu géographique sont du type qu'un sociologue moderne n'appellerait pas une relation de nécessité causale, mais une relation d'influence. Une certaine cause rend une institution plus probable qu'une autre. De plus, le travail du législateur consiste souvent à contrecarrer les influences directes des phénomènes naturels, à insérer dans le tissu du déterminisme des lois humaines dont les effets s'opposent aux effets directs, spontanés des phénomènes naturels [13]. Montesquieu croit moins qu'on ne l'a dit à un déterminisme rigoureux du climat. S'il a admis, comme beaucoup d'autres à son époque, et trop simplement, que le tempérament et la sensibilité des hommes étaient directement fonction du climat, s'il a, d'autre part, tenté d'établir des relations de probabilité entre les données externes et certaines institutions, il a reconnu aussi la pluralité des causes et l'action possible du législateur. Aussi le sens de ses analyses est que le milieu ne détermine pas les institutions, mais influe sur elles et contribue à les orienter dans une certaine direction [14].

Examinant les autres déterminants, Montesquieu s'interroge sur le nombre des habitants par rapport aux arts [15] et pose le problème, pour nous fondamental, du volume de la population qui dépend, évidemment, des moyens de production et de l'organisation du travail.

D'une manière générale, le nombre des hommes est fonction des possibilités de la production agricole. Il peut y avoir, dans une collectivité donnée, autant d'hommes que les agriculteurs en peuvent nourrir. Toutefois, si l'on cultive mieux le sol, les agriculteurs sont capables non pas seulement de se nourrir eux-mêmes, mais de nourrir d'autres hommes. Encore faut-il que les agriculteurs veuillent produire au-delà de ce qui est nécessaire à leur propre subsistance. Il convient donc d'inciter les agriculteurs à la production maximum et d'encourager l'échange entre les biens produits dans les villes par les arts ou l'industrie et les biens produits dans les campagnes. Montesquieu conclut que, pour inciter les paysans à produire, il est bon de leur donner le goût du superflu.

C'est là encore une idée vraie. On ne peut mettre en train le processus d'expansion dans les sociétés sous-développées qu'en créant des besoins chez les agriculteurs vivant dans les conditions traditionnelles. Il faut qu'ils souhaitent posséder plus que ce qu'ils ont l'habitude d'avoir. Or, dit Montesquieu, seuls les artisans donnent ce superflu.

Mais il continue : « Ces machines dont l'objet est d'abréger l'art ne sont pas toujours utiles. Si un ouvrage est à un prix médiocre, et qu'il convienne également à celui qui l'achète et à l'ouvrier qui l'a fait, les machines qui en simplifieraient la manufacture, c'est-à-dire qui diminueraient le nombre des ouvriers, seraient pernicieuses, et si les moulins à eau n'étaient pas partout établis, je ne les croirais pas aussi utiles qu'on le dit, parce qu'ils ont fait reposer une infinité de bras, qu'ils ont privé bien des gens de l'usage des eaux, et ont fait perdre la fécondité à beaucoup de terres. » (*E. L.*, liv. XXIII, chap. 15; *O. C.*, t. II, p. 692.)

Ce texte est intéressant. Ces machines dont l'objet est d'abréger l'art, en style moderne inférieur à celui de Montesquieu, ce sont les machines qui réduisent le temps de travail nécessaire à la production d'objets manufacturés. Ce dont s'inquiète Montesquieu, c'est de ce que nous appelons le chômage technologique. Si, avec l'aide d'une machine, on produit le même objet en un temps de travail réduit, on sera obligé de faire sortir du processus de production un certain nombre d'ouvriers. Il s'en inquiète comme les hommes s'en sont inquiétés à chaque génération depuis deux siècles.

Ce raisonnement omet évidemment ce qui est devenu le principe de toute économie moderne, l'idée de la productivité. Si l'on produit le même objet en un temps de travail réduit, on pourra employer les ouvriers libérés à un autre travail et ainsi augmenter le volume des produits disponibles pour la collectivité tout entière. Ce texte montre qu'il manque à notre auteur un élément de doctrine qui n'était pas inconnu de son siècle — les Encyclopédistes l'avaient compris. Il n'a pas saisi la portée économique du progrès scientifique et technique. Cette lacune est assez curieuse parce que Montesquieu s'intéressait beaucoup aux arts et aux sciences. Il a écrit nombre d'essais sur les sciences et les découvertes techniques. Mais il n'a pas saisi le mécanisme par lequel le raccourcissement du temps de travail nécessaire à une production donnée permet d'employer plus d'ouvriers et d'accroître le volume global de la production [16].

J'en arrive maintenant à la troisième étape de mon interrogation sur la démarche de Montesquieu. Dans quelle mesure va-t-il au-delà de la sociologie analytique et de la pluralité des causes? Comment parvient-il à reconstituer l'ensemble?

Je crois que, dans la mesure où il y a dans *L'Esprit des lois* une conception synthétique de la société, celle-ci se trouve au livre XIX, consacré à l'esprit général d'une nation.

« Plusieurs choses, écrit Montesquieu, gouvernent les hommes : le climat, la religion, les lois, les maximes du gouvernement, les exemples des choses passées, les mœurs, les manières; d'où il se forme un esprit général qui en résulte.

« A mesure que, dans chaque nation, une de ces causes agit avec plus de force, les autres lui cèdent d'autant. La nature et le climat dominent presque seuls sur les sauvages; les manières gouvernent les Chinois; les lois tyrannisent le Japon; les mœurs donnaient autrefois le ton dans Lacédémone; les maximes du gouvernement et les mœurs anciennes le donnaient dans Rome. » (*E. L.*, liv. XIX, chap. 4; *O. C.*, t. II, p. 558.)

Ce texte mérite commentaire. Au premier paragraphe figure la pluralité des causes, avec à nouveau une énumération apparemment empirique plutôt que systématique. Ces choses qui gouvernent les hommes sont, les unes des phénomènes naturels, comme le climat, les autres des institutions sociales, comme la religion, les lois ou les maximes du gouvernement; les autres sont la tradition, la continuité historique, caractéristique de toute société, ce que Montesquieu appelle les exemples des choses passées. Toutes ces choses ensemble forment l'esprit général. Celui-ci n'est donc pas une cause partielle, comparable aux autres, mais une résultante de l'ensemble des causes physiques, sociales et morales.

L'esprit général est une résultante, mais c'est une résultante qui permet de saisir ce qui constitue l'originalité et l'unité d'une collectivité donnée. Il y a un esprit général de la France, un esprit général de l'Angleterre. On passe de la pluralité des causes à l'unité de l'esprit général, sans que celui-ci exclue les causalités partielles. L'esprit général n'est pas une cause dominante, toute-puissante qui effacerait le reste. Ce sont les caractéristiques qu'acquiert à travers le temps une collectivité donnée, par suite de la pluralité des influences qui se sont exercées sur elle.

A quoi Montesquieu ajoute une autre proposition, qui logiquement n'est pas impliquée par les deux précédentes, à savoir qu'au cours de l'histoire il se peut qu'une cause devienne progressivement prédominante. Ainsi se trouve esquissée une théorie encore aujourd'hui classique, à savoir que, dans les sociétés archaïques, la domination des causes matérielles est plus contraignante que dans les sociétés complexes ou, comme lui-même aurait dit, civilisées.

Probablement aurait-il affirmé que, dans le cas de vieilles nations, la France ou l'Angleterre, par exemple, l'action des causes physiques, du climat ou du terrain, est faible, comparée à l'action des causes morales. A un certain moment de l'histoire, une certaine cause met sa marque et impose son empreinte sur la conduite d'une collectivité.

J'ai tendance à croire que notre auteur appelle esprit général d'une nation ce que les anthropologues américains appellent la culture d'une nation, c'est-à-dire un certain style de vie et des relations en commun, qui est moins une cause qu'un résultat — résultat de l'ensemble des influences physiques et morales qui, à travers la durée, ont modelé la collectivité.

Il y a cependant, implicitement ou explicitement, chez Montesquieu, deux idées possibles de synthèse. L'une serait l'influence prédominante du régime politique et l'autre l'esprit général d'une nation.

Pour la première idée, celle de l'influence prédominante des institutions politiques, on peut hésiter entre deux interprétations. Ou il s'agit d'une influence prédominante au sens causal du terme, ou il s'agit d'une influence prédominante par rapport à ce qui intéresse avant tout l'observateur, comme nous dirions en langage moderne par rapport à nos valeurs, c'est-à-dire à la hiérarchie d'importance que nous établissons entre les aspects de l'existence collective.

Entre ces deux interprétations, les textes ne permettent pas de choisir catégoriquement. Il semble souvent que Montesquieu les admette toutes deux simultanément. Il tient que, parmi les causes qui agissent historiquement, les institutions politiques exercent l'action majeure. Et si on lui avait posé la question ou formulé l'objection : action majeure par rapport à quoi? il aurait probablement répondu : par rapport à la grandeur des nations, par rapport à leur fortune et à leur infortune, c'est-à-dire finalement par rapport à ce qui constitue l'objet privilégié de la curiosité scientifique.

Quant à l'esprit général d'une nation, il rejoint la théorie des institutions politiques des premiers livres, puisqu'un régime ne se maintient que dans la mesure où le sentiment dont il a besoin existe dans le peuple. L'esprit général d'une nation est ce qui contribue le plus à entretenir ce sentiment ou principe, indispensable à la durée du régime.

L'esprit général d'une nation n'est pas comparable à la volonté créatrice d'une personne ou d'une collectivité. Il ne ressemble pas au choix existentiel de Kant ou de Sartre, décision unique qui est à l'origine de la pluralité des actes ou des épisodes d'une existence individuelle ou collective. L'esprit général d'une nation, c'est la manière d'être, d'agir, de penser et de sentir d'une collectivité particulière, telle que l'ont faite la géographie et l'histoire.

En définitive, il remplit deux fonctions : il permet le regroupement des explications partielles sans représenter une explication ultime qui engloberait toutes les autres et il permet d'aller de la sociologie politique à la sociologie du tout social.

Montesquieu écrit ainsi : « Les peuples des îles sont plus portés à la liberté que les peuples du continent. Les îles sont ordinairement d'une petite étendue; une partie du peuple ne peut pas être si bien employée à opprimer l'autre; la mer les sépare des grands empires, et la tyrannie ne peut pas s'y prêter la main; les conquérants sont arrêtés par la mer, les insulaires ne sont pas enveloppés dans les conquêtes et ils conservent plus aisément leurs lois. » (*E. L.*, liv. XVIII, chap. 5; *O. C.*, t. II, p. 534.) Plusieurs de ces phrases sont discutables, mais il ne s'agit ici que de dégager la méthode de Montesquieu. Or, dans ce chapitre, nous voyons comment une certaine situation géographique favorise une sorte d'institutions politiques sans la déterminer.

Le chapitre 27 du livre XIX également, qui a pour titre : « Comment les lois peuvent contribuer à former les mœurs, les manières et le caractère d'une nation » et qui concerne l'Angleterre, montre, si on le lit après le chapitre 6 du livre XI consacré à la constitution britannique, comment la théorie du principe rejoint la théorie de l'esprit général d'une nation, et comment les explications multiples, partielles, peuvent être regroupées dans l'interprétation globale d'une collectivité donnée, sans que cette interprétation totalisante soit en contradiction avec la pluralité des explications partielles.

Les faits et les valeurs.

La question fondamentale de toute sociologie historique pourrait se formuler de la manière suivante : le sociologue est-il condamné à observer la diversité des institutions sans porter de jugement de valeur sur les unes ou les autres? Autrement dit, doit-il expliquer l'esclavage, aussi bien que les institutions libérales, sans avoir le moyen d'établir une discrimination et une hiérarchie entre les mérites, moraux ou humains, d'une institution ou d'une autre? Deuxièmement, dans la mesure où il constate une diversité d'institutions, est-il contraint de passer en revue cette diversité sans l'intégrer en un système, ou bien peut-il, par-delà la diversité, trouver des éléments communs? Ces deux antithèses ne se recoupent pas exactement. Mais, sans être équivalentes, elles peuvent se rejoindre, si les critères qui déterminent nos jugements de valeur sont simultanément des critères universellement valables.

Pour analyser ces problèmes, le mieux est de partir d'une notion centrale dans *L'Esprit des lois*, à savoir la notion de loi elle-même. Après tout, le grand livre de Montesquieu s'appelle *L'Esprit des lois*, et c'est dans l'analyse de *la* notion ou *des* notions de loi que nous trouvons la réponse aux problèmes que je viens de formuler.

Le terme de loi, pour nous modernes, formés par la philosophie de Kant et la logique enseignée dans les classes, a deux significations. La loi peut être un commandement du législateur, un ordre donné par l'autorité compétente, qui nous oblige à faire ceci ou à ne pas faire cela. Appelons ce premier sens la loi-commandement et précisons que la loi-commandement, la loi positive, la loi du législateur, diffère des mœurs ou des manières en ce qu'elle est explicitement formulée, alors que les obligations ou les interdits des mœurs ne sont pas élaborés, ne sont pas codifiés, ne comportent pas en général le même type de sanction.

On peut entendre également par loi un rapport de causalité entre un déterminant et un effet. Par exemple, si nous affirmons que l'esclavage est une conséquence nécessaire d'un certain climat, nous avons une loi causale, établissant un lien constant entre un milieu géographique de type déterminé et une institution particulière, l'esclavage.

Or Montesquieu écrit qu'il ne « traite point des lois, mais de l'esprit des lois ». Les lois positives, affirme-t-il, « doivent être relatives au physique du pays, au climat glacé, brûlant ou tempéré; à la qualité du terrain, à sa situation, à sa grandeur, au genre de vie des peuples, laboureurs, chasseurs ou pasteurs; elles doivent se rapporter au degré de liberté que la constitution peut souffrir; à la religion des habitants, à leurs inclinations, à leurs richesses, à leur nombre, à leur commerce, à leurs mœurs, à leurs manières. Enfin, elles ont des rapports entre elles; elles en ont avec leur origine, avec l'objet du législateur; avec l'ordre des choses sur lesquelles elles sont établies. C'est dans toutes ces vues qu'il faut les considérer. C'est ce que j'entreprends de faire dans cet ouvrage. J'examinerai tous ces rapports : ils forment tous ensemble ce qu'on appelle l'Esprit des Lois » (*E. L.*, liv. I, chap. 3; *O. C.*, t. II, p. 238).

Montesquieu cherche donc les lois-causales qui rendent compte des lois-commandements. D'après ce texte, l'esprit des lois, c'est précisément l'ensemble des rapports que les lois-commandements des diverses sociétés humaines ont avec les facteurs susceptibles de les influencer ou de les déterminer. *L'Esprit des lois* est l'ensemble des rapports de causalité rendant compte des lois-commandements. Mais du fait que nous employons, et que Montesquieu emploie le terme de loi dans ces deux sens, il risque de s'introduire des malentendus et des difficultés.

Si la pensée de Montesquieu se ramenait aux formules précédentes, l'interprétation en serait facile. Les lois-commandements seraient l'objet de l'étude, et les rapports de causalité l'explication des lois-commandements. Si cette interprétation était exacte, Montesquieu serait conforme au portrait qu'en donnent Auguste Comte et aussi certains interprètes modernes. L. Althusser, par exemple, tient que Montesquieu aurait dû penser ainsi, à supposer même qu'il ne l'ait pas fait [17]. Dans cette hypothèse, tout serait simple. Montesquieu admettrait une philosophie déterministe des lois. Cette philosophie constaterait la diversité des législations et l'expliquerait par la multiplicité des influences qui s'exercent sur les collectivités humaines. La philosophie du déterminisme se combinerait avec la philosophie de la diversité indéfinie des formes d'existence collective. Montesquieu se bornerait à tirer de l'étude causale des conséquences pragmatiques en présupposant les objectifs du législateur.

Il y a d'ailleurs des textes bien connus qui vont dans ce sens. Ainsi :

« Je n'écris point pour censurer ce qui est établi dans quelque pays que ce soit. Chaque nation trouvera ici les raisons de ses maximes; et on en tirera naturellement cette conséquence qu'il n'appartient de proposer des changements qu'à ceux qui sont assez heureusement nés pour pénétrer d'un coup de génie toute la constitution d'un État... Si je pouvais faire en sorte que tout le monde eût de nouvelles raisons pour aimer ses devoirs, son prince, sa patrie, ses lois, qu'on pût mieux sentir son bonheur dans chaque pays, dans chaque gouvernement, dans chaque poste où l'on se trouve, je me croirais le plus heureux des mortels. » (Préface *E. L. : O. C.*, t. II, p. 230.)

Certes, ce texte est dans la préface de *L'Esprit des lois* et peut s'expliquer par des considérations d'opportunité. Mais il n'en reste pas moins que, dans la mesure où Montesquieu aurait eu une philosophie rigoureusement déterministe, il pourrait être aussi rigoureusement conservateur. Si l'on suppose que les institutions d'une collectivité sont nécessairement déterminées par un ensemble de circonstances, il est facile de glisser à la conclusion que les institutions existantes sont les meilleures possibles. Il resterait à savoir s'il faut ajouter : dans le meilleur ou le pire des mondes possibles.

Cela dit, il y a aussi dans Montesquieu des textes nombreux où sont formulés des conseils aux législateurs.

Les conseils aux législateurs, il est vrai, ne sont pas contradictoires avec une philosophie déterministe et particulariste. Si une institution s'explique par une certaine influence, on est en droit de chercher ce qu'il faudrait faire pour atteindre certains objectifs. Par exemple, si on a montré que la législation est issue de l'esprit d'une nation, il est logique d'en tirer le conseil : adaptez les lois-commandements que vous allez établir à l'esprit de cette nation. Le chapitre célèbre sur l'esprit de la nation française se termine par le conseil : « Laissez-lui faire les choses frivoles sérieusement, et gaiement les choses sérieuses. » (*E. L.*, liv. XIX, chap. 5; *O. C.*, t. II, p. 559.) De même lorsqu'un régime a été ramené à sa nature et à son principe, il est facile de montrer quelles lois sont appropriées au régime. Par exemple, si la république est fondée sur l'égalité des hommes, on en tire logiquement la conséquence que les lois de l'éducation ou les lois économiques doivent favoriser le sens de l'égalité ou prévenir la formation des grandes fortunes.

La philosophie déterministe n'exclut pas que l'on donne des conseils, si ces conseils restent relatifs à une situation géographiquement donnée, ou à l'esprit d'une nation, ou à la nature du régime. Autrement dit, ce sont des impératifs conditionnels ou hypothétiques. Le législateur se place dans une conjoncture donnée et formule des commandements qui s'imposent dans la mesure où il veut, soit maintenir un régime, soit permettre à la nation de prospérer. Ces sortes de conseils sont de l'ordre de ce que Lévy-Bruhl aurait appelé l'art rationnel, tiré de la science; ce sont les conséquences pragmatiques d'une sociologie scientifique.

Mais il y a dans *L'Esprit des lois* beaucoup d'autres textes où Montesquieu formule, non pas des conseils pragmatiques au législateur, mais des condamnations morales de telle ou telle institution. Les textes les plus célèbres sont les chapitres du livre XV relatifs à l'esclavage, ou encore le chapitre 13 du livre XXV intitulé : « Très humble remontrance aux inquisiteurs d'Espagne et de Portugal », texte de protestation éloquente contre l'Inquisition. Maintes fois Montesquieu donne libre cours à son indignation contre telle ou telle modalité d'organisation collective.

Dans tous ces morceaux, il juge, et juge non pas en sociologue, mais en moraliste.

On peut expliquer ces protestations en disant que Montesquieu est un homme, et pas seulement un sociologue. Sociologue, il explique l'esclavage. Quand il s'en indigne, c'est l'homme qui parle. Quand il condamne ou plaide, il oublie qu'il est en train d'écrire un livre de sociologie.

Mais cette interprétation, qui renverrait les jugements moraux à Montesquieu homme, et non pas à Montesquieu savant, est en contradiction avec certains des textes les plus essentiels, ceux du premier livre de *L'Esprit des lois*, où Montesquieu fait une théorie des diverses sortes de lois.

Dès le chapitre 1 du Livre I, Montesquieu affirme qu'il y a des rapports de justice ou d'injustice antérieurs aux lois positives. Or, si l'on va jusqu'au bout de la philosophie de la particularité et du déterminisme, on dira que ce qui est juste ou injuste est constitué comme tel par les lois positives, par les commandements du législateur, la tâche du sociologue étant purement et simplement d'étudier ce que les législateurs, aux différents siècles et dans les différentes sociétés, ont tenu pour juste et pour injuste. Montesquieu affirme très explicitement qu'il en est autrement : « Il faut avouer des rapports d'équité antérieurs à la loi positive qui les établit », ou encore : « Dire qu'il n'y a rien de juste ni d'injuste que ce qu'ordonnent ou défendent les lois positives, c'est dire qu'avant qu'on eût tracé le cercle, tous les rayons n'étaient pas égaux. » (*E. L.*, liv. L, chap. 1; *O. C.*, t. II, p. 233.)

Autrement dit, et si nous prenons au sérieux cette formule de Montesquieu, celui-ci croit à des rapports d'équité, à des principes de justice antérieurs aux lois positives et universellement valables. Ces rapports d'équité antérieurs à la loi positive sont, « par exemple, que, supposé qu'il y eût des sociétés d'hommes, il serait juste de se conformer à leurs lois, que s'il y avait des êtres intelligents qui eussent reçu quelque bienfait d'un autre être, ils devraient en avoir de la reconnaissance, que si un être intelligent avait créé un être intelligent, le créé devrait rester dans la dépendance qu'il a eue dès son origine, qu'un être intelligent qui a fait du mal à un être intelligent mérite de recevoir le même mal, et ainsi du reste » *(Ibid.)*.

Cette énumération ne présente pas de caractère systématique. Mais on y voit qu'au fond tout se réduit à deux notions, celles d'égalité humaine et de réciprocité. Ces lois de la raison, ces lois suprêmes sont fondées sur l'égalité naturelle des hommes et les obligations de réciprocité qui découlent de cette égalité fondamentale.

Ces lois antérieures aux lois positives, manifestement, ne sont pas des lois causales, mais des lois-commandements, qui n'ont pas pour origine la volonté de législateurs particuliers mais sont consubstantielles à la nature ou à la raison humaine.

Il y aurait donc une troisième sorte de loi. En dehors des lois positives, décrétées dans les différentes sociétés, en dehors des lois causales établissant des rapports entre ces lois positives et les influences qui agissent sur elles, il existe des lois-commandements, universellement valables et dont le législateur est inconnu, à moins que ce ne soit Dieu lui-même, ce que Montesquieu laisse entendre, sans que l'on puisse affirmer que telle soit sa pensée profonde.

Nous arrivons ainsi au problème central de l'interprétation de *L'Esprit des lois*.

Il est en effet possible de considérer que ces lois naturelles, ces lois de la raison universellement valables, ne peuvent pas trouver place dans la pensée originale de Montesquieu. Celui-ci les aurait conservées, soit par prudence, soit par habitude, les révolutionnaires étant toujours, par un côté, plus conservateurs qu'ils ne le croient. Ce qui serait révolutionnaire, chez Montesquieu, ce serait l'explication sociologique des lois positives, le déterminisme appliqué à la nature sociale. La logique de sa pensée ne comporterait que trois éléments : l'observation de la diversité des lois positives, l'explication de cette diversité par les causes multiples, et enfin les conseils pratiques donnés au législateur en fonction de l'explication scientifique des lois. En ce cas, Montesquieu serait un vrai sociologue positiviste, qui explique aux hommes pourquoi ils vivent d'une certaine façon. Le sociologue comprend les autres hommes mieux que ceux-ci ne se sont compris eux-mêmes, il découvre les causes qui rendent compte de la forme propre prise par l'existence collective sous les différents climats et aux différents siècles, il aide chaque société à vivre conformément à sa propre essence, c'est-à-dire conformément à son régime, à son climat, à son esprit général. Les jugements de valeur sont toujours subordonnés à l'objectif que l'on se donne et qui est tout au plus suggéré par la réalité. Dans ce schéma ne trouvent pas place les lois universelles de la raison ou de la nature humaine. Le chapitre 1 du livre I de *L'Esprit des lois* serait sans conséquence, ou bien serait une survivance, dans la doctrine de Montesquieu, d'une façon de penser traditionnelle,

Personnellement, je ne crois pas que cette interprétation rende justice à Montesquieu. Je ne pense pas que l'on puisse expliquer uniquement par la prudence le chapitre premier du livre I. D'autre part, je ne suis pas convaincu que cette philosophie intégralement déterministe ait jamais été pensée jusqu'au bout par personne. Car, si on allait jusqu'au bout de cette sorte de philosophie, on ne pourrait, de manière universellement valable, rien dire pour apprécier les mérites comparés de la république et du despotisme. Or Montesquieu, certainement, veut à la fois expliquer la diversité des institutions et conserver le droit de porter un jugement sur cette diversité.

Quelle est donc la philosophie à laquelle il tend, plus ou moins confusément?

Montesquieu voudrait, d'une part expliquer causalement la diversité des lois positives, et, deuxièmement, disposer de critères universellement valables, susceptibles de fonder des jugements de valeur ou de moralité relatifs aux institutions considérées. Ces critères, tels qu'il les formule, sont extrêmement abstraits et se ramènent tous à une notion d'égalité ou de réciprocité. Finalement les institutions qu'il condamne radicalement, l'esclavage ou le despotisme, sont à ses yeux contraires aux caractères de l'homme en tant qu'homme. Ce sont des institutions qui contredisent les aspirations naturelles de l'homme.

Mais la difficulté est de situer ces lois-commandements, universellement valables, dans une philosophie qui, à certains égards, reste une philosophie déterministe.

Comme solution, Montesquieu suggère, dans le chapitre premier du livre I, une sorte de hiérarchie des êtres, depuis la nature inorganique jusqu'à l'homme. « Tous les êtres ont leurs lois; la Divinité a ses lois; le monde matériel a ses lois; les intelligences supérieures à l'homme ont leurs lois; les bêtes ont leurs lois; l'homme a ses lois. » (*O. C.*, t. II, p. 232.) Lorsqu'il s'agit de la matière, ces lois sont purement et simplement des lois causales. Dans ce cas, il s'agit de lois nécessaires, qui ne peuvent être violées. Lorsqu'on arrive à la vie, les lois sont aussi des lois causales, mais d'une nature plus complexe. Enfin, quand on parvient à l'homme, ces lois, nous dit Montesquieu, s'imposant à un être intelligent, peuvent être violées, parce que la liberté va avec l'intelligence. Les lois relatives à la conduite humaine ne sont plus du type de la causalité nécessaire.

En d'autres termes, la philosophie qui permet la combinaison de l'explication scientifique des lois positives avec le maintien d'impératifs universellement valables est une philosophie de la hiérarchie des êtres entraînant une diversité des lois, hiérarchie qui va de la nature inorganique, commandée par des lois invariables, à l'homme soumis à des lois rationnelles, qu'il est capable de violer.

D'où une formule qui a toujours paru paradoxale : « Il s'en faut bien que le monde intelligent soit aussi bien gouverné que le monde physique, car quoique celui-là ait aussi des lois qui, par leur nature, sont invariables, il ne les suit pas constamment comme le monde physique suit les siennes. La raison en est que les êtres particuliers intelligents sont bornés par leur nature, et par conséquent sujets à l'erreur. Et d'un autre côté il est de leur nature qu'ils agissent par eux-mêmes. » (*E. L.*, liv. I, chap. 1; *O. C.*, t. II, p. 233.) Ce texte semble poser une infériorité du monde intelligent par rapport au monde physique, puisque les lois du monde intelligent, les lois rationnelles qui commandent aux êtres intelligents, peuvent être violées. En fait, le philosophe n'est pas obligé de considérer la violation possible des lois rationnelles comme une preuve de l'infériorité du monde intelligent par rapport au monde physique, il peut y voir, tout au contraire, l'expression et la preuve de la liberté humaine.

On peut accuser Montesquieu, à propos de cette conception de la hiérarchie des êtres et de l'hétérogénéité des lois selon la nature des êtres, de confondre les deux notions de lois causales et de lois-commandements. La théorie de la hiérarchie des êtres semble mettre dans le même genre les lois nécessaires de la matière, les lois du mouvement et les lois-commandements de la raison.

Je ne crois pas que Montesquieu fasse cette confusion. Il fait la différence entre les lois positives établies par un législateur, les relations causales qui se trouvent dans l'histoire comme dans la nature et enfin les lois universellement valables, intrinsèquement liées à la raison. Il voudrait simplement trouver une philosophie qui lui permît de combiner l'explication déterministe des particularités sociales avec des jugements moraux et philosophiques qui seraient universellement valables.

Lorsque L. Althusser reproche à Montesquieu cette référence aux lois universelles de la raison et propose de se contenter de l'explication déterministe des lois dans leur particularité et des conseils pratiques tirés de cette explication déterministe, il le fait en marxiste. Or, si le marxisme condamne la référence aux lois universelles de la raison, c'est qu'il en trouve l'équivalent dans le mouvement de l'histoire vers un régime qui accomplirait toutes les aspirations des hommes et des siècles passés.

En fait, les uns dépassent la philosophie déterministe par l'appel à l'avenir, les autres grâce à des critères universels de caractère formel. Montesquieu a choisi la deuxième voie pour dépasser la particularité. Il ne me paraît nullement démontré qu'il ait eu tort.

Le second volet de la philosophie de Montesquieu, après la hiérarchie des êtres, est constitué par le chapitre 2 du livre I, dans lequel il précise ce qu'est l'homme naturel, c'est-à-dire, dans sa conception, l'homme en tant qu'homme, antérieur, pour ainsi dire, à la société. L'expression « antérieur à la société » ne signifie pas que, d'après lui, il y ait eu des hommes qui n'aient pas vécu en société, mais que l'on peut essayer, par la raison, de concevoir ce qu'est l'homme, abstraction faite des collectivités. Montesquieu, dans ce chapitre, veut réfuter la conception de la nature de Hobbes. Et cette réfutation constitue, à mon sens, un mode d'accès à la compréhension des thèmes fondamentaux de sa pensée.

Ce que Montesquieu veut démontrer, c'est que l'homme lui-même n'est point belliqueux. L'état de nature n'est pas un état de guerre de tous contre tous, mais, sinon une vraie paix, au moins un état étranger à la distinction paix-guerre. Montesquieu tient à réfuter Hobbes parce que celui-ci, considérant que l'homme se trouve, dans l'état de nature, en hostilité avec ses semblables, justifie le pouvoir absolu, seul capable d'imposer la paix et de donner la sécurité à une espèce querelleuse. En revanche, Montesquieu ne voit pas l'origine de la guerre dans l'état de nature. L'homme n'est pas de lui-même l'ennemi de l'homme. La guerre est moins un phénomène humain qu'un phénomène social. Si la guerre et l'inégalité sont liées à l'essence de la société et non pas à l'essence de l'homme, l'objectif de la politique sera non pas d'éliminer la guerre et l'inégalité, inséparables de la vie collective, mais de les atténuer ou de les modérer.

Ces deux modes de raisonnement, malgré une apparence paradoxale, sont au fond logiques. Si la guerre est humaine, on peut rêver de la paix absolue. Si la guerre est sociale, on souscrit simplement à l'idéal de la modération.

En comparant la démarche de Montesquieu à celle de Jean-Jacques Rousseau, on observe une opposition comparable à celle que nous venons d'apercevoir entre Montesquieu et Hobbes. Rousseau se réfère à un état de nature, conçu par la raison humaine, qui sert pour ainsi dire de critère à la société. Ce critère l'amène à une conception de la souveraineté absolue du peuple. Notre auteur se borne à constater que les inégalités viennent de la société. Il n'en conclut pas qu'il faut revenir à une égalité naturelle mais qu'il faut atténuer dans la mesure du possible les inégalités, qui tiennent à la société elle-même.

La conception que Montesquieu se fait de l'état de nature n'est pas seulement révélatrice de l'ensemble de sa philosophie politique; elle est aussi à l'origine des livres IX et X qu'il consacre au droit des gens :

« Le droit des gens est naturellement fondé sur ce principe que les diverses nations doivent se faire dans la paix le plus de bien, et dans la guerre le moins de mal qu'il est possible, sans nuire à leur véritable intérêt. L'objectif de la guerre, c'est la victoire, celui de la victoire, la conquête, celui de la conquête, la conservation. De ce principe et du précédent doivent dériver toutes les lois qui forment le droit des gens. » (*E. L.*, liv. I, chap. 3; *O. C.*, t. II, p. 237.)

Ce texte montre qu'il y a dans *L'Esprit des lois* non pas seulement l'explication scientifique causale des lois positives, mais aussi l'analyse des lois qui président aux relations entre les collectivités en fonction de l'objectif attribué par Montesquieu au droit des gens. Ce qui signifie, en d'autres termes, que la fin à laquelle tendent les collectivités peut être déterminée par l'analyse rationnelle.

Les interprétations possibles.

La philosophie de Montesquieu n'est ni la philosophie déterministe simplifiée qu'Auguste Comte, par exemple, lui attribuait, ni une philosophie traditionnelle du droit naturel, mais un essai pour combiner les deux. Ainsi s'expliquent les interprétations multiples qu'on a données de sa pensée.

L'historien allemand Meinecke, qui, dans un livre classique, *Die Entstehung des Historismus (La Formation de l'historisme)*, a consacré un chapitre à Montesquieu, a considéré que la doctrine de Montesquieu oscillait entre l'universalisme rationnel, caractéristique de la pensée du XVIIIe siècle, et le sens historique des particularités qui devait s'épanouir dans les écoles historiques du XIXe siècle.

Il est vrai que l'on trouve chez Montesquieu des formules inspirées par la philosophie d'un ordre rationnel et universel, en même temps que des formules qui mettent l'accent sur la diversité des coutumes et des collectivités historiques. Reste à savoir s'il faut considérer la pensée de Montesquieu comme un compromis précaire entre ces deux inspirations, comme une étape sur la voie de la découverte de l'historisme intégral, ou bien comme une tentative, légitime et imparfaite, pour combiner deux sortes de considérations dont aucune ne saurait être entièrement éliminée.

L'interprétation de L. Althusser est une nouvelle version d'un Montesquieu contradictoire. La contradiction de Montesquieu serait entre son génie novateur et ses opinions réactionnaires. Il y a une part de vérité dans cette interprétation. Dans les conflits d'idéologies du XVIIIe siècle, Montesquieu appartient à un parti que l'on peut effectivement qualifier de réactionnaire, car il recommandait le retour à des institutions qui avaient existé dans un passé plus ou moins légendaire.

Au cours du XVIIIe siècle, surtout pendant sa première moitié, la grande querelle des écrivains politiques français portait sur la théorie de la monarchie [18] et la situation de l'aristocratie dans la monarchie. En gros, deux écoles s'opposaient. L'école romaniste faisait sortir la monarchie française de l'empire souverain de Rome, dont le roi de France aurait été l'héritier. Dans ce cas, l'histoire justifierait la prétention à l'absolutisme du roi de France. La deuxième école, dite germaniste, faisait sortir la situation privilégiée de la noblesse française de la conquête des Francs. De ce débat sont sorties des doctrines qui se sont prolongées au siècle suivant et qui ont abouti à des idéologies proprement racistes; par exemple la doctrine selon laquelle les nobles étaient des Germains et le peuple des Gallo-Romains. La distinction de l'aristocratie et du peuple aurait correspondu à celle des conquérants et des conquis. Ce droit de conquête, qui aujourd'hui justifie mal le maintien d'une situation d'inégalité, passait autrefois, au XVIIIe siècle, pour un fondement légitime et solide de la hiérarchie sociale [19].

Dans le conflit de ces deux écoles, Montesquieu — il suffit de se reporter aux trois derniers livres de *L'Esprit des lois* pour s'en rendre compte — est du côté de l'école germaniste, quoique avec des nuances, des réserves et plus de subtilité que les théoriciens intransigeants des droits de la noblesse. A la fin du chapitre sur la constitution d'Angleterre, se trouve la formule célèbre : la liberté anglaise, fondée sur l'équilibre des puissances, est née « dans les bois », c'est-à-dire dans les forêts de Germanie.

De façon générale, Montesquieu se montre soucieux des privilèges de la noblesse et du renforcement des corps intermédiaires [20]. Il n'est à aucun degré un doctrinaire de l'égalité, ni encore moins de la souveraineté populaire. Liant l'inégalité sociale à l'essence de l'ordre social, il s'accommode fort bien de l'inégalité. Et si l'on croit, comme L. Althusser, que la souveraineté populaire et l'égalité sont les formules politiques qui l'ont emporté à travers les révolutions du XIXe et du XXe siècle, à travers la

Révolution française et la révolution russe, si l'on croit que l'histoire va dans le sens de la souveraineté populaire et de l'égalité, il est juste de dire que Montesquieu est un doctrinaire d'ancien régime et qu'en ce sens il est proprement réactionnaire.

Il me semble cependant que la question est plus complexe. Montesquieu pense, en effet, qu'il y a toujours eu des inégalités sociales, que le gouvernement est toujours exercé par des privilégiés; mais, quelles que soient les institutions historiquement définies auquel il s'est référé, son idée dernière est que l'ordre social est, par essence, hétérogène, et que la liberté a pour condition l'équilibre des puissances sociales et le gouvernement des notables, en donnant au terme notables le sens le plus général et le plus vague, dans lequel il englobe tout aussi bien les meilleurs citoyens d'une démocratie égalitaire que la noblesse dans une monarchie, voire les militants du parti communiste dans un régime de type soviétique.

Autrement dit, l'essence de la philosophie politique de Montesquieu est le libéralisme : le but de l'ordre politique est d'assurer la modération du pouvoir par l'équilibre des puissances, l'équilibre du peuple, de la noblesse et du roi dans la monarchie française ou dans la monarchie anglaise, l'équilibre du peuple et des privilégiés, de la plèbe et du patriciat dans la république romaine. Ce sont là des exemples divers de la même conception fondamentale d'une société, hétérogène et hiérarchique, où la modération du pouvoir exige l'équilibre des puissances.

Si telle est la pensée dernière de Montesquieu, il n'est nullement démontré qu'il soit réactionnaire. Il est incontestablement réactionnaire dans les querelles du XVIIIe siècle. Il n'a ni prévu ni souhaité la Révolution française. Il l'a peut-être préparée sans le vouloir, parce qu'on ne connaît jamais, ni à l'avance ni après coup, la responsabilité historique de chacun; mais consciemment, il n'a pas voulu la Révolution française. Dans la mesure où l'on peut prévoir ce qu'un homme aurait fait dans des circonstances qu'il n'a pas vécues, on imagine que Montesquieu aurait été, à la rigueur, un Constituant. Bientôt il serait passé dans l'opposition, et il aurait eu le choix, comme les libéraux de son espèce, entre l'émigration, la guillotine ou l'émigration intérieure en marge des péripéties violentes de la révolution.

Mais, réactionnaire politiquement, Montesquieu reste peut-être le représentant d'une façon de penser qui n'est nullement dépassée ou anachronique. Quelle que soit la structure de la société, à une époque, il y a toujours possibilité de penser à la façon de Montesquieu, c'est-à-dire d'analyser la forme propre d'hétérogénéité d'une certaine société et de chercher, par l'équilibre des puissances, la garantie de la modération et de la liberté.

Une dernière interprétation de la pensée de Montesquieu peut être trouvée dans le court chapitre que Léon Brunschvicg a consacré à Montesquieu dans *Le Progrès de la conscience dans la philosophie occidentale.* Elle revient à considérer cette pensée comme essentiellement contradictoire [21].

Selon ce critique, Montesquieu nous a donné, d'une certaine façon, le chef-d'œuvre de la sociologie pure, je veux dire de la sociologie analytique, établissant des relations multiples entre tel ou tel facteur, sans tentative de synthèse philosophique, sans prétention à déterminer le facteur prédominant ou l'origine profonde de chaque société.

En dehors de cette sociologie pure, Brunschvicg est tenté de croire qu'il n'y a aucun système chez Montesquieu. Citant la formule : « Il s'en faut que le monde intelligible soit aussi bien gouverné que le monde physique... », il pense que ce paradoxe — voir une infériorité, au moins apparente, du monde intelligent, dans la possibilité de violer les lois auxquelles il est soumis — équivaut à une confusion entre la loi causale et la loi-commandement.

Léon Brunschvicg montre aussi l'oscillation de Montesquieu entre des formules cartésiennes du type (avant qu'on ait tracé le cercle, tous les rayons sont déjà égaux; de la même façon il y a du juste et de l'injuste avant qu'il y ait des lois positives) et une classification des types de régime, qui dérive de la tradition aristotélicienne. Finalement, il ne voit ni unité ni cohérence dans *L'Esprit des lois*, et se borne à conclure que les lecteurs y ont tout de même vu une philosophie implicite du progrès inspirée par des valeurs libérales.

Personnellement, je pense que ce jugement est sévère. Il est vrai qu'il n'y a pas de système chez Montesquieu, et peut-être est-il conforme à l'esprit d'une certaine sociologie historique qu'il n'y ait pas de système. Mais j'espère avoir montré que la pensée de Montesquieu est loin d'être aussi contradictoire qu'on l'affirme souvent.

*

En tant que sociologue, Montesquieu a cherché à combiner deux idées, dont aucune ne peut être abandonnée, mais dont la conjonction est difficile. D'une part, implicitement, il affirmait la pluralité indéfinie des explications partielles. Il a montré combien sont nombreux les aspects d'une collectivité que l'on doit expliquer, combien sont nombreux les déterminants auxquels on peut rapporter les différents aspects des vies collectives. D'autre part, il a cherché le moyen de dépasser la juxtaposition de relations partielles, de saisir quelque chose qui constitue l'unité des ensembles historiques. Il a cru trouver, plus ou moins clairement, ce principe d'unification, qui ne contredit pas la pluralité indéfinie des explications partielles, dans la notion d'esprit d'un peuple, celle-ci étant rattachée à la théorie politique par l'intermédiaire du principe de gouvernement.

On aperçoit très nettement, dans *L'Esprit des lois*, plusieurs espèces d'explications, ou de relations compréhensives comme celles que les sociologues d'aujourd'hui essaient d'élaborer. Ces relations compréhensives doivent servir de guide aux rédacteurs de lois et sont de divers ordres. Par exemple, Montesquieu, ayant posé le type idéal d'un certain gouvernement, peut logiquement montrer ce que doivent être les diverses sortes de lois, lois de l'éducation, lois fiscales, lois commerciales, lois somptuaires, afin que le type idéal du régime soit pleinement réalisé. Il donne des conseils sans sortir du plan scientifique, en supposant simplement que les législateurs veulent aider le régime à se maintenir.

Il y a aussi des références à la finalité d'une activité sociale particulière. Un exemple est celui du droit des gens. Dans quelle mesure Montesquieu a-t-il démontré réellement que les diverses nations doivent se faire dans la paix le plus de bien, et dans la guerre le moins de mal possible, est une autre question. Ces affirmations louables sont plutôt posées dogmatiquement que démontrées scientifiquement. Quoi qu'il en soit, la sociologie de Montesquieu, telle qu'elle se présente à nous, implique la possibilité de rapporter les lois d'un secteur donné à la finalité immanente d'une activité humaine.

Il y a enfin dans Montesquieu la référence à des lois universelles de la nature humaine, qui donnent le droit, sinon de déterminer ce que doit être concrètement telle institution, du moins de condamner des institutions, par exemple l'esclavage. Je serais assez enclin à dire que la notion d'un droit naturel formel à signification négative, telle qu'elle apparaît dans la philosophie politique de M. Éric Weil, est déjà présente dans *L'Esprit des lois* [22]. Les lois rationnelles de la nature humaine, chez Montesquieu, sont toutes conçues de manière suffisamment abstraite pour exclure la déduction, à partir d'elles, de ce que doivent être des institutions particulières, et pour autoriser la condamnation de certaines pratiques.

La pensée sociologique de Montesquieu se caractérise en dernier lieu par la coopération incessante de ce qu'on pourrait appeler la pensée synchronique et de la pensée diachronique, c'est-à-dire par la combinaison, perpétuellement renouvelée, de l'explication des parties contemporaines d'une société les unes par les autres, et de l'explication par le passé et par l'histoire de cette société elle-même. La distinction de ce qu'Auguste Comte appelle statique et dynamique est déjà visible dans la méthode sociologique de *L'Esprit des lois*.

Mais pourquoi, s'il en est ainsi, Montesquieu est-il considéré, non pas comme un sociologue, mais comme un précurseur de la sociologie? Quelle est la justification du fait qu'on ne le mette pas parmi les pères fondateurs?

La première raison est que le mot sociologie n'existait pas du temps de Montesquieu et que ce mot, entré peu à peu dans les mœurs, a été forgé par Auguste Comte.

La deuxième raison, beaucoup plus profonde, c'est que Montesquieu ne médite pas sur la société moderne. Ceux que l'on considère comme les fondateurs de la sociologie, Auguste Comte ou Marx, ont pour objet de leur étude les caractères typiques de la société moderne, donc de la société considérée comme essentiellement industrielle ou capitaliste. Non seulement Montesquieu n'a pas pour objet de réflexion la société moderne, mais les catégories qu'il emploie sont dans une large mesure les catégories de la philosophie politique classique. Enfin, il n'y a dans *L'Esprit des lois* ni primauté de l'économie ni primauté de la société par rapport à l'État.

Montesquieu est en un sens le dernier des philosophes classiques et en un autre sens le premier des sociologues. Il est encore un philosophe classique dans la mesure où il considère qu'une société est essentiellement définie par son régime politique et où il aboutit à une conception de la liberté. Mais, en un autre sens, il a réinterprété la pensée politique classique dans une conception globale de la société, et il a cherché à expliquer sociologiquement tous les aspects des collectivités.

Ajoutons enfin que Montesquieu ignore la croyance au progrès. Mais qu'il n'ait pas cru au progrès au sens où Auguste Comte y a cru, n'a rien de surprenant. Dans la mesure où il concentrait son attention sur les régimes politiques, il était conduit à ne pas voir un mouvement unilatéral vers le mieux au cours de l'histoire. Le devenir politique jusqu'à nos jours est fait effectivement, comme Montesquieu après beaucoup d'autres l'a vu, d'alternances, de mouvements de progression, puis d'effondrement. Montesquieu devait donc méconnaître l'idée de progrès qui surgit naturellement dès que l'on considère l'économie ou l'intelligence. La philosophie économique du progrès, nous la trouvons chez Marx; la philosophie du progrès humain par la science, nous la trouvons chez Auguste Comte.

INDICATIONS BIOGRAPHIQUES

1689 18 janvier. Naissance de Charles-Louis de Secondat au château de la Brède, près de Bordeaux.
1700-1705 Études secondaires à Juilly chez les Oratoriens.
1708-1709 Études de droit à Bordeaux puis à Paris.
1714 Charles de Secondat est reçu conseiller au Parlement de Bordeaux.
1715 Mariage avec Jeanne de Lartigue.
1716 Élection à l'Académie des sciences de Bordeaux.
Il hérite de son oncle la charge de président à mortier, tous ses biens et le nom de Montesquieu.
1717-1721 Il étudie les sciences et compose divers mémoires sur l'écho, l'usage des glandes rénales, la transparence, la pesanteur des corps, etc.
1721 Publication sans nom d'auteur des *Lettres persanes*. Le livre connaît immédiatement un succès considérable.
1722-1725 Séjour à Paris où il mène une vie mondaine. Il fréquente l'entourage du duc de Bourbon, le président Henault, la marquise de Prie, le salon de Mme Lambert, le club de l'Entresol où il lit son *Dialogue de Sylla et d'Eucrate*.
1725 Publication du *Temple de Gnide* sans nom d'auteur. Rentré à Bordeaux, Montesquieu cède sa charge de président et retourne à Paris.
Il écrira plus tard dans ses *Pensées :* « Ce qui m'a toujours donné assez mauvaise opinion de moi, c'est qu'il y a peu d'états dans la République auxquels j'eusse été véritablement propre. Quant à mon métier de président, j'avais le cœur très droit; je comprenais assez les questions en elles-mêmes; mais quant à la procédure, je n'y entendais rien. Je m'y étais pourtant appliqué; mais ce qui m'en dégoûtait le plus, c'est que je voyais à des bêtes le même talent qui me fuyait, pour ainsi dire. » (*O. C.*, t. I, p. 977.)
1728 Élection à l'Académie française. Départ en voyage pour l'Allemagne, l'Autriche, la Suisse, l'Italie et la Hollande, d'où Lord Chesterfield l'entraîne en Angleterre.
1729-1730 Séjour en Angleterre.
1731 Retour au château de la Brède, où il va désormais se consacrer à la composition de *L'Esprit des lois*.

1734 Publication des *Considérations sur les causes de la grandeur et de la décadence des Romains.*

1748 Publication de *L'Esprit des lois*, édité à Genève sans nom d'auteur. Le succès est grand mais le livre est plus commenté que lu.

1750 *Défense de L'Esprit des lois*, en réponse aux attaques des Jésuites et des Jansénistes.

1754 Il compose l'*Essai sur le goût* pour *L'Encyclopédie*, à la demande de d'Alembert (publication en 1756).

1755 10 février. Mort à Paris.

NOTES

1. On se souvient de la boutade d'ailleurs fort discutable de J. M. Keynes dans sa préface pour l'édition française de la *Théorie générale :* « Montesquieu le plus grand économiste français, celui qu'il est juste de comparer à Adam Smith, et qui dépasse les physiocrates de cent coudées par la perspicacité, par la clarté des idées et par le bon sens (qualités que tout économiste devrait posséder). » (J. M. Keynes, *Théorie générale de l'emploi, de l'intérêt et de la monnaie,* traduit par J. de Largentaye, Paris, Payot, 1953, p. 13.)

2. « Il y a cette différence entre la nature du gouvernement et son principe que sa nature est ce qui le fait être tel, et son principe ce qui le fait agir. L'une est sa structure particulière et l'autre les passions humaines qui le font mouvoir. Les lois ne doivent pas être moins relatives au principe de chaque gouvernement qu'à sa nature. » (*E. L.*, liv. III, chap. 1; *O. C.*, t. II, p. 250 et 251.)

3. « Il est clair que dans une monarchie, où celui qui fait exécuter les lois se juge au-dessus des lois, on a besoin de moins de vertu que dans un gouvernement populaire, où celui qui fait exécuter les lois sent qu'il y est soumis lui-même, et qu'il en portera le poids... Lorsque cette vertu cesse, l'arbitraire entre dans les cœurs qui peuvent le recevoir, et l'avarice entre dans tous. » (Liv. III, chap. 3; *O. C.*, t. II, p. 251 et 252.) « La nature de l'honneur est de demander des préférences et des distinctions. » (Liv. III, chap. 7; *O. C.*, t. II, p. 257.)

4. La distinction fondamentale entre république et monarchie se trouve à vrai dire déjà chez Machiavel : « Tous les gouvernements, toutes les seignouries qui eurent et ont commandements sur les hommes furent et sont ou Républiques ou Principautés. » (*Le Prince,* chap. 1; *O. C.*, Pléiade, p. 290.)

5. Sur cette question voir le livre de F. T. H. Fletcher, *Montesquieu and english politics*, Londres, 1939, auquel on peut joindre l'ouvrage de P. M. Spurlin, *Montesquieu in America 1760-1801*, Louisiana State University, 1940.

6. Les textes de Locke sur lesquels travaille Montesquieu sont ceux des *Two Treatises of Government,* in the former the false principles and foundation of Sir Robert Filmer and his followers are detected and overthrown; the later is an Essay concerning the true Origin, Extent and End of Civil Government, édités pour la première fois à Londres en 1690. Le deuxième de ces deux traités, l'*Essai sur la véritable origine, l'étendue et la fin du pouvoir civil,* fut traduit en français par David Mazel et publié à Amsterdam par A. Wolfgang dès 1691 sous le titre *Du Gouvernement civil, où l'on traite de l'origine, des fondements, de la nature du Pouvoir et des fins des Sociétés politiques.* Dans cette traduction de Mazel, il connut de nombreuses éditions au cours du XVIIIe siècle. Une nouvelle traduction pour une édition moderne a été réalisée par J.-L. Fyot avec le titre d'*Essai sur le pouvoir civil* et publiée dans la Bibliothèque de la Science politique, Paris, P. U. F., 1953, préface de B. Mirkine-Guetzevitch et Marcel Prélot.

La théorie des pouvoirs et des relations entre les pouvoirs de Locke est exposée aux chapitres XI à XIV de l'*Essai sur le pouvoir civil.* Au chapitre XII, Locke distingue trois types de pouvoir : le pouvoir législatif, le pouvoir exécutif et le pouvoir fédératif de l'État. « Le pouvoir législatif est celui qui a le droit de déterminer la façon dont on emploiera la force de l'État pour protéger la communauté et ses membres. » Le pouvoir exécutif est « un pouvoir toujours en exercice pour veiller à l'exécution des lois qui sont faites et restent en vigueur ». Il recouvre donc à la fois l'administration et la justice. De plus, « il existe dans chaque État un autre pouvoir qu'on peut appeler naturel parce qu'il correspond à une faculté qu'avait naturellement chaque homme avant d'entrer en société... Considérée globalement la communauté forme un corps qui se trouve dans l'état de nature par rapport à tous les autres États ou à toute les personnes qui n'en font pas partie. Ce pouvoir comprend le droit de paix et de guerre, celui de former des ligues et des alliances et de mener toutes espèce de négociations avec les personnes et les communautés étrangères à l'État. On peut l'appeler si on veut fédératif... Les deux pouvoirs exécutif et fédératif sont, sans doute, en eux-mêmes réellement distincts : l'un concerne l'application des lois à l'intérieur de la société, à tous ceux qui en font partie; l'autre est chargé de la sécurité et des intérêts extérieurs de la communauté au regard de ceux qui peuvent lui être utiles ou lui nuire; pourtant, ils sont en fait presque toujours réunis... On ne saurait d'ailleurs confier le pouvoir exécutif et le pouvoir fédératif à des personnes suceptibles d'agir séparément car la force publique serait alors placée sous différents commandements, ce qui ne pourrait qu'engendrer, tôt ou tard, désordres et catastrophes » (éd. Fyot, p. 158 et 159).

7. Cette conception n'est pas totalement nouvelle. L'interprétation de la constitution romaine par l'idée de la division et de l'équilibre des pouvoirs et des forces sociales se trouve déjà dans la théorie du régime mixte de Polybe et de Cicéron. Et ces auteurs, plus ou moins explicitement, voyaient dans cette division et cet équilibre une condition de la liberté. Mais c'est chez Machiavel que l'on peut lire des formules qui annoncent celles de Montesquieu. « Je soutiens à ceux qui condamnent les querelles du Sénat et du peuple qu'ils condamnent ce qui fut le principe de la liberté et qu'ils sont beaucoup plus frappés des cris et du bruit qu'elles occasionnaient sur la place publique que des bons effets qu'elles produisaient. Dans toute République, il y a deux partis : celui des grands et celui du peuple; et toutes les lois favorables à la liberté ne naissent que de leur opposition. » (*Discours sur la Première Décade de Tite-Live*, liv. I, chap. 4; *O. C.*, Pléiade, p. 390.)

8. Le thème de la séparation des pouvoirs est un des thèmes principaux de la doctrine constitutionnelle officielle du général de Gaulle. « Tous les principes et toutes les expériences exigent que les pouvoirs publics : législatif, exécutif, judiciaire, soient nettement séparés et fortement équilibrés. » (Discours de Bayeux du 16 juin 1946.) « Qu'il existe un gouvernement qui soit fait pour gouverner, à qui on en laisse le temps et la possibilité, qui ne se détourne pas vers autre chose que sa tâche, et qui par là, mérite l'adhésion du pays. Qu'il existe un parlement destiné à représenter la volonté publique de la nation, à voter les lois, à contrôler l'exécutif, sans prétendre sortir de son rôle. Que gouvernement et parlement collaborent mais demeurent séparés quant à leurs responsabilités et qu'aucun membre de l'un ne puisse en même temps être membre de l'autre. Telle est la structure équilibrée que doit revêtir le pouvoir... Que l'autorité judiciaire soit assurée de son indépendance et demeure la gardienne de la liberté de chacun. La compétence, la dignité, l'impartialité de l'État en seront mieux garanties. » (Discours de la place de la République du 4 septembre 1958.) Notons toutefois que, dans le cas de la Constitution de 1958, l'exécutif peut arrêter le législatif plus aisément que le législatif ne peut arrêter l'exécutif.

Pour l'interprétation par les juristes de la théorie de la séparation des pouvoirs de Montesquieu, voir notamment : L. Duguit, *Traité de Droit constitutionnel*, vol. I; R. Carré de Malberg, *Contribution à la théorie générale de l'État*, Paris, Sirey, t. I, 1920, t. II, 1922, notamment t. II, p. 1-142; Ch. Eisenmann, « *L'Esprit des lois* » *et la séparation des pouvoirs*, in *Mélanges Carré de Malberg*, Paris, 1933, p. 190 *sq.*; « La pensée constitutionnelle de Montesquieu », in *Recueil Sirey du Bicentenaire de « L'Esprit des lois »*, Paris, 1952, p. 133-160.

9. Cette interprétation est notamment celle de M. Louis Althusser dans son livre *Montesquieu, la politique et l'histoire*, Paris, P. U. F., 1959, 120 p.

10. D'ailleurs, dans l'analyse de la république selon Montesquieu, en

dépit de l'idée essentielle que la nature de la république est l'égalité des citoyens, on retrouve la différenciation entre la masse du peuple et les élites.

11. Diderot, les Encyclopédistes, Voltaire surtout, défenseur de Calas, de Sirven, du chevalier de La Barre et d'autres victimes de la justice du temps, auteur d'un *Essai sur la probabilité en fait de justice* (1772), témoignent du grand intérêt que soulevèrent les questions pénales au XVIIIe siècle. Le grand moment du débat pénal est cependant la parution, en 1764, du *Traité des délits et des peines* du Milanais Cesare Beccaria (1738-1794). Cet ouvrage, écrit par son auteur à vingt-six ans, fut immédiatement commenté dans toute l'Europe, notamment par l'abbé Morellet, Voltaire et Diderot. Le traité de Beccaria développe l'idée que la peine doit être fondée non sur le principe de la *restitutio juris*, mais sur le principe relativiste et pragmatique du *punitur ne peccetur*. De plus, il critique de façon radicale la procédure — ou l'absence de procédure — pénale de l'époque et demande que les châtiments soient proportionnés aux crimes. Cet ouvrage fonde la criminologie moderne et est à l'origine directe des réformes postérieures en matière pénale. Cf. M. T. Maestro, *Voltaire and Beccaria as reformers of criminal law*, New York, 1942.

12. Sur ce problème des influences exercées sur Montesquieu il faut se reporter aux travaux de J. Dedieu, un des plus compétents commentateurs de Montesquieu : *Montesquieu et la tradition politique anglaise en France. Les sources anglaises de « L'Esprit des lois »*, Paris, Lecoffre, 1909; *Montesquieu*, Paris, 1913.

13. Le chapitre 5 du livre XIV a d'ailleurs pour titre « Que les mauvais législateurs sont ceux qui ont favorisé les vices du climat et les bons sont ceux qui s'y sont opposés » : « Plus les causes physiques portent les hommes au repos, écrit Montesquieu, plus les causes morales les en doivent éloigner. » (*O. C.*, t. II, p. 480.)

14. La théorie de l'influence du climat donne lieu à nombre de remarques curieuses et amusantes de la part de Montesquieu. Toujours préoccupé de l'Angleterre, il essaie ainsi de faire ressortir les particularités de la vie anglaise et du climat des Iles britanniques. Et il n'y parvient pas facilement :

« Dans une nation à qui une maladie du climat affecte tellement l'âme qu'elle pourrait porter le dégoût de toutes choses jusqu'à celui de la vie, on voit bien que le gouvernement qui conviendrait le mieux à des gens à qui tout serait insupportable serait celui où ils ne pourraient pas se prendre à un seul de ce qui causerait leur chagrin, et où, les lois gouvernant plutôt que les hommes, il faudrait, pour changer l'État, les renverser elles-mêmes. » (*E. L.*, liv. XIV, chap. 13; *O. C.*, t. II, p. 486.)

Cette phrase compliquée semble vouloir dire que le climat de l'Angleterre pousse à tel point les hommes au désespoir qu'il a fallu renoncer au gouvernement d'un seul afin que l'amertume naturelle aux habitants des Iles britanniques ne puisse s'en prendre qu'à l'ensemble des lois et non pas à un seul homme. L'analyse du climat de l'Angleterre continue dans ce style pendant quelques paragraphes : « Que si la même nation avait encore reçu du climat un certain caractère d'impatience qui ne lui permît pas de souffrir longtemps les mêmes choses, on voit bien que le gouvernement dont nous venons de parler serait encore le plus convenable. » *(Ibid.)* L'impatience du peuple britannique est donc en une harmonie subtile avec un régime où les citoyens, ne pouvant pas s'en prendre à un seul détenteur du pouvoir, sont en quelque sorte paralysés dans l'expression de leur impatience.

Dans les livres sur le climat, Montesquieu multiplie les formules de cet ordre qui sont, comme on dit en pareil cas, plus brillantes que convaincantes.

15. Le mot art est pris dans le sens de l'activité propre aux artisans. Il s'agit donc des activités que nous appelons aujourd'hui secondaires, qui consistent à produire des objets, à les transformer, non pas à cultiver directement le sol.

16. Il serait injuste de ramener les analyses économiques de Montesquieu à cette seule erreur. En réalité, Montesquieu présente un tableau dans l'ensemble détaillé et le plus souvent exact des facteurs qui interviennent dans le développement des économies.

Il est, en tant qu'économiste, peu systématique. Il n'appartient ni à l'école mercantiliste ni à l'école physiocratique. Mais on peut, comme on l'a fait récemment, voir en lui un sociologue qui a anticipé sur l'étude moderne du développement économique, précisément par la prise en considération des multiples facteurs qui interviennent. Il analyse le travail des paysans, le fondement même de l'existence des collectivités. Il fait la discrimination entre les systèmes de propriété, il cherche les conséquences des différents systèmes de propriété sur le nombre des travailleurs et sur le rendement de la culture, il met en relation système de propriété et travail agricole avec le volume de la population. Ensuite, il met en relation le volume de la population avec la diversité des classes sociales. Il esquisse une théorie que l'on pourrait appeler la théorie du luxe. Il faut des classes riches pour faire marcher le commerce des objets inutiles, des objets qui ne répondent pas à une nécessité contraignante de l'existence. Il met en relation le commerce interne entre les différentes classes sociales avec le commerce extérieur de la collectivité. Il fait intervenir la monnaie, il suit le rôle de la monnaie dans les transactions à l'intérieur des collectivités et entre les collectivités. Enfin il recherche dans quelle mesure un certain régime politique favorise ou non la prospérité économique.

Il s'agit d'une analyse moins partielle et moins schématique que celle des économistes, au sens étroit du terme. L'ambition de Montesquieu est d'accomplir une sociologie générale qui englobe la théorie économique proprement dite.

Dans ce mode d'analyse, il y a perpétuellement action réciproque des différents éléments. Le mode de propriété réagit sur la qualité du travail agricole, et celle-ci, à son tour, réagit sur les relations des classes sociales. La structure des classes sociales agit sur le commerce intérieur et extérieur. L'idée centrale est celle de l'action réciproque, indéfinie, des différents secteurs du tout social les uns sur les autres.

17. Selon L. Althusser, dans son livre *Montesquieu, la politique et l'histoire*, l'auteur de *L'Esprit des lois* est à l'origine d'une véritable révolution théorique. Celle-ci « suppose qu'il est possible d'appliquer aux matières de la politique et de l'histoire une catégorie newtonienne de la loi. Elle suppose qu'il est possible de tirer des institutions humaines elles-mêmes de quoi penser leur diversité dans une unité et leur changement dans une constance : la loi de leur diversification, la loi de leur devenir. Cette loi ne sera plus un ordre idéal, mais un rapport immanent aux phénomènes. Elle ne sera pas donnée dans l'intuition des essences, mais tirée des faits eux-mêmes, sans idée préconçue, par la recherche et la comparaison, dans le tâtonnement » (p. 26). Mais « le sociologue n'a pas affaire comme le physicien à un objet [le corps] qui obéit à un déterminisme simple et suit une ligne dont il ne s'écarte pas — mais à un type d'objet très particulier : ces hommes, qui s'écartent même des lois qu'ils se donnent. Que dire alors des hommes dans leur rapport à leurs lois? — Qu'ils les changent, les tournent ou les violent. Mais rien de tout ceci n'affecte l'idée qu'on peut dégager de leur conduite indifféremment soumise ou rebelle une loi qu'ils suivent sans le savoir, et de leurs erreurs mêmes sa vérité. Pour se décourager de découvrir les lois de la conduite des hommes, il faut avoir la simplicité de prendre les lois qu'ils se donnent pour la nécessité qui les gouverne! En vérité, leur erreur, l'aberration de leur humeur, le viol et le changement de leurs lois font tout simplement partie de leur conduite. Il n'est que de dégager les lois du viol des lois, ou de leur changement... Cette attitude suppose un principe de méthode très fécond, qui consiste à ne pas prendre les motifs de l'action humaine pour ses mobiles, les fins et les raisons que les hommes se proposent consciemment pour les causes réelles, le plus souvent inconscientes, qui les font agir » (p. 28 et 29).

18. Sur toute cette question de la querelle idéologique au XVIIIe siècle, il faut se reporter à la thèse d'Élie Carcassonne : *Montesquieu et le problème de la Constitution française au XVIII*e *siècle*, Paris, 1927.

19. M. Louis Althusser résume ainsi le débat : « Une idée a dominé toute la littérature politique du XVIIIe siècle : l'idée que la monarchie absolue s'est établie contre la noblesse, et que le roi s'est appuyé sur les roturiers pour balancer la puissance de ses adver-

saires féodaux, et les réduire à sa merci. La grande querelle des germanistes et des romanistes sur l'origine de la féodalité et de la monarchie absolue se déroule sur le fond de cette conviction générale... D'un côté les germanistes (Saint-Simon, Boulainvilliers et Montesquieu, ce dernier plus informé et nuancé mais tout aussi ferme) évoquent avec nostalgie les temps de la monarchie primitive : un roi élu des nobles et pair parmi ses pairs, comme il l'était à l'origine dans les « forêts » de Germanie, pour l'opposer à la monarchie devenue absolue : un roi combattant et sacrifiant les grands pour prendre ses commis et ses alliés dans la roture. De l'autre côté le parti absolutiste d'inspiration bourgeoise, les romanistes (l'abbé Dubos, cet auteur d'une conjuration contre la noblesse (*E. L.*, XXX, 10) et cible des derniers livres de *L'Esprit des lois*), et les Encyclopédistes célèbrent soit dans Louis XIV, soit dans le despote éclairé l'idéal du prince qui sait préférer les mérites et les titres de la bourgeoisie laborieuse aux prétentions périmées des féodaux. » (*Op. cit.*, p. 104 et 105.)

A l'origine du traditionalisme germaniste se trouve un ouvrage inédit de l'abbé Le Laboureur, mandaté le 13 mars 1664 par les pairs de France pour découvrir dans l'histoire « les preuves des droits et prérogatives attachées à leur rang ». Le Laboureur, dont le travail fut presque certainement connu de Saint-Simon, crut trouver l'origine de la noblesse dans la conquête franque et développa la théorie de la noblesse participant au gouvernement avec le roi lors des assemblées du Champ de Mars ou du Champ de Mai. Le duc de Saint-Simon (1675-1755) dans ses projets de gouvernement rédigés vers 1715, le comte de Boulainvilliers (1658-1722) dans son *Histoire de l'ancien gouvernement de la France* (1727), son *Mémoire présenté à Monseigneur le Duc d'Orléans Régent* (1727), son *Essai sur la noblesse de France* (1732), développèrent cette apologie de l'ancienne monarchie — le « règne de l'incomparable Charlemagne » — partageant selon les traditions des Francs ses pouvoirs avec les leudes. Le féodalisme germaniste devait se poursuivre jusque dans la première moitié du XIXe siècle. Montlosier, dans son *Traité de la monarchie française*, reprit encore en 1814 les thèmes de Boulainvilliers pour défendre « les droits historiques de la noblesse ». Et cette forme d'argumentation provoqua par réaction la vocation de nombre de grands historiens de la génération de 1815 : Augustin Thierry notamment, dont les premières œuvres (*Histoire véritable de Jacques Bonhomme* de 1820) pourraient porter comme exergue la formule de Sieyès : « Pourquoi le Tiers État ne renverrait-il pas dans les forêts de Franconie toutes ces familles qui conservent la folle prétention d'être issues de la race des conquérants. »

Le germanisme de Le Laboureur et de Boulainvilliers était à la fois « raciste », au sens de partisan des droits de la conquête, et libéral en ce qu'il était hostile au pouvoir absolu et favorable à la formule parlementaire. Mais les deux éléments étaient dissociables.

Sous forme de référence aux traditions franques de liberté et aux assemblées des forêts de Germanie, cette doctrine politico-historique n'était donc pas totalement liée aux intérêts de la noblesse. L'abbé Mably, dans ses *Observations sur l'histoire de France* (1765), un des livres qui eurent sans doute le plus d'influence sur les générations révolutionnaires, en donna une version qui justifiait la convocation des États généraux et les ambitions politiques du Tiers État. Lorsqu'en 1815 Napoléon voulut se réconcilier avec le peuple et la liberté, il emprunta au livre de Mably l'idée de l'Assemblée extraordinaire du Champ de Mai. De même au XIXe siècle, Guizot, que l'on a pu qualifier d'historien de l'ascension légitime de la bourgeoisie, est comme Mably germaniste convaincu (cf. les *Essais sur l'histoire de France* de 1823 ou les Leçons de 1828 sur l'*Histoire générale de la civilisation en Europe*).

Tocqueville et Gobineau sont sans doute les derniers héritiers de l'idéologie germaniste. Avec Tocqueville le féodalisme se mue en regret de la montée de l'absolutisme monarchique et renforce des convictions libérales de cœur et démocratiques de raison. Avec Gobineau qui par son oncle et chez Montlosier a puisé directement son inspiration auprès des doctrinaires aristocratiques du XVIIIe siècle, la veine libérale disparaît au profit du racisme (voir la correspondance Tocqueville-Gobineau dans l'édition des *Œuvres complètes* de Tocqueville, t. IX,

Paris, Gallimard, 1959, et notamment la préface de J.-J. Chevallier).

20. Ce qui ne l'empêche d'ailleurs pas d'être lucide sur son propre milieu. Ses œuvres ne manquent pas de traits contre les travers et les vices de la noblesse et des courtisans. Il est vrai que la satire des courtisans est plus une satire contre ce que la monarchie a fait de la noblesse que contre la noblesse elle-même ou contre la noblesse telle qu'elle devrait être, c'est-à-dire libre et indépendante dans sa fortune. Ainsi « le corps des laquais est plus respectable en France qu'ailleurs, c'est un séminaire de grands seigneurs. Il remplit le vide des autres États » (*Lettres persanes*, lettre 98, *O. C.*, t. I, p. 277), ou encore : « Il n'y a rien qui approche de l'ignorance des gens de la Cour de France que celle des ecclésiastiques d'Italie. » (*Mes Pensées, O. C.*, t. I, p. 1315.)

21. Léon Brunschvicg, *Le Progrès de la conscience dans la philosophie occidentale*, p. 489-501.

22. Cf. Éric Weil, *Philosophie politique*, Paris, Librairie philosophique J. Vrin, 1956, 264 p. Éric Weil écrit notamment : « Le droit naturel du philosophe constitue le fondement de toute critique du droit positif historique de même que le principe de la morale fonde toute critique des maximes individuelles... Ensemble avec le droit positif il fixe à tout homme ce que dans telle situation historique il doit faire, doit admettre et peut exiger; il ne critique un système cohérent que pour autant que celui-ci ne tient pas compte de l'égalité des hommes en tant qu'êtres raisonnables ou nie le caractère raisonnable de l'homme... Le droit naturel ne fournit pas ses prémisses matérielles mais les prend telles qu'il les trouve pour les développer selon son propre critère... Le droit naturel en tant qu'instance critique doit donc décider si les rôles prévus par la loi positive ne sont pas en conflit et si le système que forme leur ensemble ne contredit pas au principe de l'égalité des hommes en tant qu'êtres raisonnables. Toute réponse à cette question sera à la fois formelle et historique : le droit naturel dès qu'il tâche de s'appliquer s'applique nécessairement à un système positif historique. Ce qui s'applique ainsi au droit positif et le transforme en le pensant dans sa totalité n'est pas du droit positif » (p. 36 à 38).

BIBLIOGRAPHIE

ŒUVRES DE MONTESQUIEU

Œuvres complètes, éd. par Édouard Laboulaye, Paris, Garnier Frères, 7 vol., 1875-1879.

Cette édition ne contient que les œuvres traditionnellement connues; elle ne comprend ni la *Correspondance*, ni les *Voyages*, ni le *Scipilège*, ni les *Pensées*, ni les *Mélanges*.

Œuvres complètes, texte présenté et annoté par Roger Caillois, Bibliothèque de la Pléiade, Paris, Gallimard, t. I, 1949, t. II, 1951.

Cette édition ne comprend pas la *Correspondance*.

C'est celle qui est utilisée et citée.

Œuvres complètes, publiées sous la direction d'André Masson, Paris, Nagel, 3 vol., 1950-1955.

Cette édition comprend, en plus de la précédente, la *Correspondance* et quelques autres inédits.

L'Esprit des lois, texte établi et présenté par Jean Brethe de La Gressaye, Paris, Les Belles-Lettres, 4 tomes, 1950-1961.

OUVRAGES GÉNÉRAUX

Léon Brunschvicg, *Le Progrès de la conscience dans la philosophie occidentale*, Paris, Alcan, 1927.

Ernst Cassirer, *La Philosophie des Lumières*, Paris, Fayard, 1966.

Jean-Jacques Chevallier, *Les Grandes Œuvres politiques*, Paris, A. Colin, 1949.

J. H. Laski, *The Rise of European Liberalism, An Essay in Interpretation*, Londres, Allen & Unwin, 1936.

Maxime Leroy, *Histoire des idées sociales en France, I. De Montesquieu à Robespierre*, Paris, Gallimard, 1946.

Kingsley Martin, *French liberal Thought in the Eighteenth Century*, a study of political ideas from Bayle to Condorcet, Londres, Turnstile Press, 1954.

Friedrich Meinecke, *Die Enststehung des Historismus*, Munich, Berlin, R. Oldenburg, 2 vol., 1936.

C. E. Vaughan, *Studies in the History of Political Philosophy before and after Rousseau*, edited by A. G. Little, Manchester University Press, 2 vol., 1939.

OUVRAGES CONSACRÉS A MONTESQUIEU

L. ALTHUSSER, *Montesquieu, la politique et l'histoire*, Paris, P. U. F., 1959.
H. BARKHAUSEN, *Montesquieu, ses idées et ses œuvres d'après les papiers de la Brède*, Paris, Hachette, 1907.
P. BARRIÈRE, *Un grand provincial : Charles-Louis de Secondat, baron de la Brède et de Montesquieu*, Bordeaux, Delmas, 1946.
E. CARCASSONNE, *Montesquieu et le problème de la constitution française au XVIIIe siècle*, Paris, Presses Universitaires (s. d.), 1927.
A. COTTA, « Le développement économique dans la pensée de Montesquieu », *Revue d'histoire économique et sociale*, 1957.
S. COTTA, *Montesquieu e la scienza della politica*, Turin, Ramella, 1953.
C. P. COURTNEY, *Montesquieu and Burke*, Oxford, Basil & Blackwell, 1963.
J. DEDIEU, *Montesquieu et la tradition politique anglaise en France*, les sources anglaises de *L'Esprit des lois*, Paris, J. Gabalda, 1909.
J. DEDIEU, *Montesquieu, l'homme et l'œuvre*, Paris, Boivin, 1943.
É. DURKHEIM, *Montesquieu et Rousseau précurseurs de la sociologie*, note introductive de G. Davy, Paris, M. Rivière, 1953.
J. EHRARD, *Politique de Montesquieu*, Paris, A. Colin, 1965.
Ch. EISENMANN, « *L'Esprit des lois* » *et la séparation des pouvoirs*, in *Mélanges Carré de Malberg*, Paris, 1933.
ÉTIEMBLE, « Montesquieu », in *Histoire des Littératures*, III, Encyclopédie de la Pléiade, Paris, Gallimard, 1958, p. 696-710.
E. FAGUET, *La Politique comparée de Montesquieu, Rousseau et Voltaire*, Paris, Société française d'imprimerie et de librairie, 1902.
F. T. H. FLECHTER, *Montesquieu and English Politics 1750-1800*, London, E. Arnold, 1939.
B. GROETHUYSEN, *Philosophie de la Révolution française*, précédée de *Montesquieu*, Paris, Gallimard, 1956.
A. SHACKLETON, *Montesquieu, a Critical Biography*, Londres, Oxford University Press, 1961.
A. SOREL, *Montesquieu*, Paris, Hachette, 1887.
J. STAROBINSKI, *Montesquieu par lui-même*, Paris, Le Seuil, 1957.

OUVRAGES COLLECTIFS CONSACRÉS A MONTESQUIEU

Revue de Métaphysique et de Morale, numéro spécial d'octobre 1939 (vol. 46) consacré à Montesquieu à l'occasion du 250e anniversaire de sa naissance. Textes de R. Hubert, G. Davy, G. Gurvitch.
La Pensée politique et constitutionnelle de Montesquieu, Bicentenaire de *L'Esprit des lois*, 1748-1948, sous la direction de Boris Mirkine-Guetzevitch et H. Puget, avec la collaboration de P. Barrière, P. Bastid, J. Brethe de La Gressaye, R. Cassin, Ch. Eisenmann..., Paris, Sirey, 1952.
Congrès Montesquieu de Bordeaux, 1955. Actes du Congrès Montesquieu, réuni à Bordeaux du 23 au 26 mai 1955 pour commémorer le deuxième centenaire de la mort de Montesquieu, Bordeaux, Delmas, 1956.

AUGUSTE COMTE

La saine politique ne saurait avoir pour objet de faire marcher l'espèce humaine qui se meut par une impulsion propre, suivant une loi aussi nécessaire, quoique plus modifiable, que celle de la gravitation, mais elle a pour but de faciliter sa marche en l'éclairant.

Système de politique positive,
Appendice III, Plan des travaux scientifiques nécessaires pour réorganiser la société, 1828, p. 95.

Montesquieu sociologue est d'abord et avant tout conscient de la diversité humaine et sociale. Le but de la science est pour lui de mettre de l'ordre dans un chaos apparent et il y parvient en concevant des types de gouvernement ou de société, en énumérant des déterminants qui influent sur toutes les collectivités et peut-être, en dernière analyse, en dégageant quelques principes rationnels, de validité universelle, bien qu'éventuellement violés dans tel ou tel cas. Montesquieu part de la diversité et arrive, non sans peine, à l'unité humaine.

Auguste Comte au contraire est d'abord et avant tout le sociologue de l'unité humaine et sociale, de l'unité de l'histoire humaine. Il pousse cette conception de l'unité jusqu'au point où, finalement, la difficulté est inverse : il a peine à retrouver et à fonder la diversité. Puisqu'il n'y a qu'un seul type de société absolument valable, toute l'humanité devra, selon sa philosophie, aboutir à ce type de société.

Les trois étapes de la pensée de Comte.

Dès lors, il me semble que l'on peut présenter les étapes de l'évolution philosophique d'Auguste Comte comme représentant les trois manières dont est affirmée, expliquée et justifiée la thèse de l'unité humaine. Ces trois étapes sont marquées par les trois œuvres principales d'Auguste Comte.

La première, entre 1820 et 1826, est celle des *Opuscules de philosophie sociale : Sommaire appréciation sur l'ensemble du passé moderne* (avril 1820), *Prospectus des travaux scientifiques nécessaires pour réorganiser la société* (avril 1822), *Considérations philosophiques sur les sciences et les savants* (novembre-décembre 1825), *Considérations sur le pouvoir spirituel* (1825-1826). La deuxième étape est constituée par les leçons du *Cours de philosophie positive* (parues de 1830 à 1842), et la troisième par le *Système de politique positive* ou *Traité de sociologie instituant la religion de l'humanité* (paru de 1851 à 1854).

A la première étape, dans les *Opuscules* (republiés à la fin du tome IV du *Système de politique positive* par Auguste Comte qui voulait ainsi marquer l'unité de sa pensée), le jeune polytechnicien réfléchit sur la société de son temps. La plupart des sociologues ont pour point de départ une interprétation de l'époque à laquelle ils appartiennent. Auguste Comte est à cet égard exemplaire. Les *Opuscules* sont la description et l'interprétation du moment historique que traverse la société européenne au début du XIXe siècle.

Selon Auguste Comte, un certain type de société, caractérisé par les deux adjectifs théologique et militaire, est en train de mourir. La société médiévale avait pour ciment la foi transcendante interprétée par l'Église catholique. Le mode de penser théologique était contemporain de la prédominance de l'activité militaire qui s'exprimait par le premier rang accordé aux hommes de guerre. Un autre type de société, scientifique et industrielle, est en train de naître. La société qui naît est scientifique au sens où la société qui meurt était théologique : la façon de penser, caractéristique de l'âge moderne, est celle des savants, de même que la façon de penser caractéristique des temps passés était celle des théologiens ou des prêtres. Les savants remplacent les prêtres ou les théologiens en tant que catégorie sociale qui fournit la base intellectuelle et morale de l'ordre social. Ils sont en train de recevoir en héritage des prêtres le pouvoir spirituel qui, dans les premiers *Opuscules* de Comte, est incarné nécessairement, à chaque époque, par ceux qui offrent le modèle de la façon de penser prédominante et les idées qui servent de principes à l'ordre social. De même que les savants sont en train de se substituer aux prêtres, les industriels au sens large du terme — c'est-à-dire les entrepreneurs, directeurs de fabriques et les banquiers — sont en train de prendre la place des hommes de guerre. A partir du moment où les hommes pensent scientifiquement, l'activité majeure des collectivités cesse d'être la guerre des hommes les uns contre les autres, mais devient la lutte des hommes avec la nature, ou encore l'exploitation rationnelle des ressources naturelles.

Dès cette époque, Auguste Comte tire de cette analyse de la société dans laquelle il vit la conclusion que la réforme sociale a pour condition fondamentale une réforme intellectuelle. Les hasards d'une révolution ou la violence ne permettent pas la réorganisation de la société en crise. Il faut pour cela une synthèse des sciences et la création d'une politique positive.

Auguste Comte, comme beaucoup de ses contemporains, tient que la société moderne est en crise, et il trouve l'explication des troubles sociaux dans la contradiction entre un ordre social théologique et militaire en train de disparaître et un ordre social scientifique et industriel en train de naître.

Cette interprétation de la crise contemporaine a pour conséquence qu'Auguste Comte, réformateur, n'est pas un doctrinaire de la révolution à la façon de Marx et n'est pas non plus un doctrinaire des institutions libres, à la manière de Montesquieu ou de Tocqueville. Il est un doctrinaire de la science positive et de la science sociale.

L'orientation générale de la pensée et surtout des plans de transformation de Comte découle de cette interprétation de la société contemporaine. De même que Montesquieu observait la crise de la monarchie française et que cette observation était l'une des origines de sa conception d'ensemble, Auguste Comte observe la contradiction de deux types sociaux qui, pense-t-il, ne peut être résolue que par le triomphe du type social qu'il appelle scientifique et industriel. Cette victoire est inévitable, mais elle peut être plus ou moins retardée ou accélérée. La sociologie a en effet pour fonction de comprendre le devenir nécessaire, c'est-à-dire tout à la fois indispensable et inévitable, de l'histoire, de manière à aider à l'accomplissement de l'ordre fondamental.

Dans la deuxième étape, celle du *Cours de philosophie positive*, les idées directrices n'ont pas changé, mais la perspective est élargie. Dans les *Opuscules*, Auguste Comte considère essentiellement les sociétés contemporaines et leur passé, c'est-à-dire l'histoire de l'Europe. Il serait facile pour un non-Européen de faire observer que, dans ses premiers *Opuscules*, Auguste Comte a la naïveté de penser l'histoire de l'Europe comme absorbant en elle l'histoire du genre humain, ou encore, présuppose le caractère exemplaire de l'histoire européenne, admettant que l'ordre social vers lequel tend la société européenne sera l'ordre social de l'espèce humaine tout entière. Au cours de la deuxième étape, c'est-à-dire dans le *Cours de philosophie positive*, Auguste Comte ne renouvelle pas ces thèmes mais il les approfondit, et il exécute le programme dont il avait fixé les grandes lignes dans ses ouvrages de jeunesse.

Il passe en revue les diverses sciences, et il développe et confirme les deux lois essentielles, qu'il avait d'ailleurs déjà exposées dans les *Opuscules* : la loi des trois états et la classification des sciences [1].

Selon la loi des trois états, l'esprit humain serait passé par trois phases successives. Dans la première, l'esprit humain explique les phénomènes en les attribuant à des êtres ou à des forces comparables à l'homme lui-même. Dans la deuxième, il invoque des entités abstraites, comme la nature. Dans la troisième, l'homme se borne à observer les phénomènes et à fixer les liaisons régulières qui peuvent exister entre eux, soit à un moment donné, soit dans le temps. Il renonce à découvrir les causes des faits et se contente d'établir les lois qui les commandent.

Le passage de l'âge théologique à l'âge métaphysique, puis à l'âge positif ne s'opère pas simultanément pour les diverses disciplines intellectuelles. La loi des trois états, dans la pensée d'Auguste Comte, n'a de sens rigoureux que combinée avec la classification des sciences. L'ordre dans lequel sont rangées les diverses sciences nous révèle l'ordre dans lequel l'intelligence devient positive dans les divers domaines [2].

Autrement dit, la façon de penser positive s'est imposée plus tôt en mathématiques, en physique, en chimie qu'en biologie. Il est d'ailleurs normal que le positivisme apparaisse plus tardivement dans les disciplines s'appliquant aux matières les plus complexes. Plus la matière est simple, plus il est facile de penser positivement. Il y a même certains phénomènes où l'observation s'impose d'elle-même, de telle sorte que, dans ces cas, l'intelligence a été immédiatement positive.

La combinaison de la loi des trois états et de la classification des sciences a pour fin de prouver que la façon de penser qui a triomphé en mathématiques, en astronomie, en physique, en chimie et en biologie doit s'imposer finalement en matière de politique et aboutir à la constitution d'une science positive de la société, la sociologie.

Mais elle n'a pas seulement pour objet de démontrer la nécessité de créer la sociologie. A partir d'une certaine science, la biologie, intervient un renversement décisif en fait de méthodologie : les sciences ne sont plus des sciences analytiques mais nécessairement, essentiellement, des sciences synthétiques. Ce renversement va donner un fondement à la conception sociologique de l'unité historique.

Ces deux termes, analytique et synthétique, ont, dans le langage d'Auguste Comte, des significations multiples. Dans cet exemple précis, les sciences de la nature inorganique, physique et chimie, sont analytiques en ce sens qu'elles établissent des lois entre des phénomènes isolés, et isolés nécessairement et légitimement. En revanche, en biologie, il est impossible d'expliquer un organe ou une fonction si l'on ne considère pas l'être vivant tout entier. C'est par rapport à l'organisme entier qu'un fait biologique particulier prend sa signification et trouve son explication. Si l'on voulait découper arbitrairement et artificiellement un élément d'un être vivant, on n'aurait plus en face de soi que de la matière morte. La matière vivante est, en tant que telle, globale ou totale.

Cette idée du primat du tout sur l'élément doit être transposée en sociologie. Il est impossible de comprendre l'état d'un phénomène social particulier si on ne le replace pas dans le tout social. On ne comprend pas la situation de la religion, ou la forme précise que revêt l'État dans une société particulière, si l'on ne considère pas le tout de cette société. Mais cette priorité du tout sur l'élément ne vaut pas seulement pour un moment artificiellement découpé du devenir historique. On ne comprend l'état de la société française du début du XIXe siècle que si l'on replace ce moment historique dans la continuité du devenir français. La Restauration ne se comprend que par la Révolution, et la Révolution par les siècles de régime monarchique. Le déclin de l'esprit théologique et militaire ne s'explique que si l'on en retrouve l'origine dans les siècles écoulés. De même qu'on ne comprend un élément du tout social qu'en considérant ce tout lui-même, de même on ne comprend un moment de l'évolution historique que si l'on considère le tout de l'évolution historique.

Mais en continuant à penser dans cette ligne, on se heurte à une difficulté évidente. C'est que, pour comprendre un moment de l'évolution de la nation française, il faudra se référer à la totalité de l'histoire de l'espèce humaine. La logique du principe de la priorité du tout sur l'élément aboutit à poser l'idée que ce qui est premier, ce qui est l'objet véritable de la sociologie, c'est l'histoire de l'espèce humaine.

Auguste Comte était un homme logique, formé aux disciplines de l'École polytechnique. Puisqu'il avait posé la priorité de la synthèse sur l'analyse, il devait conclure que la science sociale qu'il voulait fonder avait pour objet l'histoire de l'espèce humaine; cette histoire étant considérée comme une, ce qui était indispensable pour comprendre soit des fonctions particulières du tout social, soit un moment particulier du devenir.

Dans le *Cours de philosophie positive* se trouve fondée la science nouvelle, la sociologie qui, admettant la priorité du tout sur l'élément et de la synthèse sur l'analyse, a pour objet l'histoire de l'espèce humaine.

On voit ici l'infériorité ou la supériorité — à mon sens l'infériorité — d'Auguste Comte sur Montesquieu. Alors que Montesquieu part du fait, qui est la diversité, Auguste Comte, avec cette intempérance dans la logique qui est caractéristique des grands hommes et de quelques moins grands, part de l'unité de l'espèce humaine et donne à la sociologie pour objet d'étude l'histoire de l'espèce humaine.

Il convient d'ajouter qu'Auguste Comte, considérant que la sociologie est une science à la manière des sciences précédentes, n'hésite pas à reprendre la formule qu'il avait déjà employée dans les *Opuscules :* de même qu'il n'y a pas de liberté de conscience en mathématiques ou en astronomie, il ne peut pas y en avoir davantage en matière de sociologie. Puisque les savants imposent leur verdict aux ignorants et aux amateurs en fait de mathématiques et d'astronomie, ils doivent logiquement imposer leur verdict de même façon en matière de sociologie et de politique. Ce qui, évidemment, présuppose que la sociologie puisse déterminer tout à la fois ce qui est, ce qui sera et ce qui doit être. La sociologie synthétique d'Auguste Comte suggère d'ailleurs une compétence de cet ordre. Science du tout historique, elle détermine en effet non pas seulement ce qui a été et ce qui est, mais ce qui sera, au sens de la nécessité du déterminisme. Ce qui sera se trouve justifié comme étant conforme à ce que les philosophes du passé auraient appelé la nature humaine, conforme à ce qu'Auguste Comte appelle simplement la réalisation de l'ordre humain et social. A la troisième étape de sa pensée, il en vient à justifier par une théorie tout à la fois de la nature humaine et de la nature sociale cette unité de l'histoire humaine.

Le *Système de politique positive* est postérieur à l'aventure de son auteur avec Clotilde de Vaux. Le style et le langage se sont quelque peu transformés par rapport au *Cours de philosophie positive*. Mais il n'en reste pas moins que le *Système de politique positive* correspond à une tendance de la pensée comtiste visible déjà dans la première et surtout dans la deuxième étape.

En effet si, comme je le pense, on peut expliquer l'itinéraire d'Auguste Comte par la volonté de justifier l'idée de l'unité de l'histoire humaine, il est normal que, dans son dernier livre, il ait donné un fondement philosophique à cette notion. Pour que l'histoire humaine soit une, il faut que l'homme ait, à travers toutes les sociétés, à travers toutes les époques, une certaine nature reconnaissable et définissable. Il faut, en deuxième lieu, que toute société comporte un ordre essentiel que l'on puisse reconnaître à travers la diversité des organisations sociales. Il faut enfin que cette nature humaine et cette nature sociale soient telles que les caractéristiques majeures du devenir historique puissent s'en déduire. Or, à mon sens, on peut expliquer l'essentiel du *Système de politique positive* par ces trois idées.

La théorie de la nature humaine se trouve incluse dans ce qu'Auguste Comte appelle le tableau cérébral, ensemble de conceptions relatives aux localisations cérébrales. Mais, abstraction faite de telle ou telle bizarrerie, ce tableau cérébral équivaut à préciser les différentes activités caractéristiques de l'homme en tant qu'homme. L'ordre social fondamental que l'on peut reconnaître à travers la diversité des institutions est décrit et analysé dans le tome II, qui a pour objet *La Statique sociale*. Enfin le tableau cérébral et la statique sociale servent de fondement au tome III du *Système de politique positive* consacré à la dynamique. L'histoire tout entière tend à la réalisation de l'ordre fondamental de toute société, analysé dans le tome II, et à l'accomplissement de ce qu'il y a de meilleur dans la nature humaine, décrite dans le tableau cérébral du tome I.

Le point de départ de la pensée d'Auguste Comte est donc une réflexion sur la contradiction interne à la société de son temps, entre le type théologique et militaire et le type scientifique et industriel. Comme ce moment historique est caractérisé par la généralisation de la pensée scientifique et de l'activité industrielle, le seul moyen de mettre fin à la crise est d'accélérer le devenir en créant le système d'idées scientifiques qui présidera à l'ordre social, comme le système d'idées théologiques a présidé à l'ordre social du passé.

De là Comte passe au *Cours de philosophie positive*, c'est-à-dire à la synthèse de l'ensemble de l'œuvre scientifique de l'humanité, afin de dégager les méthodes qui ont été appliquées dans les diverses disciplines et les résultats essentiels obtenus dans chacune d'elles. Cette synthèse des méthodes et des résultats doit servir de base à la création de la science qui fait encore défaut, la sociologie.

Mais la sociologie que Comte veut créer n'est pas la sociologie prudente, modeste, analytique, de Montesquieu, qui s'efforce de multiplier les explications pour rendre compte de l'extrême diversité des institutions humaines. Elle a pour fonction de résoudre la crise du monde moderne, c'est-à-dire de fournir le système d'idées scientifiques qui présidera à la réorganisation sociale.

Or, pour qu'une science puisse remplir un tel rôle, il faut qu'elle donne des résultats soustraits au doute et apporte des vérités aussi incontestables que les mathématiques et l'astronomie. Il faut aussi que la nature de ces vérités soit d'un certain type. La sociologie analytique de Montesquieu suggère, ici ou là, telle et telle réforme; elle donne des conseils au législateur. Mais, partant de l'idée que les institutions de n'importe quelle société sont conditionnées par une multiplicité de facteurs, elle ne permet pas d'imaginer une réalité institutionnelle foncièrement différente de celle qui existe. Auguste Comte, lui, veut être à la fois un savant et un réformateur. Quelle est donc la science qui puisse être à la fois certaine dans ses affirmations et impérative pour un réformateur? Incontestablement, ce serait une science synthétique telle que la conçoit Auguste Comte, science qui partirait des lois les plus générales, des lois fondamentales de l'évolution humaine, et découvrirait un déterminisme global que les hommes pourraient, d'une certaine façon, utiliser. Selon l'expression positiviste une « fatalité modifiable ».

La sociologie d'Auguste Comte commence par ce qu'il est le plus intéressant de savoir. Quant aux détails, elle les laisse aux historiens, c'est-à-dire, selon notre auteur, à ces obscurs tâcherons, perdus dans une érudition médiocre, que méprise celui qui, d'un coup, a saisi la loi la plus générale du devenir.

Montesquieu et Tocqueville accordent une certaine primauté à la politique ou à la forme de l'État, Marx à l'organisation économique. La doctrine d'Auguste Comte est fondée sur l'idée que toute société tient par l'accord des esprits [3]. Il n'y a de société que dans la mesure où ses membres ont les mêmes croyances. C'est la façon de penser qui caractérise les différentes étapes de l'humanité, et l'étape actuelle et finale sera marquée par la généralisation triomphale de la pensée positive.

Ayant ainsi poussé jusqu'au bout la conception d'une histoire humaine une, Auguste Comte se trouve amené nécessairement à fonder cette unité, et il ne peut pas la fonder en termes philosophiques, qu'en se référant à une conception de la nature humaine constante et de l'ordre social fondamental constant lui aussi.

La philosophie d'Auguste Comte suppose donc trois grands thèmes.

Le premier, c'est que la société industrielle qui est la société de l'Europe occidentale, a un caractère exemplaire et va devenir la société de l'humanité entière. Il n'est pas démontré qu'Auguste Comte ait eu tort en croyant que certains aspects de la société industrielle de l'Europe avaient une vocation universelle. L'organisation scientifique du travail, caractéristique de la société européenne, est tellement plus efficace que toutes les autres organisations qu'à partir du moment où le secret en a été découvert par un peuple, toutes les parties de l'humanité doivent s'en saisir, car il est la condition de la prospérité et de la puissance.

Le deuxième, c'est la double universalité de la pensée scientifique. La pensée positive, en mathématiques, en physique ou en biologie, a une vocation universelle, en ce sens que toutes les parties de l'espèce humaine adoptent cette façon de penser, une fois que les succès obtenus grâce à elle sont devenus visibles. Sur ce point Auguste Comte avait raison, la science occidentale est devenue aujourd'hui la science de l'ensemble de l'humanité, qu'il s'agisse de mathématiques, d'astronomie, de physique, de chimie et même, dans une très large mesure, de biologie. Mais l'universalité de la science a un autre sens. Du moment que l'on pense positivement en matière d'astronomie ou de physique, on ne peut pas penser autrement en matière de politique ou de religion. La méthode positive qui réussit dans les sciences de la nature inorganique doit s'étendre à tous les aspects de la pensée. Or, cette généralisation de la méthode positive n'est rien moins qu'évidente. Est-on condamné à reproduire la méthode des mathématiques ou de la physique en sociologie, en morale ou en politique? Tout au moins le débat est encore ouvert.

Le troisième thème fondamental d'Auguste Comte est celui du *Système de politique positive.* Si la nature humaine est fondamentalement la même, si l'ordre social est fondamentalement le même, comment, en dernière analyse, sauver la diversité?

En d'autres termes, la conception d'Auguste Comte de l'unité humaine prend trois formes, aux trois moments principaux de sa carrière :

La société qui est en train de se développer en Occident est exemplaire; l'ensemble de l'humanité s'engagera sur la route que suit l'avant-garde occidentale.

L'histoire de l'humanité est l'histoire de l'esprit en tant que devenir de la pensée positive ou encore l'apprentissage du positivisme par l'ensemble de l'humanité.

L'histoire de l'humanité est le développement et l'épanouissement de la nature humaine.

Ces trois thèmes, nullement contradictoires, sont en un certain sens présents à chacun des moments de la carrière d'Auguste Comte, mais inégalement accentués. Ils représentent trois interprétations possibles du thème de l'unité de l'humanité.

La société industrielle.

Les idées directrices d'Auguste Comte au cours de ses années de jeunesse ne lui sont pas personnelles. Il a recueilli dans le climat de l'époque la conviction que la pensée théologique appartenait au passé; que Dieu était mort, pour employer la formule de Nietzsche; que la pensée scientifique commandait désormais l'intelligence des hommes modernes; qu'avec la théologie, la structure féodale ou l'organisation monarchique était en voie de disparition; que les savants et les industriels allaient dominer la société de notre temps.

Tous ces thèmes sont dénués d'originalité, mais ce qu'il importe de comprendre, c'est le choix que fait Auguste Comte entre des idées courantes pour définir son interprétation propre de la société contemporaine.

Le fait nouveau qui frappe tous les observateurs de la société au début du XIXe siècle, c'est l'industrie. Tous considèrent que quelque chose d'original par rapport au passé est en train de naître. Mais en quoi consiste cette originalité de l'industrie moderne?

Il me semble que les traits caractéristiques de l'industrie, tels que les observent les hommes du début du XIXe siècle, sont au nombre de six :

1° L'industrie est fondée sur l'organisation scientifique du travail. Au lieu d'être organisée selon la coutume, la production est agencée en vue du rendement maximum.

2° Grâce à l'application de la science à l'organisation du travail, l'humanité développe prodigieusement ses ressources.

3° La production industrielle implique des concentrations d'ouvriers dans les fabriques et dans les faubourgs; un phénomène social nouveau apparaît : l'existence de masses ouvrières.

4° Ces concentrations ouvrières sur le lieu du travail déterminent une opposition, latente ou bien ouverte, entre les employés et les employeurs, entre les prolétaires et les entrepreneurs ou capitalistes.

5° Alors que la richesse, grâce au caractère scientifique du travail, ne cesse d'augmenter, des crises de surproduction se multiplient, qui ont pour conséquence de créer la pauvreté au milieu de l'abondance. Au scandale de l'esprit, alors que tant de millions d'hommes souffrent de la pauvreté, des marchandises ne parviennent pas à être vendues.

6° Le système économique lié à l'organisation industrielle et scientifique du travail est caractérisé par la liberté des échanges et par la recherche du profit de la part des entrepreneurs et des commerçants. Certains théoriciens en concluent que la condition essentielle du développement des richesses est précisément la recherche du profit et la concurrence, et que moins l'État se mêlera des affaires économiques, plus la production et les richesses augmenteront rapidement.

Les interprétations diffèrent selon la part faite à chacun de ces caractères. Auguste Comte, lui, retient comme décisifs les trois premiers. L'industrie est définie par l'organisation scientifique du travail, d'où résulte l'augmentation constante des richesses et la concentration des ouvriers dans les fabriques; cette dernière est d'ailleurs la contrepartie de la concentration des capitaux ou des moyens de production entre un petit nombre de mains.

Le quatrième caractère, l'opposition entre les ouvriers et les entrepreneurs, est pour lui secondaire [4]. Il résulte d'une mauvaise organisation de la société industrielle et peut être corrigé par des réformes. De même, les crises sont, à ses yeux, des phénomènes épisodiques et superficiels. Quant au libéralisme, il y voit non pas l'essence de la société nouvelle, mais un élément pathologique, un moment de crise dans le développement d'une organisation qui sera autrement stable que celle fondée sur le libre jeu de la concurrence.

Naturellement, selon les socialistes, les deux caractères décisifs sont le quatrième et le cinquième. La pensée socialiste, comme celle des économistes pessimistes de la première moitié du XIXe siècle, se développe à partir de la constatation du conflit prolétaires-entrepreneurs, et de la fréquence des crises considérées comme suite inévitable de l'anarchie capitaliste. C'est à partir de ces deux caractères que Marx édifie sa théorie du capitalisme et son interprétation historique.

Quant au sixième caractère, la liberté des échanges, c'est celui que les théoriciens libéraux mettent en relief et qu'ils tiennent pour la cause décisive du progrès économique.

Au début du XIXe siècle, tout le monde constatait simultanément l'accroissement des richesses, l'application de la science à l'industrie et un régime libéral des échanges. Les interprétations variaient selon la responsabilité attribuée à chacun de ces deux derniers phénomènes dans le développement du premier.

Auguste Comte définit sa propre théorie de la société industrielle par les critiques qu'il oppose, soit aux économistes libéraux, soit aux socialistes. Il donne de la société industrielle une version qui n'est ni libérale, ni socialiste, mais qui pourrait être définie comme la théorie de l'organisation, si ce mot n'avait été utilisé pour la traduction française du livre de Burnham, *The Managerial Revolution* [5], car les organisateurs d'Auguste Comte sont assez différents des organisateurs ou « managers » de Burnham.

Auguste Comte reproche aux économistes libéraux qui s'interrogent sur la valeur et s'efforcent de déterminer dans l'abstrait le fonctionnement du système, d'être des métaphysiciens. La pensée métaphysique, selon lui, est une pensée abstraite, une pensée par concepts, et telle est, à ses yeux, la pensée des économistes de son temps [6].

Ces métaphysiciens commettent d'autre part l'erreur de considérer les phénomènes économiques en les séparant du tout social. L'économie politique commence par un isolement illégitime d'un secteur du tout, qui ne peut être compris rigoureusement qu'à l'intérieur de ce tout.

Ces deux critiques ont été reprises par la plupart des sociologues français de l'école durkheimienne et ont déterminé l'attitude de semi-hostilité de ceux que l'on appelle sociologues à l'égard de ceux que l'on appelle économistes, au moins dans les universités françaises.

Enfin, Auguste Comte reproche aux libéraux de surestimer l'efficacité des mécanismes d'échange ou de compétition dans le développement des richesses.

Les économistes ont cependant le mérite d'affirmer qu'à la longue les intérêts privés s'accordent. Si l'opposition essentielle entre les libéraux et les socialistes tient à ce que les premiers croient à l'accord final des intérêts et que les seconds croient au caractère fondamental de la lutte des classes, Auguste Comte, sur ce point essentiel, est du côté des libéraux. Il ne croit pas qu'il y ait une opposition essentielle d'intérêts entre prolétaires et entrepreneurs. Il peut y avoir, temporairement et secondairement, des rivalités pour la répartition des richesses. Mais, comme les économistes libéraux, Auguste Comte pense que le développement de la production est, par définition, conforme aux intérêts de tous. La loi de la société industrielle est le développement des richesses, qui postule ou implique l'accord final des intérêts.

Par rapport aux économistes, qui tiennent la liberté et la concurrence pour les causes essentielles de la croissance, le fondateur du positivisme appartient à l'école de ceux que j'appellerais les polytechniciens organisateurs.

Deux économistes sont aujourd'hui les représentants des deux tendances de l'esprit polytechnicien. Maurice Allais incarne une première tendance qui croit à l'importance décisive des mécanismes concurrentiels de régulation économique [7]. Un autre polytechnicien, Alfred Sauvy, beaucoup moins amoureux des mécanismes du marché que Maurice Allais ou Jacques Rueff, représente bien une autre tendance qui croit à l'efficacité prédominante de l'organisation [8]. Auguste Comte peut être considéré comme le patron de l'école organisatrice.

Ce polytechnicien organisateur est hostile au socialisme, ou plus exactement à ceux qu'il appelle les communistes, c'est-à-dire les doctrinaires ou théoriciens de son temps, hostiles à la propriété privée. Il est un organisateur qui croit aux vertus, non pas tant de la concurrence, que de la propriété privée, et même, plus curieusement, qui croit aux vertus de la propriété privée des richesses concentrées.

Auguste Comte justifie en effet la concentration des capitaux et des moyens de production qui ne lui paraît pas contradictoire avec la propriété privée. Elle est tout d'abord inévitable, affirme-t-il, c'est-à-dire qu'elle est, selon cet optimisme providentiel si caractéristique de sa philosophie de l'histoire, également bienfaisante. Elle est conforme à la tendance fondamentale que l'on observe dans le cours de l'histoire humaine. La civilisation matérielle ne peut croître que si chaque génération produit plus que ce qui lui est nécessaire à elle-même pour vivre et par suite transmet à la génération suivante un stock de richesses plus élevé que celui qu'elle a reçu. La capitalisation des moyens de production est caractéristique du développement de la civilisation matérielle et entraîne la concentration.

Auguste Comte n'est pas sensible à l'argument selon lequel l'importance des capitaux concentrés devrait entraîner le caractère public de la propriété. Il ne conclut pas de la concentration des moyens de production à une nationalisation nécessaire. Bien au contraire, il est assez indifférent à l'opposition entre propriété privée et propriété publique, parce qu'il considère que l'autorité, qu'elle soit économique ou politique, est toujours personnelle. Dans toute société, ce sont des hommes, en petit nombre, qui commandent. Un des motifs, conscient ou inconscient, de la revendication d'une propriété publique, c'est la croyance, bien ou mal fondée, que la substitution d'un régime de propriété à un autre modifierait la structure du commandement social. Auguste Comte est sceptique sur ce point. Ce sont toujours les riches qui détiennent la part de puissance qui ne peut pas ne pas accompagner la fortune et qui est inévitable dans tout ordre social. Partout, il y a des hommes qui commandent; et il est bon que ce soient les hommes qui détiennent ces capitaux concentrés, qui exercent l'autorité économique et sociale indispensable.

Mais cette propriété personnelle doit être vidée de son caractère arbitrairement personnel, puisque ceux qu'il appelle les patriciens, les chefs temporels, les industriels, les banquiers, doivent concevoir leur rôle comme une fonction sociale. La propriété privée est nécessaire, inévitable et indispensable; mais elle n'est tolérable que lorsqu'elle est conçue, non plus comme le droit d'user et d'abuser, mais comme l'exercice d'une fonction collective, par les quelques-uns que le sort ou le mérite a désignés [9].

Auguste Comte prend donc une position intermédiaire entre le libéralisme et le socialisme. Il n'est pas un doctrinaire de la propriété privée, conçue à la manière du droit romain. Il n'est pas un réformateur tendant à la socialisation des moyens de production. Il est un organisateur qui veut tout à la fois maintenir la propriété privée et en transformer la signification en la ramenant à l'exercice par quelques individus d'une fonction sociale. Cette conception n'est pas loin de certaines doctrines du catholicisme social.

Au-delà de cette théorie de la propriété privée, Auguste Comte ajoute une autre idée qui prend de l'importance surtout dans ses derniers livres, le *Système de politique positive*, l'idée du caractère secondaire de la hiérarchie temporelle.

Le doctrinaire du positivisme est d'autant plus enclin à accepter la concentration des richesses et l'autorité des industriels que l'existence des hommes n'est pas définie exclusivement par la place qu'ils occupent dans la hiérarchie économique et sociale. En dehors de l'ordre temporel que commande la loi de puissance, il y a un ordre spirituel, qui est celui des mérites moraux. L'ouvrier qui se trouve au bas de la hiérarchie temporelle peut être dans la hiérarchie spirituelle à un rang supérieur, si ses mérites et son dévouement à la collectivité l'emportent sur ceux de ses chefs hiérarchiques.

Cet ordre spirituel n'est pas un ordre transcendant tel que la religion chrétienne a pu le concevoir. Ce n'est pas l'ordre de la vie éternelle. C'est un ordre d'ici-bas, mais qui substitue à la hiérarchie temporelle de la puissance et de la richesse un ordre spirituel des mérites moraux. Chacun doit avoir pour objectif suprême d'être le premier non pas dans l'ordre du pouvoir, mais dans l'ordre des mérites.

Auguste Comte limite ses ambitions de réforme économique parce que la société industrielle ne peut exister de manière stable qu'à la condition d'être réglée, modérée et transfigurée par un pouvoir spirituel. Et c'est dans la mesure où son intention réformatrice est centrée sur la création du pouvoir spirituel qu'il paraît modéré en tant que réformateur de l'économie.

Cette interprétation de la société industrielle a joué un rôle à peu près nul dans le développement des doctrines économiques et sociales, tout au moins en Europe. La conception comtiste de la société industrielle est restée une sorte de curiosité, en marge de la rivalité des doctrines. Aucun des partis politiques, ni à droite ni à gauche, ne s'y est vraiment reconnu, mises à part quelques individualités, dont les unes, d'ailleurs, venaient de l'extrême-droite et les autres de la gauche.

Parmi les auteurs français de ce siècle, deux se sont pourtant réclamés d'Auguste Comte. L'un était Charles Maurras, le théoricien de la monarchie, et l'autre était Alain, le théoricien du radicalisme. L'un et l'autre se déclaraient positivistes, pour des raisons différentes. Maurras était positiviste parce qu'il voyait en Auguste Comte le doctrinaire de l'organisation, de l'autorité et d'un pouvoir spirituel rénové [10]. Alain était positiviste parce qu'il interprétait Auguste Comte à la lumière de Kant et que selon lui l'idée essentielle du positivisme était de dévaloriser la hiérarchie temporelle. « Qu'on nomme roi le meilleur marmiton, mais qu'il n'essaye pas de nous faire baiser la casserole [11]. »

Et il y a chez Auguste Comte ces deux aspects : l'acceptation d'un ordre temporel, autoritaire et hiérarchique, et la superposition à la hiérarchie temporelle d'un ordre sprituel. Auguste Comte n'acceptait la philosophie de Hobbes dans l'ordre temporel, c'est-à-dire la philosophie de la puissance, que pour y ajouter la philosophie de Kant. Seul est respectable l'esprit, seule est respectable la valeur morale. Comme écrivait Alain : « L'ordre n'est jamais vénérable. »

Pourquoi la conception d'Auguste Comte est-elle restée en dehors du grand courant de la philosophie de la société moderne? La question mérite d'être posée. En un certain sens, la doctrine d'Auguste Comte est aujourd'hui plus proche des doctrines à la mode que beaucoup d'autres doctrines du XIXe siècle. Toutes les théories qui actuellement mettent l'accent sur la similitude d'un grand nombre d'institutions, d'un côté et de l'autre du rideau de fer, dévalorisent l'importance des mécanismes de la concurrence et tendent à dégager les traits fondamentaux de la civilisation industrielle, pourraient en effet se réclamer d'Auguste Comte. Il est le théoricien de la société industrielle, en deçà ou en marge des querelles entre libéraux et socialistes, entre doctrinaires du marché et apologistes du plan.

Les thèmes comtistes fondamentaux du travail libre, de l'application de la science à l'industrie et de la prédominance de l'organisation, sont assez caractéristiques de la conception actuelle de la société industrielle. Pourquoi Auguste Comte est-il oublié ou méconnu?

Une première raison est que si les idées majeures du positivisme sont profondes, la description détaillée qu'il donne de la société industrielle, notamment dans le *Système de politique positive* prête souvent à l'ironie facile. Comte a voulu expliquer en détail comment serait organisée la hiérarchie temporelle, quelle serait la place exacte des chefs temporels, industriels et banquiers. Il a voulu montrer pourquoi ceux qui exercent les fonctions les plus générales auraient le plus d'autorité et seraient situés le plus haut dans la hiérarchie. Il a voulu préciser le nombre d'hommes de chaque cité, le nombre de patriciens. Il a voulu expliquer comment seraient transmises les richesses. En un mot, il a fait un plan précis de ses rêves, ou des rêves auxquels chacun de nous peut s'abandonner dans les moments où il se prend pour Dieu.

D'autre part, la conception de la société industrielle d'Auguste Comte est liée à l'affirmation que les guerres sont devenues anachroniques [12]. Or il est incontestable qu'entre 1840 et 1945 l'histoire n'a pas été exacte au rendez-vous. Il y a eu, dans la première moitié de ce siècle, plusieurs guerres d'une violence exceptionnelle, qui ont déçu les disciples fidèles de l'école positiviste [13]. Celle-ci décrétait que les guerres devaient disparaître de l'avant-garde de l'humanité, c'est-à-dire de l'Europe occidentale. C'est précisément l'Europe occidentale qui a été le centre et le foyer des guerres du XXe siècle.

Selon Auguste Comte, la minorité occidentale, qui, par bonne chance, était en tête du mouvement de l'humanité, ne devait pas conquérir les peuples d'autres races pour leur imposer sa civilisation. Il avait expliqué, avec d'excellents arguments, je veux dire avec des arguments qui lui paraissaient excellents, et qui nous paraissent excellents grâce à la sagesse que nous ont donnée les événements, que les Occidentaux ne devaient pas conquérir l'Afrique et l'Asie, et que s'ils commettaient l'erreur de répandre leur civilisation à la pointe des baïonnettes, des malheurs en résulteraient à la fois pour eux et pour les autres. S'il a eu raison, c'est à force d'avoir tort. Les événements, pendant un siècle, n'ont pas été conformes à ce qu'il annonçait [14].

Auguste Comte s'était fait le prophète de la paix parce qu'il jugeait que la guerre n'avait plus de fonction dans la société industrielle. La guerre avait été nécessaire pour contraindre au travail régulier des hommes naturellement paresseux et anarchiques, pour créer des États étendus, pour que surgisse l'unité de l'Empire romain, dans laquelle se répandrait le christianisme et dont sortirait finalement le positivisme. La guerre avait rempli une double fonction historique : l'apprentissage du travail et la formation de grands États. Mais, au XIXe siècle, elle n'avait plus de rôle à jouer. Les sociétés étaient désormais définies par le primat du travail et des valeurs du travail. Il n'y avait plus de classe militaire, plus de motif de combattre [15].

Les conquêtes avaient pu être dans le passé un moyen légitime ou tout au moins rationnel pour ceux qui en bénéficiaient, d'accroître leurs ressources. Au siècle où la richesse dépend de l'organisation scientifique du travail, le butin est dénué de signification et anachronique. La transmission des biens se fait désormais par le don et l'échange, et, selon Auguste Comte, le don doit jouer un rôle de plus en plus grand, réduire même dans une certaine mesure celui de l'échange [16].

Enfin la philosophie d'Auguste Comte n'était pas centrée sur l'interprétation de la société industrielle. Elle tendait surtout à la réforme de l'organisation temporelle par le pouvoir spirituel qui doit être le fait des savants et des philosophes, remplaçant les prêtres. Le pouvoir spirituel doit régler les sentiments des hommes, les unir en vue d'un travail commun, consacrer les droits de ceux qui gouvernent, modérer l'arbitraire ou l'égoïsme des puissants. La société rêvée par le positivisme n'est pas tant définie par le double refus du libéralisme et du socialisme que par la création d'un pouvoir spirituel qui serait, à l'âge positif, ce qu'étaient les prêtres et les églises aux âges théologiques du passé.

Or, c'est là que probablement l'histoire a le plus déçu les disciples d'Auguste Comte. Même si l'organisation temporelle de la société industrielle ressemble à ce qu'imaginait Auguste Comte, le pouvoir spirituel des philosophes et des savants n'est pas encore né. Ce qu'il y a de pouvoir spirituel est exercé, soit par les Églises du passé, soit par des idéologues que lui-même n'aurait pas reconnus comme des vrais savants ou des vrais philosophes.

Dans la mesure où des hommes qui prétendent être des interprètes scientifiques de l'ordre social exercent un pouvoir spirituel, par exemple en Union soviétique, ils mettent l'accent, non pas sur les traits communs à toutes les sociétés industrielles, mais sur une doctrine particulière de l'organisation des sociétés industrielles. Ni d'un côté ni de l'autre, on ne prend pour patron celui qui a dévalorisé les conflits idéologiques dont ont vécu les sociétés européennes et dont tant de millions de gens sont morts.

Auguste Comte aurait voulu un pouvoir spirituel exercé par des interprètes de l'organisation sociale, qui auraient en même temps rabaissé l'importance morale de la hiérarchie temporelle. Ce genre de pouvoir spirituel n'a pas existé et n'existe pas. Probablement les hommes préfèrent-ils toujours ce qui les divise à ce qui les unit. Probablement chaque société est-elle obligée d'insister sur ce qu'elle a de particulier, et non pas sur les traits qu'elle partage avec toutes les sociétés. Probablement aussi les sociétés ne sont-elles pas encore assez convaincues des vertus qu'Auguste Comte reconnaissait à la société industrielle.

Il pensait en effet que l'organisation scientifique de la société industrielle aboutirait à donner à chacun une place proportionnée à ses capacités et réaliserait ainsi la justice sociale. Il y avait beaucoup d'optimisme dans cette vue. Dans le passé, l'âge ou la naissance avaient donné aux hommes la première place, dorénavant, dans la société du travail, c'était l'aptitude qui de plus en plus déterminerait la place de chacun.

Un sociologue anglais, Michael Young, a consacré un livre satirique à un régime appelé méritocratie, c'est-à-dire en fait à l'idée qu'Auguste Comte se faisait, avec un enthousiasme anticipé, de ce que serait l'ordre de la société industrielle [17]. Cet auteur ne cite pas Auguste Comte, et celui-ci n'aurait pas retrouvé ses espoirs dans la description d'un tel ordre. Michael Young montre en effet avec humour que si chacun a une place proportionnée à ses capacités, ceux qui occupent les places inférieures sont acculés au désespoir, car ils ne peuvent plus accuser le sort ou l'injustice. Si tous les hommes sont convaincus que l'ordre social est juste, celui-ci est d'une certaine façon et pour certains insupportable; à moins que les hommes ne soient convaincus simultanément par l'enseignement d'Auguste Comte, que la hiérarchie des qualités intellectuelles n'est rien à côté de la seule hiérarchie qui compte, celle des mérites et du cœur. Mais il n'est pas facile de convaincre l'humanité que l'ordre temporel est secondaire.

La sociologie, science de l'humanité.

Auguste Comte a exposé sa conception de la science nouvelle appelée sociologie dans les trois derniers volumes du *Cours de philosophie positive* et plus particulièrement au tome IV.

Il se réclame de trois auteurs qu'il présente lui-même comme ses inspirateurs ou ses prédécesseurs, Montesquieu, Condorcet et Bossuet, sans compter Aristote dont je parlerai plus loin. Ces trois noms introduisent à quelques-uns des thèmes fondamentaux de sa pensée sociologique.

Auguste Comte attribue à Montesquieu le mérite éminent d'avoir affirmé le déterminisme des phénomènes historiques et sociaux. Il offre une interprétation simplifiée de *L'Esprit des lois* dont l'idée centrale serait exprimée dans la formule fameuse du livre I de cet ouvrage : « Les lois sont les rapports nécessaires qui dérivent de la nature des choses. » Auguste Comte lit dans cette formule le principe du déterminisme, appliqué tout à la fois à la diversité des phénomènes sociaux et au devenir des sociétés.

En revanche, il manquerait à Montesquieu, pour avoir été le fondateur de la sociologie, l'idée du progrès. Auguste Comte découvre celle-ci chez Condorcet, dans la célèbre *Esquisse d'un tableau historique des progrès de l'esprit humain* [18] qui prétend découvrir dans le passé un certain nombre de phases par lesquelles a passé l'esprit humain. Ces phases sont en nombre défini et leur ordre de succession est nécessaire. Auguste Comte reprend à Condorcet l'idée que le progrès de l'esprit humain est le fondement du devenir des sociétés humaines.

En combinant le thème de Montesquieu, du déterminisme, et le thème de Condorcet, des étapes nécessaires, selon un ordre inéluctable, des progrès de l'esprit humain, on obtient la conception centrale d'Auguste Comte : les phénomènes sociaux sont soumis à un déterminisme rigoureux, qui se présente sous la forme d'un devenir inévitable des sociétés humaines, commandé par les progrès de l'esprit humain.

Cette façon de penser le devenir historique aboutit à une vision de l'histoire, tout entière unifiée, en marche vers un état dernier de l'esprit humain et des sociétés humaines très comparable en définitive au providentialisme de Bossuet qu'Auguste Comte salue comme la tentative la plus éminente qui a précédé la sienne :

« C'est certainement à notre grand Bossuet qu'il faudra toujours rapporter la première tentative importante de l'esprit humain pour contempler, d'un point de vue suffisamment élevé, l'ensemble du passé social. Sans doute, les ressources, faciles mais illusoires, qui appartiennent à toute philosophie théologique, pour établir, entre les événements humains, une certaine liaison apparente, ne permettent nullement d'utiliser aujourd'hui, dans la construction directe de la véritable science du développement social, des explications inévitablement caractérisées par la prépondérance, alors trop irrésistible en ce genre, d'une telle philosophie. Mais cette admirable composition, où l'esprit d'universalité, indispensable à toute conception semblable, est si vigoureusement apprécié et même maintenu autant que le permettait la nature de la méthode employée, n'en demeurera pas moins, à jamais, un imposant modèle, toujours éminemment propre à marquer nettement le but général que doit se proposer sans cesse notre intelligence, en résultat final de toutes nos analyses historiques, c'est-à-dire la coordination rationnelle de la série fondamentale des divers événements humains, d'après un dessein unique, à la fois plus réel et plus étendu que celui conçu par Bossuet. » (*Cours de philosophie positive*, t. IV, p. 147.)

La formule : « la coordination rationnelle de la série fondamentale des divers événements humains d'après un dessein unique » est la clé de la conception sociologique d'Auguste Comte. Celui-ci est bien le sociologue de l'unité humaine. Son objectif est de ramener l'infinie diversité des sociétés humaines, dans l'espace et dans le temps, à une série fondamentale, le devenir de l'espèce humaine, et à un dessein unique, l'aboutissement à un état final de l'esprit humain.

On voit ainsi comment celui que l'on donne comme le fondateur de la science positive peut être aussi présenté comme le dernier disciple du providentialisme chrétien; comment peut s'opérer le passage entre l'interprétation de l'histoire par la providence et l'interprétation par les lois générales. Qu'il s'agisse des intentions de la providence ou des lois nécessaires du devenir humain, l'histoire est conçue comme nécessaire et une. Le dessein est unique puisqu'il a été fixé soit par Dieu, soit par la nature de l'homme; l'évolution est nécessaire, puisque, ou la providence en a fixé les étapes et la fin, ou la nature même de l'homme et des sociétés en a déterminé les lois.

Ainsi la pensée d'Auguste Comte, même dans le *Cours de philosophie positive*, où elle se présente sous la forme la plus scientifique, passe aisément d'une certaine conception de la science à une version nouvelle de la providence.

Le dessein unique de l'histoire pensée par Auguste Comte est le progrès de l'esprit humain. Si celui-ci donne de l'unité à l'ensemble du passé social, c'est que la même façon de penser doit s'imposer dans tous les domaines.

Auguste Comte, on le sait, constate que la méthode positive est aujourd'hui de rigueur dans les sciences, et il en conclut que cette méthode fondée sur l'observation, l'expérimentation et l'établissement de lois, doit s'étendre aux domaines qui sont aujourd'hui encore livrés à la théologie ou à la métaphysique, c'est-à-dire à l'explication soit par des êtres transcendants soit par des entités ou des causes dernières des phénomènes. Il existe une façon de penser, dite positive, qui a une validité universelle, aussi bien en politique qu'en astronomie [19].

Simultanément, Auguste Comte insiste sur une proposition complémentaire de la précédente, bien qu'elle apparaisse en contradiction avec elle. Il affirme qu'il ne peut y avoir d'unité véritable dans une société que lorsque l'ensemble des idées directrices, adoptées par les différents membres de la collectivité, forme un tout cohérent. La société est chaotique dans laquelle se juxtaposent des façons de penser contradictoires et des idées empruntées à des philosophies incompatibles.

De ce thème on pourrait, semble-t-il, tirer la conclusion que dans le passé les sociétés qui n'étaient pas en crise devaient avoir un ensemble d'idées cohérentes, unissant tout à la fois les intelligences et la collectivité. Mais cette conclusion ne serait que partiellement vraie, car Auguste Comte a montré que les diverses sciences accèdent à l'état positif à des dates différentes de l'histoire. Les sciences qui accèdent les premières à l'état positif sont celles qui sont les premières dans une classification des sciences qui marque les étapes de la diffusion de la pensée positive. A toutes les époques, il y a donc eu des sciences qui étaient déjà partiellement positives, alors que d'autres disciplines intellectuelles étaient encore fétichistes ou théologiques. La cohérence de la pensée, objectif final d'Auguste Comte, n'a jamais été pleinement réalisée au cours de l'histoire. Dès l'aube des temps historiques, certains éléments des sciences avaient accédé à l'état positif, cependant que dans d'autres domaines continuait à régner l'esprit théologique.

En d'autres termes, un des ressorts du mouvement historique a été précisément l'incohérence, à chaque étape de l'histoire, des façons de penser. Il n'y a eu, en définitive, qu'une seule période, avant le positivisme, où une véritable cohérence intellectuelle existait : le fétichisme, qui est la façon de penser immédiate et spontanée de l'esprit humain et qui consiste pour celui-ci à animer toutes choses, vivantes ou non vivantes, à supposer les choses et les êtres semblables aux hommes ou à la conscience humaine. L'esprit ne retrouvera une véritable cohérence que dans la phase finale, lorsque le positivisme sera étendu à l'ensemble des disciplines intellectuelles, politique et morale comprises. Mais entre le fétichisme et le positivisme, la diversité des méthodes de pensée est la règle, et cette diversité est probablement ce qui empêche l'histoire humaine de s'arrêter.

Auguste Comte, il est vrai, est parti, au début de sa carrière, de l'idée qu'il ne pouvait pas y avoir deux philosophies différentes dans une société, mais le développement de sa pensée l'a irrésistiblement amené à reconnaître que la pluralité des philosophies a été presque constamment, au cours de l'histoire, le fait dominant. Finalement le but du devenir social est d'amener la pensée humaine à la cohérence à laquelle elle est destinée et qui ne peut se réaliser que de deux manières : ou le fétichisme spontané, ou le positivisme final. Ou l'esprit explique toutes choses en les supposant animées, ou il renonce à toute explication causale, théologique ou métaphysique, et se borne à établir des lois.

Mais, dans ces conditions, pourquoi y a-t-il une histoire? Si l'état final et normal de l'intelligence humaine est la philosophie positive, pourquoi l'humanité a-t-elle dû passer par tant d'étapes successives? Pourquoi a-t-il fallu attendre tant de siècles ou tant de millénaires pour que surgisse l'homme qui, enfin, a pris conscience de ce que devait être l'esprit humain, c'est-à-dire Auguste Comte lui-même?

La raison profonde est que le positivisme ne peut être qu'une philosophie tardive ou, en d'autres termes, ne peut pas être une philosophie spontanée. En effet, il consiste, pour l'homme, à reconnaître l'ordre qui lui est extérieur, à avouer son incapacité d'en donner une explication dernière et à se contenter de le déchiffrer. L'esprit positif observe les phénomènes, les analyse, et découvre les lois qui commandent leurs relations. Or, il est impossible, par l'observation et l'analyse, de découvrir immédiatement et rapidement cet ordre extérieur. L'homme doit vivre d'abord, avant de philosopher. Dès la première phase de l'aventure de l'espèce humaine, il est certes possible, à la rigueur, d'expliquer certains phénomènes simples de manière scientifique. La chute d'un corps, par exemple, a pu être expliquée spontanément, de manière positive [20]. Mais la philosophie positiviste, philosophie de l'observation, de l'expérimentation, de l'analyse et du déterminisme, ne pouvait pas se fonder sur l'explication authentiquement scientifique de ces quelques phénomènes. Dans la phase initiale de l'histoire, il fallait une autre philosophie que celle que suggère finalement la découverte des lois.

Cette autre philosophie que Comte appelle d'abord théologique et ensuite fétichiste, permettait à l'humanité de vivre. Elle réconfortait l'homme en lui présentant le monde comme intelligible et bienveillant, peuplé d'êtres semblables à lui-même.

La philosophie fétichiste fournit à l'espèce humaine une synthèse provisoire, valable tout à la fois intellectuellement, pour lui donner la certitude de l'intelligibilité de la nature extérieure, et moralement, pour lui donner confiance en elle-même et dans sa capacité de surmonter les obstacles.

Mais si l'histoire est nécessaire, pourquoi doit-elle aller jusqu'au bout? Auguste Comte répond que puisque certains phénomènes sont expliqués scientifiquement et positivement dès le point de départ, un arrêt du progrès de l'esprit humain est au fond inconcevable. La contradiction entre le positivisme partiel et la synthèse fétichiste tourmente l'humanité et empêche l'esprit humain de s'arrêter avant qu'il ne soit parvenu au stade final du positivisme universel.

Ajoutons cependant que, d'après Auguste Comte, diverses parties de l'humanité ont pu s'arrêter dans une synthèse provisoire, à telle ou telle des phases intermédiaires. A la fin de sa vie, Auguste Comte a même pensé que certaines populations pourraient sauter de la synthèse initiale du fétichisme à la synthèse finale du positivisme, sans passer par tous les stades de la dynamique sociale.

La conception de l'histoire de Comte pose un autre problème : si l'histoire est essentiellement l'histoire des progrès de l'esprit humain, quelles sont les relations entre ce progrès des connaissances et les autres activités humaines?

Dans le *Cours de philosophie positive*, Auguste Comte affirme que l'histoire, prise dans son ensemble, est essentiellement le devenir de l'intelligence humaine :

« La principale partie de cette évolution, celle qui a le plus influé sur la progression générale, consiste sans doute dans le développement continu de l'esprit scientifique, à partir des travaux primitifs des Thalès et des Pythagore, jusqu'à ceux des Lagrange et des Bichat. Or, aucun homme éclairé ne saurait douter aujourd'hui que, dans cette longue succession d'efforts et de découvertes, le génie humain n'ait toujours suivi une marche exactement déterminée, dont l'exacte connaissance préalable aurait en quelque sorte permis à une intelligence suffisamment informée de prévoir, avant leur réalisation plus ou moins prochaine, les progrès essentiels réservés à chaque époque, suivant l'heureux aperçu déjà indiqué au commencement du siècle dernier par l'illustre Fontenelle. » (T. IV, p. 195.)

Ainsi le progrès nécessaire de l'esprit est l'aspect essentiel de l'histoire de l'humanité [21]. Auguste Comte laisse peu de part au hasard ou aux accidents. Il affirme que les moments principaux de l'esprit humain auraient pu être prévus par une intelligence supérieure, parce qu'ils répondaient à une nécessité.

Que le progrès de l'esprit humain soit l'aspect le plus caractéristique du devenir historique ne signifie pas que le mouvement de l'intelligence *détermine* la transformation des autres phénomènes sociaux. Auguste Comte ne pose d'ailleurs pas le problème dans ces termes. À aucun moment il ne se demande quelle est la relation entre le progrès de l'intelligence humaine et les transformations de l'économie, de la guerre ou de la politique. Mais il est facile de tirer de ses analyses la solution de ce problème.

Il n'est pas plus question, chez Auguste Comte, de la détermination de l'ensemble social par l'intelligence qu'il n'est question chez Montesquieu de la détermination de l'ensemble social par le régime politique. La différence entre les deux, c'est que l'aspect le plus caractéristique est pour l'un l'état de l'intelligence et pour l'autre le régime politique. Mais le mouvement historique, chez l'un comme chez l'autre, s'opère par action et réaction entre les différents secteurs de la réalité sociale globale [22].

Dans la dynamique sociale, que ce soit au tome V du *Cours de philosophie positive*, ou au tome III du *Système de politique positive*, le passage d'une étape à l'autre a pour ressort la contradiction entre les différents secteurs de la société. Selon les cas, la cause qui provoque la désagrégation d'un certain ensemble et l'avènement de l'étape suivante se trouve dans la politique, dans l'économie ou dans l'intelligence.

Le primat du devenir de l'intelligence n'en subsiste pas moins. En effet les grandes étapes de l'histoire de l'humanité sont fixées par la façon de penser; l'étape finale est celle du positivisme universel, et le ressort ultime du devenir est la critique incessante que le positivisme, naissant, puis mûrissant, exerce sur les synthèses provisoires du fétichisme, de la théologie et de la métaphysique.

C'est l'intelligence qui indique la direction de l'histoire humaine et marque ce que sera l'épanouissement de la société et de la nature humaine dans l'état final.

On comprend dès lors que l'histoire humaine puisse être considérée comme celle « d'un peuple unique ». Si l'histoire était l'histoire de la religion, pour poser l'unité de l'histoire humaine, il faudrait supposer une religion universalisable. Mais si l'histoire est celle de l'intelligence, il suffit pour que l'histoire tout entière soit celle d'un peuple unique, qu'il y ait une façon de penser valable pour tous les hommes, ce qui est relativement facile à concevoir. Ainsi les mathématiques d'aujourd'hui nous paraissent vraies pour tous les hommes de toutes les races. Certes, cette proposition n'est pas entièrement évidente, Spengler affirmait qu'il y a eu une mathématique des Grecs, comme il y a une mathématique moderne. Mais Spengler lui-même n'entendait cette formule que dans un sens particulier. Il pensait que la façon de penser mathématique était influencée par le style propre d'une culture; je ne crois pas qu'il aurait nié que les théorèmes mathématiques fussent vrais d'une vérité universelle [23].

Si la science ou philosophie positive est valable pour tous les hommes et si en même temps l'histoire est celle de l'intelligence, on conçoit qu'elle doive être pensée comme celle d'un peuple unique.

Mais, si l'histoire humaine est celle d'un peuple unique, si les étapes en sont nécessaires et s'il y a une marche inévitable vers un but donné, pourquoi les différentes fractions de l'humanité ont-elles des histoires particulières et différentes?

De même que le problème de Montesquieu est de sauver l'unité, celui d'Auguste Comte est de sauver la diversité. Si, par une sorte d'expérience intellectuelle, on va jusqu'au bout de cette façon de penser — Comte n'allait peut-être pas lui-même toujours aussi loin —, ce qui devient mystérieux, c'est qu'il y ait encore *des* histoires, c'est-à-dire que les différentes fractions de l'humanité n'aient pas le même passé.

Auguste Comte rend compte de la diversité en énumérant trois facteurs de variation : la race, le climat et l'action politique [24]. Dans le *Système de politique positive* surtout, il a interprété la diversité des races humaines en prêtant à chacune d'elles la prédominance de certaines dispositions. Ainsi, selon lui, la race noire était avant tout caractérisée par la propension à l'affectivité, ce qui, dans la dernière partie de sa carrière, lui paraissait d'ailleurs une supériorité morale. Les différentes fractions de l'humanité n'ont donc pas évolué de la même façon, parce qu'elles n'avaient pas au départ tout à fait les mêmes dons. Mais il reste évidemment que ces diversités se développent sur le fond d'une nature commune.

Quant au climat, il désigne l'ensemble des conditions naturelles dans lesquelles chaque fraction de l'humanité s'est trouvée. Chaque société a eu à surmonter des obstacles plus ou moins élevés, elle a connu des circonstances géographiques plus ou moins favorables, qui permettent de rendre compte jusqu'à un certain point de la diversité des évolutions [25].

En examinant le rôle de l'action politique, on retrouve le providentialisme. Auguste Comte se propose, en effet, avant tout d'enlever aux hommes politiques et aux réformateurs sociaux l'illusion qu'un individu, si grand soit-il, est capable de modifier substantiellement le cours nécessaire de l'histoire. Il ne se refuse pas à reconnaître qu'il dépend des circonstances, des rencontres ou des grands hommes que l'évolution nécessaire se produise plus ou moins vite, que le résultat, de toute manière inévitable, soit plus ou moins coûteux. Mais si nous retenons, par exemple, le cas de Napoléon, nous n'avons pas de peine à découvrir les limites de l'efficacité possible des grands hommes.

Napoléon, d'après Auguste Comte, comme l'empereur Julien ou Philippe II d'Espagne, n'avait pas compris l'esprit de son temps, ou encore, comme on dirait aujourd'hui, le sens de l'histoire. Il a fait une vaine tentative de restauration du régime militaire. Il a lancé la France à la conquête de l'Europe, multiplié les conflits, dressé contre la Révolution française les peuples de l'Europe, et, finalement, rien n'est sorti de cette aberration temporaire. Le souverain, si grand soit-il, qui commet l'erreur de se tromper sur la nature de son époque, ne laisse finalement pas de traces [26].

Cette théorie, qui affirme l'incapacité des individus à changer le cours des événements, débouche sur une critique des réformateurs sociaux, des utopistes ou des révolutionnaires, de tous ceux qui croient que, soit en dressant le plan d'une société nouvelle, soit en usant de violence, on peut bouleverser la marche de l'histoire.

Il est vrai que la fatalité est de plus en plus modifiable, à mesure que l'on va du monde des lois physiques au monde des lois historiques. Grâce à la sociologie, qui découvre l'ordre essentiel de l'histoire humaine, l'humanité pourra peut-être raccourcir les délais et réduire le coût de l'avènement du positivisme. Mais Auguste Comte, en fonction de sa théorie du cours inévitable de l'histoire, est opposé tout à la fois aux illusions des grands hommes et aux utopies des réformateurs. Un texte est à cet égard significatif :

« En un mot, ainsi que je l'indiquai dans mon écrit de 1822, la marche de la civilisation ne s'exécute pas, à proprement parler, suivant une ligne droite, mais selon une série d'oscillations, inégales et variables, comme dans la locomotion animale, autour d'un mouvement moyen, qui tend toujours à prédominer, et dont l'exacte connaissance permet de régulariser d'avance la prépondérance naturelle, en diminuant ces oscillations et les tâtonnements plus ou moins funestes qui leur correspondent. Ce serait, toutefois, exagérer, sans doute, la portée réelle d'un tel art, cultivé même aussi rationnellement que possible, et appliqué avec toute l'extension convenable, que de lui attribuer la propriété d'empêcher, en tous les cas, les révolutions violentes qui naissent des entraves qu'éprouve le cours spontané de l'évolution humaine. Dans l'organisme social, en vertu de sa complication supérieure, les maladies et les crises sont nécessairement encore plus inévitables, à beaucoup d'égards, que dans l'organisme individuel. Mais, alors même que la science réelle est forcée de reconnaître essentiellement son impuissance momentanée devant de profonds désordres ou d'irrésistibles entraînements, elle peut encore utilement concourir à adoucir et surtout à abréger les crises, d'après l'exacte appréciation de leur principal caractère, et la prévision rationnelle de leur issue finale, sans renoncer jamais à une sage intervention, à moins d'une impossibilité convenablement constatée. Ici, comme ailleurs, et même plus qu'ailleurs, il ne s'agit point de gouverner les phénomènes, mais seulement d'en modifier le développement spontané; ce qui exige évidemment qu'on en connaisse préalablement les lois réelles. » (*Cours de philosophie positive*, t. IV, p. 213-214.)

La nouvelle science sociale qu'Auguste Comte propose est l'étude des lois du développement historique. Elle est fondée sur l'observation et la comparaison, donc sur des méthodes analogues à celles qui sont utilisées par d'autres sciences, notamment la biologie; mais ces méthodes seront encadrées en quelque sorte par les idées directrices de la doctrine positiviste, par sa conception de la statique et de la dynamique, toutes deux synthétiques. Que ce soit pour comprendre l'ordre d'une société donnée ou les grandes lignes de l'histoire, dans les deux cas, l'esprit subordonne les observations partielles à la saisie antérieure du tout.

Statique et dynamique sont les deux catégories centrales de la sociologie d'Auguste Comte. La statique consiste essentiellement à étudier ce qu'il appelle le consensus social. Une société est comparable à un organisme vivant. De même qu'il est impossible d'étudier le fonctionnement d'un organe sans le remettre dans le tout de l'être vivant, de même il est impossible d'étudier la politique et l'État, sans les remettre dans le tout de la société à un moment donné. La statique sociale comporte donc, d'une part, l'analyse anatomique de la structure de la société à un moment donné, et, d'autre part, l'analyse du ou des éléments qui déterminent le *consensus*, c'est-à-dire font de l'ensemble des individus ou des familles une collectivité, de la pluralité des institutions une unité. Mais, si la statique est l'étude du consensus, elle nous conduit à rechercher quels sont les organes essentiels de toute société, donc à aller au-delà de la diversité des sociétés historiques, afin de découvrir les principes de tout ordre social.

Ainsi la statique sociale, qui commence comme une simple analyse positive de l'anatomie des diverses sociétés et des liens de solidarité réciproque entre les institutions d'une collectivité particulière, aboutit dans le tome II du *Système de politique positive*, à l'étude de l'ordre essentiel de toute collectivité humaine.

La dynamique, au point de départ, est simplement la description des étapes successives parcourues par les sociétés humaines. Mais partant de l'ensemble, nous savons que le devenir des sociétés humaines et de l'esprit humain est commandé par des lois. Puisque l'ensemble du passé constitue une unité, la dynamique sociale ne ressemble pas à l'histoire des historiens collectionnant les faits ou observant la succession des institutions. La dynamique sociale parcourt les étapes, successives et nécessaires, du devenir de l'esprit humain et des sociétés humaines.

La statique sociale a mis au jour l'ordre essentiel de toute société humaine, la dynamique sociale, retrace les vicissitudes par lesquelles a passé cet ordre fondamental avant d'aboutir au terme final du positivisme.

La dynamique est subordonnée à la statique. C'est à partir de l'ordre de toute société humaine que l'on comprend ce qu'est l'histoire. Statique et dynamique renvoient aux termes d'ordre et de progrès qui figurent sur les drapeaux du positivisme et du Brésil [27] : « Le progrès est le développement de l'ordre. »

Au point de départ, statique et dynamique sont simplement l'étude, d'une part de la coexistence et d'autre part de la succession. Au point d'arrivée, elles sont l'étude de l'ordre humain et social essentiel, de ses transformations et de son épanouissement. Mais le passage de la formule apparemment scientifique, statique et dynamique, à la formule apparemment philosophique, ordre et progrès, est nécessaire, en fonction des deux idées d'Auguste Comte : le primat du tout et des lois qui s'appliquent à l'ensemble, et la confusion entre le mouvement inévitable de l'histoire et une sorte de providence.

Nature humaine et ordre social.

En première analyse, la statique sociale est comparable à l'anatomie et étudie comment s'organisent les différents éléments du corps social. Mais puisque la sociologie a pour objet l'histoire de l'humanité considérée comme formant un seul peuple, cette statique anatomique devient sans difficulté l'analyse de la structure de toute société humaine. Comme fondamentalement, il n'y a qu'une histoire, on retrouve, par l'étude statique, les caractères structurels de toute société. Auguste Comte expose clairement les buts de la statique :

« Il faut (...) d'après une abstraction provisoire, étudier d'abord l'ordre humain comme s'il était immobile. Nous apprécierons ainsi ses diverses lois fondamentales, nécessairement communes à tous les temps et à tous les lieux. Cette base systématique nous permettra ensuite l'explication générale d'une évolution graduelle qui n'a jamais pu consister que dans la réalisation croissante du régime propre à la vraie nature humaine, et dont tous les germes essentiels durent exister toujours...

« Ce second volume doit successivement caractériser l'ordre humain sous tous les divers aspects fondamentaux qui lui sont propres. Envers chacun d'eux, il faut d'abord déterminer le régime normal qui correspond à notre véritable nature, et ensuite expliquer la nécessité qui subordonne son avènement décisif à une longue préparation graduelle. » (*Système de politique positive*, t. II, p. 3-4.)

C'est dans le *Système de politique positive* que cette conception comtiste de la statique trouve son complet développement. Le tome II du *Système de politique positive* est consacré tout entier à la statique sociale, et porte le sous-titre caractéristique de « Traité abstrait de l'ordre humain ». Il y a bien, dans le *Cours de philosophie positive*, l'esquisse d'une statique, mais celle-ci ne comprend qu'un chapitre unique et les idées y sont à peine esquissées [28].

Cette statique peut être décomposée logiquement en deux parties, d'une part l'étude préliminaire de la structure de la nature humaine, qui se trouve contenue dans le tome I du *Système de politique positive*, d'autre part l'étude proprement dite de la structure de la nature sociale.

Auguste Comte a exposé ses idées sur la nature humaine dans ce qu'il a appelé le « tableau cérébral », qui se présente comme une étude scientifique des localisations cérébrales. Il y indique où sont situés, dans le cerveau, les correspondants anatomiques des différentes dispositions humaines. Cette théorie des localisations cérébrales est ce qui nous intéresse le moins, elle est l'aspect le moins défendable de la pensée d'Auguste Comte. Mais on peut également la laisser tomber sans dommage et sans trahir la pensée de son auteur, parce que ce dernier lui-même déclare que les localisations cérébrales sont, dans une certaine mesure, hypothétiques. L'interprétation physiologique débouche sur une hypothèse anatomique qui n'est elle-même que la transposition d'une interprétation du fonctionnement de l'esprit.

Il y a certes une grande différence entre la manière dont Auguste Comte a exposé ce qu'est la nature humaine et la manière dont Platon pouvait le faire. Mais on trouve chez Platon des esquisses de localisations, sinon cérébrales, du moins physiques. Après avoir distingué le νοῦς et le θύμος, Platon, lui aussi, place ces différents aspects de la nature humaine dans les différentes parties du corps. Mais, dans ce cas aussi, on peut négliger la théorie de la localisation des dispositions dans le corps pour retenir seulement l'image que Platon se faisait de l'homme [29].

Auguste Comte indique que l'on peut considérer la nature humaine comme étant double ou comme étant triple. On peut dire de l'homme qu'il est composé d'un cœur et d'une intelligence, ou diviser le cœur en sentiment (ou affection) et activité, et considérer que l'homme est à la fois sentiment, activité et intelligence. Auguste Comte précise que le double sens du mot cœur est une ambiguïté révélatrice. Avoir du cœur, c'est avoir ou du sentiment ou du courage. Les deux notions sont exprimées par le même mot, comme si le langage avait conscience du lien qui existe entre l'affection et le courage.

L'homme est sentimental, actif et intelligent. En premier lieu il est un être essentiellement actif. Comte reprend vers la fin de sa vie les formules qui se trouvaient déjà dans les *Opuscules*, et écrit dans le *Système de politique positive* que l'homme n'est pas fait pour perdre son temps dans des spéculations et dans des doutes sans fin. L'homme est fait pour agir.

Mais l'impulsion de l'activité viendra toujours du cœur (au sens du sentiment). L'homme n'agit jamais par l'intelligence, c'est-à-dire que la pensée abstraite n'est jamais chez lui le déterminant de l'action. Cependant, l'activité, animée par l'affection, a besoin du contrôle de l'intelligence. Selon une formule célèbre, il faut *agir par affection et penser pour agir.*

De cette conception découle la critique d'une interprétation intellectualiste du rationalisme, selon laquelle le développement historique ferait progressivement de l'intelligence l'organe déterminant de la conduite humaine. Selon Auguste Comte, il ne peut pas en être ainsi. Ce sera toujours du sentiment, âme de l'humanité et moteur de l'action, que viendra l'impulsion. L'intelligence ne sera jamais plus qu'un organe de direction ou de contrôle.

Mais ce n'est pas là dévaloriser l'intelligence, car il y a, dans la philosophie positiviste, l'idée d'une relation inverse entre la force et la noblesse. Le plus noble est le plus faible. Penser que l'intelligence ne détermine pas l'action n'est pas déprécier l'intelligence. Celle-ci n'est pas et ne peut pas être la force, précisément par ce qu'elle est, d'une certaine façon, ce qu'il y a de plus élevé.

Les localisations cérébrales de ces trois éléments de la nature humaine ne sont que la transposition des idées relatives à leur fonctionnement. Auguste Comte met l'intelligence vers la partie antérieure du cerveau, de telle sorte que l'intelligence soit en relation avec les organes de la perception ou organes des sens. Il met au contraire l'affection en arrière, de manière que l'affection soit reliée directement aux organes moteurs.

On peut ensuite distinguer dans les sentiments ce qui ressortit à l'égoïsme, et ce qui, au contraire, ressortit à l'altruisme ou désintéressement. Auguste Comte opère une classification des sentiments assez curieuse, il énumère les instincts purement égoïstes (nutritif, sexuel, maternel), puis il y ajoute des dispositions encore égoïstes, mais déjà relatives aux relations avec les autres : militaires et industrielles, qui sont la transposition dans la nature humaine des deux types de sociétés qu'il a cru observer de son temps. L'instinct militaire est celui qui nous pousse à abattre les obstacles, l'instinct industriel, au contraire, celui qui nous engage à construire les moyens. Il y ajoute encore deux sentiments reconnaissables sans difficulté : l'orgueil et la vanité. L'orgueil est l'instinct de domination; la vanité, la recherche de l'approbation des autres. Par la vanité, on passe déjà, d'une certaine façon, de l'égoïsme à l'altruisme.

Les dispositions non égoïstes sont au nombre de trois, l'attachement, d'une personne à une autre sur un pied d'égalité; la vénération, qui déjà élargit le cercle, ou encore s'adresse du fils au père, du disciple au maître, de l'inférieur au supérieur; et enfin la bonté, qui en principe a une extension universelle et qui doit s'épanouir dans la religion de l'humanité.

L'intelligence, quant à elle, peut être décomposée entre conception et expression. La conception à son tour est passive ou active. Quand elle est passive, elle est abstraite ou concrète. Quand elle est active, elle est inductive ou déductive. L'expression peut être mimique, orale ou écrite.

L'activité enfin se divise en trois tendances : la vertu, pour employer une expression de la philosophie classique, suppose le courage d'entreprendre, la prudence dans l'exécution et la fermeté dans l'accomplissement ou persévérance.

Telle est la théorie de la nature humaine. En fonction de ce tableau cérébral, il apparaît clairement que l'homme est d'abord égoïste, mais non pas exclusivement égoïste. Les dispositions tournées vers les autres, qui s'épanouissent en désintéressement et en amour, sont en effet données dès le départ.

L'histoire ne change pas la nature de l'homme. La primauté accordée à la statique équivaut à l'affirmation du caractère éternel des dispositions caractéristiques de l'homme en tant qu'homme. Auguste Comte n'aurait pas écrit, comme Jean-Paul Sartre : « L'homme est l'avenir de l'homme » et pensé que l'homme se créait lui-même à travers le temps. Les dispositions essentielles sont présentes dès l'origine.

Il n'en résulte pas pour autant que la succession des sociétés n'apporte rien à l'homme. Au contraire, l'histoire lui donne la possibilité de réaliser ce qu'il y a de plus noble dans sa propre nature et favorise l'épanouissement progressif des dispositions altruistes. Elle lui procure aussi la possibilité d'utiliser pleinement l'intelligence comme guide de son action. L'intelligence ne sera jamais pour l'humanité autre chose qu'un organe de contrôle, mais elle ne peut pas être, aux premiers temps de son évolution, un contrôle valable de l'activité, parce que, comme il a été dit plus haut, la pensée positive n'est pas une pensée spontanée. Être positif, c'est découvrir les lois qui gouvernent les phénomènes. Or, il faut du temps pour dégager de l'observation et de l'expérience la connaissance des lois. L'histoire est indispensable pour que l'intelligence humaine atteigne à sa fin immanente et réalise ce qui est sa vocation propre.

Les relations structurelles entre les parties de la nature humaine resteront toujours ce qu'elles sont dès le point de départ. Auguste Comte s'oppose ainsi à une version optimiste et rationaliste de l'évolution de l'humanité. Contre ceux qui imaginent que la raison pourrait être le déterminant essentiel de la conduite humaine, il fait valoir que jamais les hommes ne seront mus par autre chose que par leurs sentiments. Le véritable objectif, c'est que les hommes soient mus de plus en plus par des sentiments désintéressés, et non plus par des instincts égoïstes et que l'organe de contrôle qui dirige l'activité humaine puisse accomplir pleinement sa fonction en découvrant les lois qui commandent à la réalité.

Cette interprétation de la nature humaine permet de passer à l'analyse de la nature sociale.

Dans les sept chapitres du deuxième tome du *Système de politique positive*, Auguste Comte esquisse successivement une théorie de la religion, une théorie de la propriété, une théorie de la famille, une théorie du langage, une théorie de l'organisme social ou de la division du travail, avant de terminer par deux chapitres, l'un consacré à l'existence sociale systématisée par le sacerdoce, esquisse de la société humaine devenue positiviste, et l'autre relatif aux limites générales de variation propres à l'ordre humain, explication statique de la possibilité de la dynamique, ou encore explication, à partir des lois de la statique, de la possibilité et de la nécessité des variations historiques. Tous ces différents chapitres constituent une théorie de la structure fondamentale des sociétés.

L'analyse de la religion a pour but de montrer la fonction de la religion dans toute société humaine. La religion résulte d'une double exigence. Toute société comporte nécessairement consensus, c'est-à-dire accord entre les parties, union des membres constituant la société. L'unité sociale exige la reconnaissance d'un principe d'unité par tous les individus, c'est-à-dire une religion.

La religion contient elle-même la division ternaire caractéristique de la nature humaine. Elle comporte un aspect intellectuel, le dogme; un aspect affectif, l'amour, qui s'exprime dans le culte, et un aspect pratique, qu'Auguste Comte appelle le régime. Le culte règle les sentiments, le régime la conduite privée ou publique des croyants. La religion reproduit en elle les différenciations de la nature humaine : créant l'unité, elle doit s'adresser simultanément à l'intelligence, au sentiment et à l'action, c'est-à-dire à toutes les dispositions de l'être humain.

Cette conception n'est pas fondamentalement différente de celle qu'Auguste Comte avait exposée au début de sa carrière, lorsqu'il affirmait que les idées de l'intelligence fixaient les étapes de l'histoire de l'humanité. Mais, à l'époque du *Système de politique positive*, il ne voit plus dans de simples idées directrices ou dans la philosophie le fondement de chaque organisation sociale. C'est la religion qui fonde l'ordre social et elle est affection et activité en même temps que dogme ou croyance. « Dans ce traité, écrit Auguste Comte, la religion sera toujours caractérisée par l'état de pleine harmonie propre à l'existence humaine, tant collective qu'individuelle, quand toutes ses parties quelconques sont dignement coordonnées. Cette définition, seule commune aux divers cas principaux, concerne également le cœur et l'esprit, dont le concours est indispensable à une telle unité. La religion constitue donc, pour l'âme, un consensus normal exactement comparable à celui de la santé envers le corps. » (*Système de politique positive*, t. II, p. 8.)

Les deux chapitres relatifs d'une part à la propriété, d'autre part au langage doivent être rapprochés. Le rapprochement peut paraître surprenant, mais il correspond à la pensée profonde d'Auguste Comte [30]. Propriété et langage se répondent en effet l'un à l'autre. La propriété est la projection dans la société de l'activité, cependant que le langage est la projection de l'intelligence. La loi commune à la propriété et au langage est la loi d'accumulation. Il y a progrès de civilisation parce que les conquêtes matérielles et intellectuelles ne disparaissent pas avec ceux qui les ont réalisées. L'humanité existe parce qu'il y a tradition, c'est-à-dire transmission. La propriété, c'est l'accumulation de biens transmis d'une génération à une autre. Le langage est pour ainsi dire le réceptacle dans lequel sont conservés les acquêts de l'intelligence. En recevant un langage, nous recevons une culture créée par nos ascendants.

Il ne faut pas se laisser arrêter par le mot de propriété, avec toute la résonance politique ou partisane qu'il contient. Il n'importe guère, aux yeux d'Auguste Comte, que la propriété soit privée ou publique. Pour lui, la propriété, en tant que fonction essentielle de la civilisation, c'est le fait que les œuvres matérielles des hommes durent au-delà de l'existence de leurs créateurs, et que nous puissions transmettre à nos descendants ce que nous avons produit. Les deux chapitres, propriété et langage, sont consacrés aux deux instruments essentiels de la civilisation humaine, celle-ci ayant pour conditions la continuité des générations et la reprise par les vivants de la pensée des morts. D'où les phrases célèbres : « L'humanité se compose de plus de morts que de vivants », « Les morts gouvernent de plus en plus les vivants ».

Ces formules méritent réflexion. Une des originalités d'Auguste Comte, c'est que, parti de l'idée de la société industrielle, convaincu que les sociétés scientifiques diffèrent fondamentalement de celles du passé, il soit arrivé, non pas à la dépréciation du passé et à l'exaltation de l'avenir, comme la plupart des sociologues modernes, mais à une sorte de réhabilitation du passé. Utopiste, rêvant d'un avenir plus parfait que toutes les sociétés connues, il demeure homme de tradition avec un sens aigu de l'unité humaine à travers le temps [31].

Entre le chapitre consacré à la propriété et celui qui est consacré au langage, s'intercale un chapitre consacré à la famille, auquel fait pendant celui consacré à l'organisme social ou à la division du travail. Ces deux chapitres correspondent à deux des éléments de la nature humaine. La famille est essentiellement l'unité affective, cependant que l'organisme social ou la division du travail correspond à l'élément actif dans la nature humaine.

Auguste Comte, dans sa théorie de la famille, prend pour modèle et considère implicitement comme exemplaire la famille de type occidental, ce qui lui a été naturellement reproché. Une fois pour toutes, il écarte comme pathologiques certaines organisations de la famille qui ont existé à travers les pays et les siècles, telles que la polygamie.

Certes, il est trop systématique et catégorique. Dans sa description de la famille, il confond souvent certains traits liés à une société particulière avec des traits universels. Mais je ne pense pas que cette critique facile épuise le sujet. Le doctrinaire du positivisme s'est surtout efforcé de montrer que les relations à l'intérieur de la famille étaient caractéristiques ou exemplaires des diverses relations qui peuvent exister entre des personnes humaines, et aussi que, dans la famille, l'affectivité humaine recevait éducation et formation.

Les relations familiales peuvent être des relations d'égalité, entre frères; des relations de vénération, entre enfants et parents; des relations de bonté, entre parents et enfants; des relations complexes de commandement et d'obéissance, entre l'homme et la femme. Selon Auguste Comte, l'homme, en effet, de toute évidence, doit commander. Actif et intelligent, il doit se faire obéir de la femme qui est essentiellement sensibilité. Mais cette suprématie, fondée en quelque sorte sur la force, est d'un autre point de vue infériorité. Dans la famille, le pouvoir spirituel, c'est-à-dire le pouvoir le plus noble, est celui de la femme.

Auguste Comte avait le sens de l'égalité des êtres, mais d'une égalité fondée sur la différenciation radicale des fonctions et des dispositions. Quand il disait que la femme était intellectuellement inférieure à l'homme, il était tout près d'y voir une supériorité; du même coup, la femme était le pouvoir spirituel ou pouvoir d'amour qui importait beaucoup plus que la vaine supériorité de l'intelligence. Qu'on se souvienne de la belle formule d'Auguste Comte : « On se lasse d'agir et même de penser; on ne se lasse jamais d'aimer. »

En même temps, dans la famille, les hommes ont l'expérience de la continuité historique et apprennent ce qui est la condition de la civilisation, la transmission de génération à génération des capitaux matériels et des acquêts intellectuels.

Les idées essentielles d'Auguste Comte en ce qui concerne la division du travail sont celles de la différenciation des activités et de la coopération des hommes, ou, pour employer les termes exacts, de la séparation des offices et de la combinaison des efforts. Mais le principe premier, si choquant puisse-t-il paraître, du positivisme, c'est de reconnaître, bien plus, de proclamer, le primat de la force dans l'organisation pratique de la société. La société, en tant qu'organisation des activités humaines, est dominée, et ne peut pas ne pas être dominée, par la force.

Auguste Comte ne reconnaît que deux philosophes politiques : Aristote et Hobbes. Hobbes est le seul philosophe politique qui, nous dit-il, mérite d'être cité ou presque, entre Aristote et lui. Hobbes a vu que toute société est gouvernée et doit être gouvernée (aux deux sens d'inévitable et de conforme à ce qui doit être) par la force. Et la force dans la société est le nombre ou la richesse [32].

Auguste Comte refuse une certaine forme d'idéalisme. La société est et sera dominée par les forces du nombre ou de la richesse (ou une combinaison des unes et des autres), étant entendu qu'il n'y a pas de différence essentielle de qualité entre l'une et l'autre. Il est normal que la force l'emporte. Comment pourrait-il en être autrement aussi longtemps que nous considérons la vie réelle telle qu'elle est, les sociétés humaines telles qu'elles sont?

« Tous ceux que choque la proposition de Hobbes trouveraient, sans doute, étrange que, au lieu de faire reposer l'ordre politique sur la force, on voulût l'asseoir sur la faiblesse. Or, c'est là pourtant ce qui résulterait de leur vaine critique, d'après mon analyse fondamentale des trois éléments nécessairement propres à toute puissance sociale. Car, faute d'une véritable force matérielle, on serait obligé d'emprunter à l'esprit et au cœur des fondements primitifs que ces chétifs éléments sont toujours incapables de fournir. Uniquement aptes à modifier dignement un ordre préexistant, ils ne sauraient accomplir aucun office social là où la force matérielle n'a point d'abord établi convenablement un régime quelconque. » (*Système de politique positive*, t. II, p. 299-300.)

Mais une société conforme à la nature humaine doit comporter une contrepartie ou une correction à la domination de la force, le pouvoir spirituel dont Auguste Comte développe la théorie en l'opposant à sa conception réaliste de l'ordre social. Le pouvoir spirituel est une exigence permanente des sociétés humaines, parce que celles-ci seront toujours, en tant qu'ordre temporel, dominées par la force.

Il existe un double pouvoir spirituel, celui de l'intelligence et celui du sentiment ou de l'affection. Au début de sa carrière, Auguste Comte présentait le pouvoir spirituel comme celui de l'intelligence. A la fin de sa carrière, le pouvoir spirituel est devenu essentiellement celui de l'affection ou de l'amour. Mais, quelle que soit la forme exacte que revête le pouvoir spirituel, la distinction entre pouvoir temporel et pouvoir spirituel est de tous les temps, de toutes les époques, encore qu'elle ne se réalise pleinement que dans la phase positive, c'est-à-dire dans la phase qui est l'aboutissement de l'histoire humaine.

Le pouvoir spirituel a des fonctions diverses. Il doit régler la vie intérieure des hommes, les rallier pour les faire vivre et agir en commun, consacrer le pouvoir temporel afin de convaincre les hommes de la nécessité d'obéir; il n'y a pas de vie sociale possible s'il n'y a pas des individus qui commandent et d'autres qui obéissent. Pour le philosophe, il importe peu de savoir qui commande et qui obéit; ceux qui commandent sont et seront toujours les puissants.

Le pouvoir spirituel ne doit pas seulement régler, rallier, consacrer, il doit aussi modérer et limiter le pouvoir temporel. Mais, à cette fin, il faut que la différenciation sociale ait déjà été poussée très loin. Quand le pouvoir spirituel consacre le pouvoir temporel, c'est-à-dire quand les prêtres déclarent que les rois sont les oints de Dieu ou qu'ils gouvernent au nom de Dieu, le pouvoir spirituel ajoute de l'autorité au pouvoir temporel. Cette consécration des forts par l'esprit peut avoir été nécessaire au cours de l'histoire humaine. Il fallait bien qu'il y eût un ordre social, et un ordre social accepté, même lorsque l'esprit n'avait pas trouvé les lois vraies de l'ordre extérieur, et moins encore les lois vraies de l'ordre social. Dans la phase finale, le pouvoir spirituel n'accordera qu'une consécration partielle au pouvoir temporel. Les savants expliqueront la nécessité de l'ordre industriel et de l'ordre social, et de ce fait ils ajouteront une sorte d'autorité morale à la puissance de commandement des entrepreneurs ou des banquiers. Mais leur fonction essentielle sera moins de consacrer que de modérer et de limiter, c'est-à-dire de rappeler aux puissants qu'ils se bornent à exécuter une fonction sociale, et que leur commandement n'implique pas de supériorité morale ou spirituelle.

Pour que le pouvoir spirituel remplisse toutes ses fonctions et pour que la vraie distinction entre temporel et spirituel soit enfin reconnue et appliquée, l'histoire est donc nécessaire, d'une nécessité que découvre l'analyse statique de la distinction entre les deux pouvoirs.

Cette étude de la statique éclaire le sens de la dynamique, au triple point de vue de l'intelligence, de l'activité et du sentiment.

L'histoire de l'intelligence va du fétichisme au positivisme, c'est-à-dire de la synthèse fondée sur la subjectivité et sur la projection dans le monde extérieur d'une réalité semblable à celle de la conscience, jusqu'à la découverte et à l'établissement des lois qui commandent les phénomènes sans prétention à mettre au jour les causes.

L'activité passe de la phase militaire à la phase industrielle, c'est-à-dire, en termes marxistes, de la lutte des hommes entre eux jusqu'à la lutte victorieuse de l'homme avec la nature, avec cette réserve qu'Auguste Comte ne nourrit pas d'espoirs exagérés sur les résultats que donnera la maîtrise de l'homme sur les forces naturelles.

Enfin, l'histoire de l'affectivité est celle de l'épanouissement progressif des dispositions altruistes, sans que l'homme cesse jamais d'être spontanément et primairement égoïste.

Cette triple signification de l'histoire se dégage de la statique qui permet de comprendre l'histoire par rapport à la structure fondamentale de la société.

L'histoire conduit tout à la fois à une différenciation croissante des fonctions sociales et à une unification croissante des sociétés. Pouvoir temporel et pouvoir spirituel seront dans la phase finale mieux distincts qu'ils ne l'ont jamais été, et cette distinction sera en même temps la condition d'un consensus plus étroit, d'une unité en profondeur plus solide. Les hommes accepteront la hiérarchie temporelle parce qu'ils en connaîtront la précarité et qu'ils réserveront leur appréciation suprême à l'ordre spirituel qui peut être le renversement de la hiérarchie temporelle [33].

De la philosophie à la religion.

Après avoir dégagé les traits caractéristiques de la société industrielle, Auguste Comte a considéré celle-ci comme la forme universalisable de l'organisation sociale. Puis, dans le *Cours de philosophie positive*, il a pensé l'histoire de l'humanité comme celle d'un peuple unique. Enfin, il a fondé cette unité de l'espèce sur la constance de la nature humaine qui s'exprime sur le plan social en un ordre fondamental, que l'on peut retrouver à travers la diversité des institutions historiques.

Le sociologue de l'unité humaine a donc nécessairement une vue philosophique qui commande la fondation de la sociologie. Auguste Comte est philosophe en tant que sociologue, et il est sociologue en tant que philosophe. Le lien indissoluble entre sociologie et philosophie résulte du principe de sa pensée, l'affirmation de l'unité humaine, qui implique une certaine conception de l'homme, de sa nature, de sa vocation et de la relation entre l'individu et la collectivité. Aussi convient-il de dégager les idées philosophiques d'Auguste Comte, en rapportant sa pensée aux trois intentions que l'on peut trouver dans son œuvre : l'intention du réformateur social, l'intention du philosophe qui synthétise les méthodes et les résultats des sciences, et enfin l'intention de l'homme qui s'instaure lui-même grand prêtre d'une religion nouvelle, la religion de l'humanité.

La plupart des sociologues, d'une façon ou d'une autre, ont été soucieux d'agir ou d'avoir une influence sur l'évolution sociale. Toutes les grandes doctrines sociologiques du XIXe siècle, peut-être même encore celles d'aujourd'hui, comportent un passage de la pensée à l'action, ou de la science à la politique et à la morale.

Une telle intention pose un certain nombre de questions : comment le sociologue passe-t-il de la théorie à la pratique? Quel est le genre de conseils d'action que l'on peut tirer de sa sociologie? Propose-t-il une solution globale à l'ensemble du problème social ou des solutions partielles à une multiplicité de problèmes particuliers? Enfin, une fois cette solution conçue, comment le sociologue imagine-t-il qu'il la fera passer dans la réalité?

La comparaison entre Montesquieu et Auguste Comte est à cet égard frappante, Montesquieu veut comprendre la diversité des institutions sociales et historiques, mais il est très prudent dès qu'il s'agit de passer de la science qui comprend à la politique qui ordonne ou conseille. Il y a certes dans son œuvre des suggestions à l'adresse des législateurs, on discute encore sur les préférences de Montesquieu en ce qui concerne tel ou tel aspect capital de l'organisation sociale. Même quand Montesquieu donne des conseils, il condamne plutôt certaines manières d'agir qu'il ne commande ce qu'il faut faire. Les leçons qu'il donne implicitement sont plus négatives que positives. Il fait comprendre que l'esclavage lui paraît en tant que tel contraire à la nature humaine, qu'une certaine égalité entre les hommes est liée à l'essence même de l'humanité. Mais dès qu'il s'agit d'une société donnée à une certaine époque, le conseil suprême que l'on tire de son œuvre est : regardez ce qu'est le peuple, observez le milieu dans lequel il se trouve, tenez compte de son évolution, n'oubliez pas son caractère, et essayez d'avoir du bon sens. Excellent programme, mais qui n'est pas d'une grande précision. Cette imprécision est d'ailleurs conforme à l'essence d'une pensée qui n'imagine pas de solution globale à ce que, au XIXe siècle, on a appelé la « crise de la civilisation », c'est-à-dire le problème social.

Les conséquences qu'il est légitime de déduire de l'œuvre de Montesquieu sont donc des conseils de méthode valables pour un ingénieur social, conscient du fait que certains traits sont communs à toutes les sociétés, mais qu'une politique bonne dans certains cas peut être mauvaise dans d'autres.

En d'autres termes, Montesquieu ne conçoit qu'un passage, prudent et limité, de la science à l'action. Il suggère des solutions partielles, et non pas une solution globale. Il ne recommande pas d'employer la violence pour rendre les sociétés existantes conformes à l'idée qu'il pourrait avoir de l'ordre juste. Il n'a pas de recette miraculeuse pour que le prince soit sage et que les conseillers du prince aient lu *L'Esprit des lois*. En un mot, Montesquieu est modeste. La modestie n'est certainement pas la qualité dominante d'Auguste Comte, réformateur social. Puisque l'histoire humaine est une et que l'ordre fondamental est le thème sur lequel jouent les variations, il n'hésite pas à concevoir ce que doit être l'accomplissement de la vocation humaine et la réalisation parfaite de l'ordre fondamental. Il croit détenir la solution du problème social.

Dans la représentation de la réforme nécessaire, Auguste Comte dévalorise l'économique et le politique au profit de la science et de la morale. L'organisation du travail selon la science est nécessaire, mais une telle organisation lui paraît, au bout du compte, relativement facile à accomplir. L'essentiel de la réforme qui mettra fin à la crise des sociétés modernes n'est pas là.

Auguste Comte éprouve à l'égard de la politique le double mépris de l'homme de science et du fondateur de religion. Convaincu que les sociétés ont les pouvoirs publics dont elles sont dignes et qui correspondent à l'état de leur organisation sociale, il ne croit pas que, en changeant de régime et de constitution, l'homme mette fin aux troubles sociaux profonds.

Réformateur social, il veut transformer la façon de penser des hommes, diffuser la pensée positiviste et l'étendre au domaine de la société, éliminer les survivances de la mentalité féodale et théologique, convaincre ses contemporains que les guerres sont anachroniques et les conquêtes coloniales absurdes. Mais il s'agit pour lui de faits tellement évidents qu'il ne consacre pas l'essentiel de son œuvre à de telles démonstrations. Il est avant tout préoccupé de répandre une façon de penser qui débouchera d'elle-même sur l'organisation juste de la société et de l'État. Sa tâche est de rendre tous les hommes positivistes, de leur faire comprendre que l'organisation positiviste est rationnelle pour l'ordre temporel, de leur enseigner le désintéressement et l'amour dans l'ordre spirituel ou moral. Le paradoxe, c'est que cet ordre fondamental qu'Auguste Comte veut faire passer dans la réalité, doit, selon sa philosophie, se réaliser de lui-même. Car, si les lois de la statique sont celles d'un ordre constant, les lois de la dynamique donnent la garantie que l'ordre fondamental s'accomplira. D'où, semble-t-il, un déterminisme historique qui dévalorise l'intention et l'effort du réformateur.

Il y a là une difficulté qui se trouve, sous une autre forme, dans la pensée de Marx, mais qu'Auguste Comte connaît également et résout de façon très différente. Auguste Comte, comme Montesquieu, plus encore que Montesquieu, est hostile à la violence. Il ne pense pas que la révolution résoudra la crise moderne et mènera les sociétés à réaliser pleinement leur vocation. Il admet que le temps est nécessaire pour passer des sociétés déchirées d'aujourd'hui aux sociétés réconciliées de demain. Simultanément il réserve la part de l'action et justifie les efforts des hommes de bonne volonté par le caractère modifiable de la fatalité. L'histoire est soumise à des lois et nous n'ignorons plus vers quel ordre évoluent d'elles-mêmes les sociétés humaines. Mais cette évolution peut prendre plus ou moins de temps, coûter plus ou moins de sang. Dans la durée et les modalités de l'évolution, en elle-même inévitable, s'exprime la part de liberté réservée aux hommes. D'après Auguste Comte, plus on s'élève dans l'échelle des êtres, depuis les plus simples jusqu'aux plus complexes, plus s'élargit la marge de liberté, ou encore « la marge de *modificabilité* de la fatalité ». Ce qu'il y a de plus complexe, c'est la société ou plus encore l'être humain individuel, objet de la morale, septième science, la dernière dans la classification des sciences. C'est en histoire que les lois laissent aux hommes le plus de liberté [34].

Le sociologue réformateur social, selon Auguste Comte, n'est donc pas l'ingénieur de réformes partielles dans le style de Montesquieu ou des sociologues, non pas positivistes, mais positifs d'aujourd'hui. Il n'est pas non plus le prophète de la violence, à la manière de Marx. Auguste Comte est l'annonciateur serein des temps nouveaux. C'est l'homme qui sait ce qu'est en son essence l'ordre humain, et par conséquent ce que sera la société des hommes, lorsque ceux-ci se seront rapprochés du but de leur commune entreprise.

Le sociologue est une sorte de prophète pacifique, qui instruit les esprits, rassemble les âmes et secondairement est lui-même le grand prêtre de la religion sociologique.

Dès sa jeunesse, Auguste Comte a eu deux objectifs principaux : réformer la société, établir la synthèse des connaissances scientifiques. Le lien entre ces deux idées est clair. La seule réforme sociale qui vaille, en effet, est celle qui transformerait la façon de penser théologique et répandrait l'attitude propre au positivisme. Or cette réforme des croyances collectives ne peut être que la conséquence du développement scientifique. La meilleure façon de créer comme il convient la science nouvelle, c'est de suivre, à travers l'histoire et dans la science actuellement existante, les progrès de l'esprit positif.

On ne peut mettre en doute la solidarité, dans la pensée d'Auguste Comte, entre les trois premiers volumes du *Cours de philosophie positive*, où se trouve accomplie son ambition de synthèse des sciences, et les trois volumes suivants, où la sociologie est fondée et les thèmes de la statique et de la dynamique esquissés.

La synthèse des sciences permet de fonder et d'encadrer les idées sociales. Mais les idées sociologiques ne sont pas rigoureusement dépendantes de la synthèse des sciences, alors que la synthèse des sciences n'est possible qu'en fonction d'une conception de la science qui, elle-même, est étroitement liée aux intentions du réformateur et du sociologue. Les interprétations comtistes de la science expliquent le passage du positivisme de la première époque au positivisme de la dernière, ou encore de la pensée du *Cours* à la pensée du *Système*, passage que nombre de positivistes tels É. Littré ou J.-S. Mill qui avaient suivi Auguste Comte dans la première partie de sa carrière ont considéré comme un reniement.

La synthèse philosophique des sciences peut s'ordonner autour de quatre idées :

1. La science, telle que la conçoit Auguste Comte, n'est pas une aventure, une recherche incessante et indéfinie, elle est source de dogmes. Auguste Comte veut éliminer les dernières traces d'esprit théologique, mais, d'une certaine façon, il est né avec

certaines prétentions des théologiens, au sens caricatural du terme. Il cherche des vérités définitives, qui ne seraient plus remises en question. Il a la conviction que l'homme est fait, non pour douter, mais pour croire. Auguste Comte avait-il tort? Il est possible que l'homme soit fait pour croire et non pour douter. Mais enfin, si nous disons que la science est un mélange de doute et de foi, il faut ajouter qu'Auguste Comte était beaucoup plus conscient de la nécessité de la foi que de la légitimité du doute. Les lois établies par les savants sont, pour lui, comparables à des dogmes; elles doivent être acceptées une fois pour toutes et ne pas être perpétuellement remises en question. Si les sciences conduisent à la sociologie, c'est en grande partie parce qu'elles fournissent un ensemble de propositions vérifiées, qui constituent l'équivalent des dogmes du passé.

2. Auguste Comte pense que le contenu essentiel de la vérité scientifique est représenté par ce qu'il appelle des lois, c'est-à-dire, dans sa pensée, ou bien des rapports nécessaires entre phénomènes, ou bien des faits dominants ou constants, caractéristiques d'une certaine sorte d'être.

La science d'Auguste Comte n'est pas une recherche d'une explication dernière, elle ne prétend pas atteindre les causes. Elle se borne à constater l'ordre qui règne dans le monde, moins par curiosité désintéressée du vrai que pour être en mesure d'exploiter les ressources que nous offre la nature et pour mettre de l'ordre dans notre propre esprit.

La science est, de cette façon, doublement pragmatique. Elle est le principe d'où sont tirées les recettes techniques comme des conséquences inéluctables; elle a une valeur éducative par rapport à notre intelligence ou plutôt par rapport à notre conscience. Notre conscience elle-même serait chaotique, les impressions subjectives, pour user du langage d'Auguste Comte, se mêleraient confusément et ne feraient rien surgir d'intelligible, s'il n'y avait au-dehors un ordre que nous découvrons et qui est l'origine et le principe de l'ordre de notre intelligence [35].

Cette conception de la science conduit logiquement vers la sociologie et la morale, comme vers l'aboutissement et l'épanouissement de son intention immanente. Si la science était inquiétude du vrai, recherche indéfinie de l'explication, prétention à saisir une intelligibilité qui nous échappe, elle ressemblerait peut-être plus à ce qu'elle est en réalité, elle conduirait moins aisément à la sociologie que la science dogmatique et pragmatique conçue par Auguste Comte.

Le fondateur du positivisme, je n'en doute pas, serait indigné par les spoutniks, par la prétention à explorer l'espace au-delà du système solaire. Il considérerait une telle entreprise comme insensée : pourquoi aller si loin, lorsque l'on ne sait pas quoi faire là où l'on est? Pourquoi explorer les régions de l'espace qui, n'agissant pas directement sur l'espèce humaine, ne concernent pas celle-ci? Toute science qui n'aurait pas le mérite de nous révéler un ordre ou de nous permettre d'agir était à ses yeux inutile, donc injustifiable. Auguste Comte, dogmatique, condamnait le calcul des probabilités. Puisque les lois, en gros, sont vraies, pourquoi ce souci excessif du détail, pourquoi ces précisions qui ne servent à rien? Pourquoi remettre en question les lois solides qui rendent le monde intelligible?

3. Lorsque Auguste Comte essaie de rassembler les résultats et les méthodes des sciences, il découvre, ou croit découvrir, une structure du réel, essentielle à la compréhension de l'homme par lui-même et des sociétés par les sociologues, une structure hiérarchique des êtres, selon laquelle chaque sorte d'être est soumis à des lois. Il y a dans la nature une hiérarchie, depuis les phénomènes les plus simples jusqu'aux plus complexes, depuis la nature inorganique jusqu'à la nature organique, et finalement les êtres vivants et l'homme. Cette structure est, au fond, quasi immuable. Elle est la hiérarchie donnée de la nature.

L'idée maîtresse de cette interprétation du monde, c'est que l'inférieur conditionne le supérieur, mais ne le détermine pas. Cette vision hiérarchique permet de situer les phénomènes sociaux à leur place, et en même temps permet de déterminer la hiérarchie sociale elle-même : le supérieur y est conditionné par l'inférieur, comme les phénomènes vivants sont conditionnés, mais non déterminés par les phénomènes physiques ou chimiques.

4. Les sciences, qui sont l'expression et l'accomplissement de l'esprit positif et doivent fournir les dogmes de la société moderne, n'en sont pas moins guettées par un danger permanent, lié à leur nature, celui de la dispersion dans l'analyse. Auguste Comte ne cesse de reprocher à ses collègues savants une double spécialisation, qui lui paraît excessive. Les savants étudient un petit secteur de la réalité, une petite partie d'une science, et se désintéressent du reste. D'autre part, les savants ne sont pas tous aussi convaincus qu'Auguste Comte qu'ils représentent les prêtres des sociétés modernes et qu'ils doivent exercer une magistrature spirituelle. Ils sont déplorablement enclins à se contenter de leur tâche de savants, sans ambition de réformer les sociétés. Coupable modestie, disait Auguste Comte, fatale aberration! Des sciences purement analytiques finiraient par être plus nuisibles qu'utiles. Que peut-on tirer d'une accumulation indéfinie de connaissances?

Il faut que s'opère une synthèse des sciences qui aura pour centre ou pour principe la sociologie elle-même. Toutes les sciences convergent vers la sociologie, qui représente le niveau le plus élevé de complexité, de noblesse et de fragilité. En établissant cette synthèse des sciences, pour aboutir à la sociologie, Auguste Comte ne fait que suivre la pente naturelle des sciences qui vont à la science de la société comme à leur fin, au double sens de terme et d'objectif. Non seulement la synthèse des sciences s'opère objectivement par rapport à la sociologie, science de l'espèce humaine, mais le seul principe subjectif de synthèse possible, c'est encore la sociologie. Car le rassemblement des connaissances et des méthodes n'est possible que si l'on se réfère à l'humanité. Si l'on était animé par une pure et simple curiosité, on pourrait se borner à observer indéfiniment la diversité des phénomènes et des relations. Pour qu'il y ait synthèse, il faut qu'on pense objectivement la hiérarchie des êtres s'élevant à l'espèce humaine, et subjectivement les connaissances rapportées à l'humanité, dont elles expliquent la situation, et utiles à l'homme, à la fois pour exploiter les ressources naturelles et pour vivre selon l'ordre.

Aussi trouve-t-on, dans le tome IV du *Système de politique positive,* une sorte de philosophie première, c'est ainsi que s'exprime Auguste Comte utilisant une formule de Bacon. Elle comprend quinze lois dites lois de la philosophie première. Les unes sont objectives, et les autres subjectives; elles permettent de comprendre comment le sociologue synthétise les résultats des sciences qui, aussi bien objectivement que subjectivement, ne peuvent être unifiées que par rapport à l'humanité [36].

La sociologie, selon Auguste Comte, est donc la science de l'entendement. L'homme ne connaît l'esprit humain, qu'à la condition d'en observer l'activité et les œuvres à travers l'histoire et dans la société. L'esprit humain ne peut être connu ni par l'introspection, à la manière des psychologues, ni par la méthode d'analyse réflexive, à la manière de Kant.

Cette véritable science de l'entendement est ce que nous appellerions aujourd'hui la sociologie de la connaissance. Elle est l'observation, l'analyse et la compréhension des capacités de l'esprit humain, telles qu'elles se révèlent à nous par leurs œuvres dans la durée historique.

La sociologie est aussi la science de l'entendement parce que la façon de penser et l'activité de l'esprit sont à chaque instant solidaires du contexte social. Il n'y a pas de moi transcendantal que l'on pourrait saisir par analyse réflexive. L'esprit est social et historique. L'esprit de chaque époque ou de chaque penseur est pris dans un contexte social. Il faut comprendre ce contexte pour comprendre comment l'esprit humain fonctionne. Ainsi que l'écrit Auguste Comte au début de la dynamique sociale du *Système de politique positive :*

« Le siècle actuel sera principalement caractérisé par l'irrévocable prépondérance de l'histoire, en philosophie, en politique et même en poésie. Cette universelle suprématie du point de vue historique constitue à la fois le principe essentiel du positivisme et son résultat général. Puisque la vraie positivité consiste surtout dans la substitution du relatif à l'absolu, son ascendant devient complet quand la mobilité réglée, déjà reconnue envers l'objet, se trouve convenablement étendue au sujet lui-même, dont les variations dominent ainsi nos pensées quelconques. » (*Système de politique positive*, t. III, p. 1.)

La religion comtiste a certes peu de résonances à notre époque. Faire rire d'Auguste Comte est facile, il est plus important de comprendre ce qu'il y a de profond dans ses naïvetés.

Auguste Comte est et se veut fondateur de religion. Il pense que la religion de notre époque peut et doit être d'inspiration positiviste. Elle ne peut plus être la religion du passé, puisque celle-ci suppose une façon de penser dépassée. L'homme d'esprit scientifique ne peut plus croire, pense Auguste Comte, à la révélation, au catéchisme de l'Église ou à la divinité, selon la conception traditionnelle. Mais, d'un autre côté, la religion correspond à un besoin permanent de l'homme. L'homme a besoin de religion parce qu'il a besoin d'aimer quelque chose qui le dépasse. Les sociétés ont besoin de religion parce qu'elles ont besoin d'un pouvoir spirituel, qui consacre et modère le pouvoir temporel et rappelle aux hommes que la hiérarchie des capacités n'est rien à côté de la hiérarchie des mérites. Seule une religion peut remettre à sa place la hiérarchie technique des capacités et lui superposer une hiérarchie, éventuellement contraire, des mérites.

La religion qui répondra à ces besoins constants d'une humanité en quête d'amour et d'unité sera la religion de l'humanité elle-même. La hiérarchie des mérites moraux qu'il importe de créer étant peut-être contraire à la hiérarchie temporelle, l'humanité qu'Auguste Comte nous invite à aimer n'est pas l'humanité telle qu'elle est, dans ses injustices et ses grossièretés. Le Grand Être n'est pas la totalité des hommes, mais, parmi les hommes, ceux qui survivent dans leurs descendants, parce qu'ils ont vécu de telle manière qu'ils ont laissé une œuvre ou un exemple.

Si « l'humanité est composée de plus de morts que de vivants », ce n'est pas parce que, statistiquement, il y a plus de morts que de vivants, mais parce que ceux-là seuls constituent l'humanité, ceux-là seuls survivent dans l'humanité que nous devons aimer, ceux qui sont dignes de ce qu'il appelle l'immortalité subjective [37].

En d'autres termes, le Grand Être qu'Auguste Comte nous invite à aimer, c'est ce que les hommes ont eu ou ont fait de meilleur, c'est finalement, d'une certaine façon, ce qui en l'homme dépasse les hommes ou, tout au moins, ce qui, en certains hommes, a réalisé l'humanité essentielle.

Cette humanité essentielle que nous aimons dans le Grand Être est-elle tellement différente de l'humanité, réalisée et surmontée dans le dieu des religions traditionnelles? Il y a certes une différence fondamentale entre aimer l'humanité comme Auguste Comte nous convie à le faire, et aimer le dieu transcendant des religions traditionnelles. Mais le dieu du christianisme s'est fait homme. Entre l'humanité essentielle et la divinité, dans la religion de la tradition occidentale, il existe une relation qui prête à diverses interprétations.

Je pense, pour ma part, que la religion d'Auguste Comte, qui, on le sait, n'a pas eu grand succès temporel, est moins absurde qu'on ne le croit d'ordinaire. En tout cas, elle me paraît largement supérieure à beaucoup d'autres conceptions religieuses ou semi-religieuses que d'autres sociologues ont, en le voulant ou sans le vouloir, répandues. Tant qu'à aimer quelque chose dans l'humanité, en dehors de personnes choisies, mieux vaut certainement aimer l'humanité essentielle dont les grands hommes sont l'expression et le symbole qu'aimer passionnément un ordre économique et social au point de vouloir la mort de tous ceux qui ne croient pas à cette doctrine de salut.

S'il faut tirer une religion de la sociologie — ce que personnellement je me garderai de faire —, la seule qui me paraisse à la rigueur pensable, c'est au bout du compte celle d'Auguste Comte. Elle n'enseigne pas à aimer une société entre d'autres, ce qui serait le fanatisme tribal, ou à aimer l'ordre social de l'avenir, que personne ne connaît et au nom duquel on commence par exterminer les sceptiques. Ce qu'Auguste Comte veut nous faire aimer, ce n'est ni la société française d'aujourd'hui, ni la société russe de demain, ni la société américaine d'après-demain, mais l'excellence dont certains hommes ont été capables et vers laquelle tous les hommes doivent s'élever.

Peut-être n'est-ce pas un objet d'amour qui touche aisément la plupart des hommes, mais, de toutes les religions sociologiques, la sociocratie d'Auguste Comte me paraît philosophiquement la meilleure. Peut-être, d'ailleurs, est-ce la raison pour laquelle elle a été politiquement la plus faible. Les hommes ont grand-peine à aimer ce qui les unirait et à ne pas aimer ce qui les divise, dès lors qu'ils n'aiment pas des réalités transcendantes.

Il n'en reste pas moins que la religion de l'humanité n'aurait probablement pas été conçue par Auguste Comte s'il n'avait vécu son aventure avec Clotilde de Vaux. On peut donc la considérer comme un accident biographique. Cet accident biographique ne m'en paraît pas moins avoir un sens profond si l'interprétation que j'ai donnée de la pensée d'Auguste Comte est juste. J'ai dit qu'il était le sociologue de l'unité humaine; or un des aboutissements possibles, sinon nécessaires, de cette sociologie de l'unité humaine, c'est la religion de l'unité humaine. La religion du Grand Être, c'est ce qu'il y a de meilleur dans l'homme transfiguré en principe de l'unité entre tous les hommes.

Auguste Comte veut que les hommes, bien qu'ils soient destinés à vivre indéfiniment dans des sociétés temporelles closes, soient unis par des convictions communes et par un objet unique d'amour. Puisque cet objet ne peut plus exister dans la transcendance, y avait-il une autre issue que de penser les hommes unis par le culte de leur propre unité, par la volonté de réaliser et d'aimer ce qui, à travers les siècles et les groupes, dépasse la particularité, vaut pour tous et par conséquent justifie l'unité non pas comme un fait, mais comme un objectif ou un idéal?

INDICATIONS BIOGRAPHIQUES

1798 19 janvier. Naissance d'Auguste Comte à Montpellier d'une famille catholique et monarchiste. Son père est un fonctionnaire de grade moyen, fondé de pouvoir à la recette principale de Montpellier.

1807-1814 Études secondaires au lycée de Montpellier, Comte se détache très tôt de la foi catholique et est gagné aux idées libérales et révolutionnaires.

1814-1816 Études à l'École polytechnique où Comte a été admis premier sur la liste du Midi.

1816 En avril, le gouvernement de la Restauration décide de fermer provisoirement l'École polytechnique suspecte de jacobinisme. De retour pour quelques mois à Montpellier, Comte suit quelques cours de médecine et de physiologie à la faculté de cette ville. Puis il regagne Paris où il gagnera sa vie en donnant des leçons de mathématiques.

1817 En août, Comte devient le secrétaire de Saint-Simon, il reste son collaborateur et ami jusqu'en 1824. Il est associé pendant ce temps aux diverses publications du philosophe de l'industrialisme : *L'Industrie*, *Le Politique*, *L'Organisateur*, *Du Système industriel*, *Catéchisme des industriels*.

1819 *Séparation générale entre les opinions et les désirs*. Collaboration au *Censeur* de Charles Comte et Charles Dunoyer.

1820 *Sommaire appréciation sur l'ensemble du passé moderne*, publié en avril dans *L'Organisateur*.

1822 *Prospectus des travaux scientifiques nécessaires pour réorganiser la Société*, publié dans le *Système industriel*.

1824 *Système de politique positive*, t. I, Ire part., édition remaniée du précédent ouvrage.
En avril, Comte a vendu ce travail à Saint-Simon qui l'a présenté dans le *Catéchisme des industriels* sans nom d'auteur. Celui-ci proteste et la brouille éclate. « Son patron y voit la troisième partie d'un tout qui s'appelle *Catéchisme des industriels* et qui expose l'industrialisme de Saint-Simon. Le jeune homme y voit la première partie d'un tout qui s'appelle Système de politique positive et qui expose le positivisme d'Auguste Comte » (H. Gouhier). Comte parlera désormais de « la désastreuse influence » exercée sur lui par « une funeste liaison » avec un « jongleur dépravé ».

1825 *Considérations philosophiques sur les sciences et les savants*, *Considérations sur le pouvoir spirituel*. Ces deux ouvrages sont encore publiés dans *Le Producteur* de Saint-Simon.
Mariage d'Auguste Comte avec Caroline Massin, une ancienne prostituée. Ce mariage fait par « un généreux calcul » fut, dira Comte, « la seule faute vraiment grave de ma vie ». Caroline Massin quittera plusieurs fois le domicile commun.

1826 En avril, début des leçons publiques du *Cours de philosophie positive*. Humbolt, H. Carnot, le physiologiste Blainville et le mathématicien Poinsot sont au nombre de ses élèves.

1826-1827 Crise mentale. Comte, éprouvé par une première fugue de sa femme et le surmenage intellectuel, doit être interné en maison de santé. Il en sort au bout de huit mois non guéri et tente peu après de se suicider. Puis la crise nerveuse se calme. Comte, très conscient de la cause de cette maladie, s'imposa alors un régime physique et mental très sévère pour prévenir toute nouvelle crise.

1829 Comte reprend son Cours de philosophie positive le 4 janvier.

1830 Publication du tome I du *Cours de philosophie positive.* Les autres volumes paraîtront successivement en 1835, 1838, 1839, 1841 et 1842.

1831 Début du Cours gratuit d'astronomie populaire professé à la mairie du IIIe arrondissement et qui durera jusqu'en 1847-1848.
Comte demande, mais sans succès, la chaire d'analyse de l'École polytechnique.

1832 Nommé répétiteur d'analyse et de mécanique à l'École polytechnique.

1833 Comte demande à Guizot la création en sa faveur d'une chaire d'histoire des sciences au Collège de France. Refus.
La chaire de géométrie à l'École polytechnique lui est également refusée en raison de ses opinions républicaines.

1836 Nommé examinateur d'admission à l'École polytechnique.

1842 Séparation définitive avec Mme Comte.

1843 *Traité élémentaire de géométrie analytique.*

1844 *Discours sur l'esprit positif*, préambule au *Traité philosophique d'astronomie populaire.*
Comte perd son poste d'examinateur à l'École polytechnique. Il va alors essentiellement vivre du « libre subside positiviste » qui lui est envoyé d'abord (en 1845) par J.-St. Mill et quelques riches anglais, puis (à partir de 1848) par É. Littré et une centaine de disciples ou admirateurs français.
En octobre, Comte rencontre Clotilde de Vaux, sœur d'un de ses anciens élèves, qui, âgée d'une trentaine d'années, vit séparée de son mari et se sait atteinte par la maladie.

1845 « L'année sans pareille. » Comte déclare son amour à Clotilde de Vaux, qui ne lui accorde que de l'amitié, se déclarant « impuissante pour ce qui dépasse les limites de l'affection ».

1846 5 avril. Clotilde de Vaux meurt sous les yeux d'Auguste Comte qui à partir de ce moment lui voue un véritable culte.

1847 Comte proclame la religion de l'Humanité.
1848 Fondation de la Société positiviste.
Discours sur l'ensemble du positivisme.
1851 Comte perd sa place de répétiteur à l'École polytechnique. Publication du premier tome du *Système de politique positive ou Traité de sociologie instituant la religion de l'humanité.* Les autres volumes paraîtront en 1852, 1853 et 1854.
Comte écrit à M. de Tholouze le 22 avril : « Je suis persuadé que avant l'année 1860 je prêcherai le positivisme à Notre-Dame comme la seule religion réelle et complète. »
En décembre, Littré et plusieurs disciples, choqués de l'approbation donnée par Comte au coup d'État de Louis-Napoléon et inquiets de l'orientation de la nouvelle philosophie, se retirent de la Société positiviste.
1852 *Catéchisme positiviste ou sommaire exposition de la religion universelle.*
1855 *Appel aux conservateurs.*
1856 *Synthèse subjective ou système universel des conceptions propres à l'état normal de l'humanité.*
Comte propose une alliance au Général des Jésuites contre « l'irruption anarchique du délire occidental ».
1857 5 septembre. Mort à Paris, 10, rue Monsieur-le-Prince, au milieu de ses disciples.

NOTES

1. Auguste Comte a conçu la loi des trois états en février ou mars 1822 et l'a exposée pour la première fois dans le *Prospectus des travaux scientifiques nécessaires pour réorganiser la Société*, publié en avril 1822 dans un volume de Saint-Simon ayant pour titre *Suite des travaux ayant pour objet de fonder le système industriel.* Cet ouvrage, que Comte appellera, dans la préface du *Système de politique positive*, l'*Opuscule fondamental* et qui est parfois cité sous le titre de *Premier système de politique positive*, du nom de l'édition de 1824, sera réédité dans le tome IV du *Système de politique positive* sous le titre *Plan des travaux scientifiques nécessaires pour réorganiser la Société.*

La loi des trois états est l'objet de la première leçon du *Cours de philosophie positive* (5e édition, t. I, p. 2-8), la classification des sciences celui de la deuxième leçon du même Cours (*Ibid.*, p. 32-63).

Sur la découverte de la loi des trois états et de la classification des sciences, voir notamment : Henri GOUHIER, *La Jeunesse d'Auguste Comte et la formation du positivisme*, t. III, Auguste Comte et Saint-Simon, Paris, Vrin, 1941, p. 289-291.

2. « En étudiant le développement total de l'intelligence humaine dans ses diverses sphères d'activité, depuis son premier essor le plus simple jusqu'à nos jours, je crois avoir découvert une grande loi fondamentale, à laquelle il est assujetti par une nécessité invariable, et qui me semble pouvoir être solidement établie, soit sur les preuves rationnelles fournies par la connaissance de notre organisation, soit sur les vérifications historiques résultant d'un examen attentif du passé. Cette loi consiste en ce que chacune de nos conceptions principales, chaque branche de nos connaissances, passe successivement par trois états théoriques différents : l'état théologique, ou fictif; l'état métaphysique, ou abstrait; l'état scientifique, ou positif. En d'autres termes, l'esprit humain, par sa nature, emploie successivement dans chacune de ses recherches trois méthodes de philosopher dont le caractère est essentiellement différent et même radicalement opposé : d'abord la méthode théologique, ensuite la méthode métaphysique et enfin la méthode positive. De là, trois sortes de philosophie, ou de systèmes généraux de conceptions sur l'ensemble des phénomènes, qui s'excluent mutuellement : la première est le point de départ nécessaire de l'intelligence humaine; la troisième, son état fixe et définitif; la seconde est uniquement destinée à servir de transition...

« Dans l'état positif, l'esprit humain, reconnaissant l'impossibilité d'obtenir des notions absolues, renonce à chercher l'origine et la destination de l'univers, et à connaître les causes intimes des phénomènes, pour s'attacher à découvrir, par l'usage bien combiné du raisonnement et de l'observation, leurs lois effectives, c'est-à-dire leurs relations invariables de succession et de similitude. L'explication des faits, réduite alors à ses termes réels, n'est plus désormais que la liaison établie entre les divers phénomènes particuliers et quelques faits généraux dont les progrès de la science tendent de plus en plus à diminuer le nombre. » (*Cours de philosophie positive*, t. I, p. 2-3.)

3. Comte écrit : « Les idées gouvernent et bouleversent le monde, ou, en d'autres termes, tout le mécanisme social repose finalement sur des opinions... La grande crise politique et morale des sociétés actuelles tient, en dernière analyse, à l'anarchie intellectuelle. Notre mal le plus grave consiste,

en effet, dans cette profonde divergence qui existe maintenant entre tous les esprits relativement à toutes les maximes fondamentales dont la fixité est la première condition d'un véritable ordre social. Tant que les intelligences individuelles n'auront pas adhéré par un assentiment unanime à un certain nombre d'idées générales capables de former une doctrine sociale commune, on ne peut se dissimuler que l'état des nations restera, de toute nécessité, essentiellement révolutionnaire, malgré tous les palliatifs politiques qui pourront être adoptés, et ne comportera réellement que des institutions provisoires. » (*Cours de philosophie positive*, t. I, p. 26.)

4. Auguste Comte ne s'en dissimule cependant pas l'importance. « La vie industrielle ne suscite que des classes imparfaitement liées entre elles, faute d'une impulsion assez générale pour tout coordonner sans rien troubler; ce qui constitue le principal problème de la civilisation moderne. La vraie solution ne deviendra possible qu'en se fondant sur la cohésion civique. » (*Système de politique positive*, t. III, p. 364.) « Depuis l'abolition de la servitude personnelle, les masses prolétaires ne sont point encore, abstraction faite de toute déclamation anarchique, véritablement incorporées au système social; la puissance du capital, d'abord moyen naturel d'émancipation et ensuite d'indépendance, est maintenant devenue exorbitante dans les transactions journalières; quelque juste prépondérance qu'elle doive nécessairement exercer, à raison d'une généralité et d'une responsabilité supérieures, suivant la saine théorie hiérarchique. » (*Cours de philosophie positive*, t. VI, p. 512.) « Le principal désordre affecte aujourd'hui l'existence matérielle, où les deux éléments nécessaires de la force dirigeante, c'est-à-dire le nombre et la richesse, vivent dans un état croissant d'hostilité mutuelle, qui doit leur être également reproché. » (*Système de politique positive*, t. II, p. 391.)

5. James BURNHAM, *The Managerial Revolution*, New York, 1941, traduit en français sous le titre *L'Ère des organisateurs*, Paris, Calmann-Lévy, 1947, préface de Léon Blum.

6. L'examen de la nature et de l'objet de l'économie politique par Auguste Comte se trouve à la quarante-septième leçon du *Cours de philosophie positive* (t. IV, p. 138 *sq.*). Auguste Comte avait connu et étudié l'économie politique de son temps, c'est-à-dire l'économie classique et libérale, lorsqu'il était secrétaire de Saint-Simon et dans ses critiques il écarte « le cas éminemment exceptionnel de l'illustre et judicieux philosophe Adam Smith ». Sa polémique porte surtout contre les successeurs de Smith : « Si nos économistes sont, en réalité, les successeurs scientifiques d'Adam Smith, qu'ils nous montrent donc en quoi ils ont effectivement perfectionné et complété la doctrine de ce maître immortel, quelles découvertes vraiment nouvelles ils ont ajoutées à ses heureux aperçus primitifs, essentiellement défigurés, au contraire, par un vain et puéril étalage des formes scientifiques. En considérant, d'un regard impartial, les stériles contestations qui les divisent sur les notions les plus élémentaires de la *valeur*, de l'*utilité*, de la *production*, etc., ne croirait-on pas assister aux plus étranges débats des scolastiques du moyen âge sur les attributions fondamentales de leurs pures entités métaphysiques, dont les conceptions économiques prennent de plus en plus le caractère, à mesure qu'elles sont dogmatisées et subtilisées davantage. » (*Ibid.*, p. 141.) Mais le reproche fondamental que fait Comte aux économistes est de vouloir créer une science autonome, « isolée relativement à l'ensemble de la philosophie sociale »... « Car, par la nature du sujet, dans les études sociales, comme dans toutes celles relatives aux corps vivants, les divers aspects généraux sont, de toute nécessité, mutuellement solidaires et rationnellement inséparables, au point de ne pouvoir être convenablement éclaircis les uns par les autres... Quand on quitte le monde des entités pour aborder les spéculations réelles, il devient donc certain que l'analyse économique ou industrielle de la société ne saurait être positivement accomplie, abstraction faite de son analyse intellectuelle, morale et politique, soit au passé, soit même au présent : en sorte que, réciproquement, cette irrationnelle séparation fournit un symptôme irrécusable de la nature essentiellement métaphysique des doctrines qui la prennent pour base. » (*Ibid.*, p. 142.)

7. Maurice Allais, professeur d'économie à l'École des mines, est no-

tamment l'auteur de : *Économie et intérêt*, Paris, Imprimerie Nationale, 1947, 2 vol.; *Traité d'économie pure*, Paris, Imprimerie Nationale, 1952; *Économie pure et rendement social*, Paris, Sirey, 1945; *L'Europe unie route de la prospérité*, Paris, Calmann-Lévy 1960; *Le Tiers Monde au carrefour*, Bruxelles, Les Cahiers africains, 2 vol., 1963.

8. Alfred Sauvy, professeur au Collège de France est entre autres ouvrages l'auteur de : *Théorie générale de la population*, Paris, P. U. F., t. I, 1963, t. II, 1959; *La Nature sociale*, Paris, Armand Colin, 1957; *De Malthus à Mao Tsé-toung*, Paris, Denoël, 1958; *La Montée des jeunes*, Paris, Calmann-Lévy, 1953; *Le Plan Sauvy*, Paris, Calmann-Lévy, 1960; *Mythologies de notre temps*, Paris, Payot, 1965; *Histoire économique de la France entre les deux guerres*, t. I. *De l'armistice à la dévaluation de la livre*, Paris, Fayard, 1965.

9. Comte écrit ainsi : « Après avoir expliqué les lois naturelles qui, dans le système de la sociabilité moderne, doivent déterminer l'indispensable concentration des richesses parmi les chefs industriels, la philosophie positive fera sentir qu'il importe peu aux intérêts populaires en quelles mains se trouvent habituellement les capitaux, pourvu que leur emploi normal soit nécessairement utile à la masse sociale. Or, cette condition essentielle dépend bien plus, par sa nature, des moyens moraux que des mesures politiques. Des vues étroites et des passions haineuses auraient beau instituer légalement, contre l'accumulation spontanée des capitaux, de laborieuses entraves, au risque de paralyser directement toute véritable activité sociale, il est clair que ces procédés tyranniques comporteraient beaucoup moins d'efficacité réelle que la réprobation universelle, appliquée par la morale positive à tout usage trop égoïste des richesses possédées; réprobation d'autant plus irrésistible, que ceux-là mêmes qui devraient la subir n'en pourraient récuser le principe, inculqué à tous par la commune éducation fondamentale, comme l'a montré le catholicisme, au temps de sa prépondérance. (...) Mais, en signalant au peuple la nature essentiellement morale de ses plus graves réclamations, la même philosophie fera nécessairement sentir aussi aux classes supérieures le poids d'une telle appréciation, en leur imposant avec énergie, au nom de principes qui ne sont plus ouvertement contestables, les grandes obligations morales inhérentes à leur position; en sorte que, par exemple, au sujet de la propriété, les riches se considéreront moralement comme les dépositaires nécessaires des capitaux publics, dont l'emploi effectif, sans pouvoir jamais entraîner aucune responsabilité politique, sauf, quelques cas exceptionnels d'extrême aberration, n'en doit pas moins rester toujours assujetti à une scrupuleuse discussion morale, nécessairement accessible à tous sous les conditions convenables, et dont l'autorité spirituelle constituera ultérieurement l'organe normal. D'après une étude approfondie de l'évolution moderne, la philosophie positive montrera que, depuis l'abolition de la servitude personnelle, les masses prolétaires ne sont point encore, abstraction faite de toute déclamation anarchique, véritablement incorporées au système social; que la puissance du capital, d'abord moyen naturel d'émancipation et ensuite d'indépendance, est maintenant devenue exorbitante dans les transactions journalières; quelque juste prépondérance qu'elle y doive nécessairement exercer, à raison d'une généralité et d'une responsabilité supérieures, suivant la saine théorie hiérarchique. En un mot, cette philosophie fera comprendre que les relations industrielles, au lieu de rester livrées à un dangereux empirisme ou à un antagonisme oppressif, doivent être systématisées suivant les lois morales de l'harmonie universelle. » (*Cours de philosophie positive*, t. VI, p. 357-358.)

10. Maurras a notamment écrit un essai sur Auguste Comte qui a été publié avec d'autres essais *(Le Romantisme féminin, Mademoiselle Monk)* à la suite de *L'Avenir de l'intelligence*, Paris, Nouvelle Librairie Nationale, 1918. Maurras écrit de Comte : « S'il est vrai qu'il y ait des maîtres, s'il est faux que le ciel et la terre et le moyen de les interpréter ne soient venus au monde que le jour de notre naissance, je ne connais aucun nom d'homme qu'il faille prononcer avec un sentiment de reconnaissance plus vive. Son image ne peut être évoquée sans émotion... Quelques-uns d'entre nous étaient une anarchie vivante. Il leur

a rendu l'ordre ou ce qui équivaut, l'espérance de l'ordre. Il leur a montré le beau visage de l'Unité, souriant dans un ciel qui ne paraît pas trop lointain. »

11. Les références à Comte sont constantes dans l'œuvre d'Alain. Voir notamment : *Propos sur le christianisme,* Paris, Rieder, 1924; *Idées,* Paris, Hartmann, 1932, réédité dans la collection 10/18, Paris, Union Générale d'Éditions, 1964 (ce dernier volume contient une étude consacrée à Comte).

La politique d'Alain est exposée dans les deux volumes : *Éléments d'une doctrine radicale,* Paris, Gallimard, 1925; *Le Citoyen contre les pouvoirs,* Paris, S. Kra, 1926.

12. J'ai traité le sujet de la guerre dans la pensée d'Auguste Comte dans *La Société industrielle et la guerre,* Paris, Plon, 1959; notamment le premier essai, texte d'une « Auguste Comte Memorial Lecture » prononcée à la London School of Economics and Political Science.

13. Il y a plusieurs années, j'ai siégé dans le jury d'une thèse consacrée à Alain par un homme qui avait été converti au positivisme par l'enseignement d'Alain, et qui avait failli rejeter et l'enseignement d'Alain et celui d'Auguste Comte quand avait éclaté la guerre de 1939. Faux prophète, celui qui annonçait la paix en un siècle de guerre!

14. Auguste Comte écrit à une époque charnière dans l'histoire coloniale : au moment où les empires constitués du XVIe au XVIIIe siècle achèvent de se dissoudre et au seuil de la création des empires du XIXe siècle. L'émancipation des colonies américaines de l'Espagne est achevée, la Grande-Bretagne a perdu ses principales colonies d'Amérique du Nord et la France l'Inde, le Canada et Saint-Domingue. Cependant la Grande-Bretagne a conservé son empire d'Asie et le Canada. De 1829 à 1842, lorsque Comte rédige le *Cours de philosophie positive,* la France commence à édifier son second empire colonial par la conquête de l'Algérie et l'acquisition de points d'appui sur les côtes d'Afrique et en Océanie. La Grande-Bretagne agit de même, prenant ainsi possession de la Nouvelle-Zélande en 1840.

Voici comment Comte juge le système colonial des XVIIe et XVIIIe siècles : « Sans revenir assurément aux dissertations déclamatoires du siècle dernier relativement à l'avantage ou au danger final de cette vaste opération pour l'ensemble de l'humanité, ce qui constitue une question aussi oiseuse qu'insoluble, il serait intéressant d'examiner s'il en est définitivement résulté une accélération ou un retard pour l'évolution totale, à la fois négative et positive, des sociétés modernes. Or, à cet égard, il semble d'abord que la nouvelle destination capitale ainsi ouverte à l'esprit guerrier, sur la terre et sur la mer, et l'importante recrudescence pareillement imprimée à l'esprit religieux, comme mieux adapté à la civilisation de populations arriérées, ont tendu directement à prolonger la durée générale du régime militaire et théologique, et, par suite, à éloigner spécialement la réorganisation finale. Mais, en premier lieu, l'entière extension, que le système des relations humaines a dès lors tendu à recevoir graduellement, a dû faire mieux comprendre la vraie nature philosophique d'une telle régénération, en la montrant comme finalement destinée à l'ensemble de l'humanité; ce qui devait mettre en plus haute évidence l'insuffisance radicale d'une politique conduite alors, en tant d'occasions, à détruire systématiquement les races humaines, dans l'impuissance de les assimiler. En second lieu, par une influence plus directe et plus prochaine, l'active stimulation nouvelle que ce grand événement européen a dû partout imprimer à l'industrie, a certainement augmenté beaucoup son importance sociale et même politique : en sorte que, tout compensé, l'évolution moderne en a, ce me semble, éprouvé nécessairement une accélération réelle, dont toutefois on se forme communément une opinion très exagérée. » (*Cours de philosophie positive,* t. VI, p. 68.)

Comte analyse les conquêtes coloniales du XIXe siècle en ces termes : « Nous avons, il est vrai, [...] remarqué l'introduction spontanée d'un dangereux sophisme, qu'on s'efforce aujourd'hui de consolider, et qui tendrait à conserver indéfiniment l'activité militaire, en assignant aux invasions successives la spécieuse destination d'établir directement, dans l'intérêt final de la civilisation universelle, la prépondérance matérielle des populations les plus avancées sur celles qui le sont moins. Dans le déplorable état présent de la philosophie politique, qui permet l'ascendant éphémère de toute aberration quelconque, une telle tendance a certainement beaucoup de gravité, comme source de perturbation universelle; logiquement poursuivie, elle aboutirait, sans doute, après avoir motivé l'oppression mutuelle des nations, à précipiter les unes sur les autres les diverses cités, d'après leur inégale progression sociale; et, sans aller jusqu'à cette rigoureuse extension, qui doit certainement toujours rester idéale, c'est en effet sur un tel prétexte qu'on a prétendu fonder l'odieuse justification de l'esclavage colonial, suivant l'incontestable supériorité de la race blanche. Mais, quelques graves désordres que puisse momentanément susciter un pareil sophisme, l'instinct caractéristique de la sociabilité moderne doit certainement dissiper toute irrationnelle inquiétude qui tendrait à y voir, même seulement pour un prochain avenir, une nouvelle source de guerres générales, entièrement incompatibles avec les plus persévérantes dispositions de toutes les populations civilisées. Avant la formation et la propagation de la saine philosophie politique, la rectitude populaire aura d'ailleurs, sans doute, suffisamment apprécié, quoique d'après un empirisme confus, cette grossière imitation rétrograde de la grande politique romaine, que nous avons vue, en sens inverse, essentiellement destinée, sous des conditions sociales radicalement opposées à celles du milieu moderne, à comprimer partout, excepté chez un peuple unique, l'essor imminent de la vie militaire, que cette vaine parodie stimulerait, au contraire, simultanément chez des nations dès longtemps livrées à une activité éminemment pacifique. » (*Cours de philosophie positive,* t. VI, p. 237-238.)

15. Les formules abondent chez Auguste Comte pour affirmer l'anachronisme des guerres, souligner la contradiction entre la société moderne et le phénomène militaire et guerrier : « Tous les esprits vraiment philosophiques doivent aisément reconnaître, avec une parfaite satisfaction, à la fois intellectuelle et morale, que l'époque est enfin venue où la guerre sérieuse et durable doit totalement disparaître chez l'élite de l'humanité. » (*Cours de philosophie positive,* t. VI, p. 239.) Ou encore : « Tous les divers moyens généraux d'exploration rationnelle, applicables aux recherches politiques, ont déjà spontanément concouru à constater, d'une manière également décisive, l'inévitable tendance primitive de l'humanité à une vie principalement militaire, et à sa destination finale, non moins irrésistible, à une existence essentiellement industrielle. Aussi aucune intelligence un peu avancée ne refuse-t-elle désormais de reconnaître, plus ou moins explicitement, le décroissement continu de l'esprit militaire et l'ascendant graduel de l'esprit industriel, comme une double conséquence nécessaire de notre évolution progressive, qui a été, de nos jours, assez judicieusement appréciée, à cet égard, par la plupart de ceux qui s'occupent convenablement de philosophie politique. En un temps d'ailleurs où se manifeste continuellement, sous des formes de plus en plus variées, et avec une énergie toujours croissante, même au sein des armées, la répugnance caractéristique des sociétés modernes pour la vie guerrière; quand, par exemple, l'insuffisance totale des vocations militaires est partout devenue de plus en plus irrécusable d'après l'obligation de plus en plus indispensable du recrutement forcé, rarement suivi d'une persistance volontaire; l'expérience journalière dispenserait, sans doute, de toute démonstration directe, au sujet d'une notion aussi graduellement tombée dans le domaine public. Malgré l'immense développement exceptionnel de l'activité militaire, momentanément déterminé, au commencement de ce siècle, par l'inévitable entraînement qui a dû succéder à d'irrésistibles circonstances anormales, notre instinct industriel et pacifique n'a pas tardé à reprendre, d'une manière plus rapide, le cours régulier de son développement prépondérant, de façon à assurer réellement, sous ce rapport, le repos fondamental du monde civilisé, quoique l'harmonie européenne doive fréquemment sembler compromise, en conséquence du défaut provisoire de toute organisation systématique des relations internationales; ce qui, sans pouvoir vraiment produire la guerre, suffit toutefois pour inspirer souvent de dangereuses inquiétudes [....] Tandis que l'activité industrielle présente spontanément cette admirable propriété de pouvoir être simultanément stimulée chez tous les individus et chez

tous les peuples, sans que l'essor des uns soit inconciliable avec celui des autres, il est clair, au contraire, que la plénitude de la vie militaire dans une partie notable de l'humanité suppose et détermine finalement, en tout le reste, une inévitable compression, qui constitue le principal office social d'un tel régime en considérant l'ensemble du monde civilisé. Aussi, pendant que l'époque industrielle ne comporte d'autre terme général que celui, encore indéterminé, assigné à l'existence progressive de notre espèce par le système des lois naturelles, l'époque militaire a dû être, de toute nécessité, essentiellement limitée aux temps d'un suffisant accomplissement graduel des conditions préalables qu'elle était destinée à réaliser. » (*Cours de philosophie positive,* t. IV, p. 375 et 379.)

16. « Nos richesses matérielles peuvent changer de mains ou librement ou forcément. Dans le premier cas, la transmission est tantôt gratuite, tantôt intéressée. Pareillement, le déplacement involontaire peut être ou violent ou légal. Tels sont en dernière analyse les quatre modes généraux suivant lesquels se transmettent naturellement les produits matériels... D'après leur dignité et leur efficacité décroissantes ils doivent être rangés dans cet ordre normal : le don, l'échange, l'héritage et la conquête. Les deux modes moyens sont seuls devenus très usuels chez les populations modernes comme les mieux adaptés à l'existence industrielle qui dut y prévaloir. Mais les deux extrêmes concoururent davantage à la formation initiale des grands capitaux. Quoique le dernier doive finalement tomber en désuétude totale, il n'en sera jamais ainsi du premier, dont notre égoïsme industriel nous fait aujourd'hui méconnaître l'importance autant que la pureté... Systématisée par le positivisme la tendance au don doit fournir au régime final l'un des meilleurs auxiliaires temporels de l'action continue du vrai pouvoir spirituel pour rendre la richesse à la fois plus utile et mieux respectée. Le plus ancien et le plus noble de tous les modes propres à la transmission matérielle secondera davantage notre organisation industrielle que ne peut l'indiquer la vaine métaphysique de nos grossiers économistes. » (*Système de politique positive,* t. II, p. 155-156.)

On rapprochera ce texte de certaines analyses modernes, notamment François PERROUX, « Le don, sa signification économique dans le capitalisme contemporain », *Diogène,* avril 1954, article reproduit in *L'Économie du XXe siècle,* 1re éd., Paris, P. U. F., 1961, p. 322-344.

17. Michael YOUNG, *The Rise of Meritocracy,* London, Thames and Hudson, 1958; Penguin Books, 1961.

18. CONDORCET, *Esquisse d'un tableau historique des progrès de l'esprit humain.* Cette œuvre, écrite en 1793, fut éditée pour la première fois en l'an III. Pour une édition moderne, voir celle de la Bibliothèque de Philosophie, Paris, Boivin, 1933. Avant Condorcet, Turgot avait écrit un *Tableau philosophique des progrès successifs de l'esprit humain.*

19. D'où Auguste Comte conclut que, puisqu'il n'y a pas de liberté de conscience en astronomie, il ne devrait pas y en avoir en politique.

20. « A proprement parler la philosophie théologique même dans notre première enfance individuelle ou sociale, n'a jamais pu être rigoureusement universelle, c'est-à-dire que, pour tous les ordres quelconques de phénomènes, les faits les plus simples et les plus communs ont toujours été regardés comme essentiellement assujettis à des lois naturelles, au lieu d'être attribués à l'arbitraire volonté des agents surnaturels. L'illustre Adam Smith a, par exemple, très heureusement remarqué, dans ses essais philosophiques, qu'on ne trouvait en aucun temps ni en aucun pays, un dieu pour la pesanteur. Il en est ainsi, en général, même à l'égard des sujets les plus compliqués, envers tous les phénomènes assez élémentaires et assez familiers pour que la parfaite invariabilité de leurs relations effectives ait toujours dû frapper spontanément l'observateur le moins préparé. » (*Cours de philosophie positive,* t. IV, p. 365.)

21. « Malgré l'inévitable solidarité qui règne sans cesse, suivant les principes déjà établis, parmi les différents éléments de notre évolution sociale, il faut bien aussi que, au milieu de leurs mutuelles réactions continues, l'un de ces ordres généraux de progrès soit spontanément prépondérant, de manière à imprimer habituellement à tous les autres une indispensable impulsion primitive, quoique lui-même doive

ultérieurement recevoir, à son tour, de leur propre évolution, un essor nouveau. Il suffit ici de discerner immédiatement cet élément prépondérant, dont la considération devra diriger l'ensemble de notre exposition dynamique, sans nous occuper d'ailleurs expressément de la subordination spéciale des autres envers lui ou entre eux, qui se manifestera suffisamment ensuite par l'exécution spontanée d'un tel travail. Or, ainsi réduite, la détermination ne saurait présenter aucune grave difficulté, puisqu'il suffit de distinguer l'élément social dont le développement pourrait le mieux être conçu, abstraction faite de celui de tous les autres, malgré leur universelle connexité nécessaire; tandis que la notion s'en reproduirait, au contraire, inévitablement dans la considération directe du développement de ceux-ci. A ce caractère doublement décisif, on ne saurait hésiter à placer en première ligne l'évolution intellectuelle, comme principe nécessairement prépondérant de l'ensemble de l'évolution, de l'humanité. Si le point de vue intellectuel doit prédominer, ainsi que je l'ai expliqué au chapitre précédent, dans la simple étude statique de l'organisme social proprement dit, à plus forte raison en doit-il être de même pour l'étude directe du mouvement général des sociétés humaines. Quoique notre faible intelligence y ait, sans doute, un indispensable besoin de l'éveil primitif et de la stimulation continue qu'impriment les appétits, les passions et les sentiments, c'est cependant sous sa direction nécessaire qu'a toujours dû s'accomplir l'ensemble de la progression humaine. (...) Aussi, dans tous les temps, depuis le premier essor du génie philosophique, on a toujours reconnu, d'une manière plus ou moins distincte, mais constamment irrécusable, l'histoire de la société comme étant surtout dominée par l'histoire de l'esprit humain. » (*Cours de philosophie positive,* t. IV, p. 340-342.)

22. Ainsi, dans le *Discours sur l'esprit positif,* Comte écrit : « Le polythéisme s'adaptait surtout au système de conquête de l'antiquité, et le monothéisme à l'organisation défensive du moyen âge. En faisant de plus en plus prévaloir la vie industrielle, la sociabilité moderne doit donc puissamment seconder la grande révolution mentale qui aujourd'hui élève définitivement notre intelligence du régime théologique au régime positif. Non seulement cette active tendance journalière à l'amélioration pratique de la condition humaine est nécessairement peu compatible avec les préoccupations religieuses, toujours relatives, surtout sous le monothéisme, à une tout autre destination. Mais en outre une telle activité est de nature à susciter finalement une opposition universelle, aussi radicale que spontanée, à toute philosophie théologique. » (Éd. 10/18, Paris, Union Générale d'Éditions, 1963, p. 62-63.)

23. Oswald Spengler. *Der Untergang des Abendlandes — Umrisse einer Morphologie der Weltgeschichte,* Munich, 1918-1922; traduit en français sous le titre *Le Déclin de l'Occident, esquisse d'une morphologie de l'histoire universelle,* Paris, Gallimard, 2 vol., 1938. Ce livre, qui fut conçu au moment de la crise d'Agadir, parut pour la première fois en 1916. Mais le succès, foudroyant en Allemagne, ne vint qu'après la défaite de 1918.

24. « Les trois sources générales de variation sociale me paraissent résulter : 1° de la race; 2° du climat; 3° de l'action politique proprement dite, envisagée dans toute son extension scientifique : il ne peut nullement convenir ici de rechercher si leur importance relative est vraiment conforme à cet ordre d'énonciation ou à tout autre. Quand même cette détermination ne serait point évidemment déplacée dans l'état naissant de la science, les lois de la méthode obligeraient du moins à en ajourner l'exposition directe après l'examen du sujet principal, afin d'éviter une irrationnelle confusion entre les phénomènes fondamentaux et leurs modifications diverses. » (*Cours de philosophie positive,* t. IV, p. 210.)

25. Se demandant, au début de la cinquante-deuxième leçon du *Cours de philosophie positive,* « pourquoi la race blanche possède d'une manière si prononcée le privilège effectif du principal développement social et pourquoi l'Europe a été le lieu essentiel de cette civilisation prépondérante », Comte, après avoir précisé que « cette grande discussion de sociologie concrète » doit « être réservée jusque après la première élaboration abstraite des lois fondamentales du développement social »,

donne cependant quelques raisons, « aperçus partiels et isolés nécessairement insuffisants » : « Sans doute, on aperçoit déjà, sous le premier aspect, dans l'organisation caractéristique de la race blanche, et surtout, quant à l'appareil cérébral, quelques germes positifs de sa supériorité réelle; encore tous les naturalistes sont-ils aujourd'hui fort éloignés de s'accorder convenablement à cet égard. De même, sous le second point de vue, on peut entrevoir, d'une manière un peu plus satisfaisante, diverses conditions physiques, chimiques et même biologiques, qui ont dû certainement influer, à un degré quelconque, sur l'éminente propriété des contrées européennes de servir jusqu'ici de théâtre essentiel à cette évolution prépondérante de l'humanité. » Et Comte précise en note :

« Telles sont, par exemple, sous le rapport physique outre la situation thermologiquement si avantageuse, sous la zone tempérée, l'existence de l'admirable bassin de la Méditerranée, autour duquel a dû surtout s'effectuer d'abord le plus rapide développement social, dès que l'art nautique est devenu assez avancé pour permettre d'utiliser ce précieux intermédiaire, offrant, à l'ensemble des nations riveraines, à la fois la contiguïté propre à faciliter des relations suivies, et la diversité qui les rend importantes à une réciproque stimulation sociale. Pareillement, sous le point de vue chimique, l'abondance plus prononcée du fer et de la houille dans ces contrées privilégiées a dû certainement y contribuer beaucoup à accélérer l'évolution humaine. Enfin, sous l'aspect biologique, soit phytologique, soit zoologique, il est clair que ce même milieu ayant été plus favorable, d'une part aux principales cultures alimentaires, d'une autre part au développement des plus précieux animaux domestiques, la civilisation a dû s'y trouver aussi, par cela seul, spécialement encouragée. Mais, quelque importance réelle qu'on puisse déjà attacher à ces divers aperçus, de telles ébauches sont évidemment bien loin de suffire encore à l'explication vraiment positive du phénomène proposé : et, lorsque la formation convenable de la dynamique sociale aura ultérieurement permis de tenter directement une telle explication, il est même évident que chacune des indications précédentes aura préalablement besoin d'être soumise à une scrupuleuse révision scientifique, fondée sur l'ensemble de la philosophie naturelle. » (*Cours de philosophie positive*, t. V, p. 12-13.)

26. Auguste Comte est extrêmement sévère pour Napoléon : « Par une fatalité à jamais déplorable, cette inévitable suprématie [militaire], à laquelle le grand Hoche semblait d'abord si heureusement destiné, échut à un homme presque étranger à la France, issu d'une civilisation arriérée, et spécialement animé, sous la secrète impulsion d'une nature superstitieuse, d'une admiration involontaire pour l'ancienne hiérarchie sociale; tandis que l'immense ambition dont il était dévoré ne se trouvait réellement en harmonie, malgré son vaste charlatanisme caractéristique, avec aucune éminente supériorité mentale, sauf celle relative à un incontestable talent pour la guerre, bien plus lié, surtout de nos jours, à l'énergie morale qu'à la force intellectuelle.

« On ne saurait aujourd'hui rappeler un tel nom sans se souvenir que de vils flatteurs et d'ignorants enthousiastes ont osé longtemps comparer à Charlemagne un souverain qui, à tous égards, fut aussi en arrière de son siècle que l'admirable type du moyen âge avait été en avant du sien. Quoique toute appréciation personnelle doive rester essentiellement étrangère à la nature et à la destination de notre analyse historique, chaque vrai philosophe doit, à mon gré, regarder maintenant comme un irrécusable devoir social de signaler convenablement à la raison publique la dangereuse aberration qui, sous la mensongère exposition d'une presse aussi coupable qu'égarée, pousse aujourd'hui l'ensemble de l'école révolutionnaire à s'efforcer, par un funeste aveuglement, de réhabiliter la mémoire, d'abord si justement abhorrée, de celui qui organisa, de la manière la plus désastreuse, la plus intense rétrogradation politique dont l'humanité dut jamais gémir. » (*Cours de philosophie positive*, t. VI, p. 210.)

27. L'influence du positivisme fut très profonde au Brésil, où il devint même la doctrine quasi officielle de l'État. Benjamin-Constant, président de la République, donna comme programme d'études dans les écoles publiques l'*Encyclopédie des sciences positives* établie par Comte. Un institut de l'Apostolat fut fondé en 1880, un

temple positiviste inauguré à Rio en 1891 pour y célébrer le culte de l'Humanité. La devise « Ordre et progrès » *(Ordem e Progresso)* figure sur le pavillon à fond vert du Brésil. Le vert était également la couleur des drapeaux positivistes.

28. Il y a dans le détail des différences entre les idées du *Cours* et celles du *Système*, mais j'essaie ici de dégager les lignes directrices et je laisserai de côté les différences pour étudier la statique sociale telle que la conçoit Auguste Comte au moment où il écrit le *Système de politique positive*.

29. La distinction entre la raison et le cœur se trouve chez Platon dans *La République* et le *Phèdre*. Elle est reprise dans une description physiologique des vivants mortels dans le *Timée* (§ 69 *sq.*) où Platon dresse un tableau des localisations corporelles, situant l'âme immortelle dans la tête et l'âme mortelle dans la poitrine. Il y a d'ailleurs d'autres similitudes entre la pensée de Platon et celle de Comte. Ainsi le mythe platonicien de l'attelage (cf. le *Phèdre*) n'est pas sans rappeler la dialectique que Comte découvre dans l'homme entre l'affection, l'action et l'intelligence.

30. « Sous cet aspect social, l'institution du langage doit être finalement comparée à celle de la propriété [...]. Car, la première accomplit, pour la vie spirituelle de l'humanité, un office fondamental qui équivaut à celui qu'exerce la seconde envers sa vie matérielle. Après avoir essentiellement facilité l'acquisition de toutes les connaissances humaines, théoriques ou pratiques et dirigé notre essor esthétique, le langage consacre cette double richesse, et la transmet à de nouveaux coopérateurs. Mais la diversité des dépôts établit une différence capitale entre les deux institutions conservatrices. Pour des productions destinées à satisfaire des besoins personnels, qui les détruisent nécessairement, la propriété doit instituer des conservateurs individuels, dont l'efficacité sociale est même augmentée par une sage concentration. Au contraire, envers des richesses qui comportent une possession simultanée sans subir aucune altération, le langage institue naturellement une pleine communauté, où tous, en puisant librement au trésor universel, concourent spontanément à sa conservation. Malgré cette différence fondamentale, les deux systèmes d'accumulation suscitent des abus équivalents, pareillement dus au désir de jouir sans produire. Les conservateurs des biens matériels peuvent dégénérer en arbitres exclusifs de leur emploi, trop souvent dirigé vers des satisfactions égoïstes De même, ceux qui n'ont vraiment rien mis au trésor spirituel s'y parent de manière à usurper un éclat qui les dispense de tout service réel. » (*Système de politique positive*, t. II, p. 254.)

31. Pour Auguste Comte il n'y a qu'*une* histoire de l'humanité et a l'ambition d'intégrer dans sa synthèse tous les moments du passé. Il voit même dans ce sens de la tradition l'une des principales supériorités du positivisme : « L'anarchie occidentale consiste principalement dans l'altération de la continuité humaine, successivement violée par le catholicisme maudissant l'antiquité, le protestantisme réprouvant le moyen âge, et le déisme niant toute filiation. Rien n'invoque mieux le positivisme pour fournir enfin à la situation révolutionnaire la seule issue qu'elle comporte, en surmontant toutes ces doctrines plus ou moins subversives qui poussèrent graduellement les vivants à s'insurger contre l'ensemble des morts. Après un tel service l'histoire deviendra bientôt la science sacrée, conformément à son office normal, l'étude directe des destinées du Grand Être dont la notion résume toutes nos saines théories. La politique systématisée y rattachera désormais ses entreprises quelconques, naturellement subordonnées à l'état correspondant de la grande évolution. Même la poésie régénérée y puisera les tableaux destinés à préparer l'avenir en idéalisant le passé. » (*Système de politique positive*, t. III, p. 2.)

32. « C'est ainsi que le seul principe de la coopération, sur lequel repose la société politique proprement dite, suscite naturellement le gouvernement qui doit la maintenir et la développer. Une telle puissance se présente, à la vérité, comme essentiellement matérielle, puisqu'elle résulte toujours de la grandeur ou de la richesse. Mais il importe de reconnaître que l'ordre social ne peut jamais avoir d'autre base immédiate. Le célèbre principe de Hobbes sur la domination spontanée de la force constitue, au fond, le seul pas capital qu'ait encore fait, depuis Aristote jusqu'à moi, la théorie posi-

tive du gouvernement. Car l'admirable anticipation du moyen âge envers la division des deux pouvoirs fut plutôt due, dans une situation favorable, au sentiment qu'à la raison : elle ne put ensuite résister à la discussion que quand je la repris à mon début. Tous les odieux reproches qu'encourut la conception de Hobbes résultèrent seulement de sa source métaphysique, et de la confusion radicale qui s'y trouve par suite entre l'appréciation statique et l'appréciation dynamique qu'on ne pouvait alors distinguer. Mais cette double imperfection n'aurait abouti, chez des juges moins malveillants et plus éclairés, qu'à faire mieux apprécier la difficulté comme l'importance de ce lumineux aperçu, que la philosophie positive pouvait seule utiliser assez » (*Système de politique positive*, t. II, p. 299.)

33. « Mais l'harmonie habituelle entre les fonctions et les fonctionnaires présentera toujours d'immenses imperfections. Quand même on voudrait mettre chacun à sa place, la courte durée de notre vie objective empêcherait nécessairement d'y parvenir, faute de pouvoir examiner assez les titres pour accomplir à temps les mutations. Il faut d'ailleurs reconnaître que la plupart des offices sociaux n'exigent aucune aptitude vraiment naturelle, qui ne puisse être pleinement compensée par un exercice convenable, dont rien ne saurait entièrement dispenser. Le meilleur organe ayant toujours besoin d'un apprentissage spécial, on devra beaucoup respecter toute possession effective, tant de fonctions que de capitaux, en reconnaissant combien cette sécurité personnelle importe à l'efficacité sociale. Au reste, il faudrait encore moins s'enorgueillir des qualités naturelles que des avantages acquis, puisque notre intervention s'y trouve moindre. Notre vrai mérite dépend donc surtout, comme notre bonheur, du digne emploi volontaire des forces quelconques que l'ordre réel, tant artificiel que naturel, nous rend disponibles. Telle est la saine appréciation d'après laquelle le pouvoir spirituel doit continuellement inspirer aux individus et aux classes une sage résignation envers les imperfections nécessaires de l'harmonie sociale, que sa complication supérieure expose à plus d'abus.

« Cette conviction habituelle serait pourtant insuffisante pour contenir les réclamations anarchiques, si le sentiment qui peut les justifier ne recevait, en même temps, une certaine satisfaction normale, dignement réglée par le sacerdoce. Elle résulte de l'aptitude appréciatrice qui constitue directement le principal caractère du pouvoir spirituel, dont toutes les fonctions sociales de conseil, de consécration, et de discipline, en dérivent évidemment. Or, cette appréciation, qui commence nécessairement envers les offices, doit finalement s'étendre jusqu'aux organes individuels. Le sacerdoce doit, sans doute, s'efforcer toujours de contenir des mutations personnelles, dont le libre cours deviendrait bientôt plus funeste que les abus qui les auraient inspirées. Mais il doit aussi construire et développer, par contraste à cet ordre objectif résulté de la puissance effective, un ordre subjectif fondé sur l'estime personnelle, d'après une suffisante appréciation de tous les titres individuels. Quoique ce second classement ne puisse ni ne doive prévaloir jamais, sauf dans le culte sacré, sa juste opposition au premier y suscite les améliorations vraiment praticables, en consolant aussi des imperfections insurmontables. » (*Système de politique positive*, t. II, p. 329-330.)

34. « La vraie philosophie se propose de systématiser, autant que possible, toute l'existence humaine, individuelle et surtout collective, contemplée à la fois dans les trois ordres de phénomènes qui la caractérisent, pensées, sentiments, et actes. Sous tous ces aspects, l'évolution fondamentale de l'humanité est nécessairement spontanée, et l'exacte appréciation de sa marche naturelle peut seule nous fournir la base générale d'une sage intervention. Mais les modifications systématiques que nous y pouvons introduire ont néanmoins une extrême importance, pour diminuer beaucoup les déviations partielles, les funestes retards, et les graves incohérences, propres à un essor aussi complexe, s'il restait entièrement abandonné à lui-même. La réalisation continue de cette indispensable intervention constitue le domaine essentiel de la politique. Toutefois, sa vraie conception ne peut jamais émaner que de la philosophie, qui en perfectionne sans cesse la détermination générale. Pour cette commune destination fondamentale, l'office propre de la phi-

losophie consiste à coordonner entre elles toutes les parties de l'existence humaine, afin d'en ramener la notion théorique à une complète unité. Une telle synthèse ne saurait être réelle qu'autant qu'elle représente exactement l'ensemble des rapports naturels, dont la judicieuse étude devient ainsi la condition préalable de cette construction. Si la philosophie tentait d'influer directement sur la vie active autrement que par cette systématisation, elle usurperait vicieusement la mission nécessaire de la politique, seule arbitre légitime de toute évolution pratique. Entre ces deux fonctions principales du grand organisme, le lien continu et la séparation normale résident à la fois dans la morale systématique, qui constitue naturellement l'application caractéristique de la philosophie et le guide général de la politique. » (*Système de politique positive*, t. I, Discours préliminaire, p. 8.)

35. Auguste Comte précise sa philosophie de la connaissance notamment dans le chapitre sur la religion de la statique sociale du *Système de politique positive :*

« La saine philosophie [...] représente toutes les lois réelles comme construites par nous avec des matériaux extérieurs. Appréciées objectivement, leur exactitude ne peut jamais être qu'approximative. Mais, étant destinées à nos seuls besoins, surtout actifs, ces approximations deviennent pleinement suffisantes, quand elles sont bien instituées d'après les exigences pratiques, qui fixent habituellement la précision convenable. Au delà de cette mesure principale, il reste souvent un degré normal de liberté théorique. » [...]

« Notre construction fondamentale de l'ordre universel résulte donc d'un concours nécessaire entre le dehors et le dedans. Les lois réelles, c'est-à-dire les faits généraux, ne sont jamais que des hypothèses assez confirmées par l'observation. Si l'harmonie n'existait nullement hors de nous, notre esprit serait entièrement incapable de la concevoir; mais, en aucun cas, elle ne se vérifie autant que nous le supposons. Dans cette coopération continue, le monde fournit la matière et l'homme la forme de chaque notion positive. Or, la fusion de ces deux éléments ne devient possible que par des sacrifices mutuels. Un excès d'objectivité empêcherait toute vue générale, toujours fondée sur l'abstraction. Mais la décomposition qui nous permet d'abstraire resterait impossible, si nous n'écartions pas un excès naturel de subjectivité. Chaque homme, en se comparant aux autres, ôte spontanément à ses propres observations ce qu'elles ont d'abord de trop personnel, afin de permettre l'accord social qui constitue la principale destination de la vie contemplative. Mais le degré de subjectivité qui est commun à toute notre espèce persiste ordinairement, d'ailleurs sans aucun grave inconvénient. » [...]

« Si [l'ordre universel] était pleinement objectif ou purement subjectif, il serait, depuis longtemps, saisi par nos observations ou émané de nos conceptions. Mais sa notion exige le concours de deux influences, hétérogènes quoique inséparables, dont la combinaison n'a pu se développer que très lentement. Les diverses lois irréductibles qui le composent forment une hiérarchie naturelle, où chaque catégorie repose sur la précédente, suivant leur généralité décroissante et leur complication croissante. Ainsi, leur saine appréciation a dû être successive. » (*Système de politique positive*, t. II, p. 32, 33, 34.)

36. Les quinze lois de la philosophie première sont exposées au tome IV du *Système de politique positive* (chap. III, p. 173-181).

37. « Le Grand Être est l'ensemble des êtres, passés, futurs, et présents, qui concourent librement à perfectionner l'ordre universel. » (*Système de politique positive*, t. IV, p. 30.)

« Le culte des hommes vraiment supérieurs forme une partie essentielle du culte de l'Humanité. Même pendant sa vie objective, chacun d'eux constitue une certaine personnification du Grand Être. Toutefois cette représentation exige qu'on écarte idéalement les graves imperfections qui altèrent souvent les meilleurs naturels. » (*Ibid.*, t. II, p. 63.)

« Non seulement l'Humanité ne se compose que des existences susceptibles d'assimilation mais elle n'admet de chacune d'elles que la partie incorporable en oubliant tout écart individuel. » (*Ibid.*, t. II, p. 62.)

BIBLIOGRAPHIE

ŒUVRES D'AUGUSTE COMTE

Les écrits d'Auguste Comte n'ont pas été réunis dans une collection d'Œuvres complètes. Pour une bibliographie complète, on peut se reporter aux ouvrages cités plus bas de H. Gouhier et P. Arbousse-Bastide.

Seuls les principaux ouvrages seront mentionnés ici dans l'édition qui a été utilisée.

Cours de philosophie positive, 5e édition, identique à la première, 6 vol., Paris, Schleicher Frères éditeurs, 1907-1908.

Discours sur l'esprit positif, édité par H. Gouhier, in *Œuvres choisies*, Paris, Aubier, 1943, ou coll. 10/18, Paris, Union Générale d'Éditions, 1963.

Système de politique positive, 5e éd., conforme à la première, 4 vol., Paris, au siège de la Société positiviste, 10, rue Monsieur-le-Prince, 1929.

Le tome I contient également le *Discours sur l'ensemble du positivisme*, le tome IV les *Opuscules* de jeunesse : *Séparation générale entre les opinions et les désirs, Sommaire appréciation sur l'ensemble du passé moderne, Plan des travaux scientifiques nécessaires pour réorganiser la société, Considérations philosophiques sur les sciences et les savants, Considérations sur le pouvoir spirituel, Examen du traité de Broussais sur l'irritation.*

Catéchisme positiviste ou sommaire exposition de la religion universelle, avec chronologie, introduction et notes de Pierre Arnaud, Paris, Garnier-Flammarion, 1966.

Parmi les morceaux choisis actuellement en librairie, citons :

Auguste Comte, *Œuvres choisies*, avec une introduction par H. Gouhier, Paris, Aubier, 1943. Ce recueil contient les deux premières leçons du *Cours de philosophie positive*, la préface personnelle qui ouvre le tome IV du *Cours*, et le *Discours sur l'esprit positif*.

Auguste Comte, *Sociologie*, textes choisis par J. Laubier, Paris, P. U. F., 1957, extraits du *Système de politique positive*.

Politique d'Auguste Comte : extraits présentés par Pierre Arnaud, Paris, A. Colin, 1965 (importante introduction).

OUVRAGES GÉNÉRAUX

Alain, *Idées*, Paris, Hartmann, 1932 (un chapitre sur A. Comte).

R. Bayer, *Épistémologie et logique depuis Kant jusqu'à nos jours*, Paris, P. U. F., 1954 (un chapitre sur A. Comte).

E. Bréhier, *Histoire de la philosophie*, t. II, IIIe part., Paris, Alcan, 1932.

L. Brunschvicg, *Les Étapes de la philosophie mathématique*, Paris, Alcan, 1912.
— *Le Progrès de la conscience dans la philosophie occidentale*, 2 vol., Paris, Alcan, 1927.
E. Gilson, *L'École des Muses*, Paris, Vrin, 1951 (un chapitre sur Comte et Clotilde de Vaux).
G. Gurvitch, *Auguste Comte, Karl Marx et Herbert Spencer*, Paris, C. D. U., 1957.
M. Leroy, *Histoire des idées sociales en France*, Paris, Gallimard, t. II. *De Babeuf à Tocqueville*, 1950; t. III. *D'Auguste Comte à P.-J. Proudhon*, 1954.
H. de Lubac, *Le Drame de l'humanisme athée*, Paris, Union Générale d'Éditions, coll. 10/18, 1963; rééd. Spes, 1944 (une deuxième partie sur Comte et le christianisme).
Ch. Maurras, *L'Avenir de l'intelligence*, Paris, Nouvelle Librairie Nationale, 1916.
C. E. Vaughan, *Studies in the History of Political Philosophy before and after Rousseau*, edited by A. G. Little, 2 vol., Manchester University Press, 1939; également : New York, Russell & Russell, 1960.

OUVRAGES CONSACRÉS A AUGUSTE COMTE

P. Arbousse-Bastide, *La Doctrine de l'éducation universelle dans la philosophie d'Auguste Comte*, 2 vol., Paris, P. U. F., 1957 (importante bibliographie).
Dr G. Audiffrent, *Centenaire de l'École polytechnique. Auguste Comte, sa plus puissante émanation. Notice sur sa vie et sa doctrine*, Paris, P. Ritti, 1894.
J. Delvolve, *Réflexions sur la pensée comtienne*, Paris, Alcan, 1932.
Deroisin, *Notes sur Auguste Comte par un de ses disciples*, Paris, G. Grès, 1909.
P. Ducasse, *Essai sur les origines intuitives du positivisme*, Paris, Alcan, 1939.
Dr Georges Dumas, *Psychologie de deux messies positivistes, Saint-Simon et Auguste Comte*, Paris, Alcan, 1905.
H. Gouhier, *La Vie d'Auguste Comte*, 2e éd., Paris, Vrin, 1965.
— *La Jeunesse d'Auguste Comte et la formation du positivisme*, 3 tomes, Paris, Vrin : I, *Sous le signe de la liberté*, 1933; II, *Saint-Simon jusqu'à la Restauration*, 2e éd., 1964; III, *Auguste Comte et Saint-Simon*, 1941.
R. P. Gruber, *Auguste Comte, fondateur du positivisme*, Paris, Lethielleux, 1892.
M. Halbwachs, *Statique et Dynamique sociale chez Auguste Comte*, Paris, C. D. U., 1943.
J. Lacroix, *La Sociologie d'Auguste Comte*, Paris, P. U. F., 1956.
L. Lévy-Bruhl, *La Philosophie d'Auguste Comte*, Paris, Alcan, 1900.
F. S. Marvin, *Comte, the Founder of Sociology*, London, Chapman & Hall, 1936.
J. S. Mill, *Auguste Comte and positivism*, Ann Arbor, University of Michigan Press, 1961.
Dr Robinet, *Notice sur l'œuvre et la vie d'Auguste Comte*, 3e éd., Paris, Société positiviste, 1891.
E. Seillière, *Auguste Comte*, Paris, Vrin, 1924.

KARL MARX

Le pays le plus développé industriellement ne fait que montrer à ceux qui le suivent sur l'échelle industrielle l'image de leur propre avenir... Lors même qu'une société est arrivée à découvrir la piste de la loi naturelle qui préside à son mouvement..., *elle ne peut ni dépasser d'un saut ni abolir par des décrets les phases de son développement naturel; mais elle peut abréger la période de la gestation et adoucir les maux de leur enfantement.*

Le Capital,
Préface à la 1re édition allemande.

Pour analyser la pensée de Marx, je m'efforcerai de répondre aux mêmes questions qui ont été posées à propos de Montesquieu et de Comte : quelle est l'interprétation que Marx donne de son temps? Quelle est sa théorie de l'ensemble social? Quelle est sa vision de l'histoire? Quelle est la relation qu'il établit entre sociologie, philosophie de l'histoire et politique? En un certain sens, cet exposé n'est pas plus difficile que les deux précédents. S'il n'y avait pas des millions de marxistes, personne ne douterait de ce qu'ont été les idées directrices de Marx.

Marx n'est pas, comme l'écrit M. Axelos, le philosophe de la technique. Il n'est pas, comme le pensent d'autres, le philosophe de l'aliénation [1]. Il est d'abord et avant tout le sociologue et l'économiste du régime capitaliste. Marx avait une théorie de ce régime, du sort qu'il infligeait aux hommes et du devenir qu'il connaîtrait. Sociologue-économiste de ce qu'il appelait le capitalisme, il n'avait pas de représentation précise de ce que serait le régime socialiste et il n'a cessé de dire que l'homme ne pouvait pas connaître à l'avance l'avenir. Il est donc peu intéressant de se demander si Marx serait stalinien, trotzkyste, khrouchtchevien ou partisan de Mao Tsé-toung. Marx avait la chance, ou la malchance, de vivre il y a un siècle. Il n'a pas donné de réponses aux questions que nous nous posons aujourd'hui. Nous pouvons donner ces réponses pour lui, mais ce sont nos réponses et non pas les siennes. Un homme, surtout un sociologue marxiste, car Marx avait tout de même quelques relations avec le marxisme, est inséparable de son époque. Se demander ce que Marx, vivant en un autre siècle, aurait pensé, c'est se demander ce qu'un autre Marx aurait pensé à la place du vrai Marx. La réponse est possible, mais aléatoire et d'un intérêt médiocre.

Même en se bornant à n'exposer que ce que Marx vivant au XIXe siècle pensait de son temps et de l'avenir et non pas ce qu'il penserait de notre temps et de notre avenir, il reste que cette analyse présente des difficultés particulières pour de multiples raisons, les unes extrinsèques, les autres intrinsèques.

Les difficultés extrinsèques tiennent à la fortune posthume de Marx. Aujourd'hui un milliard à peu près d'êtres humains sont instruits dans une doctrine qui, à tort ou à raison, s'appelle marxiste. Une certaine interprétation de la doctrine de Marx est devenue l'idéologie officielle de l'État russe, puis des États d'Europe orientale, enfin de l'État chinois.

Cette doctrine officielle prétend donner l'interprétation vraie de la pensée de Marx. Il suffit donc que le sociologue présente une certaine interprétation de cette pensée pour qu'aux yeux des tenants de la doctrine officielle il devienne un porte-parole de la bourgeoisie, un valet du capitalisme et de l'impérialisme. Autrement dit, la bonne foi que l'on m'attribue sans grande difficulté lorsqu'il s'agit de Montesquieu et d'Auguste Comte, certains me la refusent à l'avance s'il s'agit de Marx.

Une autre difficulté extrinsèque vient des réactions à la doctrine officielle des États soviétiques. Celle-ci présente les caractères de simplification et de grossissement, inséparables des doctrines officielles, enseignées sous forme de catéchisme à des esprits de qualités diverses.

Aussi, ceux des philosophes subtils qui vivent sur les bords de la Seine et qui voudraient être marxistes sans retomber en enfance, ont imaginé une série d'interprétations, toutes plus intelligentes les unes que les autres, de la pensée profonde et dernière de Marx [2].

Pour ma part, je ne chercherai pas une interprétation suprêmement intelligente de Marx. Non pas que je n'aie un certain goût pour ces interprétations subtiles, mais je pense que les idées centrales de Marx sont plus simples que les idées que l'on peut trouver dans la revue *Arguments* ou dans les ouvrages consacrés aux écrits de jeunesse de Marx, écrits de jeunesse que Marx prenait tellement au sérieux qu'il les avait abandonnés à la critique des souris [3]. Par conséquent, je me référerai essentiellement aux écrits que Marx a publiés, et qu'il a toujours considérés comme l'expression principale de sa pensée.

Et pourtant, même si l'on écarte le marxisme d'U. R. S. S. et celui des marxistes subtils, il reste des difficultés intrinsèques.

Ces difficultés intrinsèques tiennent d'abord au fait que Marx a été un auteur fécond, qu'il a beaucoup écrit, et que, comme parfois les sociologues, il a écrit tour à tour des articles de journal quotidien et de longs ouvrages. Ayant écrit beaucoup, il n'a pas toujours dit la même chose sur le même sujet. Avec un peu d'ingéniosité et d'érudition, on peut trouver, sur la majorité des problèmes, des formules marxistes, qui ne semblent pas en accord ou qui, tout au moins, prêtent à des interprétations diverses.

De plus, l'œuvre de Marx comporte des ouvrages de théorie sociologique, des ouvrages de théorie économique, des ouvrages d'histoire, et parfois la théorie explicite que l'on trouve dans ces écrits scientifiques semble contredite par la théorie implicite utilisée dans ces livres historiques. Par exemple, Marx esquisse une certaine théorie des classes; mais lorsqu'il étudie historiquement la lutte des classes en France, entre 1848 et 1850, ou le coup d'État de Louis-Napoléon, ou l'histoire de la Commune, les classes qu'il reconnaît et qu'il fait agir comme les personnages du drame, ne sont pas nécessairement celles qui sont indiquées par sa théorie.

De plus, en dehors de la diversité des ouvrages, il faut tenir compte de la diversité des périodes. Il est convenu de distinguer deux périodes principales. La première, que l'on appelle la période de jeunesse, comprend les écrits rédigés entre 1841 et 1847-1848. Parmi les écrits de cette période, les uns ont été publiés du vivant de Marx, courts articles ou essais, comme l'*Introduction à la critique de la philosophie du droit de Hegel*, ou l'*Essai sur la question juive*, les autres n'ont été édités qu'après sa mort. La publication d'ensemble date de 1931. C'est à partir de cette date que s'est développée toute une littérature qui a réinterprété la pensée de Marx à la lumière des écrits de jeunesse.

Parmi ces derniers écrits, on trouve un fragment d'une critique de la philosophie du droit de Hegel, un texte appelé *Manuscrit économico-philosophique*, *L'Idéologie allemande.*

Parmi les ouvrages plus importants de cette période, qui étaient connus depuis longtemps, figurent *La Sainte Famille*, et une polémique contre Proudhon intitulée *Misère de la philosophie*, réplique au livre de Proudhon : *Philosophie de la misère.*

Cette période de jeunesse s'achève avec *Misère de la philosophie*, et surtout le petit ouvrage classique appelé le *Manifeste communiste*, chef-d'œuvre de la littérature sociologique de propagande, dans lequel se trouvent exposées pour la première fois, de manière lucide et éclatante à la fois, les idées directrices de Marx. Mais *L'Idéologie allemande*, en 1845, marque aussi une rupture avec la phase antérieure.

A partir de 1848, et jusqu'à la fin de ses jours, Marx a cessé apparemment d'être un philosophe, il est devenu un sociologue et surtout un économiste. La plupart de ceux qui se déclarent aujourd'hui plus ou moins marxistes ont cette particularité d'ignorer l'économie politique de notre temps. Marx ne partageait pas cette faiblesse. Il avait une admirable éducation économique, il connaissait la pensée économique de son temps comme peu d'hommes. Il était et se voulait un économiste au sens rigoureux et scientifique du terme.

Dans cette deuxième période de sa vie, les deux ouvrages les plus importants sont un texte de 1859, intitulé *Contribution à la critique de l'économie politique*, et, naturellement, l'ouvrage qui est le chef-d'œuvre de Marx, le centre de sa pensée, à savoir *Le Capital.*

J'insiste sur le fait que Marx est avant tout l'auteur du *Capital,* parce que cette banalité est aujourd'hui mise en question par des hommes trop intelligents. Il n'y a pas l'ombre d'un doute que Marx, ayant pour objet d'analyser le fonctionnement du capitalisme et de prévoir son évolution, a été à ses propres yeux avant tout l'auteur du *Capital.*

Marx a une certaine vision philosophique du devenir historique. Qu'il ait donné aux contradictions du capitalisme une signification philosophique, c'est possible ou même probable. Mais l'essentiel de l'effort scientifique de Marx a été de démontrer scientifiquement l'évolution, à ses yeux inévitable, du régime capitaliste.

Toute interprétation de Marx qui ne trouve pas de place pour *Le Capital* ou qui est capable de résumer *Le Capital* en quelques pages, est aberrante par rapport à ce que Marx lui-même a pensé et a voulu.

On est toujours libre de dire qu'un grand penseur s'est trompé sur lui-même et que les textes essentiels sont ceux qu'il dédaignait de publier. Mais il faut être très sûr de son génie pour être convaincu de comprendre un grand auteur à ce point mieux qu'il ne s'est compris lui-même. Quand on n'est pas aussi assuré de son génie, il vaut mieux commencer par comprendre l'auteur comme il s'est compris lui-même, par conséquent mettre au centre du marxisme *Le Capital,* et non pas le *Manuscrit économico-philosophique,* brouillon informe, médiocre ou génial, d'un jeune homme spéculant sur Hegel et sur le capitalisme à une époque où il connaissait certainement Hegel mieux que le capitalisme.

C'est pourquoi, tenant compte de ces deux moments de la carrière scientifique de Marx, je partirai de la pensée de maturité que j'irai chercher dans le *Manifeste communiste,* la *Contribution à la critique de l'économie politique* et *Le Capital,* réservant pour une étape ultérieure l'enquête sur l'arrière-plan philosophique de la pensée historico-sociologique de Marx.

Il y a enfin, en dehors même de l'orthodoxie soviétique appelée marxisme, de multiples interprétations philosophiques et sociologiques de Marx. Depuis un siècle et plus, de multiples écoles ont le trait commun de se réclamer de Marx tout en donnant de sa pensée des versions différentes. Je ne tenterai pas d'exposer quelle a été la pensée, ultime et secrète, de Marx, parce que j'avoue que je n'en sais rien. Je tâcherai de montrer pourquoi les thèmes de la pensée de Marx sont simples et faussement clairs, et prêtent donc à des interprétations entre lesquelles il est presque impossible de choisir avec certitude.

On peut présenter un Marx hégélien, on peut aussi présenter un

Marx kantien. On peut affirmer, avec Schumpeter, que l'interprétation économique de l'histoire n'a rien à voir avec le matérialisme philosophique [4]. On peut aussi démontrer que l'interprétation économique de l'histoire est solidaire d'une philosophie matérialiste. On peut voir dans *Le Capital*, comme l'a fait Schumpeter, un ouvrage rigoureusement scientifique, d'ordre économique, sans aucune référence à la philosophie. Et l'on peut aussi, comme l'ont fait le Père Bigo et d'autres commentateurs, montrer que *Le Capital* élabore une philosophie existentielle de l'homme dans l'économie [5].

Mon ambition sera de montrer pourquoi, intrinsèquement, les textes de Marx sont équivoques, ce qui signifie qu'ils présentent les qualités nécessaires pour qu'ils soient indéfiniment commentés et transfigurés en orthodoxie.

Toute théorie qui veut devenir l'idéologie d'un mouvement politique ou la doctrine officielle d'un État, doit se prêter à la simplification pour les simples et à la subtilité pour les subtils. A n'en pas douter, la pensée de Marx présente au suprême degré ces vertus. Chacun peut y trouver ce qu'il veut [6].

Marx était incontestablement un sociologue, mais un sociologue d'un type déterminé, sociologue-économiste, convaincu que l'on ne peut comprendre la société moderne sans se référer au fonctionnement du système économique, ni comprendre l'évolution du système économique si l'on néglige la théorie du fonctionnement. Enfin, sociologue, il ne séparait pas la compréhension du présent de la prévision de l'avenir et de la volonté d'action. Par rapport aux sociologies dites objectives d'aujourd'hui, c'était donc un prophète et un homme d'action en même temps qu'un savant. Mais peut-être, après tout, y a-t-il un mérite de franchise à ne pas nier les liens que l'on retrouve toujours entre l'interprétation de ce qui est et le jugement que l'on porte sur ce qui devrait être.

L'analyse socio-économique du capitalisme.

La pensée de Marx est une analyse et une compréhension de la société capitaliste dans son fonctionnement actuel, dans sa structure présente, dans son devenir nécessaire. Auguste Comte avait développé une théorie de ce qu'il appelait société industrielle, c'est-à-dire des caractéristiques majeures de toutes les sociétés modernes. L'opposition essentielle, dans la pensée d'Auguste Comte, était entre les sociétés du passé, féodales, militaires, théologiques, et les sociétés modernes, industrielles et scientifiques. Marx, incontestablement, considère, lui aussi, que les sociétés modernes sont industrielles et scientifiques, par opposition aux sociétés militaires et théologiques. Mais, au lieu de mettre au centre de son interprétation l'antinomie entre les sociétés du passé et la société présente, Marx met au centre de sa pensée la contradiction à ses yeux inhérente à la société moderne qu'il appelle capitalisme.

Alors que, dans le positivisme, les conflits entre ouvriers et entrepreneurs sont des phénomènes marginaux, des imperfections de la société industrielle relativement faciles à corriger, les conflits entre les ouvriers et les entrepreneurs ou, pour employer le vocabulaire marxiste, entre le prolétariat et les capitalistes, sont dans la pensée de Marx le fait majeur des sociétés modernes, celui qui révèle la nature essentielle de ces sociétés et qui, du même coup, permet de prévoir le développement historique.

La pensée de Marx est une interprétation du caractère contradictoire ou antagoniste de la société capitaliste. D'une certaine manière, toute l'œuvre de Marx est un effort pour montrer que ce caractère antagoniste est inséparable de la structure fondamentale du régime capitaliste et, en même temps, le ressort du mouvement historique.

Les trois textes célèbres que je me propose d'analyser : le *Manifeste communiste*, la préface à la *Contribution à la critique de l'économie politique* et *Le Capital*, sont trois manières d'expliquer, de fonder, de préciser ce caractère antagoniste du régime capitaliste.

Si l'on comprend bien que le centre de la pensée de Marx est l'affirmation du caractère antagoniste du régime capitaliste, on comprend immédiatement pourquoi il est impossible de séparer le sociologue et l'homme d'action, car montrer le caractère antagoniste du régime capitaliste conduit irrésistiblement à annoncer l'autodestruction du capitalisme et, du même coup, à inciter les hommes à contribuer quelque peu à l'accomplissement de ce destin à l'avance écrit.

Le *Manifeste communiste* est un texte que l'on peut qualifier, si l'on veut, de non scientifique. C'est une brochure de propagande, mais où Marx et Engels ont présenté, sous une forme ramassée, quelques-unes de leurs idées scientifiques.

Le thème central du *Manifeste communiste* est la lutte de classes. « L'histoire de toute société jusqu'à nos jours, c'est l'histoire de la lutte des classes. Homme libre et esclave, patricien et plébéien, baron et serf, maître de jurande et compagnon, en un mot : oppresseurs et opprimés, se sont trouvés en constante opposition; ils ont mené une lutte sans répit, tantôt déguisée, tantôt ouverte, qui chaque fois finissait soit par une transformation révolutionnaire de la société tout entière, soit par la ruine des diverses classes en lutte. » (*Manifeste communiste, Œuvres*, t. I, p. 161-162.)

Voilà donc la première idée décisive de Marx; l'histoire humaine est caractérisée par la lutte de groupes humains, que nous appellerons des classes sociales, dont la définition reste pour l'instant équivoque, mais qui ont la double caractéristique d'une part de comporter l'antagonisme des oppresseurs et des opprimés, et d'autre part de tendre à une polarisation en deux blocs, et deux seulement.

Toutes les sociétés ayant été divisées en classes ennemies, la société actuelle, capitaliste, ne diffère pas en un sens de celles qui l'ont précédée. Elle présente cependant certaines caractéristiques sans précédent.

Tout d'abord, la bourgeoisie, la classe dominante, est incapable de maintenir son règne sans révolutionner en permanence les instruments de production. « La bourgeoisie ne peut exister, écrit Marx, sans bouleverser constamment les instruments de production, donc les rapports de production, donc l'ensemble des conditions sociales. Au contraire, la première condition d'existence de toutes les classes industrielles antérieures était de conserver inchangé l'ancien mode de production... Au cours de sa domination de classe à peine séculaire, la bourgeoisie a créé des forces productives plus massives et plus colossales que ne l'avaient fait dans le passé toutes les générations dans leur ensemble ». (*Ibid.*, p. 164 et 166 [7].) D'autre part, les forces de production qui susciteront le régime socialiste sont en train de mûrir dans le sein de la société présente.

Deux formes de la contradiction caractéristique de la société capitaliste, qui se retrouvent d'ailleurs dans les ouvrages scientifiques de Marx, sont présentées dans le *Manifeste communiste.*

La première est celle d'une contradiction entre les forces et les rapports de production. La bourgeoisie crée sans cesse des moyens de production plus puissants. Mais les rapports de production, c'est-à-dire, semble-t-il, à la fois les rapports de propriété et la répartition des revenus, ne se transforment pas au même rythme. Le régime capitaliste est capable de produire de plus en plus. Or, en dépit de cet accroissement des richesses, la misère reste le lot du plus grand nombre.

Il apparaît donc une deuxième forme de contradiction, celle existant entre la progression des richesses et la misère croissante du plus grand nombre. De cette contradiction, il résultera un jour ou l'autre une crise révolutionnaire. Le prolétariat, qui constitue et constituera de plus en plus l'immense majorité de la population, se constituera en classe, c'est-à-dire en une unité sociale aspirant à la prise du pouvoir et à la transformation des rapports sociaux.

Or la révolution du prolétariat différera en nature de toutes les révolutions du passé. Toutes les révolutions du passé étaient faites par des minorités au profit de minorités. La révolution du prolétariat sera faite par l'immense majorité au profit de tous. La révolution prolétarienne marquera donc la fin des classes et du caractère antagoniste de la société capitaliste.

Cette révolution, qui aboutira à la suppression simultanée du capitalisme et des classes, sera l'œuvre des capitalistes eux-mêmes. Les capitalistes ne peuvent pas ne pas bouleverser l'organisation sociale. Engagés dans une concurrence inexpiable, ils ne peuvent pas ne pas accroître les moyens de production, accroître tout à la fois le nombre des prolétaires et leur misère.

Le caractère contradictoire du capitalisme s'exprime dans le fait que la croissance des moyens de production, au lieu de se traduire par le relèvement du niveau de vie des ouvriers, se traduit par un double processus de prolétarisation et de paupérisation.

Marx ne nie pas qu'entre les capitalistes et les prolétaires, il y ait aujourd'hui de multiples groupes intermédiaires, artisans, petits bourgeois, marchands, paysans propriétaires. Mais il affirme deux propositions. D'une part, au fur et à mesure de l'évolution du régime capitaliste, il y aura tendance à la cristallisation des rapports sociaux en deux groupes, et deux seulement, d'un côté les capitalistes, et de l'autre côté les prolétaires. D'autre part, deux classes, et deux seulement, représentent une possibilité de régime politique et une idée de régime social. Les classes intermédiaires n'ont ni initiative ni dynamisme historique. Il n'y a que deux classes qui peuvent mettre leur marque sur la société. L'une est la classe capitaliste et l'autre la classe prolétarienne. Le jour du conflit décisif, chacun sera obligé de rallier, soit les capitalistes, soit les prolétaires.

Le jour où la classe prolétarienne aura pris le pouvoir, une rupture décisive sera intervenue avec le cours de l'histoire précédente. En effet, le caractère antagoniste de toutes les sociétés jusqu'à nos jours connues aura disparu. Marx écrit ainsi :

« Lorsque dans le cours du développement, les antagonismes de classes auront disparu et que toute la production sera concentrée entre les mains des individus associés, le pouvoir public perdra son caractère politique. Le pouvoir politique, au sens strict du terme, est le pouvoir organisé d'une classe pour l'oppression d'une autre. Si, dans la lutte contre la bourgeoisie, le prolétariat est forcé de s'unir en une classe; si, par une révolution, il se constitue en classe dominante et, comme telle, abolit violemment les anciens rapports de production — c'est alors qu'il abolit en même temps que ce système de production les conditions d'existence de l'antagonisme des classes; c'est alors qu'il abolit les classes en général et, par là même, sa propre domination en tant que classe. L'ancienne société bourgeoise, avec ses classes et ses conflits de classes, fait place à une association où le libre épanouissement de chacun est la condition du libre épanouissement de tous. » (*Manifeste communiste, Œuvres*, t. I, p. 182-183.)

Ce texte est tout à fait caractéristique d'un des thèmes essentiels de la théorie de Marx. La tendance des écrivains du début du XIXe siècle est de considérer la politique ou l'État comme un phénomène secondaire par rapport aux phénomènes essentiels, qui sont économiques ou sociaux. Marx participe de ce mouvement général, et lui aussi considère que la politique ou l'État sont des phénomènes seconds par rapport à ce qui se passe dans la société elle-même.

Aussi présente-t-il le pouvoir politique comme l'expression des conflits sociaux. Le pouvoir politique est le moyen par lequel la classe dominante, la classe exploiteuse, maintient sa domination et son exploitation.

Dans cette ligne de pensée, la suppression des contradictions de classes doit logiquement entraîner la disparition de la politique et de l'État, puisque politique et État sont en apparence le sous-produit ou l'expression des conflits sociaux.

Tels sont les thèmes tout à la fois de la vision historique et de la propagande politique de Marx. Il ne s'agit que d'une expression simplifiée, mais la science de Marx a pour fin de donner une démonstration rigoureuse à ces propositions : caractère antagoniste de la société capitaliste, autodestruction inévitable d'une telle société contradictoire, explosion révolutionnaire mettant fin au caractère antagoniste de la société actuelle.

Ainsi le centre de la pensée de Marx est l'interprétation du régime capitaliste en tant qu'il est contradictoire, c'est-à-dire dominé par la lutte des classes. Auguste Comte considérait que la société de son temps était privée de consensus à cause de la juxtaposition d'institutions remontant aux sociétés théologiques et féodales et d'institutions correspondant à la société industrielle. Observant autour de lui la déficience du consensus, il cherchait dans le passé les principes du consensus des sociétés historiques. Marx observe, ou croit observer, la lutte de classes dans la société capitaliste, et il retrouve dans les différentes sociétés historiques l'équivalent de la lutte de classes observée dans le présent.

Selon Marx, la lutte de classes va tendre à une simplification. Les différents groupes sociaux se polariseront les uns autour de la bourgeoisie, les autres autour du prolétariat, et c'est le développement des forces productives qui sera le ressort du mouvement historique, celui-ci aboutissant par l'intermédiaire de la prolétarisation et de la paupérisation à l'explosion révolutionnaire, et à l'avènement, pour la première fois dans l'histoire, d'une société non antagoniste.

A partir de ces thèmes généraux de l'interprétation historique de Marx, nous avons deux tâches à remplir, deux fondements à trouver. Premièrement : quelle est, dans la pensée de Marx, la théorie générale de la société qui rend compte tout à la fois des contradictions de la société présente et du caractère antagoniste de toutes les sociétés historiquement connues? Deuxièmement : quelle est la structure, quel est le fonctionnement, quelle est l'évolution de la société capitaliste qui explique la lutte de classes et l'aboutissement révolutionnaire du régime capitaliste?

En d'autres termes, à partir des thèmes marxistes que nous avons trouvés dans le *Manifeste communiste*, nous avons à expliquer :

— la théorie générale de la société, c'est-à-dire ce que l'on appelle vulgairement le *matérialisme historique;*

— et les idées économiques essentielles de Marx telles qu'on les trouve dans *Le Capital.*

Marx lui-même, dans un texte qui est peut-être le plus célèbre de tous ceux qu'il a écrits, a résumé sa conception sociologique d'ensemble. Dans la préface à la *Contribution à la Critique de l'économie politique* publiée à Berlin en 1859, il s'exprime ainsi :

« Voici, en peu de mots, le résultat général auquel j'arrivai et qui, une fois obtenu, me servit de fil conducteur dans mes études. Dans la production sociale de leur existence, les hommes nouent des rapports déterminés, nécessaires, indépendants de leur volonté; ces rapports de production correspondent à un degré donné du développement de leurs forces productives matérielles. L'ensemble de ces rapports forme la structure économique de la société, la fondation réelle sur laquelle s'élève un édifice juridique et politique, et à quoi répondent des formes déterminées de la conscience sociale. Le mode de production de la vie matérielle domine en général le développement de la vie sociale, politique et intellectuelle. Ce n'est pas la conscience des hommes qui détermine leur existence, c'est au contraire leur existence sociale qui détermine leur conscience. A un certain degré de leur développement, les forces productives matérielles de la société entrent en collision avec les rapports de production existants, ou avec les rapports de propriété au sein desquels elles s'étaient mues jusqu'alors, et qui n'en sont que l'expression juridique. Hier encore formes de développement des forces productives, ces conditions se changent en de lourdes entraves. Alors commence une ère de révolution sociale. Le changement dans les fondations économiques s'accompagne d'un bouleversement plus ou moins rapide dans tout cet énorme édifice. Quand on considère ces bouleversements, il faut toujours distinguer deux ordres de choses. Il y a le bouleversement matériel des conditions de production économique. On doit le constater dans l'esprit de rigueur des sciences naturelles. Mais il y a aussi les formes juridiques, politiques, religieuses, artistiques, philosophiques, bref les formes idéologiques, dans lesquelles les hommes prennent conscience de ce conflit et le poussent jusqu'au bout. On ne juge pas un individu sur l'idée qu'il a de lui-même. On ne juge pas une époque de révolution d'après la conscience qu'elle a d'elle-même. Cette conscience s'expliquera plutôt par les contrariétés de la vie matérielle, par le conflit qui oppose les forces productives sociales et les rapports de production. Jamais une société n'expire, avant que soient développées toutes les forces productives qu'elle est assez large pour contenir; jamais des rapports supérieurs de production ne se mettent en place, avant que les conditions matérielles de leur existence soient écloses dans le sein même de la vieille société. C'est pourquoi l'humanité ne se propose jamais que les tâches qu'elle peut remplir : à mieux considérer les choses, on verra toujours que la tâche surgit là où les conditions matérielles de sa réalisation sont déjà formées, ou sont en voie de se créer. Réduits à leurs grandes lignes, les modes de production asiatique, antique, féodal et bourgeois moderne apparaissent comme des époques progressives de la formation économique de la société. Les rapports de production bourgeois sont la dernière forme antagonique du procès social de la production. Il n'est pas question ici d'un antagonisme individuel; nous l'entendons bien plutôt comme le produit des conditions sociales de l'existence des individus; mais les forces productives qui se développent au sein de la société bourgeoise créent dans le même temps les conditions matérielles propres à résoudre cet antagonisme. Avec ce système social c'est donc la préhistoire de la société humaine qui se clôt. » (*Contribution à la critique de l'économie politique*, Avant-propos, *Œuvres*, t. I, p. 272-275.)

On trouve dans ce texte toutes les idées essentielles de l'interprétation économique de l'histoire, avec la seule réserve que ni la notion de classes ni le concept de lutte de classes n'y figurent explicitement. Cependant, il est facile de les réintroduire dans cette conception générale.

1. Première idée, et idée essentielle : les hommes entrent dans des rapports déterminés, nécessaires, qui sont indépendants de leur volonté. En d'autres termes, il convient de suivre le mouvement de l'histoire en analysant la structure des sociétés, les forces de production et les rapports de production, et non pas en prenant pour origine de l'interprétation la façon de penser des

hommes. Il y a des rapports sociaux qui s'imposent aux individus, abstraction faite de leurs préférences, et la compréhension du procès historique a pour condition l'intelligence de ces rapports sociaux supra-individuels.

2. Dans toute société on peut distinguer la base économique ou l'infrastructure, et la superstructure. L'infrastructure est constituée essentiellement par les forces et les rapports de production, cependant que dans la superstructure figurent les institutions juridiques et politiques en même temps que les façons de penser, les idéologies, les philosophies.

3. Le ressort du mouvement historique est la contradiction, à certains moments du devenir, entre les forces et les rapports de production. Les forces de production sont, semble-t-il, essentiellement la capacité d'une société donnée de produire, capacité qui est fonction des connaissances scientifiques, de l'appareil technique, de l'organisation même du travail collectif. Les rapports de production, qui ne sont pas définis avec une entière précision dans ce texte, semblent être essentiellement caractérisés par les rapports de propriété. Il y a en effet la formule : « les rapports de production existants, ou, ce qui n'en est que l'expression juridique, les rapports de propriété à l'intérieur desquels elles s'étaient mues jusqu'alors ». Cependant, les rapports de production ne se confondent pas nécessairement avec les rapports de propriété, ou tout au moins les rapports de production peuvent inclure, au-delà des rapports de propriété, la répartition du revenu national, plus ou moins étroitement déterminée par les rapports de propriété.

En d'autres termes, la dialectique de l'histoire est constituée par le mouvement des forces productives, celles-ci entrant en contradiction à certaines époques révolutionnaires avec les rapports de production, c'est-à-dire tout à la fois les rapports de propriété et la distribution des revenus entre les individus ou groupes de la collectivité.

4. Dans cette contradiction entre forces et rapports de production, il est facile d'introduire la lutte de classes, bien que ce texte n'y fasse pas allusion. Il suffit de considérer que dans les périodes révolutionnaires, c'est-à-dire les périodes de contradiction entre forces et rapports de production, une classe est attachée aux rapports de production anciens qui deviennent une entrave pour le développement des forces productives, et en revanche qu'une autre classe est progressive, représente de nouveaux rapports de production qui, au lieu d'être un obstacle sur la voie du développement des forces productives, favoriseront au maximum la croissance de ces forces.

Passons de ces formules abstraites à l'interprétation du capitalisme. Dans la société capitaliste, la bourgeoisie est attachée à la propriété privée des instruments de production et du même coup à une certaine répartition du revenu national. En revanche, le prolétariat, qui constitue l'autre pôle de la société, qui représente une autre organisation de la collectivité, devient, à un certain moment de l'histoire, le représentant d'une nouvelle organisation de la société, organisation qui sera plus progressive que l'organisation capitaliste. Cette nouvelle organisation marquera une phase ultérieure du procès historique, un développement plus poussé des forces productives.

5. Cette dialectique des forces et des rapports de production suggère une théorie des révolutions. En effet, dans cette vision de l'histoire, les révolutions ne sont pas des accidents politiques, mais l'expression d'une nécessité historique. Les révolutions remplissent des fonctions nécessaires et se produisent lorsque les conditions en sont données.

Les rapports de production capitalistes se sont développés d'abord au sein de la société féodale. La Révolution française s'est produite au moment où les nouveaux rapports de production capitalistes avaient atteint un certain degré de maturité. Et, dans ce texte du moins, Marx prévoit un processus analogue pour le passage du capitalisme au socialisme. Les forces de production doivent se développer dans le sein de la société capitaliste; les rapports de production socialistes doivent mûrir au sein de la société actuelle avant que ne se produise la révolution qui marquera la fin de la préhistoire. C'est en fonction de cette théorie des révolutions que la IIe Internationale, la social-démocratie, inclinait à une attitude relativement passive; il fallait laisser mûrir les forces et les rapports de production de l'avenir avant d'accomplir une révolution. L'humanité, dit Marx, ne se pose jamais que les problèmes qu'elle peut résoudre : la social-démocratie avait peur d'accomplir trop tôt la révolution, ce pourquoi d'ailleurs elle ne l'a jamais faite.

6. Dans cette interprétation historique, Marx ne distingue pas seulement infra- et superstructure, mais il oppose la réalité sociale et la conscience : ce n'est pas la conscience des hommes qui détermine la réalité, c'est au contraire la réalité sociale qui détermine leur conscience. D'où une conception d'ensemble selon laquelle il faut expliquer la façon de penser des hommes par les rapports sociaux dans lesquels ils sont intégrés.

Des propositions de cette sorte peuvent servir de fondement à ce que l'on appelle aujourd'hui la sociologie de la connaissance.

7. Enfin, dernier thème inclus dans ce texte : Marx dessine à grands traits les étapes de l'histoire humaine. De la même façon qu'Auguste Comte distinguait les moments du devenir humain d'après les façons de penser, Marx distingue les étapes de l'histoire

humaine d'après les régimes économiques, et il détermine quatre régimes économiques ou, pour employer son expression, quatre modes de production, ceux qu'il appelle asiatique, antique, féodal et bourgeois.

Ces quatre modes peuvent être divisés en deux groupes :

Les modes de production antique, féodal et bourgeois se sont succédés dans l'histoire de l'Occident. Ce sont les trois étapes de l'histoire occidentale, chacune étant caractérisée par un type de relations entre les hommes qui travaillent. Le mode de production antique est caractérisé par l'esclavage, le mode de production féodal par le servage, le mode de production bourgeois par le salariat. Ils constituent trois modes distincts d'exploitation de l'homme par l'homme. Le mode de production bourgeois constitue la dernière formation sociale antagonique, parce que, ou dans la mesure où, le mode de production socialiste, c'est-à-dire les producteurs associés, ne comportera plus d'exploitation de l'homme par l'homme, de subordination des travailleurs manuels à une classe détenant tout à la fois la propriété des moyens de production et le pouvoir politique.

En revanche, le mode de production asiatique ne semble pas constituer une étape de l'histoire occidentale. Aussi les interprètes de Marx ont-ils discuté infatigablement sur l'unité, ou la non-unité, du processus historique. En effet, si le mode de production asiatique caractérise une civilisation distincte de l'Occident, la probabilité est que plusieurs lignes d'évolution historique soient possibles selon les groupes humains.

D'autre part, le mode de production asiatique ne semble pas défini par la subordination des esclaves, des serfs ou des salariés à une classe possédant les instruments de production, mais par la subordination de tous les travailleurs à l'État. Si cette interprétation du mode de production asiatique est vraie, la structure sociale ne serait pas caractérisée par la lutte des classes, au sens occidental du terme, mais par l'exploitation de la société entière par l'État ou la classe bureaucratique.

On voit aussitôt quel usage on peut faire de la notion de mode de production asiatique. En effet, on peut concevoir que, dans le cas de la socialisation des moyens de production, l'aboutissement du capitalisme soit, non pas la fin de toute exploitation, mais la diffusion du mode de production asiatique à travers l'humanité entière. Ceux des sociologues qui n'aiment pas la société soviétique ont largement commenté ces propos rapides sur le mode de production asiatique. Ils ont même retrouvé dans Lénine certains passages où celui-ci exprimait la crainte qu'une révolution socialiste aboutît non pas à la fin de l'exploitation de l'homme par l'homme, mais au mode de production asiatique, pour en tirer les conclusions d'ordre politique que l'on peut aisément deviner [8].

Telles sont, à mon sens, les idées directrices d'une interprétation économique de l'histoire. Il n'est pas question, jusqu'à présent, de problèmes philosophiques compliqués : dans quelle mesure cette interprétation économique est-elle solidaire ou non d'une métaphysique matérialiste? Quel est le sens précis qu'il faut attacher au terme de dialectique? Pour l'instant, il suffit de se tenir aux idées directrices qui sont manifestement celles que Marx a exposées et qui comportent d'ailleurs quelque équivoque, puisque les limites exactes de l'infrastructure et de la superstructure peuvent faire et ont fait l'objet de discussions indéfinies.

Le Capital.

Le Capital a fait l'objet de deux sortes d'interprétations. D'après les uns, dont Schumpeter, c'est essentiellement un livre d'économie scientifique sans implications philosophiques. D'après les autres, par exemple le R. P. Bigo, c'est une sorte d'analyse phénoménologique ou existentielle de l'économie, et les quelques passages qui prêtent à une interprétation philosophique, comme par exemple le chapitre sur les marchandises fétichisées, livreraient la clé de la pensée de Marx. Sans entrer dans ces controverses, j'indiquerai quelle est l'interprétation que personnellement je retiens.

Marx, à mon sens, se croit et se veut un économiste scientifique, à la manière des économistes anglais dont il est nourri. Il se croit en effet à la fois l'héritier et le critique de l'économie politique anglaise. Il est convaincu qu'il retient ce qu'il y a de meilleur dans cette économie, en en corrigeant les erreurs et en en dépassant les étroitesses imputables au point de vue capitaliste ou bourgeois. Quand Marx analyse la valeur, l'échange, l'exploitation, la plus-value, le profit, il se veut économiste pur, et il n'aurait pas l'idée de justifier telle ou telle proposition scientifiquement inexacte ou discutable en invoquant une intention philosophique. Marx prenait la science au sérieux.

Il n'est pas cependant un économiste classique de stricte observance, pour quelques raisons très précises qu'il a d'ailleurs indiquées et qu'il suffit de retrouver pour comprendre où se situe son œuvre.

Marx reproche aux économistes classiques d'avoir considéré que les lois de l'économie capitaliste étaient des lois universellement valables. Or, d'après lui, chaque régime économique a ses lois économiques propres. Les lois économiques des classiques ne sont, dans les circonstances où elles sont vraies, que des lois du régime capitaliste. Marx passe donc de l'idée d'une théorie économique universellement valable à l'idée de la spécificité des lois économiques de chaque régime.

D'autre part, un régime économique donné ne peut pas être compris abstraction faite de sa structure sociale. Il y a des lois économiques caractéristiques de chaque régime parce que les lois économiques sont l'expression abstraite de relations sociales qui définissent un certain mode de production. Par exemple, dans le régime capitaliste, c'est la structure sociale qui explique le phénomène économique essentiel de l'exploitation, et de même c'est la structure sociale qui détermine l'autodestruction inévitable du régime capitaliste.

Il en résulte que Marx se donne pour objectif d'expliquer, tout à la fois le mode de fonctionnement du régime capitaliste en fonction de sa structure sociale, et le devenir du régime capitaliste en fonction du mode de fonctionnement. En d'autres termes, *Le Capital* représente une entreprise grandiose, et, je le dis au sens strict, une entreprise géniale pour rendre compte tout à la fois du mode de fonctionnement, de la structure sociale et de l'histoire du régime capitaliste. Marx est un économiste qui veut être simultanément un sociologue. La compréhension du fonctionnement du capitalisme doit permettre de comprendre pourquoi les hommes sont exploités dans le régime de la propriété privée, et pourquoi ce régime est condamné, par ses contradictions, à évoluer vers une révolution qui le détruira.

L'analyse du fonctionnement et du devenir du capitalisme fournit en même temps une sorte d'histoire de l'humanité à travers les modes de production. *Le Capital* est un livre d'économie qui est en même temps une sociologie du capitalisme, et aussi une histoire philosophique de l'humanité, embarrassée dans ses propres conflits, jusqu'à la fin de la préhistoire.

Cette tentative est évidemment grandiose, mais j'ajoute aussitôt que je ne pense pas qu'elle ait abouti. Aucune tentative de cet ordre, jusqu'à présent, n'a d'ailleurs abouti. La science économique ou sociologique d'aujourd'hui dispose d'analyses partielles valables du mode de fonctionnement du capitalisme, elle dispose d'analyses sociologiques valables du sort des hommes ou des classes dans un régime capitaliste, elle dispose de certaines analyses historiques qui rendent compte de la transformation du régime capitaliste, mais il n'y a pas une théorie d'ensemble qui relie d'une manière nécessaire structure sociale, mode de fonctionnement, destinée des hommes dans le régime, évolution du régime. Et s'il n'y a pas de théorie qui arrive à embrasser l'ensemble, peut-être est-ce que cet ensemble n'existe pas, l'histoire n'étant pas à ce point rationnelle et nécessaire.

Quoi qu'il en soit, comprendre *Le Capital*, c'est comprendre comment Marx a voulu tout à la fois analyser le fonctionnement et le devenir du régime et décrire le sort des hommes à l'intérieur du régime.

Le Capital comporte trois livres. Seul le premier livre a été publié par Marx lui-même. Les livres II et III sont posthumes. Ils ont été tirés par Engels des manuscrits volumineux de Marx et ils sont loin d'être achevés. Les interprétations que l'on trouve dans les livres II et III prêtent à contestation parce que certains passages peuvent sembler contradictoires. Il n'est pas question de résumer ici l'ensemble du *Capital*, mais il ne me paraît pas impossible de dégager les thèmes essentiels qui d'ailleurs sont à la fois ceux auxquels Marx tenait le plus et ceux qui ont eu le plus d'influence dans l'histoire.

Le premier de ces thèmes, c'est que l'essence du capitalisme est la recherche du profit d'abord et avant tout. Le capitalisme, dans la mesure où il est fondé sur la propriété privée des instruments de production, est fondé simultanément sur la recherche du profit par les entrepreneurs ou producteurs.

Lorsque, dans son dernier ouvrage, Staline a écrit que la loi fondamentale du capitalisme était la recherche du profit maximum, alors que la loi fondamentale du socialisme était la satisfaction des besoins et l'élévation du niveau de culture des masses, il a, bien sûr, ramené la pensée de Marx du niveau de l'enseignement supérieur au niveau de l'enseignement primaire, mais il avait retenu le thème initial de l'analyse marxiste, thème initial que l'on trouve dans les premières pages du *Capital* où Marx oppose deux types d'échange [9].

Il existe un type d'échange qui va de la marchandise à la marchandise, en passant ou non par l'argent. Vous possédez un bien dont vous n'avez pas l'usage, vous l'échangez contre un bien dont vous avez besoin, en donnant le bien que vous possédiez à celui qui le désire. Cet échange peut s'opérer de manière directe, et alors il s'agit d'un troc. Cet échange peut s'opérer de manière indirecte en passant par l'argent, qui est l'équivalent universel des marchandises.

L'échange qui va de la marchandise à la marchandise est, pourrait-on dire, l'échange immédiatement intelligible, l'échange immédiatement humain, mais c'est aussi l'échange qui ne livre pas de profit ou de surplus. Tant que vous passez de la marchandise à la marchandise, vous êtes dans un rapport d'égalité.

En revanche, il y a un deuxième type d'échange, qui va de l'argent à l'argent, en passant par la marchandise, mais avec cette particularité qu'au terme du processus d'échange vous possédez une quantité d'argent supérieure à celle que vous aviez au stade initial. Or ce type d'échange qui va de l'argent à l'argent en passant par la marchandise est l'échange caractéristique du capitalisme. Dans le capitalisme l'entrepreneur ou le producteur ne va pas d'une marchandise qui lui est inutile à une marchandise qui lui est utile en passant par l'argent; l'essence de l'échange capitaliste, c'est d'aller de l'argent à l'argent en passant par la marchandise et d'avoir, au point d'arrivée, plus d'argent qu'on n'en avait au point de départ.

Ce type d'échange est, aux yeux de Marx, l'échange capitaliste par excellence et aussi celui qui est le plus mystérieux. Pourquoi peut-on par l'échange acquérir ce que l'on ne possédait pas au point de départ ou tout au moins avoir plus qu'on n'avait au point de départ? Le problème central du capitalisme, selon Marx, pourrait se formuler ainsi : d'où vient le profit? Comment est possible un régime où le ressort essentiel de l'activité est la recherche du profit et où, en somme, producteurs et marchands peuvent, pour la plupart, faire du profit?

A cette question, Marx est convaincu d'avoir trouvé une réponse pleinement satisfaisante pour l'esprit. Par la théorie de la plus-value, il démontre à la fois que tout s'échange à sa valeur et que pourtant il y a une source de profit.

Les étapes de la démonstration sont : la théorie de la valeur, la théorie du salaire et comme, aboutissement, la théorie de la plus-value.

Première proposition : la valeur de n'importe quelle marchandise est en gros proportionnelle à la quantité de travail social moyen incluse en elle. C'est ce que l'on appelle la théorie de la valeur-travail.

Marx ne prétend pas que la loi de la valeur soit exactement respectée dans n'importe quel échange. Le prix d'une marchandise oscille au-dessus ou au-dessous de sa valeur, en fonction de l'état de l'offre et de la demande. Ces variations autour de la valeur, non seulement ne sont pas ignorées par Marx, mais sont clairement affirmées. D'autre part, Marx reconnaît que les marchandises n'ont de valeur que dans la mesure où il y a une demande pour elles. En d'autres termes, si du travail était cristallisé dans une marchandise, mais qu'aucun pouvoir d'achat ne se portât sur elle, cette marchandise ne vaudrait plus. Autrement dit, la proportionnalité entre la valeur et la quantité de travail suppose pour ainsi dire une demande normale de la marchandise considérée, ce qui revient en somme à écarter un des facteurs des variations du prix de la marchandise. Mais si nous supposons une demande normale pour la marchandise considérée, d'après Marx, il y a une certaine proportionnalité entre la valeur de cette marchandise s'exprimant dans le prix, et la quantité de travail social moyen cristallisé dans cette marchandise.

Pourquoi en est-il ainsi? L'argument essentiel que donne Marx, c'est que la quantité de travail est le seul élément quantifiable que l'on découvre dans la marchandise. Si l'on considère la valeur d'usage, on est en présence d'un élément rigoureusement qualitatif. Il n'y a pas possibilité de comparer l'usage d'un stylographe à l'usage d'une bicyclette. Il s'agit de deux usages strictement subjectifs et, à ce titre, incomparables l'un à l'autre. Puisque nous cherchons en quoi consiste la valeur d'échange des marchandises, il faut trouver un élément qui soit quantifiable, comme la valeur d'échange elle-même. Et le seul élément quantifiable, dit Marx, c'est la quantité de travail qui se trouve insérée, intégrée, cristallisée en chacune d'elles.

Il y a naturellement des difficultés, que reconnaît également Marx, à savoir les inégalités du travail social. Le travail du manœuvre, celui de l'ouvrier spécialisé, n'ont pas la même valeur ou la même capacité créatrice de valeur, que le travail du contremaître ou de l'ingénieur ou du chef d'exploitation. Admettant ces différences qualitatives de travail, Marx ajoute qu'il suffit de ramener ces diverses espèces de travail à une unité qui est le travail social moyen.

Deuxième proposition : la valeur du travail se mesure comme la valeur de n'importe quelle marchandise. Le salaire que le capitaliste verse au salarié, en contrepartie de la force de travail que lui vend ce dernier, équivaut à la quantité de travail social nécessaire pour produire les marchandises indispensables à la vie de l'ouvrier et de sa famille. Le travail humain est payé à sa valeur, conformément à la loi générale de la valeur valable pour toutes les marchandises.

Cette proposition est donnée par Marx pour ainsi dire comme allant de soi, comme évidente. D'ordinaire, quand une proposition est donnée comme évidente, c'est qu'elle prête à discussion.

Marx dit : puisque l'ouvrier arrive sur le marché du travail pour y vendre sa force de travail, il faut bien que celle-ci soit payée à sa valeur. Et, dit-il, la valeur ne peut être, dans ce cas, que ce qu'elle est dans tous les cas, c'est-à-dire mesurée par la quantité de travail. Mais il ne s'agit pas exactement de la quantité de travail nécessaire pour produire un travailleur, ce qui nous ferait sortir des échanges sociaux pour nous entraîner vers les échanges biologiques. Il faut supposer que la quantité de travail qui mesurera la valeur de la force de travail est celle des marchandises dont l'ouvrier a besoin pour survivre, lui et sa famille.

La difficulté de cette proposition, c'est que la théorie de la valeur-travail est fondée sur le caractère quantifiable du travail en tant que principe de la valeur, et que, dans la deuxième proposition, quand il s'agit des marchandises nécessaires à la vie de l'ouvrier et de sa famille, on sort en apparence du quantifiable. Dans ce dernier cas, il s'agit en effet d'un montant défini par l'état des mœurs et de la psychologie collective, ce que Marx lui-même reconnaît. Pour cette raison Schumpeter déclarait que la deuxième proposition de la théorie de l'exploitation n'était qu'un jeu de mots.

Troisième proposition : le temps de travail nécessaire à l'ouvrier pour produire une valeur égale à celle qu'il reçoit sous forme de salaire est inférieur à la durée effective de son travail. L'ouvrier produit par exemple en cinq heures une valeur égale à celle qui est contenue dans son salaire, mais il travaille dix heures. Donc il travaille la moitié de son temps pour lui et l'autre moitié pour l'entrepreneur. La plus-value est la quantité de valeur produite par l'ouvrier au-delà du temps de travail nécessaire, c'est-à-dire du temps de travail nécessaire pour produire une valeur égale à celle qu'il a reçue sous forme de salaire.

La partie de la journée de travail nécessaire pour produire la valeur cristallisée dans son salaire est appelée travail nécessaire, le reste est appelé surtravail. La valeur produite dans le surtravail est appelée plus-value. Et le taux de l'exploitation est défini par le rapport entre la plus-value et le capital variable, c'est-à-dire le capital qui correspond au paiement du salaire.

Si l'on admet les deux premières propositions, cette troisième proposition s'ensuit, à la condition que le temps de travail nécessaire pour produire la valeur incarnée dans le salaire soit inférieur à la durée totale du travail.

Cet écart entre la journée de travail et le travail nécessaire, Marx l'affirme purement et simplement. Il était convaincu que la journée de travail de son temps, qui était de 10 heures, quelquefois de 12 heures, était manifestement supérieure à la durée du travail nécessaire, c'est-à-dire du travail nécessaire pour créer la valeur incarnée dans le salaire lui-même.

A partir de là, Marx développe une casuistique de la lutte pour la durée du travail. Il invoque un grand nombre de phénomènes de son temps, en particulier le fait que les entrepreneurs ne prétendaient faire de profits que sur la dernière heure ou sur les deux dernières heures de travail. On sait d'ailleurs que, depuis un siècle, chaque fois que l'on a réduit la durée de la semaine de travail, les entrepreneurs ont protesté. Avec une journée de 8 heures, disaient-ils en 1919, ils ne pourraient plus s'y retrouver. Le plaidoyer des entrepreneurs donnait un argument à la théorie de Marx qui implique que le profit ne soit obtenu que sur les dernières heures de travail.

Il y a deux procédés fondamentaux pour augmenter la plus-value aux dépens des salariés ou le taux de l'exploitation : l'un consiste à allonger la durée du travail, l'autre à réduire le plus possible la durée de travail nécessaire. Un des moyens de réduire la durée de travail nécessaire est l'augmentation de la productivité, c'est-à-dire la production d'une valeur égale à celle du salaire dans un nombre d'heures moins grand. Ainsi se dégage le mécanisme qui explique la tendance de l'économie capitaliste à accroître en permanence la productivité du travail. L'accroissement de la productivité du travail donne automatiquement une réduction de la durée de travail nécessaire et, par conséquent, en cas de maintien du niveau des salaires nominaux, une augmentation du taux de la plus-value.

On comprend dès lors l'origine du profit et comment un système économique où tout s'échange à sa valeur est simultanément capable de produire de la plus-value, c'est-à-dire, au niveau des entrepreneurs, du profit. Il y a une marchandise qui a cette particularité d'être payée à sa valeur, et tout de même de produire plus que sa valeur, c'est le travail humain.

Une analyse de cette sorte semblait à Marx purement scientifique, puisqu'elle expliquait le profit par un mécanisme inévitable, intrinsèquement lié au régime capitaliste. Mais ce même mécanisme prêtait à des dénonciations et à des invectives puisque, tout se passant conformément à la loi du capitalisme, l'ouvrier était exploité, travaillait une partie de son temps pour lui et une autre partie de son temps pour le capitaliste. Marx était un savant, mais il était aussi un prophète.

Tels sont, rapidement rappelés, les éléments essentiels de la théorie de l'exploitation. Cette théorie a, aux yeux de Marx, une double vertu. D'abord, elle lui paraît résoudre une difficulté intrinsèque de l'économie capitaliste, qui peut être formulée en ces termes : puisque dans l'échange il y a égalité des valeurs, d'où peut venir le profit? Puis, tout en résolvant une énigme scientifique, Marx a le sentiment de donner un fondement rationnellement rigoureux à la protestation contre une certaine sorte d'organisation économique. Enfin, sa théorie de l'exploitation donne, pour employer un langage moderne, un fondement sociologique aux lois économiques du fonctionnement de l'économie capitaliste.

Marx croit que les lois économiques sont historiques, chaque régime économique ayant ses lois propres. La théorie de l'exploitation est un exemple de ces lois historiques, puisque le mécanisme de la plus-value et de l'exploitation suppose la distinction de la société en classes. Une classe, celle des entrepreneurs ou possesseurs des moyens de production, achète la force de travail des ouvriers. La relation économique entre les capitalistes et les prolétaires est fonction d'une relation sociale de puissance entre deux catégories sociales.

La théorie de la plus-value a une double fonction, scientifique et morale. C'est la conjonction de ces deux éléments qui a donné au marxisme une force de rayonnement incomparable. Les esprits rationnels y trouvaient une satisfaction, et les esprits idéalistes ou révoltés aussi, et ces deux satisfactions se multipliaient l'une par l'autre.

Je n'ai analysé jusqu'à maintenant que le premier livre du *Capital*, le seul qui ait été publié du vivant de Marx, les deux livres suivants étant des manuscrits de Marx publiés par Engels.

Le livre II a pour objet la circulation du capital; il aurait dû rendre compte de la manière dont fonctionnait le système économique capitaliste, considéré comme un ensemble. En termes modernes, on pourrait dire qu'à partir d'une analyse micro-économique de la structure du capitalisme et de son fonctionnement, contenue dans le livre I, Marx aurait élaboré dans le livre II une théorie macro-économique comparable au *Tableau économique* de Quesnay, plus une théorie des crises dont on trouve çà et là les éléments. Je ne pense pas, personnellement, qu'il y ait une théorie d'ensemble des crises chez Marx. Il était en quête d'une telle théorie, mais il ne l'a pas achevée, et l'on peut, tout au plus à partir des indications dispersées qu'il donne dans le deuxième livre, reconstruire diverses théories et les lui attribuer. La seule idée qui ne prête pas au doute, c'est que, d'après Marx, le caractère concurrentiel anarchique du mécanisme capitaliste et la nécessité de la circulation du capital créent une possibilité permanente de décalage entre production et répartition du pouvoir d'achat. Ce qui équivaut à dire que, par essence, une économie anarchique comporte des crises. Quel est le schéma ou le mécanisme selon lequel se réalisent les crises? Les crises sont-elles régulières ou irrégulières? Quelle est la conjoncture économique dans laquelle éclate la crise? Sur tous ces points, il y a dans Marx des indications plutôt qu'une théorie achevée [10].

Le troisième livre est l'esquisse d'une théorie du devenir du régime capitaliste à partir de l'analyse de la structure et du fonctionnement de ce même régime.

Le problème central du troisième livre est le suivant. Si nous considérons le schéma du premier livre du *Capital*, il y a d'autant plus de plus-value dans une entreprise donnée ou dans un secteur donné de l'économie, qu'il y a davantage de travail dans cette entreprise ou ce secteur, ou encore que le pourcentage du capital variable par rapport au capital total est plus élevé.

Marx nomme capital constant la partie du capital des entreprises qui correspond soit aux machines, soit aux matières premières investies dans la production. Dans le schématisme du premier livre, le capital constant se transfère dans la valeur des produits sans créer de plus-value. Toute la plus-value vient du capital variable ou capital correspondant au paiement des salaires. La composition organique du capital est la relation entre le capital variable et le capital constant. Le taux d'exploitation est le rapport entre la plus-value et le capital variable.

Si l'on considère donc cette relation abstraite, caractéristique de l'analyse schématique du premier livre du *Capital*, on doit nécessairement arriver à la conclusion que dans une entreprise ou une branche donnée il y aura d'autant plus de plus-value qu'il y a plus de capital variable, d'autant moins de plus-value que la composition organique du capital évoluera vers la réduction du rapport entre le capital variable et le capital constant. Ou, en termes concrets, il devrait y avoir d'autant moins de plus-value qu'il y a plus de mécanisation dans une entreprise ou dans une branche.

Or il saute aux yeux qu'il n'en est pas ainsi, et Marx est parfaitement conscient du fait que les apparences de l'économie semblent contredire les relations fondamentales qu'il a posées dans son analyse schématique. Aussi longtemps que le livre III du *Capital* n'était pas publié, marxistes et critiques se posaient la question : si la théorie de l'exploitation est vraie, pourquoi sont-ce les entreprises et les branches qui augmentent le rapport du capital constant au capital variable qui font le plus de profit? Autrement dit, le mode apparent du profit semble contredire le mode essentiel de la plus-value.

La réponse de Marx est la suivante : le taux du profit se calcule, non pas par rapport au capital variable, comme le taux de l'exploitation, mais par rapport à l'ensemble du capital, c'est-à-dire par rapport à la somme du capital constant et du capital variable.

Pourquoi est-ce que le taux du profit est proportionnel non pas à la plus-value, mais à l'ensemble du capital constant et variable? Le capitalisme ne pourrait évidemment pas fonctionner si le taux de profit était proportionnel au capital variable. En effet, on aboutirait à une inégalité extrême du taux de profit, puisque, selon les branches de l'économie, la composition organique du capital, c'est-à-dire la relation du capital variable au capital constant, est extrêmement différente. Donc, puisqu'autrement le régime capitaliste ne pourrait fonctionner, le taux du profit est effectivement proportionnel à l'ensemble du capital, et non pas au capital variable.

Mais pourquoi est-ce que l'apparence du mode du profit est

différente de la réalité essentielle du mode de la plus-value? Il y a deux réponses à cette question, la réponse des non-marxistes ou des antimarxistes, et la réponse officielle de Marx.

La réponse d'un économiste comme Schumpeter est simple : la théorie de la plus-value est fausse. Que l'apparence du profit soit en contradiction directe avec l'essence de la plus-value prouve seulement que le schématisme de la plus-value ne correspond pas à la réalité. Quand on commence par une théorie, puis que l'on trouve que la réalité contredit cette théorie, on peut évidemment réconcilier la théorie avec la réalité, en faisant intervenir un certain nombre d'hypothèses supplémentaires, mais il y a une autre solution plus logique, qui consiste à reconnaître que le schématisme théorique a été mal construit.

La réponse de Marx est la suivante. Le capitalisme ne pourrait pas fonctionner si le taux de profit était proportionnel à la plus-value, au lieu de l'être à l'ensemble du capital. Il se constitue donc un taux de profit moyen dans chaque économie. Ce taux de profit moyen se forme grâce à la concurrence entre les entreprises et les secteurs de l'économie. La concurrence force le profit à tendre vers un taux moyen, il n'y a pas proportionnalité du taux de profit à la plus-value dans chaque entreprise ou dans chaque secteur, mais l'ensemble de la plus-value constitue pour l'économie dans son ensemble un montant global qui se répartit entre les secteurs en proportion du capital total, constant et variable, investi dans chaque secteur.

Et il en est ainsi parce qu'il ne peut pas en être autrement. S'il y avait un trop grand écart entre les taux de profit selon les secteurs, le système ne fonctionnerait pas. Si, dans un secteur, il y avait un taux de profit de 30 ou 40 % et dans l'autre un taux de profit de 3 ou 4 %, il ne pourrait pas se trouver de capital pour s'investir dans les secteurs où le taux du profit serait bas. L'exemple même donne l'argumentation marxiste : il ne peut pas en être ainsi, donc en fait il doit se constituer par concurrence un taux de profit moyen qui assure que finalement la masse globale de la plus-value se trouve répartie entre les secteurs en fonction de l'importance du capital investi dans chacun d'eux.

Cette théorie conduit à la théorie du devenir, à ce que Marx appelle la loi de la baisse tendancielle du taux de profit.

Le point de départ de Marx a été une constatation que tous les économistes de son temps faisaient, ou croyaient faire, celle selon laquelle il y avait une tendance séculaire à la baisse du taux de profit. Marx, toujours désireux d'expliquer aux économistes anglais à quel point, grâce à sa méthode, il leur était supérieur, a cru découvrir, dans son schématisme, l'explication du phénomène historique de la baisse tendancielle du taux de profit [11].

Le profit moyen est proportionnel à l'ensemble du capital, c'est-à-dire au total du capital constant et du capital variable. Mais la plus-value n'est prélevée que sur le capital variable, c'est-à-dire sur le travail des hommes. Or la composition organique du capital, au fur et à mesure de l'évolution capitaliste et de la mécanisation de la production, se transforme, la part du capital variable dans le capital total tend à diminuer. Marx en tire la conclusion que le taux de profit tend à baisser au fur et à mesure que la composition organique du capital se modifie, réduisant la part du capital variable dans le capital total.

Cette loi de la baisse tendancielle du taux de profit donnait de nouveau à Marx de grandes satisfactions intellectuelles. En effet, il croyait avoir démontré, de manière scientifiquement satisfaisante, un fait constaté par les observateurs, mais non expliqué ou mal expliqué. Et puis, il croyait retrouver une fois de plus ce que son maître Hegel aurait appelé la ruse de la raison, c'est-à-dire l'autodestruction du capitalisme par un mécanisme inexorable, passant à la fois par l'action des hommes et par-dessus leur tête.

En effet, la modification de la composition organique du capital est rendue inévitable par la concurrence et aussi par le désir des entrepreneurs de réduire le temps de travail nécessaire. La concurrence des entreprises capitalistes accroît la productivité; l'accroissement de la productivité se traduit normalement par une mécanisation de la production, donc par une réduction du capital variable par rapport au capital constant. Autrement dit, le mécanisme concurrentiel d'une économie fondée sur le profit tend à l'accumulation du capital, à la mécanisation de la production, à la réduction de la part du capital variable dans le capital total. Ce mécanisme inexorable est en même temps celui qui provoque la baisse tendancielle du taux de profit, c'est-à-dire qui rendra de plus en plus difficile le fonctionnement d'une économie tout entière axée sur la recherche du profit.

Une fois de plus on retrouve le schéma fondamental de la pensée marxiste, celui d'une nécessité historique qui passe par l'action des hommes, tout en étant supérieure à l'action de chacun d'eux, celui d'un mécanisme historique qui tend à une destruction du régime par le jeu des lois intrinsèques de son fonctionnement.

Le centre et l'originalité de la pensée marxiste sont à mon sens dans la conjonction d'une analyse du fonctionnement et d'une analyse d'un devenir inévitable. Chacun, agissant rationnellement en fonction de son intérêt, contribue à détruire l'intérêt commun de tous, ou tout au moins de tous ceux qui sont intéressés à la sauvegarde du régime.

Cette théorie est une sorte d'inversion des propositions essentielles des libéraux. Pour ces derniers, chacun, travaillant dans son intérêt propre, travaille dans l'intérêt de l'ensemble. Pour Marx, chacun, travaillant dans son intérêt propre, contribue au fonctionnement nécessaire et à la destruction finale du régime. Le mythe est toujours, comme dans le *Manifeste communiste*, celui de l'apprenti sorcier.

Jusqu'à présent, ce que nous avons démontré, c'est que le taux du profit tend à baisser en fonction de la modification de la composition organique du capital; mais à partir de quel taux de profit le capitalisme ne peut-il plus fonctionner? Marx ne donne strictement aucune réponse, car de fait aucune théorie rationnelle ne permet de fixer le taux de profit indispensable au fonctionnement du régime [12]. Autrement dit, la loi de la baisse tendancielle du taux de profit suggère à la rigueur que le fonctionnement du capitalisme doit devenir de plus en plus difficile, au fur et à mesure de la mécanisation ou de l'élévation de la productivité, mais ne démontre pas la nécessité de la catastrophe finale, encore moins le moment où elle se situerait.

Dès lors, quelles sont les propositions qui démontrent l'autodestruction du régime? Curieusement, les seules propositions qui vont dans le sens d'une démonstration de l'autodestruction du capitalisme sont celles mêmes que l'on pouvait déjà trouver dans le *Manifeste communiste* et dans les œuvres écrites par Marx avant qu'il eût fait ses études poussées d'économie politique. Ce sont celles qui touchent à la prolétarisation et à la paupérisation. La prolétarisation signifie qu'au fur et à mesure du développement du régime capitaliste, les couches intermédiaires entre capitalistes et prolétaires seront usées, rongées, et qu'un nombre croissant des représentants de ces couches seront absorbés par le prolétariat. La paupérisation est le processus selon lequel les prolétaires tendent à être de plus en plus misérables au fur et à mesure que se développent les forces de production. Si l'on suppose qu'au fur et à mesure que l'on produit davantage les masses ouvrières ont un pouvoir d'achat de plus en plus limité, il est en effet probable que ces masses auront tendance à se révolter. Dans cette hypothèse, le mécanisme de l'autodestruction du capitalisme serait sociologique et passerait par l'intermédiaire du comportement des groupes sociaux. Ou bien, autre hypothèse, les revenus distribués aux masses populaires seraient insuffisants pour absorber la production croissante et, dans ce cas, il y aurait une paralysie du régime par le fait que celui-ci serait incapable d'établir l'égalité entre les marchandises produites et les marchandises demandées sur le marché par les consommateurs.

Il y a deux représentations possibles de la dialectique capitaliste d'autodestruction : une dialectique économique, qui est une version nouvelle de la contradiction entre des forces de production indéfiniment croissantes et des rapports de production stabilisant les revenus distribués aux masses; ou bien un mécanisme sociologique qui passe par l'intermédiaire de l'insatisfaction croissante des travailleurs prolétarisés et, du même coup, de la révolte de ces travailleurs.

Mais comment démontrer la paupérisation? Pourquoi, dans le schématisme de Marx, les revenus distribués aux travailleurs doivent-ils diminuer, absolument ou relativement, au fur et à mesure qu'augmente la force productive?

A vrai dire, il n'est pas facile, dans le schéma même de Marx, de démontrer la paupérisation. En effet, selon la théorie, le salaire est égal à la quantité des marchandises nécessaires à la vie de l'ouvrier et de sa famille. D'autre part, Marx ajoute immédiatement que ce qui est nécessaire à la vie de l'ouvrier et de sa famille n'est pas l'objet d'une évaluation intangible, mais le résultat d'une évaluation sociale qui peut changer de société à société. Si l'on admet cette évaluation sociale du niveau de vie considéré comme minimum, on devrait donc plutôt en conclure que le niveau de vie ouvrier s'élèvera. Car il est probable que chaque société considère comme niveau de vie minimum celui qui correspond à ses possibilités de production. C'est d'ailleurs effectivement ce qui se passe, le niveau de vie considéré comme minimum dans la France actuelle ou aux États-Unis est largement plus élevé que celui qui était considéré comme tel il y a un siècle. Certes cette évaluation sociale du minimum n'est pas d'une exactitude absolue, c'est une évaluation approximative, mais les calculs par les syndicats du niveau de vie minimum ont toujours une relation avec les possibilités de l'économie. Si donc le montant des salaires est fonction d'une évaluation collective du minimum, il devrait plutôt y avoir augmentation.

D'autre part, selon Marx lui-même, il n'est pas exclu d'élever le niveau de vie des ouvriers sans modifier le taux d'exploitation. Il suffit que l'élévation de productivité permette de créer une valeur égale au salaire en une durée de travail nécessaire réduite. La productivité permet d'élever le niveau de vie réel des ouvriers dans le schéma marxiste sans diminuer le taux d'exploitation.

Si l'on se donne l'élévation de la productivité et par conséquent la réduction de la durée du travail nécessaire, on ne peut écarter l'élévation du niveau de vie réel qu'en supposant en plus une augmentation du taux d'exploitation. Or nous dit Marx, le taux d'exploitation, aux différentes périodes, est à peu près constant.

Autrement dit, si l'on suit le mécanisme économique tel que Marx l'a analysé, il n'y a nullement démonstration de la paupérisation, et on devrait plutôt conclure à ce qui s'est passé, c'est-à-dire à une élévation du niveau de vie réel des ouvriers.

D'où est donc tirée chez Marx la démonstration de la paupérisation? La seule démonstration, à mon sens, passe par l'intermédiaire d'un mécanisme socio-démographique, celui de l'armée de réserve industrielle. Ce qui empêche les salaires de monter, c'est qu'en permanence il y a un surplus de main-d'œuvre non employée qui pèse sur le marché du travail et modifie au détriment des ouvriers les relations d'échange entre capitalistes et salariés.

La paupérisation n'est pas, dans la théorie du *Capital*, un mécanisme strictement économique, c'est une théorie économico-sociologique. L'élément sociologique est l'idée qu'il partageait avec Ricardo mais dont il ne se satisfaisait pas vraiment, que dès que les salaires tendent à s'élever, le taux de natalité augmente, créant ainsi un surplus de main-d'œuvre. Le mécanisme proprement économique, et qui est, lui, propre à Marx, est celui du chômage technologique. La mécanisation permanente de la production tend à libérer une partie des ouvriers employés. L'armée de réserve est l'expression même du mécanisme selon lequel, dans le capitalisme, se fait le progrès technico-économique. C'est elle qui pèse sur le niveau des salaires et empêche ceux-ci de monter. En son absence il serait possible d'intégrer dans le schéma marxiste le fait historique de l'élévation du niveau de vie ouvrier sans renoncer aux éléments essentiels de la théorie.

Dans ce cas, la question continuerait à se poser : pourquoi l'autodestruction du capitalisme est-elle nécessaire? Mon sentiment est qu'après avoir fini *Le Capital* on a découvert des raisons pour lesquelles le fonctionnement du système est difficile, à la rigueur des raisons pour lesquelles le fonctionnement du système devient de plus en plus difficile, bien que cette dernière proposition me semble historiquement fausse, mais il ne me paraît pas qu'on ait découvert une démonstration concluante de l'autodestruction du capitalisme, sinon par l'intermédiaire de la révolte des masses populaires indignées par le sort qui leur est fait; mais si le sort qui leur est fait ne suscite pas une indignation extrême, ce qui est le cas par exemple aux États-Unis, alors *Le Capital* ne nous donne pas de motifs de croire que la condamnation historique du régime soit inexorable.

Mais les régimes connus dans le passé étaient théoriquement susceptibles de survivre et ont disparu. Ne tirons pas de conclusion précipitée du fait que la mort du capitalisme n'ait pas été démontrée par Marx. Les régimes peuvent mourir sans avoir été condamnés à mort par les théoriciens.

Les équivoques de la philosophie marxiste.

Le centre de la pensée marxiste est une interprétation sociologique et historique du régime capitaliste, condamné en fonction de ses contradictions à une évolution vers la révolution et vers un régime non antagoniste.

Marx, il est vrai, pense que la théorie générale de la société qu'il a dégagée de son étude du capitalisme peut et doit servir à comprendre les autres types de société. A n'en pas douter, il tient cependant avant tout à l'interprétation de la structure et du devenir du capitalisme.

Pourquoi cette sociologie historique du capitalisme comporte-t-elle tant d'interprétations diverses? Pourquoi est-elle à ce point équivoque? Même en laissant de côté les raisons accidentelles, historiques, posthumes, la destinée des mouvements et des sociétés qui se sont réclamés du marxisme, les raisons de cette équivoque me paraissent essentiellement au nombre de trois.

La conception marxiste de la société capitaliste, des sociétés en général, est sociologique, mais cette sociologie se rattache à une philosophie. Nombre de difficultés d'interprétation naissent des relations entre philosophie et sociologie, relations que l'on peut comprendre de diverses manières.

D'autre part, la sociologie marxiste proprement dite comporte des interprétations diverses, selon la définition plus ou moins dogmatique que l'on donne des notions comme forces de production ou rapports de production, selon aussi que l'on considère que l'ensemble de la société est *déterminé* ou *conditionné* par l'infrastructure. Les concepts d'infrastructure et de superstructure ne sont d'ailleurs pas clairs et prêtent à des spéculations indéfinies.

Enfin, les relations entre économie et sociologie donnent lieu à des interprétations diverses. D'après Marx, c'est à partir de la science économique que l'on comprend la société globale, mais les relations entre phénomènes économiques et ensemble social sont équivoques.

Une proposition me paraît tout d'abord incontestable, c'est-à-dire rendue évidente par tous les textes. Marx est venu de la philosophie à l'économie politique en passant par la sociologie, et il est resté jusqu'à la fin de sa vie un philosophe. Il a toujours considéré que l'histoire de l'humanité, telle qu'elle se déroule à travers la succession des régimes et telle qu'elle aboutit à une société non antagoniste, a une signification philosophique. C'est à travers l'histoire que l'homme se crée lui-même et l'aboutissement de l'histoire est simultanément une fin de la philosophie. Par l'histoire, la philosophie définissant l'homme se réalise elle-même. Le régime non antagoniste, postcapitaliste, n'est pas simplement un type social entre d'autres; c'est le terme de la recherche de l'humanité par elle-même.

Mais si cette signification philosophique de l'histoire est incontestable, il reste beaucoup de questions difficiles.

Classiquement, on expliquait la pensée de Marx par la conjonction de trois influences, qu'Engels lui-même avait énumérées : la philosophie allemande, l'économie anglaise et la science historique française. Cette énumération des influences paraît banale et, à ce titre, elle est aujourd'hui tenue en mépris par des interprètes plus subtils. Mais il faut commencer par les interprétations non subtiles, c'est-à-dire par ce que Marx et Engels eux-mêmes ont dit des origines de leur pensée.

D'après eux, ils étaient dans la suite de la philosophie classique allemande, parce qu'ils retenaient une des idées maîtresses de la pensée de Hegel, à savoir que la succession des sociétés et des régimes représente simultanément les étapes de la philosophie et les étapes de l'humanité.

D'autre part, Marx a étudié l'économie anglaise; il s'est servi des concepts des économistes anglais; il a repris quelques-unes des théories admises de son temps, par exemple la théorie dela valeur-travail, ou la loi de la baisse tendancielle du taux de profit, d'ailleurs expliquée autrement qu'il ne l'a fait lui-même. Il a cru qu'en reprenant les concepts et les théories des économistes anglais, il allait donner une formule scientifiquement rigoureuse de l'économie capitaliste.

Enfin, il a emprunté aux historiens et aux socialistes français la notion de lutte des classes, qui effectivement se trouvait un peu partout dans les ouvrages historiques de la fin du XVIIIe et du début du XIXe siècle. Mais Marx, d'après son propre témoignage, y a ajouté une notion nouvelle. La division de la société en classes n'est pas un phénomène lié à l'ensemble de l'histoire et à l'essence de la société, mais correspond à une phase donnée. Dans une phase ultérieure, la division en classes pourra s'effacer [13].

Ces trois influences se sont exercées sur la pensée de Marx et elles apportent une interprétation valable quoique assez grossière de la synthèse accomplie par Marx et Engels. Mais cette analyse des influences laisse ouvertes la plupart des questions les plus importantes, et, en particulier, la question du rapport entre Hegel et Marx.

La difficulté première du problème tient d'abord et avant tout au fait que l'interprétation de Hegel est au moins aussi contestée que celle de Marx. On peut, à volonté, rapprocher ou éloigner les deux doctrines, selon le sens que l'on donne à la pensée de Hegel.

Il y a une méthode facile pour montrer un Marx hégélien, c'est de présenter Hegel marxiste. Cette méthode est employée avec un talent confinant au génie ou à la mystification par A. Kojève. Dans son interprétation, Hegel est à tel point marxisé que la fidélité de Marx à l'œuvre de Hegel n'est plus douteuse [14].

En revanche, si, comme G. Gurvitch, on n'aime pas Hegel, il suffit de présenter Hegel, conformément aux manuels d'histoire de la philosophie, comme un philosophe idéaliste qui conçoit le devenir historique comme le devenir de l'esprit, pour qu'immédiatement Marx devienne essentiellement anti-hégélien [15].

Quoi qu'il en soit, un certain nombre des thèmes incontestables de Hegel se retrouvent dans la pensée marxiste, tout aussi bien dans les œuvres de jeunesse que dans les œuvres de maturité.

Dans la dernière des onze thèses sur Feuerbach, Marx écrit : « Les philosophes n'ont fait qu'interpréter le monde de différentes manières, mais il s'agit désormais de le transformer. » (*Études philosophiques*, Paris, Éd. Sociales, 1951, p. 64.)

Pour l'auteur du *Capital*, la philosophie classique, qui a abouti au système de Hegel, est à son terme. Il n'est pas possible d'aller plus loin parce que Hegel a pensé le tout de l'histoire et le tout de l'humanité. La philosophie a achevé sa tâche, qui est d'élever à la conscience explicite les expériences de l'humanité. Cette prise de conscience des expériences de l'humanité se formule, dans la *Phénoménologie de l'esprit* et dans l'*Encyclopédie* [16]. Mais l'homme, après la prise de conscience de sa vocation, n'a pas réalisé celle-ci. La philosophie est totale en tant que prise de conscience, mais le monde réel n'est pas conforme au sens que la philosophie donne à l'existence de l'homme. Le problème philosophico-historique originaire de la pensée marxiste sera donc de savoir à quelles conditions le cours de l'histoire peut réaliser la vocation de l'homme telle que l'a pensée la philosophie hégélienne.

L'incontestable héritage philosophique de Marx, c'est la conviction que le devenir historique a une signification philosophique. Un nouveau régime économique et social n'est pas simplement une péripétie qui sera offerte après coup à la curiosité détachée des historiens professionnels, mais une étape du devenir de l'humanité.

Qu'est donc cette nature humaine, cette vocation de l'homme que l'histoire doit réaliser pour que la philosophie se réalise elle-même?

A cette question il y a dans les œuvres de jeunesse de Marx diverses réponses qui toutes tournent autour de quelques concepts, l'universalité, la totalité, concepts positifs, ou au contraire, l'aliénation, concept négatif.

L'individu, tel qu'il apparaît dans la *Philosophie du droit* de Hegel [17] et dans les sociétés de son temps, a en effet une situation double et contradictoire. D'une part, l'individu est citoyen et en tant que tel il participe à l'État, c'est-à-dire à l'universalité. Mais il n'est citoyen qu'une fois tous les quatre ou cinq ans, dans l'empyrée de la démocratie formelle, et il épuise sa citoyenneté par le vote. En dehors de cette activité unique où il accomplit son universalité, il appartient à ce qu'il appelle, d'après Hegel, la *bürgerliche Gesellschaft*, la société civile, c'est-à-dire l'ensemble des activités professionnelles. Or, en tant que membre de la société civile, il est enfermé dans ses particularités et ne communique pas avec le tout de la communauté. Il est un travailleur aux ordres d'un entrepreneur ou il est un entrepreneur, séparé de l'organisation collective. La société civile empêche les individus de réaliser leur vocation d'universalité.

Pour que cette contradiction fût surmontée, il faudrait que les individus, dans leur travail, pussent participer à l'universalité de la même manière qu'ils y participent dans leur activité de citoyens.

Que signifient ces formules abstraites? La démocratie formelle, qui se définit par l'élection des représentants du peuple au suffrage universel et par des libertés abstraites de vote et de discussion, ne touche pas les conditions de travail et de vie de l'ensemble des membres de la collectivité. L'ouvrier, qui apporte sur le marché sa force de travail pour obtenir en contrepartie un salaire, ne ressemble pas au citoyen qui, tous les quatre ou cinq ans, élit ses représentants et, directement ou indirectement, ses gouvernants. Pour que fût accomplie la démocratie réelle, il faudrait que les libertés limitées à l'ordre politique dans les sociétés actuelles fussent transposées dans l'existence concrète, économique, des hommes.

Mais, afin que les individus au travail pussent participer à l'universalité comme les citoyens par le bulletin de vote, pour que la démocratie réelle pût se réaliser, il faudrait supprimer la propriété privée des instruments de production qui a pour conséquence de mettre l'individu au service d'autres individus, entraîne l'exploitation des travailleurs par les entrepreneurs et interdit à ces derniers de travailler directement pour la collectivité, puisque dans le système capitaliste ils travaillent en vue du profit.

Une première analyse, qui se trouve contenue dans la *Critique de la philosophie du droit de Hegel*, tourne donc autour de l'opposition entre le particulier et l'universel, la société civile et l'État, l'esclavage du travailleur et la liberté fictive de l'électeur ou du citoyen [18]. Ce texte est à l'origine d'une des oppositions classiques dans la pensée marxiste, entre démocratie formelle et démocratie réelle, et en même temps, il montre une certaine forme de jonction entre l'inspiration philosophique et la critique sociologique.

L'inspiration philosophique s'exprime dans le refus d'une universalité de l'individu limitée à l'ordre politique et se transpose aisément en une analyse sociologique. En langage ordinaire, l'idée de Marx est la suivante : que signifie le droit de voter tous les quatre ou cinq ans pour des individus qui n'ont d'autre moyen de vivre que les salaires qu'ils reçoivent de leurs patrons aux conditions fixées par ceux-ci?

Le deuxième concept autour duquel tourne la pensée de jeunesse de Marx est celui de l'homme total, probablement plus équivoque encore que celui de l'homme universalisé.

L'homme total est celui qui ne serait pas mutilé par la division du travail. L'homme de la société industrielle moderne, aux yeux de Marx et de la plupart des observateurs, est en effet un homme spécialisé. Il a acquis une formation spécifique en vue d'un métier particulier. Il reste enfermé la plus grande partie de son existence dans cette activité parcellaire, il laisse donc inemployées nombre d'aptitudes et de capacités qui pourraient se développer.

Dans cette ligne, l'homme total serait celui qui ne serait pas spécialisé. Et quelques textes de Marx suggèrent une formation polytechnicienne, où l'on préparerait tous les individus au plus grand nombre possible de métiers. Au-delà de cette formation, les individus pourraient ne pas faire du matin au soir la même chose [19].

Si la signification de l'homme total, c'est l'homme non amputé de certaines de ses aptitudes par les exigences de la division du travail, cette notion est une protestation contre les conditions faites à l'individu par la société industrielle, protestation à la fois intelligible et sympathique. Effectivement, la division du travail a pour résultat de ne pas permettre à la plupart des individus d'accomplir tout ce dont ils sont capables. Mais cette protestation quelque peu romantique ne semble pas très conforme à l'esprit d'un socialisme scientifique. Il est difficile de concevoir, à moins d'une société extraordinairement riche, où le problème de la pauvreté a été définitivement résolu, comment une société, qu'elle soit capitaliste ou non capitaliste, pourrait former tous les individus à tous les métiers, comment pourrait fonctionner une société industrielle où les individus ne seraient pas spécialisés.

Aussi a-t-on cherché dans une autre direction une interprétation moins romantique. L'homme total ne peut pas être l'homme qui est capable de tout faire, mais celui qui réalise authentiquement son humanité, qui accomplit les activités qui définissent l'homme.

Dans ce cas, la notion de travail devient essentielle. L'homme est conçu essentiellement comme un être qui travaille. S'il travaille dans des conditions inhumaines, il est déshumanisé, parce qu'il cesse d'accomplir l'activité constitutive de son humanité dans des conditions convenables. Il y a effectivement dans les œuvres de jeunesse de Marx, en particulier dans le *Manuscrit économico-philosophique* de 1844, une critique des conditions capitalistes du travail [20].

Et ici nous rencontrons le concept d'aliénation qui est aujourd'hui au cœur de la plupart des interprétations de Marx. Dans le capitalisme l'homme est aliéné. Pour que l'homme puisse s'accomplir, il faut surmonter cette aliénation.

Marx dispose de trois termes différents qui sont souvent traduits par le même mot d'aliénation, alors que les termes allemands n'ont pas exactement la même signification. Ce sont *Entäusserung*, *Veräusserung* et *Entfremdung*. Celui qui correspond à peu près au français aliénation est le dernier qui étymologiquement veut dire : devenir étranger à soi-même. L'idée est que dans certaines circonstances, ou dans certaines sociétés, les conditions faites à l'homme sont telles que celui-ci devient étranger à lui-même, en ce sens qu'il ne se reconnaît plus dans son activité et dans ses œuvres.

Cette notion d'aliénation dérive évidemment de la philosophie hégélienne, où elle a un rôle central. Mais l'aliénation hégélienne est pensée sur le plan philosophique ou métaphysique. Dans la conception hégélienne, l'esprit, *der Geist*, s'aliène lui-même dans ses œuvres; il construit des édifices intellectuels et sociaux et se projette en dehors de lui-même. L'histoire de l'esprit, l'histoire de l'humanité, est l'histoire de ces aliénations successives au terme desquelles l'esprit se retrouvera possesseur de l'ensemble de ses œuvres, de son passé historique et conscient de posséder cet ensemble. Dans le marxisme, y compris dans les œuvres marxistes de jeunesse, le processus d'aliénation, au lieu d'être un processus philosophiquement ou métaphysiquement inévitable, devient l'expression d'un processus sociologique par lequel les hommes ou les sociétés édifient des organisations collectives dans lesquelles ils se perdent [21].

L'aliénation, interprétée sociologiquement, est une critique à la fois historique, morale et sociologique de l'ordre social actuel. Dans le régime capitaliste, les hommes sont aliénés, ils se sont perdus eux-mêmes dans la collectivité et la racine de toutes les aliénations est l'aliénation économique.

Il y a deux modalités de l'aliénation économique qui correspondent approximativement à deux critiques que Marx dresse contre le système capitaliste. Une première aliénation est imputable à la propriété privée des moyens de production et une deuxième à l'anarchie du marché.

L'aliénation imputable à la propriété privée des instruments de production se manifeste en ceci que le travail, activité essentiellement humaine, qui définit l'humanité de l'homme, perd ses caractéristiques humaines, puisqu'il n'est plus pour les salariés qu'un moyen d'existence. Au lieu que le travail soit l'expression de l'homme lui-même, il se voit dégradé en instrument, en moyen de vivre.

Les entrepreneurs, eux aussi, sont aliénés, puisque les marchandises dont ils disposent n'ont pas pour fin de répondre aux besoins réellement éprouvés par d'autres, mais sont apportées sur le marché en vue d'un bénéfice. L'entrepreneur devient esclave d'un marché imprévisible, soumis aux aléas de la concurrence. Exploitant les salariés, il n'est pas pour autant humanisé dans son travail, mais aliéné au profit d'un mécanisme anonyme.

Quelle que soit l'interprétation exacte que l'on donne à cette aliénation économique, il me semble que l'idée centrale est assez claire. La critique de la réalité économique du capitalisme a été à l'origine, dans la pensée de Marx, une critique philosophique et morale, avant de devenir une analyse rigoureusement sociologique et économique.

Ainsi l'on peut exposer la pensée de Marx comme celle d'un pur et simple économiste et sociologue, parce qu'à la fin de sa vie il a voulu être un savant, économiste et sociologue, mais il est arrivé à la critique économico-sociale à partir de thèmes philosophiques. Ces thèmes philosophiques, l'universalisation de l'individu, l'homme total, l'aliénation, animent et orientent l'analyse sociologique des œuvres de maturité. Dans quelle mesure l'analyse sociologique de la maturité n'est-elle rien de plus que le développement des intuitions philosophiques de la jeunesse ou, au contraire, remplace-t-elle totalement ces intuitions philosophiques? Là se pose un problème d'interprétation qui n'est pas encore tranché.

Marx a certainement conservé toute sa vie, à l'arrière-plan, ces thèmes philosophiques. L'analyse de l'économie capitaliste était pour lui l'analyse de l'aliénation des individus et des collectivités qui perdaient la maîtrise de leur propre existence, dans un système soumis à des lois autonomes. La critique de l'économie capitaliste était en même temps la critique philosophique et morale de la situation faite à l'homme par le capitalisme. Sur ce point, j'en reste à l'interprétation courante, en dépit d'Althusser.

D'autre part, l'analyse du devenir du capitalisme était certainement pour Marx l'analyse du devenir de l'homme et de la nature humaine à travers l'histoire, il attendait de la société post-capitaliste l'accomplissement de la philosophie.

Mais quel était cet homme total que la révolution postcapitaliste devait accomplir? Là-dessus, on peut discuter, parce qu'il y a au fond chez Marx l'oscillation entre deux thèmes quelque peu contradictoires. Selon l'un, l'homme accomplit son humanité dans le travail, et c'est la libération du travail qui marquera l'humanisation de la société. Mais il y a ici et là une autre conception, selon laquelle l'homme n'est vraiment libre qu'en dehors du travail. Dans cette deuxième conception, l'homme ne réalise son humanité que dans la mesure où l'on a réduit suffisamment la durée de travail pour qu'il ait la possibilité de faire autre chose que travailler [22].

On peut naturellement combiner les deux thèmes en disant que l'humanisation complète de la société supposerait d'abord que les conditions faites à l'homme dans le travail fussent humanisées et que simultanément la durée du travail fût suffisamment réduite pour que le loisir permît la lecture de Platon.

Philosophiquement, il n'en reste pas moins une difficulté : quelle est l'activité essentielle qui définit l'homme même et qui doit s'épanouir pour que la société permette la réalisation de la philosophie? S'il n'y a pas une détermination de l'activité essentiellement humaine, on risque d'être renvoyé à la conception de l'homme total dans son caractère le plus vague. Il faut que la société permette à tous les hommes de réaliser toutes leurs aptitudes. Cette proposition représente une bonne définition de l'idéal de la société, mais il n'est pas facile de la traduire en un programme concret et précis. D'autre part, il est difficile d'imputer exclusivement à la propriété privée des instruments de production le fait que tous les hommes n'accomplissent pas toutes leurs aptitudes.

Autrement dit, il semble y avoir une disproportion extrême entre l'aliénation humaine imputable à la propriété privée des instruments de production et l'accomplissement de l'homme total qui doit suivre la révolution. Comment accorder la critique de la société actuelle avec l'espoir de l'accomplissement de l'homme total, par la simple substitution d'un mode de propriété à un autre?

Ici apparaissent à la fois la grandeur et l'équivoque de la sociologie marxiste. Elle est essentiellement une sociologie, elle veut être une philosophie.

Mais même au-delà ou en deçà de ces idées, il reste encore nombre d'obscurités ou d'équivoques qui expliquent la pluralité des interprétations que l'on a pu donner de la pensée de Marx.

L'une de ces équivoques, d'ordre philosophique, touche à la nature de la loi historique. L'interprétation historique de Marx suppose un devenir intelligible d'ordre supra-individuel. Formes et rapports de production sont en relation dialectique. Par l'intermédiaire de la lutte de classes et de la contradiction entre les formes et les rapports de production, le capitalisme se détruit lui-même. Or cette vision générale de l'histoire peut être interprétée de deux façons différentes.

Dans une interprétation que j'appellerai objectiviste, cette représentation des contradictions historiques conduisant à la destruction du capitalisme et à l'avènement d'une société non antagoniste répondrait à ce que l'on appelle vulgairement les grandes lignes de l'histoire. Marx dégage de la confusion des faits historiques les données essentielles, ce qui est le plus important dans le devenir historique lui-même, sans que le détail des événements soit inclus dans cette vision.

Si l'on admet cette interprétation, la destruction du capitalisme et l'avènement d'une société non antagoniste seraient tout à la fois des faits à l'avance connus et certains, mais indéterminés dans leur date et leurs modalités.

Ce type de prévision : « le capitalisme sera détruit par ses contradictions mais on ne sait ni quand ni comment » n'est certes pas satisfaisant pour l'esprit. Une prévision portant sur un événement non daté et non spécifié n'a pas grande signification ou, tout au moins, une loi historique de cet ordre ne ressemble à aucun degré aux lois des sciences naturelles.

C'est là une des interprétations possibles de la pensée de Marx et c'est l'interprétation qui est aujourd'hui orthodoxe dans le monde soviétique. On y affirme la destruction nécessaire du capitalisme et son remplacement par une société plus progressive, c'est-à-dire par la société soviétique, mais simultanément on reconnaît que la date de cet événement inévitable n'est pas encore connue et que le style de cette catastrophe prévisible est encore indéterminé. Cette indétermination, sur le plan des événements politiques, présente de grands avantages, puisqu'on peut en toute sincérité proclamer que la coexistence est possible. Il n'est pas nécessaire, pour le régime soviétique, de détruire le régime capitaliste, étant donné que celui-ci, de toute façon, se détruira lui-même [23].

Il est une autre interprétation possible que l'on appellera dialectique, dialectique non en un sens vulgaire, mais en un sens subtil. Dans ce cas, la vision marxiste de l'histoire naîtrait d'une sorte de réciprocité d'action d'une part entre le monde historique et la conscience qui pense ce monde, d'autre part entre les différents secteurs de la réalité historique. Cette double réciprocité d'action permettrait d'éviter ce qu'il y a de peu satisfaisant dans la représentation des grandes lignes de l'histoire. En effet, si l'on rend dialectique l'interprétation du mouvement historique, on n'est plus obligé de laisser tomber le détail des événements et on peut comprendre les événements tels qu'ils se produisent, en leur caractère concret.

Ainsi Jean-Paul Sartre ou Maurice Merleau-Ponty conservent certaines des idées essentielles de la pensée marxiste : l'aliénation de l'homme dans et par l'économie privée, l'action prédominante des forces et des rapports de production. Mais tous ces concepts ne visent pas chez ces auteurs à dégager les lois historiques au sens scientifique du terme, ni même les grandes lignes du devenir. Ils sont des instruments nécessaires pour rendre intelligible la situation de l'homme dans le régime capitaliste ou pour mettre en relation les événements avec la situation de l'homme au sein du capitalisme sans qu'il y ait à proprement parler déterminisme.

Une vision dialectique de cet ordre, dont il existe diverses versions chez les existentialistes français et dans toute l'école marxiste qui se rattache à Lukacs, est philosophiquement plus satisfaisante, mais elle comporte, elle aussi, des difficultés [24].

La difficulté essentielle est de retrouver les deux idées fondamentales du marxisme simple, à savoir l'aliénation de l'homme dans le capitalisme et l'avènement d'une société non antagoniste après l'autodestruction du capitalisme. Une interprétation dialectique par action réciproque entre sujet et objet, entre secteurs de la réalité, ne conduit pas nécessairement à ces deux propositions essentielles. Elle laisse sans réponse la question : comment déterminer l'interprétation globale, totale et vraie? Si tout sujet historique pense l'histoire en fonction de sa situation, pourquoi l'interprétation des marxistes ou du prolétariat est-elle vraie? pourquoi est-elle totale?

La vision objectiviste qui invoque les lois de l'histoire comporte la difficulté essentielle de déclarer inévitable un événement non daté et non précisé; l'interprétation dialectique ne retrouve quant à elle ni la nécessité de la révolution, ni le caractère non antagoniste de la société postcapitaliste, ni le caractère total de l'interprétation historique.

Une deuxième équivoque a trait à la nature de ce que l'on pourrait appeler l'impératif révolutionnaire. La pensée de Marx se veut scientifique, et pourtant elle semble impliquer des impératifs, puisqu'elle ordonne l'action révolutionnaire comme la seule conséquence légitime de l'analyse historique. Comme précédemment deux interprétations sont possibles que l'on peut résumer par la formule : Kant ou Hegel? La pensée marxiste doit-elle s'interpréter dans le cadre du dualisme kantien, du fait et de la valeur, de la loi scientifique et de l'impératif moral, ou dans le cadre du monisme de tradition hégélienne?

Dans l'histoire posthume du marxisme il existe d'ailleurs deux écoles, une école kantienne et une école hégélienne, cette dernière plus nombreuse que la première. L'école kantienne du marxisme est représentée par le social-démocrate allemand Mehring et par l'austro-marxiste Max Adler, plutôt kantien qu'hégélien, mais kantien de style très particulier [25]. Les kantiens disent : on ne passe pas du fait à la valeur, du jugement sur le réel à l'impératif moral, on ne peut donc pas justifier le socialisme par l'interprétation de l'histoire telle qu'elle se déroule. Marx a analysé le capitalisme tel qu'il est; vouloir le socialisme relève d'une décision d'ordre spirituel. La plupart des interprètes de Marx ont cependant voulu rester dans la tradition du monisme. Le sujet qui comprend l'histoire est engagé dans l'histoire elle-même. Le socialisme ou la société non antagoniste doit sortir nécessairement de la société antagoniste actuelle parce que l'interprète de l'histoire est conduit, par une dialectique nécessaire, de la constatation de ce qui est à la volonté d'une société d'un autre type.

Certains interprètes, comme L. Goldmann, vont plus loin et affirment qu'il n'y a pas dans l'histoire d'observation détachée. La vision de l'histoire globale est solidaire d'un engagement. C'est en fonction de la volonté du socialisme que l'on discerne le caractère contradictoire du capitalisme. Il est impossible de dissocier prise de position à l'égard de la réalité et observation de la réalité elle-même. Non pas que cette prise de position soit arbitraire et résulte d'une décision non justifiée, mais selon la dialectique de l'objet et du sujet, c'est de la réalité historique que chacun de nous dégage les cadres de sa pensée et les concepts de son interprétation. L'interprétation naît au contact de l'objet, d'un objet qui n'est pas reconnu passivement, mais tout à la fois reconnu et nié, la négation de l'objet étant expression de la volonté d'un régime autre [26].

Il y a donc deux tendances, l'une qui tend à dissocier l'interprétation de l'histoire, valable scientifiquement, de la décision par laquelle on adhère au socialisme; l'autre, au contraire, qui lie l'interprétation de l'histoire et la volonté politique.

Mais quelle était sur ce point la pensée de Marx? Lui, en tant qu'homme, était tout à la fois savant et prophète, sociologue et révolutionnaire. Si on lui avait demandé : « Ces deux démarches sont-elles séparables? », je pense qu'il aurait répondu que, dans l'abstrait, elles étaient en effet séparables car il était trop savant d'intention pour admettre que son interprétation du capitalisme fût solidaire d'une décision morale. Mais il était convaincu à ce point de l'indignité du régime capitaliste que, pour lui, l'analyse du réel suggérait irrésistiblement la volonté révolutionnaire.

Au-delà de ces deux alternatives, vision objective des grandes lignes de l'histoire ou interprétation dialectique, Kant ou Hegel, il existe une réconciliation, devenue aujourd'hui la philosophie officielle du soviétisme, la philosophie objectiviste dialectique, telle qu'Engels l'a exposée dans l'*Anti-Dühring* et Staline résumée dans *Matérialisme dialectique et matérialisme historique* [27].

Les thèses essentielles de ce matérialisme dialectique sont les suivantes :

1. Une pensée dialectique affirme que la loi du réel est la loi du changement. Il y a transformation incessante, aussi bien dans la nature inorganique que dans le monde humain. Il n'y a pas de principe éternel, les conceptions humaines et morales se transforment d'époque en époque.

2. Le monde réel comporte une progression qualitative depuis la nature inorganique jusqu'au monde humain, et dans le monde humain depuis les régimes sociaux initiaux de l'humanité jusqu'au régime qui marquera la fin de la préhistoire, c'est-à-dire le socialisme.

3. Ces changements s'opèrent selon certaines lois abstraites. Les changements quantitatifs, à partir d'un certain point, deviennent des changements qualitatifs. Les transformations ne s'opèrent pas insensiblement, par petites touches, mais, à un moment donné, il y a un changement brutal qui est révolutionnaire. Engels donne cet exemple : l'eau est liquide, si vous abaissez la température jusqu'à un certain point, le liquide deviendra solide. Le changement quantitatif s'est transformé à un certain moment en changement qualitatif. Enfin, les changements semblent obéir à une loi intelligible, celle de la contradiction et de la négation de la négation.

Un exemple d'Engels permet encore de comprendre ce qu'est la négation de la négation : si vous niez A, vous avez moins A; en multipliant moins A par moins A, vous obtenez A^2, qui est, paraît-il, la négation de la négation. Dans le monde humain : le régime capitaliste est la négation du régime de la propriété féodale, la propriété publique du socialisme sera la négation de la négation, c'est-à-dire la négation de la propriété privée.

En d'autres termes, une des caractéristiques des mouvements aussi bien cosmiques qu'humains serait le fait que les changements sont les uns par rapport aux autres dans une relation de contradiction. Cette contradiction prendrait la forme suivante : au moment B il y aurait contradiction de ce qui était au moment A, et le moment C serait contradiction de ce qui était au moment B, et représenterait d'une certaine façon le retour à l'état initial du moment A mais sur un plan supérieur. Ainsi l'ensemble de l'histoire est la négation de la propriété collective initiale des sociétés indifférenciées et archaïques, le socialisme nie les classes sociales et les antagonismes, pour revenir à la propriété collective des sociétés primitives, mais sur un plan supérieur.

Ces lois dialectiques n'ont pas donné pleine satisfaction à tous les interprètes de Marx et on a beaucoup discuté pour savoir si Marx approuvait la philosophie matérialiste d'Engels. Par-delà le problème historique, la question principale est de savoir dans quelle mesure la notion de dialectique s'applique à la nature, organique ou inorganique, comme au monde humain.

Dans la notion de dialectique, il y a l'idée de changement et le concept de la relativité des idées ou des principes aux circonstances. Mais il y a aussi les deux idées de totalité et de signification. Pour qu'il y ait une interprétation dialectique de l'histoire, il faut que l'ensemble des éléments d'une société ou d'une époque constitue un tout, que le passage d'une de ces totalités à une autre soit intelligible. Ces deux exigences, de totalité et d'intelligibilité de la succession, semblent liées au monde humain. On comprend que dans le monde historique, les sociétés constituent des unités totales, parce qu'effectivement les différentes activités des collectivités sont liées les unes aux autres. Les différents secteurs d'une réalité sociale peuvent s'expliquer à partir d'un élément considéré comme essentiel, par exemple les forces et les rapports de production. Mais, dans la nature organique et surtout inorganique, peut-on trouver l'équivalent des totalités et de la signification des successions?

A vrai dire, cette philosophie dialectique du monde matériel n'est indispensable ni pour admettre l'analyse marxiste du capitalisme ni pour être révolutionnaire. On peut ne pas être convaincu que $-A \times -A = A^2$ soit un exemple de dialectique, et en même temps être un excellent socialiste. Le lien entre la philosophie dialectique de la nature, telle que l'expose Engels, et l'essentiel de la pensée marxiste, n'est ni évident ni nécessaire.

Historiquement, une certaine orthodoxie peut certes combiner ces différentes propositions, mais, logiquement et philosophiquement, l'interprétation économique de l'histoire et la critique du capitalisme à partir de la lutte des classes n'ont rien à voir avec la dialectique de la nature. Plus généralement, le lien entre la philosophie marxiste du capitalisme et le matérialisme métaphysique ne me paraît ni logiquement ni philosophiquement nécessaire.

Mais, en fait, nombre de marxistes qui ont eu une activité politique ont cru que pour être bon révolutionnaire, il fallait être matérialiste au sens philosophique du terme. Comme ces hommes étaient fort compétents en matière de révolution, sinon en matière de philosophie, ils avaient probablement de bonnes raisons. Lénine, en particulier, a écrit un livre, *Matérialisme et empiriocriticisme*, pour démontrer que ceux des marxistes qui abandonnaient une philosophie matérialiste s'écartaient également de la voie royale de la révolution [28]. Logiquement, on peut être disciple de Marx en fait d'économie politique et ne pas être matérialiste au sens métaphysique du terme [29], historiquement il s'est établi une sorte de synthèse entre une philosophie de type matérialiste et une vision historique.

Les équivoques de la sociologie marxiste.

La sociologie marxiste, même si l'on fait abstraction de l'arrière-plan philosophique, comporte des équivoques.

La conception que Marx se fait du capitalisme et de l'histoire tient à la combinaison des concepts de forces de production, de rapports de production, de lutte des classes, de conscience de classe ou encore d'infrastructure et de superstructure.

Il est possible d'utiliser ces concepts dans toute analyse sociologique. Personnellement, si je tente d'analyser une société, soviétique ou américaine, je pars volontiers de l'état de l'économie, et même de l'état des forces de production, pour passer aux rapports de production, puis aux rapports sociaux. L'usage critique et méthodologique de ces notions pour comprendre et expliquer une société moderne, peut-être même n'importe quelle société historique, est légitime.

Mais, si l'on se borne à utiliser ainsi ces concepts on ne retrouve pas une philosophie de l'histoire. On risque de découvrir qu'à un même degré de développement des forces productives peuvent correspondre des rapports de production différents. La propriété privée n'exclut pas un grand développement des forces productives; en revanche, avec un moindre développement des forces productives, la propriété collective peut être déjà présente. En d'autres termes, l'usage critique des catégories marxistes n'implique pas d'interprétation dogmatique du cours de l'histoire.

Or le marxisme suppose une espèce de parallélisme entre le développement des forces productives, la transformation des rapports de production, l'intensification de la lutte de classes et la marche vers la révolution. Dans sa version dogmatique, il implique que le facteur décisif soit les forces de production, que le développement de celles-ci marque le sens de l'histoire humaine et qu'aux différents états du développement des forces de production répondent des états déterminés des rapports de production et de la lutte de classes. Si la lutte de classes s'atténue avec le développement des forces de production dans le capitalisme, ou encore s'il y a propriété collective dans une économie peu développée, le parallélisme entre les mouvements, qui est indispensable à la philosophie dogmatique de l'histoire, est brisé.

Marx veut comprendre l'ensemble des sociétés à partir de leur infrastructure, c'est-à-dire, semble-t-il, de l'état des forces productives, connaissances scientifiques et techniques, industrie et organisation du travail. Cette compréhension des sociétés, surtout des sociétés modernes, à partir de leur organisation économique, est pleinement légitime, et, en tant que méthode, elle est peut-être même la meilleure. Mais pour passer de cette analyse à une interprétation du mouvement historique, il faut admettre des relations déterminées entre les différents secteurs de la réalité.

Les interprètes ont considéré qu'effectivement il était difficile d'employer des termes trop précis comme celui de *détermination* pour rendre compte des relations entre les forces ou les rapports de production et l'état de la conscience sociale. Comme le terme de causalité ou de détermination a paru trop rigide, ou, dans le vocabulaire de l'école, mécaniste et non dialectique, on a substitué à détermination *conditionnement*. Cette formule est certainement préférable, mais elle est trop vague. En une société, n'importe quel secteur conditionne les autres. Si nous avions un autre régime politique, nous aurions probablement une autre organisation économique. Si nous avions une autre économie, probablement aurions-nous un autre régime que celui de la Ve République.

La détermination est trop rigide, le conditionnement risque d'être trop souple et tellement incontestable que la portée de la formule en devient douteuse.

On voudrait trouver une formule intermédiaire entre la *détermination* de l'ensemble de la société par l'infrastructure — proposition réfutable — et le *conditionnement* qui n'a pas grande signification. Comme d'habitude en pareil cas, la solution miraculeuse est la solution dialectique. Le conditionnement est dit dialectique et on pense avoir franchi un pas décisif.

Même en admettant que la sociologie marxiste revienne à une analyse dialectique des relations entre les forces productives matérielles, les modes de production, les cadres sociaux et la conscience des hommes, à un moment donné il faut retrouver l'idée essentielle, à savoir la détermination du tout social. La pensée de Marx, à mon sens, n'est pas douteuse. Il a cru qu'un régime historique était défini par certaines caractéristiques majeures, l'état des forces productives, le mode de propriété et les relations des travailleurs entre eux. Les différents types sociaux sont caractérisés chacun par un certain mode de relations entre les travailleurs associés. L'esclavage a été un type social, le salariat en est un autre. A partir de là, il peut y avoir des relations effectivement souples et dialectiques entre les différents secteurs de la réalité, mais ce qui reste essentiel, c'est la définition d'un régime social à partir d'un petit nombre de faits considérés comme décisifs.

La difficulté est que ces différents faits, aux yeux de Marx décisifs et liés les uns aux autres, apparaissent aujourd'hui séparables parce que l'histoire les a séparés.

La vision cohérente de Marx est celle d'un développement des forces productives rendant de plus en plus difficiles le maintien des rapports de production capitalistes et le fonctionnement des mécanismes de ce régime, rendant de plus en plus impitoyable la lutte de classes.

En fait, le développement des forces productives s'est produit dans certains cas avec la propriété privée, dans d'autres avec la propriété publique; il n'y a pas eu de révolution là où les forces productives étaient le plus développées. Les faits à partir desquels Marx retrouvait la totalité sociale et historique ont été dissociés par l'histoire. Deux solutions sont possibles au problème issu de cette dissociation : l'interprétation souple et critique, qui retient une méthodologie d'interprétation sociologique et historique, acceptable par tout le monde; l'interprétation dogmatique, qui maintient le schéma du devenir historique conçu par Marx, dans une situation qui, à certains égards, est tout autre. Cette deuxième interprétation passe aujourd'hui pour orthodoxe car elle annonce la fin de la société occidentale en fonction du schéma de la contradiction intrinsèque et de l'autodestruction du régime capitaliste. Mais cette vision dogmatique est-elle la sociologie de Marx?

Une autre équivoque de la sociologie marxiste se dégage de l'analyse et de la discussion des concepts essentiels, notamment ceux d'infrastructure et de superstructure. Quels sont les éléments de réalité sociale qui appartiennent à l'infrastructure? Quels sont ceux qui ressortissent à la superstructure?

En gros, il semble que l'on doive appeler infrastructure l'économie, en particulier les forces de production, c'est-à-dire l'ensemble de l'appareillage technique d'une société en même temps que l'organisation du travail. Mais l'appareillage technique d'une civilisation est inséparable des connaissances scientifiques. Or celles-ci semblent appartenir au domaine des idées ou du savoir, et ces derniers éléments devraient relever, semble-t-il, de la superstructure, au moins dans la mesure où le savoir scientifique est, dans nombre de sociétés, intimement lié aux façons de penser et à la philosophie.

En d'autres termes, dans l'infrastructure définie comme force de production entrent déjà des éléments qui devraient appartenir à la superstructure. Le fait lui-même n'implique pas que l'on ne puisse analyser une société en considérant tour à tour l'infra- et la superstructure. Mais ces exemples très simples montrent la difficulté de séparer réellement ce qui appartient, d'après la définition, à l'une et à l'autre.

De même, les forces de production dépendent, en même temps que de l'appareillage technique, de l'organisation du travail commun qui, à son tour, dépend des lois de propriété. Celles-ci appartiennent au domaine juridique. Or, du moins d'après certains textes, le droit est une partie de la réalité étatique [30], et l'État appartient à la superstructure. A nouveau on aperçoit la difficulté de séparer réellement ce qui est infra- et ce qui est superstructure.

La discussion sur ce qui appartient à l'un ou à l'autre des deux peut en fait continuer indéfiniment.

Ces deux concepts, comme simples instruments d'analyse, possèdent comme tout concept une utilisation légitime. L'objection ne porte que sur une interprétation dogmatique selon laquelle l'un des deux termes déterminerait l'autre.

De façon comparable, il n'est pas facile de préciser la contradiction entre les forces et les rapports de production. Selon l'une des versions les plus simples de cette dialectique qui joue un grand rôle dans la pensée de Marx et des marxistes, à un certain degré de développement des forces de production, le droit individuel de propriété représenterait une entrave au progrès des forces de production. En ce cas la contradiction serait entre l'épanouissement de la technique de production et le maintien du droit individuel de propriété.

Cette contradiction comporte, me semble-t-il, une part de vérité, mais elle ne rejoint pas les interprétations dogmatiques. Si l'on considère les grandes entreprises modernes en France, Citroën, Renault ou Péchiney, aux États-Unis Dupont de Nemours ou General Motors, on peut dire, en effet, que l'ampleur des forces de production a rendu impossible le maintien du droit individuel de propriété. Les usines Renault n'appartiennent à personne, puisqu'elles appartiennent à l'État (non que l'État soit personne, mais la propriété de l'État est abstraite et pour ainsi dire fictive). Péchiney n'appartient à personne, avant même que l'on distribue les actions aux ouvriers, puisque Péchiney appartient à des milliers d'actionnaires, qui, s'ils sont propriétaires au sens juridique du terme, n'exercent plus le droit traditionnel et individuel de propriété. De la même façon, Dupont de Nemours ou General Motors appartiennent à des centaines de milliers d'actionnaires, qui maintiennent la fiction juridique de la propriété mais n'en exercent pas les privilèges authentiques.

D'ailleurs, Marx a fait allusion dans *Le Capital* aux grandes sociétés par actions, pour constater que la propriété individuelle était en train de disparaître et conclure que le capitalisme typique se transformait [31].

On peut donc dire que Marx a eu raison de montrer la contradiction entre le développement des forces de production et le droit individuel de propriété, puisque, dans le capitalisme moderne des grandes sociétés par actions, le droit de propriété, d'une certaine façon, a disparu.

En revanche, si l'on considère que ces grandes sociétés sont l'essence même du capitalisme, on montre avec la même facilité que le développement des forces productives n'élimine à aucun degré le droit de propriété et que la contradiction théorique entre forces et rapports de production n'existe pas. Le développement des forces de production exige le surgissement de formes nouvelles de rapports de production, mais ces formes nouvelles peuvent n'être pas contradictoires avec le droit traditionnel de propriété.

Selon une deuxième interprétation de la contradiction entre les forces et les rapports de production, la distribution des revenus que détermine le droit individuel de propriété est telle qu'une société capitaliste est incapable d'absorber sa propre production. En ce cas, la contradiction entre forces et rapports de production touche au fonctionnement même d'une économie capitaliste. Le pouvoir d'achat distribué aux masses populaires resterait en permanence inférieur aux exigences de l'économie.

Cette version continue à avoir cours depuis près d'un siècle et demi. Depuis lors, les forces de production, dans tous les pays capitalistes, se sont développées prodigieusement. L'incapacité d'une économie fondée sur la propriété privée d'absorber sa propre production était déjà dénoncée lorsque la capacité de production était le cinquième ou le dixième de ce qu'elle est aujourd'hui; elle continuera probablement à l'être lorsque la capacité de production sera cinq ou dix fois ce qu'elle est aujourd'hui. La contradiction n'apparaît pas évidente.

En d'autres termes, les deux versions de la contradiction entre forces et rapports de production ne sont prouvées ni l'une ni l'autre. La seule version qui comporte manifestement une part de vérité est celle qui ne conduit pas aux propositions, politiques et messianiques, auxquelles les marxistes tiennent le plus.

La sociologie de Marx est une sociologie de la lutte de classes. Quelques propositions y sont fondamentales. La société actuelle est une société antagoniste. Les classes sont les acteurs principaux du drame historique, du capitalisme en particulier, et de l'histoire en général. La lutte de classes est le moteur de l'histoire et conduit à une révolution qui marquera la fin de la préhistoire et l'avènement d'une société non antagoniste.

Mais qu'est-ce qu'une classe sociale? Il est temps de répondre à la question par laquelle j'aurais dû commencer si j'avais exposé la pensée d'un professeur. Mais Marx n'était pas un professeur.

Sur ce point, on trouve dans l'œuvre de Marx un grand nombre de textes qui, au moins pour les principaux, sont à mon sens de trois types.

Il existe un texte classique qui se trouve aux dernières pages du manuscrit du *Capital :* le chapitre ultime qu'Engels a publié dans le troisième livre du *Capital* et qui a pour titre « Les classes ». Comme *Le Capital* est le principal livre scientifique de Marx, il faut bien se référer à ce texte, qui est malheureusement incomplet. Marx y écrit : « Les propriétaires de la simple force de travail, les propriétaires du capital et les propriétaires fonciers dont les sources respectives de revenu sont le salaire, le profit et la rente foncière; par conséquent les salariés, les capitalistes et les propriétaires fonciers constituent les trois grandes classes de la société moderne fondée sur le système de production capitaliste [32]. » La distinction des classes est ici fondée sur la distinction d'ailleurs classique des origines économiques des revenus : capital-profit, terrain-rente foncière, travail-salaire, c'est-à-dire sur ce qu'il a appelé « la formule trinitaire qui englobe tous les mystères du procès social de production » (*Le Capital*, liv. III, chap. 48, p. 193).

Le profit est la forme apparente de la réalité essentielle qu'est la plus-value, la rente foncière, à laquelle Marx a consacré dans ce même livre III du *Capital* une longue analyse, est une fraction de la plus-value, valeur non distribuée aux travailleurs.

Cette interprétation des classes par la structure économique est celle qui répond le mieux à l'intention scientifique de Marx. Elle permet de dégager quelques-unes des propositions essentielles de la théorie marxiste des classes.

Tout d'abord, une classe sociale est un groupe qui occupe une place déterminée dans le processus de production, étant entendu que la place dans le processus de production comporte une double signification, place dans le processus technique de production et place dans le processus juridique, surimposé au processus technique.

Le capitaliste est simultanément le maître de l'organisation du travail, donc le maître dans le processus technique, il est aussi, juridiquement, grâce à sa situation de propriétaire des moyens de production, celui qui soustrait aux producteurs associés la plus-value.

On peut d'autre part en conclure que les rapports de classes tendent à se simplifier au fur et à mesure du développement du capitalisme. S'il n'y a que deux sources de revenus, en laissant de côté la rente foncière dont l'importance diminue au fur et à mesure de l'industrialisation, il n'y a que deux grandes classes : le prolétariat constitué par ceux qui ne possèdent que leur force de travail, et la bourgeoisie capitaliste, c'est-à-dire tous ceux qui accaparent une partie de la plus-value.

Un deuxième type de textes de Marx, relatifs aux classes, regroupe les études historiques telles que *Les Luttes de classes en France (1848-1850)* ou *Le 18 Brumaire de Louis Bonaparte.* Marx y utilise la notion de classe, mais sans en faire une théorie systématique. L'énumération des classes y est plus longue et plus fine que dans la distinction structurelle des classes qui vient d'être analysée [33].

Ainsi, dans *Les Luttes de classes en France,* Marx distingue les classes suivantes : bourgeoisie financière, bourgeoisie industrielle, classe bourgeoise commerçante, petite bourgeoisie, classe paysanne, classe prolétarienne, et enfin ce qu'il appelle le *Lumpenproletariat,* qui correspond à peu près à ce que nous appelons le sous-prolétariat.

Cette énumération ne contredit pas la théorie des classes, esquissée au dernier chapitre du *Capital.* Le problème que pose Marx, dans ces deux sortes de textes, n'est pas le même. Dans un cas, il cherche à déterminer quels sont les grands groupements, caractéristiques d'un économie capitaliste; dans d'autres, il cherche à déterminer quels sont, dans des circonstances historiques particulières, les groupes sociaux qui ont exercé une influence sur les événements politiques.

Il n'en reste pas moins qu'il y a une difficulté à passer de la théorie structurelle des classes, fondée sur la distinction des sources de revenus, à l'observation historique des groupes sociaux. En effet, une classe ne constitue pas une unité, du simple fait qu'au regard de l'analyse économique les revenus ont une seule et même source; il faut de toute évidence qu'il s'y ajoute une certaine communauté psychologique, éventuellement une certaine conscience d'unité ou même une volonté d'action commune.

Cette remarque conduit à une troisième catégorie de textes marxistes. Dans *Le 18 Brumaire de Louis Bonaparte,* Marx explique pourquoi un grand nombre d'hommes, même s'ils ont la même activité économique et le même genre de vie, ne représentent pas encore nécessairement une classe sociale :

« Les paysans parcellaires constituent une masse énorme dont les membres vivent tous dans la même situation, mais sans être unis les uns aux autres par des rapports variés. Leur mode de production les isole les uns des autres, au lieu de les amener à des relations réciproques. Cet isolement est encore aggravé par le mauvais état des moyens de communication en France et par la pauvreté des paysans. L'exploitation de la parcelle ne permet aucune division du travail, aucune utilisation des méthodes scientifiques, par conséquent, aucune diversité de développement, aucune variété de talents, aucune richesse de rapports sociaux. Chacune des familles paysannes se suffit presque complètement à elle-même, produit directement elle-même la plus grande partie de ce qu'elle consomme et se procure ainsi ses moyens de subsistance bien plus par un échange avec la nature que par un échange avec la société. La parcelle, le paysan et sa famille; à côté, une autre parcelle, un autre paysan et une autre famille. Un certain nombre de ces familles forment un village et un certain nombre de villages un département. Ainsi, la grande masse de la nation française est constituée par une simple addition de grandeurs de même nom, à peu près de la même façon qu'un sac rempli de pommes de terre forme un sac de pommes de terre. Dans la mesure où des millions de familles paysannes vivent dans des conditions économiques qui les séparent les unes des autres et opposent leur genre de vie, leurs intérêts et leur culture à ceux des autres classes de la société, elles constituent une classe. Mais elles ne constituent pas une classe dans la mesure où il n'existe entre les paysans parcellaires qu'un lien local et où la similitude de leurs intérêts ne crée entre eux aucune communauté, aucune liaison nationale ni aucune organisation politique. » (Éd. Sociales, p. 97 et 98.)

En d'autres termes, la communauté d'activité, de façon de penser et de mode de vie est la condition nécessaire de la réalité d'une classe sociale, mais non la condition suffisante. Pour qu'il y ait classe, il faut qu'il y ait prise de conscience de l'unité et sentiment de séparation des autres classes sociales, voire sentiment d'hostilité à l'égard des autres classes sociales. A la limite des individus séparés ne forment une classe que dans la mesure où ils ont à mener une lutte commune contre une autre classe.

Si l'on tient compte de l'ensemble de ces textes, il me semble que l'on aboutit non pas à une théorie complète et professorale des classes, mais à une théorie politico-sociologique, qui est d'ailleurs assez claire.

Marx est parti de l'idée d'une contradiction fondamentale d'intérêts entre les salariés et les capitalistes. Il était de plus convaincu que cette opposition dominait l'ensemble de la société capitaliste et prendrait une forme de plus en plus simple au fur et à mesure de l'évolution historique.

Mais, d'un autre côté, comme observateur de la réalité historique, il constatait comme n'importe qui, et il était un excellent observateur, la pluralité des groupes sociaux. C'est que la classe, au sens fort du terme, ne se confond pas avec un groupe social quelconque. Elle implique, au-delà de la communauté d'existence, la prise de conscience de cette communauté sur le plan national et la volonté d'une action commune en vue d'une certaine organisation de la collectivité.

A ce niveau, on comprend qu'aux yeux de Marx il n'y ait en vérité que deux grandes classes, parce qu'il n'y a, dans la société capitaliste, que deux groupes qui ont vraiment des représentations contradictoires de ce que doit être la société, qui ont réellement chacun une volonté politique et historique définie.

Dans le cas des ouvriers comme dans celui des propriétaires des moyens de production, les différents critères que l'on peut imaginer ou observer se sont confondus. Les ouvriers de l'industrie ont un mode déterminé d'existence, qui tient au sort qui leur est fait dans la société capitaliste. Ils ont conscience de leur solidarité, ils prennent conscience de leur antagonisme par rapport à d'autres groupes sociaux. Ils sont donc, au sens plein du terme, une classe sociale, qui se définit politiquement et historiquement par une volonté propre qui les met en opposition essentielle avec les capitalistes. Cela n'exclut pas l'existence de sous-groupes à l'intérieur de chacune de ces classes, pas plus que la présence de groupes qui ne sont pas encore absorbés dans le camp de l'un ou l'autre des deux grands acteurs du drame historique. Mais ces groupes extérieurs ou marginaux, les commerçants, les petits bourgeois, les survivants de la structure ancienne de la société, au fur et à mesure de l'évolution historique, seront obligés de rejoindre le camp du prolétariat ou le camp du capitalisme.

Dans cette théorie, deux points sont équivoques et discutables.

Au point de départ de l'analyse, Marx assimile la montée de la bourgeoisie et la montée du prolétariat. Dès ses premiers écrits, il décrit l'avènement d'un quatrième état comme analogue à la montée du troisième. La bourgeoisie a développé des forces de production dans le sein de la société féodale. De la même façon le prolétariat est en train de développer des forces de production au sein de la société capitaliste. Or cette assimilation est, me semble-t-il, erronée. Il faut la passion politique, en même temps que le génie, pour ne pas voir que les deux cas sont radicalement différents.

La bourgeoisie, qu'elle soit marchande ou industrielle, lorsqu'elle a créé des forces de production au sein de la société féodale, était réellement une classe sociale nouvelle, formée à l'intérieur de la société ancienne. Mais la bourgeoisie, qu'elle fût commerçante ou industrielle, était une minorité privilégiée, qui exerçait des fonctions socialement indispensables. Elle s'opposait à la classe dirigeante féodale comme une aristocratie économique s'oppose à une aristocratie militaire. On s'explique comment cette classe privilégiée, historiquement nouvelle, pouvait créer, au sein de la société féodale, des forces et des rapports de production nouveaux, et comment elle a fait sauter la superstructure politique de la féodalité. La Révolution française, aux yeux de Marx, constitue le moment où la classe bourgeoise s'empare du pouvoir politique que se réservaient les débris de la classe, politiquement dirigeante, de la féodalité.

Par contre, le prolétariat, dans la société capitaliste, n'est pas une minorité privilégiée, mais au contraire la grande masse des travailleurs non privilégiés. Il ne crée pas des forces ou des rapports de production nouveaux au sein de la société capitaliste; les ouvriers sont les agents d'exécution d'un système de production qui est dirigé soit par les capitalistes, soit par les techniciens.

Dès lors, l'assimilation de la montée du prolétariat à la montée de la bourgeoisie est sociologiquement fausse. Pour rétablir l'équivalence entre la montée de la bourgeoisie et la montée du prolétariat, les marxistes sont acculés à l'usage de ce qui est condamné par eux lorsque les autres le pratiquent : le mythe. Pour assimiler la montée du prolétariat à la montée de la bourgeoisie, il faut en effet, au contraire, confondre la minorité qui dirige le parti politique et se réclame du prolétariat avec le prolétariat lui-même. Autrement dit, au point d'arrivée, pour maintenir la similitude entre la montée de la bourgeoisie et la montée du prolétariat, il faut que successivement Lénine, Staline, Khrouchtchev, Brejnev et Kossyguine soient le prolétariat.

Dans le cas de la bourgeoisie, ce sont les bourgeois qui sont les privilégiés, eux qui dirigent le commerce et l'industrie, eux qui gouvernent. Lorsque le prolétariat fait sa révolution, ce sont les hommes *qui se réclament du prolétariat* qui dirigent les entreprises commerciales et industrielles et qui exercent le pouvoir.

La bourgeoisie est une minorité privilégiée, qui est passée de la situation socialement dominante à l'excercice politique du pouvoir; le prolétariat est la grande masse non privilégiée qui ne peut pas devenir, en tant que telle, la minorité privilégiée et dominante.

Je ne porte ici aucun jugement sur les mérites respectifs d'un régime qui se réclame de la bourgeoisie et d'un régime qui se réclame du prolétariat. Tout ce que je veux établir, parce qu'à mon sens ce sont des faits, c'est que la montée du prolétariat ne peut pas être assimilée, sinon par mythologie, à la montée de la bourgeoisie, et que là est l'erreur centrale, qui saute aux yeux et dont les conséquences ont été immenses, de toute la vision marxiste de l'histoire.

Marx a voulu définir de façon univoque un régime économique, social et politique par la classe qui exerce le pouvoir. Or cette définition du régime est insuffisante parce qu'elle implique, en apparence, une réduction de la politique à l'économie, ou de l'État au rapport entre les groupes sociaux.

Sociologie et économie.

Marx s'est efforcé de combiner une théorie du fonctionnement de l'économie avec une théorie du devenir de l'économie capitaliste. Cette synthèse de la théorie et de l'histoire comporte une double difficulté intrinsèque, à l'origine et au terme.

Le régime capitaliste, tel que le décrit Marx, ne peut fonctionner qu'à la condition qu'il existe un groupe d'hommes disposant de capital et par suite en mesure d'acheter la force de travail de ceux qui ne possèdent que celle-ci. Comment, historiquement, s'est constitué ce groupe d'hommes? Quel est le processus de formation de l'accumulation primitive du capital, indispensable pour que le capital lui-même puisse fonctionner? La violence, la force, la ruse, le vol et autres procédés classiques dans l'histoire politique rendent compte sans difficulté de la formation d'un groupe de capitalistes. Mais il serait plus difficile d'expliquer par l'économie la formation de ce groupe. L'analyse du fonctionnement du capitalisme suppose, au point de départ, des phénomènes extra-économiques, afin de créer les conditions dans lesquelles le régime puisse fonctionner.

Une difficulté de même nature surgit au terme. Il n'y a, dans *Le Capital*, aucune démonstration concluante, ni du moment auquel le capitalisme cessera de fonctionner, ni même du fait qu'à un moment donné il doive cesser de fonctionner. Pour que l'autodestruction du capitalisme fût économiquement démontrée, il faudrait que l'économiste pût dire : le capitalisme ne peut pas fonctionner avec un taux de profit inférieur à un certain pourcentage; ou encore : la répartition des revenus est telle, à partir d'un certain moment, que le régime est incapable d'absorber sa propre production. Mais en fait, aucune de ces deux démonstrations ne se trouve dans *Le Capital.* Marx a donné un certain nombre de raisons de croire que le régime capitaliste fonctionnerait de plus en plus mal, mais il n'a pas prouvé économiquement la destruction du capitalisme par ses contradictions internes. On est donc obligé d'introduire au terme du processus comme au point de départ un facteur extérieur à l'économie du capitalisme et qui est d'ordre politique.

La théorie purement économique du capitalisme en tant qu'économie d'exploitation comporte également une difficulté essentielle. Cette théorie est fondée sur la notion de plus-value, elle-même inséparable de la théorie du salaire. Or, toute économie moderne est progressive, en ce sens qu'elle doit accumuler une partie de la production annuelle en vue d'élargir les forces de production. Dès lors, si l'on définit l'économie capitaliste comme une économie d'exploitation, il faut montrer en quel sens et dans quelle mesure le mécanisme capitaliste d'épargne et d'investissement est différent du mécanisme d'accumulation qui existe ou existerait dans une économie moderne d'un autre type.

Aux yeux de Marx, la caractéristique de l'économie capitaliste était un taux élevé d'accumulation du capital. « Accumulez, accumulez, c'est la loi et les prophètes. » (*Le Capital*, liv. I, *Œuvres*, t. I, p. 1099 [34].)

Mais dans une économie de type soviétique, l'accumulation de 25 % du revenu national annuel a été considérée, pendant de longues années, comme partie intégrante de la doctrine. Aujourd'hui un des mérites que les apologistes de l'économie soviétique revendiquent pour celle-ci, c'est le haut pourcentage de formation de capital.

Un siècle après Marx, la compétition idéologique entre les deux régimes a pour objet le taux d'accumulation pratiqué par l'un et par l'autre dans la mesure où il détermine le taux de croissance. Il reste alors à savoir si le mécanisme capitaliste d'accumulation est meilleur ou pire que le mécanisme d'accumulation d'un autre régime (meilleur pour qui, ou pire pour qui?).

Dans son analyse du capitalisme, Marx a considéré simultanément les caractéristiques de toute économie et les caractéristiques d'une économie moderne de type capitaliste parce qu'il n'en connaissait pas d'autre. Un siècle après, le vrai problème, pour un économiste de tradition authentiquement marxiste, serait d'analyser les particularités d'une économie moderne d'un autre type.

La théorie du salaire, la théorie de la plus-value, la théorie de l'accumulation cessent d'être pleinement satisfaisantes en elles-mêmes. Elles représentent plutôt des questions posées ou des points de départ de l'analyse, permettant de différencier ce que l'on pourrait appeler l'exploitation capitaliste de l'exploitation soviétique ou, pour s'exprimer de façon plus neutre, la plus-value capitaliste de la plus-value en régime soviétique. Dans aucun régime on ne peut donner aux travailleurs la totalité de la valeur qu'ils produisent puisqu'il faut en réserver une partie pour l'accumulation collective.

Cela n'exclut d'ailleurs pas qu'il y ait des différences substantielles entre les deux mécanismes. L'accumulation passe, en régime capitaliste, par l'intermédiaire des profits individuels et du marché, et la distribution des revenus n'est pas la même dans les deux régimes.

Ces remarques, faciles un siècle après Marx, n'impliquent aucune prétention, qui serait ridicule, à la supériorité. Je veux seulement montrer que Marx, observant les débuts du régime capitaliste, ne pouvait pas aisément distinguer d'un côté ce qui est impliqué par un régime de propriété privée, de l'autre ce qui est impliqué par la phase de développement d'une économie telle celle que l'Angleterre traversait au moment où il l'observait, et enfin ce qui est de l'essence même de n'importe quelle économie industrielle.

Aujourd'hui, la tâche d'une analyse sociologique de l'économie est précisément de faire la distinction entre ces trois sortes d'éléments : caractères liés à toute économie moderne, caractères liés à un régime particulier d'économie moderne, et enfin caractères liés à une phase de la croissance de l'économie.

Cette discrimination est difficile car tous ces caractères sont toujours présents dans la réalité et mêlés les uns aux autres. Mais si l'on veut porter un jugement critique, politique ou moral, sur un certain régime, il faut de toute évidence ne pas mettre à son compte ce qui est imputable à d'autres déterminants.

La théorie de l'accumulation et de la plus-value est le type même de la confusion entre ces différents éléments. Toute économie moderne implique accumulation. Le taux de l'accumulation est plus ou moins élevé, selon la phase de la croissance, et aussi selon les intentions du gouvernement de la société considérée. Ce qui varie, en revanche, c'est le mécanisme économico-social de la plus-value, ou encore le mode de circulation de l'épargne. Une économie de type planifié possède un circuit d'épargne d'un style relativement simple, cependant qu'une économie où subsiste la propriété privée des instruments de production comporte un mécanisme plus compliqué, mêlant le marché libre et les prélèvements imposés par voie d'autorité. Elle ne souffre pas aisément la détermination autoritaire du montant de l'épargne et du taux de formation de capital par rapport au produit national.

Les relations entre l'analyse économique et l'analyse sociologique soulèvent enfin le problème des relations entre régimes politiques et régimes économiques. A mon sens, c'est sur ce point que la sociologie de Marx est le plus vulnérable à la critique.

Dans *Le Capital* aussi bien que dans les autres ouvrages de Marx, on ne trouve en effet sur ce problème décisif qu'un petit nombre d'idées, qui sont d'ailleurs toujours les mêmes.

L'État est considéré essentiellement comme l'instrument de domination d'une classe. Il s'ensuit qu'un régime politique est défini par la classe qui exerce le pouvoir. Les régimes de démocratie bourgeoise sont assimilés à des régimes où la classe capitaliste exerce le pouvoir, tout en maintenant une façade d'institutions libres. Par opposition au régime économico-social fait de classes antagonistes et de la domination d'une classe sur les autres,

Marx dresse la représentation d'un régime économico-social où il n'y aurait plus de domination de classe. De ce fait, et pour ainsi dire par définition, l'État devra disparaître puisque l'État n'existe que dans la seule mesure où une classe en a besoin pour exploiter les autres.

Entre la société antagoniste et la société non antagoniste du futur s'interpose ce qui est appelé dictature du prolétariat, expression qui se trouve en particulier dans un texte célèbre de 1875, la *Critique du programme du parti ouvrier allemand*, ou *Critique du programme de Gotha* [35]. La dictature du prolétariat est le renforcement suprême de l'État avant le moment crucial où le dernier dépérira. Avant de disparaître, l'État atteint à son épanouissement.

La dictature du prolétariat était peu clairement définie dans les textes de Marx où coexistaient en fait deux représentations. L'une était de tradition jacobine et assimilait la dictature du prolétariat au pouvoir absolu d'un parti se réclamant des masses populaires; l'autre, presque opposée, avait été suggérée à Marx par l'expérience de la Commune de Paris, qui tendait à la disparition de l'État centralisé.

Cette conception de la politique et de la disparition de l'État dans une société non antagoniste me paraît de beaucoup la conception sociologique la plus aisément réfutable de toute l'œuvre de Marx.

Personne ne nie que dans toute société, et en particulier dans une société moderne, il y ait des fonctions communes d'administration et d'autorité qu'il faut exercer. Personne ne peut raisonnablement penser qu'une société industrielle aussi complexe que la nôtre puisse se passer d'une administration, et d'une administration à certains égards centralisée.

De plus, si l'on suppose une planification de l'économie, il est inconcevable qu'il n'y ait pas des organismes centralisés qui prennent les décisions fondamentales impliquées par l'idée même de planification. Or ces décisions supposent des fonctions que l'on appelle couramment étatiques. Dès lors, à moins que l'on n'imagine un stade d'abondance absolue, où le problème de la coordination de la production ne se pose plus, un régime d'économie planifiée exige un renforcement des fonctions administratives et directoriales exercées par le pouvoir central.

En ce sens, les deux idées de planification de l'économie et de dépérissement de l'État sont contradictoires pour l'avenir prévisible, tant qu'il importera de produire le plus possible, de produire en fonction des directives du plan et de répartir la production entre les classes sociales selon les idées des gouvernants.

Que l'on appelle État l'ensemble des fonctions administratives et directoriales de la collectivité l'État ne peut dépérir dans aucune société industrielle, et il peut moins encore dépérir dans une société industrielle planifiée, puisque la planification centrale, par définition, implique qu'un plus grand nombre de décisions soient prises par le gouvernement que dans une économie capitaliste, qui se définit partiellement par la décentralisation du pouvoir de décision.

Le dépérissement de l'État ne peut donc avoir qu'un sens symbolique. Ce qui dépérit, c'est le caractère de classe de l'État considéré. On peut, en effet, penser qu'à partir du moment où il n'y a plus rivalité de classes, ces fonctions administratives et directoriales, au lieu d'exprimer l'intention égoïste d'un groupe particulier, sont l'expression de la société tout entière. En ce sens, on peut effectivement concevoir la disparition du caractère de classe, de domination et d'exploitation, de l'État lui-même.

Mais, dans le régime capitaliste, l'État peut-il être défini essentiellement par le pouvoir d'une classe donnée?

L'idée centrale de Marx est que la société capitaliste est antagoniste, tous les caractères essentiels de ce régime sortant de ce phénomène. Comment pourrait-il y avoir une société sans antagonisme? L'argumentation tout entière repose sur la différence de nature entre la classe bourgeoise qui exerce le pouvoir quand elle possède les instruments de production et le prolétariat considéré comme la classe qui prendra la succession de la bourgeoisie.

Dire que le prolétariat est une classe universelle qui prend le pouvoir ne peut pourtant avoir qu'une signification symbolique, puisque la masse des ouvriers dans les usines ne peut pas être confondue avec une minorité dominante qui exerce le pouvoir. La formule : « le prolétariat au pouvoir » n'est qu'une formule symbolique pour dire : le parti ou le groupe d'hommes qui se recommande de la masse populaire.

Dans la société où il n'y a plus de propriété privée des instruments de production, par définition il n'y a plus d'antagonisme lié à cette propriété, mais il y a des hommes qui exercent le pouvoir au nom des masses populaires. Il y a donc un État qui remplit les fonctions administratives et directoriales indispensables à toute société développée. Une société de ce type ne comporte pas les mêmes antagonismes qu'une société dans laquelle existe la propriété privée des instruments de production. Mais une société où l'État, par des décisions économiques, détermine dans une large mesure la condition de tous et de chacun peut évidemment comporter des antagonismes entre les groupes, soit entre les groupes horizontaux, paysans d'un côté, ouvriers de l'autre, soit entre les groupes verticaux, entre ceux qui sont situés en bas et ceux qui sont situés en haut de la hiérarchie.

Je ne dis nullement que dans une société où la condition de chacun dépend du plan et où le plan est déterminé par l'État, il y ait *nécessairement* des conflits. Mais l'on ne peut pas déduire la certitude d'une société sans antagonisme du simple fait que la propriété privée des instruments de production a disparu et que la condition de chacun dépend des décisions de l'État. Si les décisions de l'État sont prises par des individus ou par une minorité, ces décisions peuvent correspondre aux intérêts des uns ou des autres. Il n'y a pas d'harmonie préétablie entre les intérêts des différents groupes dans une société planifiée.

Le pouvoir de l'État ne disparaît pas et ne peut pas disparaître dans une telle société. Une société planifiée peut certes être gouvernée de manière équitable, mais il n'y a pas de garantie à priori que les dirigeants du plan prennent des décisions qui correspondent aux intérêts de tous, ou aux intérêts suprêmes de la collectivité, dans la mesure d'ailleurs où ceux-ci peuvent être définis.

La disparition assurée des antagonismes supposerait ou que les rivalités entre les groupes n'aient pas d'autre origine que la propriété privée des instruments de production, ou que l'État disparaisse. Mais aucune de ces deux hypothèses n'est vraisemblable. Il n'y a pas de raison que tous les intérêts des membres d'une collectivité soient en harmonie du jour où les instruments de production cessent d'être objet d'appropriation individuelle. Un type d'antagonisme disparaît, non tous les antagonismes possibles. Et du moment qu'il subsiste des fonctions administratives ou directoriales, le risque existe par définition que ceux qui exercent ces fonctions, ou soient injustes, ou soient mal informés, ou soient déraisonnables, et que les gouvernés ne soient pas satisfaits des décisions prises par les gouvernants.

Enfin, au-delà de ces remarques, subsiste un problème fondamental, celui de la réduction de la politique en tant que telle à l'économie.

La sociologie de Marx, au moins sous sa forme prophétique, suppose la réduction de l'ordre politique à l'ordre économique, c'est-à-dire le dépérissement de l'État à partir du moment où s'imposent la propriété collective des instruments de production et la planification. Mais l'ordre de la politique est essentiellement irréductible à l'ordre de l'économie. Quel que soit le régime économique et social, le problème politique subsistera, parce qu'il consiste à déterminer qui gouverne, comment sont recrutés les gouvernants, comment est exercé le pouvoir, quelle est la relation de consentement ou de révolte entre les gouvernants et les gouvernés. L'ordre du politique est aussi essentiel et autonome que l'ordre de l'économie. Ces deux ordres sont en relations réciproques.

La manière dont sont organisées la production et la répartition des ressources collectives influence la manière dont est résolu le problème de l'autorité, et inversement la manière dont est résolu le problème de l'autorité influence la manière dont est résolu le problème de la production et de la répartition des ressources. Ce qui est faux, c'est de penser qu'une certaine organisation de la production et de la répartition des ressources résolve automatiquement en le supprimant le problème du commandement. Le mythe du dépérissement de l'État, c'est le mythe que l'État n'existe que pour produire et répartir les ressources, et qu'une fois ce problème de la production et de la répartition des ressources résolu, il n'y a plus besoin d'État, c'est-à-dire de commandement [36].

Ce mythe est doublement trompeur. D'abord, la gestion planifiée de l'économie entraîne un renforcement de l'État. Et même si la planification n'entraînait pas un renforcement de l'État, il subsisterait toujours, dans la société moderne, un problème du commandement, c'est-à-dire du mode d'exercice de l'autorité.

En d'autres termes, il n'est pas possible de définir un régime politique simplement par la classe qui est supposée exercer le pouvoir. On ne peut pas définir le régime politique du capitalisme par le pouvoir des monopolistes, pas plus qu'on ne peut définir le régime politique d'une société socialiste par le pouvoir du prolétariat. Dans le régime capitaliste, ce ne sont pas les monopolistes qui, en personne, exercent le pouvoir, et dans le régime socialiste, ce n'est pas le prolétariat en corps qui exerce le pouvoir. Dans les deux cas il s'agit de déterminer quels sont les hommes qui exercent les fonctions politiques, comment ils sont recrutés, comment ils exercent l'autorité, quelle est la relation entre gouvernants et gouvernés.

La sociologie des régimes politiques ne peut être réduite à un simple appendice de la sociologie de l'économie ou des classes sociales.

Marx a souvent parlé des idéologies, et il a cherché à expliquer les façons de penser ou les systèmes intellectuels par le contexte social.

L'interprétation des idées par la réalité sociale comporte plusieurs méthodes. Il est possible d'expliquer les façons de penser par le mode de production ou par le style technique de la société considérée. Mais l'explication qui a eu le plus de succès est celle qui attribue des idées déterminées à une certaine classe sociale.

En général, Marx entend par idéologie la conscience fausse ou la représentation fausse qu'une classe sociale se fait de sa propre situation et de la société dans son ensemble. Dans une large mesure, il considère les théories des économistes bourgeois comme une idéologie de classe. Non pas du tout qu'il impute aux économistes bourgeois l'intention de tromper leurs lecteurs ou de donner une interprétation mensongère de la réalité. Mais il a tendance à penser qu'une classe ne peut pas voir le monde autrement qu'en fonction de sa propre situation. Comme dirait Sartre, le bourgeois voit le monde défini par les droits qu'il y possède. L'image juridique d'un monde de droits et d'obligations est la représentation sociale dans laquelle le bourgeois exprime à la fois son être et sa situation.

Cette théorie de la conscience fausse liée à la conscience de classe peut s'appliquer à nombre d'idées ou de systèmes intellectuels. Lorsqu'il s'agit de doctrines économiques et sociales, on peut à la rigueur considérer que l'idéologie est une conscience fausse et que le sujet de cette conscience fausse est la classe. Mais cette conception de l'idéologie comporte deux difficultés.

Si une classe se fait en fonction de sa situation une idée fausse du monde, si, par exemple, la classe bourgeoise ne comprend pas le mécanisme de la plus-value ou reste prisonnière de l'illusion des marchandises-fétiches, pourquoi un certain individu arrive-t-il à se libérer de ces illusions, de cette conscience fausse?

Et, d'autre part, si toutes les classes ont une façon de penser partielle et partiale, il ne reste plus de vérité. En quoi une idéologie peut-elle être supérieure à une autre, dès lorsque toutes les idéologies sont inséparables de la classe qui les conçoit ou les adopte? La pensée marxiste est ici tentée de répondre que, parmi les idéologies, il y en a une qui vaut mieux que les autres, parce qu'il y a une classe qui, elle, peut penser le monde dans sa vérité. Dans le monde capitaliste, le prolétariat, et le prolétariat seul, pense la vérité du monde, parce que seul il peut penser l'avenir au-delà de la révolution.

Lukács, l'un des derniers grands philosophes marxistes, dans *Geschichte und Klassenbewusstsein*, s'est ainsi efforcé de démontrer que les idéologies de classe ne sont pas équivalentes et que l'idéologie de la classe prolétarienne est vraie, parce que le prolétariat, dans la situation que lui fait le capitalisme, est capable, et seul capable, de penser la société dans son développement, dans son évolution vers la révolution, et donc dans sa vérité [37].

Une première théorie de l'idéologie essaie donc d'éviter le glissement au relativisme intégral, en maintenant tout à la fois le lien des idéologies et de la classe et la vérité de l'une des idéologies.

La difficulté d'une formule de cette ordre, c'est qu'il est facile de mettre en doute la vérité de cette idéologie de classe, aisé aux tenants des autres idéologies et des autres classes de répondre que tous les chercheurs sont sur le même plan. A supposer que ma vision du capitalisme soit commandée par mon intérêt de bourgeois, votre vision prolétarienne est commandée par votre intérêt de prolétaire. Pourquoi les intérêts des *out*, comme on dit en anglais, vaudraient-ils mieux en tant que tels que les intérêts des *in?* Pourquoi les intérêts de ceux qui sont du mauvais côté de la barrière vaudraient-ils, en tant que tels, mieux que les intérêts de ceux qui sont du bon côté? D'autant que les situations peuvent se retourner, et, effectivement, se retournent de temps en temps.

Ce mode d'argumentation ne peut qu'aboutir à un scepticisme intégral, où toutes les idéologies sont équivalentes, également partielles et partiales, intéressées et par suite mensongères.

C'est pourquoi on a cherché dans une autre direction, qui me paraît préférable, celle même dans laquelle s'est engagée la sociologie de la connaissance, qui établit des distinctions entre les différents types d'édifices intellectuels. Toute pensée est liée d'une certaine façon au milieu social, mais le lien de la peinture, de la physique, des mathématiques, de l'économie politique ou des doctrines politiques à la réalité sociale n'est pas le même.

Il convient de distinguer les façons de penser ou les théories scientifiques, qui sont liées à la réalité sociale mais qui n'en sont pas dépendantes, des idéologies ou consciences fausses qui sont le résultat, dans la conscience des hommes, de situations de classe qui empêchent de voir la vérité.

Cette tâche est celle même que les différents sociologues de la connaissance, marxistes ou non marxistes, essaient d'accomplir de manière à réserver la vérité universelle de certaines sciences, et la valeur universelle des œuvres d'art.

Il importe à un marxiste comme à un non-marxiste de ne pas réduire la signification d'une œuvre scientifique ou esthétique à son contenu de classe. Marx, qui était un grand admirateur de l'art grec, savait tout aussi bien que les sociologues de la connaissance que la signification des créations humaines ne s'épuise pas dans leur contenu de classe. Les œuvres d'art valent et signifient même pour d'autres classes, même pour d'autres temps.

Sans nier le moins du monde que la pensée soit liée à la réalité sociale et que certaines formes de pensée soient liées à la classe sociale, il est nécessaire de rétablir la discrimination des espèces et de maintenir deux propositions qui me semblent indispensables pour éviter le nihilisme :

Il est des domaines dans lesquels le penseur peut atteindre à une vérité valable pour tous, et non pas seulement à une vérité de classe. Il est des domaines où les créations des sociétés ont valeur et portée pour les hommes d'autres sociétés.

Conclusion.

Il y a eu, au fond, trois grandes crises de la pensée marxiste depuis un siècle [38].

La première est celle qu'on a déjà appelée la crise du révisionnisme, celle de la social-démocratie allemande dans les premières années du xxe siècle. Les deux protagonistes en étaient Karl Kautsky et Édouard Bernstein, et le thème essentiel : l'économie capitaliste est-elle en train de se transformer de manière telle que la révolution que nous annonçons et sur laquelle nous comptons se produise conformément à notre attente? Bernstein, le révisionniste, déclarait que les antagonismes de classe ne s'exaspéraient pas, que la concentration ne se produisait ni aussi vite ni aussi complètement qu'il était prévu, et que par conséquent il n'était pas probable que la dialectique historique eût la complaisance de réaliser la catastrophe de la révolution et la société non antagoniste. Cette querelle Kautsky-Bernstein se termina à l'intérieur du parti social-démocrate allemand et de la IIe Internationale par la victoire de Kautsky et la défaite des révisionnistes. La thèse orthodoxe fut maintenue.

La deuxième crise de la pensée marxiste fut la crise du bolchevisme. Un parti se réclamant du marxisme prit le pouvoir en Russie, et ce parti, comme il était normal, définit sa victoire comme celle d'une révolution prolétarienne. Mais une fraction des marxistes, les orthodoxes de la IIe Internationale, la majorité des socialistes allemands et la majorité des socialistes occidentaux en jugèrent autrement. Depuis 1917-1920, il y a eu à l'intérieur des partis qui se réclamaient de Marx une querelle dont l'enjeu central pourrait être résumé ainsi : le pouvoir soviétique est-il une dictature *du* prolétariat ou une dictature *sur* le prolétariat? Ces expressions étaient employées dès les années 1917-1918 par les deux grands protagonistes de cette deuxième crise, qui ont été Lénine et Kautsky. Dans la première crise du révisionnisme, Kautsky était du côté des orthodoxes. Dans la crise du bolchevisme, il croyait toujours être du côté des orthodoxes, mais il y avait une nouvelle orthodoxie.

La thèse de Lénine était simple : le parti bolchevik qui se réclame du marxisme et du prolétariat représente le prolétariat au pouvoir; le pouvoir du parti bolchevik, c'est la dictature du prolétariat. Comme après tout on n'avait jamais su avec certitude en quoi consisterait exactement la dictature du prolétariat, l'hypothèse selon laquelle le pouvoir du parti bolchevik était la dictature du prolétariat était séduisante et il n'était pas interdit de la soutenir. De plus, tout devenait facile, car si le pouvoir du parti bolchevik était le pouvoir du prolétariat, le régime soviétique était un régime prolétarien, et la construction du socialisme s'ensuivait.

En revanche, si l'on admettait la thèse de Kautsky, selon lequel une révolution faite dans un pays non industrialisé, où la classe ouvrière était une minorité, ne pouvait pas être une révolution véritablement socialiste, la dictature d'un parti même marxiste n'était pas une dictature du prolétariat, mais une dictature sur le prolétariat.

Depuis, il y a eu dans la pensée marxiste deux écoles : l'une qui reconnaissait dans le régime de l'Union soviétique l'accomplissement, avec quelques modalités imprévues, des prévisions de Marx, et l'autre qui considérait que l'essence de la pensée marxiste était défigurée parce que le socialisme n'impliquait pas seulement la propriété collective et la planification, mais la démocratie politique. Or, disait la deuxième école, la planification socialiste sans démocratie, ce n'est pas le socialisme.

Il faudrait d'ailleurs chercher quel est le rôle joué par l'idéologie marxiste dans la construction du socialisme soviétique. Il est clair que la société soviétique n'est pas sortie tout armée du cerveau de Marx et qu'elle est dans une large mesure le résultat des circonstances. Mais l'idéologie marxiste, telle qu'elle a été interprétée par les bolcheviks, a joué aussi un rôle et un rôle important.

La troisième crise de la pensée marxiste est celle où nous nous trouvons aujourd'hui. Elle porte sur le point de savoir s'il y a, entre la version bolchevik et la version, disons scandinavo-britannique, du socialisme, un terme intermédiaire.

De nos jours, on voit bien une des modalités possibles d'une société socialiste : la planification centrale sous la direction d'un État plus ou moins total, lui-même confondu avec un parti se réclamant du socialisme. C'est la version soviétique de la doctrine marxiste. Mais il y a une deuxième version, qui est la version occidentale, dont la forme la plus perfectionnée est probablement la société suédoise et où l'on observe un mélange d'institutions privées et publiques, une réduction de l'inégalité des revenus et l'élimination de la plupart des phénomènes sociaux qui faisaient scandale. Planification partielle et propriété mixte des instruments de production se conjuguent avec les institutions démocratiques de l'Occident, c'est-à-dire les partis multiples, les élections libres, la libre discussion des idées et des doctrines.

Les marxistes orthodoxes sont ceux qui ne doutent pas que la véritable descendance de Marx soit la société soviétique. Les socialistes occidentaux ne doutent pas que la version occidentale soit moins infidèle à l'esprit de Marx que la version soviétique. Mais nombre d'intellectuels marxistes ne trouvent aucune des deux versions satisfaisante. Ils voudraient une société qui fût d'une certaine façon aussi socialiste et aussi planifiée que la société soviétique, et en même temps aussi libérale qu'une société de type occidental.

Je laisse de côté la question de savoir si ce troisième terme peut exister autrement que dans l'esprit des philosophes; mais après tout, comme disait Hamlet à Horatio : « il y a plus de choses sur la terre et dans le ciel que dans tous les rêves de notre philosophie ». Peut-être y aura-t-il un troisième terme, mais, pour l'instant, le stade actuel de la discussion doctrinale c'est l'existence de deux types idéaux, assez clairement définissables, de deux sociétés qui peuvent plus ou moins se réclamer du socialisme, mais dont l'une n'est pas libérale et dont l'autre est bourgeoise.

Le schisme sino-soviétique ouvre une phase nouvelle : aux yeux de Mao Tsé-toung, le régime et la société soviétiques sont en voie d'embourgeoisement. Les dirigeants de Moscou sont traités de révisionnistes, comme É. Bernstein et les socialistes de droite l'avaient été au début du siècle.

De quel côté serait Marx lui-même? Il est vain de s'interroger sur ce point parce qu'il n'avait pas conçu la différenciation que le cours de l'histoire a réalisée. À partir du moment où l'on est obligé de dire que certains phénomènes que Marx a critiqués ne sont pas imputables au capitalisme, mais à la société industrielle ou à la phase de croissance qu'il a observée, on entre dans un mécanisme de pensée dont Marx était naturellement capable (car il était un très grand homme), mais qui a été étranger à Marx tel qu'il a vécu. Selon toute probabilité, lui, qui avait un tempérament de rebelle, ne serait enthousiaste d'aucune des versions, d'aucune des modalités de société qui se réclament de lui; préférerait-il l'une ou préférerait-il l'autre? Il me paraît impossible d'en décider et, au bout du compte, assez inutile. Si je donnais une réponse, ce ne serait rien de plus que l'expression de mes préférences. Il me paraît plus honnête de dire quelles sont mes préférences que de les attribuer à Marx, — qui n'en peut mais.

INDICATIONS BIOGRAPHIQUES

1818 5 mai. Naissance à Trèves, alors en Prusse rhénane, de Karl Marx, second des huit enfants de l'avocat Heinrich Marx, qui, issu d'une famille de rabbins, s'était converti en 1816 au protestantisme.

1830-1835 Études secondaires au lycée de Trèves.

1835-1836 Études de droit à l'Université de Bonn. Fiançailles avec Jenny von Westphalen.

1836-1841 Études de droit, de philosophie et d'histoire à Berlin. Marx fréquente les jeunes hégéliens du Doktor Club.

1841 Reçu docteur de la Faculté de philosophie de l'Université d'Iéna.

1842 Marx s'installe à Bonn et devient collaborateur puis rédacteur de la *Rheinische Zeitung* de Cologne.

1843 Déçu par l'attitude jugée timorée des actionnaires, il quitte ce poste.
Mariage avec Jenny von Westphalen. Départ pour la France.
Marx collabore aux *Annales franco-allemandes* d'A. Ruge. Il y publie :
La question juive,
Critique de la philosophie du droit de Hegel, Introduction.

1844-1845 Séjour à Paris. Marx fréquente Heine, Proudhon, Bakounine. Début des études d'économie politique. Marx consigne sur plusieurs cahiers manuscrits ses réflexions philosophiques sur l'*Économie* et la *Phénoménologie* de Hegel. Il se lie d'amitié avec Engels. *La Sainte Famille* est leur premier livre écrit en collaboration.

1845 Expulsion de Paris à la demande du gouvernement prussien. Marx s'installe à Bruxelles. En juillet-août, il fait un voyage d'études en Angleterre avec Engels.

1845-1848 Séjour à Bruxelles.
Marx rédige, en collaboration avec Engels et Mores, un livre, *L'Idéologie allemande*, qui ne sera pas publié.
Brouille avec Proudhon.
Misère de la philosophie (1847).
En novembre 1847, le deuxième congrès de la Ligue des Communistes, où Marx se rend à Londres avec Engels, les charge de rédiger un Manifeste communiste. Publication du *Manifeste communiste* à Londres et en allemand en février 1848.

1848 Marx est expulsé de Bruxelles. Après un court séjour à Paris, il se rend à Cologne, où il devient rédacteur en chef de la *Neue Rheinische Zeitung*. Il mène dans ce journal une campagne active pour radicaliser le mouvement révolutionnaire en Allemagne.

1849 *Travail, salaire et capital* (paru dans la *Neue Rheinische Zeitung*). Marx est expulsé de Rhénanie. Après un court séjour à Paris, il part en août pour Londres, où il s'établit définitivement.

1850 *Les Luttes de classes en France.*

1851 Marx devient collaborateur du *New York Tribune.*
1852 Dissolution de la Ligue des Communistes. Procès des Communistes de Cologne.
Le 18-Brumaire de Louis Bonaparte.
1852-1857 Marx doit abandonner ses études économiques pour se consacrer à des travaux alimentaires de journalisme, il connaît de continuelles difficultés financières.
1857-1858 Marx reprend ses travaux d'économie. Il rédige de nombreuses notes qui ne seront découvertes qu'en 1923.
1859 *Critique de l'économie politique,* publié à Berlin.
1860 *Herr Vogt.*
1861 Voyage en Hollande et en Allemagne. Marx rend visite à Lassalle à Berlin. Collaboration au journal *Die Presse* de Vienne.
1862 Marx rompt avec Lassalle. Il doit cesser sa collaboration au *New York Tribune.* Grande détresse financière.
1864 Participation à la formation de l'Association internationale des Travailleurs, dont il rédige les statuts et l'adresse inaugurale.
1865 *Salaire, Prix et Plus-value.*
Réunion de l'Internationale à Londres.
1867 Parution du livre I du *Capital* à Hambourg.
1868 Marx commence à s'intéresser à la commune rurale russe et étudie le russe.
1869 Début de la lutte contre Bakounine au sein de l'Internationale. Engels assure à Marx une rente annuelle.
1871 *La Guerre civile en France.*
1875 *Critique du programme de Gotha.*
Publication de la traduction française du livre I du *Capital.* Marx a collaboré au travail du traducteur J. Roy.
1880 Marx dicte à Guesde les considérants du programme du Parti ouvrier français.
1881 Mort de Jenny Marx. Correspondance avec Vera Zassoulitch.
1882 Voyage en France et en Suisse, séjour à Alger.
1883 14 mars. Mort de Karl Marx.
1885 Publication par Engels du livre II du *Capital.*
1894 Publication par Engels du livre III du *Capital.*
1905-1910 Publication par Kautsky des *Théories sur la Plus-value.*
1932 Publication par Riazanov et Londshut et Meyer des œuvres de jeunesse.
1939-1941 Publication des *Principes de la critique de l'économie politique.*

NOTES

1. Kostas Axelos, *Marx, penseur de la technique*, Paris, Éd. de Minuit, coll. « Arguments », 1961.

Le fait de considérer la notion d'aliénation comme une des clés de la pensée de Marx est commun autant à des interprètes chrétiens tel le R. P. Yves Calvez in *La Pensée de Karl Marx*, Paris, Éd. du Seuil, 1956, qu'à des commentateurs marxistes tels L. Goldmann ou H. Lefebvre. Ce dernier s'exprime ainsi : « La critique du fétichisme de la marchandise, de l'argent et du capital, c'est la clé même de l'œuvre de Marx dans sa partie économique, c'est-à-dire du *Capital* » (interview au journal *Arts*, 13 février 1963), mais ailleurs il précise : « Les textes de Marx sur l'aliénation et ses différentes formes sont dispersés dans toute son œuvre, à tel point que leur unité resta inaperçue jusqu'à une date toute récente. » (*Le Marxisme*, Paris, P. U. F., « Que sais-je? », 1958, p. 48.)

2. J'ai tort de dire sur les bords de la Seine; il y a une vingtaine d'années, c'était sur les bords de la Spree à Berlin; aujourd'hui, ces formes de marxisme subtil ont émigré sur la rive gauche de la Seine, où elles ont suscité des discussions passionnées, des publications intéressantes, des controverses savantes.

3. *L'Idéologie allemande* fut rédigée par Marx et Engels de septembre 1845 à mai 1846 à Bruxelles. Dans la Préface à la *Critique de l'économie politique*, en 1859, Marx écrira : « Nous résolûmes de développer nos idées en commun, en les opposant à l'idéologie de la philosophie allemande. Dans le fond nous voulions faire notre examen de conscience philosophique. Nous exécutâmes notre projet sous la forme d'une critique de la philosophie posthégélienne. Le manuscrit, deux forts volumes in-octavo, était depuis longtemps entre les mains d'un éditeur westphalien, lorsqu'on nous avertit qu'un changement de circonstances n'en permettait plus l'impression. Nous avions atteint notre but principal : la bonne intelligence de nous-mêmes. De bonne grâce, nous abandonnâmes le manuscrit à la critique rongeuse des souris. » (*Œuvres*, t. I, p. 274.)

4. J. Schumpeter, *Capitalisme, socialisme et démocratie*, Paris, Payot, 1954, Ire part., « La doctrine marxiste », p. 65-136. (La première édition de cet ouvrage en anglais est de 1942.) Les chapitres sur Marx ont été repris dans l'ouvrage posthume de Schumpeter, *Ten Great Economists*, 1951.

5. P. Bigo, *Marxisme et humanisme*, introduction à l'œuvre économique de Marx, Paris, P. U. F., 1953, 269 p.

6. Georges Gurvitch y a trouvé, dans une certaine mesure, l'anticipation de ses propres idées.

7. L'éloge par Marx du rôle révolutionnaire et constructeur de la bourgeoisie devient même lyrique : « Elle a accompli des merveilles qui sont autre chose que les pyramides égyptiennes, les aqueducs romains, les cathédrales gothiques; les expéditions qu'elle a menées à bien sont très différentes des invasions et des croisades. » (*Manifeste communiste*, *Œuvres*, t. I, p. 164.)

8. Cf. notamment Karl A. Wittfogel, *Oriental Despotism*, a comparative study of total power, New Haven, Yale University Press, 556 p., traduit en français sous le titre : *Le Despotisme oriental*, Paris, Éd. de Minuit, coll. « Arguments », 1964.

Cf. aussi les articles suivants parus dans *Le Contrat social :* Karl A. Wittfogel, « Marx et le despotisme oriental », mai 1957; Paul Barton, « Du despotisme oriental », mai 1959; « Despotisme et totalitarisme », juillet 1959; « Despotisme, totalitarisme et classes sociales », mars 1960; Kostas Papaioannou, « Marx et le despotisme », janvier 1960.

Pour une réflexion marxiste orthodoxe sur ce problème, voir numéro spécial de la revue *La Pensée* sur le « Mode de production asiatique », n° 114, avril 1964 et les articles suivants : J. CHESNEAUX, « Où en est la discussion sur le mode de production asiatique », *La Pensée*, n° 122, 1965; M. GODELIER, « La notion de mode de production asiatique », *Les Temps modernes*, mai 1965.

9. J. STALINE, *Les Problèmes économiques du socialisme en U. R. S. S.*, Paris, Éd. Sociales, 1952, 112 p. « Les traits principaux et les dispositions de la loi économique fondamentale du capitalisme actuel pourraient être formulés à peu près ainsi : assurer le maximum de profit capitaliste en exploitant, en ruinant, en appauvrissant la majeure partie de la population d'un pays donné; en asservissant et en dépouillant de façon systématique les peuples des autres pays, notamment ceux des pays arriérés; enfin en déclenchant des grèves et en militarisant l'économie nationale en vue d'assurer le maximum de profits... Les traits essentiels et les dispositions de la loi économique fondamentale du socialisme pourraient être formulés à peu près ainsi : assurer au maximum la satisfaction des besoins matériels et culturels sans cesse accrus de toute la société, en augmentant et en perfectionnant toujours la production socialiste sur la base d'une technique supérieure. » (P. 41 et 43.)

10. C'est d'ailleurs, en plus de la maladie et des difficultés financières, la conscience de cet inachèvement qui a conduit Marx à retarder la publication des deux derniers livres du *Capital*. De 1867 (date de la publication du premier livre) à sa mort, Marx n'a cessé de poursuivre des études qui le laissaient insatisfait et de remettre sur le chantier la suite de ce qu'il concevait comme l'œuvre de sa vie. Ainsi, en septembre 1878, il écrit à Danielson que le livre II du *Capital* serait prêt pour l'impression vers la fin de 1879, mais, le 10 avril 1879, il déclare qu'il ne le publierait pas avant d'avoir observé le développement et l'aboutissement de la crise industrielle en Angleterre.

11. Le thème de la baisse séculaire du taux de profit trouve son origine chez David Ricardo et fut particulièrement développé par John Stuart Mill. Voulant montrer que les particuliers ont toujours des motifs pour investir, Ricardo écrit : « Il ne saurait y avoir dans un pays de capital accumulé quel qu'en soit le montant qui ne puisse être employé productivement jusqu'au moment où les salaires auront tellement haussé par l'effet du renchérissement des choses de nécessité qu'il ne reste plus qu'une part très faible pour les profits du capital et que par là il n'y ait plus de motif pour accumuler. » (*Principes de l'économie politique et de l'impôt*, Paris, Costes, 1934, t. II, p. 90.) Autrement dit, pour Ricardo, la chute du taux de profit à zéro n'est qu'une éventualité. Elle résulterait de l'accroissement dans le partage du produit de la part des salaires nominaux si ceux-ci étaient poussés à la hausse par l'augmentation relative des prix des biens indispensables à la survie. Cette augmentation des prix serait à son tour le résultat du jeu combiné de l'expansion de la demande induite par la démographie et du rendement décroissant des terres. Mais, estimait Ricardo, l'obstacle à la croissance qu'est le rendement décroissant des terres agricoles peut être levé par l'ouverture sur le monde, la spécialisation internationale et la libre importation des blés en provenance de l'étranger. Mill, après l'abolition des *Corn Laws*, reprend la théorie de Ricardo dans ses *Principles of Political Economy with some of their Applications to Social Philosophy* (1848), mais il lui donne une version plus évolutive et à plus long terme, qui s'apparente aux thèses stagnationnistes modernes. La baisse du taux de profit est la traduction comptable au niveau de l'entreprise de la marche de la société vers l'état stationnaire où il n'y aura plus d'accumulation nette de capital. La loi des rendements décroissants est à l'origine de cette baisse du profit vers zéro.

12. Tout au plus peut-on dire dans une analyse d'inspiration keynésienne que le taux de profit de la dernière unité de capital dont l'investissement est nécessaire pour maintenir le plein emploi (efficacité marginale du capital) ne doit pas être inférieure au taux d'intérêt de l'argent tel qu'il est déterminé par la préférence pour la liquidité des possesseurs de monnaie. Mais un schéma de ce type est en

réalité difficilement intégrable à la théorie économique marxiste dont les instruments intellectuels sont pré-marginalistes. Il y a d'ailleurs une certaine contradiction dans l'analyse économique de Marx entre la loi de la baisse tendancielle du taux de profit qui suppose implicitement la loi des débouchés des classiques et la thèse de la crise par sous-consommation ouvrière qui implique un blocage de la croissance par défaut de demande effective. La distinction entre court terme et long terme ne permet pas de résoudre le problème car ces deux théories ont pour but non d'expliquer la tendance longue d'un côté, les fluctuations de l'autre, mais une crise générale du système économique tout entier. (Cf. Joan Robinson, *An Essay on Marxian Economics*, London, Mac Millan, 1942.)

13. Dans une lettre à Joseph Weydemeyer du 5 mars 1852, Marx écrit : « En ce qui me concerne, ce n'est pas à moi que revient le mérite d'avoir découvert ni l'existence des classes dans la société moderne, ni leur lutte entre elles. Longtemps avant moi des historiens bourgeois avaient décrit le développement historique de cette lutte des classes et des économistes bourgeois en avaient exprimé l'anatomie économique. Ce que je fis de nouveau ce fut : 1° de démontrer que l'existence des classes n'est liée qu'à des phases de développement historique déterminé de la production; 2° que la lutte des classes conduit nécessairement à la dictature du prolétariat; 3° que cette dictature elle-même ne constitue que la transition à l'abolition de toutes les classes et à une société sans classes. » (In Karl Marx-Friedrich Engels, *Études philosophiques*, Paris, Éd. Sociales, 1951, p. 125.)

14. A. Kojève, *Introduction à la lecture de Hegel*, Paris, Gallimard, 1947.

Pour l'interprétation marxiste de Hegel, voir aussi : G. Lukács, *Der junge Hegel*, Zürich-Vienne, 1948, et l'analyse qu'a donnée de ce livre J. Hyppolite dans ses *Études sur Marx et Hegel*, Paris, M. Rivière, 1955, p. 82-104. G. Lukács va jusqu'à traiter de légende réactionnaire le thème d'une période théologique chez Hegel et étudie la critique faite par Hegel, dans ses œuvres de jeunesse, de l'œuvre d'Adam Smith. Hegel aurait vu les contradictions essentielles du capitalisme sans naturellement parvenir à trouver la solution qu'il était réservé à Marx d'exposer.

15. G. Gurvitch, *La Sociologie de Karl Marx*, Paris, Centre de documentation universitaire, 1958, ronéoté; *Les Fondateurs de la sociologie contemporaine*, I. *Saint-Simon sociologue*, Paris, Centre de documentation universitaire, 1955, ronéoté.

G. Gurvitch, voulant réduire le plus possible l'héritage hégélien de Marx, a donné une interprétation des origines de la pensée marxiste qui met l'accent sur le saint-simonisme de Marx. G. Gurvitch démontre, à mon sens de façon convaincante, les influences saint-simoniennes qui se sont exercées sur la pensée du jeune Marx : « Marx est issu en droite ligne de Saint-Simon et du saint-simonisme : il n'emprunte à Hegel que la terminologie, l'hégélianisme de gauche n'étant rien d'autre que l'influence saint-simonienne, parfois ouvertement avouée, sur certains hégéliens. Proudhon de son côté profite énormément de Saint-Simon mais c'est un saint-simonien révolté qui soumet le saint-simonisme à une critique écrasante. Cependant c'est en même temps lui qui, en démocratisant le saint-simonisme et en le rattachant au mouvement ouvrier, a poussé Marx vers une liaison approfondie avec le saint-simonisme, un saint-simonisme proudhonisé qui a été la source principale de Marx, non seulement lorsque celui-ci était à ses débuts mais tout au long de son itinéraire intellectuel. » (Cours cité sur Saint-Simon, p. 7 et 8.) Plus loin, après avoir cité certaines phrases de Saint-Simon du type : « La science de la liberté a ses faits et ses généralités comme toutes les autres... Si nous voulons être libres, créons nous-mêmes notre liberté et ne l'attendons jamais d'ailleurs », G. Gurvitch écrit encore : « Des textes de jeunesse de Marx — notamment la quatrième thèse sur Feuerbach — ont conduit certains marxistes à parler de la sociologie de Marx comme d'une philosophie de la liberté ou d'une science de la liberté. C'est la position d'Henri Lefebvre qui attribue à Hegel — le philosophe le plus fataliste qu'on connaisse — l'origine de cet aspect de la pensée de Marx. En réalité, de toute évidence pour autant qu'on puisse trouver chez Marx une science de la liberté elle vient directement de Saint-Simon. » (*Ibid.*, p. 25.)

Je ne mets pas en doute que Marx ait pu, dans son milieu, rencontrer les idées saint-simoniennes, pour la simple raison que celles-ci circulaient dans l'Europe de la jeunesse de Marx et se retrouvaient, sous une forme ou sous une autre, un peu partout, notamment dans la presse. Aujourd'hui, de même, on trouve présentes dans les journaux les théories sur le développement ou le sous-développement. Mais si Marx a connu les idées saint-simoniennes, il n'a pu leur emprunter ce qui est, à mes yeux, le centre de sa propre sociologie.

Marx a trouvé dans le saint-simonisme l'opposition entre les deux types de sociétés, les sociétés militaires et les sociétés industrielles, les idées d'application de la science à l'industrie, le renouvellement des méthodes de production, de transformation du monde grâce à l'industrie. Mais le centre de la pensée marxiste, ce n'est pas une conception saint-simonienne ou comtiste de la société industrielle. Le centre de la pensée marxiste, c'est le caractère contradictoire de la société industrielle capitaliste. Or, l'idée des contradictions intrinsèques du capitalisme n'est pas incluse dans l'héritage saint-simonien ou comtiste. Saint-Simon et Auguste Comte ont en commun la primauté de l'idée d'organisation sur l'idée de conflits sociaux. Ni l'un ni l'autre ne croient que les conflits sociaux sont le ressort principal des mouvements historiques, ni l'un ni l'autre ne pensent que la société de leur temps est déchirée par des contradictions insolubles.

Parce qu'à mes yeux le centre de la pensée marxiste est dans le caractère contradictoire de la société capitaliste et dans le caractère essentiel de la lutte de classes, je me refuse à voir dans l'influence saint-simonienne une des influences majeures qui aient formé la pensée marxiste.

Sur ce problème des rapports entre Marx et Saint-Simon, voir également l'article d'Aimé Patri, « Saint-Simon et Marx », *Le Contrat social*, janvier 1961, vol. V, n° 1.

16. *La Phénoménologie de l'esprit*, trad. de Jean Hyppolite, 2 vol., Paris, Aubier, 1939 et 1941; *Précis de l'encyclopédie des sciences philosophiques*, trad. de J. Gibelin, Paris, Vrin.

La Phénoménologie de l'esprit date de 1807, l'*Encyclopédie des sciences philosophiques* a connu du vivant de Hegel trois éditions (1817, 1827, 1830).

17. *Grundlinien der Philosophie des Rechts*, publié par Hegel en 1821 à Berlin. Cet ouvrage n'est qu'une section plus développée de l'*Encyclopédie*. Trad. française : Hegel, *Principes de la philosophie du droit*, traduit par A. Kaan, préface de J. Hyppolite, Paris, Gallimard, 1940; réédité dans la collection « Idées », Paris, Gallimard, 1963.

18. Il existe deux textes qui contiennent une critique de la *Philosophie du droit* de Hegel :

L'un est la *Kritik des hegelschen Rechtsphilosophie — Einleitung*, texte court, connu depuis longtemps puisqu'il fut publié par Marx en 1844 à Paris dans le journal qu'il dirigeait avec A. Ruge : *Deutsch-französische Jahrbücher* ou *Annales franco-allemandes* (pour la traduction française, voir, sous le titre de *Contribution à la critique de la philosophie du droit de Hegel*, la traduction Molitor dans l'édition Costes, *Œuvres philosophiques*, t. I, p. 83-108).

L'autre est la *Kritik des Hegelschen Staatsrechts, d.i. Hegels Rechtsphilosophie*, texte beaucoup plus long, comportant une critique juxtalinéaire d'une fraction de la *Philosophie du droit* de Hegel et qui fut publié seulement dans les années 30, d'une part par D. Rjazanov à Moscou au nom de l'Institut Marx-Engels, d'autre part par Landshut et Meyer à Leipzig (pour une traduction française, voir, dans l'édition Molitor, *Œuvres philosophiques*, t. IV; cette traduction est faite d'après le texte donné par Landshut et Meyer).

Sur ce point, voir l'étude de J. Hyppolite, « La conception hégélienne de l'État et sa critique par K. Marx », in *Études sur Marx et Hegel*, Paris, M. Rivière, 1955, p. 120-141.

19. Quelques textes idylliques de Marx dessinent même une société future où les hommes iraient à la pêche le matin, à l'usine dans la journée, pour se retirer le soir afin de se cultiver l'esprit. Ce n'est pas une représentation absurde. J'ai connu des travailleurs de kibboutz, en Israël, qui effectivement lisaient le soir les œuvres de Platon. Mais c'est là un cas exceptionnel, jusqu'à présent au moins.

Dans *L'Idéologie allemande,* Marx écrit ainsi : « Dès l'instant où le travail commence à être réparti, chacun a une sphère d'activité exclusive et déterminée qui lui est imposée et dont il ne peut sortir; il est chasseur, pêcheur ou berger ou critique et il doit le demeurer s'il ne veut pas perdre ses moyens d'existence; tandis que dans la société communiste où chacun n'a pas une sphère d'activité exclusive, mais peut se perfectionner dans la branche qui lui plaît, la société réglemente la production générale et me rend de ce fait possible de faire aujourd'hui telle chose, demain telle autre, de chasser le matin, de pêcher l'après-midi, de pratiquer l'élevage le soir, de faire de la critique après le repas selon mon bon plaisir sans jamais devenir chasseur, pêcheur ou critique... » Ainsi sont abolies « cette fraction de l'activité sociale, cette consolidation de notre propre produit en une puissance objective qui nous domine, échappant à notre contrôle, contrecarrant nos attentes, réduisant à néant nos calculs ». (*L'Idéologie allemande,* traduction de Renée Cartelle sur la base de l'édition Mega, Paris, Éd. Sociales, 1962, p. 31 et 32.)

20. *Œkonomisch-philosophische Manuskripte.* Ces textes écrits par Marx à Paris en 1844 sont restés inédits jusqu'en 1932, date où ils ont été édités d'une part par D. Rjazanov dans l'édition Mega I, et d'autre part par S. Landshut et J. P. Meyer dans les deux volumes d'écrits de Marx intitulés *Der historische Materialismus* (A. Kröner, Leipzig). C'est sur cette dernière édition incomplète et contenant de nombreuses fautes de lecture que fut faite la traduction française de J. Molitor, publiée dans les *Œuvres philosophiques,* t. VI, de l'édition Costes. Une nouvelle traduction établie sur le texte de l'édition Mega corrigée a été réalisée par E. Bottigelli et publiée sous le titre *Manuscrits de 1844 (Économie politique et Philosophie)* dans l'édition des *Œuvres complètes* de Karl Marx des Éditions Sociales, Paris, 1962. M. Rubel en a également donné une traduction dans le deuxième volume de l'édition de la Pléiade (1968).

21. Chez Hegel, les trois termes traduits en français par aliénation sont *Veräusserung, Entäusserung* et quelquefois *Entfremdung.* Pour Hegel, l'aliénation est le moment dialectique de la différence, de la scission entre le sujet et la substance. L'aliénation est un processus enrichissant et il faut que la conscience parcoure de multiples aliénations pour s'enrichir des déterminations qui, au terme, la constitueront comme totalité. Au début du chapitre sur le Savoir absolu, Hegel écrit : « L'aliénation de la conscience de soi pose la choséité et cette aliénation n'a pas seulement une signification négative mais positive, elle n'est pas seulement pour nous ou en-soi mais pour elle-même. Pour elle le négatif de l'objet ou l'autosuppression de celui-ci a une signification positive; en d'autres termes la conscience de soi sait cette nullité de l'objet parce qu'elle s'aliène elle-même, car dans cette aliénation elle se pose soi-même comme objet ou en vertu de l'unité indivisible de l'être-pour-soi pose l'objet comme soi-même. D'autre part dans cet acte est contenu en même temps l'autre moment, celui dans lequel elle a aussi bien supprimé et repris en soi-même cette aliénation et cette objectivité, étant donc dans son être-autre comme tel près de soi-même. Tel est le mouvement de la conscience et dans le mouvement elle est la totalité de ses moments. La conscience doit se rapporter à l'objet selon la totalité de ses déterminations et l'avoir appréhendé selon chacune d'entre elles. » (*Phénoménologie de l'esprit,* trad. Hyppolite, t. II, p. 293-294.)

Marx donne de l'aliénation une autre interprétation, car « en un certain sens la totalité est déjà donnée dès le point de départ » (J.-Y. CALVEZ, *La Pensée de Karl Marx,* Paris, Éd. du Seuil, 1956, p. 53). Selon Marx, Hegel aurait confondu l'objectivation, c'est-à-dire l'extériorisation de l'homme dans la nature et le monde social, et l'aliénation. Comme l'écrit J. Hyppolite commentant Marx : « L'aliénation n'est pas l'objectivation. L'objectivation est naturelle. Elle n'est pas une manière pour la conscience de se rendre étrangère à elle-même, mais de s'exprimer naturellement. » (*Logique et existence,* Paris, P. U. F., 1953, p. 236.) Marx s'exprime ainsi : « L'être objectif agit d'une manière objective et il n'agirait pas objectivement si l'objectivité n'était pas incluse dans la détermination de son essence. Il ne crée, il ne pose que des objets parce qu'il est posé lui-même par des objets, parce qu'à l'origine il est nature. »

(*Manuscrits de 1844*, Éd. Sociales, p. 136.)

Cette distinction, qui se fonde sur un « naturalisme conséquent » selon lequel « l'homme est immédiatement être de la nature » (*Ibid.*), permet à Marx de ne retenir de la notion d'aliénation et des déterminations successives de la conscience telles qu'elles sont exposées dans la *Phénoménologie de l'esprit* que l'aspect critique. « La Phénoménologie est une critique cachée, encore obscure pour elle-même et mystifiante mais dans la mesure où elle retient l'aliénation de l'homme — bien que l'homme n'y apparaisse que sous la forme de l'esprit — on trouve cachés en elle tous les éléments de la critique et ceux-ci sont déjà souvent préparés et élaborés d'une manière qui dépasse de beaucoup le point de vue hégélien. » (*Ibid.*, p. 131.)

Pour un commentateur de Hegel tel que J. Hyppolite, cette différence radicale entre Hegel et Marx dans la conception de l'aliénation trouve son origine dans le fait que, tandis que Marx part de l'homme comme être de la nature, c'est-à-dire d'une positivité qui n'est pas en soi une négation, Hegel « a découvert cette dimension de la pure subjectivité qui est néant » (*op. cit.*, p. 239). Chez Hegel, « dans le commencement dialectique de l'histoire il y a le désir sans limite de la reconnaissance, le désir du désir de l'autre, une puissance sans fond parce que sans positivité première » (p. 241).

22. Cette ambiguïté dans la pensée de Marx a été particulièrement mise en lumière par Kostas Papaioannou, « La fondation du marxisme », in *Le Contrat social*, n° 6, novembre-décembre 1961, vol. V; « L'homme total de Karl Marx », in *Preuves*, n° 149, juillet 1963; « Marx et la critique de l'aliénation », in *Preuves*, novembre 1964.

Pour Kostas Papaioannou, il y aurait une opposition radicale entre la philosophie du jeune Marx telle qu'elle s'exprime par exemple dans les *Manuscrits de 1844* et la philosophie de la maturité telle qu'elle s'exprime notamment dans le troisième livre du *Capital*. A un piétisme productiviste qui ferait du travail l'essence exclusive de l'homme et de la participation non aliénée à l'activité productive la fin véritable de l'existence, Marx aurait substitué une sagesse très classique pour laquelle le développement humain « qui seul possède la valeur d'une fin en soi et qui est le vrai règne de la liberté » commencerait « au-delà du domaine de la nécessité ».

23. Cette vision objective peut être considérée d'ailleurs, selon les observateurs, comme favorable ou défavorable à la paix. Les uns disent : aussi longtemps que les dirigeants soviétiques seront convaincus de la mort nécessaire du capitalisme, le monde vivra dans une atmosphère de crise. Mais, en sens contraire, on peut dire, comme un sociologue anglais : aussi longtemps que les Soviétiques croiront à leur propre philosophie, ils ne comprendront ni leur société ni la nôtre; assurés de leur triomphe nécessaire, ils nous laisseront vivre en paix. Fasse le ciel qu'ils continuent de croire à leur philosophie.

24. Cf. Jean-Paul Sartre, « Les communistes et la paix » (*Temps modernes*, n°s 81, 84-85 et 101), réédité in *Situations VI*, Paris, Gallimard, 1965, 384 p. (voir également *Situations VII*, Paris, Gallimard, 1965, 342 p., et *Critique de la raison dialectique*, Paris, Gallimard, 1960); Maurice Merleau-Ponty, *Sens et non-sens*, Paris, Nagel, 1948; *Humanisme et terreur*, Paris, Gallimard, 1947; *Les Aventures de la dialectique*, Paris, Gallimard, 1953.

25. Sur l'interprétation kantienne du marxisme, voir : Max Adler, *Marxistische Probleme-Marxismus und Ethik*, 1913; Karl Vorländer, *Kant und Marx*, 2e éd., 1926.

26. L. Goldmann, *Recherches dialectiques*, Paris, Gallimard, 1959.

27. F. Engels, *Anti-Dühring*. Le titre allemand original est *Herrn Eugen Dühring's Umwälzung der Wissenschaft*. L'œuvre fut d'abord publiée dans le *Vorwärts* et le *Volksstaat* en 1877-1878. Il existe deux éditions en français : trad. Bracke, Éd. Costes, 3 vol., 1931-1933; trad. Bottigelli, Éd. Sociales, Paris, 1950.

Il faut noter que l'*Anti-Dühring* a été publié du vivant de Marx et que Marx a aidé son ami dans sa rédaction en lui envoyant des notes sur divers points d'histoire de la pensée économique, notes qui seront partiellement reprises par Engels dans le texte définitif.

Cf. Karl Marx, *Œuvres*, t. I, p. 1494-1526; J. Staline, *Matérialisme dialectique et matérialisme historique* (1937), extrait de l'*Histoire du Parti communiste bolchevik*, Paris, Éd. Sociales, 1950.

28. Lénine, *Matérialisme et empiriocriticisme*, 1908, Paris, Éd. Sociales, 1948. Lénine expose dans cet ouvrage un matérialisme et un réalisme radicaux : « Le monde matériel perçu par les sens auquel nous appartenons nous-mêmes est la seule réalité... notre conscience et notre pensée, si suprasensibles qu'elles paraissent, ne sont que les produits d'un organe matériel et corporel : le cerveau. La matière n'est pas un produit de l'esprit; mais l'esprit n'est lui-même que le produit supérieur de la matière » ou encore « Les lois générales du mouvement tant du monde que de la pensée humaine sont identiques au fond mais différentes dans leur expression, en ce sens que le cerveau humain peut les appliquer consciemment tandis que dans la nature elles s'ouvrent un chemin d'une façon inconsciente sous la forme d'une nécessité extérieure, à travers une succession infinie de choses en apparence fortuites. » Ce livre devait devenir la base du marxisme soviétique orthodoxe. Dans une lettre à Gorki du 24 mars 1908, Lénine avait réclamé le droit, comme « homme de parti », de prendre position contre les « doctrines dangereuses » tout en proposant à son correspondant un « pacte de neutralité concernant l'empirocriticisme » qui ne justifiait pas, disait-il, « une lutte fractionnelle ».

29. L'athéisme, en revanche, est lié à l'essence du marxisme de Marx. On peut être croyant et socialiste, mais non croyant et fidèle du marxisme-léninisme.

30. Dans l'avant-propos à la *Critique de l'économie politique*, Marx écrit : « Les rapports juridiques pas plus que les formes de l'État ne peuvent s'expliquer ni par eux-mêmes ni par la prétendue évolution générale de l'esprit humain; bien plutôt ils prennent leurs racines dans les conditions matérielles de la vie » (*Œuvres*, t. I, p. 272) et plus loin : « L'ensemble des rapports de production forme la structure économique de la société, la fondation réelle sur laquelle s'élève un édifice juridique et politique » ou encore : « Les formes juridiques, politiques, religieuses, artistiques, philosophiques, bref les formes idéologiques dans lesquelles les hommes prennent conscience du conflit et le poussent jusqu'au bout. » (*Ibid.*, p. 273.)

Un des chapitres de *L'Idéologie allemande* est intitulé : « Rapports de l'État et du droit avec la propriété. » De façon générale, chez Marx, État et droit sortent des conditions matérielles de vie des peuples et sont l'expression de la volonté dominante de la classe qui détient le pouvoir dans l'État.

31. Voici le texte de Marx le plus significatif, *Le Capital*, liv. III, t. II (dans la traduction des Éditions Sociales, p. 102-104) : « Constitution de sociétés par actions. Les conséquences : 1° Extension énorme de l'échelle de production et entreprises qui auraient été impossibles à des capitaux isolés. En même temps des entreprises qui étaient jadis gouvernementales se constituent en sociétés. 2° Le capital qui repose par définition sur le mode de production sociale et présuppose une concentration sociale de moyens de production et de force de travail revêt ici directement la forme de capital social — capital d'individus directement associés — par opposition au capital privé; ces entreprises se présentent donc comme des entreprises sociales par opposition aux entreprises privées. C'est là la suppression du capital en tant que propriété privée à l'intérieur des limites du mode de production capitaliste lui-même. 3° Transformation du capitaliste réellement actif en un simple dirigeant et administrateur du capital d'autrui et des propriétaires de capital en simples propriétaires, en simples capitalistes financiers... C'est la suppression du mode de production capitaliste à l'intérieur du mode de production capitaliste lui-même, donc une contradiction qui se détruit elle-même et qui de toute évidence se présente comme simple phase transitoire vers une forme nouvelle de production. C'est aussi comme une semblable contradiction que cette phase de transition se présente. Dans certaines sphères elle établit le monopole provoquant ainsi l'immixtion de l'État. Elle fait renaître une nouvelle aristocratie financière, une nouvelle espèce de parasites, sous forme de faiseurs de projets, de fondateurs et de directeurs simplement nominaux; tout un système de filou-

terie et de fraude au sujet de fondation, d'émission et de trafic d'actions. C'est là de la production privée sans le contrôle de la propriété privée. » Chez Marx, le critique, voire le pamphlétaire, n'est jamais loin de l'analyste économiste et sociologue.

32. *Le Capital*, liv. III, chap. 52, dans la traduction des Éditions Sociales (Paris, 1960), p. 259 et 260. Marx poursuit ainsi : « C'est sans contredit en Angleterre que la division économique de la société moderne connaît son développement le plus poussé et le plus classique. Toutefois, même dans ce pays la division en classes n'apparaît pas sous une forme pure. Là aussi, les stades intermédiaires et transitoires estompent les démarcations précises (beaucoup moins, toutefois, à la campagne que dans les villes). Cependant, pour notre étude, cela est d'ailleurs sans importance. Nous avons vu que le mode capitaliste de production a constamment tendance — c'est la loi de son évolution — à séparer toujours davantage moyens de production et travail et à concentrer de plus en plus, en groupes importants, ces moyens de production disséminés, transformant ainsi le travail en travail salarié et les moyens de production en capital. D'un autre côté, cette tendance a pour corollaire la séparation de la propriété foncière, devenant autonome par rapport au capital et au travail, ou encore la transformation de toute la propriété foncière en une forme de propriété correspondant au mode capitaliste de production.

« La question qui se pose tout d'abord est la suivante : qu'est-ce qui constitue une classe? La réponse découle tout naturellement de la réponse à cette autre question : qu'est-ce qui fait que les ouvriers salariés, les capitalistes et les propriétaires fonciers constituent les trois grandes classes de la société?

« A première vue, c'est l'identité des revenus et des sources de revenus. Nous avons là trois groupes sociaux importants dont les membres, les individus qui les constituent, vivent respectivement du salaire, du profit et de la rente foncière, de la mise en valeur de leur force de travail, de leur capital et de leur propriété foncière.

« Cependant, de ce point de vue, les médecins et les fonctionnaires, par exemple, constitueraient, eux aussi, deux classes distinctes, car ils appartiennent à deux groupes sociaux distincts, dont les membres tirent leurs revenus de la même source. Cette distinction s'appliquerait de même à l'infinie variété d'intérêts et de situations que provoque la division du travail social, à l'intérieur de la classe ouvrière, de la classe capitaliste, et des propriétaires fonciers, ces derniers par exemple étant scindés en viticulteurs, propriétaires de champs, de forêts, de mines, de pêcheries, etc. » (*Ici s'interrompt le manuscrit* [Friedrich Engels].)

33. *Les Luttes de classes en France (1848-1850)*. Rédigé entre janvier et octobre 1850, ce texte qui ne devait paraître en brochure et sous ce titre qu'en 1895 se compose en majeure partie d'une série d'articles qui parurent dans les quatre premiers numéros de la *Neue Rheinische Zeitung*, revue économique et politique dont la publication commença à Londres au début de mars 1850. Pour une traduction française, voir Karl Marx, *Les Luttes de classes en France*, Paris, Éd. Sociales, 1952.

Le 18-Brumaire de Louis Bonaparte. Rédigé entre décembre 1851 et mars 1852, ce texte fut publié pour la première fois à New York le 20 mai 1852 par Weydemeyer. Réédité par Engels en 1885, il fut traduit en français pour la première fois en 1891 et publié à Lille. Pour une traduction française, voir Karl Marx, *Le 18-Brumaire de Louis Bonaparte*, Paris, Éd. Sociales, 1956.

34. Marx écrit dans le tome I du *Capital* : « Agent fanatique de l'accumulation, le capitaliste force les hommes, sans merci ni trêve, à produire pour produire, et les pousse ainsi instinctivement à développer les puissances productrices et les conditions matérielles qui seules peuvent former la base d'une société nouvelle et supérieure. Le capitaliste n'est respectable qu'autant qu'il est le capital fait homme. Dans ce rôle il est lui aussi comme le thésauriseur, dominé par sa passion aveugle pour la richesse abstraite, la valeur. Mais ce qui chez lui paraît être une manie individuelle est chez l'autre l'effet du mécanisme social dont il n'est qu'un rouage. Le développement de la production capitaliste nécessite un agrandissement continu du capital placé dans une entreprise, et la concurrence impose les lois immanentes de la production capitaliste comme lois coercitives externes

à chaque capitaliste individuel. Elle ne lui permet pas de conserver son capital sans l'accroître et il ne peut continuer de l'accroître à moins d'une accumulation progressive. » (*Œuvres*, t. I, p. 1096), ou encore : « Épargnez, épargnez toujours, c'est-à-dire retransformez sans cesse en capital la plus grande partie possible de la plus-value ou du produit net! Accumuler pour accumuler, produire pour produire, tel est le mot d'ordre de l'économie politique proclamant la mission historique de la période bourgeoise. Et elle ne s'est pas fait un instant illusion sur les douleurs d'enfantement de la richesse : mais à quoi bon des jérémiades qui ne changent rien aux fatalités historiques? A ce point de vue, si le prolétaire n'est qu'une machine à produire de la plus-value, le capitaliste n'est qu'une machine à capitaliser cette plus-value. » (*Ibid.*, p. 1099 et 1100.)

35. La phrase de Marx est la suivante : « Entre la société capitaliste et la société communiste se situe la période de transformation révolutionnaire de l'une ou l'autre. A cette période correspond également une phase de transition politique où l'État ne saurait être autre chose que la dictature révolutionnaire du prolétariat. » (*Œuvres*, t. I, p. 1429.) Marx emploie également cette expression dans la lettre citée en note n° 13 à Joseph Weydemeyer (5 mars 1852), et on trouvait déjà l'idée sinon le mot dans le *Manifeste du Parti communiste* : « Le prolétariat se servira de sa suprématie politique pour arracher peu à peu toute espèce de capital à la bourgeoisie, pour centraliser tous les instruments de production dans les mains de l'État — c'est-à-dire du prolétariat organisé en classe dominante — et pour accroître le plus rapidement possible la masse des forces productives. » (*Œuvres*, t. I, p. 181.)

Sur la fréquence de l'emploi du terme dictature du prolétariat par Marx et Engels, voir Karl Draper, *Marx and the Dictatorship of the Prolétariat*, Cahiers de l'I. S. E. A., série S, n° 6, novembre 1962.

36. Cette dévalorisation de l'ordre du politique réduit à l'économie, Marx la partageait avec Saint-Simon et les libéraux manchestériens. Saint-Simon avait écrit dans *L'Organisateur* (vol. IV. p. 197-198) : « Dans une société organisée pour le but positif de travailler à sa prospérité par les sciences, les beaux-arts et les arts et métiers », par opposition donc aux sociétés militaires et théologiques, « l'acte le plus important, celui qui consiste à fixer la direction dans laquelle la société doit marcher, n'appartient plus aux hommes investis de fonctions gouvernementales. Il est exercé par le corps social lui-même. De plus le but et l'objet d'une telle organisation sont si clairs, si déterminés qu'il n'y a plus de place pour l'arbitraire des hommes, ni même pour celui des lois. Dans un tel ordre de choses, les citoyens chargés des différentes fonctions sociales, même les plus élevées, ne remplissent sous un certain point de vue que des rôles subalternes, puisque leur fonction, de quelque importance qu'elle soit, ne consiste plus qu'à marcher dans une direction qui n'a pas été choisie par eux. L'action de gouverner est nulle alors, ou presque nulle, en tant que signifiant action de commander. » (Texte cité par G. Gurvitch, dans le Cours sur les fondateurs de la sociologie contemporaine, « Saint-Simon », p. 29.)

Voir sur la pensée politique de Marx : Maximilien Rubel, « Le concept de démocratie chez Marx », in *Le Contrat social*, juillet-août 1962; Kostas Papaioannou, « Marx et l'État moderne », in *Le Contrat social*, juillet 1960.

37. Georg Lukács, *Geschichte und Klassenbewusstsein*, Berlin, 1923; trad. française : *Histoire et conscience de classe*, Paris, Éd. de Minuit, coll. « Arguments », 1960.

38. Pour une analyse plus détaillée, cf. mon étude : « L'impact du marxisme au XXe siècle », Bulletin S. E. D. E. I. S., *Études*, n° 906, 1er janvier 1965.

BIBLIOGRAPHIE

ŒUVRES DE KARL MARX

La bibliographie des œuvres de Marx est en soi presque une science autonome, aussi il ne saurait être question de donner dans cette annexe une liste complète des ouvrages et éditions de Marx. Il suffit d'ailleurs de renvoyer pour cela aux deux livres de Maximilien Rubel :

Bibliographie des œuvres de Karl Marx, avec un appendice en répertoire des œuvres de Friedrich Engels, Paris, Rivière, 1956.

Supplément à la bibliographie des œuvres de Karl Marx, Paris, Rivière, 1960.

Il y a en français trois grandes éditions des œuvres de Marx :

I. *Œuvres complètes de Karl Marx*, Paris, Costes.
Cette traduction comprend :

- *Œuvres philosophiques*, 9 vol.;
- *Misère de la philosophie*, 1 vol.;
- *Révolution et contre-révolution en Allemagne*, 1 vol. (cet ouvrage est aujourd'hui attribué à F. Engels);
- *Karl Marx devant les jurés de Cologne. Révélations sur le procès des communistes*, 1 vol.;
- *Œuvres politiques*, 8 vol.;
- *Herr Vogt et le 18-Brumaire de Louis Bonaparte*, 3 vol.;
- *Le Capital*, 14 vol.;
- *Histoire des doctrines économiques*, 8 vol.;
- *Correspondance K. Marx-F. Engels*, 9 vol.

Malgré son titre, cette édition n'est pas complète. De plus, la traduction a été faite, notamment pour les œuvres philosophiques de jeunesse, d'après des textes allemands incomplets et inexacts. Enfin elle est aujourd'hui épuisée. Elle reste néanmoins un instrument de travail indispensable car certaines œuvres, par exemple l'*Histoire des doctrines économiques* (ou *Théorie sur la plus-value*), ne se trouvent traduits que là.

II. Karl Marx, *Œuvres*, Bibliothèque de la Pléiade, Paris, Gallimard.
Cette édition, établie par M. Rubel, comprend actuellement deux volumes.
Le premier, paru en 1963, comprend à une seule exception des textes publiés par Marx lui-même, à savoir *Misère de la philosophie* (1847), le *Discours sur le Libre-Échange* (1848), le *Manifeste communiste* (1848), *Travail salarié et capital* (1849), l'*Introduction générale à la critique de l'économie politique* (rédigée en 1857), la *Critique de l'économie politique* (1859), *L'Adresse inaugurale et les Statuts de l'A. I. T.* (1864), *Salaire, prix et plus-value* (1865); *Le Capital*, liv. I (1867), la *Critique du programme de Gotha* (1875).
La traduction adoptée pour le livre I du *Capital* est celle faite en 1875 par

Joseph Roy. Marx y a longuement collaboré et dans son avis au lecteur français, il écrivit qu'elle « possédait une valeur scientifique indépendante de l'original et devait être consultée même par les lecteurs familiers avec la langue allemande ».

Le deuxième volume, paru en 1968, comprend des textes économiques qui n'ont pas été publiés par Marx lui-même, à savoir *Économie et philosophie* (les manuscrits parisiens de 1844), *Salaire* (des notes de 1847), les *Principes d'une critique de l'économie politique* (rédigés en 1857-1858), des *Matériaux pour l' « Économie »* (rédigés en 1861-1865), les livres II et III du *Capital.* En appendice, on trouvera des notes et des lettres de Marx.

Cette édition est un monument d'érudition. Le premier volume contient une longue chronologie bibliographique établie par M. Rubel, le second une introduction de M. Rubel sur la formation de la pensée économique de Marx et l'histoire des textes économiques. Mais pour les livres II et III du *Capital,* le choix des textes et la présentation diffèrent de ceux d'Engels, ce qui rend le livre peu utilisable. On regrettera également que M. Rubel ait cru pouvoir modifier la présentation du livre I du *Capital* qui avait pourtant été édité du vivant de Marx.

Les citations des œuvres dont la traduction a été publiée dans le premier volume ont été faites d'après cette édition.

III. *Œuvres complètes de Karl Marx,* Paris, Éd. Sociales.

En cours de publication comme la précédente, cette édition, dont les traductions sont faites d'après les éditions de l'Institut Marx-Engels de Moscou, contient aujourd'hui :

— les grandes œuvres historiques : *Les Luttes de classes en France (1848-1850), Le 18-Brumaire de Louis Bonaparte, La Guerre civile en France.*

— les trois livres du *Capital :* liv. I, 3 vol.; liv. II, 2 vol.; liv. III, 3 vol.

La traduction du livre I est celle de 1875 due à Joseph Roy et revue par Marx. La traduction des livres II et III faite d'après l'édition d'Engels est nouvelle. Cette édition du *Capital* est précieuse car elle contient, contrairement à celle de M. Rubel, l'intégralité des préfaces et introductions de Marx et Engels.

Contribution à la critique de l'économie politique,
Travail salarié et capital et *Salaire prix et profit,*
Misère de la philosophie,
L'Idéologie allemande (édition intégrale),
Les Manuscrits de 1844 (édition intégrale),
Manifeste du Parti communiste,
Critique des programmes de Gotha et d'Erfurt,
La Nouvelle Gazette Rhénane, t. I.

Les citations des œuvres de Marx non publiées dans le tome I de l'édition de la Pléiade ont été faites d'après cette édition.

IV. A côté de ces deux dernières éditions générales, il faut signaler trois éditions de textes particuliers :

Karl Marx, *La Question juive,* coll. 10-18, Paris, Union Générale d'Éditions, 1968.

Karl Marx, *Fondements de la critique de l'économie politique,* Paris, Anthropos, t. I, 1967; t. II, 1968.

Karl Marx, *Lettres à Kugelman,* Paris, Anthropos, 1967.

V. Il existe de nombreuses anthologies des œuvres de Marx. Citons entre autres :

Karl Marx, *Pages choisies pour une éthique socialiste,* choix de M. Rubel, Paris, Rivière, 1948.

Karl Marx, *Œuvres choisies,* choix de N. Guterman et H. Lefebvre, coll. Idées, Paris, Gallimard, t. I, 1963; t. II, 1966.

K. Marx et F. Engels, *Études philosophiques*, nouv. éd., Paris, Éd. Sociales, 1961.
K. Marx et F. Engels, *Sur la littérature et l'art*, Paris, Éd. Sociales, 1954.
K. Marx et F. Engels, *Sur la religion*, Paris, Éd. Sociales, 1960.
K. Marx et F. Engels, *Lettres sur « Le Capital »*, Paris, Éd. Sociales, 1964.

BIOGRAPHIES DE MARX

I. Berlin, *Karl Marx, sa vie, son œuvre*, coll. Idées, Paris, Gallimard, 1962.
W. Blumenberg, *Marx*, Paris, Mercure de France, 1967.
A. Cornu, *Karl Marx, sa vie et son œuvre*, Paris, Alcan, 1934.
A. Cornu, *Karl Marx et Friedrich Engels*, Paris, P. U. F., 3 vol. I. *Les années d'enfance et de jeunesse, la gauche hégélienne (1818/1820-1844)*, 1955; II. *Du libéralisme démocratique au communisme, La Gazette Rhénane, Les Annales franco-allemandes (1842-1844)*, 1958; III. *Marx à Paris*, 1962.
F. Mehring, *Karl Marx, Geschichte seines Lebens*, Leipzig, Soziologische Verlagsanstalt, 1933 (traduction anglaise : *Karl Marx, the story of his life*, Londres, Allen and Unwin, 1966).
B. Nicolaievski et O. Maenchen-Helfen, *Karl Marx*, Paris, Gallimard, 1937.
D. Riazanov, *Marx et Engels*, Paris, Anthropos, 1967.
D. Riazanov, éd., *Marx, homme, penseur et révolutionnaire*, Paris, Anthropos, 1968.

OUVRAGES CONSACRÉS A LA PENSÉE DE MARX

L. Althusser, *Pour Marx*, Paris, Maspero, 1965.
L. Althusser, J. Rancière, P. Macherey, *Lire « Le Capital »*, t. I, Paris, Maspero, 1965.
L. Althusser, E. Balibar, R. Establet, *Lire « Le Capital »*, t. II, Paris, Maspero, 1965.
Ch. Andler, *Le Manifeste communiste de Karl Marx et Engels. Introduction historique et commentaire*, Paris, Rieder, 1925.
R. Bendix et S. M. Lipset, « Karl Marx's theory of social classes », in R. Bendix et S. M. Lipset, éd., *Class, status and power*, 2e éd., Londres, Routledge and Kegan, 1967, p. 6-11.
J. Y. Calvez, *La Pensée de Karl Marx*, Paris, Le Seuil, 1956.
R. Dahrendorf, *Class and class conflict in industrial society*, Londres, Routledge and Kegan, 1959 (première partie : The marxian doctrine in the light of historical changes and sociological insights, p. 3-154).
J. Fallst, *Marx et le machinisme*, Paris, Cujas, 1966.
G. Gurvitch, *La Vocation actuelle de la sociologie*, Paris, P. U. F., 1950.
G. Gurvitch, *La Sociologie de Karl Marx*, Paris, C. D. U., 1958.
S. Hook, *From Hegel to Marx. Studies in the Intellectual development of Karl Marx*, New York, Reynal & Hitchcock, 1936.
H. Lefebvre, *Sociologie de Marx*, Paris, P. U. F., 1966.
H. Lefebvre, *Pour connaître la pensée de Karl Marx*, Paris, Bordas, 1947.
G. Lichtheim, *Marxism, an historical and critical study*, New York, Praeger, 1961.
A. D. Lindsay, *Karl Marx's Capital*, Londres, Oxford University Press, 1931.
V. Pareto, *Les Systèmes socialistes*, Paris, Girard et Brière, t. I, 1902; t. II, 1903 (les chapitres sur Marx sont dans le t. II, p. 322-456).
T. Parsons, *Sociological theory and modern society*, New York, The Free Press, 1967, chap. 4 (p. 102-135) : « Some comments on the sociology of Karl Marx. »
M. Rubel, *Karl Marx. Essai de biographie intellectuelle*, Paris, Rivière, 1957.

M. Rubel, *Karl Marx devant le bonapartisme*, Paris, La Haye, Mouton, 1960.
J. Schumpeter, *Capitalisme, socialisme et démocratie*, Paris, Payot, 1950 (seule la première partie de ce livre intitulée « La doctrine marxiste » concerne directement la pensée de Marx, p. 65-136).

OUVRAGES SUR L'ÉCONOMIE POLITIQUE DE KARL MARX

H. Bartoli, *La Doctrine économique et sociale de Karl Marx*, Paris, Le Seuil, 1950.
J. Bénard, *La Conception marxiste du capital*, Paris, Sedes, 1952.
E. von Böhm-Bawerk, *Histoire critique des théories de l'intérêt et du capital*, Paris, Giard et Brière, t. I : 1902; t. 2 : 1903 (le chapitre concernant la théorie marxiste de la valeur et de l'exploitation est dans le tome 2, p. 70-136).
H. D. Dickinson, « The falling rate of profit in marxian economics », *The Review of Economic Studies*, février 1957.
W. Fellner, « Marxian hypotheses and observable trends under capitalism : a modernized interpretation », *Economic Journal*, mars 1957.
F. M. Gottheil, *Marx's Economic Predictions*, Evanston, Northwestern University Press, 1966.
O. Lange, *Économie politique*, t. I, Problèmes généraux, Paris, P. U. F., 1960.
O. Lange, « Marxian economics and modern economic theory », *The Review of Economic Studies*, juin 1935.
R. Luxemburg, *L'Accumulation du capital*, Paris, Maspero, 1967, 2 vol.
E. Mandel, *La Formation de la pensée économique de Karl Marx*, Paris, Maspero, 1967.
J. Robinson, *An Essay on Marxian Economics*, Londres, Mac Millan, 1942.
P. A. Samuelson, « Wages and interest : Marxian economic models », *American Economic Review*, décembre 1957.
P. M. Sweezy, *The Theory of Capitalist Development, Principles of Marxian Political Economy*, Londres, D. Dobson, 1946.
P. M. Sweezy, éd., *Karl Marx and the close of his system*, by E. von Böhm-Bawerk; *Böhm-Bawerk's criticism of Marx* by Hilferding; together with an appendix by L. von Bortkiewicz, *On the correction of Marx's Fundamental Theoretical Construction in the Third Volume of Capital*, New York, A. M. Kelley, 1949. (Cet ouvrage contient trois des textes économiques les plus importants suscités par la théorie marxiste de la valeur, l'essai de Böhm-Bawerk fut publié pour la première fois sous le titre : « Zum Abschluss des Marx'schen Systems » dans les *Festgaben für Karl Knies* à Berlin en 1896. La réponse d'Hilferding est de 1904.)
P. J. D. Wiles, *The Political Economy of Communism*, Oxford, Basil and Blackwell, 1962.
M. Wolfson, *A Reappraisal of Marxian Economics*, New York, Columbia University Press, 1966.

Le numéro de l'*American Economic Review* de mai 1967 contient sous le titre général : « Das Kapital : a centenary appreciation » trois articles qui reproduisent des communications faites au Congrès de l'American Economic Association de décembre 1966 : A. Ehrlich, « Notes on marxian model of capital accumulation »; P. A. Samuelson, « Marxian Economics as Economics »; M. Bronfenbrenner, « Marxian influences in Bourgeois economics ».

La revue *Économie et Sociétés*, cahiers de l'I. S. E. A., série S, juin 1967, a également consacré un numéro spécial au centenaire du *Capital*, ce numéro contient des articles de M. Rubel, P. Mattick, et B. Ollman, ainsi que des inédits de Marx et la réédition d'un article d'O. Bauer.

OUVRAGES SUR LE MARXISME

R. Aron, A. B. Ulam, B. D. Wolfe et al., *De Marx à Mao Tsé-toung. Un siècle d'internationale marxiste*, Paris, Calmann-Lévy, 1967.

H. Chambre, *Le Marxisme en Union soviétique*, Paris, Le Seuil, 1955.

M. M. Drachkovitch, éd., *Marxist ideology in the contemporary world*, New York, Praeger, 1966.

Léopold Labedz, éd., *Revisionism. Essays on the history of marxist ideas*, New York, Praeger, 1962.

K. Papaioannou, *Les Marxistes* (anthologie commentée), Paris, Éd. « J'ai lu », 1965.

G.-A. Wetter, *Le Matérialisme historique et le matérialisme dialectique* (t. I, L'Idéologie soviétique contemporaine), Paris, Payot, 1965.

B.-D. Wolfe, *Le Marxisme*, Paris, Fayard, 1967.

ALEXIS DE TOCQUEVILLE

Qui cherche dans la liberté autre chose qu'elle-même est fait pour servir.

L'Ancien Régime et la Révolution I, III, 3, p. 217.

Tocqueville ne figure pas d'ordinaire parmi les inspirateurs de la pensée sociologique. Cette méconnaissance d'une œuvre importante me paraît injuste.

Mais j'ai une autre raison pour m'attacher à l'examen de sa pensée. En étudiant Montesquieu comme en étudiant Auguste Comte et Marx, j'ai placé au centre de mes analyses la relation entre les phénomènes de l'économie et le régime politique ou l'État, et je suis régulièrement parti de l'interprétation que ces auteurs donnaient de la société dans laquelle ils vivaient. Le diagnostic du présent était le fait premier à partir duquel je tâchais d'interpréter la pensée des sociologues. Or, à cet égard, Tocqueville diffère aussi bien d'Auguste Comte que de Marx. Au lieu de donner la primauté, soit au fait industriel, comme Auguste Comte, soit au fait capitaliste, comme Marx, il donne la primauté au fait démocratique.

Une dernière raison de mon choix est la manière dont Tocqueville lui-même conçoit son œuvre ou, en termes modernes, la façon dont il conçoit la sociologie. Tocqueville part de la détermination de certains traits structurels des sociétés modernes et passe ensuite à la comparaison des diverses modalités de ces sociétés. Auguste Comte, quant à lui, observait la société industrielle, et sans nier que celle-ci pût comporter des différences secondaires, selon les nations et les continents, il mettait l'accent sur les caractères communs à toutes les sociétés industrielles. Ayant défini la société industrielle, il croyait possible, à partir de cette définition, d'indiquer les caractéristiques de l'organisation politique et intellectuelle à toute société industrielle. Marx définissait le régime capitaliste et déterminait certains phénomènes qui devaient se retrouver dans toutes les sociétés de régime capitaliste. Auguste Comte et Marx s'accordaient donc pour insister sur les traits génériques de toute société, soit industrielle, soit capitaliste, en sous-estimant la marge de variation que comporte la société industrielle ou le régime capitaliste.

Tocqueville, tout au contraire, constate certains caractères liés à l'essence de toute société moderne ou démocratique, mais il ajoute qu'à partir de ces fondements communs, il y a une pluralité de régimes politiques possibles. Les sociétés démocratiques peuvent être libérales ou despotiques. Elles peuvent et doivent prendre des caractères différents aux États-Unis ou en Europe, en Allemagne ou en France. Tocqueville est par excellence le sociologue comparatiste, qui essaie de dégager ce qui est important, par confrontation des espèces de sociétés appartenant à un même genre ou à un même type.

Si Tocqueville qui, dans les pays anglo-saxons, est considéré comme un des plus grands penseurs politiques, l'égal de Montesquieu au XVIIIe siècle, n'a, en France, jamais été retenu par les sociologues, c'est que l'école moderne de Durkheim est sortie de l'œuvre d'Auguste Comte. De ce fait, les sociologues français ont mis l'accent sur les phénomènes de structure sociale aux dépens des phénomènes d'institutions politiques. Probablement pour ce motif Tocqueville n'a pas figuré au nombre de ceux qui étaient considérés comme des maîtres.

Démocratie et liberté.

Tocqueville a écrit deux livres principaux, *la Démocratie en Amérique* et *L'Ancien Régime et la Révolution.* On a publié après sa mort un volume de souvenirs sur la révolution de 1848 et sur son passage au ministère des Affaires étrangères, ainsi que sa correspondance et ses discours. Mais l'essentiel, ce sont ses deux grands livres, l'un sur l'Amérique et l'autre sur la France, qui sont pour ainsi dire les deux volets d'un diptyque.

Le livre sur l'Amérique est destiné à donner réponse à la question : pourquoi, en Amérique, la société démocratique est-elle libérale? Quant à *L'Ancien Régime et la Révolution,* il veut répondre à la question : pourquoi la France a-t-elle tant de peine, dans le cours d'une évolution vers la démocratie, à maintenir un régime politique de liberté?

Il faut donc au point de départ définir la notion de démocratie ou de société démocratique, qui se trouve un peu partout dans les œuvres de Tocqueville, de même que j'ai défini la notion de société industrielle chez Auguste Comte ou celle de capitalisme chez Marx.

Or, en fait, cette tâche ne va pas sans quelque difficulté, et l'on a pu dire que Tocqueville employait constamment l'expression sans la définir jamais avec rigueur.

Le plus souvent, il emploie le mot pour désigner un certain type de société, bien plus qu'un certain type de pouvoir. Un texte de *La Démocratie en Amérique* est tout à fait révélateur de la manière de Tocqueville :

« S'il vous semble utile de détourner l'activité intellectuelle et morale de l'homme sur les nécessités de la vie matérielle, et de l'employer à produire le bien-être; si la raison vous paraît plus profitable aux hommes que le génie; si votre objet n'est point de créer des vertus héroïques, mais des habitudes paisibles; si vous aimez mieux voir des vices que des crimes, et préférez trouver moins de grandes actions, à la condition de rencontrer moins de forfaits; si, au lieu d'agir dans le sein d'une société brillante, il vous suffit de vivre au milieu d'une société prospère; si, enfin, l'objet principal du gouvernement n'est point, suivant vous, de donner au corps entier de la nation le plus de force ou le plus de gloire possible, mais de procurer à chacun des individus qui le composent le plus de bien-être, et de lui éviter le plus de misère; alors égalisez les conditions, et constituez le gouvernement de la démocratie. Que s'il n'est plus temps de faire un choix, et qu'une force supérieure à l'homme vous entraîne déjà, sans consulter vos désirs, vers l'un des deux gouvernements, cherchez du moins à en tirer tout le bien qu'il peut faire; et connaissant ses bons instincts, ainsi que ses mauvais penchants, efforcez-vous de restreindre l'effet des seconds, et de développer les premiers. » (*O. C.*, t. I, 1er vol., p. 256.)

Ce texte, fort éloquent, plein d'antithèses rhétoriques, est caractéristique du style, de l'écriture, et je dirais même du fond de la pensée de Tocqueville.

À ses yeux, la démocratie est l'égalisation des conditions. Est démocratique la société où ne subsistent plus les distinctions des ordres et des classes, où tous les individus qui composent la collectivité sont socialement égaux, ce qui ne signifie d'ailleurs pas intellectuellement égaux, ce qui serait absurde, ni économiquement égaux, ce qui, d'après Tocqueville, serait impossible. L'égalité sociale signifie qu'il n'y a pas de différence héréditaire de conditions, et que toutes les occupations, toutes les professions, toutes les dignités, tous les honneurs sont accessibles à tous. Sont donc impliquées dans l'idée de démocratie à la fois l'égalité sociale et la tendance à l'uniformité des modes et niveaux de vie.

Mais si telle est l'essence de la démocratie, on comprend que le gouvernement adapté à une société égalitaire soit celui que, dans d'autres textes, Tocqueville appelle le gouvernement démocratique. S'il n'y a pas de différence essentielle de condition entre les membres de la collectivité, il est normal que la souveraineté soit détenue par l'ensemble des individus.

Et l'on retrouve la définition de la démocratie que donnaient Montesquieu et les auteurs classiques. Si l'ensemble du corps social est souverain, c'est que la participation de tous au choix des gouvernants et à l'exercice de l'autorité est l'expression logique d'une société démocratique, c'est-à-dire d'une société égalitaire.

Mais de plus, une société de cet ordre, où l'égalité est la loi sociale et la démocratie le caractère de l'État, est aussi une société qui a pour objectif prioritaire le bien-être du plus grand nombre. C'est une société qui ne se donne pas pour objet la puissance ou la gloire, mais la prospérité et le calme, c'est une société que l'on dirait petite-bourgeoise. Et Tocqueville, en tant que descendant d'une grande famille, oscille dans ses jugements sur la société démocratique entre la sévérité et l'indulgence, entre une réticence de son cœur et une adhésion hésitante de sa raison [1].

Si telle est la caractéristique de la société démocratique moderne, je pense que l'on peut comprendre le problème central de Tocqueville à partir de Montesquieu, l'auteur dont Tocqueville a dit lui-même qu'il avait été son modèle au moment où il écrivait *La Démocratie en Amérique.* Le problème central de Tocqueville est le développement d'un des problèmes que s'est posés Montesquieu.

Selon le dernier, république ou monarchie sont, ou peuvent être, des régimes modérés, où la liberté est préservée, cependant que, par essence, le despotisme, c'est-à-dire le pouvoir arbitraire d'un seul, n'est pas un régime modéré et ne peut pas l'être. Mais entre les deux régimes modérés, la république et la monarchie, il y a une différence fondamentale : l'égalité est le principe des républiques antiques, alors que l'inégalité des ordres et des conditions est l'essence des monarchies modernes ou tout au moins de la monarchie française. Montesquieu considère donc que la liberté peut être préservée selon deux méthodes ou dans deux types de société : les petites républiques de l'antiquité dont le principe est la vertu et où les individus sont et doivent être le plus égaux possible; les monarchies modernes, qui sont des grands États dont le principe est l'honneur et où l'inégalité des conditions est pour ainsi dire la condition même de la liberté. En effet, c'est dans la mesure où chacun se croit obligé de rester fidèle aux devoirs de sa condition, que le pouvoir du roi ne se corrompt pas en pouvoir absolu et arbitraire. En d'autres termes, dans la monarchie française, telle qu'elle est conçue par Montesquieu, l'inégalité est à la fois le ressort et la garantie de la liberté.

Mais, en étudiant l'Angleterre, Montesquieu avait étudié le phénomène nouveau à ses yeux du régime représentatif. Il avait constaté qu'en Angleterre l'aristocratie faisait du commerce, et ne se corrompait pas pour autant. Il avait donc observé une monarchie libérale, fondée sur la représentation et la primauté de l'activité marchande.

La pensée de Tocqueville peut être considérée comme le développement de la théorie de la monarchie anglaise selon Montesquieu. Tocqueville, écrivant après la Révolution, ne peut pas concevoir que la liberté des modernes ait pour fondement et pour garantie l'inégalité des conditions inégalité dont les fondements intellectuels et sociaux ont disparu. Il serait insensé de vouloir restaurer l'autorité et les privilèges d'une aristocratie qui a été détruite par la Révolution.

La liberté des modernes, pour parler à la manière de Benjamin Constant, ne peut donc plus être fondée, comme le suggérait Montesquieu, sur la distinction des ordres et des états. L'égalité des conditions est devenue le fait majeur [2].

La thèse de Tocqueville est dès lors celle-ci : la liberté ne peut être fondée sur l'inégalité, elle doit donc être assise sur la réalité démocratique de l'égalité des conditions, et sauvegardée par des institutions dont il a cru trouver un modèle en Amérique.

Mais qu'entendait-il par liberté? Tocqueville qui n'écrit pas à la manière des sociologues modernes, n'en a pas donné de définition par critères. Mais il n'est pas difficile, à mon sens, de préciser selon les exigences scientifiques du XXe siècle ce qu'il appelait liberté. Je pense d'ailleurs que sa conception ressemble fort à celle que s'en faisait Montesquieu.

Le terme premier qui constitue la notion de liberté, c'est l'absence d'arbitraire. Quand le pouvoir ne s'exerce que conformément aux lois, les individus sont en sécurité. Mais il faut se méfier des hommes, et nul individu n'étant assez vertueux pour supporter le pouvoir absolu sans se corrompre, il ne faut donner le pouvoir absolu à personne. Il faut donc, comme aurait dit Montesquieu, que le pouvoir arrête le pouvoir, qu'il y ait une pluralité de centres de décision, d'organes politiques et administratifs, qui s'équilibrent les uns les autres. Et puisque tous les hommes participent du souverain, il faut que ceux qui exercent le pouvoir soient, d'une certaine façon, les représentants ou les délégués des gouvernés. Autrement dit, il faut que le peuple, autant qu'il est matériellement possible, se gouverne lui-même.

Le problème de Tocqueville peut donc se résumer ainsi : à quelles conditions une société, où le sort des individus tend à devenir uniforme, peut-elle ne pas sombrer dans le despotisme? Ou encore : comment rendre compatibles égalité et liberté? Mais Tocqueville appartient à la pensée sociologique autant qu'à la philosophie classique, dont il dérive par l'intermédiaire de Montesquieu. Il remonte à l'état de la société pour comprendre les institutions de la politique.

Avant d'aller plus loin, il convient cependant d'analyser, car elle commande l'intelligence exacte de sa pensée, l'interprétation que Tocqueville a donnée de ce qui, aux yeux de ses contemporains, Auguste Comte ou Marx, était l'essentiel.

A ma connaissance, Tocqueville n'a pas connu l'œuvre d'Auguste Comte; il en a certainement entendu parler, mais elle ne semble pas avoir joué de rôle quelconque dans le développement de sa pensée. Quant aux œuvres de Marx, je ne suppose pas qu'il les ait connues. Le *Manifeste communiste* est plus célèbre en 1948 qu'en 1848. En 1848, c'était le pamphlet d'un émigré politique, réfugié à Bruxelles; et il n'y a pas de preuve que Tocqueville ait connu ce pamphlet obscur qui a fait carrière depuis lors.

Mais en ce qui concerne les phénomènes aux yeux de Comte et de Marx essentiels, à savoir la société industrielle et le capitalisme, il va de soi que Tocqueville en parle.

Il est d'accord avec Auguste Comte et Marx sur le fait pour ainsi dire évident que l'activité privilégiée des sociétés modernes est l'activité commerciale et industrielle. Il le dit à propos de l'Amérique, et il ne doute pas que la tendance soit la même dans les sociétés européennes. Sans s'exprimer de la même façon que Saint-Simon ou Auguste Comte, lui aussi opposerait volontiers les sociétés du passé, où l'activité militaire était prédominante, aux sociétés de son temps, qui ont pour objectif et pour mission le bien-être du plus grand nombre.

Il a écrit des pages sur la supériorité de l'Amérique en fait d'industrie et n'a nullement méconnu la caractéristique majeure de la société américaine [3]. Mais quand il présente cette prédominance de l'activité commerciale et industrielle, Tocqueville l'interprète essentiellement par rapport au passé et par rapport à son thème central qui est celui de la démocratie.

Il s'efforce alors de montrer que l'activité industrielle et commerciale ne reconstitue pas une aristocratie de type traditionnel. L'inégalité des fortunes qui est impliquée par l'activité commerciale et industrielle ne lui paraît pas contradictoire avec la tendance égalitaire des sociétés modernes.

D'abord, la fortune commerciale, industrielle et mobilière, est mobile, si l'on peut dire. Elle ne se cristallise pas dans des familles qui conservent leur situation privilégiée à travers les générations.

D'autre part, entre le chef d'industrie et ses ouvriers ne se créent pas les liens de solidarité hiérarchique qui existaient dans le passé entre le seigneur et ses paysans ou fermiers. Le seul fondement historique d'une véritable aristocratie, c'est la propriété du sol et l'activité militaire.

Dès lors, dans la vision sociologique de Tocqueville, les inégalités de richesse, si accentuées puissent-elles être, ne sont pas contradictoires avec l'égalité fondamentale des conditions, caractéristique des sociétés modernes. Certes, dans un passage, Tocqueville indique un instant que s'il doit se reconstituer quelque jour, dans la société démocratique, une aristocratie, ce sera par l'intermédiaire des chefs d'industrie [4]. Mais, dans l'ensemble, il ne croit pas que l'industrie moderne suscite une aristocratie. Il pense plutôt que les inégalités de richesse tendront à s'atténuer au fur et à mesure que les sociétés modernes deviendront plus démocratiques, et il croit surtout que ces fortunes industrielles et commerçantes sont trop précaires pour être l'origine d'une structure hiérarchique durable.

En d'autres termes, contre la vision catastrophique et apocalyptique du développement du capitalisme propre à la pensée de Marx, Tocqueville faisait, dès 1835, la théorie mi-enthousiaste, mi-résignée, plutôt résignée qu'enthousiaste, du *welfare state* ou encore de l'embourgeoisement généralisé.

Il est intéressant de confronter ces trois visions, d'Auguste Comte, de Marx et de Tocqueville. L'une était la vision organisatrice de ceux que l'on appelle aujourd'hui les technocrates; l'autre, la vision apocalyptique de ceux qui étaient hier des révolutionnaires; la troisième est la vision apaisée d'une société où chacun possède quelque chose et où tous ou presque sont intéressés à la conservation de l'ordre social.

Personnellement, je pense que, de ces trois visions, celle qui ressemble le plus aux sociétés européennes occidentales des années 60 est celle de Tocqueville. Pour être juste, il faut ajouter que la société européenne des années 30 avait tendance à ressembler davantage à la vision de Marx. Ainsi reste ouverte la question de savoir à laquelle de ces visions ressemblera la société européenne des années 90.

L'expérience américaine.

Dans le premier tome de *La Démocratie en Amérique*, Tocqueville énumère les causes qui rendent la démocratie américaine libérale. Cette énumération nous permet en même temps de préciser quelle est la théorie des déterminants qu'il retient.

Tocqueville énumère trois sortes de causes selon une méthode assez conforme à celle de Montesquieu :

— la situation accidentelle et particulière dans laquelle se trouvait la société américaine,

— les lois,

— les habitudes et les mœurs.

La situation accidentelle et particulière, c'est tout à la fois l'espace géographique où se sont établis les immigrants venus d'Europe et l'absence d'États voisins, c'est-à-dire d'États ennemis ou tout au moins redoutables. La société américaine a connu, jusqu'à la date où écrit Tocqueville, la faveur exceptionnelle d'avoir le minimum d'obligations diplomatiques et de courir le minimum de risques militaires. En même temps, cette société a été créée par des hommes qui, pourvus de tout l'équipement technique d'une civilisation développée, se sont établis sur un espace démesuré. Cette situation sans équivalent en Europe est une des explications de l'absence d'aristocratie et de la primauté donnée à l'activité industrielle.

Selon une théorie de la sociologie moderne, la formation d'une aristocratie liée à la propriété terrienne a pour condition la rareté de la terre. Or, en Amérique, l'espace était à ce point immense que la rareté était exclue et la propriété aristocratique n'a pu se constituer. Cette idée se trouve déjà chez Tocqueville, mais au milieu de beaucoup d'autres, et je ne pense pas que pour lui elle soit l'explication fondamentale.

En effet, il met plutôt l'accent sur le système de valeurs des immigrants puritains, sur leur double sens de l'égalité et de la liberté, et il esquisse une théorie selon laquelle les caractéristiques d'une société découlent de ses origines. La société américaine aurait conservé le système moral de ses fondateurs, les premiers immigrants.

Tocqueville, en bon disciple de Montesquieu, établit une hiérarchie entre ces trois sortes de causes, la situation géographique et historique a pesé moins lourd que les lois, et les lois ont été moins importantes que les habitudes, les mœurs et la religion. Dans les mêmes conditions, avec d'autres mœurs, avec d'autres lois, une autre société aurait surgi. Les conditions historiques et géographiques qu'il analyse n'ont été que des circonstances favorables. Les causes véritables de la liberté dont jouit la démocratie américaine, ce sont de bonnes lois, et plus encore les habitudes, les mœurs et les croyances faute desquelles il ne peut pas y avoir de liberté.

La société américaine peut donner, non un modèle mais des leçons aux sociétés européennes, en leur montrant comment la liberté est sauvegardée dans une société démocratique.

Les chapitres que Tocqueville a consacrés aux lois américaines peuvent être étudiés de deux points de vue. D'une part, on peut se demander dans quelle mesure Tocqueville a compris exactement le fonctionnement de la constitution américaine à son époque, dans quelle mesure il en a prévu les transformations. En d'autres termes, il y a une étude possible, intéressante et légitime, qui serait la confrontation de l'interprétation de Tocqueville avec les interprétations qui étaient données de son époque ou qui sont données aujourd'hui [5]. Je laisserai de côté ici ce genre d'étude.

La deuxième méthode possible consiste simplement à retrouver les grandes lignes de l'interprétation qu'Alexis de Tocqueville a proposée de la constitution américaine, pour en dégager la signification par rapport au problème sociologique général : quelles sont, dans une société démocratique, les lois les plus propices à la sauvegarde de la liberté?

Tout d'abord, Tocqueville insiste sur les bénéfices que les États-Unis tirent du caractère fédéral de leur constitution. Une constitution fédérale peut, d'une certaine façon, combiner les avantages des grands et des petits États. Montesquieu, dans *L'Esprit des lois*, avait déjà consacré des chapitres à ce même principe, qui permet de disposer de la force nécessaire à la sécurité de l'État sans connaître les maux propres à de grandes concentrations humaines.

Tocqueville écrit dans *La Démocratie en Amérique :*

« S'il n'y avait que de petites nations et point de grandes, l'humanité serait à coup sûr plus libre et plus heureuse; mais on ne peut faire qu'il n'y ait pas de grandes nations. Ceci introduit dans le monde un nouvel élément de prospérité nationale, qui est la force. Qu'importe qu'un peuple présente l'image de l'aisance et de la liberté, s'il se voit exposé chaque jour à être ravagé ou conquis? Qu'importe qu'il soit manufacturier et commerçant, si un autre domine les mers et fait la loi sur tous les marchés? Les petites nations sont souvent misérables, non point parce qu'elles sont petites, mais parce qu'elles sont faibles, les grandes prospères, non point parce qu'elles sont grandes, mais parce qu'elles sont fortes. La force est donc souvent pour les nations une des premières conditions du bonheur et même de l'existence. De là vient qu'à moins de circonstances particulières, les petits peuples finissent toujours par être réunis violemment aux grands ou par s'y réunir d'eux-mêmes. Je ne sache pas de condition plus déplorable que celle d'un peuple qui ne peut se défendre ni se suffire.

« C'est pour unir les avantages divers qui résultent de la grandeur et de la petitesse des nations que le système fédératif a été créé. Il suffit de jeter un regard sur les États-Unis d'Amérique pour apercevoir tous les biens qui découlent pour eux de l'adoption de ce système. Chez les grandes nations centralisées, le législateur est obligé de donner aux lois un caractère uniforme que ne comporte pas la diversité des lieux et des mœurs; n'étant jamais instruit des cas particuliers, il ne peut procéder que par des règles générales; les hommes sont alors obligés de se plier aux nécessités de la législation, car la législation ne sait point s'accommoder aux besoins et aux mœurs des hommes; ce qui est une grande cause de trouble et de misère. Cet inconvénient n'existe pas dans les confédérations. » (*O. C.*, t. I, 1er vol., p. 164-165.)

Tocqueville manifeste donc un certain pessimisme sur la possibilité d'existence des petites nations qui n'ont point la force de se défendre. Ce texte est curieux à relire aujourd'hui, car on se demande ce qu'en fonction de cette vision des affaires humaines son auteur dirait du grand nombre de nations, incapables de se défendre, qui surgissent dans le monde. Peut-être, d'ailleurs, réviserait-il cette formule générale et ajouterait-il que des nations qui ne se suffisent pas à elles-mêmes sont éventuellement capables de survivre si les conditions nécessaires à leur sécurité sont créées par le système international.

Quoi qu'il en soit, conformément à la conviction permanente des philosophes classiques, Tocqueville exige que l'État soit assez grand pour disposer de la force nécessaire à la sécurité, et assez petit pour que la législation soit adaptée à la diversité des circonstances et des milieux. Cette combinaison n'est donnée que dans une constitution fédérale ou confédérale. Tel est, aux yeux de Tocqueville, le mérite premier des lois que les Américains se sont données.

Avec une parfaite clairvoyance, il a vu que la constitution fédérale américaine garantissait la libre circulation des biens, des personnes et des capitaux. En d'autres termes, le principe fédéral suffisait à prévenir la formation de douanes intérieures et empêchait la dislocation de l'unité économique que constituait le territoire américain.

En dernier lieu, selon Tocqueville : « Deux dangers principaux menacent l'existence des démocraties : l'asservissement complet du pouvoir législatif aux volontés du corps électoral, la concentration dans le pouvoir législatif de tous les autres pouvoirs du gouvernement. » (*O. C.*, t. I, 1er vol., p. 158.)

Ces deux dangers sont formulés dans des termes qui appartiennent à la tradition. Un gouvernement démocratique, aux yeux d'un Montesquieu ou d'un Tocqueville, ne doit pas être tel que le peuple puisse s'abandonner à tous les entraînements passionnels et déterminer les décisions du gouvernement. Et, d'autre part, selon Tocqueville, tout régime démocratique tend à la centralisation et à la concentration du pouvoir dans le corps législatif.

Or, la constitution américaine a prévu la division du législatif en deux assemblées, elle a établi une présidence de la République, que Tocqueville, à son époque, considère comme faible, mais qui est relativement indépendante des pressions directes du corps électoral ou du corps législatif. De plus, aux États-Unis, l'esprit légiste sert de substitut à l'aristocratie car le respect des formes juridiques est favorable à la sauvegarde des libertés. Tocqueville constate encore la pluralité des partis qui d'ailleurs, observe-t-il justement, ne sont pas, comme les partis français, animés par des convictions idéologiques et n'adhèrent pas à des principes contradictoires de gouvernement, mais représentent l'organisation d'intérêts enclins à discuter pragmatiquement des problèmes qui se posent à la société.

Tocqueville ajoute deux autres circonstances politiques mi-constitutionnelles, mi-sociales, qui contribuent à la sauvegarde de la liberté. L'une est la liberté d'association et l'autre l'usage qui en est fait, la multiplication des organisations volontaires. Dès que se pose une question dans une petite ville, dans un comté ou même au niveau de l'État fédéral tout entier, il se trouve un certain nombre de citoyens pour se grouper en organisations volontaires, dont la fin est d'étudier, éventuellement de résoudre le problème posé. Qu'il s'agisse de construire un hôpital dans une petite ville ou de mettre fin aux guerres, quel que soit l'ordre de grandeur du problème, une organisation volontaire consacrera des loisirs et de l'argent à la recherche d'une solution.

Enfin, Tocqueville traite de la liberté de la presse. Elle lui paraît chargée d'inconvénients de toutes sortes, tant les journaux sont portés à en abuser, tant il est difficile qu'elle ne dégénère pas en licence. Mais il ajoute, selon une formule qui ressemble à celle de Churchill à propos de la démocratie, qu'un seul régime est pire que la licence de la presse, c'est la suppression de cette licence. Dans les sociétés modernes, la liberté totale est encore préférable à la suppression totale de cette liberté. Et entre ces deux formes extrêmes, il n'existe guère d'intermédiaire [6].

Dans une troisième catégorie de causes, Tocqueville groupe les mœurs et les croyances. Il développe alors l'idée centrale de son œuvre, centrale par rapport à son interprétation de la société américaine, et dans la comparaison explicite ou implicite à laquelle il procède chaque instant entre l'Amérique et l'Europe.

Ce thème fondamental, c'est qu'en dernière analyse la liberté a pour conditions les mœurs et les croyances des hommes, le facteur décisif de ces mœurs étant la religion. La société américaine est, aux yeux de Tocqueville, celle qui a su joindre l'esprit de religion et l'esprit de liberté. S'il fallait chercher la cause unique qui rend probable la survie de la liberté en Amérique et précaire l'avenir de la liberté en France, ce serait, d'après Tocqueville, que la société américaine joint l'esprit de religion et l'esprit de liberté, cependant que la société française est déchirée par l'opposition entre l'Église et la démocratie, ou la religion et la liberté.

En France c'est le conflit de l'esprit moderne et de l'Église qui est la cause dernière des difficultés que rencontre la démocratie à demeurer libérale, et au contraire c'est la parenté d'inspiration entre l'esprit de religion et l'esprit de liberté qui est le fondement dernier de la société américaine.

« J'en ai déjà dit assez, écrit-il, pour mettre en son vrai jour le caractère de la civilisation anglo-américaine. Elle est le produit (et ce point de départ doit sans cesse être présent à la pensée) de deux éléments parfaitement distincts, qui ailleurs se sont fait souvent la guerre, mais qu'on est parvenu en Amérique à incorporer en quelque sorte l'un dans l'autre, et à combiner merveilleusement, je veux parler de l'esprit de religion et de l'esprit de liberté.

« Les fondateurs de la Nouvelle-Angleterre étaient tout à la fois d'ardents sectaires et des novateurs exaltés. Retenus dans les liens les plus étroits de certaines croyances religieuses, ils étaient libres de tout préjugé politique. De là deux tendances diverses, mais non contraires, dont il est facile de trouver partout la trace, dans les mœurs comme dans les lois. »

Et un peu plus loin :

« Ainsi, dans le monde moral, tout est classé, coordonné, prévu, décidé à l'avance. Dans le monde politique, tout est agité, contesté, incertain. Dans l'un, obéissance passive, bien que volontaire; dans l'autre, indépendance, mépris de l'expérience et jalousie de toute autorité. Loin de se nuire, ces deux tendances, en apparence si opposées, marchent d'accord et semblent se prêter un mutuel appui. La religion voit dans la liberté civile un noble exercice des facultés de l'homme; dans le monde politique, un champ livré par le Créateur aux efforts de l'intelligence. Libre et puissante dans sa sphère, satisfaite de la place qui lui est réservée, elle sait que son empire est d'autant mieux établi qu'elle ne règne que par ses propres forces et domine sans appui sur les cœurs. La liberté voit dans la religion la compagne de ses luttes et de ses triomphes, le berceau de son enfance, la source divine de ses droits. Elle considère la religion comme la sauvegarde des mœurs; les mœurs comme la garantie des lois et le gage de sa propre durée. » (*O. C.*, t. I, 1er vol., p. 42-43.)

Le style mis à part, qui ne serait pas celui que nous emploierions aujourd'hui, ce texte me paraît une admirable interprétation sociologique de la manière dont, en une civilisation de type anglo-américain, rigueur religieuse et liberté politique peuvent se joindre. Un sociologue d'aujourd'hui traduirait ces phénomènes en des concepts plus raffinés. Il multiplierait les réserves et les manies, mais l'audace de Tocqueville n'est pas sans charme. Il est encore, en tant que sociologue, dans la tradition de Montesquieu : il écrit dans le langage de tous, il est compréhensible à tous, plus soucieux de donner une forme littéraire à l'idée que de multiplier les concepts et de discriminer les critères.

Tocqueville explique, toujours dans *La Démocratie en Amérique*, comment les relations de la religion et de la liberté sont en France à l'extrême opposé de ce qu'elles sont aux États-Unis :

« Chaque jour on me prouve fort doctement que tout est bien en Amérique, excepté précisément cet esprit religieux que j'admire, et j'apprends qu'il ne manque à la liberté et au bonheur de l'espèce humaine, de l'autre côté de l'Océan, que de croire avec Spinoza à l'éternité du monde, et de soutenir avec Cabanis que le cerveau sécrète la pensée. A cela, je n'ai rien à répondre en vérité, sinon que ceux qui tiennent ce langage n'ont pas été en Amérique, et n'ont pas plus vu de peuple religieux que de peuple libre. Je les attends donc au retour.

« Il y a des gens en France qui considèrent les institutions républicaines comme l'instrument passager de leur grandeur. Ils mesurent des yeux l'espace immense qui sépare leurs vices et leur misère de la puissance et des richesses, et ils voudraient entasser des ruines dans cet abîme pour essayer de le combler. Ceux-là sont à la liberté ce que les compagnies franches du moyen âge étaient aux rois. Ils font la guerre pour leur propre compte, alors même qu'ils portent ses couleurs. La république vivra toujours assez longtemps pour les tirer de leur bassesse présente. Ce n'est pas à eux que je parle.

« Mais il en est d'autres qui voient dans la république un état permanent et tranquille, un but nécessaire vers lequel les idées et les mœurs entraînent chaque jour les sociétés modernes, et qui voudraient sincèrement préparer les hommes à être libres. Quand ceux-là attaquent les croyances religieuses, ils suivent leur passion et non leur intérêt. C'est le despotisme qui peut se passer de la foi, mais non la liberté. » (*O. C.*, t. I, 1er vol., p. 307-308.)

Ce texte, à certains égards, admirable, est aussi typique du tiers parti en France, qui n'aura jamais assez de force pour exercer le pouvoir, car il est à la fois démocrate, favorable ou résigné aux institutions représentatives, et hostile aux passions antireligieuses. Tocqueville est un libéral qui aurait voulu que les démocrates reconnussent la solidarité nécessaire entre des institutions libres et des croyances religieuses.

Au reste, en fonction de ses connaissances historiques et de ses analyses sociologiques, il aurait dû savoir (et il savait probablement) que cette réconciliation était impossible. Le conflit de l'Église catholique et de l'esprit moderne découle en France d'une longue tradition, de même que l'affinité de la religion et de la démocratie dans la civilisation anglo-américaine. Il faut donc tout à la fois déplorer le conflit et en dégager les causes, difficiles à éliminer, car il n'est pas encore liquidé, un peu plus d'un siècle après le moment où Tocqueville écrivait.

Le thème fondamental de Tocqueville est donc celui de la nécessité, dans une société égalitaire qui veut se gouverner elle-même, d'une discipline morale inscrite dans la conscience des individus. Il faut que les citoyens se soumettent, au fond d'eux-mêmes, à une discipline qui ne soit pas simplement imposée par la peur du châtiment. Or, la foi, qui mieux que toute autre créera cette discipline morale, est, aux yeux de Tocqueville encore disciple de Montesquieu sur ce point, la foi religieuse.

De plus, outre l'influence de leurs sentiments religieux, les citoyens américains sont bien informés, ils connaissent les affaires de la cité, ils bénéficient tous d'une instruction civique. Tocqueville met enfin l'accent sur le rôle de la décentralisation administrative américaine, par opposition à la centralisation administrative française. Les citoyens américains prennent l'habitude de régler les affaires collectives dès le niveau de la commune. Ils sont donc amenés à faire l'apprentissage de l'autogouvernement dans le milieu limité qu'ils sont en mesure de connaître personnellement, et ils étendent le même esprit aux affaires de l'État.

Cette analyse de la démocratie américaine diffère évidemment de la théorie de Montesquieu qui se référait aux républiques antiques. Mais Tocqueville lui-même considère que sa théorie des sociétés démocratiques modernes est un élargissement et un renouvellement de la conception de Montesquieu.

Dans un texte qui se trouve parmi les papiers de préparation du deuxième volume de *La Démocratie en Amérique*, il confronte lui-même son interprétation de la démocratie américaine avec la théorie de la république de Montesquieu.

« Il ne faut pas prendre l'idée de Montesquieu dans un sens étroit. Ce qu'a voulu dire ce grand homme, c'est que la république ne pouvait subsister que par l'action de la société sur elle-même. Ce qu'il entend par vertu, c'est le pouvoir moral qu'exerce chaque individu sur lui-même et qui l'empêche de violer le droit des autres. Quand ce triomphe de l'homme sur des tentations est le résultat de la faiblesse de la tentation ou du calcul d'intérêt personnel, il ne constitue pas la vertu aux yeux du moraliste, mais il rentre dans l'idée de Montesquieu, qui parlait de l'effet bien plus que de sa cause. En Amérique ce n'est pas la vertu qui est grande, c'est la tentation qui est petite, ce qui revient au même. Ce n'est pas le désintéressement qui est grand, c'est l'intérêt qui est bien entendu, ce qui revient encore presque au même. Montesquieu avait donc raison, quoiqu'il parlât de la vertu antique, et ce qu'il dit des Grecs et des Romains s'applique encore aux Américains. »

Ce texte permet de faire la synthèse des rapports entre la théorie de la démocratie moderne selon Tocqueville et la théorie de la république antique selon Montesquieu.

Il y a certes des différences essentielles entre la république vue par Montesquieu et la démocratie vue par Tocqueville. La démocratie antique était égalitaire et vertueuse, mais frugale et combattante. Les citoyens tendaient à l'égalité, parce qu'ils refusaient de donner la primauté aux considérations commerciales. La démocratie moderne, au contraire, est fondamentalement une société commerçante et industrielle. Il ne se peut donc pas que l'intérêt n'y soit le sentiment dominant. C'est sur l'intérêt bien entendu qu'est nécessairement fondée la démocratie moderne. Le principe (au sens de Montesquieu) de la démocratie moderne, d'après Tocqueville, est donc l'intérêt, non pas la vertu. Mais, comme ce texte l'indique, entre l'intérêt, principe des démocraties modernes, et la vertu, principe de la république antique, il y a des éléments communs. C'est que, dans les deux cas, les citoyens doivent se soumettre à une discipline morale, et la stabilité de l'État est fondée sur l'influence prédominante que les mœurs et les croyances exercent sur la conduite des individus.

De façon générale, dans *La Démocratie en Amérique*, Tocqueville est sociologue dans le style de Montesquieu et, pourrait-on dire, dans les deux styles que Montesquieu nous a laissés.

La synthèse des aspects différents d'une société est réalisée dans *L'Esprit des lois* grâce au concept de l'esprit d'une nation. Un premier objectif de la sociologie, selon Montesquieu, est de saisir l'ensemble d'une société. Tocqueville, à coup sûr, veut saisir en Amérique l'esprit d'une nation et, pour cela, il utilise les différentes catégories que Montesquieu a distinguées dans *L'Esprit des lois*. Il établit une discrimination entre les causes historiques et les causes actuelles, le milieu géographique et la tradition historique, l'action des lois et l'action des mœurs. L'ensemble de ces éléments se regroupe pour définir, en sa singularité, une société unique, la société américaine. La description de cette société singulière est obtenue par la combinaison de types d'explication différents, selon un plus ou moins grand degré d'abstraction ou de généralité.

Mais Tocqueville, comme on le verra plus loin dans l'analyse du second volume de *La Démocratie en Amérique*, vise un deuxième objectif de la sociologie et pratique une autre méthode. Il pose un problème plus abstrait à un niveau supérieur de généralité, le problème de la démocratie des sociétés modernes, c'est-à-dire qu'il se fixe l'étude d'un type idéal, comparable au type de régime politique de Montesquieu, dans la première partie de *L'Esprit des lois*. Partant de la notion abstraite d'une société démocratique, Tocqueville se demande quelle forme politique peut revêtir cette société démocratique, pourquoi elle revêt ici une certaine forme et ailleurs une autre. En d'autres termes, il commence par définir un type idéal, celui de la société démocratique, et il essaie, par la méthode comparative, de dégager l'action des diverses causes, en allant, pour employer son langage, des causes les plus générales aux causes les plus particulières.

Il y a chez Tocqueville, comme chez Montesquieu, deux méthodes sociologiques, dont l'une aboutit au portrait d'une collectivité singulière et dont l'autre pose le problème historique abstrait d'une société d'un certain type.

Tocqueville n'est nullement un admirateur béat de la société américaine. Au fond de lui-même, il conserve une hiérarchie des valeurs empruntée à la classe à laquelle il appartient, l'aristocratie française; il est sensible à la médiocrité qui caractérise une civilisation de cet ordre. Il n'a opposé à la démocratie moderne ni l'enthousiasme de ceux qui en attendaient une transfiguration du sort humain, ni l'hostilité de ceux qui y voyaient la décomposition même de la société. La démocratie, pour lui, se justifiait par le fait qu'elle favorisait le bien-être du plus grand nombre, mais ce bien-être serait sans éclat ni grandeur, et il n'irait pas sans périls politiques et moraux.

Toute démocratie tend en effet à la centralisation. Elle tend en conséquence à une sorte de despotisme, qui risque de dégénérer en despotisme d'un homme. La démocratie comporte en permanence le péril d'une tyrannie de la majorité. Tout régime démocratique postule que la majorité a raison, et il peut être difficile d'empêcher une majorité d'abuser de sa victoire et d'opprimer la minorité.

La démocratie, dit encore Tocqueville, tend à généraliser l'esprit de cour, étant entendu que le souverain que les candidats aux offices iront flatter, est le peuple et non le monarque. Mais flatter le souverain populaire ne vaut pas mieux que flatter le souverain monarchique. Peut-être même est-ce pire, puisque l'esprit de cour en démocratie, c'est ce que l'on appelle, en langage ordinaire, la démagogie.

Tocqueville a d'autre part été très conscient des deux grands problèmes qui se posaient à la société américaine et qui tenaient aux relations entre les Blancs et les Indiens, et entre les Blancs et les Noirs. Si un problème menaçait l'existence de l'Union, c'était à coup sûr celui des esclaves du Sud. Tocqueville était d'un sombre pessimisme. Il pensait qu'au fur et à mesure que l'esclavage disparaîtrait et que l'égalité juridique tendrait à s'établir entre les Noirs et les Blancs, les barrières qu'élèvent les mœurs entre les deux races s'élèveraient.

En dernière analyse, estimait-il, il n'y a que deux solutions : ou le mélange des races ou la séparation. Or ce mélange des races sera refusé par la majorité blanche, et la séparation, après la fin de l'esclavage, sera presque inévitable. Tocqueville prévoyait des conflits terribles.

Un texte sur les relations entre les Blancs et les Indiens, dans le meilleur style de Tocqueville, permet d'entendre la voix de cet homme solitaire :

« Les Espagnols lâchent leurs chiens sur les Indiens comme sur des bêtes farouches. Ils pillent le Nouveau Monde ainsi qu'une ville prise d'assaut, sans discernement et sans pitié. Mais on ne peut tout détruire, la fureur a un terme. Le reste des populations indiennes échappées au massacre finit par se mêler à ses vainqueurs et par adopter leur religion et leurs mœurs. La conduite des États-Unis envers les Indiens respire au contraire le plus pur amour des formes et de la légalité. Pourvu que les Indiens demeurent à l'état sauvage, les Américains ne se mêlent nullement de leurs affaires et les traitent en peuple indépendant. Ils ne se permettent point d'occuper leurs terres sans les avoir dûment acquises au moyen d'un contrat, et si par hasard une nation indienne ne peut plus vivre sur son territoire, ils la prennent fraternellement par la main et la conduisent eux-mêmes mourir hors du pays de ses pères. Les Espagnols, à l'aide de monstruosités sans exemple, en se couvrant d'une honte ineffaçable, n'ont pu parvenir à exterminer la race indienne, ni même à l'empêcher de partager leurs droits. Les Américains des États-Unis ont atteint ce double résultat avec une merveilleuse facilité, tranquillement, légalement, philanthropiquement, sans répandre de sang, sans violer un seul des grands principes de la morale aux yeux du monde. On ne saurait détruire les hommes en respectant mieux les lois de l'humanité. » (*O. C.*, t. I, 1er vol., p. 354-355.)

Ce texte, où Tocqueville ne respecte pas la règle des sociologues modernes, qui est de s'abstenir de jugements de valeur et de se défendre de l'ironie [7], est caractéristique de l'humanitarisme d'un aristocrate. Nous sommes souvent habitués en France à considérer que seuls les hommes de gauche sont des humanistes. Tocqueville aurait dit qu'en France les radicaux, les républicains extrêmes ne sont pas humanitaires, mais des révolutionnaires ivres d'idéologie et prêts à sacrifier des millions d'hommes à leurs idées. Il condamnait les idéologues de gauche, représentatifs du parti intellectuel français, mais il condamnait aussi l'esprit réactionnaire des aristocrates, nostalgiques d'un ordre définitivement disparu.

Tocqueville est un sociologue qui ne cesse de juger en même temps qu'il décrit. En ce sens il appartient à la tradition des philosophes politiques classiques, qui n'auraient pas conçu d'analyser les régimes sans les juger.

Dans l'histoire de la sociologie, il reste très proche de la philosophie classique telle que Léo Strauss l'interprète [8].

Pour Aristote, on ne peut pas interpréter justement la tyrannie si l'on n'y voit pas le régime le plus éloigné du meilleur des régimes, car la réalité du fait est inséparable de sa qualité. Vouloir décrire des institutions sans les juger, c'est manquer ce qui les constitue comme telles.

Tocqueville ne rompt pas avec cette pratique. Sa description des États-Unis est aussi l'explication des causes par l'action desquelles la liberté est sauvegardée dans une société démocratique. Elle montre, à chaque instant, ce qui menace l'équilibre de la société américaine. Ce langage même signifie jugement, et Tocqueville ne croyait pas qu'il contrevenait aux règles de la science sociale en jugeant dans et par sa description. Si on l'avait interrogé, probablement aurait-il, comme Montesquieu ou en tout cas comme Aristote, répondu que la description ne peut pas être fidèle si elle ne comprend des jugements intrinsèquement liés à la description, un régime en effet étant ce qu'il est par sa qualité même, une tyrannie ne pouvant être décrite que comme une tyrannie.

Le drame politique de la France.

L'Ancien Régime et la Révolution représente une tentative comparable à celle de Montesquieu dans les *Considérations sur les causes de la grandeur et de la décadence des Romains*. C'est un essai d'explication sociologique d'événements historiques.

Tocqueville conçoit tout aussi clairement que Montesquieu les limites de l'explication sociologique. L'un et l'autre pensent en effet que de grands événements s'expliquent par de grandes causes, mais que le détail des événements n'est pas déductible des données structurelles.

Tocqueville étudie la France, jusqu'à un certain point, en songeant à l'Amérique. Il cherche à comprendre pourquoi la France a tant de difficultés à être une société politiquement libre, bien qu'elle soit, ou paraisse, démocratique, de même que, dans le cas de l'Amérique, il cherchait les causes du phénomène inverse, c'est-à-dire la persistance de la liberté politique à cause ou en dépit du caractère démocratique de la société.

L'Ancien Régime et la Révolution est une interprétation sociologique d'une crise historique afin de rendre les événements intelligibles. Au point de départ, Tocqueville observe et raisonne à la façon d'un sociologue. Il se refuse à admettre que la crise révolutionnaire soit un simple et pur accident. Il affirme que les institutions d'ancien régime tombaient en ruine au moment où elles ont été emportées par la tempête révolutionnaire. Il ajoute que la crise révolutionnaire a eu des caractères spécifiques parce qu'elle s'est déroulée à la manière d'une révolution religieuse.

« La Révolution française a opéré par rapport à ce monde précisément de la même manière que la révolution religieuse agissant en vue de l'autre. Elle a considéré le citoyen d'une façon abstraite, en dehors de toutes les sociétés particulières, de même que la religion considère l'homme en général indépendamment du pays et du temps. Elle n'a pas recherché seulement quel était le droit particulier du citoyen français, mais quels étaient les devoirs et les droits généraux des hommes en matière politique. C'est en remontant toujours ainsi à ce qu'il y avait de moins particulier, et pour ainsi dire de plus naturel, en fait d'état social et de gouvernement, qu'elle a pu se rendre compréhensible pour tous et imitable en cent endroits à la fois. » (*O. C.*, t. II, 1er vol., p. 89.)

Cette coïncidence d'une crise politique et d'une sorte de révolution religieuse est, semble-t-il, une des caractéristiques des grandes révolutions des sociétés modernes. La révolution russe de 1917 a également, aux yeux d'un sociologue de l'école de Tocqueville, la même caractéristique d'être une révolution d'essence religieuse.

On peut, je crois, généraliser la proposition : toute révolution politique prend certains caractères de révolution religieuse, quand elle se veut universellement valable et se prétend la voie de salut pour l'humanité tout entière.

Pour préciser sa méthode, Tocqueville ajoute : « Je parle des classes; elles doivent seules occuper l'histoire. » Cette phrase est textuelle, et je suis sûr pourtant que si une revue la publiait avec la question : de qui est-ce? quatre réponses sur cinq seraient : Karl Marx. Cette phrase fait suite à la proposition : « On peut m'opposer sans doute les individus. » (*Ibid.*, p. 179.)

Les classes dont Tocqueville évoque le rôle décisif sont : la noblesse, la bourgeoisie, les paysans et, secondairement, les ouvriers. Les classes qu'il distingue sont donc intermédiaires entre les ordres de l'Ancien Régime et les classes des sociétés modernes. Tocqueville, d'ailleurs, ne fait pas de théorie abstraite des classes. Il n'en donne pas de définition, il n'en énumère pas les caractéristiques; mais il prend les groupes sociaux principaux de la France d'Ancien Régime, au moment de la Révolution, pour expliquer les événements.

Tocqueville en vient alors à la question : pourquoi, l'ensemble des institutions d'Ancien Régime tombant en ruine en Europe, est-ce en France que s'est produite la Révolution? Quels sont les phénomènes principaux qui rendent compte de cet événement?

Le premier de ces phénomènes a déjà été étudié indirectement dans *La Démocratie en Amérique*, c'est la centralisation et l'uniformité administratives. Certes, la France d'Ancien Régime comportait une extraordinaire diversité provinciale et locale de législations et de réglementations, mais l'administration royale des intendants devenait de plus en plus la force efficace. La diversité n'était plus que survivance vaine, la France était administrée du centre et administrativement uniforme, bien avant qu'éclate la tempête révolutionnaire.

« On s'étonne de la facilité surprenante avec laquelle l'Assemblée Constituante a pu détruire d'un seul coup toutes les anciennes provinces de la France, dont plusieurs étaient plus anciennes que la monarchie, et diviser méthodiquement le royaume en 83 parties distinctes, comme s'il s'était agi du sol vierge du Nouveau Monde. Rien n'a plus surpris et même épouvanté le reste de l'Europe, qui n'était pas préparé à un pareil spectacle. C'est la première fois, disait Burke, qu'on voit des hommes mettre en morceaux leur patrie d'une manière aussi barbare. Il semblait en effet qu'on déchirât des corps vivants : on ne faisait que dépecer des morts.

« Dans le temps même où Paris achevait d'acquérir ainsi au dehors de la toute-puissance, on voyait s'accomplir dans son sein même un autre changement, qui ne mérite pas moins de fixer l'attention de l'histoire. Au lieu de n'être qu'une ville d'échanges, d'affaires, de consommation et de plaisir, Paris achevait de devenir une ville de fabriques et de manufactures, second fait qui donnait au premier un caractère nouveau et plus formidable...

« Quoique les documents statistiques de l'Ancien Régime méritent le plus souvent peu de créance, je crois qu'on peut affirmer sans crainte que, pendant les soixante ans qui ont précédé la Révolution française, le nombre des ouvriers a plus que doublé à Paris, tandis que dans la même période la population générale de la ville n'augmentait guère que d'un tiers. » (*O. C.*, t. II, 1er vol., p. 141 et 142.)

On songe ici au livre de J.-F. Gravier, *Paris et le désert français* [9]. D'après Tocqueville, Paris était devenu le centre industriel de la France avant même la fin du XVIIIe siècle. Les considérations sur le district parisien et la manière d'empêcher la centralisation industrielle dans la capitale ne datent pas d'aujourd'hui.

En deuxième lieu, dans cette France administrée du centre et où de plus en plus les mêmes règlements s'appliquaient d'un bout à l'autre du territoire, la société était pour ainsi dire émiettée. Les Français n'étaient pas en mesure de discuter de leurs affaires, parce qu'il manquait la condition essentielle à la formation du corps politique, la liberté.

Tocqueville donne une description purement sociologique de ce que Durkheim aurait appelé la désintégration de la société française. Il ne se constituait pas d'unité entre les classes privilégiées et plus généralement entre les différentes classes de la nation en raison du manque de liberté politique. Il subsistait une séparation entre les groupes privilégiés du passé qui avaient perdu leur fonction historique mais conservé leurs privilèges, et les groupes de la société nouvelle qui jouaient un rôle décisif mais restaient séparés de l'ancienne noblesse.

« A la fin du XVIIIe siècle, écrit-il, on pouvait encore apercevoir, entre les manières de la noblesse et celles de la bourgeoisie, une différence, car il n'y a rien qui ne s'égalise plus lentement que cette superficie de mœurs qu'on nomme les manières; mais au fond, tous les hommes placés au-dessus du peuple se ressemblaient. Ils avaient les mêmes idées, les mêmes habitudes, suivaient les mêmes goûts, se livraient aux mêmes plaisirs, lisaient les mêmes livres, parlaient le même langage. Ils ne différaient plus entre eux que par les droits. Je doute que cela se vît encore au même degré nulle part ailleurs, pas même en Angleterre, où les différentes classes, quoique attachées solidement les unes aux autres par des intérêts communs, différaient encore souvent par l'esprit et les mœurs, car la liberté politique, qui possède cette admirable puissance de créer entre tous les citoyens des rapports nécessaires et des liens mutuels de dépendance, ne les rend pas toujours pour cela pareils. C'est le gouvernement d'un seul qui, à la longue, a toujours pour effet inévitable de rendre les hommes semblables entre eux et mutuellement indifférents à leur sort. » (*Ibid.*, p. 146.)

Là est le centre de l'analyse sociologique de la France par Tocqueville. Les différents groupes privilégiés de la nation française tendaient à la fois à l'uniformité et à la séparation. Ils étaient en fait semblables les uns aux autres, mais séparés par des privilèges, des manières, des traditions, et en l'absence de la liberté politique ils n'arrivaient pas à acquérir ce sens de la solidarité, indispensable à la santé du corps politique.

« La division des classes fut le crime de l'ancienne royauté, et devint plus tard son excuse, car, quand tous ceux qui composent la partie riche et éclairée de la nation ne peuvent plus s'entendre et s'entraider dans le gouvernement, l'administration du pays par lui-même est comme impossible, et il faut qu'un maître intervienne. » (*Ibid.*, p. 166.)

Ce texte est fondamental. On y voit d'abord la conception plus ou moins aristocratique du gouvernement des sociétés, caractéristique tout à la fois de Montesquieu et de Tocqueville. Le gouvernement de la nation ne peut être exercé que par la partie riche et éclairée de la nation. Les deux auteurs n'hésitent pas à mettre ensemble les deux adjectifs. Ils ne sont pas démagogues et le lien entre les deux termes leur paraît évident. Mais ils ne sont pas cyniques non plus, car ce phénomène allait pour eux de soi. Ils écrivaient à une époque où ceux qui ne possédaient pas de moyens matériels n'avaient pas le loisir de s'instruire. Au XVIIIe siècle, seule pouvait être éclairée la partie riche de la nation.

D'autre part, Tocqueville croit observer, et je crois qu'il observe justement, qu'en France le phénomène caractéristique à l'origine de la Révolution, et j'ajouterais personnellement à l'origine de toutes les révolutions françaises, c'est l'incapacité des groupes privilégiés de la nation française de se mettre d'accord sur un mode de gouvernement du pays. Ce phénomène explique la fréquence des changements de régime.

Cette analyse des caractéristiques de la politique française est, à mon avis, d'une remarquable lucidité. Il est possible de l'appliquer à toute l'histoire politique de la France au XIXe et au XXe siècle. Et l'on s'explique ainsi le phénomène curieux, que des pays de l'Europe occidentale, la France ait été, au XIXe siècle, et jusqu'à une date récente au XXe siècle, celui qui, économiquement et socialement, s'est le moins transformé, et aussi celui qui politiquement a été peut-être le plus turbulent. La combinaison de ce conservatisme économico-social et de cette agitation politique, qui s'explique très aisément dans le cadre de la sociologie de Tocqueville, se comprend plus difficilement si l'on cherche une correspondance terme à terme entre données sociales et données politiques.

« Quand les différentes classes qui partageaient la société de l'ancienne France entrèrent en contact, il y a soixante ans, après avoir été isolées si longtemps par tant de barrières, elles ne se touchèrent d'abord que par leurs endroits douloureux, et ne se retrouvèrent que pour s'entre-déchirer. Même de nos jours [c'est-à-dire il y a un siècle] leurs jalousies et leurs haines leur survivent. » (*Ibid.*, p. 167.)

Le thème central de l'interprétation de la société française par Tocqueville, c'est donc que la France, à la fin de l'Ancien Régime, était à la fois, de toutes les sociétés européennes, la société la plus démocratique, au sens que l'auteur donne à ce mot, c'est-à-dire celle où la tendance à l'uniformité des conditions et à l'égalité sociale des personnes et des groupes était le plus accusée, et aussi celle où la liberté politique était la plus réduite, la société la plus cristallisée dans des institutions traditionnelles qui correspondaient de moins en moins à la réalité.

Tocqueville, à coup sûr, s'il avait élaboré une théorie des révolutions des temps modernes, aurait présenté une conception différente de la conception marxiste, au moins de celle d'après laquelle la révolution socialiste doit se produire au terme du développement des forces productives, à l'intérieur du régime de propriété privée.

Il a suggéré, et même écrit explicitement à diverses reprises, qu'à ses yeux les grandes révolutions des temps modernes seront celles qui marqueront le passage de l'Ancien Régime à la démocratie. En d'autres termes, la conception tocquevillienne des révolutions est essentiellement politique. C'est la résistance des institutions politiques du passé au mouvement démocratique moderne qui risque de provoquer, ici ou là, l'explosion. Tocqueville ajoutait que ces sortes de révolutions éclatent, non pas quand les choses vont plus mal, mais quand les choses vont mieux [10].

Il n'aurait pas douté un seul instant que la révolution russe n'entrât dans son schéma politique des révolutions beaucoup mieux que dans le schéma marxiste. L'économie russe a connu le démarrage de la croissance dans les années 1880; entre 1880 et 1914, elle a eu un des taux de croissance les plus élevés d'Europe [11]. D'autre part, la révolution russe a commencé par une révolte contre les institutions politiques de l'ancien régime, au sens où l'on parle de l'Ancien Régime à propos de la Révolution française. Si on lui avait objecté que le parti qui a pris le pouvoir en Russie s'est réclamé d'une idéologie tout autre, il aurait répondu qu'à ses yeux la caractéristique des révolutions démocratiques était de se réclamer de la liberté et de tendre en fait à la centralisation politique et administrative. Tocqueville n'aurait eu aucune difficulté à intégrer ces phénomènes dans son système; il a d'ailleurs à plusieurs reprises évoqué la possibilité d'un État qui tenterait de gérer l'ensemble de l'économie.

Dans la perspective de sa théorie, la révolution russe est l'effondrement des institutions politiques de l'Ancien Régime dans une phase de modernisation de la société. Cette explosion a été favorisée par la prolongation d'une guerre. Elle a abouti à un gouvernement qui, tout en se réclamant de l'idéal démocratique, pousse jusqu'au bout l'idée de la centralisation administrative et de la gestion par l'État de l'ensemble de la société.

*

Deux alternatives ont obsédé les historiens de la Révolution française. Était-elle une catastrophe ou un événement bénéfique, une nécessité ou un accident? Tocqueville refuse de souscrire à l'une ou à l'autre des thèses extrêmes. La Révolution française n'est, à ses yeux, évidemment pas un pur et simple accident; elle était nécessaire si l'on entend par là que le mouvement démocratique devait un jour ou l'autre emporter les institutions d'Ancien Régime; mais elle n'était pas nécessaire, sous la forme précise qu'elle a revêtue et dans le détail de ses épisodes. A-t-elle été bénéfique ou catastrophique? Tocqueville répondrait probablement qu'elle a été les deux à la fois. Plus précisément, il y a dans son livre tous les éléments de la critique qui a été exercée par les hommes de droite à l'égard de la Révolution française, et il y a simultanément la justification par l'histoire, ou quelquefois par l'inévitable, de ce qui s'est passé, avec la nostalgie que les choses ne se soient pas passées autrement.

La critique de la Révolution française porte d'abord sur les hommes de lettres, qu'on appelait au XVIIIe siècle les philosophes et que l'on appelle au XXe siècle les intellectuels. Philosophes, hommes de lettres ou intellectuels se critiquent volontiers les uns les autres. Tocqueville commente le rôle qu'ont joué les écrivains dans la France du XVIIIe siècle et dans la Révolution comme nous continuons à commenter, avec admiration ou regret, le rôle qu'ils jouent aujourd'hui.

« Les écrivains ne fournirent pas seulement leurs idées au peuple qui la fit [la Révolution]; ils lui donnèrent leur tempérament et leur humeur. Sous leur longue discipline, en l'absence de tous autres conducteurs, au milieu de l'ignorance profonde où l'on vivait de la pratique, toute la nation, en les lisant, finit par contracter les instincts, le tour d'esprit, le goût, et jusqu'aux travers naturels à ceux qui écrivent. De telle sorte que quand elle eut enfin à agir, elle transporta dans la politique toutes les habitudes de la littérature.

« Quand on étudie l'histoire de notre Révolution, on voit qu'elle a été menée précisément dans le même esprit qui a fait écrire tant de livres abstraits sur le gouvernement. Même attrait pour les théories générales, les systèmes complets de législation et l'exacte symétrie dans les lois; même mépris des faits existants; même confiance dans la théorie; même goût de l'original, de l'ingénieux et du nouveau dans les institutions; même envie de refaire à la fois la constitution tout entière suivant les règles de la logique et d'après un plan unique, au lieu de chercher à l'amender dans ses parties. Effrayant spectacle! car ce qui est qualité dans l'écrivain est parfois vice dans l'homme d'État, et les mêmes choses qui souvent ont fait faire de beaux livres peuvent mener à de grandes révolutions. » (*O. C.*, t. II, 1er vol., p. 200.)

Ce texte a été l'origine de toute une littérature. Le premier tome des *Origines de la France contemporaine* de Taine, par exemple, n'est guère plus qu'un développement de ce thème du rôle malfaisant des écrivains et des hommes de lettres [12].

Tocqueville développe sa critique en analysant ce qu'il appelle l'irréligion foncière qui s'était répandue dans une partie de la nation française. Il pensait que la jonction de l'esprit de religion et de l'esprit de liberté était le fondement de la démocratie libérale américaine. En exacte contrepartie, on trouve dans *L'Ancien Régime et la Révolution* l'indication d'une situation contraire [13]. La partie du pays qui était devenue idéologiquement démocratique, non seulement avait perdu la foi, mais était devenue anticléricale et antireligieuse. Par ailleurs, Tocqueville se déclare plein d'admiration pour le clergé d'Ancien Régime [14] et il exprime, explicitement et hautement, le regret qu'il n'ait pas été possible de sauvegarder, au moins pour une part, le rôle de l'aristocratie dans la société moderne.

Cette thèse qui ne fait pas partie des idées à la mode est très caractéristique de Tocqueville.

« On sent, écrit-il, en lisant ses cahiers [présentés aux états généraux par la noblesse], au milieu de ses préjugés et de ses travers, l'esprit et quelques-unes des grandes qualités de l'aristocratie. Il faudra regretter toujours qu'au lieu de plier cette noblesse sous l'empire des lois, on l'ait abattue et déracinée. En agissant ainsi, on a ôté à la nation une portion nécessaire de sa substance, et fait à la liberté une blessure qui ne se guérira jamais. Une classe qui a marché pendant des siècles la première a contracté, dans ce long usage incontesté de la grandeur, une certaine fierté de cœur, une confiance naturelle en ses forces, une habitude d'être regardée qui fait d'elle le point le plus résistant du corps social. Elle n'a pas seulement des mœurs viriles. Elle augmente par son exemple la virilité des autres classes. En l'extirpant on énerve jusqu'à ses ennemis mêmes. Rien ne saurait la remplacer complètement, elle-même ne saurait jamais renaître, elle peut retrouver les titres et les biens, mais non l'âme de ses pères. » (*O. C.*, t. II, 1er vol., p. 170.)

La signification sociologique de cet extrait est que pour sauvegarder la liberté dans la société démocratique, il faut que les hommes aient le sens et le goût de la liberté.

Bernanos a écrit en des pages qui n'ont certainement pas la précision de l'analyse de Tocqueville mais qui aboutissent à la même conclusion, qu'il ne suffit pas d'avoir des institutions de liberté, élections, partis, parlement, mais qu'il faut encore que les hommes aient un certain goût de l'indépendance, un certain sens de la résistance au pouvoir pour que la liberté soit authentique.

Le jugement que Tocqueville porte sur la Révolution, les sentiments qui l'animent à son endroit sont exactement ceux qu'Auguste Comte aurait déclaré aberrants. Aux yeux d'Auguste Comte, la tentative de la Constituante était condamnée parce qu'elle visait à une synthèse entre les institutions théologiques et féodales de l'Ancien Régime et les institutions des temps modernes. Or, affirmait Comte, avec son intransigeance ordinaire, la synthèse d'institutions empruntées à des façons de penser radicalement autres est impossible. Tocqueville, lui, aurait précisément souhaité, non pas que le mouvement démocratique n'emportât pas les institutions de l'ancienne France, le mouvement était irrésistible, mais que l'on conservât le plus possible des institutions de l'Ancien Régime, sous la forme de la monarchie, sous la forme aussi de l'esprit aristocratique, pour contribuer à la sauvegarde des libertés dans une société vouée à la recherche du bien-être et condamnée à la révolution sociale.

Pour un sociologue tel que Comte, la synthèse de la Constituante était impossible dès le point de départ. Pour un sociologue à la manière de Tocqueville, cette synthèse, possible ou non, il n'en décide pas, aurait en tout cas été souhaitable. Politiquement, Tocqueville était favorable à la première révolution française, celle de la Constituante, et c'est à cette période que va sa pensée nostalgique. A ses yeux, le grand moment de la Révolution française et de la France, c'est 1788-1789, le moment où les Français étaient animés d'une confiance, d'un espoir sans limites.

« Je ne crois pas qu'à aucun moment de l'histoire on ait vu, sur aucun point de la terre un pareil nombre d'hommes, si sincèrement passionnés pour le bien public, si réellement oublieux de leurs intérêts, si absorbés dans la contemplation d'un grand dessein, si résolus à y hasarder tout ce que les hommes ont de plus cher dans la vie, faire effort sur eux-mêmes pour s'élever au-dessus des petites passions de leur cœur. C'est comme le fonds commun de passion, de courage et de dévouement dont toutes les grandes actions qui vont remplir la Révolution française sont sorties. Ce spectacle fut court, mais il eut des beautés incomparables; il ne sortira jamais de la mémoire des hommes. Toutes les nations étrangères le virent, toutes l'applaudirent, toutes s'en émurent. Ne cherchez pas un point si retiré de l'Europe où il ne fût aperçu et où il ne fît naître l'admiration et l'estime; il n'y en a pas. Parmi cette foule immense de mémoires particuliers que les contemporains de la Révolution nous ont laissés, je n'en ai jamais rencontré où la vue de ces premiers jours de 1789 n'ait laissé une trace ineffaçable. Partout elle y communique la netteté, la vivacité et la fraîcheur des émotions de la jeunesse. J'ose dire qu'il n'y a qu'un peuple sur la terre qui pût donner un tel spectacle. Je connais ma nation. Je ne vois que trop bien ses erreurs, ses fautes, ses faiblesses et ses misères; mais je sais aussi ce dont elle est capable. Il y a des entreprises que seule la nation française est en état de concevoir, des résolutions magnanimes que seule elle ose prendre. Seule elle peut vouloir embrasser un certain jour la cause commune de l'humanité et vouloir combattre pour elle. Et si elle est sujette à des chutes profondes, elle a des élans sublimes qui la portent tout à coup jusqu'à un point qu'un autre peuple n'atteindra jamais. » (*O. C.*, t. II, 2e vol., p. 132-133.)

On voit ici comment Tocqueville, qui passe pour critique et était effectivement critique de la France, dont il confrontait l'évolution avec celle des pays anglo-saxons, regrettant qu'elle n'ait pas connu une histoire semblable à celle de l'Angleterre ou des États-Unis, est en même temps prêt à transformer l'autocritique en autoglorification. Cette expression « seule la France... » pourrait évoquer bien des discours sur la vocation unique du pays. Tocqueville essaie de rendre sociologiquement intelligibles des événements; mais chez lui, comme chez Montesquieu, il y a à l'arrière-plan l'idée du caractère national.

Ce thème du caractère national intervient d'ailleurs dans son œuvre de façon précise. Dans le chapitre sur les hommes de lettres (liv. III, chap. 1), Tocqueville se refuse à faire intervenir l'explication par le caractère national. Il affirme au contraire que le rôle joué par les intellectuels n'a rien à voir avec l'esprit de la nation française et s'explique plutôt par les conditions sociales. C'est parce qu'il n'y avait pas de liberté politique, parce qu'ils ne participaient pas à la pratique et étaient ainsi ignorants des problèmes réels du gouvernement, que les hommes de lettres se sont perdus dans les théories abstraites.

Ce chapitre de Tocqueville est l'origine d'une analyse, aujourd'hui très à la mode, sur le rôle des intellectuels dans les sociétés en voie de modernisation, où ils sont effectivement sans expérience des problèmes du gouvernement et ivres d'idéologie.

En revanche, lorsqu'il s'agit de la Révolution française et de sa période de grandeur, Tocqueville incline à tracer une sorte de portrait synthétique dans le style de Montesquieu. Ce portrait synthétique est la description du mode de conduite d'une collectivité, sans que ce mode de conduite soit donné comme une explication dernière, car il est autant un résultat qu'une cause. Mais il est suffisamment original, suffisamment spécifique, pour que le sociologue puisse, au terme de son analyse, rassembler ses observations en un portrait d'ensemble [15].

Le deuxième tome de *L'Ancien Régime et la Révolution* aurait présenté la suite des événements, c'est-à-dire la Révolution, en examinant le rôle des hommes, des accidents et du hasard. Il y a, dans les notes qui ont été publiées, de nombreuses indications sur le rôle des acteurs et des individus :

« Ce qui me frappe le plus, c'est moins le génie de ceux qui ont servi la Révolution en le voulant que l'imbécillité singulière de ceux qui l'ont fait arriver, sans le vouloir. Quand je considère la Révolution française, je suis étonné de la grandeur prodigieuse de l'événement, de son éclat, qui s'est fait voir jusqu'aux extrémités de la terre, de sa puissance qui a remué plus ou moins tous les peuples.

« Je considère ensuite cette cour, qui a eu tant de part à la Révolution, et j'y aperçois les tableaux les plus ordinaires qui puissent se découvrir dans l'histoire : des ministres étourdis ou inhabiles, des prêtres débauchés, des femmes futiles, des courtisans téméraires ou cupides, un roi qui n'a que des vertus inutiles ou dangereuses. Je vois pourtant que ces petits personnages facilitent, poussent, précipitent ces événements immenses. » (*O. C.*, t. II, 2e vol., p. 116.)

Ce texte brillant n'a pas seulement une valeur littéraire. Il contient, je pense, la vision d'ensemble que Tocqueville nous aurait donnée s'il avait pu aller jusqu'au bout de son livre. Après avoir été sociologue dans l'étude des origines, et avoir montré comment la société postrévolutionnaire était, dans une large mesure, préparée par la société prérévolutionnaire, sous la forme de l'uniformité et de la centralisation administrative, il aurait ensuite essayé de suivre le cours des événements, sans supprimer ce qui était, pour Montesquieu comme pour lui, l'histoire elle-même, c'est-à-dire ce qui arrive dans une conjoncture donnée, rencontre de séries contingentes ou décisions prises par des individus et que l'on peut aisément concevoir autres. Il y a un plan où apparaît la nécessité du mouvement historique, et un autre plan où l'on retrouve le rôle des hommes.

Pour Tocqueville, le fait essentiel était l'échec de la Constituante, c'est-à-dire l'échec de la synthèse entre les vertus de l'aristocratie ou de la monarchie et le mouvement démocratique. C'est de l'échec de cette synthèse que résultait à ses yeux la difficulté de trouver un équilibre politique. Tocqueville considérait que la France de son temps avait besoin d'une monarchie; mais il percevait la faiblesse du sentiment monarchique. Il pensait que la liberté politique ne pourrait être stabilisée que si un terme était mis à la centralisation et à l'uniformité administrative. Or cette centralisation et ce despotisme administratif lui paraissaient liés au mouvement démocratique.

La même analyse qui rendait compte de la vocation libérale de la démocratie américaine expliquait les risques d'absence de liberté dans la France démocratique.

« En résumé, écrit Tocqueville en une phrase très caractéristique de l'attitude politique des hommes du centre et de leur critique des extrêmes, je conçois jusqu'à présent qu'un homme éclairé, de bon sens et de bonnes intentions, se fasse radical en Angleterre. Je n'ai jamais conçu la réunion de ces trois choses chez le radical français. »

Une telle plaisanterie était courante il y a trente années à propos des nazis : les Allemands étaient tous intelligents, honnêtes et hitlériens, mais ils n'avaient jamais plus de ces deux qualités à la fois. Tocqueville disait qu'un homme éclairé, de bon sens et de bonnes intentions ne pouvait pas être radical en France. Un radical, s'il était éclairé et de bonnes intentions, n'avait pas de bon sens. S'il était éclairé et de bon sens, il n'avait pas de bonnes intentions.

Il va de soi que le bon sens, en politique, est objet de jugements contradictoires en fonction des préférences de chacun; Auguste Comte n'aurait pas hésité à prétendre que la nostalgie de Tocqueville pour la synthèse de la Constituante était dénuée de bon sens.

Le type idéal de la société démocratique.

Le premier volume de *La Démocratie en Amérique* et *L'Ancien Régime et la Révolution* développent deux aspects de la méthode sociologique d'Alexis de Tocqueville : d'une part, le portrait d'une société particulière, la société américaine, et d'autre part, l'interprétation sociologique d'une crise historique, celle de la Révolution française. Le deuxième volume de *La Démocratie en Amérique* est l'expression d'une troisième méthode, caractéristique de l'auteur : la constitution d'une sorte de type idéal, la société démocratique, à partir duquel il déduit quelques-unes des tendances de la société future.

Le deuxième tome de *La Démocratie en Amérique* diffère, en effet, du premier par la méthode employée et les questions posées. Il s'agit presque de ce que l'on pourrait appeler une expérience mentale. Tocqueville se donne par la pensée les traits structurels d'une société démocratique, celle-ci étant définie par l'effacement progressif des distinctions de classes et l'uniformité croissante des conditions de vie. Puis il pose successivement les quatre questions suivantes : qu'en résulte-t-il en ce qui concerne le mouvement intellectuel, en ce qui concerne les sentiments des Américains, en ce qui concerne les mœurs proprement dites, et enfin la société politique?

L'entreprise est, en elle-même difficile, l'on peut même dire aventureuse. Tout d'abord, il n'est pas démontré qu'à partir des traits structurels d'une société démocratique, on puisse déterminer ce que sera le mouvement intellectuel ou ce que seront les mœurs.

Si l'on se donne une société démocratique où les distinctions de classes et de conditions ont presque disparu, peut-on savoir à l'avance ce que sera la religion, ce que sera l'éloquence parlementaire, ou la poésie, ou la prose? Or, telles sont bien les questions que pose Tocqueville. Dans le jargon de la sociologie moderne, ces questions appartiennent à la sociologie de la connaissance. Dans quelle mesure le contexte social détermine-t-il la forme que prennent diverses activités intellectuelles? Une telle sociologie de la connaissance a un caractère abstrait et aléatoire. La prose, la poésie, le théâtre et l'éloquence parlementaire des diverses sociétés démocratiques seront sans doute aussi hétérogènes dans l'avenir que ces activités intellectuelles l'ont été dans les siècles passés.

De plus, les traits structurels de la société démocratique que Tocqueville prend pour point de départ peuvent être, les uns liés aux particularités de la société américaine, les autres inséparables de l'essence de la société démocratique. Cette ambiguïté entraîne une incertitude sur le degré de généralité des réponses que Tocqueville peut donner aux questions qu'il a posées [16].

Les réponses aux questions posées dans le deuxième volume seront tantôt de l'ordre de la *tendance*, tantôt de l'ordre de l'*alternative*. Ou bien la politique d'une société démocratique sera despotique, ou bien elle sera libérale. Parfois aussi aucune réponse n'est possible à une question posée en termes aussi généraux.

Les jugements portés sur le deuxième volume de *La Démocratie en Amérique* varient beaucoup. Dès la parution du livre, il y eut des critiques pour lui refuser la faveur qu'ils avaient marquée au premier. On peut dire que Tocqueville s'y dépasse lui-même, en tous les sens de l'expression. Il est plus lui-même que jamais, manifestant une grande capacité de reconstruction ou de déduction à partir d'un petit nombre de faits, ce que parfois les sociologues admirent et ce que le plus souvent les historiens déplorent.

Dans la première partie du livre, consacrée à établir les conséquences de la société démocratique sur le mouvement intellectuel, Tocqueville passe en revue l'attitude à l'égard des idées, la religion et les différents genres littéraires, poésie, théâtre, éloquence.

Le titre du chapitre 4 du livre I rappelle une des comparaisons préférées de Tocqueville entre les Français et les Américains :

« Pourquoi les Américains n'ont jamais été aussi passionnés que les Français pour les idées générales en matière politique. » (*O. C.*, t. I, 2e vol., p. 27.)

A cette question Tocqueville répond :

« Les Américains forment un peuple démocratique qui a toujours dirigé lui-même les affaires publiques, et nous sommes un peuple démocratique qui pendant longtemps n'a pu que songer à la meilleure manière de les conduire. Notre état social nous portait déjà à concevoir des idées très générales en matière de gouvernement, alors que notre constitution politique nous empêchait encore de rectifier ces idées par l'expérience et d'en découvrir peu à peu l'insuffisance, tandis que chez les Américains ces deux choses se balancent sans cesse et se corrigent naturellement. » (*Ibid.*, p. 27.)

Cette explication qui appartient à la sociologie de la connaissance est cependant d'un type empirique et simple. Les Français ont contracté le goût de l'idéologie, parce que pendant des siècles ils n'ont pas pu réellement s'occuper des affaires publiques. Cette interprétation est de grande portée. De façon générale, les jeunes étudiants ont d'autant plus de théories en matière politique qu'ils ont moins d'expérience de la politique. Personnellement je sais qu'à l'âge où j'avais les théories les plus assurées en matière politique, je n'avais aucune expérience de la manière dont se fait la politique. Il y a là presque une règle du comportement politico-idéologique des individus et des peuples.

Au chapitre 5 du même livre I, Tocqueville développe une interprétation de certaines croyances religieuses en fonction de la société. Cette analyse des relations entre les instincts démocratiques et le mode de croyance religieuse va loin et ne manque pas d'intérêt, mais elle est aussi très aléatoire.

« Ce que j'ai dit précédemment, que l'égalité porte les hommes à des idées très générales et très vastes, doit principalement s'entendre en matière de religion. Des hommes semblables et égaux conçoivent aisément la notion d'un Dieu unique, imposant à chacun d'eux les mêmes règles, et leur accordant le bonheur futur au même prix. L'idée de l'unité du genre humain les ramène sans cesse à l'idée de l'unité du Créateur. Tandis qu'au contraire des hommes très séparés les uns des autres, et fort dissemblables, en arrivent volontiers à faire autant de divinités qu'il y a de peuples, de castes, de classes et de familles et à tracer mille chemins particuliers pour aller au ciel. » (*Ibid.*, p. 30.)

Ce texte présente une autre modalité d'interprétation qui ressortit à la sociologie de la connaissance. L'uniformité croissante des individus de plus en plus nombreux, non intégrés dans des groupes séparés, les induit à concevoir tout à la fois l'unité du genre humain et l'unité du Créateur.

De telles explications se rencontrent aussi chez Auguste Comte. Elles sont certainement beaucoup trop simples. Ce genre d'analyse généralisante a indisposé légitimement beaucoup d'historiens et de sociologues.

Tocqueville indique encore qu'une société démocratique a tendance à croire à la perfectibilité indéfinie de la nature humaine. Dans les sociétés démocratiques règne la mobilité sociale, chaque individu a l'espoir ou la perspective de s'élever dans la hiérarchie sociale. Une société où l'ascension est possible tend à concevoir, sur le plan philosophique, une ascension comparable pour l'humanité dans son ensemble. Une société aristocratique, où chacun reçoit sa condition à sa naissance, a peine à croire à la perfectibilité indéfinie de l'humanité, parce que cette croyance serait contradictoire avec la formule idéologique sur laquelle elle repose. Au contraire, l'idée de progrès est presque consubstantielle à une société démocratique [17].

Dans ce cas, il y a non seulement passage de l'organisation sociale à une certaine idéologie, mais relation intime entre l'organisation sociale et l'idéologie, cette dernière servant de fondement à la première.

Dans un autre chapitre également, Tocqueville expose que les Américains sont plus portés à briller dans les sciences appliquées que dans les sciences fondamentales. Cette proposition n'est plus vraie aujourd'hui, elle a été vraie pendant une longue période. Tocqueville, dans son style propre, montre qu'une société démocratique, essentiellement soucieuse du bien-être, doit ne pas accorder le même intérêt aux sciences fondamentales qu'une société de type plus aristocratique, où ceux qui se consacrent à la recherche sont des hommes riches et ayant des loisirs [18].

On peut encore citer la description des relations entre démocratie, aristocratie et poésie [19]. Quelques lignes montrent bien quels peuvent être les élans de l'imagination abstraite :

« L'aristocratie conduit naturellement l'esprit humain à la contemplation du passé et le fixe. La démocratie, au contraire, donne aux hommes une sorte de dégoût instinctif pour ce qui est ancien. En cela, l'aristocratie est bien plus favorable à la poésie, car les choses grandissent d'ordinaire, et se voilent à mesure qu'elles s'éloignent, et sous ce double rapport elles prêtent davantage à la peinture de l'idéal. » (*O. C.*, t. I, 2e vol., p. 77.)

On voit ici comment il est possible, à partir d'un petit nombre de faits, de construire une théorie qui serait vraie s'il n'y avait qu'une seule espèce de poésie et si la poésie ne pouvait fleurir qu'à la faveur de l'idéalisation des choses et des êtres éloignés dans le temps.

De même, Tocqueville fait observer que les historiens démocratiques auront tendance à expliquer les événements par des forces anonymes et par les mécanismes irrésistibles de la nécessité historique, cependant que les historiens aristocratiques auront tendance à mettre l'accent sur le rôle des grands hommes [20].

Il avait là certainement raison. La théorie de la nécessité historique, qui nie l'efficacité des accidents et des grands hommes, appartient indubitablement à l'âge démocratique dans lequel nous vivons.

Dans la deuxième partie, Tocqueville essaie, toujours à partir des traits structurels de la société démocratique, de mettre en lumière les sentiments qui seront fondamentaux dans toute société de ce type.

Dans une société démocratique régnera une passion de l'égalité qui l'emportera en force sur le goût de la liberté. La société sera plus soucieuse d'effacer les inégalités entre les individus et les groupes que de maintenir le respect de la légalité et de l'indépendance personnelle. Elle sera animée par le souci du bien-être matériel, et travaillée par une sorte de permanente inquiétude en raison même de cette obsession du bien-être matériel. Bien-être matériel et égalité ne peuvent en effet créer de société tranquille et satisfaite, puisque chacun se compare aux autres et que la prospérité n'est jamais assurée. Mais les sociétés démocratiques selon Tocqueville ne seront pas agitées ou changeantes en profondeur. Superficiellement turbulentes, elles seront portées à la liberté, mais il est à craindre que les hommes aiment la liberté plutôt comme condition du bien-être matériel que pour elle-même. Il est alors concevable que dans certaines circonstances, si les institutions libres paraissent mal fonctionner et compromettre la prospérité, les hommes soient enclin à sacrifier la liberté dans l'espoir de consolider ce bien-être auquel ils aspirent.

Sur ce point, un texte est particulièrement typique de la pensée de Tocqueville :

« L'égalité fournit chaque jour une multitude de petites jouissances à chaque homme. Les charmes de l'égalité se sentent à tout moment, et ils sont à la portée de tous. Les plus nobles cœurs n'y sont pas insensibles, les âmes les plus vulgaires en font leurs délices. La passion que l'égalité fait naître doit donc être tout à la fois énergique et générale...

« Je pense que les peuples démocratiques ont un goût naturel pour la liberté. Livrés à eux-mêmes, ils la cherchent, ils l'aiment, et ils ne voient qu'avec douleur qu'on les en écarte. Mais ils ont pour l'égalité une passion ardente, insatiable, éternelle, invincible. Ils veulent l'égalité dans la liberté, et s'ils ne peuvent l'obtenir, ils la veulent encore dans l'esclavage. Ils souffriront la pauvreté, l'asservissement, la barbarie, mais ils ne souffriront pas l'aristocratie. » (*O. C.*, t. I, 2e vol., p. 103 et 104.)

On voit ici deux des traits de la formation intellectuelle de Tocqueville : l'attitude de l'aristocrate, de vieille famille, sensible au rejet de la tradition nobiliaire caractéristique des sociétés actuelles, et aussi l'influence de Montesquieu, le jeu dialectique sur les deux concepts de liberté et d'égalité. Dans la théorie des régimes politiques de Montesquieu, la dialectique essentielle est en effet celle de la liberté et de l'égalité. La liberté des monarchies est fondée sur la distinction des ordres et sur le sentiment de l'honneur; l'égalité du despotisme est l'égalité dans l'asservissement. Tocqueville reprend la problématique de Montesquieu, et il montre comment le sentiment prédominant des sociétés démocratiques est la volonté à tout prix d'égalité, ce qui peut conduire à accepter l'asservissement, mais n'implique pas la servitude.

Dans une société de cet ordre, toutes les professions passeront pour honorables, parce que toutes les professions seront, au fond, de même nature et toutes salariées. La société démocratique, dit à peu près Tocqueville, est une société du salariat universel. Or une telle société tend à supprimer les différences de nature et d'essence entre les activités dites nobles et les activités dites non nobles. Ainsi la distinction entre le service domestique et les professions libres tendra progressivement à s'effacer, toutes les professions devenant au même titre un *job* qui donne un certain revenu. Certes, il subsistera des inégalités de prestige entre les occupations, selon l'importance du salaire attaché à chacune d'elles. Mais il n'y aura pas de différence de nature.

« Il n'y a pas de profession où l'on ne travaille pas pour de l'argent. Le salaire qui est commun à toutes donne à toutes un air de famille. » (*O. C.*, t. I, 2e vol., p. 159.)

Tocqueville est ici à son meilleur. D'un fait apparemment banal et très général, il tire une série de conséquences qui vont loin, car à l'époque où il écrivait, la tendance était à ses débuts, alors qu'elle s'est aujourd'hui élargie et approfondie. Un des caractères les moins douteux de la société américaine est bien cette conviction que toutes les professions sont honorables, c'est-à-dire essentiellement de même nature.

Et Tocqueville poursuit :

« Ceci sert à expliquer les opinions que les Américains entretiennent relativement aux diverses professions. Les serviteurs américains ne se croient pas dégradés parce qu'ils travaillent, car autour d'eux tout le monde travaille. Ils ne se sentent pas abaissés par l'idée qu'ils reçoivent un salaire, car le président des États-Unis travaille aussi pour un salaire. On le paie pour commander aussi bien qu'eux pour servir. Aux États-Unis, les professions sont plus ou moins pénibles, plus ou moins lucratives, mais elles ne sont jamais ni hautes ni basses. Toute profession honnête est honorable. » *(Ibid.)*

On pourrait certes nuancer le tableau, mais fondamentalement le schéma me paraît vrai.

Une société démocratique, continue Tocqueville, est une société individualiste où chacun, avec sa famille, tend à s'isoler des autres. Curieusement, cette société individualiste présente certains traits communs avec l'isolement caractéristique des sociétés despotiques, car le despotisme tend à isoler les individus les uns des autres. Mais il n'en résulte pas que la société démocratique et individualiste soit vouée au despotisme, car certaines institutions peuvent prévenir le glissement vers ce régime corrompu. Ces institutions sont les associations librement créées par l'initiative des individus qui peuvent et doivent s'interposer entre l'individu solitaire et l'État tout-puissant.

Une société démocratique tend à la centralisation et comporte le risque d'une gestion par l'administration publique de l'ensemble des activités sociales. Tocqueville a conçu la société totalement planifiée par l'État; mais cette administration qui embrasserait l'ensemble de la société et qui est à certains égards réalisée dans la société que nous appelons aujourd'hui socialiste, bien loin de créer l'idéal d'une société désaliénée succédant à la société capitaliste, représente, dans son schématisme, le type même d'une société despotique à redouter. On voit ici à quel point, selon le concept utilisé au point de départ, on peut aboutir à des visions antithétiques et à des jugements de valeur contradictoires.

Une société démocratique est dans l'ensemble matérialiste, si l'on entend par là que les individus y ont le souci d'acquérir le maximum des biens de ce monde et qu'elle s'efforce de faire vivre le mieux possible le plus grand nombre possible d'individus.

Mais, ajoute Tocqueville, en contrepartie au matérialisme ambiant, surgissent de temps à autre des explosions de spiritualisme exalté, des éruptions d'exaltation religieuse. Ce spiritualisme éruptif est contemporain d'un matérialisme normalisé et habituel. Les deux phénomènes opposés font l'un et l'autre partie de l'essence d'une société démocratique.

La troisième partie de ce deuxième volume de *La Démocratie en Amérique* est relative aux mœurs. J'envisagerai surtout les idées que Tocqueville exprime au sujet des révolutions et de la guerre. Les phénomènes de violence me paraissent en eux-mêmes sociologiquement intéressants. Certaines des grandes doctrines sociologiques, dont le marxisme, sont d'ailleurs centrées autour des phénomènes de violence, révolutions et guerres.

Tocqueville explique d'abord que les mœurs des sociétés démocratiques ont tendance à s'adoucir, que les rapports entre les Américains tendent à être simples et aisés, peu guindés et peu stylisés. Les raffinements subtils et délicats de la politesse aristocratique s'effacent dans une espèce de « bon-garçonnisme » (pour employer le langage moderne). Le style des relations interindividuelles aux États-Unis est direct. Bien plus, les relations entre maîtres et serviteurs tendent à être du même type que les relations entre gens dits de la bonne société. La nuance de hiérarchie aristocratique qui survit dans les relations interindividuelles des sociétés européennes disparaît de plus en plus dans une société foncièrement égalitaire comme la société américaine.

Tocqueville est conscient que ce phénomène est lié aux particularités de la société américaine, mais il est tenté de croire que les sociétés européennes évolueront dans le même sens au fur et à mesure qu'elles se démocratiseront.

Puis il examine les guerres et les révolutions, en fonction de ce type idéal de la société démocratique :

Il affirme en premier lieu que les grandes révolutions politiques ou intellectuelles appartiennent à la phase de transition entre les sociétés traditionnelles et les sociétés démocratiques, et non à l'essence des sociétés démocratiques. En d'autres termes, les grandes révolutions dans les sociétés démocratiques deviendront rares. Et cependant ces sociétés seront naturellement insatisfaites [21].

Tocqueville écrit que les sociétés démocratiques ne peuvent jamais être satisfaites, parce qu'étant égalitaires, elles sont envieuses, mais que, en dépit de cette turbulence superficielle, elles sont foncièrement conservatrices.

Les sociétés démocratiques sont antirévolutionnaires pour la raison profonde qu'au fur et à mesure que s'améliorent les conditions de vie, le nombre de ceux qui ont quelque chose à perdre dans une révolution augmente. Trop d'individus et trop de classes possèdent quelque chose dans les sociétés démocratiques pour que celles-ci soient prêtes à risquer leurs biens sur le coup de dés des révolutions [22].

« On croit, écrit-il, que les sociétés nouvelles vont chaque jour changer de face, et moi j'ai peur qu'elles ne finissent par être trop invariablement fixées dans les mêmes institutions, les mêmes préjugés, les mêmes mœurs, de telle sorte que le genre humain s'arrête et se borne, que l'esprit se plie et se replie éternellement sur lui-même sans produire d'idées nouvelles, que l'homme s'épuise en petits mouvements solitaires et stériles, et que, tout en se remuant sans cesse, l'humanité n'avance plus. » (*O. C.*, t. I, 2e vol., p. 269.)

L'aristocrate a ici tort et raison. Il a raison dans la mesure où les sociétés démocratiques développées sont en effet plus querelleuses que révolutionnaires. Mais il a tort de sous-estimer le principe du mouvement qui emporte les sociétés démocratiques modernes, à savoir le développement de la science et de l'industrie. Il a eu tendance à combiner deux images, des sociétés foncièrement stabilisées et des sociétés foncièrement préoccupées par le bien-être, mais ce qu'il n'a pas assez vu, c'est que la préoccupation du bien-être combinée avec l'esprit scientifique entraîne un procès ininterrompu de découvertes et d'innovations techniques. Un principe révolutionnaire, la science, est à l'œuvre au sein des sociétés démocratiques à d'autres égards essentiellement conservatrices.

Tocqueville a été profondément marqué par les souvenirs gardés de la Révolution : son père et sa mère avaient été emprisonnés au moment de la Terreur et sauvés de l'échafaud par le 9-Thermidor, plusieurs de ses parents, en particulier Malesherbes, avaient été guillotinés. Aussi était-il spontanément hostile aux révolutions et comme chacun de nous il trouvait des raisons convaincantes pour justifier ses sentiments [23].

Une des meilleures protections des sociétés démocratiques contre le despotisme, disait-il, c'est le respect de la légalité. Or les révolutions, par définition, sont violatrices de la légalité. Elles habituent les hommes à ne pas s'incliner devant la loi. Le mépris contracté pour la loi survit aux révolutions et devient une cause possible de despotisme. Tocqueville était enclin à croire que plus les sociétés démocratiques feraient de révolutions, plus elles seraient en danger de devenir despotiques.

C'est là peut-être une justification de sentiments antérieurs; il n'en résulte pas que le raisonnement soit faux.

Tocqueville pensait que les sociétés démocratiques seraient peu portées à la guerre. Incapables de la préparer en temps de paix, elles seraient incapables de la terminer une fois commencée. Et de ce point de vue, il avait dessiné un portrait assez fidèle de la politique extérieure des États-Unis jusqu'à une date récente.

La guerre est considérée par la société démocratique comme un intermède désagréable dans l'existence normale, qui est pacifique. En temps de paix, on y songe le moins possible, on ne prend guère de précaution, aussi les premières batailles sont-elles normalement des défaites. Mais, ajoute-t-il, si l'État démocratique n'est pas entièrement vaincu au cours des premiers combats, il finit par se mobiliser complètement et pousse la guerre jusqu'au bout, jusqu'à la victoire totale.

Et Tocqueville donne une assez belle description de la guerre totale des sociétés démocratiques du xxe siècle :

« Lorsque la guerre, en se prolongeant, a enfin arraché tous les citoyens à leurs travaux paisibles, et fait échouer leurs petites entreprises, il arrive que la même passion, qui leur faisait attacher tant de prix à la paix, se tourne vers les armes. La guerre, après avoir détruit toutes les industries, devient elle-même la grande et unique industrie, et c'est vers elle seule que se dirigent alors de toutes parts les ardents et ambitieux désirs que l'égalité a fait naître. C'est pourquoi ces mêmes nations démocratiques, qu'on a tant de peine à entraîner sur le champ de bataille, y font quelquefois des choses prodigieuses quand on est enfin parvenu à leur mettre les armes à la main. » (*O. C.*, t. I, 2e vol., p. 283.)

Que les sociétés démocratiques soient peu portées à la guerre ne signifie pas qu'elles ne feront pas la guerre. Tocqueville a considéré que peut-être elles feraient la guerre et que celle-ci contribuerait à accélérer la centralisation administrative dont il avait horreur et qu'il voyait triompher un peu partout.

D'autre part, il craignait, et sur ce point, je crois, il s'est trompé, que les armées dans les sociétés démocratiques ne fussent, comme nous dirions aujourd'hui, bellicistes. Il montrait, par une analyse classique, les soldats professionnels, en particulier, disait-il, les sous-officiers, ne jouissant que d'un prestige médiocre en temps de paix, rencontrant pour l'avancement les difficultés qui tiennent à la faible mortalité des officiers en période normale, plus enclins à souhaiter la guerre que les hommes ordinaires. J'avoue être un peu inquiet de ces précisions dans l'aléatoire, mais n'est-ce pas la conséquence d'une trop grande propension à la généralisation [24]?

Enfin il pensait que s'il surgissait des despotes dans les sociétés démocratiques, ceux-ci seraient tentés de faire la guerre, à la fois pour renforcer leur pouvoir et pour satisfaire leurs armées.

La quatrième et dernière partie est la conclusion de Tocqueville. Les sociétés modernes sont traversées par deux révolutions; l'une tend à réaliser l'égalité croissante des conditions, l'uniformité des manières de vivre, mais aussi à concentrer de plus en plus l'administration au sommet, à renforcer indéfiniment les pouvoirs de la gestion administrative; l'autre affaiblit sans cesse les pouvoirs traditionnels.

Ces deux révolutions étant données, révolte contre le pouvoir et centralisation administrative, les sociétés démocratiques sont confrontées par l'alternative des institutions libres ou du despotisme.

« Ainsi donc deux révolutions semblent s'opérer de nos jours en sens contraire, l'une affaiblit continuellement le pouvoir, l'autre le renforce sans cesse. A aucune autre époque de notre histoire il n'a paru ni si faible, ni si fort. » (*O. C.*, t. I, 2e vol., p. 320.)

L'antithèse est belle, mais elle n'est pas exactement formulée.

Ce que Tocqueville veut dire, c'est que le pouvoir est affaibli et que sa sphère d'action est élargie. En réalité, ce qu'il vise, c'est l'élargissement des fonctions administratives et étatiques, et l'affaiblissement du pouvoir politique de décision. L'antithèse aurait peut-être été moins rhétorique et moins frappante s'il avait opposé élargissement d'un côté, affaiblissement de l'autre, au lieu d'opposer, comme il l'a fait, renforcement et affaiblissement.

*

En tant qu'homme politique, Tocqueville, il l'a dit lui-même, est un solitaire. Venu du parti légitimiste, il s'est rallié à la dynastie d'Orléans non sans hésitations, ni scrupules de conscience, car d'une certaine façon il rompait avec la tradition de sa famille. Mais il avait mis dans la Révolution de 1830 l'espoir qu'allait enfin se réaliser son idéal politique, c'est-à-dire la combinaison d'une démocratisation de la société et d'un renforcement des institutions libérales sous la forme de la synthèse qui paraissait méprisable à Auguste Comte, et souhaitable à ses yeux : la monarchie constitutionnelle.

La Révolution de 1848, en revanche, l'a consterné, car elle lui a paru la preuve, provisoirement définitive, que la société française était incapable de liberté politique.

Il était donc seul, séparé des légitimistes par sa raison et des orléanistes par son cœur. Au parlement il avait fait partie de l'opposition dynastique, mais il avait condamné la campagne des banquets, expliquant à l'opposition qu'en essayant d'obtenir une réforme de la loi électorale par de tels procédés de propagande elle allait renverser la dynastie. Il a prononcé, le 27 janvier 1848, en réponse au Discours du Trône, un discours prophétique, où il annonçait la révolution qui allait venir. Pourtant, avec une grande franchise, en rédigeant ses souvenirs, après la Révolution de 1848, il avoue qu'il avait été meilleur prophète qu'il ne le croyait au moment où il prononçait ce discours. J'annonçais la révolution, dira-t-il en substance, mes auditeurs croyaient que j'exagérais, et je le croyais aussi. La révolution a éclaté à peu près un mois après le moment où il l'annonçait lui-même, au milieu d'un scepticisme général qu'il partageait [25].

Après la Révolution de 1848, il fit l'expérience de la République, qu'il voulait libérale, et il fut ministre des Affaires étrangères pendant quelques mois [26].

Politiquement, Tocqueville appartient donc au parti libéral, c'est-à-dire à un parti qui a probablement peu de chances de trouver une satisfaction, même querelleuse, dans le cours de la politique française.

Tocqueville sociologue appartient à la lignée de Montesquieu. Il combine la méthode du portrait sociologique avec la classification des types de régimes et des types de sociétés, et la propension à édifier des théories abstraites à partir d'un petit nombre de faits. Aux sociologues considérés comme classiques, Auguste Comte ou Marx, il s'oppose par le refus de vastes synthèses visant à prévoir l'histoire. Il ne croit pas que l'histoire passée ait été commandée par des lois inexorables et que les événements à venir soient prédéterminés. Tocqueville, comme Montesquieu, veut rendre l'histoire intelligible, il ne veut pas la supprimer. Or, les sociologues du type de Comte et de Marx sont toujours, en définitive, enclins à supprimer l'histoire, car la connaître avant qu'elle ne soit réalisée, c'est lui enlever sa dimension proprement humaine, celle de l'action et de l'imprévisibilité.

INDICATIONS BIOGRAPHIQUES

1805 29 juillet. Naissance à Verneuil d'Alexis de Tocqueville, troisième fils d'Hervé de Tocqueville et de Mme Hervé de Tocqueville, née Rosambo, petite-fille de Malesherbes, l'ancien directeur de la Librairie aux temps de l'*Encyclopédie*, puis avocat de Louis XVI. Le père et la mère d'Alexis de Tocqueville ont été emprisonnés à Paris sous la Terreur et sauvés de l'échafaud par le 9-Thermidor. Sous la Restauration, Hervé de Tocqueville a été préfet dans plusieurs départements dont la Moselle et la Seine-et-Oise.

1810-1825 Études sous la direction de l'abbé Lesueur, ancien précepteur de son père. Études secondaires au collège de Metz. Études de droit à Paris.

1826-1827 Voyage en Italie en compagnie de son frère Édouard. Séjour en Sicile.

1827 Nommé par ordonnance royale juge-auditeur à Versailles, où son père réside depuis 1826 en qualité de préfet.

1828 Rencontre de Mary Motley. Fiançailles.

1830 Tocqueville prête serment à contrecœur à Louis-Philippe. Il écrit à sa fiancée : « Je viens enfin de prêter serment. Ma conscience ne me reproche rien, mais je n'en suis pas moins profondément blessé et je mettrai ce jour-ci au nombre des plus malheureux de ma vie. »

1831 Tocqueville et Gustave de Beaumont, son ami, sollicitent et obtiennent du ministre de l'Intérieur une mission pour étudier aux États-Unis le système pénitentiaire américain.

1831-1832 De mai 1831 à février 1832, séjour aux États-Unis, voyage à travers la Nouvelle-Angleterre, le Québec, le Sud (Nouvelle-Orléans), l'Ouest jusqu'au lac Michigan.

1832 Tocqueville donne sa démission de magistrat par solidarité avec son ami Gustave de Beaumont révoqué pour avoir refusé de prendre la parole dans une affaire où le rôle du ministère public ne lui paraissait pas devoir être honorable.

1833 *Du système pénitentiaire aux États-Unis et de son application en France*, suivi d'un appendice sur les colonies par MM. G. de Beaumont et A. de Tocqueville, avocats à la Cour royale de Paris, membres de la Société historique de Pennsylvanie.
Voyage en Angleterre, où il rencontre Nassau William Senior.

1835 Parution des tomes I et II de *La Démocratie en Amérique*; immense succès.

Nouveau voyage en Angleterre et en Irlande.

1836 Mariage avec Mary Motley.
Article dans la *London and Westminster Review* sur « L'état social et politique de la France avant et depuis 1789 ».
Voyage en Suisse de la mi-juillet à la mi-septembre.

1837 Tocqueville se présente pour la première fois aux élections législatives; ayant refusé, malgré l'offre du comte Molé, son parent, l'appui officiel, il est battu.

1838 Élu membre de l'Académie des sciences morales et politiques.

1839 Tocqueville est élu député de Vologne, circonscription où se trouve le château de Tocqueville, à une imposante majorité. Il sera, à partir de cette date et jusqu'à ce qu'il prenne sa retraite politique en 1851, constamment réélu dans cette circonscription. Il devient rapporteur de la proposition de loi relative à l'abolition de l'esclavage dans les colonies.

1840 Rapporteur du projet de loi sur la réforme des prisons.
Parution des tomes III et IV de *La Démocratie en Amérique*. L'accueil est plus réservé qu'en 1835.

1841 Tocqueville est élu à l'Académie française.
Voyage en Algérie.

1842 Élu conseiller général de la Manche comme représentant des cantons de Sainte-Mère-Église et de Montebourg.

1842-1844 Membre de la commission extra-parlementaire sur les affaires d'Afrique.

1846 Octobre-décembre. Nouveau voyage en Algérie.

1847 Rapporteur sur les crédits extraordinaires destinés à l'Algérie. Dans son rapport, Tocqueville fixe sa doctrine sur la question algérienne. Il préconise vis-à-vis des indigènes musulmans une attitude ferme mais soucieuse de leur bien-être et demande que le gouvernement encourage au maximum la colonisation européenne.

1848 27 janvier. Discours à la Chambre : « Je crois que nous nous endormons à l'heure qu'il est sur un volcan. »
23 avril. Aux élections au suffrage universel à l'Assemblée constituante, Tocqueville conserve son mandat.
Juin. Membre de la commission chargée d'élaborer la nouvelle constitution.
Décembre. Aux élections présidentielles, Tocqueville vote pour Cavaignac.

1849 2 juin. Tocqueville devient ministre des Affaires étrangères. Il choisit Arthur de Gobineau comme chef de cabinet et nomme Beaumont ambassadeur à Vienne.
30 octobre. Tocqueville est contraint de donner sa démission. (Sur toute cette période, il faut lire les *Souvenirs*.)

1850-1851 Tocqueville rédige ses *Souvenirs*.
Après le 2-Décembre, il se retire de la vie politique.

1853 Installé près de Tours, il prospecte systématiquement aux archives de cette ville le fonds de documents venant de l'Ancienne Généralité pour s'informer sur la société d'Ancien Régime.

1854 Juin-septembre. Voyage en Allemagne pour s'informer sur le système féodal et ce qu'il en reste au XIXe siècle.

1856 Publication de *L'Ancien Régime et la Révolution*, 1re partie.

1857 Voyage en Angleterre pour consulter des documents sur l'histoire de la Révolution. Pour son retour, l'Amirauté britannique met à sa disposition un navire de guerre en forme d'hommage.

1859 Mort à Cannes le 16 avril.

NOTES

1. Si Tocqueville est avec sa raison favorable à une société de cet ordre, dont l'objectif et la justification sont d'assurer le plus de bien-être au plus grand nombre, avec son cœur il n'adhère pas sans réserve à une société où le sens de la grandeur et de la gloire tend à se perdre. « La nation prise en corps, écrit-il dans la préface de *La Démocratie en Amérique*, sera moins brillante, moins glorieuse, moins forte peut-être; mais la majorité des citoyens y jouira d'un sort plus prospère, et le peuple s'y montrera paisible, non qu'il désespère d'être mieux, mais parce qu'il sait être bien. » (*O. C.*, t. I, 1er vol., p. 8.)

2. Dans la préface de *La Démocratie en Amérique*, Tocqueville écrit : « Une grande révolution démocratique s'opère parmi nous; tous la voient mais tous ne la jugent point de la même manière. Les uns la considèrent comme une chose nouvelle, et la prenant pour un accident, ils espèrent pouvoir encore l'arrêter; tandis que d'autres la jugent irrésistible, parce qu'elle leur semble le fait le plus continu, le plus ancien et le plus permanent que l'on connaisse dans l'histoire. » (*O. C.*, t. I, 1er vol., p. 1.) « Le développement graduel de l'égalité des conditions est donc un fait providentiel, il en a les principaux caractères : il est universel, il est durable, il échappe chaque jour à la puissance humaine; tous les événements, comme tous les hommes servent à son développement... Le livre entier qu'on va lire a été écrit sous l'impression d'une sorte de terreur religieuse produite dans l'âme de l'auteur par la vue de cette révolution irrésistible qui marche depuis tant de siècles à travers tous les obstacles, et qu'on voit encore aujourd'hui s'avancer au milieu des ruines qu'elle a faites... Si de longues observations et des méditations sincères amenaient les hommes de nos jours à reconnaître que le développement graduel et progressif de l'égalité est à la fois le passé et l'avenir de leur histoire, cette seule découverte donnerait à ce développement le caractère sacré de la volonté du souverain maître. Vouloir arrêter la démocratie paraîtrait alors lutter contre Dieu même et il ne resterait aux nations qu'à s'accommoder à l'État social que leur impose la Providence. » (*Ibid.*, p. 4 et 5.)

3. Notamment aux chapitres 18, 19 et 20 de la deuxième partie du deuxième volume de *La Démocratie en Amérique*. Le chapitre 18 est intitulé : « Pourquoi chez les Américains toutes les professions honnêtes sont réputées honorables »; le chapitre 19 : « Ce qui fait pencher presque tous les Américains vers les professions industrielles »; le chapitre 20 : « Comment l'aristocratie pourrait sortir de l'industrie. »

Au chapitre 19, Tocqueville écrit : « Les Américains ne sont arrivés que d'hier sur le sol qu'ils habitent et ils y ont déjà bouleversé tout l'ordre de la nature à leur profit. Ils ont uni l'Hudson au Mississipi et fait communiquer l'océan Atlantique avec le golfe du Mexique, à travers plus de cinq cents lieues de continent qui séparent ces deux mers. Les plus longs chemins de fer qui aient été faits jusqu'à nos jours sont en Amérique. » (*O. C.*, t. I, 2e vol., p. 162.)

4. Chap. xx, IIe part., 2e vol. de *La Démocratie en Amérique*. Ce chapitre a pour titre : « Comment l'aristocratie pourrait sortir de l'industrie. » Tocqueville y écrit : « A mesure que la masse de la nation tourne à la démocratie la classe particulière qui

s'occupe d'industries devient plus aristocratique. Les hommes se montrent de plus en plus semblables dans l'une et de plus en plus différents dans l'autre, et l'inégalité augmente dans la petite société en proportion qu'elle décroît dans la grande. C'est ainsi que lorsqu'on remonte à la source, il me semble qu'on voie l'aristocratie sortir par un effort naturel du sein même de la démocratie. » Tocqueville fonde cette observation sur une analyse des effets psychologiques et sociaux de la division du travail. L'ouvrier qui passe sa vie à faire des têtes d'épingles — cet exemple est emprunté par Tocqueville à Adam Smith — se dégrade. Il ne devient bon ouvrier qu'en étant moins homme, moins citoyen — on songe ici à certaines pages de Marx. Au contraire, le maître acquiert l'habitude du commandement et dans le vaste monde des affaires son esprit parvient à l'intelligence des ensembles. Et ce au même moment où l'industrie attire à elle les hommes riches et cultivés des anciennes classes dirigeantes. Tocqueville ajoute cependant aussitôt : Mais cette aristocratie-là ne ressemble point à celles qui l'ont précédée... » La conclusion est très caractéristique de la méthode et des sentiments de Tocqueville : « Je pense qu'à tout prendre l'aristocratie manufacturière que nous voyons s'élever sous nos yeux est une des plus dures qui aient paru sur la terre; mais elle est en même temps une des plus restreintes et des moins dangereuses. Toutefois, c'est de ce côté que les amis de la démocratie doivent sans cesse tourner avec inquiétude leurs regards; car si jamais l'inégalité permanente des conditions et l'aristocratie pénètrent de nouveau dans le monde, on peut prédire qu'elles y entreront par cette porte. » (*O. C.*, t. I, 2e vol., p. 166-167.)

5. Il existe une importante littérature américaine sur ce sujet. En particulier, un historien américain, G. W. Pierson, a reconstitué le voyage de Tocqueville, précisé les rencontres du voyageur avec les personnalités américaines, retrouvé l'origine de certaines de ses idées, en d'autres termes, il a confronté Tocqueville interprète de la société américaine avec ses informateurs et les commentateurs : G. W. Pierson, *Tocqueville and Beaumont in America*, New York, Oxford University Press, 1938; Doubleday Anchor Books, 1959.

Le deuxième volume du tome Ier des *Œuvres complètes* contient une longue bibliographie annotée sur les problèmes traités dans *La Démocratie en Amérique*. Cette bibliographie est due à J.-P. Mayer.

6. Il y aurait lieu d'étudier également les nombreuses pages que Tocqueville consacre à l'étude du système juridique américain, à la fonction légale et même politique du jury.

7. Il faut ajouter que Tocqueville est probablement injuste : les différences entre les relations américano-indiennes et les relations hispano-indiennes ne tiennent pas seulement à l'attitude adoptée par les uns et par les autres, mais aussi à la densité différente du peuplement indien au nord et au sud.

8. Deux œuvres de Léo Strauss ont été traduites en français : *De la Tyrannie*, précédé du *Hiéron* de Xénophon et suivi de *Tyrannie et Sagesse*, par Alexandre Kojève, Paris, Gallimard, 1954; *Droit naturel et Histoire*, Paris, Plon, 1954.

Voir aussi : *Persecution and the Art of Writing*, New York, The Free Press, 1952; *The Political Philosophy of Hobbes : its Basis and its Genesis*, Chicago, University of Chicago Press, 1952.

Selon Léo Strauss : « La science politique classique doit son existence à la perfection humaine ou à la manière dont les hommes devraient vivre et elle atteint son point culminant dans la description du meilleur système politique. Ce système devait être réalisable sans aucun changement, miraculeux ou non dans la nature humaine mais sa réalisation n'était pas considérée comme probable parce qu'on croyait qu'elle dépendait du hasard. Machiavel attaque cette idée à la fois en demandant que chacun mesure ses positions, non pas sur la question de savoir comment les hommes devraient vivre, mais comment ils vivent réellement et en suggérant que le hasard puisse être ou soit contrôlé. C'est cette critique qui posa les bases de toute la pensée politique spécifiquement moderne. » (*De la Tyrannie*, *op. cit.*, p. 45.)

9. J.-F. Gravier, *Paris et le désert français*, 1re éd., Paris, Le Portulan, 1947; 2e éd., totalement refondue, Paris, Flammarion, 1958. Le premier chapitre de ce livre porte d'ailleurs

en exergue une citation de *L'Ancien Régime et la Révolution.*

Du même auteur, voir aussi *L'Aménagement du territoire et l'avenir des régions françaises*, Paris, Flammarion, 1964.

10. Le chapitre 4 du livre III de *L'Ancien Régime et la Révolution* s'intitule : « Que le règne de Louis XVI a été l'époque la plus prospère de l'ancienne monarchie et comment cette prospérité même hâta la Révolution. » (*O. C.*, t. II, 1er vol., p. 218-225.) Cette idée qui, à son époque, était relativement neuve a été reprise par les historiens modernes de la Révolution. A. Mathiez écrit ainsi : « Ce n'est pas dans un pays épuisé mais au contraire dans un pays florissant, en plein essor, qu'éclatera la Révolution. La misère, qui détermine parfois des émeutes ne peut pas provoquer les grands bouleversements sociaux. Ceux-ci naissent toujours du déséquilibre des classes. » (*La Révolution française*, t. I. *La Chute de la Royauté*, Paris, Armand Colin, 1951 [1re éd. en 1921], p. 13.) Elle est précisée et nuancée par Ernest Labrousse dans son grand ouvrage : *La Crise de l'économie française à la fin de l'Ancien Régime et au début de la Révolution*, Paris, P. U. F., 1944.

11. De 1890 à 1913, en Russie, le nombre des ouvriers d'industrie doubla, passant de 1,5 à 3 millions. La production des entreprises industrielles fut multipliée par 4. La production de charbon passa de 5,3 à 29 millions de tonnes, celle d'acier de 0,7 à 4 millions de tonnes, celle de pétrole de 3,2 à 9 millions de tonnes. En valeur constante, selon Prokopowicz, le revenu national augmenta globalement de 40 % et, par tête, de 17 % entre 1900 et 1913. Les progrès de l'éducation furent également considérables. En 1874, 21,4 % seulement des hommes savaient lire et écrire et, en 1914, ce chiffre était passé à 67,8 %. De 1880 à 1914, le nombre des élèves dans les classes élémentaires passa de 1 141 000 à 8 147 000. Dès 1899, dans son ouvrage sur *Le Capitalisme en Russie*, Lénine remarquait d'ailleurs que les progrès de l'industrie étaient plus rapides en Russie qu'en Europe occidentale et même en Amérique. Il ajoutait : « Le développement du capitalisme dans les pays jeunes est très accéléré par l'aide et l'exemple des pays vieux. » Un économiste français, Edmond Théry, de retour d'un long voyage d'étude en Russie, écrivait en 1914 dans un livre intitulé *La Transformation économique de la Russie* : « Si les choses dans les grandes nations européennes se passent entre 1912 et 1950 comme entre 1900 et 1912 vers le milieu du présent siècle, la Russie dominera l'Europe tant au point de vue politique qu'au point de vue économique et financier. » Les caractéristiques de la croissance russe avant 1914 étaient :

— la très forte participation du capital étranger (ce qui se traduisait sur le plan des échanges par un important déficit de la balance commerciale);

— la structure très moderne et très concentrée du capitalisme;

— la forte influence de l'État tsariste tant dans la mise en place de l'infrastructure que dans l'organisation des circuits financiers.

12. H. Taine, *Les Origines de la France contemporaine*, Paris, Hachette, 1876-1893. L'ouvrage de Taine comprend trois parties : I. *L'Ancien Régime* (2 vol.); II. *La Révolution* (6 vol.); III. *Le Régime moderne* (3 vol.). Les pages sur le rôle des intellectuels dans la crise de l'Ancien Régime et l'évolution de la Révolution se trouvent aux livres III et IV de la première partie. Ces livres sont intitulés : « L'esprit et la doctrine », « La propagation de la doctrine ». Voir notamment les chapitres 2 (L'esprit classique), 3 et 4 du livre III.

Pour corriger tout ce qu'il y a d'excessif dans cette interprétation, il faut lire l'excellent livre de D. Mornet, *Les Origines intellectuelles de la Révolution*, Paris, 1933. D. Mornet démontre que, dans une très large mesure, les écrivains et hommes de lettres ne ressemblaient pas à l'image qu'en donnent Tocqueville et Taine.

13. *Œuvres complètes*, t. II, *L'Ancien Régime et la Révolution*, 1er vol., p. 202 *sq.* Le chapitre 2 du livre III s'intitule : « Comment l'irréligion avait pu devenir une passion générale et dominante chez les Français du XVIIIe siècle et quelle sorte d'influence cela eut sur le caractère de la Révolution. »

14. « Je ne sais si à tout prendre et malgré les vices éclatants de quelques-uns de ses membres il y eut jamais dans le monde un clergé plus remar-

quable que le clergé catholique de France au moment où la Révolution l'a surpris, plus éclairé, plus national, moins retranché dans les seules vertus privées, même pourvu de vertus publiques et en même temps de plus de foi : la persécution l'a bien montré. J'ai commencé l'étude de l'ancienne société plein de préjugés contre lui; je l'ai finie plein de respect. » (*O. C.*, t. II, 1er vol., p. 173.)

15. Ce portrait synthétique se trouve à la fin de *L'Ancien Régime et la Révolution*. Il commence par ces mots : « Quand je considère cette nation en elle-même je la trouve plus extraordinaire qu'aucun des événements de son histoire. En a-t-il jamais paru sur la terre... » (*O. C.*, t. II, 1er vol., p. 249 et 250.) Tocqueville l'annonce ainsi : « Sans une vue nette de l'ancienne société, de ses lois, de ses vices, de ses préjugés, de ses misères, de sa grandeur, on ne comprendra jamais ce qu'ont fait les Français pendant le cours des soixante années qui ont suivi sa chute; mais cette vue ne suffirait pas encore si l'on ne pénétrait jusqu'au naturel même de notre nation. »

16. Tocqueville est très conscient de cette difficulté. Dans l'avertissement qui ouvre le second volume de *La Démocratie en Amérique*, il écrit : « Il faut que, sur-le-champ, je prévienne le lecteur contre une erreur qui me serait fort préjudiciable. En me voyant attribuer tant d'effets divers à l'égalité, il pourrait en conclure que je considère l'égalité comme la cause unique de tout ce qui arrive de nos jours. Ce serait me supposer une vue bien étroite. Il y a de notre temps une foule d'opinions, de sentiments, d'instincts, qui ont dû la naissance à des faits étrangers ou même contraires à l'égalité. C'est ainsi que si je prenais les États-Unis pour exemple, je prouverais aisément que la nature du pays, l'origine de ses habitants, la religion des premiers fondateurs, leurs lumières acquises, leurs habitudes antérieures, ont exercé et exercent encore indépendamment de la démocratie, une immense influence sur leur manière de penser et de sentir. Des causes différentes mais aussi distinctes du fait de l'égalité se rencontreraient en Europe et expliqueraient une grande partie de ce qui s'y passe. Je reconnais l'existence de toutes ces différentes causes et leur puissance, mais mon sujet n'est point d'en parler. Je n'ai pas entrepris de montrer la raison de tous nos penchants et de toutes nos idées; j'ai seulement voulu faire voir en quelle partie l'égalité avait modifié les uns et les autres. » (*O. C.*, t. I, 2e vol., p. 7.)

17. Première partie, chap. VIII : « Comment l'égalité suggère aux Américains l'idée de la perfectibilité indéfinie de l'homme. » (*O. C.*, t. I, 2e vol., p. 39-40.)

18. Première partie, chap. X : « Pourquoi les Américains s'attachent plutôt à la pratique des sciences qu'à la théorie. » (*O. C.*, t. I, 2e vol., p. 46-52.)

19. Première partie, chap. XIII à XIX, notamment le chapitre XIII : « Physionomie littéraire des siècles démocratiques », et le chapitre XVII : « De quelques sources de poésie chez les nations démocratiques. »

20. Première partie, chap. XX : « De quelques tendances particulières aux historiens dans les siècles démocratiques. » (*O. C.*, t. I, 2e vol., p. 89-92.)

21. En relisant Tocqueville, je me suis aperçu qu'une idée que je croyais plus ou moins mienne et que j'avais exposée dans mes leçons sur la société industrielle et la lutte de classes : la satisfaction querelleuse des sociétés industrielles modernes, était déjà présente, avec des mots différents, chez Tocqueville : R. Aron, *Dix-huit leçons sur la société industrielle*, Paris, Gallimard, coll. « Idées », 1962; *La Lutte de classes*, Paris, Gallimard, coll. « Idées », 1964.

22. « Dans les sociétés démocratiques la majorité des citoyens ne voit pas clairement ce qu'elle pourrait gagner à une révolution et elle sent à chaque instant et de mille manières ce qu'elle pourrait y perdre. » (*O. C.*, t. I, 2e vol., p. 260.)

« Si l'Amérique éprouve jamais de grandes révolutions, elles seront amenées par la présence des Noirs sur le sol des États-Unis : c'est-à-dire que ce ne sera pas l'égalité des conditions, mais au contraire leur inégalité qui les fera naître. » (*Ibid.*, p. 263.)

23. « Je me rappelle aujourd'hui comme si j'y étais encore, un certain soir dans un château qu'habitait alors mon père et où une fête de famille avait réuni à nous un grand nombre de nos proches parents. Les domes-

tiques avaient été écartés. Toute la famille était réunie autour du foyer. Ma mère, qui avait une voix douce et pénétrante, se mit à chanter un air fameux dans nos troubles civils et dont les paroles se rapportaient aux malheurs du roi Louis XVI et à sa mort. Quand elle s'arrêta, tout le monde pleurait; non sur tant de misères individuelles qu'on avait souffertes, pas même sur tant de parents qu'on avait perdus dans la guerre civile et sur l'échafaud, mais sur le sort de cet homme mort plus de quinze ans auparavant et que la plupart de ceux qui versaient des larmes sur lui n'avaient jamais vu. Mais cet homme avait été le roi. » (Cité par J.-P. MAYER in *Alexis de Tocqueville*, Paris, Gallimard, 1948, p. 15.)

24. Voir à ce sujet le chapitre XXIII de la troisième partie : « Quelle est dans les armées démocratiques la classe la plus guerrière et la plus révolutionnaire. » Tocqueville clôt ainsi ce chapitre : « Dans toute armée démocratique ce sera toujours le sous-officier qui représentera le moins l'esprit pacifique et régulier du pays et le soldat qui le représentera le mieux. Le soldat apportera dans la carrière militaire la force ou la faiblesse des mœurs nationales; il y fera voir l'image fidèle de la nation. Si elle est ignorante et faible, il se laissera entraîner au désordre par ses chefs, à son insu ou malgré lui. Si elle est éclairée et énergique il les retiendra lui-même dans l'ordre. » (*O. C.*, t. I, 2e vol., p. 280.)

25. Ce discours dans l'édition des *Œuvres complètes* de J.-P. Mayer se trouve parmi les appendices du second volume de *La Démocratie en Amérique : O. C.*, t. I, 2e vol., p. 368-369. Il fut prononcé le 27 janvier 1848 au cours de la discussion du projet d'adresse en réponse au discours de la Couronne. Dans ce discours, Tocqueville dénonçait l'indignité de la classe dirigeante telle que l'avaient manifestée les nombreux scandales de la fin du règne de Louis-Philippe. Et il concluait : « Est-ce que vous ne ressentez pas par une sorte d'intuition instinctive qui ne peut pas s'analyser mais qui est certaine que le sol tremble de nouveau en Europe? Est-ce que vous ne sentez pas... que dirai-je? un vent de révolutions qui est dans l'air? Ce vent on ne sait où il naît, d'où il vient, ni, croyez-le bien, qui il enlève : et c'est dans de pareils temps que vous restez calmes en présence de la dégradation des mœurs publiques car ce mot n'est pas trop fort. »

26. Il eut alors comme chef de cabinet Arthur de Gobineau, auquel il restera lié par une grande amitié en dépit de l'incompatibilité radicale de leurs idées respectives. Mais Gobineau était à cette époque encore un jeune homme, et Tocqueville était déjà un homme célèbre. En 1848, les deux volumes de *La Démocratie en Amérique* étaient parus, et Gobineau n'avait écrit ni son *Essai sur l'inégalité des races humaines* ni ses grandes œuvres littéraires (*Les Pléiades*, *Les Nouvelles asiatiques*, *La Renaissance*, *Adélaïde* et *Mademoiselle Irnois*).

BIBLIOGRAPHIE

ŒUVRES DE TOCQUEVILLE

Œuvres complètes d'Alexis de Tocqueville, édition définitive publiée sous la direction de Jakob Peter Mayer, Paris, Gallimard.

Les volumes parus à cette date sont au nombre de treize :

T. I, *De la Démocratie en Amérique*, 2 vol.

T. II, *L'Ancien Régime et la Révolution*, 2 vol. : 1er vol. : texte de la première partie parue en 1856; 2e vol. : *Fragments et notes inédites sur la Révolution.*

T. III, *Écrits et Discours politiques :* 1er vol. : *Études sur l'abolition de l'esclavage, L'Algérie, L'Inde.*

T. V, *Voyages :* 1er vol. : *Voyages en Sicile et aux États-Unis;* 2e vol. : *Voyages en Angleterre, Irlande, Suisse et Algérie.*

T. VI, *Correspondance anglaise :* 1er vol. : *Correspondance avec Henry Reeve et John-Stuart Mill.*

T. VIII, *Correspondance d'Alexis de Tocqueville et de Gustave de Beaumont*, 3 vol.

T. IX, *Correspondance d'Alexis de Tocqueville et d'Arthur de Gobineau.*

T. XII, *Souvenirs.*

Quand elle sera complète et selon le plan actuellement annoncé, cette édition comprendra treize tomes et vingt-deux volumes.

OUVRAGES GÉNÉRAUX

J.-J. Chevallier, *Les Grandes Œuvres politiques*, Paris, Colin, 1949.

F. J. C. Hearnshaw, ed., *The Social and Political Ideas of some Representative Thinkers of the Victorian Age* (article de H. J. Laski, « Alexis de Tocqueville and Democracy »), London, G. G. Harrap, 1933.

Maxime Leroy, *Histoire des idées sociales en France*, t. II : *De Babeuf à Tocqueville*, Paris, Gallimard, 1950.

OUVRAGES CONSACRÉS A ALEXIS DE TOCQUEVILLE

T. Brunius, *Alexis de Tocqueville, the Sociological Aesthetician*, Uppsala, Almquist and Wiksell, 1960.

L. Diez del Corral, *La mentalidad politica de Tocqueville con especial referencia a Pascal*, Madrid, Ediciones Castilla, 1965.

E. d'Eichtal, *Alexis de Tocqueville et la démocratie libérale*, Paris, Calmann-Lévy, 1857.

E. T. Gargon, *Alexis de Tocqueville, the Critical Years 1848-1851*, Washington, The Catholic University of America Press, 1955.

H. Göring, *Tocqueville und die Demokratie*, München-Berlin, R. Oldenburg, 1928.

R. Herr, *Tocqueville and the Old Regime*, Princeton, Princeton University Press, 1962.

M. LAWLOR, *Alexis de Tocqueville in the Chamber of Deputies, his Views on Foreign and Colonial Policy*, Washington, The Catholic University of America Press, 1959.
J. LIVELY, *The Social and Political Thought of Alexis de Tocqueville*, Oxford, Clarendon Press, 1962.
J. P. MAYER, *Alexis de Tocqueville*, Paris, Gallimard, 1948.
G. W. PIERSON, *Tocqueville and Beaumont in America*, New York, Oxford University Press, 1938.
P.-R. ROLAND MARCEL, *Essai politique sur Alexis de Tocqueville*, Paris, Alcan, 1910.
Alexis de Tocqueville, le livre du Centenaire 1859-1959, Paris, Éd. du C. N. R. S., 1960.

LES SOCIOLOGUES ET LA RÉVOLUTION DE 1848

Lorsque j'arrive à rechercher dans les différents temps, dans les différentes époques, chez les différents peuples, quelle a été la cause efficace qui a amené la ruine des classes qui gouvernaient, je vois bien tel événement, tel homme, telle cause accidentelle ou superficielle, mais croyez que la cause réelle, la cause efficace qui fait perdre aux hommes le pouvoir, c'est qu'ils sont devenus indignes de le porter.

Alexis de Tocqueville,
discours à la Chambre des députés,
29 janvier 1848.

L'étude des attitudes adoptées par les sociologues précédemment étudiés à l'égard de la Révolution de 1848 est intéressante à plus d'un titre.

Tout d'abord, la Révolution de 1848, la courte durée de la IIe République, le coup d'État de Louis-Napoléon Bonaparte ont marqué successivement la destruction d'une monarchie constitutionnelle au profit de la république, puis la destruction de la république au profit d'un régime autoritaire, avec à l'arrière-plan de tous ces événements la menace ou la hantise d'une révolution socialiste. Au cours de cette période 1848-1851 se sont succédées la domination temporaire d'un gouvernement provisoire où l'influence des socialistes était forte, la lutte entre l'Assemblée constituante et le peuple de Paris, enfin la rivalité entre une Assemblée législative à majorité monarchiste, qui défendait la république, et un président élu au suffrage universel, qui voulait établir un empire autoritaire.

En d'autres termes, au cours de la période 1848-1851, la France a connu un combat politique qui ressemble aux combats politiques du XXe siècle plus que toute autre épisode de l'histoire du XIXe. On peut en effet observer, dans la période 1848-1851, la lutte triangulaire entre ce que l'on appelle au XXe siècle fascistes, démocrates plus ou moins libéraux et socialistes, lutte que l'on a observée par exemple entre 1920 et 1933 dans l'Allemagne de Weimar.

Certes les socialistes français de 1848 ne ressemblent pas aux communistes du XXe siècle; les bonapartistes de 1850 ne sont ni les fascistes de Mussolini ni les nationaux-socialistes de Hitler. Mais il n'en est pas moins vrai que cette période de l'histoire politique de la France au XIXe siècle présente déjà les principaux acteurs et les rivalités typiques du XXe siècle.

De plus, cette période intrinsèquement intéressante a été commentée, analysée, critiquée par Auguste Comte, Marx et Tocqueville. Les jugements qu'ils ont portés sur les événements sont caractéristiques de leurs doctrines. Ils nous aident à comprendre tout à la fois la diversité des jugements de valeur, la variété des systèmes d'analyse et la portée des théories abstraites développées par ces auteurs.

Auguste Comte et la Révolution de 1848.

Le cas d'Auguste Comte est le plus simple. Il s'est réjoui tout d'abord de la destruction des institutions représentatives et libérales, qu'il considérait comme liées à l'esprit métaphysique, critique et anarchisant, liées aussi aux particularités de l'évolution de la Grande-Bretagne.

Auguste Comte, dans ses opuscules de jeunesse, avait établi une comparaison entre le devenir politique de la France et celui de l'Angleterre. En Angleterre, pensait-il, l'aristocratie s'était alliée à la bourgeoisie, et même au peuple, pour réduire progressivement l'influence et l'autorité de la monarchie. L'évolution politique de la France avait été opposée. En France, c'est au contraire la monarchie qui s'était alliée aux communes et à la bourgeoisie pour réduire l'influence et l'autorité de l'aristocratie.

Le régime parlementaire anglais n'était rien de plus, selon Auguste Comte, que la forme prise par la domination de l'aristocratie. Le parlement anglais était l'institution à travers laquelle l'aristocratie gouvernait en Angleterre comme elle avait gouverné à Venise.

Le parlementarisme, selon Auguste Comte, n'est donc pas une institution politique de vocation universelle, mais un simple accident de l'histoire anglaise. Vouloir introduire en France les institutions représentatives importées d'outre-Manche est une erreur historique fondamentale, puisque les conditions essentielles au parlementarisme ne sont pas données. Bien plus, c'est commettre une erreur politique aux conséquences funestes que d'y vouloir juxtaposer le parlement et la monarchie, puisque la Révolution française a eu justement pour ennemie la monarchie, expression suprême de l'Ancien Régime.

En bref, la combinaison de la monarchie et du parlement, idéal de la Constituante, semble, aux yeux d'Auguste Comte, impossible, car reposant sur une double erreur de principe, l'une concernant la nature des institutions représentatives en général, et l'autre l'histoire de la France.

De plus, Auguste Comte est favorable à la centralisation qui lui paraît conforme à la loi de l'histoire de France. Il va même si loin dans ce sens qu'il tient la distinction entre les lois et les décrets pour des subtilités inutiles de légistes métaphysiciens.

En fonction de cette interprétation de l'histoire, il se satisfait donc de la suppression du parlement français, au profit de ce qu'il appelle une dictature temporelle, et il est tenté de se réjouir que Napoléon III ait définitivement liquidé ce que Marx aurait appelé le crétinisme parlementaire [1].

Un texte du *Cours de philosophie positive* est caractéristique de la pensée politique et historique d'Auguste Comte à ce sujet : « Suivant notre théorie historique, en vertu de l'entière condensation antérieure des divers éléments du régime ancien autour de la royauté, il est clair que l'effort primordial de la Révolution française pour quitter irrévocablement l'antique organisation devait nécessairement consister dans la lutte directe de la puissance populaire contre le pouvoir royal, dont la prépondérance caractérisait seule un tel système depuis la fin de la seconde phase moderne. Or, quoique cette époque préliminaire n'ait pu avoir, en effet, d'autre destination politique que d'amener graduellement l'élimination prochaine de la royauté, que les plus hardis novateurs n'auraient d'abord osé concevoir, il est remarquable que la métaphysique constitutionnelle rêvait alors, au contraire, l'indissoluble union du principe monarchique avec l'ascendant populaire, comme celle de la constitution catholique avec l'émancipation mentale. D'aussi incohérentes spéculations ne mériteraient aujourd'hui aucune attention philosophique, si on n'y devait voir le premier témoignage direct d'une aberration générale, qui exerce encore la plus déplorable influence pour dissimuler radicalement la vraie nature de la réorganisation moderne, en réduisant cette régénération fondamentale à une vaine imitation universelle de la constitution transitoire particulière à l'Angleterre. »

« Telle fut, en effet, l'utopie politique des principaux chefs de l'Assemblée constituante; et ils en poursuivirent certainement la réalisation directe autant que le comportait alors sa contradiction radicale avec l'ensemble des tendances caractéristiques de la sociabilité française.

« C'est donc ici le lieu naturel d'appliquer immédiatement notre théorie historique à l'appréciation rapide de cette dangereuse illusion. Quoiqu'elle fût en elle-même trop grossière pour exiger aucune analyse spéciale, la gravité de ses conséquences m'engage à signaler au lecteur les principales bases de cet examen, qu'il pourra d'ailleurs spontanément développer sans difficulté; d'après les explications propres aux deux chapitres précédents. »

« L'absence de toute saine philosophie politique fait d'abord concevoir aisément par quel entraînement empirique a été naturellement déterminée une telle aberration, qui certes devait être profondément inévitable, puisqu'elle a pu complètement séduire la raison même du grand Montesquieu. » (*Cours de philosophie positive*, t. VI, p. 190 [2].)

Cet extrait soulève plusieurs questions fondamentales : Est-il vrai que la modernité, en France, excluait le maintien de la monarchie? Auguste Comte a-t-il raison de considérer qu'une institution liée à un certain système de pensée ne peut pas survivre dans un autre système de pensée?

Le positiviste a certes raison de croire que la monarchie française traditionnelle était liée à un système intellectuel et social catholique, féodal et théologique; mais le libéral aurait répondu qu'une institution, contemporaine d'un certain système de pensée, peut, en se transformant, survivre dans un autre système historique et rendre des services.

Auguste Comte a-t-il raison de réduire les institutions de type britannique à la singularité du gouvernement d'une phase de transition? A-t-il raison de considérer les institutions représentatives comme indissolublement liées au règne d'une aristocratie commerçante?

S'inspirant de cette théorie générale, le polytechnicien voyait en conséquence sans déplaisir un dictateur temporel mettre fin à la vaine imitation des institutions anglaises et au règne apparent des bavards métaphysiciens du Parlement. Dans le *Système de politique positive*, il a exprimé cette satisfaction, allant même jusqu'à écrire, dans l'introduction au tome II, une lettre au tsar où il exprimait l'espoir que ce dictateur qu'il qualifiait d'empirique pourrait être instruit par le maître de la philosophie positive, et contribuer ainsi de façon décisive à la réorganisation fondamentale de la société européenne.

Cette dédicace au tsar provoqua quelques remous dans l'école positiviste. Et au tome III le ton changea quelque peu, en raison de l'aberration temporaire à laquelle le dictateur temporel se laissa aller, je veux dire la guerre de Crimée, dont Auguste Comte semble avoir attribué à la Russie la responsabilité. L'époque des grandes guerres était en effet historiquement terminée et Auguste Comte félicita le dictateur temporel de la France d'avoir noblement mis fin à l'aberration temporaire du dictateur temporel de la Russie.

Cette façon d'envisager les institutions parlementaires n'est pas, si j'ose employer le langage d'Auguste Comte, liée exclusivement au caractère spécial du grand maître du positivisme. Cette hostilité à l'égard des institutions parlementaires, tenues pour métaphysiques ou britanniques, existe aujourd'hui encore [3]. Notons d'ailleurs qu'Auguste Comte ne voulait pas entièrement exclure la représentation, mais il lui paraissait suffisant qu'une assemblée se réunisse tous les trois ans pour approuver le budget.

Les jugements historiques et politiques s'expliquent à mon sens, par l'inspiration première de la sociologie. Car celle-ci, telle qu'Auguste Comte l'a conçue et telle que Durkheim encore l'a pratiquée, prenait pour centre le social et non le politique, subordonnant même le second au premier, ce qui peut aboutir à la dépréciation du régime politique au profit de la réalité sociale fondamentale. Durkheim partageait l'indifférence teintée d'agressivité ou de mépris du fondateur du mot de sociologie à l'égard des institutions parlementaires. Passionné des questions sociales, des problèmes de morale et de la réorganisation des organisations professionnelles, il considérait ce qui se passait au Parlement comme secondaire, sinon dérisoire.

Alexis de Tocqueville et la Révolution de 1848.

L'antithèse entre Tocqueville et Comte est frappante. Tocqueville considère comme le grand projet de la Révolution française ce qu'Auguste Comte qualifie d'aberration à laquelle même le grand Montesquieu a succombé. Il regrette l'échec de la Constituante, c'est-à-dire l'échec des réformateurs bourgeois, qui voulaient combiner la monarchie et les institutions représentatives. Il tient pour importante, sinon essentielle, la décentralisation administrative qu'Auguste Comte regarde avec un souverain mépris. Enfin il est soucieux des combinaisons constitutionnelles qu'Auguste Comte écartait en quelques lignes comme métaphysiques et indignes d'un examen sérieux.

La position sociale de ces deux auteurs est également toute différente. Auguste Comte était examinateur à l'École polytechnique et il a vécu longtemps du petit traitement qu'il recevait pour ce travail. Ayant perdu ce poste, il a dû ensuite subsister grâce aux subventions des positivistes. Penseur solitaire ne quittant pas son domicile de la rue Monsieur-le-Prince, il créait une religion de l'humanité, dont il était simultanément le prophète et le grand prêtre. Cette condition singulière devait donner à l'expression de ses idées une forme extrême, non directement adaptée aux complexités des événements.

A la même époque, Alexis de Tocqueville, descendant d'une vieille famille de l'aristocratie française, est représentant de la Manche à la Chambre des députés de la Monarchie de juillet. Quand se produit la Révolution de 1848, il est à Paris. Il sort de son appartement, à la différence d'Auguste Comte, et se promène dans les rues. Il est profondément ému par la vue des événements. Puis, quand arrivent les élections à l'Assemblée constituante, il retourne dans son département et il est élu avec une immense majorité. A l'Assemblée constituante, il joue un rôle important, en tant que membre de la commission qui rédige la constitution de la IIe République.

En mai 1849, au moment où celui qui n'est encore que Louis-Napoléon Bonaparte est président de la République, Tocqueville entre comme ministre des Affaires étrangères dans le cabinet d'Odilon Barrot à l'occasion d'un remaniement ministériel. Il restera à ce poste pendant cinq mois, jusqu'à ce que le président de la République renvoie ce ministère qui présentait encore un caractère trop parlementaire et était dominé par l'ancienne opposition dynastique, c'est-à-dire par le parti libéral monarchiste, devenu républicain par résignation, la restauration de la monarchie étant transitoirement impossible.

Tocqueville est donc en 1848-1851 un monarchiste devenu républicain conservateur parce qu'il n'y a pas de restauration possible, ni de la monarchie légitimiste ni de la monarchie d'Orléans. Mais il est simultanément hostile à ce qu'il appelle la « monarchie bâtarde », dont il voit poindre la menace. La monarchie bâtarde, c'est l'Empire de Louis-Napoléon, que tous les observateurs doués d'un minimum de clairvoyance redoutent du jour où le peuple français a voté dans son immense majorité non pas pour Cavaignac, le général républicain défenseur de l'ordre bourgeois, mais pour Louis-Napoléon, qui n'avait guère pour lui que son nom, le prestige de son oncle et quelques équipées ridicules.

Les réactions de Tocqueville aux événements se trouvent dans un livre passionnant, les *Souvenirs*. C'est le seul livre qu'il ait écrit au courant de la plume. Tocqueville travaillait beaucoup ses œuvres, il les méditait et les corrigeait indéfiniment. Mais à propos des événements de 1848, pour sa satisfaction personnelle, il a jeté sur le papier ses mémoires et s'y est exprimé avec une admirable franchise puisqu'il en avait interdit la publication. Il a formulé des jugements dénués d'indulgence à l'égard de plusieurs de ses contemporains, donnant ainsi un témoignage inappréciable sur les sentiments réels que les acteurs de la grande ou de la petite histoire éprouvent les uns pour les autres.

La réaction de Tocqueville, le jour de la Révolution, le 24 février, est de quasi-désespoir et d'accablement. Le parlementaire est un conservateur libéral, résigné à la modernité démocratique, passionné des libertés intellectuelles, personnelles et politiques. Ces libertés sont pour lui incarnées dans les institutions représentatives, que les révolutions mettent toujours en péril. Il est convaincu que les révolutions, en se multipliant, rendent de plus en plus improbable la survie des libertés.

« Le 30 juillet1 830, au lever du jour, j'avais rencontré sur le boulevard extérieur de Versailles les voitures du roi Charles X, portant leurs écussons déjà grattés, marchant à pas lents, à la file, avec un air de funérailles. A ce spectacle, je n'avais pu retenir des larmes. Cette fois [c'est-à-dire en 1848], mon impression était d'une autre nature, mais plus vive encore. C'était la seconde révolution que je voyais s'accomplir depuis dix-sept ans sous mes yeux. Toutes deux m'avaient affligé, mais combien les impressions causées par la dernière étaient plus amères. J'avais ressenti jusqu'à la fin pour Charles X un reste d'affection héréditaire. Mais ce roi tombait pour avoir violé des droits qui m'étaient chers, et j'espérais encore que la liberté de mon pays serait plutôt ravivée qu'éteinte par sa chute. Aujourd'hui, cette liberté me paraissait morte. Ces princes qui fuyaient ne m'étaient rien, mais je sentais que ma propre cause était perdue. J'avais passé les plus belles années de ma jeunesse au milieu d'une société qui semblait redevenir prospère et grande en redevenant libre. J'y avais conçu l'idée d'une liberté modérée, régulière, contenue par les croyances, les mœurs et les lois. Les charmes de cette liberté m'avaient touché. Elle était devenue la passion de toute ma vie. Je sentais que je ne me consolerais jamais de sa perte, et qu'il fallait renoncer à elle. » (*O. C.*, t. XII, p. 86.)

Plus loin, Tocqueville raconte une conversation avec l'un de ses amis et collègues de l'Institut, Ampère. Celui-ci, nous dit Tocqueville, était typiquement un homme de lettres. Il se réjouissait d'une révolution qui lui paraissait conforme à son idéal, puisque les partisans de la réforme l'emportaient sur les réactionnaires à la manière de Guizot. Il voyait à l'horizon, après l'effondrement de la monarchie, les perspectives d'une république prospère. Ampère et Tocqueville, d'après le récit de ce dernier, se sont querellés avec une extrême passion : la révolution était-elle un événement heureux ou malheureux? « Après avoir beaucoup crié, nous finîmes par en appeler tous les deux à l'avenir, juge éclairé et intègre mais qui arrive hélas toujours trop tard. » (*O. C.*, t. XII, p. 85.)

Tocqueville, écrivant quelques années après, est plus convaincu que jamais que la Révolution de 1848 a été un événement malheureux. De son point de vue, il ne peut pas en être autrement, puisque le résultat dernier de la Révolution de 1848 a été de remplacer une monarchie semi-légitime, libérale et modérée, par ce qu'Auguste Comte appelle un dictateur temporel, par ce que Tocqueville appelle une monarchie bâtarde, et par ce que nous appelons plus vulgairement un Empire autoritaire. Il est d'ailleurs difficile de croire que, au point de vue politique, le régime de Louis-Napoléon fût supérieur à celui de Louis-Philippe. Mais il s'agit là de jugements teintés de préférences personnelles et encore aujourd'hui, dans les livres d'histoire à usage scolaire, l'enthousiasme d'Ampère est mieux représenté que le scepticisme morose de Tocqueville. Les deux attitudes caractéristiques de l'intelligentzia française, celle de l'enthousiasme révolutionnaire, quelles qu'en soient les conséquences, et celle du scepticisme sur le résultat dernier des bouleversements, survivent aujourd'hui, et probablement survivront encore, lorsque mes étudiants enseigneront ce qu'il faut penser de l'histoire de France.

Tocqueville essaie naturellement d'expliquer les causes de la Révolution et il le fait dans son style ordinaire qui est aussi celui de Montesquieu. La Révolution de février, comme tous les grands événements de ce genre, est née de causes générales, complétées, si l'on peut dire, par des accidents. Il serait aussi superficiel de la faire découler nécessairement des premières que de l'attribuer uniquement aux seconds. Il y a des causes générales, mais les causes générales ne suffisent pas à rendre compte d'un événement particulier qui aurait pu être autre, si tel ou tel incident secondaire avait été différent.

Le texte le plus caractéristique est le suivant :

« La révolution industrielle qui, depuis trente ans, avait fait de Paris la première ville manufacturière de France, et attiré dans ses murs tout un nouveau peuple d'ouvriers, auquel les travaux des fortifications avaient ajouté un autre peuple de cultivateurs maintenant sans ouvrage; l'ardeur des jouissances matérielles, qui sous l'aiguillon du gouvernement, excitaient de plus en plus cette multitude elle-même, le malaise démocratique de l'envie qui la travaillait sourdement; les théories économiques et politiques qui commençaient à s'y faire jour, et qui tendaient à y faire croire que les misères humaines étaient l'œuvre des lois et non de la Providence, et qu'on pouvait supprimer la pauvreté en changeant la société d'assiette; le mépris dans lequel était tombée la classe qui gouvernait et surtout les hommes qui marchaient à sa tête, mépris si général et si profond qu'il paralysait la résistance de ceux mêmes qui avaient le plus d'intérêt au maintien du pouvoir qu'on renversait; la centralisation qui réduisit toutes les opérations révolutionnaires à se rendre maître de Paris et à mettre la main sur la machine toute montée du gouvernement; la mobilité enfin de toutes choses, institutions, idées, mœurs et hommes, dans une société mouvante qui a été remuée par sept grandes révolutions en moins de soixante ans, sans compter une multitude de petits ébranlements secondaires : telles furent les causes générales sans lesquelles la Révolution de février eût été impossible. Les principaux accidents qui l'amenèrent furent la passion de l'opposition dynastique, qui prépara une émeute en voulant faire une réforme; la répression de cette émeute d'abord excessive, puis abandonnée; la disparition soudaine des anciens ministres, venant rompre tout à coup les fils du pouvoir, que les nouveaux ministres, dans leur trouble, ne surent ni ressaisir à temps ni renouer; les erreurs et les désordres d'esprit de ces ministres, si insuffisants à raffermir ce qu'ils avaient été assez forts pour ébranler; les hésitations des généraux, l'absence des seuls princes qui eussent de la popularité et de la vigueur; mais surtout l'espèce d'imbécillité sénile du roi Louis-Philippe, faiblesse que nul n'aurait pu prévoir qui reste encore presque incroyable après que l'événement l'a montrée. » (*O. C.*, t. XII, p. 84-85.)

Tel est le genre de description analytique et historique d'une révolution, caractéristique d'un sociologue qui ne croit ni au déterminisme inexorable de l'histoire ni à la succession des accidents. Comme Montesquieu, Tocqueville veut rendre l'histoire intelligible. Mais rendre l'histoire intelligible, ce n'est pas montrer que rien n'aurait pu se passer autrement, c'est retrouver la combinaison de causes générales et de causes secondaires qui tissent la trame des événements.

En passant, Tocqueville met en lumière un phénomène endémique en France : le mépris dans lequel sont tenus les hommes qui gouvernent. Ce phénomène se reproduit à la fin de chaque régime et explique le caractère peu sanglant de nombre de révolutions françaises. En général les régimes tombent au moment où personne ne veut plus se battre pour eux. Ainsi, cent dix ans après 1848, la classe politique qui gouvernait la France était tombée dans un mépris si général que ce mépris paralysa ceux-là mêmes qui auraient eu le plus d'intérêt à se défendre.

Tocqueville a bien compris que la Révolution de 1848 présentait au début un caractère socialiste. Mais, tout en étant politiquement libéral, il était socialement conservateur. Il pensait que les inégalités sociales étaient inscrites dans l'ordre des choses ou tout au moins que, en son siècle, elles étaient indéracinables. Il a donc jugé avec une extrême sévérité les membres socialistes du Gouvernement provisoire, dont il a considéré, d'accord en cela avec Marx, qu'ils avaient dépassé les limites tolérables de la stupidité. Un peu comme Marx d'ailleurs, Tocqueville, en pur observateur, constate que, dans une première phase, entre le mois de février 1848 et la réunion de l'Assemblée constituante en mai, les socialistes ont détenu à Paris, et par cet intermédiaire sur la France entière, une influence considérable. Or ils se sont servi de cette influence suffisamment pour terrifier les bourgeois et la plus grande partie de la paysannerie, et pas assez pour s'assurer aucune position de puissance. Au moment du choc décisif avec l'Assemblée constituante, ils n'avaient aucun moyen de l'emporter, sinon une émeute. Les chefs socialistes de la Révolution de 1848 n'ont pas su exploiter les circonstances favorables qu'ils ont connues entre février et mai. A partir de la réunion de l'Assemblée constituante, ils n'ont pas su s'ils voulaient jouer le jeu de la Révolution ou celui du régime constitutionnel. Puis, au moment décisif, ils ont abandonné leurs troupes, les ouvriers de Paris, qui, dans les horribles journées de juin, se sont battus seuls, sans chefs.

Tocqueville est violemment hostile à la fois aux chefs socialistes et aux émeutiers de juin. Mais son hostilité ne l'aveugle pas. D'une part, il reconnaît l'extraordinaire courage dont firent preuve les ouvriers parisiens, en luttant contre l'armée régulière, et il ajoute que le discrédit dans lequel sont tombés les chefs socialistes n'est peut-être pas définitif.

Selon Marx, la Révolution de 1848 montre que le problème essentiel des sociétés européennes est désormais le problème social. Les révolutions du XIXe siècle seront sociales et non plus politiques. Tocqueville, obsédé par le souci de la liberté individuelle, tient ces émeutes, insurrections ou révolutions, pour catastrophiques. Mais il est conscient du fait que ces révolutions présentent un certain caractère socialiste. Et si, pour l'instant, une révolution socialiste lui paraît exclue, s'il voit mal un régime établi sur d'autres bases que sur le principe de propriété, il conclut avec prudence :

« Le socialisme restera-t-il enseveli dans le mépris qui couvre si justement les socialistes de 1848? Je fais cette question sans y répondre. Je ne doute pas que les lois constitutives de notre société moderne ne soient fort modifiées à la longue; elles l'ont déjà été dans beaucoup de leurs parties principales, mais arrivera-t-on jamais à les détruire et à en mettre d'autres à la place? Cela me paraît impraticable. Je ne dis rien de plus, car, à mesure que j'étudie davantage l'état ancien du monde, et que je vois plus en détail le monde même de nos jours; quand je considère la diversité prodigieuse qui s'y rencontre, non seulement parmi les lois mais parmi les principes des lois, et les différentes formes qu'à prises et que retient même aujourd'hui, quoi qu'on en dise, le droit de propriété sur la terre, je suis tenté de croire que ce que l'on appelle les institutions nécessaires ne sont souvent que les institutions auxquelles on est accoutumé, et qu'en matière de constitution sociale, le champ du possible est bien plus vaste que les hommes qui vivent dans chaque société ne se l'imaginent. » (*O. C.*, t. XII, p. 97.)

En d'autres termes, Tocqueville n'exclut pas que les socialistes, les vaincus de 1848, puissent être, dans un avenir plus ou moins lointain, ceux qui transformeront l'organisation sociale elle-même.

Le reste des souvenirs de Tocqueville est consacré, après la description des journées de juin, au récit de la rédaction de la constitution de la IIe République, de sa participation au deuxième ministère Odilon Barrot, de la lutte de monarchistes libéraux devenus républicains par raison contre, tout à la fois, la majorité royaliste de l'Assemblée, et le président, que l'on soupçonnait de vouloir rétablir l'Empire [4].

Ainsi Tocqueville a compris le caractère socialiste de la Révolution de 1848 et condamné l'action des socialistes comme insensée. Il appartenait au parti de l'ordre bourgeois et, au cours des émeutes de juin, il était prêt à se battre contre les ouvriers insurgés. Dans la deuxième phase de la crise, il a été un républicain modéré, un tenant de ce que l'on a appelé plus tard la république conservatrice, et du même coup il est devenu antibonapartiste. Il a été vaincu, mais il n'a pas été surpris de sa défaite, car, depuis les journées de février 1848, il pensait que les institutions libres étaient provisoirement condamnées, que la révolution rendrait inévitable un régime autoritaire quel qu'il soit, et après l'élection de Louis-Napoléon il a naturellement prévu la restauration de l'Empire. Mais, comme il n'est pas nécessaire d'espérer pour entreprendre, il s'est battu contre la solution qui lui paraissait à la fois la plus probable et la moins souhaitable. Sociologue de l'école de Montesquieu, il ne considérait pas que ce qui se passe est nécessairement ce qui doit se passer, ce que la Providence déciderait si elle était bienveillante ou la Raison si elle était toute-puissante.

Marx et la Révolution de 1848.

Marx a vécu la période de l'histoire entre 1848 et 1851 autrement qu'Auguste Comte ou Tocqueville. Il n'était pas retiré dans la tour d'ivoire de la rue Monsieur-le-Prince, il n'était pas non plus député à l'Assemblée constituante ou à l'Assemblée législative, ministre d'Odilon Barrot et de Louis-Napoléon. Agitateur révolutionnaire et journaliste, il a participé activement aux événements en Allemagne. Mais il avait vécu en France et il connaissait fort bien la politique et les révolutionnaires français. Il était donc, par rapport à la France, un témoin actif. De plus, il croyait au caractère international de la révolution et se sentait directement intéressé par la crise française.

Beaucoup de jugements que l'on trouve dans ses deux livres, *Les Luttes de classes en France, 1848-1850*, et le *Le 18-Brumaire de Louis Bonaparte*, s'accordent avec ceux des *Souvenirs* de Tocqueville.

Comme Tocqueville, Marx a été frappé par le contraste entre les émeutes de 1848, où les masses ouvrières de Paris ont combattu seules et sans chefs pendant plusieurs jours, et les troubles de 1849 où, une année après, les chefs parlementaires de la Montagne ont tenté vainement de déclencher des émeutes et n'ont plus été suivis par leurs troupes.

L'un et l'autre, également, sont conscients du fait que les événements de 1848-1851 ne représentent plus simplement des troubles politiques, mais sont les prodromes d'une révolution sociale. Tocqueville constate avec effroi que ce qui est désormais en question, c'est toute l'assiette de la société, des lois respectées depuis des siècles par les hommes. Marx s'écrie, avec un accent de triomphe, que le bouleversement social, à ses yeux nécessaire, est en train de s'accomplir. Les échelles des valeurs de l'aristocrate libéral et du révolutionnaire sont différentes, voire contraires. Le respect des libertés politiques, qui constitue pour Tocqueville quelque chose de sacré, est aux yeux de Marx superstition d'un homme d'ancien régime. Marx n'a aucun respect pour le parlement et les libertés formelles. Ce que l'un veut par-dessus tout sauver, l'autre le croit secondaire, peut-être même un obstacle sur la voie de ce qui lui paraît essentiel, à savoir la révolution sociale.

L'un et l'autre voient une sorte de logique historique dans le passage de la Révolution de 1789 à la Révolution de 1848. Aux yeux de Tocqueville, la révolution continue, entraînant la mise en question de l'ordre social et de la propriété, après la destruction de la monarchie et des ordres privilégiés. Marx voit dans cette révolution sociale le surgissement du quatrième état après la victoire du troisième. Les expressions ne sont pas les mêmes; les jugements de valeur sont opposés, mais l'un et l'autre se rencontrent sur un point essentiel : une fois détruite la monarchie traditionnelle, une fois renversée l'aristocratie du passé, il est normal que le mouvement démocratique, tendant à l'égalité sociale, s'en prenne aux privilèges subsistants, qui sont ceux de la bourgeoisie. La lutte contre l'inégalité économique est, dans la pensée de Tocqueville, et au moins pour son époque, condamnée à la défaite. Le plus souvent, il semble tenir les inégalités de fortune pour indéracinables, car liées à l'ordre éternel des sociétés humaines. Marx, de son côté, pense qu'il n'est pas impossible, par une réorganisation de la société, de réduire ou d'éliminer ces inégalités économiques. Mais l'un et l'autre observent le passage de la révolution contre l'aristocratie à la révolution contre la bourgeoisie, de la subversion contre l'État monarchique à la subversion contre l'ordre social tout entier.

Enfin Marx et Tocqueville se rencontrent dans l'analyse des phases de la révolution. Les événements français de 1848-1851 étaient fascinants pour les spectateurs contemporains, et ils le sont encore aujourd'hui, en raison de l'articulation des conflits. En peu d'années la France a vécu la plupart des situations typiques des conflits politiques dans les sociétés modernes.

Au cours d'une première phase, du 24 février 1848 au 4 mai 1848, une émeute abat la monarchie, et le Gouvernement provisoire comporte plusieurs socialistes qui exercent une influence prédominante pendant quelques mois.

Avec la réunion de l'Assemblée constituante s'ouvre une

deuxième phase. La majorité de l'assemblée élue par l'ensemble du pays est conservatrice, ou même réactionnaire et monarchiste. Un conflit s'élève entre le Gouvernement provisoire, à prédominance socialiste, et l'Assemblée conservatrice. Ce conflit débouche sur les émeutes de juin 1848, révolte du prolétariat parisien contre une assemblée élue au suffrage universel mais qui, en raison de sa composition, apparaît aux ouvriers parisiens comme un ennemi.

La troisième phase commence au moment de l'élection de Louis-Napoléon, en décembre 1848, ou, d'après Marx, en mai 1849, avec la fin de la Constituante. Le président de la République croit à la légitimité bonapartiste, il se tient pour l'homme de la destinée. Président de la IIe République, il est aux prises d'abord, avec une Assemblée constituante à majorité monarchiste, puis avec une Assemblée législative qui compte également une majorité monarchiste, mais aussi cent cinquante représentants de la Montagne.

A partir de l'élection de Louis-Napoléon commence un conflit subtil, à fronts multiples. Les monarchistes, incapables de se mettre d'accord sur le nom du monarque et sur la restauration de la monarchie, deviennent, par hostilité à Louis-Napoléon, les défenseurs de la République contre un Bonaparte désireux de restaurer l'Empire. Louis-Napoléon utilise des procédés que les parlementaires considèrent comme démagogiques. Il y a, en effet, dans la tactique de Louis-Napoléon, les éléments du pseudo-socialisme (ou du socialisme vrai) des fascistes du XXe siècle. Comme l'Assemblée législative commet l'erreur de supprimer le suffrage universel, le 2 décembre Louis-Napoléon supprime la constitution, dissout l'Assemblée législative et rétablit simultanément le suffrage universel.

Mais Marx cherche également, et c'est là son originalité, à expliquer les événements politiques par l'infrastructure sociale. Il s'efforce de montrer, dans les conflits proprement politiques, l'expression ou, pour ainsi dire, l'affleurement au niveau politique des querelles profondes des groupes sociaux. Tocqueville, évidemment, le fait aussi. Il montre les groupes sociaux aux prises dans la France du milieu du XIXe siècle. Les acteurs principaux du drame sont les paysans, la petite bourgeoisie parisienne, les ouvriers parisiens, la bourgeoisie et les débris de l'aristocratie, tous acteurs qui ne sont pas très différents de ceux mis en scène par Marx. Mais tout en expliquant les conflits politiques par les querelles sociales, il maintient la spécificité ou l'autonomie au moins relative de l'ordre politique. Marx, par contre, en toute occasion essaie de trouver une correspondance terme à terme entre les événements sur le plan politique et les événements dans l'infrastructure sociale. Dans quelle mesure a-t-il réussi?

Les deux brochures de Marx, *Les Luttes de classes en France* et *Le 18-Brumaire de Louis Bonaparte*, sont des ouvrages brillants. A beaucoup d'égards, ils sont, me semble-t-il, plus profonds, plus satisfaisants, que ses gros livres scientifiques. Marx, emporté par sa clairvoyance d'historien, oublie ses théories et analyse les événements en observateur de génie.

Ainsi, pour montrer l'interprétation de la politique par l'infrastructure sociale, Marx écrit :

« Le 10 décembre 1848 [c'est-à-dire le jour de l'élection de Louis-Napoléon] fut le jour de l'insurrection des paysans. C'est de ce jour seulement que data le février des paysans français, le symbole qui exprimait leur entrée dans le mouvement révolutionnaire, maladroit et rusé, gredin et naïf, lourdaud et sublime, superstition calculée, burlesque pathétique, anachronisme génial et stupide, espièglerie de l'histoire mondiale, hiéroglyphe indéchiffrable pour la raison des gens civilisés — ce symbole marquait, sans que l'on puisse s'y méprendre, la physionomie de la classe qui représente la barbarie au sein de la civilisation. La République s'était annoncée auprès d'elle par l'huissier; elle s'annonça auprès de la République par l'empereur. Napoléon était le seul homme représentant jusqu'au bout les intérêts et l'imagination de la nouvelle classe paysanne que 1789 avait créée. En écrivant son nom sur le frontispice de la république, elle déclarait la guerre à l'étranger et revendiquait ses intérêts de classe à l'intérieur. Napoléon, ce n'était pas un homme, pour le paysan, mais un programme. C'est avec des drapeaux, et au son de la musique, qu'ils allèrent aux urnes, aux cris de : *Plus d'impôts. A bas les riches! A bas la République! Vive l'empereur!* Derrière l'empereur se cachait la jacquerie. La République qu'ils abattaient de leur vote, c'était la république des riches. » (*Les Luttes de classes en France*, Éd. Sociales, p. 57.)

Même le non-marxiste admet sans peine que les paysans ont voté pour Louis-Napoléon. Représentant à l'époque la majorité des électeurs, ils ont préféré élire le neveu, réel ou supposé, de l'empereur Napoléon, plutôt que d'élire le général républicain Cavaignac. Dans un système d'interprétation psychopolitique, on dirait que Louis-Napoléon, à cause de son nom, était le chef charismatique. Le paysan — peu civilisé, dit Marx avec son mépris des paysans — a préféré un symbole napoléonien à une personnalité républicaine authentique et, en ce sens, Louis-Napoléon a bien été l'homme des paysans contre la république des riches. Ce qui paraît problématique, c'est la mesure dans laquelle Louis-Napoléon, du fait qu'il a été élu par les paysans, est devenu le représentant de l'intérêt de classe des paysans. Il n'y avait pas de nécessité que les paysans choisissent Louis-Napoléon pour interpréter leur intérêt de classe. Il n'était pas non plus nécessaire que les mesures prises par Louis-Napoléon fussent conformes à l'intérêt de classe des paysans. L'empereur a fait ce que son génie ou sa stupidité lui a suggéré. Le vote paysan pour Louis-Napoléon est un événement incontestable. La transformation de l'événement en théorie, c'est la proposition : « l'intérêt de classe des paysans s'est exprimé dans Louis-Napoléon ».

Un texte relatif aux paysans dans *Le 18 Brumaire de Louis Bonaparte* permet de le comprendre. Marx y décrit la situation de classe des paysans :

« Dans la mesure où des millions de familles paysannes vivent dans des conditions économiques qui les séparent les unes des autres et opposent leur genre de vie, leurs intérêts et leur culture à ceux des autres classes de la société, elles constituent une classe. Mais elles ne constituent pas une classe dans la mesure où il n'existe entre les paysans parcellaires qu'un lien local et où la similitude de leurs intérêts ne crée entre eux aucune communauté, aucune liaison nationale ni aucune organisation politique. C'est pourquoi ils sont incapables de défendre leurs intérêts de classe en leur propre nom, soit par l'intermédiaire d'un Parlement, soit par l'intermédiaire d'une Assemblée. Ils ne peuvent se représenter eux-mêmes, ils doivent être représentés. Leurs représentants doivent en même temps leur apparaître comme une autorité supérieure, comme une puissance gouvernementale absolue, qui les protège contre les autres classes et leur envoie d'en haut la pluie et le beau temps. L'influence politique des paysans parcellaires trouve, par conséquent, son ultime expression dans la subordination de la société au pouvoir exécutif. » (*Le 18 Brumaire de Louis Bonaparte*, Éd. Sociales, p. 98.)

C'est là une description très pénétrante de la condition équivoque, classe et non-classe, de la masse paysanne. Les paysans ont un mode d'existence plus ou moins semblable, qui leur donne la première caractéristique d'une classe sociale; mais il leur manque la capacité de prendre conscience d'eux-mêmes comme d'une unité. Incapables de se représenter eux-mêmes, ils sont dès lors une classe passive, qui ne peut être représentée que par des hommes extérieurs à elle — ce qui constitue un début d'explication du fait que les paysans aient choisi un homme qui n'était pas des leurs, Louis-Napoléon.

Mais il reste une difficulté majeure : ce qui se passe sur la scène politique est-il adéquatement expliqué par ce qui se passe dans l'infrastructure sociale?

Par exemple, d'après Marx, la monarchie légitimiste représentait la propriété foncière et la monarchie orléaniste la bourgeoisie financière et commerçante. Or ces deux dynasties n'ont jamais pu parvenir à s'entendre. Durant la crise de 1848-1851, la querelle des deux dynasties a été l'obstacle insurmontabe à la restauration de la monarchie. Les deux familles royales étaient-elles incapables de se mettre d'accord sur le nom du prétendant parce que l'une représentait la propriété foncière et l'autre la propriété industrielle et commerciale? Ou étaient-elles incapables de se mettre d'accord parce que, par définition, il ne peut y avoir qu'un prétendant?

La question n'est pas inspirée par un parti pris de critique ou de subtilité, mais pose le problème essentiel de l'interprétation de la politique par l'infrastructure sociale. Admettons que Marx ait raison, que la monarchie légitimiste soit effectivement le régime de la grande propriété foncière et de la noblesse traditionnelle et que la monarchie d'Orléans représente les intérêts de la bourgeoisie financière. Est-ce le conflit d'intérêts économiques qui empêchait l'unité ou le simple phénomène, arithmétique si j'ose dire, qu'il ne pouvait y avoir qu'un seul roi?

Marx, naturellement, est tenté d'expliquer l'impossibilité de l'accord par l'incompatibilité des intérêts économiques [5]. La faiblesse de cette interprétation, c'est qu'il y a eu d'autres pays et d'autres circonstances où la propriété foncière a pu conclure un compromis avec la bourgeoisie industrielle et commerçante.

Un texte du *18 Brumaire de Louis Bonaparte* est particulièrement significatif :

« Les diplomates du parti de l'ordre croyaient pouvoir liquider la lutte par ce qu'ils appelaient une *fusion* des deux dynasties, des partis royalistes et de leurs maisons royales. La véritable fusion de la Restauration et de la monarchie de Juillet c'était la République parlementaire, dans laquelle se fondaient les couleurs orléanistes et légitimistes et où les différentes sortes de bourgeois disparaissaient dans le bourgeois tout court, dans le genre bourgeois. Mais, maintenant, l'orléaniste devait devenir légitimiste, le légitimiste orléaniste. » (*Le 18 Brumaire de Louis Bonaparte*, Éd. Sociales, p. 76-77.)

Marx a raison. On ne peut rien demander de pareil, à moins que par bonne chance le prétendant d'une des deux familles ne consente à mourir. L'interprétation est ici purement politique, exacte et satisfaisante. Les deux partis monarchistes ne pouvaient se mettre d'accord que sur une république parlementaire, seule manière de réconcilier les deux prétendants à un trône qui ne tolère qu'un seul occupant. Quand il y a deux prétendants, pour éviter que l'un ne soit aux Tuileries et l'autre en exil, il faut qu'aucun ne soit au pouvoir. La république parlementaire était en ce sens la réconciliation entre les deux dynasties. Et Marx continue :

« La royauté, qui personnifiait leur antagonisme, devait incarner leur unité et faire de l'expression de leurs intérêts exclusifs de fractions, l'intérêt commun de leur classe. La monarchie devait réaliser ce que la négation des deux monarchies, à savoir la République, pouvait réaliser et avait vraiment réalisé. C'était la pierre philosophale, à la fabrication de laquelle les docteurs du parti de l'ordre se cassaient la tête. Comme si la monarchie légitime pouvait jamais devenir la monarchie de la bourgoisie industrielle, ou la royauté bourgeoise être jamais la royauté de l'aristocratie terrienne héréditaire! Comme si la propriété foncière et l'industrie pouvaient fraterniser sous une même couronne, alors que la couronne ne pouvait coiffer qu'une seule tête, celle du frère aîné ou du cadet! Comme si l'industrie pouvait, en général, se réconcilier avec la propriété foncière, tant que celle-ci ne se déciderait pas à devenir elle-même industrielle! Si Henri V mourait demain, le comte de Paris n'en deviendrait pas pour cela le roi des légitimistes, à moins qu'il ne cessât d'être le roi des orléanistes. » (*Ibid.*, p. 77.)

Marx pratique donc un mélange subtil et insinuant de deux explications, l'explication politique selon laquelle deux prétendants au trône de France s'opposant, la seule façon de réconcilier leurs partisans était la république parlementaire; et l'interprétation socio-économique, foncièrement différente, selon laquelle la proprieté foncière ne pouvait pas se réconcilier avec la bourgeoisie industrielle à moins que la propriété foncière elle-même ne s'industrialisât. On rencontre aujourd'hui une théorie de ce dernier type chez les analystes marxistes ou d'inspiration marxiste pour expliquer la Ve République. Celle-ci ne peut pas être la république gaulliste, il faut qu'elle soit la république, soit du capitalisme modernisé, soit de tout autre élément de l'infrastructure sociale [6]. Cette explication est naturellement plus profonde, sans pour autant être nécessairement vraie. L'impossibilité de réconcilier les intérêts de la propriété foncière et les intérêts de la bourgeoisie industrielle n'existe que dans la fantasmagorie sociologique. Le jour où un des deux princes n'a plus de descendance, la réconciliation des deux prétendants se fait automatiquement, et les intérêts autrefois opposés trouvent miraculeusement un compromis. L'impossibilité de réconciler les deux prétendants était essentiellement politique.

Certes, l'explication des événements politiques par la base sociale est légitime et valable, mais l'explication terme à terme est, dans une large mesure, de la mythologie sociologique. Elle se réalise en fait par la projection dans l'infrastructure sociale de ce que l'on a observé sur la scène politique. Ayant constaté que les deux prétendants ne pouvaient pas s'entendre, on décrète que la propriété foncière ne peut se réconcilier avec la propriété industrielle. Ce que l'on nie d'ailleurs soi-même un peu plus loin en expliquant que cette réconciliation se produit au sein de la république parlementaire. Car si l'accord était *socialement* impossible, il serait tout aussi impossible sous une république parlementaire que sous une monarchie.

Ce cas est à mon avis typique. Il montre tout à la fois ce qui est acceptable, voire nécessaire dans les explications sociales des conflits politiques et ce qui est erroné. Les sociologues professionnels ou amateurs éprouvent une sorte de mauvaise conscience lorsqu'ils se bornent à expliquer les changements de régime et les crises politiques par la politique. J'ai personnellement tendance à croire que le détail des événements politiques peut rarement s'expliquer autrement que par les hommes, les partis, leurs querelles et leurs idées.

Louis-Napoléon est le représentant des paysans en ce sens qu'il a été élu par les électeurs paysans. Le général de Gaulle est de même le représentant des paysans, car son action a été approuvée en 1958 par 85 % des Français. Le mécanisme psychopolitique n'était pas il y a un siècle essentiellement différent de ce qu'il est aujourd'hui. Mais il n'a rien à voir avec les distinctions de classes sociales, et encore moins avec les intérêts de classe d'un groupe donné. Lorsque les Français sont fatigués de conflits sans issue et qu'il se présente un homme de la destinée, des Français de toutes les classes se rallient à celui qui promet de les sauver.

Marx, dans la dernière partie du *18 Brumaire de Louis Bonaparte*, fait une analyse détaillée du gouvernement de Louis-Napoléon et de la manière dont il a servi les intérêts des différentes classes. Louis-Napoléon a été accepté par la bourgeoisie, nous dit Marx, parce qu'il en défendait les intérêts économiques fondamentaux. En contrepartie, celle-ci a renoncé à exercer elle-même le pouvoir politique.

« La bourgeoisie n'avait alors manifestement d'autre choix que d'élire Bonaparte. Despotisme ou anarchie. Elle se prononça naturellement pour le despotisme... Bonaparte, en tant que pouvoir exécutif qui s'est rendu indépendant de la société, se sent appelé à assurer « l'ordre bourgeois ». Mais la force de cet ordre bourgeois c'est la classe moyenne. C'est pourquoi il se pose en représentant de cette classe et publie des décrets dans cet esprit. Mais il n'est quelque chose que parce qu'il a brisé et brise encore quotidiennement l'influence politique de cette classe moyenne. C'est pourquoi il se pose en adversaire de la puissance politique et littéraire de la classe moyenne. » (*Le 18 Brumaire de Louis Bonaparte*, Éd. Sociales, p. 104.)

Il y a, dans toute cette analyse, un élément particulièrement intéressant : la reconnaissance par Marx du rôle décisif de l'État.

« Le pouvoir exécutif, avec son immense organisation bureaucratique et militaire, avec son mécanisme étatique complexe et artificiel, son armée de fonctionnaires d'un demi-million d'hommes et son autre armée de cinq cent mille soldats, effroyable corps parasite, qui recouvre comme d'une membrane le corps de la société française et en bouche tous les pores, se constitua à l'époque de la monarchie absolue, au déclin de la féodalité, qu'il aida à renverser. Les privilèges seigneuriaux des grands propriétaires fonciers et des villes se transformèrent en autant d'attributs du pouvoir d'État, les dignitaires féodaux en fonctionnaires appointés, et la carte bigarrée des droits souverains médiévaux contradictoires devint le plan bien réglé d'un pouvoir d'État, dont le travail est divisé et centralisé comme dans une usine. La première Révolution française, qui se donna pour tâche de briser tous les pouvoirs indépendants, locaux, territoriaux, municipaux et provinciaux, pour créer l'unité bourgeoise de la nation, devait nécessairement développer l'œuvre commencée par la monarchie absolue : la centralisation, mais, en même temps aussi, l'étendue, les attributs et l'appareil du pouvoir gouvernemental. Napoléon acheva de perfectionner ce mécanisme d'État. La monarchie légitime et la monarchie de Juillet ne firent qu'y ajouter une plus grande division du travail, croissant au fur et à mesure que la division du travail, à l'intérieur de la société bourgeoise, créait de nouveaux groupes d'intérêts, et, par conséquent, un nouveau matériel pour l'administration d'État. Chaque intérêt commun fut immédiatement détaché de la société, opposé à elle à titre d'intérêt supérieur, *général*, enlevé à l'initiative des membres de la société, transformé en objet de l'activité gouvernementale, depuis le pont, la maison d'école et la propriété communale du plus petit hameau jusqu'aux chemins de fer, aux biens nationaux et aux universités. La République parlementaire, enfin, se vit contrainte, dans sa lutte contre la révolution, de renforcer par ses mesures de répression les moyens d'action et la centralisation du pouvoir gouvernemental. Toutes les révolutions politiques n'ont fait que perfectionner cette machine, au lieu de la briser. Les partis qui luttèrent à tour de rôle pour le pouvoir considérèrent la conquête de cet immense édifice d'État comme la principale proie du vainqueur. » (*Le 18 Brumaire de Louis Bonaparte*, Éd. Sociales, p. 96-97.)

En d'autres termes, Marx décrit le développement prodigieux de l'État administratif centralisé, cet État même que Tocqueville a analysé, dont il a montré les origines prérévolutionnaires, qu'il a vu gagnant progressivement en ampleur et en puissance au fur et à mesure du développement démocratique.

Celui qui dirige cet État exerce inévitablement une influence considérable sur la société. Tocqueville, lui aussi, pense que tous les partis contribuent à accroître cette énorme machine administrative. Il est de plus convaincu qu'un État socialiste contribuerait encore plus à élargir les fonctions de l'État et à centraliser l'administration. Marx affirme que l'État a acquis une espèce d'autonomie par rapport à la société. Il suffit « d'un chevalier de fortune venu de l'étranger, élevé sur le pavois par une soldatesque ivre, achetée avec de l'eau-de-vie et du saucisson et à laquelle il faut constamment en jeter de nouveau » (*Ibid.*, p. 97).

La vraie révolution consisterait pour Marx, non pas à s'emparer de cette machine, mais à la détruire. Ce à quoi Tocqueville aurait répondu : si la propriété des instruments de production doit devenir collective et la gestion de l'économie centralisée, par quel miracle peut-on espérer que la machine de l'État sera détruite?

Il y a en fait chez Marx deux théories sur le rôle de l'État dans la révolution. Dans *La Guerre civile en France*, son livre sur la Commune de Paris, il suggère que la Commune, c'est-à-dire la dislocation de l'État central et la décentralisation poussée sont le vrai contenu de la dictature du prolétariat. Mais on trouve ailleurs l'idée tout opposée qu'il faut renforcer au maximum le pouvoir politique et la centralisation étatique pour procéder à la révolution.

Tocqueville et Marx ont donc observé de la même manière la machine de l'État centralisé. Tocqueville en a conclu que le devoir était de multiplier les corps intermédiaires et les institutions représentatives, pour limiter la toute-puissance et l'extension indéfinie de l'État. Marx a, tout à la fois, admis l'autonomie partielle de l'État par rapport à la société, formule contradictoire avec sa théorie générale de l'État simple expression de la classe dominante, et escompté que la révolution socialiste pourrait entraîner la destruction de la machine administrative.

Comme théoricien, Marx veut ramener la politique et ses conflits aux relations et aux luttes des classes sociales. Mais sur plusieurs points essentiels, sa clairvoyance d'observateur l'emporte sur son dogmatisme et il reconnaît, en quelque sorte involontairement, les facteurs proprement politiques des conflits de régime et l'autonomie de l'État par rapport aux divers groupes. Dans la mesure où cette autonomie existe, un élément du devenir des sociétés n'est pas réductible à la lutte des classes.

La démonstration la plus éclatante de la spécificité et de l'autonomie de l'ordre politique par rapport aux luttes sociales est d'ailleurs la révolution russe de 1917. Un groupe d'hommes, en s'emparant du pouvoir, à la manière de Louis-Napoléon, quoique par un processus plus violent, a été en mesure de transformer toute la structure de la société russe et d'édifier le socialisme à partir non de la prédominance du prolétariat, mais de la toute-puissance de la machine d'État.

Ce que l'on ne trouve pas dans le schéma théorique marxiste, se trouve, soit dans les analyses historiques de Marx, soit dans les événements dont les acteurs se sont recommandés de Marx lui-même.

*

Les quatre auteurs étudiés dans cette première partie sont à l'origine de trois écoles.

La première est celle que l'on pourrait appeler l'école française de sociologie politique, dont les fondateurs sont Montesquieu et Tocqueville. Élie Halévy, à notre époque, appartient à cette tradition [7]. C'est une école de sociologues peu dogmatiques, intéressés avant tout par la politique, qui, sans méconnaître l'infrastructure sociale, dégagent l'autonomie de l'ordre politique et pensent en libéraux. Probablement suis-je un descendant attardé de cette école.

La deuxième école est celle d'Auguste Comte. Elle aboutit à Durkheim, au début de ce siècle, et peut-être aux sociologues français d'aujourd'hui. Elle déprécie l'importance du politique et de l'économique par rapport au social, mettant l'accent sur l'unité du tout social et retenant le concept de *consensus* comme le concept fondamental. En multipliant les analyses et les concepts, elle s'efforce de reconstruire la totalité de la société.

La troisième école, l'école marxiste, est celle qui a eu le plus de succès, sinon dans les salles de cours, du moins sur la scène de l'histoire universelle. Telle qu'elle a été interprétée par des centaines de millions d'êtres humains, elle combine l'explication du tout social à partir de l'infrastructure socio-économique avec un schéma du devenir qui garantit aux fidèles la victoire. Elle est la plus difficile à discuter en raison de ses succès historiques. Car on ne sait jamais si l'on doit discuter la version du catéchisme, nécessaire à toute doctrine d'État, ou la version subtile, seule acceptable aux grands esprits, d'autant qu'entre les deux versions il y a des échanges incessants, dont les modalités varient selon les péripéties imprévisibles de l'histoire universelle.

Ces trois écoles sociologiques, en dépit de leurs divergences dans le choix des valeurs et dans la vision de l'histoire, sont toutes trois des interprétations de la société moderne. Auguste Comte est un admirateur presque sans réserve de cette société moderne, qu'il appelle industrielle et qui, nous dit-il, sera pacifique et positiviste. La société moderne, au regard de l'école politique, est une société démocratique qu'il faut observer sans transports d'enthousiasme ou d'indignation. Elle possède à coup sûr des caractéristiques singulières, mais elle n'est pas l'accomplissement final de la destinée humaine. Quant à la troisième école, elle combine l'enthousiasme comtiste pour la société industrielle avec l'indignation contre le capitalisme. Suprêmement optimiste pour l'avenir lointain, elle est sombrement pessimiste pour l'avenir prochain, elle annonce une longue période de catastrophes, de luttes de classes et de guerres.

En d'autres termes, l'école comtiste est optimiste avec une tendance à la sérénité; l'école politique est réservée, avec une ombre de scepticisme; et l'école marxiste est utopiste avec un penchant à admettre les catastrophes comme souhaitables ou en tout cas inévitables.

Chacune de ces écoles reconstruit à sa façon l'ensemble social. Chacune donne une certaine version de la diversité des sociétés historiquement connues et un sens à notre présent. Chacune est inspirée tout à la fois par des convictions morales et par des affirmations scientifiques. J'ai essayé de faire la part des convictions et des affirmations. Mais je n'oublie pas que celui même qui veut distinguer ces deux éléments les distingue en fonction de ses propres convictions.

CHRONOLOGIE DE LA RÉVOLUTION DE 1848 ET DE LA SECONDE RÉPUBLIQUE

1847-1848 Agitation à Paris et en province pour la réforme électorale : la campagne des banquets.

1848 Février : 22. Malgré l'interdiction ministérielle, banquet et manifestation réformiste à Paris.

23. La garde nationale de Paris manifeste aux cris de « Vive la réforme! » Guizot démissionne. Au soir, heurt entre la troupe et le peuple, des cadavres de manifestants sont promenés la nuit dans Paris.

24. Au matin Paris est en révolution. Les insurgés républicains s'emparent de l'Hôtel de Ville et menacent les Tuileries. Louis-Philippe abdique en faveur du comte de Paris, son petit-fils, et fuit en Angleterre. Des insurgés envahissent la Chambre des députés pour empêcher que la régence ne soit confiée à la duchesse d'Orléans. Au soir, un Gouvernement provisoire est établi. Il comprend Dupont de l'Eure, Lamartine, Crémieux, Arago, Ledru-Rollin, Garnier-Pagès. Les secrétaires du Gouvernement sont A. Marrast, Louis Blanc, Flocon et Albert.

25. Proclamation de la République.

26. Abolition de la peine de mort en matière politique. Création des ateliers nationaux.

29. Abolition des titres de noblesse.

Mars : 2. Fixation à dix heures de la journée légale de travail à Paris, onze heures en province.

5. Appel aux élections pour la constitution d'une Assemblée constituante.

6. Garnier-Pagès devient ministre des Finances; il augmente d'un impôt supplémentaire de 45 centimes pas franc toutes les contributions directes.

16. Manifestations des éléments bourgeois de la garde nationale pour protester contre la dissolution des compagnies d'élite.

17. Contre-manifestation populaire de soutien au Gouvernement provisoire. Les socialistes et républicains de gauche demandent l'ajournement des élections.

Avril : 16. Nouvelle manifestation populaire pour l'ajournement des élections. Le Gouvernement provisoire fait appel à la garde nationale pour la canaliser.

23. Élection des 900 représentants à l'Assemblée constituante. Les républicains avancés ne disposent que de 80 sièges, les légi-

timistes d'une centaine, les orléanistes ralliés ou non de deux cents. La majorité de l'Assemblée, soit environ 500 sièges, appartient aux républicains modérés.
Mai : 10. L'assemblée nomme une commission exécutive de cinq membres pour assurer le gouvernement : Arago, Garnier-Pagès, Lamartine, Ledru-Rollin, Marie.
15. Manifestation en faveur de la Pologne, menée par Barbès, Blanqui, Raspail. Les manifestants envahissent la Chambre des députés et l'Hôtel de Ville. Un nouveau gouvernement insurrectionnel est même annoncé à la foule. Mais Barbès et Raspail sont arrêtés par la garde nationale qui repousse les manifestants.
Juin : 4-5. Louis-Napoléon Bonaparte est élu député dans trois départements de la Seine.
21. Dissolution des ateliers nationaux.
23-26. Émeutes. Tout l'est et le centre de Paris sont entre les mains des ouvriers parisiens insurgés qui grâce à l'inaction de Cavaignac, ministre de la Guerre, se retranchent derrière des barricades.
Le 24, l'Assemblée vote les pleins pouvoirs à Cavaignac, qui écrase l'insurrection.
Juillet-novembre. Constitution d'un grand parti de l'ordre. Thiers pousse en avant Louis-Napoléon Bonaparte, très populaire également dans les milieux ouvriers. Rédaction de la Constitution par l'Assemblée nationale.
Novembre : 12. Proclamation de la Constitution qui prévoit un chef de l'exécutif élu au suffrage universel.
Décembre : 10. Élections du président de la République. Louis-Napoléon recueille 5 500 000 voix, Cavaignac 1 400 000, Ledru-Rollin 375 000, Lamartine 8 000.
20. Louis-Napoléon prête sermet de fidélité à la Constitution.

1849 Mars-avril. Procès et condamnation de Barbès, Blanqui, Raspail, chefs des tentatives révolutionnaires de mai 1848.
Avril-juillet. Expédition de Rome. Un corps expéditionnaire français prend la ville et rétablit le pape Pie IX dans ses droits.
Mai. Élections à l'Assemblée législative qui compte désormais 75 républicains modérés, 180 Montagnards et 450 monarchistes (légitimistes et orléanistes) du parti de l'ordre.
Juin. Manifestations à Paris et à Lyon contre l'expédition de Rome.

1850 Mars : 15. Loi Falloux réorganisant l'enseignement public.
Mai : 31. Loi électorale qui oblige à un domicile de trois mois dans le canton de vote. Trois millions environ d'ouvriers itinérants sont écartés du suffrage.
Mai-octobre. Agitation socialiste à Paris et dans les départements.
Août-septembre. Négociations entre légitimistes et orléanistes pour le rétablissement de la monarchie.
Septembre-octobre. Revues militaires au camp de Satory devant le Prince-président. La cavalerie défile aux cris de « Vive l'Empereur! »
Lutte entre la majorité de l'Asssemblée et le Prince-président.

1851 Juillet : 17. Le général Magnan dévoué aux intérêts du Prince-président est nommé gouverneur militaire de Paris en remplacement de Changarnier, fidèle à la majorité monarchiste de l'Assemblée.
Décembre : 2. Coup d'État : proclamation de l'état de siège, dissolution de l'Assemblée, rétablissement du suffrage universel. 20. Le prince Napoléon, par 7 350 000 voix contre 646 000, est élu pour dix ans et reçoit tous pouvoirs pour établir une nouvelle constitution.

1852 Janvier : 14. Promulgation de la nouvelle constitution.
Novembre : 20. Un nouveau plébiscite approuve par 7 840 000 voix contre 250 000 le rétablissement de la dignité impériale en la personne de Louis-Napoléon, qui prend le titre de Napoléon III.

NOTES

1. Auguste Comte n'est pourtant pas de tradition bonapartiste. Depuis le lycée de Montpellier il est même très hostile à la politique et à la légende de Napoléon. Si l'on excepte la période des Cent-Jours, où Comte, alors élève à l'École polytechnique, fut gagné par l'enthousiasme jacobin qui régnait à Paris, Bonaparte est pour lui le type du grand homme qui, n'ayant pas compris le cours de l'histoire, n'a mené qu'une action rétrograde et ne laissera rien derrière lui. Le 7 décembre 1848, à la veille de l'élection présidentielle, il écrit à sa sœur : « Moi qui n'ai jamais varié dans les sentiments que tu me connus, en 1814, envers le héros rétrograde, je trouverais honteux pour mon pays la restauration politique de sa race. » Plus tard, il parlera du « vote fantastique des paysans français qui pourraient aussi bien conférer à leur fétiche une longévité de deux siècles avec l'exemption de la goutte ». Mais, au 2 décembre 1851, il applaudit au coup d'État, préférant une dictature à la République parlementaire et à l'anarchie, et cette attitude provoque même le départ de Littré et des disciples libéraux de la société positiviste. Cela n'empêchera pourtant pas Comte de traiter de « mascarade mamamouchique » la combinaison de souveraineté populaire et de principe héréditaire que suppose la restauration de l'Empire en 1852, et il prophétisera alors un écroulement du régime pour 1853. Auguste Comte a espéré à plusieurs reprises, en 1851, puis en 1855 lorsqu'il publia l'Appel aux conservateurs, que Napoléon III pourrait se convertir au positivisme. Mais souvent également il tourne ses espoirs vers les prolétaires dont il admire la fraîcheur philosophique qu'il oppose à la métaphysique des lettrés. En février 1848, il est de cœur avec la révolution. En juin, enfermé dans son appartement de la rue Monsieur-le-Prince, proche des barricades qui entourent le Panthéon et où se déroulent de très violents combats, Comte est pour les prolétaires contre le gouvernement des métaphysiciens et des littérateurs. Quand il parle des insurgés, il dit « nous », mais il les plaint d'être encore séduits par les utopies des « rouges », ces « singes de la grande révolution ». L'attitude politique de Comte au cours de la IIe République peut donc paraître très fluctuante et pleine de contradictions. Elle est cependant la conséquence très logique d'une pensée qui met le succès du positivisme au-dessus de tout, ne peut le reconnaître dans aucun des partis et ne voit de toute façon dans la révolution qu'une crise anarchique transitoire. Un sentiment domine cependant les autres : le mépris du parlementarisme.

Un passage de la préface du deuxième tome du *Système de politique positive* publié en 1852, à la veille du rétablissement de l'Empire, représente la synthèse d'Auguste Comte sur les événements des quatre dernières années :

« Notre dernière crise a fait, ce me semble, irrévocablement passer la République française de la phase parlementaire, qui ne pouvait convenir qu'à une révolution négative, à la phase dictatoriale, seule adaptée à la révolution positive, d'où résultera la terminaison graduelle de la maladie occidentale, d'après une conciliation décisive entre l'ordre et le progrès.

« Si même un trop vicieux exercice de la dictature qui vient de surgir forçait à changer, avant le temps prévu, son principal organe, cette fâcheuse nécessité ne rétablirait pas réellement la domination d'une assemblée quelconque, sauf peut-être pendant le court intervalle qu'exigerait l'avènement exceptionnel d'un nouveau dictateur.

« D'après la théorie historique que j'ai fondée, l'ensemble du passé français tendit toujours à faire prévaloir le pouvoir central. Cette disposition normale n'aurait jamais cessé si ce pouvoir n'avait pas enfin pris un caractère rétrograde, dès la seconde moitié du règne de Louis XIV. De là provint, un siècle après, l'entière abolition de la royauté française; d'où la domination passagère de l'unique assemblée qui dût être vraiment populaire parmi nous [c'est-à-dire la Convention].

« Son ascendant ne résulta même que de sa digne subordination envers l'énergique Comité surgi de son sein pour diriger l'héroïque défense républicaine. Le besoin de remplacer la royauté par une vraie dictature se fit bientôt sentir, d'après la stérile anarchie que développait notre premier essai du régime constitutionnel.

« Malheureusement, cette indispensable dictature ne tarda point à prendre aussi une direction profondément rétrograde, en combinant l'asservissement de la France avec l'oppression de l'Europe.

« C'est uniquement par contraste à cette déplorable politique que l'opinion française permit ensuite le seul essai sérieux qui pût être tenté parmi nous d'un régime particulier à la situation anglaise.

« Il nous convenait si peu que, malgré les bienfaits de la paix occidentale, sa prépondérance officielle pendant une génération nous devint encore plus funeste que la tyrannie impériale; en faussant les esprits par l'habitude des sophismes constitutionnels, corrompant les cœurs d'après des mœurs vénales ou anarchiques, et dégradant les caractères sous l'essor croissant des tactiques parlementaires.

« Vu la fatale absence de toute véritable doctrine sociale, ce désastreux régime subsista, sous d'autres formes, après l'explosion républicaine de 1848. Cette nouvelle situation, qui garantit spontanément le progrès et tourna vers l'ordre toutes les graves sollicitudes, exigeait doublement l'ascendant normal du pouvoir central.

« Au contraire, on crut alors que l'élimination d'une vaine royauté devait susciter le plein triomphe du pouvoir antagoniste. Tous ceux qui avaient activement participé au régime constitutionnel, dans le gouvernement, dans l'opposition, ou dans les conspirations, auraient dû être, il y a quatre ans, irrévocablement écartés de la scène politique, comme incapables ou indignes de diriger notre République.

« Mais un aveugle entraînement leur confia, de toutes parts, la suprématie d'une constitution qui consacrait directement l'omnipotence parlementaire. Le vote universel étendit même aux prolétaires les ravages intellectuels et moraux de ce régime, bornés jusqu'alors aux classes supérieures et moyennes.

« Au lieu de la prépondérance qu'il devait reprendre, le pouvoir central, qui perdait ainsi les prestiges d'inviolabilité et de perpétuité, gardait pourtant la nullité constitutionnelle qu'ils voilaient auparavant.

« Réduit à une telle extrémité, ce pouvoir nécessaire vient heureusement de réagir avec énergie contre une intolérable situation, aussi désastreuse pour nous que honteuse pour lui.

« L'instinct populaire a laissé tomber sans défense un régime anarchique. On sent de plus en plus, en France, que la constitutionnalité convient seulement à une prétendue situation monarchique, tandis que notre situation républicaine permet et exige la dictature. » (*Système de politique positive*, t. II, Préface, lettre à M. Vieillard du 28 février 1852, p. XXVI-XXVII.)

Sur tout cela, lire H. GOUHIER, *La Vie d'Auguste Comte*, 2e éd., Paris, Vrin, 1965; *La Jeunesse d'Auguste Comte et la formation du positivisme*, t. I, Paris, Vrin, 1933.

2. Notons en passant que ce qu'Auguste Comte appelle dans ce texte l'aberration générale continue au milieu du XXe siècle puisque la constitution transitoire particulière à l'Angleterre, c'est-à-dire les institutions représentatives tendent à se répandre, quoique, il faut le reconnaître, avec des succès variés, à travers le monde entier. L'aberration devient de plus en plus générale, de plus en plus aberrante.

3. Je reçois assez régulièrement une courte publication qui s'appelle *Nouveau Régime*, typiquement inspirée de la façon de penser positiviste. Elle oppose la fiction représentative des partis et du Parlement au pays réel. Les rédacteurs de cette revue sont d'ailleurs fort intelligents. Ils sont en quête d'un autre mode de représentation que celui que nous connaissons dans les partis et le Parlement.

4. Il faut citer parmi les morceaux de bravoure les plus brillants le portrait de Lamartine : « Je n'ai jamais rencontré un homme dont l'esprit fût plus vide du souci du bien public. » Et naturellement le portrait de Louis-Napoléon.

5. Un texte du *18 Brumaire* est à cet égard significatif : « Légitimistes et orléanistes constituaient, comme nous l'avons dit, les deux grandes fractions du parti de l'ordre. Ce qui attachait ces fractions à leurs prétendants, et les opposait l'une à l'autre, n'était-ce pas autre chose que les fleurs de lis et le drapeau tricolore, la maison des Bourbons et la maison d'Orléans, nuances différentes du royalisme? Sous les Bourbons, c'était la *grande propriété foncière* qui avait régné, avec ses prêtres et ses laquais. Sous les Orléans, c'étaient la haute finance, la grande industrie, le grand commerce, c'est-à-dire le *capital*, avec sa suite d'avocats, de professeurs et de beaux parleurs. La royauté légitime n'était que l'expression politique de la domination héréditaire des seigneurs terriens, de même que la monarchie de Juillet n'était que l'expression politique de la domination usurpée des parvenus bourgeois. Ce qui, par conséquent, divisait entre elles les fractions, ce n'étaient pas de prétendus principes, c'étaient leurs conditions matérielles d'existence, deux espèces différentes de propriété, le vieil antagonisme entre la ville et la campagne, la rivalité entre le capital et la propriété foncière. Qu'en même temps de vieux souvenirs, des inimitiés personnelles, des craintes et des espérances, des préjugés et des illusions, des sympathies et des antipathies, des convictions, des articles de foi et des principes, les aient liées à l'une ou l'autre maison royale, qui le nie? Sur les différentes formes de propriété, sur les conditions d'existence sociale s'élève toute une superstructure d'impressions, d'illusions, de façons de penser et de conceptions philosophiques particulières. La classe tout entière les crée et les forme sur la base de ces conditions matérielles et des rapports sociaux correspondants. L'individu qui les reçoit par la tradition ou par l'éducation peut s'imaginer qu'elles constituent les véritables raisons déterminantes et le point de départ de son activité. Si les orléanistes, les légitimistes, si chaque fraction s'efforçait de se persuader elle-même et de persuader les autres qu'elles étaient séparées par leur attachement à leurs deux maisons royales, les faits montrèrent dans la suite que c'était bien plus la divergence de leurs intérêts qui interdisait l'union des deux dynasties. Et, de même que dans la vie privée, on distingue entre ce qu'un homme dit ou pense de lui et ce qu'il est et fait réellement, il faut distinguer, encore davantage, dans les luttes historiques, entre la phraséologie et les prétentions des partis et leur constitution et leurs intérêts véritables, entre ce qu'ils s'imaginent être et ce qu'ils sont en réalité. Orléanistes et légitimistes se trouvaient dans la République les uns à côté des autres, avec des prétentions égales. Si chaque fraction se proposait contre l'autre la *restauration* de sa *propre* dynastie, cela signifiait uniquement que les *deux grands intérêts* divisant la *bourgeoisie* — propriété foncière et capital — s'efforçaient, chacun de son côté, de rétablir sa propre suprématie et la subordination de l'autre. Nous parlons de deux intérêts de la bourgeoisie, car la grande propriété foncière, malgré sa coquetterie féodale et son orgueil de race, s'était complètement embourgeoisée, par suite du développement de la société moderne » (p. 38-39).

6. Se reporter notamment aux articles de Serge Mallet, réunis en volume sous le titre : *Le Gaullisme et la Gauche*, Paris, éd. du Seuil, 1965. Pour ce sociologue, le nouveau régime n'est pas un accident de l'histoire, « mais la mise en place d'une structure politique correspondant aux exigences du néocapitalisme ». Le gaullisme est l'expression politique du capitalisme moderne. On trouve une analyse comparable chez Roger Priouret, pourtant non marxiste, mais pour qui « de Gaulle n'est pas venu en 1958 par la seule force du choc d'Alger, il croyait apporter un régime conçu en fonction de ses vues historiques et il a en fait adapté la vie politique à l'état de la société » (« Les institutions politiques de la France en 1970 », *Bulletin S. E. D. E. I. S.*, n° 786, supplément *Futuribles*, 1er mai 1961.)

7. Parmi les œuvres d'Élie Halévy citons : *La Formation du radicalisme philosophique*, Paris, Alcan, 1901-1904 (3 vol. : t. I, *La Jeunesse de Bentham;* t. II, *L'Évolution de la doctrine utilitaire de 1789 à 1815;* t. III, *Le Radicalisme philosophique*); *Histoire du*

peuple anglais au XIXe siècle, Paris, Hachette, 6 vol. (les quatre premiers volumes vont de 1815 à 1848, les deux derniers de 1895 à 1914); *L'Ère des tyrannies, études sur le socialisme et la guerre*, Paris, Gallimard, 1938; *Histoire du socialisme européen*, rédigée d'après des notes de cours, Paris, Gallimard, 1948.

INDICATIONS BIBLIOGRAPHIQUES SUR LA RÉVOLUTION DE 1848

P. BASTID, *1848. L'Avènement du suffrage universel*, Paris, P. U. F., 1948.
P. BASTID, *Doctrines et institutions politiques de la Seconde République*, 2 vol Paris, Hachette, 1945.
A. CORNU, *Karl Marx et la Révolution de 1848*, Paris, P. U. F., 1948.
G. DUVEAU, *1848*, coll. « Idées », Paris, Gallimard, 1965.
M. GIRARD, *Étude comparée des mouvements révolutionnaires en France en 1830, 1848, 1870-1871*, Paris, Centre de documentation universitaire, 1960.
Naissance et mort de la IIe République, Paris, Calmann-Lévy, 1968.
F. PONTEIL, *1848*, 2e éd., Paris, A. Colin, 1955.
C.-H. POUTHAS, *La Révolution de 1848 en France et la Seconde République*, Paris, Centre de documentation universitaire, 1953.
M. RUBEL, *Karl Marx devant le bonapartisme*, Paris, La Haye, Mouton, 1960.

DEUXIÈME PARTIE

La génération du tournant du siècle

Cette seconde partie est consacrée à l'étude des idées directrices de trois sociologues : Émile Durkheim, Vilfredo Pareto et Max Weber. Pour préciser la méthode que j'utiliserai pour cette analyse, je rappellerai rapidement comment j'ai procédé dans l'interprétation des pensées d'Auguste Comte, de Marx et de Tocqueville.

Auguste Comte, Marx et Tocqueville ont formé tous trois leur pensée dans la première moitié du XIXe siècle. Ils ont pris pour thème de leur méditation la situation des sociétés européennes après le drame de la Révolution et de l'Empire, et se sont efforcés de dégager la signification de la crise qui venait de s'achever et la nature de la société en train de naître. Mais cette société moderne était définie par ces trois auteurs de manière différente : aux yeux d'Auguste Comte, la société moderne était industrielle; à ceux de Marx, elle était capitaliste; à ceux de Tocqueville, elle était démocratique. Le choix de l'adjectif était révélateur de l'angle sous lequel chacun d'eux envisageait la réalité de son temps.

Pour Auguste Comte, la société moderne ou industrielle se caractérisait par la disparition des structures féodales et théologiques. Le problème majeur de la réforme sociale était celui du *consensus*. Il s'agissait de rétablir l'homogénéité de convictions religieuses et morales, faute de laquelle aucune société ne peut vivre dans la stabilité.

Pour Marx, en revanche, la donnée majeure de la société de son temps était constituée par les contradictions internes à la société capitaliste et à l'ordre social lié au capitalisme. Ces contradictions étaient au moins au nombre de deux : contradiction entre les forces et les rapports de production; contradiction entre les classes sociales, vouées à l'hostilité aussi longtemps que n'aurait pas disparu la propriété privée des instruments de production.

Enfin, aux yeux de Tocqueville, la société moderne était définie par le caractère démocratique, ce qui signifiait pour lui l'atténuation des distinctions de classes ou d'*état*, la tendance à l'égalité progressive de la condition sociale, et même, à échéance, de la condition économique. Mais cette société démocratique, dont la vocation était égalitaire, pouvait être, selon des circonstances multiples, ou libérale, c'est-à-dire gouvernée par des institutions représentatives, conservatrices des libertés intellectuelles, ou bien, au contraire, si les causes secondaires étaient défavorables, despotique. Le despotisme nouveau s'étendrait sur des individus vivant de manière analogue, mais confondus dans l'égalité de l'impuissance et de la servitude.

Selon le point de départ choisi par l'un et par l'autre, la représentation de la société moderne est autre et, du même coup, la vision de l'évolution sociale également différente. Auguste Comte, partant de la notion de société industrielle et mettant l'accent sur la nécessité du consensus, du rétablissement de l'unité des croyances religieuses et morales, voit dans l'avenir la réalisation progressive d'un type social dont il observe les prémices, et qu'il veut aider à s'accomplir. Marx, au contraire, considérant les contradictions du capitalisme comme essentielles, prévoit une révolution catastrophique et bienfaisante à la fois, qui sera l'effet nécessaire de ces contradictions et aura pour fonction de les dépasser. La révolution socialiste, faite par la majorité au profit de la majorité, marquera la fin de la préhistoire. La philosophie historique de Tocqueville n'est ni progressive, à la manière de celle d'Auguste Comte, ni optimiste et catastrophique à la fois, à la manière de celle de Marx. C'est une philosophie historique ouverte, marquant certains traits, considérés comme inévitables, des sociétés futures, mais affirmant également que d'autres traits, humainement tout aussi importants, sont imprévisibles. L'avenir, dans la vision de Tocqueville, n'est pas entièrement déterminé, et laisse subsister une marge de liberté. Pour employer le vocabulaire aujourd'hui à la mode, Tocqueville aurait admis qu'il y a un *sens*, le mot sens étant pris dans l'acception de *direction*, dans lequel l'histoire évolue nécessairement, — l'histoire évolue vers des sociétés démocratiques —, mais qu'il n'y a pas de sens de l'histoire qui soit déterminé à l'avance si sens implique accomplissement de la vocation humaine. Les sociétés démocratiques, direction du devenir, peuvent être, en fonction de causes multiples, libérales ou despotiques.

En d'autres termes, la méthode que j'ai employée dans la première partie consistait à dégager les thèmes fondamentaux de chacun des auteurs, à montrer comment chacun de ces thèmes résultait d'une interprétation personnelle d'une même réalité sociale que tous trois s'efforçaient de comprendre. Ces interprétations n'étaient pas *arbitraires*, mais *personnelles :* le tempérament de l'auteur, son système de valeurs et son mode de perception s'expriment dans l'interprétation qu'il offre d'une réalité qui, à certains égards, est vue par tous.

Dans cette deuxième partie, je suivrai la même méthode; avec plus de facilité d'ailleurs, puisque É. Durkheim, V. Pareto et M. Weber appartiennent plus rigoureusement à la même génération que ce n'était le cas pour Auguste Comte, Karl Marx et Alexis de Tocqueville.

Pareto est né en 1848, Durkheim en 1858 et Max Weber en 1864. Durkheim est mort en 1917, Max Weber en 1920 et Pareto en 1923. Tous trois appartiennent au même moment historique, leur pensée, formée dans le dernier tiers du XIXe siècle, a pu s'appliquer à la réalité historique de l'Europe du début de ce siècle. Tous trois avaient déjà publié la plus grande partie de leur œuvre * quand a éclaté la guerre de 1914.

Ils ont donc vécu dans la période, considérée rétrospectivement comme bénie, de l'histoire européenne. Il est vrai que cette phase peut être tenue aujourd'hui pour maudite par les Asiatiques ou les Africains. Mais, à l'époque où ces trois auteurs vivaient, l'Europe était relativement pacifique. Les guerres du XIXe siècle, entre 1815 et 1914, ont été courtes et limitées; elles n'ont pas immédiatement modifié le cours de l'histoire européenne.

On pourrait croire, pour cette raison, que ces auteurs avaient une vision optimiste de l'histoire à laquelle ils participaient. Mais il n'en est rien. Tous trois, encore que de manière différente, avaient le sentiment que la société européenne était en crise. Ce sentiment n'est pas original; il y a peu de générations qui n'aient eu l'impression de vivre une « crise » ou même d'être à un « tournant ». Depuis le XVIe siècle, ce que l'on trouverait le plus difficilement, c'est une génération qui ait cru vivre dans une période stabilisée. L'impression de stabilité est presque toujours rétrospective. Quoi qu'il en soit, tous trois, en dépit de la paix apparente, croyaient que les sociétés traversaient une phase de mutation profonde.

Je pense que le thème fondamental de leur réflexion était celui des rapports de la religion et de la science. Cette interprétation d'ensemble que je suggère n'est pas courante, et est même, en un sens, paradoxale. Seule l'étude précise de chacun de ces auteurs pourra la justifier mais, dès cette introduction générale, je veux indiquer ce que j'entends par là.

Durkheim, Pareto et Weber ont en commun la volonté d'être des savants. À leur époque, autant ou plus qu'à la nôtre, les sciences paraissaient aux professeurs le modèle de la pensée rigoureuse et efficace, voire le modèle unique de la pensée valable. Socio-

* Avec cette réserve, pour Max Weber, que *Wirtschaft und Gesellschaft (Économie et Société)* n'a été publié qu'après sa mort.

logues tous les trois, ils voulaient être des savants. Mais en tant que sociologues, tous les trois aussi, encore que par des voies différentes, retrouvaient l'idée de Comte selon laquelle les sociétés ne peuvent maintenir leur cohérence que par des croyances communes. Or les uns et les autres constataient que les croyances communes d'ordre transcendant, léguées par la tradition, étaient ébranlées par le développement de la pensée scientifique. Rien n'était plus banal, à la fin du XIXe siècle, que l'idée d'une contradiction insurmontable entre la foi religieuse et la science; d'une certaine façon, tous les trois étaient persuadés de cette contradiction, mais, précisément parce qu'ils étaient savants et sociologues, ils reconnaissaient la nécessité, pour la stabilité sociale, de ces croyances religieuses soumises à érosion par les progrès de la science. En tant que sociologues, ils étaient tentés de croire que la religion traditionnelle était en voie d'épuisement; en tant que sociologues aussi, ils étaient tentés de croire que la société ne pouvait garder structure et cohérence qu'à la condition qu'une foi commune pût réunir les membres de la collectivité.

Ce problème, que je crois central, trouve une expression différente chez chacun d'eux.

Dans le cas de Durkheim, l'expression en est simple, parce que ce penseur était un professeur français de philosophie, qui appartenait à la tradition laïque et dont la pensée s'intégrait sans difficulté dans le dialogue, que je n'oserais dire éternel mais qui est certainement durable — car il remplit quelques siècles de l'histoire de France — entre l'Église catholique et la pensée laïque. Durkheim, sociologue, croyait constater que la religion traditionnelle ne répondait plus aux exigences de ce qu'il appelait l'esprit scientifique. Il considérait, d'autre part, en bon disciple d'Auguste Comte, qu'une société a besoin de consensus et que le consensus ne peut être établi que par des croyances absolues. Il en concluait, avec ce qui me paraît être une naïveté de professeur, qu'il fallait instaurer une morale inspirée par l'esprit scientifique. La crise de la sociéte moderne lui paraissait créée par le non-remplacement des morales traditionnelles fondées sur les religions. La sociologie devait servir à fonder et à reconstituer une morale qui répondît aux exigences de l'esprit scientifique.

Une contradiction analogue apparaît dans l'œuvre de Pareto. Ce dernier est obsédé par le désir d'être un savant, et il lasse même son lecteur par l'affirmation, tant de fois répétée, que seules les propositions obtenues à l'aide de la méthode logico-expérimentale sont des propositions scientifiques et que toutes les autres, en particulier les propositions d'ordre moral, métaphysique ou religieux, n'ont pas de valeur de vérité. Mais, déversant une ironie inépuisable sur la prétendue religion ou morale scientifique,

Pareto est très conscient que ce n'est pas la science qui détermine les hommes à agir. Il écrit même que, s'il pensait que ses œuvres dussent être lues par de nombreux lecteurs, il ne les publierait pas, car on ne peut expliquer ce qu'est réellement l'ordre social, selon la méthode logico-expérimentale, sans ruiner les fondements de cet ordre. La société, disait-il, ne tient que par des sentiments, qui ne sont pas vrais mais qui sont efficaces. Si le sociologue révèle aux hommes l'envers du décor ou le dessous des cartes, il risque de dissiper des illusions indispensables. Il y a une contradiction entre les sentiments nécessaires au consensus et la science, qui revèle la non-vérité de ces sentiments. Pareto aurait considéré que la morale dite scientifique de Durkheim n'était nullement plus scientifique que la morale du catéchisme, il aurait même volontiers, en poussant l'idée jusqu'à son terme, dit qu'elle l'était sensiblement moins, puisqu'elle commettait l'erreur insigne de croire qu'elle était scientifique alors qu'elle ne l'était pas, sans compter l'erreur supplémentaire d'imaginer que les hommes pourraient un jour être déterminés à agir par des considérations rationnelles.

Il y a donc pour le sociologue une contradiction entre l'exigence d'une rigueur scientifique dans l'analyse de la société et la conviction que les propositions scientifiques ne suffisent pas à unir les hommes, toute société étant toujours maintenue dans sa cohérence et dans son ordre par des croyances ultra, infra ou supra-rationnelles.

Un thème analogue apparaît chez Max Weber, exprimé en des termes et avec des sentiments différents. Dans le cas de Durkheim, le sentiment qui inspire l'analyse de l'opposition entre la religion et la science est le désir de créer une morale scientifique. Dans le cas de Pareto, ce sentiment est celui d'une contradiction insoluble car la science en tant que telle, non seulement n'est pas créatrice d'un ordre social, mais, dans la mesure où elle est une science valable, risque même d'en être destructrice.

Le sentiment de Max Weber est autre. La société moderne, telle qu'il la décrit, est en voie d'organisation de plus en plus bureaucratique et rationnelle. La description de Max Weber, avec des concepts différents, ressemble quelque peu à celle de Tocqueville. Plus la modernité s'impose, et plus la part d'organisation anonyme, bureaucratique, rationnelle, s'élargit. Cette organisation rationnelle est la fatalité des sociétés modernes et Max Weber l'accepte. Mais, appartenant à une famille profondément religieuse, bien que lui-même dénué de sensibilité religieuse, il garde la nostalgie de la foi qui était possible dans le passé et contemple la transformation rationalisante des sociétés modernes avec des sentiments mêlés. Il a horreur du refus de ce qui est nécessaire à la société dans laquelle nous vivons, horreur des plaintes contre le monde ou l'histoire tels qu'ils sont. Mais, en même temps, il est sans enthousiasme pour le type de société qui se développe sous nos yeux. Comparant la situation de l'homme moderne à celle des puritains qui ont joué un rôle important dans la formation du capitalisme moderne, il lance la formule si souvent citée pour caractériser son attitude : « Les puritains voulaient être des hommes de métier. Nous sommes condamnés à l'être. » L'homme de métier, qui se dit en allemand *Berufsmensch*, est condamné à accomplir une fonction sociale étroite à l'intérieur d'ensembles vastes et anonymes, sans cette possibilité d'épanouissement total de la personnalité qui était concevable à d'autres époques.

Max Weber craignait que la sociéte moderne, qui est et sera bureaucratique et rationnelle, ne contribuât à étouffer ce qui, à ses yeux, rendait l'existence digne d'être vécue, c'est-à-dire le choix personnel, la conscience de la responsabilité, l'action, la foi.

L'Allemand ne rêve pas d'une morale scientifique, comme le Français; il ne couvre pas de sarcasmes les sentiments traditionnels ou les religions pseudo-scientifiques, comme le fait l'Italien. Il est dans la société rationnelle et il veut penser scientifiquement la nature de cette société; mais il croit que le plus vital ou le plus valable dans l'existence humaine se situe au-delà de cette insertion de chacun dans l'activité professionnelle et se définit par ce que nous appellons aujourd'hui l'engagement.

Max Weber, en effet, si nous nous donnons le droit de lui appliquer des concepts qui n'avaient pas cours de son temps, appartenait, en tant que philosophe, au courant existentiel. Et d'ailleurs, un des plus célèbres philosophes de l'existence, Karl Jaspers, son ami et son disciple, se réclame encore aujourd'hui de lui comme de son maître.

Il y a donc bien, chez ces trois auteurs, une réflexion sur les rapports de la science et de la religion, ou de la pensée rationnelle et du sentiment, en fonction tout à la fois de l'exigence de pensée scientifique et de l'exigence sociale de stabilité ou de consensus.

Ce thème, que je crois à la fois fondamental et commun aux trois auteurs, explique certaines des idées sur lesquelles ils se rencontrent. On conçoit ainsi que, dans leur conception de l'explication sociologique et dans leur interprétation de la conduite humaine, ils aient simultanément dépassé le behaviorisme, la psychologie du comportement et les motivations strictement économiques. Leur conviction commune que les sociétés tiennent par les croyances collectives leur interdit en effet de se satisfaire d'une explication des conduites « de l'extérieur », qui ferait abstraction de ce qui se passe dans la conscience.

De même, la reconnaissance du fait religieux comme du fait majeur qui commande l'ordre de toutes les collectivités contredit pour eux trois l'explication par la rationalité égoïste que les économistes utilisent lorsqu'ils rendent compte des actes des sujets par des calculs d'intérêt.

Durkheim, Pareto et Weber ont en commun de n'accepter ni les explications naturalistes ou matérialistes extérieures ni les explications rationalisantes et économiques de la conduite humaine. Talcott Parsons a écrit sur ces trois auteurs un livre considérable : *The Structure of Social Action*, dont le but unique est de faire ressortir la parenté des trois systèmes d'interprétation conceptuelle de la conduite humaine. Parsons essaye de démontrer qu'avec un langage différent, ces trois sociologues ont finalement conçu de manière très proche la structure formelle de l'explication de la conduite.

L'origine de cette similitude formelle est, je pense, le problème qui leur est commun et que j'ai posé au point de départ. C'en est au moins *une* raison, car il y en a peut-être une autre : c'est qu'ils aient tous les trois découvert tout ou partie du système vrai de l'explication de la conduite. Quand des penseurs se rejoignent dans la vérité, cette rencontre n'a pas besoin d'autre explication. Comme disait Spinoza, c'est le fait de l'erreur qui a besoin d'explication, et non pas la découverte de la vérité.

Ces auteurs sont tous trois des Européens et leur pensée est naturellement commandée par leur situation dans le monde européen. Mais tous trois cherchent aussi à mettre le monde européen moderne en perspective, par rapport à d'autres civilisations. Durkheim prend comme terme de référence et d'opposition les sociétés archaïques, un peu à la façon d'Auguste Comte. Pareto a une culture historique qui porte sur le monde antique et sur le monde moderne. Ses comparaisons constantes vont d'Athènes et Sparte, Rome et Carthage, à la France et l'Allemagne, ou l'Angleterre et l'Allemagne. Quant à Weber, c'est lui qui a mis l'accent, avec le plus de force, sur l'originalité de la civilisation occidentale et pour dégager cette originalité, il s'est livré à une étude comparative des religions et des civilisations.

Si le thème commun est le rapport de la science et de la religion, ou de la raison et du sentiment, il n'en est pas moins vrai que les différences entre ces auteurs sont à beaucoup d'égards frappantes.

Durkheim est, de formation, un philosophe de l'université française. Il appartient à la postérité d'Auguste Comte, et place au centre de sa réflexion l'exigence du consensus social. D'autre part, il est français, et la manière dont il a formulé le problème des rapports entre science et religion est certainement influencé par le climat intellectuel de la France à la fin du XIXe siècle, à l'époque où l'école laïque était en quête d'une morale différente de la morale religieuse; cette morale avait été trouvée, tout d'abord, dans un certain kantisme interprété selon l'esprit protestant, puis ensuite élaborée partiellement à partir de la pensée sociologique.

Durkheim a écrit trois grands livres qui jalonnent son itinéraire intellectuel et représentent trois variations sur le thème fondamental du consensus.

Dans le premier, *De la Division du travail social*, le problème est le suivant : la société moderne implique une différenciation extrême des fonctions et des métiers; comment faire pour qu'une société divisée entre d'innombrables spécialistes retienne la cohérence intellectuelle et morale nécessaire?

Le deuxième grand livre de Durkheim, *Le Suicide*, est une analyse d'un phénomène considéré comme pathologique, afin de mettre en lumière le mal qui menace les sociétés modernes ou industrielles : l'anomie.

Enfin, le troisième, *Les Formes élémentaires de la vie religieuse*, a pour fin de rechercher, à l'aube de l'histoire humaine, les caractéristiques essentielles de l'ordre religieux, non par curiosité de ce qui a pu se passer il y a des milliers d'années, mais pour retrouver dans les sociétés les plus simples le secret essentiel des sociétés humaines, pour mieux comprendre ce qu'exige la réforme des sociétés modernes à la lumière de ce qu'étaient les sociétés primitives.

Pareto, italien, a une tout autre formation intellectuelle. Ingénieur d'origine, il a élaboré une théorie mathématique de l'économie, et progressivement, à mesure qu'il voulait saisir la réalité sociale concrète, il a découvert l'insuffisance du formalisme mathématique et économique, et du même coup le rôle des sentiments dans la conduite humaine.

Il n'est pas, de style intellectuel et de structure mentale, un philosophe comme Durkheim. Il n'est nullement sous l'influence d'Auguste Comte, qu'il tend plutôt à mépriser. La tradition à laquelle il se réfère est celle de Machiavel. Le machiavélisme est l'effort pour percer à jour les hypocrisies de la comédie sociale, pour dégager les sentiments qui font véritablement mouvoir les hommes, pour saisir les conflits authentiques qui constituent la texture du devenir historique, pour donner une vision dépouillée de toute illusion de ce qu'est *réellement* la société.

Le fondement de la pensée de Pareto est la reconnaissance de la contradiction entre la rationalité des théories économiques et l'irrationalité des conduites humaines, la constatation tour à tour morose ou triomphante que ces conduites, irrationnelles au regard de la science, peuvent être socialement efficaces et utiles.

Pareto est le fils d'un patriote italien, de la génération du Risorgimento, qui avait déjà mis en doute les idées libérales et humanitaires. Il s'est convaincu que ces idées sont souvent dangereuses pour les minorités privilégiées qui y adhèrent trop sincèrement; en même temps, la science lui a enseigné que la foi en la démocratie ou dans le socialisme, et les croyances humanitaires ne valent pas mieux, au regard de la pensée logico-expérimentale, que la croyance à Dieu, au diable ou aux sorciers.

Aux yeux de Pareto, un humanitaire n'est pas moins qu'un chrétien, le jouet de ses sentiments. Il aurait dit volontiers que la religion démocratique de Durkheim n'était pas d'une once plus scientifique que la morale traditionnelle.

Avec un peu de bonne volonté et de psychanalyse, on peut apercevoir chez Pareto une révolte contre les idées humanitaires de son époque, ou encore une immense justification des déceptions amères que lui a réservées l'observation de la réalité.

Max Weber n'est de formation ni un philosophe ni un ingénieur, mais un juriste et un historien. Sa formation universitaire a été essentiellement juridique et il a même commencé une carrière dans l'administration. Son érudition historique était exceptionnelle. C'était aussi un nostalgique de la politique. Il n'a jamais été un homme politique actif. Après avoir pensé à se présenter aux élections après la défaite allemande de 1918, il s'est finalement récusé; mais il a conservé le regret de ne pas avoir été un homme d'action. Il appartient à la famille des sociologues qui sont des politiciens manqués (après, comme Thucydide, ou pendant, comme Machiavel, une carrière politique).

La méthodologie de Max Weber s'explique, dans une large mesure, à partir de la relation entre la science et l'action, ou la sociologie et la politique. Il veut une science neutre, parce qu'il ne veut pas que le professeur, dans sa chaire, utilise son prestige pour imposer ses idées. Mais il veut que la science neutre soit en même temps utile à l'homme d'action et à la politique. De là l'antithèse entre jugement de valeur et relation aux valeurs, et la distinction entre causalité et compréhension.

De plus, la vision historique de Max Weber n'est ni la vision progressiste de Durkheim ni la vision cyclique de Pareto. Elle ressemblerait plutôt à celle de Tocqueville : il y a dans les sociétés modernes certaines caractéristiques intrinsèques de ces sociétés qui sont fatales et inévitables et doivent être acceptées, mais la bureaucratie et la rationalisation ne déterminent pas la totalité de l'ordre social et laissent ouverte la double possibilité du respect de la personne et des libertés, ou du despotisme.

Le rapprochement entre ces trois auteurs n'est donc pas arbitraire. Et il est naturel de procéder à une comparaison historique ayant pour fonction de mettre en lumière le semblable et le différent. Le semblable, ce sont les éléments communs de la situation européenne que ces trois auteurs observent et reconnaissent. Le différent, c'est le contexte intellectuel et national dans lequel chacun est situé et qui influe sur le mode d'expression conceptuelle choisi par chacun. C'est aussi l'expression des personnalités. L'un est de religion juive, l'autre catholique, le troisième protestant, au moins d'origine. L'un est un optimiste sévère, l'autre un pessimiste ironique et le troisième un observateur amer. Ces styles doivent être conservés dans l'interprétation historique pour que ces doctrines sociologiques apparaissent telles qu'elles ont été, c'est-à-dire non pas seulement des efforts de compréhension scientifique, mais aussi les expressions de trois hommes, ou encore des dialogues entre des hommes et une situation historique. J'essaierai donc de dégager de ces doctrines ce qu'elles contiennent de compréhension scientifique de la conduite humaine et des sociétés modernes, sans oublier l'élément personnel qui colore chacune d'elles. Enfin, si possible, je tâcherai de recréer le dialogue que ces trois auteurs n'ont pas eu, puisqu'ils se sont à peine connus, mais qu'ils auraient pu et dû avoir et que nous pouvons reconstituer ou, pour être plus modestes, imaginer.

ÉMILE DURKHEIM

Les passions humaines ne s'arrêtent que devant une puissance morale qu'elles respectent. Si toute autorité de ce genre fait défaut, c'est la loi du plus fort qui règne, et, latent ou aigu, l'état de guerre est nécessairement chronique... Tandis que les fonctions économiques ne jouaient jadis qu'un rôle secondaire, elles sont maintenant au premier rang. Devant elles, on voit de plus en plus reculer les fonctions militaires, administratives, religieuses. Seules les fonctions scientifiques sont en état de leur disputer la place : et encore la science actuellement n'a-t-elle guère de prestige que dans la mesure où elle peut servir à la pratique, c'est à-dire, en grande partie, aux professions économiques. C'est pourquoi on a pu, non sans quelque raison, dire de nos sociétés qu'elles sont ou tendent à être essentiellement industrielles. Une forme d'activité qui a pris une telle place dans l'ensemble de la vie sociale ne peut évidemment rester à ce point déréglée sans qu'il en résulte les troubles les plus profonds. C'est notamment une source de démoralisation générale.

De la Division du travail social,
Préface de la 2e édition, p. III-IV.

Cette analyse de la pensée de Durkheim sera centrée autour de ses trois principaux livres, *De la Division du travail social, Le Suicide* et *Les Formes élémentaires de la vie religieuse.* Puis je tenterai d'aller plus loin dans l'interprétation, en reconstituant l'évolution de sa pensée et en examinant le rapport entre sa pensée véritable et les formules méthodologiques qu'il a employées pour la traduire. Enfin, je terminerai en étudiant les relations entre la sociologie, telle que la concevait Durkheim, et la philosophie.

De la Division du travail social (1893).

De la Division du travail social, la thèse de doctorat de Durkheim, est son premier grand livre.

C'est aussi celui dans lequel l'influence d'Auguste Comte est la plus nette. Le thème de ce premier livre est le thème central de la pensée durkheimienne, celui de la relation entre les individus et la collectivité. Comment une collection d'individus peut-elle constituer une société? Comment ceux-ci peuvent-ils réaliser cette condition de l'existence sociale qu'est un consensus?

A cette question fondamentale, Durkheim répond par la distinction entre deux formes de solidarité : la solidarité dite mécanique et la solidarité dite organique.

La solidarité mécanique est, pour employer l'expression de Durkheim, une solidarité par similitude. Quand cette forme de solidarité domine une société, les individus diffèrent peu les uns des autres. Membres d'une même collectivité, ils se ressemblent parce qu'ils éprouvent les mêmes sentiments, parce qu'ils adhèrent aux mêmes valeurs, parce qu'ils reconnaissent le même sacré. La société est cohérente parce que les individus ne se sont pas encore différenciés.

La forme opposée de solidarité, dite organique, est celle dans laquelle le consensus, c'est-à-dire l'unité cohérente de la collectivité, résulte de, ou s'exprime par, la différenciation. Les individus ne sont plus semblables, mais différents; et d'une certaine façon c'est parce qu'ils sont différents que le consensus se réalise.

Durkheim appelle organique une solidarité fondée sur la différenciation des individus par analogie avec les organes de l'être vivant, qui remplissant chacun une fonction propre et, ne se ressemblant pas, sont tous cependant également indispensables à la vie.

Les deux formes de solidarité correspondent, dans la pensée de Durkheim, à deux formes extrêmes d'organisation sociale. Les sociétés que l'on appelait, il y a un demi siècle, primitives, et que l'on appelle aujourd'hui plutôt archaïques, ou sociétés sans écriture — le changement de vocabulaire exprimant d'ailleurs une autre attitude à l'égard de ces sociétés — sont caractérisées par la prédominance de la solidarité mécanique. Les individus d'un clan sont pour ainsi dire interchangeables. Il en résulte, et c'est une des idées essentielles de la pensée de Durkheim, que l'individu n'est pas historiquement premier. La prise de conscience de l'individualité découle du développement historique lui-même. Dans les sociétés primitives, chacun est ce que sont les autres; dans la conscience de chacun dominent, en nombre et en intensité, les sentiments communs à tous, ou sentiments collectifs.

L'opposition de ces deux formes de solidarité se combine avec l'opposition entre les sociétés segmentaires et les sociétés où apparaît la division moderne du travail. En un sens, une société à solidarité mécanique est aussi une société segmentaire. Mais la définition de ces deux notions n'est toutefois pas exactement la même.

Dans le vocabulaire de Durkheim, un segment désigne un groupe social dans lequel les individus sont étroitement intégrés. Mais le segment est aussi un groupe localement situé, relativement isolé des autres et menant une vie propre. Il comporte une solidarité mécanique par similitude; mais il suppose aussi la séparation par rapport au monde extérieur. Le segment se suffit à lui-même, il a peu de communications avec le dehors. Par définition, l'organisation segmentaire est donc contradictoire avec les phénomènes généraux de différenciation, désignés par le terme de solidarité organique. Mais il se peut, ajoute Durkheim, que dans certaines sociétés où apparaissent des formes déjà très développées de division économique du travail, subsiste partiellement une structure segmentaire.

Cette idée se trouve exprimée dans un passage curieux où Durkheim écrit que l'Angleterre, bien qu'elle comporte une industrie moderne très développée et, de ce fait, une division économique du travail, a conservé le type segmentaire et le système alvéolaire, plus que d'autres sociétés où pourtant la division économique du travail est moins poussée. Durkheim voit la preuve de cette survivance de la structure segmentaire dans le maintien des autonomies locales et dans la force de la tradition.

« Il peut très bien se faire que, dans une société en particulier, une certaine division du travail et, notamment, la division du travail économique, soit très développée, quoique le type segmentaire y soit encore assez fortement prononcé. Il semble bien que ce soit le cas de l'Angleterre. La grande industrie, le grand commerce paraissent y être aussi développés que sur le continent, quoique le système alvéolaire y soit encore très marqué, comme le prouvent et l'autonomie de la vie locale et l'autorité qu'y conserve la tradition.

« C'est qu'en effet la division du travail, étant un phénomène dérivé et secondaire, comme nous venons de le voir, se passe à la surface de la vie sociale, et cela est surtout vrai de la division du travail économique. Elle est à fleur de peau. Or, dans tout organisme, les phénomènes superficiels, par leur situation même, sont bien plus accessibles à l'action des causes extérieures, alors même que les causes internes dont ils dépendent généralement ne sont pas modifiées. Il suffit ainsi qu'une circonstance quelconque excite chez un peuple un plus vif besoin de bien-être matériel pour que la division du travail économique se développe sans que la structure sociale change sensiblement. L'esprit d'imitation, le contact d'une civilisation plus raffinée peuvent produire ce résultat. C'est ainsi que l'entendement, étant la partie culminante et, par conséquent, la plus superficielle de la conscience, peut être assez facilement modifiée par des influences externes, comme l'éducation, sans que les assises de la vie psychique soient atteintes. On crée ainsi des intelligences très suffisantes pour assurer le succès, mais qui sont sans racines profondes. Aussi ce genre de talent ne se transmet-il pas par l'hérédité.

« Cette comparaison montre qu'il ne faut pas juger de la place qui revient à une société sur l'échelle sociale d'après l'état de sa civilisation, surtout de sa civilisation économique; car celle-ci peut n'être qu'une imitation, une copie et recouvrir une structure sociale d'espèce inférieure. Le cas, il est vrai, est exceptionnel; il se présente pourtant. » (*De la Division du travail social*, 7e éd., p. 266-267, n.)

La notion de structure segmentaire ne se confond donc pas avec la solidarité par similitude. Elle suggère le relatif isolement, la suffisance à soi-même des divers éléments. On peut imaginer une société globale, répandue sur un large espace, qui ne serait rien de plus que la juxtaposition de segments, tous semblables et tous autarciques.

Il est possible de concevoir un grand nombre de clans, ou de tribus, ou de groupes régionalement autonomes, juxtaposés, peut-être même soumis à une autorité centrale, sans que la cohérence par ressemblance du segment soit brisée, sans que s'opère, à l'échelle de la société globale, la différenciation des fonctions caractéristiques de la solidarité organique.

La division du travail que Durkheim essaie de saisir et de définir ne se confond pas avec celle qu'envisagent les économistes. La différenciation des métiers, la multiplication des activités industrielles, sont une expression de la différenciation sociale que vise Durkheim de manière prioritaire. Cette dernière a pour origine la désintégration de la solidarité mécanique et de la structure segmentaire.

On peut, en partant de ces thèmes fondamentaux, tenter de dégager quelques-unes des idées qui découlent de cette analyse et font partie de la théorie générale de notre auteur.

La première a trait au concept de conscience collective qui, dès cette époque, figure au premier plan de la pensée de Durkheim.

La conscience collective, telle qu'elle est définie dans *La Division du travail social*, est tout simplement « l'ensemble des croyances et des sentiments communs à la moyenne des membres d'une société ». Durkheim précise que cet ensemble « forme un système déterminé qui a sa vie propre » (*Ibid.*, p. 46). La conscience collective n'existe que par les sentiments et les croyances présents dans les consciences individuelles mais elle n'en est pas moins distincte, au moins analytiquement, de celles-ci, car elle évolue selon ses lois et n'est pas seulement l'expression ou l'effet des consciences individuelles.

« Sans doute, elle n'a pas pour substrat un organe unique; elle est, par définition, diffuse dans toute l'étendue de la société; mais elle n'en a pas moins des caractères spécifiques qui en font une réalité distincte. En effet, elle est indépendante des conditions particulières où les individus se trouvent placés; ils passent, et elle reste. Elle est la même au Nord et au Midi, dans les grandes villes et dans les petites, dans les différentes professions. De même, elle ne change pas à chaque génération, mais elle relie au contraire les unes aux autres les générations successives. Elle est donc tout autre chose que les consciences particulières, quoiqu'elle ne soit réalisée que chez les individus. Elle est le type psychique de la société, type qui a ses propriétés, ses conditions d'existence, son mode de développement, tout comme les types individuels, quoique d'une autre manière. » (*De la Division du travail social*, p. 46.)

Cette conscience collective, selon les sociétés, comporte plus ou moins d'extension ou de force. Dans les sociétés où domine la solidarité mécanique, la conscience collective couvre la plus grande partie des consciences individuelles. Dans les sociétés archaïques, la fraction des existences individuelles soumise à des sentiments communs est presque coextensive à l'existence entière.

Dans les sociétés où apparaît la différenciation des individus, chacun est libre de croire, de vouloir et d'agir selon des préférences propres en un grand nombre de circonstances. Au contraire, dans les sociétés à solidarité mécanique, la plus grande partie de l'existence est commandée par des impératifs et par des interdits sociaux. L'adjectif *social*, à ce moment de la pensée de Durkheim, signifie simplement que ces interdits et impératifs s'imposent à la moyenne, à la majorité des membres du groupe; qu'ils ont pour origine le groupe, et non pas l'individu, et que l'individu se soumet à ces impératifs et à ces interdits comme à une puissance supérieure.

La force de cette conscience collective va de pair avec l'extension. Dans les sociétés primitives, non seulement la conscience collective couvre la plus grande partie de l'existence individuelle, mais les sentiments éprouvés en commun ont une force extrême qui se manifeste par la rigueur des châtiments infligés à ceux qui violent les interdits. Plus la conscience collective est forte, plus l'indignation contre le crime, c'est-à-dire contre la violation de l'impératif social, est vive. Enfin, la conscience collective est aussi particularisée. Chacun des actes de l'existence sociale, en particulier chacun des rites religieux, est défini avec précision. Le détail de ce qu'il faut faire et de ce qu'il faut croire est imposé par la conscience collective.

En revanche, lorsque règne la solidarité organique, Durkheim croit observer à la fois une réduction de la sphère d'existence que couvre la conscience collective, un affaiblissement des réactions collectives contre la violation des interdits et surtout une marge plus grande d'interprétation individuelle des impératifs sociaux.

Pour prendre un exemple simple, ce qu'exige la justice, dans une société primitive, sera fixé avec une exactitude minutieuse par les sentiments collectifs. En revanche, dans les sociétés où la division du travail est poussée, la même exigence ne sera formulée que de manière abstraite et pour ainsi dire universelle. Dans un cas, la justice, c'est que tel individu reçoive telle sanction précise; dans l'autre, c'est qu'il y ait une sorte d'égalité dans les contrats et que chacun reçoive son dû, qui est défini de multiples façons dont aucune n'est vraiment soustraite au doute et fixée de manière univoque.

De cette analyse, Durkheim déduit une idée qu'il a maintenue toute sa vie et qui est ainsi au centre de toute sa sociologie, celle qui veut que l'individu naisse de la société et non pas la société des individus.

La formule a sous cette forme une apparence paradoxale, mais Durkheim lui-même l'exprime souvent en ces termes. Si je tente de reconstituer la pensée de Durkheim, je dirai que la primauté de la société par rapport à l'individu a au moins deux sens, qui ne sont au fond nullement paradoxaux.

Le premier sens est celui de la priorité historique des sociétés où les individus se ressemblent les uns aux autres et sont pour ainsi dire perdus dans le tout, sur les sociétés dont les membres ont acquis à la fois conscience de leur responsabilité et capacité de l'exprimer. Les sociétés collectivistes, où chacun ressemble à tous, sont historiquement premières.

De cette priorité historique résulte une priorité logique dans l'explication des phénomènes sociaux. Si la solidarité mécanique a précédé la solidarité organique, on ne peut en effet expliquer les phénomènes de différenciation sociale et de solidarité organique en partant des individus. Les économistes qui expliquent la division du travail par l'intérêt que trouvent les individus à se partager les tâches de manière à accroître le rendement de la collectivité, se trompent. Cette explication par la rationalité de la conduite individuelle paraît à Durkheim un renversement de l'ordre. Dire que les hommes se sont partagé le travail et ont attribué à chacun un métier propre, afin d'augmenter l'efficacité du rendement collectif, c'est supposer les individus différents les uns des autres et conscients de leur différence, avant la différenciation sociale. En fait, la conscience de l'individualité ne pouvait pas exister avant la solidarité organique et la division du travail. La recherche rationnelle d'un rendement accru ne peut expliquer la différenciation sociale, car cette recherche suppose justement la différenciation sociale[1].

Durkheim esquisse ici ce qui sera, pendant toute sa carrière, une de ses idées maîtresses, celle par laquelle il définit la sociologie, la priorité du tout sur les parties, ou encore l'irréductibilité de l'ensemble social à l'addition des éléments et l'explication des éléments par le tout.

Dans l'étude de la division du travail, Durkheim a découvert deux idées essentielles, la priorité historique des sociétés, où la conscience individuelle est tout entière hors de soi, et la nécessité d'expliquer les phénomènes individuels par l'état de la collectivité et non pas l'état de la collectivité par les phénomènes individuels.

Le phénomène de la division du travail que le sociologue veut expliquer diffère donc de ce que les économistes entendent par le même concept. La division du travail est une certaine structure de la société tout entière, dont la division technique ou économique du travail n'est qu'une expression.

La division du travail étant définie de manière scientifique, il reste à l'étudier.

La réponse de Durkheim à la question de méthode est la suivante : Pour étudier scientifiquement un phénomène social, il faut l'étudier objectivement, c'est-à-dire de l'extérieur, en trouvant le biais par lequel des états de la conscience non saisissables directement peuvent être reconnus et compris. Ces symptômes ou ces expressions des phénomènes de conscience sont, dans la *Division du travail social*, les phénomènes juridiques. Durkheim, de manière suggestive et peut-être un peu simpliste, distingue deux espèces de droit, dont chacune est caractéristique d'un des types de solidarité : le droit *répressif*, qui sanctionne les fautes ou les crimes, et le droit *restitutif* ou coopératif, dont l'essence n'est pas de sanctionner des manquements aux règles sociales, mais de remettre les choses en l'état, lorsqu'une faute a été commise, ou d'organiser la coopération entre les individus.

Le droit répressif est le révélateur de la conscience collective dans les sociétés à solidarité mécanique, puisque, par le fait même qu'il multiplie les sanctions, il manifeste la force des sentiments communs, leur extension et leur particularisation. Plus la conscience collective est étendue, forte et particularisée, plus il y aura d'actes tenus pour crimes, c'est-à-dire d'actes qui violent un impératif ou un interdit, ou encore qui heurtent directement la conscience collective.

Cette définition du crime est typiquement sociologique, au sens que Durkheim donne au mot sociologique. Un crime, au sens sociologique du terme, est simplement l'acte qu'interdit la conscience collective. Que cet acte, aux yeux des observateurs situés quelques siècles après l'événement ou appartenant à une société différente, paraisse innocent, est sans importance. Dans une étude sociologique du crime, le crime ne peut être défini que de l'extérieur et par rapport à l'état de la conscience collective de la société considérée. Cette définition est objective et relativiste.

Dire que quelqu'un est sociologiquement un criminel n'implique pas que nous le jugeons coupable par rapport à Dieu ou par rapport à notre propre conception de la justice. Le criminel est celui qui, dans une société, a refusé d'obéir aux lois de la cité. En ce sens, probablement Socrate méritait-il d'être considéré comme criminel.

Il suffit évidemment de pousser cette idée jusqu'au bout pour qu'elle devienne soit banale, soit choquante pour l'esprit. La définition sociologique du crime aboutit en effet logiquement à un relativisme intégral, facile à penser dans l'abstrait, mais auquel personne dans la réalité n'adhère, pas même celui qui le professe.

Quoi qu'il en soit, Durkheim, après avoir esquissé une théorie du crime, en déduit sans peine une théorie de la sanction. Il écarte avec un certain mépris les interprétations classiques selon lesquelles la sanction aurait pour objet de prévenir la répétition de l'acte coupable. La sanction, selon lui, n'a pas pour fonction et pour sens de faire peur ou de dissuader. La fonction du châtiment est de satisfaire la conscience commune. Car celle-ci a été blessée par l'acte qu'a commis un des membres de la collectivité. Elle exige réparation et le châtiment du coupable est cette réparation offerte aux sentiments de tous.

Durkheim juge cette théorie de la sanction plus satisfaisante que l'interprétation rationaliste par l'effet de dissuasion. Il est probable que, sociologiquement, il a raison. Mais il ne faut pas se dissimuler que, s'il en est ainsi, si le châtiment est surtout une réparation offerte à la conscience collective, le prestige de la justice et l'autorité des sanctions ne sont pas renforcés.

Un cynique, tel Pareto, dirait volontiers que Durkheim a raison, qu'en effet beaucoup de châtiments ne sont rien de plus que des sortes de vengeances de la conscience collective exercées aux dépens d'individus indisciplinés, mais qu'il ne convient pas de le dire, car comment maintenir le respect de la justice, si celle-ci n'est rien de plus qu'un tribut offert aux préjugés d'une société arbitraire et irrationnelle!

Dans le droit restitutif, il ne s'agit plus de punir, mais de rétablir l'état de choses tel qu'il aurait dû être conformément à la justice. Celui qui n'a pas remboursé sa dette doit la payer. Mais ce droit restitutif, auquel appartient par exemple le droit commercial, n'est pas la seule forme de droit caractéristique des sociétés à solidarité organique. Tout au moins, il faut entendre le droit restitutif en un sens très vaste, selon lequel il englobe toutes les règles juridiques ayant pour objet d'organiser la coopération entre les individus. Le droit administratif ou le droit constitutionnel, au même titre que le droit commercial, appartiennent au genre du droit coopératif. Ils sont moins l'expression des sentiments communs à une collectivité que l'organisation de la coexistence régulière et ordonnée entre des individus déjà différenciés.

On pourrait croire que Durkheim retrouve ainsi une idée qui jouait un grand rôle dans la sociologie de Spencer et dans les théories des économistes classiques, l'idée selon laquelle une société moderne est essentiellement fondée sur le contrat, c'est-à-dire sur des accords conclus librement par les individus. En ce cas, la vision durkheimienne serait en quelque sorte conforme à la formule classique « du statut au contrat », ou encore « d'une société dominée par des impératifs collectifs à une société dans laquelle l'ordre commun est créé par les décisions libres des individus ».

Mais telle n'est pas l'idée de Durkheim. La société moderne, pour lui, n'est pas fondée sur le contrat, pas plus que la division du travail ne s'explique à partir des décisions rationnelles des individus d'accroître le rendement commun en se partageant les tâches. Si la société moderne était une société « contractualiste », elle s'expliquerait à partir des conduites individuelles. Or c'est précisément le contraire que veut démontrer le sociologue.

En s'opposant ainsi aux « contractualistes », tel Spencer, et aux économistes, Durkheim ne nie pas qu'effectivement, dans les sociétés modernes, un rôle croissant soit joué par les contrats conclus librement entre les individus. Mais cet élément contractuel est un dérivé de la structure de la société, et même un dérivé de l'état de la conscience collective dans la société moderne. Pour qu'il y ait une sphère de plus en plus large où les individus puissent librement conclure entre eux des accords, il faut que la société ait une structure juridique qui autorise ces décisions autonomes des individus. Autrement dit, les contrats inter-individuels se situent à l'intérieur d'un contexte social qui n'est pas déterminé par les individus eux-mêmes. C'est la division du travail par différenciation qui est la condition primordiale de l'existence d'une sphère de contrat. On retrouve ici le principe de la priorité de la structure sociale sur les individus, ou encore de la priorité du type social sur les phénomènes individuels.

Les contrats sont conclus entre les individus, mais les conditions dans lesquelles ils sont conclus sont fixées par une législation qui traduit la conception que la société globale se fait du juste et de l'injuste, du tolérable et de l'interdit.

La société où domine le type organique de solidarité n'est donc pas définie par la substitution du contrat à la communauté. La société moderne n'est pas non plus définie par la substitution du type industriel au type militaire, pour reprendre l'antithèse de Spencer. La société moderne est définie de manière prioritaire par le phénomène de différenciation sociale, dont le contractualisme est la conséquence et l'expression.

Quand les économistes ou les sociologues expliquent la société moderne par le contrat, ils renversent l'ordre à la fois historique et logique. C'est à partir de la société globale que l'on comprend tout à la fois ce que sont les individus et comment et pourquoi ils peuvent librement s'accorder.

Mais quelle est la cause de la solidarité organique ou de la différenciation sociale qui est considérée comme la caractéristique essentielle des sociétés modernes?

Notons tout d'abord qu'il n'est pas évident que Durkheim ait raison de poser ce problème dans les termes où il le pose : quelle est la cause du développement de la solidarité organique ou de la différenciation sociale? Il n'est pas certain à priori, et peut-être même est-il improbable, qu'on puisse trouver *la* cause d'un phénomène qui n'est pas simple, isolable, mais qui est un aspect de l'ensemble de la société. Mais Durkheim veut déterminer *la* cause du développement de la division du travail dans les sociétés modernes.

Il s'agit là d'un phénomène essentiellement social. Quand le phénomène à expliquer est de cette nature, selon le principe de l'homogénéité de la cause et de l'effet, la cause doit être, elle aussi, sociale. Aussi l'explication individualiste doit-elle être éliminée. Curieusement, Durkheim écarte ainsi une explication qu'Auguste Comte avait également envisagée et éliminée, et selon laquelle le facteur essentiel du développement social aurait été l'ennui ou la recherche du bonheur. Car, dit-il, rien ne prouve que les hommes des sociétés modernes soient plus heureux que les hommes des sociétés archaïques. A coup sûr, sur ce point, il a raison. La seule chose qui soit surprenante, c'est même qu'il juge nécessaire — mais probablement à l'époque était-ce nécessaire — de consacrer tant de pages à démontrer que la différenciation sociale ne s'explique pas par la recherche du plaisir ou la quête du bonheur.

Il est vrai, dit-il, que les plaisirs sont plus nombreux et plus subtils dans les sociétés modernes, mais cette différenciation des plaisirs est le résultat de la différenciation sociale, elle n'en est pas la cause. Quant au bonheur, nul ne saurait dire que nous soyons plus heureux que ceux qui nous ont précédés. Durkheim, dès cette époque, est impressionné par le phénomène du suicide. La meilleure preuve, écrit-il, que le bonheur n'augmente pas avec le progrès de la société moderne, c'est la fréquence des suicides. Et il suggère que les suicides, dans les sociétés modernes, sont plus nombreux que dans les sociétés du passé. Mais, faute de statistique des suicides dans les sociétés anciennes, nous n'avons pas de certitude sur ce point.

La division du travail ne peut donc être expliquée ni par l'ennui, ni par la quête du bonheur, ni par l'augmentation des plaisirs, ni par le désir d'augmenter le rendement du travail collectif. La division du travail, phénomène social, ne peut être expliquée que par un autre phénomène social, et cet autre phénomène social est une combinaison du volume, de la densité matérielle et de la densité morale de la société.

Le volume de la société, c'est simplement le nombre des individus qui appartiennent à une collectivité donnée. Mais ce volume seul n'est pas la cause de la différenciation sociale. Dans une société nombreuse, établie sur une vaste superficie, mais constituée par la juxtaposition de segments et par le rapprochement d'un grand nombre de tribus, chaque tribu conservant sa structure ancienne, le volume à lui seul ne provoquera pas la différenciation.

Pour que le volume, c'est-à-dire l'augmentation du nombre, devienne cause de la différenciation, il faut ajouter la densité, aux deux sens, matériel et moral. La densité au sens matériel, c'est le nombre des individus sur une surface donnée de sol. La densité morale, c'est l'intensité des communications et des échanges entre les individus. Plus il y a de relations entre les individus, plus ils travaillent ensemble, plus ils sont en relations de commerce ou de compétition, et plus la densité est grande. La différenciation sociale résulte de la combinaison de ces deux phénomènes du volume et de la densité matérielle et morale.

Pour expliquer ce mécanisme, Durkheim invoque le concept de lutte pour la vie mis à la mode par Darwin dans la deuxième moitié du XIXe siècle. Plus sont nombreux les individus qui essaient de vivre ensemble, plus la lutte pour la vie est intense. La différenciation sociale est la solution pacifique de la lutte pour la vie. Au lieu que les uns soient éliminés pour que les autres survivent, comme cela se produit dans le règne animal, la différenciation sociale permet à un plus grand nombre d'individus de survivre en se différenciant. Chacun cesse d'être en compétition avec tous et devient en mesure de tenir son rôle et de remplir une fonction. Il n'est plus besoin d'éliminer la majorité des individus à partir du moment où les individus n'étant plus semblables mais différents, chacun contribue, par un apport qui lui est propre, à la vie de tous [2].

Cette explication est conforme à ce que Durkheim considère comme une règle de la méthode sociologique : l'explication d'un phénomène social par un autre phénomène social et l'explication d'un phénomène global par un autre phénomène global.

Dès ce premier travail important, la pensée de Durkheim s'organise donc autour de quelques idées essentielles.

La différenciation sociale, phénomène caractéristique des sociétés modernes, est la condition créatrice de la liberté individuelle. C'est seulement dans une société où la conscience collective a perdu une part de sa rigidité envahissante que l'individu peut jouir d'une certaine autonomie de jugement et d'action.

Dans cette société individualiste, le problème majeur est de maintenir le minimum de conscience collective faute de laquelle la solidarité organique entraînerait la désintégration sociale.

L'individu est l'expression de la collectivité. L'individu des solidarités mécaniques est interchangeable. Dans une société archaïque, il serait exclu de l'appeler « le plus irremplaçable des êtres », selon la formule de Gide. Mais lorsqu'on accède à une société où chacun peut et veut être le plus irremplaçable des êtres, l'individu est encore l'expression de la collectivité. La structure de la collectivité impose à chacun une responsabilité propre. Même dans cette société qui autorise chacun à être lui-même, il y a une part, plus considérable que nous ne croyons, de conscience collective présente dans les consciences individuelles. La société de différenciation organique ne pourrait se maintenir si, en dehors ou au-dessus du règne contractuel, n'existaient impératifs et interdits, valeurs et sacré collectifs, qui attachent les personnes au tout social.

Le Suicide (1897).

Le livre que Durkheim a consacré au problème du suicide se rattache étroitement à l'étude de la division du travail. Durkheim, dans l'ensemble, approuve le phénomène de la division organique du travail. Il y voit un développement normal et, en définitive, heureux des sociétés humaines. Il considère comme bonne la différenciation des métiers et des individus, la régression de l'autorité de la tradition, l'empire croissant de la raison, le développement de la part laissée à l'initiative personnelle. Pourtant, il note aussi que l'homme n'est pas nécessairement plus satisfait de son sort dans les sociétés modernes et il signale en passant l'augmentation du nombre des suicides, expression et preuve de certains traits, peut-être pathologiques, de l'organisation actuelle de la vie en commun.

La dernière partie du livre consacré à la division du travail comporte une analyse de ces traits pathologiques. Durkheim parle déjà de l' « anomie », absence ou désintégration des normes, concept qui va jouer un rôle prédominant dans l'étude du suicide, Il passe alors en revue certains phénomènes : les crises économiques. la mauvaise adaptation des travailleurs à leur emploi, la violence des revendications que les individus élèvent à l'égard de la collectivité.

Tous ces phénomènes sont pathologiques. En effet, dans la mesure où les sociétés modernes sont fondées sur la différenciation, il devient indispensable que le métier exercé par chacun corresponde à ses aptitudes et à ses désirs. De plus, une société qui fait une part croissante à l'individualisme se trouve obligée, par sa nature même, de respecter la justice. Les sociétés dominées par la tradition donnent à chacun une place fixée par la naissance ou des impératifs collectifs. Dans ces sociétés, il serait anormal que l'individu revendiquât une situation adaptée à ses goûts ou proportionnelle à ses mérites. En revanche l'individualisme est le principe constitutif des sociétés modernes. Les hommes y sont et se sentent différents les uns des autres et chacun veut obtenir ce à quoi il juge avoir droit. Le principe individualiste de justice devient le principe collectif, indispensable, de l'ordre actuel. Les sociétés modernes ne peuvent être stables qu'en respectant la justice.

Même dans les sociétés fondées sur la différenciation individuelle, il subsiste l'équivalent de la conscience collective des sociétés où règne la solidarité mécanique, c'est-à-dire des croyances, des valeurs communes à tous. Si ces valeurs, communes s'affaiblissent, si la sphère de ces croyances se réduit à l'excès, la société est menacée de désintégration.

Le problème central des sociétés modernes, comme de toutes les sociétés, est donc le rapport des individus au groupe. Ce rapport est transformé par le fait que l'homme est devenu trop conscient de lui-même pour accepter aveuglément n'importe quels impératifs sociaux. Mais, d'un autre côté, cet individualisme, en lui-même souhaitable, comporte des dangers, car l'individu peut réclamer de la société plus que celle-ci ne peut lui donner. Aussi faut-il une discipline, que seule la société peut imposer.

Dans *De la Division du travail social*, et surtout dans la préface de la deuxième édition de ce livre, Durkheim fait allusion à ce qui est, à ses yeux, la solution du problème, la guérison du mal endémique des sociétés modernes : l'organisation de groupes professionnels qui favoriseront l'intégration des individus à la collectivité.

L'étude du suicide porte sur un aspect pathologique des sociétés modernes et sur un phénomène où se retrouve de la manière la plus frappante la relation entre l'individu et la collectivité. Durkheim veut montrer à quel point les individus sont déterminés par la réalité collective. De ce point de vue, le phénomène du suicide est d'un intérêt exceptionnel puisque, en apparence, rien n'est plus spécifiquement individuel que le fait, pour l'individu, de s'enlever la vie. S'il se trouve que ce phénomène est commandé par la société, Durkheim aura prouvé, sur le cas le plus défavorable à sa thèse, la vérité de celle-ci. Lorsque l'individu est seul et désespéré au point de se tuer, c'est encore la société qui est présente dans la conscience du malheureux et lui commande, plus que son histoire individuelle, cet acte solitaire.

L'étude durkheimienne du suicide se déroule avec la rigueur d'une dissertation de normalien. Elle commence par une définition du phénomène; elle continue par une réfutation des interprétations antérieures. Vient ensuite une détermination des types de suicide; et enfin, sur cette typologie, se développe une théorie générale du phénomène envisagé.

Le suicide est « tout cas de mort qui résulte directement ou indirectement d'un acte positif ou négatif accompli par la victime elle-même et qu'elle savait devoir produire ce résultat » (*Le Suicide*, éd. de 1960, p. 5).

Acte positif : se tirer un coup de revolver dans la tempe. Acte négatif : ne pas quitter une maison en flammes ou refuser toute nourriture jusqu'au point d'en mourir. Une grève de la faim poursuivie jusqu'à la mort est un exemple de suicide.

L'expression « directement ou indirectement » renvoie à une distinction comparable à celle de positif ou de négatif. Un coup de revolver dans la tempe donne la mort directement; mais ne pas quitter une maison en flammes, ou refuser la nourriture, peut provoquer indirectement ou à la longue le résultat souhaité, c'est-à-dire la mort.

Selon cette définition, le concept englobe non seulement les cas de suicide couramment reconnus pour tels, mais aussi l'acte de l'officier qui fait couler son bateau plutôt que de se rendre, celui du samouraï qui se tue parce qu'il se considère comme déshonoré, celui des femmes qui, selon certaines coutumes aux Indes, devaient suivre leurs maris dans la mort. Autrement dit, il faut aussi tenir pour suicides les cas de mort volontaire, entourés d'une auréole d'héroïsme et de gloire et qu'au premier abord on n'est pas tenté d'assimiler aux suicides dits courants, ceux de l'amoureux désespéré, du banquier ruiné, du criminel arrêté, que rapportent les faits divers des journaux.

Les statistiques montrent immédiatement que le taux de suicide, c'est-à-dire la fréquence des suicides pour une population donnée, est relativement constant. Ce fait est considéré comme essentiel par Durkheim. Le taux de suicide est caractéristique d'une société globale, ou d'une province, ou d'une région. Il ne varie pas de manière arbitraire, mais en fonction de multiples circonstances. C'est la tâche du sociologue d'établir des corrélations entre les circonstances et les variations du taux de suicide, variations qui sont des phénomènes sociaux. Il convient en effet de distinguer le suicide, phénomène individuel — telle personne, dans telle conjoncture, s'est donné la mort —, du taux de suicide qui, lui, est un phénomène social et que Durkheim cherche à expliquer. Au regard de la théorie, le plus important est la relation entre le phénomène individuel - suicide et le phénomène social - taux de suicide.

Durkheim, après la définition du phénomène, écarte les explications de type psychologique. Beaucoup de médecins ou de psychologues qui ont observé des suicides individuels sont tentés d'en donner des explications de type psychologique ou psychopathologique. Ils disent que la plupart de ceux qui s'enlèvent la vie étaient dans un état pathologique lorsqu'ils ont commis cet acte et qu'ils y étaient prédisposés par l'état de leur sensibilité ou de leur psychisme. A cette sorte d'explication, Durkheim oppose immédiatement l'argumentation suivante.

Il admet qu'il y a une prédisposition psychologique au suicide, prédisposition qui peut s'expliquer en termes psychologiques ou psychopathologiques. Ce sont les névropathes, en effet, qui ont le plus de chances, dans des circonstances données, de se tuer. Mais, dit-il, la force qui *détermine* le suicide n'est pas psychologique, mais sociale.

La discussion scientifique est centrée autour de ces deux termes : *prédisposition psychologique* et *détermination sociale.*

Pour démontrer cette distinction, Durkheim utilise la méthode classique des variations concomitantes. Il étudie les variations du taux des suicides dans les différentes populations et s'efforce de prouver qu'il n'y a pas de corrélation entre la fréquence des états psychopathologiques et celle des suicides.

Par exemple, il considère les diverses religions et constate que la proportion des aliénés chez les individus de religion juive est particulièrement élevée et que la fréquence des suicides y est spécialement faible. Il s'efforce également de montrer qu'il n'y a pas de corrélation entre les dispositions héréditaires et le taux des suicides. Le pourcentage des suicides augmente avec l'âge, ce qui est peu compatible avec l'hypothèse selon laquelle la cause efficiente du suicide serait transmise de façon héréditaire. Il s'efforce de réfuter ainsi une interprétation qui pourrait être suggérée par des cas répétés de suicides dans la même famille.

Un écrivain politique français du siècle dernier, Prévost-Paradol, ambassadeur de France aux États-Unis, s'est suicidé à Washington, quelques jours après son arrivée et aussi la déclaration de la guerre de 1870. Environ une trentaine d'années plus tard, son fils s'est également suicidé, dans des conditions toutes différentes. Il y a donc des exemples de suicides multiples dans la même famille, qui donneraient à penser que la prédisposition au suicide peut se transmettre héréditairement. Mais Durkheim écarte, de manière générale, une telle hypothèse.

Il écarte également, dans ces analyses préliminaires, l'interprétation du suicide à partir du phénomène de l'imitation. Il saisit cette occasion pour régler son compte à un sociologue contemporain célèbre à l'époque, avec lequel il était en désaccord sur tout, Gabriel Tarde, qui considérait l'imitation comme le phénomène-clé de l'ordre social [3]. Pour Durkheim, on confond sous le nom d'imitation trois phénomènes.

Le premier est celui que l'on appellerait aujourd'hui la fusion des consciences, le fait que les mêmes sentiments sont éprouvés ensemble par un grand nombre d'hommes. L'exemple typique en est la foule révolutionnaire dont Jean-Paul Sartre parle longuement dans la *Critique de la raison dialectique.* Dans la foule révolutionnaire, les individus tendent à perdre l'identité de leur conscience; chacun éprouve ce que l'autre éprouve; les sentiments qui agitent les individus sont des sentiments communs. Les actes, les croyances, les passions appartiennent à chacun parce qu'ils appartiennent à tous. Mais le support de ce phénomène psychosociologique est la collectivité elle-même, et non pas un ou des individus.

Le second phénomène est celui où l'individu s'adapte à la collectivité et se conduit comme les autres, sans qu'il y ait fusion des consciences. Chacun s'incline devant des impératifs sociaux plus ou moins diffus, ou encore l'individu veut ne pas se singulariser. La mode est une forme atténuée d'impératif social. Une femme d'un certain milieu social se sentirait humiliée si elle portait une robe différente de celle qu'il est de bon ton de porter en cette saison particulière. En ce cas, il n'y a pas imitation, mais soumission de l'individu à la règle collective.

Enfin, seul mérite la désignation d'imitation, au sens précis du terme, « un acte qui a pour antécédent immédiat la représentation d'un acte semblable, antérieurement accompli par autrui, sans que, entre cette représentation et l'exécution s'intercale aucune opération intellectuelle, explicite ou implicite, portant sur les caractères intrinsèques de l'acte reproduit » (*Le Suicide*, p. 115). Pour comprendre ce phénomène, il suffit de songer à la contagion de la toux au cours d'une conférence ennuyeuse et à toutes ces réactions plus ou moins mécaniques qui se produisent parfois dans des rassemblements assez nombreux.

Encore convient-il de distinguer deux phénomènes, la contagion et l'épidémie. La distinction est typique de la méthode de Durkheim. La contagion est un phénomène que nous pouvons appeler inter-individuel ou même individuel. Celui qui tousse après que le précédent a toussé réagit à la toux du voisin. Au point d'arrivée, le nombre des tousseurs peut être grand mais chacun des accès est strictement individuel. Le phénomène va d'un individu à un autre comme une pierre ricochant sur l'eau. En revanche, l'épidémie qui peut se transmettre par contagion est un phénomène collectif dont le support est l'ensemble de la société. Cette distinction entre la succession d'actes individuels et le phénomène collectif permet ainsi, une fois de plus, de saisir l'essentiel de l'intention de Durkheim, la détermination du social en tant que tel.

En bref, « on ne peut pas désigner par un même nom [d'imitation] le processus en vertu duquel, au sein d'une réunion d'hommes, un sentiment collectif s'élabore, celui d'où résulte notre adhésion aux règles communes ou traditionnelles de la conduite, enfin celui qui détermine les moutons de Panurge à se jeter à l'eau, parce que l'un d'eux a commencé. Autre chose est sentir en commun, autre chose s'incliner devant l'autorité de l'opinion, autre chose enfin répéter automatiquement ce que d'autres ont fait ». (*Ibid.*, p. 115.)

Après ces analyses formelles, Durkheim réfute, à l'aide de statistiques, l'idée que le taux de suicide serait essentiellement déterminé par des phénomènes d'imitation. Si les suicides étaient dus à la contagion, on pourrait suivre sur une carte leur diffusion d'un centre où le taux est particulièrement élevé vers d'autres régions. Or l'analyse de la répartition géographique des suicides ne montre rien de tel. A côté de régions où le taux est élevé il y en a d'autres où il est particulièrement faible. La distribution des taux est irrégulière, incompatible avec l'hypothèse de l'imitation. La contagion peut exister dans certains cas : ainsi, à la veille d'une défaite, des individus désespérés se donnent la mort l'un après l'autre, mais ces phénomènes de contagion n'expliquent ni les taux de suicide ni leurs variations.

Après avoir défini le phénomène et écarté les explications par l'imitation et la psychopathologie, qui ne rendent pas compte du phénomène social, il reste l'étape principale de la recherche, la constitution des types.

Pour cela, Durkheim prend les statistiques du suicide telles qu'il les trouve, c'est-à-dire des statistiques incomplètes et partielles qui jouent sur des petits nombres — le taux de suicide oscille entre 100 et 300 pour 1 million de personnes par an. Aussi certains médecins, sceptiques, ont soutenu la thèse que l'étude des variations du taux de suicide est presque sans portée, étant donné le petit nombre des cas et les inexactitudes possibles de ces statistiques.

Durkheim constate que le taux de suicide varie en fonction d'un certain nombre de circonstances qu'il passe en revue. Il pense que l'on peut déterminer les types sociaux de suicide en fonction des corrélations statistiques. Mais, selon une autre théorie sociologique, on pourrait établir des variations du taux de suicide en fonction des circonstances sans qu'il soit légitime de tirer de ces covariations la détermination de types.

Les trois types de suicide que Durkheim se juge en mesure de définir sont le *suicide égoïste*, le *suicide altruiste* et le *suicide anomique.*

Le suicide égoïste est analysé grâce à la corrélation entre le taux de suicide et les cadres sociaux intégrateurs, la religion et la famille, cette dernière étant envisagée sous le double aspect du mariage et des enfants.

Le taux de suicide varie avec l'âge, c'est-à-dire que, de manière générale, il s'élève avec celui-ci. Il varie avec le sexe; il est plus élevé chez les hommes que chez les femmes. Il varie avec la religion; et Durkheim, utilisant des statistiques allemandes, établit que les suicides sont plus fréquents dans les populations protestantes que dans les populations catholiques. Durkheim compare d'autre part la situation des hommes et des femmes mariés avec celle des célibataires, des veufs et des veuves. Les méthodes statistiques utilisées pour ces comparaisons sont simples. Durkheim compare la fréquence des suicides chez les hommes mariés et non mariés au même âge, de manière à dégager ce qu'il appelle le coefficient de préservation, qui mesure la diminution de la fréquence du suicide à un âge donné en fonction de la situation de famille. Il établit de même des coefficients de préservation ou, au contraire, des coefficients d'aggravation, pour les femmes célibataires ou mariées, pour les veufs et pour les veuves.

En conclusion, il constate que s'il y a bien une préservation des individus, hommes et femmes, par l'état de mariage, elle est, à partir d'un certain âge, due moins au mariage lui-même qu'à l'existence des enfants. Les statistiques montrent en effet que passé un certain âge, les femmes mariées sans enfant ne bénéficient plus d'un coefficient de préservation, mais souffrent d'un coefficient d'aggravation. Ce n'est donc pas tant le mariage qui protège que la famille et les enfants. La famille sans enfants n'est pas un milieu intégrateur suffisamment fort. Peut-être les femmes sans enfant souffrent-elles de ce que les psychologues d'aujourd'hui appellent une frustration.

Ainsi les individus abandonnés à eux-mêmes éprouvent des désirs infinis. Incapables d'être jamais satisfaits, ils n'atteignent à l'équilibre que grâce à une force extérieure d'ordre moral, qui leur enseigne la modération et les aide à trouver la paix. Toute situation qui tend à accroître la disparité entre les désirs et la satisfaction se traduit par un coefficient d'aggravation.

Ce premier type social de suicide, dégagé par l'étude statistique des corrélations, est défini par le terme *égoïsme*. Hommes ou femmes sont davantage enclins à s'enlever la vie lorsqu'ils songent essentiellement à eux-mêmes, lorsqu'ils ne sont pas intégrés dans un groupe social, lorsque les désirs qui les animent ne sont pas ramenés à la mesure compatible avec la destinée humaine par l'autorité du groupe et la force d'obligations imposées par un milieu étroit et fort.

Le deuxième type de suicide est le suicide altruiste. Il comporte deux exemples principaux, dans le livre de Durkheim. L'un, que l'on observe dans nombre de sociétés archaïques, est celui de la veuve, qui aux Indes accepte d'être placée sur le bûcher où doit être brûlé le corps de son mari. En ce cas, il ne s'agit nullement de suicide par excès d'individualisme, mais au contraire par complète disparition de l'individu dans le groupe. L'individu se donne la mort conformément à des impératifs sociaux, sans songer même à faire valoir son droit à la vie. De la même façon, le commandant d'un bateau qui ne veut pas survivre à la perte de son bâtiment se suicide par altruisme. Il se sacrifie à un impératif social intériorisé, obéissant à ce qu'ordonne le groupe au point d'étouffer en lui l'instinct de conservation.

En dehors de ces cas de suicide héroïque ou religieux, Durkheim découvre dans les statistiques un exemple moderne de suicide altruiste: l'augmentation de la fréquence des suicides dans l'armée. Les statistiques utilisées par Durkheim, et je crois que les statistiques actuelles vont dans le même sens, révèlent en effet pour les militaires d'un certain âge, sous-officiers et officiers, un coefficient d'aggravation : les militaires se suicident un peu plus que les civils du même âge et de même condition. Ces suicides ne peuvent pas s'expliquer comme des suicides égoïstes, car, par définition, les militaires — il s'agit ici des professionnels et des gradés — appartiennent à un groupe fortement intégré. Les soldats du contingent considèrent leur situation comme transitoire et combinent l'obéissance avec une liberté très grande dans l'appréciation du système. Les militaires de carrière, de toute évidence, adhèrent au système dans lequel ils sont intégrés, car, sauf cas exceptionnels, ils ne l'auraient pas choisi s'ils ne lui avaient voué un minimum de loyalisme. Ils appartiennent à une organisation dont le principe constitutif est la discipline. Ils sont donc situés à l'extrême opposé des célibataires qui refusent la discipline de la vie de famille et sont incapables de limiter leurs désirs infinis.

Le « courant suicidogène » peut donc choisir deux types d'hommes, ceux qui sont trop détachés du groupe social et ceux qui ne le sont pas assez. Les égoïstes se suicident plus facilement que les autres, mais aussi les excessifs de l'altruisme, qui sont tellement confondus avec le groupe auquel ils appartiennent qu'ils sont incapables de résister aux coups du sort.

Enfin, il y a un troisième type social de suicide, le suicide anomique. C'est ce type qui intéresse le plus Durkheim, parce qu'il est le plus caractéristique de la société moderne. Ce suicide anomique est celui que révèle la corrélation statistique entre la fréquence des suicides et les phases du cycle économique.

Les statistiques semblent montrer une tendance à l'augmentation de la fréquence des suicides dans les périodes de crises économiques, mais aussi, ce qui est plus intéressant et plus inattendu, dans les phases d'extrême prospérité.

En revanche, autre phénomène curieux, il y a une tendance à la diminution de la fréquence des suicides au moment de grands événements politiques. Ainsi, dans les années de guerre, le nombre des suicides diminue.

Ces phénomènes, augmentation de la fréquence dans les phases d'agitation sociale, diminution de la fréquence au moment des grands événements, suggèrent donc au sociologue l'idée du suicide anomique. Cette expression était déjà employée dans *De la Division du travail social* et elle est le concept-clé de la philosophie sociale de Durkheim. Ce qui l'intéresse, par-dessus tout, au point de l'obséder, c'est en effet la crise de la société moderne qui se définit par la désintégration sociale et la faiblesse des liens qui rattachent l'individu au groupe.

Le suicide anomique n'est pas seulement celui qui augmente lors des crises économiques; c'est aussi celui dont la fréquence s'accroît parallèlement au nombre des divorces. Et Durkheim fait une étude, longue et subtile, de l'influence qu'exerce le divorce sur la fréquence des suicides chez les hommes et chez les femmes.

Les statistiques donnent à cet égard des résultats relativement difficiles à interpréter. L'homme divorcé est plus « menacé » par le suicide — l'expression est de Durkheim — que la femme. Pour comprendre le phénomène, il faut analyser ce que l'homme et la femme trouvent d'équilibre, de satisfaction et de discipline dans le mariage. L'homme y trouve équilibre et discipline, mais aussi, grâce à la tolérance des mœurs, il y conserve une certaine liberté. La femme — Durkheim écrivait en une période révolue — trouve dans le mariage plutôt la discipline que la liberté. Aussi l'homme divorcé retombe-t-il à l'indiscipline, à la disparité des désirs et de la satisfaction, alors que la femme divorcée bénéficie d'une liberté accrue qui compense pour une part la perte de la protection familiale.

Ainsi, en dehors du suicide par égoïsme et du suicide par altruisme, il y a un troisième type, le suicide anomique, qui frappe les individus en raison des conditions de l'existence dans les sociétés modernes. Dans ces sociétés, l'existence sociale n'est pas réglée par la coutume; les individus sont en compétition permanente les uns avec les autres; ils attendent beaucoup de l'existence et lui demandent beaucoup, et ils sont donc perpétuellement guettés par la souffrance qui naît de la disproportion entre leurs aspirations et leurs satisfactions. Cette atmosphère d'inquiétude est propice au développement du « courant suicidogène ».

Durkheim s'efforce ensuite de montrer que les types sociaux

qu'il a constitués correspondent approximativement à des types psychologiques.

Le suicide égoïste se manifestera par un état d'apathie et l'absence d'attachement à la vie, le suicide altruiste par l'énergie et la passion, le suicide anomique enfin sera caractérisé par un état d'irritation et de dégoût, irritation liée aux occasions multiples de déception qu'offre l'existence moderne, dégoût résultant de la prise de conscience de la disproportion entre les aspirations et les satisfactions.

Les types sociaux traduits en termes psychologiques, il reste à expliquer ou à formuler en termes explicatifs les résultats de l'étude, ce qui est l'essentiel au point de vue de la théorie sociologique.

La théorie de Durkheim peut se résumer ainsi : les suicides sont des phénomènes individuels, dont les causes sont essentiellement sociales. Il y a des courants suicidogènes, pour reprendre l'expression de Durkheim, qui traversent la société. Ils ont pour origine non pas l'individu, mais la collectivité, et ils sont la cause réelle ou déterminante des suicides. Certes, ces courants suicidogènes ne s'incarnent pas dans n'importe quel individu, pris au hasard. Si tels ou tels individus se suicident, c'est que probablement ils y étaient prédisposés par leur constitution psychologique, par la faiblesse de leurs nerfs et par des troubles névrotiques. Aussi bien, les mêmes circonstances sociales qui créent les courants suicidogènes créent ces prédispositions psychologiques parce que les individus, vivant dans les conditions de la société moderne, ont des sensibilités affinées et par suite vulnérables.

Les causes réelles du suicide sont des forces sociales qui varient de société à société, de groupe à groupe, de religion à religion. Elles émanent du groupe et non pas des individus pris un à un. Une fois de plus, on retrouve le thème fondamental de la sociologie durkheimienne, à savoir que les sociétés sont, en elles-mêmes, hétérogènes aux individus. Il existe des phénomènes ou des forces dont le support est la collectivité et non pas l'addition des individus. Ceux-ci, tous ensemble, font surgir des phénomènes ou des forces qui ne s'expliquent que par leur rassemblement. Il y a des phénomènes sociaux spécifiques qui commandent les phénomènes individuels. L'exemple le plus frappant ou le plus éloquent est justement celui de ces courants sociaux qui entraînent les individus à la mort, chacun d'eux croyant n'obéir qu'à lui-même alors qu'il est le jouet de forces collectives.

Pour tirer les conséquences pratiques de l'étude du suicide, il convient de s'interroger sur le caractère *normal* ou *pathologique* de ce phénomène. Durkheim considère le crime comme un phénomène socialement normal; ce qui ne veut pas dire que les criminels ne soient pas souvent psychiquement anormaux, ni que le crime ne mérite pas d'être condamné et puni, mais dans toute société, un certain nombre de crimes sont commis et par conséquent, si l'on se réfère à ce qui se passe régulièrement, le crime n'est pas un phénomène pathologique. De même, un certain taux de suicide peut être considéré comme normal.

Mais Durkheim juge, sans démonstration concluante d'ailleurs, que l'augmentation du taux des suicides dans la société moderne est pathologique, ou encore que le taux actuel des suicides révèle certains traits pathologiques de la société moderne.

Celle-ci, on le sait, est caractérisée par la différenciation sociale, la solidarité organique, la densité de la population, l'intensité des communications et de la lutte pour la vie. Tous ces faits liés à l'essence de la société moderne ne doivent pas être considérés comme anormaux en tant que tels.

Mais, à la fin de la *Division du travail social* comme à la fin du *Suicide*, Durkheim indique que les sociétés modernes présentent certains symptômes pathologiques, avant tout l'insuffisante intégration de l'individu dans la collectivité. Le type de suicide qui, à cet égard, retient le plus l'attention de Durkheim est celui qu'il a appelé anomique. Il est cause de l'augmentation du taux des suicides en période de crise économique et aussi en période de prospérité, c'est-à-dire dans tous les cas où se produit une exagération de l'activité et une amplification des échanges et des rivalités. Ces derniers phénomènes sont inséparables des sociétés dans lesquelles nous vivons, mais à partir d'un certain seuil, ils deviennent pathologiques.

« Il y a lieu de croire que cette aggravation (du taux des suicides) est due, non à la nature intrinsèque du progrès, mais aux conditions particulières dans lesquelles il s'effectue de nos jours, et rien ne nous assure qu'elles soient normales. Car il ne faut pas se laisser éblouir par le brillant développement des sciences, des arts et de l'industrie dont nous sommes les témoins; il est trop certain qu'il s'accomplit au milieu d'une effervescence maladive dont chacun de nous ressent les contrecoups douloureux. Il est donc très possible, et même vraisemblable, que le mouvement ascensionnel des suicides ait pour origine un état pathologique qui accompagne présentement la marche de la civilisation, mais sans en être la condition nécessaire.

« La rapidité avec laquelle ils se sont accrus ne permet même pas d'autre hypothèse. En moins de cinquante ans, ils ont triplé, quadruplé, quintuplé même selon les pays. D'un autre côté, nous savons qu'ils tiennent à ce qu'il y a de plus invétéré dans la constitution des sociétés, puisqu'ils en expriment l'humeur, et que l'humeur des peuples, comme celle des individus, reflète l'état de l'organisme dans ce qu'il a de plus fondamental. Il faut donc que notre organisation sociale se soit profondément altérée dans le cours de ce siècle pour avoir pu déterminer un tel accroissement dans le taux des suicides. Or, il est impossible qu'une altération, à la fois aussi grave et aussi rapide, ne soit pas morbide; car une société ne peut changer de structure avec cette soudaineté. Ce n'est que par une suite de modifications lentes et presque insensibles qu'elle arrive à revêtir d'autres caractères. Encore les transformations qui sont ainsi possibles sont-elles restreintes. Une fois qu'un type social est fixé, il n'est plus indéfiniment plastique; une limite est vite atteinte qui ne saurait être dépassée. Les changements que suppose la statistique des suicides contemporains ne peuvent donc pas être normaux. Sans même savoir avec précision en quoi ils consistent, on peut affirmer par avance qu'ils résultent, non d'une évolution régulière, mais d'un ébranlement maladif qui a bien pu déraciner les institutions du passé, mais sans rien mettre à la place; car ce n'est pas en quelques années que peut se refaire l'œuvre des siècles. Mais alors, si la cause est anormale, il n'en peut être autrement de l'effet. Ce qu'atteste, par conséquent, la marée montante des morts volontaires, ce n'est pas l'éclat croissant de notre civilisation, mais un état de crise et de perturbation qui ne peut se prolonger sans danger. » (*Ibid.*, p. 422-423.)

Par quel moyen peut-on donc restaurer l'intégration de l'individu à la collectivité? Durkheim passe successivement en revue le groupe familial, le groupe religieux et le groupe politique — en particulier l'État — et il s'efforce de démontrer qu'aucun de ces trois groupes n'offre le cadre social proche de l'individu qui rendrait à celui-ci la sécurité tout en le soumettant aux exigences de la solidarité.

Il écarte la réintégration dans le groupe familial pour deux raisons. D'une part, le taux des suicides anomiques n'augmente pas moins chez les gens mariés que chez les célibataires, ce qui indique que le groupe familial n'offre plus de protection efficace contre le courant suicidogène. Il serait donc vain de compter sur la seule famille pour rendre à l'individu un milieu à la fois proche de lui et capable de lui imposer une discipline. D'autre part, les fonctions de la famille déclinent dans la société moderne. De plus en plus étroite, elle a un rôle économique de plus en plus réduit. Elle ne peut servir d'intermédiaire entre l'individu et la collectivité.

L'État, ou le groupement politique, est trop loin de l'individu, trop abstrait, trop purement autoritaire pour offrir le contexte nécessaire à l'intégration.

Enfin, la religion, elle non plus, ne peut mettre fin à l'anomie en éliminant les causes profondes du mal. Durkheim attend une discipline du groupe qui doit être l'organe de la réintégration. Il faut que les individus consentent à limiter leurs désirs et à obéir à des impératifs qui tout à la fois fixent les objectifs qu'ils peuvent se donner et marquent les moyens qu'ils sont en droit d'employer. Or les religions, dans les sociétés modernes, présentent de plus en plus un caractère abstrait et intellectuel. D'une certaine manière, elles s'épurent, mais elles perdent partiellement leur fonction de contrainte sociale. Elles appellent les individus à transcender leurs passions et à vivre selon la loi spirituelle, mais elles ne sont plus capables de préciser les obligations ou les règles auxquelles l'homme doit se soumettre dans la vie profane. En bref, elles ne sont plus au même degré que dans le passé des écoles de discipline. Or ce que Durkheim cherche, pour guérir les maux de la société moderne, ce ne sont pas des idées abstraites et des théories, mais des morales en action.

Le seul groupe social qui puisse favoriser l'intégration des individus dans la collectivité est donc la profession ou, pour employer le terme de Durkheim, la corporation.

Dans la préface à la deuxième édition de la *Division du travail social*, Durkheim parle longuement des corporations comme d'institutions qui, aujourd'hui, passent pour être anachroniques, mais qui, en réalité, répondent aux exigences de l'ordre actuel. Il appelle corporations, de manière générale, des organisations professionnelles qui, groupant employeurs et employés, seraient assez proches des individus pour constituer des écoles de discipline et suffisamment supérieures à chacun pour bénéficier de prestige et d'autorité. De plus, des corporations répondraient au caractère des sociétés modernes dans lesquelles l'activité économique est prédominante.

Je reviendrai sur cette conception des corporations, version durkheimienne du socialisme, qui, ayant eu le malheur d'être rejetée tout aussi bien par les socialistes que par les libéraux, a été condamnée au sort ingrat d'une doctrine de professeur.

Mais dans cette discussion du caractère pathologique des taux actuels de suicide et de la recherche de la thérapeutique apparaît une idée centrale de la philosophie de Durkheim. L'homme, abandonné à lui-même, est animé de désirs illimités. L'individu veut toujours plus qu'il n'a et il est toujours déçu par les satisfactions qu'il trouve dans une existence dure.

« Comment fixer la quantité de bien-être, de confortable, de luxe que peut légitimement rechercher un être humain? Ni dans la constitution organique ni dans la constitution psychologique de l'homme, on ne trouve rien qui marque un terme à de semblables penchants. Le fonctionnement de la vie individuelle n'exige pas qu'ils s'arrêtent ici plutôt que là; la preuve c'est qu'ils n'ont fait que se développer depuis le commencement de l'histoire, que des satisfactions toujours plus complètes leur ont été apportées et que, pourtant, la santé moyenne n'est pas allée en s'affaiblissant. Surtout, comment établir la manière dont ils doivent varier selon les conditions, les professions, l'importance relative des services, etc.? Il n'est pas de société où ils soient également satisfaits aux différents degrés de la hiérarchie sociale. Cependant, dans ses traits essentiels, la nature humaine est sensiblement la même chez tous les citoyens. Ce n'est donc pas elle qui peut assigner aux besoins cette limite variable qui leur serait nécessaire. Par conséquent, en tant qu'ils dépendent de l'individu seul, ils sont illimités. Par elle-même, abstraction faite de tout pouvoir extérieur qui la règle, notre sensibilité est un abîme sans fond que rien ne peut combler. » (*Le Suicide*, p. 273.)

L'homme individuel est un homme de désirs, et dès lors la nécessité première de la morale et de la société est la discipline. L'homme a besoin d'être discipliné par une force supérieure, autoritaire et aimable, c'est-à-dire digne d'être aimée. Cette force qui à la fois s'impose et attire ne peut être que la société elle-même.

*

Les discussions des thèses de Durkheim sur le suicide ont porté sur plusieurs points. Le premier, qui a été traité en particulier par le docteur A. Delmas, concerne la valeur des statistiques [4]. Les statistiques du suicide portent inévitablement sur des petits nombres, parce que, fort heureusement, il n'y a qu'un petit nombre de gens qui mettent fin volontairement à leurs jours. Aussi les corrélations statistiques sont-elles établies à partir de différences de taux de suicide relativement faibles. Si bien qu'un médecin, qui croit à l'interprétation psychologique du suicide, pourra démontrer que les variations du taux de suicide sont non significatives dans la majorité des cas, par suite des erreurs que comportent les statistiques.

Deux sources d'erreurs sont incontestables : la première, c'est que les suicides, le plus souvent, ne sont connus que par les déclarations des familles. Certains sont connus parce que les circonstances mêmes de l'acte du désespéré sont visibles aux autres; mais bon nombre de suicides sont commis dans des conditions telles que les autorités publiques n'enregistrent ces morts volontaires que par la déclaration des familles. Selon les milieux sociaux, selon les époques et les cas, le pourcentage des suicides camouflés peut donc varier.

La deuxième raison d'incertitude vient de la fréquence des

suicides non réussis ou tentatives de suicide. Durkheim n'avait pas étudié ce problème, qui ne l'a d'ailleurs été que récemment. Il est à vrai dire très complexe, car il faudrait vraiment une étude psychosociale de chaque cas, pour savoir si l'intention de mort était authentique ou non.

Le deuxième point de discussion concerne la validité des corrélations établies par Durkheim. Maurice Halbwachs s'est livré à une analyse poussée de ces corrélations [5].

Pour donner une idée simple de ce genre de discussion, il suffit de faire allusion à la thèse classique de Durkheim : les protestants se suicident plus que les catholiques, parce que la religion catholique a une force intégrative supérieure à celle de la religion protestante. Cette thèse a été établie sur quelques statistiques allemandes, dans des régions de religion mixte, et paraît convaincante, jusqu'au moment où l'on se demande si, par hasard, les catholiques ne vivent pas dans des zones agricoles et les protestants dans les villes. Que les deux groupes religieux soient aussi des populations ayant des genres de vie différents, et la théorie de la valeur intégrative des religions devient incertaine.

De façon générale, l'établissement de corrélations entre le taux des suicides et un facteur tel que le facteur religieux exige la démonstration qu'il n'y a pas d'autres facteurs différentiels dans les cas comparés. Or, souvent, on n'aboutit pas à un résultat incontestable. Le facteur religieux est difficile à isoler. Des populations proches l'une de l'autre et de religion différente sont aussi, généralement, de genre de vie et d'activité professionnelle différents.

Le troisième point en discussion — le plus intéressant au point de vue théorique — est la relation entre l'interprétation sociologique et l'interprétation psychologique. Psychologues et sociologues sont d'accord sur un fait : la majorité de ceux qui se suicident ont une constitution nerveuse ou psychique, non pas nécessairement anormale, mais vulnérable. Ils se situent aux limites extrêmes de la normalité. Plus simplement, beaucoup de ceux qui se tuent sont, d'une façon ou d'une autre, des névropathes qui appartiennent au type anxieux ou au type cyclothymique. Durkheim lui-même ne faisait pas de difficultés pour admettre ces observations. Mais il ajoutait immédiatement que tous les névropathes ne se tuent pas et que le caractère névropathique constitue uniquement un terrain ou une circonstance favorable à l'action du courant suicidogène choisissant ses victimes.

Ce n'est pas parce qu'il y a tant de névropathes dans un groupe social qu'on y compte annuellement tant de suicidés. La névropathie fait seulement que ceux-ci succombent de préférence à ceux-là. Voilà d'où vient la grande différence qui sépare le point de vue du clinicien et celui du sociologue. Le premier ne se trouve jamais en face que de cas particuliers isolés les uns des autres. Or, il constate que, très souvent, la victime était, ou un nerveux, ou un alcoolique, et il explique par l'un ou par l'autre de ces états psychopathiques l'acte accompli. Il a raison, en un sens; car si le sujet s'est tué plutôt que ses voisins, c'est fréquemment pour ce motif. Mais ce n'est pas pour ce motif que, d'une manière générale, il y a des gens qui se tuent, ni surtout qu'il s'en tue, dans chaque société, un nombre défini par période de temps déterminée. » (*Le Suicide*, p. 370.)

L'équivoque, dans un texte de cet ordre, vient de l'expression « courant suicidogène ». Ce concept semble suggérer qu'il y a, à proprement parler, une force sociale ou collective, émanation du groupement tout entier, qui pousse des individus à se tuer. Or, ni les faits individuels observés directement ni les faits statistiques n'obligent à l'imaginer. Les taux de suicide peuvent s'expliquer et par le pourcentage des nerveux ou des anxieux dans une société donnée, et par l'incitation au suicide qui s'exerce sur eux. Tous les anxieux ne se tuent pas, et l'on peut concevoir que, selon le statut professionnel, les circonstances politiques et l'état civil, ils soient plus ou moins nombreux à mettre fin à leurs jours.

En d'autres termes, rien n'oblige à considérer un courant suicidogène comme une réalité objective ou comme une cause déterminante. Les faits statistiques peuvent résulter de l'action conjuguée de données psychologiques ou psychopathologiques et des circonstances sociales. Celles-ci contribuent à accroître soit le nombre des déséquilibrés psychiques, soit le nombre de ceux parmi les déséquilibrés, qui se tuent.

Le risque de l'interprétation ou du vocabulaire de Durkheim, c'est de substituer à l'interprétation positive, qui combine sans difficulté les facteurs individuels et les facteurs collectifs, une concrétisation mythique des facteurs sociaux transfigurés en une force supra-individuelle, nouveau Moloch choisissant ses victimes parmi les individus.

Les Formes élémentaires de la vie religieuse (1912).

Le troisième grand livre de Durkheim, *Les Formes élémentaires de la vie religieuse*, est certainement le plus important, le plus profond, le plus original, et aussi, à mon sens, celui dans lequel l'inspiration de l'auteur se révèle le plus clairement.

Cet ouvrage a pour objet l'élaboration d'une théorie générale de la religion, dégagée de l'analyse des institutions religieuses les plus simples et les plus primitives. Cette formule indique déjà une des idées directrices de Durkheim : Il est légitime et possible de fonder une théorie des religions supérieures sur l'étude des formes primitives de la religion. Le totémisme révèle l'essence de la religion. Toutes les conclusions que Durkheim tire de l'étude du totémisme supposent que l'on puisse saisir l'essence d'un phénomène social en observant les formes les plus élémentaires de celui-ci.

Il est une autre raison pour laquelle l'étude du totémisme a une signification décisive dans le système de Durkheim. Selon celui-ci, la science détient aujourd'hui, dans nos sociétés individualistes et rationalistes, l'autorité intellectuelle et morale suprême. Il est possible d'aller au-delà, non de rester en deçà et de récuser les enseignements de la science. Mais la société qui détermine et favorise l'épanouissement de l'individualisme et du rationalisme a besoin, comme toute société, de croyances communes. Or, semble-t-il, ces croyances ne peuvent plus être fournies par la religion traditionnelle qui ne répond pas aux exigences de l'esprit scientifique.

Il est une issue qui paraît simple à Durkheim et, si j'ose employer ici ce mot, miraculeuse : la science elle-même ne révèle-t-elle pas que la religion n'est au fond que la transfiguration de la société? Si, à travers l'histoire, sous les formes du totem ou de Dieu, les hommes n'ont jamais adoré autre chose que la réalité collective transfigurée par la foi, il est possible de sortir de l'impasse. La science de la religion révèle la possibilité de reconstituer les croyances nécessaires au consensus, non qu'elle suffise à faire surgir la foi collective, mais parce qu'elle laisse l'espoir que la société de l'avenir sera encore capable de fabriquer des dieux, tous les dieux du passé n'ayant jamais été que la société transfigurée.

En ce sens, *Les Formes élémentaires de la vie religieuse* représentent la solution durkheimienne de l'antithèse entre la science et la religion. La science, en découvrant la réalité profonde de toutes les religions, ne recrée pas une religion, mais elle donne confiance dans la capacité des sociétés de se donner à chaque époque les dieux dont elles ont besoin. « Les intérêts religieux ne sont que la forme symbolique d'intérêts sociaux et moraux. »

Je dirais volontiers que *Les Formes élémentaires de la vie religieuse* représentent, dans l'œuvre de Durkheim, l'équivalent du *Système de politique positive* dans l'œuvre d'Auguste Comte. Durkheim ne décrit pas une religion de la société à la manière dont Auguste Comte décrivait, dans le détail, une religion de l'humanité. Il dit même explicitement qu'Auguste Comte avait tort de croire qu'un individu pouvait forger une religion sur commande. En effet, si la religion est une création collective, il serait contraire à la théorie qu'un sociologue seul puisse créer une religion. Mais, dans la mesure où Durkheim a voulu démontrer que l'objet de la religion n'était rien d'autre que la transfiguration de la société, sa démarche est comparable à celle d'Auguste Comte lorsque celui-ci, pour fonder la religion de l'avenir, affirmait que l'humanité ayant tué les dieux transcendants s'aimerait elle-même ou aimerait ce qu'il y avait en elle de meilleur sous le nom d'humanité.

Les Formes élémentaires de la vie religieuse peuvent être étudiées à trois points de vue parce que cet ouvrage rassemble trois sortes d'études. Il comporte une description et une analyse détaillée du système des clans et du totémisme dans certaines tribus australiennes, avec des allusions à des tribus d'Amérique. Il contient une théorie de l'essence de la religion, dégagée de l'étude du totémisme australien. Enfin, il esquisse une interprétation sociologique des formes de la pensée humaine, c'est-à-dire une introduction à la sociologie de la connaissance.

De ces trois thèmes, c'est le premier, l'étude descriptive du système des clans et du totémisme, qui occupe le plus de place. Mais je le traiterai sommairement car il est impossible de résumer la description.

C'est le deuxième thème, la théorie générale des religions dégagée de l'étude du totémisme, qui m'importe ici. La méthode durkheimienne est, dans ce livre, la même que dans les livres précédents. Le phénomène est d'abord défini. Puis les théories différentes de celle de l'auteur sont réfutées. Enfin la troisième étape est la démonstration de la nature essentiellement sociale des religions.

Pour Durkheim, l'essence de la religion est la division du monde en phénomènes sacrés et profanes. Ce n'est pas la croyance en un dieu transcendant : il y a des religions, même supérieures, sans dieu. La plupart des écoles du bouddhisme ne professent pas la foi en un dieu personnel et transcendant. La religion ne se définit pas non plus par les notions de mystère ou de surnaturel, qui ne peuvent être que tardives. Il n'y a en effet de surnaturel que par rapport au naturel et, pour avoir une idée claire du naturel, il faut déjà penser de manière positive et scientifique. La notion de surnaturel ne peut être antérieure à la notion, elle-même tardive, d'un ordre naturel.

La catégorie du religieux est constituée par la distinction bipartite du monde entre ce qui est profane et ce qui est sacré. Le sacré est composé d'un ensemble de choses, de croyances et de rites. Quand des choses sacrées entretiennent les unes avec les autres des rapports de coordination et de subordination, de manière à former un système d'une certaine unité qui ne rentre lui-même dans aucun autre système du même genre, l'ensemble des croyances et des rites correspondants constitue une religion. La religion suppose donc le sacré, puis l'organisation des croyances relatives au sacré, enfin des rites ou des pratiques dérivées de manière plus ou moins logique des croyances.

« Une religion est un système solidaire de croyances et de pratiques relatives à des choses sacrées, c'est-à-dire séparées, interdites, croyances et pratiques qui unissent en une même communauté morale appelée église, tous ceux qui y adhèrent. » (*Les Formes élémentaires de la vie religieuse*, p. 65.)

La notion d'église est ajoutée au concept de sacré et au système de croyances pour différencier la religion de la magie qui ne comporte pas nécessairement le consensus des fidèles en une église.

La religion étant ainsi définie, Durkheim, dans une deuxième étape de sa recherche, va écarter les interprétations antérieures à celles qu'il veut offrir. Ces interprétations sont dans la première partie du livre l'*animisme* et le *naturisme* qui représentent les principales conceptions existantes de la religion élémentaire. Selon l'animisme, la croyance religieuse est la croyance en des esprits, transfiguration de l'expérience que les hommes se font de leur double nature de corps et d'âme. Selon le naturisme, les hommes adorent des forces naturelles transfigurées. L'exposé et la réfutation de ces deux doctrines sont assez longs, mais une idée est sous-jacente à cette double critique. Que l'on adopte l'interprétation animiste ou l'interprétation naturiste, dans les deux cas, estime Durkheim, on finit par dissoudre l'objet. Si la religion consistait à aimer des esprits irréels ou des forces naturelles, transfigurées par la peur des hommes, elle équivaudrait à une hallucination collective. Or, qu'est-ce qu'une science dont le résultat le plus immédiat serait de dissoudre la réalité de son objet?

En revanche, Durkheim pense sauver la réalité de la religion par l'explication qu'il en donne. Si l'homme adore la societé transfigurée, il adore en effet une réalité authentique. Qu'y a-t-il de plus réel que la force même de la collectivité? La religion est une expérience trop permanente et trop profonde pour ne pas correspondre à une réalite authentique. Si cette réalité authentique n'est pas Dieu, il faut qu'elle soit la réalité située, si je puis dire, immédiatement au-dessous de Dieu, à savoir la sociéte *.

Le but de la théorie de la religion de Durkheim est de fonder la réalité de l'objet de la foi sans admettre le contenu intellectuel des religions traditionnelles. Ces dernières sont condamnées par le développement du rationalisme scientifique, mais celui-ci permet de sauver ce qu'il semble détruire, en montrant qu'en définitive les hommes n'ont jamais rien adoré d'autre que leur propre société.

Pour étudier les théories animiste et naturiste, Durkheim se

* Je n'ai pas besoin de préciser que « immédiatement au-dessous de Dieu » n'est pas de Durkheim, mais de moi.

réfère aux conceptions de Taylor et de Spencer, à la mode à son époque. Celles-ci partaient du phénomène du rêve. Dans le rêve, les hommes se voient eux-mêmes là où ils ne sont pas; ils conçoivent donc un double d'eux-mêmes et de leur corps et il leur est facile d'imaginer qu'au moment de la mort ce double se détache et devienne un esprit flottant, bon ou mauvais génie. D'autre part, les primitifs distinguent mal les choses animées des choses inanimées. Par suite, ils logent les âmes des morts ou les esprits flottants dans telles ou telles réalités. Ainsi naissent le culte des génies familiers et celui des ancêtres. A partir de la dualité du corps et de l'âme conçue dans le rêve, les religions primitives développent un pullulement d'esprits, subsistant autour de nous, agissant, bénéfiques ou redoutables.

La réfutation détaillée de Durkheim reprend pas à pas les éléments de cette interprétation. Pourquoi attacher tant d'importance au phénomène du rêve? Pourquoi, à supposer que l'on conçoive un double de chacun de nous, sacraliser ce double? Pourquoi lui prêter une valeur hors du commun? Le culte des ancêtres, ajoute Durkheim, n'est pas un culte primitif. Et il n'est pas vrai que les cultes des primitifs s'adressent spécialement aux morts. Le culte des morts n'est pas un phénomène originel.

De manière générale, Durkheim, ayant décrété que l'essence de la religion était le sacré, n'a pas trop de peine à marquer les déficiences de l'interprétation animiste. En effet, celle-ci peut à la rigueur expliquer la création d'un monde des esprits; mais le monde des esprits n'est pas le monde du sacré. L'essentiel, à savoir le sacré, reste inexpliqué. Ni les forces naturelles, ni les esprits ou les âmes qui flottent autour des vivants ne sont sacrés par eux-mêmes. Seule la société est une réalité sacrée par elle-même. Elle appartient à l'ordre de la nature, mais dépasse la nature. Elle est à la fois cause du phénomène religieux et justification de la distinction spontanée du profane et du sacré.

Durkheim oppose ainsi la vraie science de la religion, qui sauve son objet, aux pseudo-sciences qui tendent à le dissoudre :

« Il est inadmissible que des systèmes d'idées comme la religion, qui ont tenu dans l'histoire une place si considérable, où les peuples sont venus de tous temps puiser l'énergie qui leur était nécessaire pour vivre, ne soient que des tissus d'illusions. On s'entend aujourd'hui pour reconnaître que le droit, la morale, la pensée scientifique elle-même, sont nés dans la religion, se sont pendant longtemps confondus avec elle, et sont restés pénétrés de son esprit. Comment une vaine fantasmagorie aurait-elle pu façonner aussi fortement, et d'une manière aussi durable, les consciences humaines? Assurément ce doit être pour la science des religions un principe que la religion n'exprime rien qui ne soit dans la nature, car il n'y a science que de phénomènes naturels.

« Toute la question est de savoir à quel règne de la nature ressortissent ces réalités, et ce qui a pu déterminer les hommes à se les représenter sous cette forme singulière qui est propre à la pensée religieuse. Mais pour que cette question puisse se poser, encore faut-il commencer par admettre que ce sont des choses réelles qui sont ainsi représentées.

« Quand les philosophes du XVIIIe siècle faisaient de la religion une vaste erreur imaginée par les prêtres, ils pouvaient du moins en expliquer la persistance par l'intérêt que la caste sacerdotale avait à tromper les foules. Mais si les peuples eux-mêmes ont été les artisans de ces systèmes d'idées erronées, en même temps qu'ils en étaient dupes, comment cette duperie extraordinaire a-t-elle pu se perpétuer dans toute la suite de l'histoire...

« Qu'est-ce qu'une science dont la principale découverte consisterait à faire évanouir l'objet même dont elle traite? » (*Les Formes élémentaires de la vie religieuse*, p. 98-99.)

La phrase est belle. Mais je crois qu'un non-sociologue, ou un sociologue non durkheimien, serait tenté de répondre : Est-ce qu'une science de la religion, selon laquelle les hommes adorent la societé, sauvegarde son objet ou le fait évanouir? Durkheim, en bon scientifique, considère que la science des religions pose en principe l'irréalité du transcendant et du surnaturel. Mais peut-on retrouver la réalité de notre religion après en avoir éliminé le transcendant?

*

Pour Durkheim, et cette idée a une importance extrême dans sa pensée, le totémisme est *la* religion la plus simple. Une telle affirmation implique une représentation évolutionniste de l'histoire religieuse. Pour une pensée non évolutionniste, le totémisme serait seulement une religion simple parmi d'autres. Si Durkheim affirme qu'elle est *la* religion la plus simple ou la plus élémentaire, il admet implicitement qu'il y a un devenir de la religion à partir d'une origine unique.

De plus, pour saisir l'essence de la religion sur le cas particulier et privilégié du totémisme, il faut souscrire à l'idée qu'une expérience bien choisie révèle l'essence d'un phénomène commun à toutes les sociétés. La théorie durkheimienne de la religion n'est pas élaborée à partir d'une étude d'un grand nombre de phénomènes religieux. L'essence du religieux est appréhendée sur un cas particulier, supposé révélateur de ce qui est l'essentiel dans tous les phénomènes du même genre.

Durkheim analyse cette religion simple qu'est le totémisme en utilisant les notions de *clan* et de *totem*. Le clan est un groupe de parenté qui n'est pas constitué par des liens de consanguinité. C'est un groupement humain, peut-être le plus simple de tous, qui exprime son identité en se rattachant à une plante ou à un animal. La transmission du totem clanique, c'est-à-dire du totem confondu avec le clan, s'opère chez les tribus australiennes le plus souvent par la mère; mais ce mode de transmission n'a pas la régularité absolue d'une loi. A côté des totems de clan, il existe des totems individuels et des totems de groupes plus développés, comme les phratries et les classes matrimoniales [6].

Dans les tribus australiennes qu'étudie Durkheim, chaque totem a son emblème ou son blason. Il existe, dans presque tous les clans, des objets, morceaux de bois ou pierres polies, qui portent une représentation figurée du totem et dès lors participent du sacré qui s'y attache. Nous n'avons aucune difficulté à comprendre ce phénomène. Dans les sociétés modernes, le drapeau peut être considéré comme l'équivalent du *churinga* des Australiens. Pour une collectivité, il participe du sacré attribué à la patrie et sa profanation n'est pas sans rapports avec certains phénomènes analysés par Durkheim. Les objets totémiques, portant l'emblème du totem, doivent provoquer des comportements typiques de l'ordre religieux, c'est-à-dire des pratiques d'abstention ou, à l'inverse, des pratiques positives. Les membres du clan doivent s'abstenir de manger ou de toucher le totem ou les objets qui participent du sacré du totem; ou bien, au contraire, ils doivent manifester à l'égard de celui-ci telle forme explicite de respect.

Il se constitue ainsi, dans les sociétés australiennes, un univers de choses sacrées qui comprend d'abord les plantes ou les animaux, qui sont des totems eux-mêmes, puis les objets qui portent la représentation du totem. Éventuellement, le sacré se communique aux individus eux-mêmes. En dernière analyse, l'ensemble de la réalité se trouve divisé en deux catégories fondamentales : les choses profanes, celles à l'égard desquelles on se conduit de manière « économique », l'activité économique étant le prototype de l'activité profane; d'autre part, tout un univers de choses sacrées, plantes, animaux, représentation de ces plantes et de ces animaux, individus qui sont liés, par participation clanique, à des choses sacrées, univers qui s'organise de manière plus ou moins systématique.

Pour expliquer le totémisme, Durkheim, selon son procédé habituel, commence par éliminer les interprétations qui déduisent le totémisme d'une religion plus primitive. Il écarte l'interprétation du totémisme qui ferait descendre celui-ci du culte des ancêtres, ou celle qui verrait dans le culte des animaux le phénomène primitif. Il repousse l'idée selon laquelle le totémisme individuel serait antérieur au totémisme clanique et celle qui ferait du totémisme local — attribution à une localité déterminée d'un totem — le phénomène premier. Ce qui est premier pour lui, historiquement et logiquement, c'est le totémisme du clan. Cette thèse est essentielle car elle montre la priorité ou l'antériorité du culte que les individus rendent à la société elle-même. L'origine première du totémisme est la reconnaissance du sacré. Et le sacré est une force empruntée à la collectivité elle-même et supérieure à tous les individus.

Mais quelques textes feront comprendre la théorie mieux que des commentaires :

« Le totémisme est la religion, non de tels animaux, ou de tels hommes ou de telles images, mais d'une sorte de force anonyme et impersonnelle, qui se retrouve dans chacun de ces êtres, sans pourtant se confondre avec aucun d'eux. Nul ne la possède tout entière, et tous y participent. Elle est tellement indépendante des sujets particuliers en qui elle s'incarne qu'elle les précède comme elle leur survit. Les individus meurent; les générations passent et sont remplacées par d'autres. Mais cette force reste toujours actuelle, vivante et semblable à elle-même. Elle anime la génération d'aujourd'hui, comme elle a animé celle d'hier, comme elle animera celle de demain. A prendre le mot dans un sens très large, on pourrait dire qu'elle est le Dieu qu'adore chaque culte totémique. Seulement, c'est un Dieu impersonnel, sans nom, sans histoire, immanent au monde, diffus dans une multitude innombrable de choses. » (*Les Formes élémentaires de la vie religieuse*, p. 269.)

Ce beau texte, qui pourrait s'appliquer presque à n'importe quelle forme de religion, explicite de façon frappante le thème durkheimien : toutes les croyances ou pratiques totémiques apparaissent semblables, en leur essence, à n'importe quelle croyance et pratique religieuse.

Les Australiens reconnaissent comme extérieure au monde des choses profanes une force anonyme, impersonnelle, qui s'incarne indifféremment dans une plante, dans un animal ou dans la représentation d'une plante ou d'un animal. C'est à cette force impersonnelle et anonyme, immanente et transcendante à la fois, que vont la croyance et le culte. Rien ne serait plus facile que de reprendre ces expressions pour les appliquer à une religion supérieure. Mais il s'agit ici du totémisme, dont l'interprétation est obtenue en partant de la priorité du totémisme du clan : pour qu'il y ait du sacré, il faut que les hommes fassent la différence entre ce qui est profane et quotidien, d'une part, et ce qui est différent en nature et donc sacré, d'autre part. Cette distinction affleure à la conscience des primitifs parce qu'ils ont, en tant que participants à une collectivité, le sentiment diffus que quelque chose est supérieur à leur individualité, ce quelque chose étant la force de la société antérieure à chacun des individus, qui leur survivra et à laquelle, sans le savoir, ils rendent un culte.

« On trouve chez les peuples mélanésiens, sous le nom de *mana*, une notion qui est l'équivalent exact du *wakan* des Sioux, de l'*orenda* iroquois. Voici la définition qu'en donne Codrington : « Les Mélanésiens croient à l'existence d'une force absolument distincte de toute force matérielle, qui agit de toutes sortes de façons, soit pour le bien, soit pour le mal, et que l'homme a le plus grand avantage à mettre sous sa main et à dominer. C'est le mana. Je crois comprendre le sens que ce mot a pour les indigènes... C'est une force, une influence d'ordre immatériel, et en un certain sens surnaturel; mais c'est par la force physique qu'elle se révèle, ou bien par toute espèce de pouvoir et de supériorité que l'on possède. Le mana n'est point fixé sur un objet déterminé; il peut être amené sur toute espèce de chose... Toute la religion du Mélanésien consiste à se procurer du mana, soit pour en profiter soi-même, soit pour en faire profiter autrui. » N'est-ce pas la notion même de force anonyme et diffuse dont nous découvrions tout à l'heure le germe dans le totémisme australien? » (*Les Formes élémentaires de la vie religieuse*, p. 277.)

Dans ce texte, le concept central de l'interprétation de la religion est celui d'une force anonyme et diffuse. L'exemple est cette fois emprunté aux sociétés mélanésiennes. Mais la rencontre même de ces analyses, appliquées à des sociétés diverses confirme, pour Durkheim, la théorie selon laquelle l'origine de la religion est la distinction du profane et du sacré, et selon laquelle la force anonyme, diffuse, supérieure aux individus et toute proche d'eux, est en réalité l'objet du culte.

Mais pourquoi la société devient-elle objet de la croyance et du culte? A cette question Durkheim répond que la société a par elle-même quelque chose de sacré.

« D'une manière générale, il n'est pas douteux qu'une société a tout ce qu'il faut pour éveiller dans les esprits, par la seule action qu'elle exerce sur eux, la sensation du divin; car elle est à ses membres ce qu'un dieu est à ses fidèles. Un dieu, en effet, c'est d'abord un être que l'homme se représente par certains côtés comme supérieur à soi-même, et dont il croit dépendre. Qu'il s'agisse d'une personnalité consciente, comme Zeus ou Yaweh, ou bien de forces abstraites, comme celles qui sont en jeu dans le totémisme, le fidèle, dans un cas comme dans l'autre, se croit tenu à de certaines manières d'agir, qui lui sont imposées par la nature du principe sacré avec lequel il se sent en commerce. Or la société, elle aussi, entretient en nous la sensation d'une perpétuelle dépendance. Parce qu'elle a une nature qui lui est propre, différente de notre nature d'individus, elle poursuit des fins qui lui sont également spéciales : mais, comme elle ne peut les atteindre que par notre intermédiaire, elle réclame impérieusement notre concours. Elle exige que, oublieux de nos intérêts, nous nous fassions ses serviteurs et elle nous astreint à toute sorte de gênes, de privations et de sacrifices sans lesquels la vie sociale serait impossible. C'est ainsi qu'à chaque instant nous sommes obligés de nous soumettre à des règles de conduite et de pensée que nous n'avons ni faites ni voulues, et qui même sont parfois contraires à nos penchants et à nos instincts les plus fondamentaux.

« Toutefois, si la société n'obtenait de nous ces concessions et ces sacrifices que par une contrainte matérielle, elle ne pourrait éveiller en nous que l'idée d'une force physique à laquelle il nous faut céder par nécessité, non d'une puissance morale comme celles que les religions adorent. Mais en réalité, l'empire qu'elle exerce sur les consciences tient beaucoup moins à la suprématie physique dont elle a le privilège qu'à l'autorité morale dont elle est investie. Si nous déférons à ses ordres, ce n'est pas simplement parce qu'elle est armée de manière à triompher de nos résistances; c'est, avant tout, parce qu'elle est l'objet d'un véritable respect. » (*Les Formes élémentaires de la vie religieuse*, p. 295-296.)

La société éveille en nous le sentiment du divin. Elle est à la fois un commandement qui s'impose, et une réalité qualitativement supérieure aux individus qui appelle respect, dévouement et adoration.

Elle favorise aussi le surgissement des croyances parce que les individus, rapprochés les uns des autres, vivant en communion les uns avec les autres, ont, dans l'effervescence de la fête, la capacité de créer du divin.

Deux textes curieux sont à cet égard caractéristiques. Dans l'un, Durkheim décrit les scènes d'exaltation que vivent les Australiens des sociétés primitives, dans l'autre il fait allusion à la Révolution française, créatrice possible de religion. Voici le texte sur les Australiens :

« Déjà, depuis la tombée de la nuit, toutes sortes de processions, de danses, de chants avaient lieu à la lumière des flambeaux; aussi l'effervescence générale allait-elle croissant. A un moment donné, douze assistants prirent chacun en main une sorte de grande torche enflammée et l'un d'eux, tenant la sienne comme une baïonnette, chargea un groupe d'indigènes. Les coups étaient parés au moyen de bâtons et de lances. Une mêlée générale s'engagea. Les hommes sautaient, se cabraient, poussaient des hurlements sauvages; les torches brillaient, crépitaient en frappant les têtes et les corps, lançaient des étincelles dans toutes les directions. " La fumée, les torches toutes flamboyantes, cette pluie d'étincelles, cette masse d'hommes dansant et hurlant, tout cela, disent Spencer et Gillen [*ce sont les observateurs des sociétés australiennes que suit Durkheim*], formait une scène d'une sauvagerie dont il est impossible de donner une idée avec des mots. "

« On conçoit sans peine que, parvenu à cet état d'exaltation, l'homme ne se connaisse plus. Se sentant dominé, entraîné par une sorte de pouvoir extérieur qui le fait penser et agir autrement qu'en temps normal, il a naturellement l'impression de n'être plus lui-même. Il lui semble être devenu un être nouveau : les décorations dont il s'affuble, les sortes de masques dont il se recouvre le visage figurent matériellement cette transformation intérieure, plus encore qu'ils ne contribuent à la déterminer. Et comme, au même moment, tous ses compagnons se sentent transfigurés de la même manière et traduisent leur sentiment par leurs cris, leurs gestes, leur attitude, tout se passe comme s'il était réellement transporté dans un monde spécial, entièrement différent de celui où il vit d'ordinaire, dans un milieu tout peuplé de forces exceptionnellement intenses, qui l'envahissent et le métamorphosent. Comment des expériences comme celles-là, surtout quand elles se répètent chaque jour pendant des semaines, ne lui laisseraient-elles pas la conviction qu'il existe effectivement deux mondes hétérogènes et incomparables entre eux? L'un est celui où il traîne languissamment sa vie quotidienne; au contraire, il ne peut pénétrer dans l'autre sans entrer aussitôt en rapports avec des puissances extraordinaires qui le galvanisent jusqu'à la frénésie. Le premier est le monde profane, le second, celui des choses sacrées. » (*Les Formes élémentaires de la vie religieuse*, p. 311-313.)

Ce texte est, me semble-t-il, l'expression la plus catégorique de la vision durkheimienne. Imaginons une foule dans une cérémonie tenant à la fois de la fête ou du culte, des individus rapprochés les uns des autres par des pratiques communes, par des actes semblables, dansant et hurlant. La cérémonie, activité collective, entraîne chaque individu hors de lui-même; elle le fait participer à la force du groupe; elle lui donne le sentiment de quelque chose qui est sans commune mesure avec la vie quotidienne « qu'il traîne languissamment ». Ce quelque chose d'extraordinaire, d'immanent et de transcendant à la fois, c'est précisément la force collective; c'est aussi quelque chose de sacré. Ces phénomènes d'effervescence sont l'exemple même du processus psychosocial grâce auquel naissent des religions.

Et Durkheim fait allusion, un peu auparavant, au culte révolutionnaire. A l'époque de la Révolution française, les individus étaient saisis d'une sorte d'enthousiasme religieux. Les mots nation, liberté, révolution étaient chargés d'une valeur sacrée, comparable à celle qui charge le *churinga* des Australiens.

« Cette aptitude de la société à s'ériger en dieu ou à créer des dieux ne fut nulle part plus visible que pendant les premières années de la Révolution. A ce moment, en effet, sous l'influence de l'enthousiasme général, des choses, purement laïques par nature, furent transformées par l'opinion publique en choses sacrées : c'est la Patrie, la Liberté, la Raison. Une religion tendit d'elle-même à s'établir qui avait son dogme, ses symboles, ses autels et ses fêtes. C'est à ces aspirations spontanées que le culte de la Raison et de l'Être suprême essaya d'apporter une sorte de satisfaction officielle. Cette rénovation religieuse n'eut, il est vrai, qu'une durée éphémère. Mais c'est que l'enthousiasme patriotique qui, à l'origine, transportait les masses, alla lui-même en s'affaiblissant. La cause disparaissant, l'effet ne pouvait se maintenir. Mais l'expérience pour avoir été courte, garde tout son intérêt sociologique. Il reste que, dans un cas déterminé, on a vu la société et ses idées essentielles devenir, directement et sans transfiguration d'aucune sorte, l'objet d'un véritable culte » (p. 305-306).

Mais d'autres bouleversements se produiront, le moment viendra où les sociétés modernes seront à nouveau saisies du délire sacré, et de celui-ci sortiront des religions nouvelles. (Le souvenir des cérémonies hitlériennes à Nuremberg nous incite à ajouter : hélas!)

Bergson termine *Les Deux Sources de la morale et de la religion* sur la phrase suivante : « L'univers est une machine à faire des dieux. » Durkheim aurait dit : les sociétés sont des machines à fabriquer des dieux. Mais, pour que cet effort de création réussisse, il faut que les individus échappent à la vie quotidienne, sortent d'eux-mêmes, et soient saisis de la ferveur dont l'exaltation de la vie collective est à la fois la cause et l'expression [7].

L'interprétation sociologique de la religion prend ainsi chez Durkheim deux formes. L'une met l'accent sur l'idée que, dans le totémisme, les hommes adorent, sans le savoir, leur société, ou encore que le sacré s'attache avant tout à la force collective et impersonnelle qui est une représentation de la société elle-même. Selon l'autre interprétation, les sociétés sont portées à créer des dieux ou des religions quand elles sont dans l'état d'exaltation qui résulte de l'intensité extrême de la vie collective elle-même. Dans les tribus australiennes, cette exaltation surgit à l'occasion de cérémonies que nous pouvons encore observer aujourd'hui. Dans les sociétés modernes, Durkheim suggère, sans en faire une théorie rigoureuse, que c'est à l'occasion des crises politiques et sociales.

A partir de ces idées fondamentales, Durkheim développe une interprétation des notions d'âme, d'esprit, de dieu, et s'attache à suivre l'élaboration intellectuelle des représentations religieuses. La religion comporte un ensemble de croyances, et ces croyances elles-mêmes s'expriment par des mots, c'est-à-dire prennent la figure d'une pensée dont la systématisation est poussée plus ou moins loin. Durkheim cherche jusqu'où va la systématisation totémique. Il veut montrer tout à la fois les limites de la systématisation intellectuelle du totémisme et aussi le passage possible de l'univers totémique aux univers des religions plus tardives.

De plus, Durkheim met en lumière l'importance de deux sortes de phénomènes sociaux, les symboles et les rites. Beaucoup des conduites sociales s'adressent non pas tant aux choses elles-mêmes qu'aux symboles des choses. Dans le totémisme, les interdits ne s'appliquent pas seulement aux animaux ou aux plantes totémiques, mais aussi aux objets sur lesquels animaux ou plantes sont représentés. De même façon, aujourd'hui, nos conduites sociales s'adressent quotidiennement non seulement aux choses mêmes, mais aux symboles de ces choses. J'ai fait allusion au drapeau, symbole de la patrie. La flamme sous l'Arc de Triomphe est un autre symbole. Les manifestations publiques pour ou contre telle ou telle politique sont aussi des actes qui s'adressent autant aux symboles qu'aux choses.

Durkheim a fait une théorie élaborée des rites dont il a mis en lumière les différents types et les fonctions générales. Il distingue trois sortes de rites : les rites négatifs, les rites positifs et les rites qu'il appelle piaculaires ou rites d'expiation. Les rites négatifs sont essentiellement les interdits : interdiction de manger, de toucher, qui se développent dans le sens de toutes les pratiques religieuses d'ascétisme. Les rites positifs, en revanche, sont des rites de communion qui visent par exemple à favoriser la fécondité. Les pratiques de consommation figurent parmi les rites positifs. Durkheim étudie aussi les rites mimétiques ou rites représentatifs, qui tendent à imiter les choses que l'on veut provoquer. Tous ces rites, qu'ils soient négatifs, positifs ou piaculaires, ont une fonction sociale majeure. Ils ont pour but de maintenir la communauté, de rafraîchir le sens d'appartenance au groupe, d'entretenir la croyance et la foi. Une religion ne vit que par des pratiques, symboles des croyances et manière de les renouveler.

Enfin, Durkheim tire de l'étude du totémisme une théorie sociologique de la connaissance. En effet, il ne se borne pas à essayer de comprendre les croyances et les pratiques des tribus australiennes, il essaie aussi de comprendre les manières de penser qui sont liées aux croyances religieuses. La religion n'est pas seulement le noyau primitif dont sont sorties, par différenciation, règles morales et règles religieuses au sens strict, elle est aussi le noyau primitif dont la pensée scientifique est issue.

Cette théorie sociologique de la connaissance comporte, à mon sens, trois propositions :

1. Les formes primitives de classification sont liées aux images religieuses de l'univers tirées des représentations que les sociétés ont d'elles-mêmes et de la dualité du monde profane et du monde religieux ou sacré. Durkheim étaye cette thèse d'un certain nombre d'exemples :

« Suivant toute vraisemblance, nous n'aurions jamais pensé à réunir les êtres de l'univers en groupes homogènes, appelés genres, si nous n'avions eu sous les yeux l'exemple des sociétés humaines, si même nous n'avions commencé par faire des choses elles-mêmes des membres de la société des hommes, si bien que groupements humains et groupements logiques ont d'abord été confondus. D'un autre côté, une classification est un système dont les parties sont disposées suivant un ordre hiérarchique. Il y a des caractères dominateurs, et d'autres qui sont subordonnés aux premiers; les espèces et leurs propriétés distinctives dépendent des genres et des attributs qui les définissent. Ou bien encore les différentes espèces d'un même genre sont conçues comme situées au même niveau les unes que les autres. » (*Les Formes élémentaires de la vie religieuse*, p. 210.)

De manière générale, le thème de Durkheim est que nous avons classé les êtres de l'univers en groupes appelés genres parce que nous avions l'exemple des sociétés humaines. Les sociétés humaines sont des types de groupements logiques immédiatement donnés aux individus. Nous élargissons aux choses de la nature la pratique du groupement, parce que nous pensons le monde à l'image de la société.

Les classifications, les caractères dominateurs, les caractères subordonnés sont élaborés par imitation de la hiérarchie qui existe dans la société. L'idée de hiérarchie, nécessaire à la classification logique des genres et des espèces, ne peut, en effet, être extraite que de la société elle-même. « Ni le spectacle de la nature physique ni le mécanisme des associations mentales ne sauraient nous en fournir l'idée. La hiérarchie est exclusivement chose sociale. C'est seulement dans la société qu'il existe des supérieurs, des inférieurs, des égaux. Par conséquent, alors même que les faits ne seraient pas à ce point démonstratifs, la seule analyse de ces notions suffirait à révéler leur origine. C'est à la société que nous les avons empruntées pour les projeter ensuite dans notre représentation du monde. C'est la société qui a fourni le canevas sur lequel a travaillé la pensée logique. » (*Ibid.*, p. 211.)

2. Durkheim affirme qu'une idée comme celle de causalité vient de la société et ne peut venir que d'elle. L'expérience de la vie collective fait naître l'idée de force. C'est la société qui donne aux hommes la conception d'une force supérieure à celle des individus.

3. Durkheim s'efforce enfin de démontrer que la théorie socio-

logique de la connaissance, telle qu'il l'esquisse, fournit le moyen de surmonter l'opposition de l'empirisme et de l'apriorisme, cette antithèse célèbre de la philosophie enseignée dans les classes et qu'il avait apprise au lycée dans un cours de philosophie peut-être assez semblable à celui qui est encore enseigné aujourd'hui.

L'empirisme est la doctrine selon laquelle les catégories, et de manière générale les concepts, sortent directement de l'expérience sensible, cependant que, selon l'apriorisme, les concepts ou les catégories sont donnés dans l'esprit humain lui-même. Or, affirme Durkheim, l'empirisme est faux parce qu'il ne peut pas expliquer comment les concepts ou catégories sortent des données sensibles, et l'apriorisme est faux parce qu'il n'explique rien, puisqu'il met dans l'esprit humain, comme un donné irréductible et premier, cela même qu'il faut expliquer. La synthèse va résulter de l'intervention de la société.

L'apriorisme a bien vu que les sensations ne peuvent pas susciter les concepts ou catégories et qu'il y a quelque chose de plus dans l'esprit humain que les données sensibles. Mais ni l'apriorisme ni l'empirisme n'ont vu que cette chose, qui est plus que les données sensibles, doit avoir une origine et comporter une explication. C'est la vie collective qui permet de rendre compte des concepts et des catégories. Les concepts sont, comme le voulait la théorie rationaliste, des représentations impersonnelles, parce qu'ils sont des représentations collectives. La pensée collective est différente en nature de la pensée individuelle et les concepts sont des représentations qui s'imposent aux individus parce qu'ils sont des représentations collectives. De plus, en tant que représentations collectives, les concepts présentent immédiatement un caractère de généralité. La société, en effet, ne s'intéresse pas aux détails et aux singularités. Elle est le mécanisme par lequel les idées accèdent à la généralité et trouvent en même temps l'autorité caractéristique des concepts ou catégories. « Les concepts expriment la manière dont la société se représente les choses. » (*Les Formes élémentaires de la vie religieuse*, p. 626.)

La science a une autorité sur nous parce que la société dans laquelle nous vivons le veut ainsi. « Il s'en faut que les concepts, même quand ils sont construits suivant toutes les règles de la science, tirent uniquement leur autorité de leur valeur objective. Il ne suffit pas qu'ils soient vrais pour être crus. S'ils ne sont pas en harmonie avec les autres croyances, les autres opinions, en un mot avec l'ensemble des représentations collectives, ils seront niés; les esprits leur seront fermés; ils seront, par suite, comme s'ils n'étaient pas. Si, aujourd'hui, il suffit en général qu'ils portent l'estampille de la science pour rencontrer une sorte de crédit privilégié, c'est que nous avons foi dans la science. Mais cette foi ne diffère pas essentiellement de la foi religieuse. La valeur que nous attribuons à la science dépend en somme de l'idée que nous nous faisons collectivement de sa nature et de son rôle dans la vie; c'est dire qu'elle exprime un état d'opinion. C'est qu'en effet, tout dans la vie sociale, la science elle-même, repose sur l'opinion. Sans doute, on peut prendre l'opinion comme objet d'étude et en faire la science; c'est en cela que consiste principalement la sociologie. Mais la science de l'opinion ne fait pas l'opinion; elle ne peut que l'éclairer, la rendre plus consciente de soi. Par là, il est vrai, elle peut l'amener à changer; mais la science continue à dépendre de l'opinion au moment où elle paraît lui faire la loi; car c'est de l'opinion qu'elle tient la force nécessaire pour agir sur l'opinion » (p. 625-626.)

Ainsi toutes les démonstrations resteraient sans efficacité si, dans une société donnée, la foi en la science venait à disparaître. Cette thèse est à la fois évidente et absurde. Il est évident que les démonstrations ne convaincraient plus le jour où les hommes ne croiraient plus à la valeur des démonstrations. Mais les propositions ne cesseraient pas d'être vraies à supposer même que les hommes décident de croire que le blanc est noir ou que le noir est blanc. S'il s'agit du fait psychologique de la croyance, Durkheim a évidemment raison; s'il s'agit du fait logique ou scientifique de la vérité, il a, me semble-t-il, tout aussi évidemment tort.

*

Au cours de cette étude, j'ai multiplié les citations parce que je me méfiais de moi-même. J'éprouve en effet une certaine difficulté à entrer dans la façon de penser de Durkheim, faute probablement de la sympathie nécessaire à la compréhension.

La société, nous dit Durkheim, est à la fois réelle et idéale, et elle est par essence créatrice d'idéal. Or, si je considère la société comme une collection d'individus, par exemple le clan australien, car la société, en tant que réalité sensible, saisissable de l'extérieur, est composée d'individus et des objets qu'ils utilisent, je constate certes que cette société, réalité naturelle, peut effectivement *favoriser* le surgissement de croyances. Il est difficile d'imaginer les pratiques religieuses d'individus solitaires. Bien plus, tous les phénomènes humains présentent une dimension sociale et la religion, quelle qu'elle soit, n'est pas pensable en dehors des groupes dans lesquels elle est née ou des communautés que l'on appelle églises. Mais si l'on ajoute que la société en tant que telle est non seulement réelle, mais idéale, et que, dans la mesure où les individus l'adorent, ils adorent une réalité transcendante, alors j'ai peine à suivre, car si la religion consiste à aimer une société concrète, sensible, en tant que telle, cet amour me paraît idolâtre, et la religion, en ce cas, est une représentation hallucinatoire, exactement au même degré que dans l'interprétation animiste ou naturiste.

Ou bien la société à laquelle s'adresse le culte religieux est la société concrète, sensible, composée d'individus, et tout aussi imparfaite que les individus eux-mêmes; alors les individus qui l'adorent sont victimes de représentations hallucinatoires, exactement comme s'ils adoraient des plantes, des animaux, des esprits ou des âmes. Si la société est considérée comme une réalité naturelle, Durkheim ne « sauve » pas plus l'objet de la religion que ne le fait toute autre interprétation. Ou bien la société que vise Durkheim est non pas la société réelle, mais une société différente de celle que nous pouvons observer, et dans ce cas nous sortons du totémisme et nous entrons dans une sorte de religion de l'humanité au sens d'Auguste Comte. La société à laquelle va l'adoration religieuse n'est plus une réalité concrète, mais une réalité idéale représentant ce qu'il y a d'idéal imparfaitement réalisé dans la société réelle. Mais alors ce n'est pas la société qui rend compte de la notion du sacré; c'est la notion du sacré, donnée à l'esprit humain, qui transfigure la société comme elle peut transfigurer n'importe quelle réalité.

Durkheim dit que la société est créatrice de religion lorsqu'elle est en effervescence. Il s'agit ici simplement d'une circonstance concrète. Les individus sont mis dans un état psychique tel qu'ils sentent des forces impersonnelles, à la fois immanentes et transcendantes, et une telle interprétation de la religion se ramène à une explication causale suivant laquelle l'effervescence sociale est *favorable* au surgissement de la religion. Mais il ne reste rien de l'idée que l'interprétation sociologique de la religion permet de sauver l'objet de celle-ci en montrant que l'homme adore ce qui mérite d'être adoré. Et encore nous avons tort de parler de la société au singulier, car il n'y a, d'après Durkheim lui-même, que *des* sociétés. Dès lors, si le culte s'adresse aux sociétés, il n'existe que des religions tribales ou nationales. En ce cas, l'essence de la religion serait d'inspirer aux hommes un attachement fanatique à des groupes partiels et de consacrer l'attachement de chacun à une collectivité et, du même coup, son hostilité à d'autres.

En définitive, il me paraît proprement inconcevable de définir l'*essence* de la religion par l'adoration que l'individu voue au groupe car, au moins à mes yeux, l'adoration de l'ordre social est précisément l'essence de l'impiété. Poser que les sentiments religieux ont pour objet la société transfigurée, ce n'est pas sauver, c'est dégrader l'expérience humaine dont la sociologie veut rendre compte.

Les Règles de la méthode sociologique (1895).

Au cours de l'analyse des thèmes et des idées directrices des trois grands livres de Durkheim, on ne peut qu'être frappé par la similitude des méthodes employées et des résultats obtenus. Dans *De la Division du travail social* comme dans *Le Suicide* ou *Les Formes élémentaires de la vie religieuse*, le développement de la pensée de Durkheim est le même : au point de départ, une définition du phénomène, puis, dans une deuxième étape, la réfutation des interprétations antérieures; enfin, au point d'arrivée, une explication proprement sociologique du phénomène considéré.

La similitude va même encore plus loin. Dans les trois livres, les interprétations antérieures à celle de Durkheim, qui font l'objet d'une réfutation en bonne et due forme, ont le même caractère. Il s'agit d'interprétations individualistes et rationalisantes, telles qu'on les trouve dans les sciences économiques. Dans la *Division du travail social*, Durkheim écarte l'interprétation du progrès vers la différenciation par des mécanismes de psychologie individuelle; il démontre que l'on ne peut pas expliquer la différenciation sociale par l'effort vers une productivité accrue, par la recherche du plaisir ou du bonheur, par le désir de surmonter l'ennui. Dans *Le Suicide*, l'explication qu'il écarte est l'explication individualiste et psychologique par la folie ou l'alcoolisme. Enfin, dans *Les Formes élémentaires de la vie religieuse*, les interprétations qu'il réfute sont celles de l'animisme et du naturisme qui, elles aussi, sont essentiellement individualistes et psychologiques.

Dans les trois cas, l'explication à laquelle il aboutit est essentiellement sociologique, encore que l'adjectif présente peut-être un sens quelque peu différent d'un livre à l'autre. Dans la *Division du travail social*, l'explication est sociologique, parce qu'elle pose la priorité de la société sur les phénomènes individuels. En particulier, l'accent est mis sur le volume et la densité de la population comme causes de la différenciation sociale et de la solidarité organique. Dans *Le Suicide*, le phénomène social par lequel il explique le suicide est ce qu'il appelle le courant suicidogène, ou tendance sociale au suicide, qui s'incarne dans tels ou tels individus, en raison de circonstances d'ordre individuel. Enfin, lorsqu'il s'agit de la religion, l'explication sociologique a un double caractère. D'une part, c'est l'exaltation collective provoquée par le rassemblement des individus en un même lieu qui fait surgir le phénomène religieux et inspire le sens du sacré; d'autre part, c'est la société elle-même que les individus adorent sans le savoir.

La sociologie, telle que la conçoit Durkheim, est l'étude des *faits essentiellement sociaux*, et l'explication de ces faits de manière *sociologique*.

Les Règles de la méthode sociologique sont la mise en forme abstraite de la pratique des deux premiers livres : *De la Division du travail social* et *Le Suicide*. Cet ouvrage, qui date de 1895, a en effet été médité au moment où Durkheim réfléchissait à la *Division du travail social*, achevée en 1894, et au *Suicide*, de quelques années postérieur.

La conception durkheimienne de la sociologie est fondée sur une théorie du *fait social*. Le but de Durkheim est de démontrer qu'il peut et qu'il doit exister une sociologie qui soit une science objective, conforme au modèle des autres sciences, dont l'objet serait le fait social. Pour qu'il y ait une sociologie, deux choses sont nécessaires : Il faut, d'une part, que l'objet de cette science soit spécifique, c'est-à-dire qu'il se distingue des objets de toutes les autres sciences. Il faut, d'autre part, que cet objet puisse être observé et expliqué de manière semblable à celle dont les faits de toutes les autres sciences sont observés et expliqués. Cette double exigence conduit aux deux formules célèbres par lesquelles on résume généralement la pensée durkheimienne : il faut considérer les faits sociaux comme des choses; la caractéristique du fait social, c'est qu'il exerce une contrainte sur les individus.

La première formule a été très discutée, comme en témoigne le livre de Jules Monnerot, *Les Faits sociaux ne sont pas des choses*, et elle demande un effort de compréhension [8]. Le point de départ est l'idée que nous ne savons pas, au sens scientifique du mot savoir, ce que sont les phénomènes sociaux qui nous entourent, au milieu desquels nous vivons, et, peut-on même dire, que nous vivons. Nous ne savons pas ce que sont l'État, la souveraineté, la liberté politique, la démocratie, le socialisme ou le communisme. Cela ne signifie pas que nous n'en ayons pas quelque idée. Mais précisément parce que nous en avons une idée vague et confuse, il importe de considérer les faits sociaux comme des choses, c'est-à-dire de nous débarrasser des prénotions et des préjugés qui nous paralysent lorsque nous voulons les connaître scientifiquement. Il faut observer les faits sociaux de l'extérieur, les découvrir comme nous découvrons les faits physiques. Parce que nous avons l'illusion de connaître les réalités sociales, il importe que nous nous convainquions qu'ils ne nous sont pas immédiatement connus. C'est en ce sens que Durkheim affirme qu'il faut considérer les faits sociaux comme des choses. Les choses sont tout ce qui est donné, tout ce qui s'offre ou plutôt s'impose à l'observation.

Cette formule : « Il faut considérer les faits sociaux comme des choses » débouche sur une critique de l'économie politique, c'est-à-dire sur une critique des discussions abstraites, des concepts comme celui de valeur [9]. Toutes ces méthodes, selon Durkheim, souffrent du même défaut fondamental. Elles partent de l'idée fausse que nous pouvons comprendre les phénomènes sociaux à partir de la signification que nous leur prêtons spontanément, alors que le sens véritable de ces phénomènes ne peut être découvert que par une exploration de type objectif et scientifique.

De là nous passons à une deuxième interprétation de la formule : « Est fait social toute manière de faire susceptible d'exercer sur l'individu une contrainte extérieure. »

Nous reconnaîtrons un phénomène social à ceci qu'il s'impose à l'individu. Et Durkheim donne une série d'exemples, d'ailleurs très différents, qui montrent la pluralité des sens que revêt dans sa pensée le terme de contrainte. Il y a contrainte, lorsque, dans une assemblée ou dans une foule, un sentiment s'impose à tous, ou une réaction collective, par exemple le rire, se communique à tous. Un tel phénomène est typiquement social parce qu'il a pour support et pour sujet l'ensemble du groupe, et non pas un individu en particulier. De même, la mode est un phénomène social : chacun s'habille d'une certaine façon en une année donnée parce que les autres font de même. Ce n'est pas un individu qui est à l'origine de la mode, c'est la société elle-même qui s'exprime par ces obligations implicites et diffuses. Durkheim prend encore comme exemple les courants d'opinion, qui poussent au mariage, au suicide, à une natalité plus ou moins forte, et qu'il qualifie d'états de l'âme collective. Enfin, les institutions d'éducation, le droit, les croyances, ont aussi pour caractéristique d'être donnés en dehors de chacun et de s'imposer à tous.

Phénomènes de foule, courants d'opinion, moralités, éducation, droit ou croyances que les auteurs allemands appellent esprit objectif, Durkheim met ensemble tous ces faits, parce qu'il y retrouve la même caractéristique fondamentale. Ils sont généraux parce qu'ils sont collectifs; ils sont différents des répercussions qu'ils exercent sur chacun des individus; ils ont pour substrat l'ensemble de la collectivité. Par suite, il est légitime de dire : « Est fait social toute manière de faire, fixée ou non, susceptible d'exercer sur l'individu une contrainte extérieure ou bien encore qui est générale dans l'étendue d'une société donnée, tout en ayant une existence propre, indépendante de ses manifestations individuelles. » (*Les Règles de la méthode sociologique*, p. 14.)

Telles sont les deux propositions qui servent de base à la méthodologie de Durkheim : observer les faits sociaux comme des choses et reconnaître le fait social à la contrainte qu'il exerce. Ces deux propositions ont été l'objet de discussions interminables qui, dans une large mesure, tiennent à l'équivoque des termes employés.

Si l'on convient de dire qu'on appellera chose toute réalité que l'on peut et doit observer de l'extérieur et dont on ne connaît pas immédiatement la nature, Durkheim a parfaitement raison de dire qu'il faut observer les faits sociaux comme des choses. En revanche, si le terme implique que les faits sociaux ne comportent pas d'interprétation différente de celle que comportent les faits naturels, ou encore s'il suggère que toute interprétation de la signification que les hommes donnent aux faits sociaux doit être écartée par la sociologie, il a tort. Au reste, une telle règle serait contraire à la pratique de Durkheim même, car, dans tous ses livres, il a cherché à saisir la signification que les individus ou les groupes donnent à leur manière de vivre, à leurs croyances, à leurs rites. Ce que l'on appelle comprendre, c'est précisément saisir la signification interne des phénomènes sociaux. L'interprétation modérée de la thèse durkheimienne implique simplement que cette signification authentique ne soit pas immédiatement donnée, qu'elle doive être découverte ou élaborée progressivement.

L'équivoque de la notion de contrainte est double. D'une part, le terme contrainte a d'ordinaire un sens plus limité que celui que lui prête Durkheim. Dans le langage courant, on ne parle de contrainte ni à propos de la mode ni à propos des croyances auxquelles adhèrent les individus, dans la mesure même où, ces croyances étant intériorisées, les individus ont le sentiment, en souscrivant à la même foi que leurs semblables, de s'exprimer eux-mêmes. Autrement dit, Durkheim prend de manière, je crois, malheureuse le terme de contrainte en une acception très vague ou très vaste; ce qui ne va pas sans inconvénient, puisque le lecteur est presque inévitablement tenté de retenir seulement le sens courant du mot, alors que le sens durkheimien est infiniment plus large.

D'autre part, la contrainte est-elle l'essence du phénomène social ou simplement une caractéristique extérieure qui permet de le reconnaître? D'après Durkheim lui-même, c'est le deuxième terme de l'alternative qui est vrai. Il ne prétend pas que la contrainte soit la caractéristique essentielle des faits sociaux en tant que tels, il la donne seulement comme le caractère extérieur qui permet de les reconnaître. Néanmoins, il est difficile d'éviter un glissement du caractère extérieur à la définition essentielle. Dès lors, on a discuté indéfiniment sur le point de savoir s'il était juste ou non de définir le fait social par la contrainte. Personnellement, je conclurais que, si l'on prend le mot contrainte au sens large et si l'on voit dans cette caractéristique seulement un trait aisément visible, la théorie devient à la fois moins intéressante et moins vulnérable.

Le débat sur les termes de chose et de contrainte a été d'autant plus vif que Durkheim, en tant que philosophe, est un conceptualiste. Il a tendance à considérer les concepts comme des réalités, ou, tout au moins, à tenir la distinction des genres et des espèces pour inscrite dans la réalité elle-même. Aussi, dans sa théorie de la sociologie, les problèmes de définition et de classification tiennent une place considérable.

Dans chacun de ses trois grands livres, Durkheim commence par définir le phénomène considéré. Cette opération est pour lui essentielle, car il s'agit d'*isoler* une catégorie de faits.

« Toute investigation scientifique porte sur un groupe déterminé de phénomènes qui répondent à une même définition. La première démarche du sociologue doit donc être de définir les choses dont il traite, afin que l'on sache et qu'il sache bien de quoi il est question. C'est la première et la plus indispensable condition de toute preuve et de toute vérification; une théorie, en effet, ne peut être contrôlée que si l'on sait reconnaître les faits dont elle doit rendre compte. De plus, puisque c'est par cette définition initiale qu'est constitué l'objet même de la science, celui-ci sera une chose ou non, suivant la manière dont cette définition sera faite. » (*Les Règles de la méthode sociologique*, p. 34.)

Durkheim est toujours enclin à penser qu'une fois une catégorie de faits définie, il sera possible de lui trouver une explication et une seule. Un effet donné provient toujours d'une même cause. Ainsi s'il y a plusieurs causes des suicides ou des crimes, c'est qu'il y a plusieurs types de suicide ou de crime.

La règle selon laquelle il faut procéder aux définitions est la suivante : « Ne jamais prendre pour objet de recherches qu'un groupe de phénomènes préalablement définis par certains caractères extérieurs qui leur sont communs, et comprendre dans la même recherche tous ceux qui répondent à cette définition. » (*Ibid.*, p. 35.) Et Durkheim commente ainsi ce précepte : « Par exemple, nous constatons l'existence d'un certain nombre d'actes qui présentent tous ce caractère extérieur que, une fois accomplis, ils déterminent de la part de la société cette réaction particulière qu'on nomme la peine. Nous en faisons un groupe *sui generis*, auquel nous imposons une rubrique commune; nous appelons crime tout acte puni et nous faisons du crime ainsi défini l'objet d'une science spéciale, la criminologie. » Ce qui caractérise donc un crime, c'est qu'il suscite de la part de la société une réaction dite sanction, qui elle-même révèle que la conscience collective a été blessée par l'acte tenu pour coupable. Seront crimes les actes qui présentent tous ce caractère extérieur qu'une fois accomplis, ils déterminent de la part de la société la réaction particulière qu'on nomme le châtiment.

Cette méthode n'est pas sans poser des problèmes. Durkheim part de l'idée qu'il convient de définir les faits sociaux par des traits extérieurs aisément reconnaissables, afin d'éviter les préjugés ou les prénotions. Par exemple, le crime, en tant que fait social, est un acte qui appelle une sanction. Si cette définition n'est pas donnée comme essentielle, il n'y a aucune difficulté; c'est là un procédé commode pour reconnaître une certaine catégorie de faits. Mais si, une fois que l'on a posé cette définition, on applique un prétendu principe de causalité et déclare que tous les faits de cette catégorie ont une cause déterminée et une seule, sans même s'en rendre compte on suppose implicitement que la définition extrinsèque équivaut à une définition intrinsèque et l'on postule que tous les faits classés dans la catégorie ont une même cause. C'est par un procédé de cette sorte que Durkheim, dans sa théorie de la religion, glisse de la définition de la religion par le sacré à la conception selon laquelle il n'y a pas de différence fondamentale entre le totémisme et les religions de salut et en vient à suggérer que toute religion consiste à adorer la société.

Le danger de cette méthode est double : substituer, sans même s'en rendre compte, à une définition extrinsèque, par des signes extérieurs aisément reconnaissables, une définition intrinsèque; et présupposer arbitrairement que tous les faits que l'on a classés dans la catégorie ont nécessairement une seule et même cause.

En matière de religion, la portée de ces deux réserves ou critiques apparaît immédiatement. Il se peut que, dans la religion totémique, les croyants adorent la société sans même en prendre conscience. Il n'en résulte pas que la signification essentielle de la croyance religieuse, dans la religion de salut, soit la même. L'identité de nature entre les différents faits classés dans une même catégorie, définie par des traits extrinsèques, est impliquée par la philosophie conceptualiste de Durkheim; elle n'est pas évidente.

Cette tendance à se représenter les faits sociaux comme susceptibles d'être classés en genres et en espèces apparaît dans le chapitre IV consacré aux règles relatives à la constitution de types sociaux. La classification durkheimienne des sociétés est fondée sur le principe que les sociétés diffèrent par leur degré de complexité. Le point de départ est cet agrégat le plus simple que Durkheim appelle la horde. Ce groupe qui est peut-être une réalité historique, peut-être simplement une fiction théorique, se résout immédiatement en individus juxtaposés de manière pour ainsi dire atomique. La horde est, dans le règne social, comparable à ce qu'est le protozoaire dans le règne animal. Après la horde vient le clan qui comprend plusieurs familles. Mais, d'après Durkheim, les familles sont historiquement postérieures au clan et ne constituent pas des segments sociaux. Le clan est la société historiquement connue la plus simple, formée par une réunion de hordes. Pour classer les autres sociétés, il suffit d'appliquer le même principe. Les sociétés polysegmentaires simples, comme les tribus kabyles, seront formées par une pluralité de clans juxtaposés. Les sociétés polysegmentaires simplement composées seront des sociétés, telles que les confédérations iroquoises, où les segments, au lieu d'être simplement juxtaposés, sont organisés en un ensemble social de type supérieur. Les sociétés polysegmentaires doublement composées résultent de la juxtaposition ou fusion de sociétés polysegmentaires simplement composées; appartiennent à ce type la cité grecque et la cité romaine.

Cette classification suppose qu'il y ait des unités sociales simples dont l'addition constitue les divers types sociaux. Selon cette conception, chaque société sera définie par son degré de complexité et ce critère du degré de complexité permettra de déterminer la nature d'une société sans se référer aux phases historiques telles que les étapes du développement économique.

Durkheim indique d'ailleurs qu'une société — il pense à la société japonaise — peut absorber un certain développement économique d'origine externe sans que sa nature fondamentale en soit transformée. La classification des genres et des espèces sociales est radicalement distincte de la détermination des phases du développement économique ou historique.

Les sociologues du XIXe siècle, Auguste Comte et Marx, s'étaient efforcés de déterminer les principaux moments du devenir historique et les phases de la progression intellectuelle, économique et sociale de l'humanité. Selon Durkheim, ces tentatives ne mènent à rien. Par contre, il est possible d'établir une classification scientifiquement valable des genres et des espèces de sociétés en s'attachant à un critère qui reflète la structure de la société considérée : le nombre des segments juxtaposés dans une société complexe et le mode de combinaison de ces segments.

Les théories de la définition et de la classification des genres et des espèces conduisent à la distinction du normal et du pathologique et à la théorie de l'explication.

La distinction du normal et du pathologique, développée au chapitre III des *Règles de la méthode sociologique*, joue un rôle important dans la pensée de Durkheim. A mon sens, cette distinction restera jusqu'à la fin de sa carrière un des fondements de sa pensée, bien qu'il ne l'ait plus utilisée aussi souvent dans sa dernière période, celle des *Formes élémentaires de la vie religieuse.*

L'importance de cette distinction tient aux intentions réformatrices de Durkheim. Sa volonté d'être un pur savant ne l'empêchait pas d'affirmer que la sociologie ne vaudrait pas une heure de peine si elle ne permettait d'améliorer la société. Il avait l'espoir de fonder des conseils d'action sur une étude objective et scientifique des phénomènes. La distinction du normal et du pathologique est précisément un des intermédiaires entre l'observation des faits et les préceptes. Si un phénomène est normal, nous n'avons pas lieu de vouloir l'éliminer, même s'il nous heurte moralement; en revanche, s'il est pathologique, nous disposons d'un argument scientifique pour justifier des projets de réforme.

Pour Durkheim, un phénomène est normal lorsqu'il se rencontre de manière générale dans une société d'un certain type, à une certaine phase de son devenir. Le crime est donc un phénomène normal ou, plus exactement, un certain taux de crime est un phénomène normal. Ainsi la normalité est définie par la généralité, mais puisque les sociétés sont diverses, il est impossible de connaître la généralité de manière abstraite et universelle. Sera considéré comme normal le phénomène que l'on rencontre le plus souvent dans une société d'un type donné, à un moment donné de son devenir. Cette définition de la normalité n'exclut pas que, subsidiairement, on cherche à expliquer la généralité, c'est-à-dire que l'on s'efforce de découvrir la cause qui détermine la fréquence du phénomène considéré. Mais le signe premier et décisif de la normalité d'un phénomène, c'est simplement sa fréquence.

De même que la normalité est définie par la généralité, l'explication, selon Durkheim, est définie par la cause. Expliquer un phénomène social, c'est en chercher la cause efficiente, c'est dégager le phénomène antécédent qui le produit nécessairement. Subsidiairement, une fois établie la cause d'un phénomène, on peut chercher également la fonction que remplit celui-ci, l'utilité qu'il présente. Mais l'explication fonctionnaliste, présentant un caractère téléologique, doit être subordonnée à la recherche de la cause efficiente. Car, « faire voir à quoi un fait est utile n'est pas expliquer comment il est né, ni comment il est ce qu'il est. Les emplois auxquels il sert supposent les propriétés spécifiques qui le caractérisent, mais ne le créent pas. Le besoin que nous avons des choses ne peut pas faire qu'elles soient telles ou telles et, par conséquent, ce n'est pas ce besoin qui peut les tirer du néant et leur conférer l'être ». (*Les Règles de la méthode sociologique*, p. 90.)

Les causes des phénomènes sociaux doivent être cherchées dans le milieu social. C'est la structure de la société considérée qui est la cause des phénomènes dont la sociologie veut rendre compte. « C'est dans la nature de la société elle-même qu'il faut aller chercher l'explication de la vie sociale » (p. 101), ou encore : « L'origine première de tout processus social de quelque importance doit être recherchée dans la constitution du milieu social interne » (p. 111).

L'explication des phénomènes par le milieu social s'oppose à l'explication historique selon laquelle la cause d'un phénomène serait à chercher dans le passé, c'est-à-dire dans l'état antérieur de la société. Durkheim considère que l'explication historique n'est pas une véritable explication scientifique. Il tient que c'est par les conditions concomitantes que l'on peut rendre compte d'un phénomène social. Il va même jusqu'à dire que si le milieu social n'explique pas des phénomènes que l'on observe à un moment de l'histoire, il sera impossible d'établir aucun rapport de causalité. D'une certaine manière, *la causalité efficiente du milieu social est pour Durkheim la condition d'existence de la sociologie scientifique.* Celle-ci consiste à étudier les faits de l'extérieur, à définir rigoureusement des concepts grâce auxquels on isole des catégories de phénomènes, à classer les sociétés en genres et en espèces, enfin, à l'intérieur d'une société donnée, à expliquer un fait particulier par le milieu social.

La preuve de l'explication est obtenue par l'usage de la méthode des variations concomitantes :

« Nous n'avons qu'un moyen de démontrer qu'un phénomène est cause d'un autre, c'est de comparer les cas où ils sont simultanément présents ou absents et de chercher si les variations qu'ils présentent dans ces différentes combinaisons de circonstances témoignent que l'un dépend de l'autre. Quand ils peuvent être artificiellement produits au gré de l'observateur, la méthode est l'expérimentation proprement dite. Quand, au contraire, la production des faits n'est pas à notre disposition et que nous ne pouvons que les rapprocher tels qu'ils se sont spontanément produits, la méthode que l'on emploie est celle de l'expérimentation indirecte ou méthode comparative » (p. 124).

Dans le cas du suicide, l'application de cette méthode était particulièrement simple. Durkheim se bornait à comparer les taux de suicide, à l'intérieur d'une même société ou à l'intérieur de sociétés très proches les unes des autres. Mais la méthode des variations concomitantes peut et doit comporter la comparaison d'un même phénomène, par exemple la famille ou le crime, d'une société à une autre appartenant ou non à la même espèce. Le but est de suivre le développement intégral d'un phénomène donné, par exemple la famille ou la religion, à travers toutes les espèces sociales.

« On ne peut expliquer un fait social de quelque complexité qu'à condition d'en suivre le développement intégral à travers toutes les espèces sociales. La sociologie comparée n'est pas une branche particulière de la sociologie; c'est la sociologie même, en tant qu'elle cesse d'être purement descriptive et aspire à rendre compte des faits » (p. 137).

Dans le cas de la religion, Durkheim remonte aux formes élémentaires de la vie religieuse. Il n'a pas l'ambition de suivre le développement du phénomène religieux à travers les espèces sociales, mais on voit comment une sociologie idéale s'inspirant de cette analyse partirait d'une catégorie de faits définis à l'aide de traits extérieurement reconnaissables, suivrait le développement de l'institution à travers les espèces sociales et aboutirait ainsi à une théorie générale d'un ordre de faits, ou même des espèces sociales. Idéalement, il est possible de se représenter une théorie générale de la société dont le principe serait une philosophie conceptualiste comportant une théorie des catégories de faits sociaux, une conception des genres et des espèces de sociétés et enfin une doctrine de l'explication voyant dans le milieu social la cause déterminante des faits sociaux.

Cette théorie de la sociologie scientifique a pour fondement une affirmation qui se trouve au centre de la pensée durkheimienne : la société est une réalité distincte en nature des réalités individuelles. Tout fait social a pour cause un autre fait social et jamais un fait de la psychologie individuelle.

« Mais, dira-t-on, puisque les seuls éléments dont est formée la société sont des individus, l'origine première des phénomènes sociologiques ne peut être que psychologique. En raisonnant ainsi, on peut tout aussi facilement établir que les phénomènes biologiques s'expliquent analytiquement par les phénomènes inorganiques. En effet, il est bien certain qu'il n'y a dans la cellule vivante que des molécules de matière brute. Seulement, ils y sont associés, et c'est cette association qui est la cause de ces phénomènes nouveaux qui caractérisent la vie et dont il est impossible de retrouver même le germe dans aucun des éléments associés. C'est qu'un tout n'est pas identique à la somme de ses parties, il est quelque chose d'autre et dont les propriétés diffèrent de celles que présentent les parties dont il est composé. L'association n'est pas, comme on l'a cru quelquefois, un phénomène, par soi-même, infécond, qui consiste simplement à mettre en rapports extérieurs des faits acquis et des propriétés constituées. N'est-elle pas, au contraire, la source de toutes les nouveautés qui se sont successivement produites au cours de l'évolution générale des choses? Quelle différence y a-t-il entre les organismes inférieurs et les autres, entre le vivant organisé et le simple plastide, entre celui-ci et les molécules inorganiques qui le composent, sinon des différences d'association? Tous ces êtres, en dernière analyse, se résolvent en éléments de même nature; mais ces éléments sont, ici, juxtaposés, là, associés; ici, associés d'une manière, là, d'une autre. On est même en droit de se demander si cette loi ne pénètre pas jusque dans le monde minéral et si les différences qui séparent les corps inorganisés n'ont pas la même origine. En vertu de ce principe, la société n'est pas une simple somme d'individus, mais le système formé par leur association représente une réalité spécifique qui a ses caractères propres. Sans doute, il ne peut rien se produire de collectif si des consciences particulières ne sont pas données; mais cette condition nécessaire n'est pas suffisante. Il faut encore que ces consciences soient associées, combinées, et combinées d'une certaine manière; c'est de cette combinaison que résulte la vie sociale et, par suite, c'est cette combinaison qui l'explique. En s'agrégeant, en se pénétrant, en se fusionnant, les âmes individuelles donnent naissance à un être, psychique si l'on veut, mais qui constitue une individualité psychique d'un genre nouveau. C'est donc dans la nature de cette individualité, non dans celle des unités composantes, qu'il faut aller chercher les causes prochaines et déterminantes des faits qui s'y produisent. Le groupe pense, sent, agit tout autrement que ne feraient ses membres, s'ils étaient isolés. Si donc on part de ces derniers, on ne pourra rien comprendre à ce qui se passe dans le groupe. En un mot, il y a entre la psychologie et la sociologie la même solution de continuité qu'entre la biologie et les sciences physico-chimiques. » (*Les Règles de la méthode sociologique*, p. 102-103.)

Tel est le centre de la pensée méthodologique de Durkheim. Le fait social est spécifique. Créé par l'association des individus, il diffère en nature de ce qui se passe au niveau des consciences individuelles. Les faits sociaux peuvent être l'objet d'une science générale parce qu'ils se distribuent en catégories et que les ensembles sociaux eux-mêmes peuvent être classés en genres et en espèces.

Sociologie et socialisme.

Pour étudier les idées politiques de Durkheim, nous disposons de trois séries de cours qui ont été publiés après sa mort. Mais Durkheim avait la bonne habitude de rédiger entièrement ses leçons. Aussi ces textes expriment exactement la pensée de leur auteur.

Ces cours sont celui sur *Le Socialisme*, publié en 1928, et qui traite surtout de Saint-Simon, celui publié en 1950 sous le titre *Leçons de sociologie. Physique des mœurs et du droit*, et enfin ceux sur l'éducation et les problèmes pédagogiques.

Durkheim est de formation un philosophe. Élève à l'École normale supérieure autour des années 1880, il s'est passionnément intéressé, comme ses camarades, Lévy-Bruhl et Jaurès, à ce que l'on appelait à l'époque les questions sociales, qui paraissaient plus vastes que les simples questions politiques.

Au moment où il commence ses recherches, il se formule à lui-même le problème dont l'étude le mènera à la *Division du travail social* sous la forme suivante : quels sont les rapports entre l'individualisme et le socialisme? Marcel Mauss, son neveu, dans la préface au cours sur le socialisme, rappelle ce point de départ théorique des recherches de Durkheim. Le rapport entre ces deux mouvements d'idées — le socialisme et l'individualisme — est en effet en termes philosophiques le problème sociologique de la *Division du travail social.*

L'interrogation sur le rapport entre l'individualisme et le socialisme, ou entre l'individu et le groupe, qui conduit Durkheim au thème du consensus, appartient d'ailleurs à la tradition ouverte par Auguste Comte. De multiples manières il est fidèle à l'inspiration du fondateur du positivisme.

Durkheim pose au point de départ l'absolu de la pensée scientifique. Cette dernière est la seule forme de pensée qui, à notre époque, soit valable. Aucune doctrine morale ou religieuse, au moins dans son contenu intellectuel, ne peut être admise si elle ne résiste pas à la critique de la science. Durkheim, selon une exigence qui était aussi à l'origine de la doctrine positiviste, ne peut donc trouver de fondement à l'ordre social que dans une pensée de type scientifique.

De plus, Durkheim critique les économistes, et plus particulièrement les économistes libéraux ou théoriciens, d'une manière fondamentalement identique à celle d'Auguste Comte. L'un et l'autre considèrent l'activité économique comme caractéristique des sociétés modernes qui sont des sociétés industrielles. L'organisation de l'économie doit donc exercer une influence décisive sur l'ensemble de la société. Mais ce n'est pas à partir de la rivalité des intérêts individuels ou de l'harmonie préétablie entre ces intérêts que l'on peut créer le concours des volontés qui est la condition de la stabilité sociale. Pas plus qu'on ne peut expliquer une société à partir de la conduite prétendue rationnelle des sujets économiques.

Le problème social n'est pas d'abord un problème économique, il est surtout un problème de consensus, c'est-à-dire de sentiments communs aux individus grâce auxquels les conflits sont atténués, les égoïsmes refoulés et la paix maintenue. Le problème social est un problème de socialisation. Il s'agit de faire de l'individu un membre de la collectivité, de lui inculquer le respect des impératifs, des interdits et des obligations, faute desquels la vie collective serait impossible.

Le livre sur la division du travail constitue la première réponse durkheimienne au problème des rapports entre l'individualisme et le socialisme, et cette réponse se confond avec la découverte de la sociologie comme science. Le problème social, celui des rapports de l'individu au groupe, ne doit pas être résolu dans l'abstrait, par la voie spéculative, mais par la voie scientifique. Et la science nous montre qu'il n'y a pas un seul type de rapport entre l'individu et le groupe, mais des types différents d'intégration, variables d'époque à époque et de société à société.

En particulier, il y a deux types fondamentaux d'intégration : la solidarité mécanique, par ressemblance, et la solidarité organique, par différenciation. Cette dernière, chacun exerçant une fonction propre dans une société résultant du concours nécessaire entre des individus différents, se trouve être la solution de fait, démontrée par la voie scientifique, du problème des rapports entre l'individualisme et le socialisme. Selon Durkheim, c'est la science elle-même qui nous explique pourquoi un certain type social rend nécessaire l'individualisme. L'autonomie de la volonté et la marge de décision individuelle sont caractéristiques de la solidarité organique.

L'analyse de la solidarité organique est donc, aux yeux de Durkheim, la réponse à un problème proprement philosophique, celui des relations entre l'individualisme et le socialisme. La société où domine la solidarité organique permet à l'individualisme de s'épanouir en fonction d'une nécessité collective et d'un impératif moral. La morale elle-même y ordonne à chacun de se réaliser lui-même. La solidarité organique n'en pose pas moins deux problèmes.

Dans la société moderne, les individus ne sont plus interchangeables et chacun peut réaliser sa vocation propre. Il n'en est pas moins nécessaire qu'il y ait des croyances communes, ne serait-ce que celle du respect absolu de la personne humaine, pour maintenir la coexistence pacifique de ces individus différenciés. Il importe donc de donner un contenu assez large et une autorité suffisante à la conscience collective, dans une société où l'individualisme est devenu la loi suprême.

Toute société moderne où domine la solidarité organique comporte des risques de désagrégation et d'anomie. En effet, plus la société moderne encourage les individus à revendiquer le droit d'accomplir leur propre personnalité et d'assouvir leurs propres désirs, plus il est à craindre que l'individu oublie les exigences de la discipline et finisse par être perpétuellement insatisfait. Si grande que soit la part faite à l'individualisme dans la société moderne, il n'y a pas de société sans discipline, sans limitation des désirs, sans disproportion entre les aspirations de chacun et les satisfactions accessibles.

C'est à ce point de l'analyse que le sociologue retrouve le problème du socialisme et qu'il nous est possible de comprendre en quel sens Durkheim est socialiste, en quel sens il ne l'est pas, ou encore en quel sens la sociologie, telle qu'il la comprend, est le substitut du socialisme. La pensée durkheimienne a été historiquement en relations assez étroites avec la pensée des socialistes français des dernières années du XIXe siècle. D'après Marcel Mauss, c'est Durkheim qui a incliné la pensée de Jaurès dans la direction du socialisme et lui a montré la pauvreté des idées radicales auxquelles celui-ci souscrivait à l'époque. Probablement la conversion de Jaurès au socialisme n'est-elle pas due à la seule influence de Durkheim. Lucien Herr, bibliothécaire de l'École normale, y a pris une part directe et prépondérante. Il n'en est pas moins vrai qu'autour des années 1885-1895 la conception durkheimienne du socialisme a été un élément important de la conscience politique française, dans les milieux intellectuels de gauche.

Le cours que Durkheim a consacré au socialisme est une partie d'une entreprise plus vaste qu'il n'a pas menée à bonne fin. Il se proposait de faire une étude historique de l'ensemble des doctrines socialistes et il n'a fait que le cours sur les origines, c'est-à-dire essentiellement sur Saint-Simon.

Durkheim aborde cette étude avec quelques idées qui éclairent son interprétation du socialisme. Bien qu'il soit en un certain sens socialiste — je dirais volontiers qu'il est un vrai socialiste, selon la définition qu'il donne de ce terme — il n'est pas marxiste. Il s'oppose même à cette doctrine telle qu'elle est d'ordinaire interprétée sur deux points essentiels :

D'abord, il ne croit pas à la fécondité des moyens violents et il se refuse à considérer la lutte de classes, en particulier les conflits entre ouvriers et entrepreneurs, comme un élément essentiel de la société présente, voire comme le ressort du mouvement historique. Pour Durkheim, en bon disciple d'Auguste Comte, les conflits entre ouvriers et entrepreneurs sont la preuve d'une inorganisation ou d'une anomie partielle de la société moderne, qui doit être corrigée. Ils n'annoncent nullement le passage à un régime social ou économique fondamentalement différent. Si donc, comme on le pense aujourd'hui, la lutte de classes et la violence tiennent la première place dans la pensée marxiste, et si l'on convient — ce que l'on aurait d'ailleurs tort de faire — d'assimiler socialisme et marxisme, il faudrait dire que Durkheim est aux antipodes du socialisme.

Le sociologue n'est pas socialiste non plus dans la mesure où beaucoup de socialistes ont tendance à croire que la solution des problèmes de la société moderne viendra d'une réorganisation économique. Or le problème social, pour lui, n'est pas tant économique que moral, et là encore, il est très loin de la pensée marxiste. Ce n'est ni dans le statut de la propriété ni même dans la planification que Durkheim voit l'essentiel de la pensée socialiste.

Le socialisme de Durkheim, c'est essentiellement le « socialisme » d'Auguste Comte, qui se résume en deux mots-clés, *organisation* et *moralisation*. Le socialisme est une organisation meilleure, c'est-à-dire plus consciente, de la vie collective, qui aurait pour objet et pour conséquence d'intégrer les individus dans des cadres sociaux ou dans des communautés dotées d'autorité morale et ainsi capables de remplir une fonction éducative.

Le cours sur le socialisme porte en sous-titre : *Sa définition. Ses débuts. La doctrine saint-simonienne.* Durkheim ne distingue pas clairement ce qui appartient à Saint-Simon lui-même de ce qui appartient à Augustin Thierry ou à Auguste Comte. Je pense, personnellement, qu'il attribue à la pensée de Saint-Simon beaucoup de mérites, de vertus et d'originalité qui appartiennent plutôt aux collaborateurs de celui-ci. Mais là n'est pas ce qui importe.

L'essentiel est la définition du socialisme et les rapprochements que Durkheim établit entre le saint-simonisme et la situation du socialisme au début du XIXe siècle. Il veut toujours définir une réalité sociale de manière objective. Il ne se donne pas le droit, que revendiquait Max Weber, de choisir sa définition d'un phénomène social. Il s'efforce de déterminer de l'extérieur ce qu'est ce phénomène social, en en retenant des traits visibles. Dans ce cas, il établit une définition du socialisme à partir des traits communs aux doctrines couramment qualifiées de socialistes. Et il écrit ainsi : « On appelle socialiste toute doctrine qui réclame le rattachement de toutes les fonctions économiques, ou de certaines d'entre elles, qui sont actuellement diffuses, aux centres directeurs et conscients de la société. » (*Le Socialisme*, p. 25.) Ou encore : « Le socialisme ne se réduit pas à une question de salaire, ou, comme on a dit, d'estomac. C'est avant tout une aspiration à un réarrangement du corps social, ayant pour effet de situer autrement l'appareil industriel dans l'ensemble de l'organisme, de le tirer de l'ombre où il fonctionne automatiquement, de l'appeler à la lumière et au contrôle de la conscience. Mais on peut dès maintenant apercevoir que cette aspiration n'est pas uniquement ressentie par les classes inférieures, mais par l'État lui-même, qui, à mesure que l'activité économique devient un facteur plus important de la vie générale, est amené par la force des choses, par des nécessités vitales de la plus haute importance, à en surveiller et à en régler davantage les manifestations. » (*Ibid.*, p. 34.)

Ces deux textes résument assez bien la conception que Durkheim se fait du socialisme. Il établit une distinction rigoureuse entre les doctrines qu'il appelle communistes et les doctrines qu'il appelle socialistes. A toutes les époques de l'histoire, depuis l'Antiquité, il y a eu des doctrines communistes. Ces doctrines naissaient d'une protestation contre l'inégalité sociale et l'injustice. Elles rêvaient d'un monde où la condition de chacun serait semblable à la condition de tous. Elles ne sont donc pas caractéristiques d'une période historique donnée comme le sont les doctrines socialistes du début du XIXe siècle, au lendemain de la Révolution française. Bien loin de considérer l'activité économique comme fondamentale, elles tentent de réduire au minimum le rôle des richesses. Beaucoup d'entre elles sont inspirées par une conception ascétique de l'existence. Au contraire, les doctrines socialistes mettent l'accent sur le caractère primordial de l'activité économique. Bien loin de souhaiter le retour à une vie simple et frugale et de réclamer des lois somptuaires, elles cherchent dans l'abondance et dans le développement des capacités productives la solution des difficultés sociales.

Les doctrines socialistes, d'après Durkheim, ne sont définies ni par la négation de la propriété privée, ni par les revendications des ouvriers, ni par le désir des classes supérieures ou des dirigeants de l'État d'améliorer la condition des plus défavorisés. Le refus de la propriété privée n'est nullement caractéristique du socialisme. La doctrine saint-simonienne comporte une critique de l'héritage, mais Durkheim voit, dans cette critique, une sorte de confirmation du principe même de la propriété privée. En effet, si nous appelons propriété privée la propriété individuelle, celle-ci est justifiée lorsqu'elle appartient bien à celui qui l'a acquise. La transmission héréditaire devient ainsi contraire au principe de la propriété privée, puisque, par l'héritage, quelqu'un reçoit une propriété dont il n'a pas eu lui-même le mérite de l'acquisition. En ce sens, dit Durkheim, la critique de l'héritage peut être considérée comme l'application logique du principe selon lequel la seule propriété légitime est privée, c'est-à-dire celle que l'individu possède parce qu'il l'a acquise lui-même.

Durkheim convient que les revendications ouvrières et les efforts pour améliorer la condition ouvrière font partie des sentiments qui inspirent les doctrines socialistes, mais il maintient qu'ils ne sont pas essentiels à l'idée socialiste. A toutes les époques, il y a eu des hommes inspirés par l'esprit de charité ou de pitié, qui se sont penchés sur le sort des malheureux et ont voulu l'améliorer. Mais ce souci du malheur d'autrui n'est caractéristique ni des doctrines socialistes ni d'un moment donné de l'histoire sociale européenne. De plus, on ne résoudra jamais « la question sociale » par des réformes économiques.

La Révolution française a été un antécédent nécessaire du développement des doctrines socialistes dont, au XVIIIe siècle, certains phénomènes peuvent être considérés comme l'origine. Les protestations se multiplient contre les inégalités, l'idée apparaît que l'on peut attribuer à l'État des fonctions plus étendues. Mais avant la Révolution ces thèses restent embryonnaires et il manque l'essentiel, c'est-à-dire l'idée centrale du socialisme : la conception d'une réorganisation consciente de la vie économique.

Cette idée est née après la Révolution parce que celle-ci a troublé l'ordre social et a répandu le sentiment d'une crise, inclinant les hommes de pensée à en rechercher les causes. En bouleversant l'ordre ancien, la Révolution française a fait prendre conscience du rôle possible de l'État. Enfin, c'est après la Révolution française que la contradiction entre la capacité accrue de production et la misère du grand nombre est apparue clairement. Les hommes ont découvert l'anarchie économique. Ils ont transféré à l'ordre économique la protestation contre l'inégalité qui auparavant s'en prenait surtout aux inégalités politiques. Il y a eu rencontre de l'aspiration égalitaire, favorisée par la Révolution, et de la conscience de l'anarchie économique, créée par le spectacle de l'industrie naissante. Et cette conjonction de la protestation contre l'inégalité et de la conscience de l'anarchie économique a fait surgir les doctrines socialistes qui tendent à réorganiser la société à partir de la vie économique.

La question sociale, chez Durkheim, d'après sa définition du socialisme, est donc avant tout une question d'organisation. Mais c'est aussi une question de moralisation. Et, dans un passage frappant, il explique pourquoi des réformes inspirées par le seul esprit de charité ne pourraient résoudre le problème social :

« Si nous ne nous sommes pas trompés, ce courant de pitié et de sympathie, succédané de l'ancien courant communiste, que l'on retrouve généralement dans le socialisme actuel, n'en est qu'un élément secondaire. Il le complète, mais ne le constitue pas. Par conséquent, les mesures que l'on prend pour l'arrêter laissent intactes les causes qui ont donné naissance au socialisme. Si les besoins que ce dernier traduit sont fondés, on ne les satisfera pas en accordant quelques satisfactions à ces vagues sentiments de fraternité. Or, observez ce qui se passe dans tous les pays d'Europe. Partout, on se préoccupe de ce qu'on appelle la question sociale, et on s'efforce d'y apporter des solutions partielles. Et cependant, presque toutes les dispositions qu'on prend dans ce but sont exclusivement destinées à améliorer le sort des classes laborieuses, c'est-à-dire répondent uniquement aux tendances généreuses qui sont à la base du communisme. On semble croire que ce qu'il y a de plus urgent et de plus utile est d'alléger la misère des ouvriers, de compenser par des libéralités et des faveurs légales ce qu'il y a de triste dans leur condition. On est prêt à multiplier les bourses, les subventions de toutes sortes, à étendre autant que possible le cercle de la charité publique, à faire des lois pour protéger la santé des ouvriers, etc., afin de restreindre l'écart qui sépare les deux classes, afin de diminuer l'inégalité. On ne voit pas, et ceci d'ailleurs arrive sans cesse au socialisme, qu'en procédant ainsi on prend le secondaire pour l'essentiel. Ce n'est pas en témoignant une complaisance généreuse pour ce qu'il reste encore du vieux communisme qu'on pourra jamais contenir le socialisme ou le réaliser. Ce n'est pas en donnant tous ses soins à une situation qui est de tous les siècles, qu'on apportera le moindre adoucissement à celle qui date d'hier. Non seulement on passe ainsi à côté du but qu'on devrait avoir en vue, mais celui même qu'on se propose ne peut être atteint par la voie qu'on suit. Car on aura beau créer pour les travailleurs des privilèges qui neutralisent en partie ceux dont jouissent les patrons; on aura beau diminuer la durée de la journée de travail, même élever légalement les salaires, on ne réussira pas à calmer les appétits soulevés, parce qu'ils prendront de nouvelles forces à mesure qu'on les calmera. Il n'y a pas de limites possibles à leurs exigences. Entreprendre de les apaiser en les satisfaisant, c'est vouloir combler le tonneau des Danaïdes. Si vraiment la question sociale se posait en ces termes, il vaudrait beaucoup mieux la déclarer insoluble. » (*Le Socialisme*, p. 78-79.)

Ce texte est étonnant et rend un son étrange aujourd'hui. Il va de soi que Durkheim n'est pas un ennemi des réformes sociales, qu'il n'est pas hostile à la diminution de la durée du travail ou à l'augmentation des salaires. Mais ce qui est révélateur, c'est la transformation du sociologue en moraliste. Le thème fondamental est toujours le même : les appétits des hommes sont insatiables; s'il n'y a pas une autorité morale qui limite les désirs, les hommes seront éternellement insatisfaits, parce qu'ils voudront toujours obtenir plus qu'ils ne le peuvent.

Durkheim, d'une certaine façon, a raison. Mais il ne s'est pas posé la question que soulève Éric Weil dans sa *Philosophie politique :* Le but de l'organisation sociale est-il de rendre les hommes satisfaits? L'insatisfaction ne fait-elle pas partie de la condition humaine et très spécifiquement de la condition propre à la société dans laquelle nous vivons [10]?

Peut-être les hommes restent-ils aussi insatisfaits qu'ils l'étaient auparavant, au fur et à mesure que se multiplient les réformes sociales. Mais peut-être aussi le sont-ils moins ou de façon différente. Et ne peut-on pas penser que les insatisfactions et les revendications sont le ressort du mouvement historique? Il n'est pas besoin d'être hégélien pour juger que les sociétés humaines se transforment par le refus des hommes d'accepter leur situation quelle qu'elle soit. En ce sens, l'insatisfaction n'est pas forcément pathologique. Elle ne l'est certainement pas dans les sociétés comme les nôtres où l'autorité de la tradition s'affaiblit et où le mode de vie accoutumé ne paraît plus s'imposer aux hommes comme une norme ou un idéal. Si chaque génération prétend vivre mieux que la génération précédente, l'insatisfaction permanente que décrit Durkheim sera inévitable. Le tonneau des Danaïdes ou le rocher de Sisyphe sont les mythes représentatifs de la société moderne.

Mais si le problème social ne peut être résolu par des réformes ou par l'amélioration du sort des hommes, quelle en est le caractère spécifique dans le monde d'aujourd'hui?

Jadis, dans toutes les sociétés, les fonctions économiques étaient subordonnées à des pouvoirs temporels et spirituels. Les pouvoirs temporels étaient d'essence militaire ou féodale, les pouvoirs spirituels d'essence religieuse. Aujourd'hui, dans la société industrielle moderne, les fonctions économiques sont abandonnées à elles-mêmes; elles ne sont plus ni régularisées ni moralisées. Saint-Simon, ajoute Durkheim, a bien compris que les pouvoirs anciens, d'essence militaire ou féodale, fondés sur la contrainte exercée par l'homme sur l'homme, ne pouvaient plus être, pour la société moderne, qu'une gêne, car ils ne pouvaient pas organiser et régulariser la vie industrielle. Mais les premiers socialistes ont commis l'erreur de croire que cette non-subordination des fonctions économiques à un pouvoir social était caractéristique de la société moderne. Autrement dit, constatant que les pouvoirs anciens étaient inadaptés à la régularisation nécessaire des fonctions économiques, ils en ont conclu que ces fonctions économiques devaient être abandonnées à elles-mêmes, et qu'elles n'avaient pas besoin d'être soumises à un pouvoir. Telle est la tendance anarchique de certaines doctrines.

Pour Durkheim, c'est là une erreur fondamentale. Les fonctions économiques ont besoin d'être soumises à un pouvoir et ce pouvoir doit être à la fois politique et moral. Et le sociologue découvre ce pouvoir politique et moral nécessaire pour régulariser la vie économique non dans l'État ou dans la famille, mais dans les groupements professionnels.

Le cours sur le socialisme date de 1896. L'année précédente avaient paru *Les Règles de la méthode sociologique.* Ce cours est donc contemporain de la première phase de la carrière de Durkheim, de la *Division du travail social* et du *Suicide.* Il reprend les idées exposées à la fin du premier de ces livres, idées qu'il développera plus longuement dans la préface à la deuxième édition de sa thèse. La solution du problème social est de reconstituer les groupements professionnels, jadis appelés corporations, pour exercer une autorité sur les individus, et régulariser la vie économique en la moralisant.

L'État n'est pas capable d'exercer cette fonction parce qu'il est trop lointain par rapport aux individus. La famille est devenue trop étroite et a perdu son rôle économique. L'activité économique se déroule désormais en dehors de la famille; le lieu du travail ne se confond plus avec le lieu de résidence. Ni l'État ni la famille ne peuvent exercer un contrôle de la vie économique. Les groupements professionnels, les corporations reconstituées, constitueront un intermédiaire entre les individus et l'État, car ils seront dotés de cette autorité sociale et morale nécessaire pour rétablir la discipline, faute de laquelle les hommes se laissent emporter par l'infini de leurs désirs.

Ainsi, pour Durkheim, la sociologie peut apporter une solution scientifique au problème social et on comprend qu'il ait pu prendre comme point de départ de ses recherches une question philosophique qui commandait le problème politique et qu'il ait trouvé, dans la sociologie telle qu'il l'entendait, le substitut d'une doctrine socialiste.

La conclusion du cours sur le socialisme est intéressante. Durkheim écrit qu'au début du XIXe siècle, trois mouvements ont été à peu près contemporains : la naissance de la sociologie, un effort de rénovation religieuse et le développement des doctrines socialistes. Les doctrines socialistes tendaient à une réorganisation de la société, ou encore à soumettre à une autorité consciente les fonctions économiques aujourd'hui diffuses. Le mouvement religieux visait à recréer des croyances pour prendre la place des religions traditionnelles en voie d'affaiblissement. La sociologie avait pour but de soumettre les faits sociaux à une étude scientifique inspirée par l'esprit des sciences naturelles.

D'après Durkheim, ces trois mouvements sont de multiples manières liés l'un à l'autre. Sociologie, socialisme et rénovation religieuse ont coïncidé au début du XIXe siècle parce qu'ils sont caractéristiques de la même crise. Le développement de la science qui ruine ou tout au moins affaiblit les croyances religieuses traditionnelles, amène irrésistiblement l'esprit scientifique à s'appliquer aux phénomènes sociaux. Le socialisme est la prise de conscience de la crise morale et religieuse et de la désorganisation sociale qui résulte du fait que les anciens pouvoirs politiques et spirituels ne sont plus adaptés à la nature de la société industrielle. Le socialisme pose un problème d'organisation sociale. L'effort de rénovation religieuse est une réaction à l'affaiblissement des croyances traditionnelles. La sociologie est à la fois l'épanouissement de l'esprit scientifique et une tentative pour trouver une réponse aux problèmes posés par le socialisme, par l'affaiblissement des croyances religieuses, par les efforts de renouvellement spirituel.

Malheureusement les dernières lignes du cours sont restées illisibles, mais le sens de la conclusion de ces leçons n'est pas mystérieux. Durkheim, sociologue, veut expliquer scientifiquement les causes du mouvement socialiste, montrer ce qu'il y a de vrai dans les doctrines socialistes, indiquer aussi, en fonction de la science, à quelles conditions il sera possible de trouver une solution à ce que l'on appelle le problème social. Quant à la rénovation religieuse, on ne saurait dire que Durkheim, sociologue, prétende lui apporter une contribution décisive. Il n'est pas, comme Auguste Comte, le prophète d'une religion sociologique. Mais il pense que la science de la société aide à comprendre comment les religions sont nées des exigences sociales et de l'effervescence collective, et, du même coup, qu'elle nous autorise à croire que d'autres religions naîtront par le même processus pour répondre aux mêmes nécessités.

« Ce qu'il faut pour que l'ordre social règne, c'est que la généralité des hommes se contentent de leur sort. Mais ce qu'il faut pour qu'ils s'en contentent, ce n'est pas qu'ils aient plus ou moins, c'est qu'ils soient convaincus qu'ils n'ont pas le droit d'avoir plus. Et pour cela, il faut de toute nécessité qu'il y ait une autorité dont ils reconnaissent la supériorité, et qui dise le droit. Car jamais l'individu abandonné à la seule pression de ses besoins n'admettra qu'il est arrivé à la limite extrême de ses droits. » (*Le Socialisme*, p. 291.)

Ce texte est très caractéristique de la pensée de Durkheim qui se présente ainsi comme une sorte de synthèse, appuyée sur la notion de conscience collective, entre l'anthropologie de Hobbes et la morale kantienne du devoir. L'impératif catégorique de la conscience collective limite l'infini des désirs humains.

Ainsi, selon Durkheim, le socialisme, en tant que mouvement d'idées historique, est essentiellement une réaction à l'anarchie économique. Le socialisme veut transférer à la conscience claire les fonctions aujourd'hui diffuses dans la société. Il ne se confond pas avec les protestations communistes immémoriales contre l'injustice et l'inégalité. Il vient après la Révolution française, au moment où l'inspiration politique de celle-ci se transfère à l'ordre économique. Contemporain de l'industrialisation, il a pour objectif véritable de créer des organisations intermédiaires entre l'individu et l'État, dotées tout à la fois d'autorité morale et d'autorité sociale.

Le socialisme, vu par Durkheim, a donc pour thème central l'organisation et non la lutte de classes. Il a pour but la création de groupes professionnels, et non le changement du statut de propriété.

Le socialisme, ainsi défini, est lié à la sociologie. Non pas que le sociologue, en tant que tel, exprime des opinions politiques. Mais la sociologie, étudiant objectivement et scientifiquement la réalité sociale, doit s'intéresser au mouvement socialiste. Elle rend alors compte de la signification historique de celui-ci et, du même coup, elle suggère les réformes grâce auxquelles l'inspiration socialiste s'exprimera en institutions nouvelles.

On comprend dès lors pourquoi Durkheim ne s'intéresse guère aux mécanismes proprement politiques. Les institutions parlementaires, les élections, les partis constituent, à ses yeux, un aspect superficiel de la société. A cet égard, il est encore un disciple d'Auguste Comte. Ce dernier, s'il avait adhéré aux idées libérales dans la première partie de sa carrière, était devenu plus étranger aux institutions représentatives en tant que telles au fur et à mesure que sa pensée s'était développée. Pour lui, les parlements étaient des institutions dont l'esprit était contemporain de la phase transitoire, de l'âge métaphysique entre la théologie et le positivisme. Auguste Comte, dans sa représentation de la société future, laissait fort peu de place aux élections, aux partis, aux parlements. Il allait même tellement loin dans ce sens qu'au moment du coup d'État de Napoléon III, il n'avait guère été indigné par la suppression de ces survivances métaphysiques et qu'à la même époque il n'hésitait pas à faire appel par lettre au tsar de toutes les Russies. Il était prêt à accepter que les réformes nécessaires pour réaliser l'ère positiviste fussent accomplies par un pouvoir absolu, même si ce pouvoir était aux mains d'un homme de la tradition.

Durkheim, certainement, n'allait pas aussi loin dans le mépris du parlementarisme. Mais, comme le dit Marcel Mauss dans l'introduction au cours sur le socialisme, aux yeux du sociologue, élections et parlement sont des phénomènes superficiels.

*

Durkheim croyait à la nécessité de réformes profondes d'ordre social et d'ordre moral. Ces réformes, d'après lui, étaient plutôt paralysées que favorisées par les conflits des partis et par le désordre parlementaire.

Durkheim a parlé de la démocratie, en particulier dans ses *Leçons de sociologie. Physique des mœurs et du droit*, publiées en 1950. Mais il en donne une définition qui diffère de celle qui est aujourd'hui classique. En effet, il n'y fait entrer ni le suffrage universel, ni la pluralité des partis, ni le parlement. La véritable caractéristique d'un État démocratique, c'est : « l'extension plus grande de la conscience gouvernementale, et des communications plus étroites entre cette conscience et la masse des consciences individuelles », ou, autrement dit, entre l'État et le peuple.

« De ce point de vue, la démocratie nous apparaît donc comme la forme politique par laquelle la société arrive à la plus pure conscience d'elle-même. Un peuple est d'autant plus démocratique que la délibération, que la réflexion, que l'esprit critique jouent un rôle plus considérable dans la marche des affaires publiques. Il l'est d'autant moins que l'inconscience, les habitudes inavouées, les sentiments obscurs, les préjugés en un mot soustraits à l'examen y sont au contraire prépondérants. C'est dire que la démocratie n'est pas une découverte ou une renaissance de notre siècle. C'est le caractère que prennent de plus en plus les sociétés. Si nous savons nous affranchir des étiquettes vulgaires qui ne peuvent que nuire à la clarté de la pensée, nous reconnaîtrons que la société du XVIIe siècle était plus démocratique que celle du XVIe, plus démocratique que toutes les sociétés à base féodale. La féodalité, c'est la diffusion de la vie sociale, c'est le maximum d'obscurité et d'inconscience qu'ont restreint les grandes sociétés actuelles. La monarchie, en centralisant de plus en plus les forces collectives, en étendant ses ramifications dans tous les sens, en pénétrant plus étroitement les masses sociales, a préparé l'avenir de la démocratie, et a été elle-même, relativement à ce qui existait avant elle, un gouvernement démocratique. Il est tout à fait secondaire que le chef de l'État ait alors porté le nom de roi; ce qu'il faut considérer, ce sont les rapports qu'il soutenait avec l'ensemble du pays; c'est le pays qui s'était chargé effectivement dès lors de la clarté des idées sociales. Ce n'est donc pas depuis quarante ou cinquante ans que la démocratie coule à pleins bords; la montée en est continue depuis le commencement de l'histoire » (p. 107-108).

Ce texte, admirable et naïf à la fois, révèle chez Durkheim la persistance de ce que l'on pourrait appeler la vision évolutionniste. Les sociétés sont devenues à travers les siècles de plus en plus démocratiques. Mais encore faut-il bien comprendre en quoi consiste la démocratie.

Pour arriver à cette conception d'une société qui évolue, d'elle-même, vers une démocratie chaque jour plus réelle et plus complète, il faut dévaloriser les institutions proprement politiques, être indifférent au fait que le chef de l'État soit ou non un roi, soit désigné par la naissance ou par l'élection.

La définition de la démocratie que nous propose Durkheim implique que l'ordre de la politique, c'est-à-dire du commandement ou de l'autorité, ne soit qu'un phénomène secondaire dans l'ensemble de la société, que la démocratie elle-même qui, d'après son étymologie, signifie pouvoir du peuple, soit caractérisée, non pas par l'organisation propre du commandement, mais par certains traits des fonctions gouvernementales, degré de communication entre la masse de la population et les gouvernants.

Durkheim vivait dans une époque heureuse, antérieure à la guerre de 1914, où l'on pouvait croire qu'il n'y a pas d'autre mode de communitation entre les gouvernants et les gouvernés que celui auquel vont les sympathies de l'observateur. Il ne se rendait certainement pas compte que, selon sa définition de la démocratie, le régime national-socialiste mériterait, dans une large mesure, le nom de démocratie. Dans un régime totalitaire, les fonctions diffuses dans la société sont en effet concentrées en la personne de quelques-uns qui gouvernent. La fonction gouvernementale est devenue suprêmement consciente. Les communications avec la masse des gouvernés ne sont pas rompues, bien au contraire, même si ces communications sont établies par des procédés que certainement le sociologue rationaliste aurait désapprouvés.

Certes, Durkheim introduisait dans sa notion de conscience gouvernementale les concepts de délibération, de réflexion et d'esprit critique. Mais il n'est pas évident que la délibération soit absente d'un régime autoritaire de type fasciste; quant à la réflexion, elle peut être au service de buts que nous condamnons, mais elle existe. Si le prototype d'une société non démocratique est la féodalité, l'État total, sinon l'État totalitaire, représente l'extrême opposé.

Durkheim adoptait une définition plus sociologique que politique de la démocratie parce qu'il supposait que la conscience gouvernementale et la communication entre l'État et les masses ne pouvaient s'opérer que par les procédés qu'il observait dans la société libérale et le régime représentatif. Il n'a pas imaginé que cette même concentration du pouvoir et une certaine forme de communication entre gouvernés et gouvernants, pouvaient exister en conjonction avec la négation absolue des formes représentatives du pouvoir et, du même coup, avec un mode de gouvernement foncièrement autre.

Durkheim est tellement soucieux de donner à la fonction gouvernementale capacité de délibération et de réflexion qu'il est peu favorable au suffrage universel à un seul degré. Toujours dans ces

Leçons de sociologie, il explique que l'anarchie parlementaire, telle qu'on l'observe dans un pays comme la France, est peu adaptée aux exigences des sociétés dans lesquelles nous vivons. Il suggère une réforme selon laquelle on introduirait le suffrage à deux degrés. Celui-ci, d'après lui, aurait le mérite de libérer les élus de la pression qu'exercent sur eux les passions obscures ou aveugles des masses et, par conséquent, de permettre aux gouvernants de délibérer avec plus de liberté sur les nécessités collectives. De plus, l'introduction du suffrage à deux degrés permet à Durkheim de retrouver dans l'ordre politique son idée favorite, c'est-à-dire la création de corps intermédiaires, dont le prototype est la corporation.

Durkheim, à la manière des contre-révolutionnaires français de la première moitié du XIXe siècle, évoque volontiers la crise des sociétés modernes provoquée par le choc direct entre des individus isolés et un État tout-puissant. Lui aussi veut réintroduire un intermédiaire entre les individus et l'État. Il veut rendre la société plus organique en évitant tout à la fois l'État total et les individus dispersés et impuissants. Mais au lieu de rêver, comme les contre-révolutionnaires, à la restauration des corps intermédiaires de type régional, aux provinces, il donne ses préférences aux organisations fonctionnelles, aux corporations.

« Il y a une force des choses contre laquelle les meilleurs raisonnements ne peuvent rien. Tant que les arrangements politiques mettent ainsi les députés et plus généralement les gouvernements, en contact immédiat avec la multitude des citoyens, il est matériellement impossible que ceux-ci ne fassent pas la loi. Voilà pourquoi de bons esprits ont souvent réclamé que les membres d'une assemblée collective fussent désignés par un suffrage à deux ou plusieurs dégrés. C'est que les intermédiaires intercalés affranchissent le gouvernement. Et ces intermédiaires ont pu être insérés sans que les communications entre les conseils gouvernementaux fussent pour cela interrompues. Il n'est aucunement nécessaire qu'ils fussent immédiats. Il faut que la vie circule sans solution de continuité entre l'État et les particuliers et entre eux et l'État; mais il n'y a aucune raison pour que ce circulus ne se fasse pas à travers des organes interposés. Grâce à cette interposition, l'État relèvera davantage de lui-même; la distinction sera plus nette entre lui et le reste de la société, et, par cela même il sera plus capable d'autonomie. Notre malaise politique tient donc à la même cause que notre malaise social : à l'absence de cadres secondaires intercalés entre l'individu et l'État. Déjà nous avons vu que ces groupes secondaires sont indispensables pour que l'État ne soit pas oppressif de l'individu. Nous voyons maintenant qu'ils sont nécessaires pour que l'État soit suffisamment affranchi de l'individu.

Et on conçoit en effet qu'ils sont utiles pour les deux côtés; car de part et d'autre il y a intérêt à ce que ces deux forces ne soient pas immédiatement en contact, quoiqu'elles soient nécessairement liées l'une à l'autre. » (*Leçons de sociologie*, p. 115-116.)

*

Les cours de Durkheim sur le problème de l'éducation representent une partie quantitativement et qualitativement importante de son œuvre. Durkheim, quand il professait à la Sorbonne, avait eu d'abord une chaire de pédagogie, et non pas directement de sociologie. Il était donc condamné à professer chaque année un cours de pédagogie.

Mais il s'intéressait, même sans y être contraint, au problème de l'éducation et ce pour une raison évidente : c'est que l'éducation est par essence un phénomène social car elle consiste à socialiser les individus. Élever un enfant, c'est le préparer, ou le forcer, à être un membre d'une ou de plusieurs collectivités. De ce fait, lorsque le professeur étudiait historiquement les différents modes d'éducation qui ont été pratiqués en France, il retrouvait ses thèmes préférés. L'éducation est un processus social et chaque société a les institutions pédagogiques qui lui conviennent. De la même façon que chaque société a une morale qui, en gros, est adaptée à ses besoins, de même chaque société a des méthodes d'éducation qui répondent aux besoins collectifs.

Les théories de l'éducation de Durkheim s'inspirent des mêmes conceptions de l'homme et de la société que tous ses livres. Au point de départ, Durkheim, comme Hobbes, pose l'homme dominé par l'égoïsme naturel et animé de désirs infinis, ayant par conséquent besoin d'être discipliné. L'éducation consiste donc d'abord et avant tout à habituer les individus à se soumettre à une discipline. Celle-ci doit avoir, ne peut pas ne pas avoir, un caractère d'autorité. Mais il ne s'agit pas d'une autorité brutale et matérielle. Par une ambivalence que nous savons désormais caractéristique de la société elle-même, la discipline à laquelle l'individu sera soumis est en même temps une discipline voulue et d'une certaine façon aimée, car elle est celle du groupe. Par l'attachement au groupe, l'individu découvre la nécessité du dévouement en même temps que de la discipline. Former les individus en vue de leur intégration à la société, c'est leur faire prendre conscience tout à la fois des normes auxquelles doit obéir la conduite de chacun et de la valeur immanente et transcendante des collectivités auxquelles chacun de nous appartient et appartiendra.

Ce premier thème de la discipline se combine avec le thème de l'individualisme. Les sociétés modernes continuent à avoir besoin de l'autorité propre à la conscience collective. Mais elles sont en même temps celles qui font devoir à l'individu d'accomplir sa personnalité. L'éducation, dans les sociétés modernes, aura donc pour fin non seulement de discipliner les individus, mais aussi de favoriser l'épanouissement des personnes, de créer, en chacun, le sens de l'autonomie, de la réflexion et du choix. La formule pourrait être traduite en termes kantiens : il faut soumettre chacun à l'autorité de la loi, qui est essentiellement sociale même quand elle est morale, mais cette soumission à la loi doit être voulue par chacun de nous, parce qu'elle seule nous permet d'accomplir notre personnalité raisonnable.

On retrouve ainsi le double caractère de toutes les explications sociologiques durkheimiennes : la société, considérée comme milieu, conditionne le système d'éducation. Tout système d'éducation exprime une société, répond à des exigences sociales, mais il a aussi pour fonction de perpétuer les valeurs de la collectivité. La structure de la société, considérée comme cause, détermine la structure du système d'éducation, et celui-ci a pour fin de lier les individus à la collectivité et de les convaincre de prendre pour objet de leur respect ou de leur dévouement la société elle-même.

Sociologie et philosophie.

On a beaucoup dit que Durkheim a présenté, sous le nom de sociologie, une philosophie sociale, qu'il a été philosophe plus que sociologue. Incontestablement, Durkheim était de tempérament philosophique, voire religieux. Il parlait de la sociologie avec l'ardeur morale du prophète. D'autre part, sa sociologie traduit une vision de l'homme, de la société moderne et de l'histoire. Mais on pourrait plaider, et je plaiderais personnellement, que tous les grands systèmes sociologiques sont solidaires d'une conception de l'homme et de l'histoire. Reprocher à une doctrine sociologique de charrier des éléments philosophiques, ce n'est pas la dévaloriser.

Je laisserai de côté la vision historique et la conception de l'homme déjà analysées à différentes reprises. Mais il faut noter que l'insistance mise par Durkheim à souligner la nécessité du consensus, de même que la relative négligence des facteurs de conflit tiennent à certaines tendances de sa philosophie. L'interprétation de la société moderne en termes de différenciation sociale n'est pas la seule possible. Pour Max Weber, la caractéristique majeure de la société moderne est la rationalisation, et non la différenciation, et chacun de ces concepts détermine de multiples conséquences, aussi bien au point de vue de l'interprétation scientifique des faits qu'au point de vue de l'appréciation morale et philosophique.

Je ferai plutôt porter mes remarques critiques sur le concept de société ou encore sur les différents sens dans lesquels Durkheim prend le mot société. La pluralité des significations fait ressortir, sinon la contradiction interne, du moins les tendances divergentes de cette pensée.

Durkheim a voulu toute sa vie rester un penseur positiviste et scientiste, un sociologue capable d'étudier les faits sociaux comme des choses, de les considérer de l'extérieur et d'en rendre compte à la manière dont les spécialistes des sciences de la nature rendent compte des phénomènes. Mais il y a dans la pensée durkheimienne, en même temps que ce positivisme constant et persistant, l'idée que la société est à la fois le foyer de l'idéal et l'objet réel de la foi morale et religieuse. Il résulte évidemment de cette double interprétation de la société des équivoques et des difficultés. La société concrète et observable ne peut être confondue avec la société foyer de l'idéal, et encore moins avec la société objet des aspirations et des croyances les plus élevées. Si la croyance, même religieuse, prenait pour objet l'adoration de la société concrète, la philosophie durkheimienne serait parente d'une philosophie d'esprit national-socialiste, ce qui est évidemment faux.

Aussi toute critique de Durkheim doit insister sur cette dualité de sens de la notion même de société, qui peut être interprétée, selon les textes, tantôt comme le milieu ou l'ensemble social observé de l'extérieur, tantôt comme le foyer de l'idéal, objet du respect et de l'amour.

Dans un premier sens, la société est donc définie comme le milieu social et considérée comme ce qui détermine les autres phénomènes. Mais qu'est-ce qui détermine le milieu? Durkheim insiste, avec raison, sur le fait que les institutions diverses, famille, crime, éducation, politique, morale, religion, sont conditionnées par l'organisation de la société. Chaque type social a son type de famille, son type d'éducation, son type d'État, son type de morale. Mais il a tendance à prendre pour une réalité totale le milieu social, alors que celui-ci est une catégorie analytique, non une cause dernière. Ce qui est milieu social, cause par rapport à une institution particulière, n'est, à un autre point de vue, que l'ensemble des institutions que le milieu social est censé expliquer.

Durkheim incline à prendre le milieu social pour une réalité *sui generis*, objectivement et matériellement définie, alors que ce n'est qu'une représentation intellectuelle. Cette tendance à réaliser des abstractions apparaît dans la notion de « courant suicidogène ». En fait, il n'y a pas de « courant suicidogène », sinon dans l'imagination ou dans le vocabulaire de Durkheim. La fréquence du suicide est plus ou moins grande selon les conditions sociales et selon les groupes. Les taux de suicide révèlent certaines caractéristiques des groupes. Ils ne démontrent pas que les désespérés qui se donnent la mort soient emportés par un « courant collectif ».

Durkheim s'exprime souvent comme si le milieu social était suffisamment déterminé pour que l'on puisse, connaissant le milieu, préciser les institutions qui lui sont nécessaires. Ainsi, Durkheim part de la proposition : « chaque société a sa morale », ce que chacun peut admettre. La morale de la cité romaine est différente concrètement de la morale de l'État soviétique ou de l'État libéral américain, et il est vrai que chaque société a des institutions, des croyances ou des pratiques morales qui lui sont propres et caractérisent le type auquel elle appartient. Mais dire que les attitudes morales varient d'un type social à un autre, n'implique nullement que, connaissant un type social, on puisse dire quelle morale lui convient. Durkheim s'exprime souvent comme si la société était une unité close, fermée sur elle-même, exactement définie. Or, en fait, à l'intérieur de chaque société, des conflits s'élèvent sur ce qui est bien ou mal. Les conceptions morales sont en lutte et certaines finissent par s'imposer. Il n'en est pas moins assez naïf d'imaginer que la science pourra jamais décréter la morale qui répond au type de la société moderne, comme si ce type exigeait une conception morale et une seule, comme si, connaissant la structure d'une société, on pouvait dire : « Voici la morale dont cette société a besoin. »

En d'autres termes, il faut substituer à la notion de société, unité complète et intégrale, la notion de groupes sociaux qui coexistent à l'intérieur de toute société complexe. Dès lors que l'on reconnaît la pluralité des groupes sociaux et le conflit des idées morales, on aperçoit aussi que la science sociale sera pour longtemps, et probablement pour toujours, incapable de dire aux moralistes et aux éducateurs : voici la morale que vous devez prêcher au nom de la science.

Certes, il est des impératifs moraux que tous les membres d'une société acceptent, au moins dans l'abstrait. Mais le plus intéressant, ce sont précisément les sujets sur lesquels l'unanimité n'existe pas. Et quand on en vient à de tels sujets, la sociologie est normalement incapable de dire quelle est la morale qui répond aux besoins de la société. Peut-être les mêmes organisations sociales peuvent-elles s'accommoder de différentes conceptions morales. De plus, même si le sociologue démontrait qu'une certaine conception morale favorise la stabilité de la société dans laquelle nous vivons, pourquoi devrions-nous, au nom de la morale, poser comme un but dernier la stabilité de notre propre société? Une des caractéristiques de celle-ci, c'est que ses fondements soient perpétuellement remis en question. La sociologie pourra expliquer les raisons de cette mise en question, mais elle ne peut pas répondre aux problèmes que se posent les individus, ni, encore moins, proposer une solution qui soit scientifique.

Il y a deux raisons à cela. D'une part, un même type social peut être compatible avec plusieurs solutions morales, plusieurs régimes politiques. D'autre part, l'individu qui veut juger par lui-même n'est nullement obligé de s'en tenir au type social existant comme au dernier mot de l'aventure humaine. Il peut vouloir une autre morale, même si cette morale est incompatible avec la société dans laquelle nous vivons.

Cette illusion sur la possibilité de déduire des impératifs des analyses de fait s'explique, me semble-t-il, en grande partie par la théorie de la classification des types de société. Durkheim, on s'en souvient, croyait que l'on pouvait distribuer les différentes sociétés historiquement connues sur une seule ligne, selon leur degré de complication, depuis les sociétés unisegmentaires jusqu'aux sociétés polysegmentaires doublement composées.

Cette théorie sur laquelle, d'ordinaire, les interprètes n'insistent guère, me paraît avoir une portée extrême, non certes dans la sociologie effective de Durkheim, mais dans son rêve d'une certaine forme achevée de science sociale.

La classification des sociétés selon le degré de complication offrait en effet à Durkheim la possibilité d'une distinction à laquelle il tenait beaucoup entre les phénomènes superficiels qu'il laissait volontiers, avec un certain mépris, à l'histoire, et les phénomènes profonds qui appartenaient essentiellement à la sociologie. En effet, si l'on admet qu'un type social est défini par son degré de complexité ou par le nombre de segments, on dispose immédiatement d'un critère pour discerner à quel type appartient une société donnée. Si l'on constate qu'une société d'un type relativement peu complexe développe soudain une industrie moderne — ce qui est le cas du Japon — on plaidera que cette société, en dépit de son niveau de développement économique, reste une société de type autre et plus primitif que les sociétés occidentales en raison du nombre et de la composition de ses segments.

Autrement dit, Durkheim croyait avoir trouvé le moyen de séparer les phénomènes fondamentaux de structure ou d'intégration sociale, qui relèvent de la sociologie, d'autres phénomènes plus superficiels, tels les régimes politiques, et même les institutions économiques, qui relèvent de la science historique et n'obéissent pas à des lois strictes.

Cette classification des sociétés conduisant à l'opposition du profond et du superficiel, du type social et des phénomènes historiques, relève, à mes yeux, d'une illusion positiviste ou réaliste, selon laquelle une classification des sociétés, et une seule, est valable absolument.

Pour examiner et critiquer le deuxième sens durkheimien de société, celui où la société est conçue comme le foyer de l'idéal, objet de respect et d'adoration, je me servirai d'un petit livre, *Sociologie et philosophie*, dans lequel ont été réunis trois essais de Durkheim : un article de 1898, *Représentations individuelles et représentations collectives*, une communication de 1906 à la Société française de philosophie sur la *Détermination du fait moral*, et enfin une communication à un Congrès international de philosophie tenu à Bologne en 1911 sur *Jugements de réalité et jugements de valeur*. Dans ce court ouvrage sont exprimés avec beaucoup de force quelques-uns des thèmes essentiels de Durkheim. Le premier de ces thèmes est que « l'homme n'est homme que dans la mesure où il est civilisé », que dans et par la société. Seule l'intégration à la société fait de l'homme un animal différent des autres.

« Il y a longtemps que Rousseau l'a démontré, écrit Durkheim, si l'on retire de l'homme tout ce qui lui vient de la société, il ne reste qu'un être réduit à la sensation, et plus ou moins indistinct de l'animal. Sans le langage, chose sociale au premier chef, les idées générales ou abstraites sont pratiquement impossibles, et c'en est fait par conséquent de toutes les fonctions mentales supérieures. Abandonné à lui-même, l'individu tomberait sous la dépendance des forces physiques; s'il a pu y échapper, s'il a pu s'affranchir, se faire une personnalité, c'est qu'il a pu se mettre à l'abri d'une force *sui generis*, force intense, puisqu'elle résulte de la coalition de toutes les forces individuelles, mais force intelligente et morale, capable, par conséquent, de neutraliser les énergies inintelligentes et amorales de la nature : c'est la force collective. Permis au théoricien de démontrer que l'homme a droit à la liberté; mais, quelle que soit la valeur de ces démonstrations, ce qui est certain, c'est que cette liberté n'est devenue une réalité que dans et par la société. » (*Sociologie et philosophie*, p. 79.)

Ainsi, sans la société, l'homme serait un animal. C'est par la société que l'homme animal accède à l'humanité. A quoi il est facile de répondre qu'il ne suffit pas que des animaux vivent en groupe pour qu'ils développent un langage et les formes supérieures de l'intelligence. La société est certainement une condition nécessaire au développement de l'humanité de l'espèce humaine, mais cette condition ne devient suffisante que si l'homme animal est doué de capacités qui n'appartiennent pas aux autres espèces. Langage, compréhension, communication impliquent évidemment qu'il y ait plusieurs hommes et en ce sens qu'il y ait une société, mais il ne suffit pas qu'il y ait plusieurs animaux ensemble pour qu'il y ait langage, compréhension, et communication du même type que dans la société humaine.

Durkheim a raison de dire que le langage, la morale et la religion sont des phénomènes sociaux, mais à condition que cette proposition, à la fois évidente, banale et sans intérêt aussi longtemps qu'elle est formulée comme je viens de le faire, ne soit pas interprétée comme si l'on y ajoutait l'adverbe « essentiellement ». La morale, le langage ou la religion comportent une dimension sociale. Tous les faits humains présentent un aspect social. Mais il n'en résulte pas que ces faits humains soient essentiellement sociaux, ou encore que la signification véritable du phénomène considéré résulte de sa dimension sociale.

Cette remarque vaut particulièrement pour la morale. Selon Durkheim, il ne peut exister une morale que si la société est, en elle-même, chargée d'une valeur supérieure aux individus.

« Nous arrivons donc à cette conclusion : c'est que, s'il existe une morale, un système de devoirs et d'obligations, il faut que la société soit une personne morale qualitativement distincte des personnes individuelles qu'elle comprend, et de la synthèse desquelles elle résulte. On remarquera l'analogie qu'il y a entre ce raisonnement et celui par lequel Kant démontre Dieu. Kant postule Dieu parce que, sans cette hypothèse, la morale est inintelligible... Nous postulons une société spécifiquement distincte des individus parce que autrement la morale est sans objet, le devoir sans point d'attache. Ajoutons que ce postulat est aisé à vérifier par l'expérience. Bien que j'aie déjà souvent traité la question dans mes livres, il me serait facile d'ajouter des raisons nouvelles à celles que j'ai antérieurement données pour justifier cette conception. Toute cette argumentation peut en définitive se ramener à quelques thèmes très simples. Elle revient à admettre que, au regard de l'opinion commune, la morale ne commence que quand commence le désintéressement, le dévouement. Mais le désintéressement n'a de sens que si le sujet auquel nous nous subordonnons a une valeur plus forte que nous, individus. Or, dans le monde de l'expérience, je ne connais qu'un sujet qui possède une réalité morale plus riche, plus complexe que la nôtre, c'est la collectivité. Je me trompe, il en est une autre qui pourrait jouer le même rôle : c'est la divinité. Entre Dieu et la société, il faut choisir. Je n'examinerai pas ici les raisons qui peuvent militer en faveur de l'une ou de l'autre solution, qui sont toutes deux cohérentes. J'ajoute qu'à mon point de vue ce choix me laisse assez indifférent, car je ne vois dans la divinité que la société transfigurée et pensée symboliquement. » (*Sociologie et philosophie*, p. 74-75.)

Ainsi, entre Dieu et la société il faut choisir. S'il y a une phrase caractéristique de la philosophie de Durkheim, qui montre ce à quoi il a réellement cru, c'est bien celle-là. Ai-je besoin d'ajouter que ce choix ne me paraît pas nécessaire et que le raisonnement de Durkheim me semble purement et simplement sophistique? Son idée est la suivante : un acte n'est moral que s'il a pour objet une personne autre que celle de l'acteur. Or l'autre personne en tant que telle ne vaut pas plus que moi-même. Donc pour qu'il puisse y avoir une moralité, il faut qu'il y ait une réalité qui, en elle-même, vaille plus que moi-même ou que toute personne. Cette réalité supérieure en valeur à l'acteur individuel ne peut être que Dieu ou la société, et il n'y a pas de différence entre ces deux hypothèses, puisque la religion, nous le savons par l'étude des formes élémentaires de la vie religieuse, n'est rien d'autre que l'adoration de la société transfigurée.

Un premier sophisme réside dans l'analyse de l'acte moral ou encore de ce qui constitue un acte comme moral. Durkheim pose que si un acte qui a ma propre personne pour objet ne peut pas être moral, un acte qui aurait une autre personne pour objet ne pourrait pas l'être non plus. Or, l'opinion courante à laquelle se réfère Durkheim est toute prête à admettre que le dévouement qui a pour objet de sauver la vie d'un autre est moral, même si cet autre ne vaut pas plus que moi. C'est le fait de se déprendre de soi et de se dévouer à autrui qui rend un acte moral, et non pas la valeur réalisée à l'avance dans l'objet de mon acte. Dans un roman célèbre, *La Carrière de Beauchamp*, Meredith met en œuvre un homme, Nevil Beauchamp, qui, à la fin du livre, perd la vie en sauvant celle d'un enfant [11]. L'épisode est comme une illustration de problème moral. Faut-il admirer qu'un homme supérieur se sacrifie à la vie de quelqu'un qui lui est inférieur, ou faut-il, raisonnant de manière pragmatique, considérer comme absurde qu'un homme supérieur se sacrifie au salut d'un être de valeur inférieure? Je laisse aux moralistes le soin d'en décider, mais ce qui n'est pas douteux, c'est que la conscience commune ne considère pas que l'objet de l'acte doive être en soi supérieur à la personne de l'acteur pour que l'acte soit moral. Un philosophe, Hamelin, a perdu la vie en se jetant à l'eau afin de sauver quelqu'un qui se noyait, lui-même ne sachant pas nager. L'acte était sublime; pragmatiquement il était absurde. En tout état de cause, notre jugement n'est pas déterminé par la valeur en soi de la vie à sauver.

C'est encore un sophisme de croire que la valeur que nous créons par notre conduite doit pour ainsi dire être à l'avance incarnée dans le réel. Durkheim reprend non pas tant la religion qu'une conception vulgaire de la religion. Il veut que les valeurs supérieures soient données à l'avance en Dieu et que les valeurs réalisées par les hommes dépendent des valeurs à l'avance possédées par l'être transcendant. Je doute qu'il en soit ainsi dans une interprétation épurée de la religion. En tout cas, dans une philosophie purement humaine, les valeurs morales sont une création, et une création gratuite de l'humanité. L'homme est une espèce animale qui accède progressivement à l'humanité. Postuler qu'il doit y avoir un objet valorisé en soi, c'est fausser le sens de la religion, ou le sens de la moralité humaine.

Un troisième sophisme consiste à supposer que le terme société est en tant que tel défini et que l'on peut comparer et opposer société et divinité, comme deux choses circonscrites et observables. Il n'y a pas *la* société, il n'y a pas *une* société, il y a des groupements humains. Tant que l'on ne précise pas à quels groupements humains s'applique le concept de société, on demeure dans une équivoque dangereuse. Quelle est *la société* équivalent de Dieu? Est-ce la famille? Est-ce la classe sociale? Est-ce la société nationale? Est-ce l'humanité? Au moins dans la philosophie d'Auguste Comte n'y avait-il pas de doute sur ce point; la société objet de l'adoration religieuse était l'humanité tout entière, non pas l'humanité concrète, mais ce qu'il y a eu de meilleur dans les hommes à travers les siècles. Si l'on ne précise pas ce que l'on entend par société, la conception durkheimienne peut, contre les intentions de Durkheim, conduire, ou sembler conduire, aux pseudo-religions de notre époque, à l'adoration d'une collectivité nationale par ses propres membres. Pour des raisons multiples et évidentes, Durkheim, rationaliste et libéral, aurait détesté ces religions séculières. La possibilité même de ce malentendu montre le danger d'user du concept de société sans spécification.

Cette métaphysique de la société vicie malheureusement certaines intuitions profondes de Durkheim au sujet des relations entre la science, la morale, la religion, d'une part, et le contexte social de l'autre.

Selon Durkheim, les différentes activités de l'homme se sont progressivement différenciées au cours de l'histoire. La morale est, dans les sociétés archaïques, inséparable de la religion, et c'est peu à peu, au cours des siècles, que les catégories de droit, de science, de morale et de religion ont acquis leur autonomie. Cette proposition est juste, mais n'implique pas que toutes ces catégories tirent leur autorité de leur origine sociale. Lorsque Durkheim esquisse une théorie sociologique de la connaissance et de la morale, cette théorie devrait résulter de l'analyse objective des circonstances sociales qui influent sur le développement des catégories scientifiques et des notions morales. Mais l'analyse est, à mon sens, faussée par la conviction de Durkheim qu'il n'y a pas de différence fondamentale entre science et morale, entre jugement de valeur et jugement de fait. Dans les deux cas, il s'agirait de réalités *essentiellement* sociales, dans les deux cas l'autorité de ces jugements serait fondée sur la société elle-même.

Deux textes empruntés à l'article *Jugements de fait et jugements de valeur* montrent la comparaison et la quasi-assimilation des jugements de fait et des jugements de valeur.

« Un jugement de valeur exprime la relation d'une chose avec un idéal. Or l'idéal est donné comme la chose, quoique d'une autre manière. Il est lui aussi une réalité à sa façon. La relation exprimée unit donc deux termes donnés tout comme dans un jugement d'existence. Dira-t-on que les jugements de valeur mettent en jeu les idéaux? Mais il n'en est pas autrement des jugements de réalité. Car les concepts sont également des constructions de l'esprit, partant des idéaux; et il ne serait pas difficile de montrer que ce sont même des idéaux collectifs, puisqu'ils ne peuvent se constituer que dans et par le langage, qui est au plus haut point une chose collective. Les éléments du jugement sont donc les mêmes de part et d'autre. » (*Sociologie et philosophie*, p. 139.)

Une phrase de ce texte est caractéristique : « les concepts sont des constructions de l'esprit, partant des idéaux ». Si Durkheim veut dire que les constructions de l'esprit sont des réalités non empiriques ou idéelles, il a évidemment raison. S'il assimile le concept à l'idéal au sens moral du terme, sa proposition est, me semble-t-il, purement sophistique.

Plus loin, Durkheim écrit :

« Si tout jugement met en œuvre des idéaux, ceux-ci sont d'espèces différentes. Il en est dont le rôle est uniquement d'exprimer les réalités auxquelles ils s'appliquent, de les exprimer telles qu'elles sont. Ce sont les concepts proprement dits. Il en est d'autres, au contraire, dont la fonction est de transfigurer les réalités auxquelles ils sont rapportés. Ce sont les idéaux de valeur. Dans les premiers cas, c'est l'idéal qui sert de symbole à la chose de manière à la rendre assimilable à la pensée. Dans le second, c'est la chose qui sert de symbole à l'idéal, et qui le rend représentable aux différents esprits. Naturellement, les jugements diffèrent suivant les idéaux qu'ils emploient. Les premiers se bornent à analyser la réalité et à la traduire aussi fidèlement que possible. Les seconds, au contraire, disent l'aspect nouveau dont elle s'enrichit sous l'action de l'idéal. » (*Ibid.*, p. 139-140.)

Dans cette assimilation des jugements de fait et des jugements de valeur, nous retrouvons toujours la conviction de Durkheim que l'autorité des concepts qui tendent à exprimer la réalité, ou des idéaux qui tendent à informer l'action, vient de la société elle-même. Or je pense qu'il y a sur ce point une équivoque. L'étude sociologique des origines des concepts ne se confond à aucun degré avec la théorie de la connaissance, c'est-à-dire avec l'analyse des conditions transcendantales de la vérité. Les conditions de la vérité scientifique n'ont rien à voir avec les circonstances de l'avènement social de la vérité, et c'est confusion systématique d'imaginer qu'il y a une théorie sociologique de la connaissance. Il y a une théorie sociologique des conditions dans lesquelles se développe la science, ce que l'on appelle aujourd'hui une sociologie de la connaissance, qui rend des services à la théorie de la connaissance, mais ne peut à aucun degré se confondre avec elle.

Pour les jugements de valeur, l'erreur est autre. Durkheim veut que l'idéal moral soit un idéal social, que la société confère sa valeur à la morale. Là encore il y a, me semble-t-il, une équivoque. Certes les conceptions que nous pouvons nous faire des valeurs dépendent des circonstances sociales. Mais le fait que nos jugements de valeur nous soient suggérés pas le milieu social ne prouve pas que la finalité de la moralité soit un certain état de la société. Naturellement lorsque nous voulons une certaine moralité, nous voulons une certaine société ou une certaine sorte de relations humaines. En ce sens, une volonté sociale est impliquée par toute volonté morale. Mais la société, réalité empirique, ne *détermine* pas le contenu de la moralité. De deux choses l'une : Ou bien l'on revient indirectement à l'idée que la société, considérée globalement, implique une certaine moralité, et, en ce cas, on tombe sous le coup de l'objection que j'ai formulée précédemment : une morale déterminée et unique ne résulte pas nécessairement d'une structure sociale donnée, car, à chaque époque et dans chaque société, des conflits ont pour objet le contenu de la moralité. Ou bien, on entend que notre volonté morale est commandée par une volonté sociale, mais une telle phrase peut aussi bien être inversée : c'est en fonction d'un idéal moral que nous choisissons un objectif social ou politique.

*

Le caractère philosophique de la sociologie durkheimienne explique la violence des passions soulevées il y a un peu plus d'un demi-siècle par cette sociologie. La formule « société ou divinité », alors que sévissait en France le conflit de l'enseignement catholique et de l'enseignement laïc, était de nature à mettre le feu aux poudres. Dans les écoles primaires et dans les écoles normales, la sociologie est apparue comme le fondement de la morale laïque se substituant à la morale catholique. Lorsque Durkheim ajoutait qu'il ne voyait guère de différence entre la divinité et la société, cette proposition qui, dans sa pensée, était respectueuse de la religion, paraissait aux croyants attentatoire à leurs valeurs. Ainsi s'explique qu'aujourd'hui encore la pensée de Durkheim soit interprétée de manières très différentes.

Ces interprétations contradictoires s'expliquent si l'on se souvient d'une dualité qui n'est pas une contradiction et qui se trouve au centre de la pensée durkheimienne. Celle-ci vise à reconstituer le consensus social et à renforcer l'autorité des impératifs et des interdits collectifs. Aux yeux de certains critiques, cette restauration des normes sociales caractérise une entreprise conservatrice, sinon réactionnaire. Effectivement, la pensée durkheimienne évoque parfois la deuxième partie de la carrière d'Auguste Comte, celle où dans le *Système de politique positive*, il s'efforçait de fonder une religion de l'humanité. Cette interprétation n'est qu'à demi vraie. D'après Durkheim, la norme sociale dont il convient de renforcer l'autorité non seulement autorise l'individu à se réaliser lui-même librement, mais fait devoir à chacun d'utiliser son jugement et d'affirmer son autonomie. Durkheim veut stabiliser une société dont le principe suprême est celui du respect de la personne humaine et de l'épanouissement de l'autonomie personnelle. Selon que l'on met l'accent sur le renforcement des normes sociales ou sur l'épanouissement de l'autonomie individuelle, l'interprétation devient conservatrice ou rationaliste et libérale. L'interprétation la plus vraie est celle qui combine ces deux interprétations apparemment divergentes. Au centre de la pensée durkheimienne, j'aperçois l'effort pour démontrer que la pensée rationaliste, individualiste et libérale est le terme provisoirement dernier de l'évolution historique. Cette école de pensée, répondant à la structure des sociétés modernes, doit être approuvée, mais, simultanément, elle risquerait de provoquer la désagrégation sociale et le phénomène d'anomie, si les normes collectives, indispensables à tout consensus, n'étaient pas renforcées.

La sociologie, selon Durkheim, tout à la fois, justifie l'individualisme rationaliste et prêche le respect des normes collectives. Tel est l'aboutissement d'une recherche à l'origine de laquelle, Marcel Mauss nous l'a rappelé, est posée la vieille question des rapports entre individu et société ou individualisme et socialisme.

INDICATIONS BIOGRAPHIQUES

1858 15 avril. Naissance à Épinal d'Émile Durkheim d'une famille de rabbins. Son père meurt alors qu'il est encore très jeune.
Études au collège d'Épinal. A la fin de ses études secondaires, Durkheim est lauréat du concours général.
Durkheim vient préparer à Paris au lycée Louis-le-Grand le concours de l'École normale supérieure. Il rencontre Jean Jaurès à la pension Jauffret. Celui-ci entre un an avant Durkheim à l'École de la rue d'Ulm.

1879 Durkheim entre à l'École normale supérieure, où il suit les leçons de Fustel de Coulanges et de Boutroux.

1882 Il passe l'agrégation de philosophie et est alors nommé professeur à Sens et à Saint-Quentin.

1885-1886 Il prend un an de congé pour étudier les sciences sociales à Paris, puis en Allemagne auprès de Wundt.

1886-1887 Au retour de son voyage en Allemagne, il publie dans la *Revue philosophique* trois articles sur : « Les études récentes de science sociale », « La science positive de la morale en Allemagne », « La philosophie dans les universités allemandes.

1887 Par arrêté ministériel du ministre Spuller, il est nommé professeur de pédagogie et de science sociale à la Faculté des Lettres de l'Université de Bordeaux. Ce cours est le premier cours de sociologie qui ait été créé dans les universités françaises. Durkheim a comme collègues à Bordeaux, Espinas, Hamelin et Rodier, pour élèves Charles Lalo et Léon Duguit [12].

1888 Il fait paraître dans la *Revue philosophique* un article sur « Suicide et natalité ».

1891 Durkheim donne un cours pour les candidats à l'agrégation de philosophie afin d'étudier avec eux les grands précurseurs de la sociologie (Aristote, Montesquieu, Comte...).

1893 Note sur la définition du socialisme, article dans la *Revue philosophique*.
Durkheim soutient sa thèse de doctorat, *De la Division du travail social*, accompagnée d'une thèse latine sur *La Contribution de Montesquieu à la constitution de la science sociale.*

1895 *Les Règles de la méthode sociologique.*

1896 Son cours de sociologie est transformé en chaire magistrale. Fondation de *L'Année sociologique.* Les premières études de Durkheim qui y sont publiées portent sur « La prohibition de l'inceste et ses origines » et « La définition des phénomènes religieux ».

1897 *Le Suicide.*

1900 Article « Sur le totémisme » dans *L'Année sociologique.* Durkheim, militant de la laïcité, profondément remué par l'Affaire Dreyfus, se préoccupe de plus en plus du problème religieux.

1902 Il est nommé suppléant à la chaire de pédagogie de la Sorbonne.

1906 Durkheim est titularisé dans la chaire de pédagogie de la Faculté des Lettres de Paris; il y enseigne parallèlement la sociologie et la pédagogie.
Communication à la Société française de philosophie sur *La Détermination du fait moral.*

1909 Cours au Collège de France sur « Les grandes doctrines pédagogiques en France depuis le XVIIIe siècle ».

1911 Communication au Congrès de philosophie de Bologne sur *Jugement de réalité et jugement de valeur.*

1912 *Les Formes élémentaires de la vie religieuse.*

1913 Sa chaire prend le titre de « Chaire de sociologie de la Sorbonne ».
Communication à la Société française de philosophie sur *Le Problème religieux et la dualité de la nature humaine.*

1915 Durkheim perd son fils unique, tué sur le front de Salonique.
Il publie deux livres inspirés par les circonstances : « *L'Allemagne au-dessus de tout.* » *La mentalité allemande et la guerre; Qui a voulu la guerre? Les origines de la guerre d'après les documents diplomatiques.*

1917 15 novembre. Mort à Paris.

NOTES

1. « On voit combien la division du travail nous apparaît sous un autre aspect qu'aux économistes. Pour eux, elle consiste essentiellement à produire davantage. Pour nous, cette productivité plus grande est seulement une conséquence nécessaire, un contrecoup du phénomène. Si nous nous spécialisons, ce n'est pas pour produire plus, mais c'est pour pouvoir vivre dans les conditions nouvelles d'existence qui nous sont faites. » (*De la Division du travail social*, p. 259.)

C'est Adam Smith qui, dans son ouvrage célèbre *Recherche sur la nature et les causes de la richesse des nations* (1776), mit au premier plan de l'analyse du système économique, pour expliquer la productivité, l'échange et l'emploi des biens capitaux, le phénomène de la division du travail. L'étude d'Adam Smith, qui se trouve essentiellement dans les trois premiers chapitres du livre I de *La Richesse des nations*, commence par une description fameuse des opérations suivies dans une manufacture d'épingles dont les éléments ont été vraisemblablement empruntés à la *Grande Encyclopédie* de Diderot et à d'Alembert. Elle s'ouvre par cette phrase : « Les plus grandes améliorations dans la puissance productive du travail et la plus grande partie de l'habileté, de l'adresse et de l'intelligence avec laquelle il est dirigé et appliqué, sont dues à ce qu'il semble à la division du travail. » Au chapitre II, A. Smith recherche le principe qui donne lieu à la division du travail : « Cette division du travail de laquelle découlent tant d'avantages ne doit pas être regardée dans son origine comme l'effet d'une sagesse humaine qui ait prévu et qui ait eu pour but cette opulence générale qui en est le résultat; elle est la conséquence nécessaire, quoique lente et graduelle, d'un certain penchant naturel à tous les hommes, qui ne se proposent pas des vues d'utilité aussi étendue : c'est le penchant qui les porte à trafiquer, à faire des trocs et des échanges d'une chose pour une autre. » Adam Smith ne voit d'ailleurs pas que des avantages à la division du travail. Au chapitre 1 du livre V de son ouvrage, il dénonce les dangers d'abrutissement et d'engourdissement des facultés intellectuelles qui peuvent résulter d'un travail parcellisé et demande que le gouvernement « prenne des précautions pour prévenir ce mal ». Sur ce dernier point, voir l'article de Nathan Rosenberg : « Adam Smith on the Division of Labour : Two views or one? », *Economica*, mai 1965.

2. « La division du travail est donc un résultat de la lutte pour la vie : mais elle en est un dénouement adouci. Grâce à elle, en effet, les rivaux ne sont pas obligés de s'éliminer mutuellement, mais peuvent coexister les uns à côté des autres. Aussi, à mesure qu'elle se développe, elle fournit à un plus grand nombre d'individus qui, dans des sociétés plus homogènes, seraient condamnés à disparaître, les moyens de se maintenir et de survivre. Chez beaucoup de peuples inférieurs, tout organisme mal venu devait fatalement périr; car il n'était utilisable pour aucune fonction. Parfois, la loi, devançant et consacrant en quelque sorte les résultats de la sélection naturelle, condamnait à mort les nouveau-nés infirmes ou faibles, et Aristote lui-même trouvait cet usage naturel. Il en est tout autrement dans les sociétés plus avancées. Un individu chétif peut trouver dans les cadres complexes de notre organisation sociale une place où il lui est possible de rendre des services. S'il n'est faible que de corps et si son cerveau est sain, il se consacrera aux travaux de cabinet, aux fonctions

spéculatives. Si c'est son cerveau qui est débile, « il devra, sans doute, renoncer à affronter la grande concurrence intellectuelle; mais la société a, dans les alvéoles secondaires de sa ruche, des places assez petites qui l'empêchent d'être éliminé ». De même, chez les peuplades primitives, l'ennemi vaincu est mis à mort; là où les fonctions industrielles sont séparées des fonctions militaires, il subsiste à côté du vainqueur en qualité d'esclave. » (*De la Division du travail social*, p. 253.)

3. Gabriel Tarde (1843-1904) est l'auteur des ouvrages suivants : *La Criminalité comparée* (1888), *Les Transformations du droit* (1893), *Les Lois de l'imitation* (1890), *La Logique sociale* (1895), *L'Opposition universelle* (1897) et *L'Opinion de la foule* (1901). L'influence de Tarde, assez faible en France, a été plus marquée aux États-Unis. Le professeur Paul Lazarsfeld s'intéresse beaucoup à Tarde et parle volontiers d'une victoire posthume de ce dernier.

4. La même discussion a été reprise récemment par J. D. Douglas, *The Social Meanings of Suicide*, Princeton University Press, 1967.

5. Maurice HALBWACHS, *Les Causes du Suicide*, Paris, Alcan, 1930.

6. L'anthropologie moderne a profondément modifié la théorie du totémisme jusqu'à en dissoudre presque totalement la réalité.

Sur cette évolution, voir le livre de Claude Lévi-Strauss, *Le Totémisme d'aujourd'hui*, Paris, P. U. F., 1962.

7. Bergson écrit : « L'humanité gémit, à demi écrasée sous le poids des progrès qu'elle a faits. Elle ne sait pas assez que son avenir dépend d'elle. A elle de voir d'abord si elle veut continuer à vivre. A elle de se demander ensuite si elle veut vivre seulement, ou fournir en outre l'effort nécessaire pour que s'accomplisse, jusque sur notre planète réfractaire, la fonction essentielle de l'Univers qui est une machine à faire des dieux. » (H. BERGSON, *Les Deux Sources de la morale et de la religion*, Paris, P. U. F., 1965, 140e éd., p. 338.)

8. Jules MONNEROT, *Les Faits sociaux ne sont pas des choses*, Paris, Gallimard, 1946.

9. Voici comment É. Durkheim critique la méthode déductive et abstraite de l'économie classique : « L'économie politique a pour objet, dit Suart Mill, les faits sociaux qui se produisent principalement ou exclusivement en vue de l'acquisition des richesses... La matière de l'économie politique, ainsi comprise, est faite non de réalités qui peuvent être montrées du doigt, mais de simples possibles, de pures conceptions de l'esprit; à savoir, des faits que l'économiste conçoit comme se rapportant à la fin considérée, et tels qu'il les conçoit. Entreprend-il, par exemple, d'étudier ce qu'il appelle la production? D'emblée, il croit pouvoir énumérer les principaux agents à l'aide desquels elle a lieu et les passer en revue. C'est donc qu'il n'a pas reconnu leur existence en observant de quelles conditions dépendait la chose qu'il étudie; car alors il eût commencé par exposer les expériences d'où il a tiré cette conclusion. Si, dès le début de la recherche et en quelques mots, il procède à cette classification, c'est qu'il l'a obtenue par une simple analyse logique. Il part de l'idée de production; en la décomposant, il trouve qu'elle implique logiquement celles de forces naturelles, de travail, d'instrument ou de capital et il traite ensuite de la même manière ces idées dérivées. La plus fondamentale de toutes les théories économiques, celle de la valeur, est manifestement construite d'après cette même méthode. Si la valeur y était étudiée comme une réalité doit l'être, on verrait d'abord l'économiste indiquer à quoi l'on peut reconnaître la chose appelée de ce nom, puis en classer les espèces, chercher par des inductions méthodiques en fonction de quelles causes elles varient, comparer enfin ces divers résultats pour en dégager une formule générale. La théorie ne pourrait donc venir que quand la science a été poussée assez loin. Au lieu de cela, on la rencontre dès le début. C'est que, pour la faire, l'économiste se contente de se recueillir, de prendre conscience de l'idée qu'il se fait de la valeur, c'est-à-dire d'un objet susceptible de s'échanger; il trouve qu'elle implique l'idée de l'utile, celle du rare, etc., et c'est avec ces produits de son analyse qu'il construit sa définition. Sans doute il la confirme par quelques exemples. Mais quand on songe aux faits innombrables dont une pareille

théorie doit rendre compte, comment accorder la moindre valeur démonstrative aux faits, nécessairement très rares, qui sont ainsi cités au hasard de la suggestion? Ainsi, en économie politique comme en morale, la part de l'investigation scientifique est-elle très restreinte; celle de l'art, prépondérante. » (*Les Règles de la méthode sociologique*, p. 24-26.)

Cette critique a été reprise par les économistes disciples de Durkheim, tel Simiand, pour contester les constructions de l'économie pure néo-classique des écoles autrichiennes ou walrassiennes. Elle n'est pas sans rapport avec les critiques que l'historicisme allemand adressait déjà à l'économie classique anglaise.

10. Éric Weil, *Philosophie politique*, Paris, Vrin, 1956.

11. *Beauchamp's career*, roman de l'écrivain anglais George Meredith (1828-1909) publié en 1875; trad. française sous le titre *La Carrière de Beauchamp*, Paris, Gallimard, 1928.

12. Espinas (1844-1922), introducteur en France et critique de Spencer, a eu une influence sans doute déterminante sur la formation de la pensée sociologique de Durkheim. Ses principaux ouvrages sont : *Les Sociétés animales* (1877), *Histoire des doctrines économiques* (1892), *La Philosophie sociale au XVIII*e *siècle* (1898). Sur la pensée d'Espinas, on consultera G. Davy, *Sociologues d'hier et d'aujourd'hui*, Paris, P. U. F., 1950.

BIBLIOGRAPHIE

ŒUVRES DE DURKHEIM

Une liste des principaux articles de revues a été publiée dans les *Leçons de sociologie. Physique des mœurs et du droit*, p IX-XI.

Seule est donnée ici une liste des ouvrages :

Quid Secundatus politicae scientiae instituendae contulerit, Burdigalae, Gournouilhou, 1892; trad. in *Revue d'histoire politique et constitutionnelle*, 1937, sous le titre : « Montesquieu, sa part dans la fondation des sciences politiques et de la science des sociétés. »

De la Division du travail social, Paris, Alcan, 1893, 1re éd.; cité d'après la 7e édition, Paris, P. U. F., 1960, qui contient la préface ajoutée par Durkheim à la 2e édition et intitulée : « Quelques remarques sur les groupements professionnels ».

Les Règles de la méthode sociologique, Paris, Alcan, 1895; cité d'après la 13e édition, Paris, P. U. F., 1956.

Le Suicide. Étude de sociologie, Paris, Alcan, 1897; cité d'après la nouvelle édition, Paris, P. U. F., 1960.

La Sociologie dans l'enseignement secondaire. Opinion de..., etc., Paris, Girard et Brière, 1900.

Sociologie et sciences sociales, Paris, Alcan, 1909, in *De la Méthode dans les sciences*.

Les Formes élémentaires de la vie religieuse. Le Système totémique en Australie, Paris, Alcan, 1912; cité d'après la 4e édition, Paris, P. U. F., 1960.

« L'Allemagne au-dessus de tout ». La mentalité allemande et la guerre, Paris, Armand Colin, 1915.

Qui a voulu la guerre? Les origines de la guerre d'après les documents diplomatiques, Paris, Armand Colin, 1915.

La Sociologie, avec M. Mauss, Paris, Larousse, 1915, in *La Science française*.

Éducation et sociologie, Paris, Alcan, 1922; nouv. éd., Paris, P. U. F., 1966.

L'Éducation morale, Paris, Alcan, 1923.

Sociologie et philosophie, Paris, Alcan, 1925; cité d'après la nouvelle édition, Paris, P. U. F., 1963.

Le Socialisme. Sa définition, ses débuts, la doctrine saint-simonienne, Paris, Alcan, 1928.

L'Évolution pédagogique en France : I, Des Origines à la Renaissance; II, De la Renaissance à nos jours, Paris, Alcan, 1938, 2 vol.

Leçons de sociologie. Physique des mœurs et du droit, édité par H. Nail Kubali et Georges Davy, Paris, P. U. F., et Istambul, 1950.

Montesquieu et Rousseau, précurseurs de la sociologie, Paris, Rivière, 1953 (trad. de la thèse secondaire, écrite en latin et datant de 1892).

La Sociologie formaliste, étude publiée dans l'ouvrage d'Armand Cuvillier : *Où va la sociologie française*, Paris, Rivière, 1953.

Pragmatisme et sociologie, Paris, Vrin, 1955; cours de 1913-1914 restitué d'après les notes d'étudiants par A. Cuvillier.

OUVRAGES SUR DURKHEIM

G. Aimard, *Durkheim et la science économique. L'apport de la sociologie à la théorie économique moderne*, Paris, P. U. F., 1962.
H. Alpert, *Émile Durkheim and his Sociology*, New York, Columbia University Press, 1939.
C. Bouglé, *Bilan de la sociologie française contemporaine*, Paris, Alcan, 1938, nouv. éd.
G. Davy, *Sociologues d'hier et d'aujourd'hui*, Paris, P. U. F., 1950, 2e éd.
J. Duvignaud, *Durkheim, sa vie, son œuvre*, Paris, P. U. F., 1965.
G. Gurvitch, *La Vocation actuelle de la sociologie*, Paris, P. U. F., t. I 1957, t. II (2e éd.) 1963.
R. Lacombe, *La Méthode sociologique de Durkheim*, Paris, 1926.
T. Parsons, *The Structure of Social Action*, New York, The Free Press, 1949.
J. Vialatoux, *De Durkheim à Bergson*, Paris, Bloud et Gay, 1939.
Kurt H. Wolff et al., *Émile Durkheim, 1858-1917. A collection of essays*, Columbus, Ohio University Press, 1960.
Annales de l'Université de Paris, nº 1, 1960. Centenaire de la naissance d'É. Durkheim, textes de G. Davy, A. Lalande, R. Aron, G. Gurvitch, H. Lévy-Bruhl, G. Lebras, Cl. Lévi-Strauss...

VILFREDO PARETO

Le problème de l'organisation sociale ne peut se résoudre par des déclamations reposant sur un idéal plus ou moins vague de justice, mais seulement par des recherches scientifiques pour trouver le moyen de proportionner les moyens au but, et, pour chaque homme, l'effort et la peine à la jouissance, en sorte que le minimum de peine et d'effort assure au plus grand nombre possible d'hommes le maximum de bien-être

Les Systèmes socialistes,
1903, II, p. 169.

En passant de Durkheim à Vilfredo Pareto, nous changeons de climat intellectuel, de langage et de style. Songeons un instant à la phrase de Durkheim : « Entre Dieu et la société, il faut choisir. » Pareto, en entendant une formule de cet ordre, aurait commencé par sourire et aurait rappelé ce qu'il avait expliqué dans son *Traité de sociologie générale*, à savoir que si les dérivations se transforment rapidement, les résidus sont relativement constants. Dans le vocabulaire de Pareto, les résidus sont les sentiments ou les expressions des sentiments inscrits dans la nature humaine et les dérivations sont les systèmes intellectuels de justification par lesquels les individus camouflent leurs passions ou donnent une apparence de rationalité à des propositions ou à des conduites qui n'en ont pas. L'homme est en effet un être déraisonnable et raisonneur. S'il se conduit rarement de manière logique, il veut toujours faire croire à ses semblables qu'il se conduit ainsi.

La formule « Dieu ou la société » aurait paru à Pareto vide de sens. La notion de Dieu n'est pas une notion logico-expérimentale. Personne n'a pu observer Dieu. Par conséquent, si l'on se veut savant, il faut écarter de telles notions, qui échappent, par définition, aux seuls procédés que la science doit employer : l'observation, l'expérience et le raisonnement. Quant au concept de société, c'est le type même du concept confus et équivoque. Quelle réalité Durkheim entend-il désigner en parlant de la société, la famille, le public d'un cours, une université, un pays, l'humanité tout entière? Quelle est celle de ces réalités qu'il baptise société et pourquoi veut-il imposer un choix entre un concept équivoque, faute de définition, et une notion transcendante qui n'a aucune place dans la science?

L'action non-logique et la science.

La compréhension du système paretien exige une interprétation rigoureuse des concepts d'action logique et d'action non-logique.

Il faut donc commencer par l'étude de ces notions. Pour saisir ce qu'est une action logique, le plus simple est d'observer les conduites de l'ingénieur et du spéculateur, d'autant que la sociologie de Pareto a pour origine les réflexions et les déceptions d'un ingénieur et d'un économiste. L'ingénieur, quand il ne se trompe pas, se conduit d'une manière logique. L'économiste, lorsqu'il ne se fait pas d'illusion sur son savoir, est capable de comprendre certaines des conduites humaines. Mais la sociologie est aux prises avec des hommes qui généralement ne se conduisent ni comme des ingénieurs ni comme des spéculateurs avisés.

L'ingénieur qui construit un pont connaît le but qu'il veut atteindre. Il a étudié la résistance des matériaux, il est en mesure de calculer la relation entre ces moyens et ces fins. Il existe une correspondance entre la relation moyens-fin telle qu'il la conçoit dans son esprit et la relation moyens-fin telle qu'elle se déroule objectivement dans la réalité.

La conduite du spéculateur, prototype du sujet économique, présente les mêmes caractères. Il a un objectif bien précis, gagner de l'argent. Il établit une relation logique entre les moyens qu'il emploie, acheter les valeurs au moment où elles sont à un cours bas, et le but qu'il veut atteindre, augmenter son capital. Si les choses se déroulent selon ses prévisions, les événements reproduiront objectivement la suite des moyens et des fins telle qu'elle a été conçue à l'avance dans la conscience de l'acteur.

Le cas du spéculateur n'est certes pas aussi pur que celui de l'ingénieur. Il y a un décalage temporel entre la relation pensée moyens-but et la relation effective dans le réel. Mais, à supposer que les prévisions du spéculateur soient confirmées par les faits, on retrouve bien la correspondance entre le rapport des moyens aux fins tel qu'il a été conçu et ce même rapport tel qu'il s'est accompli. Le lien logique entre les moyens et la fin existe dans la conscience de l'acteur et dans la réalité objective, et ces deux relations, subjective et objective, se correspondent l'une à l'autre.

Cette analyse des expériences de l'ingénieur et du spéculateur montre ce qu'est une conduite logique. Pour qu'une conduite soit logique, il faut que la relation moyens-fins dans la réalité objective corresponde à la relation moyens-fins dans la conscience de l'acteur.

« Une fois pour toutes nous appellerons « actions logiques » les opérations qui sont logiquement unies à leur but, non seulement par rapport au sujet qui accomplit ces opérations, mais encore pour ceux qui ont des connaissances plus étendues, c'est-à-dire les actions ayant subjectivement et objectivement le sens expliqué plus haut. Les autres actions seront dites non-logiques, ce qui ne signifie pas qu'elles soient illogiques. » (*Traité de sociologie générale*, § 150.)

Autrement dit, rentrent dans la catégorie des actions non-logiques toutes celles qui subjectivement ou objectivement ne présentent pas de lien logique. Et on peut dresser ainsi un tableau des actions humaines :

Genres et espèces	Les actions ont-elles une fin logique?	
	Objectivement	Subjectivement
1re classe. — *Actions logiques.* Le but objectif est identique au but subjectif.		
	Oui	Oui
2e classe. — *Actions non-logiques.* Le but objectif diffère du but subjectif.		
1er genre	Non	Non
2e —	Non	Oui
3e —	Oui	Non
4e —	Oui	Oui
Espèces du 3e et du 4e genre		
3, 4	Le sujet accepterait le but objectif, s'il le connaissait.	
3, 4	Le sujet n'accepterait pas le but objectif, s'il le connaissait.	

(*Traité de sociologie générale*, p. 67-68.)

Quelle est la signification de chacun de ces genres d'actions non-logiques?

Le genre « non-non » signifie que l'action n'est logique, c'est-à-dire que les moyens ne sont enchaînés aux fins, ni dans la réalité ni dans la conscience. Les moyens ne donnent aucun résultat que l'on puisse dire logiquement lié aux moyens, et, d'autre part, l'acteur ne conçoit même pas de but ou de relation entre les moyens et le but. Le genre « non-non » est rare, parce que l'homme est raisonneur. Quelle que soit l'absurdité de ses actes, il s'efforce de leur prêter un but. « Les hommes ont une tendance très prononcée à donner un vernis logique à leurs actions; celles-ci rentrent donc presque toutes dans le deuxième et le quatrième genre. Beaucoup d'actions imposées par la politesse ou la coutume pourraient appartenir au premier genre. Mais très souvent les hommes invoquent un motif quelconque, pour justifier leurs actions; ce qui les fait passer dans le deuxième genre. » (*Traité de sociologie générale*, § 154.) Mais, dans une énumération complète, on doit le retenir comme un genre possible.

Le deuxième genre est au contraire extrêmement répandu et comporte des exemples innombrables. L'acte n'est pas logiquement lié au résultat qu'il donnera, mais l'acteur imagine faussement que les moyens qu'il emploie sont de nature à provoquer le but qu'il désire. A ce genre appartient la conduite des peuples qui, lorsqu'ils souhaitent que la pluie tombe, font des sacrifices aux dieux et sont convaincus que leurs prières ont un effet sur la pluviosité. Dans ce cas, il existe subjectivement une relation moyens-fins, bien que, objectivement, cette relation n'existe pas.

Le troisième genre est celui des actions qui donnent un résultat logiquement lié aux moyens employés, mais sans que l'acteur ait conçu la relation moyens-fins. Les exemples de cette catégorie sont également nombreux. En font partie les actes réflexes. Si je ferme la paupière au moment où mon œil risque d'être atteint par une poussière, cet acte est objectivement logique, mais ne l'est pas subjectivement. Je n'ai pas pensé à l'avance et je ne pense pas au moment où j'agis à la relation entre les moyens que j'emploie et la fin que j'atteins. Les conduites instinctives ou animales sont souvent adaptées mais ne sont pas logiques, si, du moins, nous admettons que les animaux qui se conduisent comme il est nécessaire à leur survie ne pensent pas la relation entre les moyens qu'ils emploient et les buts qu'ils atteignent.

Le quatrième genre est celui des actes qui ont un résultat logiquement lié aux moyens employés et dont l'acteur, subjectivement, conçoit un certain rapport entre les moyens et les fins, sans que les consécutions objectives correspondent aux consécutions subjectives. Pareto songe ici essentiellement à la conduite des bienfaiteurs de l'humanité, pacifistes ou révolutionnaires, qui veulent modifier la société existante et en corriger les vices. Ainsi les révolutionnaires bolcheviks diront qu'ils veulent prendre le pouvoir pour assurer la liberté du peuple. Ayant accompli une révolution par la violence, ils sont entraînés, par un processus irrésistible, à établir un régime autoritaire. Dans ce cas, il existe une relation objective entre la conduite et ses résultats, et une relation subjective entre l'utopie d'une société sans classes et les actes révolutionnaires. Mais ce que les hommes font ne répond pas à ce qu'ils voulaient faire. Les buts qu'ils souhaitent atteindre ne peuvent pas l'être par les moyens qu'ils emploient. Les moyens qu'ils emploient conduisent logiquement à certains résultats, mais il y a discordance entre la consécution objective et la consécution subjective. Pareto donne aussi des exemples empruntés à la vie économique. Dans un état de libre concurrence les entrepreneurs accomplissent en partie des actions non-logiques. En s'efforçant de réduire les prix de revient, ils obtiennent par exemple sans le vouloir un effet de réduction des prix de vente puisque la concurrence ramène toujours l'égalité entre ces deux prix.

Ce quatrième genre comporte des sous-catégories selon que les acteurs accepteraient ou n'accepteraient pas les buts qu'ils atteignent effectivement si on les leur montrait à l'avance. Supposons que Lénine ait connu les conséquences inévitables d'une révolution qui se voulait socialiste, en un pays encore peu industrialisé. Aurait-il préféré renoncer à la révolution ou bien aurait-il accepté l'État totalitaire pour une longue période de transition?

Ces actions non-logiques ne sont pas nécessairement illogiques. Dans la troisième catégorie, celle des oui-non, l'action est éventuellement adaptée aux circonstances, il manque simplement la conscience de la relation moyens-fins.

L'étude de ces quatre genres d'actions non-logiques constitue l'objet de la première partie du *Traité de sociologie générale*, les actions logiques étant réservées et ne devant intervenir que dans la deuxième partie, au moment où Pareto substitue à la méthode analytique la méthode synthétique.

Cette classification des types d'action n'est pas sans créer des difficultés. Sans vouloir les aborder dès maintenant, il convient cependant de soulever deux questions : Dans quelle mesure toutes les actions humaines peuvent-elles être analysées par référence au seul rapport moyens-fins? Si le caractère logique et non-logique s'applique uniquement à la relation entre les moyens et les fins, ces dernières peuvent-elles être autre chose que non-logiques? Ne résulte-t-il pas de la définition donnée du caractère logique des actions que le choix des fins ne peut pas être logique?

Ainsi la sociologie se définit chez Pareto par référence et opposition à l'économie, qui considère essentiellement des actions logiques alors que la sociologie traite surtout des actions non-logiques. On peut donc étudier la pensée sociologique de Pareto en s'attachant exclusivement au *Traité de sociologie générale*. Il n'en reste pas moins qu'une analyse complète de la pensée de cet auteur exigerait la considération des œuvres économiques, c'est-à-dire du *Cours d'économie politique* et du *Manuel d'économie politique.*

Deux genres d'actions non-logiques sont particulièrement importants pour le sociologue.

Le premier est celui qui porte le n° 2 et qui est défini par les termes non-oui. Ce genre regroupe les actions non-logiques, qui n'ont pas de but objectif mais possèdent une finalité subjective. Il contient la plupart des conduites rituelles ou symboliques. Le marin qui adresse des prières à Poséidon avant de prendre la mer n'accomplit pas un acte qui exerce une influence quelconque sur sa navigation, mais il s'imagine, en fonction de ses croyances, que cet acte entraînera des conséquences conformes à ses désirs. De manière générale on peut dire que toutes les actions de type religieux, c'est-à-dire toutes les actions qui s'adressent à un emblème ou à un symbole d'une réalité sacrée, appartiennent au genre n° 2. De même que Durkheim, dans *Les Formes élémentaires de la vie religieuse,* Pareto étudie les actes rituels, mais en commençant par les faire figurer dans la classe des actions non-logiques.

Le deuxième genre important est le genre n° 4, qui est défini par les termes oui-oui, mais sans coïncidence entre le subjectif et l'objectif. A ce genre appartiennent toutes les conduites qui sont commandées par des erreurs scientifiques. Le moyen employé donne un résultat effectif sur le plan de la réalité, et il a été mis en relation avec des buts dans la conscience de l'acteur, mais ce qui se passe n'est pas conforme à ce qui, d'après les espérances ou les prévisions du sujet agissant, devait se passer. L'erreur entraîne la non-coïncidence entre la consécution objective et la consécution subjective. A ce genre ressortissent également toutes les conduites dictées par des illusions, notamment celles des hommes politiques ou des intellectuels. Lorsque des idéalistes s'imaginent créer une société sans classes ou sans exploitation, ou encore une communauté nationale homogène, les résultats de leurs actions sont tout autres que leurs idéologies et il y a non-coïncidence entre les espoirs nourris par les acteurs et les conséquences de leurs actes, mais aussi bien sur le plan de la réalité que sur le plan de la conscience, les moyens ont été rattachés à des fins.

Dans la première partie du *Traité de sociologie générale,* Pareto se propose donc d'étudier logiquement les actions non-logiques, en faisant provisoirement abstraction des conduites logiques, qu'il retrouvera dans la deuxième partie dont le but est de recomposer le tout social pour atteindre à une explication synthétique de l'ensemble de la société et des mouvements qui s'y produisent.

En dehors de ces définitions abstraites, la distinction fondamentale entre les actions logiques et les actions non-logiques repose sur un critère simple et essentiel, bien que Pareto ne mette pas l'accent sur lui : la coïncidence entre le rapport objectif et le rapport subjectif des moyens et des fins implique que la conduite soit déterminée par le raisonnement. En conséquence, on peut retenir à titre provisoire que les actions logiques sont celles qui sont motivées par le raisonnement. L'acteur a pensé ce qu'il voulait faire et le but qu'il voulait atteindre, et ce sont les raisonnements auxquels il a obéi qui sont le mobile de sa conduite. En revanche, toutes les conduites non-logiques comportent, à un degré ou à un autre, une motivation par le sentiment, celui-ci étant défini de la manière la plus générale comme tout état d'esprit autre que le raisonnement logique.

Ainsi, le but de la première partie du *Traité de sociologie générale* est d'étudier logiquement les actions non-logiques, tâche qui n'est pas aisée. Comment étudier logiquement les actions non-logiques? Pareto serait tout prêt à dire que la plupart des livres de sociologie sont des analyses non-logiques de conduites non logiques, ou encore sont des études des conduites non-logiques dans l'intention consciente de faire apparaître logiques des conduites qui ne le sont pas. L'objectif de Pareto est en revanche d'étudier les conduites non-logiques pour ce qu'elles sont et de ne pas prêter aux conduites non-logiques une apparence contraire.

Cette expression « l'étude logique de la conduite non-logique » ne vient pas de Pareto lui-même. Bien que Pareto ait été conscient du risque d'étudier de manière non-logique les conduites non-logiques, il ne s'est pas expliqué d'une manière aussi volontairement ironique que moi. Il s'est borné à dire qu'il voulait étudier scientifiquement les conduites non-logiques. En quoi consiste cette étude?

La réponse à cette interrogation suppose une conception de la science que Pareto appelle logico-expérimentale.

Le but du sociologue étudiant les conduites non-logiques est la vérité, et non l'utilité et rien n'implique qu'il y ait coïncidence entre ces deux notions.

Les généraux romains, avant de livrer bataille, interrogeaient les entrailles de quelques animaux sacrifiés à cette occasion. Cette conduite était non-logique, dans la mesure du moins où les généraux croyaient que les entrailles des victimes leur révéleraient à l'avance l'issue du combat. Mais si les entrailles des victimes autorisaient une prévision favorable et si cette prévision était communiquée aux soldats, ceux-ci en tiraient une confiance supplémentaire et il est excellent pour le moral des combattants de savoir qu'à la fin ils seront vainqueurs. J'emprunte, à l'instar de Pareto, cet exemple à l'histoire romaine pour qu'il soit dépouillé d'actualité et de passion, mais nous vivons une époque peu différente à cet égard. Au lieu d'interroger les entrailles des victimes, on interroge les mystères de l'avenir historique. Dans les deux cas, le résultat est le même. Les chefs peuvent proclamer : « A la fin tout ira bien, vous serez vainqueurs. » Il est utile que les soldats croient à la vérité des augures, que les militants croient à la victoire finale de la cause.

La science logico-expérimentale, qui montre la similitude entre ces diverses manières de prêter une voix à un avenir que l'on ignore, est donc maîtresse de scepticisme. Sans doute est-il contraire à l'utilité sociale que les hommes avouent ne pas connaître le futur. Aussi l'étude logico-expérimentale des conduites non-logiques peut-elle être contraire à l'utilité de tel groupe particulier, ou même à l'utilité de l'ensemble de la société. Pareto a écrit : « Si je pensais que mon *Traité* pût avoir beaucoup de lecteurs je ne l'écrirais pas. » Car ce *Traité*, dans la mesure où il dévoile la réalité fondamentale, est contraire à l'équilibre social qui exige un ensemble de sentiments dont le *Traité* démontre qu'ils sont non-logiques, sinon illogiques. Ainsi l'étude logico-expérimentale des conduites non-logiques a pour but unique la vérité et on ne saurait lui reprocher de ne pas être utile. « Associer l'utilité sociale d'une théorie à sa vérité expérimentale est un de ces principes à priori que nous repoussons. Ces deux choses sont-elles ou non toujours unies? A cette question l'on ne peut répondre que par l'observation des faits; et dans la suite on trouvera la preuve qu'en certains cas, elles peuvent être entièrement indépendantes. Je prie donc le lecteur d'avoir toujours présent à l'esprit que là où j'affirme l'absurdité d'une doctrine, je n'entends pas le moins du monde soutenir implicitement qu'elle est nuisible à la société; au contraire, elle peut lui être très profitable. Vice versa, où j'affirme l'utilité d'une théorie pour la société, je ne veux pas du tout insinuer qu'elle est expérimentalement vraie. En somme, une même doctrine peut être rejetée au point de vue expérimental et admise au point de vue de l'utilité sociale, et vice versa. » (*Traité de sociologie générale*, § 72 et 73.)

L'opposition est frappante avec la conception de Durkheim qui a écrit pour sa part que si la sociologie ne permettait pas d'améliorer la société, elle ne vaudrait pas une heure de peine. Aux yeux de Pareto, une proposition de cet ordre est une confusion entre l'objet scientifique, qui est exclusivement la vérité, et l'objet de l'action sociale qui est l'utilité, sans qu'il y ait coïncidence nécessaire entre ces deux objets.

En deuxième lieu, la science logico-expérimentale a pour devoir d'écarter toutes les notions extra- ou méta-empiriques. Tous les mots employés doivent se référer à des faits observés ou observables, tous les concepts doivent être définis par rapport à des réalités constatées directement ou susceptibles d'être créées par expérimentation. Les notions d'ordre religieux, les concepts qui ne rentrent pas dans l'ordre du phénoménal, n'ont donc pas de place dans la science logico-expérimentale. Tous les concepts philosophiques ou d'essence, doivent être rigoureusement exclus. Nombre de savants, ou de pseudo-savants, se demandent sans cesse ce qu'est le progrès, ou le vrai socialisme, ou l'authentique égalité. Ces discussions sur les mots ne ressortissent pas à la science. La nature de la définition scientifique est apparue quand nous avons distingué actions logiques et actions non-logiques. Pour Pareto, il est vain de discuter sur le point de savoir s'il vaudrait mieux appeler les actions logiques des actions rationnelles et les actions non-logiques des actions non-rationnelles. Les mots employés sont sans importance. Si ce n'était pas pour la commodité, on aurait pu employer au lieu de l'expression « action logique » le terme X, et pour les actions non-logiques le terme Y. De même, disserter sur le concept de classe est un exercice sans portée scientifique. On peut tout au plus se demander, une définition de la classe étant posée, dans quelle mesure le phénomène ainsi défini se rencontre dans telle ou telle société, mais peu importe le sens donné au mot classe ou au mot structure. Les définitions sont décisoires. Pourvu qu'il les définisse rigoureusement, chacun prend les mots qu'il emploie dans le sens qu'il désire.

Rien de ce qui dépasse l'expérience n'a de place dans la science. Les définitions essentielles doivent être éliminées de la science logico-expérimentale qui se sert de concepts clairement définis par rapport à des phénomènes observables. Les discussions scientifiques doivent toujours porter sur la réalité, et non pas sur le sens que nous donnons aux mots.

Il n'en résulte pas, cependant, que la science soit une pure et simple reproduction des phénomènes que nous observons au-dehors. Tout au contraire, la science implique une activité de l'esprit qui est une recréation dont le caractère premier est la simplification. Le monde humain aussi bien que naturel dans lequel nous vivons est trop riche et trop complexe pour que la science puisse d'emblée l'appréhender entièrement. Aussi commence-t-elle toujours par des simplifications. Elle observe et retient certains aspects de certains phénomènes, qu'elle désigne par des concepts rigoureux, puis elle établit les relations entre les phénomènes couverts par des concepts, et elle s'efforce progressivement de combiner les approches simplifiés pour recomposer la réalité complexe. Par exemple, dans le *Traité de sociologie générale*, on part de la définition simplifiée des actions non-logiques pour établir une classification et analyser les phénomènes qui en rendent compte, et on aboutit à une typologie des causes des actions non-logiques qui nécessairement sera simple et grossière par rapport à la réalité complexe. De la même façon que la mécanique rationnelle est une explication d'un monde abstrait, la théorie économique pure est une interprétation schématique des systèmes économiques, mais partant de ces modèles simples, par complication progressive, nous retrouvons la réalité. Nous ne retrouverons jamais la réalité dans toute sa complexité; la science, par essence, est inachevée, et ceux qui s'imaginent qu'elle enseignera jamais l'équivalent de ce qu'apportait la religion sont victimes d'une illusion. Les sociologues, qui, comme Durkheim, pensent que la sociologie scientifique pourra poser les fondements d'une morale, substitués aux dogmes religieux, sont, sans même qu'ils en aient conscience, prisonniers d'une façon de penser non-logique. Ils attribuent à la science des caractéristiques que celle-ci ne possédera jamais, car elle sera toujours partielle et jamais normative. La science sera toujours un ensemble de propositions, de fait ou de causalité, dont jamais on ne pourra déduire que l'on *doit* se conduire d'une certaine manière. On aura beau démontrer que telle ou telle consécution régulière s'observe dans la réalité, on ne déduira pas de ces corrélations expérimentales une morale, quelle qu'elle soit. « La science ne peut satisfaire le besoin infini de développements pseudo-logiques, éprouvé par l'homme. La science ne peut que mettre en rapport un fait avec un autre, et par conséquent c'est toujours à un fait qu'elle s'arrête. » (*Traité de sociologie générale*, § 973.)

La conception de la science expérimentale, dont Pareto se réclame, réduit grandement les ambitions de la sociologie, et nous transfère dans un monde où la formule « société ou divinité, il faut choisir » ne serait pas le résultat, mais l'objet de la science, dans la mesure où celle-ci s'intéresse à l'ensemble des conduites non-logiques. Cet aspect de la pensée de Pareto — qui d'ailleurs se plaît à tourner en dérision les œuvres de ses collègues — explique l'extrême impopularité dont a été victime cet auteur auprès de la plupart des sociologues, non seulement de son vivant, mais encore après sa mort. J'ai connu parmi mes maîtres, et je connais parmi mes collègues, nombre de sociologues qui ne peuvent entendre le nom de Pareto sans manifester une indignation dont la vigueur résiste au temps.

La science, d'après Pareto, est logico-expérimentale. Ces deux termes doivent être interprétés rigoureusement. *Logique* signifie qu'il est légitime, à partir de définitions posées ou de relations observées, de déduire des conséquences qui résultent des prémisses. L'adjectif *expérimental* couvre à la fois l'observation au sens étroit du terme et l'expérimentation. La science est expérimentale parce qu'elle s'applique et se réfère au réel, comme à l'origine et au critère de toutes les propositions. Une proposition qui ne comporte pas de démonstration ou de réfutation par l'expérience n'est pas scientifique. Comme aimait à le dire mon maître Léon Brunschvicg, une proposition qui ne peut pas être démontrée fausse ne peut pas être vraie. Cette idée est évidente, bien que méconnue par nombre d'esprits qui voient dans l'impossibilité de réfuter leurs affirmations une preuve de la vérité de celles-ci. Tout au contraire, une proposition, qui est vague et indistincte au point qu'aucune expérience ne permet de la réfuter, peut éveiller des sentiments, satisfaire ou indigner, elle n'est pas scientifique. Pour qu'elle soit scientifique, il faut qu'elle puisse tomber sous le coup de la seule critique qui soit valable, celle des raisonnements et des faits. (La théorie marxiste de la plus-value doit sa popularité au fait qu'elle est irréfutable.)

En bref, la science logico-expérimentale a pour objectif de découvrir ce que Pareto appelle des uniformités expérimentales, c'est-à-dire des relations régulières entre des phénomènes. Ces uniformités expérimentales ne sont pas en tant que telles nécessaires. Les philosophes ont longuement discuté sur le caractère du lien causal qui lie deux phénomènes l'un à l'autre. Pareto appartient à cet égard à la postérité de Hume. Pour lui, les relations régulières entre les phénomènes ne comportent pas la nécessité intrinsèque de la consécution. La régularité observée est plus ou moins probable selon la nature des phénomènes reliés l'un à l'autre et selon le nombre des circonstances où cette consécution a été observée. Le problème de la nécessité ne se pose pas puisque le but de la science est tout modestement la constatation des uniformités.

Pareto résume d'ailleurs la voie qu'il compte suivre en quelques propositions qui constituent les règles de la science logico-expérimentale :

« 1° Nous n'entendons nous occuper en aucune façon de la *vérité* intrinsèque de n'importe quelle religion, foi, croyance métaphysique, morale ou autre. Ce n'est pas que nous soyons imbu du moindre mépris pour ces choses, mais seulement qu'elles sortent des limites où nous désirons rester. Les religions, croyances, etc., nous les considérons seulement de l'extérieur, pour autant qu'elles sont des faits sociaux, à l'exclusion de leur valeur intrinsèque. La proposition : « A *doit* être égal à B, en vertu de quelque principe supérieur à l'expérience », échappe donc entièrement à notre examen; mais nous étudions comment une telle croyance est née, s'est développée et dans quelle relation elle se trouve avec les autres faits sociaux.

« 2º Le domaine où nous travaillons est donc exclusivement celui de l'*expérience* et de l'*observation*. Nous employons ces termes au sens qu'ils ont dans les sciences naturelles, comme l'astronomie, la chimie, la physiologie, etc.; et non pour indiquer ce qu'on entend par : *expérience intime, chrétienne*, qui, changeant à peine de nom, ressuscite tout bonnement l'auto-observation des anciens métaphysiciens. Nous considérons cette auto-observation comme un fait externe; nous l'étudions donc comme tel, non comme un sentiment qui nous est propre.

...

« 4º Nous partons des faits, pour composer des théories, et nous tâchons toujours de nous éloigner le moins possible de ces faits. Nous ignorons ce qu'est l'*essence* des choses, et n'en avons cure, parce qu'une telle étude sort de notre domaine. Nous recherchons les uniformités présentées par les faits, et leur donnons aussi le nom de lois; mais ces faits ne sont pas soumis à ces dernières; au contraire. Les lois ne sont pas *nécessaires;* ce sont des hypothèses qui servent à résumer un nombre plus ou moins grand de faits, et durent tant qu'on ne leur en substitue pas de meilleures.

« 5º Toutes nos recherches sont donc contingentes, relatives, et donnent des résultats qui ne sont que plus ou moins probables, tout au plus très probables... Toutes nos propositions, y compris celles de pure logique, doivent être entendues avec la restriction : *dans les limites du temps et de l'expérience à nous connus.*

« 6º Nous raisonnons exclusivement sur les choses et non sur les sentiments que leurs noms éveillent en nous. Ces sentiments, nous les étudions comme de simples faits extérieurs. Aussi refusons-nous, par exemple, de discuter si un acte A est *juste* ou n'est pas *juste, moral* ou *immoral*, si l'on n'a pas d'abord bien mis en lumière les choses auxquelles on veut faire correspondre ces termes. Mais nous étudierons comme un fait extérieur ce que les hommes d'un pays donné, appartenant à une classe sociale donnée, à une époque donnée, entendaient exprimer, quand ils affirmaient que A était un acte *juste* ou *moral.*

« 7º Nous cherchons les preuves de nos propositions seulement dans l'expérience et l'observation, ainsi que leurs conséquences logiques, en excluant toute preuve par accord de sentiments, par *évidence interne* ou dictée par la conscience.

« 8º Aussi emploierons-nous uniquement des mots correspondant à des choses et mettrons-nous tout notre soin, tout notre zèle, à leur donner une signification aussi précise que possible.

« 9º Nous procédons par *approximations successives;* c'est-à-dire en considérant d'abord le phénomène dans son ensemble, négligeant volontairement les détails dont nous tiendrons compte dans les approximations suivantes. » (*Traité de sociologie générale*, § 69.)

La science logico-expérimentale étant ainsi définie dans ses grands traits, le problème qui logiquement — pour employer le langage de Pareto — se pose est de relier la conception des actions logiques et non-logiques à cette définition de la science logico-expérimentale. Assez curieusement, Pareto lui-même n'établit pas de rapport explicite entre sa théorie des actions non-logiques et sa théorie de la science. Mais il n'est pas difficile de mettre au jour cette relation.

Les actions logiques sont en effet pour la plupart celles qui sont déterminées par le savoir scientifique, c'est-à-dire en accord avec des uniformités établies grâce à la science logico-expérimentale. L'action logique est celle dont la relation subjective moyen-fin correspond à la relation objective moyen-fin. Or comment ce parallélisme pourrait-il être assuré sinon parce que nous connaissons les conséquences qu'entraîne un certain acte, les effets d'une certaine cause, ou, en d'autres termes, les uniformités établies par la science logico-expérimentale? L'uniformité, c'est le fait qu'au phénomène A succède régulièrement le phénomène B. Si nous voulons agir logiquement, il nous faut savoir quelles conséquences entraînera l'acte A que nous accomplissons et c'est la science qui nous dira que l'acte A entraîne la conséquence B.

La science ne couvre cependant pas l'ensemble des conduites logiques. La conduite d'un banquier, d'un spéculateur, celle d'un général qui préfère gagner la bataille plutôt que la perdre, sont normalement logiques sans cependant qu'elles découlent d'uniformités expérimentales d'ordre scientifique. Pareto dit en passant qu'effectivement la plupart des actions logiques sont des actions déterminées par les uniformités scientifiques, mais que nombre de domaines d'actions, politique, militaire, économique, comportent des conduites logiques, déterminées par des raisonnements d'inspiration scientifique qui s'efforcent de combiner efficacement les moyens en vue de fins, sans que l'on puisse dire que cette combinaison soit une déduction directe d'uniformités expérimentales. « Les actions logiques sont très nombreuses chez les peuples civilisés. Les travaux artistiques et scientifiques appartiennent à cette classe, au moins en ce qui concerne les personnes qui connaissent ces deux disciplines. Les actions étudiées par l'économie politique appartiennent, elles aussi, en très grande partie, à cette classe. On doit y ranger, en outre, un certain nombre d'opérations militaires, politiques, juridiques, etc. » (*Traité de sociologie générale*, § 154.) Malgré tout il subsiste une solidarité entre la conception des actions logiques et la conception de la science logico-expérimentale. Cette relation est indispensable, étant donné la définition même des actions logiques. Pour les caractériser, Pareto parle « d'opérations qui sont logiquement unies à leur but, non seulement par rapport au sujet qui accomplit ces opérations, mais encore pour ceux qui ont des connaissances plus étendues » (*Traité de sociologie générale*, § 150). Ces observateurs qui disposent de connaissances plus étendues ne peuvent être que les savants. Le progrès de la science permet progressivement d'élargir la sphère des conduites humaines qui pourront être appelées logiques.

La science, telle qu'elle a été définie, ne couvre qu'un domaine étroit ou limité de la réalité. Nous sommes loin de savoir tout ce qui se passe dans le monde, et par conséquent, loin d'être en mesure de dominer l'ensemble des phénomènes naturels. Les conduites logiques ne couvrent et ne peuvent donc couvrir qu'une partie limitée de l'ensemble de la conduite humaine. Si la condition pour qu'une conduite soit logique, c'est que nous puissions prévoir les conséquences de nos actes et que nous puissions déterminer par le raisonnement les objectifs que nous voulons atteindre, et si la science ne permet pas de déterminer les buts ou de connaître les conséquences de nos actes, sinon dans des domaines limités, la plus grande partie de la conduite humaine sera nécessairement non-logique. Baptiser une conduite non-logique n'est d'ailleurs pas pour Pareto une manière de la blâmer. S'il y a une ironie, ouverte ou cachée, dans l'expression « non-logique », elle vise uniquement ceux qui, agissant de manière non-logique, s'imaginent agir logiquement. L'ironie de l'observateur ne veut pas suggérer aux hommes d'agir logiquement, elle porte sur le fait que les hommes sont aussi déraisonnables que raisonneurs. La caractéristique majeure de la nature humaine est de se laisser conduire par le sentiment et de donner des justifications pseudo-logiques à des attitudes sentimentales.

On comprend, dès lors, pourquoi Pareto est insupportable et pourquoi il veut l'être. Sa première thèse est que tous les hommes veulent donner une apparence de logique à des conduites qui n'en ont pas la substance, et sa deuxième que le but de la sociologie est de montrer aux hommes que leurs conduites sont non-logiques. Il est clair que le sociologue montrant aux hommes ce que ceux-ci ne veulent pas voir, se rend impopulaire, et Pareto l'aurait volontiers concédé. Il n'est pas impossible, me semble-t-il, de donner une interprétation logique de ce désir d'impopularité. Les hommes qui écrivent peuvent, pour employer la méthode de Pareto, se diviser en deux catégories : ceux qui écrivent avec le désir conscient d'être populaires, et ceux qui écrivent avec le désir conscient d'être impopulaires. Le désir d'impopularité n'est ni plus ni moins logique que le désir de popularité. Un auteur peut éprouver un sentiment d'échec, en dépit de tirages de plusieurs centaines de milliers d'exemplaires de ses œuvres, et un sentiment de succès avec des tirages de cinq cents exemplaires. Pareto, une fois pour toutes, avait choisi, probablement de manière logique, le succès de l'auteur maudit. Il ne l'a d'ailleurs pas obtenu entièrement.

Le parallèle entre la conception de la science et la conception des actions logiques et des actions non-logiques chez Pareto nous rappelle que la science ne détermine pas logiquement des buts. *Il n'y a pas de solution scientifique du problème de l'action.* La science ne peut aller plus loin qu'indiquer les moyens efficaces pour atteindre des objectifs : la détermination des objectifs ne relève pas de son domaine. En dernière analyse, il n'y a pas de solution scientifique au problème de la conduite individuelle, il n'y a pas davantage de solution scientifique au problème de l'organisation sociale. A tous les contemporains qui ne cessent de proclamer que la science exige telle ou telle organisation de la société, Pareto répond à l'avance : la science authentique, et non pas la pseudo-science, ne peut pas nous enseigner ce qu'est la solution du problème social.

Des expressions aux sentiments.

Les données du problème de l'étude logique ou scientifique des actions non-logiques peuvent être figurées dans le schéma suivant que Pareto présente dans le chapitre II du *Traité de sociologie générale :*

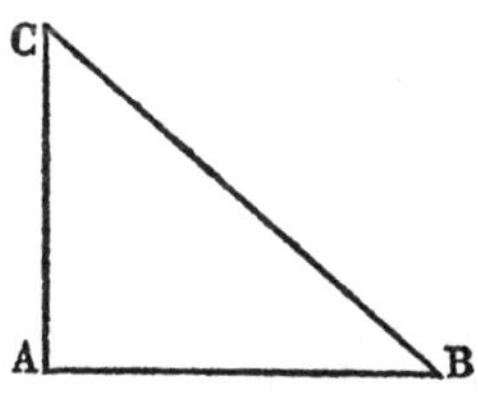

Pour étudier logiquement les conduites non-logiques, nous ne connaissons directement par l'observation que les actes, soit B, et les expressions, C, de sentiments « qui se développent souvent en théories morales, religieuses et autres ». L'état psychique des acteurs, soit A, échappe à l'expérience directe. Le problème se pose donc dans les termes suivants : comment expliquer C et B, et surtout B, c'est-à-dire les actes, alors que nous ne saisissons pas directement A, c'est-à-dire l'état d'esprit?

« La tendance très marquée qu'ont les hommes à prendre les actions non-logiques pour des actions logiques les porte à croire que B est un effet de la « cause » C. On établit de la sorte une relation directe CB, au lieu de la relation indirecte qui résulte des deux rapports AB, AC. Parfois la relation CB existe véritablement; mais cela n'arrive pas si souvent qu'on le croit. Le même sentiment qui pousse les hommes à s'abstenir de faire une action B (relation AB), les pousse à créer une théorie C (relation AC). L'un a, par exemple, horreur de l'homicide B et s'en abstiendra; mais il dira que les dieux punissent l'homicide; ce qui constitue une théorie C. » (*Traité de sociologie générale*, § 162.)

La tendance des interprètes est donc de rendre compte des actes par les théories invoquées, d'expliquer B par C. Mais ce faisant ils sont victimes du penchant humain à la rationalisation ou, pour parler le langage de Pareto, à la logicisation. Dupes de l'instinct raisonneur des hommes, ils croient que leurs actes sont authentiquement déterminés par les doctrines invoquées, alors qu'en réalité ce qui détermine tout à la fois les actes et les expressions, c'est A, c'est-à-dire l'état psychique ou les sentiments.

D'une certaine façon, toute la première partie du *Traité de sociologie générale* est une réflexion et une analyse, par instant circulaire, sur les relations entre A, C, B, ou B, C, A. En effet, pour Pareto, ce qui détermine C et B, c'est essentiellement A. La conduite des hommes est déterminée par leur état psychique ou par leurs sentiments, beaucoup plus que par les raisons qu'ils invoquent. Cependant, on ne peut pas exclure que C, c'est-à-dire les théories, aient une certaine influence sur B. A force de se convaincre de leurs idées, les hommes finissent par agir aussi en fonction des rationalisations. Et à force d'agir selon les rationalisations, à force de pratiquer un rite, ils finissent par renforcer les idées mêmes par lesquelles ils ont commencé à expliquer leurs actes, de telle sorte qu'il y a aussi une action de B, dans la mesure où B est un acte rituel, sur C, c'est-à-dire la doctrine. L'action de B sur C, c'est au fond celle à laquelle fait allusion la formule : « Prenez de l'eau bénite et vous finirez par croire », formule qui est une version simplifiée ou non logico-expérimentale de l'influence du rite sur la croyance.

Le triangle de la figure donne les trois séries de relations qu'il convient d'analyser dans le détail : l'action de l'état psychique simultanément sur les expressions et les actes, l'action secondaire des expressions sur les actes, et l'action secondaire aussi des actes sur les expressions, c'est-à-dire sur les rationalisations, les idéologies ou les doctrines.

Dans une autre figure, un peu plus développée, Pareto tient compte non seulement de l'état d'esprit A et des expressions C, mais aussi de deux autres facteurs, le culte, B, et les actes qui cette fois-ci sont appelés D.

« On peut, jusqu'à un certain point, assimiler le culte d'une religion à B; sa théologie à C. Toutes deux proviennent d'un certain état psychique A.

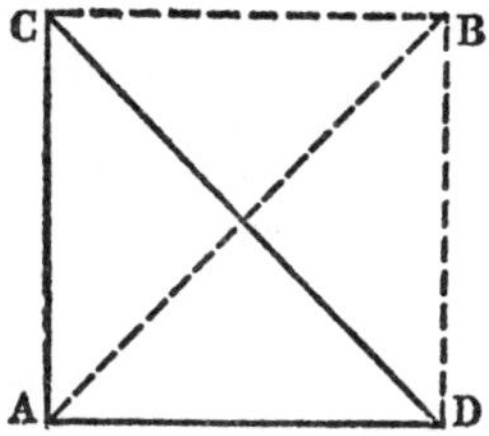

« Considérons certaines actions D, dépendant de cet état psychique A. Le culte B n'agit pas directement sur D, mais sur A et ainsi sur D; il agit de même aussi sur C, et vice versa, C agit sur B. Il peut aussi y avoir une action directe CD. L'action de la théologie C sur A est ordinairement assez faible; par conséquent, très faible aussi sur D, puisque l'action CD est de même généralement faible. On commet donc en général une grave erreur, quand on suppose que la théologie C est la cause des actions D. La proposition qu'on émet souvent : « Ce peuple agit ainsi parce qu'il croit cela », est rarement vraie; elle est presque toujours erronée. La proposition inverse : « Le peuple croit cela parce qu'il agit ainsi », renferme généralement une plus grande somme de vérité; mais elle est trop absolue et a sa part d'erreur. Il est vrai que les croyances et les actions ne sont pas indépendantes; mais leur dépendance consiste à être deux branches d'un même arbre.

« Avant l'invasion des dieux de la Grèce, l'ancienne religion romaine n'avait pas de théologie C; elle se réduisait à un culte B. Mais ce culte B, réagissant sur A, influait fortement sur les actions D du peuple romain. Il y a plus. Quand le rapport direct BD existe, il se présente à nous, modernes, comme manifestement absurde. Mais le rapport BAD pouvait au contraire être en certains cas très raisonnable et utile au peuple romain. En général, la théologie C a sur D une influence directe encore plus faible que sur A. C'est donc une grave erreur que de vouloir estimer la valeur sociale d'une religion, en considérant uniquement la valeur logique et raisonnable de sa théologie. Sans doute, si cette dernière devient absurde au point d'agir fortement sur A, de ce fait elle agira fortement aussi sur D. Mais ce cas se présente rarement : ce n'est guère qu'après une modification de l'état psychique A, qu'il arrive aux hommes d'apercevoir certaines absurdités, qui leur avaient tout d'abord entièrement échappé.

« Ces observations s'appliquent à toute espèce de théories. Par exemple, C est la théorie du libre-échange; D est l'adoption pratique du libre-échange dans un pays; A est un état psychique résultant en grande partie des intérêts économiques, politiques, sociaux, des individus et des circonstances dans lesquelles ils vivent. Le rapport direct entre C et D est généralement très faible. Agir sur C pour modifier D ne conduit qu'à des résultats insignifiants. Au contraire, une modification de A peut se répercuter sur C et sur D. On les verra donc changer en même temps, et un observateur superficiel pourra croire que D a été modifié par le changement de C; mais une étude plus profonde montrera que D et C ne dépendent pas directement l'un de l'autre, mais que tous deux dépendent d'une cause commune A.

« Les discussions théoriques C ne sont donc pas directement très utiles pour modifier D; indirectement, elles peuvent être utiles pour modifier A. Mais pour y arriver, il faut recourir aux sentiments beaucoup plus qu'à la logique et aux résultats de l'expérience. Nous exprimerons ce fait d'une manière incorrecte, parce que trop absolue, mais frappante, en disant que, pour agir sur les hommes, les raisonnements ont besoin de se transformer en sentiments.

En Angleterre, de nos jours, la pratique du libre-échange B, suivie durant de longues années, a réagi sur l'état A (intérêts, etc.) et renforcé par conséquent cet état psychique; elle s'est ainsi opposée à l'introduction du protectionnisme. » (*Traité de sociologie générale*, § 165, 166, 167, 168.)

A partir de cette analyse élémentaire et fondamentale, la sociologie parétienne peut suivre deux voies. L'une pourrait être appelée la voie inductive, c'est celle qui est suivie par Pareto lui-même dans son *Traité*. L'autre est la voie déductive, que je vais suivre.

La voie inductive consiste à rechercher comment, dans l'histoire des doctrines, les actions non-logiques ont été connues ou mal connues, dissimulées et défigurées, comment les hommes ont soupçonné la notion d'action non-logique et se sont efforcés de ne pas en faire la théorie, car l'homme né raisonneur préfère croire que sa conduite est logique et déterminée par les théories, et n'aime pas s'avouer à lui-même qu'il est mû dans ses actes par des sentiments.

Puis, après l'étude historique de l'interprétation des actes non-logiques, Pareto fait une analyse scientifique des théories qui dépassent l'expérience. Il étudie les métaphysiques et les théories qui se proposent des objets inaccessibles par les procédés logico-expérimentaux. Par exemple, les doctrines du droit naturel, qui prétendent déterminer ce que doit être le droit sans distinction de temps et de lieu, sont au-delà de l'expérience qui ne comporte que l'observation de ce qui est et la déduction à partir des faits observés. Pareto consacre aussi un chapitre aux théories pseudo-scientifiques dont il existe un très grand nombre. Après ces trois chapitres intermédiaires qui représentent près de trois cents pages, il en vient à ce qui va être l'essentiel de la théorie des actions non-logiques, à savoir l'étude des résidus et des dérivations.

La deuxième voie est la voie que Pareto appelle lui-même déductive et dont il dit, au début du chapitre VI sur les résidus, qu'elle aurait avantage à être suivie par l'exposé. Cette méthode consiste à aller immédiatement sinon à l'état psychique, du moins à une réalité proche de cet état psychique, et à établir une classification des résidus qui sont les manifestations des sentiments et les causes principales des actions non-logiques. Il s'agit donc de chercher ce que nous pouvons connaître de A, sachant que l'état psychique ou les sentiments ne sont pas donnés de manière directe. Puisque nous ne connaissons directement que les expressions, les actes ou les conduites de culte, comment remonter des expressions aux causes de celles-ci, des théories ou des actes aux sentiments et aux états d'esprit qui les déterminent?

La méthode de Pareto est d'étudier un grand nombre d'expressions, théories, conduites curieuses, modalités de cultes religieux, pratiques de magie ou de sorcellerie, et de constater que si ces actes ou conduites diffèrent et comportent, en apparence, une sorte de foisonnement anarchique, ils révèlent, à une étude plus attentive, une certaine consistance. Par exemple, nous constatons à travers les civilisations les plus diverses que les hommes ont attaché une valeur bénéfique ou maléfique à certains chiffres, à certains jours, à certains lieux. Dans nos sociétés, c'est le chiffre 13 qui, dit-on, porte malheur. Si un dîner de 13 personnes a lieu un vendredi, les choses sont pires, et si ce dîner de 13 personnes a lieu un vendredi 13, les catastrophes s'annoncent. Ce sont là des phénomènes que nous connaissons tous et qui font sourire, mais il n'empêche qu'une maîtresse de maison hésiterait à organiser un repas de 13 personnes, non pas qu'elle-même soit sensible à cette superstition (bien entendu), mais elle ne saurait exclure que l'un ou l'autre des invités redoute le caractère maléfique du nombre 13, ou du vendredi 13. On sait également qu'on ne doit pas allumer trois cigarettes avec la même allumette. On dit que l'origine de cette superstition remonte à la guerre du Transvaal. Les Boers, qui jouissaient à l'époque de la sympathie de l'opinion mondiale — les choses ont changé —, avaient la réputation d'être des tireurs exceptionnels. Quand ils voyaient chez leurs ennemis pour la troisième fois la petite lueur d'une cigarette, leur tir était si précis que le fumeur était à coup sûr abattu.

Je ne suis pas certain que telle soit l'origine authentique du caractère maléfique de la troisième cigarette allumée avec la même allumette, mais pour parler dans le style de Pareto, il s'agit là manifestement d'un de ces phénomènes non-logiques dont les exemples sont offerts par toutes les sociétés. Le trait commun à tous ces exemples est le penchant à attacher une signification, bénéfique ou maléfique, pour des raisons obscures, à des chiffres, des jours, des lieux ou des circonstances.

Je dis : pour des raisons obscures; Pareto dirait avec plus de précision : pour des raisons indéfiniment renouvelées et qui changent de société à société, on trouve toujours une raison pseudo-logique pour expliquer pourquoi tel lieu ne doit pas être fréquenté, pourquoi tel chiffre annonce des malheurs et pourquoi telle circonstance est l'indice d'une catastrophe à venir.

Dès lors, on peut faire une distinction entre deux éléments du phénomène observé : Une partie constante qui sera appelée *a* — à ne pas confondre avec grand A symbole de l'état psychique — et une partie variable *b*.

La partie constante, c'est le penchant des hommes à établir des rapports entre des choses, des nombres, des lieux et des significations heureuses ou malheureuses, à accorder à des faits quelconques une valeur de symbole ou d'indice.

L'élément variable, c'est la raison que les hommes, en chaque circonstance, se donnent pour justifier les rapports. De nos jours, grâce aux progrès de la rationalité occidentale, on ne donne souvent plus de raison du tout, mais, en général, dans la plupart des sociétés, on trouve des raisons pour justifier une activité d'association. Celle-ci est l'élément constant du phénomène, la théorie explicative en est l'élément variable.

Pour prendre un autre exemple, à peu près dans toutes les sociétés, les hommes semblent éprouver une répugnance pour ce que l'on appelle homicide, mais selon les siècles et les sociétés ils trouveront des motifs différents pour expliquer ou justifier ce refus. Dans certains cas on dira que c'est Zeus qui interdit le crime, dans d'autres que la raison universelle ne tolère pas les atteintes à la dignité de la personne humaine. Les théories qui fondent l'interdiction du meurtre sont diverses, mais il y a un élément constant, le refus d'une certaine conduite, et l'origine de ce refus est un état psychique ou un sentiment. Le phénomène concret offert à l'observation est l'ensemble refus de l'homicide-justification par des théories concurrentes. C'est l'observateur qui, de manière analytique, établit une distinction entre ces théories justificatives qui présentent une diversité anarchique, et les éléments constants des phénomènes, qui se répètent suffisamment pour que nous soyons en mesure d'en faire une classification générale. Comme il est peu commode de dire toujours « élément constant du phénomène concret considéré » et inutilement pédant de dire « *a* » pour désigner cet élément constant, dorénavant nous parlerons de *résidu* pour désigner ce que je viens d'analyser sans me servir de mots ou en me servant d'expressions compliquées. Quant aux théories diverses et foisonnantes par lesquelles on justifie les éléments constants, nous les appellerons *dérivations.* Ces deux notions de résidu et de dérivation qui sont ainsi dégagées par une voie analytique sont les deux concepts fondamentaux qui constituent l'armature de la première partie du *Traité de sociologie générale.*

Pour préciser ce que sont les résidus, Pareto écrit :

« L'élément (*a*) correspond peut-être à certains instincts de l'homme ou pour mieux dire, des hommes, parce que (*a*) n'a pas d'existence objective et diffère suivant les hommes; et c'est probablement parce qu'il correspond à ces instincts, qu'il est presque constant dans les phénomènes. L'élément (*b*) correspond au travail accompli par l'esprit pour rendre raison de l'élément (*a*). C'est pour cela qu'il est beaucoup plus variable, puisqu'il reflète le travail de la fantaisie... Mais si la partie (*a*) correspond à certains instincts, elle est bien loin de les comprendre tous. Cela se voit à la manière même dont on l'a trouvée. Nous avons analysé les raisonnements et cherché la partie constante. Ainsi donc, nous ne pouvons avoir trouvé que les instincts qui donnent naissance à des raisonnements, et nous n'avons pu rencontrer sur notre chemin ceux qui ne sont pas recouverts par des raisonnements. Restent donc tous les simples appétits, les goûts, les dispositions, et, dans les faits sociaux, cette classe très importante qu'on appelle les *intérêts.* » (*Traité de sociologie générale,* § 850-851.)

Ce texte, très court, est l'un des plus importants du *Traité de sociologie générale.* Pareto est de ces auteurs qui sont d'autant plus brefs que la question traitée est plus importante, et d'autant plus longs que le thème est simple et que le lecteur a déjà compris. Inépuisable dans les exemples et les illustrations, Pareto est extraordinairement succinct lorsqu'il touche aux éléments fondamentaux de sa pensée. Ces deux paragraphes donnent la clé de son système intellectuel. Ils montrent deux choses essentielles :

Premièrement, les résidus ne sont pas les sentiments ou l'état psychique A. Ils sont intermédiaires entre le sentiment que nous ne connaissons pas directement, peut-être même pas indirectement, et les expressions ou actes, C et B.

Deuxièmement, ces résidus se rapportent aux instincts de l'homme, mais ils ne couvrent pas tous les instincts puisque la méthode suivie ne permet de découvrir que ceux des instincts qui donnent lieu à raisonnements.

Dans la classification des quatre types d'actions non-logiques, la classe 3 se définit par « oui-non », existence d'un rapport objectif des moyens aux fins, mais non d'un rapport subjectif. Cette classe 3 recouvre les actions directement adaptées, du type instinctif, qui ne donnent pas lieu à raisonnements, théories et justifications. Si l'on part des expressions, théories et justifications pour remonter aux résidus qui sont les manifestations des instincts, on ne peut découvrir que ceux des instincts qui donnent lieu à des raisonnements. En dehors des résidus, il y a donc des appétits, des goûts et des dispositions.

A mon sens, bien que Pareto n'ait pas établi explicitement une relation entre la troisième classe des actions non-logiques et les termes appétits, goûts et dispositions, il s'agit bien au fond du même phénomène. Si nous avons du goût pour un plat, aussi longtemps que nous n'en faisons pas une philosophie et que nous nous bornons à satisfaire notre goût, il peut bien exister une relation objective moyens-fins, mais en l'absence de toute théorie justificative et de tout raisonnement, l'observation ne pourra pas découvrir notre goût à partir des expressions et manifestations. En revanche, si nous élaborons des théories subtiles relatives à la supériorité de la cuisine chinoise sur la cuisine française, ou inversement de la cuisine française sur la cuisine chinoise, ou encore si nous concevons des théories compliquées sur les relations entre les satisfactions du palais et l'hygiène du corps, alors nous passons de la troisième à la quatrième classe des actions non-logiques, celle des oui-oui sans correspondance entre objectif et subjectif. Le sociologue parétien pourra remonter à certains résidus, alors que si nous nous bornons à bien manger, nous restons en dehors du champ de l'étude.

Les trois termes, appétits, goûts et dispositions, à mon sens, sont donc très proches et doivent être entendus dans leurs sens ordinaires. L'« appétit », c'est le désir d'une chose précise. Dans la mesure où un individu a de l'appétit pour une certaine chose et satisfait cet appétit sans discussions, sans controverses et sans explications, il n'y a pas lieu de s'interroger sur les résidus. De même les goûts sont des préférences et les dispositions des tendances. Désir défini, préférence, tendance, telle serait la distinction relative entre appétits, goûts, dispositions. De manière générale, ces trois termes s'appliquent à la conduite humaine dans la mesure où celle-ci est une recherche de certains biens et de certaines satisfactions plus ou moins définies. Ces appétits, goûts et dispositions, sont comparables aux instincts animaux, avec cette réserve que chez les hommes ils sont transformés, élaborés et diversifiés par le développement de la civilisation, au point de n'être plus toujours adaptés, comme le sont, paraît-il, la plupart des conduites animales dites instinctives.

Pareto met aussi en dehors des résidus les intérêts. Cette notion d'intérêt résulte de l'analyse économique qui a été le premier terrain de recherches de l'auteur du *Traité de sociologie générale.* L'intérêt provient, me semble-t-il, dans la pensée parétienne, de la prise de conscience d'un but que l'individu se propose d'atteindre. Maximiser les quantités monétaires est un intérêt qui, d'ailleurs, le plus souvent, suscite des conduites logiques. Mais à côté de l' « intérêt économique », il peut y avoir un « intérêt politique ». Un homme qui a pour objectif de s'emparer du pouvoir se conduit de manière intéressée et sa conduite diffère des conduites non-logiques déterminées par les résidus. Lorsque sera venu le moment de la synthèse sociologique, nous aurons à tenir compte non seulement des résidus, mais aussi des conduites déterminées en profondeur par les instincts, les appétits, goûts et dispositions, et les intérêts.

Pour compléter cette analyse, il reste à élucider la relation entre le résidu et l'état psychique ou sentiment A. Pareto s'exprime quelquefois comme si résidus et sentiments se confondaient. Il n'y a pourtant aucun doute que dans sa pensée il fait une double distinction. D'une part les résidus se situent plus près des actes ou des expressions que les sentiments, puisqu'on les trouve à partir d'une analyse de ces actes ou expressions. D'autre part, les résidus ne sont pas des réalités concrètes, ce sont des concepts analytiques créés par l'observateur pour rendre compte des phénomènes. On ne peut pas voir ou saisir des résidus comme on voit une table ou même comme on éprouve des sentiments. Pareto est d'ailleurs formel sur ces points : « Il faut bien prendre garde de ne pas confondre les résidus (*a*) avec les sentiments, ni avec les instincts auxquels ils correspondent. Les résidus (*a*) sont la manifestation de ces sentiments et de ces instincts, comme l'élévation du mercure, dans le tube d'un thermomètre, est la manifestation d'un accroissement de température. C'est seulement par une ellipse, pour abréger le discours, que nous disons, par exemple, que les résidus, outre les appétits, les intérêts, etc., jouent un rôle principal dans la détermination de l'équilibre social. Ainsi disons-nous que l'eau bout à 100°. Les propositions complètes seraient : « Les sentiments ou instincts qui correspondent aux résidus, outre ceux qui correspondent aux appétits, aux intérêts, etc., jouent un rôle principal dans la détermination de l'équilibre social. L'eau bout quand l'état calorifique atteint une température indiquée par 100° du thermomètre centigrade. » (*Traité de sociologie générale*, § 875.)

Précisons enfin, ce qui est capital pour une exacte intelligence de cette pensée, que les résidus sont des concepts analytiques à l'usage du sociologue et non à l'usage du psychologue. Pareto dit que l'étude des sentiments eux-mêmes ressortit au psychologue et non au sociologue. Les résidus correspondent certes à quelque chose dans la nature ou la conduite humaine, mais ce quelque chose est défini par un concept analytique forgé en vue de comprendre le fonctionnement de la société. Pareto établit aux paragraphes 879 à 884 un rapprochement intéressant entre les racines verbales auxquelles remonte le philologue et les résidus auxquels remonte le sociologue [1]. Les résidus, suivant cette comparaison, sont les racines communes d'un grand nombre de conduites ou d'expressions. Elles présentent donc, en tant que telles, le même caractère abstrait que les racines verbales découvertes par le linguiste, qui ne sont pas des données concrètes et pourtant ne sont pas des fictions, puisqu'elles permettent la compréhension.

Résidus et dérivations.

La théorie des résidus débouche sur une classification qui se présente comme une sorte d'analyse théorique de la nature humaine à l'usage des sociologues. Pareto distingue d'abord six classes de résidus, puis dans chaque classe des genres, enfin il divise à leur tour certains de ces genres en espèces. La distinction de beaucoup la plus importante est celle des six classes qui a des significations et des portées multiples. Ces six classes sont les suivantes :

— la première est celle de l' « instinct des combinaisons »;

— la deuxième, « la persistance des agrégats »;

— la troisième, « le besoin de manifester des sentiments par des actes extérieurs »;

— la quatrième est celle des « résidus en rapport avec la sociabilité »;

— la cinquième s'appelle « intégrité de l'individu et de ses dépendances;

— la sixième, « les résidus sexuels ».

On remarque immédiatement que, dans certaines classes, le mot résidu figure dans la définition, alors que dans d'autres le terme employé est instinct ou besoin. En apparence, ces six classes sont donc hétérogènes et n'ont pas toutes la même importance. Les plus importantes sont de loin les deux premières qui interviendront seules, ou presque, dans la deuxième partie du *Traité*, au moment où il s'agira de composer la synthèse.

1. La première classe de résidus est constituée par les résidus

correspondant à « l'instinct des combinaisons ». Pareto emploie pour la définir le terme instinct qui renvoie à ce qu'il y a de plus profond dans l'homme, c'est-à-dire, au-delà des résidus, aux sentiments. L'instinct des combinaisons, au sens le plus général du terme, est la tendance à établir des relations entre les idées et les choses, à tirer les conséquences d'un principe posé, à raisonner bien ou mal. C'est parce qu'il y a un instinct des combinaisons que l'homme est homme, qu'il y a des actes, des expressions, des théories, des justifications, et subsidiairement le *Traité de sociologie générale*, qui est manifestement une suite, non inévitable mais constatée, de l'instinct des combinaisons.

L'instinct des combinaisons comporte, comme un de ses genres, « le besoin de développements logiques ». Il est donc à la racine des progrès intellectuels de l'humanité, du développement de l'intelligence et de la civilisation. Les sociétés les plus brillantes, qui ne sont pas nécessairement les plus morales, sont celles où les résidus de la première classe sont en abondance. L'Athènes du ve siècle avant notre ère, la France du début du xxe siècle, sont, d'après Pareto, des sociétés comblées de résidus de la première classe. Il y avait moins de résidus de la première classe à Sparte et dans la Prusse du xviiie siècle. On voit immédiatement les conséquences politiques qu'entraîne la fréquence variable des résidus de la première classe.

La classe de « l'instinct des combinaisons » se décompose à son tour en plusieurs genres qu'il est intéressant d'examiner. Le premier, le plus simple et le plus abstrait, est « l'instinct des combinaisons en général », c'est-à-dire sans spécification. Le deuxième est « l'instinct des combinaisons de choses semblables ou contraires ». La plupart des opérations magiques comportent des combinaisons de ce type. Le troisième genre est défini comme « le pouvoir mystérieux de certaines choses ou de certains actes ». Le quatrième est intitulé « besoin d'unir les résidus », le cinquième « besoin de développements logiques », le sixième « foi en l'efficacité des combinaisons ».

Le cinquième genre, « besoin de développements logiques », couvre la plupart des résidus, qui déterminent les dérivations. C'est ce besoin de développement logique qui explique l'indéfini renouvellement des théories et le progrès des sciences.

On comprend dès lors qu'une conduite logique puisse être aussi déterminée par des résidus, qui sont eux-mêmes l'expression d'instincts ou de sentiments. La conduite logique peut avoir pour origine des sentiments, si, par la prise de conscience des relations moyens-fins, l'acteur est en mesure de prévoir les conséquences effectives des moyens qu'il emploie et d'établir une corrélation entre le rapport subjectif et le rapport objectif.

Notons également que le même instinct des combinaisons peut de cette façon être à l'origine des conduites non-logiques comme la magie, et aussi de ce qui est la caractéristique même de la conduite logique, c'est-à-dire de la science.

2. La deuxième classe de résidus est la contrepartie de la première. Si l'instinct de combinaison est ce qui empêche l'homme de s'installer une fois pour toutes dans un certain mode d'action ou de société, en provoquant le développement incessant des connaissances et le renouvellement indéfini des croyances, la persistance des agrégats, que Pareto n'appelle pas instinct, est comparable à l'inertie. C'est la tendance humaine à maintenir les combinaisons qui ont été formées, à refuser les changements et à accepter une fois pour toutes les impératifs.

« Certaines combinaisons constituent un agrégat de parties étroitement unies comme en un certain corps, qui finit de la sorte par acquérir une personnalité semblable à celle des êtres réels. On peut souvent reconnaître ces combinaisons à leur caractère d'avoir un nom propre et distinct de la simple énumération des parties... Après que l'agrégat a été constitué, un certain instinct agit souvent; avec une force variable, il s'oppose à ce que les choses ainsi unies se séparent, et si la séparation ne peut être évitée, il tâche de la dissimuler, en conservant le simulacre de l'agrégat. On peut, *grosso modo*, comparer cet instinct à l'inertie mécanique. Il s'oppose au mouvement donné par d'autres instincts. De là naît la grande importance sociale des résidus de la deuxième classe. » (*Traité de sociologie générale,* § 991 et 992.)

La deuxième classe constitue donc, avec la première, un couple de termes opposés. Ces deux tendances fondamentales ont une signification sociale immédiatement compréhensible. L'une pousse au changement et au renouvellement, et l'autre à la stabilité et à la conservation. L'une incite à construire des édifices intellectuels, et l'autre à stabiliser les combinaisons. Pareto remarque que les révolutions changent plus facilement les personnes des gouvernants, les idées au nom desquelles ceux-ci gouvernent et éventuellement l'organisation des pouvoirs publics, que les mœurs, les croyances et les religions. C'est que ce qui appartient à l'ordre des mœurs, de l'organisation familiale et des croyances religieuses, constitue le fond de la société et est maintenu par la persistance des agrégats. Les transformations violentes voulues par les hommes politiques se heurtent à la résistance des résidus de la deuxième classe.

Comme pour les résidus de la première classe, Pareto établit une classification des différents genres de la deuxième classe. Il distingue notamment la persistance des rapports entre les vivants et les morts, ou entre un mort et les choses qu'il possédait durant sa vie. D'une manière générale, les relations d'un homme avec d'autres hommes et des hommes avec des lieux sont des exemples typiques de résidus tendant à la persistance des agrégats. Le fait que tant de sociétés enterrent les morts avec leurs biens illustre cette solidité des liens noués entre une personne et les choses qui lui ont appartenu. De même, il peut y avoir persistance d'une abstraction. Ceux qui parlent de l'Humanité, du Progrès ou de l'Histoire sont mus par des résidus de la deuxième classe, qui appartiennent au genre « persistance d'une abstraction » ou « personnification ». Si l'on dit que le Progrès exige ou que le Droit rend obligatoire que..., et si on prend au sérieux le mot abstrait, attribuant à la majuscule une signification, c'est qu'un résidu de la persistance des agrégats agit en nous, nous incitant à traiter une abstraction comme si elle était une réalité, à personnifier une idée et, en définitive, à prêter à ces abstractions personnifiées une volonté.

Les classes de résidus 3 et 6 sont les plus brièvement traitées par Pareto et les plus simples.

3. La classe 3 est nommée « besoin de manifester des sentiments par des actes extérieurs ». Ce besoin se traduit par un acte rituel, par exemple l'applaudissement, destiné à manifester un sentiment favorable. On n'applaudit pas dans toutes les sociétés pour manifester l'approbation, et les gestes ou bruits par lesquels on exprime l'approbation ou la désapprobation varient de société à société. La diversité de ces manifestations constitue l'élément variable (*b*), cependant que l'élément commun (*a*) ou résidu est le besoin plus ou moins fort de manifester ses sentiments. Pareto n'indique que deux genres de cette troisième classe, l'un est tout simplement le besoin d'agir se manifestant par des combinaisons, et l'autre l'exaltation religieuse. Il n'y a aucune difficulté à imaginer, à travers toutes les sociétés anciennes ou modernes, les circonstances innombrables où ce besoin de manifester ses sentiments s'extériorise librement. A notre époque, les spectacles sportifs et les manifestations politiques offrent des occasions favorables.

4. La dernière classe que Pareto fait figurer dans sa classification des résidus est celle des « résidus sexuels ». On est ici à la limite de l'instinct, c'est-à-dire d'une réalité qui, en tant que telle, n'entre pas dans le champ d'études de la sociologie. La classification des résidus ne retient pas les instincts à l'état pur. Aussi Pareto écrit : « Le simple appétit sexuel, bien qu'il agisse puissamment sur la race humaine, ne doit pas nous occuper ici. » (*Traité de sociologie générale*, § 1324.) Une bonne part des conduites commandées par l'instinct sexuel ne ressortissent donc pas à l'analyse du sociologue, mais certaines conduites, liées aux rési-

dus sexuels, l'intéressent. « Nous devons étudier le résidu sexuel de raisonnements et de théories. En général, ce résidu et les sentiments dont il tire son origine se rencontrent dans un très grand nombre de phénomènes; mais ils sont souvent dissimulés, spécialement chez les peuples modernes. » *(Ibid.)*

Pareto, parmi ses cibles favorites, avait choisi les propagandistes de la vertu. Il détestait les associations et les hommes qui faisaient campagne contre les publications licencieuses et de façon générale pour des mœurs puritaines. Des dizaines de pages traitent de ce que Pareto baptise la « religion vertuiste » liée par complémentarité, opposition ou négation aux résidus sexuels. Cet exemple aide à comprendre la notion de résidus et le lien entre les instincts et les résidus. Dans la mesure où les hommes satisfont leurs appétits, ils n'intéressent pas le sociologue, à moins qu'ils n'élaborent une philosophie ou une morale de la conduite relative à la sexualité. Aussi, dans les paragraphes consacrés aux résidus de la sixième classe, il est question à la fois de la religion vertuiste et des religions proprement dites, puisque toutes les croyances ont adopté et enseigné une certaine attitude à l'égard de la sexualité [2].

5. La classe 4 est celle des « résidus en rapport avec la sociabilité ». Elle est définie par Pareto dans les termes suivants :

« Cette classe est constituée par des résidus qui sont en rapport avec la vie sociale. On peut y mettre aussi les résidus qui sont en rapport avec la discipline, si l'on admet que les sentiments correspondants sont renforcés par la vie en société. En ce sens on a observé que tous les animaux domestiques, excepté le chat, vivaient en société, lorsqu'ils étaient en liberté. D'autre part, la société est impossible sans quelque discipline, et par conséquent l'établissement d'une sociabilité et celui d'une discipline ont nécessairement certains points de contact » (§ 1113).

La classe 4, des résidus en rapport avec la société et la discipline, a donc quelque relation avec la classe 2, de la persistance des agrégats. Mais les définitions sont autres et ces classes diffèrent sur certains points.

Les différents genres que distingue Pareto permettent de préciser davantage cette classe de résidus. Le premier est celui des « sociétés particulières ». Pareto fait ici allusion au fait que tous les hommes inclinent à créer des associations, notamment des associations volontaires, extérieures aux groupements primaires, dans lesquelles ils sont immédiatement intégrés. Ces associations tendent à susciter des sentiments de fidélité et de loyalisme qui les font persister dans leur être. L'exemple le plus simple est celui d'une association sportive. Au temps de ma jeunesse, les Parisiens étaient divisés en partisans du Racing

Club de France et partisans du Stade Français. Ceux mêmes qui ne pratiquaient aucun sport étaient liés par des sentiments spontanés, soit à l'égard du Racing, soit à l'égard du Stade. Le patriotisme stadiste ou le patriotisme du Racing étaient causes de la présence d'un public nombreux aux matchs livrés par les deux équipes. L'exemple est à la fois ironique et sérieux. Les associations volontaires ne durent que par l'attachement que leur témoignent ceux qui en font partie. Personnellement, pour des raisons qui m'échappent, j'ai conservé un patriotisme stadiste. Lorsque l'équipe de football du Stade rencontre celle du Racing, la victoire de la première me donne quelque satisfaction. Je ne trouve aucune raison logique à cette fidélité. Mais j'y vois un exemple de l'attachement aux sociétés particulières, et j'en conclus que je suis doué de nombreux résidus de la quatrième classe.

Le deuxième genre mentionné par Pareto est le « besoin d'uniformité ». Ce besoin est incontestablement un des plus répandus et des plus forts chez les êtres humains. Chacun de nous est enclin à juger que la manière dont il vit est la manière dont il doit vivre. Aucune société ne peut exister si elle n'impose à ses membres certaines façons de penser, de croire et d'agir. Mais, parce que toute société rend obligatoires des façons de vivre, toute société aussi a tendance à pourchasser les hérétiques. Le besoin d'uniformité est le résidu à partir duquel se développent les persécutions de dissidents, si fréquentes à travers l'histoire. Ce penchant à persécuter les hérétiques est d'ailleurs tout aussi caractéristique des libres-penseurs que des croyants. Les athées qui poursuivent les prêtres de leur mépris et les rationalistes qui dénoncent les superstititons manifestent ce besoin d'uniformité qui persiste dans les groupements dont le dogme officiel est la liberté de croyance. Comme les psychanalystes parlent des pièges des complexes, Pareto pourrait parler des pièges des résidus.

Le troisième genre est caractérisé par les phénomènes de « pitié et de cruauté ». La relation entre ce genre et les autres résidus liés à la sociabilité n'est pas aussi clair que dans les cas précédents. En fait, Pareto analyse les sentiments de pitié pour soi reportée sur autrui, la répugnance instinctive pour la souffrance en général et la répugnance raisonnée pour les souffrances inutiles. Il suggère qu'un certain refus de la souffrance des autres est normale et que la bienveillance devrait nous incliner à réduire dans la mesure du possible les peines de nos semblables. Mais ces sentiments de pitié peuvent, pense-t-il, devenir excessifs et il stigmatise l'indulgence que manifestaient, selon lui, les tribunaux de son temps à l'égard des anarchistes et des assassins. Pareto multiplie les traits d'ironie à l'égard des humanitaires qui finissent par ne songer qu'aux souffrances des assassins et non pas à celles des victimes. « Il est incontestable que, depuis un siècle jusqu'à présent, la répression des crimes est devenue toujours plus faible. Il ne se passe pas d'année qu'on ne fasse de nouvelles lois en faveur des délinquants, tandis que celles qui existent sont appliquées par les cours et par le jury, avec une indulgence toujours croissante. Il semblerait donc que la pitié envers les délinquants va en augmentant, tandis que celle envers leurs victimes va en diminuant » (§ 1133). L'humanitarisme exagéré est une de ses cibles favorites. Il justifie sa critique par le fait que souvent ces abus de sensibilité et de pitié précèdent les massacres. Lorsqu'une société a perdu le sens de la discipline collective, une révolution est proche, qui provoquera un renversement des valeurs. L'indifférence à la souffrance des autres remplacera la faiblesse qu'inspire une pitié aveugle, une autorité forte succédera à la désagrégation de la discipline. Pareto, évidemment, ne fait pas l'éloge de la brutalité, mais il cherche à montrer que chacune des deux attitudes extrêmes, humanitarisme ou cruauté, est redoutable pour l'équilibre social. Seule une attitude mesurée peut éviter les malheurs. « Le sentiment propre aux êtres forts, énergiques, qui savent ce qu'ils veulent, et sont capables de s'arrêter au point précis qu'ils estiment utile d'atteindre est la répugnance raisonnée pour les souffrances inutiles », écrit-il en tête d'un paragraphe qui résume assez bien son idéal moral. « Instinctivement, les sujets d'un gouvernement comprennent très bien la différence entre ce genre de pitié et le précédent. Ils respectent, estiment, aiment la pitié des gouvernements forts; raillent et méprisent la pitié des gouvernements faibles. Pour eux, la seconde est de la lâcheté; la première, de la générosité. Le terme *inutile* est ici subjectif : il désigne un sentiment de celui qui l'emploie. En certains cas, on peut aussi savoir que certaines choses sont objectivement *inutiles* à la société, mais en un très grand nombre d'autres, on demeure dans le doute; et la sociologie est bien loin d'être assez avancée pour pouvoir trancher cette question. Pourtant, conclure d'une possibilité éventuelle et lointaine d'une utilité quelconque, que les souffrances infligées sont utiles, serait un raisonnement erroné. Il faut se décider suivant les probabilités plus ou moins grandes. Il serait évidemment absurde de dire qu'il peut être utile de tuer au hasard une centaine de personnes, parce qu'il peut se trouver parmi elles un futur assassin. Mais, au contraire, un doute surgit, au sujet du raisonnement qu'on a souvent fait, pour justifier les persécutions contre les sorcières, en disant que, parmi elles, il y avait un grand nombre de vulgaires criminelles. Peut-être le doute subsisterait-il, s'il n'y avait pas quelque moyen de séparer de l'empoisonneuse la femme hystérique qui croit avoir des rapports avec le diable. Mais comme ce moyen existe, le doute disparaît et les souffrances infligées sont objectivement inutiles. Ce n'est pas ici le lieu de continuer à exposer ces considérations, qui nous font sortir de la matière des résidus, pour nous transporter dans celle des actions logiques » (§ 1144).

Le genre nº 4 est la « tendance à s'imposer à soi-même un mal pour le bien d'autrui », en termes ordinaires le dévouement qui pousse les individus à se sacrifier aux autres. Dans le système de pensée de Pareto, le dévouement aux autres qui se traduit par un sacrifice imposé à soi-même est une action non-logique. Les actions intéressées, dans lesquelles l'acteur combine les moyens en vue d'atteindre le maximum de satisfaction pour lui-même, sont des actions logiques. Par contre, le sacrifice aux autres est, le plus souvent, une action non-logique. Cette observation montre bien que baptiser une action non-logique n'est pas la dévaloriser. C'est dire simplement que le déterminant de cette action exprime des sentiments le plus souvent non clairement connus des acteurs eux-mêmes. Cependant, ajoute Pareto qui est pessimiste, il ne faut pas croire que les individus de la classe dominante qui prennent le parti de la classe inférieure, agissent nécessairement en fonction de cette tendance à s'imposer à soi-même un mal pour le bien d'autrui. Les bourgeois qui rallient les partis révolutionnaires ont souvent pour but d'acquérir des avantages politiques ou financiers. Ils sont intéressés et jouent la comédie du désintéressement. « Aujourd'hui, les industriels et les financiers ont découvert qu'ils peuvent trouver leur avantage en s'alliant aux socialistes. Vous voyez des industriels et des banquiers, riches à millions, qui réclament des " lois sociales ", et vous pourriez croire qu'en eux c'est le pur amour du prochain qui agit, que c'est, enflammés par cet amour, qu'ils brûlent de partager leurs biens. Mais faites bien attention à ce qui arrivera après l'adoption des " lois sociales ", et vous verrez que leur richesse ne diminue pas, qu'elle s'accroît; en sorte qu'ils n'ont rien donné du tout aux autres; au contraire, ils en ont retiré quelque chose » (§ 1152). Certes il est rare que les chefs des partis révolutionnaires soient tout à fait cyniques, car il est impossible à l'homme de vivre dans le dédoublement du cynisme intégral. L'homme qui prêche des doctrines révolutionnaires, de droite ou de gauche, finit par y croire, ne serait-ce que pour assurer l'équilibre et la paix de sa conscience. Mais il n'est pas démontré pour autant que cet individu soit animé par le seul amour de ses semblables, il peut être dupe de ses résidus et de ses dérivations, résidus qui le poussent vers la carrière politique, dérivations qui lui donnent l'illusion que c'est par idéalisme pur qu'il prend des attitudes favorables aux réformes ou à la révolution.

Le genre suivant, n° 5, est celui des sentiments liés à la hiérarchie, c'est-à-dire la déférence de l'inférieur à l'égard du supérieur, la bienveillance et la protection, unies à la domination et à l'orgueil, du supérieur à l'égard de l'inférieur, en bref, les sentiments qu'éprouvent les uns à l'égard des autres les membres d'une collectivité situés à des niveaux différents de la hiérarchie. Il est aisément intelligible qu'une société hiérarchisée ne pourrait pas durer si les inférieurs n'étaient pas portés à obéir et si ceux qui commandent n'étaient pas portés tout à la fois à exiger l'obéissance des inférieurs et à leur manifester de la bienveillance. « Les sentiments de hiérarchie, tant de la part des inférieurs que de celle des supérieurs, s'observent déjà chez les animaux, et sont très répandus dans les sociétés humaines. Il semble même que là où celles-ci sont quelque peu complexes, elles ne pourraient subsister sans ces sentiments. La hiérarchie se transforme, mais subsiste pourtant toujours dans les sociétés qui, en apparence, proclament l'égalité des individus. Il s'y constitue une espèce de féodalité temporaire dans laquelle on descend des grands politiciens aux plus petits » (§ 1153).

Le dernier genre, sur lequel Pareto insiste beaucoup, est constitué par l'ensemble des phénomènes d' « ascétisme ». « Chez les hommes, on observe un genre spécial de sentiments, qui n'a aucune correspondance chez les animaux, et qui pousse l'individu à s'infliger des souffrances, à s'abstenir de plaisirs, sans aucun but d'utilité personnelle, à aller au rebours de l'instinct qui pousse les êtres vivants à rechercher les choses agréables et à fuir les choses désagréables. Voilà le noyau des phénomènes connus sous le nom d'ascétisme » (§ 1163). Pareto n'aime pas les ascètes. Il les tourne en dérision et les regarde avec un mélange d'étonnement, d'indignation et d'admiration. Ce sociologue objectif cesse d'être neutre face aux ascètes.

Pareto, selon sa méthode, passe en revue des phénomènes d'ascétisme, depuis les institutions des Spartiates jusqu'aux mystiques chrétiens et aux adversaires de la littérature non engagée ou de pur divertissement, et il conclut que ce foisonnement de phénomènes comporte un élément commun, une partie constante qui se trouve dans les souffrances que les hommes s'infligent à eux-mêmes. Pareto donne de l'ascétisme une définition qui n'est pas sans rappeler la philosophie durkheimienne. Il est inévitable que les individus soient contraints de réfréner nombre de leurs désirs, faute d'être en mesure de les satisfaire tous. Les hommes, par nature, ont des désirs si grands qu'ils ne possèdent jamais assez de ressources pour les satisfaire tous. Les sentiments qui dictent une discipline des désirs, tel le penchant au dévouement ou sacrifice, sont utiles socialement. Mais lorsque ces sentiments se développent exagérément, ils débouchent sur l'ascétisme qui n'est plus utile pour personne et apparaît, aux yeux du sociologue, comme une amplification pathologique de la discipline des désirs. « Les actes de l'ascétisme sont en grande partie des actes qui ont un résidu inhérent à la vie sociale, et qui persistent quand ils ont cessé d'être utiles; ou bien qui acquièrent une intensité qui les porte au-delà du point où ils seraient utiles. Le résidu de l'ascétisme doit donc être placé parmi les résidus en rapport avec la sociabilité, et représente souvent une hypertrophie des sentiments de sociabilité » (§ 1171).

La plupart de ces genres des résidus de la quatrième classe, mises à part les formes extrêmes de la pitié et de l'ascétisme, ont donc une fonction sociale dans l'ensemble conservatrice. Par ce biais, les résidus de la quatrième classe sont reliés aux résidus de la deuxième, c'est-à-dire de la persistance des agrégats. Quand Pareto, dans la deuxième partie du livre, en vient à considérer les sentiments ou résidus qui varient simultanément à travers l'histoire, il met d'ailleurs souvent ensemble les résidus de la deuxième et ceux de la quatrième classe, les sentiments de conservatisme religieux et les sentiments de conservatisme social. La persistance des agrégats religieux fait durer les religions, les sentiments liés à la hiérarchie font durer les structures sociales. Cependant, la correspondance n'est pas totale. La pitié et l'ascétisme peuvent être socialement nuisibles.

6. La cinquième classe est définie « intégrité de l'individu et de ses dépendances », et Pareto ajoute : « L'ensemble des sentiments qu'on appelle " les intérêts " est de la même nature que les sentiments auxquels correspondent les résidus du présent genre. Donc, à la rigueur, il devrait en faire partie; mais il est d'une si grande importance intrinsèque pour l'équilibre social, qu'il est utile de l'envisager à part des résidus » (§ 1207).

Comme l'individu est spontanément porté par l'instinct à souhaiter des choses agréables, celui qui s'efforce d'atteindre au maximum de satisfactions et qui combine rationnellement les moyens en vue de ce but agit de manière logique. De même, s'il est normal que l'homme souhaite la puissance, l'homme politique qui combine astucieusement les moyens en vue de s'emparer du pouvoir, agit logiquement. Les intérêts, définis par la richesse et la puissance, sont donc les origines et les déterminants d'un large secteur d'actions logiques. Les résidus de l'intégrité de l'individu et de ses dépendances sont les correspondants, dans l'ordre non-logique, de ce qu'est l'intérêt dans la sphère du logique. En d'autres termes, lorsque l'individu s'affirme soi-même égoïstement à partir de résidus et de sentiments, il se conduit de manière non-logique, comme il agit logiquement lorsqu'il s'efforce d'acquérir richesse et puissance.

Les genres de cette cinquième classe ne s'accordent pas tous facilement, en fait, avec cette conception générale. Le deuxième genre, « le sentiment d'égalité chez les inférieurs » se comprend aisément puisque ce sentiment pousse les inférieurs à revendiquer l'égalité avec les supérieurs. Il est la contrepartie des sentiments liés à la hiérarchie, qui commandaient l'acceptation de l'inégalité. C'est un résidu dont l'expression est une revendication générale d'égalité. Mais « ce sentiment est souvent une défense de l'intégrité de l'individu appartenant à une classe inférieure, et une façon de le faire monter dans une classe supérieure. Cela se produit sans que l'individu qui éprouve ce sentiment soit conscient de la diversité qu'il y a entre le but réel et le but apparent. Au lieu de son propre intérêt, il met en avant celui de sa classe sociale, simplement parce que c'est là la façon usuelle de s'exprimer » (§ 1220) [3].

Le troisième genre peut également, à la rigueur, entrer dans la définition générale; il est défini comme « le rétablissement de l'intégrité par des opérations se rapportant aux sujets qui ont souffert l'altération ». Les phénomènes auxquels songe Pareto sont ceux que l'on pourrait appeler d'un terme général les *rites de purification*, qui sont courants dans les religions mais peuvent exister ailleurs. Au début du siècle en France, lorsque Gustave Hervé, à l'époque extrémiste révolutionnaire avant de devenir, pendant la guerre de 1914-1918, ultra-patriote, déclara dans un article qu'il fallait « tremper le drapeau dans le fumier », beaucoup pensèrent qu'une souillure avait été infligée au symbole d'une réalité sacrée, et diverses manifestations de purification se multiplièrent à travers le pays. Cet exemple est typique des résidus qui tendent au rétablissement de l'intégrité par des opérations se rapportant soit au sujet coupable, soit à l'objet victime de l'altération. La notion de souillure apparaît dans toutes les religions. Celles-ci, depuis le totémisme jusqu'aux religions actuelles de salut, connaissent des pratiques destinées à purifier les croyants de leurs péchés ou les choses des souillures. Ces pratiques sont pour Pareto l'expression des résidus qui poussent l'individu à affirmer ou à rétablir l'intégrité de lui-même et de ses dépendances.

Le premier genre est celui des « sentiments qui contrastent avec les altérations de l'équilibre social ». Ils poussent les individus à punir celui qui a commis un acte contraire aux impératifs de la société et de sa conception du juste et de l'injuste. Les membres de chaque société sont poussés par les résidus de la cinquième classe à interpréter dogmatiquement les exigences de la justice. Lorsqu'un acte contraire a été commis, les résidus de l'intégrité de l'individu se manifestent par le désir de sanctions, par l'indignation et par la persécution.

Les résidus de la cinquième classe ont des significations sociales diverses. S'il s'agit du deuxième genre, le sentiment d'égalité chez les inférieurs, la cinquième classe est la contrepartie de la quatrième. Les sentiments de novation ou de revendication s'opposent ou font pendant aux sentiments conservateurs. Par ce deuxième genre, la cinquième classe se rapprocherait de la première, celle de l'instinct de combinaison. Mais, d'un autre côté, le premier et le troisième genre sont plutôt reliés à la quatrième classe. Ce sont des sentiments conservateurs plus que des sentiments novateurs. La difficulté de fixer exactement la signification sociale des quatrième et cinquième classes a pour résultat que ces classes vont presque disparaître dans la deuxième partie du *Traité*, c'est-à-dire dans la synthèse. Les deux classes qui jouent le rôle principal sont alors l'instinct de combinaison et la persistance des agrégats, la quatrième classe, les résidus liés à la sociabilité, étant liée le plus souvent à la deuxième.

La justification de cette longue typologie des résidus apparaît mieux dans la deuxième partie du *Traité*. Mais dès maintenant, on peut voir combien elle est essentielle à la pensée de Pareto. *La classification des résidus et des dérivations est une doctrine de la nature humaine telle que celle-ci se manifeste dans la vie sociale.* Les différentes classes de résidus correspondent aux ensembles de sentiments qui agissent dans toutes les sociétés et à travers l'histoire. Pour Pareto, les classes de résidus varient peu. Autrement dit, l'homme, ainsi défini, ne change pas fondamentalement. L'affirmation que l'homme ne change pas en profondeur se confond avec la thèse de la constance approximative des classes de résidus. Là est l'origine du pessimisme de cet auteur. Si la gauche se définit par l'idée de progrès et la conviction qu'il est possible de transformer la nature humaine, Pareto est certainement de droite.

*

Les dérivations sont les éléments variables de l'ensemble constitué par la conduite humaine et son accompagnement verbal. Elles sont, dans le langage de Pareto, l'équivalent de ce que l'on appelle d'ordinaire idéologie ou théorie justificative. Ce sont les moyens divers, d'ordre verbal, par lesquels les individus et les groupes donnent une logique apparente à ce qui en vérité n'en a pas, ou pas autant que les acteurs voudraient le faire croire.

L'étude des dérivations dans le *Traité de sociologie générale* comporte plusieurs aspects. On peut, en effet, examiner les manifestations verbales des acteurs par rapport à la logique, et montrer quand et comment elles s'en écartent. On peut, d'autre part, confronter les dérivations avec la réalité expérimentale pour marquer la distance entre la représentation que les acteurs donnent du monde et le monde tel qu'il est effectivement.

Pareto a procédé longuement à ces confrontations des dérivations avec la logique et la réalité expérimentale dans les chapitres qui se situent avant la théorie des résidus. Lorsqu'après avoir exposé la classification des résidus, il en vient aux dérivations, il les examine seulement sous un certain aspect. Il étudie alors essentiellement les dérivations « sous l'aspect subjectif de la force persuasive qu'elles peuvent avoir ».

Si on écoute un orateur de réunion publique qui affirme que la morale universelle interdit d'exécuter un condamné à mort, on peut étudier son discours par rapport à la logique et voir dans quelle mesure les propositions enchaînées se suivent de manière nécessaire; on peut confronter ce discours, c'est-à-dire l'idéologie de la morale universelle, avec le monde tel qu'il est; enfin, on peut écouter l'orateur et se demander pourquoi ses propos ont une force persuasive sur les auditeurs. L'étude sociologique cherche comment les hommes utilisent des procédés psychologiques, logiques ou pseudo-logiques, afin d'entraîner d'autres hommes. Par cette voie, Pareto débouche sur une classification des dérivations en quatre classes.

La première classe est celle des « simples affirmations », dont le type est la mère disant à son enfant : obéis parce qu'il faut obéir. À titre de parent, d'enfant ou de soldat, chacun a entendu la formule : c'est comme cela parce que c'est comme cela. La dérivation de la première classe est efficace si le « il faut parce qu'il faut » est dit sur le ton qui convient, par la personne convenable. Ce sont des relations interpersonnelles d'un type déterminé qui font que la dérivation de simple affirmation atteint son objet.

La deuxième classe des dérivations peut être illustrée par le commandement maternel : tu dois obéir parce que Papa le veut. En termes abstraits, c'est l'argument d'autorité, le *Philosophus dixit.* Il est loisible de substituer à Aristote tel penseur à la mode aujourd'hui, il s'agira toujours de dérivations qui tirent leur force persuasive de l'autorité de certains hommes, de la tradition ou de la coutume.

Cependant, si l'autorité paternelle ne suffit pas, la mère aura recours à la troisième classe de dérivations et invoquera le Père Fouettard ou le Père Noël. Autrement dit, les dérivations peuvent se réclamer de sentiments ou de principes, se fonder sur des entités juridiques ou métaphysiques et faire appel à la volonté d'êtres surnaturels. Dans ce cas, elles tirent leur force persuasive de « l'accord avec des sentiments ou avec des principes ». Lorsque Pareto décompose cette troisième classe de dérivations en genres, il énumère successivement les sentiments, les intérêts individuels et collectifs, les entités juridiques (par exemple le Droit, la Justice), les entités métaphysiques (la Solidarité, le Progrès, l'Humanité, la Démocratie, toutes entités qui ont toujours des volontés dans les dérivations), et enfin les entités surnaturelles. La dérivation rend convaincants des affirmations, des impératifs ou des interdits en éveillant des sentiments, en montrant l'accord entre les propositions et les intérêts existants, ou en se réclamant de la volonté supposée d'une entité abstraite ou d'un être surnaturel.

La quatrième classe de dérivations est composée de celles qui tirent leur force de persuasion de « preuves verbales ». « Les dérivations verbales sont obtenues grâce à l'usage de termes d un sens indéterminé, douteux, équivoque, et qui ne sont pas d'accord avec la réalité » (§ 1543). Par exemple, tel régime sera décrété démocratique parce qu'il travaille dans l'intérêt des masses populaires. Cette proposition est doublement équivoque. Qu'appelle-t-on démocratie? Qu'est-ce que travailler pour? La plupart des discours politiques ressortissent à la catégorie des preuves verbales. Il faut ajouter, et Pareto en est conscient, qu'un discours qui ne comporterait que des démonstrations logico-expérimentales ne serait certainement pas écouté dans une réunion publique, voire dans une salle de cours. Pareto ironise sur le caractère non-logique des dérivations, mais répète qu'il ne désire nullement que les hommes se conduisent de manière logico-expérimentale, lorsqu'ils font de la politique; ce ne serait ni possible ni efficace. Dans ce chapitre x du *Traité*, consacré aux dérivations, il se livre à une étude, souvent pénétrante, des procédés par lesquels les politiciens ou les auteurs persuadent, entraînent, séduisent, en bref des procédés psychologiques par lesquels les hommes agissent les uns sur les autres. Pareto a écrit, bien avant Hitler, qu'un des moyens les plus efficaces de convaincre ses auditeurs ou ses lecteurs, est de répéter indéfiniment la même chose : « La répétition, n'eût-elle pas la moindre valeur logico-expérimentale, vaut plus et mieux que la meilleure démonstration logico-expérimentale. La répétition agit surtout sur les sentiments, modifie les résidus; la démonstration logico-expérimentale agit sur la raison; elle peut, dans l'hypothèse la plus favorable, modifier les dérivations, mais a peu d'effet sur les sentiments. Quand un gouvernement ou quelque puissance financière veut faire défendre une mesure par les journaux à sa dévotion, il est remarquable que souvent, presque toujours, les raisonnements employés sont loin d'être les meilleurs pour démontrer l'utilité de la mesure; on emploie généralement les pires dérivations verbales, d'autorité, et autres semblables. Mais cela importe peu; au contraire, c'est parfois utile; il faut surtout avoir une dérivation simple, que tout le monde puisse comprendre, même les plus ignorants, et la répéter indéfiniment » (§ 1749). Bien avant Hitler également, il a dit qu'il n'importe nullement d'être rationnel ou logique, mais de donner l'impression que l'on raisonne; qu'il y a des mots qui exercent une sorte d'influence magique sur les foules, qu'il convient donc d'employer ces mots, même et surtout s'ils n'ont pas de signification précise. Depuis lors, on a fait mieux. Et les psychologues inspirés par la psychanalyse ou par la psychologie parétienne ont analysé, de manière plus précise, les procédés du viol des foules[4]. La théorie des dérivations de Pareto est une contribution à la psychologie des relations interpersonnelles et intergroupales dans le domaine de la politique.

Ces quatre classes de dérivations sont intelligibles par référence à la pensé logico-expérimentale. Celle-ci démontre, non par des affirmations pures, mais par l'accord entre les propositions et les faits observés. Elle n'invoque pas l'autorité de la tradition ou d'une personne, mais les résultats des expériences, des régularités constatées. Elle a pour obligation d'employer des termes exactement définis et de ne pas jouer avec des concepts dont le sens est équivoque.

Les propositions que Pareto considère comme logico-expérimentales ne s'accordent pas, dans l'ensemble, avec nos sentiments. Mais ce désaccord est une illustration de la distinction radicale entre les vérités scientifiques et les sentiments des hommes et il n'y a là rien d'étonnant. Les vérités expérimentales ou scientifiques ne sont pas tellement importantes dans la vie humaine et en un sens il serait légitime de les écarter une fois pour toutes comme secondaires. Les propositions logico-expérimentales n'ont d'intérêt réel que pour une catégorie d'hommes, peu nombreuse, qui préfère la vérité à l'utilité, ce qui, en matière sociale ou économique, est rare.

En précisant ainsi la nature de la pensée logico-expérimentale et de la pensée non scientifique, Pareto en vient à définir les relations qui peuvent exister entre sa propre conception de la connaissance et celle d'Auguste Comte.

La pensée non logico-expérimentale, dit-il, prend pour point de départ des faits expérimentaux et remonte à partir de ceux-ci à des principes pseudo-expérimentaux. Lorsqu'elle est maniée par des personnes cultivées, elle peut passer à une troisième phase, celle des abstractions sentimentales ou métaphysiques, formules abstraites dont les auteurs déduisent toutes les conséquences qui leur plaisent, et enfin dans certains cas à une quatrième phase, qui est la plus éloignée des faits expérimentaux, celle de la personnification de ces abstractions sentimentales ou métaphysiques. En revanche, chez les gens sans culture, l'ordre des phases trois et quatre se renverse. L'invocation de forces personnelles ou de la divinité leur semble moins éloignée des faits expérimentaux que les abstractions sentimentales ou métaphysiques. « Il n'y a pas besoin de faire un grand effort d'imagination pour transporter chez d'autres êtres la volonté et les idées qu'on observe habituellement chez l'homme. On conçoit beaucoup plus facilement Minerve que l'intelligence abstraite. Le Dieu du Décalogue est plus facile à comprendre que l'impératif catégorique » (§ 1533). Une dernière catégorie d'hommes, même dans nos sociétés, peut d'ailleurs s'arrêter à la deuxième phase, celle des principes pseudo-expérimentaux et laisser de côté les abstractions sentimentales ou métaphysiques et les personnifications.

Appelons (*a*), (*b*) et (*c*) ces trois catégories. Pareto écrit : « Nous savons déjà que l'évolution ne suit pas une ligne unique, et que par conséquent l'hypothèse d'une population qui, de l'état (*c*) passerait à l'état (*b*), puis à l'état (*a*), serait en dehors de la réalité; mais pour arriver au phénomène réel, nous pouvons partir de cette *hypothèse*, et y ajouter ensuite les considérations qui nous rapprocheront de la réalité. Si donc, par hypothèse, une population passe successivement par les trois états (*c*), (*b*), (*a*), il résulte des considérations que nous avons faites que la masse des actions non-logiques de (*c*) et des explications rudimentaires qu'on en donne, produira peu à peu les explications par voie de personnifications, puis par le moyen d'abstractions les explications métaphysiques... Jusqu'à présent, on n'a jamais vu, nous ne dirons pas une population entière, mais seulement une partie importante d'une population, parvenir à donner des explications exclusivement logico-expérimentales, et atteindre ainsi l'état (A) — celui où les hommes emploient rigoureusement et seulement la méthode logico-expérimentale. Il ne nous est vraiment pas donné de prévoir si cela pourra jamais arriver. Mais si nous considérons un nombre restreint, voire très restreint, de personnes cultivées, on peut dire que, de notre temps, il y a des personnes qui se rapprochent de cet état (A); et il pourrait aussi arriver, bien que le moyen de le démontrer nous fasse défaut, qu'à l'avenir, il y ait un plus grand nombre de personnes qui atteignent entièrement cet état » (§ 1534).

Et Pareto commente un peu plus loin (§ 1536) : « Le phénomène hypothétique décrit précédemment pour l'ensemble d'une population a été vu tant bien que mal par A. Comte et constitue le fond de sa célèbre théorie des états fétichiste, théologique, métaphysique, positiviste. Il envisage une évolution qu'on pourrait dire semblable à l'évolution (*c*), (*b*), (*a*), (A). »

Les hommes cultivés d'aujourd'hui, quand ils ne sont pas logico-expérimentaux, au sens de Pareto, ou positivistes au sens d'Auguste Comte, recourent aux abstractions sentimentales et métaphysiques. Ainsi Durkheim utilise l'idée de société comme un principe à partir duquel il serait possible de déduire des impératifs moraux ou religieux. Les abstractions sentimentales de Pareto sont donc équivalentes aux concepts qu'Auguste Comte appelait métaphysiques. Par contre, ceux qui mettent les personnifications avant les abstractions sont encore dans la pensée théologique, et ceux qui ne connaissent que les faits et des principes pseudo-expérimentaux, mêlant les faits observés et des explications fictives, sont au fond les fétichistes d'Auguste Comte.

Il y a cependant une différence majeure entre la conception parétienne et la conception comtiste. Pour Auguste Comte, en dépit de retards partiels, l'évolution humaine allait en progressant du fétichisme au positivisme, en passant par la théologie et la métaphysique, alors que pour Pareto ces quatre façons de penser se retrouvent très normalement, à un dégré ou à un autre, à toutes les époques. Aujourd'hui encore, il y a des hommes qui n'ont pas dépassé le mode de penser fétichiste ou théologique. Il n'y a donc pas pour l'humanité prise globalement passage nécessaire d'un type de pensée à un autre. La loi des trois états serait vraie si nos contemporains pensaient intégralement de manière logico-expérimentale, mais il n'en est rien. La méthode logico-expérimentale ne représente qu'un secteur extrêmement étroit de la pensée des hommes d'aujourd'hui. Et il n'est même pas concevable qu'elle puisse englober le tout de la pensée des individus ou des sociétés. Il n'y a donc pas passage d'un type de pensée à un autre par un processus unique et irréversible, mais des oscillations selon les moments, les sociétés et les classes, dans l'influence relative de chacun de ces modes de pensée.

Tout ce que l'on est en droit de dire, c'est qu'il y a très lentement un élargissement du secteur couvert par la pensée logico-expérimentale, dont porte témoignage l'épanouissement des sciences de la nature. L'humanité d'aujourd'hui accorde plus de place à la pensée logico-expérimentale que celle des siècles écoulés. Mais d'une part ce progrès n'est pas définitivement acquis, et d'autre part on ne peut, même par imagination, le prolonger indéfiniment. Une société qui serait tout entière soumise à la pensée logico-expérimentale est en fait inconcevable. En effet, la pensée logico-expérimentale se définit par l'accord entre les relations pensées et les consécutions objectives et ne comporte pas la détermination des fins. Or les hommes ne peuvent pas vivre et agir sans se donner des objectifs, qui sont posés par des démarches autres que celles de la science. De plus, pour que les hommes agissent de manière logico-expérimentale, il faut qu'ils soient mus par le raisonnement de manière à assurer le parallélisme entre les suites pensées et les consécutions qui se dérouleront dans la réalité. Or la nature de l'animal humain est telle que sa conduite ne peut être toujours motivée par le raisonnement.

*

Résidus et dérivations sont des mots arbitrairement choisis pour désigner des phénomènes dégagés par une analyse inductive. Celle-ci, à partir des dérivés concrets que sont les conduites humaines, parvient aux expressions des sentiments que sont les résidus et aux mises en forme pseudo-rationnelle que sont les dérivations [5].

Les résidus ne doivent donc pas être considérés comme des réalités concrètes et autonomes. Une conduite humaine particulière s'explique rarement par un seul résidu. La classification elle-même ne prétend pas être définitive. Elle suggère simplement les tendances majeures des conduites humaines et du même coup des sentiments humains. En tant que telle, elle n'en a pas moins une signification importante car elle démontre que les comportements humains sont structurés et que les motivations des conduites ne sont pas anarchiques. Elle prouve qu'il y a un ordre interne à la nature humaine et que l'on peut découvrir une espèce de logique dans les conduites non logico-expérimentales des hommes vivant en société.

Cette structure intelligible des résidus se dégage des six classes dont les quatre principales peuvent se caractériser par les mots suivants : *combinaison, conservation, sociabilité, intégrité personnelle.* On pourrait simplifier encore en notant que dans la plupart des résidus rattachés à la sociabilité ou à l'intégrité personnelle se manifestent des modalités des résidus de la deuxième classe. On aboutirait ainsi, par une simplification excessive mais fidèle à l'inspiration parétienne, à l'antithèse de l'esprit de novation qui est à l'origine du développement intellectuel, et de l'esprit de conservation qui est le ciment nécessaire de l'ordre social. Persistance des agrégats, sociabilité, intégrité personnelle, ces trois mots désignent les résidus qui, en style ordinaire, correspondent aux sentiments religieux, sociaux et patriotiques. L'esprit de combinaison tend à dissoudre les ensembles sociaux, mais aussi à favoriser les progrès du savoir et les formes supérieures de la civilisation. Il y a une sorte d'antinomie permanente à travers l'histoire. Le même instinct de combinaison crée les valeurs intellectuelles et dissout la société.

A côté de cette structuration des résidus directement impliquée par les textes de Pareto, on peut élaborer une autre classification des résidus qui, sans se trouver dans le texte du *Traité de sociologie générale*, peut en être déduite. Elle indique une interprétation tout autre.

On distinguerait une première catégorie de résidus : ceux qui déterminent les buts de nos actions. Le logico-expérimental ne s'appliquant qu'à la relation moyens-fins, il faut bien que les objectifs soient donnés par autre chose que le raisonnement, c'est-à-dire par des sentiments. En un premier sens, les résidus expriment donc les états psychiques qui fixent les buts que chacun de nous se donne dans l'existence.

En second lieu, certaines conduites ne sont pas logico-expérimentales parce qu'elles sont symboliques. Les rites d'un culte religieux sont des conduites non logico-expérimentales, pour la simple raison qu'ils ne visent pas à obtenir un effet comparable à celui qu'obtiennent les conduites de l'ingénieur, du chef d'armée ou du spéculateur, mais à exprimer ou à symboliser des sentiments éprouvés à l'égard de réalités sacrées. A cette deuxième catégorie appartiennent ainsi les conduites que l'on peut appeler rituelles, non-logiques parce que leur signification ne résulte que de leur caractère symbolique.

Une troisième catégorie de conduites qui ne comportent pas non plus de coïncidence entre la série subjective et la série objective est celle des conduites politiques orientées vers des fins idéales et en fait commandées par des illusions. Pareto évoque infatigablement l'aventure des révolutionnaires de tous les temps qui promettent toujours de renouveler le train traditionnel des sociétés, qui de nos jours, par exemple, promettent une société sans classes et aboutissent à des résultats certes parfois utiles, mais fondamentalement différents des fins idéales qu'ils prétendaient viser. C'est là qu'intervient la théorie des mythes, empruntée à Georges Sorel [6]. Les hommes agissent en fonction de représentations idéales qui ne peuvent être transformées en réalités mais ont une forte puissance de persuasion. Les chefs socialistes provoquent l'enthousiasme ouvrier par le mythe de la grève générale, pour citer un exemple de Georges Sorel, ou encore les socialistes animent la révolte des prolétaires en leur faisant miroiter à l'horizon une société d'où auraient disparu les classes. Mais, ajoute Pareto, lorsque les chefs de la révolte ouvrière ont pris le pouvoir, ils reconstituent une société, meilleure ou pire que la société précédente, peu importe, mais fort éloignée de la société idéale qu'ils promettaient aux masses avant la révolution. Une telle conduite mérite d'être baptisée *conduite par illusion.* Une fin est indiquée aux hommes qui agissent, un changement social résulte des conduites, mais le résultat effectif ne coïncide pas avec le but prétendument visé par les acteurs. Il y a non-coïncidence entre la série subjective et la série objective, mais celle ci diffère en nature de la non-coïncidence des conduites rituelles.

Enfin, une quatrième catégorie est celle des conduites déterminées par des pseudo-raisonnements logico-expérimentaux ou par des erreurs. Si un gouvernement, pour rétablir l'équilibre de la balance des paiements, décide d'élever massivement les droits de douane ou établit aux frontières un contrôle administratif des importations, et si ces mesures, au lieu de rétablir l'équilibre, agissent en sens contraire parce que, à la faveur de la protection douanière, les prix à l'intérieur s'élèvent et que les possibilités d'exportations diminuent en raison de la hausse des prix, la conduite est non logico-expérimentale, non parce qu'elle est inspirée par l'illusion d'une fin idéale, ni parce qu'elle est un rite symbolique, mais simplement parce qu'elle s'inspire de théories fausses. Les conduites magiques, aux yeux de Pareto, ont été de ce type, c'est-à-dire des conduites déterminées par des raisonnements faux. La méthode d'analyse n'était pas conforme aux exigences logico-expérimentales.

De ces quatre catégories de résidus, la quatrième seule mérite à proprement parler d'être appelée illogique. Le non-logique est illogique du fait de l'erreur. En revanche, la détermination des fins par les résidus est non-logique, mais pas illogique, puisqu'en tout état de cause il n'y a pas de détermination logique des buts. De même les conduites rituelles sont non-logiques, mais pas illogiques. Faire des gestes de respect devant le drapeau pour manifester l'amour de la patrie est une conduite qui n'est pas illogique car il est normal de manifester symboliquement son attachement à une réalité sacrée. Quant aux conduites inspirées par l'illusion, elles prêtent plutôt à des observations ironiques. Si les chefs politiques qui promettent à leurs troupes une fin idéale ne croient pas eux-mêmes à leur doctrine, ils sont logiques. S'ils y croient, ils ne le sont pas. L'hypocrite agit logiquement, non le croyant. Ces propositions, qui peuvent paraître choquantes, découlent pourtant des sens donnés aux mots. Si le chef politique est un cynique, s'il veut enflammer les foules et s'emparer du pouvoir, s'il fait la différence entre la série qu'il présente à ses troupes et la série qui va se dérouler, il est évidemment logique puisqu'il agit en vue du but qu'il va atteindre effectivement, c'est-à-dire être au pouvoir et modifier la société à son profit. En revanche, s'il est victime lui-même de l'illusion qu'il essaye d'inculquer aux autres, il est non-logique puisqu'il vise des résultats qu'en fait il n'atteindra pas.

A ce point de l'analyse, Pareto, que je suis avec une certaine liberté, ajoute que la plupart des chefs politiques sont en fait non-logiques et victimes des illusions qu'ils cherchent à répandre. Il faut qu'il en soit ainsi, car il est difficile de feindre des sentiments ou de répandre des convictions que l'on ne partage pas. Les chefs d'État les plus persuasifs croient à leur vocation et à leur capacité de transformer le monde. Au moins jusqu'à un certain point, les conducteurs de peuples doivent être prisonniers des illusions dont les gouvernés ont besoin.

Cette proposition, qui est sans doute vraie, est certainement peu plaisante. Mais, dirait Pareto, il n'y a aucune raison pour que la vérité et l'utilité coïncident. Affirmer la nécessité pour les conducteurs de peuples de souscrire à des illusions qu'ils répandent est peut-être prononcer une proposition vraie, mais faut-il publier cette vérité? Peut-être suis-je condamné à être un mauvais citoyen pour être un bon sociologue?

La synthèse sociologique.

Après avoir étudié la nature de l'homme social avec ses résidus et ses dérivations, Pareto passe à l'analyse du fonctionnement de la société prise dans son ensemble. Cet effort de synthèse sociologique correspond aux trois derniers chapitres du *Traité de sociologie générale :* « Propriétés des résidus et des dérivations », « Forme générale de la société », « L'équilibre social dans l'histoire ».

On sait que les classes de résidus varient peu. Au cours des siècles que nous pouvons observer directement ou à travers les témoignages historiques, les six classes de résidus se retrouvent avec une importance qui ne varie pas de manière décisive. On constate cependant une lente progression de la pensée logico-expérimentale et des oscillations dans l'importance relative des différentes classes de résidus. Ces oscillations de la force relative des résidus de la première et de la deuxième classe sont même la cause principale des transformations historiques et les facteurs décisifs de la fortune des peuples et des États.

Pareto se demande alors si ces résidus, expression des sentiments, sont à leur tour déterminés par des causes extérieures, d'ordre matériel.

Pareto a été influencé, à une certaine époque de sa vie, par le darwinisme social, c'est-à-dire par les idées de lutte pour la vie et de sélection naturelle appliquées aux sociétés humaines. Il a été tenté d'expliquer les luttes entre les classes et les sociétés par la lutte pour la vie, ceux qui survivent ou l'emportent étant les mieux doués. En fait, après réflexion, Pareto ne s'est pas engagé très avant dans cette interprétation à son sens trop mécanique et univoque. Il en a retenu seulement l'idée, au bout du compte évidente, que les sentiments ou les résidus ne doivent pas être trop en contradiction avec les conditions de la survie. Si les façons de penser et de sentir des hommes sont incompatibles avec les exigences de la vie collective, la société ne peut durer. Un minimum d'adaptation entre les sentiments des peuples et les nécessités vitales est toujours nécessaire. Faute de ce minimum, les peuples disparaissent.

Pareto précise ailleurs qu'il est possible de concevoir dans l'abstrait deux « types extrêmes » de sociétés : « 1° Une société où agissent exclusivement les sentiments, sans raisonnements d'aucun genre. Très probablement les sociétés animales se rapprochent beaucoup de ce genre. 2° Une société où agissent exclusivement les raisonnements logico-expérimentaux » (§ 2141).

« La société humaine », ajoute alors l'auteur du *Traité de sociologie générale*, « se trouve en un état intermédiaire des deux types indiqués. Sa forme est déterminée, non seulement par les circonstances extérieures, mais aussi par les sentiments, les intérêts, les raisonnements logico-expérimentaux ayant pour but d'obtenir la satisfaction des sentiments et des intérêts, et aussi d'une manière subordonnée, par les dérivations qui expriment, et parfois justifient des sentiments et des intérêts, et qui servent en certains cas de moyens de propagande » (§ 2146).

Une société composée exclusivement par des conduites logico-expérimentales, estime Pareto, est impossible à concevoir puisque la pensée logico-expérimentale n'est pas en mesure de déterminer les fins ultimes de la société. « N'en déplaise aux humanitaires et aux positivistes, une société déterminée exclusivement par la raison n'existe pas et ne peut exister; et cela, non pas parce que les préjugés des hommes les empêchent de suivre les enseignements de la raison, mais parce que les données du problème que l'on veut résoudre par le raisonnement logico-expérimental font défaut. Ici apparaît l'indétermination de la notion d'utilité. Les notions que les différents individus ont au sujet de ce qui est bien pour eux-mêmes ou pour autrui sont essentiellement hétérogènes, et il n'y a pas moyen de les réduire à l'unité » (§ 2143).

Cette détermination non logico-expérimentale des buts introduit une liberté de la société par rapport au milieu naturel. Ce n'est pas qu'il n'y ait une influence du milieu naturel sur les sociétés humaines, mais cette influence est inscrite dans les sentiments et les résidus des hommes. Le minimum d'adaptation nécessaire est donc donné au point de départ, et il est possible de mettre entre parenthèses l'influence du milieu naturel et de comprendre le fonctionnement de la société en retenant essentiellement les résidus, les dérivations, les intérêts et l'hétérogénéité sociale.

Si la détermination des buts n'est jamais logico-expérimentale, est-il normal de parler d'une catégorie de conduites dites logico-expérimentales? En un certain sens, même une conduite logico-expérimentale ne l'est pas dans la mesure où elle suppose une détermination du but. Cette question permet d'approcher les théories parétiennes de l'intérêt et de l'utilité.

Par intérêts, on entend les tendances qui font que les individus et les collectivités sont poussés par l'instinct et par la raison à s'approprier les biens matériels utiles et agréables à la vie, ainsi qu'à rechercher de la considération et des honneurs. Ces tendances se manifestent dans les conduites qui ont le plus de chances d'être logiques, celles des sujets économiques d'une part, celles des sujets politiques de l'autre, c'est-à-dire dans les conduites de ceux qui cherchent à atteindre le maximum de satisfactions matérielles pour eux-mêmes, ou le maximum de puissance et d'honneurs dans la compétition sociale.

La conduite des travailleurs ou des ingénieurs, dira Pareto, est logico-expérimentale par définition. Le problème du but se trouve résolu parce que l'objectif assigné à ces conduites va de soi. Considérons le constructeur d'un pont. Il est vrai que la décision de construire un pont n'est pas une décision logico-expérimentale et qu'en un sens même un but d'ordre technique relève d'une décision non logico-expérimentale, mais cet objectif étant d'une utilité évidente pour les individus concernés, il devient facile de mettre l'accent sur l'accord entre le processus intellectuel des bâtisseurs et le processus réel qui se déroulera conformément à leurs anticipations.

La conduite des sujets économiques est intéressée et logico-expérimentale parce que la science économique considère les individus en supposant qu'ils veulent atteindre certains buts et emploient les moyens les plus adaptés pour y réussir.

Pour définir ces buts, la science économique est dans une situation privilégiée car le choix des buts est fait par le sujet lui-même. L'économiste prend les sujets économiques avec leur hiérarchie de préférences, sans porter de jugement sur les mérites respectifs des diverses échelles de choix. Si l'un préfère acheter avec son dernier franc du vin et l'autre du pain, l'économiste prend connaissance de ces décisions et ne porte aucun jugement sur la qualité relative de celles-ci. A partir des échelles de préférences, établies librement par chacun, l'économiste essaie de reconstruire une conduite logique, celle où chacun, en fonction des moyens disponibles, essaie de s'assurer le maximum de satisfaction. On suppose simplement que les acteurs ont pour but d'obtenir, avec les ressources dont ils disposent, ce maximum de satisfactions. Ces satisfactions sont des faits observables, puisqu'elles se confondent, pour l'observateur, avec les choix effectifs des sujets.

Cette analyse est objective dès lors qu'elle se borne à constater les préférences des individus et n'établit aucune comparaison entre les satisfactions du sujet A et les satisfactions du sujet B. « L'économie pure a choisi une norme unique, soit la satisfaction de l'individu, et a établi qu'il est l'unique juge de cette satisfaction. C'est ainsi qu'on a défini l'utilité économique ou ophélimité. Mais si nous posons le problème, très simple aussi, de rechercher ce qui est le plus profitable à l'individu, abstraction faite de son jugement, aussitôt apparaît la nécessité d'une norme qui est arbitraire. Par exemple, dirons-nous qu'il lui est avantageux de souffrir physiquement pour jouir moralement, ou vice versa? Dirons-nous qu'il lui est avantageux de rechercher uniquement la richesse ou de se préoccuper d'autre chose? En économie pure nous lui laissons le soin de décider » (§ 2110). Pour éviter des confusions on parlera donc d'ophélimité pour désigner les satisfactions qu'obtient l'individu en fonction de sa hiérarchie de préférences et des moyens dont il dispose. Un individu agit logiquement, dans la mesure où il tend à maximiser son ophélimité. Il est normal, en effet, que chacun veuille s'assurer le maximum de satisfactions, étant entendu que ce maximum n'est pas nécessairement le maximum de plaisirs, mais peut être aussi le maximum de privations. Si quelqu'un trouve le maximum de satisfactions dans la moralité et non dans les jouissances, il peut se conduire avec autant de logique que l'avare ou l'ambitieux. Pour parler d'ophélimité, il faut que chaque individu soit seul juge de son échelle de préférences et que la conduite qui assure le maximum d'ophélimité soit déterminée en fonction de la conjoncture.

Deux difficultés se présentent immédiatement pour transférer ce concept d'ophélimité à la société. La société n'est pas une personne et n'a donc pas d'échelle de préférences parce que les individus qui la composent ont normalement des hiérarchies de préférences distinctes. « Si les utilités des individus étaient des quantités homogènes, et que, par conséquent, on pût les comparer et les additionner, notre étude ne serait pas difficile, au moins théoriquement. On additionnerait les utilités des divers individus, et l'on aurait l'utilité de la collectivité constituée par eux. Nous reviendrions ainsi aux problèmes déjà étudiés. Mais les choses ne vont pas si facilement. Les utilités des divers individus sont des quantités hétérogènes, et parler d'une somme de ces quantités n'a aucun sens; il n'y en a pas : on ne peut l'envisager » (§ 2126 et 2127).

D'autre part, pour la société dans son ensemble, on hésite entre différentes catégories d'utilité. Par exemple, on peut tenir pour utilité de la société le maximum de puissance sur la scène internationale, ou le maximum de prospérité économique, ou le maximum de justice sociale, celle-ci étant comprise comme l'égalité dans la répartition des revenus. En d'autres termes, l'utilité n'est pas un concept défini, et avant de parler de manière logico-expérimentale de l'utilité sociale, il faut se mettre d'accord sur le critère de l'utilité. L'utilité sociale est un état donné de la société, susceptible de plus et de moins, qui n'est défini qu'à partir d'un critère arbitrairement choisi par le sociologue. L'utilité sociale n'est pas un concept univoque, elle ne le devient que si le sociologue a précisé exactement le sens qu'il donne à la notion. S'il décide d'appeler utilité la puissance militaire, celle-ci est susceptible de plus ou de moins. Mais cette définition n'en est qu'une entre d'autres possibles.

Le problème de l'utilité sociale se pose donc dans les termes suivants :

— Il n'y a pas de solution logico-expérimentale du problème social, ou encore du problème de la conduite que doit adopter l'individu, parce que les buts de la conduite ne sont jamais déterminés de manière logico-expérimentale.

— La notion d'utilité est équivoque et ne devient claire que par le choix d'un critère qui incombe à l'observateur. « Nous devons conclure non pas qu'il est impossible de résoudre des problèmes qui considèrent en même temps différentes utilités hétérogènes, mais bien que, pour traiter de ces utilités hétérogènes, il faut admettre quelque hypothèse qui les rende comparables. Lorsque cette hypothèse fait défaut, ce qui arrive très souvent, traiter de ces problèmes est absolument vain; c'est simplement une dérivation dont on recouvre certains sentiments, sur lesquels seuls, par conséquent, nous devons fixer notre attention » (§ 2137).

— On peut, en théorie, mesurer de façon rigoureuse et objective l'ophélimité d'un individu, mais cette mesure n'est possible que si l'on admet à priori comme valable l'échelle des préférences de l'individu qui agit.

— Même si l'on admet un critère défini de l'utilité, il convient de distinguer l'utilité directe et l'utilité indirecte, dont l'utilité totale est la sommation. L'utilité indirecte résulte en premier lieu des effets de l'acte sur l'entourage de l'individu agissant. Si une puissance désire acquérir dans le monde actuel une force atomique, l'utilité directe sera l'avantage — ou le désavantage s'il s'agit d'une utilité négative — qui résultera pour la puissance considérée de l'acquisition de cette force. L'utilité indirecte, positive ou négative, sera celle qui résultera pour l'État de la transformation qui se produira dans l'ensemble du système international. Si l'augmentation du nombre des puissances atomiques accroît la probabilité d'une guerre nucléaire, l'utilité indirecte sera de ce fait négative. L'utilité indirecte négative peut d'ailleurs être plus grande ou plus petite que l'utilité directe. Pour mesurer l'utilité globale d'un individu aussi bien que d'une collectivité, il faut donc tenir compte, en même temps que de l'utilité directe, de l'utilité indirecte, liée à la transformation du système considéré. L'utilité indirecte peut résulter également non pas de la transformation du système tout entier, mais des répercussions sur l'acteur de la conduite des autres. Si par exemple, dans le contexte actuel, les États-Unis ou l'Union soviétique se conduisent à l'égard de la France, entrée en possession d'une force atomique, autrement qu'ils ne se seraient conduits dans l'hypothèse où la France n'aurait pas eu de force atomique, il en résulte une utilité positive ou négative qu'il faut ajouter à l'utilité directe pour calculer l'utilité totale.

Le raisonnement semble aboutir à une impasse; pour progresser, il convient de distinguer entre le maximum d'utilité *pour* une collectivité et le maximum d'utilité *d*'une collectivité.

Le maximum d'utilité *pour* une collectivité est le point à partir duquel il est impossible d'accroître l'utilité d'un individu de la collectivité sans diminuer celle d'un autre. Aussi longtemps que ce point n'est pas atteint, c'est-à-dire aussi longtemps qu'il est possible d'accroître l'utilité de certains sans diminuer l'utilité de personne, l'optimum n'est pas atteint et il est rationnel de poursuivre.

Ce maximum d'utilité *pour* une collectivité suppose un critère de l'utilité. Si, comme en économie pure, l'utilité est définie en termes d'ophélimité ou de satisfactions pour les individus selon leurs propres systèmes de préférences, il sera normal et logique, de la part des gouvernants, d'aller jusqu'au point du maximum d'utilité pour la collectivité. « Quand la collectivité se trouve en un point Q dont elle peut s'éloigner à l'avantage de tous les individus, en leur procurant à tous de plus grandes jouissances, il est manifeste qu'au point de vue économique et si l'on ne cherche que l'avantage de tous les individus qui composent la collectivité, il convient de ne pas s'arrêter en un tel point, mais de continuer à s'en éloigner tant que c'est à l'avantage de tous » (§ 2129).

On peut donc parler d'un maximum d'ophélimité pour la collectivité, déterminé indépendamment de toute comparaison entre les ophélimités d'individus différents. Par contre, comme on ne peut, par définition, comparer et par suite additionner les ophélimités de A et de B, car ce sont des quantités hétérogènes, la collectivité ne peut être considérée comme une personne et le maximum d'ophélimité d'une collectivité n'existe pas ou plus exactement ne peut pas exister.

En sociologie, on peut toutefois, à côté du maximum d'utilité *pour* une collectivité, envisager le maximum d'utilité *d*'une collectivité considérée comme l'équivalent d'une personne, les deux choses ne se confondant pas. Le maximum d'utilité *d*'une collectivité ne peut pas être l'objet d'une détermination logico-expérimentale. D'une part il exige, pour être défini, le choix d'un critère, gloire, puissance, prospérité. D'autre part, une collectivité n'est pas une personne, les systèmes de valeurs et les préférences des individus ne sont pas les mêmes, et par conséquent le maximum d'utilité d'une collectivité ne sera jamais l'objet que d'une détermination arbitraire, c'est-à-dire ne ressortissant pas aux méthodes logico-expérimentales.

Si l'on considère les satisfactions des individus, il est normal de porter ces satisfactions au maximum, et celui-ci n'est pas atteint aussi longtemps qu'il est possible d'augmenter les satisfactions de quelques-uns sans diminuer celles de personne. A partir du moment où ce point est atteint, on entre dans les équivoques inextricables de la comparaison des utilités. Au-delà de ce point, il est possible que l'on puisse donner plus de satisfactions à quelques-uns — mettons même au plus grand nombre — aux dépens des satisfactions de certains — fussent-ils le petit nombre —, mais pour que l'on puisse affirmer que l'on doit logiquement procéder à cette redistribution des utilités, il faut admettre que les utilités des divers individus sont comparables. Or les utilités de deux personnes sont radicalement incomparables, au moins par les méthodes scientifiques.

Mais, ces réserves faites, même le point du maximum d'utilité *pour* la collectivité ne s'impose pas avec évidence à ceux qui réfléchissent au destin de la collectivité. En effet, il n'est pas exclu que ce point du maximum d'utilité pour une collectivité, c'est-à-dire le point où le plus grand nombre possible d'individus ont autant de satisfactions que possible en fonction des ressources disponibles, soit un point de faiblesse ou d'abaissement national. Or, entre la notion du maximum de satisfaction pour le plus grand nombre possible d'individus et la notion de puissance ou de gloire de la collectivité, l'hétérogénéité est radicale. La société la plus prospère n'est pas nécessairement la plus puissante ou la plus glorieuse. Le Japon de 1937 était une grande puissance militaire. Il avait créé un empire, le Mandchoukouo, et était en voie de dominer la Chine. Simultanément le niveau de vie de la population japonaise était relativement bas, le régime politique autoritaire, la discipline sociale sévère. La situation du Japon de 1937 ne représentait pas le maximum d'utilité *pour* la collectivité. Bien des mesures auraient pu être prises pour améliorer les satisfactions de beaucoup sans diminuer celles de personne. Depuis 1946-1947, le Japon a le taux de croissance du produit national brut le plus élevé du monde entier, univers soviétique inclus, et le niveau de vie s'élève rapidement. Mais, simultanément, le Japon n'a plus ni force militaire, ni marine de guerre, ni empire. Faut-il préférer la situation du Japon économiquement prospère de 1962 ou la situation du Japon militairement puissant de 1937? Il n'y a pas de réponse logico-expérimentale à une telle question. L'état démographique, économique ou social d'un pays dans lequel les individus vivent agréablement peut s'accompagner d'un déclin de ce que les auteurs appellent la gloire ou le rang.

La notion d'hétérogénéité joue un grand rôle dans la sociologie parétienne. Ainsi, c'est parce que les systèmes de valeurs des individus sont radicalement hétérogènes que la société ne peut pas être considérée comme une personne. Pareto emploie également l'expression d'hétérogénéité sociale pour désigner le fait que toutes les sociétés connues comportent la séparation, et en un certain sens l'opposition, entre la masse des individus gouvernés et un petit nombre d'individus qui dominent et qu'il appelle l'élite. Si, dans la sociologie de Marx, la distinction des classes est fondamentale, dans la sociologie de Pareto, celle des masses et de l'élite est décisive. Cette distinction est propre à toute la tradition dite machiavélienne.

Il y a chez Pareto deux définitions de l'élite, une large qui couvre l'ensemble de l'élite sociale, et une étroite qui s'applique à l'élite gouvernementale.

La définition large considère comme faisant partie de l'élite le petit nombre des individus qui, chacun dans leur sphère d'activité, ont réussi et sont arrivés à un échelon élevé de la hiérarchie professionnelle. « Supposons donc qu'en toutes les branches de l'activité humaine, on attribue à chaque individu un indice qui indique ses capacités, à peu près de la manière dont on donne des points aux examens, dans les différentes matières qu'enseignent les écoles. Par exemple, à celui qui excelle dans sa profession, nous donnerons 10. A celui qui ne réussit pas à avoir un seul client, nous donnerons 1, de façon à pouvoir donner 0 à celui qui est vraiment crétin. A celui qui a su gagner des millions, que ce soit bien ou mal, nous donnerons 10. A celui qui gagne des milliers de francs, nous donnerons 6. A celui qui arrive tout juste à ne pas mourir de faim, nous donnerons 1. A celui qui est hospitalisé dans un asile d'indigents, nous donnerons 0. A la femme *politique*, telle l'Aspasie de Périclès, la Maintenon de Louis XIV, la Pompadour de Louis XV, qui a su capter les bonnes grâces d'un homme puissant, et qui joue un rôle dans le gouvernement qu'il exerce de la chose publique, nous donnerons une note telle que 8 ou 9. A la gourgandine qui ne fait que satisfaire les sens de ces hommes, et n'a aucune action sur la chose publique, nous donnerons 0. A l'habile escroc qui trompe les gens et sait échapper aux peines du code pénal, nous attribuerons 8, 9 ou 10, suivant le nombre de dupes qu'il aura su prendre dans ses filets et l'argent qu'il aura su leur soutirer. Au pauvre petit escroc qui dérobe un service de table à son traiteur et se fait encore mettre la main au collet par les gendarmes, nous donnerons 1. A un poète comme Musset, nous donnerons 8 ou 9, suivant les goûts. A un rimailleur qui fait fuir les gens en leur récitant des sonnets, nous donnerons 0. Pour des joueurs d'échecs, nous pourrons avoir des indices plus précis en nous fondant sur le nombre et le genre des parties qu'ils ont gagnées. Et ainsi de suite, pour toutes les branches de l'activité humaine... Formons donc une classe de ceux qui ont les indices les plus élevés dans la branche où ils déploient leur activité, et donnons à cette classe le nom d'*élite*. Tout autre nom et même une simple lettre de l'alphabet seraient également propres au but que nous nous proposons » (§ 2027 et 2031). Cette définition est donc, selon la règle de méthode parétienne, objective et neutre. Il ne faut pas chercher un sens profond, métaphysique ou moral, à la notion d'élite, il s'agit d'une catégorie sociale, objectivement saisissable. Il n'y a pas à se demander si l'élite est vraie ou fausse, et qui a le droit d'y figurer. Toutes ces questions sont vaines. L'élite est faite de ceux qui ont mérité de bonnes notes au concours de la vie, ou tiré de bons numéros à la loterie de l'existence « sociale ».

Pareto ne se sert pratiquement pas de cette définition large qui n'a pour objet en réalité que d'introduire la définition étroite de l'élite gouvernante qui groupe le petit nombre des individus qui, parmi ceux qui ont réussi, exercent des fonctions politiquement ou socialement dirigeantes : « Pour l'étude à laquelle nous nous livrons, celle de l'équilibre social, il est bon encore de diviser en deux cette classe. Nous mettrons à part ceux qui, directement ou indirectement, jouent un rôle notable dans le gouvernement; ils constitueront l'*élite gouvernementale*. Le reste formera l'élite non gouvernementale. Par exemple, un célèbre joueur d'échecs fait certainement partie de l'élite. Non moins certainement, ses mérites de joueur d'échecs ne lui ouvrent pas la voie pour exercer une influence dans le gouvernement; et, par conséquent, si d'autres de ses qualités ne viennent à son aide, il ne fait pas partie de l'élite gouvernementale. Les maîtresses des souverains absolus ou d'hommes politiques très puissants font souvent partie de l'élite, soit à cause de leur beauté, soit par leurs dons intellectuels. Mais seule une partie d'entre elles, qui avaient les aptitudes spéciales qu'exige la politique, jouèrent un rôle dans le gouvernement. Nous avons donc deux couches dans la population : 1° la couche inférieure, la classe étrangère à l'élite; nous ne rechercherons pas, pour le moment, l'influence qu'elle peut exercer dans le gouvernement; 2° la couche supérieure, l'élite, qui se divise en deux : (*a*) l'élite gouvernementale; (*b*) l'élite non gouvernementale » (§ 2032 à 2034) [7].

Pareto précise plus loin que « la tendance à personnifier les abstractions, ou même seulement à leur donner une réalité objective, est telle que beaucoup de personnes se représentent la classe gouvernante presque comme une personne, ou au moins comme une unité concrète, qu'ils lui supposent une volonté unique, et croient qu'en prenant des mesures logiques, elle réalise les programmes. C'est ainsi que beaucoup d'antisémites se représentent les Sémites, beaucoup de socialistes les bourgeois » (§ 2254). Il va de soi qu'au moins à priori il n'en est rien. A son tour, « la classe gouvernante n'est pas homogène » *(Ibid.)*.

Les sociétés sont caractérisées par la nature de leurs élites et surtout de leurs élites gouvernantes. En effet, toutes les sociétés ont une caractéristique, que le moraliste peut juger déplorable, mais que le sociologue est obligé de constater : Il y a une distribution très inégale des biens de ce monde et une distribution plus inégale encore du prestige, de la puissance ou des honneurs liés à la compétition politique. Cette distribution inégale des biens matériels et moraux est possible parce qu'en définitive le petit nombre gouverne le grand nombre en recourant à deux types de moyens, la force et la ruse. La masse se laisse diriger par l'élite, car celle-ci détient les moyens de force ou bien parvient à convaincre, c'est-à-dire toujours plus ou moins à tromper, le grand nombre. Un gouvernement légitime est celui qui a réussi à persuader les gouvernés qu'il est conforme à leur intérêt, à leur devoir ou à leur honneur d'obéir au petit nombre. Cette distinction des deux moyens de gouvernement, la force et la ruse, est la transposition de l'opposition fameuse que fait Machiavel entre les lions et les renards. Les élites politiques se divisent naturellement en deux familles, dont l'une mérite d'être appelée la famille des lions, car elle marque une préférence pour la brutalité, et l'autre la famille des renards, parce qu'elle incline à la subtilité.

Cette théorie de l'hétérogénéité sociale et des élites développée dans le *Traité de sociologie générale* doit être rapprochée de la théorie de la répartition des revenus exposée dans plusieurs ouvrages, dont le *Cours d'économie politique* et *Les systèmes socialistes*. Dans le *Cours d'économie politique*, Pareto explique que la courbe de distribution des revenus peut être représentée par une droite dont l'équation est $\log N = \log A - \alpha \log x$, où x est la dimension du revenu et N le nombre d'individus ayant un revenu égal ou supérieur à x, A et α étant des constantes à déterminer d'après les statistiques disponibles. α donne l'inclinaison sur l'axe des x de la ligne des logarithmes. Sur la partie du graphique à double échelle logarithmique où sont représentés les revenus supérieurs à la moyenne, une diminution de l'inclinaison α indique une moindre inégalité des revenus [8]. Or, toutes les séries statistiques, essentiellement d'origine fiscale, montrent selon Pareto qu'α a une valeur à peu près semblable dans tous les pays, valeur qui se situe autour de 1,5. La même formule de distribution des revenus s'applique donc à toutes les sociétés. Pareto commente : « Ces résultats sont très remarquables. Il est absolument impossible d'admettre qu'ils sont dus seulement au hasard. Il y a bien certainement une cause qui produit la tendance des revenus à se disposer suivant une certaine courbe. La forme de cette courbe paraît ne dépendre que faiblement des différentes conditions économiques, puisque les effets sont à peu près les mêmes pour des pays dont les conditions économiques sont aussi différentes que celles de l'Angleterre, de l'Irlande, de l'Allemagne, des villes italiennes et même du Pérou » (*Cours d'économie politique*, § 960), et plus loin : « L'inégalité de la répartition des revenus paraît donc dépendre beaucoup plus de la nature même des hommes que de l'organisation économique de la société. De profondes modifications de cette organisation pourraient bien n'avoir que peu d'influence pour modifier la loi de la répartition des revenus. » (*Ibid.*, § 1012.) La répartition observée des revenus, précise cependant Pareto, n'est pas le reflet exact de l'hétérogénéité sociale, c'est-à-dire de la répartition inégale des qualités eugéniques. Il en serait ainsi si la mobilité était parfaite entre les différentes couches de la société, mais en fait elle dépend en même temps que « de la répartition des qualités permettant aux hommes de s'enrichir de la disposition des obstacles qui s'opposent à la mise en œuvre de ces facultés » (Cf. l'*Addition au Cours d'économie politique*, t. II, p. 418). Dans *Les Systèmes socialistes*, Pareto résume ses idées de façon très claire : « Nous avons fait voir que la courbe de la répartition des revenus avait une remarquable stabilité, elle change assez peu quand les circonstances de temps et de lieu dans lesquelles on l'observe changent beaucoup. Cette proposition qui découle des faits recueillis par la statistique surprend à première vue. Elle a fort probablement son origine dans la répartition des caractères psychologiques des hommes et aussi dans le fait que les proportions en lesquelles se combinent les capitaux ne peuvent être quelconques. » (T. I, p. 162.) Pareto conclut que les revenus inférieurs ne peuvent augmenter et l'inégalité des revenus diminuer qu'à la condition d'un accroissement des richesses par rapport au nombre de la population. « Le problème de l'accroissement du bien-être des classes pauvres est plutôt un problème de production et de conservation de la richesse qu'un problème de répartition. Le moyen le plus sûr d'améliorer la condition des classes pauvres est de faire en sorte que la richesse croisse plus vite que la population. » (*Cours d'économie politique*, § 1036.)

Ainsi l'idée de la constance de l'ordre social aurait un fondement économique. Sans entrer dans une discussion détaillée de la loi de Pareto, je n'en ferai pas moins deux réserves. Dans les sociétés socialistes, il n'est pas certain que la formule ancienne soit toujours valable. Même si elle l'était, l'ordre social n'est pas caractérisé adéquatement par la seule courbe de répartition des fortunes et des revenus.

La théorie des élites gouvernantes est proche des thèses qu'avait exposées, un peu avant Pareto, un autre auteur italien du nom de Gaetano Mosca. Une violente controverse s'était élevée en Italie. Pareto avait-il utilisé Mosca plus qu'il n'était convenable, en le citant un peu moins qu'il n'aurait été équitable [9]? La théorie des élites gouvernantes de Mosca était moins psychologique et plus politique. Selon cet auteur, chaque élite politique est caractérisée par une formule de gouvernement qui est à peu près l'équivalent de ce que nous appelons l'idéologie de la légitimité. La formule de gouvernement ou formule politique est l'idée au nom de laquelle une minorité gouvernante justifie son règne et tâche de convaincre le grand nombre de la légitimité de son pouvoir. Dans la sociologie de Pareto, les diverses élites politiques sont surtout caractérisées par l'abondance relative des résidus de la première et de la deuxième classe. Les renards sont les élites qui, douées en abondance de résidus de la première classe, préfèrent la ruse et la subtilité, et s'efforcent de maintenir leur pouvoir par la propagande, en multipliant les combinaisons politico-financières. Ces élites sont caractéristiques des régimes dits démocratiques, que Pareto appelait plouto-démocratiques.

Cette interprétation des péripéties de la politique en termes de résidus de la première ou de la deuxième classe se retrouve encore aujourd'hui chez certains auteurs. Jules Monnerot, un peu avant le passage de la IVe à la Ve République, avait expliqué que la classe politique de la IVe République souffrait d'un excès de résidus de la première classe, et qu'il était nécessaire, pour rétablir la stabilité de la France, de favoriser l'accès au pouvoir d'une élite qui posséderait des résidus de la deuxième classe plus nombreux et aurait moins recours à la ruse et plus à la force [10]. (Les lions ayant accordé l'indépendance à l'Algérie — ce dont J. Monnerot suspectait les renards de la IVe, ce parétien est passé à l'opposition.)

Quatre variables permettent donc de comprendre le mouvement général de la société : les intérêts, les résidus, les dérivations et l'hétérogénéité sociale. Ces quatre variables majeures dont dépend le mouvement de la société sont en état de mutuelle dépendance.

La formule de la mutuelle dépendance s'oppose à la formule attribuée au marxisme, de la détermination de l'ensemble des phénomènes sociaux par l'économie. Elle signifie que chacune des variables agit sur les trois autres, ou est affectée par les trois autres. L'intérêt agit sur les résidus et les dérivations selon la corrélation mise en lumière par le matérialisme historique, qui est réelle. Mais résidus et dérivations, sentiments et idéologies agissent aussi sur les conduites et les systèmes économiques. Enfin, l'hétérogénéité sociale, c'est-à-dire la rivalité des élites et la lutte entre les masses et l'élite, est affectée par les intérêts, mais agit aussi sur eux. Il n'y a pas, en définitive, de détermination de l'ensemble par une variable, mais détermination de l'ensemble par l'action réciproque des variables les unes sur les autres [11].

L'opposition entre la théorie parétienne et la théorie marxiste, telle au moins que Pareto comprend celle-ci, apparaît le plus clairement et le plus nettement dans la façon dont Pareto interprète ce que Marx appelle la lutte de classes. Pareto dit explicitement, en particulier dans *Les Systèmes socialistes*, que Marx a raison et qu'à travers toute l'histoire la lutte de classes est *une* donnée fondamentale, sinon *la* donnée fondamentale.

Mais Marx, selon Pareto, a tort sur deux points. En premier lieu, il est faux de croire que la lutte de classes est déterminée exclusivement par l'économie, c'est-à-dire par les conflits résultant de la propriété des moyens de production, alors que la possession de l'État et de la force militaire peut tout aussi bien être l'origine de l'opposition entre l'élite et la masse. Une page des *Systèmes socialistes* est à cet égard très claire : « Beaucoup de personnes croient que si l'on pouvait trouver une recette pour faire disparaître « le conflit entre le travail et le capital », la lutte des classes disparaîtrait aussi. C'est là une illusion qui appartient à la classe très nombreuse de celles qui confondent la forme avec le fond. La lutte des classes n'est qu'une forme de la lutte pour la vie et ce que l'on nomme « le conflit entre le travail et le capital » n'est qu'une forme de la lutte des classes. Au moyen âge, on aurait pu croire que si les conflits religieux disparaissaient, la société aurait été pacifiée. Ces conflits religieux n'étaient qu'une forme de la lutte des classes; ils ont disparu, au moins en partie, et ont été remplacés par les conflits socialistes. Supposez le collectivisme établi, supposez que le « capital » n'existe plus, il est clair qu'alors il ne pourra plus être en conflit avec le travail; mais ce ne sera qu'une forme de la lutte des classes qui aura disparu, d'autres les remplaceront. Des conflits surgiront entre les différents genres de travailleurs de l'État socialiste, entre les « intellectuels » et les « non-intellectuels », entre différents genres de politiciens, entre ceux-ci et leurs administrés, entre des innovateurs et des conservateurs. Existe-t-il vraiment des gens qui s'imaginent sérieusement que l'avènement du socialisme tarira complètement la source des innovations sociales? Que la fantaisie des hommes n'enfantera plus de nouveaux projets, que l'intérêt ne poussera pas certains hommes à adopter ces projets, dans l'espoir d'acquérir une place prépondérante dans la société? » (*Les Systèmes socialistes*, t. II, p. 467-468.)

De plus, Marx a tort de croire que la lutte actuelle des classes diffère essentiellement de celle que l'on peut observer à travers les siècles et que la victoire éventuelle du prolétariat y mettra fin. La lutte des classes de l'époque contemporaine, dans la mesure où elle est celle du prolétariat et de la bourgeoisie, n'aboutira pas à la dictature du prolétariat, mais à la domination de ceux qui parleront au nom du prolétariat, c'est-à-dire d'une minorité privilégiée comme toutes les élites qui l'ont précédée ou qui lui succéderont. Pour Pareto, il est interdit de croire ou d'espérer que la lutte des minorités pour le pouvoir puisse modifier le train immémorial des sociétés et aboutir à un état fondamentalement différent. « De nos jours, les socialistes ont fort bien vu que la révolution de la fin du XVIIIe siècle avait simplement mis la bourgeoisie à la place de l'ancienne élite, et ils ont même considérablement exagéré le poids de l'oppression des nouveaux maîtres, mais ils croient sincèrement qu'une nouvelle élite de politiciens tiendra mieux ses promesses que celles qui se sont succédées jusqu'à ce jour. Du reste, tous les révolutionnaires proclament, successivement, que les révolutions passées n'ont abouti en définitive qu'à duper le peuple; c'est seulement celle qu'ils ont en vue qui sera la *vraie* révolution. " Tous les mouvements historiques — disait, en 1848, le *Manifeste du Parti communiste* — ont été, jusqu'ici, des mouvements de minorités au profit des minorités. Le mouvement prolétaire est le mouvement spontané de l'immense majorité au profit de l'immense majorité. " Malheureusement, cette *vraie* révolution, qui doit apporter aux hommes un bonheur sans mélange, n'est qu'un décevant mirage, qui jamais ne devient une réalité; elle ressemble à l'âge d'or des millénaires; toujours attendue, elle se perd dans les brumes de l'avenir, toujours elle échappe à ses fidèles au moment même où ils croient la tenir. » (*Les Systèmes socialistes*, t. I, p. 60-62.)

Selon Pareto, le phénomène qui est historiquement le plus

important est celui de la vie et de la mort des minorités gouvernantes, ou, pour prendre un terme qu'il utilise quelquefois des aristocraties. « L'histoire », selon une formule célèbre de Pareto, « est un cimetière d'aristocraties. » (*Traité de sociologie générale*, § 2053.) « L'histoire des sociétés humaines est en grande partie l'histoire de la succession des aristocraties. » (*Manuel d'économie politique*, chap. VII, § 115.) L'histoire des sociétés est celle de la succession de minorités privilégiées qui se forment, luttent, arrivent au pouvoir, en profitent et tombent en décadence, pour être remplacées par d'autres minorités. « Ce phénomène des nouvelles élites, qui, par un mouvement incessant de circulation, surgissent des couches inférieures de la société, montent dans les couches supérieures, s'y épanouissent, et, ensuite, tombent en décadence, sont anéanties, disparaissent, est un des principaux de l'histoire, et il est indispensable d'en tenir compte pour comprendre les grands mouvements sociaux. » (*Les Systèmes socialistes*, t. I, p. 24.) Le sociologue doit se demander pourquoi les aristocraties ou les minorités dirigeantes ont le plus souvent si peu de stabilité et de durée.

Les causes de cette mortalité des aristocraties, telles que les analyse Pareto, sont les suivantes :

1° Beaucoup d'aristocraties ayant été des aristocraties militaires ont été décimées dans les combats. Les aristocraties militaires s'épuisent rapidement parce que leurs membres sont obligés de risquer leur vie sur les champs de bataille.

2° De façon quasi générale, au bout de quelques générations, les aristocraties perdent leur vitalité ou leur capacité d'utiliser la force. On ne gouverne pas les hommes, dirait volontiers Pareto, sans une certaine propension à la violence, encore qu'il ne faille pas confondre la force et la violence qui, dit-il, accompagne souvent la faiblesse. Généralement, les petits-fils ou les arrière-petits-fils de ceux qui ont conquis le pouvoir ont profité dès leur naissance d'une situation privilégiée et sont atteints par le développement des résidus de la première classe. Ils se consacrent aux combinaisons intellectuelles, parfois même aux jouissances supérieures de la civilisation et de l'art, mais deviennent ainsi incapables de l'action qu'exige l'ordre social. Selon la philosophie de Pareto, ce sont souvent les aristocraties devenues les plus modérées et, par suite, les plus supportables pour les peuples, qui, victimes de leur faiblesse, sont emportées par une révolte et remplacées par une élite violente. La noblesse française de la fin du XVIIIe siècle était épuisée. Elle adhérait à une philosophie humanitaire, savait jouir de l'existence, encourageait les idées libérales. Elle a péri sur l'échafaud. Sa disparition a été à la fois déplorable et juste, au moins dans l'ordre de la justice historique qui demande aux aristocraties de faire leur métier, et non pas de s'abandonner à des sentiments qui sont peut-être estimables, mais ne permettent pas à une classe de continuer à rester dirigeante.

« Toute élite qui n'est pas prête à livrer bataille, pour défendre ses positions, est en pleine décadence, il ne lui reste plus qu'à laisser sa place à une autre élite ayant les qualités viriles qui lui manquent. C'est pure rêverie, si elle s'imagine que les principes humanitaires qu'elle a proclamés lui seront appliqués : les vainqueurs feront résonner à ses oreilles l'implacable *vae victis*. Le couperet de la guillotine s'aiguisait dans l'ombre quand, à la fin du siècle dernier, les classes dirigeantes françaises s'appliquaient à développer leur " sensibilité ". Cette société oisive et frivole, qui vivait en parasite dans le pays, parlait, dans ses soupers élégants, de délivrer le monde de " la superstition et d'écraser l'infâme ", sans se douter qu'elle-même allait être écrasée. » (*Les Systèmes socialistes*, t. I, p. 40-41.)

3° Enfin et surtout, il ne peut pas y avoir d'harmonie durable entre les dons des individus et les positions sociales que ceux-ci occupent. Les positions occupées par les individus dépendent largement des avantages dont ils ont profité au point de départ, c'est-à-dire des positions occupées par leurs parents. Or les lois de l'hérédité sont telles que l'on ne peut compter que les fils de ceux qui étaient doués pour commander seront doués eux aussi. Il y a dans l'élite, à chaque moment, des individus qui ne méritent pas d'en faire partie et, dans la masse, des individus qui ont les qualités pour appartenir à l'élite. « Si les aristocraties humaines étaient semblables aux races de choix des animaux qui se reproduisent longtemps à peu près avec les mêmes caractères, l'histoire de la race humaine serait entièrement différente de celle que nous connaissons. » (*Traité de sociologie générale*, § 2055.)

Comment, dans ces conditions, la stabilité sociale peut-elle être maintenue?

Fondamentalement, toute élite qui trouve en face d'elle, dans la masse, une minorité qui serait digne d'appartenir au petit nombre des dirigeants, a le choix entre deux procédés, qu'elle peut employer simultanément, en des proportions variables : *éliminer* les candidats à l'élite, qui sont normalement des révolutionnaires, ou les *absorber*. Ce dernier procédé est évidemment le plus humain et aussi peut-être le plus efficace, c'est-à-dire le plus propre à éviter les révolutions. L'élite qui a déployé le plus de virtuosité dans la méthode d'absorption des révolutionnaires potentiels est l'élite anglaise qui depuis plusieurs siècles a ouvert ses portes à quelques-uns des plus doués de ceux qui n'étaient pas nés dans la classe privilégiée.

L'élimination comporte différents procédés. Le plus humain est l'exil. Selon une théorie répandue en Europe, au XIXe siècle, la vertu principale des colonies était d'offrir une voie d'évasion aux révolutionnaires. Renan, en 1871, dans *La Réforme intellectuelle et morale de la France*, considérait encore que les sociétés privées de la soupape de sûreté de l'émigration, étaient vouées aux troubles intérieurs. (Les colonies étaient à cet égard précieuses.) Il pensait que toute société contient des chefs virtuels et insatisfaits, qu'il convient d'absorber ou d'éliminer. Le procédé inhumain d'élimination, que Pareto note avec objectivité, est évidemment la mise à mort. La méthode a été utilisée fréquemment à travers l'histoire.

Selon des cycles de mutuelle dépendance, les sociétés connaissent donc une circulation des élites. Ce phénomène est l'aspect principal de ce que Pareto appelle la forme générale de la société.

En raison de l'impossibilité d'une harmonie totale entre les dons hérités des individus et les positions dans la hiérarchie, toute société comporte des facteurs d'instabilité. Les sociétés sont agitées aussi par les oscillations de fréquence des résidus de la première et de la deuxième classe. Quand une élite a été longtemps au pouvoir, elle souffre d'un excès de résidus de la première classe. Elle devient trop intellectuelle, ce qui ne veut pas dire trop intelligente, et répugne exagérément à employer les moyens de force, et de ce fait même elle est vulnérable. Les violents nés dans la masse mobilisent alors celle-ci contre l'élite.

L'équilibre social, c'est-à-dire la situation qui réduit les risques de révolution, suppose un certain degré d'abondance des résidus de la première classe dans l'élite, et une abondance plus grande des résidus de la deuxième dans la masse. Pour qu'un ordre dure, beaucoup l'ont dit d'une façon différente, plus cynique et peut-être plus choquante, « il faut de la religion pour le peuple et de l'intelligence aux gouvernants », c'est-à-dire, en style parétien, il faut que les masses aient davantage de résidus de la deuxième, et éventuellement de la quatrième et de la cinquième classe, et il faut que les élites qui ont besoin d'agir efficacement, aient davantage de résidus de la première.

Cependant, même dans l'élite, il ne faut pas que les résidus de la première classe soient exagérément nombreux et que se dégradent entièrement les résidus de la persistance des agrégats, de la sociabilité et de l'intégrité personnelle. En effet, au fur et à mesure qu'augmentent les résidus de la première classe, les individus deviennent plus soucieux de leurs intérêts personnels et plus égoïstes. Or une classe dirigeante, si elle doit avoir pour durer l'intelligence de répondre aux circonstances et la capacité de s'adapter au monde tel qu'il est, doit aussi conserver le sentiment du devoir et la conscience de sa propre solidarité.

Ainsi apparaît une sorte de contradiction entre la propension aux combinaisons et le sens de la solidarité sociale et morale qui sont tous deux indispensables aux élites. Dès lors, inévitablement, l'histoire est faite d'oscillations de plus ou moins longue durée. A une phase durant laquelle se répand un esprit de doute et de scepticisme succèdent soudain des résurgences de résidus de la deuxième, de la quatrième et de la cinquième classe. Les regains des résidus de la deuxième classe sont les grands mouvements de foi collective, auxquels Durkheim faisait allusion lorsqu'il disait que dans les crises d'exaltation collective naissent les religions. Pareto aurait admis cette formule, et il aurait ajouté que précisément l'histoire est faite d'alternances, indéfiniment répétées, entre des phases de scepticisme, et aussi souvent de civilisation et d'intelligence, et des phases de foi, patriotique ou religieuse. Ce sont les oscillations des résidus, dans la masse et dans l'élite, qui déterminent les cycles de mutuelle dépendance.

*

Pour achever cette reconstruction de l'ensemble du mouvement social, Pareto développe encore deux antithèses qui se situent dans l'ordre économique, celle entre les spéculateurs et les rentiers, et celle entre l'activité libre des sujets économiques, créateurs de richesse, et la bureaucratisation.

L'opposition des spéculateurs et des rentiers correspond d'une certaine façon, dans l'ordre économique, à ce qu'est l'antithèse des renards et des lions dans l'ordre politique [12]. Il est, en effet, deux attitudes économiques possibles, celle des créateurs de richesse, par la combinaison ou la spéculation, et celle des individus qui souhaitent par-dessus tout la sécurité de leurs biens et s'efforcent de l'obtenir par des placements dits sûrs. S'il n'y avait pas de dévaluations monétaires et de faillites, les rentiers finiraient par posséder l'ensemble de la richesse. Un sou placé à intérêt composé depuis la naissance du Christ représenterait aujourd'hui une fortune supérieure à toute celle dont dispose l'humanité. Il faut donc que, de temps en temps, les rentiers soient dépouillés. Encore ne doivent-ils pas l'être trop fréquemment, afin que la race des rentiers, créateurs d'épargne, ne disparaisse pas. En fait, les sociétés continuent de comprendre des gens qui créent des richesses et qui les accaparent, grâce à l'art des combinaisons, et d'autres qui, en quête de sécurité, finissent par être victimes des rusés ou des violents.

La dernière antithèse est celle de l'initiative et de la bureaucratisation. Elle ne se confond pas avec la précédente. Pareto est de formation ingénieur et économiste. Ingénieur, il a observé le travail créateur de richesse; économiste d'inspiration libérale, il a analysé les conduites des sujets économiques qui, en quête de leurs propres intérêts, contribuent au développement des ressources. A la libre initiative des agents économiques, Pareto oppose la cristallisation sociale ou encore l'organisation étatiste et bureaucratique. Les États, pour des raisons politiques et démagogiques, sont incités à intervenir dans le fonctionnement de l'économie, à nationaliser les entreprises, à redistribuer les revenus et ainsi à substituer progressivement, à la concurrence favorable aux initiatives individuelles et à l'expansion, un ordre bureaucratique qui tend progressivement vers la cristallisation.

Pour Pareto, les sociétés d'Europe occidentale étaient gouvernées par des élites ploutocratiques, appartenant à la famille des renards, exagérément dominées par l'instinct des combinaisons et de plus en plus incapables de se servir de la force indispensable au gouvernement des sociétés. Il voyait poindre de nouvelles élites qui utiliseraient davantage la force et moins la ruse, et renouvelleraient les formules de légitimité. Pareto aurait certainement reconnu dans les élites fascistes ou les élites communistes ces élites violentes de la famille des lions, qui s'emparent du pouvoir dans les sociétés décadentes. Dans le même temps, le mouvement des sociétés européennes modernes, dans la vision de Pareto, s'oriente vers un élargissement progressif du nombre des activités bureaucratisées, vers un refoulement du rôle des initiatives libres créatrices de richesse. Les sociétés européennes évoluent vers des économies collectivistes et cristallisées. « Byzance nous fait voir où peut atteindre la courbe que nos sociétés sont en train de parcourir. » (*Traité de sociologie générale*, § 2612).

Pareto considérait-il cette cristallisation bureaucratique comme proche ou encore lointaine? A vrai dire, sur ce point, les textes sont contradictoires. Parfois cette perspective est présentée comme lointaine, dans d'autres cas Pareto semble croire que la phase bureaucratique pourrait intervenir rapidement [13]. Ce qui ne prête pas au doute, c'est qu'au moment où il écrivait le *Traité de sociologie générale*, c'est-à-dire à la veille de la guerre de 1914, Pareto voyait poindre le règne des élites violentes et des économies étatisées. Si déplaisante que puisse être cette théorie, il serait difficile de ne pas lui reconnaître une part de vérité.

Le *Traité de sociologie générale*, et de façon plus générale l'œuvre sociologique de Pareto, débouche donc sur un diagnostic porté sur les sociétés dites démocratiques que lui-même appelle d'ailleurs plouto-démocratiques, afin de rappeler que la caractéristique en est la liaison entre la classe politique, ou élite au sens étroit du terme, et les cadres dirigeants de l'industrie et de la finance. Selon Pareto, ces régimes plouto-démocratiques sont gouvernés par des élites utilisant la ruse de préférence à la force. Pareto constate d'autre part le développement des idéologies humanitaristes et en estime l'excès dangereux pour l'équilibre social. Enfin il note l'expansion progressive de la gestion administrative de l'économie et le resserrement corrélatif du domaine de l'initiative privée et des mécanismes du marché. Il voit les sociétés occidentales évoluer, comme la société romaine du Bas-Empire, vers la cristallisation bureaucratique.

Science et politique.

Dans quelle mesure Pareto a-t-il réussi, selon les intentions qu'il a manifestées, à étudier scientifiquement la société? Ou, pour reprendre une expression dont je me suis servi moi-même, dans quelle mesure a-t-il réussi à étudier logiquement les conduites non-logiques?

A cette question, une première réponse s'impose immédiatement. D'après Pareto lui-même, une étude logico-expérimentale des conduites non-logiques se doit d'être moralement et politiquement neutre, dépourvue de jugement de valeur et de passion, car il n'y a pas de solution logico-expérimentale au problème de la conduite humaine. Or, il est évident pour tout lecteur du *Traité de sociologie générale*, que les écrits de Pareto sont lourds de passions et de jugements de valeur. Pareto a ses cibles préférées, ses ennemis intimes, ses têtes de turc. Cette attitude qui n'est certes pas tellement différente de celle des autres sociologues ne s'accorde pas en principe avec la volonté sans cesse proclamée d'une science objective et neutre. Cette opposition entre une volonté affichée de science pure et des passions étalées peut servir de point de départ à un examen critique. Comment se combinent ces intentions démenties et cette pratique?

Pareto réserve son ironie ou ses invectives à certains hommes et à certaines idées. Tout d'abord, il a horreur des associations et des propagandistes vertuistes, qui essaient d'améliorer les mœurs de leurs concitoyens. Il est aussi sévère à l'égard de certaines versions de l'humanitarisme moderne. Il est impitoyable à l'égard de ceux qui prétendent, au nom de la science, prescrire une moralité ou un programme social et il condamne les scientistes en tant que tels. Enfin, il ne peut souffrir la bourgeoisie « décadente », celle qui a perdu le sens de ses intérêts, qui par aveuglement ou hypocrisie méconnaît la loi d'airain de l'oligarchie, s'imagine que la société actuelle est l'aboutissement final de l'histoire et se montre incapable de se défendre. La bourgeoisie décadente tolère les violences des grévistes et s'indigne contre celles de la police. Elle est prête, dans l'espoir d'apaiser les revendications populaires, à procéder à n'importe quelle forme de nationalisation des entreprises, au risque de bureaucratiser la vie économique. Elle ne conçoit pas d'autre procédé, pour maintenir son règne, que d'acheter les chefs syndicaux qui représentent peut-être les chefs d'une nouvelle élite.

« De notre temps, où les conflits sont surtout économiques, on accuse le gouvernement d'" intervenir " dans une contestation économique, s'il veut protéger les patrons ou les " jaunes ", contre la violence des grévistes. Si les agents de la force publique ne se laissent pas assommer sans faire usage de leurs armes, on dit qu'ils manquent de sang-froid, qu'ils sont " impulsifs, neurasthéniques "... Les jugements des tribunaux sont flétris comme étant des " jugements de classe "; en tout cas, ils sont toujours trop sévères. Enfin, il convient que les amnisties effacent tout souvenir de ces conflits. On pourrait croire que du côté des patrons, on se sert de dérivations directement opposées, puisque les intérêts sont opposés; mais cela n'a pas lieu ou a lieu d'une manière atténuée, en sourdine... Beaucoup de patrons sont des spéculateurs qui espèrent se récupérer des dommages de la grève avec l'aide du gouvernement, et aux frais des consommateurs ou des contribuables. Leurs conflits avec les grévistes sont des contestations de complices qui se partagent le butin. Les grévistes qui font partie du peuple, lequel abonde en résidus de la deuxième classe, ont non seulement des intérêts, mais aussi un idéal. Les patrons spéculateurs qui font partie de la classe enrichie par les combinaisons ont, au contraire, des résidus de la première classe à foison. Par conséquent, ils ont surtout des intérêts et point ou très peu d'idéal. Ils emploient mieux leur temps à des opérations lucratives qu'à édifier des théories. Parmi eux se trouvent plusieurs démagogues ploutocrates, habiles à faire tourner à leur profit une grève qui semblerait vraiment faite contre eux. » (*Traité de sociologie générale*, § 2187) [14].

Aux propagandistes de la vertu, adversaires de la vie et de ses plaisirs, Pareto oppose un système de valeurs aristocratique. Noble lui-même, descendant d'une famille patricienne de Gênes, il était favorable à une version modérée et distinguée de l'épicurisme, hostile aux formes extrêmes du moralisme puritain et de l'ascétisme. Il n'y a pas de raison, pensait-il, de refuser ce que l'existence nous offre, et ceux qui s'instaurent les porte-parole de la vertu sont souvent animés par des sentiments moins purs que ceux dont ils font étalage. Mais ce premier ennemi n'a qu'un intérêt politique médiocre et il est plus révélateur de la personnalité privée de Pareto que de ses convictions politiques et sociales.

Les autres cibles de Pareto révèlent en revanche le système intellectuel, moral et politique de l'auteur du *Traité de sociologie générale*.

La dénonciation du scientisme résulte du respect et de l'amour de la science. Rien n'est plus contraire à l'esprit scientifique, estime Pareto, que la surestimation de la science, que cette tendance à la croire capable de nous fournir, comme le pensait

Durkheim, une doctrine politique, voire une religion. Cette critique du scientisme est simultanément la critique d'une forme de rationalisme qui avait cours à la fin du XIXe siècle et au début du XXe. La seule raison authentique, dans la pensée de Pareto, est la raison scientifique. Or celle-ci n'est telle qu'à condition d'être consciente de ses limitations. Elle établit simplement des uniformités vérifiées par l'accord entre nos idées et l'expérience, elle n'épuise pas la réalité, ne découvre pas les principes derniers, n'enseigne pas une morale ou une métaphysique au nom d'un rationalisme expérimental et pragmatique. Le rationalisme parétien est aussi la critique de l'illusion rationaliste en psychologie, c'est-à-dire de l'illusion selon laquelle les hommes seraient, en dernière analyse, conduits par des arguments rationnels. La pensée de Pareto est une réaction contre les espérances rationalistes du « stupide XIXe siècle », comme aurait dit Léon Daudet. Lui-même aurait volontiers employé cette expression en lui donnant un sens précis et limité. Selon lui, absurde est l'idée que les progrès de la science auront pour résultat la rationalisation des sociétés elles-mêmes, et que les hommes, transformés par le progrès des connaissances, deviendront capables d'organiser la société selon la raison. Pareto dénonce impitoyablement cette espérance fallacieuse. Il admet une très lente expansion de la pensée logico-expérimentale et ne nie pas qu'à la longue la part de la conduite logique, déterminée par des raisonnements s'élargisse, mais cet élargissement ne saurait aboutir à une société dont le ciment serait la raison scientifique elle-même. Par définition, la pensée logico-expérimentale ne peut pas fixer les fins, individuelles ou collectives, et la société ne maintient son unité que dans la mesure où les individus consentent souvent à sacrifier leur intérêt propre à l'intérêt collectif. Pareto consacre de longues pages à ce problème de l'accord ou de la contradiction entre l'intérêt égoïste de l'individu et l'intérêt de la collectivité, il ne se lasse pas de mettre en lumière les sophismes par lesquels les philosophes et les moralistes enseignent l'accord final entre ces deux objectifs.

Ceux qui prétendent démontrer l'accord essentiel entre l'intérêt individuel et l'intérêt collectif font généralement valoir que l'individu a besoin que la société existe, et que les membres de cette société aient confiance les uns dans les autres. Si, par conséquent, un individu vole ou ment, il contribue à détruire la confiance réciproque nécessaire à l'ordre commun et, de ce fait, il agit contrairement à son intérêt. A quoi Pareto n'a aucune peine à répondre qu'il faut distinguer entre l'intérêt direct et l'intérêt indirect. L'intérêt direct peut être, pour un certain individu, de mentir ou de voler; il en résultera certes pour lui-même un dommage indirect, dans la mesure où le tort porté à l'ordre social tout entier diminue l'avantage qu'il tire de son acte moralement coupable, mais ce dommage indirect, dans un très grand nombre de cas, est inférieur quantitativement au profit direct que tire l'individu de son acte coupable. Si l'individu se borne à calculer son intérêt, il jugera logique de violer les règles collectives. En d'autres termes, on ne peut, par des raisonnements logico-expérimentaux, convaincre les individus de se sacrifier à la collectivité ou même d'obéir aux normes collectives. Si la plupart du temps les individus y obéissent, c'est que, fort heureusement, ils n'agissent pas de manière logico-expérimentale, et ne sont pas rationalisés et convertis à l'égoïsme au point de n'agir qu'en vue de leur intérêt propre et selon un calcul rigoureux. Les hommes agissent par passion ou par sentiment, et ce sont ces passions ou ces sentiments qui les font agir de manière telle que la société soit en mesure d'exister. Les sociétés existent parce que les conduites humaines ne sont pas logiques. L'expression « conduite non-logique » n'est donc nullement préjorative en tant que telle. Certaines conduites logiques sont moralement répréhensibles, par exemple celles du spéculateur ou du voleur.

L'argumentation parétienne est odieuse au rationaliste traditionnel. Affirmant que la cohérence des collectivités est assurée par des sentiments et non pas des raisons, elle aboutit en effet à la conclusion que le progrès de la pensée scientifique risque de s'accompagner d'un progrès de l'égoïsme qui désagrégera la communauté sociale. Celle-ci est tenue par les résidus de la deuxième et secondairement de la quatrième et de la cinquième classe; or ces résidus sont affaiblis ou usés par le développement d'une attitude intellectuelle qui est à la fois à l'origine des civilisations supérieures et des effondrements sociaux. La pensée de Pareto débouche donc sur un système de valeurs historiques profondément antinomiques. Alors que nous aimons croire que progrès de la moralité, progrès de la raison et progrès de la civilisation vont de concert, Pareto, dont la réflexion est marquée par un pessimisme profond, déclare que la raison ne peut pas gagner sans que l'égoïsme ne triomphe, que les sociétés dont la civilisation est la plus brillante sont aussi les plus proches du déclin, que les cités où l'humanitarisme s'épanouit ne sont pas loin des grandes effusions de sang, que les élites les plus tolérables, parce que les moins violentes, appellent les révolutions qui les détruisent.

Ce système d'interprétation historique s'oppose radicalement à celui du professeur de philosophie, optimiste et rationaliste, qu'était Émile Durkheim. Ce dernier a écrit quelque part que si les États conservaient encore quelques fonctions militaires liées à la rivalité des souverainetés, ces survivances des temps passés étaient sur le point de disparaître. Pareto aurait jugé sévèrement cet optimisme qu'il tenait pour une forme typique de doctrine pseudo-scientifique, en réalité déterminée par des résidus. Durkheim et Pareto se rencontrent pourtant sur un point important. L'un et l'autre voient les croyances religieuses surgir de la société elle-même, des sentiments qui agitent les foules. Mais Durkheim voulait sauver le caractère rationnel de ces croyances collectives en leur donnant un objet d'adoration digne des sentiments éprouvés. Pareto, avec son cynisme quelque peu déconcertant, répondait que ces sentiments n'ont nul besoin d'un objet digne d'eux; ce ne sont pas les objets qui suscitent les sentiments, mais les sentiments préexistants qui se choisissent des objets, quels qu'ils soient.

Cette énumération des ennemis de Pareto, ennemis politiques — les humanitaires, les bourgeois décadents —, ennemis scientifiques — les philosophes qui présentent une interprétation rationnelle des conduites humaines, les moralistes qui prétendent démontrer l'harmonie préétablie entre les intérêts particuliers et l'intérêt collectif —, permet, me semble-t-il, de comprendre les sens différents qu'il est possible de donner à la pensée de l'auteur du *Traité de sociologie générale.*

Qu'est-ce que Pareto voulait suggérer? A quel parti politique ou intellectuel donnait-il des arguments?

Entre les deux guerres, on a volontiers interprété Pareto en fonction du fascisme. Dans un article écrit il y a presque trente ans, je l'ai moi-même accusé d'avoir donné une idéologie ou une justification au fascisme. Mais c'était en 1937, à une époque où les passions qui nous agitaient étaient différentes de celles d'aujourd'hui, même si, en raison de la pauvreté du vocabulaire, les mots n'ont pas changé [15].

L'interprétation de Pareto par référence au fascisme est facile. Les fascistes, je pense aux Italiens, et non aux nationaux-socialistes allemands, défendaient et illustraient une théorie oligarchique des gouvernements exactement comme Pareto. Ils affirmaient que les peuples sont toujours gouvernés par des minorités et que ces minorités ne peuvent maintenir leur règne que si elles sont dignes des fonctions qu'elles assument. Ils rappelaient que les fonctions de dirigeants ne sont pas toujours plaisantes et que, par conséquent, celui qui a le cœur tendre devrait, une fois pour toutes y renoncer ou en être écarté. Pareto n'était nullement un féroce. Il admettait volontiers que le but de la politique est de réduire le plus possible le volume de la violence historique, mais il ajoutait que la prétention illusoire à supprimer toute violence aboutit le plus souvent à accroître démesurément celle-ci. Les pacifistes contribuent à provoquer des guerres, les humanitaires à précipiter les révolutions. Les fascistes pouvaient reprendre en la déformant cette argumentation parétienne. Simplifiant la théorie, ils affirmaient que les élites gouvernantes, pour être efficaces, doivent être violentes.

Nombre d'intellectuels du fascisme italien se sont effectivement recommandés de Pareto. Ils se sont présentés eux-mêmes comme des bourgeois non décadents prenant la relève de la bourgeoisie décadente. Ils ont justifié leur violence en prétendant qu'elle était une réplique nécessaire à la violence ouvrière. En privé, sinon en public, ils affirmaient que leur suprême justification était leur capacité de rétablir l'ordre, fût-ce par la force. Et puisqu'en dernière analyse, il n'y a pas de justification intrinsèque, morale ou philosophique, du pouvoir d'une minorité dirigeante, une élite qui l'emporte se trouve dans une large mesure justifiée par son succès même.

Il était également loisible de rattacher la pensée fasciste à la pensée de Pareto en interprétant la distinction entre le maximum d'utilité *pour* la collectivité et le maximum d'utilité *de* la collectivité. Le maximum d'utilité pour la collectivité, c'est-à-dire la plus grande satisfaction du plus grand nombre possible d'individus, est au fond l'idéal des humanitaires ou des socialistes démocrates. Donner dans toute la mesure du possible à chacun ce qu'il désire, élever le niveau de tous et de chacun, est l'idéal bourgeois des élites plouto-démocratiques. Pareto ne dit pas explicitement que l'on a tort de se proposer un tel but, mais il suggère qu'il y a un autre but, le maximum d'utilité *de* la collectivité, c'est-à-dire le maximum de puissance ou de gloire de la collectivité considérée comme une personne. Affirmer l'impossibilité d'un choix scientifique entre ces deux termes dévalorise le maximum d'utilité pour la collectivité et peut être considéré comme une option implicite en faveur du maximum d'utilité de la collectivité. On peut même dire que celui qui, tel Pareto, nie la possibilité d'un choix rationnel entre un régime politique et un autre, sert la cause des élites violentes qui ont la prétention de démontrer, par la violence, leur droit au gouvernement.

Les relations entre Pareto lui-même et le fascisme ont été limitées. Pareto est mort en 1923, très peu de temps après l'arrivée au pouvoir de Mussolini. Il n'a pas été foncièrement hostile au mouvement du Duce [16], d'autant qu'il était un sociologue et non un homme politique, et que sa sociologie permettait d'expliquer une semblable réaction historique. Le fascisme était pour lui manifestement une réaction du corps social aux troubles causés par l'excès des résidus de la première classe, par le développement exagéré de l'humanitarisme, par l'affaiblissement de la volonté bourgeoise. Des troubles de cet ordre, dans une société normale, provoquent des réactions de sens contraire. La révolution fasciste était une phase d'un cycle de mutuelle dépendance, une réplique violente à un désordre provoqué par le déclin d'une élite rusée [17].

Quel régime politico-économique aurait eu, en théorie, les préférences de Pareto? D'une part, Pareto considérait que l'initiative individuelle était le mécanisme économique le plus favorable à l'accroissement des richesses. Il était donc, en doctrine économique, un libéral qui admettait d'ailleurs certaines interventions de l'État dans la mesure où celles-ci ou bien favorisent le fonctionnement du marché, ou bien permettent aux spéculateurs de faire tout à la fois leurs affaires et celles de tous. Sur le plan politique, sa pensée conduit à donner la faveur à un régime à la fois *autoritaire* et *modéré*. Peut-être Pareto aurait-il combiné les deux adjectifs préférés de Maurras, à savoir *absolu* et *limité*. Tel n'est pas son langage, mais le régime le plus souhaitable pour tous, au moins selon l'idée qu'il se fait du bien de tous, est un régime où les gouvernants ont la capacité de prendre les décisions, mais ne prétendent pas tout régler, et surtout ne prétendent pas imposer aux citoyens, et en particulier aux intellectuels et aux professeurs, ce qu'ils ont à penser et à croire. En d'autres termes, Pareto aurait été favorable à un gouvernement fort et libéral, tant au point de vue économique que scientifique. Il recommandait le libéralisme intellectuel aux gouvernants, non seulement parce qu'il y était personnellement attaché, mais parce qu'à ses yeux la liberté de recherche et de pensée était indispensable au progrès de la pensée scientifique et qu'à la longue la société tout entière profite du progrès de la pensée logico-expérimentale.

Aussi, s'il n'est pas impossible d'interpréter Pareto dans le sens du fascisme, ce que l'on a fait souvent, il est possible aussi de l'interpréter dans le sens du libéralisme et d'utiliser l'argumentation parétienne pour justifier les institutions démocratiques ou plouto-démocratiques.

G. Mosca, que Pareto n'a pas ignoré, avait passé la première partie de sa vie à exposer les turpitudes des régimes démocratiques représentatifs, qu'il appelait lui aussi plouto-démocratiques. Dans la deuxième partie de sa vie, il s'attacha à démontrer que ces régimes, en dépit de leurs défauts, étaient tout de même les meilleurs que l'histoire ait connus, au moins pour les individus. On peut ainsi, tout en acceptant nombre des critiques parétiennes contre les régimes démocratiques, voir en ceux-ci les moins mauvais des régimes pour les individus, puisque tout régime étant oligarchique, l'oligarchie plouto-démocratique a du moins le mérite d'être divisée et du même coup limitée dans ses possibilités d'action. Les élites démocratiques sont les moins dangereuses pour la liberté des individus.

Maurice Allais, admirateur passionné de Pareto, voit en celui-ci le théoricien du libéralisme non seulement économique, mais politique et moral. La doctrine de Pareto constitue, selon lui, une réponse à la question : comment réduire au minimum la domination inévitable qu'exerce la collectivité sur les individus? Pour limiter la domination de l'homme sur l'homme, il faut laisser jouer les mécanismes du marché et disposer d'un État suffisamment fort pour imposer le respect des libertés intellectuelles de quelques-uns et des libertés économiques de tous.

Pareto n'est donc pas nécessairement, comme on le dit parfois, un doctrinaire des régimes autoritaires. A la vérité, il donne des arguments à beaucoup sinon à tous, et il est utilisable dans divers sens. L'élite au pouvoir invoque Pareto pour fonder sa légitimité, puisque, toutes les légitimités étant arbitraires, le succès devient la légitimité suprême. Aussi longtemps que l'on reste au pouvoir, on conserve le dernier mot dans ce genre d'argumentation. Si l'on perd le pouvoir ou si l'on ne parvient pas à le conquérir, on ouvre le *Traité de sociologie générale* et on y trouve sinon une justification de la cause vaincue, du moins une consolation au malheur. On plaidera que c'est parce qu'on a été plus honnête que ceux qui sont au pouvoir, parce qu'on a refusé la violence nécessaire, qu'on a fini sa vie en prison plutôt que dans les palais du gouvernement.

Il y a du vrai dans ces plaidoyers. En 1917, de grandes discussions se déroulèrent entre les différentes écoles marxistes de Russie sur les possibilités d'une révolution socialiste dans un pays qui n'était pas encore industrialisé. Les mencheviks disaient que la Russie, par défaut d'industrialisation et de capitalisme, n'était pas mûre pour une révolution socialiste, et ils ajoutaient que si, par malheur, les partis ouvriers prétendaient accomplir une révolution socialiste dans un pays non adapté à cette tâche, la conséquence inévitable en serait une tyrannie d'au moins un demi-siècle. Les socialistes-révolutionnaires, de leur côté, voulaient une révolution, mais d'un type plus populiste que marxiste, et ils ne consentaient pas à sacrifier toutes les libertés. Quant aux bolcheviks, après avoir longtemps discuté, avant la guerre de 1914, sur la possibilité ou l'impossibilité d'une révolution socialiste dans un pays sans industrie, ils ont une fois dans l'action oublié leurs divergences théoriques, et jugé qu'il importait avant tout de prendre le pouvoir. En somme les bolcheviks ont gardé le dernier mot, et les mencheviks aussi. Les bolcheviks ont été au pouvoir et les mencheviks en prison, mais les mencheviks avaient vu juste puisque cette révolution, faite dans un pays de capitalisme naissant, a effectivement abouti à un régime autoritaire qui se maintient depuis un demi-siècle.

Pareto n'est le porte-parole d'aucun groupe. Il avait ses passions, mais ses passions étaient telles qu'elles permettent à plusieurs écoles de se retrouver en lui. Nombre de fascistes italiens se sont recommandés de lui, en même temps que de Sorel, et lui-même a probablement vu dans le fascisme, au point de départ, une réaction saine à certains excès. Mais, en vrai libéral, il ne serait pas resté longtemps proche du pouvoir. Le sociologue libéral annonce lucidement les violences prochaines auxquelles il ne se résignera pas. On aime Pareto, ou bien on le déteste, encore doit-on voir en lui non le représentant d'un parti, mais l'interprète d'une façon de penser, pessimiste et cynique, à laquelle personne n'adhère entièrement, pas même lui, fort heureusement.

Pareto est de ces penseurs qui se définissent en grande partie par leurs ennemis et pensent *contre*. Il pense simultanément contre les barbares et contre les civilisés, contre les despotes et contre les démocrates naïfs, contre les philosophes qui prétendent trouver la vérité dernière des choses et contre les savants qui s'imaginent que seule la science a du prix. En conséquence, la signification intrinsèque de son œuvre ne peut pas ne pas rester incertaine. Explicitement, Pareto se refuse à déterminer le but que doit se proposer l'individu ou la société. Se demandant s'il était bon d'accorder à une collectivité quelques décennies ou quelques siècles de civilisation au cas où cette période éclatante devrait se terminer par la perte de l'indépendance nationale, il déclare qu'à une question de cet ordre il n'est pas de réponse. Dès lors, certains lecteurs penseront qu'il vaut mieux sauvegarder l'éclat de la civilisation, même si celui-ci doit être payé par l'abaissement politique à une date ultérieure, et d'autres qu'il faut avant tout maintenir l'unité et la force de la nation, fût-ce aux dépens de la culture.

Pareto suggère une sorte de contradiction intrinsèque entre la vérité scientifique et l'utilité sociale. La vérité sur la société est plutôt un facteur de désagrégation sociale. Le vrai n'est pas nécessairement utile; l'utile est fait de fictions et d'illusions; chacun est libre de choisir la vérité par préférence personnelle, ou l'utilité pour servir la société à laquelle il appartient. La leçon politique de Pareto est par essence ambiguë.

Une œuvre contestée.

Le *Traité de sociologie générale* occupe dans la littérature sociologique une place à part. C'est un énorme bloc, énorme au sens physique du terme, hors des grands courants de la sociologie et qui demeure l'objet des jugements les plus contradictoires. Certains considèrent cet ouvrage comme l'un des chefs-d'œuvre de l'esprit humain, et d'autres, avec une égale passion, y voient un monument de stupidité [18]. J'ai entendu ces jugements extrêmes d'hommes que l'on peut tenir pour également qualifiés. C'est là un cas rare. Le plus souvent, au bout d'un demi-siècle, les passions s'apaisent et les œuvres trouvent une place qui ne répond pas nécessairement au mérite exact de l'auteur, mais qui, tout de même, a une certaine correspondance avec celui-ci. Dans le cas du *Traité de sociologie générale*, il est exclu de se référer à l'opinion commune parce que celle-ci n'existe pas. Ce fait même signifie que le *Traité* présente un caractère équivoque, et surtout que les passions qu'il a éveillées au moment où il est venu au jour ne sont pas encore apaisées. La raison essentielle en est que cette pensée n'est pas sans créer un malaise chez le lecteur et certains, tel un de mes amis italiens, disent volontiers que la pensée de Pareto vaut tout au plus pour les gens d'un certain âge, qui finissent par être dégoûtés du train du monde. Mais il faut éviter ces passions et ces jugements excessifs. Mon propre jugement, que je voudrais préciser maintenant, se situe quelque part entre les deux extrêmes.

Le mécanisme psychologique par lequel Pareto est arrivé à l'élaboration du *Traité* est le suivant : le sociologue a commencé par être ingénieur et, dans son métier, il a fait l'expérience de ce qu'est l'action logique : une action commandée par la connaissance scientifique et dont l'efficacité témoigne de l'accord entre les actes de conscience et le déroulement des faits dans le monde objectif. D'ingénieur, il est devenu économiste, et il a retrouvé, sous une forme différente, les mêmes caractéristiques de la conduite logique, définie cette fois par le calcul des profits, des dépenses ou du rendement. Le calcul économique permet de définir une action logique qui, certains buts étant donnés et certains moyens disponibles, s'efforce de répondre à une hiérarchie des préférences en tenant compte, selon les connaissances scientifiques, des circonstances extérieures. Mais Pareto n'est pas resté un économiste. Il a observé le monde politique, les régimes de la France et de l'Italie, à la fin du XIXe siècle et au début du XXe siècle. Il a été frappé des différences fondamentales entre les actions logiques de l'ingénieur ou du sujet économique et les conduites des hommes politiques. Les politiciens invoquent la raison, raisonnent indéfiniment, mais sont irrationnels. Certains s'imaginent que la religion de l'humanité a la même origine que la conduite de l'ingénieur ou du sujet économique; d'autres croient pouvoir transformer, grâce à la science, l'ordre des sociétés humaines et annoncent le règne de la justice pour les lendemains d'une révolution socialiste ou libérale.

En d'autres termes, confrontant son expérience d'ingénieur et d'économiste avec l'observation de la scène politique, Pareto conçoit ce qui est le thème fondamental de son œuvre, à savoir l'antinomie entre les actions logiques et les actions non-logiques, et simultanément il découvre que la pire illusion est celle des libéraux et des démocrates de la génération précédente qui pensaient que les progrès de la raison allaient faire accéder l'humanité à une époque sans précédent. Pareto pense contre les convictions erronées de la génération de 1848. Constatant ce qu'est devenue la démocratie effective, comment fonctionnent les institutions représentatives, il conclut avec amertume que rien n'est changé et que ce sont toujours des minorités privilégiées qui mènent le jeu. Les minorités peuvent changer indéfiniment de dérivation ou de théorie justificatrice, la réalité est la même. Tout régime politique est oligarchique, tout homme politique est intéressé ou naïf, et très souvent le moins naïf, c'est-à-dire le moins honnête, est le plus utile à la société. Et d'ailleurs pourquoi l'honnêteté individuelle serait-elle une condition d'utilité sociale? Pourquoi la vérité scientifique devrait-elle servir de ciment à la société?

Tel est, me semble-t-il, le centre de la pensée de Pareto, et on comprend dès lors pourquoi il restera toujours isolé parmi les professeurs et les sociologues. Il est presque insupportable pour l'esprit d'avouer que la vérité peut être, en tant que telle, nuisible. Je ne suis pas sûr que Pareto lui-même l'ait cru tout à fait, mais il mettait sa coquetterie à l'affirmer.

Pour apprécier en sociologue le *Traité de sociologie générale*, il faut en examiner successivement les deux parties fondamentales, c'est-à-dire la théorie des résidus et des dérivations d'une part, la théorie de la circulation des élites et des cycles de mutuelle dépendance d'autre part.

La théorie parétienne des résidus et des dérivations appartient à un mouvement d'idées dont les œuvres de Marx, de Nietzsche et de Freud sont aussi des moments. Le thème est que les mobiles et la signification des actes et des pensées des hommes ne sont pas ceux que les acteurs eux-mêmes avouent. La théorie de Pareto s'apparente à ce que l'on appelle la psychologie des profondeurs depuis Nietzsche et Freud, ou la sociologie des idéologies à partir de l'œuvre de Marx. Mais la critique parétienne diffère de la méthode psychanalytique et de la méthode sociologique d'interprétation. Contrairement à la méthode psychanalytique, la méthode de Pareto n'est pas psychologique puisqu'elle ignore volontairement les sentiments ou les états d'esprit dont les résidus sont seulement l'expression. Pareto renonce à l'exploration du subconscient et de l'inconscient pour s'attacher à un niveau intermédiaire entre les profondeurs de l'intériorité et les actes ou les paroles immédiatement saisissables de l'extérieur. Par rapport à la critique marxiste des idéologies, la méthode parétienne présente une double originalité : elle ne privilégie pas la mise en relation des dérivations ou idéologies avec les classes sociales; Pareto ne suggère même pas que les classes sociales sont les sujets des ensembles idéologiques. Et, d'autre part, il se soucie assez peu des particularités historiques et singulières des dérivations et des théories. Sa recherche, qui tend à une énumération intégrale des classes de résidus et de dérivations, tend à réduire l'intérêt porté au cours de l'histoire humaine et à présenter un homme éternel ou une structure sociale permanente.

La méthode de Pareto n'est donc ni proprement psychologique ni spécifiquement historique, elle est *généralisatrice.* Certes, Pareto, en quête d'une typologie universelle des résidus, côtoie de temps à autre l'analyse des mécanismes psychologiques. En particulier, en étudiant les méthodes par lesquelles on persuade on entraîne les autres hommes, Pareto apporte une contribution à la psychologie moderne de la propagande ou de la publicité. Il n'en reste pas moins qu'il ne prétend pas nous révéler les *pulsions* fondamentales de la nature humaine à la manière d'un psychanalyste qui distingue la pulsion sexuelle, la pulsion de l'avoir, la pulsion orientée vers la valeur que les Allemands appellent *Geltungsbedürfnis,* le besoin d'être reconnu par les autres. Pareto reste au niveau intermédiaire des résidus, c'est-à-dire des expressions des sentiments saisissables à travers les conduites. On ne saurait dire que cette méthode soit en tant que telle illégitime, mais elle comporte évidemment le danger d'aboutir non pas à expliquer, mais à constater, ou encore de substituer à l'explication le fait même de la conduite traduit en termes de résidus.

Je prends un exemple favori de Pareto. Les anthropologues constatent que les individus attachent une signification particulière à un lieu ou à une chose, à une pierre ou à un élément. Certains s'efforcent d'expliquer ces combinaisons en retrouvant le système de pensée qui donne un sens à cette combinaison. Pareto objecte que ce mode d'explication consiste à prendre au sérieux les dérivations qui sont des phénomènes secondaires, non déterminants de la conduite, et qui peuvent être renouvelés indéfiniment sans que les agrégats affectifs soient modifiés. Il est vrai que le système intellectuel n'est pas nécessairement le déterminant des conduites, mais, si l'on explique ces agrégats affectifs en disant qu'ils sont un exemple de la deuxième classe de résidus, un esprit de mauvaise volonté sera tenté de dire que l'explication est à peu près aussi convaincante que celle de l'action de l'opium par la vertu dormitive. En dernière analyse, expliquer les ensembles affectifs par les résidus de la persistance des agrégats risque de n'être qu'une pseudo-explication.

En d'autres termes, du fait que Pareto n'est soucieux ni des mécanismes psychologiques tels que les dégagent Nietzsche ou Freud ni des mécanismes sociaux tels que Marx essaye de les analyser dans les sociétés concrètes, la méthode intermédiaire des généralités sociologiques demeure formelle. Je n'oserais dire que les résultats sont faux, mais peut-être ne sont-ils pas toujours très instructifs.

Enfin, il est étonnant de constater que Pareto distingue six classes de résidus, mais que, dans la deuxième partie du *Traité*, au moment où il aborde les cycles de mutuelle dépendance, deux classes et deux seulement jouent un rôle important, l'instinct des combinaisons et la persistance des agrégats. L'instinct des combinaisons est l'origine de la recherche intellectuelle, du progrès de la science et du développement de l'égoïsme, c'est-à-dire à la fois le principe des civilisations supérieures et la cause de leur chute. La persistance des agrégats devient l'équivalent de l'ensemble des sentiments religieux, nationaux, patriotiques, qui maintiennent les sociétés.

A ce moment, on a l'impression soudaine et un peu déplaisante que l'on entend à nouveau un philosophe des Lumières dont les valeurs seraient partiellement inversées. Au fond, il y a d'un côté le progrès de la raison et de l'esprit critique, et de l'autre les prêtres de toutes les Églises, répandant les illusions et entretenant les aberrations, avec cette réserve que l'esprit de superstition n'est pas l'œuvre des prêtres, comme auraient dit les Encyclopédistes, mais l'expression permanente du besoin humain de croire sans démonstration ou de se dévouer à des mythes. En ce sens, Pareto est dans la ligne de la pensée rationaliste du XVIIIe siècle bien qu'il passe peut-être d'espoirs excessifs à une résignation prématurée. Quelle que soit la vérité partielle de cette opposition, on ne peut pas ne pas se demander si tant de chapitres, de pages et d'exemples sont indispensables pour retrouver la vieille antithèse de la conduite logique et de l'action par sentiment, de la raison scientifique et de la superstition religieuse, présentée comme la structure fondamentale de l'homme et des sociétés.

Si la première partie du *Traité* m'apparaît insuffisamment psychologique, la deuxième me semble par contre trop psychologique. Cette critique n'est pas un paradoxe. La méthode de la première partie, en raison de son ambition généralisatrice et du refus d'aller jusqu'au sentiment, s'arrête au seuil de la psychologie. Mais, dans la deuxième partie, les élites sont surtout caractérisées par leurs traits psychologiques. Élites violentes et élites rusées, prédominance des résidus de la première ou des résidus de la deuxième classe, toutes ces notions sont fondamentalement de nature psychologique. Les péripéties des histoires nationales sont interprétées et expliquées par les sentiments, les humeurs, les attitudes des élites et des masses. Le réveil des passions patriotiques et religieuses, au début du xxe siècle, est pour Pareto un exemple de plus de la permanence, dans les consciences humaines, des mêmes résidus, un exemple de plus de la détermination des événements historiques par les fluctuations des sentiments humains. Certes, Pareto reconnaît explicitement que le cours de l'histoire dépend des organisations sociales plus que des sentiments des individus : « La partie principale du phénomène, c'est l'organisation et non pas la volonté consciente des individus qui, en certains cas, peuvent même être entraînés par l'organisation là où leur volonté consciente ne les porterait pas » (*Traité de sociologie générale*, § 2254.) Mais les dernières pages du *Traité* sont une sorte de résumé de l'histoire de l'antiquité écrite en termes de résidus de la première et de la deuxième classes, d'élites rusées et d'élites violentes. Ce mode d'interprétation, s'il comporte une part de vérité, laisse insatisfait.

Pareto cherche à élaborer un système général d'interprétation qui soit un modèle simplifié comparable à celui de la mécanique rationnelle. Il admet que les propositions en sont trop schématiques et qu'elles appellent des précisions et des complications progressives, mais il pense avoir déterminé, avec les cycles de mutelle dépendance, les caractéristiques générales de l'équilibre social. Or, on peut considérer simultanément que certaines de ces propositions sont vraies, qu'elles s'appliquent effectivement à toutes les sociétés et que pourtant elles ne saisissent pas l'essentiel. En d'autres termes, ce qui est général, en matière de sociologie, n'est pas nécessairement essentiel, ni le plus intéressant ou le plus important.

Pareto affirme que, dans toutes les sociétés, il existe une minorité privilégiée, ou élite au sens large, dans laquelle on peut distinguer une élite gouvernante, au sens étroit. Cette proposition me paraît indiscutable. Toutes les sociétés connues jusqu'à nos jours ont été foncièrement inégalitaires. Il est donc légitime de distinguer le petit nombre qui occupe les positions les meilleures, au point de vue économique ou politique, du grand nombre. Pareto dit ensuite que ces minorités privilégiées conservent leur situation par un mélange de force et de ruse. Si l'on convient d'appeler ruse tous les moyens de persuasion, je n'hésite pas un instant à convenir qu'il a raison. Comment un homme pourrait-il commander au grand nombre, sinon en usant de la force ou bien en persuadant le grand nombre de la nécessité d'obéir? La formule selon laquelle les minorités gouvernent par la force ou par la ruse est incontestable, à condition de donner à ces deux termes un sens suffisamment vague. Mais, me semble-t-il, les problèmes intéressants commencent au-delà. Quels sont les rapports réels entre la minorité privilégiée et le grand nombre? Quels sont les principes de légitimité qu'invoquent les différentes élites? Quelles sont les méthodes par lesquelles les élites se maintiennent? Quelles sont les possibilités pour ceux qui n'appartiennent pas à l'élite d'y pénétrer? Les propositions les plus générales étant admises, les différences historiques me paraissent considérables, et, de ce fait, les plus importantes. Pareto, il est vrai, ne nierait nullement les remarques que je viens de faire. Il se bornerait à répondre qu'il a rappelé ces propositions générales parce que les gouvernants et même les gouvernés tendent à les oublier, qu'il ne nie pas les différences substantielles entre les divers modes d'exercice du pouvoir par les diverses classes politiques, et qu'il sait les conséquences pour les gouvernés de cette diversité. Il n'en a pas moins tendance, explicitement ou implicitement, à dévaloriser les différences entre les régimes, entre les élites, entre les modes de gouvernement. Il suggère que « plus cela change, plus c'est la même chose, » donc que l'histoire se répète indéfiniment, que les différences entre les types de régime sont secondaires. Il enseigne, qu'il le veuille ou non, une acceptation, plus ou moins résignée, du train des choses humaines et baptise presque automatiquement illusoires les efforts pour transformer l'organisation des sociétés dans un sens dit de justice.

Mes objections sont donc les suivantes. Pareto d'une part, caractérise les régimes par la psychologie des élites plus que par l'organisation des pouvoirs et de la société, d'autre part il suggère que ce qui est le plus général est aussi le plus important. De ce fait, il confond les traits communs à toutes les sociétés avec les traits essentiels à tout ordre social, dévalorise les différenciations historiques et enlève presque toute signification au devenir lui-même.

Ma dernière remarque portera sur la théorie du logique et du non-logique. Selon la définition admise par Pareto, les actions non-logiques peuvent se diviser en plusieurs catégories et le caractère logique ou non-logique d'une action est apprécié par l'observateur en fonction de ses connaissances et non de celles de l'acteur. Dans ces conditions, une action dictée par une erreur scientifique est une action non-logique, une action inspirée par des illusions ou par des mythes est également non-logique. Les actes que nous appelons symboliques ou rituels, car ils n'ont pas d'autres objectifs que de manifester des sentiments à des êtres ou à des choses représentatifs de valeurs, sont non-logiques. Enfin les conduites religieuses ou magiques sont non-logiques.

Est-il bon de mettre dans une catégorie unique les erreurs scientifiques, les superstitions liées à des métaphysiques qui nous apparaissent aujourd'hui anachroniques, les actes inspirés par des convictions optimistes ou idéalistes, les conduites rituelles, les pratiques magiques? S'agit-il vraiment d'une catégorie unique? Peut-on raisonner, comme le fait Pareto, considérer que tous ces actes, étant non-logiques, ne sont pas déterminés par des raisonnements, mais par des sentiments ou des états d'esprit? La dualité logique-non-logique sert d'introduction à la dualité des actions déterminées par le raisonnement et des actions déterminées par des sentiments ou des états d'esprit. Cette antinomie simplificatrice n'est-elle pas non seulement dangereuse, mais déformatrice de la réalité? Est-il évident qu'une conduite, commandée par des propositions apparemment scientifiques mais que l'on constate après coup erronées, puisse s'expliquer par un mécanisme comparable à celui qui rend compte d'une pratique rituelle ou d'une action révolutionnaire [19]?

On peut, il est vrai, compliquer progressivement la classification de Pareto, mais la dualité actions logiques-actions non-logiques, conduisant à l'antithèse action par raisonnement-action par sentiment, est dangereusement schématique. Elle conduit Pareto à une représentation dualiste de la nature humaine, puis à une typologie dualiste des élites et des régimes. Ces antagonismes stylisés sont de nature à susciter une philosophie que lui-même ne prendrait pas à son compte, mais qu'il lui est difficile de renier entièrement. Puisque, après tout, la seule justification incontestable du pouvoir d'une élite est le succès, il est tentant de le chercher par des moyens à court terme efficaces. Face à une élite rusée, c'est-à-dire à une élite qui veut persuader, le révolutionnaire aura recours à la contrainte avec bonne conscience. Les bons sentiments ne finissent-ils pas par ruiner la société comme ils dégradent la littérature?

INDICATIONS BIOGRAPHIQUES

1848 15 juillet. Naissance à Paris de Vilfredo Pareto. Sa famille, originaire de Ligurie, avait accédé à la noblesse au début du XVIIIe siècle et avait fait partie du patriciat de Gênes. Son grand-père, le marquis Giovanni Benedetto Pareto, avait été en 1811 fait baron de l'Empire par Napoléon. Son père, partisan de Mazzini, avait été exilé en raison de ses idées républicaines et antipiémontaises; à Paris il avait épousé Marie Méténier, la mère de Vilfredo.

Vers 1850 La famille de Pareto peut rentrer en Italie. Vilfredo fait des études secondaires classiques, puis des études scientifiques à l'Université Polytechnique de Turin.

1869 Pareto soutient une thèse sur les *Principes fondamentaux de l'équilibre des corps solides.*

1874-1892 Pareto s'installe à Florence. Après avoir été ingénieur aux Chemins de fer, il devient directeur général des Ferriere italiane. Ses fonctions l'appellent à voyager à l'étranger, notamment en Angleterre. Il participe d'autre part, avec la Société Adam Smith de Florence, à des campagnes contre le socialisme d'État, le protectionnisme et la politique militariste du gouvernement italien. Il est alors démocrate et partisan d'un libéralisme intransigeant.

1882 Il se présente, mais sans succès, à la députation dans la circonscription de Pistoie.

1889 Il épouse Alessandra Bakounine, d'origine russe. La même année, il participe à un congrès à Rome pour la paix et l'arbitrage international. Ce congrès émet sur sa proposition un vœu en faveur de la liberté commerciale.

1891 Pareto prend connaissance des *Principes d'économie pure* de Maffeo Pantaleoni. Ce dernier révèle à Pareto les œuvres de Walras, Cournot et Edgeworth.
Une de ses conférences à Milan est interrompue par la police. Il entre en contact avec L. Walras. Le gouvernement italien lui refuse l'autorisation d'enseigner un cours gratuit d'économie politique.

1892-1894 Pareto publie un certain nombre d'études sur les principes fondamentaux de l'économie pure, sur l'économie mathématique et sur divers points de théorie économique.

1892 Walras lui propose de le remplacer à la chaire d'économie politique de l'Université de Lausanne.

1893 Pareto est nommé professeur d'économie politique à l'Université de Lausanne. A ce moment, il commence une nouvelle carrière, uniquement consacrée à la science et jalonnée par la publication de ses œuvres.

1896-1897 *Cours d'économie politique*, publié en français à Lausanne.

1898 Pareto hérite d'un de ses oncles une très importante fortune. Il accueille chez lui, en Suisse, des socialistes italiens qui avaient dû fuir la répression qui suivit des émeutes à Milan et à Pavie.

1901 Pareto s'installe à Céligny, dans le canton de Genève, sur les bords du lac Léman, dans sa villa « Angora ». Sa pensée devient plus conservatrice, plus hostile à l'humanitarisme de la bourgeoisie décadente.

Voyage à Paris pour professer un cours à l'École des Hautes Études. Sa femme le quitte et part pour la Russie. Pareto demande aussitôt la séparation. A partir de 1902, il vivra avec Jeanne Régis, qu'il épousera peu avant de mourir et à qui sera dédié le *Traité de sociologie générale.*

1901-1902 *Les Systèmes socialistes*, publié en français à Paris.

1907 *Manuale d'economia politica*, publié à Milan.

1907-1908 Pareto, atteint par la maladie, abandonne peu à peu son cours d'économie à Pascal Boninsegni. Il cessera d'enseigner l'économie en 1912 et ne conservera plus qu'un enseignement restreint de sociologie.

1909 Traduction française très remaniée du *Manuel d'économie politique.*

1911 *Le Mythe vertuiste et la littérature immorale*, publié en français à Paris.

1916 Pareto fait pour la dernière fois une série de leçons sur la sociologie.

Trattato di sociologia generale, publié à Florence.

1917 Jubilé de Pareto à l'Université de Lausanne.

1917-1919 Traduction française du *Traité de sociologie générale*, qui paraît à Lausanne et à Paris.

1920 *Fatti e teorie (Faits et théories)*, recueil d'articles politiques portant notamment sur la Première Guerre mondiale, publié à Florence.

1921 *Trasformazioni della democrazia (Les Transformations de la démocratie)* publié à Milan.

1922 Pour protester contre une initiative des socialistes suisses d'instituer un prélèvement sur la fortune, Pareto s'installe quelques mois à Divonne. A la fin de l'année, il accepte le principe de représenter le gouvernement italien (de B. Mussolini) à la Société des Nations.

1923 Il est nommé sénateur du royaume d'Italie.

Dans deux articles parus dans *Gerarchia*, il exprime un certain ralliement au fascisme, mais demande à celui-ci d'être libéral.

1923 19 août. Mort à Céligny, où il est inhumé.

NOTES

1. « Arrivé à ce point, le lecteur se sera peut-être déjà aperçu que les recherches auxquelles nous nous livrons ont une analogie avec d'autres qui sont habituelles en philologie; c'est-à-dire avec celles qui ont pour but de rechercher les racines et les dérivations dont les mots d'une langue sont issus. Cette analogie n'est pas artificielle. Elle provient du fait que, dans un cas comme dans l'autre, il s'agit de produits de l'activité de l'esprit humain, qui ont un processus commun.

« Ce n'est pas tout. Il y a encore des analogies d'un autre genre. La philologie moderne sait fort bien que le langage est un organisme qui s'est développé suivant ses propres lois, qui n'a pas été créé artificiellement. Seuls, quelques termes techniques, comme oxygène, mètre, thermomètre, etc., sont le produit de l'activité logique des savants. Ils correspondent aux actions logiques, dans la société, tandis que la formation du plus grand nombre des mots employés par le vulgaire, correspond aux actions non-logiques. Il est temps, désormais, que la sociologie progresse, et tâche d'atteindre le niveau auquel se trouve déjà la philologie. » (*Traité de sociologie générale*, § 879 et 883.)

2. Ce point de la pensée de Pareto ne peut se comprendre si on ne se souvient pas de ses convictions profondément libérales. De la même façon, Pareto a pris la défense du clergé catholique persécuté en France par les radicaux et le bloc des gauches au début de ce siècle, ou des socialistes pourchassés en Italie en 1898. Il est essentiellement contre toutes les inquisitions. Le livre de Giuseppe La Ferla, *Vilfredo Pareto, filosofo volteriano*, Florence, La Nuova Italia, 1954, montre bien cet aspect de la personnalité de l'auteur du *Traité de sociologie générale*.

3. En étudiant ce genre de résidus, Pareto procède à une analyse impitoyable et intéressante des revendications égalitaires dont il s'attache à démasquer l'hypocrisie. Il aurait dit volontiers, comme G. Orwell dans *Animal Farm (La République des animaux)*, que les égalitaristes ont tous pour formule : « Tous les animaux sont égaux, mais certains animaux sont plus égaux que les autres. » Pareto écrit ainsi : « Les demandes d'égalité cachent presque toujours des demandes de privilèges » (§ 1222). « On parle de l'égalité pour l'obtenir en général. On fait ensuite une infinité de distinctions pour la nier en particulier. Elle doit appartenir à tous, mais on ne l'accorde qu'à quelques-uns » (§ 1222). « Parmi nos contemporains l'égalité des hommes est un article de foi; mais cela n'empêche pas qu'en France et en Italie il n'y ait d'énormes inégalités entre les " travailleurs conscients " et les " travailleurs non conscients ", entre les simples citoyens et ceux qui sont protégés par des députés, des sénateurs, des grands électeurs. Il y a des tripots auxquels la police n'ose pas toucher parce qu'elle y trouverait des législateurs ou d'autres gros personnages » (§ 1223). Ces remarques débouchent sur une critique éloquente de l'hypocrisie sociale, sur une constatation de l'écart entre les idéaux proclamés d'une société et sa réalité quotidienne.

4. On connaît le livre de S. Tchakhotine, *Le Viol des foules par la propagande politique*, Paris, 1952. La littérature sociologique moderne sur les moyens de propagande est considérable, surtout en langue anglaise. On peut citer par exemple : D. Lerner, *Propaganda in War and Crisis*, 1951; A. Inkeles, *Public Opinion in Soviet Russia*, 1951; L. Fraser, *Propaganda*, 1957...

De Hitler, citons quelques phrases caractéristiques : « Le peuple est, dans sa grande majorité, de dispositions à tel point féminines, que ses opinions et ses actes sont conduits beaucoup plus par l'impression que reçoivent ses sens que par la réflexion pure. Cette impression n'est point alambiquée mais très simple et bornée. Elle ne comporte point de nuances, mais seulement les notions positives ou négatives d'amour et de haine, de droit ou d'injustice, de vérité ou de mensonge; les demi-sentiments n'existent pas. » « Tout le génie déployé dans l'organisation d'une propagande le serait en pure perte, si l'on ne s'appuyait pas d'une façon absolument rigoureuse sur un principe fondamental. Il faut se limiter à un petit nombre d'idées et les répéter constamment. » (Textes extraits du recueil Adolf Hitler, *Ma doctrine*, Paris, Fayard, 1938, p. 61 et 62.)

5. Pareto revient très souvent sur cette idée, car il craint d'être mal compris. « Prenons garde au danger d'attribuer une existence objective aux résidus, ou même aux sentiments. En réalité, nous observons seulement des hommes se trouvant dans un état révélé par ce que nous appelons des sentiments. » (*Traité de sociologie générale*, § 1690.)

6. Georges Sorel (1847-1922) est le contemporain de Pareto, avec qui il fut en contact épistolaire et intellectuel étroit. Il présente avec l'auteur du *Traité de sociologie générale* de nombreux points communs. Comme lui, il reçut une formation scientifique — Sorel fut élève de l'École polytechnique —, comme lui il eut une carrière d'ingénieur — Sorel fut ingénieur des Ponts et Chaussées —, comme lui il s'intéressa à l'économie — Sorel publia une *Introduction à l'économie moderne* —, comme lui il affirma son mépris de la bourgeoisie décadente. Un bon nombre des thèses soréliennes ont leur pendant dans l'œuvre de Pareto, mais la pensée de Sorel reste à la fois plus proche du marxisme, plus idéaliste et surtout plus confuse que celle de Pareto. Les œuvres principales de Sorel sont : *Les Réflexions sur la violence*, 1906; *La Décomposition du marxisme*, 1908; *Matériaux pour une théorie du prolétariat*, 1919; *De l'Utilité du pragmatisme*, 1921, toutes éditées à Paris chez Rivière. La pensée de Sorel a eu en Italie une grande audience, aussi bien auprès des savants qu'auprès des idéologues fascistes ou socialistes. Sur les rapports entre Pareto et Sorel, voir le livre de Tommaso Giacalone-Monaco, *Pareto e Sorel, Riflessioni e ricerche*, Padoue, C. E. D. A. M., t. I, 1960, t. II, 1961.

7. Dans l'introduction d'un autre de ses ouvrages, *Les Systèmes socialistes*, antérieur au *Traité de sociologie générale*, Pareto présente le phénomène de l'élite gouvernante de la façon suivante : « Les hommes, dit-il, peuvent être disposés selon qu'ils possèdent plus ou moins d'un bien ou d'une qualité désirés — la richesse, l'intelligence, la valeur morale, le talent politique — sur des pyramides de distribution inégale qui ont un peu la figure de toupies. Les mêmes individus n'occupent pas les mêmes places dans les mêmes figures que par hypothèse nous venons de tracer. Il serait, en effet, évidemment absurde d'affirmer que les individus qui occupent les couches supérieures, dans la figure qui représente la distribution du génie mathématique ou politique, sont les mêmes que ceux qui occupent les couches supérieures, dans la figure qui donne la distribution de la richesse... Mais si l'on dispose les hommes selon leur degré d'influence et de pouvoir politique et social, en ce cas, dans la plupart des sociétés, ce seront, au moins en partie, les mêmes hommes qui occuperont la même place dans cette figure et dans celle de la distribution de la richesse. Les classes dites supérieures sont aussi généralement les plus riches. Ces classes représentent une " élite ", une aristocratie. » (*Les Systèmes socialistes*, t. I, p. 27-28.)

8. Sur la « loi » de Pareto de distribution des revenus, voir, outre le *Cours d'économie politique* et le *Manuel d'économie politique*, les *Écrits sur la courbe de la répartition de la richesse*, réunis et présentés par G. Busino, Genève, Droz, 1965.

Cette loi de Pareto a donné lieu à une importante littérature économique. Citons notamment : G. Tintner, *Mathématiques et statistiques pour les économistes*, Paris, Dunod, t. I; J. Tinbergen, « La Théorie de la distribution du revenu », *Cahiers de l'I. S. E. A., Cahiers franco-italiens*, n° 2, 1963; R. Roy, « Pareto statisticien : la distribution des revenus », *Revue d'économie politique*, 1949; N. O. Johnson, « The Pareto Law »,

Review of Economic Statistics, 1937; C. Bresciani-Turoni, « Annual Survey of Statistical Data : Pareto's Law and the index of inequality of Incomes », *Econometrica*, 1939; Mary J. Bowman, « A graphical analysis of personal income distribution in the United States, *American Economic Review*, 1945; reproduit in *Readings in the Theory of Income Distribution*, Homewood, R. D. Irwin, 1951, p. 72-99; D. H. Mac Gregor, « Pareto's Law », *Economic Journal*, 1936; F. Giancardi, « Sulla curva dei redditi », *Giornale degli economisti*, 1949; R. D'Addario, « Ricerche sulla curva dei redditi », *Ibid.;* E. C. Rhodes, « The Pareto distribution of incomes », *Economica*, 1944.

9. G. Mosca avait développé sa théorie de l'élite gouvernementale et de la formule politique dix-sept ans avant la publication des *Systèmes socialistes*, dans un ouvrage intitulé : *Sulla teoria dei governi et sul governo parlamentare* (1884). L'emprunt est loin d'être certain. Mais, comme l'écrit G.-H. Bousquet, « Mosca ayant très courtoisement demandé que Pareto reconnût sa priorité, celui-ci refusa, disant que les points de ressemblance se ramenaient à des idées banales, déjà énoncées par Buckle, Taine et d'autres encore. Tout ce que Mosca put obtenir, ce fut d'être mentionné dans une note du *Manuale* (d'ailleurs non traduite dans le *Manuel*), d'un ton insolent et injuste. » (*Pareto, le savant et l'homme*, Lausanne, Payot, 1960, p. 117.)

Sur cette polémique, voir A. De Pietri-Tonelli, « Mosca e Pareto », *Rivista internazionale di scienze sociali*, 1935.

G. Mosca développa plus tard sa pensée dans ses *Elementi di scienza politica* (1re éd. en 1896, 2e éd. revue et augmentée en 1923, chez Bocca à Turin), dont une traduction anglaise existe sous le titre *The Ruling Class*, New York, Mac Graw Hill, 1939. Un résumé peut en être trouvé dans le livre de G. Mosca traduit en français, *Histoire des doctrines politiques*, Paris, Payot, 1965, p. 7-9 et p. 243-253.) Voir aussi le chapitre sur Mosca de J. Burnham, *Les Machiavéliens, défenseurs de la liberté*, Paris, Calmann-Lévy, 1949, p. 97-125.

10. Cf. l'article de Jules Monnerot, « Politique en connaissance de cause », in *Écrits pour une Renaissance*, publié par le groupe de la Nation française (Pierre Andreu, Philippe Ariès, Pierre Boutang et alii), Paris, Plon, 1958. Jules Monnerot a aussi écrit une *Sociologie du Communisme*, Paris, Gallimard, 1949, très inspirée de la sociologie politique parétienne.

11. La théorie sociologique de la mutuelle dépendance est la transposition des théories économiques de l'interdépendance générale et de l'équilibre que Pareto a développées dans le *Cours* et dans le *Manuel*, mais dont l'essentiel avait été formulé par Léon Walras dans ses *Éléments d'économie pure*. Sur ces théories économiques, voir : G. Pirou, *Les Théories de l'équilibre économique, L. Walras et V. Pareto*, Paris, Domat-Montchrestien, 1938, 2e éd.; F. Oules, *L'École de Lausanne, textes choisis de L. Walras et V. Pareto*, Paris, Dalloz, 1950; J. Schumpeter, *History of Economic Analysis*, Londres, Allen & Unwin, 1963.

12. « On a confondu, et l'on continue à confondre, sous le nom de *capitalistes*, d'une part les personnes qui tirent un revenu de leurs terres et de leurs épargnes, d'autre part les entrepreneurs. Cela nuit beaucoup à la connaissance du phénomène économique, et encore plus à celle du phénomène social. En réalité, ces deux catégories de *capitalistes* ont des intérêts souvent différents, parfois opposés. Ils s'opposent même plus que ceux des classes dites des " capitalistes " et des " prolétaires ". Au point de vue économique, il est avantageux pour l'entrepreneur que le revenu de l'épargne et des autres capitaux qu'il loue à leurs possesseurs soit minimum; il est, au contraire, avantageux à ces producteurs qu'il soit maximum. Un renchérissement de la marchandise qu'il produit est avantageux à l'entrepreneur. Peu lui importe un renchérissement des autres marchandises, s'il trouve compensation dans les avantages de sa propre production; tandis que tous ces renchérissements nuisent au possesseur de la simple épargne. Quant à l'entrepreneur, les droits fiscaux sur la marchandise qu'il produit lui nuisent peu; parfois ils lui profitent, en éloignant la concurrence. Ils nuisent toujours au consommateur dont les revenus proviennent de ce qu'il place à intérêt son épargne. D'une façon générale, l'entrepreneur peut presque

toujours se récupérer sur le consommateur, des augmentations de frais occasionnées par de lourds impôts. Le simple possesseur d'épargne ne le peut presque jamais. De même, le renchérissement de la main-d'œuvre ne nuit souvent que peu à l'entrepreneur : uniquement pour les contrats en cours; tandis que l'entrepreneur peut se récupérer par une augmentation du prix des produits, pour les contrats futurs. Au contraire, le simple possesseur d'épargne subit d'habitude ces renchérissements sans pouvoir se récupérer en aucune façon. Par conséquent, en ce cas, les entrepreneurs et leurs ouvriers ont un intérêt commun, qui se trouve en opposition avec celui des simples possesseurs d'épargne. Il en est de même pour les entrepreneurs et les ouvriers des industries qui jouissent de la protection douanière...

« Au point de vue social, les oppositions ne sont pas moindres. Prennent rang parmi les entrepreneurs, les gens dont l'instinct des combinaisons est bien développé, instinct indispensable pour réussir en cette profession. Les gens chez lesquels prédominent les résidus de la persistance des agrégats restent parmi les simples possesseurs d'épargne. C'est pourquoi les entrepreneurs sont généralement des gens aventureux, en quête de nouveautés, tant dans le domaine économique que dans le domaine social. Les mouvements ne leur déplaisent pas : ils espèrent pouvoir en tirer profit. Les simples possesseurs d'épargne sont, au contraire, souvent des gens tranquilles, timorés, qui dressent toujours l'oreille, comme fait le lièvre. Ils espèrent peu et craignent beaucoup des mouvements, car ils savent, par une dure expérience, qu'ils sont presque toujours appelés à en faire les frais. » (*Traité de sociologie générale*, § 2231 et 2232.)

13. « La prospérité de nos contrées est, — ne fût-ce qu'en partie — le fruit de la liberté d'action des éléments, au point de vue économique et social, durant une partie du XIXe siècle. Maintenant la cristallisation commence, exactement comme dans l'Empire romain. Elle est voulue par les populations et, en de nombreux cas, paraît accroître la prospérité. Sans doute nous sommes loin encore d'un état où l'ouvrier est définitivement attaché à son métier; mais les syndicats ouvriers, les restrictions imposées à la circulation entre un État et un autre, nous mettent sur cette voie. Les États-Unis d'Amérique, constitués par l'émigration, et qui doivent à l'émigration leur prospérité actuelle, s'efforcent maintenant par tous les moyens de repousser les émigrants. D'autres pays, comme l'Australie, en font autant. Les syndicats ouvriers cherchent à interdire le travail aux gens qui ne sont pas syndiqués. D'autre part, ils sont bien loin de consentir à accepter tout le monde. Les gouvernements et les communes interviennent chaque jour davantage dans les affaires économiques. Ils y sont poussés par la volonté des populations, et souvent avec un avantage apparent pour celles-ci... Il est facile de voir que nous nous mouvons sur une courbe semblable à celle qu'a déjà parcourue la société romaine après la fondation de l'Empire, et qui, après avoir présenté une période de prospérité, se prolongea jusqu'à la décadence. L'histoire ne se répète jamais, et il n'est pas du tout probable, à moins que l'on ne croie au " péril jaune ", que la période future et nouvelle de prospérité provienne d'une autre invasion barbare. Il serait moins improbable qu'elle résultât d'une révolution intérieure, laquelle donnerait le pouvoir aux individus qui possèdent en abondance les résidus de la deuxième classe, et qui savent, qui peuvent, qui veulent faire usage de la force. Mais ces éventualités lointaines et incertaines sont dans le domaine de la fantaisie, plus que dans celui de la science expérimentale. » (*Traité de sociologie générale*, § 2553.)

14. Le mépris de la bourgeoisie décadente conduit Pareto à écrire : « De même que la société romaine fut sauvée de la ruine par les légions de César et par celles d'Octave, il se pourrait que notre société fût un jour sauvée de la décadence par ceux qui seront alors les héritiers de nos syndicalistes et de nos anarchistes. » (*Traité de sociologie générale*, § 1858.)

15. Cet article, intitulé « La sociologie de Pareto », fut publié en 1937 dans le *Zeitschrift für Sozialforschung*, VI, 1937, p. 489-521. Voir également le premier chapitre de *L'Homme contre les tyrans*, Paris, Gallimard, 1945 : « Le machiavélisme, doctrine des tyrannies modernes », p. 11-21.

16. Les rapports entre Pareto et

le fascisme ont été analysés de façon complète par G.-H. Bousquet dans *Pareto, le savant et l'homme,* Lausanne, Payot, 1960, p. 188-197. Selon G.-H. Bousquet, « jusqu'à l'avènement du fascisme, le maître adopta à son égard une attitude des plus réservées, parfois presque hostile. Ensuite il accorda son approbation indiscutable à la forme assez modérée que le mouvement revêtit alors. Cette approbation fut faite avec réserve en soulignant la nécessité de sauvegarder un certain nombre de libertés ». Le 1er juin 1922, cinq mois avant la marche sur Rome des Chemises noires, Pareto écrit à un ami : « Je puis me tromper, mais je ne vois pas dans le fascisme une force permanente et profonde. » Mais, le 13 novembre 1922, quelques jours après la prise du pouvoir, il dit qu'il est heureux en tant qu'homme de la victoire du fascisme, et heureux aussi en tant que savant dont les théories sont ainsi confirmées. Pareto accepta les honneurs du nouveau régime : le poste de représentant de l'Italie à la Commission du désarmement de la Société des Nations en décembre 1922, un siège de sénateur en mars 1923. Il avait refusé cette dernière dignité lorsque celle-ci lui avait déjà été offerte sous le précédent régime.

En mars 1923, il écrit : « Si le renouveau de l'Italie marque un changement dans le cycle parcouru par les peuples civilisés, Mussolini sera une figure historique, digne de l'antiquité », ou encore : « La France ne pourra se sauver que si elle trouve son Mussolini. » Mais, au même moment, il écrit aussi qu'il refuse de faire partie des adulateurs et que, « si le salut de l'Italie réside peut-être dans le fascisme, il y a des précipices ». Sa pensée s'est exprimée d'ailleurs de façon très claire dans la revue doctrinale du parti fasicste : *Gerarchia,* où il publia un aritcle intitulé « Libertà ». Le fascisme, y écrit-il, n'est pas seulement bon parce que dictatorial, c'est-à-dire capable de rétablir l'ordre, mais parce que jusqu'ici les effets ont été bons. Plusieurs écueils sont à éviter : les aventures guerrières, la restriction de la liberté de la presse, la surimposition des riches et des paysans, la soumission à l'Église et au cléricalisme, la limitation de la liberté d'enseignement. « Il convient que la liberté d'enseignement n'ait aucune limite dans les universités; qu'on y puisse enseigner les théories de Newton comme celle d'Einstein, celles de Marx comme celles de l'école historique. »

Autrement dit, Pareto était favorable à une version pacifique, libérale sur le plan économique et intellectuel, laïque et socialement conservatrice d'un régime autoritaire. Il n'eût été favorable ni au corporatisme, ni aux accords de Latran, ni à la conquête de l'Éthiopie, ni au serment de fidélité imposé aux professeurs d'Université à partir de 1931, et il est probable que sa verve et sa critique se seraient exercées contre toutes les dérivations hégéliennes et nationalistes des Gentile, Volpe, Rocco et Bottaï. Sans vouloir prédire ce qu'eût été l'évolution des idées de Pareto à l'égard du fascisme, ce qui serait absurde, il n'est pas inutile de rappeler que Benedetto Croce, qui devint un des leaders de l'opposition libérale, apporta lui aussi, au début de 1923, sa caution et son adhésion au nouveau régime.

Quant à l'influence de Pareto sur le fascisme, elle est indiscutable, mais loin d'être prépondérante. Mussolini passa un certain temps à Lausanne en 1902. Il est possible qu'il y ait écouté des leçons de Pareto, mais il n'entra pas du tout en contact avec lui. Il n'est pas évident qu'il l'ait vraiment lu et, de toute façon, cette lecture n'aurait pas été la seule du jeune socialiste exilé et autodidacte. Les « leçons » de Marx, de Darwin, de Machiavel et de sa tradition, de Sorel, de Maurras, de Nietzsche, de Croce et de l'hégélianisme italien, et bien évidemment des écrivains nationalistes, ont eu au moins autant d'influence que celles de Pareto dans la formation de l'idéologie fasciste. La part du machiavélisme et, par voie de conséquence, du parétisme n'est en fait importante dans le fascisme que si l'on donne de celui-ci une définition universelle. Reste à voir si un tel effort d'abstraction n'est pas vain, tant sont grandes les particularités nationales des expériences politiques et des mouvements dits fascistes.

17. La peinture que fait Pareto des politiciens plouto-démocrates, chez qui les résidus de la première classe dominent de façon quasi exclusive, est difficilement compréhensible si on n'a pas présent à l'esprit le spectacle de la vie politique italienne à la fin du siècle dernier et au début de ce

siècle. En 1876, la droite italienne, ou plus exactement piémontaise, des successeurs de Cavour perd le pouvoir. Trois hommes vont alors successivement dominer la scène politique. Depretis de 1876 à 1887, puis Crispi et surtout Giolitti de 1897 à 1914. « Giolitti, libéral modéré en politique et en économie, est un réaliste et un empiriste. Son action intérieure reprend les méthodes du " transformisme " de Depretis, divisant pour régner, évitant les répressions brutales, manœuvrant habilement entre les hommes et les tendances du Parlement et des syndicats. Sa " dictature " est souple, excellant en compromis, en faveurs qui neutralisent ou rallient l'adversaire et elle s'appuie sur la corruption électorale, pour s'assurer une majorité. Efficace sur le plan tactique, le giolittisme a contribué à discréditer l'institution parlementaire et à affaiblir l'idée civique dans un pays où la tradition démocratique n'avait encore jeté que des racines fragiles. » (Paul GUICHONNET, *Mussolini et le fascisme*, Paris, P. U. F., 1966.)

18. Selon G.-H. Bousquet, le *Traité de sociologie générale* est « un des efforts les plus puissants de l'esprit humain pour saisir la structure des sociétés et la valeur des raisonnements qui y ont cours » (*Pareto. Le savant et l'homme*, Lausanne, Payot, 1960, p. 150).

Selon G. Gurvitch, « une telle conception semble ne présenter qu'un seul avantage scientifique, c'est de constituer un exemple de ce qu'il faut éviter » (*Le Concept de classes sociales de Marx à nos jours*, Paris, C. D. U., 1957, p. 78).

19. Par exemple, la majorité des économistes au début de ce siècle et encore dans les années 20, pensaient qu'en cas de crise de chômage et de mévente des exportations la meilleure façon de rétablir le plein emploi et l'équilibre extérieur était de favoriser la baisse des salaires et des prix. Les keynésiens ont montré qu'étant donné les rigidités structurelles et l'importance des coûts fixes, une politique déflationniste ne pouvait en réalité rétablir le plein emploi et ouvrir les marchés étrangers. L'équilibre par la déflation était peut-être une possibilité théorique, mais sûrement pas une politique efficace, si ce n'est au prix de sacrifices disproportionnés. Les politiques Laval ou Brüning des années 1930, ou la politique Churchill en 1925, qui étaient pourtant soutenues par des hommes de science éminents et se présentaient de façon raisonnée, en sont-elles pour autant des conduites non-logiques au même titre que les pratiques magiques des adeptes du Vaudou?

BIBLIOGRAPHIE

ŒUVRES DE PARETO

Il existe deux bibliographies à peu près complètes des écrits de Pareto :

— l'une de G.-H. Bousquet, publiée sous forme ronéotypée par la Faculté d'économie et de commerce de Gênes;

— l'autre au tome III des *Lettres de Pareto à Pantaleoni*, éditées par la Banca Nazionale del Lavoro, Rome, 1960.

La librairie Droz de Genève a commencé la publication, sous la direction de G. Busino, des *Œuvres complètes;* 12 volumes sont actuellement (novembre 1968) parus :

Cours déconomie politique, 1 vol., 1964;
Le Marché financier italien (1891-1899), 1 vol., 1965;
Écrits sur la courbe de répartition de la richesse, 1 vol., 1965;
Libre-échangisme, protectionnisme et socialisme, 1 vol., 1965;
Les Systèmes socialistes, 1 vol., 1965;
Mythes et idéologies de la politique, 1 vol., 1965;
Manuel d'économie politique, 1 vol., 1966.
Statistique et économie mathématique, 1 vol., 1966;
Marxisme et économie pure, 1 vol., 1966;
Lettres d'Italie. Chroniques sociales et économiques, 1 vol., 1967;
Sommaire du Cours de sociologie, suivi de *Mon Journal*, 1 vol., 1967;
Traité de sociologie générale, 1 vol., 1968;

Les autres ouvrages importants de Pareto sont :

Fatti e teorie, Florence, Vallechi, 1920;
Trasformazioni della democrazia, Milan, Corbaccio, 1921;
Le Mythe vertuiste et la littérature immorale, Paris, Rivière, 1911.

OUVRAGES SUR PARETO

L. Amoroso et P. Jannaccone, *Vilfredo Pareto economista e sociologo*, Rome, Bardi, 1948.

R. Aron, « La sociologie de Pareto », *Zeitschrift für Sozialforschung*, 1937.

F. Borkenau, *Pareto*, Londres, Chapman & Hall, 1936.

G.-H. Bousquet, *Précis de sociologie d'après Vilfredo Pareto*, Paris, Payot, 1925.

G.-H. Bousquet, *Vilfredo Pareto, sa vie et son œuvre*, Paris, Payot, 1928 (contient une bibliographie).

G.-H. Bousquet, *Pareto (1848-1923). Le savant et l'homme*, Lausanne, Payot, 1960.

J. Burnham, *Les Machiavéliens défenseurs de la liberté*, Paris, Calmann-Lévy, 1949.

T. Giacalone-Monaco, *Pareto e Sorel. Riflessioni e ricerche*, Padoue, C. E. D. A. M., t. I 1960; t. II 1961.

T. Giacalone-Monaco, *Le « Cronache » politiche e economiche di Pareto*, Padoue, C. E. D. A. M., 1961.
L. J. Henderson, *Pareto's General Sociology. A Physiologist's Interpretation*, Cambridge, Harvard University Press, 1935.
G. La Ferla, *Vilfredo Pareto, filosofo volteriano*, Padoue, C. E. D. A. M., 1958.
James H. Meisel, *The Myth of the Ruling Class*, Ann Arbor, Michigan Press. 1958.
James H. Meisel, *Pareto and Mosca*, New Jersey, Prentice Hall, 1965.
Firmin Oules, *L'École de Lausanne. Textes choisis de L. Walras et V. Pareto*, présentés et commentés par F. Oulès, Paris, Dalloz, 1950.
T. Parsons, « Pareto », article in *Encyclopedia of the Social Sciences*, vol. XI, 1933.
T. Parsons, *The Structure of Social Action*, New York, The Free Press, 1949.
A. de Pietri-Tonelli, « Vilfredo Pareto », *Rivista di Politica economica*, 3 livraisons, 1934-1935.
G. Perrin, *Sociologie de Pareto*, Paris, P. U. F., 1966 (importante bibliographie).
G. Pirou, *Les Théories de l'équilibre économique. Walras et Pareto*, Paris, Domat-Montchrestien, 1938, 2e éd.
J. Schumpeter, *Ten Great Economists*, New York, Oxford University Press, 1965.
J. Schumpeter, *History of Economic Analysis*, Londres, Allen & Unwin, 1963.
Cahiers Vilfredo Pareto, Revue européenne d'histoire des Sciences sociales, Genève, Librairie Droz; 7 livraisons parues depuis 1963, chacune contient une ou plusieurs études sur Pareto.
Revue d'économie politique, numéro spécial sur Pareto, 1949.
Cahiers de l'I. S. E. A., supplément *Cahiers franco-italiens* n° 2, 1963, numéro spécial sur Pareto.

MAX WEBER

La rationalisation de l'activité communautaire n'a donc nullement pour conséquence une universalisation de la connaissance relativement aux conditions et aux relations de cette activité, mais, le plus souvent, elle aboutit à l'effet opposé. Le « sauvage » en sait infiniment plus des conditions économiques et sociales de sa propre existence que le « civilisé » au sens courant du terme, des siennes.

Essais sur la théorie de la science, p. 397
(La Sociologie compréhensive).

L'œuvre de Max Weber est considérable et diverse. Il ne m'est donc pas possible de l'exposer selon la méthode que j'ai suivie pour analyser les œuvres de Durkheim ou de Pareto.

Sommairement, on peut ranger les travaux de Max Weber en quatre catégories :

1° Les études de méthodologie, de critique et de philosophie. Ce sont des études qui portent essentiellement sur l'esprit, l'objet et les méthodes des sciences humaines, histoire et sociologie. Elles sont simultanément épistémologiques et philosophiques, elles débouchent sur une philosophie de l'homme dans l'histoire, sur une conception des rapports de la science et de l'action. Les principales sont réunies dans un recueil intitulé *Gesammelte Aufsätze zur Wissenschaftslehre*, qui a été traduit sous le titre d'*Essais sur la théorie de la science*[1].

2° Les ouvrages proprement historiques : une étude sur les rapports de production dans l'agriculture du monde antique *(Agrarverhältnisse im Altertum)*, une histoire économique générale, cours professé par Max Weber et publié après sa mort, des travaux spéciaux sur des problèmes économiques de l'Allemagne ou de l'Europe contemporaine, par exemple une enquête sur la situation économique en Prusse-Orientale, en particulier sur les relations entre la paysannerie polonaise et les classes dirigeantes allemandes[2].

3° Les travaux de sociologie de la religion : à commencer par l'étude célèbre sur les relations entre *L'Éthique protestante et l'esprit du capitalisme*, que Max Weber prolongea par une analyse comparative des grandes religions et de l'action réciproque entre les conditions économiques, les situations sociales, et les convictions religieuses[3].

4° Enfin l'œuvre maîtresse, le traité de sociologie générale dont le titre est *Économie et société (Wirtschaft und Gesellschaft)*. Ce dernier ouvrage a été également publié après la mort de son auteur. Max Weber y travaillait au moment où il fut atteint par la grippe espagnole, au lendemain de la première guerre mondiale[4].

Il est impossible de résumer cette œuvre d'une richesse exceptionnelle en quelques pages. Aussi je m'attacherai d'abord à examiner les idées directrices des études de la première catégorie, m'efforçant d'exposer les conceptions maîtresses de Max Weber en ce qui concerne la science et la politique et les rapports de l'une et de l'autre. Cette interprétation des rapports de la science et de la politique débouche sur une certaine philosophie, qu'à l'époque on n'appelait pas encore existentielle mais qui appartient effectivement au type ainsi appelé aujourd'hui. Ensuite je résumerai les thèmes principaux des recherches proprement sociologiques, et, en troisième lieu, j'analyserai quelle interprétation Max Weber a donnée de l'époque contemporaine, de manière à maintenir le parallélisme entre ce chapitre et les deux chapitres précédents.

Théorie de la science.

Pour étudier la théorie wébérienne de la science, on peut suivre la même méthode que dans le chapitre précédent et prendre comme point de départ la classification des types d'action. Pareto part de l'antithèse entre l'action logique et l'action non-logique. De même, il est légitime de dire, bien que ce ne soit pas un mode classique d'exposé, que Weber part de la distinction des quatre types d'action : L'action rationnelle par rapport à un but *(zweckrational)*, l'action rationnelle par rapport à une valeur *(wertrational)*, l'action affective ou émotionnelle, et enfin l'action traditionnelle.

L'action rationnelle par rapport à un but correspond à peu près à l'action logique de Pareto. Elle est celle de l'ingénieur qui construit un point, du spéculateur qui s'efforce de gagner de l'argent, du général qui veut remporter la victoire. Dans tous ces cas l'action *zweckrational* est définie par le fait que l'acteur conçoit clairement le but et combine les moyens en vue d'atteindre celui-ci.

Cependant, Weber ne dit pas explicitement comme Pareto que l'action dans laquelle l'acteur choisit des moyens inadaptés en raison de l'inexactitude de ses connaissances est non-rationnelle. La rationalité par rapport à un but est définie en fonction des connaissances de l'acteur plutôt que de l'observateur. Cette dernière définition serait celle de Pareto [5].

L'action rationnelle par rapport à une valeur est celle du socialiste allemand Lassalle se faisant tuer dans un duel, ou celle du capitaine qui se laisse couler avec son vaisseau. L'action est rationnelle non parce qu'elle tend à atteindre un but défini et extérieur, mais parce que ne pas relever le défi ou abandonner un navire qui sombre serait considéré comme déshonorant. L'acteur agit rationnellement en acceptant tous les risques, non pour obtenir un résultat extrinsèque, mais pour rester fidèle à l'idée qu'il se fait de l'honneur.

L'action que Weber appelle affective est celle qui est dictée immédiatement par l'état de conscience ou par l'humeur du sujet. C'est la gifle donnée par la mère à son enfant parce que celui-ci a été insupportable, c'est le coup de poing donné au cours d'une partie de football par un joueur qui a perdu le contrôle de ses nerfs. Dans tous ces cas, l'action est définie non pas par référence à un but ou à un système de valeurs, mais par la réaction émotionnelle de l'acteur placé dans des circonstances données.

Enfin, l'action traditionnelle est celle qui est dictée par des habitudes, des coutumes, des croyances devenues comme une deuxième nature. L'acteur, pour agir selon la tradition, n'a besoin ni de se représenter un but, ni de concevoir une valeur, ni d'être agité par une émotion, il obéit simplement aux réflexes enracinés par une longue pratique.

Cette classification des types d'action a été discutée et raffinée depuis près d'un demi-siècle. Je me contente de l'indiquer en soulignant que d'une certaine façon elle éclaire toutes les conceptions de Max Weber. On la retrouve en effet à plusieurs niveaux.

La sociologie étant science compréhensive de l'action sociale, la compréhension implique la saisie du sens que l'acteur donne à sa conduite. Alors que Pareto juge de la logique des actions en se référant aux connaissances de l'observateur, Weber a pour but et préoccupation de comprendre le sens que chaque acteur donne à sa propre conduite. La compréhension des sens subjectifs implique une classification des types de conduite et conduit à la saisie de leur structure intelligible.

La classification des types d'action commande dans une certaine mesure l'interprétation wébérienne de l'époque contemporaine. Le trait caractéristique du monde dans lequel nous vivons est la rationalisation. En première approximation, celle-ci correspond à un élargissement de la sphère des actions *zweckrational*. L'entreprise économique est rationnelle, la gestion de l'État par la bureaucratie aussi. La société moderne tout entière tend à l'organisation *zweckrational*, et le problème philosophique de notre temps, problème éminemment existentiel, est de délimiter le secteur de la société où subsiste et doit subsister une action d'un autre type.

Cette classification des types d'action est enfin liée avec ce qui constitue le cœur de la réflexion philosophique de Max Weber, à savoir les liens de solidarité et d'indépendance entre la science et la politique.

Max Weber a toujours été passionné par la question suivante : quel est le type idéal du politique ou du savant? Comment peut-on être en même temps un homme d'action et un professeur? Le problème était pour lui à la fois personnel et philosophique.

Bien qu'il n'ait jamais été un homme politique, Max Weber a toujours rêvé d'en être un. En fait, son activité proprement politique est restée celle d'un professeur, occasionnellement d'un journaliste, parfois d'un conseiller du prince, naturellement non écouté. Il envoya ainsi un mémoire confidentiel à Berlin au moment où les chefs militaires et civils de l'Allemagne se préparaient à déclarer la guerre sous-marine sans restriction, risquant ainsi de déclencher l'intervention américaine. Dans ce mémoire secret, il exposait les raisons pour lesquelles cette décision conduirait, selon toute probabilité, à une catastrophe pour l'Allemagne. Il faisait partie également de la délégation allemande qui est venue recevoir, en France, les conditions de paix. Mais Weber, qui aurait voulu être un dirigeant de parti ou un meneur d'hommes, a été surtout un professeur et un savant. Par goût des idées claires et de l'honnêteté intellectuelle, il n'a cessé de s'interroger sur les conditions auxquelles la science historique ou sociologique peut être objective, sur les conditions qui permettent à l'action politique d'être conforme à sa vocation.

Max Weber a résumé ses conceptions sur ce sujet dans deux conférences qui ont pour titre : *Politik als Beruf* et *Wissenschaft als Beruf*, c'est-à-dire la *politique comme métier* et la *science comme métier* [6].

L'action du savant est une action rationnelle par rapport à un but. Le savant se propose d'atteindre à des propositions de fait, à des rapports de causalité ou à des interprétations compréhensives qui soient universellement valables.

La recherche scientifique est donc un exemple éminent d'une action rationnelle par rapport à un but, celui-ci étant la vérité. Mais ce but lui-même est fixé par un jugement de valeur, c'est-à-dire par un jugement sur la valeur de la vérité démontrée par des faits ou des arguments universellement valables.

L'action scientifique est donc une combinaison d'action rationnelle par rapport à un but et d'action rationnelle par rapport à une valeur qui est la vérité. La rationalité résulte du respect des règles de la logique et de la recherche, respect nécessaire pour que les résultats obtenus soient valables.

La science, telle que Weber la conçoit, est donc un aspect du processus de rationalisation caractéristique des sociétés occidentales modernes. Weber a même suggéré, et parfois affirmé, que les sciences historiques et sociologiques de notre époque représentent un phénomène historiquement singulier dans la mesure où il n'y aurait pas eu, dans les autres cultures, l'équivalent de cette compréhension rationalisée du fonctionnement et du devenir des sociétés [7].

La science positive et rationnelle à laquelle s'attache Max Weber fait partie intégrante du processus historique de rationalisation. Elle présente deux caractères qui commandent la signification et la portée de la vérité scientifique. Ces deux traits spécifiques sont l'inachèvement essentiel et l'objectivité, cette dernière étant définie par la validité de la science pour tous ceux qui cherchent ce type de vérité, et par le refus des jugements de valeur [8]. L'homme de science observe avec le même détachement le charlatan et le médecin, le démagogue et l'homme d'État.

L'inachèvement est, aux yeux de Max Weber, un caractère fondamental de la science moderne. Jamais il n'aurait évoqué, comme aimait à le faire Durkheim, le temps où la sociologie serait édifiée et où existerait un système complet de lois sociales. Rien n'est plus étranger à sa façon de penser que la représentation chère à Auguste Comte d'une science parvenue à établir un tableau clos et définitif des lois fondamentales. La « science » des temps anciens pouvait se concevoir en un certain sens comme achevée, parce qu'elle visait à saisir les principes de l'être. La science moderne est, par essence, en devenir, elle ignore les propositions relatives au sens ultime des choses, elle tend vers un but situé à l'infini et renouvelle sans cesse les questions posées à la nature.

Pour toutes les disciplines, des sciences de la nature comme des sciences de la culture, la connaissance est une conquête qui ne peut jamais atteindre son terme. La science est le devenir de la science. On peut toujours aller plus loin dans l'analyse, poursuivre plus loin la recherche dans la direction des deux infinis.

Mais pour les sciences de la réalité humaine, de l'histoire et de la culture, il y a plus. La connaissance y est subordonnée aux questions que le savant pose à la réalité. A mesure que l'histoire progresse et renouvelle les systèmes de valeur et les monuments de l'esprit, l'historien ou le sociologue en vient spontanément à poser aux faits, passés ou présents, des questions nouvelles. Comme l'histoire-réalité renouvelle la curiosité de l'historien ou du sociologue, il devient impossible de concevoir une histoire ou une sociologie achevées. L'histoire et la sociologie ne pourraient être achevées que si le devenir humain était à son terme. Il faudrait que l'humanité eût perdu la capacité de créer des œuvres pour que la science des œuvres humaines fût définitive [9].

Ce renouvellement des sciences historiques grâce aux questions posées par l'historien peut sembler mettre en question la validité universelle de la science. Mais, selon Max Weber, il n'en est rien. La validité universelle de la science exige que le savant ne projette pas dans sa recherche ses jugements de valeur, c'est-à-dire ses préférences esthétiques ou politiques. Que ses préférences s'expriment dans l'orientation de sa curiosité n'exclut pas la validité universelle des sciences historiques et sociologiques. Celles-ci sont des réponses universellement valables, au moins en théorie, à des questions légitimement orientées par notre intérêt ou par nos valeurs.

Nous découvrons ainsi que les sciences de l'histoire et de la société dont Weber analyse les caractères propres, bien qu'elles aient la même inspiration rationnelle que les sciences de la nature, diffèrent profondément de celles-ci. Les caractères originaux et distinctifs de ces sciences sont au nombre de trois : elles sont *compréhensives*, elles sont *historiques*, et elles portent sur la *culture*.

Le terme compréhension est la traduction classique de l'allemand *Verstehen*. L'idée de Weber est la suivante : dans le domaine des phénomènes naturels, nous ne pouvons saisir que par l'intermédiaire de propositions de forme et de nature mathématiques les régularités observées. En d'autres termes, il nous faut expliquer les phénomènes par des propositions confirmées par l'expérience pour avoir le sentiment de les comprendre. La compréhension est donc médiate, elle passe par l'intermédiaire de concepts ou de relations. Dans le cas de la conduite humaine, la compréhension est, en un sens, immédiate : le professeur comprend le comportement des étudiants qui suivent son cours, le voyageur comprend pourquoi le chauffeur de son taxi s'arrête devant un feu rouge. Il n'a pas besoin de constater combien de chauffeurs s'arrêtent devant les feux rouges pour saisir pourquoi ils le font. La conduite humaine présente une intelligibilité intrinsèque qui tient au fait que les hommes sont doués de conscience. Le plus souvent certaines relations intelligibles sont immédiatement perceptibles entre des actes et des fins, entre les actes de l'un et les actes de l'autre. Les conduites sociales comportent une texture intelligible que les sciences de la réalité humaines sont capables de saisir. Cette intelligibilité ne signifie nullement que le sociologue ou l'historien comprend intuitivement les conduites. Tout au contraire, il les reconstruit peu à peu d'après les textes et les documents. Pour le sociologue, le sens subjectif est à la fois immédiatement saisissable et équivoque.

La compréhension n'implique nullement, dans la pensée de Weber, une faculté mystérieuse, une capacité extérieure ou supérieure à la raison ou aux démarches logiques des sciences de la nature. L'intelligibilité n'est pas immédiate en ce sens que nous pourrions saisir d'un coup, sans enquête préalable, la signification des conduites des autres. Même quand il s'agit de nos contemporains, nous pouvons presque toujours donner immédiatement *une* interprétation de leurs actions ou de leurs œuvres, mais nous ne pouvons pas savoir sans recherche et sans preuve *quelle* interprétation est vraie. En bref, mieux vaudrait dire intelligibilité intrinsèque qu'intelligibilité immédiate et se rappeler que cette intelligibilité même, par essence, comporte ambiguïté. L'auteur ne connaît pas toujours les motifs de son action, l'observateur est moins encore capable de les deviner intuitivement : il doit les chercher afin de distinguer entre le vraisemblable et le vrai.

L'idée wébérienne de la compréhension est, pour une large part, empruntée à l'œuvre de K. Jaspers et notamment aux travaux que cet auteur consacra, dans sa jeunesse, à la psychopathologie, particulièrement au *Traité* que Jean-Paul Sartre a partiellement traduit [10]. Le centre de la psychopathologie de Jaspers est la distinction entre *explication* et *compréhension*. Le psychanalyste comprend un rêve, la relation entre telle expérience d'enfance et tel complexe, le développement d'une névrose. Il y a donc, disait Jaspers, au niveau du déroulement des expériences vécues, une compréhension intrinsèque des significations. Mais il est des limites à cette compréhension. Nous sommes loin de comprendre toujours le lien entre un certain état de la conscience et un certain symptôme pathologique. On comprend une névrose, on ne comprend pas toujours une psychose. Il y a un moment où l'intelligibilité disparaît des phénomènes pathologiques. D'autre part, on ne comprend pas les conduites réflexes. En termes généraux, on dira que les conduites sont compréhensibles à l'intérieur de certains cadres et qu'au-delà de ces cadres, les relations entre l'état de conscience et l'état physique ou psychologique cessent d'être intelligibles, même s'ils sont explicables.

Cette distinction est, à mon avis, le point de départ de l'idée wébérienne selon laquelle les conduites sociales offrent un immense domaine susceptible, de la part du sociologue, d'une compréhension comparable à celle à laquelle parvient le psychologue. Il va de soi que la compréhension sociologique ne se confond nullement avec la compréhension psychologique. La sphère autonome d'intelligibilité sociale ne recouvre pas celle de l'intelligibilité psychologique.

Du fait que nous sommes capables de comprendre, il résulte que nous pouvons rendre compte des phénomènes singuliers sans passer par l'intermédiaire des propositions générales. Il y a un lien entre l'intelligibilité intrinsèque des phénomènes humains et l'orientation historique de ces sciences. Non pas que les sciences qui ont pour objet la réalité humaine visent toujours ce qui ne s'est passé qu'une fois ou s'intéressent exclusivement aux caractères singuliers des phénomènes. Parce que nous comprenons le singulier, la dimension proprement historique prend, dans les sciences qui ont pour objet la réalité humaine, une importance et une portée qu'elle ne peut avoir dans les sciences de la nature.

Dans les sciences de la réalité humaine, on doit distinguer deux orientations, l'une vers l'histoire, c'est-à-dire vers le récit de ce que jamais on ne verra deux fois, l'autre vers la sociologie, c'est-à-dire vers la reconstruction conceptuelle des institutions sociales et de leur fonctionnement. Ces deux orientations sont complémentaires. Jamais Max Weber n'aurait dit, à la manière de Durkheim, que la curiosité historique devait être subordonnée à la recherche des généralités. Quand l'humanité est l'objet du savoir, il est légitime de s'intéresser aux traits singuliers d'un individu, d'une époque ou d'un groupe, autant qu'aux lois qui commandent le fonctionnement et le devenir des sociétés.

Les sciences qui portent sur la réalité humaine sont enfin des sciences de la culture. Elles s'efforcent de comprendre ou d'expliquer les œuvres créées par les hommes au cours de leur devenir, non pas seulement les œuvres d'art, mais aussi les lois, les institutions, les régimes politiques, les expériences religieuses, les théories scientifiques. La science wébérienne se définit donc comme l'effort pour comprendre et expliquer les valeurs auxquelles les hommes ont adhéré et les œuvres qu'ils ont édifiées.

Les œuvres humaines sont créatrices de valeurs ou se définissent par référence à des valeurs. Comment peut-il y avoir une science objective, c'est-à-dire non faussée par nos jugements de valeur, des œuvres chargées de valeurs? La science vise la validité universelle comme son objectif spécifique. Elle est, pour employer les concepts wébériens, une conduite rationnelle dont le but est d'atteindre à des jugements de fait, universellement valables. Comment est-il possible de formuler de tels jugements à propos d'œuvres qui se définissent comme des créations de valeurs?

A cette question qui est au centre de toute sa réflexion philosophique et épistémologique, Max Weber répondait par la distinction entre le jugement de valeur *(Werturteil)* et le rapport aux valeurs *(Wertbeziehung)*.

La notion de jugement de valeur est facile à comprendre. Le citoyen qui considère que la liberté est quelque chose d'essentiel et affirme que la liberté de parole ou de pensée est une valeur fondamentale profère un jugement dans lequel s'exprime sa personnalité. Une autre personne est libre de refuser ce jugement et de considérer que la liberté de parole n'a pas grande importance.

Les jugements de valeur sont personnels et subjectifs, chacun a le droit de reconnaître la liberté pour une valeur positive ou négative, primordiale ou secondaire, pour une valeur qu'il convient de sauvegarder avant tout ou que l'on peut subordonner ou sacrifier à telle autre considération. En revanche, la formule *rapport aux valeurs* signifie, pour reprendre l'exemple précédent, que le sociologue de la politique considérera la liberté comme un objet à propos duquel les sujets historiques se sont querellés, comme un enjeu des controverses ou des conflits entre les hommes et les partis, et qu'il explorera la réalité politique du passé en la mettant en relation avec la valeur liberté. Cette dernière est un centre de référence pour le sociologue de la politique qui n'est pas obligé pour autant de s'y déclarer attaché. Il lui suffit qu'elle soit un des concepts à l'aide desquels il découpera et organisera une partie de la réalité à étudier. Cette démarche implique simplement que la liberté politique soit une valeur pour les hommes qui l'ont vécue. En bref, nous ne formulons pas de jugement de valeur, nous rapportons la matière à la valeur qu'est la liberté politique.

Le jugement de valeur est une affirmation morale ou vitale, le rapport aux valeurs un procédé de sélection et d'organisation de la science objective. Max Weber, quand il enseignait, voulait être savant et non pas homme politique. La distinction entre le jugement de valeur et le rapport aux valeurs lui permettait tout à la fois de marquer la différence entre l'activité du savant et celle de l'homme politique, et la similitude d'intérêt entre l'un et l'autre.

Cette distinction n'est toutefois pas immédiatement évidente et pose plusieurs problèmes :

Tout d'abord, pourquoi est-il nécessaire d'utiliser cette méthode et de « rapporter la matière historique ou sociologique à des valeurs »? La réponse à cette question, sous sa forme la plus élémentaire, est que le savant, pour élaborer l'objet de son étude, est obligé de faire un choix dans la réalité : sélection des faits et mise en forme des concepts exigent une procédure du type *rapport aux valeurs.*

Pourquoi est-il nécessaire de sélectionner? La réponse de Max Weber est double et peut se situer tantôt au niveau d'une critique transcendantale d'inspiration kantienne, tantôt au niveau d'une étude épistémologique et méthodologique, sans présupposés philosophiques ou critiques.

Au niveau de la critique transcendantale, l'idée wébérienne est empruntée au philosophe néo-kantien H. Rickert [11]. Pour celui-ci, ce qui est donné primordialement à l'esprit humain est une matière informe et la science en est l'élaboration ou la construction. Rickert avait, d'autre part, développé l'idée qu'il existait deux sortes de sciences, selon la nature de l'élaboration à laquelle était soumise la matière. L'élaboration caractéristique des sciences de la nature consiste à considérer les caractères généraux des phénomènes et à établir des relations régulières ou nécessaires entre ceux-ci. Elle tend à la construction d'un système de lois ou de relations de plus en plus générales, autant que possible de caractère mathématique. L'idéal de la science naturelle, c'est la physique newtonienne ou einsteinienne, dans laquelle les concepts désignent des objets construits par l'esprit. Le système est déductif et s'organise à partir de lois ou principes simples et fondamentaux.

Mais il existe aussi un deuxième type d'élaboration scientifique, caractéristique des sciences historiques ou des sciences de la culture. En ce cas, l'esprit ne vise pas à insérer progressivement la matière informe dans un système de relations mathématiques, il établit une sélection dans la matière en rapportant celle-ci à des valeurs. Si un historien voulait raconter dans tous ses détails, avec tous ses caractères qualitatifs, chacune des pensées et chacun des actes d'une seule personne en une seule journée, il n'y parviendrait pas. Des romanciers modernes ont tenté de noter, instant après instant, les pensées qui peuvent traverser une conscience au cours d'une période de temps donné, ainsi Michel Butor dans son roman *La Modification* qui se situe lors d'un voyage entre Paris et Rome. Ce seul récit des aventures intérieures d'un individu singulier, au cours d'une seule journée, exige un nombre respectable de centaines de pages. Il suffit d'imaginer l'historien essayant de raconter de la même façon ce qui s'est passé dans toutes les consciences de tous les soldats qui ont livré la bataille d'Austerlitz pour s'apercevoir que tous les livres qui ont été écrits sur toutes les époques de l'histoire de l'humanité comptent probablement moins de pages que n'en exigerait ce récit impossible.

Cet exemple, qui ressortit à la méthode de l'expérience mentale, montre bien que l'on peut admettre sans difficulté que tout récit historique est une reconstruction sélective de ce qui a eu lieu dans le passé. Cette sélection est pour une part prédéterminée par la sélection opérée dans les documents. Nous sommes incapables de reconstituer une grande partie de ce qui s'est passé au cours des siècles écoulés, pour la simple raison que les documents ne nous permettent pas de le savoir. Mais, lors même que les documents sont innombrables, l'historien établit une sélection en fonction de ce que H. Rickert et Max Weber appellent les valeurs, esthétiques, morales ou politiques. Nous ne cherchons pas à ranimer tout ce que les hommes du passé ont vécu, nous tentons de reconstruire, à partir de documents, l'existence des hommes qui ne sont plus, en opérant une sélection commandée par les valeurs, vécues par les hommes objet de l'histoire ou par les historiens sujets de la science historique.

En supposant la science achevée, nous parvenons donc dans le cas des sciences de la nature à un système hypothético-déductif qui pourrait rendre compte de tous les phénomènes à partir de principes, d'axiomes et de lois. Ce système hypothético-déductif ne permettrait cependant pas de déterminer comment et pourquoi, dans tous ses détails concrets, une explosion s'est produite à un moment déterminé du temps et à un point déterminé de l'espace. Il y aura toujours un écart entre l'explication légale et l'événement historique concret.

Dans le cas des sciences de la culture et de l'histoire, on aboutirait non pas à un système hypothético-déductif, mais à un ensemble d'interprétations, chacune étant sélective et inséparable du système des valeurs choisi. Mais si chaque reconstruction est sélective et commandée par un système de valeurs, il y aura autant de perspectives historiques ou sociologiques qu'il y a de systèmes de valeurs servant à la sélection. Nous passons ainsi du niveau transcendantal au niveau méthodologique, où se situe l'historien ou le sociologue.

Max Weber avait emprunté l'opposition entre la reconstruction généralisatrice et la reconstruction singularisante en fonction des valeurs à H. Rickert. Ce qui l'intéressait dans cette idée, lui qui n'était pas un philosophe professionnel mais un sociologue, c'était qu'elle lui permettait de rappeler qu'une œuvre d'histoire ou de sociologie doit pour une part son intérêt à l'intérêt des questions posées par l'historien ou le sociologue. Les sciences humaines sont animées et orientées par les questions que les savants posent à la réalité. L'intérêt des réponses dépend largement de l'intérêt des questions. En ce sens, il n'est pas mauvais que les sociologues de la politique s'intéressent à la politique et les sociologues de la religion à la religion.

Max Weber pensait surmonter de cette façon une antinomie bien connue : le savant qui se passionne pour l'objet de sa recherche ne sera ni impartial ni objectif. Mais celui qui estime que la religion n'est faite que de superstitions risque bien de ne jamais comprendre en profondeur la vie religieuse. En distinguant ainsi les questions et les réponses, Weber trouve une issue. Il faut avoir le sens de l'intérêt de ce que les hommes ont vécu pour les comprendre authentiquement, mais il faut se détacher de son propre intérêt pour trouver une réponse universellement valable à une question inspirée par les passions de l'homme historique.

Les questions à partir desquelles Max Weber a pour sa part élaboré une sociologie de la religion, de la politique et de la société actuelle, ont été d'ordre existentiel. Elles portaient sur l'existence de chacun de nous par rapport à la cité et par rapport à la vérité religieuse ou métaphysique. Max Weber s'est demandé quelles sont les règles auxquelles obéit l'homme d'action, quelles sont les lois de la vie politique et quel sens l'homme peut donner à son existence dans ce monde. Quelle est la relation entre la conception religieuse de chacun et la manière dont il vit, l'attitude qu'il adopte à l'égard de l'économie, de l'État? La sociologie wébérienne est inspirée par une philosophie existentielle qui, dès avant la recherche, pose une double négation :

Aucune science ne pourra dire aux hommes comment ils doivent vivre ou enseigner aux sociétés comment elles doivent s'organiser. Aucune science ne pourra apprendre à l'humanité quel est son avenir. La première négation l'oppose à Durkheim, la seconde à Marx.

Une philosophie de type marxiste est fausse parce qu'elle est incompatible avec la nature de la science et avec la nature de l'existence humaine. Toute science historique et sociologique est une vue partielle. Elle est incapable de nous faire savoir à l'avance ce que sera l'avenir, car celui-ci n'est pas prédéterminé. Dans la mesure même où certains événements de l'avenir sont prédéterminés, l'homme sera toujours libre soit de refuser ce déterminisme partiel soit de s'adapter à lui de diverses manières.

La distinction entre jugement de valeur et rapport aux valeurs pose deux autres questions fondamentales :

Dans la mesure où la sélection et la construction de l'objet de la science dépendent des questions posées par l'observateur, les résultats scientifiques sont en apparence relatifs à la curiosité du savant, et partant au contexte historique dans lequel se trouve ce dernier. Or l'objectif de la science est d'atteindre à des jugements universellement valables. Comment une science, orientée par des questions changeantes, peut-elle malgré tout atteindre à une validité universelle?

D'autre part, et cette question est, au rebours de la précédente, philosophique et non méthodologique, pourquoi les jugements de valeur sont-ils par essence non universellement valables? Pourquoi sont-ils subjectifs ou existentiels, nécessairement contradictoires?

L'acte scientifique en tant que conduite rationnelle est orienté vers la valeur de la vérité universellement valable. Or l'élaboration scientifique commence par un choix qui ne comporte d'autre justification que subjective. Quels sont donc les démarches qui permettent, au-delà de ce choix subjectif, de garantir la validité universelle des résultats de la science?

La plus grande partie de l'œuvre méthodologique de Max Weber a pour but de répondre à cette difficulté. Très schématiquement, sa réponse est que les résultats scientifiques doivent être obtenus, à partir d'un choix subjectif, par des procédés soumis à vérification et qui s'imposent à tous les esprits. Il s'efforce de démontrer que la science historique est une science rationnelle, démonstrative, qui ne vise qu'à des propositions de type scientifique, soumises à confirmation. Dans les sciences historiques ou sociologiques, l'intuition ne joue pas un rôle différent de celui qu'elle joue dans les sciences de la nature. Les propositions historiques ou sociologiques sont des propositions de fait qui ne tendent nullement à atteindre des vérités essentielles. Max Weber aurait dit volontiers, comme Pareto, que ceux qui prétendent saisir l'essence d'un certain phénomène vont au-delà de la science. Les propositions historiques et sociologiques portent sur les faits observables et visent à atteindre une réalité définie, la conduite des hommes, dans la signification que lui donnent les acteurs eux-mêmes.

Max Weber, comme Pareto, tient la sociologie pour une science de la conduite humaine, dans la mesure où celle-ci est sociale. Pareto, ayant comme centre de référence la conduite logique, met l'accent sur les aspects non-logiques de la conduite, qu'il explique par les états d'esprit ou par les résidus. Weber, qui lui aussi étudie les conduites sociales, met l'accent sur le concept de signification vécue ou de sens subjectif. Son ambition est de comprendre comment les hommes ont pu vivre dans des sociétés diverses, en fonction de croyances différentes, comment, selon les siècles, ils se sont consacrés à une activité ou à une autre, mettant leurs espoirs tantôt dans l'autre monde et tantôt dans celui-ci, obsédés tantôt par leur salut et tantôt par la croissance économique.

Chaque société a sa culture, au sens que les sociologues américains donnent à ce terme, c'est-à-dire un système de croyances et de valeurs. Le sociologue s'efforce de comprendre comment les hommes ont vécu ainsi d'innombrables formes d'existence qui ne sont intelligibles qu'à la lumière du système propre de croyances et du savoir de la société considérée.

Histoire et sociologie.

Mais les sciences historiques et sociologiques sont non seulement des interprétations compréhensives des sens subjectifs des conduites, elles sont aussi des sciences causales. Le sociologue ne se borne pas à rendre intelligible le système de croyances et de conduite des collectivités, il veut établir comment les choses se sont passées, comment une certaine manière de croire détermine une certaine manière d'agir, comment une certaine organisation de la politique influe sur l'organisation de l'économie. En d'autres termes, les sciences historiques et sociologiques veulent expliquer causalement, en même temps qu'interpréter de manière compréhensive. L'analyse des déterminations causales est une des procédures qui garantissent la validité universelle des résultats scientifiques.

La recherche causale, selon Max Weber, peut s'orienter dans deux directions que l'on appellera, pour simplifier, la causalité historique et la causalité sociologique. La première détermine les circonstances uniques qui ont provoqué un certain événement. La seconde suppose l'établissement d'une relation régulière entre deux phénomènes. Cette relation ne prend pas nécessairement la forme : tel phénomène A rend inévitable tel phénomène B, mais peut se formuler : tel phénomène A favorise plus ou moins fortement tel phénomène B. La proposition, vraie ou fausse : un régime despotique favorise l'intervention de l'État dans la gestion de l'économie, est par exemple de ce type.

Le problème de la causalité historique est celui de la détermination du rôle des divers antécédents à l'origine d'un événement. Elle suppose les démarches suivantes :

En premier lieu, il faut construire l'individualité historique dont on prétend retrouver les causes. Celle-ci peut être un événement particulier comme la guerre de 1914 ou la révolution de 1917, elle peut aussi être une individualité historique de dimension très vaste comme le capitalisme. La construction de l'individualité historique permet de déterminer avec précision les caractéristiques de l'événement dont on recherche les causes. Chercher les causes de la guerre de 1914, c'est rechercher pourquoi la guerre européenne a éclaté au mois d'août 1914. Les causes de cet événement singulier ne se confondent ni avec les causes de la fréquence des guerres dans l'histoire de l'Europe, ni avec les causes du phénomène que l'on retrouve dans toutes les civilisations et qui s'appelle la guerre. En d'autres termes, la première règle de la méthodologie causale, en matière historique et sociologique, est de définir avec précision les caractéristiques de l'individu historique que l'on veut expliquer.

En deuxième lieu, il convient d'analyser le phénomène historique, par nature complexe, en ses éléments. Une relation causale n'est jamais un lien établi entre la totalité d'un instant *t* et la totalité d'un instant précédent *t — 1*. Elle est toujours une relation partielle et construite entre certains éléments de l'individu historique et certaines données antérieures.

En troisième lieu, si l'on considère une consécution singulière, qui n'est arrivée qu'une seule fois, en vue d'aboutir à une détermination causale, on doit, après avoir procédé à l'analyse de l'individu historique et des antécédents, supposer par une expérience mentale qu'un des éléments antécédents ne s'est pas produit ou s'est produit différemment. En termes vulgaires, on doit se poser la question : que se serait-il passé si... Dans le cas de la guerre de 1914, que se serait-il passé si Raymond Poincaré n'avait pas été président de la République française, ou si le tsar Nicolas II n'avait pas signé l'ordre de mobilisation quelques heures avant que l'empereur d'Autriche prenne la même décision, si la Serbie avait accepté l'ultimatum autrichien, etc.? L'analyse causale, appliquée à une consécution historique singulière, doit passer par la modification irréelle d'un des éléments et tâcher de répondre à l'interrogation : que se serait-il passé si cet élément n'avait pas été donné ou avait été différent?

Enfin, il convient de comparer le devenir irréel, construit à partir de l'hypothèse d'une modification d'un des antécédents, avec l'évolution réelle, pour pouvoir conclure que l'élément, modifié par la pensée, a été l'une des causes du caractère de l'individu historique retenu au point de départ de l'enquête.

Cette analyse logique, présentée de façon abstraite et simplifiée, pose un problème évident : comment peut-on savoir ce qui se serait passé si ce qui a eu lieu n'avait pas eu lieu? Ce schéma logique a été souvent critiqué, voire tourné en dérision, par les historiens professionnels, précisément parce que cette procédure semble exiger une connaissance de ce que jamais on ne saura avec certitude, autrement dit une connaissance de l'irréel.

Max Weber répondait que les historiens avaient beau assurer qu'ils ne se posaient pas de telles questions, ils ne pouvaient pas, en fait, procéder autrement. Il n'y a pas de récit historique qui ne comporte implicitement des questions et des réponses du type de celles qui ont été décrites. Si l'on ne pose pas des questions de cet ordre, il ne reste plus qu'un récit pur : à telle date, telle personne a dit ou fait telle chose. Pour qu'il puisse y avoir une analyse causale, il faut que l'on suggère implicitement que faute d'une certaine action, le cours des événements aurait été différent; or c'est là tout ce que suggère cette méthodologie.

« Il n'y a absolument rien d' " oiseux " à poser la question : qu'aurait-il pu arriver si Bismarck n'avait pas pris la décision de faire la guerre? Elle concerne, en effet, le point décisif pour la structuration historique de la réalité, à savoir : quelle signification causale faut-il au fond attribuer à cette décision individuelle au sein de la totalité des éléments infiniment nombreux qui devaient précisément être agencés de cette manière-là et non d'une autre pour amener ce résultat-là, et quelle est la place de cette décision dans l'exposé historique. Si l'histoire prétend s'élever au-dessus d'une simple chronique des événements et des personnalités, il ne lui reste d'autre voie que celle de poser des questions de ce genre. Et pour autant qu'elle est une science, elle a toujours procédé de cette manière. » (*Essais sur la théorie de la science*, p. 291.)

En commentant librement Max Weber, on pourrait ajouter que la tendance des historiens est de considérer tout à la fois que le passé a été fatal et que l'avenir est indéterminé. Or ces deux propositions sont contradictoires. Le temps n'est pas hétérogène. Ce qui est notre passé a été l'avenir d'autres hommes. Si l'avenir était en tant que tel indéterminé, il n'y aurait aucune explication déterministe dans l'histoire. En théorie, la possibilité d'explication causale est la même pour le passé et pour l'avenir. On ne peut connaître avec certitude l'avenir pour les raisons mêmes qui font que l'on ne peut parvenir à une explication nécessaire lorsqu'on procède à une analyse causale du passé. L'événement complexe a toujours été le résultat simultané d'un grand nombre de circonstances. Dans les moments cruciaux de l'histoire, un homme a pris des décisions. De même demain d'autres hommes prendront des décisions. Et ces décisions, influencées par les circonstances, comportent toujours une marge d'indétermination en ce sens précis qu'un autre homme, à la même place, aurait pu prendre une autre décision. A chaque moment, il y a des tendances fondamentales, mais qui laissent une marge de liberté d'action aux hommes. Ou encore il y a des facteurs multiples qui agissent dans différents sens.

L'analyse causale historique tend à distinguer ce qu'ont été, à un moment donné, l'influence des circonstances générales et l'efficacité de tel accident ou de telle personne. C'est parce que les individus et les accidents ont un rôle dans l'histoire, parce que la direction du devenir n'est pas fixée à l'avance qu'il est intéressant de procéder à une analyse causale du passé, pour fixer les responsabilités assumées par certains hommes, pour retrouver l'hésitation du destin, à l'heure où selon que telle ou telle décision était prise, l'histoire s'orientait dans une direction ou dans une autre. Cette représentation du devenir historique permettait à Weber de garder le sens de la grandeur de l'homme d'action. Si les hommes ne peuvent qu'être les complices d'un destin à l'avance écrit, la politique est une activité misérable. C'est parce que l'avenir est incertain et parce que quelques hommes peuvent le forger que la politique est une des activités nobles de l'humanité.

Ainsi l'analyse causale rétrospective est liée à une conception du devenir historique. Cette méthodologie abstraite est liée à une philosophie de l'histoire. Mais cette philosophie est celle de l'histoire positive et se borne à mettre en forme ce que spontanément nous pensons et nous vivons tous. Il n'y a aucun homme d'action qui agisse en se disant que de toute façon « cela reviendra au même »; il n'y a pas d'homme d'action qui pense que n'importe quel autre, à sa place, ferait de même ou que, si cet autre ne faisait pas de même, l'aboutissement ne serait pas différent. Ce que Max Weber met en forme logique, c'est l'expérience spontanée et, à mon sens, authentique, de l'homme historique, c'est-à-dire de celui qui vit l'histoire avant de la reconstruire.

Ainsi la procédure par laquelle on parvient à une causalité historique comporte, à titre d'une démarche essentielle, la construction de ce qui se serait passé si l'un des antécédents ne s'était pas produit ou avait été autre qu'il n'a été. En d'autres termes, la construction de l'irréel est un moyen nécessaire pour comprendre comment en réalité les événements se sont déroulés.

Comment est-il possible de construire un déroulement irréel? La réponse est qu'il n'est pas nécessaire de reconstruire en détail ce qui se serait passé. Il suffit de partir de la réalité historique telle qu'elle a été pour montrer que si tel ou tel antécédent singulier ne s'était pas produit ou avait été autre, l'événement que nous voulons expliquer aurait été lui aussi autre.

Celui qui prétend que l'événement historique singulier n'aurait pas été autre, même au cas où tel antécédent particulier n'aurait pas été ce qu'il a été, avance une proposition qu'il lui appartient de démontrer. Le rôle des personnes ou des accidents à l'origine d'événements historiques est une donnée première et immédiate, et c'est à ceux qui nient ce rôle de prouver qu'il s'agit d'une illusion.

D'autre part, on peut parfois trouver le moyen, par comparaison, non de construire le détail de l'évolution irréelle, mais de rendre probable qu'une autre évolution était possible. Max Weber prend lui-même l'exemple des guerres médiques. Imaginons, par la pensée, que les Athéniens aient perdu la bataille de Marathon ou la bataille de Salamine et que l'Empire perse ait été en mesure de conquérir la Grèce : est-ce que, dans cette hypothèse, l'évolution de la Grèce aurait été substantiellement différente de ce qu'elle a été? Si nous pouvons rendre vraisemblable que, si la Perse avait conquis la Grèce, des éléments importants de la culture grecque eussent été modifiés, nous aurons mis en lumière l'efficacité causale d'une victoire militaire. Or, écrit Max Weber, il est possible de construire cette évolution irréelle de deux manières : on peut, d'une part, observer ce qui s'est passé dans les régions effectivement conquises par l'Empire perse, et d'autre part analyser l'état de la Grèce au moment des batailles de Marathon ou de Salamine. Il existait, dans la Grèce de cette époque, les germes d'une culture et d'une religion différentes de celles qui se sont épanouies dans le cadre des cités. Des religions de type dionysiaque, proches des religions orientales, commençaient à se développer. Dès lors, il devient vraisemblable, par référence à ce qui s'est passé ailleurs, qu'une conquête perse aurait étouffé ce progrès de la pensée rationnelle, qui a été la contribution majeure de la culture grecque à l'œuvre commune de l'humanité. En ce sens, on peut dire que la bataille de Marathon, garante de l'indépendance des cités grecques, a été *une* des causes nécessaires de la culture rationnelle.

« Personne n'a mieux que Meyer [dont Weber discute la méthodologie explicite] exposé de façon agréable et claire la " portée " historique et universelle des guerres médiques pour le développement de la culture occidentale. Comment a-t-il procédé logiquement? Pour l'essentiel, il a montré que la bataille de Marathon fit la décision entre deux possibilités : d'un côté celle d'une culture théocratico-religieuse, dont nous trouvons les germes dans les mystères et les oracles, et qui se serait déroulée sous l'égide du protectorat perse dont on sait qu'il utilisait partout, autant que possible, par exemple à l'égard des Juifs, la religion nationale comme instrument de domination, et de l'autre côté la victoire de l'esprit hellénique libre, tourné vers les biens de ce monde, qui nous a fait don de valeurs culturelles dont nous continuons à nous nourrir aujourd'hui. Cette " bataille " de faibles dimensions a donc été la " condition préalable " indispensable de la construction de la flotte attique et aussi du développement ultérieur de la lutte pour la liberté, pour la sauvegarde de l'indépendance de la culture grecque et pour l'impulsion qui donna naissance à l'historiographie propre à l'Occident, au développement complet du drame et à toute la vie spirituelle singulière qui s'est jouée — en considérant les choses quantitativement — sur cette petite scène *(Duodezbühne)* de l'histoire du monde. » (*Essais sur la théorie de la science*, p. 300-301.)

Il apparaît donc que dans une situation historique donnée, il suffit d'un événement, une victoire ou une défaite militaire, pour décider de l'évolution de toute une culture dans un sens ou dans un autre. Une telle interprétation a le mérite de restituer aux personnes et aux événements leur efficacité, de montrer que le cours de l'histoire n'est pas déterminé à l'avance et que les hommes d'action peuvent en infléchir le cours.

Le même genre d'analyse pourrait être appliqué à une conjoncture historique différente. Par exemple, que se serait-il passé, dans la France de Louis-Philippe, si le duc d'Orléans ne s'était pas tué dans un accident de voiture et si l'opposition dynastique avait pu se regrouper autour de l'héritier qui passait pour libéral? Que se serait-il passé si, après la première émeute de Février 1848, quelques coups de feu, tirés par accident sur les boulevards, n'avaient pas relancé l'insurrection et si le trône de Louis-Philippe avait été sauvé à cette date précise?

Montrer comment des faits parcellaires peuvent déterminer un mouvement de portée considérable, ce n'est pas nier le déterminisme global des faits économiques ou démographiques, disons en termes abstraits des faits massifs, c'est restituer aux événements du passé la dimension d'incertitude ou de probabilité qui caractérise les événements tels que nous les vivons ou tels que n'importe quel homme d'action les conçoit.

Enfin, l'analyse de la causalité historique sera d'autant plus rigoureuse que l'historien disposera de plus de propositions générales qui permettent soit de construire les évolutions irréelles, soit de préciser la probabilité d'un certain événement en fonction de tel ou tel antécédent.

Il y a, dans la pensée de Max Weber, une solidarité étroite entre causalité historique et causalité sociologique, l'une et l'autre s'exprimant en termes de probabilité. Une formule de causalité historique serait par exemple celle qui poserait qu'en fonction de la situation globale de la France en 1848 une révolution était probable, ce qui signifie qu'un grand nombre d'accidents de toutes espèces suffisaient à la provoquer. De même, dire que la guerre était probable en 1914 signifie que le système politique européen étant ce qu'il était, un grand nombre d'accidents divers suffisaient à provoquer l'explosion. Ainsi la causalité est adéquate entre une situation et un événement lorsque nous concevons que cette situation rendait sinon inévitable, du moins très probable, l'événement que nous cherchons à expliquer. Le degré de probabilité de cette relation varie d'ailleurs selon les circonstances.

Plus généralement, toute la pensée causale de Max Weber s'exprime en termes de probabilité ou de chances. L'exemple de la relation entre un certain régime économique et l'organisation du pouvoir politique est typique. Beaucoup d'auteurs libéraux ont écrit que la planification économique rendait impossible un régime démocratique, tandis que les marxistes affirment qu'un régime de propriété privée des instruments de production rend inévitable le pouvoir politique de la minorité propriétaire de ces instruments. Toutes ces propositions relatives à la détermination d'un élément de la société par un autre doivent être, selon Max Weber, exprimées en termes de probabilité. Un régime économique de planification totale ne rend que plus probable un certain type d'organisation politique. Si on se donne par la pensée un certain régime économique, l'organisation du pouvoir politique se situe à l'intérieur d'une marge que l'on peut plus ou moins nettement délimiter.

Il n'y a donc pas de détermination unilatérale de l'ensemble de la société par un élément, que cet élément soit l'économique, le politique ou le religieux. Max Weber conçoit les relations causales de la sociologie comme des relations partielles et probables. Ces relations sont partielles en ce sens qu'un fragment donné de la réalité rend probable ou improbable un autre fragment de la réalité. Par exemple, un pouvoir politique absolutiste favorise l'intervention étatique dans le fonctionnement de l'économie. Mais on peut tout aussi bien concevoir et établir des relations de sens contraire, c'est-à-dire partir d'une donnée économique, telle que la planification, la propriété privée ou la propriété publique, et indiquer dans quelle mesure cet élément de l'économie favorise ou défavorise telle manière de penser ou telle façon d'organiser le pouvoir. Les relations causales sont partielles et non globales, elles comportent un caractère de probabilité et non de détermination nécessaire.

Cette théorie de la causalité, partielle et analytique, est et veut être une réfutation de l'interprétation vulgairement donnée du matérialisme historique. Elle exclut qu'un élément de la réalité soit considéré comme déterminant les autres aspects de la réalité, sans être en retour influencé par eux.

Ce refus de la détermination de l'ensemble de la société par un seul élément exclut aussi que l'ensemble de la société future soit déterminé à partir de telle ou telle caractéristique de la société présente. Analytique et partielle, la philosophie wébérienne interdit de prévoir dans le détail ce que sera la société capitaliste de l'avenir ou ce que sera la société post-capitaliste. Ce n'est pas que Max Weber juge impossible de prévoir certains caractères de la société de l'avenir. Il était convaincu que le procès de rationalisation et de bureaucratisation se poursuivrait de manière inexorable. Mais cette évolution ne suffira à déterminer ni la nature exacte des régimes politiques ni la manière de vivre, de penser et de croire des hommes de demain.

En d'autres termes, ce qui reste indéterminé est ce qui nous intéresse le plus. Une société rationalisée et bureaucratisée peut être, comme aurait dit Tocqueville, despotique ou libérale. Elle peut, comme aurait dit Max Weber, ne comporter que des hommes sans âme ou tout au contraire laisser place à l'authenticité des sentiments religieux et permettre encore à des hommes, fussent-ils une minorité, de vivre humainement.

Telle est l'interprétation générale que Max Weber donne à la fois de la causalité et des relations entre causalité historique et causalité sociologique. Cette théorie représente une synthèse entre les deux versions de l'originalité des sciences humaines que les philosophes allemands de son temps professaient. Les uns considéraient que cette originalité tenait à l'intérêt que nous prenons, dans ces sciences, à l'historique, au devenir singulier, à ce qui jamais ne se répétera. D'où résultait une théorie selon laquelle les sciences de la réalité humaine sont avant tout des sciences historiques. Les autres mettaient l'accent sur les caractères originaux de la matière humaine et tenaient les sciences humaines pour originales dans la mesure où elles saisissent l'intelligibilité immanente à la conduite humaine.

Max Weber retient ces deux éléments simultanément, mais il se refuse à considérer que les sciences qui ont pour objet la réalité humaine soient exclusivement, ou même de manière prioritaire, historiques. Il est vrai que les sciences de la réalité humaine s'intéressent plus au singulier, au devenir unique, que les sciences de la nature. Mais il n'est pas vrai qu'elles négligent les propositions générales. Les sciences de la réalité humaine ne sont sciences, même lorsqu'elles visent à comprendre le singulier, que dans la mesure où elles sont capables d'établir des propositions générales. Il y a donc une relation intime entre analyse des événements et établissement de propositions générales. Histoire et sociologie marquent deux directions de la curiosité, non pas deux disciplines qui doivent s'ignorer l'une l'autre. La compréhension historique exige l'utilisation de propositions générales, et celles-ci ne peuvent être démontrées qu'à partir d'analyses et de comparaisons historiques.

Cette solidarité de l'histoire et de la sociologie apparaît très clairement dans la conception du type idéal qui est, d'une certaine façon, le centre de la doctrine épistémologique de Max Weber.

Le concept de type idéal se situe au point d'aboutissement de plusieurs des tendances de la pensée wébérienne. Le type idéal est lié à la notion de compréhension puisque tout type idéal est une organisation de rapports intelligibles propres soit à un ensemble historique, soit à une consécution d'événements. D'autre part, le type idéal est lié à ce qui est caractéristique de la société et de la science moderne, à savoir le procès de rationalisation. La construction de types idéaux est une expression de l'effort de toutes les disciplines scientifiques pour rendre intelligible la matière en en dégageant la rationalité interne, éventuellement même en construisant cette rationalité à partir d'une matière à demi informe. Enfin, le type idéal se rattache aussi à la conception analytique et partielle de la causalité. Le type idéal permet en effet de saisir des individus historiques ou des ensembles historiques. Mais le type idéal est une saisie partielle d'un ensemble global. Il conserve à toute relation causale son caractère partiel, même lorsque, en apparence, il embrasse une société tout entière.

La difficulté de la théorie wébérienne du type idéal tient à ce que ce concept est utilisé à la fois pour désigner tous les concepts des sciences de la culture et pour préciser quelques espèces déterminées de concepts. Je pense donc qu'il est plus clair, bien que la distinction ne se trouve pas explicitement dans l'œuvre de Max Weber, de distinguer la tendance idéale-typique de tous les concepts des sciences de la culture et les espèces définies de types idéaux qu'il distingue au moins implicitement.

Par tendance idéale-typique de tous les concepts utilisés par les sciences de la culture, je veux dire que les concepts les plus caractéristiques des sciences de la culture, qu'il s'agisse de religion, de domination, de prophétisme ou de bureaucratie, comportent un élément de stylisation ou de rationalisation. Je dirais volontiers, au risque de choquer, que le métier des sociologues est de rendre la matière sociale ou historique plus intelligible qu'elle ne l'a été dans l'expérience qu'en ont prise ceux qui l'ont vécue. Toute sociologie est une reconstruction tendant à l'intelligibilité d'existences humaines qui sont confuses et obscures comme toutes les existences humaines. Jamais le capitalisme n'est aussi clair que dans les concepts des sociologues, et l'on aurait tort de le leur reprocher. Les sociologues ont pour objet de rendre intelligible à la limite même ce qui ne l'a pas été, de faire apparaître le sens de ce qui a été vécu sans que le sens ait été conscient aux vivants.

Les types idéaux s'expriment par des définitions qui ne sont pas conformes au modèle de la logique aristotélicienne. Un concept historique ne retient pas les caractères que présentent tous les individus inclus dans l'extension du concept, ni moins encore les caractères moyens des individus considérés, il vise le typique, l'essentiel. Quand on dit que les Français sont indisciplinés et intelligents, on ne veut pas dire qu'ils soient tous indisciplinés et intelligents, ce qui est improbable. On veut reconstruire un individu historique, le Français, en dégageant certains caractères qui apparaissent typiques et définissent l'originalité de l'individu. De même encore, lorsque tel philosophe écrit que les hommes sont prométhéens, qu'ils définissent leur avenir en prenant conscience du passé, que l'existence humaine est engagement, il n'entend pas que tous les hommes pensent leur existence par une réflexion simultanée sur ce qui a été et sur ce qui sera. Il suggère que l'homme est vraiment homme lorsqu'il s'élève à cette hauteur de réflexion et de décision. Qu'il s'agisse de la bureaucratie ou du capitalisme, du régime démocratique ou d'une nation particulière, telle l'Allemagne, le concept ne sera défini ni par les caractères communs à tous les individus ni par les caractères moyens. Il sera reconstruction stylisée, isolement des traits typiques [12].

La tendance idéale-typique est liée à la philosophie générale de Max Weber, elle implique le rapport aux valeurs et la compréhension. Comprendre l'homme historique en tant que prométhéen, c'est le comprendre par rapport à ce qui nous paraît décisif, c'est-à-dire sa vocation même. Pour que l'on puisse appeler prométhéen l'homme historique, il faut supposer qu'il s'interroge sur lui-même, sur ses valeurs, sur sa vocation. La tendance idéale-typique est inséparable du caractère compréhensible de la conduite et de l'existence humaine, en même temps que de la démarche initiale des sciences de la culture, le rapport aux valeurs [13].

En simplifiant, on peut dire que Max Weber appelle types idéaux trois sortes de concepts :

Une première espèce est celle des types idéaux d'individus historiques, par exemple le capitalisme ou la ville d'Occident. Le type idéal, dans ce cas, est la reconstruction intelligible d'une réalité historique globale et singulière, globale puisque l'ensemble d'un régime économique est désigné par le terme de capitalisme, singulière puisque d'après Weber le capitalisme, au sens où il définit ce terme, n'a été réalisé pleinement que dans les sociétés occidentales modernes. Le type idéal d'un individu historique demeure une reconstruction partielle : le sociologue choisit dans l'ensemble historique un certain nombre de traits pour constituer un tout intelligible. La reconstruction est une entre d'autres possibles, et toute la réalité n'entre pas dans l'image mentale du sociologue.

Une deuxième espèce est celle de types idéaux qui désignent des éléments abstraits de la réalité historique qui se retrouvent dans un grand nombre de circonstances. Ces concepts permettent, lorsqu'ils sont combinés, de caractériser et de comprendre les ensembles historiques réels.

L'opposition entre ces deux espèces de types idéaux apparaîtra clairement si l'on prend pour exemple de la première espèce le capitalisme et pour exemple de la deuxième la bureaucratie. Dans le premier cas, on désigne un ensemble historique, réel et singulier. Dans le deuxième, on définit un aspect des institutions politiques qui ne couvre pas un régime tout entier et qui se retrouve maintes fois, à des moments différents de l'histoire.

Ces types idéaux des éléments caractéristiques de la société se situent à des niveaux divers d'abstraction. A un niveau inférieur, apparaissent des concepts tels que bureaucratie ou féodalité. A un niveau plus élevé d'abstraction, figurent les trois types de domination (rationnel, traditionnel et charismatique). Chacun de ces trois types est défini par la motivation de l'obéissance ou par la nature de la légitimité à laquelle prétend le chef. La domination rationnelle se justifie par les lois et les règlements; la domination traditionnelle par la référence au passé et à la coutume; la domination charismatique par la vertu exceptionnelle, quasi magique, que possède le chef et qui lui est prêtée par ceux qui le suivent et se dévouent à lui. Les trois types de domination sont des exemples de concepts que l'on pourrait appeler « atomiques ». On les utilise comme des éléments grâce auxquels on reconstruit et comprend des régimes politiques concrets. La plupart de ces derniers combinent des éléments qui ressortissent à ces trois types de domination. Encore une fois, c'est parce que la réalité est confuse qu'il faut l'aborder avec des idées claires, parce que les types se mêlent dans la réalité qu'il faut définir rigoureusement chacun d'eux, parce qu'il n'y a pas de régime qui soit purement charismatique ou traditionnel qu'il faut, dans notre esprit, séparer rigoureusement ces deux types. La reconstruction des types idéaux est non pas la fin de la recherche scientifique, mais un moyen. C'est en utilisant des concepts rigoureusement définis que nous mesurons l'écart entre nos concepts et la réalité, en combinant des concepts multiples que nous saisissons une réalité complexe. Enfin, à un dernier niveau d'abstraction, nous trouvons les types d'action : l'action rationnelle par rapport à des buts, l'action rationnelle par rapport à des valeurs, l'action traditionnelle, et l'action affective.

Enfin, la troisième espèce des types idéaux est constituée par les reconstructions rationalisantes de conduites d'un caractère particulier. L'ensemble des propositions de la théorie économique, d'après Max Weber, n'est que la reconstruction idéale-typique de la manière dont les sujets se conduiraient s'ils étaient des sujets économiques purs. La théorie économique pense rigoureusement la conduite économique conforme à son essence et définie de manière précise [14].

Les antinomies de la condition humaine.

Ainsi les sciences de la culture sont à la fois compréhensives et causales. Le rapport de causalité est, selon les cas, historique ou sociologique. L'historien vise à peser l'efficacité causale des différents antécédents en une conjoncture unique, le sociologue s'efforce d'établir des rapports de consécution qui se sont répétés ou qui sont susceptibles de se répéter. L'instrument principal de la compréhension est le type idéal en ses différentes variétés dont le trait commun est la tendance à la rationalisation, ou encore à la saisie de la logique, explicite ou implicite, d'un type de conduite ou d'un phénomène historique singulier. Dans tous les cas, le type idéal est un moyen et non pas une fin, le but des sciences de la culture étant toujours de comprendre les sens subjectifs, c'est-à-dire, en dernière analyse, la signification que les hommes ont donnée à leur existence.

Cette idée que la science de la culture vise à saisir les sens subjectifs des conduites n'est nullement évidente. Beaucoup de sociologues d'aujourd'hui l'abandonnent et considèrent que c'est la logique inconsciente des sociétés ou des existences qui est l'objet scientifique authentique. Dans le cas de Weber, le but est de comprendre l'existence vécue. Et probablement cette orientation de la curiosité scientifique tient-elle à la relation qui s'établit à la fois dans la pensée de Max Weber et dans sa théorie épistémologique entre la connaissance et l'action.

L'un des thèmes fondamentaux de la pensée wébérienne est l'opposition déjà analysée entre le jugement de valeur et le rapport aux valeurs. L'existence historique est par essence création et affirmation de valeurs. La science de la culture est compréhension de cette existence et sa démarche est le rapport aux valeurs. La vie humaine est faite d'une série de choix par lesquels les hommes édifient un système de valeurs. La science de la culture est la reconstruction et la compréhension des choix humains par lesquels un univers de valeurs a été édifié.

La philosophie des valeurs est en relation étroite avec la théorie de l'action. Max Weber appartient au groupe des sociologues qui sont des « frustrés de la politique » et dont l'aspiration non satisfaite à l'action a été l'un des mobiles de l'effort scientifique.

La philosophie des valeurs de Max Weber a pour origine la philosophie néo-kantienne telle qu'elle était exposée de son temps dans les universités de l'Allemagne du Sud-Ouest. Cette philosophie pose au point de départ la distinction radicale entre les faits et les valeurs.

Les valeurs ne sont données ni dans le sensible ni dans le transcendant. Elles sont créées par des décisions humaines qui diffèrent en nature des démarches par lesquelles l'esprit saisit le réel et élabore la vérité. Il se peut, et certains philosophes néo-kantiens l'ont affirmé, que la vérité elle-même soit une valeur. Mais, chez Max Weber, une différence fondamentale subsiste entre l'ordre de la science et l'ordre des valeurs. L'essence du premier est la soumission de la conscience aux faits et aux preuves, l'essence du second le libre choix et la libre affirmation. Nul ne peut être tenu par une démonstration de reconnaître une valeur à laquelle lui-même n'adhère pas [15].

A ce point, il n'est pas sans intérêt de développer la comparaison avec Durkheim et Pareto. Durkheim pensait trouver dans ce qu'il appelait la société à la fois l'objet sacré par excellence et le sujet créateur des valeurs. Pareto posait en principe que seul le rapport entre les moyens et les fins pouvait être caractérisé comme logique et que, par suite, toute détermination des fins était en tant que telle non-logique. Il cherchait donc dans les états d'esprit, les sentiments ou les résidus, les forces qui produisent l'affirmation des fins ou encore, en un autre langage, la détermination des valeurs; mais cette détermination ne l'intéressait que dans ses caractéristiques constantes. Il jugeait que toutes les sociétés sont travaillées par des contradictions fondamentales, contradictions entre la place occupée par chacun et ses mérites, contradiction entre l'égoïsme des individus et les nécessités du dévouement ou du sacrifice à la collectivité. Par suite, il désirait avant tout établir une classification des résidus valable de manière permanente, c'est-à-dire construire l'équivalent d'une théorie de la nature humaine, à laquelle il remontait à partir de la diversité infinie des phénomènes historiques.

Ni l'une ni l'autre de ces formules ne répond à la pensée wébérienne. Weber aurait répondu à Durkheim que les sociétés sont effectivement le milieu dans lequel se créent les valeurs, mais que les sociétés réelles n'en sont pas moins constituées par des hommes, c'est-à-dire par nous-mêmes et les autres, et qu'en conséquence ce n'est pas la société concrète en tant que telle que nous adorons ou que nous devons adorer. S'il est vrai que chaque société nous suggère ou nous impose un système de valeurs, il n'est pas prouvé de ce fait que le système dans lequel nous vivons vaille mieux que celui de nos ennemis ou que celui que nous-mêmes voulons édifier. La création de valeurs est sociale, mais elle est aussi historique. A l'intérieur de chaque société, des conflits surgissent entre les groupes, les partis et les individus. L'univers de valeurs auquel finalement chacun de nous est attaché est une création à la fois collective et individuelle. Il résulte de la réponse de notre conscience à un milieu ou à une situation. Il n'y a donc pas lieu de transfigurer le système social existant et de lui reconnaître une valeur supérieure à celle de notre propre choix. Ce dernier est peut-être créateur de l'avenir alors que le système que nous avons reçu représente l'héritage du passé.

A Pareto, Weber aurait répondu que les classes de résidus répondent peut-être à des tendances permanentes de la nature humaine, mais qu'à s'en tenir à une classification des résidus, le sociologue ignore ou néglige ce qu'il y a de plus intéressant dans le cours de l'histoire. Bien sûr, toutes les théodicées, toutes les philosophies sont non-logiques ou comportent des manquements aux règles de la logique et à l'enseignement des faits, mais l'historien veut comprendre les significations que les hommes ont données à leur existence, la manière dont ils se sont accommodés du mal, la combinaison qu'ils ont établie entre l'égoïsme et le dévouement. Tous ces systèmes de significations ou de valeurs ont un caractère historique, ils sont multiples, divers, intéressants par et dans leur singularité. En d'autres termes, Pareto recherche le constant, tandis que Max Weber veut saisir les systèmes sociaux et intellectuels dans leurs traits singuliers. Ce qui le passionne, c'est de préciser la place de la religion dans une société particulière, de déterminer la hiérarchie des valeurs adoptée par une époque ou une communauté. Ce sont les systèmes non-logiques, comme aurait dit Pareto, d'interprétation du monde et de la société qui sont l'objet prédominant de la curiosité wébérienne.

Ce monde des valeurs, monde de l'action passée et objet de la science actuelle, Max Weber l'a traité, me semble-t-il, de deux manières et ces deux traitements aboutissent à des résultats accordés. D'une part, en tant que philosophe de la politique, il a essayé d'élaborer ce que j'appellerais volontiers les antinomies de l'action. D'autre part, en tant que sociologue, il a voulu penser les différentes attitudes religieuses et l'influence qu'elles exercent sur la conduite des hommes et notamment sur leur conduite économique.

L'antinomie fondamentale de l'action, selon Max Weber, est celle de la *morale de la responsabilité* et de la *morale de la conviction;* Machiavel d'un côté, Kant de l'autre. L'éthique de la responsabilité *(Verantwortungsethik)* est celle que ne peut pas ne pas adopter l'homme d'action. Elle ordonne de se situer dans une situation, d'envisager les conséquences des décisions possibles et de tenter d'introduire dans la trame des événements un acte qui aboutira à certains résultats ou déterminera certaines conséquences que nous souhaitons. L'éthique de la responsabilité interprète l'action en termes de moyens-fins. S'il faut convaincre les officiers d'une armée d'accepter une politique qu'ils n'aiment pas, on la leur présentera en un langage tel qu'ils ne la comprendront pas, ou avec des formules qui tolèrent une interprétation strictement contraire à l'intention réelle de l'acteur ou au but poursuivi. Peut-être à un moment donné en résultera-t-il une tension entre l'homme d'action et les exécutants; peut-être ceux-ci auront-ils le sentiment d'avoir été trompés, mais si tel était le seul moyen d'atteindre le but que l'on visait, a-t-on le droit de condamner celui qui a trompé pour le bien de l'État? Max Weber aimait à prendre pour symbole de l'éthique de la responsabilité le citoyen de Florence qui, disait Machiavel, a préféré la grandeur de la cité au salut de son âme. L'homme d'État accepte d'employer des moyens réprouvés par l'éthique vulgaire pour réaliser un objectif supra-individuel qui est le bien de la collectivité. Max Weber ne fait pas l'éloge du machiavélien, et une éthique de la responsabilité n'est pas nécessairement machiavélique au sens vulgaire du terme. L'éthique de la responsabilité est simplement celle qui se préoccupe de l'efficacité et se définit donc par le choix de moyens adaptés au but que l'on veut atteindre. Max Weber ajoutait que personne ne va jusqu'au bout de la morale de la responsabilité au sens où celle-ci serait l'acceptation de n'importe quel moyen, pourvu qu'il fût en dernière analyse efficace. Il citait Machiavel et le sacrifice du salut de l'âme à la grandeur de la cité, mais il citait aussi Luther et sa formule fameuse devant la Diète de Worms : *Hier stehe ich; ich kann nicht anders; Gott helfe mir, Amen* (« Je m'arrête là; je ne peux pas faire autrement; Dieu veuille m'aider »). La morale de l'action comporte deux termes extrêmes, le péché pour sauver la cité et, dans les circonstances extrêmes, l'affirmation inconditionnelle d'une volonté, quelles qu'en soient les conséquences.

Ajoutons que la morale de la responsabilité ne se suffit pas à elle-même dans la mesure où elle se définit par la recherche des moyens adaptés au but et que ces buts restent indéterminés. C'est là qu'apparaît ce que d'aucuns, par exemple Léo Strauss, ont appelé le nihilisme wébérien. Weber ne croyait pas que l'accord pût se faire entre les hommes et les sociétés sur les buts à atteindre. Il avait une conception volontariste des valeurs créées par les hommes, il niait l'existence d'une hiérarchie universelle des fins et, plus encore, il pensait que chacun de nous est obligé de choisir entre des valeurs en dernière analyse incompatibles les unes avec les autres. En matière d'action, des choix s'imposent qui ne vont pas sans sacrifices.

Les diverses valeurs auxquelles nous pouvons aspirer sont incarnées dans des collectivités humaines qui, de ce fait, sont spontanément en conflit les unes avec les autres. Max Weber reprenait la tradition de Hobbes, celle de l'état de nature entre les sociétés politiques. Les grands États sont des États de puissance engagés dans une compétition permanente. Chacun de ces États est porteur d'une certaine culture; ces cultures se posent l'une en face de l'autre, chacune prétendant à la supériorité, sans que l'on puisse d'aucune manière trancher la querelle.

A l'intérieur d'une collectivité, il n'y a guère de mesure politique qui ne comporte avantage pour une classe et sacrifice pour une autre. Aussi les décisions politiques, qui peuvent et doivent être éclairées par la réflexion scientifique, seront toujours, en dernière analyse, dictées par des jugements de valeur non susceptibles de démonstration. Nul ne peut décréter avec assurance la mesure dans laquelle tel individu ou tel groupe doit être sacrifié au bien d'un autre groupe ou au bien de la collectivité globale. Le bien de la collectivité globale ne peut jamais être défini que par un groupe particulier. En d'autres termes, selon la pensée de Max Weber, la notion catholique du bien commun de la cité n'est pas valable ou ne peut pas comporter de détermination rigoureuse.

Mais il y a plus. Pour Max Weber, la théorie de la justice comporte une antinomie fondamentale. Les hommes sont inégalement doués au point de vue physique, intellectuel et moral. Il y a une loterie génétique au point de départ de l'existence humaine : les gènes que chacun de nous a reçus résultent, au sens propre du terme, d'un calcul de probabilités. L'inégalité étant le phénomène naturel et premier, l'on peut soit tendre à effacer par l'effort social l'inégalité naturelle, soit au contraire tendre à rétribuer chacun en fonction de ses qualités. Max Weber affirmait, à tort ou à raison, qu'entre la proportionnalité des conditions aux inégalités naturelles et l'effort d'effacement de ces inégalités, il n'y a pas de choix qui soit commandé par la science. Chacun choisit seul son Dieu ou son démon.

Enfin, les dieux de l'Olympe, pour parler comme Max Weber, sont naturellement en conflit. Nous savons aujourd'hui qu'une chose peut être belle, non pas « bien que », mais « parce que » elle n'est pas morale. Non seulement les valeurs peuvent être historiquement incompatibles en ce sens qu'une même société ne peut pas réaliser simultanément les valeurs de puissance militaire, de justice sociale et de culture, mais encore la réalisation de certaines valeurs esthétiques peut être contraire à la réalisation de certaines valeurs morales. La réalisation de ces dernières peut être contraire à la réalisation de certaines valeurs politiques.

Le problème du choix des valeurs introduit à l'éthique de la conviction *(Gesinnungsethik)*. La morale de la conviction incite chacun de nous à agir selon ses sentiments sans référence, explicite ou implicite, aux conséquences. Max Weber en donne deux exemples, celui du pacifiste absolu et celui du syndicaliste révolutionnaire.

Le pacifiste absolu refuse inconditionnellement de porter les armes ou de tuer son semblable. S'il s'imagine empêcher les guerres par ce refus, il est naïf et, sur le plan de la morale de la responsabilité, inefficace. Mais s'il n'a pas d'autre but que d'agir conformément à sa conscience, si le refus lui-même est l'objet de sa conduite, il devient sublime ou absurde, peu importe, mais irréfutable. Quiconque proclame : plutôt la prison ou la mort que de tuer mon semblable, agit selon l'éthique de la conviction. On peut lui donner tort, mais non démontrer qu'il se trompe puisque l'acteur n'invoque aucun autre juge que sa conscience et que la conscience de chacun est irréfutable dans la mesure où elle n'a pas l'illusion de transformer le monde et n'ambitionne pas d'autre satisfaction que la fidélité elle-même. Sur le plan de la responsabilité, il peut se faire que les pacifistes n'apaisent pas la violence et contribuent seulement à la défaite de leur patrie. Mais ces objections ne touchent pas le moraliste de la conviction. De même, le syndicaliste révolutionnaire qui dit non à la société, indifférent aux suites immédiates ou lointaines de son refus, dans la mesure où il se comprend exactement lui-même, échappe aux critiques scientifiques ou politiques de celui qui se met sur le plan des faits.

« Vous perdrez votre temps à exposer, de la façon la plus persuasive possible, à un syndicaliste convaincu de la vérité de l'éthique de conviction que son action n'aura d'autre effet que celui d'accroître les chances de la réaction, de retarder l'action de sa classe et de l'asservir davantage, il ne vous croira pas. Lorsque les conséquences d'un acte fait par pure conviction sont fâcheuses, le partisan de cette éthique n'attribuera pas la responsabilité à l'agent, mais au monde, à la sottise des hommes ou encore à la volonté de Dieu qui a créé les hommes ainsi. » (*Le Savant et le politique*, p. 187).

Il y aurait beaucoup à dire sur cette antinomie fondamentale. Manifestement il n'y a pas de morale de la responsabilité qui ne soit inspirée par des convictions puisque, en dernière analyse, la morale de la responsabilité est recherche de l'efficacité et que l'on peut mettre en question le but de cette recherche.

Il est clair également que la morale de la conviction ne peut être la morale de l'État. On peut même dire que la morale de la conviction, au sens extrême du terme, ne peut pas être celle de l'homme qui entre, si peu que ce soit, dans le jeu politique, fût-ce par l'intermédiaire de la parole ou de l'écrit. Personne ne dit ou n'écrit n'importe quoi, indifférent aux conséquences de ses propos ou de ses actes, uniquement soucieux d'obéir à sa conscience. La morale de la seule conviction n'est qu'un type idéal dont personne ne doit s'approcher de trop près pour rester à l'intérieur des limites de la conduite raisonnable.

Je pense, malgré tout, qu'il reste une idée profonde dans l'antinomie wébérienne de la conviction et de la responsabilité. Dans l'action, notamment dans l'action politique, nous sommes partagés entre deux attitudes, peut-être même faudrait-il dire partagés entre le désir de deux attitudes. L'une, que j'appellerai instrumentale, cherche à produire des résultats conformes à nos objectifs et, de ce fait, s'oblige à regarder le monde et à analyser les conséquences probables de ce que nous dirons ou ferons. L'autre, que j'appellerai morale, nous pousse bien souvent à parler et à agir sans tenir compte des autres et du déterminisme des événements. Parfois nous sommes las de calculer et nous obéissons à l'irrésistible impulsion de laisser à Dieu, ou d'envoyer au diable, les suites de nos paroles et de nos actes. L'action raisonnable s'inspire à la fois de ces deux attitudes. Mais il n'était pas inutile, et je crois qu'il est éclairant, d'avoir posé, dans toute leur rigueur, les types idéaux des deux attitudes entre lesquelles chacun de nous oscille : l'homme d'État, certainement plus porté à la responsabilité, ne serait-ce que pour se justifier lui-même, et le citoyen, plus porté à la conviction, ne serait-ce que pour critiquer l'homme d'État. Max Weber affirmait à la fois : « L'une et l'autre maxime éthique s'opposent en un antagonisme éternel qu'il est absolument impossible de surmonter avec les moyens d'une morale qui se fonde purement sur elle-même » (*Essais sur la théorie de la science*, p. 425), et : « L'éthique de la conviction et l'éthique de la responsabilité ne sont pas contradictoires, mais elles se complètent l'une et l'autre et constituent ensemble l'homme authentique, c'est-à-dire un homme qui peut prétendre à la « vocation politique. » (*Le Savant et le politique*, p. 199.)

La sociologie de la religion.

La morale de la conviction apparaît, dans la pensée wébérienne, comme une des expressions possibles d'une attitude religieuse. La morale du Sermon sur la Montagne est le type même d'une morale de la conviction. Le pacifiste idéal est celui qui refuse de prendre l'épée et de répondre à la violence par la violence. Weber citait volontiers la formule « tendre l'autre joue », et il ajoutait que si cette formule n'est pas sublime, elle est lâche. Le chrétien qui, par un effort de volonté, ne répond pas à l'injure est grand, celui qui, par faiblesse ou par peur, ne répond pas à l'injure, est méprisable. La même attitude peut être sublime lorsqu'elle est l'expression de la conviction religieuse, basse si elle traduit le manque de courage ou de dignité. L'analyse de la morale de la conviction conduit à une sociologie de la religion.

Le pacifisme par conviction ne s'explique que dans une représentation globale du monde. Le pacifisme du chrétien ne devient intelligible, c'est-à-dire ne prend son sens vrai, que par référence à l'idée qu'il se fait de la vie et aux valeurs suprêmes auxquelles il adhère. Toute attitude exige, pour être comprise, la saisie de la conception globale de l'existence qui anime et que vit l'acteur. Tel est le point de départ des études wébériennes de sociologie de la religion. Elles sont commandées par la question suivante : dans quelle mesure les conceptions religieuses ont-elles influé sur le comportement économique des diverses sociétés?

On a souvent affirmé que Weber s'était efforcé de réfuter le matérialisme historique et d'expliquer le comportement économique par les religions au lieu de postuler que les religions étaient la superstructure d'une société dont l'infrastructure serait constituée par les rapports de productions. En fait la pensée de Weber est différente. Il a voulu démontrer que les conduites des hommes dans les diverses sociétés ne sont intelligibles que dans le cadre de la conception générale que ces hommes se sont faite de l'existence; les dogmes religieux et leur interprétation sont parties intégrantes de ces visions du monde, il faut les comprendre pour comprendre le comportement des individus et des groupes, et notamment leur comportement économique. D'autre part, Max Weber a voulu prouver que les conceptions religieuses sont effectivement un déterminant des conduites économiques et, par conséquent, une des causes des transformations économiques des sociétés.

Sur ces deux points, l'étude la plus éclairante est celle que Max Weber a consacrée aux rapports de l'esprit du capitalisme et de l'éthique protestante.

Pour interpréter exactement cette étude fameuse, il faut partir de l'analyse du capitalisme contenue dans l'avant-propos et le chapitre 2 du livre. Selon Max Weber, il n'y a pas un capitalisme, mais des capitalismes. Autrement dit, toute société capitaliste présente des singularités qui ne se retrouvent pas telles quelles dans les autres sociétés du même type. La méthode des types idéaux s'applique donc en ce cas.

« Si tant est qu'il existe un objet auquel cette expression [esprit du capitalisme] puisse s'appliquer de façon sensée, il ne s'agira que d'un " individu historique ", c'est-à-dire d'un complexe de relations présentes dans la réalité historique, que nous réunissons, en vertu de leur signification culturelle, en un tout conceptuel. Or un tel concept historique ne peut être défini suivant la formule *genus proximum, differentia specifica*, puisqu'il se rapporte à un phénomène significatif pris dans son *caractère* individuel propre; mais il doit être *composé* graduellement, à partir de ses éléments singuliers qui sont à extraire un à un de la réalité historique. On ne peut donc trouver le concept définitif au début mais à la fin de la recherche. En d'autres termes, c'est seulement au cours de la discussion que se révélera le résultat essentiel de celle-ci, à savoir la meilleure façon de formuler ce que nous entendons par " esprit " du capitalisme; la meilleure, c'est-à-dire la façon la plus appropriée selon les points de vue qui nous intéressent ici. En outre, ces points de vue, à partir desquels les phénomènes historiques que nous étudions peuvent être analysés, ne sont en aucune manière les seuls possibles. Ainsi qu'il en va pour chaque phénomène historique, d'autres points de vue nous feraient apparaître d'autres traits comme " essentiels ". Il s'ensuit, sans plus, que sous le concept d' " esprit " du capitalisme il n'est nullement nécessaire de comprendre *seulement* ce qui se présente *à nous* en tant qu'essentiel pour l'objet de nos recherches. Cela découle de la nature même de la conceptualisation des phénomènes historiques, laquelle n'enchâsse pas, à toutes fins méthodologiques, la réalité dans des catégories abstraites, mais s'efforce de l'articuler dans des relations génétiques concrètes qui revêtent inévitablement un caractère individuel propre. » (*L'Éthique protestante et l'esprit du capitalisme*, p. 47-48.)

Il est donc légitime de construire un type idéal du capitalisme, c'est-à-dire une définition centrée autour de certains traits retenus parce qu'ils nous intéressent particulièrement et parce qu'ils commandent une série de phénomènes subordonnés [16].

Le capitalisme selon Max Weber se définit par l'existence d'entreprises *(Betrieb)* dont le but est de faire le maximum de profit et dont le moyen est l'organisation rationnelle du travail et de la production. C'est la jonction du désir de profit et de la discipline rationnelle qui constitue historiquement le trait singulier du capitalisme occidental. Des individus avides d'argent, il y en a eu dans toutes les sociétés connues, mais ce qui a été rare et probablement unique, c'est que ce désir tende à se satisfaire, non par la conquête, la spéculation ou l'aventure, mais par la discipline et la science. Une entreprise capitaliste vise le profit maximum par l'intermédiaire d'une organisation bureaucratique. L'expression « profit maximum » n'est d'ailleurs pas entièrement juste. Ce qui est constitutif du capitalisme, ce n'est pas tant le profit maximum que l'accumulation indéfinie. N'importe quel marchand a toujours voulu, dans une affaire quelconque, faire autant de bénéfice que possible. Ce qui définit le capitaliste, c'est qu'il ne limite pas son appétit de gain, mais qu'il est animé par le désir d'accumuler toujours davantage, de telle sorte que la volonté de production devient elle aussi indéfinie.

« La " soif d'acquérir ", la " recherche du profit ", de l'argent, de la plus grande quantité d'argent possible, n'ont en eux-mêmes rien à voir avec le capitalisme. Garçons de cafés, médecins, cochers, artistes, cocottes, fonctionnaires vénaux, soldats, voleurs, croisés, piliers de tripots, mendiants, tous peuvent être possédés de cette même soif — comme ont pu l'être ou l'ont été des gens de conditions variées à toutes les époques et en tous lieux, partout où existent ou ont existé d'une façon quelconque les conditions objectives de cet état de choses... L'avidité d'un gain sans limite n'implique en rien le capitalisme, bien moins encore son « esprit ». Le capitalisme s'identifierait plutôt avec la *domination (Bändigung)*, à tout le moins avec la modération rationnelle de cette impulsion irrationnelle. Sans doute le capitalisme est-il identique à la recherche du profit, d'un profit toujours *renouvelé*, dans une entreprise continue, rationnelle et capitaliste — il est recherche de la *rentabilité*. Il y est obligé. Là où toute l'économie est soumise à l'ordre capitaliste, une entreprise capitaliste individuelle qui ne serait pas animée *(orientiert)* par la recherche de la rentabilité serait condamnée à disparaître... Nous appellerons action économique « capitaliste » celle qui repose sur l'espoir d'un profit par l'exploitation des possibilités d'*échange*, c'est-à-dire sur des chances (formellement) pacifiques de profit... Si l'acquisition capitaliste est recherchée rationnellement, l'action correspondante s'analysera en un calcul effectué en termes de capital. Ce qui signifie que si l'action utilise méthodiquement des matières ou des services personnels comme moyen d'acquisition, le bilan de l'entreprise chiffré en argent à la fin d'une période d'activité (ou la valeur de l'actif évalué périodiquement dans le cas d'une entreprise continue) devra *excéder* le capital, c'est-à-dire la valeur des moyens matériels de production mis en œuvre pour l'acquisition par voie d'échange... L'important pour notre concept, ce qui détermine ici l'action économique de façon décisive, c'est la tendance *(Orientierung) effective* à comparer un résultat exprimé en argent avec un investissement évalué en argent *(Geldschätzunseinsatz)*, si primitive soit cette comparaison. Dans la mesure où les documents économiques nous permettent de juger, il y a eu en ce sens, dans tous les pays civilisés, un capitalisme et des entreprises capitalistes reposant sur une rationalisation passable des évaluations en capital *(Kapitalrechnung)*. En Chine, dans l'Inde, à Babylone, en Égypte, dans l'Antiquité méditerranéenne, au Moyen Age aussi bien que de nos jours... Mais, dans les temps *modernes*, l'Occident a connu en propre une autre forme de capitalisme : l'organisation rationnelle capitaliste du *travail* (formellement) *libre*, dont on ne rencontre ailleurs que de vagues ébauches... Mais l'organisation rationnelle de l'entreprise, liée aux prévisions d'un marché régulier et non aux occasions irrationnelles où politiques de spéculer, n'est pas la seule particularité du capitalisme occidental. Elle n'aurait pas été possible sans deux autres facteurs importants : *la séparation du ménage (Haushalt) et de l'entreprise (Betrieb)*, qui domine toute la vie économique moderne; la *comptabilité* rationnelle, qui lui est intimement liée. Nous trouvons ailleurs également la séparation dans l'espace du logis et de l'atelier (ou de la boutique), exemples : le bazar oriental et les *ergasteria* de certaines civilisations. De même, au Levant, en Extrême-Orient, dans l'Antiquité, des associations capitalistes ont leur comptabilité indépendante. Mais par rapport à l'indépendance moderne des entreprises ce ne sont là que de modestes tentatives... Partout ailleurs, les entreprises recherchant le profit ont eu tendance à se développer à partir d'une grande économie familiale, qu'elle soit princière ou domaniale (l'*oikos*); elles présentent, comme l'a bien vu Rodbertus, à côté de parentés superficielles avec l'économie moderne, un développement divergent, voire opposé. Cependant, en dernière analyse, toutes ces particularités du capitalisme occidental n'ont reçu leur signification moderne que par leur association avec l'organisation capitaliste du travail. Ce qu'en général on appelle la " commercialisation ", le développement des titres négociables, et la Bourse qui est la rationalisation de la spéculation, lui sont également liés. Sans l'organisation rationnelle du travail capitaliste, tous ces faits — en admettant qu'ils demeurent possibles — seraient loin d'avoir la même signification, surtout en ce qui concerne la structure sociale et tous les problèmes propres à l'Occident moderne lui sont connexes. Le calcul exact, fondement de tout le reste, n'est possible que sur la base du travail libre... Par conséquent, dans une histoire universelle de la civilisation, le problème central — même d'un point de vue purement économique — ne sera pas pour nous, en dernière analyse, le développement de l'activité capitaliste en tant que telle, différente de forme suivant les civilisations : ici aventurière, ailleurs mercantile, ou orientée vers la guerre, la politique, l'administration; mais bien plutôt le développement du *capitalisme d'entreprise bourgeois*, avec son organisation rationnelle du *travail libre.* Ou, pour nous exprimer en termes d'histoire des civilisations, notre problème sera celui de la naissance de la classe bourgeoise occidentale avec ses traits distinctifs. » (*L'Éthique protestante et l'esprit du capitalisme*, *passim*, p. 15 à 23.)

La bureaucratie, selon Max Weber, n'est pas une singularité des sociétés occidentales. Le nouveau royaume d'Égypte, l'Empire chinois, l'Église catholique romaine, les États européens ont eu des bureaucraties comme en a l'entreprises capitaliste moderne de grande dimension. La bureaucratie, au sens wébérien, se définit par quelques traits structurels. Elle est l'organisation permanente de la coopération entre de nombreux individus, dont chacun exerce une fonction spécialisée. Le bureaucrate exerce un métier séparé de la vie familiale, détaché, pourrait-on dire, de sa personnalité propre. Quand nous sommes en relation avec un fonctionnaire des postes derrière son guichet, nous ne sommes pas en relation avec une personne, mais avec un exécutant anonyme. Nous sommes même quelque peu choqués lorsque la buraliste échange avec sa voisine des remarques de caractère personnel. Le bureaucrate doit faire son métier qui n'a rien à voir avec les enfants ou les vacances.

Cette impersonnalité est essentielle à la nature de la bureaucratie, où théoriquement chacun doit connaître les lois et agir en fonction des commandements abstraits d'une réglementation stricte. Enfin la bureaucratie assure à tous ceux qui travaillent en son sein une rémunération fixée selon les règles, ce qui exige qu'elle dispose de ressources propres [17].

Cette définition du capitalisme, par l'entreprise travaillant en vue de l'accumulation indéfinie du profit et fonctionnant selon une rationalité bureaucratique, diffère de celle des saint-simoniens ou de la plupart des économistes libéraux. Elle se rapproche de celle de Marx, mais présente cependant quelques différences. Comme Marx, Max Weber pense que l'essence du régime capitaliste est la quête du profit par l'intermédiaire du marché. Lui aussi insiste sur la présence des travailleurs juridiquement libres, louant leur force de travail au propriétaire des moyens de production, il souligne enfin que l'entreprise capitaliste moderne utilise des moyens de plus en plus puissants renouvelant perpétuellement les techniques en vue d'accumuler des profits supplémentaires. Le progrès technique est d'ailleurs le résultat non cherché mais obtenu de la concurrence des producteurs.

« Il est notoire que la forme proprement moderne du capitalisme occidental a été déterminée, dans une grande mesure, par le développement des possibilités *techniques.* Aujourd'hui, sa rationalité dépend essentiellement de la *possibilité d'évaluer* les facteurs techniques les plus importants. Ce qui signifie qu'elle dépend de traits particuliers de la science moderne, tout spécialement des sciences de la nature, fondées sur les mathématiques et l'expérimentation rationnelle. D'autre part, le développement de ces sciences et des techniques qui en sont dérivées a reçu et reçoit de son côté une impulsion décisive des intérêts capitalistes qui attachent des récomprenses *(Prämie)* à leurs applications pratiques, bien que l'origine de la science occidentale n'ait pas été déterminée par de tels intérêts. » (*L'Éthique protestante et l'esprit du capitalisme*, p. 23.)

La différence entre Marx et Weber est que la caractéristique majeure de la société moderne et du capitalisme, selon ce dernier, est la rationalisation bureaucratique, qui ne peut pas ne pas se poursuivre quel que soit le statut de propriété des moyens de production. Max Weber évoquait volontiers une socialisation de l'économie mais il n'y voyait pas une transformation fondamentale. La nécessité de l'organisation rationnelle pour obtenir la production au meilleur coût subsisterait au-delà de la révolution qui aurait donné à l'État la propriété des instruments de production.

Les saint-simoniens mettaient l'accent sur l'aspect technique de la société moderne, c'est-à-dire sur l'amplification prodigieuse des moyens de produire. En conséquence, ils n'attachaient pas une importance décisive à l'opposition entre ouvriers et entrepreneurs et ne croyaient pas à la nécessité de la lutte de classes pour l'accomplissement de la société moderne. Max Weber parle comme Marx de l'organisation typique de l'entreprise moderne : « Le prolétariat en tant que classe ne pouvait exister en dehors de l'Occident en l'absence de toute entreprise organisant le travail libre. » (*L'Éthique protestante et l'esprit du capitalisme*, p. 22.) Mais il aboutit, comme les saint-simoniens, à dévaloriser l'opposition socialisme-capitalisme, parce que la rationalisation bureaucratique étant essentielle à la société moderne et subsistant quel que soit le régime de propriété, une modification de ce régime ne constituerait pas une mutation de la société moderne. Bien plus, Max Weber, adhérant à un système individualiste de valeurs, craignait les progrès de la socialisation susceptibles de réduire la marge de liberté d'action laissée à l'individu. Dans une société socialiste, pensait-il, la promotion au rang supérieur de la hiérarchie s'opérerait selon des procédures bureaucratiques. On deviendrait homme politique ou ministre à la manière dont on devient directeur de ministère. En revanche, dans une société de type démocratique, la promotion s'opère par l'intermédiaire du conflit et du discours, en d'autres termes par des procédures qui laissent plus de place à la personnalité des candidats.

De nos jours, il n'est plus besoin de motivation métaphysique ou morale pour que les individus se conforment à la loi du capitalisme une fois celui-ci existant. Au point de vue historico-sociologique, il faut donc distinguer entre l'explication de la formation du régime et l'explication du fonctionnement du régime. Il nous importe fort peu de savoir aujourd'hui si l'individu qui se trouve à la tête d'une grande société industrielle est catholique, protestant ou juif, s'il est calviniste ou luthérien, s'il voit une relation entre ses succès économiques et les promesses de salut. Le système existe, fonctionne, et c'est le milieu social qui commande les comportements économiques : « Le puritain voulait être un homme besogneux et nous sommes forcés de l'être... Aujourd'hui l'esprit de l'ascétisme religieux s'est échappé de la cage — définitivement? Qui saurait le dire... Quoi qu'il en soit, le capitalisme vainqueur n'a plus besoin de ce soutien depuis qu'il repose sur une base mécanique. » (*Ibid.*, p. 245-246.) Mais tout autre est le problème de savoir comment ce régime s'est institué. Et il n'est pas exclu que des motivations psycho-religieuses soient intervenues dans la constitution du régime. L'hypothèse avancée par Weber est qu'une certaine interprétation du protestantisme a créé certaines des motivations qui ont favorisé la formation du régime capitaliste.

Afin de confirmer cette hypothèse, Max Weber a développé ses recherches dans trois directions :

Au début de son étude, il procède à des analyses statistiques, analogues à celles de Durkheim dans *Le Suicide*, afin d'établir le fait suivant : dans les régions d'Allemagne où coexistent les groupes religieux, les protestants, et en particulier les protestants de certaines Églises, possèdent un pourcentage disproportionné de la fortune et des positions économiquement les plus importantes. Cela ne démontre pas que la variable religieuse détermine les succès économiques, mais pose la question de savoir si les conceptions religieuses n'excerceraient pas une influence sur l'orientation que les hommes et les groupes donnent à leur activité. Max Weber passe assez rapidement sur ces analyses statistiques qui constituent simplement une introduction à des études plus poussées.

D'autres analyses visent à établir la conformité, intellectuelle ou spirituelle, entre l'esprit de l'éthique protestante — ou d'une certaine éthique protestante — et l'esprit du capitalisme. Il s'agit, en ce cas, de mettre en relation de façon compréhensive une pensée religieuse et une attitude à l'égard de certains problèmes d'action.

Enfin, développant dans d'autres ouvrages l'étude sur le protestantisme et le capitalisme, Max Weber a cherché si, ou dans quelle mesure, les conditions sociales et religieuses étaient favorables ou défavorables à la formation d'un capitalisme de type occidental dans d'autres civilisations — Chine, Inde, judaïsme primitif et Islam. S'il existe bien des phénomènes capitalistes dans des civilisations extérieures à l'Occident, les traits spécifiques du capitalisme occidental, la combinaison de la recherche du profit et de la discipline rationnelle du travail, ne sont apparus qu'une seule fois dans le cours de l'histoire. Le capitalisme de type occidental ne s'est développé nulle part en dehors de la civilisation occidentale. Max Weber s'est donc demandé dans quelle mesure une attitude particulière à l'égard du travail, elle-même déterminée par les croyances religieuses, aurait été le fait différentiel, présent en Occident et absent ailleurs, capable de rendre compte du cours singulier pris par l'histoire de l'Occident. Cette interrogation est fondamentale dans la pensée de Max Weber. Il ouvre ainsi son livre sur l'éthique protestante en écrivant : « Tous ceux qui, élevés dans la civilisation européenne d'aujourd'hui, étudient les problèmes de l'histoire universelle, sont tôt ou tard amenés à se poser, et avec raison, la question suivante : à quel enchaînement de circonstances doit-on imputer l'apparition, dans la civilisation occidentale et uniquement dans celle-ci, de phénomènes culturels qui — du moins nous aimons à le penser — ont revêtu une signification et une valeur *universelle*? » (*Ibid.*, p. 11.)

La thèse de Max Weber est celle de l'adéquation significative entre l'esprit du capitalisme et l'esprit du protestantisme. Ramenée à ses éléments essentiels, elle se présente ainsi : Il est conforme à l'esprit d'un certain protestantisme d'adopter à l'égard de l'activité économique une attitude elle-même conforme à l'esprit du capitalisme. Il y a une affinité spirituelle entre une certaine vision du monde et un certain style d'activité économique.

L'éthique protestante à laquelle s'attache Max Weber est essentiellement la conception calviniste qu'il résume en cinq propositions en s'inspirant notamment du texte de la Confession de Westminster de 1647.

— Il existe un Dieu absolu, transcendant, qui a créé le monde et qui le gouverne, mais qui est insaisissable à l'esprit fini des hommes.

— Ce Dieu tout-puissant et mystérieux a prédestiné chacun de nous au salut ou à la damnation sans que, par nos œuvres, nous puissions modifier un décret divin pris à l'avance.

— Dieu a créé le monde pour sa propre gloire.

— L'homme, qu'il doive être sauvé ou damné, a pour devoir de travailler à la gloire de Dieu et de créer le royaume de Dieu sur cette terre.

— Les choses terrestres, la nature humaine, la chair, appartiennent à l'ordre du péché et de la mort, et le salut ne peut être pour l'homme qu'un don totalement gratuit de la grâce divine.

Tous ces éléments, précise Max Weber, existent dispersés dans d'autres conceptions religieuses, mais la combinaison de ces éléments est originale et unique. Et les conséquences en sont importantes.

Une vision religieuse de cet ordre exclut d'abord tout mysticisme. La communication est à l'avance interdite entre l'esprit fini de la créature et l'esprit infini du Dieu créateur. Cette conception est pareillement antiritualiste et incline la conscience vers la reconnaissance d'un ordre naturel que la science peut et doit explorer. Elle est donc indirectement favorable au développement de la recherche scientifique et contraire à toutes les formes d'idolâtrie. « Ainsi, dans l'histoire des religions, trouvait son point final ce vaste processus de "désenchantement" *(Entzauberung)* du monde qui avait débuté avec les prophéties du judaïsme ancien et qui, de concert avec la pensée scientifique grecque, rejetait tous les moyens magiques d'atteindre au salut comme autant de superstitions et de sacrilèges. Le puritain authentique allait jusqu'à rejeter tout soupçon de cérémonie religieuse au bord de la tombe; il enterrait ses proches sans chant ni musique, afin que ne risquât de transparaître aucune " superstition ", aucun crédit en l'efficacité salutaire de pratiques magico-sacramentelles. » (*Ibid.*, p. 121-122).

Dans ce monde de péché, le croyant doit travailler à l'œuvre de Dieu. Mais comment? Sur ce point, les sectes calvinistes ont donné des interprétations différentes. L'interprétation favorable au capitalisme n'est ni la plus originale, ni la plus authentique. Calvin lui-même s'est efforcé d'édifier une république conforme à la loi de Dieu. Mais une autre interprétation est au moins concevable. Le calviniste ne peut pas savoir s'il sera sauvé ou damné, or c'est là une conclusion qui peut devenir intolérable. Par un penchant non pas logique mais psychologique, il cherchera donc dans ce monde les signes de son élection. C'est ainsi, suggère Max Weber, que certaines sectes calvinistes ont fini par trouver dans le succès temporel, éventuellement le succès économique, la preuve du choix de Dieu. L'individu est poussé au travail pour surmonter l'angoisse dans laquelle ne peut pas ne pas l'entretenir l'incertitude de son salut.

« A la question de savoir comment l'individu peut être assuré de son élection, Calvin n'admet au fond qu'une seule réponse : nous devons nous contenter de savoir que Dieu a décidé, et persévérer dans l'inébranlable confiance en Christ qui résulte de la vraie foi. Par principe, il rejette l'hypothèse que l'on puisse reconnaître à son comportement si autrui est élu ou s'il est réprouvé, car ce serait être assez téméraire pour prétendre pénétrer les secrets de Dieu. Dans cette vie, les élus ne se distinguent en rien, pour l'extérieur, des réprouvés; mieux : toutes les expériences subjectives des premiers — en tant que *ludibria spiritus sancti* — sont également à la portée des seconds, à l'exception toutefois de la confiance persévérante et fidèle, *finaliter*. Les élus constituent donc l'Église invisible de Dieu. Naturellement, il en allait tout autrement pour les épigones — déjà pour Théodore de Bèze — et à plus forte raison pour la grande masse des hommes ordinaires. La *certitudo salutis*, au sens de possibilité de reconnaître l'état de grâce, revêtit nécessairement *(musste)* à leurs yeux une importance absolument primordiale. Partout où était maintenue la doctrine de la prédestination, il était impossible de refouler la question : existe-t-il des critères auxquels on puisse reconnaître à coup sûr que l'on appartient au nombre des *electi?*... Dans la mesure où se posait la question de l'état de grâce personnel, il se révélait impossible de s'en tenir à la confiance de Calvin dans le témoignage de la foi persévérante résultant de l'action de la grâce en l'homme — confiance qui n'a jamais été formellement abandonnée, du moins en principe, par la doctrine orthodoxe. Surtout dans la pratique du soin des âmes les pasteurs ne pouvaient s'en satisfaire, car ils étaient en contact immédiat avec les tourments engendrés par cette doctrine. La pratique pastorale s'accommoda donc des difficultés, et le fit de diverses façons. Dans la mesure où la prédestination ne subissait pas une nouvelle interprétation, ne se trouvait pas adoucie, et, au fond, abandonnée, apparurent deux types caractéristiques, liés l'un à l'autre, de conseils pastoraux. D'une part, se considérer comme élu constituait un devoir; toute espèce de doute à ce sujet devait être repoussé en tant que tentation du démon, car une insuffisante confiance en soi découlait d'une foi insuffisante, c'est-à-dire d'une insuffisante efficacité de la grâce. L'exhortation de l'apôtre d'avoir à « s'affermir » dans sa vocation personnelle est interprétée ici comme le devoir de conquérir dans la lutte quotidienne la certitude subjective de sa propre élection et de sa justification. A la place des humbles pécheurs auxquels Luther promet la grâce s'ils se confient à Dieu avec une foi repentante, surgissent les « saints », conscients d'eux-mêmes, que nous retrouvons en ces marchands puritains à la trempe d'acier des temps héroïques du capitalisme et dont des exemplaires isolés se rencontrent encore de nos jours. D'autre part, afin d'arriver à cette confiance en soi, le travail sans relâche dans un métier est expressément recommandé comme le moyen le meilleur. Cela, et cela seul, dissipe le doute religieux et donne la certitude de la grâce. Que l'activité temporelle soit capable de donner cette certitude, qu'elle puisse être, pour ainsi dire, considérée comme le moyen approprié pour réagir contre les sentiments d'angoisse religieuse, on en trouve la raison dans les particularités profondes des sentiments religieux professés dans l'Église réformée. Par contraste avec le luthéranisme, ces différences apparaissent le plus distinctement dans la doctrine de la justification par la foi. » (*Ibid.*, p. 131-135.)

Cette dérivation psychologique d'une théologie favorise l'individualisme. Chacun est seul face à Dieu. Le sens de la communauté avec le prochain et du devoir à l'égard des autres s'affaiblit. Le travail rationnel, régulier, constant, finit par être interprété comme l'obéissance à un commandement de Dieu.

Il s'opère de plus une rencontre étonnante entre certaines exigences de la logique théologique et calviniste et certaines exigences de la logique capitaliste. L'éthique protestante enjoint au croyant de se méfier des biens de ce monde et d'adopter un comportement ascétique. Or, travailler rationnellement en vue du profit et ne pas dépenser le profit, est par excellence une conduite nécessaire au développement du capitalisme, car elle est synonyme de continuel réinvestissement du profit non consommé. C'est là qu'apparaît, avec le maximum de clarté, l'affinité spirituelle entre une attitude protestante et l'attitude capitaliste. Le capitalisme suppose l'organisation rationnelle du travail, il implique que la plus grande part du profit ne soit pas consommée mais épargnée afin de permettre le développement des moyens de production. Comme disait Marx dans *Le Capital* : « Accumulez, accumulez, c'est la loi et les prophètes. » Or, l'éthique protestante, selon Max Weber, fournit une explication et une justification de cette conduite étrange, dont il n'y a pas d'exemple dans les sociétés extra-occidentales, de la recherche du profit le plus élevé possible, non pas pour jouir des douceurs de l'existence, mais pour la satisfaction de produire toujours plus.

Cet exemple illustre très clairement la méthode wébérienne de la compréhension. Toute question de causalité mise à part, Weber a rendu au moins vraisemblable l'affinité entre une attitude religieuse et un comportement économique. Il a posé un problème sociologique de portée considérable, celui de l'influence des conceptions du monde sur les organisations sociales ou les attitudes individuelles.

Max Weber veut saisir l'attitude globale d'individus ou de groupes. Quand on l'accuse d'être un analyste ou un pointilliste, sous prétexte qu'il n'emploie pas le terme à la mode de totalité, on méconnaît que c'est lui qui a rendu évidente la nécessité d'embrasser l'ensemble des comportements, des conceptions du monde et des sociétés. La vraie compréhension doit être globale. Mais comme il était un savant et non un métaphysicien, il n'a pas cru pouvoir conclure que sa propre compréhension était la seule possible. Ayant interprété d'une certaine façon l'éthique protestante, il n'a pas exclu que d'autres hommes, à d'autres époques, puissent apercevoir le protestantisme sous une autre lumière et l'étudier sous un angle différent. Il n'a pas rejeté la pluralité des interprétations, mais il a exigé la globalité de l'interprétation.

Il a d'autre part montré que, en dehors de la logique scientifique, il existe autre chose que l'arbitraire ou la folie. La faiblesse, à mon sens, du *Traité de sociologie générale*, est que Pareto recouvre de la même étiquette de non-logique tout ce qui n'est pas conforme à l'esprit de la science expérimentale. Max Weber montre qu'il y a des organisations intelligibles de la pensée et de l'existence qui, bien qu'elles ne soient pas scientifiques, ne sont pas dénuées de signification. Il tend à reconstruire ces logiques, plus psychologiques que scientifiques, par lesquelles on passe par exemple de l'incertitude sur le salut à la recherche des signes d'élection. Le passage est intelligible, sans qu'il soit à proprement parler conforme aux règles de la pensée logico-expérimentale.

Enfin, Max Weber a montré pourquoi l'opposition entre l'explication par l'intérêt et l'explication par les idées est vide de sens, car ce sont les idées, et même les idées métaphysiques ou religieuses, qui commandent la perception que chacun de nous a de ses intérêts. Pareto met les résidus d'un côté, et les intérêts, au sens économique ou politique, de l'autre. L'intérêt semble se réduire à la puissance politique et à la fortune économique. Ce que montre Weber, c'est que la direction de l'intérêt de chacun de nous est commandée par sa vision du monde. Qu'y a-t-il de plus intéressé pour un calviniste que de découvrir les signes de son élection? C'est la théologie qui commande l'orientation de l'existence. Parce que le calviniste a une représentation déterminée des rapports entre le créateur et la créature, parce qu'il a une certaine idée de l'élection, il vit et travaille d'une certaine façon. Ainsi la conduite économique est fonction d'une vision générale du monde et l'intérêt que chacun prend à telle ou telle activité devient inséparable d'un système de valeurs ou d'une vision totale de l'existence.

Par rapport au matérialisme historique, la pensée wébérienne n'est pas un renversement du pour au contre. Rien ne serait plus faux que de supposer que Max Weber a soutenu une thèse exactement opposée à celle de Marx, expliquant l'économie par la religion au lieu d'expliquer la religion par l'économie. Il n'a pas le projet de renverser la doctrine du matérialisme historique pour substituer une causalité des forces religieuses à la causalité des forces économiques, bien qu'il ait parfois, en particulier dans une conférence faite à Vienne à la fin de la Première Guerre mondiale, utilisé l'expression de « réfutation positive du matérialisme historique ». D'abord, une fois le régime capitaliste constitué, c'est le milieu qui détermine les conduites, quelles que soient les motivations, ce dont nous avons de multiples preuves dans la diffusion de l'entreprise capitaliste à travers toutes les civilisations. Mais, de plus, même pour expliquer l'origine du système capitaliste, Max Weber ne propose pas une autre sorte de causalité exclusive. Ce qu'il a voulu montrer, c'est que l'attitude économique des hommes peut être commandée par leur système de croyance, aussi bien que le système de croyance, à un moment donné, commandé par le système économique. « Est-il nécessaire de protester que notre dessein n'est nullement de substituer à une interprétation causale exclusivement " matérialiste ", une interprétation spiritualiste de la civilisation et de l'histoire qui ne serait pas moins unilatérale? *Toutes deux* appartiennent au domaine du *possible*. Dans la mesure où elles ne se bornent pas au rôle de travail préparatoire, mais prétendent apporter des conclusions, l'une et l'autre servent aussi mal la vérité historique. » (*Ibid.*, p. 248-249.) Il incite donc ses lecteurs à reconnaître qu'il n'y a pas de détermination des croyances par la réalité économico-sociale, ou tout au moins qu'il est illégitime de poser au point de départ une détermination de cette espèce. Il a lui-même démontré que l'on peut parfois comprendre le comportement économique d'un groupe social à partir de sa vision du monde et ouvert une discussion sur la proposition que, dans une conjoncture déterminée, il peut se faire que des motivations métaphysiques ou religieuses commandent le développement économique.

L'essentiel, pour Max Weber, et je crois l'essentiel aux yeux des commentateurs, est l'analyse d'une conception religieuse du monde, c'est-à-dire d'une attitude prise à l'égard de l'existence par des hommes qui interprétaient leur situation à la lumière de leurs croyances. Max Weber a surtout voulu montrer l'affinité intellectuelle et existentielle entre une interprétation du protestantisme et une certaine conduite économique. Cette affinité entre l'esprit du capitalisme et l'éthique protestante rend intelligible la manière dont une façon de penser le monde peut orienter l'action. L'étude de Weber permet de comprendre de façon positive et scientifique l'influence des valeurs et des croyances sur les conduites humaines. Elle éclaire la manière dont s'exerce à travers l'histoire la causalité des idées religieuses [18].

Les autres études de sociologie religieuse sont consacrées à la Chine, à l'Inde et au judaïsme primitif. Elles représentent l'esquisse d'une sociologie comparative des grandes religions selon la méthode wébérienne du rapport aux valeurs. Max Weber pose deux questions à la matière historique :

Peut-on retrouver ailleurs que dans la civilisation occidentale l'équivalent de l'ascèse dans le monde dont l'éthique protestante est l'exemple typique? Ou encore, peut-on retrouver ailleurs que dans la civilisation occidentale une interprétation religieuse du monde qui s'exprime dans une conduite économique, comparable à celle par laquelle l'éthique protestante s'est exprimée en Occident?

Comment peut-on mettre en lumière les différents types fondamentaux de conceptions religieuses et développer une sociologie générale des relations entre les conceptions religieuses et les comportements économiques?

La première question est issue directement des réflexions qui ont conduit à la conception de *L'Éthique protestante et l'esprit du capitalisme.* Le régime économique capitaliste ne s'est développé nulle part ailleurs qu'en Occident. Cette singularité économique s'expliquerait-elle au moins en partie par les traits singuliers des conceptions religieuses de l'Occident?

Ce mode d'analyse ressortit à ce que l'on appelle dans la logique de J. Stuart Mill la méthode d'absence. Si l'ensemble des circonstances avait été le même dans les civilisations non occidentales et dans la civilisation occidentale, le seul antécédent présent en Occident et absent ailleurs ayant été la religion, la démonstration de la causalité de l'antécédent religieux par rapport à l'effet que serait le régime économique capitaliste aurait été convaincante.

Il va sans dire qu'il est impossible de trouver dans la réalité des circonstances exactement semblables aux circonstances occidentales, où le seul facteur différentiel serait l'absence d'une éthique religieuse de style protestant. L'expérimentation causale par comparaison historique ne peut donner des résultats aussi rigoureux que dans le schème idéal de la méthode d'absence. Max Weber constate cependant que dans d'autres civilisations, la civilisation chinoise par exemple, beaucoup des conditions nécessaires au développement d'un régime économique capitaliste étaient données et qu'une des variables nécessaires au développement de ce régime, soit la variable religieuse, était absente.

Par ces comparaisons historiques qui sont des expérimentations intellectuelles, Max Weber a l'ambition au moins de confirmer la thèse selon laquelle la représentation religieuse de l'existence et la conduite économique déterminée par cette conception religieuse ont été en Occident *une* des causes du développement d'un régime économique capitaliste, cet antécédent ayant été, en dehors du monde occidental, un de ceux dont l'absence explique le non-développement d'un semblable régime.

La seconde question est reprise et développée en termes généraux dans la partie d'*Économie et société* consacrée à la sociologie générale des religions. Il m'est impossible de résumer les analyses wébériennes qui, notamment les analyses relatives à la Chine et à l'Inde, sont d'une extraordinaire richesse. Je me borne à indiquer les quelques idées essentielles pour cet exposé d'ensemble.

Selon Max Weber, le concept de rationalité matérielle est caractéristique de la représentation chinoise du monde. Cette rationalité matérielle, en un sens, est tout aussi rationnelle et peut-être même plus raisonnable que la rationalité protestante. Mais elle est contraire au développement du capitalisme typique.

Si une société vit selon la représentation d'un ordre cosmique donné et adopte une manière de vivre coutumière, plus ou moins déterminée par l'ordre cosmique, les buts de l'existence sont donnés et le style de vie est fixé. Il y a place pour une rationalisation, c'est-à-dire pour un travail efficace, dans le cadre de cette représentation du monde. Le but ne sera pas, comme dans l'ascèse mondaine des protestants, de produire le plus et de consommer le moins possible, ce qui, en un certain sens, est l'extrême degré de la déraison, bien que ce soit l'essence du capitalisme vu par Marx et l'essence du soviétisme vu par les non-communistes. Le but sera de travailler autant qu'il est nécessaire, mais pas plus, pour atteindre à un bonheur ou à un équilibre qui n'a aucune raison de se modifier. Le surgissement du capitalisme, autrement dit d'une rationalité de la production en vue d'une production indéfiniment croissante, exigeait une attitude humaine à laquelle seule une éthique de l'ascèse dans le monde peut donner une signification. En revanche, la rationalisation du travail et de l'existence dans le cadre d'un ordre cosmique et coutumier, ne comporte ni l'abstention de jouissance, ni l'investissement, ni l'accroissement indéfini de la production qui constituent l'essence du capitalisme. Si le point de départ avait été une autre définition du capitalisme, par exemple une définition par la technique, les analyses historiques auraient été inévitablement autres.

En Inde aussi un processus de rationalisation est intervenu. Mais cette rationalisation s'est opérée à l'intérieur d'une religion ritualiste et dans le cadre d'une métaphysique dont le thème central était la transmigration des âmes. Le ritualisme religieux, d'après Max Weber, est un principe très fort de conservatisme social. Les transformations historiques des sociétés ont eu pour condition la rupture du ritualisme. Dans le langage de Pareto, ce dernier était le triomphe des résidus de la deuxième classe, c'est-à-dire de la persistance des agrégats et de la mise en relation des choses et des êtres, des idées et des actes. Le ritualisme wébérien et la persistance des agrégats sont deux conceptualisations du même phénomène fondamental. Selon Weber, le ritualisme peut être surmonté par l'idée prophétique. Selon Pareto, les résidus de la première classe, c'est-à-dire l'instinct des combinaisons sont la force révolutionnaire, d'un caractère donc plus général, plus abstrait et aussi et surtout plus intellectuel. Dans la vision parétienne, c'est l'instinct des combinaisons qui brise le conservatisme des agrégats. Dans la vision wébérienne, c'est l'esprit prophétique qui triomphe du conservatisme ritualiste.

Dans la société indienne, le ritualisme n'était pas le seul facteur qui rendait impossible le développement d'une économie capitaliste. La formation progressive et l'épanouissement de la société la plus organique et la plus stable que l'on puisse imaginer, où chacun naît dans une certaine caste et est fixé dans un certain métier, où toute une série d'interdits limitent les relations entre les individus et les castes, ont été des obstacles décisifs. Mais cette stabilisation d'une société de castes aurait été inconcevable sans la métaphysique de la transmigration des âmes qui dévalorisait le destin réservé à chacun dans sa vie, une entre d'autres, et faisait espérer aux défavorisés une compensation, dans une autre vie, à l'injustice apparente de leur sort actuel.

Le thème central de la sociologie wébérienne des religions est une idée simple et profonde. Pour comprendre une société ou une existence humaine, il ne faut pas se borner, comme Pareto, à rapporter les institutions ou les conduites à des classes de résidus, il faut en dégager la logique implicite à partir des conceptions métaphysiques ou religieuses. Il n'y a de logique, pour Pareto, que dans la science expérimentale ou dans les relations moyens-fins. Weber montre qu'il existe une rationalité dans les religions et les sociétés, dans les existences pensées et vécues, qui n'est pas une rationalité scientifique, mais n'en représente pas moins une activité de l'esprit, une déduction à demi rationnelle, à demi psychologique, à partir de principes.

Le lecteur du *Traité de sociologie générale* de Pareto a le sentiment que toute l'histoire humaine est commandée par la force des résidus qui déterminent le retour régulier des cycles de mutuelle dépendance, bien que le secteur de la pensée scientifique s'élargisse peu à peu. Max Weber donne le sentiment d'une humanité qui s'est posée et qui continue à se poser la question fondamentale du sens de l'existence, c'est-à-dire une question qui n'implique pas de réponse logiquement impérative, mais comporte de multiples réponses significatives, également valables à partir de prémisses toutes aléatoires.

La sociologie de la religion de Max Weber, telle qu'elle se dégage des *Gesammelte Aufsätze zur Religionssoziologie* et du chapitre d'*Économie et Société* intitulé « *Typen religiöser Vergemeinschaftung* », se fonde sur une interprétation de la religion primitive et éternelle, très proche de la conception exposée par Durkheim dans *Les Formes élémentaires de la vie religieuse*. Talcott Parsons a également remarqué cette similitude et il est possible qu'il s'agisse d'un emprunt. J'en avais parlé, il y a trente ans, à Marcel Mauss qui m'avait répondu avoir vu dans le bureau de Max Weber toute la collection de *L'Année sociologique*. De telles discussions ont été vives à travers l'histoire car les savants sont des hommes. Weber retient pour concept majeur de la religion des primitifs la notion de charisme, qui est assez proche de la notion durkheimienne de sacré (ou du *mana)*. Le charisme est la qualité de ce qui est, comme dit Max Weber, hors du quotidien *(ausseralltäglich)*. Il s'attache à des êtres, à des animaux, à des plantes, à des choses. Le monde du primitif comporte la distinction entre le banal et l'exceptionnel pour m'exprimer en termes wébériens, entre le profane et le sacré, pour reprendre les concepts durkheimiens.

Le point de départ de l'histoire religieuse de l'humanité est donc un monde peuplé de sacré. Le point d'arrivée, à notre époque, est ce que Max Weber appelle le désenchantement du monde *(Entzauberung der Welt)*. Le sacré ou l'exceptionnel, qui à l'aube de l'aventure humaine s'attachait aux choses et aux êtres qui nous entourent, en a été expulsé. Le monde dans lequel vit le capitaliste, dans lequel nous vivons tous, soviétiques et occidentaux, est fait de matière ou d'êtres à la disposition des hommes, destinés à être utilisés, transformés, consommés, et qui ne portent plus les charmes du charisme. La religion, dans un monde matériel et désenchanté, ne peut que se retirer dans l'intimité de la conscience ou s'évader vers l'au-delà d'un dieu transcendant ou d'une destinée individuelle après l'existence terrestre.

La force, à la fois religieuse et historique, qui rompt le conservatisme ritualiste et les liens étroits entre le charisme et les choses, est le prophétisme. Celui-ci est religieusement révolutionnaire, parce qu'il s'adresse à tous les hommes et non plus aux membres d'un seul groupe national ou ethnique, parce qu'il établit une opposition fondamentale entre ce monde et l'autre, entre les choses et le charisme. Mais, de ce fait, le prophétisme pose des problèmes difficiles à la raison humaine. Si l'on admet l'existence d'un dieu unique et créateur, comment justifier le mal? La théodicée devient le centre de la religion. Elle exige une recherche de la raison pour résoudre les contradictions ou au moins leur donner un sens. Pourquoi Dieu a-t-il créé le monde si l'humanité y est livrée au malheur? Dieu accordera-t-il une compensation à ceux qui ont été injustement frappés? Telles sont les questions auxquelles le prophétisme s'efforce de répondre et qui commandent l'activité rationalisante de la théologie et de l'éthique. « Le problème de l'expérience de l'irrationalité du monde a été la force motrice du développement de toutes les religions. » (*Le Savant et le politique*, p. 190.)

La sociologie wébérienne a essayé d'établir une typologie des attitudes religieuses fondamentales qui constitueraient les réponses aux problèmes intellectuels dont sont chargés les messages prophétiques. Weber oppose deux attitudes fondamentales : le mysticisme et l'ascétisme, qui sont deux réponses possibles au problème du mal, deux voies concevables de rédemption.

L'ascétisme, à son tour, comporte deux modalités fondamentales : l'ascétisme dans le monde et hors du monde. L'éthique protestante est l'exemple parfait de l'ascétisme dans le monde, c'est-à-dire de l'activité poussée au-delà de la norme ordinaire, non pas en vue des plaisirs et de la jouissance, mais en vue de l'accomplissement du devoir terrestre.

Au-delà de ces analyses typologiques, Max Weber a conçu et développé, en particulier dans le chapitre intitulé : « *Zwischenbetrachtung : Theorie der Stufen und Richtungen religiöser Weltablehnung* » qui se trouve à la fin du premier tome de la *Sociologie de la religion*, une analyse de même style, c'est-à-dire à la fois rationnelle et sociologique, de la relation entre les représentations religieuses et les différents ordres d'activité humaine.

Si l'opposition entre monde enchanté des primitifs et monde désenchanté des modernes domine l'évolution religieuse de l'humanité, une autre idée directrice est celle de la différenciation des ordres d'activité humaine. Dans les sociétés conservatrices et ritualistes, il n'y a pas différenciation des ordres; les mêmes valeurs sociales et religieuses imprègnent tout à la fois l'économie, la politique et la vie privée.

La rupture du conservatisme ritualiste par le prophétisme ouvre la voie à l'autonomie croissante de chaque ordre d'activité et, du même coup, pose les problèmes de l'incompatibilité ou de la contradiction entre les valeurs religieuses et les valeurs politiques, économiques ou scientifiques. Nous l'avons déjà vu, il n'y a pas de table scientifique de valeurs. La science ne peut pas dicter, au nom de la vérité, l'action à accomplir; les dieux de l'Olympe sont en conflit permanent. La philosophie wébérienne des valeurs est donc la description de l'univers de valeurs auquel aboutit l'évolution historique. Le conflit des dieux est le terme de la différenciation sociale, de la même façon que le désenchantement du monde est l'aboutissement de l'évolution religieuse. Chaque religion a dû, à chaque époque, trouver des compromis entre les exigences qui résultaient des principes religieux et les exigences internes à un certain domaine d'activités. Les interdits qui pèsent sur les prêts à intérêt se sont par exemple opposés maintes fois à la logique intrinsèque de l'activité économique. De même la politique comporte l'emploi de la force. Pour se conduire dignement, il ne faut pas tendre l'autre joue lorsque l'on a été frappé, mais tout au contraire répondre à la force par la force. Il y a donc conflit possible entre la morale chrétienne du Sermon sur la Montagne et la morale de dignité ou d'honneur du combattant. Des contradictions surgissent au fur et à mesure que les différents ordres d'activité tendent à s'affirmer dans leur essence propre et que la morale, métaphysique ou religieuse, auparavant totale, tend à être refoulée hors de l'existence terrestre.

« L'éthique religieuse s'est accommodée de diverses façons de la situation fondamentale qui fait que nous sommes placés dans des régimes de vie différents, subordonnés à leur tour à des lois également différentes. Le polythéisme hellénique offrait des sacrifices à Aphrodite aussi bien qu'à Héra, à Apollon aussi bien qu'à Dionysos, et il savait que ces dieux se combattent fréquemment. Le système de vie hindou faisait de chacune des professions l'objet d'une loi éthique particulière, d'un *dharma*, et établissait pour toujours entre elles une séparation par castes et les intégrait ensuite dans une hiérarchie immuable. L'individu né dans une caste n'avait plus de possibilité de la déserter, sauf par une réincarnation dans la vie future. Par conséquent chaque profession se trouvait à une distance différente, plus ou moins importante, du salut suprême. On a donc établi le *dharma* de chacune des castes, depuis les ascètes et les brahmanes jusqu'aux fripons et aux catins, à l'intérieur d'une hiérarchie établie selon les lois immanentes, propres à chaque profession. La guerre et la politique y ont naturellement trouvé chacune sa place. Que la guerre soit partie intégrante de la vie, vous le verrez en lisant dans la *Bhagavad Gîtâ* la conversation entre Krishna et Arjuna. « Fais ce qui est nécessaire », ce qui veut dire : accomplis le devoir que t'impose le *dharma* de la caste des guerriers et les prescriptions qui la régissent, bref, accomplis l' « œuvre » objectivement nécessaire qui correspond au but de ta caste, à savoir, faire la guerre. Selon cette croyance, accomplir sa tâche de guerrier était loin de constituer un danger pour le salut de son âme, c'en était au contraire le soutien. De tout temps le guerrier hindou était tout aussi certain de rejoindre, après une mort héroïque, le ciel d'Indra que le guerrier germanique d'être accueilli dans le Walhalla; il aurait sans doute dédaigné tout autant le *nirvâna* que le germanique le paradis chrétien avec ses chœurs d'anges. Cette spécialisation de l'éthique permit à la morale hindoue de faire de l'art royal de la politique une activité parfaitement conséquente, soumise à ses seules lois, toujours plus consciente d'elle-même. La littérature hindoue nous offre même un exposé classique du « machiavélisme » radical, au sens populaire du machiavélisme; il suffit de lire l'*Arthaçâstra* de Kautilya qui fut écrit bien avant l'ère chrétienne, probablement sous Chandragupta. Comparé à ce document, *Le Prince* de Machiavel est un livre inoffensif. On sait que dans l'éthique catholique, les *consilia evangelica* constituent une morale spéciale, réservée à ceux qui possèdent le privilège du charisme de la sainteté. On y trouve, à côté du moine, à qui il est interdit de verser du sang ou de rechercher un profit, les figures du chevalier et du bourgeois pieux qui avaient le droit, le premier de verser le sang et le second de s'enrichir. Sans doute la différenciation de l'éthique et son intégration dans un système du salut y sont moins conséquentes qu'aux Indes; néanmoins, en vertu des présuppositions de la foi chrétienne, il pouvait et même il devait en être ainsi. La doctrine de la corruption du monde par le péché originel permettait d'intégrer avec une relative facilité la violence dans l'éthique en tant que moyen, pour combattre le péché et les hérésies qui constituent précisément des dangers pour l'âme. Cependant les exigences a-cosmiques du Sermon sur la Montagne, sous la forme d'une pure éthique de conviction, ainsi que le droit naturel chrétien compris comme une exigence absolue fondée sur cette doctrine, ont conservé leur puissance révolutionnaire et ils sont chaque fois revenus à la surface avec toute leur fureur dans presque toutes les périodes de bouleversements sociaux. Ils ont notamment donné naissance à des sectes qui professent un pacifisme radical; l'une d'elles avait même essayé de construire en Pennsylvanie un État qui se refusait à utiliser la force dans ses relations extérieures — expérience qui fut d'ailleurs tragique dans son déroulement dans la mesure où, lors du déclenchement de la guerre d'Indépendance, les Quakers ne purent intervenir l'arme à la main dans un conflit dont l'objectif était pourtant la défense d'idéaux identiques aux leurs. Par contre le protestantisme commun légitime en général l'État, et de ce fait le recours à la violence comme une institution divine, et il justifie tout particulièrement l'État autoritaire légitime. Luther a enlevé à l'individu la responsabilité éthique de la guerre pour l'attribuer à l'autorité politique, de sorte que l'obéissance aux ordres des pouvoirs politiques ne peut être coupable, hormis les questions de foi. Le calvinisme reconnaissait lui aussi, en principe, la force comme moyen pour défendre la foi et par conséquent il légitimait les guerres de religion. On sait que depuis toujours celles-ci étaient un élément vital de l'Islam. On voit donc maintenant que ce n'est nullement l'incroyance moderne, issue du culte de la Renaissance pour les héros, qui a soulevé le problème de l'éthique politique. Toutes les religions ont débattu cette question avec plus ou moins de succès, et notre exposé a suffisamment montré qu'il ne pouvait en être autrement. » (*Le Savant et le politique*, p. 191-194.)

Il y a enfin un double conflit implicite entre l'univers de la religion et celui de la science. La science positive, expérimentale et mathématique a progressivement chassé le sacré de ce monde et nous a laissés dans un cosmos utilisable, mais vide de sens. « Partout où l'application systématique des connaissances empiriques rationnelles a ôté au monde son aspect magique et en a fait un mécanisme soumis aux lois de la causalité, le postulat éthique selon lequel le monde est un cosmos ordonné par Dieu, ayant par conséquent un certain sens sur le plan moral, s'est trouvé définitivement contesté, car une conception du monde empirique et, à plus forte raison, mathématique, exclut par principe tout mode de pensée qui cherche un “ sens ”, quel qu'il soit, dans les phénomènes du monde intérieur. » (*Gesammelte Aufsätze zur Religionssoziologie*, p. 564.) La science, d'autre part, conduit à une crise spirituelle car, dans la mesure où les hommes se souviennent de la religion, elle les laisse insatisfaits. Une conception religieuse du monde donnait une signification aux êtres, aux événements, à notre destinée individuelle. Le savant sait qu'il ne trouvera jamais de réponse ultime; il n'ignore pas que son œuvre sera dépassée, car la science positive est par essence un devenir dont l'achèvement est exclu.

Il y a donc une contradiction fondamentale entre le savoir positif, démontré mais inachevé, et le savoir issu des religions qui n'est pas démontré mais qui donne réponse aux questions essentielles. A ces questions essentielles, selon Max Weber, les hommes ne trouvent plus de réponse aujourd'hui que par et dans une décision individuelle, à la fois arbitraire et inconditionnelle. Chacun doit choisir son dieu ou son démon.

Économie et société.

Économie et société (Wirtschaft und Gesellschaft) est un traité de sociologie générale qui développe tour à tour et simultanément une sociologie économique, une sociologie juridique, une sociologie politique et une sociologie religieuse.

L'objet de ce livre est l'histoire universelle. Toutes les civilisations, toutes les époques, toutes les sociétés sont utilisées à titre d'exemples ou d'illustrations. Mais ce traité n'en est pas moins un ouvrage de sociologie et non pas d'histoire. Il a pour but de rendre intelligibles les diverses formes d'économie, de droit, de domination et de religion en les insérant dans un système conceptuel unique. Ce traité de sociologie générale est orienté vers le présent. Il se propose de faire ressortir, par comparaison avec les autres civilisations, l'originalité de la civilisation occidentale.

Cet ouvrage contient près de huit cents pages de typographie serrée et représente donc environ la moitié du *Traité* de Pareto. Mais, à la différence de ce dernier, il ne souffre pas que l'on saute des pages et il est à peu près impossible à résumer. Aussi je m'attacherai à retracer les étapes de la conceptualisation générale afin d'expliquer en quoi consiste ce que d'aucuns appellent le nominalisme et l'individualisme de Max Weber. Je prendrai l'exemple de la sociologie politique pour montrer comment procède la conceptualisation wébérienne à un niveau moins abstrait.

La sociologie, selon Max Weber, est la science de l'action sociale qu'elle veut comprendre en l'interprétant et dont elle veut expliquer socialement le déroulement. Les trois termes décisifs sont ici comprendre *(verstehen)*, c'est-à-dire saisir les significations, interpréter *(deuten)*, c'est-à-dire organiser en concepts le sens subjectif, expliquer *(erklären)*, c'est-à-dire mettre au jour les régularités des conduites.

L'action sociale est un comportement humain *(Verhalten)*, autrement dit une attitude intérieure ou extérieure orientée vers l'action ou l'abstention. Ce comportement est action lorsque l'acteur lie à sa conduite une certaine signification. L'action est sociale lorsque, d'après le sens que lui donne l'acteur, elle se rapporte au comportement d'autres personnes. Le professeur agit socialement dans la mesure où la lenteur de son élocution est rapportée à la conduite de ses étudiants qui doivent faire effort pour prendre note des démonstrations qu'il fait au tableau; s'il parlait tout seul et très rapidement, sans s'adresser à personne, l'action ne serait pas sociale puisque la parole ne serait pas orientée à la conduite d'un auditoire.

L'action sociale s'organise en relation sociale *(soziale Beziehung)*. Il y a relation sociale lorsque, plusieurs acteurs agissant, le sens de l'action de chacun se rapporte à l'attitude de l'autre, de telle sorte que les actions sont réciproquement orientées l'une à l'autre. Le professeur et ses élèves vivent une relation sociale. Leur attitude est orientée à la sienne et la sienne à la leur.

Si régulièrement les conduites de plusieurs acteurs sont orientées l'une à l'autre, il faut bien que quelque chose détermine la régularité de ces rapports sociaux. On dit qu'il y a coutume *(Brauch)* lorsque ce rapport social est régulier et qu'il y a mœurs *(Sitten)* quand l'origine de ce rapport régulier est une longue accoutumance qui en a fait une deuxième nature. Max Weber emploie l'expression *eingeleitet :* une coutume est pour ainsi dire entrée dans la vie. La tradition est devenue manière spontanée d'agir.

A ce point de l'analyse intervient la notion de chance. Qu'il s'agisse d'une coutume ou de mœurs, la régularité n'est pas absolue. Il est de coutume dans les universités que les professeurs ne soient pas chahutés par les étudiants, donc il y a chance que la parole du professeur rencontre le silence des étudiants, mais cette chance n'équivaut pas à une certitude. Même dans le cas d'une université française, où d'ordinaire les étudiants écoutent passivement, il serait excessif de dire, comme une affirmation de fait, que pendant une heure seul le professeur parle. Il faut dire simplement qu'il y a une chance, plus ou moins grande, que dans l'ensemble sa parole soit écoutée en silence.

Le concept d'ordre légitime intervient à la suite de la notion de rapport régulier. La régularité du rapport social peut n'être que le résultat d'une longue accoutumance, mais le plus souvent il s'y ajoute des facteurs supplémentaires : la convention ou le droit. L'ordre légitime est conventionnel lorsque la sanction qui en frappe la violation est une désapprobation collective. Il est juridique lorsque la sanction qui en frappe la violation est la contrainte physique. Les termes de convention et de droit sont définis par la nature de la sanction, comme chez Durkheim. Les ordres légitimes *(legitime Ordnung)* peuvent être classés d'après les motivations de ceux qui leur obéissent. Max Weber distingue quatre types qui rappellent les quatre types d'action, mais ne sont pas exactement les mêmes : les ordres sont affectifs ou émotionnels, rationnels par référence à des valeurs, religieux et, enfin déterminés par l'intérêt. Les ordres légitimes déterminés par l'intérêt sont rationnels par rapport à un but, les ordres déterminés par la religion renvoient à l'action appelée traditionnelle, ce qui met en lumière l'affinité entre la religion et la tradition, au moins à une certaine phase de l'évolution historique, car le prophétisme et la rationalisation religieuse issue du prophétisme sont souvent révolutionnaires.

De l'ordre légitime, Max Weber passe au concept de combat *(Kampf)*. L'intervention de ce concept, dès le début de l'analyse, a une signification évidente. Les sociétés ne sont pas, comme certains sociologues sont enclins à le croire, un ensemble harmonieux. Auguste Comte insistait sur l'idée de consensus et disait que les sociétés sont composées d'autant de morts que de vivants. Pour Max Weber, les sociétés sont faites autant de luttes que d'accords. Le combat est un rapport social fondamental. Dans un duel, l'action de chaque duelliste est orientée à l'action de l'autre. L'orientation réciproque des conduites est même plus nécessaire dans ce cas que dans celui de l'accord, puisque ce qui est en jeu est l'existence même des duellistes. Le rapport social du combat se définit par la volonté de chacun des acteurs d'imposer sa volonté malgré la résistance de l'autre. Lorsque le combat ne comporte pas l'emploi de la force physique, on l'appelle concurrence. Lorsqu'il a pour enjeu les existences elles-mêmes, on l'appellera sélection *(Auslese)*.

Les concepts de rapport social et de combat permettent, à une étape suivante de la conceptualisation, de passer à la constitution même des groupes sociaux. Le processus d'intégration des acteurs peut aboutir à créer soit une société, soit une communauté. La distinction entre ces deux processus *(Vergesellschaftung* et *Vergemeinschaftung)* est la suivante :

Lorsque le résultat du processus d'intégration est une communauté *(Gemeinschaft)*, le fondement du groupe est un sentiment d'appartenance éprouvé par les participants dont la motivation est soit affective, soit traditionnelle. Si le processus d'intégration débouche sur une société *(Gesellschaft)*, c'est que la motivation des actions sociales est constituée par des considérations ou des liaisons d'intérêts ou aboutit à un règlement d'intérêts. Une société par actions, un contrat, sont des intégrations rationnelles par rapport à un but. Le processus d'intégration sociale ou communautaire débouche sur le groupement *(Verband)*. Celui-ci peut être ouvert ou fermé selon que l'entrée en est strictement réservée ou au contraire accessible à tous ou presque. Le groupement ajoute aux sociétés ou aux communautés un organe d'administration *(Verwaltungsstab)* et un ordre réglementaire.

Après le groupement vient l'entreprise *(Betrieb)*. Celle-ci se caractérise par l'action continue de plusieurs acteurs et par la rationalité en vue d'une fin. Un groupement d'entreprise *(Betriebverband)* est une société avec un organe d'administration en vue d'une action rationnelle. La combinaison des concepts de groupement et d'entreprise montre bien comment progresse la conceptualisation wébérienne. Le groupement comporte un organe spécialisé d'administration, l'entreprise introduit les deux notions d'action continue et d'action rationnelle en vue d'une fin. En combinant les deux notions, on obtient le groupement d'entreprise, société soumise à un organe d'administration et exerçant une action continue et rationnelle.

Max Weber définit encore quelques concepts clés dans sa reconstruction de l'action sociale. Les deux premiers concepts sont ceux d'association *(Verein)* et d'institution *(Anstalt)*. Dans l'association, la réglementation est acceptée consciemment et volontairement par les participants, dans l'institution elle est imposée par des décrets auxquels les participants doivent se soumettre.

Deux autres concepts importants sont ceux de puissance *(Macht)* et de domination *(Herrschaft)*. La puissance se définit simplement par la chance que possède un acteur d'imposer sa volonté à un autre, même contre la résistance de celui-ci. Elle se situe donc à l'intérieur d'un rapport social et désigne la situation d'inégalité qui fait que l'un des acteurs peut imposer sa volonté à un autre. Ces acteurs peuvent être des groupes — par exemple des États — ou des individus. La domination *(Herrschaft)* est la situation dans laquelle il y a un maître *(Herr)*. Elle peut se définir par la chance du maître d'obtenir l'obéissance de ceux qui, en théorie, la lui doivent. La différence entre la puissance et la domination, c'est que dans le premier cas le commandement n'est pas nécessairement légitime, ni la soumission obligatoirement un devoir, alors que, dans le second, l'obéissance est fondée sur la reconnaissance par ceux qui obéissent des ordres qui leur sont donnés. Les motivations de l'obéissance permettront donc de construire une typologie de la domination. Pour passer de la puissance et de la domination à la réalité politique, il faut ajouter l'idée de groupement politique *(politischer Verband)*. Le groupement politique contient les notions de territoire, de continuité du groupement et de menace d'application de la force physique pour imposer le respect des ordres ou des règles. L'État, parmi les groupements politiques, est l'instance qui dispose du monopole de la contrainte physique.

Max Weber introduit enfin un dernier concept, celui de groupement hiérocratique ou sacré *(hierokratischer Verband)*. C'est le groupement dans lequel la domination appartient à ceux qui détiennent les biens sacrés et sont en mesure de les dispenser. Les groupements hiérocratiques évoquent, sans en être l'équivalent, les régimes théocratiques d'Auguste Comte. Lorsque le pouvoir se réclame du sacré et lorsque le pouvoir spirituel et le pouvoir temporel sont confondus, l'obéissance s'impose moins par la contrainte physique que grâce à la possession des recettes du salut. Si le pouvoir distribue les biens dont les individus attendent la rédemption, c'est lui qui possède pour chacun et pour tous le secret de la vie heureuse, ici-bas ou dans l'au-delà.

Dans *Économie et société*, Max Weber traite à deux reprises de la sociologie politique. Une première fois, dans la première partie, il expose la typologie des formes de domination *(« Die Typen der Herrschaft »)*. Puis, dans la deuxième partie, notamment dans les deux derniers chapitres *(« Politische Gemeinschaften »* et *« Soziologie der Herrschaft »)* il décrit avec plus de détails la différenciation des régimes politiques observés à travers l'histoire en se servant de la typologie exposée dans la première partie.

Je m'arrêterai sur le chapitre de sociologie politique d'*Économie et société*. Tout d'abord, il est moins difficile d'en dégager les grandes lignes que de résumer la sociologie économique. Mon exposé sera squelettique et pauvre, comparé à la richesse du texte wébérien, mais il ne trahira peut-être pas la pensée de l'auteur. En revanche, un résumé de la sociologie économique exigerait de longs chapitres.

La sociologie politique est directement inspirée par une interprétation de la situation contemporaine de l'Allemagne impériale et de l'Europe occidentale. Elle permet de saisir le projet majeur de Max Weber, qui était de comprendre son temps à la lumière de l'histoire universelle, ou encore de rendre intelligible l'histoire universelle dans la mesure où celle-ci tend à la situation présente comme à son aboutissement.

Enfin, elle est étroitement liée à la personnalité de son auteur, plus que tout autre chapitre d'*Économie et société*. Max Weber appartient à l'école des sociologues qui s'intéressent à la société à partir de l'intérêt qu'ils portent à la chose publique. De même que Machiavel, il est de ces sociologues qui sont des nostalgiques de l'action politique et auraient voulu prendre part à la bataille politique et exercer le pouvoir. Il rêvait d'être un homme d'État. En fait, il n'a pas été un homme politique, mais seulement un conseiller du prince, ainsi qu'il convient, non écouté.

La sociologie politique de Max Weber se fonde sur une distinction entre l'essence de l'économie et l'essence de la politique, établie à partir du sens subjectif des conduites humaines. Cette méthode dérive directement de la définition de la sociologie. Si toute sociologie est compréhension interprétative de l'action humaine, c'est-à-dire du sens subjectif que les acteurs donnent à ce qu'ils font ou à ce qu'ils s'abstiennent de faire, c'est au plan du sens subjectif des conduites que seront définies et l'action économique et l'action politique.

L'action économiquement orientée est celle qui, d'après sa signification, se rapporte à la satisfaction des désirs de prestations d'utilité (*Nutzleistungen* — de *Leistung*, qui vient du verbe *leisten*, accomplir, produire, et de *Nutz*, racine du terme utilité). Cette définition s'applique à l'action économiquement orientée et non à l'agir économique. Celui-ci, *wirtschaften*, verbe forgé à partir du substantif *Wirtschaft*, désigne l'exercice pacifique d'une capacité de dispositions économiquement orientées. L'orientation à la catégorie économique implique simplement que l'on tente de satisfaire les besoins de prestations d'utilité éprouvés par les individus. Le concept de prestation d'utilité englobe simultanément les biens matériels et les biens immatériels, tels les services. L'agir économique implique d'autre part que l'action soit pacifique, ce qui exclut le brigandage et la guerre, qui ont été à travers l'histoire des moyens fréquemment employés et souvent efficaces de s'assurer des prestations d'utilité. Il a toujours été recommandé au plus fort, non par la morale mais par la rationalité instrumentale, de s'emparer des biens produits par le travail des autres. Cette méthode pour satisfaire les désirs de prestations d'utilité est écartée par la définition wébérienne de l'agir économique qui suppose, en outre, l'usage des choses et des gens en vue de la satisfaction des besoins. Le travail est un agir économique dans la mesure où il est l'exercice pacifique de la capacité, possédée par un ou plusieurs individus, de disposer de matériaux ou d'outils en vue de satisfaire des besoins. Si à l'agir économique on accole l'adjectif rationnel, on obtient l'agir économique caractéristique des sociétés actuelles, c'est-à-dire un agir qui comporte la mise en œuvre des ressources disponibles selon un plan, la continuité des efforts en vue de satisfaire les besoins.

Une première distinction apparaît dès lors entre l'ordre de la politique et celui de l'économie. L'économie se rapporte à la satisfaction des besoins comme au but qui détermine l'organisation rationnelle de la conduite, alors que la politique est caractérisée par la domination exercée par un ou quelques hommes sur d'autres hommes.

Ces définitions permettent simultanément de comprendre l'entrelacement de l'agir économique et de l'agir politique dont la distinction est conceptuelle et non réelle. Il est impossible de séparer dans le concret l'agir économique de l'agir politique, à la manière dont on sépare deux corps dans un composé chimique. L'agir économique peut comporter le recours, ici ou là, à des moyens de force et par suite comporter une dimension politique. D'autre part, tout agir politique, c'est-à-dire tout exercice continu de la domination d'un ou de quelques hommes sur d'autres hommes, exige un agir économique, c'est-à-dire la possession ou la disposition des moyens nécessaires pour satisfaire des besoins. Il existe une économie de la politique et une politique de l'économie. L'opposition entre les deux termes ne devient rigoureuse conceptuellement que dans la mesure où l'on exclut de l'agir économique proprement dit les moyens de force, que dans la mesure aussi où l'on rapporte la rationalité propre de l'agir économique à la rareté et au choix rationnel des moyens.

La politique est donc l'ensemble des conduites humaines qui comportent domination de l'homme par l'homme. Le terme de domination est la traduction de l'allemand *Herrschaft.* Julien Freund, le traducteur français de Max Weber, a choisi ce terme parce que *Herr* signifie maître (monsieur) et que domination a pour étymologie le mot latin *dominus.* Si l'on revient au sens originel du mot domination, il désigne donc bien la situation du maître par rapport à ceux qui obéissent. Encore faut-il faire abstraction de la connotation déplaisante qui s'attache à ce mot et entendre par là simplement la chance que les ordres donnés soient effectivement suivis par ceux qui les reçoivent. Le terme d'autorité n'aurait pas convenu pour traduire *Herrschaft,* car Max Weber utilise aussi le mot *Autorität* pour désigner les qualités naturelles ou sociales que possède le maître.

Les types de domination sont au nombre de trois : la domination est rationnelle, traditionnelle ou charismatique. La typologie est donc fondée sur le caractère propre de la motivation qui commande l'obéissance. Est rationnelle la domination fondée sur la croyance à la légalité des ordonnances comme à la légalité des titres de ceux qui exercent la domination. Est traditionnelle la domination fondée sur la croyance au caractère sacré des traditions anciennes et à la légitimité de ceux qui ont été appelés par la tradition à exercer l'autorité. Est charismatique la domination fondée sur un dévouement hors du quotidien et justifié par le caractère sacré ou la force héroïque d'une personne et de l'ordre révélé ou créé par elle.

Les exemples de ces trois types de domination abondent. Le percepteur obtient notre obéissance parce que nous croyons à la légalité des titres qui lui permettent de nous envoyer des feuilles de contribution, il exerce donc une domination rationnelle. En gros, l'ensemble de la gestion administrative des sociétés modernes, qu'il s'agisse de la réglementation de la circulation automobile, des examens universitaires ou de la fiscalité, comporte une domination des hommes sur d'autres hommes telle que ceux qui obéissent se soumettent aux ordonnances légales ou aux interprètes et exécutants de la légalité elle-même et non à des individus. L'illustration d'une domination traditionnelle est moins facile à trouver dans les sociétés présentes, mais si la reine d'Angleterre exerçait encore un pouvoir effectif, le fondement de cette domination serait un long passé et la croyance à la légitimité d'une autorité dont l'origine remonte à des siècles. Aujourd'hui il ne subsiste plus que le décor de cette domination. Les hommes continuent d'accorder leur respect au détenteur de ce pouvoir traditionnel, mais en fait ils n'ont plus guère l'occasion de lui obéir. C'est au nom de la reine que sont promulguées les lois, mais ce n'est pas elle qui en détermine le contenu. A notre époque, dans les pays qui ont conservé la monarchie, la domination traditionnelle subsiste à titre symbolique.

En revanche, notre temps offre des exemples multiples du pouvoir charismatique. Lénine a exercé durant quelques années une domination que l'on peut appeler charismatique, puisqu'elle n'était fondée ni sur la légalité ni sur de longues traditions, mais sur le dévouement que des hommes lui vouaient, convaincus de la vertu hors du commun de celui qui se proposait de bouleverser l'ordre social. Hitler et le général de Gaulle ont été et sont également, selon la définition wébérienne, des chefs charismatiques, si différents soient-ils par ailleurs. Le général de Gaulle lui-même a souligné le caractère charismatique de sa domination dans les circonstances où, ayant le choix entre se réclamer de la légitimité électorale et se réclamer du 18 juin 1940, il a choisi le deuxième terme de l'alternative. En avril 1961, pour exiger l'obéissance contre les généraux rebelles d'Alger, il a revêtu l'uniforme du général de brigade de juin 1940 et il a parlé aux officiers et aux soldats non pas en tant que président de la République, élu par un collège de notables, mais en tant que général de Gaulle, porteur depuis vingt ans de la légitimité nationale. Lorsqu'un homme déclare incarner la légitimité nationale pendant une vingtaine d'années, la domination n'appartient plus ni à l'ordre rationnel ni à l'ordre traditionnel — le général de Gaulle n'est pas né dans une famille régnante — elle est charismatique. Le chef est hors du quotidien et, de même, est hors du quotidien le dévouement que les hommes vouent à cette personnalité, héroïque et exemplaire [19].

Naturellement, ces trois types de domination appartiennent à une classification simplifiée. Max Weber précise que la réalité

offre toujours un mélange ou une confusion de ces trois types purs.
Néanmoins, cette analyse pose un certain nombre de questions.

Max Weber distingue quatre types d'action et trois types de domination; pourquoi n'y a-t-il pas de conformité entre la typologie des conduites et la typologie des dominations?

Les trois types de domination correspondent approximativement à trois des quatre types de conduite. Mais l'un de ceux-ci n'est pas représenté par un type de domination. Entre la conduite rationnelle par rapport à un but et la domination légale, le parallélisme est parfait. Entre la conduite affective et la domination charismatique, le rapprochement est au moins justifiable. La conduite traditionnelle et la domination traditionnelle sont enfin désignées par ce même mot. Faut-il dire que la classification des types de conduite est erronée? N'y a-t-il en réalité que trois motivations fondamentales et partant que trois types de conduite et trois types de domination? La raison, l'émotion, le sentiment expliquent que la conduite soit rationnelle, affective ou traditionnelle, et, de même, la domination rationnelle, charismatique ou traditionnelle.

Cette interprétation est possible, mais le problème me paraît plus subtil. La classification des types de domination se réfère aux motivations de ceux qui obéissent, mais ces motivations sont de nature essentielle et non psychologique. Le citoyen qui reçoit sa feuille d'impôts paiera la somme qui lui est demandée par son percepteur le plus souvent non pas parce qu'il aura songé à la légalité du système fiscal, ni même parce qu'il aura peur de l'huissier, mais par simple habitude d'obéir. La motivation psychologique effective ne coïncide pas nécessairement avec le type abstrait de motivation lié au type de domination. L'accoutumance peut commander l'obéissance dans le cas d'une domination rationnelle, et non pas la raison. S'il est bien vrai que la distinction des types de domination est dérivée d'une classification des motivations, celles-ci ne sont pas celles que l'on peut observer, au sens vulgaire du terme.

La meilleure preuve en est que Max Weber donne plusieurs typologies différentes des motivations de l'obéissance. Dans le premier chapitre d'*Économie et société*, après avoir posé le concept d'ordre légitime, il s'interroge sur les motivations qui soutiennent la légitimité d'un ordre et offre une classification en deux ou quatre termes. Un ordre légitime peut être soutenu intérieurement *(innerlich)* par les sentiments de ceux qui lui obéissent. S'il est intériorisé, il existe trois modalités possibles de ce phénomène qui se réfèrent aux trois types de conduite, affectif, rationnel par rapport à des valeurs et religieux — le religieux étant dans ce cas le substitut de traditionnel. L'ordre légitime, s'il n'est pas intériorisé, peut être soutenu par la réflexion sur les conséquences de l'acte, cette réflexion déterminant la conduite de ceux qui obéissent. Dans ce cas la typologie des motivations d'obéissance est donc une typologie à quatre termes qui ne reproduit pas la typologie en trois termes des modes de domination. En un autre passage du même premier chapitre, traitant des motifs pour lesquels on attribue à un certain ordre une légitimité, Max Weber retrouve quatre termes qui cette fois sont très exactement parallèles aux quatre types de conduite. Il considère, en effet, qu'il y a quatre formules de légitimité, traditionnelle, affective, rationnelle par rapport à des valeurs et résultat de l'affirmation positive d'un ordre légal.

Max Weber hésite donc entre diverses classifications. Il retrouve toujours la formule de l'action rationnelle par rapport à une fin qui est le type idéal de l'action économique ou politique. Cette action est en effet aussi l'action commandée par un ordre légal et l'action déterminée par la considération des conséquences possibles de la conduite, du type de la conduite intéressée ou du contrat. De même l'action émotionnelle apparaît toujours dans les classifications. Elle a comme correspondant dans le monde du politique le type prophétique ou charismatique. Deux types de conduite, en revanche, reçoivent des noms différents, qui apparaissent ou disparaissent. L'action traditionnelle devient parfois l'action religieuse. En un sens la religion n'est qu'une modalité de la tradition, mais en un autre sens elle est la forme initiale et profonde de la tradition. D'autre part, l'action *wertrational* figure en certains cas comme un des fondements de la légitimité (l'honneur) mais disparaît dans la typologie des modes de domination, parce qu'elle ne constitue pas un type abstrait.

Ces difficultés de typologie tiennent au fait que Max Weber n'a pas choisi entre des concepts purement analytiques et des concepts semi-historiques. Les trois modes de domination devraient être considérés comme de purs et simples concepts analytiques, Weber leur donne simultanément une signification historique.

Quoi qu'il en soit, cette typologie de la domination permet à Max Weber d'entrer dans une casuistique conceptuelle des types de domination. Partant de la notion de domination rationnelle, il analyse les caractères de l'organisation bureaucratique. Partant de la notion d'une domination traditionnelle, il en suit le développement et la différenciation progressive : domination gérontocratique, patriarcale, patrimoniale. Il s'efforce de montrer comment, à partir d'une définition simplifiée d'un type de domination, on peut, par complication progressive, c'est-à-dire par discrimination des différents modes, retrouver l'infinie diversité des institutions historiquement observées. La diversité historique devient alors intelligible parce qu'elle cesse d'apparaître comme arbitraire.

Depuis qu'il y a des hommes qui pensent sur les institutions sociales, la surprise première est créée par l'existence de l'autre. Nous vivons dans une société et il y a d'autres sociétés. Un certain ordre politique ou religieux nous est évident ou sacré, et il y a d'autres ordres. Il est possible de réagir à cette découverte par l'affirmation agressive ou anxieuse de la validité absolue de notre ordre et la dévalorisation simultanée de l'ordre des autres. La sociologie commence avec la reconnaissance de cette diversité et avec la volonté de la comprendre, ce qui n'implique pas que toutes les modalités soient au même niveau de valeur, mais qu'elles soient toutes intelligibles, parce que exprimant la même nature humaine et sociale. La politique d'Aristote a rendu intelligible la diversité des régimes des cités grecques, la sociologie politique de Max Weber tente la même entreprise dans le cadre de l'histoire universelle. Aristote s'interrogeait sur les difficultés qu'avait à résoudre chaque régime et sur ses chances de survie ou de prospérité. Max Weber, de même, s'interroge sur l'évolution probable, possible ou nécessaire, d'un type de domination.

L'analyse des transformations de la domination charismatique est exemplaire. Cette forme de domination comporte à l'origine quelque chose qui est hors du quotidien *(ausseralltäglich)*. Elle a donc en elle-même quelque chose de précaire parce que les hommes ne peuvent pas vivre durablement en dehors du quotidien et parce que tout ce qui est hors du commun inévitablement s'use. Il y a en conséquence un processus étroitement lié à la domination charismatique, le retour du pouvoir charismatique à la vie quotidienne *(Veralltäglichung des Charismas)*. Une domination fondée sur les qualités exceptionnelles d'un homme peut-elle survivre à la disparition de cet homme? Tout régime marqué par l'origine charismatique de son chef suprême ne peut pas ne pas être confronté à la question de la survie ou de l'héritage. Aussi Max Weber en vient-il à dresser une typologie des méthodes par lesquelles est résolu le problème majeur de la domination charismatique qui est celui de la succession.

Il peut y avoir une recherche organisée d'un autre porteur du charisme, comme dans la théocratie tibétaine traditionnelle. Les oracles et l'appel au jugement de Dieu peuvent aussi créer une institutionnalisation de l'exceptionnel. Le chef charismatique peut choisir son successeur, mais encore faut-il que celui-ci soit accepté par la communauté des fidèles. Le successeur peut être également choisi par l'état-major du chef charismatique, puis reconnu par la communauté. Le charisme peut être supposé inséparable du sang et devenir héréditaire *(Erbcharisma)*. La domination charismatique débouche dans ce cas sur une domination traditionnelle. La grâce dont était douée une personne devient la possession d'une famille. Enfin, le charisme peut être transmis selon certaines modalités, magiques ou religieuses. Le sacre des rois de France était un mode de transmission de la grâce. De cette façon, celle-ci appartenait à une famille et non plus à un homme.

Cet exemple simple illustre bien la méthode et le système d'analyse de Max Weber. Son but est toujours le même. Il s'agit de dégager la logique des institutions humaines et de comprendre les singularités des institutions sans renoncer pour autant à l'usage des concepts. Il s'agit d'élaborer une systématisation souple qui permette tout à la fois d'intégrer les phénomènes divers dans un cadre conceptuel unique et de ne pas éliminer ce qui constitue la singularité de chaque régime ou de chaque société.

Ce mode de conceptualisation conduit Max Weber à se demander quelle est l'influence qu'exerce un mode de domination sur l'organisation et la rationalité de l'économie, quel est le rapport entre un type d'économie et un type de droit. En d'autres termes, la conceptualisation n'a pas seulement pour fin une compréhension plus ou moins systématique, elle a aussi pour objectif de poser les problèmes de causalité ou d'influences réciproques entre les différents secteurs de l'univers social. La catégorie qui domine cette analyse causale est celle de chance ou d'influence et de probabilité. Un type d'économie influence le droit dans une certaine direction; il est probable qu'un type de domination s'exprimera dans l'administration ou dans le droit d'une certaine manière. Il n'y a pas et il ne peut pas y avoir de causalité unilatérale d'une série d'institutions particulières sur le reste de la société. En ce sens, la méthode wébérienne peut être admirée ou critiquée, car elle multiplie les relations partielles et n'apporte pas ce que les philosophes appellent aujourd'hui la totalisation. Dans les études sociologiques des religions, Max Weber s'est efforcé de reconstruire l'ensemble d'une façon de vivre et de penser le monde. Il n'ignore donc pas la nécessité de remettre chaque élément d'une existence ou d'une société dans l'ensemble. Mais, dans *Économie et société*, il analyse les relations entre les secteurs et, de ce fait, multiplie les rapports partiels sans reconstruire la totalité. Max Weber se serait justifié, me semble-t-il, en affirmant qu'il n'excluait pas d'autres méthodes et que, au niveau de généralité conceptuelle où se situe son analyse, il était impossible de dégager des relations causales comportant une rigoureuse nécessité, impossible également de reconstruire la totalité d'une société particulière ou d'un régime politique singulier, car l'objectif recherché est de saisir les différents aspects de ces totalités à l'aide de concepts.

La sociologie politique de Max Weber est inséparable de la situation historique dans laquelle il a vécu [20]. Politiquement Max Weber était dans l'Allemagne wilhelminienne un national-libéral. Weber fut un national-libéral, mais il n'était pas un libéral au sens américain, il n'était même pas à proprement parler un démocrate au sens que Français, Anglais ou Américains donnaient ou donnent à ce terme. Il mettait la grandeur de la nation et la puissance de l'État au-dessus de tout. Certes, il était attaché aux libertés auxquelles aspirent les libéraux du vieux continent. Sans un minimum de droits de l'homme, a-t-il écrit quelque part, nous ne pourrions plus vivre. Mais il ne croyait ni à la volonté générale ni au droit des peuples à disposer d'eux-mêmes ni à l'idéologie démocratique. S'il souhaitait une « parlementarisation » du régime allemand, c'était, à s'en tenir à ses écrits, pour améliorer la qualité des chefs plutôt que par principe. Il appartenait à la génération postbismarckienne qui se donnait pour tâche première de maintenir l'héritage du fondateur de l'Empire allemand et pour tâche seconde de faire accéder l'Allemagne à la politique mondiale *(Weltpolitik)*. Il n'était pas de ces sociologues qui, tel Durkheim, croyaient que les fonctions militaires des États appartenaient à un passé en train de disparaître. Il croyait à la permanence des conflits entre les grandes puissances et il souhaitait que l'Allemagne unifiée tînt une grande place sur la scène du monde. Il n'envisageait les questions sociales d'actualité auxquelles il s'intéressait, par exemple celle des paysans polonais dans l'Est de l'Allemagne, que par rapport à l'objectif qu'il mettait par-dessus tout, la grandeur du Reich. Max Weber a été un adversaire passionné de Guillaume II, auquel il attribua, pendant la guerre de 1914, une responsabilité majeure dans les malheurs qui frappaient sa patrie. À la même époque, il esquissa un projet de réforme des institutions dont l'objectif était une « parlementarisation » du régime allemand. Il attribuait en effet la médiocrité de la diplomatie du IIe Reich au mode de recrutement des ministres et à l'absence de vie parlementaire.

La domination bureaucratique, pensait-il, caractérise toutes les sociétés modernes et constitue un secteur important de n'importe quel régime, mais le fonctionnaire n'est pas fait pour donner l'impulsion à l'État ni pour exercer des métiers proprement politiques. Le fonctionnaire est fait pour appliquer les règlements et pour se conduire selon les précédents. Il est formé à la discipline, non à l'initiative et à la lutte, et c'est pourquoi il sera d'ordinaire un mauvais ministre. Le recrutement des hommes politiques implique des règles différentes de celles auxquelles est soumis le recrutement des bureaucrates. Aussi Max Weber désirait-il une transformation du régime allemand dans le sens parlementaire. Les assemblées auraient la chance de faire surgir des chefs meilleurs, c'est-à-dire mieux formés à la bataille politique, que ceux que choisit un empereur ou qui s'élèvent au sommet d'une hiérarchie administrative.

Le régime allemand comportait un élément traditionnel, l'empereur, un élément bureaucratique, l'administration, il lui manquait l'élément charismatique. Observant les démocraties anglo-saxonnes, Max Weber imaginait un chef politique charismatique qui, chef de parti, acquerrait dans la lutte les qualités faute desquelles il n'y a pas d'homme d'État, à savoir le courage de décider, l'audace d'innover, la capacité d'éveiller la foi et d'obtenir l'obéissance [21]. Ce rêve du chef charismatique, les Allemands de la génération qui a suivi celle de Max Weber l'ont vécu. Bien évidemment, ce dernier n'aurait pas reconnu son rêve dans la réalité allemande de 1933-1945.

La sociologie politique de Max Weber débouche sur une interprétation de la société présente, comme sa sociologie de la religion sur une interprétation des civilisations contemporaines. Ce qui singularise l'univers dans lequel nous vivons, c'est le désenchantement du monde. La science nous accoutume à ne voir, dans la réalité extérieure, qu'un ensemble de forces aveugles que nous pouvons mettre à notre disposition, mais il ne reste plus rien des mythes et des dieux dont la pensée sauvage peuplait l'univers. En ce monde dépouillé de ses charmes et aveugle, les sociétés humaines se développent vers une organisation toujours plus rationnelle et toujours plus bureaucratique.

Nous savons qu'une œuvre n'est réellement scientifique qu'à la condition de pouvoir et de devoir être dépassée. D'où le caractère pathétique d'une existence consacrée à la recherche, qui, même en cas de succès, ne peut pas ne pas décevoir. Nous ne connaîtrons jamais le terme de notre effort, nous ne recevrons jamais de réponse aux questions qui nous importent le plus.

De même, plus la société est rationnelle, plus chacun de nous est condamné à ce que les marxistes d'aujourd'hui appellent aliénation. Nous nous sentons asservis à un ensemble qui nous dépasse, condamnés à ne réaliser qu'une partie de ce que nous pourrions être, voués à l'exercice, toute notre existence, d'un métier limité sans autre espoir de grandeur que d'accepter cette limitation.

Dès lors, ce qu'il faut par-dessus tout sauver, disait Max Weber, ce sont les droits de l'homme qui donnent à chacun la chance de vivre une existence authentique en dehors de la place qu'il occupe dans l'organisation rationnelle; politiquement, c'est la marge de libre compétition grâce à laquelle s'affirme la personnalité et peuvent être choisis des chefs véritables et non des bureaucrates.

Par-delà la rationalisation scientifique du monde, il faut réserver les droits d'une religion purement intérieure. Par-delà la rationalisation bureaucratique, il faut sauvegarder la liberté de la conscience et l'affrontement des personnes. Le socialisme, sans supprimer les inégalités entre les individus et les classes, marquerait, s'il se transformait d'utopie en réalité, une étape sur la voie d'une bureaucratisation intégrale.

La conclusion wébérienne procède de l'analyse existentielle de l'incompatibilité des valeurs et de la lutte entre les dieux. Le monde est rationalisé par la science, par l'administration et par la gestion rigoureuse des entreprises économiques, mais la lutte continue entre les classes, les nations et les dieux. Puisqu'il n'existe pas d'arbitre ou de juge, une seule attitude est conforme à la dignité, le choix solitaire de chacun face à sa conscience. Peut-être le dernier mot de cette attitude philosophique est-il celui d'engagement. Max Weber disait : choix et décision *(Entscheidung)*. La décision était moins le choix entre un parti et un autre que l'engagement en faveur d'un dieu qui pouvait être un démon.

Weber, notre contemporain.

Plus qu'Émile Durkheim ou Vilfredo Pareto, Max Weber est encore notre contemporain. On admire l'analyse statistique des causes du suicide comme une étape de la science. On continue d'utiliser un concept comme celui d'*anomie* mais on ne s'intéresse guère ni aux idées politiques de Durkheim ni aux théories morales qu'il souhaitait répandre dans les écoles normales d'instituteurs. Le *Traité de sociologie générale* demeure un monument étrange, chef-d'œuvre d'une personne hors série, objet d'admiration pour les uns, d'irritation, voire d'exaspération, pour les autres. Pareto n'a plus beaucoup de disciples ou de continuateurs. Le cas de Max Weber est tout autre.

Les discussions furent ardentes, en 1964, à Heidelberg, au cours du Congrès organisé par la *Deutsche Gesellschaft für Soziologie* à l'occasion du centième anniversaire de sa naissance. Elles se poursuivirent bien au-delà du Congrès. Un historien suisse Herbert Lüthy alla même jusqu'à écrire qu'il y avait des « wébériens » comme des « marxistes », les uns et les autres également susceptibles quand une idée de leur maître était mise en question. Bien entendu, wébériens et marxistes ont peu de chose en commun : les premiers ne se trouvent que dans des universités, les seconds gouvernent des États. Le marxisme peut être résumé et vulgarisé en un catéchisme à l'usage des foules, le wébérisme ne se prête pas à l'élaboration d'une orthodoxie, à moins que l'on ne baptise orthodoxie le refus de toutes les orthodoxies.

Pourquoi Max Weber, près d'un demi-siècle après sa mort, éveille-t-il encore tant de passions? Est-ce à cause de son œuvre ou bien à cause de sa personnalité?

La controverse scientifique sur *L'Éthique protestante et l'esprit du capitalisme* n'est pas épuisée. Non pas seulement parce que le livre fameux a passé pour une réfutation empirique du matérialisme historique mais parce qu'il soulève deux problèmes de grande portée. Le premier est historique : jusqu'à quel point certaines sectes protestantes ou plus généralement l'esprit protestant ont-ils influé sur la formation du capitalisme? Le deuxième théorique ou sociologique : en quel sens la compréhension des conduites économiques exige-t-elle la référence aux croyances religieuses, aux systèmes du monde des acteurs? Entre l'homme économique et l'homme religieux, il n'y a pas de coupure radicale. C'est en fonction d'une éthique déterminée que l'homme de chair et d'os, l'homme de désirs et de jouissances en certaines circonstances rares, devient l'*homo oeconomicus.*

De même, la tentative wébérienne pour analyser la structure de l'action sociale, pour élaborer une typologie des conduites, pour comparer les systèmes religieux, économiques, politiques, sociaux, si critiquable qu'elle nous paraisse en certaines de ses méthodes et de ses résultats, est encore de notre temps. On devrait même peut-être dire qu'elle dépasse de loin ce que les sociologues d'aujourd'hui se croient capables d'accomplir. Ou, du moins, la théorie abstraite et les interprétations historiques tendent à se dissocier. La « grande théorie » dans le style de T. Parsons tend vers l'abstraction extrême d'un vocabulaire conceptuel, utilisable pour la compréhension de n'importe quelle société. Elle prétend se détacher et de la société moderne et de la philosophie qui inspirait Max Weber. La référence au présent a-t-elle disparu, en réalité, de la conceptualisation parsonnienne ou, plus généralement, de la conceptualisation propre à la sociologie d'aujourd'hui? On peut en discuter. Il nous importait seulement de montrer qu'en combinant une théorie abstraite des concepts fondamentaux de la sociologie et une interprétation à demi concrète de l'histoire universelle, Max Weber se montre plus ambitieux que les professeurs d'aujourd'hui. En ce sens, il appartient peut-être autant à l'avenir qu'au passé de la sociologie.

Ces arguments, si valables soient-ils en eux-mêmes, n'expliquent pas la violence des débats. Aussi bien ceux-ci ont-ils eu lieu en Europe, non aux États-Unis. Max Weber, aux États-Unis, a été interprété en même temps que traduit par Talcott Parsons. Son œuvre a été accueillie surtout comme celle d'un pur savant. C'est à ce titre qu'elle a pénétré dans les universités où elle est désormais exposée, commentée, souvent aussi discutée. Quant à l'homme qui s'exprime dans l'œuvre ou se dissimule derrière elle, n'avait-il pas été démocrate, hostile à Guillaume II? Au reste, n'est-il pas légitime d'ignorer le politique et de ne connaître que le savant?

C'est en Europe que le centenaire de la naissance de Max Weber a réveillé les passions. Ce sont des professeurs de formation européenne, même si certains d'entre eux sont désormais citoyens des États-Unis, qui ont pris fait et cause pour ou contre Max Weber, politique et philosophe en même temps que sociologue. Rien n'a été plus révélateur, à cet égard, que le déroulement des trois séances plénières de Heidelberg.La première, ouverte par une conférence de Talcott Parsons sur les conceptions méthodologiques de Weber, donna lieu à un échange proprement académique. Les deux suivantes, prirent un tout autre caractère. Ma propre conférence sur *Max Weber und die Machtpolitik* s'insérait dans la polémique qu'avait déchaînée le livre de Wolfgang J. Mommsen [22] et qui, en 1966, n'a pas encore pris fin. Quant à la conférence d'Herbert Marcuse, *Industrialisierung und Kapitalismus*, elle semblait animée par une sorte de fureur contre Max Weber, comme si celui-ci était encore vivant, irréductible.

Ces deux débats — l'un relatif à la place de Max Weber dans la politique allemande, aux opinions qu'il a professées, l'autre relatif à sa philosophie et à ses attitudes fondamentales — n'ont ni la même portée, ni le même style. Certains auteurs, en République fédérale et aux États-Unis, avaient eu tendance à présenter Max Weber comme un bon démocrate, de style occidental, conforme à l'image que l'on peut s'en faire après la Deuxième Guerre mondiale. Cette représentation était évidement fort éloignée de la réalité. La valeur que Max Weber, par une libre décision, avait placée au-dessus de tout était, nous l'avons vu, la grandeur nationale, non la démocratie ou même les libertés personnelles. Il avait été favorable à la démocratisation, pour des motifs de circonstances plus que de principe. Les fonctionnaires parmi lesquels l'empereur choisissait ses ministres, étaient selon lui, par formation et par tempérament, dépourvus de volonté de puissance, qualité première des gouvernants et peut-être même des peuples en un monde dur, voué à la lutte des individus, des classes, des États.

La philosophie de la politique qui inspira tout à la fois son œuvre de savant et son action est, pour reprendre un terme banal, pessimiste. D'aucuns ont vu, dans Max Weber, un nouveau Machiavel. En un article pénétrant, en dépit d'un ton que les admirateurs de Weber supportent difficilement, M. Eugène Fleishmann [23] a mis en lumière les deux influences majeures, peut-être successives, celle de Marx et celle de Nietzsche, à partir desquelles s'est formée la pensée de Weber, « Marx de la bourgeoisie » et nietzschéen bien plus que démocrate.

Cette réinterprétation de la politique wébérienne a fait scandale parce qu'elle enlevait à la nouvelle démocratie allemande un « père fondateur », un ancêtre glorieux, un répondant de génie. Elle n'en est pas moins, pour l'essentiel, indiscutable, fondée sur les textes, au reste nullement contraire au respect que l'on doit à une personnalité exceptionnelle. Max Weber a été nationaliste comme l'ont été les Européens à la fin du siècle dernier et comme ils ne le sont plus aujourd'hui. Ce nationalisme ne se limitait pas au patriotisme, au souci de l'indépendance ou de la souveraineté étatique. Il conduisait presque irrésistiblement à ce que nous serions tentés aujourd'hui d'appeler impérialisme. Les nations sont engagées en une compétition permanente, tantôt apparemment pacifique, tantôt ouvertement cruelle. Cette compétition est sans terme comme elle est sans pitié. Ici, les hommes meurent dans les tranchées, là, ils végètent dans les mines ou les usines, menacés par la concurrence économique ou par le feu des canons. La puissance de la nation est à la fois moyen et fin. Elle garantit seule la sécurité, elle contribue à la diffusion de la culture (car les cultures sont essentiellement nationales) mais la puissance est voulue pour elle-même, en tant qu'expression de la grandeur humaine.

Certes, la pensée politique de Weber est plus complexe que ne le suggèrent ces brèves indications. S'il a vu dans l'unité allemande une étape vers la politique mondiale, il n'a pas ignoré que la puissance de l'État n'impliquait pas l'épanouissement de la culture. En particulier dans le cas de l'histoire allemande, la phase d'épanouissement spirituel et la phase de puissance étatique ne semblent pas coïncider. S'il emploie l'expression *Herrenvolk*, peuple de *maîtres*, celle-ci ne doit pas être interprétée par référence à la signification que Hitler lui a donnée. Weber, comme Nietzsche, critiquait souvent le peuple allemand; il lui reprochait un penchant à l'obéissance passive, l'acceptation d'un régime traditionnel et d'un monarque dilettante, des attitudes de parvenu — toutes attitudes indignes d'un peuple qui assume et doit assumer un rôle mondial. Quant à la démocratie qu'il appelait de ses vœux, avec un chef choisi par le peuple entier, elle présente certains traits que l'on retrouve dans toutes les démocraties de notre époque, elle ressemble surtout à la Ve République française sous le général de Gaulle. Le chef charismatique, élu au suffrage universel, qui prend seul les grandes décisions, responsable devant sa conscience ou devant l'histoire, tel est le chef « démocratique » qu'avait imaginé Max Weber, tel que les despotes l'ont caricaturé entre les deux guerres, tel que le président de la République française l'incarne depuis 1959. Ni le Premier ministre britannique ni le président des États-Unis ne sont, dans le même style ou au même degré, le *Führer*, le conducteur du peuple, qui entraîne les foules au service de l'ambition qu'il nourrit pour elles et pour lui-même. Cet ascendant charismatique du chef était, aux yeux de Max Weber, une réaction salvatrice au règne anonyme des bureaucrates. Il n'ignorait pas pour autant la délibération des parlementaires et le respect des règles. Il ne méconnaissait pas la nécessité d'une constitution, d'un État de droit *(Rechtsstaat)*, la valeur des libertés personnelles, peut-être avait-il surtout tendance, homme du XIXe siècle, à croire définitivement assurées ces conquêtes fragiles de la civilisation politique.

Le deuxième débat, celui qu'avait ouvert Herbert Marcuse, porte, en dernière analyse, sur la philosophie historique de Max Weber. Celui-ci a pris pour thème central de son interprétation de la société moderne occidentale la rationalisation, telle qu'elle s'exprime dans la science, dans l'industrie, dans la bureaucratie. Le régime capitaliste — propriété individuelle des instruments de production et concurrence entre les producteurs sur le marché — a été historiquement lié au procès de rationalisation. Ce procès est le destin de l'homme contre lequel il est vain de se révolter et auquel aucun régime n'échappe. Max Weber a été hostile au socialisme en dépit de l'admiration qu'il éprouvait pour Marx, non pas seulement parce qu'il était nationaliste ou parce que dans la lutte des classes, aussi fatale que la lutte des nations, il se rangeait du côté de la bourgeoisie. Ce qui menaçait la dignité humaine, à ses yeux, c'était l'asservissement des individus à des organisations anonymes. Le système d'une production efficace est en même temps un système de domination de l'homme sur l'homme. Max Weber reconnaissait que « les ouvriers seraient toujours, d'une manière ou d'une autre, socialistes », il affirmait même qu'il n'y a « aucun moyen d'éliminer les convictions socialistes et les espérances socialistes [24] » (en quoi peut-être il se trompait), mais le socialisme réalisé comporterait les mêmes périls pour les valeurs humaines auxquelles il était attaché que le capitalisme lui-même. Plus encore, le socialisme ne pourrait qu'aggraver ces périls dans la mesure où, pour restaurer et maintenir la discipline du travail en un régime bureaucratisé, il devrait imposer une domination plus rigoureuse encore de l'homme sur l'homme ou de l'organisation sur l'individu, laisser moins de chances et de libertés encore à la personne.

Les événements ont-ils donné tort à Max Weber sur ce point? Bien évidemment ils lui ont donné raison et Herbert Marcuse l'avoue lui-même : « Car, en tant qu'esprit cristallisé, la machine n'est *pas neutre :* la raison technique est la raison sociale qui domine à chaque époque, elle peut être transformée dans sa structure même. En tant que raison technique elle peut être utilisée en vue d'une technique de libération. Pour Max Weber cette possibilité était une utopie. Il semble aujourd'hui qu'il avait raison. » En d'autres termes, Herbert Marcuse en veut à Max Weber d'avoir dénoncé à l'avance comme utopie ce qui s'est révélé effectivement, jusqu'à présent, comme une utopie — l'idée d'une libération humaine par la modification du régime de propriété et la planification.

Entre la propriété collective des moyens de production et la planification d'une part, la libération de l'homme d'autre part, il n'y a aucun lien ni causal ni logique. L'histoire des cinquante dernières années l'a démontré avec éclat. Un marxiste de Francfort — qui n'est pas un marxiste-léniniste — déteste en Max Weber celui qui n'a jamais partagé ses illusions et qui le dépossède des rêves dont il a peut-être besoin pour vivre. Mais l'utopie socialiste est aujourd'hui radicalement vide de substance. Une production encore plus automatisée apportera peut-être d'autres possibilités concrètes de libération. Elle ne supprimera pas l'ordre bureaucratique, la domination rationnelle et anonyme que dénoncent Weber et les marxistes, non sans quelque excès.

La société industrielle d'aujourd'hui n'est certes pas la société capitaliste qu'a connue Max Weber. Elle n'est plus essentiellement bourgeoise ni même essentiellement capitaliste si ce régime est défini avant tout par la propriété et l'initiative de l'entrepreneur individuel. Mais précisément pour ce motif, je serais tenté, personnellement, de critiquer Weber d'un tout autre point de vue : il a été trop marxiste dans son interprétation de la société moderne, c'est-à-dire trop pessimiste; il n'a saisi exactement ni les perspectives de bien-être pour les masses grâce à l'accroissement de la productivité ni l'atténuation des conflits de classes et peut-être de nations à l'âge où la richesse dépend du travail efficace et non des dimensions du territoire. En revanche, c'est bien un mérite et non une faute d'avoir distingué rigoureusement *rationalité*, scientifique ou bureaucratique, et *raison historique.* Que l'esprit et les moyens de la technique puissent être utilisés en vue du génocide, l'expérience nous l'a, hélas! enseigné : ni le capitalisme, ni la bourgeoisie, ni moins encore Max Weber n'en sont responsables. Celui-ci avait à l'avance reconnu que la rationalisation ne garantissait pas le triomphe de ce que les hégéliens appellent la raison historique ou les démocrates de bonne volonté les valeurs libérales.

En Weber, une philosophie de la lutte et de la puissance, d'inspiration marxiste et nietzschéenne, se combine avec la vision d une histoire universelle aboutissant à un monde désenchanté et à une humanité asservie, dépouillée de ses vertus les plus hautes. Pour lui-même et peut-être pour les autres, Max Weber mettait au-dessus de tout moins le succès et la puissance qu'une certaine noblesse, le courage d'affronter la condition de l'homme telle qu'elle apparaît à celui qui se refuse aux illusions, à celles de la religion aussi bien qu'à celles des idéologies politiques. Tous ceux qui croient détenir une vérité absolue ou totale, tous ceux qui veulent réconcilier les valeurs contradictoires, marxistes-hégéliens, doctrinaires de la démocratie ou du droit naturel, continuent — et à juste titre — la polémique contre une personne qui donne un caractère dogmatique au refus du dogmatisme, qui prête une vérité définitive à la contradiction des valeurs, qui finalement ne connaît rien que la science partielle et le choix strictement arbitraire.

Certains de ces dogmatismes ont été à l'origine des totalitarismes de notre époque. Mais, il faut le reconnaître, Max Weber, avec sa philosophie de l'engagement, n'offre pas nécessairement une meilleure protection contre le retour des barbares. Le chef charismatique devait servir de recours contre la domination anonyme de la bureaucratie : nous avons appris à craindre les promesses des démagogues plus que la banalité de l'organisation rationnelle.

Ces débats, dont la personnalité, la philosophie, les opinions politiques de Max Weber sont l'objet, illustrent, à mes yeux, les sens multiples dans lesquels il me paraît juste de dire que Max Weber est notre contemporain. Il l'est d'abord à la manière de tous les grands penseurs dont l'œuvre est à la fois si riche et si ambiguë que chaque génération la lit, l'interroge, l'interprète d'une autre manière. Il l'est à la manière des savants dont l'apport est peut-être dépassé mais encore actuel. Qu'il s'agisse de la compréhension, du type idéal, de la distinction entre jugement de valeur et rapport aux valeurs, du sens subjectif en tant qu'objet propre de la curiosité du sociologue, de l'opposition entre la manière dont les auteurs se sont compris eux-mêmes, et la manière dont le sociologue les comprend, on est tenté de multiplier les questions, sinon les objections. Il n'est pas sûr que la pratique de Weber réponde toujours à sa théorie. Il est douteux qu'il se soit lui-même abstenu de tout jugement de valeur, plus douteux encore que référence aux valeurs et jugement de valeur soient radicalement séparables. La sociologie de Weber serait peut-être plus scientifique, elle serait, me semble-t-il, moins passionnante si elle n'avait été animée par un homme qui se posait à chaque instant les questions ultimes : rapport de la connaissance et de la foi, de la science et de l'action, de l'Église et des prophétismes, de la bureaucratie et du chef charismatique, de la rationalisation et de la liberté individuelle et qui, grâce à une érudition historique presque monstrueuse, cherchait, dans toutes les civilisations, les réponses données à ses propres questions quitte, au terme de ses explorations par nature indéfinies, à se retrouver, seul et déchiré, pour le choix de son propre destin.

INDICATIONS BIOGRAPHIQUES

1864 21 avril. Naissance de Max Weber à Erfurt, en Thuringe. Son père était un juriste, issu d'une famille d'industriels et de négociants en textiles de Westphalie. En 1869 il vint avec sa famille s'établir à Berlin où il fut membre de la diète municipale, député à la diète de Prusse et au Reichstag. Il appartenait au groupe des libéraux de droite dont le leader était le Hanovrien Bennigsen. Sa mère, Hélène Fallenstein-Weber, était une femme d'une grande culture, très préoccupée de problèmes religieux et sociaux. Jusqu'à sa mort en 1919, elle resta en contact intellectuel étroit avec son fils, chez qui elle avivait la nostalgie de la foi religieuse. Dans le salon de ses parents, le jeune Max Weber rencontra la plupart des intellectuels et hommes politiques importants de l'époque : Ditlhey, Mommsen, Sybel, Treitschke, Kapp...

1882 Max Weber, après son Abitur, commence ses études supérieures à l'Université de Heidelberg. Inscrit à la Faculté de droit, il étudie aussi l'histoire, l'économie, la philosophie et la théologie. Il participe également aux cérémonies et aux duels de sa corporation étudiante.

1883 Après trois semestres à Heidelberg, Max Weber fait une année de service militaire à Strasbourg, comme simple soldat, puis comme officier. Il sera toujours très fier de sa qualité d'officier de l'armée impériale.

1884 Max Weber reprend ses études aux Universités de Berlin et de Göttingen.

1886 Il passe ses premiers examens universitaires de droit.

1887-1888 Il participe à plusieurs manœuvres militaires en Alsace et en Prusse-Orientale. Il devient membre du Verein für Sozialpolitik, qui groupe les universitaires de toutes tendances soucieux des questions sociales. Cette association avait été fondée en 1872 par G. Schmoller et était dominée par les « Socialistes de la chaire ».

1889 Il passe à Berlin son doctorat de droit avec une dissertation sur l'histoire des entreprises commerciales au Moyen Age. Il apprend l'italien et l'espagnol. Il s'inscrit au barreau de Berlin.

1890 Nouveaux examens de droit. Il commence une enquête sur la situation de la paysannerie en Prusse-Orientale à la demande du Verein für Sozialpolitik.

1891 *L'Histoire agraire romaine et sa signification pour le droit public et privé.* Cette thèse d'habilitation pour la défense universitaire de laquelle Weber eut un dialogue avec Mommsen lui vaut un poste à la faculté de droit de Berlin. Max Weber commence alors une carrière de professeur d'université.

1892 Il dépose son rapport sur la situation des travailleurs ruraux en Allemagne orientale.

1893 Mariage avec Marianne Schnitger.

1894 Max Weber devient professeur d'économie politique à l'Université de Fribourg.
Les Tendances dans l'évolution de la situation des travailleurs ruraux en Allemagne orientale.

1895 Voyage en Écosse et en Irlande.
Il commence son cours à Fribourg par une conférence sur *L'État national et la politique économique.*

1896 Max Weber accepte une chaire à l'Université de Heidelberg, où Knies vient de prendre sa retraire.
Les Causes sociales de la décadence de la civilisation antique.

1897 Une grave maladie nerveuse l'oblige à interrompre tout travail pendant quatre ans. Il voyage en Italie, en Corse et en Suisse pour trouver un apaisement à son anxiété.

1899 Max Weber cesse volontairement d'appartenir à la Ligue Pangermaniste.

1902 Max Weber reprend son enseignement à Heidelberg, mais il ne lui est plus possible d'avoir une vie universitaire aussi active qu'auparavant.

1903 Il fonde avec Werner Sombart les *Archiv für Sozialwissenschaft und Sozialpolitik.*

1904 Voyage aux États-Unis pour assister à un congrès de sciences sociales à Saint-Louis. Le Nouveau Monde fait sur lui une profonde impression. A Saint-Louis, il fait une conférence sur le capitalisme et la société rurale en Allemagne.
Cette même année, il publie la première partie de *L'Éthique protestante et l'esprit du capitalisme* et un essai sur *L'Objectivité de la connaissance dans les sciences et la politique sociales.*

1905 La révolution russe le pousse à s'intéresser aux problèmes de l'Empire des tsars et il apprend le russe pour lire les documents originaux.
Publication de la deuxième partie de *L'Éthique protestante et l'esprit du capitalisme.*

1906 *La Situation de a démocratie bourgeoise en Russie.*
L'Évolution de la Russie vers un constitutionnalisme de façade.
Études critiques pour servir à la logique des sciences de la culture.
Les Sectes protestantes et l'esprit du capitalisme.

1907 Un héritage lui permet de se retirer et de se consacrer entièrement à la science.

1908 Il s'intéresse à la psychosociologie industrielle et publie deux études sur ce sujet. Dans son salon de Heidelberg, il reçoit la plupart des savants allemands de l'époque : Windelband, Jellinek, Troeltsch, Naumann, Sombart, Simmel, Michels, Tönnies.

Il guide de ses conseils de jeunes universitaires comme Georg Lukács et Karl Löwenstein.
Il organise aussi l'Association allemande de sociologie et lance une collection d'ouvrages de sciences sociales.

1909 *Les Rapports de production dans l'agriculture du monde antique.* Max Weber commence la rédaction d'*Économie et société.*

1910 Au congrès de l'Association allemande de sociologie, il prend nettement position contre l'idéologie raciste.

1912 Il quitte le comité directeur de l'Association allemande de sociologie en raison de divergences sur la question de la neutralité axiologique.

1913 *Essai sur quelques catégories de la sociologie compréhensive.*

1914 Lorsque la guerre éclate, Max Weber demande à prendre du service. Jusqu'à la fin de 1915, il va diriger un groupe d'hôpitaux implantés dans la région de Heidelberg.

1915 Publication de *L'Éthique économique des religions universelles* (« Introduction » et « Confucianisme et taoïsme »).

1916-1917 Il remplit diverses missions officieuses à Bruxelles, à Vienne et à Budapest; il multiplie les efforts pour convaincre les dirigeants allemands d'éviter une extension de la guerre, mais en même temps affirme la vocation de l'Allemagne à la politique mondiale et voit dans la Russie la principale menace.
Publication en 1916 des chapitres de *La sociologie de la religion* concernant « L'hindouisme et le bouddhisme » et, en 1917, « Le judaïsme antique ».

1918 En avril, voyage à Vienne pour donner un cours d'été à l'Université. Il présente alors sa sociologie de la politique et de la religion comme une *Critique positive de la conception matérialiste de l'histoire.*
En hiver, il donne deux conférences à l'Université de Munich : *Le métier et la vocation du savant, Le métier et la vocation de l'homme politique.*
Après la capitulation, il devient expert auprès de la délégation allemande à Versailles.
Il publie un *Essai sur le sens de la neutralité axiologique dans les sciences sociologiques et économiques.*

1919 Il accepte une chaire à l'Université de Munich, où il succède à Brentano. Le cours professé en 1919-1920 porte sur l'*Histoire économique générale* et sera publié en 1924 sous ce titre.
Max Weber, qui s'est rallié sans enthousiasme à la République et qui assiste à Munich à la dictature révolutionnaire de Kurt Eisner, fait partie de la commission chargée de rédiger la Constitution de Weimar.
Il poursuit la rédaction d'*Économie et société,* dont les premiers feuillets sont imprimés à l'automne 1919. Le livre restera cependant inachevé.

1920 14 juin. Mort à Munich.

1922 Publication d'*Économie et société* par Marianne Weber. De nouvelles éditions enrichies paraîtront en 1925 et 1956.

NOTES

1. Paris, Plon, 1965. Ce recueil comprend la traduction des quatre principaux essais épistémologiques de Weber : « L'objectivité de la connaissance dans les sciences et la politique sociales » qui date de 1904; les « Études critiques pour servir à la logique des sciences de la culture » de 1906; l' « Essai sur quelques concepts de la sociologie compréhensive » de 1913 et l' « Essai sur le sens de la neutralité axiologique dans les sciences sociologiques et économiques » de 1917-1918. La traduction de la célèbre conférence prononcée à Munich en 1919 sous le titre de « *Wissenschaft als Beruf* » et dont le texte original est publié en Allemagne dans le recueil des *Gesammelte Aufsätze zur Wissenschaftslehre*, est contenue dans l'ouvrage *Le Savant et le politique*, Paris, Plon, 1959.

Le recueil allemand comprend encore quatre autres essais de moindre importance, qui n'ont d'ailleurs été traduits dans aucune langue : « *Roscher und Knies und die logischen Probleme der historischen Nationalökonomie* »; « *R. Stammlers Uberwindung der materialistischen Geschichtsauffassung* »; « *Die Grenznutzlehre und das psychophysische Grundgesetz* »; « *Energetische Kulturtheorien* ».

2. Les études de Weber concernant l'antiquité sont nombreuses. N'oublions pas qu'un de ses premiers maîtres fut le grand historien Mommsen, qu'il doit sa formation aux facultés de droit où à l'époque, en Allemagne comme en France, l'étude du droit romain tenait une place prépondérante. Outre le livre intitulé *Agrarverhlätnisse im Altertum*, dont l'édition définitive date de 1909, Weber a écrit une étude sur «Les causes sociales de la décadence de la civilisation antique » (1896) et sa thèse d'habilitation portait sur « L'histoire agraire romaine » (1891). Aucune de ces études n'a été traduite en français.

L'Histoire économique générale est le cours professé à Munich en 1919 juste avant sa mort. Ce cours fut publié en 1923. Il en existe une traduction anglaise.

Les travaux de Weber sur les problèmes politiques, économiques et sociaux de l'Allemagne et de l'Europe contemporaine sont très divers et dispersés. On les trouve dans trois recueils: *Gesammelte politische Schriften; Gesammelte Aufsätze zur Sozial-und Wirtschaftsgeschichte; Gesammelte Aufsätze zur Soziologie und Sozialpolitik.*

L'étude sur les tendances dans l'évolution de la situation des travailleurs ruraux en Allemagne orientale a été publiée dans le second recueil. Elle fut faite par Weber en 1890-1892 à partir d'une enquête dans cette région que lui avait demandé d'exécuter le *Verein für Sozialpolitik*. Weber y montrait que les grands propriétaires fonciers de l'Est de l'Elbe, pour diminuer leurs coûts salariaux, n'hésitaient pas à importer de la main-d'œuvre d'origine slave (russe et polonaise) sur leurs propriétés, contraignant ainsi à l'émigration vers les villes industrielles de l'Ouest les travailleurs de race et de culture germanique. Il dénonçait cette attitude capitaliste des junkers qui dégermanisaient ainsi l'Est allemand.

3. Les études de sociologie des religions ont été rassemblées dans les *Gesammelte Aufsätze zur Religionssoziologie*, qui comprennent trois tomes.

Le tome I contient les deux études sur le protestantisme et l'esprit du capitalisme, et la première partie de « L'Éthique économique des religions universelles » (Introduction, « Confucianisme et taoïsme », et « *Zwischenbetrachtung* »).

Le tome II comprend la seconde partie de « L'Éthique économique des religions » (Hindouisme et bouddhisme).

Le tome III en contient la troisième partie (« Le judaïsme antique »).

Au moment de sa mort, Weber projetait d'ajouter un tome IV consacré à l'Islam.

Pour avoir une vue complète de la sociologie religieuse de Weber, il faut joindre aux textes de ce recueil les chapitres de *Wirtschaft und Gesellschaft* relatifs à la religion, notamment le chapitre V de la deuxième partie : « *Typen religiöser Vergemeinschaftung.* »

4. Voir la bibliographie.

5. « Nous appelons comportement rationnel par finalité celui qui s'oriente exclusivement d'après les moyens qu'on se représente (subjectivement) comme adéquats à des fins saisies (subjectivement) de manière univoque. » (*Essais sur la théorie de la science*, Paris, Plon, 1965, p. 328).

6. Ces deux conférences prononcées à Munich en 1919 ont été traduites en français et publiées sous le titre *Le Savant et le politique*, Paris, Plon, 1959. Le texte allemand de *Politik als Beruf* fait partie des *Gesammelte politische Schriften*.

7. « La méthode de Thucydide manque à la haute érudition des historiens chinois. Certes, Machiavel trouve des précurseurs dans l'Inde, mais toutes les politiques asiatiques sont dépourvues d'une méthode systématique comparable à celle d'Aristote, et surtout leur font défaut les concepts rationnels. Les formes de pensée strictement systématiques indispensables à toute doctrine juridique rationnelle, propres au droit romain et à son rejeton, le droit occidental, ne se rencontrent nulle part ailleurs. Et cela malgré des débuts réels dans l'Inde, avec l'école Mîmâmsâ, malgré de vastes codifications, comme en Asie antérieure, et en dépit de tous les livres de lois indiens ou autres. En outre seul l'Occident connaît un édifice tel que le droit canon. » (*L'Éthique protestante et l'esprit du capitalisme*, Paris, Plon, 1964, Avant-propos, p. 12.)

8. « Il est et il demeure vrai que dans la sphère des sciences sociales une démonstration scientifique, méthodiquement correcte, qui prétend avoir atteint son but, doit pouvoir être reconnue comme exacte également par un Chinois ou plus précisément *doit avoir cet objectif*, bien qu'il ne soit peut-être pas possible de le réaliser pleinement, par suite d'une insuffisance d'ordre matériel. De même il reste vrai que l'analyse logique d'un idéal destinée à en dévoiler le contenu et les axiomes ultimes ainsi que l'explication des conséquences qui en découlent logiquement et pratiquement au cas où l'on doit considérer que la poursuite a été couronnée de succès, doivent également être valables pour un Chinois — bien qu'il puisse ne rien entendre à nos impératifs éthiques et même rejeter (ce que, à coup sûr, il fera souvent) l'idéal lui-même et les évaluations concrètes qui en découlent, sans contester en quoi que ce soit la valeur scientifique de l'analyse théorique. » (*Essais sur la théorie de la science*, p. 131-132.)

9. « Il y a des sciences auxquelles il a été donné de rester éternellement jeunes. C'est le cas de toutes les disciplines historiques, de toutes celles à qui le flux éternellement mouvant de la civilisation procure sans cesse de nouveaux problèmes. Par essence leur tâche se heurte à la fragilité de toutes les constructions idéaltypiques, mais elles sont inévitablement obligées d'en élaborer continuellement de nouvelles... Aucun de ces systèmes de pensée dont nous ne saurions nous passer si nous voulons saisir les éléments chaque fois significatifs de la réalité ne peut épuiser sa richesse infinie. Ils ne sont rien d'autre que des essais pour mettre de l'ordre dans le chaos des faits que nous avons fait entrer dans le cercle de notre intérêt, sur la base chaque fois de l'état de notre connaissance et des structures conceptuelles qui sont chaque fois à notre disposition. L'appareil intellectuel que le passé a développé par une élaboration réflexive, ce qui veut dire en vérité par une transformation réflexive de la réalité immédiatement donnée, et par son intégration dans les concepts qui correspondaient à l'état de la connaissance et à la direction de la curiosité, est en perpétuel procès avec ce que nous pouvons et voulons acquérir en connaissances nouvelles de la réalité. Le progrès de travail dans les sciences de la culture se fait par ce débat. Le résultat en est un continuel processus de transformation des concepts au moyen desquels nous essayons de saisir la réalité. L'histoire des sciences de la vie sociale est et reste par conséquent une continuelle alternance entre la tentative d'ordonner théoriquement les faits par une

construction des concepts — en décomposant les tableaux de pensée ainsi obtenus grâce à un élargissement et un déplacement de l'horizon de la science — et la construction de nouveaux concepts sur la base ainsi modifiée. Ce qui s'y exprime, ce n'est donc nullement qu'on aurait tort de construire en général des systèmes de concepts — car, toute science, même la simple histoire descriptive, opère avec la provision de concepts de son époque. Au contraire il s'y exprime le fait que dans les sciences de la culture humaine la construction de concepts dépend de la façon de poser les problèmes, laquelle varie à son tour avec le contenu même de la civilisation. Le rapport du concept et du conçu entraîne dans les sciences de la culture la fragilité de toutes les synthèses. La valeur des grandes tentatives de constructions conceptuelles dans notre science consistait en général en ce qu'elles mettaient en évidence les limites de la signification du point de vue qui leur servait de fondement. Les progrès les plus considérables dans le domaine des sciences sociales sont liés positivement au fait que les problèmes pratiques de la civilisation se déplacent et qu'ils prennent la forme d'une critique de la construction des concepts. » (*Essais sur la théorie de la science*, p. 202-204.)

10. *Allgemeine Psychopathologie*, traduit en français par Kastler et Mendousse sous le titre *Psychopathologie générale*, Paris, 1923, 3e éd. Jean-Paul Sartre et Paul-Yves Nizan révisèrent partiellement cette traduction.

11. Rickert (1865-1936) fut professeur de philosophie à Heidelberg. Ses ouvrages principaux sont : *Die Grenzen der naturwissenschaftlichen Begriffsbildung*, 1896-1902; *Die Probleme der Geschichtsphilosophie*, 1904; *Kulturwissenschaft und Naturwissenschaft*, 1899.

Pour une analyse critique de l'œuvre de Rickert, cf. Raymond ARON, *La Philosophie critique de l'histoire. Essai sur une théorie allemande de l'histoire*, Paris, Vrin, 3e éd., 1964, p. 113-157.

12. « On obtient un idéaltype en accentuant unilatéralement un ou plusieurs points de vue et en enchaînant une multitude de phénomènes donnés isolément, diffus et discrets, que l'on trouve tantôt en grand nombre, tantôt en petit nombre et par endroits pas du tout, qu'on ordonne selon les précédents points de vue choisis unilatéralement, pour former un tableau de pensée homogène *(einheitlich)*. On ne trouvera nulle part empiriquement un pareil tableau dans sa pureté conceptuelle : il est une utopie. Le travail historique aura pour tâche de déterminer dans chaque cas particulier combien la réalité se rapproche ou s'écarte de ce tableau idéal, dans quelle mesure il faut par exemple attribuer, au sens conceptuel, la qualité d' " économie urbaine " aux conditions économiques d'une ville déterminée. Appliqué avec prudence, ce concept rend le service spécifique qu'on en attend au profit de la recherche et de la clarté. » (*Essais sur la théorie de la science*, p. 181.)

« L'idéaltype est un tableau de pensée, il n'est pas la réalité historique ni surtout la réalité " authentique ", il sert encore moins de schéma dans lequel on pourrait ordonner la réalité à titre d'exemplaire. Il n'a d'autre signification que d'un concept limite *(Grenzbegriff)* purement idéal, auquel on mesure *(messen)* la réalité pour clarifier le contenu empirique de certains de ses éléments importants, et avec lequel on la compare. Ces concepts sont des images *(Gebilde)* dans lesquelles nous construisons des relations, en utilisant la catégorie de possibilité objective, que notre imagination formée et orientée d'après la réalité juge comme adéquates.

« Dans cette fonction, l'idéaltype est en particulier un essai pour saisir les individualités historiques ou leurs différents éléments dans des concepts génétiques. Prenons par exemple les notions d' " Église " et de " secte ". Elles se laissent analyser par la voie de la pure classification en un complexe de caractéristiques, en quoi non seulement la frontière entre les deux concepts, mais aussi leur contenu, resteront toujours indistincts. Par contre, si je me propose de saisir génétiquement le concept de " secte ", c'est-à-dire si je le conçois relativement à certaines significations importantes pour la culture que l' " esprit de secte " a manifestées dans la civilisation moderne, alors certaines caractéristiques précises de l'un et l'autre de ces deux concepts deviendront essentielles parce qu'elles comportent une relation causale adéquate par rapport à leur action significative. » (*Ibid.*, p. 185-186.)

13. La construction des types idéaux par rapport aux valeurs est dans l'abstrait distincte des jugements de valeur. Mais dans le travail concret du savant le glissement est fréquent.

« Tous les exposés qui ont pour thème l' " essence " du christianisme sont des idéaltypes qui n'ont nécessairement et constamment qu'une validité relative et problématique, s'ils revendiquent la qualité d'un exposé historique du donné empirique; par contre ils ont une très grande valeur heuristique pour la recherche et une très grande valeur systématique pour l'exposé, si on les utilise simplement comme moyens conceptuels pour comparer et mesurer à eux la réalité. Dans cette fonction ils sont même indispensables.

« Mais il y a encore un autre élément lié en règle générale à cette sorte de présentations idéaltypiques, qui complique encore davantage leur signification. Elles se proposent en général d'être (elles peuvent aussi l'être inconsciemment) non seulement des idéaltypes, dans le sens logique, mais aussi dans le sens pratique, c'est-à-dire des types exemplaires *(vorbildliche Typen)* qui — dans notre exemple — contiennent ce que du point de vue du savant le christianisme doit être *(sein soll)*, c'est-à-dire ce qui, à son avis, est " essentiel " dans cette religion du fait qu'elle représente une valeur permanente. S'il en est ainsi consciemment ou le plus souvent inconsciemment, ces descriptions contiennent alors les idéaux auxquels le savant rapporte le christianisme en l'évaluant *(wertend)*; c'est-à-dire les tâches et les fins d'après lesquelles le savant oriente sa propre " idée " du christianisme. Naturellement ces idéaux peuvent être totalement différents, et sans doute le seront-ils toujours, des valeurs auxquelles les contemporains de l'époque étudiée, par exemple les premiers chrétiens, rapportaient de leur côté le christianisme. En ce cas les " idées " ne sont évidemment plus des auxiliaires purement logiques ni non plus des concepts auxquels on mesure par comparaison la réalité, mais des idéaux à partir desquels on juge la réalité en l'évaluant. Il ne s'agit plus alors du procédé purement théorique du rapport de l'empirique à des valeurs *(Beziehung auf Werte)*, mais proprement des jugements de valeur *(Werturteile)* que l'on accueille dans le concept du christianisme. Parce que l'idéaltype revendique en ce cas une validité empirique, il s'enfonce dans la région de l'interprétation évaluative du christianisme : on quitte le domaine de la science empirique et l'on se trouve en présence d'une profession de foi personnelle et non plus d'une construction conceptuelle proprement idéaltypique.

« Si marquante que soit cette distinction quant aux principes, on constate que la confusion entre ces deux significations fondamentalement différentes de la notion d' " idée " envahit trop fréquemment la conduite du travail historique. Elle guette tout particulièrement l'historien dès qu'il se met à exposer sa propre " interprétation " d'une personnalité ou d'une époque. Contrairement aux étalons éthiques stables que Schlosser utilisait dans l'esprit du rationalisme, l'historien moderne d'esprit relativiste, qui se propose d'une part de " comprendre en elle-même " l'époque dont il s'occupe et qui d'autre part tient à porter un " jugement ", éprouve le besoin de prendre " dans la matière même " de son étude les étalons de ses jugements, ce qui veut dire qu'il laisse surgir l' " idée " au sens d'idéal de l' " idée " au sens d' " idéaltype ". De plus, l'attrait esthétique de ce procédé le pousse sans arrêt à effacer la ligne qui sépare les deux ordres — d'où cette demi-mesure qui d'une part ne peut se priver de porter des jugements de valeur et qui d'autre part fait tout pour ne pas assumer la responsabilité de ces jugements. A cela il faut opposer le devoir élémentaire du contrôle scientifique de soi-même qui est aussi le seul moyen de nous préserver des confusions en nous invitant à faire une distinction stricte entre la relation qui compare la réalité à des idéaltypes dans le sens logique et l'appréciation valorisante de cette réalité sur la base d'idéaux. L'idéaltype tel que nous l'entendons est, je le répète, quelque chose d'entièrement indépendant de l'appréciation évaluative; il n'a rien de commun avec une autre " perfection " [leur rapport est] purement logique. Il y a des idéaltypes de bordels aussi bien que de religions, et en ce qui concerne les premiers il y en a qui, du point de vue de l'éthique policière contemporaine, pourraient paraître comme techniquement " opportuns " au contraire d'autres qui ne le seraient point. » (*Essais sur la théorie de la science*, p. 191-194.)

14. « La théorie abstraite de l'économie nous offre un exemple de ces sortes de synthèses qu'on désigne habituellement par " idées " *(Ideen)* des phénomènes historiques. Elle nous présente, en effet, un tableau idéal *(Idealbild)* des événements qui ont lieu sur le marché des biens, dans le cas d'une société organisée selon le principe de l'échange, de la libre concurrence et d'une activité strictement rationnelle. Ce tableau de pensée *(Gedankenbild)* réunit des relations et des événements déterminés de la vie historique en un cosmos non contradictoire de relations pensées. Par son contenu, cette construction a le caractère d'une utopie que l'on obtient en accentuant par la pensée *(gedankliche Steigerung)* des éléments déterminés de la réalité. Son rapport avec les faits donnés empiriquement consiste simplement en ceci : là où on constate ou soupçonne que des relations, du genre de celles qui sont présentées abstraitement dans la construction précitée, en l'espèce celles des événements qui dépendent du " marché ", ont eu à un degré quelconque une action dans la réalité, nous pouvons nous représenter pragmatiquement de façon intuitive et compréhensible, la nature particulière de ces relations d'après un idéaltype *(Idealtypus)*. Cette possibilité peut être précieuse, voire indispensable, pour la recherche aussi bien que pour l'exposé des faits. En ce qui concerne la recherche, le concept idéaltypique se propose de former le jugement d'imputation : il n'est pas lui-même une " hypothèse ", mais il cherche à guider l'élaboration des hypothèses. De l'autre côté, il n'est pas un exposé du réel, mais se propose de doter l'exposé de moyens d'expression univoques. Il est donc l' " idée " de l'organisation moderne, historiquement donnée, de la société en une économie de l'échange, cette idée se laissant développer pour nous exactement selon les mêmes principes logiques que ceux qui ont servi par exemple à construire celle de l' " économie urbaine " au moyen âge sous la forme d'un concept génétique *(genetischer Begriff)*. Dans ce dernier cas on forme le concept d' " économie urbaine " non pas en établissant une moyenne des principes économiques qui ont existé effectivement dans la totalité des villes examinées, mais justement en construisant un idéaltype. » (*Essais sur la théorie de la science*, p. 178-181.)

15. « C'est le destin d'une époque de culture qui a goûté à l'arbre de la connaissance de savoir que nous ne pouvons pas lire le sens du devenir mondial dans le résultat, si parfait soit-il, de l'exploration que nous en faisons, mais que nous devons être capables de le créer nous-mêmes, que les " conceptions du monde " ne peuvent jamais être le produit d'un progrès du savoir empirique et que, par conséquent, les idéaux suprêmes qui agissent le plus fortement sur nous ne s'actualisent en tout temps que dans la lutte avec d'autres idéaux qui sont aussi sacrés pour les autres que les nôtres le sont pour nous. » (*Essais sur la théorie de la science*, p. 130.)

16. Max Weber a repris le problème de la définition du capitalisme à la fin de sa vie dans son cours de Munich sur l'histoire économique générale.

« Nous nous trouvons devant le capitalisme là où dans une économie de production la couverture des besoins d'un groupe humain se fait par la voie de l'entreprise, peu importe la nature des besoins à satisfaire; et, tout spécialement l'entreprise capitaliste rationnelle est une entreprise comportant un calcul des capitaux, c'est-à-dire une entreprise de production qui contrôle la rentabilité par le calcul, grâce à la comptabilité moderne et à l'établissement d'un bilan (exigé pour la première fois, en 1608, par le théoricien hollandais Simon Stevin). Évidemment, une unité économique peut s'orienter d'une façon capitaliste dans une mesure extrêmement diverse. Certains aspects de la couverture des besoins peuvent s'organiser suivant le principe capitaliste, d'autres d'une façon non capitaliste, sur la base de l'artisanat ou de l'économie foncière. » (*Wirtschaftsgeschichte*, cité par Julien Freund in *Sociologie de Max Weber*, p. 150.)

17. Max Weber a défini la bureaucratie au chapitre 6 de la troisième partie de *Wirtschaft und Gesellschaft*. Julien Freund, résumant ce passage et quelques autres, donne de la définition wébérienne l'exposé suivant :

« La bureaucratie est l'exemple le plus typique de la domination légale.

Elle repose sur les principes suivants : 1° L'existence de services définis et donc de compétences rigoureusement déterminées par les lois ou règlements, de sorte que les fonctions sont nettement divisées et distribuées ainsi que les pouvoirs de décision nécessaires à l'accomplissement des tâches correspondantes; 2° La protection des fonctionnaires dans l'exercice de leurs fonctions, en vertu d'un statut (inamovibilité des juges par exemple). En général, on devient fonctionnaire pour toute la vie, de sorte que le service de l'État devient une profession principale et non une occupation secondaire, à côté d'un autre métier; 3° La hiérarchie des fonctions, ce qui veut dire que le système administratif est fortement structuré en services subalternes et en postes de direction, avec possibilité de faire appel de l'instance inférieure à l'instance supérieure; en général, cette structure est monocratique et non collégiale et manifeste une tendance vers la plus grande centralisation; 4° Le recrutement se fait sur concours, examens ou diplômes, ce qui exige des candidats une formation spécialisée. En général, le fonctionnaire est nommé (rarement élu) sur la base de la libre sélection et de l'engagement contractuel; 5° La rémunération régulière du fonctionnaire sous la forme d'un salaire fixe et d'une retraite lorsqu'il quitte le service de l'État. Les traitements sont hiérarchisés en fonction de la hiérarchie interne de l'administration et de l'importance des responsabilités; 6° Le droit qu'a l'autorité de contrôler le travail de ses subordonnés, éventuellement par l'institution d'une commission de discipline; 7° La possibilité d'avancement des fonctionnaires sur la base de critères objectifs et non suivant la discrétion de l'autorité; 8° La séparation complète entre la fonction et l'homme qui l'occupe, car aucun fonctionnaire ne saurait être propriétaire de sa charge ou des moyens de l'administration.

« Cette description ne vaut évidemment que pour la configuration de l'État moderne, car le phénomène bureaucratique est plus ancien, puisqu'on le rencontre déjà dans l'ancienne Égypte, à l'époque du principat romain, en particulier depuis le règne de Dioclétien, dans l'Église romaine depuis le XIIIe siècle, en Chine depuis l'époque Shi-hoang-ti. La bureaucratie moderne s'est développée sous la protection de l'absolutisme royal au début de l'ère moderne. Les anciennes bureaucraties avaient un caractère essentiellement patrimonial, c'est-à-dire que les fonctionnaires n'y jouissaient pas des garanties statutaires actuelles ni d'une rémunération en espèces. La bureaucratie que nous connaissons s'est développée avec l'économie financière moderne, sans que l'on puisse cependant établir un lien unilatéral de causalité, car d'autres facteurs entrent en ligne de compte : la rationalisation du droit, l'importance du phénomène de masse, la centralisation croissante due aux facilités de communication et aux concentrations des entreprises, l'extension de l'intervention étatique aux domaines les plus divers de l'activité humaine et surtout le développement de la rationalisation technique. » (*Sociologie de Max Weber*, p. 205-206.)

18. *L'Éthique protestante et l'esprit du capitalisme* a été et reste encore sans doute l'ouvrage le plus connu de Max Weber. En raison de l'importance des problèmes historiques évoqués et de son caractère de réfutation de la version courante du matérialisme historique, il a été largement commenté et a suscité toute une littérature. Citons, parmi les comptes rendus récents : la controverse entre Herbert Lüthy et Julien Freund, *Preuves*, juillet et septembre 1964; l'article bibliographique de Jacques Ellul, *Bulletin S. E. D. E. I. S.*, 20 décembre 1964.

Citons parmi la littérature sur le protestantisme et le capitalisme : A. BIELER, *La Pensée économique et sociale de Calvin*, Genève, Georg, 1963; R. H. TAWNEY, *La Religion et l'essor du capitalisme* (trad. française), Paris, Rivière, 1951; W. SOMBART, *Le Bourgeois* (trad. française), Paris, Payot, 1966; H. SÉE, *Les Origines du capitalisme moderne*, Paris, Armand Colin, 1926; H. SÉE, « Dans quelle mesure Puritains et Juifs ont-ils contribué au progrès du capitalisme moderne », *Revue historique*, 1927; M. HALBWACHS, « Les origines puritaines du capitalisme moderne », *Revue d'histoire et de philosophie religieuses*, mars-avril 1925; H. HAUSER, *Les Débuts du capitalisme*, Paris, 1927; B. GROETHUYSEN, *Les Origines de l'esprit bourgeois en France*, Paris, Gallimard, 1927; H. LÜTHY, *La Banque protestante en France de la Révocation de l'Édit de Nantes à la Révolution*, Paris, S. E. V. P. E. N., 1960-1962, 2 vol.

19. « La théorie de la domination charismatique a parfois donné lieu à des malentendus, parce qu'on a voulu y trouver après coup une préfiguration du régime nazi. D'aucuns ont même essayé de faire de Weber un précurseur d'Hitler, alors qu'il s'est strictement cantonné dans l'analyse sociologique et idéaltypique d'une forme de domination qui a existé de tout temps. Il y a eu des régimes charismatiques avant Hitler et il y en a eu d'autres après lui, par exemple celui de Fidel Castro. A supposer que l'analyse wébérienne ait pu aider les nazis à prendre une conscience plus nette de leur position, le reproche précédent n'en reste pas moins ridicule, puisqu'il revient à rendre le médecin responsable de la maladie dont il fait le diagnostic. A ce compte, la sociologie politique devrait se transformer en une affaire de bons sentiments, renoncer à examiner objectivement certains phénomènes et finalement se renier comme science pour prononcer des condamnations agréables à tous ceux qui réduisent la pensée à de pures évaluations idéologiques. Une pareille attitude est contraire à la fois à la distinction que Weber a toujours faite entre constatation empirique et jugement de valeur, à son principe de la neutralité axiologique en sociologie, et au devoir qu'il exige du savant de ne jamais se dérober devant l'examendes réalités qui lui paraissent personnellement désagréables. De plus, les censeurs de Weber ont négligé l'essentiel de sa conception du type charismatique. Au lieu d'y chercher la théorie d'un mouvement historique particulier, qu'il n'a pas connu, ils auraient mieux fait de lire les pages consacrées à ce type de domination; elles contiennent explicitement sa pensée sur le phénomène révolutionnaire, car en les écrivant, il songeait surtout à Lénine ou à Kurt Eisner (ce dernier étant cité nommément). » (Julien Freund, *Sociologie de Max Weber*, p. 211-212.)

20. Sur Max Weber et la politique allemande : J. P. Mayer, *Max Weber in German Politics*, London, Faber, 1956; W. Mommsen, *Max Weber und die deutsche Politik*, Tübingen, Mohr, 1959.

21. Marianne Weber rapporte une conversation que son mari eut en 1919 avec Ludendorff, qu'il considérait comme un des responsables du désastre allemand. Après un dialogue de sourds où Weber s'efforça de convaincre Ludendorff de se sacrifier en se rendant comme prisonnier de guerre aux Alliés, la conversation se tourna vers la situation politique en Allemagne. Ludendorff reprocha à Weber et à la *Frankfurter Zeitung* (dont Max Weber était l'un des principaux éditorialistes) de se faire les avocats de la démocratie :

« Weber. — Croyez-vous que je prenne la cochonnerie que nous avons maintenant pour la démocratie?

Ludendorff. — Si vous parlez ainsi, nous pourrons peut-être nous mettre d'accord.

W. — Mais la cochonnerie d'avant n'était pas non plus la monarchie.

L. — Qu'entendez-vous par démocratie?

W. — Dans la démocratie, le peuple choisit un chef *(Führer)* en qui il met sa confiance. Puis celui qui a été choisi dit : « Maintenant fermez-la et obéissez! » Le peuple et les partis n'ont plus le droit de mettre leur grain de sel.

L. — Une telle démocratie me plairait.

W. — Plus tard, le peuple peut juger. Si le chef a commis des erreurs, qu'il aille se faire pendre. »

(Marianne Weber, *Max Weber, ein Lebensbild*, Tübingen, J. C. B. Mohr, 1926, p. 664-665.)

22. *Max Weber und die deutsche Politik*, Tübingen, 1959.

23. *Archives européennes de sociologie*, t. V, 1964, 2, p. 190-238.

24. Ces citations sont empruntées à une conférence faite à Vienne, le 13 juin 1918, devant des officiers de la monarchie austro-hongroise et reproduites dans les *Gesammelte Aufsätze zur Soziologie und Sozialpolitik* et dans Max Weber, *Werk und Person*, par E. Baumgarten, Tübingen, 1964, p. 243-270.

BIBLIOGRAPHIE

ŒUVRES DE MAX WEBER

Pour la bibliographie des œuvres de Max Weber, on se reportera aux appendices sur les travaux de l'auteur publiés en annexe des traductions françaises déjà parues à la Librairie Plon. Ces bibliographies comprennent non seulement les titres allemands, pour la plupart publiés chez Mohr à Tübingen, mais aussi les références aux traductions anglaises, espagnoles et italiennes.

Sont déjà parus en traduction française (Paris, Plon) :

Le Savant et le politique, 1959 (trad. J. Freund), trad. de *Politik als Beruf* et *Wissenschaft als Beruf*.

L'Éthique protestante et l'esprit du capitalisme, 1964 (trad. J. Chavy), trad. de *Die protestantische Ethik und der Geist des Kapitalismus* et de *Die protestantischen Sekten und der Geist des Kapitalismus*.

Essais sur la théorie de la science, 1965 (trad. J. Freund), trad. des essais les plus importants du recueil intitulé *Gesammelte Aufsätze zur Wissenschaftslehre*.

Une traduction intégrale de *Wirtschaft und Gesellschaft* est annoncée. En attendant qu'elle soit publiée, le lecteur pourra se reporter soit à l'original allemand, *Wirtschaft und Gesellschaft*, Tübingen, Mohr, 4e éd., augmentée et établie par J. Winckelmann, 1956, soit à défaut à la traduction italienne intégrale, *Economia e società*, Milan, Edizioni di Communità, 1962, ou aux traductions anglaises, malheureusement partielles et dispersées :

The Theory of Social and Economic Organisation, New York, Oxford University Press, 1947 (trad. A. M. Henderson et T. Parsons);

The Sociology of Religion, Boston, Beacon Press, 1963 (trad. E. Fischoff);

Max Weber on Law in Economy and Society, Cambridge (Mass.), Harvard University Press, 1954 (trad. E. A. Shils et M. Rheinstein);

The City, Glencoe, The Free Press, 1958 (trad. D. Martindale et G. Neuwirth);

From Max Weber : Essays in Sociology, New York, Oxford University Press, A Galaxy book, 1958 (trad. Gerth et Mills).

OUVRAGES SUR MAX WEBER

Raymond Aron, *La Philosophie critique de l'histoire. Essai sur une théorie allemande de l'histoire*, Paris, Vrin, 3e éd., 1964 (seul le chapitre IV, p. 219-273, intitulé « Les limites de l'objectivité historique et la philosophie du choix », concerne l'œuvre de Max Weber).

Raymond Aron, *La Sociologie allemande contemporaine*, Paris, P. U. F., 2e éd., 1950 (le chapitre III, p. 97-153, est un exposé de la pensée de Max Weber). Ces deux ouvrages contiennent une importante bibliographie des travaux allemands consacrés à Max Weber antérieurement à 1938.

Raymond Aron, Introduction à la traduction de *Politik als Beruf* et de *Wissenschaft als Beruf* (Max Weber, *Le Savant et le politique*, Paris, Plon, 1959, p. 9-57).

Eduard BAUMGARTEN, *Max Weber. Werk und Person*, Tübingen, J. C. B. Mohr, 1964.

R. BENDIX, *Max Weber, an Intellectual Portrait*, New York, Anchor Books Doubleday & Co., 1962.

E. FLEISCHMANN, *De Weber à Nietzsche, Archives européennes de Sociologie*, t. V, 1964, n° 2, p. 190-238.

J. FREUND, *Sociologie de Max Weber*, Paris, P. U. F., 1966 (bibliographie).

J. FREUND, Introduction à la traduction de la *Wissenschaftslehere* (Max WEBER, *Essais sur la théorie de la science*, Paris, Plon, 1965, p. 9-116).

H. H. GERTH et C. WRIGHT MILLS, Introduction aux extraits de l'œuvre de Max Weber, publiés sous le titre *From Max Weber : Essays in sociology*, New York, Oxford University Press, A Galaxy book, 1958, p. 3-74.

H. H. GERTH et H. I. GERTH, « Bibliography on Max Weber », *Social Research*, vol. XVI, 1949.

M. HALBWACHS, « Économistes et historiens : Max Weber, un homme, une œuvre », *Annales d'histoire économique et sociale*, n° 1, janvier 1929.

H. Stuart HUGHES, *Consciousness and Society*, New York, Alfred A. Knopf, 1961, 2e éd.

J. P. MAYER, *Max Weber in German Politics*, London, Faber, 1956, 2e éd.

M. MERLEAU-PONTY, *Les Aventures de la dialectique*, Paris, Gallimard, 1955, p. 15-42.

W. J. MOMMSEN, *Max Weber und die deutsche Politik, 1890-1920*, Tübingen J. C. B. Mohr, 1959.

T. PARSONS, *The Structure of Social Action*, New York, The Free Press, 1949, 2e éd.

L. STRAUSS, *Droit naturel et histoire* (trad.), Paris, Plon, 1954.

Marianne WEBER, *Max Weber, ein Lebensbild*, Tübingen, J. C. B. Mohr, 1926 (bibliographie de l'œuvre de Max Weber).

M. WEINREICH, *Max Weber, l'homme et le savant*, Paris, Les Presses modernes, 1938.

Johannes WINCKELMANN, *Max Weber, Soziologie, weltgeschichtliche Analysen, Politik*, Kröner Taschenausgabe, n° 229.

Revue internationale des sciences sociales (publiée par l'Unesco), vol. XVII, 1965, n° 1 : quatre articles sur la présence de Max Weber :

R. BENDIX, « Max Weber et la sociologie contemporaine »;

W. MOMMSEN, « La sociologie politique de Max Weber et sa philosophie de l'histoire universelle »;

T. PARSONS, « Évaluation et objectivité dans le domaine des sciences sociales; une interprétation des travaux de Max Weber »;

P. ROSSI, « Objectivité scientifique et présuppositions axiologiques ».

Max Weber und die Soziologie heute. Rapports et débats du XVe Congrès de la Société allemande de sociologie, Tübingen, J. C. B. Mohr, 1965.

L'Université de Munich a publié un livre collectif : *Max Weber*, à l'occasion du centenaire de sa naissance (Berlin, Duncker und Humblot, 1966). Le livre est publié par Karl Engisch, Bernhard Pfister, Johannes Winckelmann.

CONCLUSION

Émile Durkheim, Vilfredo Pareto et Max Weber appartiennent à trois nations différentes et à la même période historique. Leur formation intellectuelle a été autre, et cependant ils se sont efforcés de promouvoir la même discipline.

Ces quelques constatations conduisent à poser les questions qui permettent de dresser un parallèle de leurs pensées et de leurs œuvres : Quels ont été les éléments personnels et nationaux qui ont marqué chacune de ces trois doctrines de sociologie? Quel a été le contexte historique dans lequel ces trois auteurs se sont situés et quelles interprétations, analogues ou différentes, ont-ils données de la conjoncture dans laquelle ils ont vécu? Quelle a été la contribution de leur génération au progrès de la sociologie?

Le ton de ces trois auteurs est différent. Celui de Durkheim est dogmatique, celui de Pareto ironique, celui de Max Weber pathétique. Durkheim démontre une vérité qu'il veut scientifique et morale. Pareto élabore un système scientifique qu'il conçoit comme partiel et provisoire et qui, en dépit de son désir d'objectivité, tourne en dérision les illusions des humanitaires, les espoirs des révolutionnaires, et démasque finalement les roués et les naïfs, les violents et les ploutocrates. Max Weber s'efforce de comprendre le sens de toutes les existences, individuelles ou collectives, subies ou choisies, sans dissimuler ni le poids des nécessités sociales ni l'obligation inéluctable de prendre des décisions qui jamais ne pourront être scientifiquement démontrées. Le ton de chacun de ces auteurs s'explique tout à la fois par le tempérament personnel et par les conditions nationales.

Durkheim est un agrégé de philosophie français, et le style de ses livres reste influencé, au moins superficiellement, par celui des dissertations auxquelles il a dû se livrer pour passer les barrières successives que l'Université française oppose aux ambitions des intellectuels. Cet universitaire de la IIIe République croit à la science et à la valeur éthique de la science avec une passion de prophète. Il est donc ou se veut tout à la fois savant et réformateur, observateur des faits et créateur d'un système moral. Cette combinaison peut nous sembler aujourd'hui étrange, mais elle ne paraissait pas telle au début du siècle, à une époque où la foi dans la science était presque une religion. L'expression la plus forte de cette combinaison de foi et de science est le concept de société. Dans la sociologie de Durkheim, il est le principe explicatif, la source des valeurs supérieures et l'objet d'une sorte d'adoration. Pour Durkheim, Français d'origine juive et universitaire en quête d'une réponse aux problèmes traditionnels de la France, c'est-à-dire aux conflits de l'Église et de l'État, ou de la morale religieuse et de la morale laïque, la sociologie était le fondement de l'éthique. La société, explicitée par la sociologie, pose comme valeurs suprêmes de l'époque moderne le respect de la personne humaine et l'autonomie du jugement individuel. Cette tentative pour trouver dans la science nouvelle le fondement d'une morale laïque, à la fois sociologique et rationaliste, est caractéristique d'un moment historique.

En passant de Durkheim à Pareto, nous abandonnons un normalien, agrégé de philosophie, pour découvrir un patricien italien sans illusions, un ingénieur hostile à toute métaphysique et un observateur sans préjugés. Le style n'est plus celui d'un professeur qui enseigne la morale, mais celui d'un aristocrate cultivé et raffiné, qui n'est pas sans éprouver quelque sympathie pour les barbares. Ce savant est très loin d'être un scientiste. Il observe avec ironie les efforts des professeurs, tel Durkheim, qui tentent de fonder une morale sur la science: « Si vous saviez ce qu'est la science, se plaît-il à dire, vous sauriez que l'on ne peut pas en déduire une morale. Si vous saviez ce que sont les hommes, vous sauriez aussi qu'ils n'ont nul besoin, pour adhérer à une morale, de découvrir des raisons scientifiques; l'homme a suffisamment d'ingéniosité et de sophisme pour imaginer des motifs à ses yeux convaincants d'adhérer à des valeurs qui, en vérité, n'ont rien à voir avec la science et la logique. »

Pareto appartient à la culture italienne de la même façon que Durkheim appartient à la culture française. Il se situe manifestement dans la lignée de penseurs politiques dont le premier et le plus grand a été Machiavel. L'insistance sur la dualité des gouvernants et des gouvernés, l'observation détachée, voire cynique, du rôle des élites et de l'aveuglement des foules, forment une sociologie centrée autour du thème politique, caractéristique d'une tradition italienne qu'ont illustrée, outre Machiavel, Guichardin et Mosca. Encore ne faut-il pas exagérer l'action du milieu national. Un des auteurs qui ont influencé Pareto était le Français Georges Sorel. Il n'a pas manqué en France, d'auteurs qui appartiennent à l'école que l'on appelle machiavélienne, et l'Italie a connu, à l'époque de Pareto, des auteurs rationalistes et scientistes prisonniers de l'illusion d'une sociologie qui serait en même temps une science et le fondement de la morale. Pareto, parce que machiavélien, nous paraît essentiellement italien, mais suis-je victime d'un préjugé français? En fait, les deux courants intellectuels représentés par Durkheim et par Pareto se sont manifestés aussi bien en France qu'en Italie. Certains penseurs français ont, eux aussi, appliqué aux illusions des humanitaires et aux espérances des révolutionnaires, la critique sociologique que Pareto a maniée avec le plus de virtuosité.

Max Weber est à coup sûr profondément allemand. Sa pensée exige, pour être bien comprise, d'être située dans le contexte de l'histoire intellectuelle allemande. Formé par l'école historique, c'est à partir de l'idéalisme historique qu'il a tenté de dégager sa conception d'une science sociale objective, capable de démonstrations et de preuves, compréhensive de la réalité sociale, entièrement séparée d'une métaphysique de l'esprit ou de l'histoire.

Contrairement à Durkheim, il était de formation non pas un philosophe, mais un juriste et un économiste. Plusieurs aspects de sa pensée ont pour origine cette double formation. Par exemple, lorsqu'il met l'accent sur la notion de sens subjectif et affirme que le sociologue veut saisir essentiellement le sens que l'acteur attache à ses actes, à ses décisions et à ses abstentions, il est influencé par sa réflexion de juriste. Il est, en effet, facile de distinguer le sens objectif que le professeur peut donner aux règles de droit, et le sens subjectif de ces règles, c'est-à-dire l'interprétation qu'en donnent ceux qui leur sont soumis, et cette distinction permet de comprendre l'action que la règle de droit exerce sur la conduite des individus. Max Weber, dans plusieurs de ses études épistémologiques, s'est efforcé de discriminer rigoureusement les différents modes d'interprétation du droit afin de toujours rappeler que le sociologue vise le sens subjectif, c'est-à-dire la réalité vécue du droit, tel qu'il est pensé par les individus et tel qu'il conditionne en partie les conduites. De même, son expérience d'économiste l'a amené à réfléchir sur la relation entre la théorie économique en tant que reconstruction rationalisante de la conduite, et la réalité économique concrète, souvent incohérente, telle qu'elle est vécue par les hommes.

Mais la pensée de Max Weber, issue de l'expérience du juriste et de l'économiste, a été surtout marquée par un déchirement intérieur qui semble lié à la contradiction entre une nostalgie religieuse et des exigences scientifiques. J'ai noté, dans l'introduction de cette seconde partie, que le thème central de ces trois auteurs était celui des relations entre la science et la religion. Pour Durkheim, la science permet tout à la fois de comprendre la religion et de concevoir le surgissement de nouvelles croyances. Pour

Pareto, la propension à la religion est éternelle. Les résidus ne changent pas et, quelle que soit la diversité des dérivations, de nouvelles croyances s'épanouiront. Weber, lui, vit de manière pathétique la contradiction entre une société qui se rationalise et les besoins de la foi. « Le monde est désenchanté », il n'y a plus de place, dans la nature expliquée par la science et manipulée par la technique, pour les charmes des religions du passé. La foi doit donc se retirer dans l'intimité de la conscience, et l'homme se divise entre une activité professionnelle de plus en plus partielle et rationalisée et l'aspiration à une vue globale du monde et à des certitudes dernières.

Weber est aussi déchiré par la contradiction entre la science et l'action, entre le métier de professeur et celui de l'homme politique. Il appartient à l'école des sociologues que la frustration politique a conduits et limités à la science et à l'université. Il combinait, de plus, en politique des choix qui s'accordent assez mal. Il avait la passion des libertés personnelles et jugeait que sans un minimum de droits de l'homme il n'est plus possible de vivre. Mais il était obsédé par la grandeur nationale et rêvait, au moment de la Première Guerre mondiale, de l'accession de sa patrie à la *Weltpolitik*. Manifestant une opposition par instants frénétique à l'empereur Guillaume II, il restait partisan d'un régime impérial.

Passion de la liberté et obsession de la grandeur allemande, hostilité à Guillaume II et fidélité au régime impérial, ces attitudes aboutissaient à la conception d'une réforme de la constitution du Reich dans un sens parlementaire, qui avec le recul de près d'un demi-siècle nous paraît une solution assez dérisoire aux problèmes qu'il avait lui-même posés.

Durkheim créateur de la morale enseignée dans les écoles normales d'instituteurs, Pareto destructeur ironique de toutes les idéologies, Max Weber partisan d'une réforme parlementaire de la constitution allemande, ces trois auteurs appartiennent bien chacun à un autre pays d'Europe.

Quand la guerre est arrivée, Durkheim a été un patriote passionné qui eut à supporter avec douleur et courage la mort de son fils unique et des insultes honteuses à la tribune du Sénat. Max Weber a été un patriote allemand également passionné. Chacun des deux a écrit une étude sur les origines de la guerre mondiale, dont je ne pense pas qu'aucune ajoute quelque chose à leur gloire scientifique. Pour être savants, tous deux n'en étaient pas moins citoyens. Pareto a été également fidèle à lui-même, c'est-à-dire observateur ironique et bon prophète. Il pensait que le seul espoir que cette guerre débouchât sur une paix stable était qu'elle se terminât par un compromis [1].

On pourrait donc dire que chacun de ces trois sociologues a réagi aux événements de 1914-1918 dans son style. Mais la vérité est que Durkheim n'avait rien, dans sa sociologie, qui le prédisposât à réagir aux événements autrement qu'un homme ordinaire. Il considérait que si les États avaient encore quelques fonctions militaires, celles-ci n'étaient que les survivances d'un passé en voie de disparition rapide. Lorsque ces survivances ont révélé, en 1914, une vigueur imprévue, et peut-être imprévisible, Durkheim a été non pas le professeur optimiste, d'inspiration comtiste, mais un citoyen; il a partagé les émotions et les espoirs des Français, intellectuels et non intellectuels.

Weber croyait, quant à lui, à la permanence et à l'irréductibilité des conflits qui opposent les classes, les valeurs et les nations. La guerre ne le bouleversait pas dans sa représentation du monde. Il ne pensait pas que les sociétés modernes fussent essentiellement pacifiques. Il acceptait la violence comme conforme à l'ordre normal de l'histoire et de la société. Hostile à la guerre sous-marine à outrance et aux pangermanistes qui rêvaient de vastes annexions, il n'en a pas moins été « jusqu'au-boutiste ». Durkheim l'aurait été aussi sans aucun doute s'il n'était mort avant la victoire.

On peut encore comparer ces trois auteurs en examinant l'interprétation qu'ils ont donnée de la société dans laquelle ils vivaient.

Pour Durkheim, le problème social est essentiellement un problème moral, et la crise des sociétés contemporaines est une crise morale, dont le fondement se trouve dans la structure de la société. En posant ainsi le problème, Durkheim s'oppose à Pareto et à Weber. On pourrait classer la plupart des sociologues en fonction du sens qu'ils ont donné aux luttes sociales. Durkheim, comme Auguste Comte, pense que la société est par nature une unité fondée sur un consensus. Les conflits ne sont ni le ressort du mouvement historique ni l'accompagnement inévitable de toute vie en commun, mais la marque d'une maladie ou d'un dérèglement. Les sociétés modernes se définissent par l'intérêt prédominant attaché à l'activité économique, par la différenciation extrême des fonctions et des personnes, et donc par le risque d'une désagrégation du consensus, faute duquel il n'est pas d'ordre social possible.

Mais Durkheim, qui craint l'anomie, ou la décomposition du consensus, menace majeure qui pèse sur les sociétés modernes, ne doute pas que les valeurs sacrées de notre époque ne soient la dignité humaine, la liberté de l'individu et le jugement autonome et critique. Sa pensée a donc un double aspect qui justifie que deux interprétations contradictoires aient pu en être données.

Si, pour me conformer à la méthode de Bergson, je devais résumer en une phrase l'intuition fondamentale de Durkheim, je dirais qu'à ses yeux les sociétés modernes sont définies par l'obligation faite par la collectivité à chacun d'être lui-même et d'accomplir sa fonction sociale en développant sa personnalité autonome. La société elle-même pose la valeur de l'autonomie personnelle.

Cette intuition est profondément paradoxale. Puisque le fondement de la valeur de la personnalité autonome est l'impératif social, que dire le jour où la religion, surgie de la société, se retourne contre les valeurs individualistes et fait, au nom de la reconstitution du consensus, obligation à chacun non pas d'être lui-même, mais d'obéir? Si, selon l'essence de la pensée durkheimienne, le principe et l'objet des obligations et des croyances morales et religieuses est la société, Durkheim apparaît dans la lignée des penseurs qui, tel Bonald, ont posé, en fait et en droit, la primauté de la collectivité par rapport à l'individu. Si, en revanche, on retient qu'à notre époque les valeurs suprêmes sont celles de l'individualisme et du rationalisme, Durkheim apparaît l'héritier de la Philosophie des Lumières.

Le vrai Durkheim n'est évidemment pas défini par l'une ou l'autre de ces interprétations, mais par leur combinaison. Le problème central de la pensée durkheimienne est au fond le problème d'Auguste Comte. Il est celui des penseurs d'inspiration rationaliste qui veulent fonder les valeurs du rationalisme sur des impératifs sociaux.

Pareto et Weber sont plus faciles à situer, dans leur temps et dans le nôtre, que Durkheim. Il suffit de les analyser par rapport à Marx, c'est-à-dire au penseur dont ils ne se sont peut-être pas inspirés directement, mais qu'ils ont beaucoup lu et critiqué.

Pareto s'est reporté maintes fois à l'œuvre de Marx et la pensée parétienne peut être exposée comme une critique du marxisme. Dans *Les Systèmes socialistes*, Pareto s'est livré à une critique économique approfondie du *Capital*, et notamment des théories de la valeur-travail et de l'exploitation. En bref, Pareto, qui appartient à l'École de Lausanne, où il poursuivit l'œuvre de Walras, développe une théorie de l'équilibre à partir des choix individuels et tient la conception de la valeur-travail pour métaphysique et définitivement dépassée. Toutes les démonstrations marxistes de la plus-value et de l'exploitation sont pour lui dénuées de valeur scientifique. De plus, il pense que l'inégalité des revenus reste dans toutes les sociétés à peu près constante. Les données empiriques les plus diverses montrent selon lui que la courbe de répartition a toujours la même expression mathématique. Les chances de modifier la répartition des revenus grâce à une révolution socialiste sont donc faibles. En outre, Pareto, en bon économiste, affirme que, quel que soit le régime, le calcul économique est indispensable. En conséquence, beaucoup des caractéristiques des économies capitalistes se maintiendront au-delà d'une révolution de type socialiste. Il n'y a pas d'économie efficace, à notre époque, sans une organisation rationnelle de la production, c'est-à-dire sans soumission aux exigences du calcul économique [2].

A partir de là, Pareto justifie le régime de la propriété privée et de la concurrence par son efficacité. La concurrence est dans une certaine mesure une forme de sélection. Pareto retient du darwinisme social l'analogie entre la lutte pour la vie dans le règne animal et la concurrence économique et les luttes sociales. La concurrence économique, que les marxistes appellent anarchie capitaliste, est en fait un mode de sélection relativement favorable au progrès économique. Pareto n'est pas un libéral dogmatique. Beaucoup de mesures condamnables sur le plan strictement économique peuvent avoir indirectement, par l'intermédiaire des mécanismes sociologiques, des effets heureux. Une mesure qui, par exemple, apporte des bénéfices considérables à des spéculateurs, humainement injuste et économiquement condamnable, peut être bénéfique si les profits sont investis dans des entreprises utiles à la collectivité.

En définitive, Pareto répond à la critique marxiste du capitalisme que certains des éléments dénoncés par le marxisme se retrouveraient dans n'importe quel système, que le calcul économique est intrinsèquement lié à une économie rationnelle moderne, qu'il n'y a pas d'exploitation globale des ouvriers puisque les salaires ont tendance à s'établir au niveau de la productivité marginale et que la notion de plus-value n'a pas de sens.

Chez Max Weber, la critique de la théorie marxiste est à peu près du même style, mais l'accent est mis moins sur l'importance du calcul économique dans tous les régimes que sur la constance de la bureaucratie et des phénomènes d'organisation et de pouvoir. Pour Pareto, la concurrence et la propriété privée étant de manière générale les institutions économiques les plus favorables au développement des richesses, la croissance de la bureaucratie, l'extension du socialisme d'État et le prélèvement par l'administration de revenus au profit d'elle-même ou des incapables, entraîneraient selon toute probabilité un déclin de l'économie tout entière. Max Weber montrait que l'organisation rationnelle et la bureaucratie constituaient les structures réelles des sociétés modernes. Loin d'être atténuées en cas de passage au socialisme, les caractéristiques seraient plutôt renforcées. Une économie socialiste où la propriété des moyens de production serait collective accentuerait les traits que Max Weber lui-même considérait comme les plus dangereux pour la sauvegarde des valeurs humaines [3].

Pareto et Weber rejettent la critique marxiste de l'économie capitaliste comme scientifiquement non fondée. Ni l'un ni l'autre ne nient que dans un régime capitaliste il y ait une classe privilégiée qui se réserve une fraction importante des revenus et des richesses. Ils n'affirment pas que le régime capitaliste, soit parfaitement juste ou le seul possible. Bien plus, l'un et l'autre ont tendance à croire que ce régime évoluera dans un sens socialiste. Mais l'un et l'autre refusent la théorie de la plus-value et de l'exploitation et nient qu'une économie socialiste diffère fondamentalement d'une économie capitaliste pour l'organisation de la production et la répartition des revenus.

Là ne s'arrête pas la critique de Pareto et de Weber à l'égard de la pensée de Marx. Ils prennent aussi pour cible le rationalisme implicite ou tout au moins apparent de la psychologie et de l'interprétation historique du marxisme.

Lorsque Pareto tourne en dérision les espérances des révolutionnaires et en particulier des marxistes, le premier mode de sa réfutation ironique est proprement économique. Il montre qu'une économie de type socialiste ressemblerait, par tous ses défauts, à une économie capitaliste et compterait d'autre part un certain nombre de défauts supplémentaires. Une économie fondée sur la propriété collective des moyens de production et privée des mécanismes du marché et de la concurrence serait bureaucratique; les travailleurs y seraient soumis à une discipline autoritaire au moins aussi oppressive que la discipline des entreprises capitalistes; elle serait beaucoup moins efficace, au point de vue du développement des richesses.

Le deuxième mode de sa réfutation consiste à présenter les espérances révolutionnaires non pas comme une réaction rationnelle à une crise sociale effectivement observée et éprouvée, mais comme l'expression de résidus permanents ou de rêves métaphysiques éternels. Dans la version courante du marxisme, les contradictions du capitalisme suscitent l'organisation du prolétariat en classe, et le prolétariat accomplit l'œuvre qu'exige la Raison historique. La perspective marxiste est rationnelle pour l'histoire globale. Elle suggère aussi une sorte de psychologie rationnelle, selon laquelle les hommes ou les groupes agissent en fonction de leurs intérêts. Optimiste, en vérité, est la psychologie qui suppose les hommes à la fois égoïstes et clairvoyants. D'ordinaire, une telle interprétation de la conduite humaine est appelée matérialiste ou cynique. Quelle illusion! La vie des sociétés serait autrement facile si tous les groupes connaissaient leurs intérêts et agissaient en fonction de ceux-ci. Comme l'a dit un profond psychologue du nom de Hitler, entre les intérêts, les compromis sont toujours possibles, entre les conceptions du monde, jamais.

Pareto, et d'une certaine façon Max Weber, répondent à cette vision rationaliste de Marx que les mouvements sociaux, parmi lesquels le socialisme, ne sont nullement inspirés par la conscience des intérêts collectifs et ne sont pas l'accomplissement de la Raison historique, mais la manifestation de besoins affectifs ou religieux aussi durables que l'humanité elle-même.

Max Weber a parfois appelé « réfutation empirique du matérialisme historique » sa sociologie des religions. Celle-ci a en effet montré que l'attitude de certains groupes à l'égard de la vie économique pouvait être déterminée par des conceptions religieuses. Il n'y a pas nécessairement détermination des conceptions religieuses par les attitudes économiques et l'inverse peut être tout aussi vrai.

Pour Pareto, si les hommes agissaient logiquement, ils seraient en effet déterminés par la recherche de leur profit ou du pouvoir et la lutte des groupes pourrait s'interpréter en termes strictement rationnels. Mais, en réalité, ce sont les résidus dont les classes sont relativement constantes qui meuvent les hommes. L'histoire n'évolue pas vers un terme final qui serait la réconciliation de l'humanité, mais obéit à des cycles de mutuelle dépendance. Les fluctuations de la force d'une classe de résidus ou d'une autre produisent les phases de l'histoire, sans que l'on puisse jamais imaginer un point d'arrivée et une stabilisation définitive.

Ni Pareto ni Weber ne méconnaissent pourtant l'apport de Marx. Pour Pareto, « la partie sociologique de l'œuvre de Marx est au point de vue scientifique très supérieure à la partie économique » (*Les Systèmes socialistes*, t. II, p. 386). La lutte des classes remplit une grande partie de la chronique des siècles et constitue un des phénomènes majeurs de toutes les sociétés connues. « La lutte pour la vie ou le bien-être est un phénomène général pour les êtres vivants, et tout ce que nous en savons nous la fait connaître comme un des facteurs les plus puissants de la conservation et de l'amélioration de la race. » (*Ibid.*, p. 455.) Pareto admet donc la lutte des classes, mais en en donnant une interprétation différente de celle de Marx. D'une part, la société ne tend pas à se diviser en deux classes et deux seulement, celle des possesseurs des moyens de production et la grande masse exploitée. « La lutte des classes se complique et se ramifie. Nous sommes loin d'une simple lutte entre deux classes; les divisions s'accentuent aussi bien parmi les bourgeois que parmi les prolétaires. » (*Ibid.*, p. 420.) Les groupes sociaux et économiques sont multiples. D'autre part, dans la mesure où Pareto adopte une représentation dualiste de la société, celle-ci est fondée sur l'opposition entre les gouvernants et les gouvernés, entre l'élite et la masse, l'appartenance à l'élite n'étant pas nécessairement définie par la possession des moyens de production. Parce que la dualité fondamentale est celle des gouvernants et des gouvernés, la lutte des classes est éternelle et ne peut pas être surmontée dans un régime sans exploitation. Si, comme le pensait Marx, l'origine de la lutte des classes est la propriété des moyens de production, il est possible de concevoir une société sans propriété privée et partant sans exploitation. Mais, si l'origine ultime des conflits sociaux est le pouvoir du petit nombre sur le grand nombre, l'hétérogénéité sociale est irréductible et l'espoir d'une société sans classes se nourrit d'une mythologie pseudoreligieuse. Enfin, Pareto a tendance à caractériser les classes essentiellement par leur psychologie. Une élite est violente ou rusée, elle est composée de combattants ou de ploutocrates, riche en spéculateurs ou en rentiers, elle ressemble au lion ou au renard. Toutes ces formules tendant à suggérer une caractéristique psychologique plus que proprement sociologique des classes et notamment de la classe dirigeante.

Max Weber, dont la pensée sociale est dramatique et non irénique, admettait, lui aussi, la réalité et l'importance de la lutte des classes et donc, en un certain sens, l'héritage marxiste et la valeur des observations sociologiques qui servent de point de départ au *Manifeste communiste.* « Quiconque prend la responsabilité d'introduire ses doigts dans les rayons de la roue du développement politique de sa patrie doit avoir des nerfs solides et ne pas être trop sentimental pour faire de la politique temporelle. Et quiconque s'engage dans la voie de la politique temporelle doit avant tout rester sans illusions et reconnaître [...] le fait fondamental de l'existence de la lutte inéluctable et éternelle des hommes contre les hommes sur cette terre. » (*Protokoll über die Vertreter-Versammlung aller National-Sozialen*, Erfurt 1896, cité par Julien Freund, *Introduction* aux *Essais sur la théorie de la science*, p. 15.) S'il ne reprenait pas avec autant de crudité les arguments de Pareto, il faisait observer que dans un régime de propriété collective et de planification, une minorité disposerait d'un pouvoir immense, politique et économique seule une confiance démesurée dans la nature humaine permettrait d'espérer que cette minorité n'abuse pas des circonstances. Les inégalités dans la répartition des revenus et des privilèges survivront à la disparition de la propriété privée et de la concurrence capitaliste. Bien plus, en une société socialiste, ceux qui monteraient au sommet seraient les plus habiles dans une compétition bureaucratique obscure, mal connue, certainement pas plus plaisante que la concurrence économique. La sélection bureaucratique serait même pire, humainement, que la sélection semi-individualiste qui survit dans les interstices des organisations collectives des sociétés capitalistes.

Pour stabiliser et moraliser les sociétés modernes, Durkheim envisageait et préconisait une reconstitution des corporations. Pareto ne se donnait pas le droit de proposer des réformes, mais annonçait, en hésitant sur les échéances, la cristallisation bureaucratique et l'accession au pouvoir d'élites violentes qui succéderaient aux renards de la ploutocratie. Weber prophétisait avec pessimisme l'expansion progressive de l'organisation bureaucratique.

De ces trois auteurs, celui dont les suggestions ont été le moins retenues par les événements est, me semble-t-il, Durkheim. Telles que les concevait Durkheim, c'est-à-dire comme corps intermédiaires dotés d'autorité morale, les corporations ne se sont développées dans aucun pays d'économie moderne. Ceux-ci sont divisés aujourd'hui en deux sortes de régimes, mais il n'y a place pour les corporations ni en Russie soviétique ni dans les sociétés occidentales; en Russie soviétique, parce que le principe de toute autorité et de toute moralité doit être le Parti et l'État confondus, en Occident parce qu'il faudrait une acuité de vision exceptionnelle pour découvrir la moindre trace d'autorité morale, acceptée ou reconnue, dans les organisations professionnelles de salariés ou d'entrepreneurs. En revanche, Pareto n'a pas eu tort d'annoncer l'accession des élites violentes et Weber de prévoir l'expansion de la bureaucratie. Si ces deux phénomènes n'épuisent pas toute la réalité sociale moderne, leur combinaison est certainement une des caractéristiques de notre temps.

Enfin les contributions de ces trois auteurs au progrès de la sociologie scientifique ont été à la fois différentes et convergentes. Tous trois ont pensé dans un même contexte historique le thème des rapports de la science et de la religion et se sont efforcés de donner une explication sociale des religions et une explication religieuse des mouvements sociaux. L'être social est un être religieux et le croyant de toutes les Églises est membre d'une société. Ce souci primordial éclaire leur contribution au développement de la sociologie comme science. Pareto et Max Weber explicitement, Durkheim implicitement, ont dégagé la conception de la sociologie, science de l'action sociale. Être social et religieux, l'homme est créateur de valeurs et de systèmes sociaux et la sociologie s'efforce de saisir la structure de ces valeurs et de ces systèmes, c'est-à-dire de l'action sociale. Pour Max Weber, la sociologie est une science compréhensive de l'action humaine. Si cette définition ne se trouve pas, terme pour terme, dans le *Traité de sociologie générale*, une idée analogue apparaît dans l'œuvre de Pareto, et la définition de Durkheim n'est guère différente.

Ainsi conçue, la sociologie élimine l'explication naturaliste, exclut que l'on puisse rendre compte de l'action sociale à partir de l'hérédité et du milieu. L'homme agit, il se donne des objectifs, combine des moyens, s'adapte aux circonstances, trouve son inspiration dans des systèmes de valeurs. Chacune de ces formules vise un aspect de la compréhension des conduites et renvoie à un élément de la structure de l'action sociale.

La formule la plus simple est celle de la relation moyens-fins. C'est cet aspect de l'action que Pareto mettait au centre dans sa définition de la conduite logique et que Max Weber retenait dans la notion de conduite rationnelle par rapport à un but. L'analyse des rapports entre les moyens et les fins conduit directement à poser les questions sociologiques essentielles : comment sont déterminées les fins? Quelles sont les motivations des conduites? Elle permet de développer une casuistique de la compréhension des conduites humaines dont les principaux éléments sont le rapport moyens-fins, les motivations de la conduite, le système de valeurs en fonction duquel les hommes agissent, éventuellement la situation à laquelle l'acteur s'adapte et selon laquelle il détermine ses buts.

T. Parsons a consacré son premier livre important, *The Struture of Social Action*, à étudier les œuvres de Pareto, Durkheim et Weber, considérées comme des contributions à la théorie de l'action sociale qui doit servir de fondement à la sociologie. La sociologie, science de l'action humaine, est à la fois compréhensive et explicative. Compréhensive, elle dégage la logique ou la rationalité implicite des conduites individuelles ou collectives. Explicative, elle établit des régularités et insère des conduites partielles dans des ensembles qui leur donnent un sens. Selon Parsons, Pareto, Durkheim et Weber, avec des concepts différents, apportent les matériaux d'une théorie commune de la structure de l'action sociale. Cette théorie compréhensive, qui reprendrait ce qu'il y a de valable dans les apports des trois auteurs, serait naturellement celle de Parsons lui-même.

Durkheim, Pareto et Weber sont les derniers grands sociologues qui ont élaboré des doctrines de sociologie historique, c'est-à-dire des synthèses globales comportant simultanément une analyse microscopique de l'action humaine, une interprétation de l'époque moderne et une vision du développement historique à long terme. Ces différents éléments, rassemblés dans les doctrines de la première génération (1830-1870), celle de Comte, Marx et Tocqueville, encore plus ou moins unis dans les doctrines de la deuxième génération (1890-1920), sont aujourd'hui dissociés. Aussi, pour étudier la sociologie contemporaine, il faudrait analyser la théorie abstraite de la conduite sociale, retrouver les concepts fondamentaux qu'utilisent les sociologues et examiner le développement de la recherche empirique dans les différents secteurs. Les sociologues empiriques d'Occident se refusent aux interprétations historiques de l'époque moderne en arguant qu'elles dépassent les possibilités de la science. A l'Est, ces interprétations historiques sont antérieures à toute recherche et fondées sur les résidus d'une doctrine de la première époque, transformée par une ruse de la raison historique en orthodoxie étatique.

Mais les marxistes d'Europe orientale se convertissent aux recherches empiriques. Et peut-être celles-ci, en Occident, contiennent-elles implicitement une interprétation de la société moderne.

Nous voici arrivé au seuil du présent, revenu à l'Introduction de ce livre. J'annoncerais volontiers le livre qui devrait lui faire suite, s'il n'était imprudent, à mon âge, de défier les dieux.

NOTES

1. Durkheim écrivit deux ouvrages sur la guerre de 1914 : « *L'Allemagne au-dessus de tout* », *la neutralité allemande et la guerre*, et *Qui a voulu la guerre? Les origines de la guerre d'après les documents diplomatiques*, tous deux publiés chez Armand Colin en 1915.

La même année, il perdit son fils unique, tué sur le front de Salonique. Peu de temps après la mort de son fils, un sénateur demanda du haut de la tribune que la commission chargée de contrôler les permis de séjour accordés aux étrangers revise le cas de « ce Français de lignée étrangère, professeur à notre Sorbonne et représentant sans doute, on l'a du moins prétendu, le Kriegsministerium allemand » (fait cité par J. Duvignaud *Durkheim*, Paris, Presses Universitaires de France, 1965, p. 11).

Les écrits de Weber relatifs à la guerre de 1914-1918 ont été recueillis dans les *Gesammelte politische Schriften*, Tübingen, Mohr, 2e éd., 1958; cf. notamment les deux articles de 1919 : *Zum Thema der Kriegschuld* et *Die Untersuchung der Schuldfrage*.

Pareto s'est abstenu de parler de la guerre en cours dans son *Traité de sociologie générale*, dont l'édition italienne parut en 1916. Mais il l'analysa une fois les hostilités terminées dans *Fatti e teorie* (Florence, Vallechi, 1920.) Avant la guerre, il était porté à penser que l'Allemagne l'emporterait en cas de conflit. D'instinct il préférait d'ailleurs l'empire allemand à la France et à l'Italie ploutocratiques et fut toujours rebelle à l'enthousiasme patriotique de la plupart de ses amis et compatriotes, tel Pantaleoni. Mais il se réjouit de la victoire alliée. Dans ses sentiments à l'égard de l'Italie, il y avait beaucoup d'amour déçu. Dans les *Fatti e teorie*, il explique les erreurs de la diplomatie allemande. Dès 1915, il déclarait que cette guerre ne serait pas la dernière et qu'elle risquait d'en engendrer une autre.

2. Pour Pareto, « si une organisation socialiste quelle qu'elle soit veut obtenir le maximum d'ophélimité pour la société, elle ne peut opérer que sur la répartition qu'elle changera *directement* en enlevant aux uns ce qu'elle donnera aux autres. Quant à la production elle devra être organisée exactement comme sous un régime de libre concurrence et d'appropriation des capitaux. » (*Cours d'économie politique*, § 1022.) Afin de prouver cette assertion, Pareto suppose une économie où la propriété serait collective et où « le gouvernement réglerait aussi bien la répartition que la production » (*Ibid.*, § 1013 à 1023), et il montre que si un régime socialiste peut exercer une action sur le choix des titulaires de revenus, ce choix pouvant être fait « en vue d'augmenter l'utilité de l'espèce », l'organisation de la production, « si le gouvernement veut procurer le maximum d'ophélimité à ses administrés », suppose un calcul économique réalisé à partir de rapports d'échanges, c'est-à-dire de prix, et ce non seulement pour les biens consommables mais aussi pour les services producteurs. La détermination des prix des biens consommables suppose un marché des biens de consommation : « Quelle que soit la règle qu'il plaise au gouvernement de fixer pour la répartition des marchandises dont il dispose, il est bien évident que, s'il veut procurer le maximum d'ophélimité à ses administrés, il devra avoir soin que chacun ait la marchandise dont il a le plus besoin. Il ne donnera pas des lunettes de myope à un presbyte et vice versa. Soit qu'il permette à ses administrés d'échanger entre eux les objets qu'il leur distribue, soit qu'il procède lui-même à cette nouvelle distribution, le résultat sera le même... Si l'on permet les échanges de biens consommables, les prix apparaissent

de nouveau; si c'est l'État qui procède à cette nouvelle distribution, les prix ne feront que changer de nom, ce seront les rapports suivant lesquels se fera la nouvelle distribution » (§ 1014). La détermination des prix des services producteurs et notamment des capitaux suppose quant à elle des échanges entre les unités de production et les administrations. Ces échanges pourront se faire sur une simple base comptable, la réalité économique foncière sera la même que dans un système capitaliste. « Il faut répartir les capitaux entre les différentes productions, de sorte que les quantités de marchandises correspondent au besoin qu'on en a. Quand on veut faire ce calcul apparaissent certaines quantités auxiliaires, qui ne sont autres que les prix qu'auraient les services de ces capitaux sous un régime d'appropriation des capitaux et de libre concurrence. Pour donner une forme tangible à ce calcul, on peut supposer que le ministère de la production se divise en deux départements; un département qui administrera les capitaux et qui en vendra les services à l'autre département, à des prix tels que ce second département soit obligé de ménager les services des capitaux les plus rares, les plus précieux et de tâcher de leur substituer les services des capitaux les plus abondants, les moins précieux. En ayant recours aux mathématiques l'on démontre que les prix qui remplissent cette condition sont précisément ceux qui s'établiraient sous un régime d'appropriation des capitaux et de libre concurrence. Ces prix ne servent d'ailleurs que pour la comptabilité interne du ministère. Le second des départements que nous avons considérés exercera les fonctions d'entrepreneur et transformera les services des capitaux en produits » (§ 1017). Ainsi, pour Pareto, une économie socialiste efficacement gérée et organisée de façon à procurer le maximum d'ophélimité des individus n'est pas fondamentalement différente d'une économie capitaliste. Comme celle-ci elle ne peut reposer que sur l'échange et le calcul économique. Mais pour prouver cette identité des problèmes économiques fondamentaux quels que soient les régimes et la parenté essentielle des institutions économiques, Pareto a été conduit à montrer, et il fut le premier économiste à le faire, qu'un régime socialiste pouvait fonctionner, c'est-à-dire que la propriété privée n'était pas à priori indispensable au calcul économique si le marché, ou son substitut, demeurait. Ces observations de Pareto, développées un peu plus tard par E. Barone, serviront de base aux économistes qui comme O. Lange, F. Taylor, H. D. Dickinson, A. P. Lerner, s'efforceront de répondre à la critique des F. A. von Hayek, L. Robbins, L. von Mises et N. G. Pierson sur l'impossibilité du calcul économique en régime socialiste. Pour l'école Lange-Taylor, une économie socialiste, si elle maintient la liberté de choix des consommateurs et la liberté de choix des occupations, c'est-à-dire si elle maintient un marché des biens de consommation et la libre négociation des salaires, est même plus rationnelle qu'une économie capitaliste et s'approche de plus près de l'état idéal résultant de la concurrence pure et parfaite. Pareto, en un sens, est le premier des économistes partisans de l'économie socialiste de marché.

Mais, jusqu'à présent, l'économie socialiste de marché est restée une hypothèse d'école. Sans préjuger des expériences actuellement menées en Yougoslavie, en Tchécoslovaquie et même en Union soviétique, on doit constater avec Peter Kende : « D'O. Lange à J. Marczewski un grand nombre d'éminents économistes se sont employés à réfuter l'argument de Mises sur l'impossibilité du calcul rationnel dans une économie collectiviste. Mais il nous semble que la plupart d'entre eux se sont quelque peu facilité la tâche en démontrant la possibilité d'organiser une économie socialiste qui — soit à l'aide d'un marché (*New Socialist School* de Taylor-Lange), soit par un calcul organisé selon les principes marginalistes (Dobb, Marczewski), soit enfin grâce aux modèles de l'ère électronique (Koopmans) — connaîtrait bien les vrais prix des facteurs. C'est que Mises, lui, envisage une économie qui ne connaît pas les prix en question. Et tandis que la viabilité des différents modèles avancés contre Mises reste à prouver, le modèle réel de l'économie planifiée ressemble de façon redoutable à celui qu'avait en vue ce dernier. » (*Logique de l'économie centralisée; un exemple, la Hongrie*, Paris, S. E. D. E. S., 1964, p. 491.)

Sur ce problème, voir : F. A. von Hayek et al., *L'Économie dirigée en régime collectiviste*, Paris, Médicis, 1939 (cet ouvrage contient, outre les études de Hayek la traduction de l'article de 1920 de L. von Mises, « Le calcul économique en régime collectiviste », et la traduction de l'essai de 1908 de E. Barone : « Le ministère de la production dans un État collectiviste); O. LANGE and F. M. TAYLOR, *On the Economic Theory of Socialism* New York, Mac Graw Hill, 1964 (réédition de deux essais, l'un de F. Taylor datant de 1929 et l'autre de O. Lange de 1937); L. von MISES, *Le Socialisme, étude économique et sociologique*, Paris, Médicis, 1938; P. WILES, *The Political Economy of Communism*, Oxford, Blackwell, 1962.

3. Les considérations de calcul économique sont loin d'être absentes de la pensée de Max Weber. F. A. von Hayek, dans son étude sur la nature et l'historique du problème des possibilités du socialisme, cite même Max Weber parmi les premiers auteurs qui ont traité en détail du problème du calcul économique en économie socialiste. « Max Weber, dans sa grande œuvre posthume *Wirtschaft und Gesellschaft*, publiée en 1921, traitait expressément des conditions qui rendent possibles des décisions rationnelles dans un système économique complexe. Comme L. von Mises — dont il cite l'article de 1920 sur le calcul économique dans une communauté socialiste comme n'étant venu à sa connaissance que lorsque sa propre étude était à l'impression —, Max Weber insiste sur le fait que les calculs *in natura* proposés par les principaux défenseurs d'une économie planifiée ne pourraient offrir une solution rationnelle des problèmes que les autorités d'un tel système auraient à résoudre. Il souligna en particulier que l'usage rationnel et la préservation du capital ne pouvaient être obtenus que dans un système basé sur l'échange et l'usage de la monnaie, et que le gaspillage dû à l'impossibilité du calcul rationnel dans un système complètement socialisé pourrait être assez sérieux pour rendre impossible l'existence des habitants des pays actuellement les plus peuplés. " On n'apporte aucun argument de poids en supposant qu'un système quelconque de calcul serait trouvé à temps si l'on cherchait sérieusement à attaquer le problème d'une économie sans monnaie; le problème est le problème fondamental de toute socialisation complète, et il est certainement impossible de parler d'une économie planifiée rationnellement alors que, dans la mesure où le point essentiel est concerné, aucun moyen de construction d'un ' plan ' n'est connu " *(Wirtschaft und Gesellschaft).* » (*L'économie dirigée en régime collectiviste*, Paris, Médicis, 1939, p. 42-43.)

Annexes

AUGUSTE COMTE ET ALEXIS DE TOCQUEVILLE JUGES DE L'ANGLETERRE

Je vous dois d'abord quelques mots d'explication. Évoquer en ce lieu Alexis de Tocqueville et ses jugements sur l'Angleterre, rien de plus normal. C'est un de vos collèges qui conserve ses lettres à Henry Reeve. C'est l'amirauté britannique qui mit à la disposition de l'auteur de *L'Ancien Régime et la Révolution* pour le ramener en France, en juillet 1857, un de ses bâtiments, le *Sprightly*. Dennis W. Brogan a écrit quelque part : « Nous autres, Britanniques, nous ne prenons pas nos intellectuels à ce point au sérieux. » Puis-je ajouter que vous avez pris très au sérieux au moins deux intellectuels français, Montesquieu et Tocqueville, qui avaient, il est vrai, dans leur patrie, la réputation d'appartenir au parti anglais (ce qui, nous le verrons, pour Tocqueville au moins, n'est pas vrai sans réserves)?

Le fondateur du positivisme n'appartient certes pas au parti anglais. Je ne suis pas sûr qu'Oxford lui voue l'estime que ne lui refusait pas J. S. Mill, même après la fin de leur amitié. Mon ami Sir Isaiah Berlin fit, y il a quelques années, à la London School of Economics, à l'invitation de la société positiviste, une « Auguste Comte Memorial Lecture ». Il saisit l'occasion de juger et de condamner les doctrinaires du déterminisme historique parmi lesquels il mettait Auguste Comte lui-même. Quant au professeur Beloff que j'ai eu la chance de rencontrer à Paris, il y a quelques semaines, il me dit à peu près : « Nous savons tout ce que pensait Tocqueville sur l'Angleterre, rien de ce que pensait Auguste Comte. » Mais l'aveu d'ignorance n'était pas fait sur un ton d'intense curiosité, de telle sorte que je crains autant votre ignorance que votre savoir. Celui-ci m'empêche de vous instruire et celle-là peut-être de vous intéresser.

Le sujet de cette conférence m'a été suggéré par des études poursuivies au cours de ces dernières années sur les sociologues du siècle dernier, ceux que les sociologues d'aujourd'hui appellent volontiers présociologues ou paléosociologues. J'ai été frappé par l'indifférence de l'école française à l'égard de Tocqueville et une certaine fidélité à l'inspiration de Comte. Et l'opposition entre ces deux hommes se manifeste avec le plus d'éclat sur le sujet des institutions représentatives, donc de l'Angleterre. Comte ne se propose pas seulement de substituer la sociologie, science de la société totale, à la science politique ou économique : cette conception nouvelle de la science est solidaire d'une conception politique : le parlement, à ses yeux, appartient à un âge révolu, celui de la critique et de la métaphysique. Durkheim, lui aussi, tenait les institutions représentatives pour secondaires, superficielles en quelque sorte. C'était la société qui importait essentiellement, non la lutte des partis ou les délibérations des représentants du peuple. En revanche, Tocqueville discernait, à travers les brumes de l'avenir, deux types de sociétés modernes, chacun de ces types étant caractérisé par un certain régime politique.

Au fur et à mesure que je poursuivais mes recherches, mon sujet se découvrait plus complexe. Certes, l'opposition que je viens de marquer continue de me paraître à la fois vraie et décisive. Auguste Comte définit la société moderne par l'industrie, Alexis de Tocqueville par la démocratie; l'un, qui tend à confondre gouvernement et administration, est l'ancêtre des technocrates, il ignore la spécificité du problème politique et, dans ses dernières œuvres, réduit à presque rien la fonction des parlements; l'autre, avant tout préoccupé de la liberté que garantissent les institutions représentatives, redoute le despotisme administratif, fût-ce celui d'un État-providence, bienveillant et doux; inévitablement, l'Angleterre tient une tout autre place dans la vision de l'un que dans celle de l'autre.

Mais les grandes lignes de cette opposition se brouillent quand on entre dans le détail. Tocqueville et Comte ont aussi des points communs, ne serait-ce que celui d'avoir été deux des correspondants français de J. S. Mill. J'ai relu la correspondance de Mill avec les deux Français et je reviendrai sur les ruptures auxquelles aboutirent, dans les deux cas, les échanges de lettres. De plus, si différents que soient les jugements portés sur l'Angleterre par l'un et par l'autre, ils comportent une idée commune : le caractère atypique, exceptionnel pour ainsi dire, de l'histoire d'Angleterre. Et, du même coup, se découvre une autre communauté entre l'aristocrate normand et le polytechnicien en quête d'une religion : tous deux ont un système de pensée, tous deux envisagent l'Angleterre moins en elle-même que par rapport à quelques problèmes ou concepts qui leur sont propres. Le système de Comte est, si je puis dire, autrement systématique que celui de Tocqueville. Malgré tout, j'imagine qu'un historien anglais, traitant mon sujet, serait tenté de conclure : « Ils sont bien français tous les deux »; ou, en tout cas, comme dans la lettre fameuse de J. S. Mill à Tocqueville du 20 février 1843 : « Vous savez que j'aime la France, mais j'avoue qu'il en est assez d'une seule en Europe [1]. »

Auguste Comte a été, dans sa jeunesse, à l'École polytechnique, un libéral et, en un sens, il est resté jusqu'à la fin de sa vie fidèle au parti du mouvement. Mais par-dessus tout il a voulu surmonter l'antinomie des deux partis de l'ordre et du progrès, de la révolution et de la contre-révolution. Dès avril 1820, dans l'étude intitulée *Sommaire Appréciation de l'ensemble du passé moderne*, il interprète l'histoire de l'Angleterre à la lumière de sa théorie générale de l'évolution historique.

Auguste Comte souligne le contraste entre l'histoire de l'Angleterre et celle de la France en ce qui concerne les relations entre les trois puissances, le roi, la noblesse, les communes. En Angleterre, noblesse et

1. *Œuvres complètes de Tocqueville*, éd. J.-P. Mayer, t. VI, I, « Correspondance anglaise », p. 337-338.

communes se sont coalisées pour restreindre les prérogatives royales; en France, roi et communes se sont alliés contre les privilèges de la noblesse. C'est en Angleterre, écrit-il, que la marche des communes doit être observée parce qu'elle y a été le plus manifeste. « Les communes ayant commencé, dans le parlement d'Angleterre, par obtenir une sorte de voix consultative dans le vote de l'impôt, parvinrent peu à peu à obtenir une voix délibérative, et enfin il arriva plus tard que le vote de l'impôt leur fut spécialement accordé. Ce droit exclusif fut posé en principe fondamental et, d'une manière irrévocable, en résultat de la révolution de 1688. En même temps, l'influence des communes sur la formation du plan de politique générale a été de plus en plus grande. A la même époque, elle est parvenue au point, en Angleterre, que l'ancien système a admis en principe que la prospérité sociale est basée sur l'industrie, et que par conséquent le plan politique doit être conçu dans l'intérêt des communes. Sous ce double rapport, la modification de l'ancien système en faveur du nouveau a été poussée aussi loin qu'elle puisse l'être, tant que la société restera soumise, dans son ensemble, à l'ancien système [1]. »

C'est donc en Angleterre que s'est affirmé le plus tôt et le plus vigoureusement le développement des communes, c'est-à-dire la substitution progressive de l'activité industrielle à l'activité militaire. Mais Auguste Comte se hâte de limiter la signification de cette sorte de précocité historique. Le droit exclusif de voter l'impôt a été jusqu'à présent fort peu utile aux communes. « La Chambre dite *des Communes* n'a été au fond qu'une sorte d'appendice de la royauté et de la féodalité, elle n'a été qu'un instrument pour l'ancien système. »

Celui-ci n'a pu utiliser que ses propres moyens d'action, c'est-à-dire la force et la ruse. « C'est ainsi que depuis le fameux acte de navigation, le pouvoir temporel a fait des guerres systématiques, et combien de plans machiavéliques dans le dessein de servir les intérêts des communes. » L'établissement du régime parlementaire, en Angleterre, ne constitue donc qu'une modification du système ancien. La France, par l'adoption récente de la Constitution anglaise s'est mise au niveau de l'Angleterre. Bien plus, comme ce changement a été plus tardif, il a été plus complet. Il a été admis que l'intérêt des communes est le but et le régulateur des combinaisons parlementaires. Enfin, et là est l'idée essentielle, « le caractère de transition attaché au régime parlementaire est devenu beaucoup plus prononcé [2]. » En d'autres termes, dès 1820, le régime parlementaire et la Constitution anglaise qui en est l'expression achevée sont tenus pour des institutions transitoires, entre le régime ancien théologico-militaire et le système de l'avenir, scientifique et industriel.

La même interprétation se retrouve, beaucoup plus élaborée, dans les tomes V et VI du *Cours de philosophie positive.* Auguste Comte s'efforce de dégager les grandes lignes du devenir historique, examinant tour à tour la décomposition des pouvoirs anciens, temporel et spirituel,

1. *Système de politique positive,* Paris, 1851, t. IV, Appendice, p. 30-31.
2. *Ibid.*, p. 32.

et la montée des pouvoirs nouveaux. Or, qu'il s'agisse du pouvoir temporel ou du pouvoir spirituel ou de la relation entre l'un et l'autre, le cas de l'Angleterre est anormal.

L'affaiblissement de l'autorité de la papauté favorisait inévitablement la dispersion du pouvoir spirituel. Aussi, pour rétablir un certain équilibre et prévenir le chaos durant la grande transition révolutionnaire, le déclin de pouvoir féodal ou militaire prenait normalement la forme de la centralisation monarchique. L'aristocratie, non la monarchie, devait être victime de la décadence du système ancien. D'où Auguste Comte tire la conclusion suivante : « La tendance de la décomposition féodale vers l'ascendant politique de l'aristocratie sur la royauté a dû constituer, dans la désorganisation universelle que nous apprécions un cas éminemment exceptionnel, dont l'Angleterre offre le meilleur exemple. Mais la considération en est néanmoins très importante aujourd'hui pour faire déjà pressentir l'aveugle irrationalité de ce dangereux empirisme qui prétend borner le grand mouvement européen à l'uniforme transplantation du régime transitoire particulier à l'évolution anglaise. Confrontée à celle de presque tout le reste de l'Europe, et surtout de la France, elle présente ainsi, dès les derniers siècles du Moyen Age, une différence aussi capitale qu'évidente, qui a nécessairement exercé sur l'ensemble total du développement ultérieur une influence très prononcée, incompatible avec toute vaine imitation politique[1]. »

L'anomalie anglaise ne se limite pas à la suprématie de l'aristocratie sur la monarchie, le pouvoir temporel, dans un cas comme dans l'autre, tendant à regrouper autour de lui le pouvoir spirituel. L'appréciation du protestantisme constitue, au même titre que l'appréciation du parlementarisme, une partie essentielle du jugement global porté sur l'Angleterre. Là encore, Comte souligne les avantages temporaires et les inconvénients à long terme de l'évolution anglaise. « Dans l'ordre purement mental, il est d'abord évident que ce premier essor incomplet de l'esprit d'examen, en vertu des demi-satisfactions qu'il procure à la raison humaine, doit tendre à retarder ensuite son entière émancipation, surtout chez le vulgaire en flattant directement l'inertie naturelle de notre orgueilleuse intelligence... Aussi, les nations protestantes, après avoir à divers titres devancé alors, dans leur progrès social, les peuples restés catholiques, sont-elles ensuite, malgré les apparences contraires, essentiellement demeurées en arrière pour le développement final du mouvement révolutionnaire[2]. » Auguste Comte ajoute que la France offre le cas le plus favorable : le levain protestant avait suffisamment pénétré pour exciter à l'émancipation spirituelle sans y « obtenir un ascendant légal. » Même la révocation de l'Édit de Nantes, en dépit de déplorables conséquences politiques, surtout quant au progrès industriel, ne semble pas, aux yeux d'Auguste Comte, comporter de « danger essentiel ».

Finalement, Auguste Comte n'hésite pas, « malgré l'anglomanie caractéristique de nos publicistes vulgaires, à souligner la supériorité fondamentale du mode normal ou français sur le mode exceptionnel ou anglais,

1. *Cours de philosophie positive*, Paris, 1908, t. V, p. 306. (Les éditions postérieures sont identiques à la première édition parue à partir de 1830.)
2. *Ibid.*, V, p. 318.

soit quant à la dissolution radicale de l'ancien système social, soit quant à la réorganisation totale qui doit lui succéder[1] ». Il est plus facile de liquider un roi ou la monarchie que les aristocrates. Le système des castes ou des états a été plus radicalement éliminé en France qu'en Angleterre. Une fois passée de l'opposition au gouvernement, la métaphysique protestante ne s'est nullement montrée hostile à l'esprit des castes. (Auguste Comte lui reproche d'avoir toléré l'accession des femmes aux fonctions royales ou même féodales.) Au tome VI[2], Auguste Comte décrète que la dictature temporelle du type français (prédominance de la monarchie) doit être aussi plus favorable aux spéculations abstraites, non sans reconnaître que « l'autre système devait être, pour la science comme pour l'art, plus favorable à la spontanéité des vocations et à l'originalité des travaux, par suite même d'un moindre encouragement et d'une direction moins homogène. »

Peut-être l'interprétation comtiste du système anglais s'exprime-elle, de la manière la plus originale et la plus concrète, dans un passage du tome VI du *Cours de philosophie positive* qualifié par l'auteur lui-même de digression. Ce passage est une comparaison de Venise et de l'Angleterre. En une formule simple : l'Angleterre est la Venise moderne. « Le régime vénitien, pleinement caractérisé à la fin du XIVe siècle, constitue certainement, à tous égards, le système politique le plus analogue à l'ensemble du gouvernement anglais considéré sous la forme définitive qu'il dut prendre trois siècles après : cette similitude nécessaire résulte évidemment d'une pareille tendance fondamentale de la progression sociale vers la dictature temporelle de l'élément aristocratique... La seule différence capitale que devaient offrir les destinées comparables de ces deux régimes pareillement transitoires (et dont le second, formé à une époque plus avancée de la décomposition politique, ne saurait certes prétendre à la même durée totale que le premier) consiste en ce que l'indépendance de Venise devait naturellement disparaître sous la décadence nécessaire de son gouvernement spécial, tandis que la nationalité anglaise doit heureusement rester tout à fait intacte au milieu de l'inévitable dislocation de la constitution provisoire... Malgré les vaines théories métaphysiques imaginées après coup sur la chimérique pondération des divers pouvoirs, la prépondérance spontanée de l'élément aristocratique a dû fournir, en Angleterre comme à Venise, le principe universel d'un tel mécanisme politique, dont le mouvement réel serait assurément incompatible avec cet équilibre fantastique... » A cette condition fondamentale du régime anglais, Auguste Comte en adjoint deux autres : « La première consiste dans l'institution du protestantisme anglican qui assurait beaucoup mieux la subalternisation permanente du pouvoir spirituel que n'avait pu le faire le genre de catholicisme propre à Venise et qui, par suite, devait fournir à l'aristocratie dirigeante de puissants moyens, soit de retarder sa déchéance privée en s'emparant habituellement des grande bénéfices ecclésiastiques, soit de consolider son ascendant populaire en lui imprimant une sorte de consécration religieuse, d'ailleurs inévitablement décroissante. Quant à la

1. *Cours de philosophie positive*, V, p. 320.
2. *Ibid.*, VI, p. 136 et 183.

seconde condition complémentaire du régime anglais, elle se rapporte à l'esprit d'isolement politique, éminemment particulier à l'Angleterre, et qui, en y permettant, surtout sous la troisième phase moderne, l'actif développement d'un vaste système d'égoïsme national, y a naturellement tendu à lier profondément les intérêts principaux des diverses classes au maintien continu de la politique dirigée par une aristocratie ainsi érigée désormais en une sorte de gage permanent de la prospérité commune, sauf l'insuffisante satisfaction dès lors accordée à la masse inférieure [1]. »

Auguste Comte mérite d'être considéré comme le théoricien le plus rigoureux et le plus systématique du parti antianglomane, je veux dire du parti qui, en France, condamne, comme philosophiquement erronée et politiquement funeste, la vaine tentative d'imiter les institutions anglaises (je m'exprime ici dans le style d'Auguste Comte lui-même). Il me paraît donc intéressant, pour l'histoire des idées, de faire la part de ce qui appartient à Comte personnellement et de ce qui appartient à l'ensemble du parti antianglomane.

Ce qui appartient en propre à Comte, c'est avant tout le dogmatisme et, si je puis dire, le catholicisme (sans Dieu bien entendu). Le dogmatisme de Comte s'est durci avec les années mais il s'exprime déjà, avec une clarté qui ne laisse rien à désirer, dans les opuscules de jeunesse. Par exemple, dans l'opuscule de 1819 [2], *Séparation générale entre les opinions et les désirs :* « Quand la politique sera devenue une science positive, le public devra accorder aux publicistes et leur accordera nécessairement la même confiance pour la politique qu'il accorde actuellement aux astronomes pour l'astronomie, aux médecins pour la médecine, etc., avec cette différence cependant que ce sera à lui exclusivement à indiquer le but et la direction du travail. » Dans le cinquième opuscule de mars 1826, *Considérations sur le pouvoir spirituel*, on trouve les lignes suivantes : « Le dogmatisme est l'état normal de l'intelligence humaine, celui vers lequel elle tend, par sa nature, continuellement et dans tous les genres, même quand elle semble s'en écarter le plus; car le scepticisme n'est qu'un état de crise, résultat inévitable de l'interrègne intellectuel qui survient nécessairement toutes les fois que l'esprit humain est appelé à changer de doctrine... Ni l'homme ni l'espèce humaine, ne sont destinés à consumer leur vie dans une activité stérilement raisonneuse, en dissertant continuellement sur la conduite qu'ils doivent tenir. C'est à l'action qu'est appelée essentiellement la totalité du genre humain, sauf une portion imperceptible, principalement vouée par nature à la contemplation [3]. » Et enfin, dans le troisième opuscule de mai 1822, *Plan des travaux scientifiques nécessaires pour réorganiser la société :* « Il y a point de liberté de conscience en astronomie, en physique, en chimie, en physiologie, dans ce sens que chacun trouverait absurde de ne pas croire de confiance aux principes établis dans la science par les hommes compétents. S'il en est autrement en politique, c'est parce que les anciens principes étant tombés, et les nouveaux

1. *Cours*, VI, p. 193-194.
2. *Système de politique positive*, t. IV, Appendice, p. 3.
3. *Ibid.*, p. 203.

n'étant pas encore formés, il n'y a point, à proprement parler, dans cet intervalle, de principes établis [1]. »

Si la politique doit devenir, en ce sens, une doctrine positive qui s'impose aux hommes, dont la plupart sont incapables de la comprendre, à la manière dont s'imposent les vérités de l'astronomie ou de la physique, il va de soi que la doctrine de libre examen, dont le protestantisme est aux yeux d'Auguste Comte l'expression achevée, ne peut avoir qu'une valeur transitoire. L'antiprotestantisme, je veux dire l'hostilité au protestantisme dans la mesure où celui-ci se tient pour une religion vraie, définitive, découle nécessairement du dogmatisme positiviste.

Le positivisme, il est vrai, est aussi antithéologique et donc anticatholique. J. S. Mill avait été séduit par le positivisme précisément parce que celui-ci tendait à introduire dans tous les domaines l'esprit et les méthodes de la science. Mais la science sociale, telle que la conçoit Comte, ne semblait pas scientifique à tous ses contemporains. Rappelons seulement deux idées auxquelles il tient par-dessus tout : l'impossibilité définitive d'appliquer le calcul aux phénomènes politiques, la démarche du général au particulier ou de l'ensemble aux éléments. De plus, Auguste Comte attribue à cette science une certitude et une portée que personne ne lui reconnaîtrait aujourd'hui; il prétend déterminer d'après les lois physiologiques l'état de civilisation le plus conforme à la nature de l'espèce humaine [2], il affirme que « les institutions et les doctrines doivent être regardées comme ayant été, à toutes les époques, aussi parfaites que le comportait l'état présent de la civilisation [3]. » Il admet volontiers [4] quelque parenté entre l'esprit de la politique positive et le fameux dogme théologique et métaphysique de l'optimisme. En bref, bien que le positivisme, puisqu'il récuse toute croyance transcendante, soit en un sens hostile à toutes les formes de christianisme, catholicisme aussi bien que protestantisme, il est, en dernière analyse, plus hostile à celui-ci qu'à celui-là, au moins en ce qui concerne l'état final de l'humanité. Le protestantisme a joué un rôle nécessaire pour abattre l'ancien pouvoir spirituel mais, en se perpétuant, il instaurerait l'anarchie, car les vérités scientifiques devront être le fondement du régime positiviste comme les vérités religieuses furent celles du régime théologico-militaire. Temporairement allié au protestantisme, le positivisme est en quête d'un nouveau catholicisme.

Le dogmatisme est une des causes de la parenté entre positivisme et catholicisme. L'aspiration à l'universalisme en est une autre. La réforme a été nécessaire à l'abaissement de la papauté mais une Église nationale, telle l'Église anglicane, mélange impur de la tradition et de la réforme, répugne profondément à Comte. Celui-ci est un grand admirateur de J. de Maistre et, en particulier, du livre de celui-ci, *Du Pape*. La réorganisation sociale doit tendre à l'unité de l'espèce humaine ou au moins de l'avant-garde de l'humanité, c'est-à-dire des peuples d'Europe, ou des peuples de race blanche. L'anglicanisme est donc marqué d'une

1. *Système de politique positive*, p. 53
2. *Ibid.*, p. 127.
3. *Ibid.*, p. 115.
4. *Ibid.*, p. 116.

double tare, celle de la métaphysique (erreur de considérer comme organique un principe purement critique), celle du nationalisme (méconnaître la vocation universaliste du pouvoir spirituel).

On retrouve chez quelques antianglomanes, plus ou moins influencés par Auguste Comte, Charles Maurras par exemple, certains des motifs, proprement comtistes, du jugement porté sur l'histoire d'Angleterre. Mais les antianglomanes obéissent aussi, et plus souvent, à des motifs moins philosophiques et plus proprement politiques. Ces motifs proprement politiques se distribuent d'eux-mêmes en deux catégories, les uns ont un caractère surtout théorique, les autres un caractère surtout historique.

Les antianglomanes, à la suite d'Auguste Comte, renverraient volontiers, dos à dos si je puis dire, les deux principes du droit divin et de la souveraineté des peuples. L'un et l'autre, théologique ou métaphysique, ne résistent pas aux exigences de l'esprit positif (je ne dis pas positiviste). La recherche du meilleur gouvernement possible est une manière fausse de poser le problème [1]. La forme du gouvernement est toujours fonction de l'état général de la civilisation. Il n'y a donc pas de meilleur gouvernement en soi mais seulement des gouvernements plus ou moins parfaitement adaptés aux progrès de la civilisation. L'illustre Montesquieu a donc commis une double erreur : il n'a pas tenu compte de la « succession nécessaire des divers états politiques », « il a donné une importance exagérée à un fait secondaire, la forme du gouvernement [2] ».

À partir de ces arguments théoriques, les arguments historiques prennent toute leur signification. Même en écartant la condamnation portée sur le protestantisme et le parlementarisme par Auguste Comte, même en écartant l'idée universaliste et naïve d'un régime final, un positiviste du XXe siècle mettrait l'accent sur les différences fondamentales entre l'histoire d'Angleterre et l'histoire de France et en conclurait que l'imitation des institutions anglaises est une dangereuse folie ou une utopie. Bien qu'Auguste Comte n'ait jamais varié sur ce point, il exprime cette opinion avec une brutalité accrue à mesure que s'accentue le dogmatisme. Mais dès le *Cours de philosophie positive*, il s'efforce de démontrer « la frivole irrationalité des vaines spéculations métaphysiques qui conduisirent les principaux chefs de l'Assemblée constituante à proposer pour but à la Révolution française la simple imitation d'un régime aussi contradictoire à l'ensemble de notre passé que radicalement antipathique aux instincts émanés de notre vraie situation sociale [3]. » Vainement les chefs de l'industrie tentèrent de s'éloigner des masses populaires et de se rapprocher de la vieille aristocratie. Vainement les Gallicans eurent la velléité de créer un équivalent de l'anglicanisme. Le grand Montesquieu et les anglomanes du XVIIIe siècle se trompèrent radicalement : le parlementarisme est l'aboutissement de l'histoire anglaise, de l'alliance entre les communes et l'aristocratie, de la Réforme, de l'isolement national. Aucune de ces conditions n'est donnée en France. La liberté anglaise n'est pas née, comme l'écrivait l'auteur de *L'Esprit des lois*, en une phrase célèbre, dans les forêts de

1. *Système de politique positive*, p. 101.
2. *Ibid.*, p. 107.
3. *Cours*, VI, p. 194.

Germanie[1], la constitution parlementaire fut le résultat spontané et local de la nature exceptionnelle que devait prendre, en un tel milieu, la dictature temporelle durant la deuxième phase de la décomposition du régime catholique et féodal. Pour nous en tenir à l'idée qui passerait aujourd'hui pour essentielle : le parlementarisme anglais suppose l'aristocratie, plus ou moins ouverte, dont il est l'instrument politique. L'idée est aujourd'hui encore courante en France, elle n'est pas entièrement fausse. Et Tocqueville l'aurait probablement admise quitte à la formuler en termes différents.

Auguste Comte ne connaît l'Angleterre que par les livres. Dès le moment où il commença de rédiger le *Cours de philosophie positive*, il se soumit à la règle de ce qu'il appela « l'hygiène cérébrale », il cessa de lire aucun livre susceptible d'influer sur l'élaboration de son système (il fit une exception pour la *Logique* de Mill), il employait ses loisirs à la lecture des poètes. Il ne disposait donc que d'une documentation limitée et l'esprit de système l'emporta chez lui sur le souci des faits. Mais, en dépit de l'excès de systématisation, la formule finale sur la comparaison entre les deux histoires de France et d'Angleterre me fournit une transition vers mon deuxième auteur. « Il existe, entre ces deux peuples, des différences tellement radicales que, en y étudiant successivement les états successifs de la royauté et de l'aristocratie, la saine méthode comparative doit alors tendre à saisir chez l'un non l'analogue, mais l'inverse de ce que l'on observe chez l'autre, en y remplaçant l'élévation ou la décadence de chacun de ces deux éléments temporels par celles de son antagoniste. Moyennant ce contraste continu, on remarquera toujours une exacte correspondance entre les deux histoires qui, par des voies équivalentes quoique opposées, marchent également, pendant tout le cours des cinq derniers siècles, vers l'entière désorganisation du système théologique et militaire[2]. »

Alexis de Tocqueville aurait souhaité que l'histoire de France ressemblât à l'histoire d'Angleterre plus qu'elle ne lui ressemble en fait. Mais, à la fin de sa vie, s'il avait eu le courage d'étudier le *Cours de philosophie positive*, il aurait peut-être donné partiellement raison à Comte. La tentative de la Constituante, dans laquelle ce dernier ne voit qu'une *frivole aberration*, lui inspirait une admiration qu'il traduit en termes lyriques. Mais, historien ou philosophe de l'histoire, lui aussi n'ignore pas les causes profondes de l'échec. Le passé français préparait l'explosion révolutionnaire; le passé anglais débouchait sur une transformation progressive. Pourtant les deux pays sont entraînés par le même mouvement, vers l'état que Tocqueville appelle, non positiviste ou industriel, mais démocratique.

Alexis de Tocqueville a été en Angleterre trois fois, en 1833, en 1835, en 1857. En 1835, il fut accueilli comme l'auteur, jeune mais déjà illustre, du premier tome de *La Démocratie en Amérique*. En 1857, le succès de *L'Ancien Régime et la Révolution* lui valut une réception presque triomphale. La France vivait sous un empire autoritaire, Tocqueville, retiré dans un exil intérieur, plus que jamais fidèle à ses

1. Comte fait allusion à cette phrase de Montesquieu à la page 192 du tome VI.
2. *Cours*, V, p. 320.

conceptions libérales, avait en Angleterre une deuxième patrie, non pas seulement celle de sa femme, mais celle de ses convictions politiques.

J'ai souvent imaginé que l'œuvre de Tocqueville aurait dû comprendre trois grands livres. Nous possédons le premier, celui qui est consacré à l'Amérique, un fragment du deuxième, *L'Ancien Régime et la Révolution*, premier tome d'une histoire qui aurait dû couvrir l'ensemble de la Révolution et de l'Empire. Quant au troisième, sur l'Angleterre, Tocqueville n'a jamais songé à l'écrire.

Le professeur Beloff s'est demandé pourquoi Tocqueville a écrit son livre sur l'Amérique, lointaine, où il n'avait passé qu'une année et non sur l'Angleterre, si proche, qu'il était facile de visiter. Mon explication, parente de la sienne, est double. Tocqueville, comme beaucoup d'écrivains politiques, a eu l'ambition d'être un homme politique. Le voyage en Amérique, plus ou moins accidentel, lui offrit la matière d'un livre dont il espérait, autant que la gloire littéraire, une aide pour sa carrière politique. Quand il entreprit d'écrire *L'Ancien Régime et la Révolution*, il n'avait peut-être pas encore renoncé à l'action. L'Empire n'aurait qu'un temps et la liberté renaîtrait. Même s'il se résignait à n'être qu'un écrivain, le sujet de son étude lui était imposé par son expérience et ses déceptions d'homme politique. Auguste Comte s'accommodait aisément du coup d'État impérial, qui liquidait, une fois de plus, la fallacieuse imitation du régime anglais. Tocqueville déplorait la suppression des institutions avec lesquelles, à ses yeux, se confondait la liberté, mais il était trop philosophe pour s'en tenir à la dénonciation des hommes. Pourquoi la France ne parvenait-elle pas à sauvegarder les institutions représentatives et les libertés personnelles dans l'âge démocratique? Telle est l'interrogation à l'origine de *L'Ancien Régime et la Révolution*. L'histoire d'Angleterre ne lui sert que de terme de référence.

J'ajoute que l'Amérique de 1830 devait sembler à Tocqueville, et était en effet, plus simple, plus facile à connaître que l'Angleterre. Elle se prêtait à cette interprétation systématique, à partir d'une idée centrale, à laquelle se plaisait le génie de Tocqueville[1]. Il ne pouvait étudier l'Angleterre dans les archives comme il a étudié la France, il ne pouvait l'expliquer abstraitement et souverainement comme il a expliqué l'Amérique. De ce fait, les jugements de Tocqueville sur l'Angleterre sont dispersés dans trois sortes de textes : les journaux tenus pendant ses voyages, les lettres ou entretiens, enfin les allusions à l'Angleterre qui sont fréquentes dans ses deux grands livres.

A la difficulté que crée la dispersion de ces textes s'en ajoute une autre. Précisément parce que Tocqueville s'est exprimé sur l'Angleterre dans l'improvisation et à des dates différentes, ses jugements ou prévisions ne s'accordent pas toujours. En gros, on peut distinguer dans les rapports de Tocqueville et de l'Angleterre trois périodes : les notes de voyage de 1833 et 1835, les prises de position du parlementaire, adversaire de Guizot, à l'occasion des crises diplomatiques franco-anglaises,

1. Cf. la lettre au comte Molé, août 1835. *Œuvres complètes*, éd. Beaumont, VII, p. 134-135. « En Amérique, toutes les lois sortent en quelque sorte de la même pensée, toute la société est fondée sur un seul fait; tout découle d'un principe unique. »

entre 1840 et 1848, enfin les appréciations finales de Tocqueville, revenu à la science par la faute du despotisme napoléonien, sur le destin de la liberté et la vocation de l'Angleterre.

Je ne dirai qu'un mot de la deuxième phase, celle durant laquelle Tocqueville, que Comte aurait mis parmi les anglomanes, reproche à Louis-Philippe et à Guizot sinon leur alliance avec l'Angleterre, du moins leur faiblesse à l'égard de l'allié. A la surprise de ses amis anglais, Tocqueville prononça, à l'Assemblée, des discours qui, dans le langage d'aujourd'hui, seraient baptisés « bellicistes ». Non qu'il ait jamais appelé de ses vœux une guerre entre la France et l'Angleterre, mais il ressentit vivement « l'humiliation nationale » que constituait le traité du 15 juillet 1840 conclu entre l'Angleterre, la Russie, l'Autriche et la Prusse en dehors et à l'insu de la France et qui faisait obligation à Méhémet Ali, protégé de la France, d'évacuer la Syrie dans un délai de dix jours. Le 8 août 1840, dans une lettre à Reeve, il écrivait : « Je crois la guerre peu évitable maintenant, soit que le gouvernement la veuille, soit qu'il y soit entraîné par l'opinion publique. On ne s'est pas assez persuadé en Angleterre des dispositions réelles de la France à cet égard. On a cru que des paroles on ne passerait pas aux actes. On a oublié, entre autres raisons, que pour une nation aussi orgueilleuse que la nôtre, les paroles même imprudentes, même exagérées, et il y en a eu de cette nature, contraignent en quelque sorte à l'action. C'est un malheur, un immense malheur qui se prépare. Non pas seulement pour ces deux pays mais pour la cause générale de la liberté et finalement pour l'indépendance de l'Europe. » A la surprise de son ami Reeve, Tocqueville vota avec l'opposition contre le ministère présidé par le maréchal Soult dans lequel Guizot était ministre des Affaires étrangères. La réaction de la fierté française, pour exagérée qu'elle fût, lui paraissait juste en son principe. Il reprochait à Palmerston d'acculer le ministère au choix entre la guerre qui serait un immense malheur et une humiliation qui dresserait le pays contre lui. « Ce n'est pas la guerre par le gouvernement qui est à craindre, c'est d'abord le renversement du gouvernement et ensuite la guerre [1]. » Il était dans l'opposition parce que, disait-il, « on n'a quelque chance de maîtriser les mauvaises passions du peuple, qu'en partageant celles qui sont bonnes [2] ».

Une deuxième fois, en 1843, au moment de la crise provoquée par le droit de visite, Tocqueville prononça un discours qu'il tenait pour modéré et conciliateur mais qui fut jugé tout autrement en Angleterre et vivement attaqué à la Chambre des Lords par Lord Brougham; Mill écrivit une lettre au *Morning Chronicle* pour défendre Tocqueville, sans pour autant modifier l'opinion anglaise. Très sensible à cette opinion, Tocqueville s'exprima avec quelque amertume. « J'avoue que je tiens beaucoup à l'opinion des Anglais et je découvre avec peine que c'est une folie quand on est un homme public, de chercher d'autre salaire que l'estime et la justice de son propre pays [3]. »

Du « nationalisme » manifesté par Tocqueville à cette période, lui-

1. *Œuvres complètes*, éd. Mayer, t. VI, I, « Correspondance anglaise », p. 61.
2. *Ibid.*, p. 61.
3. *Ibid.*, p. 343.

même donnait une justification tirée de sa philosophie. Il était pacifique, non pacifiste. Il voyait dans la volonté de paix à tout prix qu'il attribuait à une partie de la nation, non le souci du bien public mais le goût du bien-être matériel et la mollesse de cœur. Aussi écrit-il avec éloquence : « Ce n'est pas à vous, mon cher Mill, que j'ai besoin de dire que la plus grande maladie qui menace un peuple organisé comme le nôtre, c'est l'amollissement graduel des mœurs, l'abaissement de l'esprit, la médiocrité des goûts; c'est de ce côté que sont les grands dangers de l'avenir. Ce n'est pas à une nation démocratiquement constituée comme la nôtre et chez laquelle les vices naturels de la race ont une malheureuse coïncidence avec les vices naturels de l'état social, ce n'est pas à cette nation qu'on peut laisser prendre aisément l'habitude de sacrifier ce qu'elle croit sa grandeur à son repos, les grandes affaires aux petites; ce n'est pas à une pareille nation qu'il est sain de laisser croire que sa place dans le monde est plus petite, qu'elle est déchue du rang où l'avaient mise ses pères, mais qu'il faut s'en consoler en faisant des chemins de fer et en faisant prospérer au sein de la paix, à quelque condition que cette paix soit obtenue, le bien-être de chaque particulier. Il faut que ceux qui marchent à la tête d'une pareille nation y gardent toujours une attitude fière s'ils ne veulent laisser tomber très bas le niveau des mœurs nationales[1]. »

Ce langage est maintes fois tenu, des deux côtés de la Manche, un siècle plus tard. Et probablement, la réponse de J. S. Mill, postérieure de plus d'une année, n'a-t-elle pas encore perdu toute signification. Comme cette lettre a été — ce qui est exceptionnel — écrite par Mill en anglais, permettez-moi de vous en citer les extraits en anglais :

I have often, of late, remembered the reason you gave in justification of the conduct of the liberal party in the late quarrel between England and France—that the feeling of orgueil national *is the only feeling of a public-spirited elevating kind which remains, that it ought not therefore to be permitted to go down. How true this is, every day makes painfully evident—one now sees that the love of liberty, of progress, even of material prosperity, are in France mere passing unsubstantial, superficial movements on the outside of the national mind, that the only appeal which really goes to the heart of France is one of defiance to* l'étranger... *Most heartily do I agree with you that this one only feeling of a public, therefore, so far, of a disinterested character which remains in France must not be suffered to decay. The desire to shine in the eyes of foreigners, to be highly esteemed by them, ... must be cultivated and encouraged in France at all costs. But, in the name of France and civilization, posterity have a right to expect from such men as you, from the nobler more enlightened spirits of the time, that you should teach to your countrymen better ideas of what it is which constitutes national glory and national importance, than the low grovelling ones which they seem to have at present. Here, for instance, the most stupid ignorant person knows perfectly well that the real importance of a country in the eyes of foreigners does not depend upon the loud boisterous* assertion *of importance, the effect of*

1. *Œuvres complètes*, éd. Mayer, t. VI, I, « Correspondance anglaise », Lettre à J. S. Mill, 18 mars 1841, p. 335.

which is an impression of angry weakness, not strength. It really depends upon the industry, instruction, morality, good government of a country [1]...

Cet échange de lettres est-il, comme il a été écrit récemment, à l'origine de l'arrêt de la correspondance entre les deux hommes? C'est possible encore que Mill soit intervenu l'année suivante en faveur de Tocqueville contre Lord Brougham et lui ait écrit à cette occasion. Quoi qu'il en soit, ce dialogue sur la gloire nationale ne manque pas de grandeur et n'a pas perdu toute actualité. Il serait dangereux d'oublier qu'en d'autres circonstances d'autres Anglais ont tenu le langage de Tocqueville et probablement des Français le langage de Mill. Je reconnais pourtant que les Français qui tinrent le langage de Mill ont été souvent suspects à la plupart de leurs compatriotes. En revanche, quand Mill écrit « heureusement, notre public ne s'occupe jamais d'affaires étrangères » et rejette sur Palmerston la responsabilité de telle ou telle décision diplomatique, il ne persuadait probablement pas Tocqueville, il n'aurait pas persuadé davantage d'autres correspondants étrangers. Le style français de diplomatie diffère sensiblement du style anglais. Il y a aussi un style anglais dont la lettre de Mill est plutôt la transfiguration que le reflet.

Laissons les querelles de notre anglomane avec l'Angleterre et venons aux deux séries de textes que nous avons mentionnés, les notes de voyages de 1833 et 1835, les allusions dans les grands ouvrages, en particulier dans *L'Ancien Régime et la Révolution.*

Ce qui frappe le lecteur de ces notes, idées et observations, comparables à celles que Tocqueville avait accumulées pour la rédaction de *La Démocratie en Amérique*, c'est la place qu'y tiennent les questions centrales de Tocqueville, c'est-à-dire les questions liées de la démocratie (ou de l'antinomie entre démocratie et aristocratie) et de la révolution. Même dans sa note sur Oxford de 1833 (entre le 20 et le 31 août), il revient à son thème favori : « Oxford à l'heure qu'il est, est menacé par la réforme. Ainsi tomberont peu à peu les abus secondaires sur lesquels s'appuyait l'aristocratie. L'Angleterre, après sa chute, sera-t-elle plus heureuse? Je le pense. Aussi grande? J'en doute [2]. »

Il ne fait pas de doute, pour Tocqueville, que le même mouvement démocratique, c'est-à-dire l'effacement des distinctions des ordres ou états, entraîne l'Angleterre aussi bien que la France et l'Amérique. Mais il se demande où en est le mouvement démocratique et si celui-ci provoquera ou non une révolution. Or, dans l'ensemble, Tocqueville, en 1835 plus qu'en 1833 et en 1857 plus qu'en 1835, conclut que « les idées et les instincts aristocratiques sont encore très enracinés en Angleterre [3] ». Les notes sur l'Irlande, sévères pour le régime de ce malheureux pays, comportent, en contrepoint, un éloge du régime anglais. Je songe en particulier à la note intitulée : « Comment l'aristocratie peut former un des meilleurs et un des plus mauvais gouver-

1. *Œuvres complètes*, éd. Mayer, t. VI, I, « Correspondance anglaise », p. 357-358.
2. *Ibid.*, t. V, II, « Voyages en Angleterre, Irlande, Suisse et Algérie », p. 79.
3. *Ibid.*, p. 28.

nements qui soient au monde [1]. » L'opposition, dans un style rhétorique, est dressée entre une aristocratie nationale et une aristocratie étrangère, qui ont mêmes origines, mêmes mœurs, mêmes lois mais dont l'une a donné pendant des siècles aux Anglais un des meilleurs gouvernements qui fût au monde et l'autre aux Irlandais un des plus détestables qu'on ait jamais imaginé.

L'enracinement de l'aristocratie anglaise, l'union de cette aristocratie avec le peuple pour résister à un pouvoir plus grand que celui de l'aristocratie et que celui du peuple, mais plus faible que celui de l'aristocratie et que celui du peuple unis ensemble, en d'autres termes, une aristocratie dont les privilèges sont acceptés et qui coopère librement avec les autres classes, voilà le miracle de l'Angleterre. (Avec des jugements de valeur différents, Auguste Comte, au fond, ne dit pas autre chose.) « Figurez-vous une aristocratie qui ait la même langue, les mêmes mœurs, la même religion que le peuple, qui soit à la tête, mais non au-dessus des lumières du peuple, qui le dépasse en tout un peu, infiniment en rien. » Et encore : « Plus les droits de l'aristocratie sont respectés, plus le peuple est certain de conserver la jouissance des siens [2]. »

Au terme de son voyage de 1833, il conclut : « En résumé, l'Angleterre me paraît dans une situation critique en ce que certains des événements qu'il est possible de prévoir, peuvent, d'un moment à l'autre, la mettre dans un état de révolution violente; mais, si les choses suivent leur cours naturel, je ne crois pas que cette révolution arrive et je vois beaucoup de chances pour que les Anglais parviennent à modifier leur état politique et social, avec un grand malaise, sans doute, mais sans convulsion et sans guerre civile [3]. » Deux ans plus tard, analysant la situation sociale en termes de classes [4], il distingue trois classes : la première dans laquelle se trouve la presque totalité de l'aristocratie proprement dite et une grande partie des classes moyennes, une seconde qui comprend une partie des classes moyennes et une petite partie de l'aristocratie, enfin une troisième se compose des basses classes, du peuple proprement dit. Les chefs de cette troisième classe veulent démolir tout l'ancien édifice de la société aristocratique de leur pays. Mais il est convaincu que vouloir faire une révolution intégrale avec le peuple seul contre toutes les classes riches et éclairées réunies a toujours été une entreprise presque impraticable et dont les résultats ont été funestes. Il se félicite que la réforme ait des partisans dans les classes moyennes et même dans une partie de l'aristocratie.

En bref, le thème le plus constant me paraît être, au fond, le thème d'Auguste Comte : l'union de l'aristocratie et des classes moyennes (ce que Comte appelle les communes), scellée contre la monarchie, s'est maintenue et permet une transformation progressive au lieu d'une révolution. Là où le prophète du positivisme voit l'incapacité d'aller jusqu'au bout de la révolution qui doit donner le pouvoir aux industriels

1. *Œuvres complètes*, éd. Mayer, t. V, II, « Voyages en Angleterre, Irlande, Suisse et Algérie », p. 131.
2. *Ibid.*, p. 132.
3. *Ibid.*, p. 42.
4. *Ibid.*, p. 57.

dans l'ordre temporel, aux savants dans l'ordre spirituel, Tocqueville voit avec admiration l'art d'adapter les institutions anciennes aux temps modernes sans rupture violente.

Tocqueville observe ce qui lui paraît différent du cas français. Il interroge ses amis anglais sur la centralisation administrative et J. S. Mill le rassure : l'esprit anglais, lui dit-il, n'est point porté aux idées générales; or, la centralisation repose sur des idées générales, nous avons divisé à l'infini les fonctions administratives, non par calcul mais par difficulté de concevoir des idées générales. De plus, les Anglais ont un grand sens de la liberté, et aucun goût d'imposer aux autres une manière de vivre, même celle qui leur paraît utile. Et Mill ajoute que l'on attaque des institutions communales et provinciales non pour les confier à l'administration centrale mais parce qu'elles servent d'instrument à l'aristocratie [1]. Tocqueville qui, lui, est porté aux idées générales, n'est qu'à moitié convaincu : l'esprit anglais n'est-il pas l'esprit aristocratique? L'esprit même de liberté, le désir de s'isoler, ne seraient-ils pas aristocratiques et, de ce fait, contraires à la pente actuelle et à ce que Tocqueville appelle la « grande cause »? Mill à son tour n'est pas convaincu et refuse de confondre esprit anglais et esprit aristocratique.

Tocqueville, en tout cas, constate et approuve le rôle administratif et judiciaire que continuent de jouer les aristocrates localement. L'aristocratie remplit encore des fonctions sociales et elle est ouverte aux talents. La religion est en déclin mais l'esprit d'irréligion n'arrivera pas de longtemps au degré qu'il a atteint en France; l'Angleterre démontre que l'uniformité dans les lois secondaires au lieu d'être un bienfait est presque toujours un grand mal [2]. Sur les points, à ses yeux les plus importants, l'Angleterre est donc pour lui, comme elle l'était pour Auguste Comte, *l'autre* que la France. Mais lui aussi, comme Auguste Comte, n'imagine pas que l'Angleterre échappe au mouvement historique. « Le pouvoir de l'aristocratie en Angleterre qu'on pourrait appeler la domination des classes riches, perd cependant chaque jour de son étendue... Le siècle est éminemment démocratique. La démocratie ressemble à la mer qui monte : elle ne recule que pour revenir avec plus de force sur ses pas, et au bout d'un certain temps, on aperçoit qu'au milieu de ses fluctuations elle n'a cessé de gagner du terrain. L'avenir prochain de la société européenne est tout démocratique [3]. »

Ajoutons à cette idée centrale deux autres idées. L'une est la place de l'argent dans la société anglaise. Montesquieu, le premier et le plus illustre des anglomanes, opposait déjà à la noblesse anglaise, qui ne méprisait ni le commerce ni l'industrie, la noblesse française qui jugeait indigne d'elle les activités lucratives. Tocqueville, comme Montesquieu, est vaguement choqué par le culte de l'argent encore qu'il n'ose le condamner parce qu'il le tient pour favorable à la survie de l'aristocratie [4]. « Toute la société anglaise est bâtie sur le privilège de

1. *Œuvres complètes*, éd. Mayer, t. V, II, « Voyages en Angleterre, Irlande, Suisse et Algérie », p. 5. Voir aussi une analyse nuancée de la centralisation anglaise; centralisation dans les mains de la législature et non de l'exécutif, p. 83-84.
2. *Ibid.*, p. 35.
3. *Ibid.*, p. 37.
4. *Ibid.*, p. 63.

l'argent. » Tocqueville énumère ensuite tout ce que l'on ne peut faire sans argent. Il faut être riche pour être ministre, membre des Communes, juge de paix, lord-lieutenant, maire, *overseer of the poor*, pour être ecclésiastique ou pour être un plaideur. « Comment s'étonner du culte de ce peuple pour l'argent? L'argent n'est pas seulement le signe représentatif de la richesse, mais du pouvoir, mais de la considération, mais de la gloire. Aussi, tandis que le Français dit : " Un tel a 100 000 francs de rente ", l'Anglais dit : " Un tel vaut 100 000 livres de rentes *(he is worth five thousand pounds a year)* ". » L'expression passe pour américaine aujourd'hui. Les amis anglais de Tocqueville ne manquèrent pas de faire des réserves sur cette interprétation [1].

La deuxième idée que je voudrais relever est moins une idée qu'une description, celle de Manchester, celle de la misère des faubourgs ouvriers, du travail des femmes et des enfants : « C'est au milieu de ce cloaque infect que le plus grand fleuve de l'industrie humaine prend sa source et va féconder l'univers. De cet égout immonde, l'or pur s'écoule. C'est là que l'esprit humain se perfectionne et s'abrutit, que la civilisation produit ses merveilles et que l'homme civilisé redevient presque sauvage [2]... »

Tocqueville n'a pas ignoré les horreurs de l'industrialisation dont le spectacle nourrit la haine de Marx contre le régime capitaliste. Mais l'aristocrate normand tournait ses pensées vers un autre thème : la prospérité industrielle et commerciale de l'Angleterre n'était-elle pas, en dernière analyse, imputable à la liberté? C'est elle qui enfante le commerce. Tous les peuples libres n'ont pas été manufacturiers ou commerçants, mais aucun n'a été commerçant ou manufacturier qui ne fût libre : « Voulez-vous savoir si un peuple est industriel et commerçant? Ne sondez point ses ports, n'examinez point la nature de ses forêts et les produits de son sol. Toutes ces choses s'acquièrent avec l'esprit de commerce et, sans l'esprit de commerce, elles sont inutiles. Cherchez si les lois de ce peuple donnent aux hommes le courage de chercher l'aisance, la liberté de la poursuivre, les lumières et les habitudes qui la font découvrir et l'assurance d'en jouir après l'avoir trouvée. La liberté est, en vérité, une chose sainte [3]. »

L'Angleterre, vue par Tocqueville au cours de ses deux voyages de 1833 et de 1835, est donc entièrement un modèle de *libéralisme aristocratique* (dans le langage politique) ou d'*évolution progressive vers la démocratie* (dans le langage de philosophie de l'histoire). Cette appréciation, pour reprendre le mot d'Auguste Comte, lui permettait, sans se contredire explicitement, d'opposer la démocratie française à l'aristocratie anglaise dans ses discours contre l'alliance anglaise à l'Assemblée Nationale de 1843 ou de 1845. Typique à cet égard est le discours du 30 mai 1845 sur l'abolition de l'esclavage. « On a beaucoup dit qu'on ne devait qu'au christianisme seul l'abolition de l'esclavage. Dieu me garde de m'écarter du respect que je dois à cette sainte doctrine, mais il faut bien pourtant que je le dise, Messieurs, l'émanci-

1. Ailleurs encore : « Égalité apparente, privilèges réels de la richesse plus grands peut-être que dans aucun pays du monde. »
2. *Œuvres complètes*, V, I, p. 82.
3. *Ibid.*, p. 91.

pation telle que nous la voyons, même dans les îles anglaises, est le produit d'une idée française, je dis que c'est nous qui, en détruisant dans tout le monde le principe des castes, des classes, en retrouvant comme on l'a dit les titres du genre humain qui étaient perdus, c'est nous qui, en répandant dans tout l'univers la notion de l'égalité de tous les hommes devant la loi comme le christianisme avait créé l'idée de l'égalité de tous les hommes devant Dieu, je dis que c'est nous qui sommes les véritables auteurs de l'abolition de l'esclavage... C'est du mouvement de nos idées qu'est sorti le mouvement admirable de zèle religieux dont nous voyons les effets dans les colonies anglaises... C'est nous, en un mot, qui avons créé la pensée que la philanthropie religieuse des Anglais a si noblement et si heureusement réalisée... L'idée de l'abolition de l'esclavage, cette grande et sainte idée, est sortie du fond même de l'esprit moderne français... Vous la voyez se saisir plus ou moins de l'esprit de la nation suivant que la nation elle-même sent plus ou moins raviver ou s'éteindre dans son cœur les grands principes de la Révolution [1]. » Plus étonnant encore, et volontiers oublié par les admirateurs de Tocqueville, est le discours du 20 janvier 1845, en réponse au discours du Trône, dans lequel il dénonce avec véhémence le principe de la diplomatie de Guizot ou de Thiers selon lequel l'alliance anglaise est une absolue nécessité pour la France. Tocqueville utilise deux arguments fondamentaux : l'opposition des idées que représentent respectivement l'Angleterre et la France, l'opposition des intérêts nationaux des deux pays.

L'Angleterre représente « la vieille aristocratie, les vieilles institutions de l'Europe, le vieux monde ». En revanche « qu'est-ce que la France dans le monde? Quel est son rôle? Quel est-il sinon le cœur et la tête de la démocratie, de ces conditions nouvelles qui peuvent être louées ou blâmées, mais qui doivent être reconnues parce que c'est dans la nature des choses [2] ». La France incarne une idée de la liberté, logiquement nécessaire et universelle et c'est pourquoi elle a la vocation de défendre les institutions libérales dans le monde alors que la liberté aristocratique de l'Angleterre, par sa singularité même, ne lui vaut ni amis ni ennemis.

De plus, la France se heurterait inévitablement à l'Angleterre dès lors qu'elle chercherait à étendre ses relations et ses intérêts commerciaux. Indifférente aux formes de gouvernement dans les autres pays, la politique anglaise obéirait au seul impératif de ses propres intérêts commerciaux. L'Angleterre, par sa situation même, serait condamnée à la croissance continue, au maintien d'une suprématie, indispensable à sa survie. « Songez, s'écrie-t-il, à la condition singulière et unique de l'Angleterre, unique en sa grandeur, unique en ses périls, songez à la nation qui a rassemblé dans ses mains tout le commerce du monde et qui, pour vivre, est obligée de maintenir cette situation extraordinaire et anormale. »

La conclusion de Tocqueville qui ressortit à la polémique de l'oppo-

1. *Œuvres complètes*, éd. Mayer, t. II, *Écrits et discours politiques*, p. 112-126.

2. Ce discours est publié dans *Le Moniteur* du 20 juin 1845. Je le cite d'après la traduction anglaise qu'en donne Seymour Drescher, *Tocqueville and England*, Harvard University Press, 1964, p. 163.

sant est que le ministère ne demeure lié à l'alliance anglaise qu'à seule fin de rester au pouvoir. L'alliance anglaise lui donne la sécurité, elle lui permet de dormir dans les bras de l'Angleterre. Sans cette alliance, il serait obligé de ranimer la nation, de la mettre en état d'affronter le combat, de réveiller et de soutenir son patriotisme...

Ministre des Affaires étrangères durant six mois, Tocqueville montra un extrême souci de l'approbation anglaise. Quelques années plus tard, le coup d'État de Louis-Napoléon le rejetait dans l'émigration intérieure et ouvrait la dernière phase de sa carrière intellectuelle durant laquelle l'anglophilie et l'anglomanie s'épanouirent en même temps.

Certes, Tocqueville reprocha au gouvernement et à l'opinion de l'Angleterre de s'accommoder trop aisément du despotisme impérial (bien qu'il ait lui-même déclaré que cette indifférence aux régimes des autres pays était conforme à la vocation de l'Angleterre). Il fit publier anonymement dans le *Times* un récit du coup d'État, en vue d'éveiller l'indignation des lecteurs. Il ne cessa d'écrire à ses amis anglais de 1851 jusqu'à sa mort afin d'entretenir leur zèle libéral. C'est à l'Angleterre qu'incombait désormais la tâche de sauver la liberté en Europe. Sorti de la politique et condamné de nouveau à l'étude, il se consacra à son dernier grand livre, *L'Ancien Régime et la Révolution* dans lequel l'Angleterre, autant ou plus que l'Amérique, est présente dans le rôle, historique et héroïque, de la nation qui a su et saura canaliser la révolution démocratique des temps modernes et l'orienter vers le respect de la liberté.

Par rapport à *La Démocratie en Amérique* et aux notes de voyages de 1833 et 1835, la perspective n'a pas changé, tout au plus les nuances sont-elles modifiées. Le mouvement démocratique est essentiellement égalitaire. La grande Révolution, a eu pour objet l'égalité sociale plus que la liberté. Après 1851, la confrontation entre l'Angleterre et la France prend une signification nouvelle et décisive. La Révolution de 1830 n'a pas été, comme l'espérait une école, le 1688 de la France. Elle n'a pas consacré la réconciliation de la monarchie et des institutions nouvelles à la faveur de la substitution de la branche cadette à la branche aînée. La rechute dans un despotisme impérial confirme le cours différent pris en France et en Angleterre par le mouvement historique. Et c'est le cours de l'histoire anglaise qui, normal ou exceptionnel, paraît admirable à Tocqueville.

Celui-ci continue de penser et de juger en se servant des mêmes catégories, égalité, liberté, centralisation, autonomie locale, classes sociales. Mais il met l'accent sur les deux différences fondamentales entre l'Angleterre et la France. Les classes sociales s'ignoraient les unes les autres dans la France de l'Ancien Régime, l'ancienne noblesse s'était fermée de plus en plus, elle était devenue caste plutôt qu'aristocratie, elle avait cessé de remplir des fonctions dans l'administration locale; les intendants, représentants du pouvoir central, tenaient la première place. Simultanément, l'égalité des conditions matérielles avait progressé en France plus qu'ailleurs, de telle sorte que les inégalités traditionnelles, de statut ou de prestige, y étaient moins justifiées. Faute d'activité civique et de vie politique, aucune classe n'était prête à prendre la relève ou à combler le vide. Si les hommes de lettres sans expérience purent acquérir une telle influence en France, c'est que personne n'y avait la pratique des affaires publiques. En revanche, l'Angleterre, dès le XVIIe siècle, était déjà un pays moderne où les classes coopéraient, où l'aristocratie était ouverte au talent, où l'argent menait au pouvoir : égalité devant l'impôt, presse libre, débats, toutes ces institutions libérales auxquelles Tocqueville était passionnément attaché, il les observait dans l'Angleterre du XVIIe siècle alors que s'accentuait en France la centralisation administrative, entraînant à sa suite la séparation des classes, l'absence de vie politique.

A cette époque de sa vie, Tocqueville est presque sans réticences admirateur de l'Angleterre. Si celle-ci a triomphé dans le Nouveau Monde, c'est à cause de ses institutions libres. C'est au Canada français que l'excès de la centralisation administrative propre à l'ancien régime se découvre. L'originalité de l'Angleterre est vue désormais sous le jour le plus favorable. C'est moins la permanence de l'aristocratie qui est le fait majeur que la coopération des classes, moins le désir de richesse qui est l'âme de l'Angleterre que le sens civique. En tous les domaines, Tocqueville est désormais sensible aux mérites, non aux défauts du système anglais. Celui-ci est le dernier bastion de la liberté en Europe. Or, dans sa patrie privée de liberté, Tocqueville proclame avec une assurance redoublée que seuls les peuples libres sont grands, virils, capables des œuvres les plus hautes. La liberté politique est condition et achèvement de la liberté intellectuelle.

Il est certain que *L'Ancien Régime et la Révolution* est écrit sous l'influence du despotisme et dans la révolte contre lui. Tocqueville distingue plus soigneusement les multiples acceptions du terme de démocratie. Il appelle désormais plus souvent égalité ce qu'il appelait vingt ans plus tôt démocratie. Il n'attribue plus à la France la formulation à la fois la plus claire et la plus systématique de l'idée démocratique de la liberté. Il insiste sur l'opposition entre les libertés-privilèges qui existaient sous l'Ancien Régime et la liberté moderne. Les libertés-privilèges constituaient la plus mauvaise préparation à la liberté véritable, liberté régulière sous l'empire des lois.

Tocqueville, en 1836, espère que la monarchie de Juillet marque l'aboutissement de la révolution qui implique à la fois l'égalité des personnes et les institutions libérales. Mais le deuxième tome de *La Démocratie en Amérique* mettait clairement en lumière l'alternative du despotisme et de la liberté en une société inévitablement démocratique, c'est-à-dire égalitaire. En 1857, Tocqueville est convaincu que l'Angleterre, comme l'Amérique, a une meilleure chance que la France de sauver la liberté à l'âge démocratique, elle aussi a sauvegardé la décentralisation administrative, uni esprit religieux et esprit démocratique, elle n'a pas eu, comme l'Amérique, l'égalité pour origine et pour principe mais elle a su, seule peut-être parmi les nations d'Europe, aller de la féodalité à la société moderne sans révolution, grâce à la conversion progressive de sa noblesse et à la coopération des classes sous un régime de liberté.

Parmi les nombreux textes que l'on pourrait citer, retenons-en un seul, peut-être le plus célèbre de tous : « On a souvent remarqué que la noblesse anglaise avait été plus prudente, plus habile, plus ouverte que nulle autre. Ce qu'il fallait dire, c'est que, depuis longtemps, il n'existe plus en Angleterre, à proprement parler, de noblesse, si l'on prend le mot dans le sens ancien et circonscrit qu'il avait conservé partout ailleurs. Cette révolution singulière se perd dans la nuit des temps, mais il en reste encore un témoin vivant : c'est l'idiome. Depuis plusieurs siècles, le mot de *gentilhomme* a entièrement changé de sens en Angleterre et le mot de roturier n'existe plus... Voulez-vous faire une autre application encore de la science des langues à la science de l'histoire : suivez à travers le temps et l'espace la destinée de ce mot de *gentleman* dont notre mot de gentilhomme était le père. Vous verrez sa signification s'étendre en Angleterre à mesure que les conditions se rapprochent et se mêlent. A chaque siècle on l'applique à des hommes placés un peu plus bas dans l'échelle sociale. Il passe enfin en Amérique avec les Anglais. Là, on s'en sert pour désigner indistinctement tous les citoyens. Son histoire est celle même de la démocratie [1]. »

Quel que soit son culte de l'Angleterre, Tocqueville ne devient pas pour autant critique sans réserve de son propre pays. Il garde son admiration aux hommes de la Constituante et je m'en voudrais de ne pas citer la note retrouvée dans les papiers que Tocqueville avait rassemblés pour le deuxième tome de *L'Ancien Régime et la Révolution*, qui se termine en un éloge lyrique de sa patrie par le libéral qu'humilie l'effacement de la liberté : « Je ne crois pas qu'à aucune moment de l'histoire, on ait vu, sur aucun point de la terre, un pareil nombre d'hommes si sincèrement passionnés pour le bien public, si réellement oublieux de leurs intérêts, si absorbés dans la contemplation d'un grand dessein, si résolus à y hasarder tout ce que les hommes ont de plus cher dans la vie, faire effort sur eux-mêmes pour s'élever au-dessus des petites passions de leur cœur. C'est comme le fond commun de passions, de courage et de dévouement, dont toutes les grandes actions qui vont remplir la Révolution française sont sorties.

« Ce spectacle fut court, mais il eut des beautés incomparables. Il ne sortira jamais de la mémoire des hommes. Toutes les nations étrangères le virent, toutes l'applaudirent, toutes s'en émurent...

« J'ose dire qu'il n'y a qu'un peuple sur la terre qui pût donner un tel spectacle. Je connais ma nation. Je ne vois que trop bien ses erreurs, ses fautes, ses faiblesses et ses misères. Mais je sais aussi ce dont elle est capable. Il y a des entreprises que seule la nation française est en état de concevoir, des résolutions magnanimes que seule elle ose prendre. Seule elle peut vouloir embrasser un certain jour la cause commune de l'humanité et *vouloir* combattre pour elle. Et, si elle est sujette à des chutes profondes, elle a des élans sublimes qui la portent tout à coup jusqu'à un point qu'un autre peuple n'atteindra jamais [2]. »

Dans ces mêmes notes encore, on a retrouvé une critique du livre de Burke sur la Révolution. Tocqueville y reconnaît l'œuvre d'un esprit

1. *Œuvres complètes*, éd. Mayer, t. II, I, liv. II, chap. IX, p. 148. La même idée a été exprimée par Tocqueville dès l'article de 1836 sur *L'État social et politique de la France*, écrit pour Mill; *Ibid.*, p. 37. Les textes sur ce même thème sont fréquents dans *L'Ancien Régime et la Révolution*, par exemple liv. I, chap. IV, p. 94; liv. II, chap. I, p. 103; liv. II, chap. X, p. 160; et, enfin, t. II, p. 358-359.

2. *Ibid.*, t. II, II, liv. I, chap. VII, p. 133-134.

puissant par lui-même et pourvu de ces notions de sagesse pratique qui s'acquièrent, pour ainsi dire, sans y penser dans un pays libre. Mais il lui reproche d'avoir méconnu « le caractère général, l'universalité, la portée finale de la Révolution qui commence. » « Burke, écrit-il, demeure comme enterré dans le monde ancien et la couche anglaise de ce monde et ne comprend pas la chose nouvelle et universelle qui se fait [1]. »

La rhétorique latine, transmise par les écoles jésuites à l'université napoléonienne, puis républicaine, ordonne qu'un discours consacré à deux hommes s'achève par un parallèle.

Voici donc, esquissé, le parallèle que vous attendez.

Tocqueville a été à la fois écrivain et homme politique. Comte n'a jamais quitté sa table de travail au 10 de la rue Monsieur-le-Prince où l'École pratique des Hautes Études a installé des bureaux, au-dessous de l'appartement transformé en musée. L'un illustre les dangers du penseur trop engagé, et l'autre du penseur pas assez engagé.

En dépit de toutes les explications philosophiques qu'il en donne dans ses discours, l'hostilité de Tocqueville à l'alliance anglaise des années 1840 à 1848 s'accorde malaisément avec l'action du ministre des Affaires étrangères de juin-octobre 1849, avec la philosophie de l'auteur de *La Démocratie en Amérique* et de *L'Ancien Régime et la Révolution.* Même lui résista malaisément à la logique de l'opposition, du moins de *l'opposition à la française.*

On doit pourtant ajouter, pour sa défense, que le souci de la grandeur ne le déserte pas après 1851, mais ce souci est transféré à l'Angleterre devenue le dernier espoir de la liberté. Pendant la guerre de Crimée, au moment de la révolte des Cipayes, les lettres de Tocqueville sont pleines de considérations sur la sauvegarde indispensable de la grandeur anglaise. Comte, lui, était opposé à toutes les conquêtes coloniales (en particulier à celle de l'Algérie). Il laissait à l'Angleterre son empire parce que celui-ci était une preuve de plus de l'anormalité de l'histoire anglaise. Tocqueville admire l'empire britannique dans l'Inde : « il n'y a jamais eu rien de plus extraordinaire sous le soleil [2] ». Les Anglais obéissent à un instinct non seulement héroïque mais juste, en souhaitant de conserver l'Inde à tout prix depuis qu'ils la possèdent. « Possession onéreuse, surtout si on voulait la gouverner dans son intérêt », l'Inde permet à l'Angleterre de dominer toute l'Asie. « Sentiment de grandeur et de puissance que cela donne à tout le peuple, ce n'est pas toujours par des considérations financières et commerciales qu'un peuple doit juger de la valeur d'une conquête [3]. »

Engagé dans l'action, un penseur a quelque peine (je l'avoue volontiers) à rester toujours cohérent avec lui-même. Spéculant dans la solitude, et Auguste Comte, avec sa règle d' « hygiène cérébrale », a érigé la solitude en système, le penseur risque de perdre le contact avec la réalité et d'être cohérent jusqu'à une sorte de délire logique.

J. S. Mill, correspondant admiratif et amical des deux hommes, fut

1. *Œuvres complètes*. éd. Mayer, t. II, II., liv. V, chap. II, p. 340-341.
2. Dans une lettre de 1857, cité par S. Drescher, *op. cit.*, p. 182.
3. *Œuvres complètes* éd. Mayer t. III, p. 478.

irrité par le nationalisme des discours parlementaires de Tocqueville; il eut beaucoup de peine à faire comprendre au solitaire de la rue Monsieur-le-Prince que ses admirateurs anglais n'étaient pas pour autant des disciples, qu'ils lui accordaient volontiers pendant une année quelque aide financière mais qu'ils ne le reconnaissaient pas comme le grand prêtre du positivisme et qu'ils n'étaient pas tenus moralement de lui assurer la pension qui, dans la pensée d'Auguste Comte, était le premier exemple de la relation normale entre les riches et les savants, entre les hommes d'argent et les hommes de pensée.

L'opposition entre l'engagement et le non-engagement n'est que la première étape du parallèle. La vraie question est autre. Comte et Tocqueville donnent-ils finalement la même interprétation ou une interprétation autre des histoires comparées de France et d'Angleterre? Divergent-ils seulement sur les valeurs ou sur le fait en même temps que sur les valeurs?

En une certaine mesure, ils sont d'accord sur l'originalité de l'histoire anglaise par rapport à l'histoire de France : l'Angleterre a conservé une structure aristocratique, mais, grâce à des circonstances exceptionnelles, cette aristocratie a su maintenir autour d'elle l'unité de la nation. Auguste Comte attribue cette anomalie à l'affaiblissement de la monarchie, à l'alliance des communes et de l'aristocratie, à l'expansion commerciale et coloniale. Tocqueville, au moins à la fin de sa vie, ajoute à ces causes l'esprit de liberté et la décentralisation administrative, le rapprochement des classes, l'activité d'une aristocratie ouverte, activité administrative, judiciaire, civique, commerciale, financière.

Tocqueville est trop historien pour prêcher aveuglément l'imitation de l'Angleterre, mais il appartient à ce que j'ai appelé le parti anglais ou anglomane en ce sens qu'il est un partisan passionné des institutions parlementaires que Comte méprise. Tocqueville défend ces institutions avec une passion accrue à mesure qu'il avance en âge et que le despotisme impérial lui en découvre le prix. Comte, de son côté, en vieillissant, les méprise de plus en plus, prêt à compter même sur le tsar de Russie pour accomplir la révolution positiviste. A condition d'être éclairé, l'anglomane de France n'ignore pas que les deux pays ont connu une autre histoire et que, par conséquent, ils ne sont pas voués aux mêmes institutions, mais il n'admet pas pour autant que les institutions libérales ne soient bonnes que pour l'Angleterre. Disons qu'il prête à ces institutions, convenablement adaptées aux circonstances nationales, une portée universelle.

Le dialogue de Comte et de Tocqueville, du parti anglomane et de ses adversaires, n'est pas terminé. Manifestement il se poursuit en France et dans le monde. Le dernier mot — à supposer qu'il y ait un dernier mot — sera dit non par les historiens d'aujourd'hui mais par l'histoire de demain. Oui ou non, les institutions parlementaires sont-elles destinées à se répandre avec l'expansion à travers le monde de la société industrielle?

Quel est le dialogue de Tocqueville et de Comte dans la France actuelle? Sous une forme atténuée vous retrouvez ce dialogue dans les écrits politiques qui commentent la Ve République. Plus disciples de Comte qu'ils ne le croient, beaucoup de publicistes annoncent le déclin fatal des parlements et le règne des capacités industrielles et techniques. Les actuels disciples de Comte laissent au parlement un rôle plus important que celui que lui laissait l'auteur du *Système de politique positive*, à la fin de sa vie. Les actuels disciples de Tocqueville reconnaissent que le régime parlementaire doit s'adapter aux exigences de la société scientifique et ils ne nient pas les difficultés de cette adaptation. En Angleterre même, un des arguments d'Auguste Comte commence à être couramment employé. Comte, vous le savez, pensait que l'Angleterre n'était pas allée jusqu'au bout de la modernisation industrielle et technique parce qu'elle avait trop bien conservé les institutions et l'esprit de son passé. En lisant le numéro spécial d'*Encounter* intitulé *Suicide of a nation*, j'ai rencontré un éloge de la formation donnée aux chefs d'entreprises, en France, grâce à l'École polytechnique, cependant que l'on insistait sur l'insuffisance de la formation donnée aux chefs anglais d'entreprises sur les gazons d'Eton ou dans les collèges d'Oxford et de Cambridge. L'autocritique anglaise reprend aujourd'hui quelques thèmes d'Auguste Comte. La classe dirigeante d'Angleterre serait d'esprit traditionnel et non d'esprit industriel. Auguste Comte annonçait que l'Angleterre serait dépassée dans l'ordre industriel parce qu'elle prolongerait trop longtemps la réussite d'une synthèse heureuse mais prématurée et précaire.

Vous me demanderez probablement de quel côté je me place dans le dialogue du parti anglais et du parti opposé. Je ne suis guère disposé à vous répondre. Peut-être ne le sais-je pas moi-même. En ce jour, à Oxford, je suis, par bonne chance, professeur et non journaliste politique. Professeur, je suis non engagé, je fais dialoguer mes auteurs entre eux et avec nous; et j'aimerais prolonger notre dialogue — si je puis désigner ainsi mon discours et votre silence — en vous confiant la tâche de me ranger soit dans l'un, soit dans l'autre parti, ou peut-être en décidant que je n'appartiens à aucun des deux ou que j'appartiens à l'un des deux quand je rêve et à l'autre quand je regarde.

The Zaharoff Lecture for 1965 *.

IDÉES POLITIQUES ET VISION HISTORIQUE DE TOCQUEVILLE *

Alexis de Tocqueville a écrit deux grands livres : *De la Démocratie en Amérique* et *L'Ancien Régime et la Révolution.* Issus d'une interrogation unique, ces livres aboutissent aux portraits de deux nations, profondément autres bien que vouées, en un sens, au même destin. Ni la France ni les États-Unis n'échapperont au mouvement irrésistible qui entraîne les sociétés modernes vers la démocratie. « Le développement graduel de l'égalité est un fait providentiel. Il en a les principaux caractères; il est universel, il est durable, il échappe chaque jour à la puissance humaine, tous les événements comme tous les hommes ont servi à son développement [1]. » Mais la démocratie, fatalité ou providence de notre époque, laisse place à des institutions diverses dans l'ordre politique, en particulier elle ne tranche pas entre liberté et despotisme. Certaines sociétés démocratiques sont ou seront libres, d'autres sont ou seront serviles.

Aux États-Unis, Tocqueville n'a pas été seulement, en voyageur, observer les mœurs et coutumes d'autres hommes, il a voulu, en sociologue, tout à la fois décrire une communauté unique et comprendre les particularités dans lesquelles s'exprime, outre-Atlantique, la tendance démocratique commune à l'Ancien et au Nouveau Monde. Dans son étude de l'Ancien Régime, il n'a pas seulement tenté, à la manière d'un disciple de Montesquieu, de rendre intelligibles des événements, il s'est efforcé de saisir et d'expliquer le cours de l'histoire de France considéré comme un mode singulier d'accession à l'âge démocratique. Les particularités américaines prédisposent la République des États-Unis à la liberté. Le cours de l'histoire suspend et suspendra sur la France la menace du despotisme.

Du même coup apparaît déjà le sens de ce que j'ai appelé « la question unique » de Tocqueville. Dans son essai sur *L'Intuition philosophique*, Bergson a écrit que chaque grand philosophe a pour inspiration et pour centre de sa doctrine une idée, peut-être une vision, dont tous ses livres représentent une élaboration sans en épuiser la signification. Peut-être les philosophes de la politique partent-ils moins d'une intuition que d'une interrogation. La politique, en effet, me paraît, par essence, problématique et presque contradictoire.

1. Ces lignes sont extraites de l'Introduction à *De la Démocratie en Amérique.*

Machiavel a posé, avec une naïveté feinte, une question sur laquelle les siècles suivants n'ont pas fini de méditer et de spéculer : Puisque la politique est action et que l'efficacité est la loi de l'action, comment peut-on refuser, au nom de la morale ou de la religion, des moyens horribles s'ils sont efficaces? Si un prince nouveau s'empare du pouvoir et s'il épargne la vie d'un enfant de l'ancienne famille régnante, il accroît le risque d'une révolte. Qu'il soit victime quelque jour de celui qu'il aurait dû liquider, il devra s'en prendre à lui seul d'un retour de fortune qu'il aurait pu prévenir en ignorant la pitié.

Il va de soi qu'une telle position du problème politique ne s'impose pas avec évidence. Peut-être faut-il chercher quel est le meilleur gouvernement, ou à quelles conditions l'autorité est légitime, et non pas se référer à des situations extrêmes auxquelles l'homme doit répondre par des expédients, compris comme tels. En d'autres termes, la portée du problème que le philosophe conçoit au point de départ est elle-même problématique.

Le problème de Marx, ou peut-être faudrait-il dire le sentiment de scandale qu'il éprouve, dérive de la contradiction entre le développement des forces productives, donc la croissance de la richesse collective, et la misère des masses. Cette contradiction est au centre de l'interprétation qu'il a donnée du capitalisme, elle est au centre également de sa vision de l'histoire humaine et même de sa vision de l'univers. Les hommes font leur histoire, mais, par un procès dialectique, à la fois tragique et ironique, ils ne recueilleront les bienfaits de leurs œuvres qu'au terme de luttes inexpiables. Les capitalistes eux-mêmes sont les révolutionnaires, ils préparent, à coups de créations, leur propre ruine. L'antagonisme, caractéristique de la société moderne, atteindra au point extrême de la violence parce qu'il prépare la fin de tous les antagonismes.

L'interrogation de Machiavel est éternelle et c'est pourquoi le machiavélisme vit de siècle en siècle, renouvelé en certains de ses aspects mais non en son essence. Le problème de Marx est lié à une période de l'histoire s'il se réduit à l'antithèse entre le développement des forces productives et l'appauvrissement des masses. Il est, lui aussi, éternel s'il est l'expression de la révolte contre les contradictions sociales et de l'aspiration à une société sans contradictions.

Le problème de Tocqueville me paraît, comme celui de Marx, à la fois historique et éternel. Historique puisque le penseur le présente lui-même comme lié au fait évident de la démocratisation des sociétés modernes. Éternel puisqu'il nous renvoie à l'antinomie ou à la conciliation entre égalité et liberté. Les sociétés où l'idéal suprême est égalitaire peuvent-elles être libres? En quel sens et jusqu'à quel point les sociétés peuvent-elles traiter en égaux les individus par nature différents?

*

Le vocabulaire de Tocqueville ne va pas sans quelque flottement. Je n'en veux pour preuve qu'un fragment, publié au tome II de *L'Ancien Régime et la Révolution*[1] :

1. *Œuvres complètes*, publiées par J.-P. Mayer, t. II, vol. II, p. 198-199. Toutes les références utilisent cette édition.

« Ce qui jette le plus de confusion dans l'esprit, c'est l'emploi qu'on fait de ces mots : *démocratie, institutions démocratiques, gouvernement démocratique.* Tant qu'on n'arrivera pas à les définir clairement et à s'entendre sur la définition, on vivra dans une confusion d'idées inextricables, au grand avantage des démagogues et des despotes. On dira qu'un pays gouverné par un prince absolu est une *démocratie*, parce qu'il gouvernera par des lois ou au milieu d'institutions qui sont favorables à la condition du peuple. Son gouvernement sera un *gouvernement démocratique.* Il formera une *monarchie démocratique.* Or les mots *démocratie, monarchie, gouvernement démocratique* ne peuvent vouloir dire qu'une chose, suivant le sens vrai des mots; un gouvernement où le peuple prend une part plus ou moins grande au gouvernement. Son sens est intimement lié à l'idée de la liberté politique. Donner l'épithète de gouvernement démocratique à un gouvernement où la liberté politique ne se trouve pas, c'est dire une absurdité palpable, suivant le sens naturel des mots. Ce qui a fait adopter ces expressions fausses, ou tout au moins obscures, c'est : 1° le désir de faire illusion à la foule, le mot de gouvernement démocratique ayant toujours un certain succès auprès d'elle; 2° l'embarras réel où l'on se trouvait pour exprimer par un mot une idée aussi compliquée que celle-ci . un gouvernement absolu, où le peuple ne prend aucune part aux affaires, mais où les classes placées au-dessus de lui ne jouissent d'aucun privilège et où les lois sont faites de manière à favoriser autant que possible son bien-être. »

On ne saurait dire que Tocqueville se soit rendu coupable de ce qu'il appelle une « absurdité palpable » (encore que dans certains passages de *La Démocratie en Amérique* [1], il semble employer l'expression « gouvernement démocratique » sans y inclure l'idée de liberté politique [2]). Mais il est évident que, par *démocratie,* il entend le plus souvent un *état de la société* et non un *mode de gouvernement.* La « révolution irrésistible » qui produit dans l'âme de l'auteur une sorte de terreur religieuse est sociale avant d'être politique, elle tend au « développement graduel et progressif de l'égalité ». Tôt ou tard, la France arrivera, comme l'Amérique, à l'égalité presque complète des conditions. La démocratie, telle que la voit ce descendant d'une grande famille, c'est donc la disparition de l'aristocratie, le nivellement des conditions. Aussi envisage-t-il une « république libérale ou une république oppressive » et, plus encore, « la liberté démocratique ou la tyrannie démocratique ».

Le fragment que nous avons cité prouve seulement que Tocqueville hésitait à rompre entièrement avec l'usage traditionnel du mot démocratique, qui désigne un mode de gouvernement, et aussi qu'à ses yeux, l'adjectif *démocratique* appliqué au *gouvernement* implique la participation du peuple à la gestion des affaires publiques. Quand Tocqueville évoque le despotisme démocratique, il songe au despotisme qui peut surgir dans les nations démocratiques, il n'a pas l'intention d'attribuer la dignité démocratique à un despotisme. Car, en tant que mode de gouvernement, le despotisme est le contraire de la démocratie.

1. Par exemple au tome II, p. 323.
2. « Les gouvernements démocratiques pourront devenir violents et cruels dans certains moments de grande effervescence et de grands périls, mais ces crises seront rares et passagères. »

A cette équivoque que Tocqueville entretient en ne faisant pas de manière explicite la distinction entre *état social* et *mode de gouvernement*, s'ajoute une complication supplémentaire qu'indique la fin du fragment que nous avons cité. Dans les sociétés démocratiques, tous les régimes se réclameront de la démocratie parce que le mot est populaire auprès des foules et que le despotisme même y favorise le bien-être du grand nombre et ne reconstitue pas les privilèges aristocratiques. Dans un langage moderne, je dirais que la légitimité qu'invoquent les gouvernants dans les sociétés égalitaires est toujours démocratique (souveraineté du peuple). Les fascistes se veulent interprètes de la volonté nationale, les nationaux-socialistes de la volonté raciale, les communistes de la volonté du prolétariat. Même les partis qui restaurent le principe d'autorité proclament que leur pouvoir dérive de tous, de la nation, de la race ou de la classe.

Concluons cette première analyse : la démocratie, selon Tocqueville, est d'abord et avant tout un fait social, l'égalité des conditions. Ce fait a pour expression normale, dans l'ordre politique, la souveraineté du peuple et la participation des citoyens aux affaires publiques. Dans l'ordre économique, bien qu'il n'implique pas la fin des inégalités de richesses, il suscite la protestation des pauvres contre la répartition des fortunes et il tend à favoriser normalement la réduction des inégalités. Mais la société démocratique n'est pas, pour autant, nécessairement libérale.

Il n'est pas de mot que Tocqueville emploie plus volontiers que celui de liberté. Il n'en est pas qu'il ait plus rarement défini. Pourtant, sa pensée ne me paraît pas douteuse. Dans le prolongement de Montesquieu, Tocqueville entend par liberté d'abord la sécurité de chacun sous la protection des lois. Être libre, c'est n'être pas exposé à l'action arbitraire des puissants ou des autorités. Cette protection contre l'arbitraire doit s'étendre aux minorités et interdire au peuple même d'abuser de ses droits. A n'en pas douter, Tocqueville aurait approuvé la phrase fameuse de Montesquieu (*L'Esprit des lois*, XI, 2) : « Enfin, comme dans les démocraties, le peuple paraît à peu près faire ce qu'il veut, on a mis la liberté dans ces sortes de gouvernements, et on a confondu le pouvoir du peuple avec la liberté du peuple. » Et encore (XI, 3) : « La liberté politique ne consiste point à faire ce que l'on veut. »

Le gouvernement des lois, le respect des lois sont la condition première de la liberté, ils n'en épuisent pas la notion. Encore faut-il que les citoyens aient contribué à établir eux-mêmes ces lois. La liberté politique, pourrait-on dire, est en proportion directe de la part prise par les gouvernés à l'établissement des lois et à la gestion des affaires. C'est pourquoi Tocqueville est obsédé par l'antithèse de l'*administration* et de la *représentation*, convaincu qu'à la limite l'élargissement et la centralisation des fonctions étatiques porteraient un coup mortel à la liberté.

Légalité, autogouvernement, les deux idées ne suffisent peut-être pas encore à définir entièrement la liberté. Pour qu'une société soit libre, il faut qu'elle compte des hommes libres. « Seule la liberté est capable de les arracher au culte de l'argent et aux petits tracas journaliers de leurs affaires particulières pour leur faire apercevoir et sentir à tout moment la patrie au-dessus et à côté d'eux; seule elle substitue de temps à autre à l'amour du bien-être des passions plus énergiques et plus hautes, fournit à l'ambition des objets plus grands que l'acquisition des richesses et crée la lumière qui permet de voir et de juger les vices et les vertus des hommes » (*L'Ancien Régime et la Révolution*, p. 75). Tocqueville regrette que l'aristocratie ait été « abattue et déracinée » et non « pliée sous l'empire des lois » (*Ibid.*, p. 170) précisément parce qu'elle était animée par l'esprit de liberté. « Il faut bien se garder, d'ailleurs, d'évaluer la bassesse des hommes par le degré de leur soumission envers le souverain pouvoir : ce serait se servir d'une fausse mesure. Quelque soumis que fussent les hommes de l'Ancien Régime aux volontés du roi, il y avait une sorte d'obéissance qui leur était inconnue : ils ne savaient pas ce que c'était que se plier sous un pouvoir illégitime ou contesté, qu'on honore peu, que souvent on méprise, mais qu'on subit volontiers parce qu'il sert ou peut nuire. Cette forme dégradante de la servitude leur fut toujours étrangère. » Et, un peu plus loin : « Pour eux, le plus grand mal de l'obéissance était la contrainte, pour nous, c'est le moindre. Le pire est dans le sentiment servile qui fait obéir. »

Tocqueville était, en son cœur, un aristocrate qui ne détestait pas l'égalité des conditions, mais qui avait horreur de l'esprit servile qui fait obéir. Il craignait que le souci exclusif du bien-être ne répandît parmi des hommes, isolés en leurs petites affaires, un tel esprit de bassesse.

*

Nous voici en mesure de formuler le problème de Tocqueville avec précision : En quelles circonstances une société démocratique a-t-elle les meilleures chances de n'être pas despotique?

Dans l'histoire des doctrines, la pensée de Tocqueville se situe immédiatement après celle de Montesquieu. La classification des régimes, dans les premiers livres de *L'Esprit des lois*, se dégage d'une analyse combinée de l'*état social* et du *mode de gouvernement* (celui-ci étant défini, à son tour, par l'usage combiné de deux critères, le nombre des détenteurs de la souveraineté et le mode d'exercice de l'autorité). La république des cités antiques reposait sur une société égalitaire : non que les différences de richesses fussent effacées ou que la distinction entre les hommes éclairés et le grand nombre n'y parût point. Montesquieu reconnaissait explicitement la nécessité de diviser le peuple en classes. Mais la souveraine puissance appartenait au peuple en corps; une inégalité de condition y aurait été contradictoire avec la nature du régime.

En revanche, les monarchies modernes sont fondées sur des sociétés essentiellement inégalitaires. Le pouvoir d'un seul deviendrait vite despotique si les ordres perdaient leurs privilèges et les privilégiés le sens de ce que chacun doit à son rang. La vertu, l'amour des lois, le souci de l'intérêt public, l'indifférence aux richesses sont les vertus républicaines. « La nature de l'*honneur* est de demander des préférences et des distinctions; il est donc, par la chose même, placé dans ce gouvernement. » (*L'Esprit des lois*, III, 7.)

Les sociétés démocratiques, telles que les observe Tocqueville, ne semblent appartenir à aucun des types discernés par Montesquieu. Elles sont vastes et peuplées et non petites comme les cités antiques. Elles ne comportent plus d'ordres séparés comme les monarchies. Moins encore peuvent-elles être assimilées aux despotismes asiatiques qui donnent tout le pouvoir à un seul et rétablissent l'égalité de tous mais dans la servitude. La question que Montesquieu transmet à Tocqueville pourrait se formuler dans les termes suivants : à quelles conditions des sociétés qui ne sont ni frugales ni petites, qui ont effacé la distinction des ordres peuvent-elles être libres?

Certes, Montesquieu avait fourni quelques indications qui, pour n'être pas toujours compatibles avec sa théorie d'ensemble, ouvraient la voie à la recherche de son disciple. En Angleterre, la noblesse n'était pas hostile aux activités commerciales et industrielles. L'Angleterre, dont l'objet propre est la liberté politique et non la gloire du prince et de l'État, a mis en place des institutions représentatives qui, bien loin d'exclure la participation du peuple aux affaires, sont la seule manière de sauvegarder l'autogouvernement dans les grands États. « Comme, dans un État libre, tout homme qui est censé avoir une âme libre doit être gouverné par lui-même, il faudrait que le peuple en corps eût la puissance législative. Mais comme cela est impossible dans les grands États, et est sujet à beaucoup d'inconvénients dans les petits, il faut que le peuple fasse par ses représentants tout ce qu'il ne peut pas faire par lui-même. » (*L'Esprit des lois*, XI, 1.)

Enfin, la condition dernière de la liberté ou de la modération, c'est l'équilibre des forces sociales. Si, après l'analyse célèbre de la Constitution anglaise, Montesquieu consacre plusieurs chapitres à la Constitution et à l'histoire de la République romaine, c'est qu'il retrouve dans la république antique l'équivalent de ce qu'il observe dans la monarchie anglaise : une société hétérogène, faite de classes rivales, dont la Constitution garantit les droits respectifs, le gouvernement demeurant libre aussi longtemps que les organes de l'État, par leur concours, reflètent et maintiennent l'équilibre des forces sociales. Les corps intermédiaires de la monarchie française ne sont qu'un exemple, entre d'autres, du pluralisme, politique et social, indispensable à la liberté.

La réponse de Tocqueville à la question : Comment la liberté peut-elle être sauvegardée dans des sociétés qui ne sont ni étroites ni frugales? prolonge les indications de Montesquieu. Le principe de la liberté américaine est parent du principe de la liberté des cités antiques; la Constitution américaine, comme la Constitution romaine, réalise une unité d'harmonie, elle n'exclut personne de la communauté sans que les citoyens deviennent, pour autant, uniformes et interchangeables, soumis en un isolement atomique à la toute-puissance d'un État gigantesque.

Un fragment, qui ne figure pas dans l'œuvre définitive, illustre le principe commun aux républiques antiques et à la république moderne (publié par J.-P. Mayer dans la *Revue internationale de philosophie*, 1959, fasc. 3) :

« Les Américains ne forment pas un peuple vertueux, et cependant ils sont libres. Ceci ne prouve pas absolument que la vertu comme le pensait Montesquieu n'est pas essentielle à l'existence des républiques. Il ne faut pas prendre l'idée de Montesquieu dans un sens étroit. Ce qu'a voulu dire ce grand homme, c'est que les républiques ne pouvaient subsister que par l'action de la société sur elle-même. Ce qu'il entend par vertu, c'est le pouvoir moral qu'exerce chaque individu sur lui-même et qui l'empêche de violer le droit des autres. Quand ce triomphe de l'homme sur ces tentations est le résultat de la faiblesse de la tentation ou d'un calcul d'intérêt personnel, il ne constitue pas la vertu aux yeux du moraliste; mais il rentre dans l'idée de Montesquieu qui parlait de l'effet bien plus que de sa cause. En Amérique, ce n'est pas la vertu qui est grande, c'est la tentation qui est petite, ce qui revient au même. Ce n'est pas le désintéressement qui est grand, c'est l'intérêt qui est bien entendu, ce qui revient encore presque au même. Montesquieu avait donc raison quoiqu'il parlât de la vertu antique, et ce qu'il dit des Grecs et des Romains s'applique encore aux Américains. »

Quant à l'analyse de la Constitution américaine, elle pourrait constituer un complément au livre XI de *L'Esprit des lois*. Tocqueville y analyse, lui aussi, la distinction des trois pouvoirs. Mais, au-delà de cette analyse juridique et conformément à la leçon de Montesquieu, il cherche à dégager les circonstances qui favorisent, aux États-Unis, la modération et la légalité du gouvernement.

Tocqueville, s'il avait écrit un ouvrage de théorie politique, aurait révisé la classification des régimes que nous a donnée Montesquieu. Probablement aurait-il insisté, plus explicitement encore que Montesquieu, sur l'impossibilité d'une « typologie des gouvernements » valable universellement, abstraction faite de la diversité des structures sociales. Dans les sociétés modernes, à tendance démocratique, tous les régimes, connus dans le passé, prennent une allure originale. République et despotisme y sont autres que dans les cités antiques, les monarchies européennes ou les despotismes asiatiques. Ce n'est pas dans ce sens que s'est orientée l'enquête de Tocqueville. En tant que théoricien, son mérite est d'abord d'avoir dégagé le principe (au sens de Montesquieu) des républiques modernes, industrielles et commerçantes, à savoir l'intérêt bien entendu et le respect des lois, non le patriotisme intransigeant et le mépris des richesses. En même temps, Tocqueville a assoupli la relation entre type social et type de gouvernement. Un type social n'implique pas un gouvernement déterminé, encore qu'il influe évidemment sur le caractère que prend le gouvernement.

Ces propositions abstraites demeurent pour ainsi dire implicites parce que l'effort de Tocqueville est consacré à la description et à l'analyse de deux cas concrets, l'Amérique et la France. Ou encore : pourquoi l'Amérique a-t-elle les meilleures chances de demeurer une démocratie libérale? Pourquoi la France, en dépit ou à cause de sa Révolution, a-t-elle plus de peine à maintenir la liberté pour laquelle les Français se sont tant battus?

*

Reproduire les réponses données par Tocqueville à ces deux questions, ce serait résumer les deux grands livres de notre auteur. Nous voudrions seulement, dans les pages suivantes, mettre l'accent sur quelques éléments essentiels des réponses données.

Les réponses sont, d'abord et avant tout, multiples; elles sont historiques en même temps que sociologiques. La nature du gouvernement est fonction du contexte actuel mais aussi de l'héritage des siècles. Amérique et France vivront autrement l'âge démocratique parce qu'elles se trouvent dans un autre cadre géographique et qu'elles ont vécu un autre passé.

Quand, au chapitre IX de la deuxième partie du tome I, Tocqueville énumère les causes principales qui tendent au maintien de la République démocratique en Amérique, il va du plus extérieur au plus profond, du cadre physique aux lois, puis aux habitudes et aux mœurs. La République américaine a été créée sur un continent vierge par des émigrants, équipés du savoir et des outils qu'ils devaient à une vieille civilisation. Ces émigrants avaient la nature à vaincre plus que les Indiens, peu nombreux et faibles. Ils ont attribué aux activités industrielles et commerciales, au travail utile le premier rang parce que cette hiérarchie leur était tout naturellement imposée par les circonstances.

Sans voisins, donc sans ennemis, l'État américain a échappé aux servitudes de la diplomatie et de la guerre, il a conservé l'esprit des pionniers en même temps que celui des premiers arrivants, les puritains. « Les peuples se ressentent toujours de leur origine. Les circonstances qui ont accompagné leur naissance et servi à leur développement influent sur tout le reste de leur carrière » (I, 2, p. 6). L'esprit des puritains s'est exprimé dans les lois, d'inspiration anglo-saxonne, en particulier dans la Constitution.

Les lois qui, en Amérique, contribuent à la sauvegarde de la liberté sont d'abord les lois constitutionnelles : grâce à la fédération, la République jouit des avantages réservés aux petits États sans être exposée aux périls qui d'ordinaire menacent ces derniers. La décentralisation administrative, l'autonomie des communes, des comtés, des États permettent aux individus de connaître les affaires publiques dont ils ont à traiter. L'indépendance et pour ainsi dire la suprématie du pouvoir judiciaire consacrent le respect de la légalité qui sert de contrepoids nécessaire à la tyrannie de la majorité.

Plus qu'à la nature du pays, plus qu'aux lois elles-mêmes, le maintien de la démocratie tient aux mœurs. « J'aperçois chez d'autres peuples de l'Amérique les mêmes conditions de prospérité que chez les Anglo-Américains, moins leurs lois et leurs mœurs, et ces peuples sont misérables. Les lois et les mœurs des Anglo-Américains forment donc la raison spéciale de leur grandeur et la cause prédominante que je cherche. » (*De la Démocratie en Amérique*, t. I, 2ᵉ partie, chap. IX, p. 321.) Ces mœurs elles-mêmes, à coup sûr, s'expliquent par l'origine de la population, par les traditions apportées au-delà des mers et précieusement conservées. Elles ne sont pas indépendantes du milieu dans lequel les Américains ont vécu, des lois qu'ils se sont données. Elles sont finalement la cause prédominante parce qu'elles constituent à la fois le principe au sens de Montesquieu et « l'esprit général de la nation ».

L'explication sociologique, au terme d'analyses multiples, après avoir distingué les causes profondes ou secondaires, durables ou accidentelles, reconstitue l'unité du corps social non par référence à un facteur qui serait dominant, mais en saisissant dans l'esprit d'une nation, origine et résultat d'une histoire, le principe du régime politique et de la « culture » (le mot *culture* étant pris dans le sens que lui donnent les anthropologues américains).

Quel est l'esprit de la nation américaine? La conjonction de l'esprit de religion, de l'esprit de liberté et de l'esprit de commerce. Chez les puritains, l'esprit de religion s'unissait à l'esprit de liberté. Placés au sein d'une nature sauvage, les puritains ont spontanément cherché leur salut dans l'exploitation ou la domination du milieu. Voués à la quête des richesses, ils ont sauvegardé des mœurs pures et la foi de leurs pères. Ainsi, l'esprit de la nation américaine est le principe de la démocratie libérale. « La religion est beaucoup plus nécessaire dans la république qu'ils préconisent que dans les monarchies qu'ils attaquent, et dans les républiques démocratiques que dans les autres. Comment la société pourrait-elle manquer de périr si, tandis que le lien politique se relâche, le lien moral ne se resserrait pas? Et que faire d'un peuple maître de lui-même s'il n'est pas soumis à Dieu? » (*De la Démocratie en Amérique*, I, 2, 9, p. 308.)

Du même coup, nous sommes amenés à comparer, terme à terme, le cas français et le cas américain. Les spécificités de l'histoire et de la « culture » françaises sont contraires à la liberté comme celles de l'histoire et de la « culture » américaines leur sont favorables.

La France demeure marquée par son passé féodal, aristocratique, monarchique. Elle ne s'en est débarrassée que par une révolution violente qui a frayé la voie à la démocratie, mais compromis les chances de la liberté. Car la révolution est violence, mépris de la légalité alors que la liberté exige le respect de la loi et le goût de la conciliation. La France est entourée de voisins qui sont, en permanence, des rivaux et par instants des ennemis. Elle doit faire passer avant tout le souci de sa sécurité extérieure, donc confier à l'État des prérogatives étendues. L'État français ne s'est pas édifié, à la manière de l'État américain, à partir de la base. Œuvre des rois, il s'est progressivement renforcé par l'action des fonctionnaires. Déjà il avait créé une administration centralisée à la veille du cataclysme. La démocratie, par essence portée à la centralisation, avait reçu en héritage un État centralisé. Elle a encore accentué la tendance, naturelle à notre époque mais funeste.

Si la liberté est, en Amérique, garantie avant tout par les mœurs, la menace, en France, vient, elle aussi, des mœurs. Le conflit de l'esprit de religion et de l'esprit de liberté met en péril ce qu'outre-Atlantique fonde et anime l'alliance de ces deux inspirations.

« Le christianisme — qui a rendu tous les hommes égaux devant Dieu — ne répugnera pas à voir tous les citoyens égaux devant la loi. Mais par un concours d'étranges événements la religion se trouve momentanément engagée au milieu des puissances que la démocratie renverse, et il lui arrive souvent de repousser l'égalité qu'elle aime et de maudire la liberté comme un adversaire, tandis qu'en la prenant par la main elle pourrait en sanctifier les efforts. » (*De la Démocratie en Amérique*, t. I, Introduction, p. 9.) « Le discrédit universel dans lequel tombèrent toutes les croyances religieuses à la fin du siècle dernier a exercé sans aucun doute la plus grande influence sur toute notre Révolution; il en a marqué le caractère. Rien n'a plus contribué à donner à sa physionomie cette expression terrible qu'on lui a vue. » (*L'Ancien Régime*..., p. 207.) « J'arrête le premier Américain que je rencontre, soit dans son pays, soit ailleurs, et je lui demande s'il croit la religion utile à la stabilité des lois et au bon ordre de la société; il me répond sans hésiter qu'une société civilisée, mais surtout une société libre, ne peut subsister sans religion. Le respect de la religion y est, à ses yeux, la plus grande garantie de la stabilité de l'État et de la sûreté des particuliers. » (*L'Ancien Régime*..., p. 205.)

Tocqueville a, dans ses deux grands ouvrages, dégagé la plupart des thèmes qu'ont traités, par la suite, les historiens soucieux d'expliquer le contraste entre la démocratie anglo-saxonne, surtout la démocratie américaine, et la précarité des républiques françaises. Rupture soudaine du devenir historique, d'un côté, continuité, de l'autre; centralisation d'une bureaucratie autoritaire, d'un côté, libertés communales et régionales, de l'autre; conflit de l'Église et de la Révolution (celle-ci étant par elle-même une sorte de religion) d'un côté, croyances religieuses solidement fondées sans que les Églises interviennent dans la politique, de l'autre; manque d'accoutumance à la pratique de la liberté et goût des hommes de lettres pour les idéologies, les idées révolutionnaires d'un côté, habitude de régler les affaires et indifférence aux vastes théories, de l'autre.

En vérité, la littérature moderne sur les intellectuels, en Europe et dans les pays sous-développés, remonte au chapitre I du livre III de *L'Ancien Régime et la Révolution* : « Comment des hommes de lettres qui ne possédaient ni rangs, ni honneurs, ni richesses, ni responsabilité, ni pouvoir, devinrent-ils, en fait, les principaux hommes politiques du temps, et même les seuls, puisque, tandis que d'autres exerçaient le gouvernement, eux seuls tenaient l'autorité? Je voudrais l'indiquer en peu de mots, et faire voir quelle influence extraordinaire et terrible ces faits, qui ne semblaient appartenir qu'à l'histoire de notre littérature, ont eue sur la Révolution et jusqu'à nos jours. » (*L'Ancien Régime*..., p. 194.) Puis : « Les écrivains ne fournirent pas seulement leurs idées au peuple qui la fit; ils lui donnèrent leur tempérament et leur humeur. Sous leur longue discipline, en absence de tous autres conducteurs, au milieu de l'ignorance profonde où l'on vivait de la pratique, toute la nation, en les lisant, finit par contracter les instincts, le tour d'esprit, les goûts et jusqu'aux travers naturels à ceux qui écrivent; de telle sorte que, quand elle eut enfin à agir, elle transporta dans la politique toutes les habitudes de la littérature. » (*L'Ancien Régime*..., p. 200.)

Sociologue, Tocqueville est un maître de la méthode comparative, mais il use aussi, avec audace, de la méthode des types idéaux. Alors que tant d'auteurs, à la suite de Marx, croient qu'ils ont défini une société quand ils l'ont baptisée capitaliste ou socialiste, Tocqueville sait que les sociétés modernes, peut-être toutes démocratiques, comportent des modalités diverses selon les circonstances physiques et historiques dans lesquelles elles se sont trouvées au cours des siècles et aujourd'hui. Tocqueville ne voyait aucune incompatibilité entre la description d'une unité nationale, ce qu'il appelait à la suite de Montesquieu *esprit d'une nation* et ce que nous appelons plutôt caractère national, et l'analyse des tendances communes à toutes les sociétés démocratiques. Jamais il n'aurait confondu démocratisation et américanisation, car il savait que la société américaine était à beaucoup d'égards singulière, mais il savait aussi que l'effacement des ordres privilégiés, la primauté des activités commerciales et industrielles, le nivellement des conditions s'accomplissaient ailleurs, non dans le même style mais avec la même nécessité.

Que l'on relise le deuxième tome de *La Démocratie en Amérique*, où le type idéal de la société démocratique est élaboré. On constatera sans peine que, parmi les prophètes de la première moitié du XIXe siècle, Tocqueville a été peut-être le plus clairvoyant. Il a décrit la généralisation d'un mode de vie que nous considérons aujourd'hui comme petit-bourgeois. Bien loin d'attendre du développement du capitalisme l'explosion de troubles révolutionnaires, il voyait s'étendre, dans des sociétés de plus en plus prospères, le goût de la possession et l'empire de la médiocrité. Les cataclysmes sociaux appartenaient, à ses yeux, plutôt à la phase de transition entre sociétés traditionnelles et sociétés modernes.

Ne tombons pas dans un éloge excessif qu'il aurait lui-même condamné. Il a prévu une sorte de despotisme démocratique :

« Je vois une foule innombrable d'hommes semblables et égaux qui tournent sans repos sur eux-mêmes pour se procurer de petits et vulgaires plaisirs dont ils emplissent leur âme. Chacun d'eux, retiré à l'écart et comme étranger à la destinée de tous les autres; ses enfants et ses amis particuliers forment pour lui toute l'espèce humaine; quant au demeurant de ses concitoyens, il est à côté d'eux, mais il ne les voit pas; il les touche et il ne les sent point; il n'existe qu'en lui-même et pour lui seul, et, s'il lui reste encore une famille, on peut dire du moins qu'il n'a plus de patrie. Au-dessus de ceux-là s'élève un pouvoir immense et tutélaire qui se charge seul d'assurer leur existence et de veiller sur leur sort; il est absolu, détaillé, prévoyant et doux. Il ressemblerait à la puissance paternelle si, comme elle, il avait pour objet de préparer les hommes à l'âge viril; mais il ne cherche au contraire qu'à les fixer irrévocablement dans l'enfance; il aime que les citoyens se réjouissent pourvu qu'ils ne songent qu'à se réjouir; il travaille volontiers à leur bonheur, mais il veut en être l'unique agent et le seul arbitre; il pourvoit à leur sécurité, prévoit et assure leurs besoins, facilite leurs plaisirs, conduit leurs principales affaires, dirige leur industrie, règle leurs successions, divise leurs héritages : que ne peut-il leur ôter entièrement le trouble de penser et la peine de vivre! » (*D. la Démocratie en Amérique*, t. II, p. 324.)

Les totalitarismes du XXe siècle sont autres parce qu'ils sont armés d'une foi qui se veut universelle et impérative Quand Tocqueville écrit (*De la Démocratie en Amérique*, II, p. 33) : « Dans les siècles d'égalité, les rois font souvent obéir, mais c'est toujours la majorité qui fait croire », il se trompe. Ou, du moins, il méconnaît la force des minorités fanatiques. Le despotisme démocratique, tutélaire et doux, ressemble partiellement aux sociétés occidentales. La société de type soviétique comporte un despotisme tutélaire mais violent. Renoncera-t-elle, avec une prospérité croissante, à la violence?

*

En France, Tocqueville n'a, ni dans l'opinion ni dans les universités la place qu'il mérite. Les sociologues se réclament d'un Saint-Simon, « écho sonore » d'idées qu'il était incapable de comprendre, d'un Auguste Comte, au génie systématique et borné, d'un Karl Marx, qui joint la prophétie à l'interprétation et se réclame de la science lors même qu'il s'abandonne à ses passions. Tocqueville a probablement aux yeux des professionnels, le défaut d'écrire bien et de se refuser aux invectives contre le présent comme aux délices du millénarisme. Il s'efforce de reconnaître le cours de l'histoire, il s'incline devant l'inévitable non sans nostalgie d'un passé révolu, il tâche de sauver l'essentiel, il pense que tout n'est pas possible mais que tout non plus n'est pas déterminé à l'avance.

Pourquoi ces réticences des professeurs en général et des sociologues en particulier devant celui qui fut, au XIXe siècle, le continuateur de Montesquieu? D'aucuns lui reprochent la hardiesse de ses généralisations à partir de faits peu nombreux. Il est vrai que Tocqueville qui était bon observateur, qui sut voir l'Amérique comme il sut dépouiller les archives françaises, n'hésite pas à bâtir des théories dont les fondements sont étroits. Mais, s'il convient de mettre en garde contre certains excès de la méthode, comment ne pas admirer la clairvoyance du penseur? Qu'il s'agisse de l'Amérique ou de la France, Tocqueville a saisi les faits majeurs, les idées inspiratrices avec une insurpassable clarté.

L'objection la plus couramment formulée — Tocqueville aurait méconnu l'infrastructure économique — ne me paraît pas valable. Tocqueville définit la modernité par un fait social, l'égalité des conditions, et non par un fait technique ou économique, le développement des forces productives. Il est loisible de prétendre qu'il n'a pas discerné le caractère inédit, par rapport au passé humain, du développement des forces productives. Mais il me paraît aussi légitime de prendre pour point de départ la donnée sociale pour en faire sortir les caractères de l'économie que de suivre l'ordre inverse. Tocqueville a déduit du fait démocratique la primauté du commerce et de l'industrie, l'élévation du niveau de vie.

En vérité, l'hostilité ou l'indifférence à Tocqueville ont, me semble-t-il, une double origine, scientifique mais aussi politique. Les historiens critiquent l'ampleur des vues et la fragilité de la documentation. Les sociologues, jusqu'à une date récente, mettaient l'accent sur l'économie ou sur le *consensus* social, ils n'imitaient pas Tocqueville et ne cherchaient pas à dégager les traits structurels des sociétés modernes et les espèces possibles de régimes politiques. Il a fallu le schisme des totalitarismes et les démocraties pluralistes pour que les sociologues découvrissent enfin la portée historique du problème posé par Tocqueville. Mais les préjugés politiques sont pour beaucoup dans la défaveur dont, en France du moins, Tocqueville est victime : il n'appartient à aucune classe, à aucune école, à aucun parti. Comme il l'écrivait à une correspondante : « Mes contemporains et moi, nous marchons de plus en plus dans des routes si différentes, quelquefois si contraires que nous ne pouvons presque jamais nous rencontrer dans les mêmes sentiments et les mêmes pensées. J'ai des parents, des voisins, des proches, mon esprit n'a plus de famille ni de patrie. Je vous assure que cette espèce d'isolement intellectuel et moral me donne souvent le sentiment de la solitude d'une façon plus intense que je ne l'ai ressentie jadis dans les forêts d'Amérique[1]. »

*

Tocqueville était seul; il acceptait la démocratie sans l'exalter, il descendait d'une famille aristocratique, mais il ne tentait pas de ranimer ce que la Révolution avait tué. Il jugeait le Parlement nécessaire, mais il n'aimait guère la plupart des parlementaires. Il avait eu l'ambition d'une grande carrière politique et il se résigna finalement à n'être qu'un écrivain. Aussi décevait-il tour à tour la gauche et la droite, méprisant les radicaux et les idéologues comme les réactionnaires ou les partisans du despotisme. Sans illusion sur les chances de ceux qui, comme lui, mettaient leur espoir dans un régime modéré et libéral, il était sans indulgence pour l'égoïsme de la bourgeoisie qui occupa toutes les places sous Louis-Philippe. Il ne succomba pas pour autant au charme de celui qui se croyait l'homme de la destinée :

« Si Louis-Napoléon eût été un homme sage ou un homme de génie, il ne fût jamais devenu président de la République; il se fiait à une étoile; il se croyait fermement l'instrument de la destinée et l'homme nécessaire. J'ai toujours cru qu'il était réellement convaincu de son droit, et je doute que Charles X ait jamais été plus entiché de sa légitimité qu'il l'était de la sienne, aussi incapable du reste que celui-ci de rendre raison de sa foi, car, s'il avait une sorte d'adoration abstraite pour le peuple, il ressentait très peu de goût pour la liberté. Le travail caractéristique et fondamental de son esprit en matière politique était la haine et le mépris des assemblées. Le régime de la monarchie constitutionnelle lui paraissait plus insupportable encore que celui même de la république. L'orgueil que lui donnait son nom, qui était sans bornes, s'inclinait volontiers devant la nation, mais se révoltait à l'idée de subir l'influence du Parlement. »

Mais toutes ces négations sont comme transfigurées par une affirmation de tous les instants, par l'attachement à une valeur sacrée. Je suis de ceux qui n'ont jamais pu lire sans un frémissement les dernières lignes de l'introduction à *L'Ancien Régime et la Révolution :*

« Qu'on veuille bien d'ailleurs considérer qu'en ceci même je suis moins différent de la plupart de mes contradicteurs qu'ils ne le supposent peut-être eux-mêmes. Quel est l'homme qui, de nature, aurait l'âme

1. Cité par J.-P. Mayer, *Alexis de Tocqueville,* Gallimard, 1948, p. 33.

assez basse pour préférer dépendre des caprices d'un de ses semblables à suivre les lois qu'il a contribué à établir lui-même, si sa nation lui paraissait avoir les vertus nécessaires pour faire un bon usage de la liberté? Je pense qu'il n'y en a point. Les despotes eux-mêmes ne nient pas que la liberté ne soit excellente. Seulement, ils ne la veulent que pour eux-mêmes, et ils soutiennent que tous les autres en sont tout à fait indignes. Ainsi ce n'est pas sur l'opinion qu'on doit avoir de la liberté qu'on diffère, mais sur l'estime plus ou moins grande qu'on fait des hommes. Et c'est ainsi qu'on peut dire d'une façon rigoureuse que le goût qu'on montre pour le gouvernement absolu est dans le rapport exact du mépris qu'on professe pour son pays. Je demande qu'on me permette d'attendre encore un peu avant de me convertir à ce sentiment-là. »

MAX WEBER ET LA POLITIQUE DE PUISSANCE

La communication que vous m'avez confié la tâche de présenter * m'a posé un problème de conscience, ou, si j'ose déjà employer le langage de Weber, un problème de science, mais aussi de politique. Max Weber, nous le savons, n'a pas été seulement le sociologue, le philosophe que nous admirons tous; il a été un penseur politique, un publiciste; il a voulu être, plusieurs fois, un homme politique; et si, finalement, il n'a jamais franchi le seuil, il n'en a pas moins été, toute sa vie, ami, conseiller, inspirateur d'hommes politiques, engagés dans l'action quotidienne (Frédéric Naumann, par exemple). Je ne pourrai donc évoquer ou commenter ou discuter certaines idées, certaines prises de position de Max Weber sans suggérer, sinon formuler, des jugements sur l'Allemagne wilhelmienne ou même sur le nationalisme allemand de l'époque.

En d'autres temps, un Français aurait pu et peut-être aurait dû refuser d'écrire un tel rapport, partagé entre la crainte de manquer de tact s'il s'exprimait en toute franchise, et la crainte de manquer de franchise s'il s'efforçait de ne froisser aucune susceptibilité. Personnellement, je n'ai pas cru que les considérations nationales devaient s'imposer à moi, en cette année, en une telle circonstance.

Certes, Max Weber n'appartient pas à un passé définitivement révolu. Les controverses suscitées par le livre de Wolfgang Mommsen, *Max Weber und die deutsche Politik*, ne ressortissent pas à la science pure. Elles concernent aussi le sens que nous donnons aujourd'hui à l'Allemagne wilhelmienne, à la Première Guerre mondiale, à la République de Weimar et, du même coup, à Hitler et à la Deuxième Guerre : Max Weber, en tant que *Machtpolitiker*, appartient donc à un passé dont l'interprétation influe sur la conscience que nous avons de la conjoncture présente. En ce sens, l'intervention d'un Français dans la discussion pourrait paraître indiscrète si trois raisons n'étaient de nature à écarter les possibles objections.

D'abord, personnellement, je ne suis pas suspect d'hostilité à Weber, même si aujourd'hui je ne m'exprimerais plus exactement dans les mêmes termes qu'il y a trente ans dans la *Sociologie allemande contemporaine*. En deuxième lieu, certains des problèmes posés par Weber prennent dans la France actuelle une étrange actualité. Wolfgang

* Ce texte a été écrit pour le XVe Congrès des sociologues allemands, à Heidelberg.

Mommsen n'a pas tort de montrer la parenté entre la Constitution de la Ve République française et les idées constitutionnelles de Max Weber. Enfin — et cette raison est décisive — la communauté européenne est devenue à ce point notre commune expérience que la réflexion sur le nationalisme (ou les nationalismes d'hier) et sur la *Machtpolitik* est notre tâche à tous, sociologues et citoyens. Je n'oublierai pas pour autant la distinction wébérienne de la science et de la politique. Mais la manière dont Weber lui-même *pratiquait* cette distinction n'était pas toujours exemplaire. Il est bon de ne pas confondre les faits et les valeurs, la réalité et nos désirs. Encore faut-il prendre garde de voir le monde tel qu'il est et non tel que l'on voudrait qu'il fût, ou tel que l'on craint qu'il soit — la déformation pessimiste, inspirée par le désir de démontrer comme inévitable et indispensable une politique de puissance, n'étant pas moins redoutable que la déformation idéaliste.

Qu'allons-nous appeler, dans ce rapport, politique de puissance ou *Machtpolitik* ou *powerpolitics?* Deux définitions, l'une étroite, l'autre large, peuvent être, me semble-t-il, proposées. Ou bien on appelle *Machtpolitik* la politique telle qu'elle se déroule entre les États, politique soumise à la compétition de puissance parce qu'elle n'est soumise à aucune loi, à aucun tribunal, à aucune autorité supranationale. En ce sens, toute politique extérieure a été, jusqu'à notre époque incluse, politique de puissance, si diverses qu'aient été les modalités des unités politiques et des relations entre ces unités. Ou bien on appelle *Machtpolitik* toute politique, même à l'intérieur des États, qui a pour objectif et (ou) pour moyen principal la puissance. En ce deuxième sens, toute politique est partiellement au moins politique de puissance. La politique paraît d'autant plus politique de puissance que l'on met davantage l'accent, dans l'analyse, sur la domination *(Herrschaft)* et sur le combat *(Kampf)*.

Que l'on retienne la première ou la seconde définition, Max Weber est typiquement, comme politique *(Politiker)* aussi bien que comme *sociologue*, un *Machtpolitiker*. Il appartient à la postérité de Machiavel en même temps qu'aux contemporains de Nietzsche. Il aurait écarté comme dénuée de signification l'interrogation antique : quel est le régime le meilleur? La lutte entre les classes et les individus pour le pouvoir *(Macht* oder *Herrschaft)* lui paraissait l'essence ou, si l'on préfère, la donnée constante de la politique. A ses yeux, un peuple ou une personne sans volonté de puissance sortait par là même de la politique. Les institutions libérales et parlementaires devenaient, sous sa plume, les conditions nécessaires au rôle mondial de la nation. Il les recommandait parfois afin qu'elles fissent la preuve qu'un peuple, le peuple allemand, était capable de jouer un rôle mondial. Il écrivait :

« Seuls les peuples supérieurs *(Herrenvolk)* ont vocation de pousser à la roue du développement du monde. Si jamais des peuples qui ne possèdent pas cette qualité profonde s'y risquent, non seulement ils se heurteront à l'instinct plein d'assurance des autres nations, mais ils se briseront intérieurement à tenter cette expérience. Nous n'entendons nullement par peuple supérieur la hideuse figure du parvenu que façonnent ceux dont le sentiment de dignité nationale tolère d'être instruit, ainsi que leur nation, par un transfuge britannique du genre de M. H. St. Chamberlain, pour savoir ce qu'est l' « Allemagne ». Par ailleurs, une nation qui ne produirait que de bons fonctionnaires, des hommes de bureau estimables, des commerçants honnêtes, des savants et techniciens de mérite et des serviteurs fidèles, et qui au demeurant s'abandonnerait à une domination incontrôlée des fonctionnaires avec une logomachie pseudo-monarchiste, ne serait pas non plus un peuple supérieur; elle ferait mieux de vaquer à ses occupations courantes, au lieu de s'occuper avec prétention du sort du monde. Si nous devons retourner à notre ancienne situation, qu'on nous épargne le langage de la « politique mondiale »! Car c'est en vain que les littérateurs tombés dans la phraséologie conservatrice attendront de la part des Allemands un développement du sentiment de la dignité à l'extérieur, si à l'intérieur ils demeurent exclusivement dans le champ d'action de la pure domination des fonctionnaires, si habile soit-elle du point de vue technique, et s'ils vont jusqu'à souffrir que de savants prébendaires bien repus discutent pour savoir si la nation est suffisamment « mûre » pour telle ou telle forme de gouvernement.

« La volonté d'impuissance que les littérateurs prêchent à l'intérieur est incompatible avec la « volonté de puissance » à l'extérieur, que l'on a si bruyamment proclamée au monde. »

J'ai cité ce texte [1] parce qu'il rassemble les thèmes principaux de la conception wébérienne de la *Machtpolitik*. Sur le plan de la théorie, toute politique, intérieure et extérieure, est avant tout combat *(Kampf)* entre les nations, les classes ou les individus. Seuls les individus animés par la volonté de puissance participent à ce combat, donc sont doués pour la politique. Entre le combat intérieur et le combat extérieur, Max Weber n'a jamais marqué explicitement une différence de nature. Comme Machiavel, il retrouvait partout la lutte, mais comme Machiavel encore il posait la primauté de la politique extérieure et se donnait pour but l'unité de sa nation (en l'espèce la nation allemande) afin que celle-ci pût influer sur le cours de l'histoire universelle. Que seul un peuple de citoyens et non de sujets *(Untertanen)*, un peuple qui s'est donné des institutions libérales et participe à la lutte pour le pouvoir au lieu de subir passivement l'autorité traditionnelle ou bureaucratique puisse aspirer, en tant que *Herrenvolk*, à la politique mondiale, cette conjonction entre parlementarisme et nationalisme impérialiste est à coup sûr typique de la pensée wébérienne, mais Weber ne lui aurait pas accordé ou, en tout cas, n'aurait pas dû lui accorder davantage qu'une valeur de circonstances. A l'époque du capitalisme, dans l'Allemagne wilhelmienne, parce que l'autorité patriarcale de l'empereur et des junkers était désormais anachronique ou inefficace, parce que les fonctionnaires, par profession, étaient dénués du sens de la politique, c'est-à-dire du combat, Max Weber réclamait la démocratisation ou parlementarisation du régime. Mais que les peuples de maîtres *(Herrenvölker)* soient toujours des peuples libres, Max Weber, me semble-t-il, était trop historien et trop pessimiste pour l'affirmer. Encore se peut-il que la synthèse du libéralisme et de l'impérialisme

1. *Politische Schriften (Écrits politiques)*, 1re éd., 1921, p. 259

ait répondu au système wébérien des valeurs : la justification du parlementarisme par l'intérêt national, par les *Machtinteressen der Nation*, devait conférer un caractère instrumental à des préférences spontanément éprouvées ou peut-être plutôt à des antipathies violentes.

Si je retenais le sens large — le deuxième — de la *Machtpolitik*, ce rapport devrait, d'une certaine manière, embrasser l'ensemble de la sociologie wébérienne de la politique. Comme il ne saurait être question d'une telle entreprise, je me propose de retenir le premier sens du concept de *Machtpolitik*, c'est-à-dire la politique extérieure, la rivalité des États qui, étant soustraits à l'autorité d'une loi commune ou d'un tribunal, sont obligés de se faire justice eux-mêmes, donc de dépendre pour eux-mêmes, pour leur sécurité, pour leur existence, de leur force propre et de leurs alliances. Si nous nous en tenons à cette définition de la *Machtpolitik*, une première remarque s'impose immédiatement. Max Weber, sociologue, a peu écrit sur la lutte des États, sur les nations et les empires, sur les relations entre culture et puissance. Le chapitre de *Wirtschaft und Gessellschaft* qui aurait été consacré à ce que l'on peut appeler une *sociologie des relations internationales* est inachevé [1]. Weber aurait probablement, si le temps lui en avait été donné, enrichi cette partie en utilisant une érudition historique sans équivalent. Un fait n'en reste pas moins incontestable : le nationalisme de Weber a été antérieur à ses recherches sociologiques, antérieur à son œuvre scientifique; il l'a trouvé vivant au cœur de l'Allemagne wilhelmienne, durant ses années d'études, et il l'a absorbé et fait sien sans hésitation et, semble-t-il, sans profondes réflexions. Sur bien des points, Weber a retenu l'enseignement des fameuses leçons de Treitschke sur la politique, encore que sa philosophie soit plus pessimiste et, pour ainsi dire, plus tragique.

Il avait une fois pour toutes décidé que la valeur suprême à laquelle il se vouerait, en politique, le dieu (ou démon) auquel il avait juré fidélité était la grandeur de la nation allemande. J'emploie le terme de grandeur *(Grösse)* bien qu'il ne soit pas le terme de Weber lui-même, qui parle plus souvent de *Macht*, de *Machtinteressen*, de *Machtprestige* et de *Weltpolitik*. La raison pour laquelle je choisis le terme équivoque de grandeur est que Max Weber suggère toujours le lien entre puissance et culture. La nation allemande est un peuple de culture *(Kulturvolk)*. La *puissance* est certes le but, mais elle est aussi condition du rayonnement de la culture. Vis-à-vis des générations à venir, l'Allemagne, en tant que grande puissance, est responsable de ce que sera la culture de l'humanité.

« Ce ne sont pas les Danois, les Suisses, les Hollandais et les Norvégiens que les générations futures et principalement nos descendants rendront responsables si la puissance mondiale — ce qui veut dire finalement la décision concernant la particularité de la civilisation à venir — est abandonnée sans lutte aux règlements des fonctionnaires russes d'une part, aux conventions de la *society* anglo-saxonne de l'autre, avec peut-être un parfum de “ raison ” latine. C'est nous qu'ils

1. *Wirtschaft und Gesellschaft*, 3ᵉ éd., 1947, IIIᵉ part., chap. III, p. 619-630.

rendront responsables et avec raison. » (*Politische Schriften*, p. 60-61.)

Max Weber admettait sans hésitation ni démonstration la double solidarité entre culture et nation (« De nos jours, toute culture est et reste assujettie au phénomène national, et cela d'autant plus que les moyens extérieurs de la culture deviendront plus " démocratiques " quant à leur diffusion et à leur genre. » *Politische Schriften*, p. 47), entre puissance de la nation et diffusion de la culture. Certes, dans le chapitre inachevé de *Wirtschaft und Gesellschaft*, il marque la solidarité entre rayonnement ou prestige de la culture d'une part, puissance militaire et politique de l'autre. Il n'en conclut pas que cette puissance favorise la qualité de la culture. Voici le texte tel qu'il figure en note :

« Prestige de la culture et prestige de la puissance sont liés étroitement. Toute guerre victorieuse favorise le prestige culturel (exemples : l'Allemagne, le Japon, etc.). Quant à savoir si ce fait est bénéfique pour le développement culturel, cela est une autre question qui ne se laisse plus résoudre sur la base de la neutralité axiologique. En tout cas, la réponse ne saurait être univoque (ainsi de l'Allemagne après 1870), même en se fondant sur des indices saisissables empiriquement. L'art et la littérature de caractère purement allemand ne sont pas issus du centre politique de l'Allemagne. »

Deux remarques à propos de ce texte : une histoire qui se voudrait *wertfrei* au point de ne pas porter de jugement sur la qualité des œuvres serait étrangement pauvre. Il est frappant que la puissance étant cause non de la qualité mais de la diffusion ou du prestige (et encore!) de la culture soit retenue par Weber comme le but ultime.

L'originalité de Weber ne consiste pas dans l'adhésion à ce nationalisme — passablement banal à la fin du siècle dernier — et même pas dans la passion avec laquelle il proclamait la nécessité d'une *Weltpolitik*, d'une politique mondiale en tant que conséquence inévitable et justification ultime de l'œuvre de Bismarck. Weber m'apparaît original, différent de ses contemporains, lorsqu'il insiste sur le caractère diabolique de la puissance et sur les sacrifices qu'exige l'État de puissance. Treitschke, dans ses leçons sur la politique, trouvait quelque chose de ridicule aux petits États. Max Weber se réjouit qu'il subsiste un germanisme en dehors de l'Allemagne devenue un « État de puissance national » *(ein nationaler Machtstaat)*.

« Nous avons toutes les raisons, écrit-il, de remercier le destin de ce qu'il existe également une germanité en dehors des frontières de l'État national de la puissance allemande. Non seulement les modestes vertus bourgeoises et l'authentique démocratie, qui ne s'est encore jamais réalisée dans un grand État, mais encore des valeurs bien plus intimes et pourtant éternelles ne peuvent fleurir que sur le terrain de communautés qui renoncent à la puissance politique. Il en est ainsi même des valeurs d'ordre artistique : un Allemand aussi authentique que Gottfried Keller ne serait jamais devenu ce quelque chose de singulier, d'unique au milieu du camp militaire qu'est forcément notre État. » (*Politische Schriften*, p. 60.)

En ce qui concerne les relations entre nation et État, nationalisme et impérialisme, Max Weber appartient à son époque, il en partage les conceptions et aussi les incertitudes. D'une part, il reconnaît, il souligne la force des revendications nationales, l'aspiration de toutes les nationalités, conscientes d'elles-mêmes, à l'autonomie, voire à l'indépendance. D'un autre côté, il s'oppose avec indignation à l'idée d'un accord de compromis avec la France au sujet de la Lorraine. Quant à un plébiscite en Alsace, l'idée même lui en paraît ridicule [1]. Max Weber ne souhaitait pas l'absorption dans le Reich de populations non allemandes ou hostiles. Mais, en même temps, il était très éloigné de souscrire sans réserves au principe des nationalités, quelque forme que prenne ce dernier. La décomposition de l'Europe centrale en États dits nationaux (mais qui comprendraient inévitablement des minorités nationales) ne lui paraissait ni souhaitable [2] ni réalisable. Il était amené à concevoir une politique à la fois nationale et impériale, qui aurait concilié les intérêts de puissance du Reich avec certaines revendications des autres nationalités.

Ayant posé que la Russie était l'ennemi principal du Reich, le seul qui pouvait mettre en question l'existence même de celui-ci, il a, durant la guerre 1914-1918, recommandé une politique allemande [3] favorable à la Pologne, moins par sympathie pour les revendications polonaises que par souci de l'intérêt national allemand. Des États autonomes, protégés par le Reich militairement, liés à lui économiquement, constitueraient la meilleure protection contre la menace de l'impérialisme grand-russe. Cependant — et là encore se marque l'esprit du temps — Max Weber n'a jamais été jusqu'à admettre une totale indépendance de l'État polonais, pas plus qu'il n'envisageait de sacrifier, à l'Ouest, les garanties ou avantages militaires aux volontés explicites des populations.

Ce qui est caractéristique de Weber, sur tous ces points, c'est l'absence quasi totale de justification idéologique. Il était, me semble-t-il, indifférent au dialogue idéologique franco-allemand au sujet de l'Alsace : le germanisme de cette province de l'empire devait-il ou non l'emporter sur la volonté actuelle des Alsaciens? De même, il s'est abstenu de toute analyse, complexe et subtile, du « principe des nationalités ». Il constatait la force variable des sentiments nationaux [4] et il en déduisait, de manière toute réaliste, le danger d'annexions en Europe, et aussi la chance de mobiliser les sentiments nationaux, dans l'Europe de l'Est, contre l'empire des tsars et au profit du Reich.

Il avançait rarement, et il le faisait implicitement plutôt qu'explicitement, des arguments moraux ou idéalistes en faveur de telle ou telle diplomatie. Le but dernier était arbitraire en ce sens que nul — pas même un Allemand — n'était obligé de se donner pour objectif suprême les intérêts de puissance du Reich. Comme ces intérêts de puissance étaient supposés inséparables des intérêts de culture (au moins du prestige de la culture), ils étaient entourés d'une sorte de halo spirituel. Une fois ce choix fait, le politique doit à chaque instant

1. Lettre à R. Michels, citée par Mommsen, p. 258.
2. Il avait peut-être raison.
3. Il avait, à ce moment, complètement abandonné ses idées anciennes de colonisation allemande à l'Est et son opposition à l'afflux des travailleurs polonais.
4. *Wirtschaft und Gesellschaft*, p. 627-629.

interroger le réel pour déterminer ce qui est possible en vue d'atteindre le but dernier sans trop se soucier de la moralité ou de l'immoralité des mesures qu'il prend ou recommande. S'il ne s'en soucie pas, ce n'est pas par immoralisme mais par honnêteté intellectuelle. « Car tout ce qui participe aux biens de l'État-puissance se trouve enchevêtré dans les lois du " complexe de puissance " qui gouverne toute l'histoire politique. » (*Politische Schriften*, p. 63.)

Si ces analyses sont exactes, les conceptions nationales et impériales de Max Weber auraient été à la fois typiques de son époque et de sa génération [1], modérées en leur objet et dépouillées de toute phraséologie en leur formulation. L'Allemagne était exposée avant tout au péril venant de l'Est, de l'empire tsariste ou de l'impérialisme grand-russe; il espéra donc, jusqu'à la catastrophe finale de 1918, que les conditions de la paix seraient telles qu'elles n'excluraient pas une pacification des rapports avec la Grande-Bretagne et la France. Probablement se faisait-il des illusions sur ce qu'aurait exigé cette pacification, mais là encore, s'il manquait peut-être de clairvoyance, il en avait plus que presque tous ses contemporains.

Il serait facile, mais à mon sens peu intéressant, d'entrer dans le détail des opinions de Weber, d'en suivre les variations depuis la fameuse *Antrittsrede* jusqu'aux recommandations pro-polonaises du temps de guerre. Cette étude a souvent été faite et elle nous détournerait des problèmes fondamentaux.

Les penseurs politiques de l'Occident ont toujours constaté, comme un fait d'évidence, l'hétérogénéité de la politique intérieure et de la politique extérieure. Quand Hobbes, dans le *Léviathan*, cherche une illustration de *l'état de nature*, il décrit les relations entre les Souverains et donne une expression radicale à une idée classique. Max Weber, qui définit l'État par le monopole de la violence légitime, doit logiquement reconnaître l'hétérogénéité entre la rivalité violente des États et la rivalité, soumise aux lois, des individus ou des classes à l'intérieur d'un État. Or, le fait est que Max Weber, qui admettait évidemment cette hétérogénéité, a plutôt atténué et comme brouillé la distinction. Il a été, me semble-t-il, impressionné et quelque peu influencé par la vision darwinienne de la réalité sociale. Par exemple :

« Quiconque, écrit-il, touche un centime de rente que d'autres sont obligés de payer — directement ou indirectement — quiconque possède un bien d'usage ou utilise un moyen de communication dû à la sueur du front d'autrui et non à son propre travail, celui-là alimente son existence des mouvements de la lutte économique pour la vie, privée de tout amour et indifférente à la pitié, que la phraséologie bourgeoise présente comme un " travail pacifique de culture ". Ce n'est là qu'une autre forme de la lutte de l'homme contre l'homme au cours de laquelle non seulement des millions mais des centaines de millions d'hommes se consument chaque année corps et âme, dans laquelle ils croupissent ou du moins mènent une existence en vérité infiniment plus étrangère

1. Je ne crois pas que Max Weber ait jamais précisé ce qu'il entendait par *Weltpolitik*, ou encore quelles possessions coloniales auraient satisfait l'ambition du Reich.

à tout " sens " perceptible que le combat de tous pour l'honneur (y compris les femmes — car elles aussi participent à la guerre en faisant leur devoir), ce qui signifie simplement : le combat au service de la tâche historique dévolue à son propre peuple par le destin. » (*Politische Schriften*, p. 62.)

Ce texte est emprunté aux écrits de la période de guerre. Mais plus de vingt ans auparavant, dans l'*Antrittsrede*, des idées semblables sont exprimées avec la même force.

« Il nous apparaît donc que sous l'apparence de la " paix " la lutte économique entre les nationalités se poursuit. Ce n'est nullement au cours d'un conflit ouvert que les paysans et ouvriers agricoles allemands de l'Est sont chassés de leur glèbe par un ennemi qui leur serait politiquement supérieur; c'est par suite d'une rivalité silencieuse et morne pour la vie économique de tous les jours qu'ils ont le dessous devant une race moins développée, qu'ils quittent leur foyer et s'enfoncent dans un avenir obscur. Il n'y a donc pas non plus de paix dans la lutte économique pour l'existence; seul celui qui prend cette apparence de paix pour la vérité peut croire que du fond de l'avenir surgiront, au bénéfice de nos descendants, la paix et la jouissance de la vie » (p. 17-18).

Et un peu plus loin :

« Au lieu du rêve de paix et de bonheur des hommes, il est écrit au-dessus de la porte de l'avenir inconnu de l'histoire humaine : *lasciate ogni speranza.*

« La question qui agite notre réflexion par-delà les tombes de notre propre génération et qui se trouve à vrai dire à la base de tout travail économique n'est pas de savoir comment se porteront les hommes de l'avenir, mais ce qu'ils deviendront. Ce que nous voudrions cultiver, ce n'est pas le bien-être des hommes, mais les qualités auxquelles nous lions le sentiment qu'elles constituent la grandeur humaine et la noblesse de notre nature. »

Et encore :

« Ce n'est pas la paix et le bonheur des hommes que nous avons à procurer à nos descendants, mais la lutte éternelle pour la conservation et l'édification de notre caractère national. Nous n'avons pas le droit de nous abandonner à l'espoir optimiste suivant lequel notre tâche serait accomplie avec l'épanouissement le plus grand possible de la civilisation économique, pendant que la sélection, grâce au jeu de la libre concurrence économique " pacifique ", contribuerait d'elle-même au triomphe du type le plus développé.

« Nos descendants nous rendront responsables devant l'histoire non pas en premier lieu du genre d'organisation économique que nous leur aurons léguée, mais de l'étendue de l'espace libre que nous leur aurons conquis et transmis. En dernière analyse, les processus du développement sont également des luttes pour la puissance; partout où ils se trouvent mis en question les intérêts de puissance de la nation sont les intérêts ultimes et décisifs au service desquels la politique économique doit se mettre. La science de la politique économique est une science politique. Elle est une servante de la politique, non point de la politique du jour de tel potentat et de telle classe qui détiennent le pouvoir, mais des intérêts permanents de la politique de puissance de la nation. L'État national n'est pas à nos yeux quelque chose d'indéterminé que l'on croit rehausser d'autant plus qu'on voile davantage son être dans une obscurité mystique; il est l'organisation temporelle de la puissance Aussi la raison d'État est-elle pour nous l'étalon ultime des valeurs même dans la sphère des considérations économiques » (p. 20).

Ces textes, tant de fois cités, sont révélateurs, me semble-t-il, de ce qu'il faut bien appeler la *Weltanschauung* de Max Weber, avec une composante darwinienne (la lutte pour la vie), une composante nietzschéenne (non le bonheur de l'humanité, mais la grandeur de l'homme), une composante économique (la rareté persistante des biens, la pauvreté indéracinable des peuples), une composante marxiste [1] (les classes ont chacune leur intérêt, et les intérêts d'une classe, même dominante, ne coïncident pas nécessairement avec les intérêts durables de la communauté nationale), enfin une composante nationale (l'intérêt de la communauté nationale doit l'emporter sur tout le reste, le nationalisme résultant d'ailleurs d'une décision et non pas des faits).

Il y a une trentaine d'années, quand je lus Max Weber pour la première fois, j'avais été frappé avant tout par la leçon de courage intellectuel et de modestie que donnait son œuvre. Je continue à croire que cette œuvre, en effet, porte en elle une leçon encore valable. Mais aujourd'hui, je suis sensible aussi à la métaphysique, à la vision pessimiste du monde dont se déduit cette pensée qui se veut pure de toute illusion.

La politique de puissance entre les nations, dont les guerres sont une expression normale et une sanction inévitable, n'apparaît pas à Weber comme une survivance des époques révolues ou une négation de l'effort humain vers la culture, mais une forme, entre d'autres formes en profondeur également cruelles, de la lutte pour la vie, entre les classes et les nations. En d'autres termes, une métaphysique, partiellement darwinienne, partiellement nietzschéenne de la lutte pour la vie, tend à réduire la portée de l'opposition entre la paix et la guerre, entre la rivalité économique des peuples et la lutte pour la puissance des États. La violence ne cesse pas d'être violence pour être camouflée. Si le même mot, *Macht*, désigne l'enjeu de la lutte à l'intérieur des États et entre les États, c'est que l'enjeu est le même en profondeur. Ici et là, il s'agit de savoir qui l'emporte, qui commande, quelle part de l'espace ou des ressources disponibles chaque classe ou chaque peuple arrachera pour lui-même.

Cette philosophie n'est plus à la mode, pour de multiples raisons. Vulgarisée, interprétée par des barbares, elle a conduit à des orgies de cruautés. Mais aussi l'économie moderne a démenti maints jugements auxquels les spécialistes n'hésitaient pas, il y a un demi-siècle, à conférer la dignité d'une vérité scientifique. Max Weber, à la manière de

1. Dans *Wirtschaft und Gesellschaft*, on trouve une autre composante marxiste : l'explication de l'impérialisme par les intérêts capitalistes (p. 621 *sq.*). L'explication n'est pas intégralement marxiste en ce sens que pour Weber une économie socialiste serait autant ou plus portée à l'impérialisme. D'autre part, Weber n'explique pas l'expansion impérialiste exclusivement par les intérêts économiques.

ses contemporains mais à la différence des économistes libéraux, ne semble pas mettre en doute que la puissance politique d'un État commande le développement économique de la nation. Il parle et il écrit comme si le niveau de vie de la classe ouvrière dépendait finalement du sort des armes. A cet égard, Max Weber n'appartient pas à notre temps. Nous savons aujourd'hui — et il n'aurait pas été impossible de savoir il y a soixante ans — que la force militaire n'est ni une condition nécessaire ni une condition suffisante de la prospérité matérielle.

Qu'on nous entende bien. Max Weber avait choisi la puissance de l'État national pour valeur ultime, et ce choix était libre, arbitraire. Même s'il avait su que l'Allemagne wilhelmienne n'avait besoin de colonies ni pour l'épanouissement de sa culture ni pour le bien-être de la classe ouvrière, il n'aurait pas pour autant changé sa décision : les intérêts de puissance étaient un but en soi, et il demeure vrai que le rayonnement d'une culture a quelque rapport avec la puissance de la nation à laquelle elle est liée. Mais la représentation du monde ne serait plus la même si entre les classes et les nations la lutte avait pour objet principal, sinon exclusif, le commandement ou la puissance et non pas le bien-être et l'existence même.

Certes, nous risquons aujourd'hui de commettre l'erreur inverse de celle de Weber. A l'intérieur des nations comme entre les nations, les relations sociales comportent un élément de conflit que l'on baptisera, selon les cas, concurrence, compétition, rivalité, combat. Les enjeux des conflits sont multiples, et parfois l'honneur de vaincre est la seule récompense. Mais à partir de l'instant où ni l'existence ni la richesse ne constituent l'enjeu, où la lutte est essentiellement politique, c'est-à-dire désigne surtout celui qui commandera, la distinction redevient décisive entre les modalités, les moyens, les règles des divers conflits. Un monde sans conflits est effectivement inconcevable. Un monde dans lequel classes et nations ne seraient plus engagées dans la lutte pour la vie *(Kampf ums Dasein)* n'est pas inconcevable. En tout cas, la différence entre les formes violentes et non violentes des combats reprend toute sa portée. Le vainqueur sur le *Wahlschlachtfeld*, sur le terrain de la bataille électorale, diffère en nature, non en degré, du vainqueur sur le champ de bataille militaire.

La vision darwinienne-nietzschéenne du monde constitue un cadre dans lequel s'intègre la conception wébérienne de la *Machtpolitik*. Le polythéisme, la pluralité des valeurs incompatibles constitue l'autre fondement philosophique de la philosophie wébérienne de la puissance. Max Weber, on le sait, partait de l'opposition kantienne ou néo-kantienne entre ce qui est et ce qui doit être, entre les faits et les valeurs. Il ne réduisait pas le devoir-être à la moralité, mais il faisait de la moralité même un univers de valeurs, entre d'autres. Il ajoutait que les univers de valeurs sont non seulement indépendants les uns des autres, mais en conflit inexpiable. Une chose peut-être belle, non pas *bien que* mais parce qu'elle est mauvaise *(Les Fleurs du mal)*. De là il glissait à deux propositions, l'une et l'autre liées à la *Machtpolitik :* la première selon laquelle il n'y a pas de tribunal qui puisse décider de la valeur relative de la culture allemande et de la culture française; la seconde selon laquelle il est impossible d'être à la fois un homme politique et un chrétien (au moins si la morale chrétienne est celle du Sermon sur la Montagne), ou encore que chacun de nous, dans l'action, doit choisir entre morale de la conviction et morale de la responsabilité, et que la même action, selon le choix de l'une ou de l'autre éthique, appellera une appréciation radicalement autre.

Ces deux propositions ont continué et continuent de soulever des polémiques passionnées. La formule du polythéisme est, d'une certaine manière, évidente. L'artiste n'est pas en tant que tel un être moral, et une œuvre d'art est belle, non bonne. Chaque univers de valeurs comporte une finalité spécifique, un sens propre. La morale des guerriers n'est pas celle des saints ou des philosophes. Chacune obéit à ses lois. Chaque nation s'exprime dans un certain système de valeurs, s'enorgueillit de certaines œuvres. Entre ces systèmes de valeurs ou ces œuvres, qui pourrait être assez détaché et assez juste pour trancher? Jusque-là, nous suivons tous Max Weber. Au-delà surgissent questions et objections.

Reprenons tout d'abord le texte célèbre de *Wissenschaft als Beruf* (p. 545) : « L'impossibilité de se faire le champion de convictions pratiques « au nom de la science » — hormis le seul cas qui porte sur la discussion des moyens nécessaires pour atteindre une fin fixée au préalable — tient à des raisons plus profondes. Une telle attitude est en principe absurde parce que divers ordres de valeurs s'affrontent dans le monde en une lutte inexpiable. Sans vouloir faire autrement l'éloge du vieux Mill, il faut néanmoins reconnaître qu'il a raison de dire que lorsqu'on part de l'expérience pure on aboutit au polythéisme. La formule a un aspect superficiel et même paradoxal, et pourtant elle contient une part de vérité. S'il est une chose que de nos jours nous n'ignorons plus, c'est qu'une chose peut être sainte non seulement bien qu'elle ne soit pas belle, mais encore parce que et dans la mesure où elle n'est pas belle — vous en trouverez les références au chapitre 53 du Livre d'Isaïe et dans le Psaume XXI. De même, une chose peut être belle non seulement bien qu'elle ne soit pas bonne, mais précisément par ce en quoi elle n'est pas bonne. Nietzsche nous l'a réappris, mais avant lui Baudelaire l'avait déjà dit dans *Les Fleurs du mal :* c'est là le titre qu'il a choisi pour son œuvre poétique. Enfin la sagesse populaire nous enseigne qu'une chose peut être vraie bien qu'elle ne soit et alors qu'elle n'est ni belle, ni sainte, ni bonne. Ce ne sont là que les cas les plus élémentaires de la lutte qui oppose les dieux des différents ordres et des différentes valeurs. J'ignore comment on pourrait s'y prendre pour trancher « scientifiquement » la question de la valeur de la culture française comparée à la culture allemande; car là aussi différents dieux se combattent, et sans doute pour toujours. Les choses ne se passent donc pas autrement que dans le monde antique, encore sous le charme des dieux et des démons, mais prennent un sens différent. Les Grecs offraient des sacrifices d'abord à Aphrodite, puis à Apollon et surtout à chacun des dieux de la cité; nous faisons encore de même de nos jours, bien que notre comportement ait rompu le charme et se soit dépouillé du mythe qui vit cependant en nous. C'est le destin qui gouverne les dieux, et non pas une science, quelle qu'elle soit. »

Il est vrai que nul ne peut trancher scientifiquement entre la valeur de la culture française et celle de la culture allemande. Mais la question a-t-elle une portée? Est-il légitime de passer d'un fait — la culture française et la culture allemande diffèrent — à l'idée que des dieux se combattent, jusqu'à la fin des temps? Je ne puis m'empêcher de croire que Max Weber, obsédé par la vision de la lutte partout et toujours, en vient à transfigurer une rivalité de puissance, incontestable mais temporaire, en un combat des dieux. Il est des circonstances où les rivalités de puissance engagent le destin même de l'homme et de l'âme. Tel n'est pas toujours le cas.

Est-il si évident qu'une chose peut être belle non pas seulement *bien que* mais en ce qu'elle n'est pas bonne? Est-il conforme à la sagesse des nations qu'une chose peut être vraie bien que et en tant qu'elle n'est ni belle, ni sacrée, ni bonne? La beauté des *Fleurs du mal* a, ici et là, le mal pour objet, mais elle n'a pas pour origine une intention de mal qui aurait animé le poète, et si l'on peut dire que le vice revêt, grâce au poète, les apparences de la beauté, il ne s'ensuit pas encore que le vice soit, de ce fait, la cause ou la condition de la beauté. De même, qui voit et dit le vrai, voit et dit « ce qui n'est ni beau, ni sacré, ni bon ». La recherche ou l'expression de la vérité n'est pas pour autant en conflit intrinsèque, inévitable et inexpiable, avec la recherche de la beauté, de la sainteté ou de la bonté.

Mais laissons les conflits des dieux qui ne se rapportent qu'indirectement à notre sujet, la politique de puissance, et venons à l'opposition qui commande toute la philosophie de l'action de Weber, celle de deux éthiques de la conviction et de la responsabilité. Personne n'est obligé, nous dit Max Weber, de s'engager dans l'univers de la politique, mais s'il le fait, alors qu'il en accepte les lois impitoyables. Puisque la politique a pour enjeu la puissance, la répartition de la puissance entre les classes et les nations, celui qui prétend à guider ses compagnons, les membres de sa classe ou de sa nation, doit se soumettre aux exigences impitoyables de la lutte. Or celle-ci ne peut pas ne pas exiger des moyens sinon mauvais, du moins dangereux. La morale de la responsabilité ne se confond évidemment pas avec la *Machtpolitik*, et Max Weber, dans un passage souvent cité de *Politik als Beruf*, a critiqué le culte de la *Machtpolitik* :

« En effet, écrit-il, bien que, ou plutôt parce que la puissance est le moyen inévitable de la politique, et qu'en conséquence le désir du pouvoir est une de ses forces motrices, il ne peut y avoir de caricature plus ruineuse de la politique que celle du matamore qui joue avec le pouvoir à la manière d'un parvenu, ou encore Narcisse vaniteux de son pouvoir, bref tout adorateur du pouvoir comme tel. Certes, le simple politicien de la puissance, à qui l'on porte aussi chez nous un culte plein de ferveur, peut faire grand effet, mais tout cela se perd dans le vide et l'absurde. Ceux qui critiquent la " politique de puissance " ont entièrement raison sur ce point. Le soudain effondrement moral de certains représentants typiques de cette attitude nous a permis d'être les témoins de la faiblesse et de l'impuissance qui se dissimulent derrière certains gestes pleins d'arrogance, mais parfaitement vides. Une pareille politique n'est jamais que le produit d'un esprit blasé, souverainement superficiel et médiocre, fermé à toute signification de la vie humaine; rien n'est d'ailleurs plus éloigné de la conscience du tragique qu'on trouve dans toute action et tout particulièrement dans l'action politique que cette mentalité. » (*Politische Schriften*, p. 437.)

L'éthique de la responsabilité se définit non par le culte de la puissance, non par l'indifférence aux valeurs morales, mais par l'acceptation de la réalité, par la soumission aux exigences de l'action et, dans les cas extrêmes, par la subordination du salut de son âme au salut de la cité (*Politische Schriften*, p. 477). En revanche, celui qui a choisi la morale de la conviction obéit aux impératifs de sa foi, quelles qu'en soient les conséquences.

En fait, Max Weber confondait plus ou moins deux antinomies, d'une part celle de l'*action politique* avec le recours nécessaire aux moyens, dangereux toujours et diaboliques parfois, et l'*action chrétienne* telle que le suggère le Sermon sur la Montagne ou l'enseignement de saint François (tendre l'autre joue, renoncer à tous les biens de ce monde); d'autre part, celle de la *décision réfléchie*, tenant compte des conséquences possibles de la décision, et du choix immédiat, irrévocable, sans considération des conséquences possibles. Ces deux antinomies ne coïncident pas entièrement. Aucun homme d'État ne peut être un « pur chrétien » si le Sermon sur la Montagne contient le tout de la morale chrétienne. Aucun n'a le droit de se désintéresser des suites de ses actes, mais aucun ne peut se soustraire, en certaines circonstances, à une exigence intérieure, quels que soient les risques de la décision que lui dicte un impératif catégorique.

Max Weber, en tant que théoricien, se voulait moraliste de la responsabilité, et il acceptait avec résolution, mais aussi avec autant de *Sachlichkeit* et de *Nüchternheit* que possible, la *Machtpolitik*, c'est-à-dire l'emploi des moyens que requiert, à l'intérieur des nations ou entre les nations, la lutte pour la puissance. Il choisissait la morale de la responsabilité et les obligations de la politique de puissance non par intérêt personnel mais par dévouement à la valeur suprême à laquelle il avait décidé d'adhérer : la puissance du Reich. Car l'homme politique qui veut la puissance pour elle-même, ou par vanité, ou par ambition personnelle, n'est qu'une caricature du chef véritable, qui ne s'accomplit qu'en se mettant au service d'une cause qui le dépasse.

Dans son activité politique, Weber ne s'est guère conduit en réaliste, et je ne suis pas sûr qu'en dépit de son savoir, de sa clairvoyance, il fût destiné à devenir un conducteur de peuple. Il acceptait plus aisément dans l'abstrait et en théorie qu'en acte les compromis médiocres, les combinaisons et les intrigues qui sont partie intégrante de la politique effective, telle qu'elle se déroule dans tous les régimes et en particulier dans les sociétés démocratiques. Bien souvent, Max Weber s'est montré plus sensible, pour lui et pour les autres, à la valeur d'un geste, à la signification exemplaire d'un refus qu'aux suites prévisibles de sa décision.

Max Weber a raison de se défendre des illusions : la politique ne va pas sans combat, le combat sans violence, et les moyens du combat ne sont pas toujours compatibles avec la loi du Christ ou la simple moralité. Deux choses me gênent pourtant dans cette théorie.

La première est la forme extrême et en quelque sorte radicale donnée à l'antinomie entre les deux morales, de la responsabilité et de la conviction. Est-il jamais possible de se désintéresser entièrement des suites d'une décision que l'on prend? Est-il jamais possible de faire abstraction du jugement moral que l'on porte sur la décision actuelle? Max Weber, me semble-t-il, l'aurait reconnu lui-même, mais en décrétant fondamentale une alternative qui ne devient réelle que dans les conjonctures extrêmes, il s'expose à un double risque : donner une sorte de justification d'une part aux faux réalistes qui écartent avec mépris les reproches des moralistes, d'autre part aux faux idéalistes qui condamnent sans discrimination toutes les politiques parce qu'elles ne sont pas conformes à leur idéal, et qui finissent par contribuer, consciemment ou non, à la destruction de l'ordre existant, au profit des révolutionnaires aveugles ou de tyrans.

Il y a plus. Max Weber a raison de nous rappeler que le problème éternel de la justification des moyens par les fins ne comporte pas de solution théorique. Mais en affirmant non pas seulement l'hétérogénéité des valeurs mais leur conflit inexpiable, il s'interdit de fonder authentiquement le système des valeurs qui était le sien. Bien qu'il ait écrit que sans un minimum de droits de l'homme nous ne pourrions pas vivre, il a dévalorisé ses propres valeurs, libéralisme et parlementarisme, en les réduisant à de simples moyens au service de la grandeur du Reich.

Du même coup, j'en viens à une autre objection : en posant comme fin dernière les intérêts de puissance de la nation allemande, Max Weber ne glisse-t-il pas vers une sorte de nihilisme? La puissance de la nation, nous dit-il, favorise le prestige, non la qualité de la culture. Dès lors, la puissance de la nation peut-elle être un but dernier, le dieu auquel on sacrifie tout? Il ne s'agit pas de nier la rivalité entre les nations et le devoir de sauvegarder la place de la nation sur la scène du monde. Mais si la puissance de la nation, quelle que soit sa culture, quels que soient ceux qui la gouvernent, quels que soient les moyens employés, est la valeur suprême, au nom de quoi dire *non* à ce que Max Weber aurait rejeté avec horreur?

Là est, me semble-t-il, le point décisif sur lequel nous devons réfléchir Max Weber a constaté et décrit la rivalité des nations européennes. S'il nous semble aujourd'hui avoir surestimé l'importance de ces conflits et sous-estimé les répercussions d'une grande guerre sur l'avenir de l'ensemble des nations européennes, il a du moins, par rapport à beaucoup de ses contemporains, en Allemagne aussi bien qu'en France, la supériorité de ne pas avoir perdu le sens de la modération et de la décence. Aux délires de la propagande qui sévissait des deux côtés, il n'a jamais prêté sa voix. Il n'a pas mis en question l'État national, forme suprême des communautés politiques. (Peut-être cette forme n'est-elle pas encore surmontée.) En tout cas, sur ce point aussi il appartient à son époque. Sur les droits et devoirs des grandes puissances, sur les règles diplomatiques de la *Machtpolitik*, il s'est exprimé dans le même style que ses contemporains.

Il reste que Max Weber qui, en tant que sociologue, est aussi actuel aujourd'hui qu'hier, n'a pas toujours, en tant que politique, dépassé son époque. Soucieux d'épargner à la démocratie le règne des politiciens sans vocation, il mettait l'accent sur la légitimité plébiscitaire du chef charismatique, inconscient des périls que devait vivre et souffrir la génération suivante. Lui qui, mieux que tout autre, avait compris l'originalité de la civilisation moderne, il n'a pas saisi la séparation, au moins possible, à l'âge technique, entre la puissance des armes et la prospérité des nations. Antimarxiste en tant que bourgeois, il a invoqué contre Marx soit la fatalité de la bureaucratie soit l'efficacité des croyances religieuses, mais non le fait, commun à toutes les économies modernes, de la croissance grâce à l'augmentation de la productivité.

Certes, il n'est pas encore démontré que la vision pessimiste, darwinienne-nietzchéenne, de Max Weber soit fausse et que notre vision actuelle soit vraie. L'avenir reste ouvert, et nous ne savons pas si l'humanité décidera de se détruire ou de s'unir. Mais nous savons que nous ne reconnaîtrons plus jamais dans les intérêts de puissance d'une nation le but dernier et une valeur sacrée. Max Weber l'a fait ou a cru le faire parce que la culture accumulée au long des siècles lui paraissait acquise à jamais et soustraite aux accidents de l'histoire. S'il avait su qu'au nom de la puissance la culture elle-même risquait d'être sacrifiée, il aurait reconnu qu'il était à la fois trop confiant et trop pessimiste : trop confiant lorsqu'il mettait sa foi dans le chef plébiscité et ne séparait pas puissance et culture; trop pessimiste lorsqu'il n'imaginait pas une humanité pacifiée ou, du moins, capable de soumettre à des règles la lutte inévitable des classes et des nations. Max Weber, au fond, s'est trahi lui-même dans sa théorie de la politique, car jamais la puissance, ni la sienne ni celle de la nation, n'a été son dieu. Sa pensée et son existence ont obéi à deux valeurs : la vérité et la noblesse. L'homme et le philosophe nous laissent un héritage que les erreurs du théoricien de la *Machtpolitik* ne suffisent pas à compromettre *.

* *Les citations de Max Weber sont traduites de l'allemand par Julien Freund.*

ANNEXE BIBLIOGRAPHIQUE

MONTESQUIEU

T. L. PANGLE, *Montesquieu's Philosophy of Liberalism. A commentary on the « Spirit of the Laws »*, University of Chicago Press, 1973.

M. HULLIUNG, *Montesquieu and the Old Regime*, University of California Press, 1976.

P. VERNIÈRE, *Montesquieu et* L'Esprit des lois *ou la raison impure*. Paris, S.E.D.E.S., 1977.

AUGUSTE COMTE

Les Éditions Anthropos ont publié en 1968-1971 une réimpression anastaltique des *Œuvres* d'Auguste Comte en douze volumes. Cette réimpression se décompose ainsi :

T. I à VI : *Cours de philosophie positive.*
T. VII à X : *Système de politique positive.*
T. XI : *Catéchisme positiviste. Appel aux conservateurs. Discours sur l'esprit positif.*
T. XII : *Synthèse subjective.*

Enfin, aux Éditions Mouton-E.H.E.S.S., ont été publiés, au titre des *Archives positivistes*, un volume d'*Écrits de jeunesse* (1970) et trois volumes de *Correspondance générale et confessions* (textes établis et présentés par P. E. de Berrêdo Carneiro et P. Arnaud).

Du pouvoir spirituel, choix de textes établi, présenté et annoté par P. Arnaud. Paris, Livre de Poche - *Pluriel*, 1978.

P. ARNAUD, *Le « Nouveau Dieu ». Préliminaires à la politique positive*, Paris, Vrin, 1973.

Ch. RUTTEN, *Essai sur la morale d'Auguste Comte*, Bibliothèque de la Faculté de Philosophie et Lettres de l'université de Liège. Fascicule CXCIX ; Paris, Société d'édition « Les Belles Lettres », 1972.

KARL MARX

P.-L. ASSOUN, *Marx et la répétition historique*, Paris, P.U.F., 1978.

J. CARLEBACH, *Karl Marx and the Radical Critique of Judaism*, Routledge and Kegan Paul, 1978.

G. A. COHEN, *Karl Marx's Theory of History – A Defence*, Oxford, Clarendon Press, 1978.

B. HINDESS et P. Q. HIRST, *Pre-Capitalist Modes of Production*, Londres, 1975.

M. C. HOWARD et J. E. KING, *The Political Economy of Marx*, Londres, 1975.

A. SCHMIDT, *Der Begriff der Natur in der Lehre von Marx*, 1re éd. : 1962 2e : Suhrkamp Verlag, 1965.

ALEXIS DE TOCQUEVILLE

Œuvres complètes d'Alexis de Tocqueville.

T. XI, *Correspondance d'Alexis de Tocqueville avec Pierre-Paul Royer Collard et Jean-Jacques Ampère*, 1 vol.

T. XIII, *Correspondance d'Alexis de Tocqueville avec Louis de Kergorlay* 2 vol.

Quand elle sera complète et selon le plan actuellement annoncé, cette édition comprendra dix-sept tomes et vingt-sept volumes.

S. DRESCHER, *Tocqueville and England*, Harvard University Press, 1964.

S. DRESCHER, *Dilemmas of Democracy : Tocqueville and Modernization*, Pittsburgh, 1968.

D. S. GOLDSTEIN, *Trial of Faith. Religion and Politics in Tocqueville's Thought*, Elsevier, 1975.

M. HERETH, *Alexis de Tocqueville. Die Gefährdung der Freiheit in der Demokratie*, Kohlhammer, 1979.

J. T. SCHLEIFER, *The Making of Tocqueville's Democracy in America*, The University of North Carolina Press, 1980.

M. ZETTERBAUM, *Tocqueville and the Problem of Democracy* Stanford University Press, 1967

ÉMILE DURKHEIM

Journal sociologique, P.U.F., 1969, contenant les « mémoires originaux » publiés dans *L'Année sociologique* ainsi qu'une sélection des principaux comptes rendus de Durkheim, textes rassemblés par J. Duvignaud.

Textes, 3 volumes, Paris, Éditions de Minuit, 1975, contenant des textes de Durkheim jusque-là non recueillis en volume, textes ici rassemblés par D. Karady.

A. GIDDENS, *Durkheim*, Harvester Press et Paperback Fontana Book, 1978.

J.-Cl. FILLOUX, *Durkheim et le socialisme*, Genève, Droz, 1977.

S. LUKES, *Émile Durkheim. His Life and Work*, Harper and Row, 1972.

R. NISBET, *The Sociology of Émile Durkheim*, Oxford University Press, 1974.

« À propos de Durkheim », numéro spécial de la *Revue française de sociologie*, XVII (2), avril-juin 1976.

Sur la question du suicide en particulier, on notera l'article de Philippe BESNARD, « Durkheim et les femmes ou le *Suicide* inachevé », *Revue française de sociologie*, IV (1), 1973, pp. 27-61.

VILFREDO PARETO

La librairie Droz de Genève a commencé la publication, sous la direction de G. Busino, des *Œuvres complètes ;* vingt et un volumes sont actuellement (novembre 1980) parus :

La Transformation de la démocratie, 1 vol., 1970.

La Liberté économique et les événements d'Italie, 1 vol., 1970.

Le Mythe vertuiste et la littérature immorale, 1 vol,. 1971

Écrits épars, 1 vol., 1974.

Écrits politiques, T. I : *Lo sviluppo del capitulismo*, 1974.

Écrits politiques, T. II : *Reazione, Libertà, Fascismo*,1974.

Correspondance, 2 vol., 1975.

Jubilé (1917) du professeur V. Pareto, 1 vol., 1975.

Faits et théories 1 vol., 1976.

MAX WEBER

Seule la première partie de *Wirtschaft und Gesellschaft* a aujourd'hui (novembre 1980) paru :

Économie et société, T. I, 1971. Traduit par J. Freund, P. Kamnitzer, P. Bertrand, É. de Dampierre, J. Maillard et J. Chavy, sous la direction de J. Chavy et d'É. de Dampierre. En attendant que le second tome soit publié, voir *supra, Max Weber,* Bibliographie.

Ph. BESNARD, *Protestantisme et capitalisme,* Paris, A. Colin, 1970.

A. MITZMAN, *The Iron Cage : An historical interpretation of Max Weber,* New York, Knopf, 1970.

W. MOMMSEN, *Max Weber : Gesellschaft, Politik und Geschichte,* Francfort Suhrkamp, 1974.

W. MOMMSEN, *Max Weber : Gesellschaft, Politik und Geschichte,* Francfort, *of Max Weber,* Oxford, Blackwell, 1974.

G. H. MUELLER, « The Notion of Rationality in the Work of Max Weber », *Archives européennes de sociologie,* XX (1979), pp. 149-171.

F. RAPHAËL, « Max Weber et le judaïsme antique », *Archives européennes de sociologie,* XI (1970), pp. 297-336.

K. SAMUELSON, *Religion and Economic Action,* New York, Basic Books, 1961.

W. SCHLUCHTER, *Wertfreiheit und Verantwortungsethik,*Tübingen, J.C.B. Mohr Verlag, 1971.

W. G. RUNCIMAN, *A Critique of Max Weber's Philosophy of Social Science* Cambridge University Press, 1972.

DU MÊME AUTEUR

Aux Presses universitaires de France

LA SOCIOLOGIE ALLEMANDE CONTEMPORAINE, 1935.

ÉTUDES SOCIOLOGIQUES, 1988.

Aux Éditions Vrin

ESSAI SUR LA THÉORIE DE L'HISTOIRE DANS L'ALLEMAGNE CONTEMPORAINE. LA PHILOSOPHIE CRITIQUE DE L'HISTOIRE, 1938 (nouv. éd., Julliard, 1987).

Aux Éditions Gallimard

INTRODUCTION À LA PHILOSOPHIE DE L'HISTOIRE, ESSAI SUR LES LIMITES DE L'OBJECTIVITÉ HISTORIQUE, 1938, (nouv. éd., 1986).

LE GRAND SCHISME, 1948.

LES GUERRES EN CHAÎNE, 1951.

POLÉMIQUES, 1955.

DIX-HUIT LEÇONS SUR LA SOCIÉTÉ INDUSTRIELLE, 1962.

LA LUTTE DE CLASSES, 1964.

DÉMOCRATIE ET TOTALITARISME, 1965.

LES ÉTAPES DE LA PENSÉE SOCIOLOGIQUE, 1967.

D'UNE SAINTE FAMILLE À L'AUTRE. ESSAI SUR LES MARXISMES IMAGINAIRES, 1969.

DE LA CONDITION HISTORIQUE DU SOCIOLOGUE, 1971.

ÉTUDES POLITIQUES, 1972.

HISTOIRE ET DIALECTIQUE DE LA VIOLENCE, 1973.

PENSER LA GUERRE. CLAUSEWITZ, 1976.
Tome I : L'âge européen.
Tome II : L'âge planétaire.

CHRONIQUES DE GUERRE, *La France libre, 1940-1945,* 1990.

Aux Éditions Calmann-Lévy

L'OPIUM DES INTELLECTUELS, 1955.

ESPOIR ET PEUR DU SIÈCLE, 1957.

IMMUABLE ET CHANGEANTE, DE LA IVᵉ À LA Vᵉ RÉPUBLIQUE 1959

PAIX ET GUERRE ENTRE LES NATIONS, 1962.

LE GRAND DÉBAT, INITIATION À LA STRATÉGIE ATOMIQUE, 1963.

ESSAI SUR LES LIBERTÉS, 1965.

LES DÉSILLUSIONS DU PROGRÈS, 1969.

RÉPUBLIQUE IMPÉRIALE. LES ÉTATS-UNIS DANS LE MONDE (1945-1972), 1973.

Aux Éditions Plon

LA TRAGÉDIE ALGÉRIENNE, 1957.

L'ALGÉRIE ET LA RÉPUBLIQUE, 1958.

LA SOCIÉTÉ INDUSTRIELLE ET LA GUERRE, 1959.

DIMENSIONS DE LA CONSCIENCE HISTORIQUE, 1961.

TROIS ESSAIS SUR L'ÂGE INDUSTRIEL, 1966.

DE GAULLE, ISRAËL ET LES JUIFS, 1968.

Aux Éditions Fayard

LA RÉVOLUTION INTROUVABLE. RÉFLEXIONS SUR LA RÉVOLUTION DE MAI, 1968.

Aux Éditions Robert Laffont

PLAIDOYER POUR L'EUROPE DÉCADENTE, 1977.

Aux Éditions Julliard

LE SPECTATEUR ENGAGÉ, 1981.

MÉMOIRES, CINQUANTE ANS DE RÉFLEXION POLITIQUE, 1983.

LES DERNIÈRES ANNÉES DU SIÈCLE, 1984.

Aux Éditions de Fallois

ESSAIS SUR LA CONDITION JUIVE CONTEMPORAINE, 1989.

LEÇONS SUR L'HISTOIRE, 1989.

Ouvrage reproduit
par procédé photomécanique.
Impression S.E.P.C.
à Saint-Amand (Cher), le 3 août 1992.
Dépôt légal : août 1992.
Premier dépôt légal : novembre 1976.
Numéro d'imprimeur : 1529.

ISBN 2-07 029518-4 / Imprimé en France.

57403